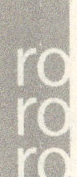

Fernando Aramburu wurde 1959 in San Sebastián im Baskenland geboren. Seit Mitte der achtziger Jahre lebt er in Hannover. Für seine Romane wurde er mit zahlreichen Preisen ausgezeichnet, u. a. dem Premio Vargas Llosa, dem Premio Biblioteca Breve, dem Premio Euskadi und, für «Patria», mit dem Premio Nacional de la Crítica, dem Premio Nacional de Narrativa und dem Premio Strega Europeo.

Willi Zurbrüggen übersetzte u. a. Antonio Muñoz Molina, Luis Sepúlveda, Rolando Villazón und Fernando Aramburu aus dem Spanischen. Ausgezeichnet mit dem Übersetzerpreis des spanischen Kulturministeriums, dem Johann-Friedrich-von-Cotta-Literatur- und Übersetzerpreis und dem Jane Scatcherd-Preis.

«Ein melancholischer, trotzdem hoch komischer Roman mit schelmischen Elementen.» *Die Presse*

«Fernando Aramburus Roman liest sich wie Honigmilch mit Pfeffer, flüssig und amüsant zwar, aber durchsetzt mit unerwarteter Schärfe, und keine Minute langweilig.» *WDR 5 «Scala»*

«Ein ebenso kluger wie vergnüglicher Countdown.» *3Sat «Kulturzeit»*

«Ein vielschichtiges, nuancenreiches Bild des heutigen Spanien.» *Deutschlandfunk*

«Es bleibt spannend bis zum Schluss.» *Falter*

«Wer bis ins kleinste Detail durchkonstruierte und nie in Albernheiten abgleitende Satire liebt, wird Fernando Aramburos Roman verschlingen.» *SWR 2 «Lesenswert»*

Fernando Aramburu

DIE MAUERSEGLER

Roman

Aus dem Spanischen von Willi Zurbrüggen

Rowohlt Taschenbuch Verlag

Die spanische Originalausgabe erschien 2021
unter dem Titel «Los vencejos»
bei Tusquets Editores, S.A. Barcelona.

Veröffentlicht im Rowohlt Taschenbuch Verlag,
Hamburg, Dezember 2024
Copyright © 2022 by Rowohlt Verlag GmbH, Hamburg
«Los vencejos» Copyright © 2021 by Fernando Aramburu
Published by agreement with Tusquets Editores, Barcelona, Spain
Die Nutzung unserer Werke für Text- und Data-Mining im
Sinne von § 44b UrhG behalten wir uns explizit vor.
Covergestaltung Cordula Schmidt Design, Hamburg,
nach einem Entwurf von Anzinger und Rasp, München
Coverabbildung Julia Davila-Lampe, John Russell/Getty Images; iStock
Satz aus der Whitman bei Pinkuin Satz und Datentechnik, Berlin
Druck und Bindung GGP Media GmbH, Pößneck
ISBN 978-3-499-00944-0

Für die Hübsche

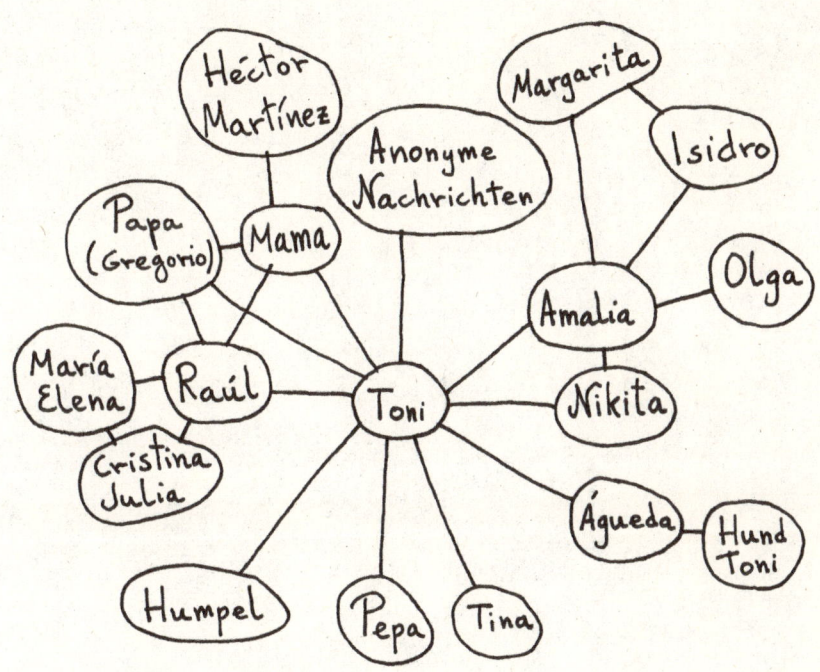

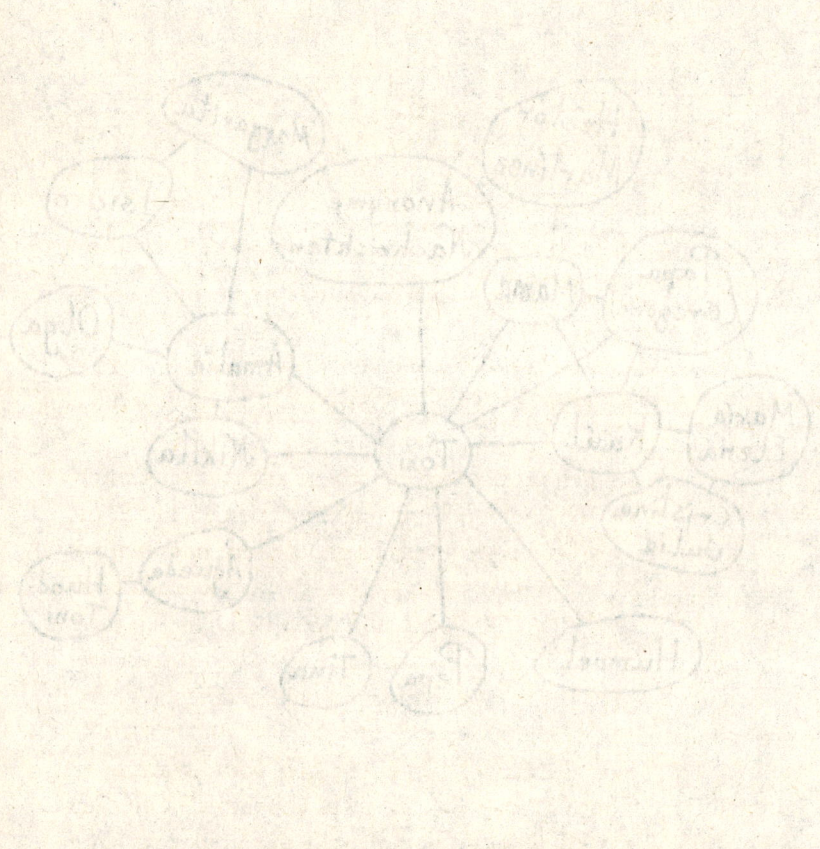

AUGUST

1

Es kommt der Tag, an dem man, auch wenn man noch so begriffsstutzig ist, bestimmte Dinge zu begreifen lernt. Bei mir geschah das in der Mitte meiner Jugend, kurz danach vielleicht, denn ich war ein Spätentwickler, ein unfertiger Junge, wie Amalia sagte.

Dem anfänglichen Befremden folgte die Enttäuschung, und danach ist alles nur noch ein Dahinschleppen durch die Niederungen des Lebens gewesen. Es gab Zeiten, in denen ich mich mit einer Schnecke verglich. Ich sage das nicht, weil ich heute einen schlechten Tag habe, und auch nicht wegen ihrer schleimigen Hässlichkeit, sondern ausschließlich wegen der Art, wie diese Viecher in ihrem trägen, eintönigen Leben dahinkriechen.

Ich mache es nicht mehr lange. Ein Jahr noch. Warum ein Jahr? Keine Ahnung. Aber das ist mein absolutes Limit. Auf dem Höhepunkt ihres Hasses warf Amalia mir immer vor, dass ich nie reif geworden bin. Von Verbitterung zerfressene Frauen werfen einem solche Kränkungen an den Kopf. Meine Mutter hasste meinen Vater, und das kann ich verstehen. Er hasste sich auch selbst, daher seine Neigung zu Gewalttätigkeit. Ein schönes Vorbild sind sie für meinen Bruder und mich gewesen! Sie züchtigen und bestrafen uns, zerbrechen uns innerlich, und dann erwarten sie, dass wir unseren Verstand zu gebrauchen wissen, dankbar und liebevoll sind und das Leben meistern.

Ich mag das Leben nicht. Selbst wenn es so schön ist, wie Sänger und Dichter immer behaupten, ich mag es nicht. Und komme mir keiner mit seiner Begeisterung für Sonnenuntergänge, für Musik oder für die Streifen von Tigern. Scheiß auf diese ganze Dekoration. Für mich ist das Leben eine abnorme Erfindung, schlecht ausgedacht und noch schlechter umgesetzt. Ich wünschte mir, dass Gott existiert, damit ich ihn zur Rechenschaft ziehen könnte. Damit ich ihm ins Gesicht sagen könnte, was er ist: ein Stümper nämlich. Wahrscheinlich ist Gott ein perverser alter Mann, der aus himmlischen Höhen zuschaut, wie seine Geschöpfe sich paaren, sich bekriegen und gegenseitig auffressen. Die einzige Entschuldigung für Gott ist, dass es ihn nicht gibt. Und selbst so weigere ich mich, ihm Absolution zu erteilen.

Als Kind habe ich gerne gelebt. Sehr gerne sogar, obwohl es mir nicht bewusst war. Kaum lag ich abends im Bett, kam Mama und gab mir einen Kuss auf die Wimpern, bevor sie das Licht ausmachte. Am meisten mochte ich an meiner Mutter ihren Geruch. Mein Vater roch schlecht. Nicht schlecht im Sinne von Gestank; vielmehr hatte er, selbst wenn er einen Duft benutzte, einen Geruch an sich, der mich unwillkürlich abstieß. Eines Tages (ich muss sieben oder acht gewesen sein), Mutter lag mit einer ihrer Migränen im Bett, saßen wir in der Küche, und ich weigerte mich, eine gebratene Leber zu essen, bei deren Anblick allein ich schon Brechreiz bekam; da holte er wutentbrannt seinen riesigen Schwengel heraus und sagte mir: «Wenn du eines Tages auch so einen haben willst, musst du diese Leber essen und noch viele, viele mehr.» Ich weiß nicht, ob er das bei meinem Bruder auch einmal gemacht hat. Mein Bruder wurde zu Hause mehr verwöhnt als ich. Vermutlich weil meine Eltern ihn für kränklich hielten. Er ist gegenteiliger Meinung und glaubt, dass ich ihr Lieblingssohn war.

In der Jugend gefiel mir das Leben nicht mehr so gut, aber es gefiel mir noch. Heute tut es das nicht mehr, und ich gedenke nicht, der Natur die Entscheidung zu überlassen, wann ich ihr die mir von ihr geliehenen Atome zurückzugeben habe. Mein Plan ist, mir innerhalb eines Jahres das Leben zu nehmen. Ich habe sogar schon die genaue Zeit festgelegt: 31. Juli, Mittwoch, nachts. Das ist die Frist, die ich mir gesetzt habe, um meine Angelegenheiten zu regeln und herauszufinden, warum ich nicht mehr weiterleben will. Ich hoffe, dass mein Entschluss unwiderruflich ist. Im Moment ist er das.

Es gab Zeiten, da wollte ich ein Mann sein, der einem Ideal nacheifert, was mir aber nicht gelungen ist. Ebenso wenig ist es mir vergönnt gewesen, wahre Liebe zu erleben. Ich habe sie mit Geschick geheuchelt, manchmal aus Mitleid, manchmal für ein paar freundliche Worte, ein bisschen Gesellschaft oder einen Orgasmus, so wie es, will mir scheinen, alle anderen auch tun und immer schon getan haben. Möglicherweise hat mein Vater mir bei der Szene mit der gebratenen Leber seine Liebe zeigen wollen. Das Problem ist, dass man Dinge nicht begreift, weil man sie einfach nicht wahrnimmt, obwohl sie einem direkt vor der Nase stehen; außerdem, Liebe unter Zwang funktioniert bei mir nicht. Bin ich ein armer Mensch, wie Amalia immer sagte? Wer ist das nicht? Tatsache ist einfach, dass ich mich nicht so akzeptiere, wie ich bin. Es macht mir nichts aus, diese Welt zu verlassen. Ich habe immer noch ein gefälliges Gesicht, trotz meiner vierundfünfzig Jahre, und ein paar Tugenden, die ich nicht zu nutzen gewusst habe. Ich bin gesund, verdiene genug, und zu Heiterkeit finde ich leicht. Vielleicht hat mir ein Krieg gefehlt, genau wie Papa. Papa hat seinen unerfüllten Wunsch, sich im Kampf zu beweisen, in Gewalt gegen die Seinen umgemünzt, mit allem, was dazugehörte, und auch gegen sich selbst. Noch so ein armer Mensch.

2

Wir verbrachten unsere Sommerferien alle vier in einem Küstenort in der Nähe von Alicante. Papa – gescheiterter Schriftsteller, gescheiterter Sportler, gescheiterter Gelehrter – verdiente sein Geld mit Kursen an der Universität; Mama – klugerweise entschlossen, sich aus der ökonomischen Abhängigkeit ihres Mannes zu befreien – arbeitete als Angestellte auf einem Postamt. Bezüglich der Finanzen ging es uns so gut, wie es einer mittelständischen Familie in Spanien nur gehen kann. Wir hatten einen blauen Seat 124 aus erster Hand; Raulito und ich besuchten eine Privatschule; im August konnte sich unsere Familie eine Ferienwohnung mit Terrasse und gemeinsamem Swimmingpool in Strandnähe leisten. Ich will damit sagen, dass wir alles besaßen, um vernünftigerweise glücklich zu sein. In dem Alter, vierzehn Jahre, dachte ich, dass wir das wären.

Im September musste ich eine Klassenarbeit wiederholen. Mit meinem Zeugnis in der Hand gab Mama ein paar vorwurfsvolle Seufzer von sich und bekam gleich darauf Migräne, und Papa, dessen Reaktionen primitiver waren, verpasste mir eine Ohrfeige, nannte mich einen Dummkopf und vertiefte sich wieder in seine Zeitung. Nichts davon beeinträchtigte meine Freude am Leben. Tatsächlich wünschte ich mir schon als Kind, später einmal Vater zu sein, um meine Kinder schlagen zu können. Das hatte ich bereits früh als bevorzugte Erziehungsmethode verinnerlicht. Später war ich nicht einmal imstande, mit Nikita zu schimpfen, und so ist uns der Junge auch geraten.

In den Ferien, an die ich mich heute Abend erinnere, die des Sommers mit der verpatzten Klassenarbeit, wurde ich Zeuge einer Szene, die in meinem Kopf ein rotes Alarmlämpchen aufleuchten ließ. Als wir eines Nachmittags vom Minigolfspielen heimkamen, zog ich Raulito im Nacken das Unterhemd zurück und ließ eine Eidechse hineingleiten. Was Kinder so machen. Er schrak zusammen. Es war für ihn nicht leicht, mich als Bruder zu haben. Einmal, da waren wir schon erwachsen, warf er mir am Ende einer Familienfeier vor, ich hätte ihm die ganze Kindheit versaut. Ich starrte ihn an. Was tun? Ich wählte den bequemsten Weg und bat ihn um Verzeihung. «Das kommt aber früh», knurrte er, von lang brütendem Hass zerfressen.

Als er die Eidechse in seinem Rücken spürte, begann Raulito vor Schreck so komisch herumzuhüpfen, wie ich es erhofft hatte. Dabei muss er wohl das Gleichgewicht verloren haben und stürzte auf dem steinigen Weg, der neben einer Zitronenplantage verlief, zu Boden. Er stand gleich wieder auf; aber als er seine blutenden Knie sah, fing er laut an zu heulen. Ich befahl ihm, still zu sein. War ihm nicht klar, dass er mich in Schwierigkeiten brachte? Mama hörte sein Geschrei in der Ferienwohnung und kam besorgt angelaufen, Papa trottete hinterdrein, verärgert, nehme ich an, weil er durch einen blöden familiären Zwischenfall in seiner Zeitungslektüre, seiner Siesta oder was immer gestört worden war. Mama sah das Blut, und ohne zu fragen, was passiert war, klatschte sie mir eine. Irgendwie lustlos ohrfeigte mich Papa auch gleich. In der Regel schlug Mama zorniger zu, richtete aber weniger Schaden an. Sie brachten Raulito zur Rote-Kreuz-Station an der Strandpromenade. Eine Stunde später kam er mit einem Pflaster auf jedem Knie und eisverschmiertem Mund in die Wohnung zurück. Um später zu behaupten, er sei nicht der Eltern Lieblingskind gewesen.

Ich wurde ohne Abendessen ins Bett geschickt. Die drei saßen schweigend am Tisch, spießten große Scheiben Tomaten mit Olivenöl und Salz auf ihre Gabeln, und ich beobachtete sie, schon im Schlafanzug, heimlich oben von der Spindeltreppe. Ich wollte meinem Bruder ein Zeichen geben, dass er mir später etwas zu essen hochbrächte, doch der Blödmann schaute kein einziges Mal zu mir hin. Auf dem Küchenherd dampfte ein Topf mit Suppe. Mama schenkte Raulito einen Teller voll ein. Mein Bruder beugte sich darüber, als wollte er den Dampf einatmen, der ihm ins Gesicht schlug. Und ich in meinem Versteck brach vor Neid und Hunger beinahe zusammen. Mama ging wieder zum Suppentopf, diesmal mit Papas Teller, und als sie ihn gefüllt hatte, spuckte sie unauffällig hinein. Hineinspucken ist nicht das richtige Wort. Vielmehr ließ sie ihre Spucke langsam hineinfallen. Sie hing ihr einen Moment an den Lippen, bevor sie sich löste. Dann rührte sie die Suppe mit dem Löffel um und stellte den Teller vor Papa auf den Tisch. Am liebsten hätte ich ihn oben von der Schneckenstiege aus gewarnt; aber mir war klar, dass ich erst einmal verstehen musste, was da vor sich ging. Meine Eltern stritten oft. Hatten sie sich wieder gestritten und aßen deswegen wortlos, ohne einander anzusehen? Ich fragte mich, ob meine Mutter mir auch schon mal ins Essen gespuckt hatte. Vielleicht war Mamas Speichel ja nahrhaft; doch wenn dem so war, warum hatte sie dann Raulitos Teller übergangen? Warum den armen Engel benachteiligen? Möglicherweise war dem Ehemann in die Suppe spucken ein alter Brauch, den sie aus ihrer Kindheit kannte, den sie bei ihrer Mutter oder einer ihrer Tanten beobachtet hatte.

3

Und falls mich im entscheidenden Moment nicht der Mut verlässt, was wird dann aus *Pepa*? Ich kann sie nicht Humpel aufhalsen, der schon genug für mich tut und sie manchmal über Nacht zu sich nimmt. Gut, dass ich mir ein Jahr Zeit zugestanden habe, um diese und andere wichtige Fragen zu klären. *Pepa* ist vor Kurzem dreizehn Jahre alt geworden. Es heißt, man muss das mit sieben multiplizieren, um auf das entsprechende Menschenalter zu kommen; wobei sicher nicht alle Hunderassen die gleiche Lebenserwartung haben. Als alte Dame wäre *Pepa* jetzt in den Neunzigern. Wenn Menschen in dem Alter noch so herumspringen könnten wie sie! Eigentlich gehört sie Nikita. Deswegen könnte ich sie, kurz bevor ich meinem Leben ein Ende setze, an seine Wohnungstür im besetzten Haus anbinden. Eine andere Lösung fällt mir im Moment nicht ein.

Amalia weigerte sich hartnäckig, ein Haustier in der Wohnung zu halten. Wir hatten nie eines gehabt. Als die Idee mit dem Hund aufkam, zählte sie alle möglichen Nachteile auf. Hunde machen Dreck, brauchen permanente Aufmerksamkeit, kriegen Flöhe, kosten Geld, werden krank, geraten mit anderen Hunden aneinander, bellen, beißen, pinkeln, kacken, stinken. Du gewinnst sie lieb, und ihr Tod stürzt dich in tiefe Trauer. Ich glaube, Amalia hätte nicht einmal davor zurückgeschreckt, mit den Kosten für eine tödliche Spritze zu argumentieren.

Anfangs hielt ich es auch für keine gute Idee, einen Hund ins Haus zu holen. Der Junge kam immer mit dem Argument, sein bester Schulfreund habe von seinen Eltern einen geschenkt bekommen, und er wolle nicht zurückstehen. Irgendwann merkte ich, dass Nikita den Druck erhöhte, wenn er mit mir allein war. Da wurde mir klar, dass er mich hinter dem Rücken der unnachgiebigen Mutter für seine Sache zu gewinnen suchte. Ich war für ihn also das schwächste oder am leichtesten zu knackende Glied des Familienvorstands. Er hat das nie so gesagt; aber seine Gedanken waren leicht zu erraten. Weit davon entfernt, mich darüber zu ärgern, fand ich es anrührend. Im Grunde war da keine Verachtung für den Vater, sondern eine Art Identifizierung mit ihm. Gefährten in der Schwäche, würden wir seine und meine Ziele nur erreichen, wenn wir unsere Kräfte gebündelt gegen das dominante Weib einsetzten. Also bündelten wir sie. Von nun an war ich es, der am liebsten einen Hund haben wollte. Um das durchzusetzen, gab ich mich analytisch, didaktisch, oberlehrerhaft. Und scheiterte. Ich bat Marta Gutiérrez um Rat, die einzige Person im Lehrerzimmer, zu der ich so viel Vertrauen hatte, dass ich sie in einer privaten Angelegenheit befragen konnte. Ob sie eine Idee habe, fragte ich sie, wie man eine eigensinnige Frau bei einem Familienstreit zum Einlenken bewegen könne. Sie wollte wissen, ob meine Frau gemeint sei. «Nein, ganz allgemein.» «Es gibt keine ganz allgemeinen Frauen.» «Also gut, ja, meine.» Ich erzählte ihr das mit dem Hund und beschrieb ihr in groben Zügen Amalias Temperament. Sie empfahl mir, es mit moralischer Intelligenz zu versuchen, worauf ich ihr antwortete, ich hätte nur Chinesisch verstanden. Ich bräuchte nicht mehr zu tun, sagte sie, als Amalia ein schlechtes Gewissen zu machen. Wie? Sowohl mein Sohn als auch ich selbst sollten uns melancholisch und unglücklich geben und sie glauben lassen, dass sie daran schuld sei. Dann würde sie sich möglicherweise im Unrecht fühlen, oder zumindest ärgerlich auf sich sein, würde Zweifel bekommen und am Ende nachgeben, allein schon um des lieben Friedens willen. Laut Marta Gutiérrez funktioniert diese Strategie nicht immer; aber es versuchen schadete ja nichts.

Sie funktionierte; allerdings um den Preis, dass es eine Reihe von Bedingungen und Regeln zu akzeptieren galt, die in Amalias kategorischer Ansage gipfelten, sie werde sich nicht eine Sekunde um das Tier kümmern. Es nicht ausführen, ihm nicht zu fressen geben, nichts. Zum Beweis, dass sie es ernst meinte, weigerte sie sich am ersten Tag, die Hündin überhaupt an sich heranzulassen. Der kleine Vierbeiner verstand die abwehrenden Gesten natürlich nicht und wollte Amalia unbedingt auf den Schoß springen, wedelte als Freundschaftsangebot mit dem Schwanz. «Willst du sie nicht streicheln?», fragte ich Amalia. Als Antwort zeigte sie mit dem Finger: «Willst du das nicht wegmachen?» Die Hündin hatte auf den Teppich gepinkelt. Zuerst mit einem nassen Lappen und danach mit dem Haartrockner schaffte ich es, dass nichts zurückblieb. Nicht einmal ein Geruch. Der Urin von Hundewelpen ist so gut wie geruchlos. Amalia, misstrauisch, ließ sich auf alle viere nieder, um sich zu vergewissern. Für die Namen, die Nikita und mir einfielen, hatte sie nur Spott übrig. «Dann gib du ihr einen», forderten wir sie auf. «*Pepa*», sagte sie knapp. «Wieso *Pepa*?» «Wieso nicht?» Und das war dann der Name, den sie bekam.

4

Die erste anonyme Mitteilung, die ich im Briefkasten fand, war mit Hand geschrieben, der gesamte Text in Großbuchstaben. Irgendein kleinlicher Nachbar, dachte ich. Nie wäre mir in den Sinn gekommen, dass diese Notiz der Anfang einer Serie war, die sich über annähernd zwölf Jahre hinziehen sollte. Ich knüllte das Papier zu einer Kugel zusammen und warf sie auf der Straße in eine Pfütze. Ich erinnere mich nur noch, dass es eine Mahnung von knapp zwei Zeilen war, weil ich den Hundekot nicht beseitigt hatte. In einem der Sätze war das Wort *Schwein* zu lesen. Dabei habe ich immer mindestens zwei Plastiktüten in der Tasche, muss allerdings gestehen, dass es anfangs (später nicht mehr) vorkommen konnte, dass ich in Gedanken versunken oder mit ihnen beim Unterricht des nächsten Tages war, oder schlicht zu faul, mich zu bücken, und in der Überzeugung, von niemandem gesehen zu werden, *Pepas* Exkremente liegen ließ, wo sie gerade lagen. Möglicherweise war der Zettel ohne Namen und Datum für Nikita bestimmt, der den Hund auch manchmal ausführte. Amalia habe ich kein Wort von der Sache gesagt.

5

Ich weiß nicht mehr, warum wir Anfang der Siebzigerjahre alle vier nach Paris gefahren sind und nicht, beispielsweise, nach Segovia, Toledo oder sonst eine Stadt, die näher lag und wo die Leute unsere Sprache sprechen. Papa radebrechte etwas Französisch, Mama verstand kein Wort. Ein möglicher Grund für die Reise war vielleicht, dass wir die Nachbarn beeindrucken oder den Verwandten zeigen wollten, was für eine harmonische Familie wir waren und dass wir uns eine solche Fahrt leisten konnten.

Es gab einen Fluss. Ich weiß nicht, ob ich damals seinen Namen kannte oder nicht, ist ja auch egal. Ich weiß nicht mehr, über welche Brücke wir gingen und wohin wir wollten. Nicht vergessen habe ich, dass ich sechs oder sieben Schritte zurückgeblieben war. Vor mir gingen Mama und Papa mit Raulito in der Mitte. Sie hielten ihn an den Händen und schienen durch ihn miteinander verbunden zu sein. Ich hatte da das Gefühl, dass sie ihn lieber mochten als mich. Schlimmer noch; dass sie ihn mochten und mich nicht, oder dass sie sich um ihn kümmerten und ich ihnen egal war. Ich konnte von einem Auto oder Motorrad angefahren werden, und sie würden, ohne von dem Unfall etwas zu merken, einfach weitergehen. Ich litt unter der Vorstellung, dass ich ihnen völlig gleichgültig war. Und dann war da das leicht zu erklimmende Brückengeländer und unten der Fluss mit seinem trüben, ruhig dahinfließenden Wasser, in dem sich die Nachmittagssonne spiegelte. Ich erinnere mich noch genau an das Geräusch des Aufpralls und wie sehr ich von dem Gefühl jäher Kälte überrascht war. Im Fallen hörte ich die Schreie einer Frau.

Noch bevor ich Wasser in den Mund bekam, zogen mich kräftige Hände an die Oberfläche. Papa verlor seine Schuhe im Fluss. In den folgenden Jahren erzählte er immer voller Stolz von dem, was er für die größte Heldentat seines Lebens hielt. Im Grunde fand er es auch wunderbar, dass seine Uhr dabei kaputtgegangen war; eine offenbar wertvolle Armbanduhr, die einmal seinem Vater gehört hatte. Bei dieser Geschichte brach immer die heroische Ader in ihm durch. Als er zwischen Uhr und Sohn wählen musste, hatte er nicht eine Sekunde gezögert.

Weder Mama noch er schimpften mit mir. Und Mama war so außer sich und so dankbar, dass sie inmitten all der Leute, die uns auf dem Uferweg umringten, den tropfnassen Papa umarmte und sein Gesicht mit spitzlippigen Küsschen bedeckte. Papa machte gern den Scherz, dass ich zwei Mal geboren worden sei. Das erste Mal hatte Mama mir das Leben geschenkt, das zweite Mal er.

Ich erinnere mich, dass im Hotelzimmer Papas schwarze Brieftasche, sein Reisepass, französische Geldscheine und andere Papiere, die ihm gehörten, auf den Möbeln zum Trocknen ausgelegt waren. Abends feierten wir in einem Restaurant, dass ich nicht ertrunken war, und Papa trank allein eine ganze Flasche Wein. Auf seiner Hemdbrust zeigte sich ein roter Fleck;

doch diesmal hielt Mama es wohl nicht für angebracht, ihn deswegen zu tadeln.

6

Gestern habe ich Mama besucht. Wie üblich sah ich vorher nach, ob Raúls Auto auf dem Parkplatz stand. Wenn es da steht, gehe ich nicht hinauf. Bei anderen Gelegenheiten macht es mir nichts aus, mich mit ihm zu unterhalten; aber wenn ich Mama besuche, will ich sie ganz für mich. Wenn dem nichts entgegensteht, gehe ich einmal die Woche ins Altenheim, doch in letzter Zeit, muss ich gestehen, bin ich etwas nachlässig geworden. Es ist mir wichtig, dass Mama jederzeit anständig behandelt wird. Momentan können wir uns nicht beschweren. Ich verlange oft Auskunft über ihren Gesundheitszustand und sorge dafür, dass das Personal mitbekommt, wie ich das Zimmer inspiziere und im Kleiderschrank und in Mutters Sachen herumschnüffle. Raúl macht es genauso. Es war seine Idee, uns wie Aufpasser aufzuführen, selbst um den Preis, für Nervensägen gehalten zu werden, und ich habe zugestimmt. Es gibt Alte im Heim, die niemals Besuch bekommen. Man hat sie dahin gebracht, wie man alten Plunder entsorgt. Ich könnte mir vorstellen, dass die Pfleger sich mit ihnen weniger Mühe geben als mit anderen, deren Angehörige jederzeit auftauchen, sich bei der Heimleitung beschweren oder in der Zeitung oder den sozialen Netzwerken Kritik anbringen können, wenn etwas nicht in Ordnung ist.

Schon seit einer ganzen Weile erkennt Mama uns nicht mehr. Für Raúl war das anfangs ein harter Schlag; er wollte sich sogar wegen Depressionen krankschreiben lassen. Kann sein, dass es andere Gründe für seinen Gemütszustand gibt, die durch das Erlöschen von Mamas Verstand verschlimmert worden sind. Ich bin aber nicht sicher und habe auch keine Lust, ihn danach zu fragen. Ich kann auch die Möglichkeit nicht ausschließen, dass mein Bruder sich das mit dem Krankschreiben nur ausgedacht hat, um mir irgendetwas zu beweisen, das ich übersehen oder nicht bemerkt habe, womit am Ende jedenfalls klargestellt würde, dass er bei einem Problem, in einer bestimmten Angelegenheit oder Situation richtig gehandelt hatte und ich falsch.

Mamas geistiger Verfall kam allmählich. So wie ich das verstehe, enthebt sie die Alzheimerkrankheit der sogenannten Tragik des Lebens. Man muss nur sehen, wie sie sich der Apathie ergibt und langsam erlischt. Raúl hat ihr bei Gelegenheit ein Foto von ihr mitgebracht für den Fall, dass sie einmal einen lichten Moment hat. Da steht das gerahmte Ding jetzt, beansprucht Platz auf dem Tisch und ist so nutzlos wie ein ausgestopftes Tier.

Den Umständen entsprechend geht es ihr gut. Ihr Rücken ist ein bisschen krumm, und sie ist sehr schmal geworden. Gestern, ich war auf dem Weg zum Fahrstuhl, rief mir eine Pflegerin zu, meine Frau Mutter sei gerade eingeschlafen. Daraufhin bin ich umgekehrt, habe mich an ihr Bett gesetzt und sie eine Weile betrachtet. Ihre Gesichtszüge sind ganz entspannt. Darüber bin ich sehr zufrieden. Wenn ich sie leiden sähe, würde ich verrückt werden. Sie atmete ruhig, und auf ihren Lippen glaubte ich den Anflug eines Lächelns zu erkennen. Vielleicht sieht sie im Traum Bilder aus der Vergangenheit; allerdings bezweifle ich, dass sie ihnen einen Sinn zuzuschreiben vermag.

Ich habe das Gefühl, dass Mama nächstes Jahr um diese Zeit noch am Leben sein wird. Wenn ihr dann jemand von meinem Hinscheiden berichtet, wird sie es nicht verstehen. Sie wird nicht einmal bemerken, dass ich sie nicht mehr besuche. Einer der Vorteile von Alzheimer.

Irgendwann beugte ich mich zu ihr und flüsterte ihr ins Ohr:

«Am letzten Tag im Juli nächsten Jahres werde ich mir das Leben nehmen.»

Mutter schlief in aller Ruhe weiter.

Ich fügte hinzu: «Einmal habe ich gesehen, wie du Papa in die Suppe gespuckt hast.»

7

Ein Interview mit einem U-Bahn-Zugführer fand ich sehr interessant. Es nimmt eine ganze Zeitungsseite ein. Es geht dabei um die Menschen, die sich vor den Zug werfen, und um die psychischen Folgen, die diese anscheinend gar nicht so selten vorkommende Tat bei dem Menschen hinterlässt, der den Selbstmord aus kürzester Entfernung miterlebt und ihn nicht verhindern kann, selbst wenn er sofort die Bremsen betätigt. Und nicht alle Selbstmörder erreichen ihr Ziel. Die Statistiken besagen, dass mehr als die Hälfte von ihnen, oft mit grauenhaften Verstümmelungen, überlebt. Als ich das gelesen habe, lief es mir kalt den Rücken hinunter. Die Vorstellung, gelähmt oder ohne Beine im Rollstuhl zu sitzen, ist nichts, was mich besonders euphorisch stimmt. Wer sollte sich dann um mich kümmern?

Nachmittags, in Alfonsos Bar, habe ich Humpel von meinem Plan erzählt. Ich wollte unbedingt eine Meinung hören, die nicht meine eigene war, und er ist nun mal mein einziger Freund. Humpels Reaktion kann man nicht anders als euphorisch bezeichnen. Dabei hatte ich damit gerechnet, dass er sich entsetzt zeigen und mich mit allen Mitteln von meinem Plan abzubringen versuchen würde.

Einen Moment lang habe ich gedacht, dass er mich auf den Arm nimmt. Ich habe ihn geradeheraus gefragt. Da hat er mir gestanden, dass auch er seit ein paar Jahren mit dem Gedanken liebäugelt, sich das Leben zu nehmen. Gründe hat er natürlich genug; angefangen mit seinem körperlichen Problem, obwohl die unter dem Hosenbein und im Schuh verborgene Prothese das ganz gut kaschiert.

Humpel kannte das Interview nicht. Da die Zeitung in der Bar nicht auslag, obwohl sie sie eigentlich haben, jedenfalls so lange, bis der Flegel vom Dienst sie mitnimmt, ist er schnell nach draußen und hat sich am Kiosk eine gekauft. Ich kenne die Vorliebe meines Freundes für morbide Themen, einschließlich natürlich der für Selbstmorde oder Freitode, die von ihm bevorzugte Bezeichnung dafür. Er behauptet, alles, was damit in Zusammenhang steht, gründlich studiert und eine Menge Bücher zu dem Thema gelesen zu haben.

Wir sind das Interview gemeinsam durchgegangen. Der Interviewte, ein fünfundvierzigjähriger Mann mit vierundzwanzig Jahren Berufserfahrung, beklagt sich, dass in den Medien immer von denen die Rede ist, die sich vor den Zug geworfen haben, aber nie von dem Zugführer. Sein erster Selbstmordfall war der eines siebzehnjährigen Mädchens. Danach war er neun Monate lang krankgeschrieben. Er berichtet in aller Ausführlichkeit von ähnlichen Fällen. Humpel neben mir las und kommentierte lustvoll die Antworten des Interviewten. Er hat angeboten, mir bei meinem Selbstmord zu assistieren. Er will sogar darüber nachdenken, ob er mich bei dem Unterfangen begleitet. Seine Begründung: «Ich will nicht allein bleiben.» Sein Gesicht strahlt dabei vor Begeisterung. Dann wird er plötzlich ernst. Er beschwört mich, mich nicht vor die U-Bahn zu werfen. «So eine Sauerei kann man den Zugführern nicht antun!» Mit dem Zeigefinger deutet er auf eine Passage des Interviews, in der der Befragte erzählt, dass er in seinen Träumen immer noch den Blick eines alten Mannes im Moment des Aufpralls vor Augen hat.

Humpel weiß nicht, dass ich ihn in meinen privaten Aufzeichnungen Humpel nenne.

8

Jemand hat gegen Mitternacht Mama angerufen. Irgendein Bekannter oder Verwandter, vielleicht jemand aus der Nachbarschaft hat sie, aus meiner heutigen Perspektive als Erwachsener gesehen, mit nicht ganz lauteren Absichten aus dem Bett geholt.

Fange ich jetzt schon wieder mit Kindheitserinnerungen an? Am Ende stimmt es ja vielleicht doch, dass, wenn man sein Ende kommen sieht, unwillkürlich das ganze Leben vor einem abläuft. Das habe ich mehr als einmal gelesen und gehört. Ich dachte immer, das sei Unfug; allmählich glaube ich das nicht mehr. Aber weiter.

Raulito und ich schliefen in unserem gemeinsamen Zimmer, jeder in seinem Bett, und der nächste Tag war für uns ein normaler Schultag. Ich dürfte damals neun gewesen sein. Jedenfalls war es nach unserer Parisreise. Plötzlich ging das Licht an. Mama, barfuß und im Nachthemd, rüttelte uns wach und trieb uns an, uns anzuziehen. Todmüde fragte ich sie, was passiert sei. Ich bekam keine Antwort.

Minuten später hasteten wir drei durchs Treppenhaus nach unten, Mama mit Raulito an der Hand, ich hinterdrein. Ich vermute, dass Mama nicht wollte, dass die in den Nachbarwohnungen den ratternden Fahrstuhl hörten, oder sie hatte einfach keine Geduld, darauf zu warten. Auf jedem Treppenabsatz drehte sie sich um und mahnte mich mit dem Finger auf den Lippen, still zu sein, dabei war ich still wie eine Maus.

Auf der Straße schlug uns winterliche Kälte ins Gesicht. Der

Himmel war tiefschwarz. Im Licht der Laternen sah man kaum Menschen. Aus unseren Mündern kam dampfender Atem. Nach einer Weile gelang es Mama, vom Straßenrand aus ein Taxi anzuhalten. Wir setzten uns alle drei auf die Rückbank, Mama in der Mitte. Ich wusste nicht, wohin wir fuhren und wozu überhaupt, und Mama gab mir einen Klaps, damit ich aufhörte, Fragen zu stellen. Sie stieß das Kinn in Richtung Hinterkopf des Taxifahrers, und da begriff ich, dass der Mann nicht hören sollte, was wir sprachen. Mich überkam das beunruhigende Gefühl, dass wir aus unserer Wohnung geflohen waren, und mich quälte der Gedanke, dass ich für immer mein Spielzeug verloren haben sollte. Ärgerlich. Wenigstens eines hätte ich mitnehmen können! Solche Gedanken gingen mir durch den Kopf. Raulito war wieder eingeschlafen. Mama hob ihn auf den Schoß und legte die Arme um ihn.

Wir hielten vor einer Bar, in welcher Straße, könnte ich nicht sagen. Mama sagte, wir sollten still vorm Eingang stehen bleiben und uns nicht von der Stelle rühren, gleich käme jemand und würde uns wieder nach Hause bringen. Dann zog sie die Tür des Taxis zu und fuhr davon, ließ meinen Bruder und mich allein und frierend mitten in der Nacht auf dem schmalen Gehweg stehen. Raulito fragte mich, ob ich ihm für ein Weilchen meine Handschuhe geben könnte. Ich sagte ihm, mir wäre auch kalt und warum er seine nicht mitgenommen hätte. Ich fragte ihn, ob er sich fürchte. Er sagte Ja. Ich nannte ihn Feigling, Memme, Angsthase, Pfeffernase.

Ich weiß nicht mehr, wie lange mein Bruder und ich vor dieser Bar standen; mindestens zwanzig Minuten, in denen wir keinen Menschen herauskommen oder hineingehen sahen. Hinter den Fensterscheiben blinkten rote Glühbirnen, das ist alles, woran ich mich erinnere. Schließlich ging die Tür auf. Ein Schwall von Musik, Stimmen und Gelächter drang an unsere

Ohren. Ein hochgewachsener Mann kam herausgestolpert und hielt eine Frau im Arm, deren Brust er zu küssen versuchte, was ihm aber nicht gelang, weil sie sich seinen Übergriffen lachend entzog. Raulito erkannte den Mann sofort. «Papa!», rief er und rannte auf ihn zu.

9

Vergangene Nacht hat Humpel mich angerufen, als ich schon schlief. Ich erschrak, weil ich dachte, Nikita hätte einen Unfall gehabt oder säße, mit dem Blut eines anderen befleckt, auf dem Polizeirevier in einer Gefängniszelle. Ich frage Humpel, ob er weiß, wie spät es ist. Ich war so wütend, als ich seine Stimme hörte, dass mir beinahe sein Spitzname herausgerutscht wäre. Ja, ich möge entschuldigen; aber da er morgen in Urlaub fährt, ruft er mich lieber jetzt noch an, weil er glaubt, dass mich interessiert, was er mir zu erzählen hat.

Seit ich ihm (zur falschen Zeit!) meinen Vorsatz für das kommende Jahr verraten habe, tut er nichts anderes mehr, als Informationen über den Freitod zusammenzutragen. Freitod, das ist jetzt sein Steckenpferd. Man merkt, dass ihn das Thema begeistert, dass er sich jede Information, jeden Begriff, jedes Zitat auf der Zunge zergehen lässt. Ich glaube allmählich, dass er mich nicht ernst nimmt. Und wenn ich ihm sagte, ich hätte den Plan verworfen, in dem ich nur noch den Ausfluss einer vorübergegangenen Gefühlsduselei sähe? Auf diese Weise könnte ich seine lästige, gnadenlose und natürlich völlig kindische Begeisterung vielleicht von mir fernhalten.

Er erzählte mir, in einigen mittelalterlichen Reichen seien die Leichen von Selbstmördern verstümmelt worden, als Bestrafung. Die Köpfe traf es dabei am schlimmsten. Während er spricht, schaue ich auf den Wecker. Viertel nach zwölf. Am liebsten würde ich auflegen; tue es aber nicht. Humpel ist mein einziger Freund. Ich hörte ihm weiter zu. Sie banden den Kopf an ein Reittier und schleiften ihn durch die Straßen, als Warnung für die Lebenden. Danach wurde er auf dem Marktplatz zur Schau gestellt oder an einen Baum gehängt. Was ich davon halte.

Wieder im Bett, konnte ich keinen Schlaf mehr finden; nicht wegen des Vortrags, den Humpel mir gehalten hatte, und der mir mit seinen Schauerlichkeiten und überhaupt schlicht gestohlen bleiben konnte, sondern wegen einer Sache, die mich in letzter Zeit zunehmend beschäftigt. Ich bin mir nämlich unsicher, ob ich nach den Schulferien weiter unterrichten soll oder nicht. Was für einen Sinn hat es, weiter zu arbeiten und die verhassten Kollegen zu ertragen, bis auf zwei oder drei, besonders die Direktorin, die mir verhassteste von allen, sowie diese Ungeheuer, die man Schüler nennt? Ich könnte meine Ersparnisse dafür verwenden, es mir ein Jahr lang richtig gut gehen zu lassen. Ich könnte in Länder reisen, die ich immer schon mal besuchen wollte. Das Problem ist, dass ich wegen *Pepa* zu Hause bleiben muss. Für längere Zeit kann ich sie Humpel nicht zumuten. Ich will auch Nikita nicht allein lassen. Und Mama nicht.

10

Immer wenn ich auf der Straße, in der U-Bahn oder sonst wo einen tätowierten Menschen sehe, muss ich an Nikita denken. Als das anfing, schien es mir weder gut noch schlecht, dass mein Sohn bei der Mode mitmachte, sich Zeichnungen in die Haut zu ritzen; davon abgesehen bemühte ich mich in der wenigen Zeit, die wir zusammen verbrachten, um eine konfliktfreie Beziehung zu ihm.

Vorschriften soll seine Mutter ihm machen, zu dem Zweck hat sie ja – mit anwaltlicher Hilfe – das Sorgerecht für sich beantragt, das ich ihr gar nicht streitig machte. Der Sohn für sie, der Hund für mich. Für mich stellt sich nicht eine Sekunde die Frage, wer bei dieser Aufteilung den Kürzeren gezogen hat. Nikitas Naivität hat ihn zu offenen Worten verleitet, und er hat mir einige von Amalias Geheimnissen verraten: «Mama spricht schlecht über dich», sagte er. Und ein anderes Mal: «Mama bringt Frauen mit nach Hause und geht mit ihnen ins Bett.»

Der Junge war sechzehn, als er sich zum ersten Mal tätowieren ließ, ohne mütterliche Genehmigung. Ich habe das unvorteilhafte Ergebnis von Anfang an gelobt. Mir ist lieber, dass er mich als Kumpel sieht, denn als repressiven Vater. Schlechten Geschmack kann man ihm nicht nachsagen. Ich bin sogar versucht, ihm eine poetische Absicht zuzugestehen, da er als Motiv ein Eichenlaubblatt gewählt hat; wenngleich die Zeichnung so klein ist, dass man sie nur auf kurze Entfernung erkennen kann. Nach drei Metern wird sie zu einem undefinierbaren Fleck. Das Problem ist die Stelle, die er sich für die Tätowierung ausgesucht hat, mitten auf der Stirn. Als ich sie zum ersten Mal sah, musste ich mir auf die Zunge beißen, um nicht loszulachen. Voller Stolz erklärte er mir, seine ganze Clique hätte sich tätowieren lassen. «Auf der Stirn?», fragte ich. Nein, auf der Stirn nur er.

Eine Weile später ließ er sich noch eine Tätowierung machen, diesmal auf dem Rücken. Horror: ein Hakenkreuz. Ich stellte mich dumm und fragte ihn, ob er die Bedeutung des Zeichens kenne. Der arme Kerl hatte nicht die geringste Ahnung. Für ihn zählte nur, dass er und seine Freunde jetzt das gleiche Tattoo trugen, als Erkennungszeichen der Clique.

Ich merke, dass ich unfähig bin, an meinen Sohn zu denken, ohne dass er mir peinlich ist. Es passiert mir immer wieder –

obwohl in letzter Zeit seltener –, dass ich einen Turm von Missbilligungen gegen ihn errichte und diesen am Ende aus Mitleid selbst wieder umpuste. Ich weiß nicht, wie weit man Nikita etwas vorwerfen kann, wenn man bedenkt, was für einen Vater und eine Mutter er gehabt hat.

Amalia bestellte mich in die Cafeteria del Círculo de Bellas Artes, um über das neue Tattoo unseres Sohnes zu sprechen und zu einer Lösung zu finden. Das sei ja fürs ganze Leben, was für eine Schande, vielleicht könne man das Nazisymbol mit Laserstrahlen entfernen. Ich bewahrte eine distanzierte Ruhe, bis sie sich immer mehr aufregte und mich schließlich fragte, ob es mich denn gar nicht kümmere, was unser Sohn getan habe. Ich antwortete ihr, dass ich mehr als bekümmert sei; dass mir aber, da ich den Jungen nur zu den von der Richterin festgelegten Zeiten sehen dürfe, zu sehr die Hände gebunden seien, um mich in seine Angelegenheiten einzumischen. Amalia sah mich an, als wollte sie sagen: «Sag doch, dass ich unfähig bin, ihn zu erziehen, sag's mir bitte, beleidige mich, damit ich mir Luft machen und dir deinen Anteil an Schuld ins Gesicht schleudern kann.» Aber ich sagte es nicht, und sie – enttäuscht, könnte ich schwören – verabschiedete sich mit gewohnter Bitterkeit. «Du hasst mich, nicht wahr?»

11

Ich war nicht mehr auf dem Friedhof, seit wir Papa beerdigt haben. Das ist lange her. Diese mutmaßlichen Oasen des Friedens ziehen mich nicht an. Sie langweilen mich. Ganz im Gegensatz zu Humpel, der ab und zu gerne einen Spaziergang über die Friedhöfe der Stadt unternimmt, besonders über den Friedhof La Almudena, weil der groß ist, weil viele Berühmtheiten dort begraben sind und weil er ganz in der Nähe liegt. Vor allem besucht er die Gräber von Prominenten, und wenn er auf Reisen ist, sorgt er dafür, dass er das unterwegs ebenfalls tun kann, im Ausland selbstverständlich auch. Er macht dann Fotos. Die stellt er ins Internet und zeigt sie mir. Sieh mal, das Grab von Oscar Wilde. Schau da, das Grab von Beethoven. So, auf diese Art. Ich bin heute Morgen nur deshalb auf den Almudena-Friedhof gegangen, weil mein Freund im Urlaub ist und ich daher nicht seiner Begleitung und makabren Gelehrtheit ausgesetzt bin. Ich wusste nicht, ob Hunde zugelassen sind. Zur Vorsicht habe ich *Pepa* zu Hause gelassen. Später habe ich auf dem Friedhof eine Dame mit einem herrlichen Deutschen Schäferhund gesehen.

Seit mehreren Tagen herrscht eine drückende Hitze. Von der Haltestelle der 110 bis zum Grab der Großeltern und Papas ist es ein beträchtliches Stück. Ich kam mit heraushängender Zunge und durchgeschwitztem Hemd dort an. Zu allem Überfluss liegt der Grabstein voll in der Sonne. Er ist aus ungeschliffenem Granit, und in der Reihenfolge der Bestattung stehen darauf die Namen von Großvater Faustino, von Großmutter Asunción und von Papa. Sie liegen Sarg auf Sarg, und der nächste wird im kommenden Jahr meiner sein. Wir haben ein Nutzungsrecht für die Dauer von neunundneunzig Jahren, von denen an die fünfzig bereits abgelaufen sind.

Ich habe mich auf den Grabstein gelegt. Ich wollte mal fühlen, wie es ist, auf dem Friedhof zu liegen. Mir ist schon klar, dass das kindisch ist; aber es sieht mich ja keiner. Ich kenne jetzt schon die beiden Daten, die auf meinem Grabstein stehen werden. Das können wenige Menschen von sich sagen. Die Hitze des Steins drang mir durch die Kleidung. Über mir war die Welt von einem makellos blauen Himmel bedeckt und seltsamerweise nicht von den weißen Streifen der Flugzeuge beschmutzt. Dann glaubte ich, näher kommende Stimmen zu hören. Ich bin sofort aufgestanden und gegangen. Man soll mich ja nicht für kauzig halten.

12

Es fiel mir schwer, zuzugeben, dass Papa nicht ganz lupenrein war. Noch immer, nach so vielen Jahren, durchfährt mich wie ein Messerstich der Wunsch, einige der Gerüchte über sein Verhalten in der Fakultät, die vor langer Zeit an meine Ohren drangen, möchten unwahr sein. Ich kenne das Gerede, dass er seinen Studentinnen gegen Sex bessere Noten versprach, und auch andere Vorteile hinsichtlich ihrer universitären Laufbahn; welche das genau waren, habe ich nie erfahren. Ich habe auch keine Bestätigung über den Wahrheitsgehalt dieser Gerüchte; doch die Tatsache, dass sie aus unterschiedlichen Quellen stammten und in zeitlichen Abständen immer wieder auftauchten, lässt mich das Schlimmste annehmen.

Als Kind dachte ich immer, Mama wäre die Böse. Heute versuche ich diesen Irrtum durch liebevolle Gesellschaft wettzumachen. Einen halben Irrtum, denn Mama ist weit davon entfernt, eine Heilige zu sein. Zu ihrer Entlastung muss man aber wohl anführen, dass sie oft in Notwehr handelte. Dennoch weiß ich, dass die Aggression nicht selten von ihr, einer Meisterin der Verstellung, ausging, auch wenn sie gar nicht streitsüchtig wirkte. Nachdem ich ausgiebig darüber nachgedacht habe, komme ich zu dem Schluss, dass ihre Schuld nicht ganz so groß wie seine war.

Amalia und ich merkten bald, dass wir zu viel Zeit und Energie darauf verwandten, uns zu zermürben. Alle sentimentalen Skrupel hinter uns lassend, ließen wir unsere Ehe nach dem

Express-Scheidungsgesetz von 2005 lösen. Meine Eltern hatten keine solche Wahl. Das Scheidungsgesetz des Jahres 81 hatte administrative Hürden errichtet, die hochgradig abschreckend wirkten in einer Zeit, das darf man nicht vergessen, als den Spaniern die Ehe als unauflöslich galt. Das Gesetz schrieb vor, dass nur ein Richter die Trennung vollziehen konnte. Außerdem forderte es als unabdingbare Voraussetzung für eine Scheidung, dass die Ehepartner mindestens ein Jahr lang getrennt gelebt hatten. Papa und Mama zogen es aus Bequemlichkeit vor, oder um sich nicht dem auszusetzen, was die Leute sagten, in diesem Ehe genannten Bürgerkrieg zu zweit durchzuhalten, bis der Tod sie scheide, und genau das passierte dann auch. Als wir Papa beerdigten, war er vier Jahre jünger, als ich jetzt bin.

Heute, Jahrzehnte später, ist es mir egal, was meinem Vater nachgesagt wird. Ich spreche ihn nicht frei, und ich verurteile ihn nicht. Ich weiß, wenn er wiederauferstünde, würde er angelaufen kommen und mich in seine Arme schließen. Da er aber nicht zu mir kommen kann, werde ich also zu ihm gehen. Es liegt wahrscheinlich an dem Cognac, den ich heute Abend beim Schreiben trinke, aber es ist mir ein tröstlicher Gedanke, mit ihm zusammen in einem Grab zu liegen.

13

Mit meinen Freunden von damals war ich auf einem Fest in der Uni. Nachdem wir gerade angekommen waren, zogen wir zusammen ein paar Linien Koks. Ich kann mich nicht erinnern, dass es eine große Wirkung auf mich gehabt hätte. Von Kokain hatte das Zeug wohl nur den Namen. Knapp bei Kasse, wie ich damals war, trank ich danach ein paar Bier, von denen ich nicht einmal ansatzweise betrunken wurde. In einer Zimmerecke alberte ich mit einer Französin herum, die gewisse Hoffnungen in mir weckte. Mit einem entzückenden Akzent sagte sie, sie verschwände mal eben auf die Toilette. Ich brauchte zwanzig Minuten, um zu begreifen, dass sie nicht wiederkommen würde. Wahrscheinlich war sie nicht einmal Französin.

Irgendwann frühmorgens kam ich nach Hause. An die genaue Zeit erinnere ich mich nicht mehr. Angesichts der Dunkelheit und Stille nahm ich an, die ganze Familie läge in tiefem Schlaf. Seit ich an der Uni war, kontrollierte niemand mehr mein Kommen und Gehen. Man erwartete von mir, dass ich mein Examen machte; über alles andere (meine Vorlesungen, meinen Umgang, meine Neigungen) musste ich keine Rechenschaft ablegen. Meine Mutter, die einen leichten Schlaf hatte, war möglicherweise noch wach und hoffte auf ein Zeichen, das ihr meine gesunde Heimkehr verriet. Bei diesen Gelegenheiten bewegte ich mich stets mit großer Vorsicht, da ich der Meinung war, dass, so wie ich ein Recht auf mein eigenes Leben hatte, meine Familie ein Anrecht auf ungestörten Schlaf besaß. Ich wusste genau, wo jedes Möbelstück stand, und konnte das Wohnzimmer im Dunkeln durchqueren. Ich ging gleich zu Bett, ohne das Bad zu benutzen und ohne Licht zu machen, weil ich Raulito nicht aufwecken wollte, mit dem ich mir, da unsere Wohnung klein war, immer noch das Zimmer teilte.

Gleich darauf spürte ich seinen Atem an meinem Gesicht. Er fragte mich flüsternd und ein bisschen ängstlich, ob ich ihn gesehen hätte. Gesehen, wen? Papa, im Wohnzimmer, mit einer Wolldecke zugedeckt. Das Problem ist, dass ich meinen Bruder nicht immer ganz ernst genommen habe. Er war dick, trug eine Brille und hatte eine kieksende Stimme. Ich antwortete ihm, ich hätte niemand im Wohnzimmer gesehen und wolle jetzt schlafen. Da sagte er wie zu sich selbst: «Dann ist er wohl wieder ins Schlafzimmer zurückgegangen.» Bevor er sich von mir abwandte, packte ihn die Neugier, und er wollte noch wissen, ob ich ein Mädchen rumgekriegt hätte. «Aber sicher», sagte ich. Hinter einem Gebüsch hätte ich es mit einer Französin getrieben. Und ich könne nur hoffen, dass sie die Pille genommen hatte, denn ich sei literweise in sie gekommen. So wie Raulito damals aussah, kam er an kein Mädchen heran und musste sich mit Onanieren und meinen Geschichten zufriedengeben. Er nahm mir das Versprechen ab, ihm am nächsten Tag die Geschichte in allen Einzelheiten zu erzählen. Ich versprach es ihm, und das war alles, bis Mama bei Tagesanbruch ins Zimmer kam und uns weckte.

Papa lag tot auf dem Wohnzimmerteppich, auf dem Rücken, die Augen offen, die Lippen ein wenig geöffnet und, wie Raulito mir schon gesagt hatte, mit einer Wolldecke bedeckt. Die Wolldecke, erfuhr ich später, hatte Mama ihm um elf Uhr nachts übergeworfen, damit er nicht fröre, da sie überzeugt war, dass Papa, der kurz vorher nach Hause gekommen war und mit dem sie sich gestritten hatte, sturzbetrunken war und sich auf den Teppich gelegt hatte, um seinen Rausch auszuschlafen.

Einen Moment lang schauten wir uns alle drei an und wussten nicht, was wir tun sollten. Mir kam in den Sinn, dass Papa vielleicht gar nicht tot sei. Vielleicht war er nur ohnmächtig geworden. Ich schlug sogar vor, ihm ein Glas kaltes Wasser ins Gesicht zu schütten. Mama war die Einzige, die sich dem liegenden Körper zu nähern wagte, und bewegte mit der Spitze ihres Pantoffels den Kopf hin und her, um mir die unabweisbare Wirklichkeit vor Augen zu führen. «Jetzt seid ihr Halbwaisen, und ich bin Witwe.» In ihren Worten lag eine Kälte, die jeden Hauch von Schmerz ausschloss. Obwohl wir wussten, dass es nutzlos war, beschlossen wir, den Notarzt zu rufen.

Vier Tage später begruben wir Papa in einem haselnussfarbenen Sarg. Ich versuchte, der Feier fernzubleiben, indem ich eine wichtige Prüfung vorschob, doch Mama ließ nicht mit sich reden. Ich weiß nicht, warum ich ihrem Blick nicht standhalten konnte. Es war, als hätte sie sich die Augen von jemand anderem eingesetzt. Vielleicht war das die Art, wie sie Papa ansah, wenn sie beide allein waren, und jetzt war es an mir, diesen harten Blick auszuhalten. Heute habe ich den Verdacht, dass sie Schuldgefühle hatte und die Art, wie sie ihren zwanzigjährigen Erstgeborenen anschaute, eine Warnung sein sollte, dass sie nicht bereit war, sich andere Vorwürfe anzuhören als die, die sie sich selber schon machte. Möglicherweise hat sie aufgrund einer Indiskretion von Raulito erfahren, dass ich Nachforschungen angestellt hatte. Bevor wir zum Friedhof aufbrachen, pflanzte Mama sich vor mir auf und sagte, sie habe für Papa aus dem einfachen Grund nicht mehr getan, weil ihr der Ernst der Lage nicht klar gewesen sei. «Noch Fragen?» Nein. «Umso besser.» Mit diesen Worten kehrte sie mir den Rücken.

14

In letzter Zeit habe ich bei allem, was ich tue, ein starkes Gefühl von Abschied. Ich sage mir, jetzt habe ich zum letzten Mal einen Pfirsich gegessen, zum letzten Mal die Plaza Mayor überquert, eine Aufführung im Teatro Español gesehen. Ich fühle mich wie ein Sterbender, der kerngesund ist. Ich glaube, früher war ich vernünftiger. Oder pragmatischer. Ich weiß nicht. Vielleicht bin ich auch nur ein wenig allein im Leben, gerade jetzt, da mein bester, mein einziger Freund verreist ist.

Während ich durch die Straßen bummelte und darauf wartete, *Pepa* vom Hundefriseur abholen zu können, fiel mir die Jesuitenkirche ins Auge, und aus einer Laune heraus bin ich hineingegangen, um ein bisschen mit der Figur des Gekreuzigten zu sprechen, die hinter dem Altar an der Wand hängt. Es ist schon viele Jahre her, dass meine Schritte mich in das Haus des Herrn geführt haben.

Als Raulito und ich klein waren, spielte Religion zu Hause keine große Rolle. Wir wurden getauft, empfingen die Erstkommunion als reine Formsache, den Großeltern mütterlicherseits zu Gefallen, die in Glaubens- und anderen Dingen reichlich beschränkt waren, und um eventuelle Diskriminierungen in der Schule zu vermeiden. Da Papa und Mama nie zur Messe gingen, gingen mein Bruder und ich auch nicht. Großvater Faustino brüstete sich bekanntermaßen damit, Atheist zu sein. Nikita haben wir nicht taufen lassen. Amalia vertrat die Meinung, der Junge solle, wenn er erwachsen war, selbst entscheiden, ob er getauft werden wollte oder nicht. Mir war es, ehrlich gesagt, egal.

Ich habe mich in die dritte Bankreihe gesetzt. Ich habe nämlich mal gelesen, dass Admiral Carrero Blanco da immer gesessen hat, wenn er die tägliche Messe in dieser Kirche besuchte. Vielleicht hat er auch an dem Tag hier gesessen, an dem er nicht weit von hier mit einer Bombe in die Luft gejagt wurde. Ich weiß allerdings nicht, ob er links oder rechts vom Mittelgang gesessen hat.

Der gekreuzigte Christus ist von beträchtlicher Größe. Ich stelle mir vor, dass der Admiral ihm Stoßgebete zugeflüstert hat. «O Herr, lass die Einheit Spaniens erhalten bleiben; hilf mir, den Kommunismus aufzuhalten und das Freimaurertum zurückzudrängen; dann lass mich vor Dein Angesicht treten. Amen.» Und tatsächlich hat der Herr ihn – unter Mithilfe der ETA – in den Himmel auffahren lassen, derweil die Sache mit Spaniens Einheit sozusagen immer noch in der Luft hängt; und was das Übrige angeht, wird man sehen, wie das Volk und die Geschichte sich entscheiden.

Der Christus in der Kirche San Francisco de Borja hat sein Gesicht zur Seite gedreht. Ich konnte ihn nicht dazu bringen, mich anzusehen. Ich habe ihm mit diesen oder ähnlichen Worten zugeflüstert: «Sende mir ein Zeichen, und ich gebe mein Vorhaben auf. Dann hast du einen Jünger hinzugewonnen. Es reicht mir schon, wenn du mir das Gesicht zuwendest, mir zuzwinkerst, einen Fuß bewegst, was du willst; im Gegenzug verzichte ich auf meinen Selbstmord.»

Die Kirche füllt sich jetzt mit Gläubigen. Wahrscheinlich beginnt bald ein Gottesdienst. Ich habe dem Christus an der Wand drei Minuten gegeben. Keine Sekunde mehr. Nach Ablauf dieser Zeit hat er mir kein Zeichen gegeben, und ich bin gegangen.

15

Es vergeht kein Tag, ohne dass Humpel mir von seinem Handy ein Foto, manchmal zwei, von seinem Urlaubsort an der Küste in der Nähe von Cádiz schickt. Er hält sein Handy immer in der gleichen Position, sodass die Hälfte des Bildes von seinem Gesicht ausgefüllt ist und die andere Hälfte von dem Ort, an dem er sich gerade befindet. Humpel grinsend am Strand; Humpel grinsend vor einer Reihe weißer Grabsteine; Humpel grinsend vor dem Eingang eines Tanzlokals oder Ähnlichem. Ich hätte große Lust, ihn zu bitten, mir keine weiteren Beweise seines Urlaubsglücks zu schicken, möchte ihn aber nicht verärgern.

Ich weiß noch, wie Amalia und ich ihn im Gregorio Marañón besucht haben. Mit der Infusionsflasche an der Stange und seiner unter Laken verborgenen körperlichen Beschädigung lag er im Bett und sagte uns, er hielte sich für einen vom Glück begünstigten Menschen. In der Gewissheit, außer Gefahr zu sein, ließ er seiner Spaßvogelseite die Zügel schießen und scheute auch vor makabren Scherzen nicht zurück. Er gab sich enttäuscht, weil sein Name nicht in der Zeitung genannt worden war. «Dazu», antwortete ich ihm mit der Unbefangenheit, die Freundschaft verleiht und die Amalia nicht verstand, «hättest du einer der Toten sein müssen.»

Wir erfuhren, dass er den rechten Fuß verloren hatte. Seine anderen Verletzungen waren kaum erwähnenswert. Die fröhliche Miene, die unser Freund machte, führte Amalia, die ihm nur mit wenig oder gar keinem Respekt begegnete, zu der Annahme, dass er womöglich auf Anraten des Psychologen versuchte, positive Energie aus dem zu ziehen, was ihm zugestoßen war. Ich glaube, dass er, als wir ihn besuchten, unter der Wirkung von Schmerzmitteln stand und sich noch kein genaues Bild von der langen, schwierigen Genesungszeit machte, die ihn erwartete.

Es hat lange gedauert, bis ich ihn wiedergesehen habe. Wir haben aber oft miteinander telefoniert, und eines Tages rief er mich an und erzählte, er sei wieder in seiner Wohnung in der Calle O'Donnell, zu der es damals für mich weiter war als jetzt. Ich verabredete mich mit ihm, und als ich ihn dann sah, machte er mir einen wirklich guten Eindruck. Angezogen und mit Schuhen sah man nicht, dass er eine Prothese trug. Er scherzte schon wieder und tat so, als würde er an einen imaginären Fußball treten. Er gestand mir, dass es nicht leicht gewesen war, sich daran zu gewöhnen; doch nach und nach habe er den Dreh rausgekriegt. Er konnte gehen, ohne dass jemand von seiner Behinderung etwas merkte. Er hatte sich sogar getraut, wieder mit seinem Auto zu fahren. Er ist wirklich ein Glückskind, dachte ich. Er musste laut lachen, als ich ihn fragte, ob er in Erwägung gezogen habe, bei den nächsten Paralympics mitzumachen. Als ich ihn so lachen sah, konnte ich mir nicht vorstellen, dass er sich in psychiatrischer Behandlung befand. Als Vergleich fielen mir diese stets lächelnden Blinden ein, die für ihr Unglück auch noch dankbar sind. Nach so vielen Wochen des Leidens wieder Treppen steigen, das Gras riechen, Wolken und Baugerüste sehen und baldmöglichst seinen Arbeitsplatz in der Immobilienfirma, den man ihm frei gehalten hatte, wieder einnehmen zu können; mit einem Wort also, wieder unter den Lebenden zu weilen, musste Humpel mit unermesslichem Glück erfüllen. Ich frage mich heute, ob etwas Ähnliches nicht auch der Lastwagenfahrer empfindet, der seinen Wagen auf der Morandi-Brücke in Genua zum Stehen bringen konnte, die ein paar Meter vor ihm eingestürzt war. Unten Betontrümmer, zerschellte Fahrzeuge und über vierzig Tote; oben er, unverletzt, seinen ganzen Vorrat an Lebensjahren knapp gerettet. Das müsste gefeiert werden, doch dazu wird er wohl warten müssen, bis er den Schock überwunden hat.

Ich kam schnell zu der Überzeugung, dass Humpels mutmaßliches Glücksempfinden einer Erholungsfrist geschuldet war, die ihm seine posttraumatische Belastungsstörung gewährt hatte. Hinter seinem Lächeln verbarg sich, genauso wie bei seinen Urlaubsfotos vermutlich, ein geheimer Kern von Verbitterung.

16

Es war fünf oder zehn nach acht Uhr morgens. Das Telefon klingelte, und Amalia machte mir Zeichen, dass ich Nicolás (für mich Nikita) wecken solle, derweil sie den Anruf annahm. Es passierte zwar nicht oft, dass uns jemand so früh anrief; aber es konnte doch sein, dass ein Arbeitskollege von ihr oder mir auf dem Weg zur Arbeit in einem Stau steckte oder sonst in der Klemme saß. Jedenfalls muss meinem Gefühl nach das Klingeln des Telefons um diese Zeit und an einem Werktag nicht unbedingt der Auftakt zu einer Tragödie sein. Allerdings hörte man seit einer Weile schon Sirenen aus der Ferne und einige von nicht so ferne. Mich beunruhigt so etwas nicht. In einer Stadt wie der unseren lärmen die Sirenen von Ambulanzen oder Streifenwagen unablässig.

Amalia aber war erschrocken. Expertin in Vorahnungen und Befürchtungen, machte ihr Instinkt sie auf ein besorgniserregendes Ereignis gefasst, und so rannte sie aus der Küche hin zur Kommode, auf der immer noch das Telefon schrillte. Aus dem Zimmer unseres Sohnes hörte ich mehrere Male das Wort «verstehe». Sie rief mich zu sich. Ich ließ Nikita sich recken und strecken und ging zu ihr in die Küche. Ihre Schwester hatte ihr soeben mitgeteilt, dass ein Attentat verübt worden war. Das sagte sie, ein Attentat, und wir sollten das Radio anstellen. Im Radio sprach man nicht von einem einzelnen Attentat, sondern von mehreren Explosionen an verschiedenen Orten, und man ging davon aus, dass es Tote gegeben hatte, wobei der Sprecher deutlich machte, dass es noch zu früh sei, um wissen zu können, wie viele. Rettungsmannschaften seien unterwegs etc. «Die armen Opfer», sagte Amalia. Und ich schloss mich ihrem Mitleidsgefühl an, ohne zu ahnen, dass mein bester Freund sich unter diesen Opfern befand. Was zum Teufel machte er an einem Werktag um halb acht Uhr morgens in einem Nahverkehrszug, der aus Alcalá kam? Als wir ihn nach einer Zeit schließlich im Krankenhaus besuchen konnten, ging er nur oberflächlich auf die Geschichte ein.

Im Grunde lieferte er uns eine kurz gefasste Rechtfertigung für seine Anwesenheit in einem der Züge vom 11. März. «Zum Glück bin ich nicht verheiratet», scherzte er. Ich vermutete sofort, dass er im Bordell gewesen war und sich das vor meiner Frau nicht zuzugeben traute. Ich stellte mir vor, ich wäre an seiner Stelle. Wie würde ich Amalia erklären, dass ich an einem normalen Donnerstag mit einem Nahverkehrszug frühmorgens in die Stadt zurückkam, nachdem ich die ganze Nacht wer weiß wo verbracht hatte und darüber hinaus doch auch ein Auto besaß?

Humpel, den ich damals noch nicht so nannte, berichtete mir später, als Amalia nicht dabei war, die delikaten Details seiner Geschichte. Er hatte eine intime Beziehung zu einer Rumänin, die in Coslada wohnte, Mutter von zwei kleinen Kindern war, deren Vater, ein Landsmann von ihr, sie verlassen hatte. Eine ganz normale Geschichte so weit, die der Knilch geheim gehalten hatte, weil, sagte er mir später, die Sache noch ganz neu und er nicht sicher war, ob was daraus würde; im Grunde die Geschichte einer körperlich attraktiven Frau, die sich abrackerte, um ihre Brut großzuziehen, und die des Einheimischen, der sich überlegt, eine arme, zerbrochene Familie gegen Sex, oder, wie er es ausdrückte, jede Menge Sex, finanziell zu unterstützen.

Humpel war lange bei der Rumänin gewesen und, wie schon öfter, über Nacht bei ihr geblieben. Wenn er den Zug um kurz nach sieben nahm, konnte er sich zu Hause noch umziehen, bevor er zur Arbeit ging; und das, lachte er, nach einer lustvollen morgendlichen Nummer mit einer Frau, die ihm im Bett keine Grenzen setzte.

Der Zug lief in den Bahnhof Atocha ein. Humpel war auf seinem Sitzplatz eingedöst. Ab da reicht seine Erinnerung nicht mehr zu einer folgerichtigen Erzählung. Es gibt nur unzusammenhängende Bildsplitter. Er ist nicht mehr ironisch und macht auch keine Scherze mehr; aber er muss seine Erinnerungen abladen, mit mir teilen, das hat ihm der Psychiater empfohlen, damit er erleben kann, dass sie, wenn er sie rauslässt, ihm nicht die Nacht zur Hölle machen. In seiner Erinnerung geht alles durcheinander: das Gefühl von Flammeninferno, quellendem Rauch, die plötzliche Stille, der Geruch von verbranntem Fleisch. Und wenn seine Stimme sich zu überschlagen beginnt, weiß ich schon, dass er seinen Bericht unterbrechen muss, für einen Moment, vielleicht bis zum nächsten Tag. Er beharrt darauf, dass er trotz allem Glück gehabt hat. Er weiß nicht, wo im Zug die Bombe explodiert ist. Mit Sicherheit weiß er nur, dass das Loch, das sie in die Decke gerissen hat, fünf oder sechs Meter von ihm entfernt war. Er sieht sich zwischen den herausgerissenen Sitzen am Boden liegen, einen leblosen Körper neben sich, den er anzusprechen versucht, und er hört seine eigene Stimme wie aus weiter Ferne, als wäre sie gar nicht seine. Allmählich begreift er, dass seine Trommelfelle geplatzt sind. Zu dem, der neben ihm lag, sagte er: «Zuerst stehe ich auf, dann helfe ich dir.» Und da, als er auf die Beine zu kommen versuchte, sah er aus seinem rechten Hosenbein einen blutenden Stumpf ragen. Zwei Fremde zogen ihn aus dem Waggon. Er sagt, in diesem Augenblick habe er nur einen einzigen Gedanken gehabt: überleben um jeden Preis. Er blieb die ganze Zeit bei Bewusstsein.

17

Am frühen Nachmittag habe ich mich ins Auto gesetzt und bin zu Mama gefahren. Unterwegs habe ich eine CD von Aretha Franklin eingeschoben, die gestern in Detroit gestorben ist, an Krebs. *Chain of Fools*, *I Say a Little Prayer*, *Respect* und andere wunderbare Titel. Bei manchen Stellen, von denen ich den Text kenne, singe ich mit.

Als ich aus dem Haus ging, hatte ich das Gefühl, durch eine dicke Wand aus Gelatine zu gehen. Eine Wand aus Schläfrigkeit, Überdruss, Benommenheit. Das hat nicht direkt mit meiner

Mutter zu tun, sondern eher damit, dass das Altenheim so weit entfernt ist, es so heiß ist, ich das Auto aus der Garage holen muss. Um Mama eine Freude zu machen, habe ich *Pepa* mitgenommen. *Pepa* hechelt vor Angst, wenn sie im Auto fährt; sie war ganz still und lauschte der herrlichen Stimme von Aretha Franklin.

Bei der Ankunft im Altenheim habe ich *Pepa* am Gartentor angebunden. Die einzige Bedingung, die mir die Direktorin seinerzeit gemacht hat, war, die Hündin nicht frei umherlaufen zu lassen. Ich nehme Mama am Arm und bringe sie Schritt für Schritt nach unten. Die ganze Zeit spreche ich auf sie ein. Ich lobe ihr Aussehen. Stelle ihr Fragen, ohne eine Antwort zu erwarten. Ich nenne ihr die Namen von Dingen: der Fahrstuhl, der Fußboden, der Blumentopf. Mama sagt nichts. Sie lässt sich still führen. Sie hatte einen ruhigen Tag. Ich nehme an, dass man ihr Medikamente gegeben hat. Ich glaube, dass sie die alten Leute mit Pharmazeutika vollstopfen, um sie gefügig zu halten. Besser wäre es, sie öfter zu waschen. Mamas Geruch an diesem Nachmittag stieg mir unangenehm in die Nase.

Der Rasen indes sah gepflegt aus. Der Garten lag still und friedlich da, es gab Vögel, und im Stamm einer Kiefer zirpte eine Grille ihr ungestümes Konzert. Ich habe Mama zu einer Bank am Ende des Gartens geführt, von der aus man die Autos auf dem Parkplatz im Auge behalten kann. In der Nähe des Hauses waren so gut wie alle Bänke besetzt. Zum Glück habe ich eine Bank im Schatten gefunden.

Pepa, wie immer verspielt und zutraulich. Kaum hat sie Mama erblickt, zerrt sie an der Leine, um freizukommen, und wedelt voll Freude mit dem Schwanz. Ich dachte, Mama würde sie streicheln oder so; stattdessen hat sie die Hand zurückgezogen, als hätte sie sich verbrannt. «Man muss den Dämon töten», hat Mama gesagt. Danach hat sie mich gebeten, ihre Schürze zu bringen, in deren Tasche sie die Fischschere aufzubewahren glaubt. Und noch zwei Mal hat sie gesagt, dass man den Dämon töten muss.

Als sie gemerkt hat, dass ihre Zuneigung nicht erwidert wird, hat *Pepa* sich ein Stück von uns entfernt unter einen Baum gelegt und sich nicht mehr um Mama, um mich, die summenden Fliegen, um irgendwas gekümmert. Von Mama unbemerkt habe ich einen Blick auf die Uhr geworfen. Zwanzig Minuten, habe ich mir gesagt. Höchstens zwanzig Minuten, dann gehe ich. Dann habe ich über die Hecke hinweg meinen Bruder auf dem Parkplatz gesehen. Sein Haar ist ganz weiß geworden. Ich habe darauf vertraut, dass er mein Auto erkennt, das nicht weit von seinem entfernt steht. Er hat es erkannt, hat gewendet und ist davongefahren.

18

Heute kam im Fernsehen eine Frau, siebenundfünfzig Jahre alt, die entschlossen war, alles zu erzählen. Sie hat es nicht so gesagt, aber ihr war auf hundert Meter anzusehen, dass sie Aufgestautes loswerden musste. Sie gehörte zu jenen immer häufiger anzutreffenden Menschen, die die offene Bühne als Beichtstuhl benutzen, und ich glaube, diese speziell hätte sogar auf ein Honorar verzichtet, nur um sich vor Hunderttausenden von Zuschauern geißeln zu können. Sie ist zwar drei Jahre älter als ich, aber man kann doch sagen, dass wir zur selben Generation gehören. Wir haben dasselbe Stück Geschichte durchlaufen, eine ähnliche schulische Erziehung durchgestanden und in unserer Jugend die letzten Atemzüge der Diktatur miterlebt. Die Moderatorin, Kärtchen in der Hand, ein Bein übers andere geschlagen, Minirock, Pumps, kam gleich zur Sache.

Sie duzte ihren Gast, sprach sie mit Vornamen an, als wären sie Schwestern, Cousinen oder gute Nachbarinnen, sagte ihr offen heraus, dass man sie eingeladen habe, damit sie über den Selbstmord ihres Sohnes spräche. Sie hat ihr sofort die ganze Verantwortung zugeschoben: «Carmina, du bist in unsere Sendung gekommen, weil du uns von deinen Erfahrungen erzählen willst.» Ich habe mir Amalia vorgestellt, wie sie in einem Jahr auf demselben Stuhl sitzt, mich scheinheilig vermisst und sich auf meine Kosten ein paar Mäuse verdient. Soll sie ruhig. Mich interessierte an der Geschichte dieser Dame nur, wie sich ihr Sohn das Leben genommen hatte. Doch aus Drehbuchgründen, oder um uns Dumme, die wir unsere Neugier nicht bezähmen können, an den Bildschirm zu fesseln, erwähnte die Dame das entscheidende Detail bei keiner ihrer Antworten. Am liebsten hätte ich der Moderatorin einen Pantoffel an den Kopf geworfen und dieser Carmina den anderen. Na ja, Carmina vielleicht nicht, obwohl ich den Eindruck hatte, dass es genau das war, was sie sich wünschte. Die geschwollenen Augenlider, die trotz der Schminke erkennbaren Falten in den Augenwinkeln, das ganze aufgedunsene Gesicht, verrieten viel Weinen, schlaflose Nächte, Einsamkeit. Trotzdem hübsch. Welk, aber hübsch. Einen Moment lang habe ich mir vorgestellt, sie am Ende der Sendung anzurufen und mich mit ihr zu verabreden, um zusammen ins Bett zu gehen, bei ihr oder bei mir, ohne uns zu berühren, höchstens uns unter der Decke an den Händen zu halten. Und während wir nett über alltägliche Dinge plauderten, nähme jeder von uns eine Dosis Pentobarbital, die ein Pferd umhauen würde. Auf eine Frage der Moderatorin hat Carmina, meine süße, menopausische Carmina, geantwortet, sie habe den Tod ihres Sohnes vorausgeahnt. Sie erklärte das anhand verschiedener Verhaltensweisen des Jungen. Sie sagte, ein Arzt hätte ihr geraten, ihn nicht allein zu lassen. Warum erboste sie diese Erinnerung so?

Ich nehme an, dass sie überzeugt ist, nicht aufmerksam genug gewesen zu sein. Sie hat sehr beredt von Schmerz, von Schuld, von Reue gesprochen, weil sie mit ihrem Sohn nicht zu einem Psychiater gegangen ist. Wenn ich die Gewissheit hätte, dass Amalia meinetwegen nur halb so viel leiden würde, wie diese Frau wegen des Verlustes ihres Sohnes gelitten hat, würde ich mich auf der Stelle aus dem Fenster stürzen. Den Vater des Jungen hat Carmina nicht ein einziges Mal erwähnt. Die Art, wie sie bei der Schilderung ihres Unglücks die Lippen bewegte, hat mich vor Lust, vor wilder körperlicher Lust, erschauern lassen. Am Ende des Interviews hat sie dann doch noch verraten, dass ihr Sohn an einer Überdosis Lorazepam gestorben ist. Ich war enttäuscht. Ehrlich, da hätte ich mehr erwartet. Ich habe den Fernseher sofort ausgeschaltet. Hinterher habe ich noch lange an Carminas Lippen denken müssen. Von unwiderstehlichem Verlangen getrieben, bin ich ins Badezimmer gerannt und habe masturbiert, während ich mir mit geschlossenen Augen die Lippen der Mutter des Selbstmörders vorstellte.

19

Ich bin mit Amalia in unserem Zimmer im Altis Grand Hotel, in Lissabon, wo wir während der *Semana Santa* ein paar freie Tage verbringen wollten. Vorher hatten wir uns darauf geeinigt, die Kosten dafür zu teilen. Das so zu handhaben, war ihre Idee. Wir sind noch nicht so lange zusammen, doch besteht zwischen uns schon eine stillschweigende Übereinkunft, dass sie die Vorschläge macht und ich sie akzeptiere. Niemand hat sie uns aufgezwungen. Mit der Zeit wird diese Übereinkunft dahingehend ausarten, dass Amalia allein über unsere Angelegenheiten entscheidet, ohne mich fragen zu müssen, was zum Teil daran liegt, dass mir das egal ist, zum Teil aber auch daran, dass ihr Charakter sie auf perfekte Weise zur Machtausübung befähigt und sie befürchtet, mein Ungeschick, meine Unentschlossenheit, mein Unwissen könnten uns in Schwierigkeiten bringen oder schon bestehende noch verschlimmern.

Amalia hatte das Reiseziel vorgeschlagen und damit auch ausgewählt. Da ich keinerlei Initiative ergriff und keine Bedingungen stellte, hatte sie die Fahrkarten gekauft und im Hotel die Reservierung vorgenommen. Um die Wahrheit zu sagen, hat Amalia, die Allmächtige, Amalia, die Kluge, Amalia, die Tatkräftige, sich um alles gekümmert, angespornt durch die unermessliche Vorfreude, mit mir ins Ausland zu reisen; aber auch, weil sie wie ein Teenager verliebt war, nicht so sehr in den Mann an ihrer Seite, denke ich heute, der ihre Hand hielt und mit ihr tanzte, sondern in das Idealbild, das sie sich von ihm gemacht hatte. An Águedas Begleitung gewöhnt, die ein schlichtes, gutmütiges und – um auch das zu sagen – äußerlich wenig anziehendes Mädchen war, beobachtete ich, gehemmt vor Bewunderung und wohl auch ein wenig erschrocken über die organisatorischen Fähigkeiten der schönen, sinnlichen Amalia, mit welcher Energie sie alles in Angriff nahm, wie besessen sie war, alles gut zu machen. Nicht eine Sekunde lang kam mir in den Sinn, an die Konsequenzen zu denken, die all diese Qualitäten mit sich brächten, wenn sie eines Tages gegen mich gerichtet würden.

Die Nacht sank herab auf Lissabon. Amalia und ich hatten in einem Restaurant in der Alfama, dessen Namen ich vergessen habe, zu Abend gegessen. Nicht vergessen habe ich jedoch die schöne Einrichtung und die Freundlichkeit des Kellners und wie zufrieden wir waren, ach was, zufrieden!, euphorisch vom Rotwein, von Zärtlichkeit und Liebesgeflüster, während aus dem Hintergrund des Lokals die sanfte Stimme eines Fado-Sängers unseren Ohren schmeichelte. Wir kamen nach Mitternacht ins Hotel zurück, und ich habe noch nie eine Frau sich so schnell ausziehen gesehen; es war, als würden ihr die Kleider am Körper brennen. Sie entkleidete sich und entkleidete mich, und von dieser beunruhigenden Begierde getrieben, suchte sie ohne erotisches Vorspiel mein Glied mit ihren Händen und ihrem Mund. Ihr Sexualverhalten ist nie – weder damals und später noch weniger – besonders ausschweifend gewesen, wenigstens nicht mit mir oder in meiner Gegenwart; eher zurückhaltend, jedoch keineswegs frigide, das nicht. Sie hatte eine innere Hemmung, etwas Schamhaftes, das meiner Ansicht nach mehr von Kalkül und Vorsicht bestimmt war und vielleicht eher von ihrer Erziehung herrührte als von Scham oder Schüchternheit. Doch in jener Nacht in Lissabon musste, ich weiß nicht, ob durch die Wirkung des Weins und der Fados oder durch einen jähen Hormonstoß, in ihr eine Schleuse geöffnet worden sein und eine Sturzflut von Begierde freigesetzt haben.

Ich spüre noch ihr Haar die Innenseiten meiner Schenkel streicheln. Ich sehe uns beide auf dem Bett, Amalia vor mir kniend und hingebungsvoll bemüht, mir Lust zu bereiten. Ich sehe ihre glatte Stirn, die Wölbung ihres Rückens, den hin und her schwingenden Ohrring und ihren Mund, der sich rhythmisch und entschlossen an meinem erigierten Glied auf und ab bewegt. Und jetzt überkommt mich ein Schuldgefühl. Ich wünsche fast, dass sie fertig wird, damit ich mich revanchieren und sie lecken kann und sie mich hinterher nicht als Egoisten beschimpft. Es hat lange gedauert, bis der letzte Duft des Parfüms verflogen war, das sie am frühen Nachmittag aufgelegt hatte. Was mein Geruchssinn jetzt wahrnimmt, ist ein kräftiger Geruch von Erregung und weiblichem Körper, der mich in wilde Unruhe versetzt. Amalia leckt und saugt und drückt ihre Zunge spielerisch in den Schlitz meiner Eichel. Der Kitzel lässt mich beinahe aufschreien vor Lust. Ich sage ihr, dass ich gleich komme. Sie schaut mich an, ernst, stumm vor sexuellem Verlangen, hält sie mein Glied zwischen ihren Lippen, tut, als würde sie zärtlich zubeißen, noch einmal und noch einmal, schaut mich dabei unverwandt an und lässt es zum ersten und einzigen Mal in unserer langen Beziehung zu, dass ich mich in ihrem Mund ergieße.

Von Amalia gedrängt, suchte ich am Tag nach unserer Rückkehr Águeda auf und teilte ihr mit, dass es mir sehr leidtäte, aber es gäbe eine andere Frau in meinem Leben. Ich gestehe, dass ich mit dem auswendig gelernten Satz im Kopf zu der Verabredung ging. Die Begegnung dauerte nicht länger als eine Minute oder eineinhalb Minuten, während Amalia in der Nähe im in zweiter Reihe parkenden Auto wartete. Águeda wünschte mir viel Glück. Sie bestand darauf, mir ein Buch zu schenken, das sie für mich gekauft hatte. Ihre Unterlippe zitterte. Ich verabschiedete mich brüsk, um sie nicht weinen sehen zu müssen. Das Buch ließ ich auf der Treppe eines Hauseingangs liegen, ohne es ausgepackt zu haben. Ich nahm an, dass Amalia nicht begeistert wäre, wenn ich mit dem Geschenk einer anderen Frau ankäme.

20

Eines Nachts, als ich von einem Spaziergang mit *Pepa* nach Hause kam, fand ich die zweite anonyme Nachricht im Briefkasten. Sie musste erst kürzlich hineingelegt worden sein, denn ich könnte schwören, sie vor ungefähr einer halben Stunde, als ich das Haus verließ, noch nicht gesehen zu haben. Verwundert öffnete ich den Umschlag. Diesmal war der ebenso kurze und fehlerfreie Text wie der vor einem Monat mit dem Computer geschrieben. Auch ihn habe ich nicht aufbewahrt. Ich erkannte nicht, dass diese neue Nachricht die mit der vorangegangenen begonnene Serie fortsetzte. Darin stand etwas in der Art von ich würde meinen Hund besser behandeln als meine Frau, was der Logik nach ja nicht hieß, dass ich meine Frau schlecht behandelte; nur nicht so gut wie meinen Hund. An den genauen Wortlaut kann ich mich unmöglich erinnern. Ich nehme an, dass unsere immer häufigeren Ehestreitigkeiten der Grund dafür waren. Im letzten Satz der Nachricht wurde ich als schlechter Mensch bezeichnet. Ich hatte kaum zu Ende gelesen, da schaute ich mich schon nach allen Seiten um, weil ich fürchtete, von irgendeinem Nachbarn im Hauseingang beobachtet zu werden.

Ich ging in meine Wohnung hinauf und fragte mich, ob ich ein schlechter Mensch bin. Ehrlich gesagt, hielt ich mich nicht für einen, nehme aber an, dass das alle Schurken von sich sagen. Ich muss gestehen, dass ich mich für unfähig hielt, meine Frau zufriedenzustellen. Als Ehemann war ich möglicherweise eine Null; aber auf keinen Fall konnte man mir einen Hang zu Schlechtigkeit nachsagen. Und als Vater, na ja, da war ich vermutlich auch eine Null. Und als Lehrer. Und als Sohn meiner Eltern. Und als Bruder meines Bruders.

Wahrscheinlich das Einzige, was ich im Leben gut mache, ist das Zusammensein mit *Pepa*. Jedenfalls scheint sie keine Klagen zu haben; obwohl, wer weiß, was sie sagen würde, wenn sie sprechen könnte.

21

Auf einer Parkbank im Retiro bin ich beinahe eingeschlafen. Die Hitze, der strahlende Himmel, die Stille des Ortes. Mit geschlossenen Augen habe ich mir vorzustellen versucht, wie es wohl wäre, sich an einem Ast des Kastanienbaums aufzuhängen, der mir in jenen Momenten Schatten spendete und der leicht zu erklimmen ist. Wenn man Humpel glauben darf, der damit angibt, sich in diesen Dingen auszukennen, ejakulieren einige Menschen im Augenblick des Erhängens. Ich muss zugeben, dass mich der Gedanke an Tod und gleichzeitige Lust fasziniert. Sich aufzuhängen ist billig, schnell und einfach. Da fehlt nur noch, dass es auch lustvoll ist. Mit heraushängender Zunge und blau angelaufenem Gesicht sieht der Gehängte allerdings wenig fotogen aus. Sich von der Brücke der Calle de Segovia zu stürzen, ist so gesehen ein blutigeres Spektakel.

Bei diesen Gedanken kam mir die Idee, eine mentale Liste aller Personen zu erstellen, die nächstes Jahr um mich trauern werden.

Fangen wir mit Mama an. Mama wird von dem Ganzen nichts mitbekommen. Wenn ich sie im Altenheim besuche, weiß sie nicht einmal, wer ich bin. Früher hielt sie mich für irgendeinen ihrer Pfleger, heute nicht mal mehr das.

Amalia, die keine Tränen kennt, wird einen Weg suchen, in meine Wohnung zu gelangen, um dort die Schubladen zu durchwühlen. Sie hat zwar keinen Schlüssel; aber wie ich sie kenne, wird sie sich von so einer kleinen Widrigkeit nicht abhalten lassen. Sie wird versuchen, sich über meine finanzielle Lage zu informieren, und dann sondieren, wie sie das für sich nutzbar machen kann.

Nikita sehe ich vor mir. Würde mich nicht wundern, wenn er mit seiner ganzen Clique ankäme. Er hat auch keinen Schlüssel; aber es gibt ja keine Tür, die diese kräftigen Kerle mit ihrer Hausbesetzererfahrung aufhalten könnte. Ich kann mir vorstellen, wie sie meine Einrichtung für ein paar Moneten verschleudern, um ein bisschen Spaß zu haben. Dass Nikita sich vorrangig für meine Papiere interessiert, glaube ich nicht; eher fürs Mobiliar, für den Computer, fürs Handy und andere Dinge, die leicht zu Geld zu machen sind.

Raúl wird, wenn er Zeit hat, kurz in der Leichenhalle vorbeischauen, dem Aufgebahrten noch irgendeine Anschuldigung ins Ohr wispern und den lieben Gott bitten, mir einen Platz in der Hölle zuzuweisen.

Humpel wird, wenn er sich nicht mit mir zusammen umbringt, wie er angedeutet hat, in Alfonsos Bar wahrscheinlich auf meine Gesundheit trinken und mit von Alkohol umnebeltem Kopf verkünden, ich sei ein dufter Typ gewesen und würde ihm fehlen. Nach zwei Tagen hätte er mich schon vergessen.

Irgendein Kollege wird während der Pause im Lehrerzimmer fragen: «Wisst ihr, ob er psychische Probleme hatte?»

Die Einzige, die vielleicht tieferen Kummer empfindet, ist *Pepa*; zumindest möchte ich das glauben. Irgendwann wird sie es müde sein, auf mich zu warten, und schwanzwedelnd, dankbar und zufrieden mit dem Erstbesten mitgehen, der ihr ein paar Nettigkeiten sagt.

Kurzum, niemand wird um mich weinen.

22

Amalia bemerkte als Erste, dass Mamas geistige Fähigkeiten nachließen. Bei mehreren Gelegenheiten ließ sie durchblicken, dass es angebracht wäre, die Möglichkeit einer Einlieferung in ein Altenheim in Betracht zu ziehen und so bald wie möglich die Fragen in Bezug auf das Testament und den Zugang zu Mamas Vermögen zu klären, wobei sie auch die Möglichkeit einer Feststellung geistiger Unzurechnungsfähigkeit nicht ausschloss. Jedes Mal, wenn sie in jenen Tagen ständig drohenden Ehestreits das Thema berührte, reagierte ich empfindlich, da ich überzeugt war, sie wolle mich nur dazu bringen, laut zu werden und etwas Hässliches zu ihr zu sagen, sie zu kränken.

Ich durchschaute ihre Strategie und versuchte mit allen mir zur Verfügung stehenden Kräften, nicht in die verdammte Falle zu tappen; ich nahm sogar Zuflucht zu dem Trick, tief einzuatmen oder still bis fünf oder zehn zu zählen. Ich sagte zu mir: «Sei still, antworte nicht», doch es half nichts. Früher oder später kamen Worte aus meinem Mund, die ich lieber nicht ausgesprochen hätte. Dann hatte Amalia gewonnen und spielte lustvoll die beleidigte Unschuld, brachte die Nummer mit den Tränen, in der sie einfach großartig war. Wenn ich daran denke, wie leicht es ihr gelang, mich aus der Fassung zu bringen! Eine bissige Bemerkung über meine Mutter, der sie nie das geringste Wohlwollen entgegengebracht hatte, reichte schon.

So schmerzhaft es für mich war, dies anzuerkennen; was Mamas beginnende Demenz anging, hatte Amalia nicht unrecht. Überzeugt wurde ich durch einen Vorfall bei einem Familienfest, als Mama sich plötzlich zu mir beugte und mich heftig auf den Mund küsste, während sie sich gleichzeitig vollkommen schamlos und als wäre es ihr völlig gleichgültig, dass wir nicht allein waren, an meinem Hosenschlitz zu schaffen machte. Peinlich berührt entwand ich mich ihr, ohne ein Wort zu sagen. Ich fragte mich, welche Szene aus der Vergangenheit in diesem Moment ihre Fantasie angeregt haben mochte. Ich bin sicher, dass sie mich für einen anderen hielt; für Papa vielleicht, aus der Zeit, als sie verlobt waren, oder für diesen Zahnarzt im Ruhestand, den sie kennengelernt hatte, als sie schon Witwe war. Neben den verblüfften Gesichtern von Raúl und meiner Schwägerin traf mich vom Ende des Wohnzimmers der Blick Nikitas. Ich glaube, die Spur eines boshaften Lächelns in seinem Gesicht zu erkennen, als hätte seine abwesende Mutter, von der ich gerade geschieden war, ihm den Ausdruck geliehen.

Aber selbst nach jenem Abend habe ich nie ernsthaft daran gedacht, Mama in ein Altenheim zu verbannen. Raúl und ich kamen überein, an drei Tagen der Woche eine Pflegerin für sie zu bestellen.

Ich wusste, dass sie sich, solange noch ein Hauch von Verstand in ihr war, an die Wohnung, in der sie ihr ganzes Leben gewohnt hatte, klammern würde, wie eine Napfschnecke an einen Felsen. In Wirklichkeit hatte sie Raúl und mir die Wohnung überschrieben, ohne zu wissen, was sie da unterzeichnete, und um das Manöver geheim zu halten, berappten wir jeder die Hälfte der anfallenden Schenkungssteuer und erzählten keinem was davon. Einmal sagte Mama in ihrer Wohnung zu uns: «Hier kriegt ihr mich nur mit Gewalt raus.» Und wenn wir sie in eine «Pissbude für Alte» sperrten, wie sie es mit verächtlicher Miene nannte, würde sie sich umbringen. Sie wollte ihr Leben leben, ohne dass ihr jemand vorschrieb, wann sie zu essen, zu schlafen oder sich zu waschen hatte. «Und wenn ich sterben muss, dann sterbe ich eben. Aber in aller Ruhe hier in meinen vier Wänden.»

Mama hat das Altwerden nie akzeptiert. Im Prinzip scheint mir das nicht verwerflich zu sein; es ist vielleicht nur ein Zeichen von Vitalität. Jeder hat so seine Illusionen. Anfangs wollte sie das Bild, das der Spiegel ihr zeigte, nicht wahrhaben. Die Pflegerin, eine freundliche, tüchtige Kolumbianerin, verstand es, ihre Stimmung mit passenden Schmeicheleien zu heben. Die Friseurin färbte ihr das Grau aus den Haaren. Schminke überdeckte Hautflecken und Falten. Als diese und andere Hilfsmittel keine Wirkung mehr zeigten, bewahrte sie der geistige Verfall davor, die weiteren Auswirkungen des Alters wahrzunehmen.

Trotz sporadischer Aussetzer (Zerstreutheit, Vergesslichkeit, die eine oder andere Zusammenhanglosigkeit in der Konversation) verhielt sie sich zu der Zeit, als meine Ehe zerbrach, noch recht vernünftig. Jahre später, als klar war, dass sie sich selbst nicht mehr helfen konnte, war es Raúl, der die Idee, sie in ein Heim einzuweisen, ablehnte. Er beschuldigte mich, sie mir «wie ein altes Möbel» vom Hals schaffen zu wollen. Es fehlte nicht viel und ich hätte ihm meine Faust in sein mopsiges dummes Gesicht gesetzt. «Na gut», gab ich zurück, «dann kümmerst du dich um sie? Gehst jeden Tag zu ihr in die Wohnung und wechselst ihr die Windeln?» Bevor er nicht den neurologischen Befund zwischen seinen Wurstfingern hielt, würde er nicht nachgeben. Und er wusste genau, dass eine Pflegekraft, die nicht an sieben Tagen die Woche vierundzwanzig Stunden täglich auf Mama aufpasste, sinnlos war.

Damals kam mir der Verdacht, dass sein Widerstand gegen Mamas Einlieferung in ein Altenheim nichts anderes war als der Versuch, seine Verpflichtung, sich an den anfallenden Heimkosten zu beteiligen, hinauszuschieben. Offenbar hatten er und María Elena sich bereits erkundigt. Und, ja, es würde ziemlich teuer werden. Er und meine Schwägerin hatten verschiedene Möglichkeiten in Betracht gezogen, darunter eine lebenslange Rente, eine umgekehrte Hypothek und ich weiß nicht was sonst noch für Geschichten, die alle den einen Nachteil hatten, dass Mama außerstande war, Verträge zu unterschreiben oder überhaupt zu verstehen. Die Idee, Mamas Wohnung zu vermieten, wurde von meinem Bruder und mir verworfen, weil uns das zu umständlich war. Wir stellten Berechnungen an. Was wir an Miete herausholen könnten, würde zusammen mit Mamas Ersparnissen, die ganz beachtlich waren, ausreichen, um ihr einen Aufenthalt von zwölf bis fünfzehn Jahren in einem anständigen Heim zu finanzieren. Eindeutig ruinös würde es für uns werden, wenn Mama ihre neunzig bei Weitem überlebte. Würde sie noch drei, vier, maximal fünf Jahre leben, bliebe für Raúl und mich noch ein gutes Stück vom Erbe übrig.

Wir beschlossen, die Wohnung unserer Eltern, unserer Kindheit und Jugend, voller Erinnerungen, guter und schlechter Momente, zu verkaufen und Mama für das letzte Stück ihres Lebens in einem sauberen und gut ausgestatteten Altenheim unterzubringen, wo man sich ordentlich um sie kümmerte. Mit der unschätzbaren Hilfe von Humpel, der sogar auf eine Provision verzichtete, konnten Raúl und ich die Wohnung schnell und vorteilhaft veräußern.

23

In der Nacht habe ich von Mama geträumt, und ich glaube, das lag an all den Erinnerungen, die ich vorm Zubettgehen aufgeschrieben habe. Es war kein angenehmer Traum.

Ich möchte nach wie vor den Mut aufbringen, mich nicht den Demütigungen des Alters auszusetzen, sondern mich im Vollbesitz meiner Kräfte kaltblütig hinzustellen und zu sagen: Bis hierher und nicht weiter. Das Alter ist so traurig! Und wie schrecklich die Vorstellung, sich das letzte Stück des Weges gebrechlich, kränklich und mit dem Geruch von alten Männern dahinschleppen zu müssen. Am Morgen bin ich aufgewacht und war völlig demoralisiert. Ich bin nicht nah am Wasser gebaut; aber trotzdem, viel gefehlt hat nicht. Um mich mit einer Ladung Endorphine wieder in Stimmung zu bringen, habe ich mich auf den Weg zur *Chocolaterie San Ginés* – in Prosperidad – gemacht und mir zum Frühstück eine heiße Schokolade mit einem halben Dutzend Churros bestellt, die Zeitung durchgeblättert (scheint so, als wollte die Regierung die Exhumierung der sterblichen Überreste Francos im Tal der Gefallenen verfügen) und das Sudoku ausgefüllt.

Nach dem Frühstück habe ich mich zwar gestärkt gefühlt,

die schwarzen Gedanken jedoch blieben, wenngleich sie mit gesättigtem Magen besser zu ertragen waren. Jahrelang war ich nämlich überzeugt, dass Papas Tod ein brutaler Schlag war, der ihn so früh erwischt hat, in einem Alter, fünfzig Jahre, in dem viele Menschen noch einen ansehnlichen Teil Zukunft vor sich haben. Jetzt, da meine Tage aufgrund freiwilliger Entscheidung gezählt sind, bin ich anderer Meinung. Für die Art von Dasein, die Leute wie mein Vater oder ich geführt haben, scheinen mir fünfzig Jahre ausreichend zu sein. Was einem das Leben bis dahin noch nicht gegeben hat, wird es wohl auch jenseits der fünfzig nicht mehr herausrücken.

Ich glaube, etwas anderes ist es, wenn man noch eine für seine Mitmenschen wichtige Aufgabe zu erfüllen hat, ein lebensrettendes Forschungsprojekt von einem abhängt, man noch ein großer aktiver Künstler ist oder Kinder und Enkel einem Trost spenden und Freude oder was immer bereiten. Wie gesagt: Für die, die wir für die Menschheit nichts Wesentliches und Nützliches beitragen, sollten fünfzig Jahre Sauerstoff schnorren auf Erden genug sein.

Lieber einen Herzinfarkt oder tödlichen Schlaganfall, als so zu enden wie Mama.

Sie war gerade ins Altenheim eingeliefert worden, da habe ich sie, als ich mit ihr allein war, gefragt, ob sie nicht sofort den Notarzt hätte rufen sollen. Ich weiß, das war hinterhältig; aber mir fiel nichts anderes ein, als eine der letzten, um nicht zu sagen die letzte Gelegenheit für den Versuch zu nutzen, zu ihrem Bewusstsein vorzudringen, zu dem, was davon noch übrig war, um ihr die Wahrheit über das zu entlocken, was in jener Nacht zu Hause wirklich passiert war.

Ihr umnebelter Verstand ließ meinen Versuch ins Leere laufen. Mama erinnerte sich nicht einmal, dass Papa gestorben war. Was ihm denn zugestoßen sei. Ein Unfall? Ich habe ihr tief in die Augen geschaut und dort nicht die kleinste Spur von Verstellung gefunden. Mein Eindruck ist, dass wir Mama, obwohl sie noch so aussieht, wie wir sie kennen, mit ihrem winzigen Körper, ihrem krummen Rücken und dieser harmlosen Starrheit im Blick, für immer verloren haben. Diese alte Frau war nicht mehr meine Mutter; höchstens noch die Hülle einer früheren Mutter, die verdorrte leere Puppe eines menschlichen Schmetterlings, der vor einiger Zeit davongeflogen war und dessen Lebenszyklus schon bald beendet sein würde.

24

Ich hielt Papa immer für einen verschlossenen Menschen, der sein eigenes, dem Rest der Familie unzugängliches Leben führte. Heute glaube ich, dass dieser Eindruck durch eine fehlerhafte oder verkürzte Perspektive entstanden ist. Ich selbst habe Nikita auch nicht meine intimsten Bereiche geöffnet. Hauptsächlich, um ihn zu schützen, ihn nicht mit den kleinen Erbärmlichkeiten zu belasten, die man mit sich herumträgt, da der Junge ja nicht gerade mit übermäßigem Verstand gesegnet ist, und überdies und vor allem, damit er mit den Geschichten nicht zu seiner Mutter läuft.

Als Kind habe ich Papa bewundert. Würde man mich jedoch fragen, woher diese Bewunderung kam, wüsste ich keine Antwort. Ich würde nur Banalitäten von mir geben: dass er groß war und gut aussah, dass er eine laute Stimme hatte und mir ein bisschen Angst machte. Ich bewunderte ihn eher von ferne. Ich bewunderte ihn, sagen wir, ab einer Entfernung von fünf oder sechs Metern, oder wenn ich aus dem Fenster hinter ihm herschaute, wie er aus dem Haus ging mit seiner professoralen Aktentasche und seiner Jacke mit den Ellenbogenflicken. Aus der Nähe verging mir die Lust, eines Tages so zu sein wie er. Sein Körpergeruch, aber auch der Geruch seiner Kleidung und seiner Sachen, der nicht wirklich schlimm, nicht einmal unangenehm war, der sich aber in der Wohnung hielt, selbst wenn er sie schon verlassen hatte, verursachte mir einen heimlichen Abscheu. Es war ein Geruch wie von warmem altem Papier und stickigem Zimmer. Den angegilbten Schnurrbart eines unverbesserlichen Rauchers mochte ich auch nicht.

Nach seinem Tod besserte sich mein Verhältnis zu Papa. Ich will damit sagen, dass ich ihm hin und wieder gerne in meinen Träumen und Erinnerungen begegne und das Gefühl habe, dass es ihm auch gefällt, wenn wir uns da sehen. Dort, in meinem geistigen Reich, treffen wir uns als etwa gleich große und gleich alte Erwachsene, und es gibt nur Lachen, Umarmungen, Scherzen und Einvernehmen, wir machen unsere Eheweiber herunter und ziehen gnadenlos über Raulito her, dies zweiundfünfzigjährige dicke Kind, das immer noch glaubt, Mama als sein Privateigentum betrachten zu können.

Eines Nachts hatte ich eine hässliche Begegnung mit Papa in einer bei Studenten beliebten Bar in Malasaña. Ich war da mit meiner üblichen Clique. Es war gegen Mitternacht, vielleicht ein bisschen später. Die Musik war so laut, dass man sich kaum unterhalten konnte. Ich stand mit einer Kommilitonin knutschend hinten im Lokal. Wir hatten ein paar Amphetamine eingeworfen, die sie mitgebracht hatte, und tauschten in aller Ruhe Mundbakterien aus, als sich ein Finger in meinen Rücken bohrte und nach Aufmerksamkeit verlangte. Es war einer aus meiner Clique, der mir ins Ohr flüsterte, an der Theke stehe ein Mann, der sich kaum auf den Beinen halten könne und aussehe wie mein Vater. Ich drehte mich um und erkannte sofort den gelblichen Schnurrbart. Allein und betrunken stand Papa da und stritt mit dem Kellner. Ich hätte mit meinem Mädchen in der dunklen Ecke stehen bleiben können, ohne dass er mich bemerkt hätte. Aber sie erkannte die Lage. «Das ist dein Vater, stimmt's?», sagte sie. «Warum gehst du nicht hin und hilfst ihm?»

Als er eine Hand auf seinem Arm spürte, drehte er sich wütend um, dachte vielleicht, er würde angegriffen; doch als er mich erkannte, beruhigte er sich wieder. Absurderweise fragte er mich, was ich dort mache; in einer Bar voller Leute meines Alters, in der er der Einzige war, der nicht dorthin passte. Den Kellnern bedeutete ich mit Gesten, dass ich mich um den Herrn kümmern und ihn nach draußen bringen würde. Als ein Taxi hielt, stellte ich mich vor ihn, damit der Fahrer ihn nicht von vorn sehen konnte, nicht den feuchten Fleck im Schritt seiner Hose. Während der Fahrt wetterte Papa wild durcheinander gegen die sozialistische Regierung und gegen die Opposition, gegen König Juan Carlos, gegen Präsident Reagan und jeden, der ihm in seinem haltlosen Monolog in den Sinn kam. Vor der Haustür schlug er mir vor, noch eine Runde um den Block zu drehen. Ich sagte ihm, ich würde in keine Bar mehr gehen, falls das seine Absicht sei. Er, zornig: Wer zum Teufel habe was von einer Bar gesagt. Er brauche bloß ein wenig frische Luft, sagte er, um das Schwindelgefühl loszuwerden, für das er ganz klar eine Substanz verantwortlich machte, die man ihm heimlich ins Glas geschüttet hatte. Damit wollte er mir weismachen, dass er nicht betrunken war.

Auf wenig bevölkerten Bürgersteigen liefen wir in der kühlen Nacht ziellos durchs Viertel. Papa redete, ich, neben ihm, hielt den Mund. Er jammerte über seine gescheiterte Schriftstellerkarriere; ich dachte nur an die verpasste Gelegenheit, mit einem reizenden Mädchen ins Bett zu gehen. Im Lichtschein eines Schaufensters warf ich einen verstohlenen Blick auf meine Uhr. Noch hatte ich die Hoffnung nicht aufgegeben, nach Malasaña zurückzukehren, sobald ich mir Papa vom Hals geschafft hätte. Er schlug vor, uns für einen Moment auf eine Bank zu setzen; ich wandte ein, dass sie wahrscheinlich feucht sei, doch er hörte mir gar nicht zu.

Dann fing er plötzlich an, mich auszuschimpfen. Mein Schweigen deutete er als einen Mangel an Zuneigung, doch ich solle mich bloß vorsehen, denn wenn er wolle, könne er mich brechen wie ein Stück Baguette. «Willst du mir drohen?» Darauf gab er keine Antwort, sondern fuhr mit seinem Gejammer fort. Mein Verhalten schmerze ihn mehr, als ich mir vorstellen könne; womit er natürlich recht hatte, da ich mir in dieser Hinsicht gar nichts vorstellte. Von mir, sagte er, hätte er wenigstens ein Zeichen von Gefühl und Anerkennung für das, was er war und darstellte, erwartet, im Unterschied zu Mama oder Raulito, die er als «militante Egoisten» bezeichnete. Nicht ein einziges Mal in meinem zwanzigjährigen Leben hätte er mich das Wort *danke* sagen gehört. Kam das in meinem Vokabular nicht vor oder was? In diesem Punkt unterschiede ich mich seiner Meinung nach nicht vom Rest der Familie, der er die Hauptschuld an seinem Scheitern gab. Die familiären Pflichten hätten ihn daran gehindert, wissenschaftlich zu arbeiten, an ausländischen Universitäten zu forschen, literarische Werke zu verfassen oder sich intensiv seiner Jugendleidenschaft, der Athletik, zu widmen. An Talent und Wissen hätte es ihm nicht gemangelt; doch anstatt seinen Neigungen nachzugehen, hätte er für die Familie sorgen, unsere Bäuche füllen und den gewohnten Lebensstandard halten müssen. Und das alles nur, damit es ihm am Ende niemand dankte.

Er schaute mich wieder an. Im trüben Licht der Straßenlaterne sah er verletzlich und verbittert aus, und ich freute mich zutiefst, nicht in seiner Haut zu stecken. «Was starrst du mich an?», fragte er streitsüchtig. Sein Atem stank nach Alkohol. In seinen Augen lag ein Glitzern, das von Unverstand zeugte. Ich kann mich nicht erinnern, ihm jemals etwas entgegengehalten zu haben, und ich tat es nie wieder (dazu blieb auch gar keine Zeit, denn er starb wenige Monate darauf); doch in diesem Augenblick konnte ich mich nicht beherrschen. «Papa», sagte ich mit diesen oder ähnlichen Worten, «ich war mit einem Mädchen in der Bar, und ich hätte sie mit Sicherheit flachlegen können, wenn ich dich nicht davor bewahrt hätte, von den Kellnern verprügelt zu werden.» Ich dachte, er würde wütend werden; aber nein. «Genau das ist mir viele, viele Jahre lang passiert, dass ich euretwegen nicht das tun konnte, was ich am liebsten getan hätte. Vielleicht verstehst du mich jetzt endlich.»

Am nächsten Tag bat ich ihn nachmittags so taktvoll wie möglich um das Geld fürs Taxi. Das nahm er mir übel. Er sagte, ich sei die größte Enttäuschung seines Lebens, und bedachte mich mit einem Haufen Schimpfwörter. Ich sei ein erbärmlicher Egoist, ob ich vergessen hätte, dass er mein Studium und meine Saufereien bezahlt hatte, ohne seine Großzügigkeit wäre ich längst verhungert. Daraufhin zog er wütend einen Tausendpesetenschein aus der Tasche, knüllte ihn zusammen und warf ihn mir vor die Füße.

25

Das Mädchen aus der Bar in Malasaña sah ich zwei Tage später in der Fakultät wieder. Als ich im Flur auf sie zuging und dabei mein breitestes Lächeln aufsetzte, was tut sie? Sie senkt den Blick und wendet sich ab, um nicht mit mir zusammenzutreffen. Ist denn das die Möglichkeit? Glaubte sie, dass ich sie ansprechen und gleich da weitermachen wollte, wo wir aufgehört hatten? Ich wollte mich nur mit freundlichen Worten erklären, vor allem aus dem unangenehmen Gefühl heraus, sie an dem Abend versetzt zu haben, obwohl sie es ja war, die mich gedrängt hatte, Papa beizustehen. Mich kümmert auch nicht, dass sie einen Freund hat, wie ich später erfuhr. Fürchtete sie etwa, dass ich sie verriet? Damals wie heute nehme ich für mich in Anspruch, ein vernunftgesteuerter Mensch zu sein. Man ist zwanzig, es gibt Musik, es ist Nacht, man trinkt zu viel, bringt sich mit psychotropen Substanzen in Stimmung und bereitet sich einvernehmlich mit einem anderen Menschen körperliche Lust. Was ist daran ungewöhnlich? Wo ist da Schuld oder Vergehen? Zu mehr als ein paar Zungenküssen und dem hitzigen Aneinanderreiben äußerer Genitalien war es ja nicht gekommen, außer für sie vielleicht noch das hoffentlich gute Gefühl, ihrem Freund untreu zu sein und sich an ihm zu rächen, für den Fall, dass der Typ sie irgendwie schlecht behandelt hätte. Oder hatte sie geglaubt, dass von dem Sohn eines betrunkenen Krawallmachers nichts Gutes zu erwarten war? Diese letzte Annahme scheint mir mittlerweile die plausibelste zu sein. Sie war damals links oder gab sich links und ging, wie wir alle, auf Demonstrationen, was du willst, sodass sie in der Fakultät niemals Schwierigkeiten hatte; wie in früheren Jahrhunderten die Leute jeden Vorwand nutzten, um sich öffentlich zum katholischen Glauben zu bekennen, damit sie keine Probleme mit der Inquisition bekamen. Wir Studenten waren damals alle links, mit Ausnahme von zwei oder drei Lackaffen, die wir verabscheuten wie Kakerlaken. In unserem Alter rechts zu sein, war so schlimm wie, ich weiß nicht, eine körperliche Missbildung oder Akne. Das Mädchen, das mir in der Fakultät aus dem Weg gegangen war, verlor ich nach dem Studium aus den Augen, meine Freunde wechselten, ich fand Arbeit, pflanzte mich fort und verpfuschte mein Leben, wie Papa das seine verpfuscht hatte. Die Jahre vergingen, stete Tropfen einer verschwendeten

Zeit, und eines Tages sehe ich die damalige Kommilitonin in der vom Fernsehen übertragenen Sitzung eines Untersuchungsausschusses wieder. Da saß sie auf ihrem Sitz im Abgeordnetenhaus, eine blondierte und perfekt frisierte Dame in der Bank der Konservativen. Jedes Mal, wenn die Kamera auf ihren Halbkreis schwenkte, suchte ich sie, und da saß sie, Klatschtante für ihre Leute. Einmal sah ich sie bei einer der vielen im Fernsehen übertragenen Debatten die Hand zu einer Frage heben. Eine Hand, die sich mit beringten Fingern aus dem Ärmel eines maßgeschneiderten Jacketts schob. Eine Hand, die eines Tages, wer weiß, vielleicht einer Ministerin oder Staatssekretärin gehören und wichtige Dokumente unterzeichnen wird. Dieselbe Hand, Leute, die mir mehr als drei Jahrzehnte zuvor in einer Bar in Malasaña an den Schwanz gegriffen hat.

26

Was all die Geschichten angeht, die ich in meinem Leben gesehen, gelesen und erzählt bekommen habe, offene Enden habe ich stets verabscheut. Ich könnte die Augen zum Himmel verdrehen, wenn ich höre, dass Lesern oder Zuschauern zugemutet wird, das Ende zu erraten oder zu ergänzen, das ein Roman oder Film ihnen vorenthält. Das ist, als würde man dem Gast nach einem Essen im Restaurant den Nachtisch unter dem Vorwand verweigern, es sei doch viel vergnüglicher, ihn nur im Geiste auszuwählen und zu genießen. So weit kommt's noch! Ich bezahle, damit man mir eine Geschichte erzählt, also will ich die ganze Geschichte. Das war auch meine Absicht, als ich eine Zeit, nachdem er das Krankenhaus mit einem Fuß weniger verlassen hatte, Humpel fragte, ob er immer noch zu der Rumänin aus Coslada ging. Da er mit der Prothese gehen konnte und diese auch kein Hindernis für sexuelle Beziehungen darstellt, schien mir die Frage gar nicht unangebracht. Er selbst machte oft genug Scherze über seinen künstlichen Fuß. Diese Ungezwungenheit nahm seiner Verstümmelung jede Dramatik, und für mich war es somit selbstverständlich, ihn umstandslos nach körperlichen oder seelischen Folgeerscheinungen zu fragen, die das Attentat verursacht haben mochte. Mir fiel auf, dass er die Rumänin aus Coslada nie mehr erwähnt hatte. Weitschweifig berichtete er über die Explosion im Zug, die umherliegenden Leichen, den Geruch von verbranntem Fleisch, die Rettung der Verletzten, die harte Zeit im Krankenhaus und alles Mögliche sonst während seiner Genesungszeit. Was die schöne Rumänin betraf, verlor er kein Wort; weil ich aber das Ende der Geschichte erfahren wollte, fragte ich ihn nach der Frau. Es schien, als sei mein Freund von der Frage unangenehm berührt, denn er wandte den Blick ab und schwieg, ich weiß nicht welchen Grübeleien nachhängend. Humpel nahm an, dass die Rumänin ihn nicht hatte ausfindig machen können, sosehr sie sich auch bemüht haben mochte, da er ihr nie seine Anschrift und seine wahre Identität verraten hatte. Sie wusste, dass der Mann, der sie für Sex, für jede Menge Sex, finanziell unterstützte, in einen der Attentatszüge gestiegen war. Nachdem sie so lange keine Nachricht von ihm bekommen hatte, war sie gewiss zu der Überzeugung gelangt, dass er zu den Todesopfern gehörte. Nach ein paar Monaten beschloss Humpel, seine Besuche bei der Rumänin wiederaufzunehmen. Gewaschen und parfümiert fuhr er eines Tages mit dem Taxi zum Bahnhof Atocha. Kaum war er einige Meter vom Eingang entfernt ausgestiegen, verursachte ihm die Nähe zum Ort, an dem er einen Fuß verloren und viele andere ihr Leben gelassen hatten, großes Unbehagen, das sich drinnen zu einer Panikattacke auswuchs. Sein Herz begann so zu rasen, dass er sich an die Wand lehnen musste; Schweiß rann ihm über den Rücken; das Atmen fiel ihm schwer. Ein Fremder bot ihm Hilfe an. An dessen Arm geklammert, wankte Humpel nach draußen. Wochen vergingen. Es war durchaus denkbar, dass die Frau einen anderen Mann kennengelernt hatte, der sie und ihre Kinder gegen Sex, jede Menge Sex, unterstützte. Und andererseits, gestand Humpel mir, war es ihm auch peinlich, der netten Rumänin seine Prothese zu zeigen. Dieser Gedanke brachte ihn dann davon ab, später noch einmal an ihre Tür zu klopfen. Ich denke, er hätte doch mit seinem Auto nach Coslada fahren können. Warum hat er das nicht getan? War es vielleicht in der Werkstatt? Vielleicht fühlte er sich nicht sicher genug, eine längere Strecke als von seiner Wohnung bis zum Büro zu fahren, oder er wollte nicht, dass jemand in Coslada ihn anhand seines Nummernschildes identifizierte (soviel ich weiß, wohnt sein Chef in der Gegend). Ich habe mich nie getraut, ihn zu fragen, was mich schon ein bisschen wütend macht, da ich jetzt nicht die ganze Geschichte kenne.

27

Gestern Abend ist Humpel aus dem Urlaub zurückgekommen. Heute Morgen ruft er mich zu einer Zeit an, zu der, wenn er nur einen Funken Verstand gehabt hätte, ihm klar gewesen sein musste, dass ich noch nicht aufgestanden war. Seine Stimme klingt besorgt. Wir haben uns zum Frühstück in einer Cafeteria verabredet. Er hat mich dringend gebeten, vorher bei ihm vorbeizukommen. Rätselhaft.

Mein Freund ist sonnengebräunt und sieht gesund aus; doch seine Miene straft die Fröhlichkeit der Fotos, die er mir von seinem Handy geschickt hat, Lügen. Als ich ihn frage, welche Laus ihm über die Leber gelaufen ist, zieht er seine Hose herunter.

Auf der Innenseite seines rechten Oberschenkels, an dem Bein, an dem ihm der Fuß fehlt, trägt er ein ziemlich schludrig angebrachtes Wundpflaster; professionelle Versorgung sieht anders aus. Unter Lampenlicht löst er es vorsichtig ab. Das Licht beleuchtet ein von einem rötlichen Kreis umgebenes Loch im Fleisch. Eine Schusswunde, könnte man meinen. Ich kann nicht erkennen, ob sie eitert, denn das Loch oder was es ist, ist mit einer Jodsalbe zugeschmiert. Was ich davon halte. Nun, dass er das von einem Arzt untersuchen lassen sollte. Dasselbe, antwortet er, hätte man ihm auch in der Apotheke des Dorfes geraten, in dem er Urlaub gemacht hatte.

Er hält diverse Hypothesen parat, zu denen ich meine Meinung äußern soll. Zuerst, sage ich, würde ich gerne wissen, wann und wie er sich dieses Ding zugezogen hat, für das weder er noch ich einen Namen finden. Aber nein, nichts, er war eine Woche in dem Dorf, als er morgens beim Aufstehen einen Juckreiz am Innenschenkel spürte, und als er einen kleinen rötlichen Fleck sah, dachte er, eine Mücke hätte ihn gestochen. Er rieb ihn mit Essig ein, um das Jucken zu lindern, aber es half nichts. Einen Tag später begann sich in der Mitte des Flecks ein mit Eiter bedeckter kleiner Krater zu bilden, der immer größer wurde, bis er sein jetziges Ausmaß erreicht hatte. Ich habe ihn gefragt, ob er schmerzt. Er sagt, am Anfang hätte es ziemlich gejuckt, danach weniger, und jetzt spürt er nichts mehr. Er schließt nicht aus, dass ihn irgendein Biest gestochen hat, nicht unbedingt eine Mücke, sondern eine Spinne oder ein Insekt, eine Wanze vielleicht, und dass er sich im Schlaf gekratzt und der Stich sich daraufhin entzündet hat. Eine andere Möglichkeit ist, dass eine giftige Substanz zu dieser Geschwürbildung geführt hat. Er erinnert sich, dass er am Tag, bevor er die ersten Symptome bemerkte, an einem Imbiss am Strand Kartoffeln mit Aioli und eine reichliche Portion Fisch und frittierte Calamares gegessen hatte. Er redet auch von einer möglichen Geschlechtskrankheit, die er sich bei einem seiner Besuche im Bordell dieser Gegend zugezogen hat, und schließlich noch von Krebs. Was ich an seiner Stelle tun würde. Ich schlage ihm vor, die Notaufnahme aufzusuchen. Er sieht mich an wie ein geprügelter Hund und antwortet, dass ihm das Angst macht.

Später, wir saßen beim Frühstück, *Pepa* lag ruhig unter dem Tisch, hat er mich gefragt, ob ich immer noch an meinem Plan festhalte. Ich habe ihm tief in die Augen geschaut, bevor ich antwortete. In dieser Sache verstehe ich keinen Spaß, und das weiß er. Da ich nicht den Eindruck hatte, dass er sich über mich lustig machen wollte, habe ich gesagt, ja, natürlich, ganz im Gegensatz zu ihm, der mir sehr am Leben zu hängen scheint.

«Das hängt davon ab, wie sich die Wunde am Schenkel entwickelt. Eine ungünstige Diagnose und adios, mein Freund.»

28

Ich bin schon lange nicht mehr am Ufer des Valmayor-Stausees spazieren gegangen. Mich überkommen Erinnerungen an die Zeit, als ich mit Amalia und unserem Sohn zum Picknicken dorthin gefahren bin. Im Alter von vier Jahren wäre er uns da beinahe ertrunken. Amalia hat den Jungen herausgeholt, als er schon unter Wasser war. Dass ich davon gar nichts mitbekam, hat mir, gelinde gesagt, den wohl größten Sturm an Vorwürfen meiner nicht sehr glorreichen Ehegeschichte eingebracht.

Endlich reine Luft, Landgeruch und erträgliche Temperatur unter einem mehr blauen als bewölkten Himmel. Ich genoss es, *Pepa* zu beobachten, wie sie dem Gummiball hinterherrannte, den ich ihr warf. Diese Tiere verstehen es nicht, ihre Kräfte einzuteilen. Die Hündin würde mir den Ball bringen, bis sie vor

Erschöpfung zusammensänke. Ich setze mich in den Schatten eines Baumes, damit sie ausruhen kann. Mit heraushängender Zunge, den Ball zwischen den Vorderpfoten, liegt sie hechelnd da und hört sich an wie ein Blasebalg. Um uns herum vielstimmiges Grillenkonzert.

Als in meinem Magen der Hunger zu grummeln beginnt, mache ich mich, da ich ohne Verpflegung losgegangen bin, auf den Weg nach Valdemorillo, wo es einen Platz gibt, der mir für mein Vorhaben, dem eigentlichen Grund meiner Reise, wie gemacht zu sein scheint. Ungefähr in der Mitte dieser Plaza, die de la Constitución heißt, steht eine wunderschöne fünfarmige Laterne. Daneben eine Bank, auf der ich, ohne dass es jemand gesehen hat, die zwei Bände der *Geschichte der Philosophie* von Johannes Hirschberger deponiert habe. Ich übertreibe nicht, wenn ich behaupte, dass dieses Werk die Fundamentallektüre meines Lebens war; zum einen, weil sie mir als Student den Weg in die Gedankenwelt der großen Denker der Menschheit geebnet hat; zum anderen, weil Herr Hirschberger, möge er in Frieden ruhen, mir mit seinen umfangreichen Studien ganze Schulstunden vorbereitet hat, vor allem während meiner ersten Jahre als Gymnasiallehrer. Wie oft habe ich vor meinen angehenden Abiturienten nur das aufgesagt, was ich tags zuvor in den Bänden von Hirschberger gelesen hatte! Mit der Zeit habe ich parallel zum Schulbuch die Früchte neuer Lektüren und sogar meine eigenen Gedanken hinzugefügt, stets jedoch auf der Grundlage von Hirschbergers *Geschichte der Philosophie*. Die beiden Bücher mit ihren weiß-blauen Umschlägen haben mir unschätzbare Dienste geleistet. Mich von ihnen zu trennen, war daher eine schmerzvolle Erfahrung für mich. Als ich nach Valdemorillo kam, war ich noch gar nicht sicher, ob ich den Mut aufbringen würde, dies Experiment durchzuführen. Ich habe nämlich den Entschluss gefasst, mich nach und nach von meinen Habseligkeiten zu trennen, einschließlich meiner geliebten und gar nicht so kleinen Bibliothek, und heute, auf der Plaza von Valdemorillo habe ich damit begonnen, und das nicht ohne Seelenqual, denn die beiden Bände von Hirschberger auf einer Parkbank zurückzulassen, war, als hätte ich mir zwei Rippen ohne Narkose aus der Brust gerissen.

Kurzum, ich habe auf der Terrasse eines Bar-Restaurants mit Namen La Espiga unter einer Schatten spendenden Markise Platz genommen, von dem aus ich zwar die Bücher nicht sehen kann, wohl jedoch die Bank, auf der ich sie abgelegt habe. Auf der Rathausuhr vergingen ein paar Minuten, es war nach zwei am Nachmittag. Auf der Mitte des Platzes war in diesen Augenblicken kein Mensch zu sehen. Ich hatte mein Essen gerade beendet, als zwei kleine Kinder zu der Bank gehen, ohne die Bücher dort zu beachten. Kurz darauf blättert eine junge Frau, die die Kinder gesucht hat, in einem der Bücher und legt es wieder dahin, wo es war. Ich habe mir einen Kaffee und einen Cognac bestellt und mir gesagt: Wenn in den nächsten zwanzig Minuten niemand die Bücher mitnimmt, betrachte ich das Experiment als gescheitert, und Johannes Hirschbergers *Geschichte der Philosophie* kehrt mit mir und *Pepa* wieder nach Hause zurück. Doch dann kommt kurz darauf ein alter Mann auf den Platz geschlurft, nimmt die Bücher gründlich in Augenschein und packt sie, ohne sich umzusehen, ob ein möglicher Eigentümer in der Nähe ist, in den Korb seines Rollators und schiebt genauso gemächlich, wie er gekommen ist, davon. Wer könnte der alte Mann sein? Ich bereue, ihn nicht gefragt und bei der Gelegenheit ein bisschen mit ihm über Philosophie geplaudert zu haben.

29

Ich bot mich an, auf den Jungen achtzugeben, während sie auf dem Handtuch lag und sich sonnte. Meine Geste des guten Willens fand bei dem Streit hinterher keine Würdigung. Dabei habe ich nie geleugnet, dass ich auf den Jungen, der damals vier Jahre alt war, hätte aufpassen müssen und für ihn verantwortlich war. Als wir ankamen, wies uns ein Schild darauf hin, dass Baden im Stausee verboten war. Das war auch gar nicht unsere Absicht. Wir wollten nur den Sonntag in der Natur verbringen, Landluft atmen, unseren Proviant verköstigen, den wir morgens zu Hause eingepackt hatten, und unseren Sohn dort spielen lassen, wo er nicht den Gefahren des Stadtverkehrs ausgesetzt war. Nikita sollte schon früh Vögel voneinander unterscheiden lernen, sich mit den Namen von Insekten und Pflanzen vertraut machen und die Eigenarten des Geländes kennenlernen, was alles kaum zu machen ist, wenn man in der Stadt bleibt. Amalia und ich wollten beide, dass unser Sohn die umfänglichste Erziehung bekam, und wir waren beide zu blind, was seine intellektuellen Fähigkeiten betraf.

Es war heiß, und der Junge und ich hatten viel Spaß dabei, am Ufer des Stausees mit Plastikschaufeln Löcher zu graben. Wir hielten recht lange durch, dann ermüdete ihn das Spiel und mich auch. Wir legten uns in den Schatten. Nikita kratzte in der Erde nach Ameisen, die er dann mit einem Stöckchen zerdrückte. Ich korrigierte Klassenarbeiten, ganz angeregt, weil ich diese undankbare Arbeit nicht abends zu Hause verrichten musste, schaute hin und wieder auf, um zu sehen, wo sich der Junge in seiner Badehose und mit einer lustigen roten Mütze auf dem Kopf herumtrieb und in welche Aktivitäten er seine Kraft und Neugier investierte. In meine Arbeit vertieft, merkte ich nicht, dass er in die Nähe des Ufers kam. Aufgeschreckt wurde ich von den Schreien Amalias, die losgerannt war und sich in den Stausee stürzte. Ich erkannte den Grund ihres Schreckens noch nicht, und das Einzige, was mir einfiel, war, dass sie sich über das Badeverbot hinwegsetzte. Dann sehe ich, wie sie die Arme ins Wasser taucht, das ihr an der Stelle bis zu den Hüften reicht, und den tropfenden Nikita herauszieht. Der Junge reißt den Mund auf und schnappt verzweifelt nach Luft; dann, in den Armen seiner Retterin, erbricht er seinen gesamten Mageninhalt und hustet noch minutenlang. Starr vor Zorn verlangte Amalia, dass wir unverzüglich nach Hause fuhren.

Unterwegs zog sie in Zweifel, dass ich ihrem Sohn ein guter Vater sein könnte. Nicht unserem Sohn; ihrem Sohn, ihrem, den sie in ihrem Bauch ausgetragen und unter Schmerzen geboren hatte und den ich beinahe hatte sterben lassen. Für mich war das ein Dolchstoß. Ich bin kein gewalttätiger Mann. Bin ich nie gewesen. Papa war einer, aber ich nicht. In diesem Augenblick, im Auto, glaubte ich zu verstehen, warum mein Vater sich manchmal vom Zorn hinreißen ließ. Ich gestehe, dass ich mich zusammennehmen musste, um Amalia nicht die Faust ins Gesicht zu schlagen. Ich stellte es mir vor, sah sie im Geiste Blut und Zähne spucken, und von jähem Entsetzen ergriffen, vom Entsetzen, in mir den eigenen Vater zu sehen, klammerte ich mich mit aller Kraft am Lenkrad fest. Amalia bemerkte wahrscheinlich nicht, von welchem Wirbel schrecklicher Bilder ich heimgesucht wurde, denn sie fuhr einfach fort, mir die unerträglichsten Vorwürfe an den Kopf zu werfen.

Amalia, ich weiß nicht, ob du diese Zeilen einmal lesen wirst. Wenn ja, dann deswegen, weil ich tot bin. Du sollst wissen, dass du mir großes Leid zugefügt hast. Wenn das auch deine Absicht war, Glückwunsch. Ich erkenne deinen Sieg an, bezweifle allerdings, dass er dir irgendeinen Nutzen gebracht hat.

30

Humpel erzählt mir in Alfonsos Bar, dass er sich vorgestern getraut hat, seinem Hausarzt den Oberschenkel zu zeigen. Er gesteht, dass der Schreck ihn dahin geführt hat. Offenbar hatte die Wunde schon angefangen zu riechen. Ich brauche nur die umränderten Augen meines Freundes zu sehen, um zu wissen, dass er nächtelang schlecht geschlafen hat. Er gesteht, dass er in letzter Zeit vor Schrecken nicht schlafen konnte und sich nur im Bett gewälzt hat. Voller Sorge steht er manchmal mitten in der Nacht auf und sieht sich die Wunde in einem Vergrößerungsspiegel an, was weit davon entfernt ist, ihm Hoffnung zu machen, es schürt nur seine Ängste.

Humpel kennt den Arzt seit ihren gemeinsamen Schultagen. Da sie ein gutes Verhältnis zueinander haben, ist er ohne Termin in der Praxis vorstellig geworden, nachdem er kurz vorher mit ihm telefoniert hat. Humpel hat zwar keine Diagnose bekommen, aber wenigstens ein Rezept für Antibiotika. Der Arzt maß der Sache keine Bedeutung bei. «Das ist eine Infektion», hat er zu ihm gesagt. «Die behandeln wir medikamentös, und wenn keine unerwarteten Komplikationen auftreten, ist die Wunde in ein paar Tagen schon verschorft.»

Nachmittags in der Bar sah Humpel ganz zufrieden aus. Was heißt zufrieden: glücklich! Meiner Meinung nach besteht wahres Glück aus dem Bewusstsein eines überwundenen Unglücks. Ohne ein gewisses Maß an Leid gibt es kein wie immer geartetes Glück. Glücklich sein heißt nicht, stilles Glück zu genießen. Glück ist nichts Absolutes. Es gibt kein Glück an sich. Das Glück ist hier und jetzt. Es war, und jetzt ist es nicht mehr, und deshalb muss man es wieder zum Leben erwecken, wenn man in seinen Genuss kommen will. Vielleicht stelle ich nach den Ferien meinen Schülern dieses Thema. Der höchste Grad des Glücks ist meiner Meinung nach nicht der glückliche Umstand, der Moment des Orgasmus, der erfüllte Wunsch oder der befriedigte Stolz, obwohl dem allen schon ein bisschen Glück innewohnt. Meiner Meinung nach gleicht das Glück dem, was ich weiß nicht mehr welcher Autor geschrieben hat: dem körperlichen und geistigen Hochgenuss, nachdem man einen Kilometer mit einem Stein im Schuh gelaufen ist und den Schmerz ertragen hat und dann – entscheidender Moment! – den Schuh ausziehen kann.

31

Mich hat es nie gedrängt, mein Inneres nach außen zu kehren. Dies Papier, das ich jeden Tag beschreibe, ist was anderes. Da verbreite ich mich nach Lust und Laune, weil nichts von dem, was ich da schreibe, an irgendwen Bestimmtes gerichtet ist. Ehrlich gesagt, kenne ich auch nicht den Grund dieses Widerstrebens, mich meinen Mitmenschen zu öffnen. Vielleicht liegt es daran, dass ich schon als Kind so gelebt habe, als wäre ich in der Defensive. Oder dass ich tief im Innern Angst habe, man könnte über mich lachen und mir mit Ablehnung begegnen.

Sporadische Ausnahmen mache ich nur bei Humpel; vermutlich aus dem Gefühl heraus, seine Offenheit wenigstens teilweise erwidern zu müssen. Nicht einmal in unseren guten Zeiten habe ich Amalia mehr preisgegeben, als es einer Ehe zuträglich ist. Einerseits, damit sie nicht alles kritisierte, was ich ihr erzählte, und andererseits, weil sie die schlechte Angewohnheit hatte, in unseren Auseinandersetzungen Geständnisse gegen mich ins Feld zu führen, die ich ihr früher gemacht hatte, sogar Intimes zur Sprache zu bringen und darüber zu spotten.

So etwas kann mir bei Humpel nicht passieren. Mein Freund geht weder als Sittenwächter noch als Missionar durchs Leben. Außerdem ist Humpel, was Vertraulichkeiten angeht, eine absolute Einbahnstraße. Ich vertraue ihm so sehr, wie ich es bei keinem anderen Menschen tue. Ich nehme es als gegeben, dass er nichts von dem, was ich ihm vertraulich berichte, weitererzählt. Und ich glaube, dass er mich für ebenso verschwiegen hält und mir deshalb alle naselang Geheimnisse anvertraut, einige so unmoralisch, dass es einem die Schuhe auszieht; Geheimnisse, die ihm manchmal ein richtig schlechtes Gewissen bereiten oder ihn in schier unlösbare Konflikte stürzen, weshalb er dann nicht selten meine Meinung dazu hören will. So weit gehe ich nicht. Ich halte stets meine Filter in Schuss, die auswählen, was mir über die Lippen kommen darf und was nicht. Trotzdem kennt niemand mein Leben und das, was ich denke, besser als mein Freund.

Für mich ist die Freundschaft, die uns verbindet, sehr wertvoll. Ich ziehe die Freundschaft der Liebe vor. Die Liebe, wundervoll am Anfang, macht viel Arbeit. Nach Ablauf einer gewissen Zeit halte ich sie nicht mehr aus, und sie wird mir zu mühsam. Von der Freundschaft hingegen kann ich nie genug bekommen. Die Freundschaft vermittelt mir Ruhe. Ich schicke Humpel dahin, wo der Pfeffer wächst, er sagt, ich soll ihn am Arsch lecken, aber unserer Freundschaft tut das keinen Abbruch. Wir müssen uns für nichts rechtfertigen, uns nicht regelmäßig sehen und uns nicht versichern, wie sehr wir uns mögen. Die Liebe erfordert eine Menge Vorkehrungen. Der Liebe habe ich gleichsam mit hängender Zunge hinterherlaufen müssen, stets bemüht, die Intensität der Gefühle aufrechtzuerhalten, besessen von dem Wunsch, die geliebte Person nicht zu enttäuschen, voller Furcht, am Ende könnten alle Mühen und Träume vergebens gewesen sein. Und tatsächlich waren sie immer vergebens.

SEPTEMBER

1

Einmal war ich vormittags mit einer Schülergruppe in den Sälen des Prado-Museums unterwegs. Der Schuldirektor hatte mich gebeten, mir das Hüten der Herde mit einer Kollegin zu teilen. Man hätte die Bitte des Vorgesetzten zwar lieber abgelehnt, doch wenn man die Sache durchrechnet und mögliche Konsequenzen erwägt, wird klar, dass es mehr Vorteile bringt, durch den Reifen zu springen. Außerdem glaube ich, dass es sich nicht wirklich um eine Bitte handelte, sondern um eine höfliche Art, einen strikten Befehl zu erteilen.

Ich war noch keine drei Jahre an der Schule, würde bald Vater werden, die Notwendigkeit, jeden Monat ein Gehalt nach Hause zu bringen, lag mir wie eine Schlinge um dem Hals, ich musste Verdienste erwerben, Anerkennung finden; mit einem Wort, mich unterwerfen. Ich habe längst keinen Zweifel mehr, dass dies die Art und Weise ist, in der wir in die gesellschaftliche Falle gehen, unsere Jugend zerstören und unsere Ideale verraten.

Das nennt man Reife; sich damit abzufinden, dass man Tag für Tag für Tag bis zur Pensionierung und sogar noch darüber hinaus tut, was einem nicht schmeckt. Aus Bequemlichkeit, aus Not, aus Berechnung, vor allem jedoch aus Feigheit, die einem zur Gewohnheit wird. Und wenn du nicht aufpasst, wählst du am Ende die Partei, die du immer gehasst hast.

Ich verabscheue Klassenausflüge; aber bei diesem ins Museum brauchte ich wenigstens die Stadt nicht zu verlassen. Ich tröstete mich damit, dass ich mir Meisterwerke der Malerei ansehen, von den Erklärungen der Führerin, die wir engagiert hatten, etwas lernen konnte und zum Mittagessen wieder zu Hause sein würde.

Seit den Anfängen meiner Tätigkeit als Lehrer ist mir alles auf die Nerven gegangen, was nicht in der Schule ankommen, Unterricht erteilen und wieder verschwinden war. Als Neuling nahm ich anfangs gern an Schüleraustauschen mit einer Schule in Bremen teil; in meinem vierten Jahr hörte ich damit auf. Lehrer- und Elternversammlungen rauben mir die Atemluft. Beim Korrigieren von Klassenarbeiten und Verfassen von Elternbriefen bekomme ich Bauchschmerzen. Der *small talk* im Lehrerzimmer verursacht mir Übelkeit, die ich nur mit äußerster Mühe verbergen kann. Ich würde mich nicht als Misanthropen bezeichnen, obwohl mehr als ein Kollege das glauben wird. Ich bin einfach müde. Sehr müde. Mich ermüden viele Dinge, vor allem der tägliche Kontakt mit Menschen, die mich nicht interessieren. Und wenn man mich der Routine des täglichen Unterrichts entreißt, ist das so, als würde man mir im Schlaf einen Eimer kaltes Wasser ins Gesicht schütten.

Die Kunst, für Ruhe zu sorgen, beherrsche ich nicht. Das sehe ich auch nicht als meine Aufgabe an. Die Erziehungsrichtlinien können besagen, was sie wollen; ich gehe nicht in die Schule, um Jugendlichen beizubringen, wie man sich benimmt, sondern um die Fächer zu unterrichten, auf die ich mich vorbereite und wofür ich bezahlt werde. Wären die Eltern wirklich an der Erziehung ihrer Kinder interessiert, müssten sie dringend mit Schlagstock und Reizgas ausgerüstetes Sicherheitspersonal einstellen, das speziell dafür ausgebildet ist, die Disziplin im Klassenzimmer aufrechtzuerhalten, während sich die Lehrer so auf ihre Aufgaben konzentrieren, als gehörten sie zur Einrichtung. Oder erwartet etwa jemand, dass Tafel oder Projektor für Ordnung sorgen?

Nun, von meinem täglichen Schluck Verbitterung abgesehen, habe ich mir heute vorgenommen, einen Teil des Gesprächs schriftlich festzuhalten, das ich mit meiner Kollegin in der Cafeteria des Museums geführt habe, als wir den Schülern nach der Führung eine Dreiviertelstunde gewährten, um sich Gemälde nach eigenem Gutdünken anzusehen. Oder heimlich auf den Klos zu rauchen. Sollen sie doch.

Die Kollegin, von der ich spreche, Marta Gutiérrez, möge sie in Frieden ruhen, war acht Jahre älter als ich. Sie hatte eine eigene Art, ihren Kaffee umzurühren. Sie fuhr mit dem Kaffeelöffel sehr oft und sehr langsam durch ihre Tasse, langsamer jedenfalls als die meisten Menschen es tun, und wenn sie dabei sprach, hatte ich den Eindruck, sie betone die Silben zusätzlich noch mit einem kleinen Schwung ihres Löffelchens.

Marta Gutiérrez vertraute mir in der Cafeteria des Museums einige Intimitäten an. Ihre Ehe war in die Brüche gegangen, und wahrscheinlich hatte sie keinen Menschen, dem sie vertrauensvoll von ihrem Leid berichten konnte. Ich denke gern an diese mittlerweile verstorbene Kollegin zurück. Als ich noch ein Berufsneuling war, nahm sie mich großzügig unter ihre Fittiche, ersparte mir mit Ratschlägen und Warnungen viele Fehler und führte mich in den Schulbetrieb ein.

Da wir schon dabei waren, Intimes auszutauschen, fragte ich sie, warum Ehefrauen irgendwann aufhören, Fellatio zu praktizieren. Die Frage entsprach der Art einiger Bettgeschichten, die sie mir anvertraut hatte. Ich weiß nicht mehr genau, was sie antwortete. Aber sie sagte so etwas wie, Fellatio sei eine Schweinerei, für die Frau erniedrigend, und dazu angetan, Krankheiten zu übertragen. Sie gab mir recht, als ich entgegnete, verliebte Frauen würden diese Praktik nicht ablehnen. «Wie du gesagt hast: verliebte Frauen.» Dann eröffnete sie mir, dass sie für ihren Mann schon seit vier Jahren nicht mehr die Beine breit machte. Sofort stellte ich mir vor, Amalia hätte diese Worte gesprochen. Ich hegte die Hoffnung, der damalige Mangel an sexueller Bereitschaft meiner Frau sei vorübergehender Art, den schwierigen Umständen ihrer Schwangerschaft geschuldet, und auch ihr Vorschlag, in getrennten Zimmern zu schlafen, nicht für immer. Ich nahm ihn, ohne zu zögern, an, weil ich dachte, Amalia wolle während der Schwangerschaft nicht von meinem Schnarchen um ihre Nachtruhe gebracht werden. Wie naiv ich manchmal bin.

2

Amalia tat mir leid. Ihr Blut, ihre Schmerzen, und ich starr vor Angst im Kreißsaal, nur darauf bedacht, dem Entbindungspersonal nicht im Weg zu stehen. Ich hielt ihre heiße, schwitzende Hand, sah ihr verzerrtes Gesicht und hörte ihre Schreie, ihr Keuchen, und ich dachte: Diese Frau werde ich bis ans Ende meiner Tage lieben, komme, was da wolle. Warum sage ich es dann nicht? Ich bin zu verzagt. In meinem Elternhaus waren gefühlvolle Worte unbekannt. Ich habe Papa nie zu Mama sagen gehört: «Ich liebe dich.» Und Mama es nicht zu ihm. Vielleicht weil sie sich nicht liebten. Aber ... Raulito und mich? Sie gaben uns Kleidung und Essen und Geburtstags- und Weihnachtsgeschenke, und vermutlich muss man aus alldem schließen, dass sie uns liebten. Ich bedaure zutiefst, dass ich nicht die Fähigkeit entwickelt habe, mich vor meine Mitmenschen hinzustellen und ihnen deutlich zu sagen, was ich für sie empfinde. Im Verlauf ihrer schwierigen Schwangerschaft hätte ich gern zu Amalia gesagt, dass ich in Tränen ausbrechen könnte, so sehr liebe ich sie. Möglicherweise hätte das einiges zum Besseren gewendet. Aber es kam mir nicht über die Lippen. Ich schämte mich auch, mich vor denen, die die Gebärende umsorgten, zärtlich zu geben.

Als bei Amalia die Rückenmarksanästhesie eingeleitet wurde, bat man mich, Platz zu machen. Nicht sehr höflich übrigens. «Gehen Sie da weg.» Amalia verstand das falsch. «Toni, bitte, geh nicht.» In ihrer Stimme schwang Angst. Bevor ich etwas sagen konnte, antwortete jemand. «Seien Sie beruhigt, Señora, Ihr Mann geht nicht fort.» Ich sah, dass Amalia am unteren Ende der Wirbelsäule Markierungen angebracht wurden. Diese Nacktheit, die früher fleischliches Verlangen in mir geweckt hatte, erfüllte mich jetzt mit Mitgefühl. Zum Teil fühlte ich mich auch schuldig. Als ich wieder einmal meinen Orgasmus genossen hatte, war sie schwanger geworden und musste jetzt leiden.

Als ihr der Katheter eingeführt wurde, schaute ich entsetzt zur Decke. Ich wusste nicht genau, was sie da machten. Ja, wir hatten während der Schwangerschaft das eine oder andere gelesen, aber ehrlich gesagt, hatte mich das Thema nicht gerade fasziniert, und deswegen war ich auch nicht immer dabei oder passte nicht auf, und deswegen verstand ich jetzt nicht, warum sie ihr eine Nadel in den Rücken stachen.

Danach kam es zu einer Notsituation. Das Kind war im Geburtskanal eingeklemmt und bekam keine Luft. Die fürsorglichen Hände der Hebamme weiteten daraufhin den Muttermund mit einem Spatel. Und plötzlich erblickte ich ein Köpfchen mit schwarzem Haar. Mein Sohn. Er zog sich wieder ins Innere zurück, und ich sah ihn nicht mehr. Dann kam er, feucht und violett, endlich heraus. Mir zitterten so die Hände, dass ich es ablehnte, die Nabelschnur durchzuschneiden. Eine Krankenschwester legte ihn der Mutter auf die Brust. Danach durfte ich ihn, in ein weißes Handtuch gewickelt, eine Weile im Arm halten, derweil Amalia der Dammschnitt genäht wurde. Der Kleine schrie mit einer schrillen Stimme, die mir in diesem Augenblick wundervoll vorkam, bedeutete sie doch, dass er lebhaft und kräftig war. Zu Hause jedoch wurde dies schrille Geschrei zur Folter, die uns den Schlaf raubte, uns rasend und streitsüchtig machte. Und das Tag für Tag, monatelang.

3

Die dritte anonyme Botschaft war handgeschrieben und in Großbuchstaben. Sie lautete: «Wann kriegst du endlich deinen Sohn in den Griff? Kannst du ihn nicht anbinden? Manche Leute beten schon, dass er von einem Lastwagen überfahren wird.»

Wie in den vorangegangenen Fällen bestand mein erster Impuls darin, mich des Zettels zu entledigen, doch diesmal dachte ich besser darüber nach und kam auf eine andere Idee. Irgendein Blödmann versuchte uns nachhaltig zu ärgern. Und solange es bei Zetteln im Briefkasten blieb ...

Alles in allem weiß man nie, wohin so etwas führt, das oft genug als Lappalie beginnt und mit der Zeit für die Betroffenen zu einem ernsten Problem werden kann. In unserer Schule gibt es die Regel, dass wir Lehrer stets wachsam sind und jeden Hinweis auf Schülerbelästigung verfolgen, so geringfügig sie auf den ersten Blick auch erscheinen mag. Ich beschloss, diese Vorsicht auch in mein Privatleben zu übernehmen. Vielleicht konnte ich diese dritte Nachricht und weitere, die folgen würden (und in der Tat folgten), eines Tages als Beweis vorlegen, falls die Sache vor Gericht käme. Dieser Gedanke brachte mich dazu, den Zettel aufzubewahren. Ich zeigte ihn Amalia, die nur auf den Mülleimer deutete. «Blödmänner gibt es überall», sagte sie.

4

Der Junge ist jetzt schon gut zwei Jahre alt und bringt noch keinen ganzen Satz zustande. Einzelne Worte kann er sprechen, die aber oft so undeutlich sind, dass wir nicht verstehen, was er uns sagen will. Ob er sich irgendwann die Mühe machen wird, ein Verb zu konjugieren? Amalia und ich werden langsam nervös. Gemeinsam haben wir beschlossen, unserem Sohn zu verdeutlichen, dass wir ihn nicht verstehen, und ihn so dazu zu bringen, sich mehr anzustrengen. Die Kinderärztin hat der Sache keine große Bedeutung beigemessen. Jedes Kind, sagt sie, hat seinen eigenen Wachstumsrhythmus. Das Problem ist nur, dass unseres gar keinen Rhythmus zu haben scheint. Wir kamen immer untröstlicher aus der Praxis; aber wer sind wir, einem Weißkittel zu widersprechen?

Eines Tages treffen wir Raúl und María Elena bei Mama, und sie haben nichts Besseres zu tun, als uns stolz zu erzählen, dass ihre Älteste (die andere war gerade ein Jahr alt geworden) in Nikitas Alter schon das Gebet *Jesusito de mi vida* aufsagen konnte, wie ein Wasserfall drauflosplapperte und mehrere Lieder auswendig kannte. Ich fragte sie, ob sie auch schon Vorträge hielt. Damit war die Unterhaltung beendet. Auf dem Nachhauseweg machte Amalia mir Vorwürfe, dass ich immer so grob zu meinem Bruder war, was sie aber nicht daran hinderte, ihn und seine Frau gleich darauf als taktlos zu bezeichnen, derweil Nikita auf dem Rücksitz Mundgeräusche von sich gab, die ich offen gestanden ekelerregend fand.

Manchmal war ich so verzweifelt, dass ich, wenn Amalia nicht dabei war, mir den Jungen vornahm und zu ihm sagte: «Hör zu, Hegel, sprich mal das Wort Papiroflexie aus», oder sonst ein schwer auszusprechendes Wort. Der Junge betrachtete mich mit unschuldiger Apathie. Dann tat ich, als hätte er die Prüfung bestanden, obwohl er den Mund gar nicht aufgemacht hatte, und lobte ihn: «Sehr gut.» Und danach: «Jetzt erhöhen wir den Schwierigkeitsgrad. Wiederhole: Individualität ist eine Folge des existenziellen Seins.»

Aber abgesehen von den Momenten, in denen mir der Geduldsfaden riss, ging ich liebevoll mit dem Lümmel um. Ich habe die Vaterschaft immer sehr ernst genommen, vor allem in den ersten Jahren. Ich habe mich mit dem Jungen auf gleiche Höhe begeben, mich neben ihn gesetzt und ihm Geschichten erzählt, um ihn zum Lachen zu bringen; wir haben zusammen auf dem Teppich gespielt, und obwohl ich kein Gesprächsakrobat bin, folge ich Amalias Rat, um nicht zu sagen Befehl, und rede ununterbrochen mit ihm. Ich spreche aber nie mit Kinderstimme, wie andere Eltern das tun. Amalia hat mir das verboten. Sie hasst es, wenn Erwachsene sich im Gespräch mit Kindern «subnormal» verhalten. Ich stelle Nikita Fragen, benenne Dinge, singe an seiner Seite, sage kurze Gedichte auf und Zungenbrecher, alles mit ruhiger, gelassener Stimme, stets in der Hoffnung, dass sich das Kind an Sprache berauscht. Aber nichts dergleichen.

Ich gelange immer mehr zu der Überzeugung, dass unser Sohn geistig zurückgeblieben ist, und ich halte es für unwahrscheinlich, dass Amalia nicht dasselbe denkt, wenngleich im Moment jeder von uns es vorzieht, seine Eindrücke für sich zu behalten.

Oft genug haben wir Nikita mehrere Stunden bei meinen Schwiegereltern oder bei Mama gelassen, damit er sich an andere Personen gewöhnte, andere Stimmen kennenlernte, ein anderes Vokabular, andere gestische Ausdrucksweisen. Eines Tages sah ich, wie meine Schwiegermutter ihn in der Küche mit päpstlicher Geste segnete. Es gab keinen Besuch, bei dem die Alte das Kind nicht mit ihrem Rosenkranz spielen ließ, einem uralten Teil, das schon mindestens drei Generationen von Betschwestern befummelt hatten. Nikita war ganz vernarrt in die Perlmuttperlen, weil sie ihn vielleicht an Süßigkeiten erinnerten. Zu Amalias Schrecken nahm er sie manchmal in den Mund, und sie fürchtete, die Schnur könne reißen und unser Sohn sich an den Perlen verschlucken. Meine Schwiegermutter fragte immer mal wieder, wann wir ihren Enkel endlich taufen ließen. Sie war fest davon überzeugt, sein sprachliches Defizit sei eine Strafe Gottes.

Einmal brach sie sich bei einem Sturz die Hüfte und musste ins Krankenhaus. Bei einem ihrer Besuche teilte Amalia ihr mit, wir hätten unseren Sohn jetzt taufen lassen. Die Flunkerei war ihre Idee, der ich selbstverständlich sofort zustimmte. Sie schmückte die Geschichte aus und erzählte ihrer Mutter, wir hätten die Tauffeier leider nicht verschieben können, da wir uns nach den Terminen der Kirche richten mussten, wenn wir den angebotenen nicht angenommen hätten, hätten wir uns wieder in die Warteliste eintragen müssen. Den Tränen nahe, dankte meine Schwiegermutter dem Herrn, dass ihr Enkel endlich dem Christentum zugeführt worden war.

Einige Zeit später luden sie – sie mit Gehstock, mein Schwiegervater mit Franco-Bärtchen – uns ins Restaurant Hevia, in der Calle Serrano, ein, um Nikitas Taufe «anständig» zu feiern. Danach gingen sie uns mit dem Thema nicht mehr auf den Wecker.

5

Das letzte Stück auf dem Weg zum Kindergarten war eine für den Verkehr gesperrte, tiefer liegende Gasse. Nikita und ich entschieden immer nach Kopf oder Zahl, ob wir die Treppe nahmen oder die Rampe für Rad- und Rollstuhlfahrer. Dem Jungen, drei Jahre alt, machte es irrsinnigen Spaß, die Münze in die Luft zu werfen. Manchmal warf er sie mit solcher Kraft, dass wir sie suchen mussten. Nikita wählte unweigerlich Zahl, entweder weil er das besser aussprechen konnte, oder weil seine Konzentration so eingeschränkt war, dass er nur den letzten Teil meines Satzes verstand. Danach, ganz gleich, was die Münze zeigte und auch wenn ich protestierte, nahm er immer die Rampe, und ich habe nie herausfinden können, ob der Schlingel ein schlechter Verlierer war oder einfach den Sinn des Spiels nicht begriff.

Einmal wollte ich gerade die Münze aus der Hosentasche holen, da rannte er schon die Rampe hinunter. Der Junge mochte nicht der Hellste sein; aber für sein Alter war er recht schnell und kräftig. Immerhin. Dann blieb er plötzlich stehen und wich zurück. Ich ging nur wenige Schritte hinter ihm, und als ich am Eingang des Kindergartens die beiden Frauen sah, ihre Haltung und ihre finsteren Blicke, wusste ich, dass uns Ärger erwartete. Um in den Kindergarten zu gelangen, mussten wir an ihnen vorbei. Nikita hatte sich hinter meinen Rücken verkrochen. Schlechtes Zeichen. Ich drehte mich um und fragte ihn leise: «Was hast du angestellt?»

Eine der beiden Frauen schob einem Mädchen, das neben ihr stand, den Kleiderärmel hoch und zeigte mir auf dem blassen, dünnen Ärmchen die Abdrücke der Zähne meines Sohnes. Sarkastisch: ob Nicolás zu Hause nicht genug zu essen bekäme. Deutlicher zu sehen, weil tiefer und vermutlich neuer, war die Doppelreihe roter Punkte auf dem Oberschenkel eines dicklichen Jungen, den die andere Frau an der Hand hielt. Die war es auch, die infrage stellte, dass ich meinen Sohn, den sie «den Schrecken des Kindergartens» nannte, anständig zu erziehen wisse, und die mit zorniger Miene und in drohendem Ton zu mir sagte, das nächste Mal würde ihr Mann mit mir sprechen. Am liebsten hätte ich erwidert, sie solle ihrem Sohn lieber beibringen, sich zur Wehr zu setzen; in Wahrheit jedoch wusste ich nicht, wie ich der Situation ohne Gesichtsverlust entkommen konnte. Weitere Mütter und Väter kamen mit ihren Kindern. Da wir den Eingang blockierten, hatten sie keine andere Wahl, als bei uns stehen zu bleiben. Natürlich gab es auch jemand, der noch Öl ins Feuer goss und behauptete, Nicolás würde tatsächlich grundlos auf andere Kinder losgehen. Von meiner Vaterhöhe blickte ich auf Nikita hinunter und fragte ihn: «Stimmt das?»

Amalia brach in Tränen aus, als ich ihr von dem Vorfall berichtete. «Sie wollen uns glauben machen, dass unser Sohn ein Unhold ist.» Später, schon etwas ruhiger, aber nicht minder traurig: «Was soll aus dem Jungen erst werden, wenn er fünfzehn ist?» Begütigend, doch ohne meinen eigenen Worten zu glauben, entgegnete ich, bis dahin wäre unser Sohn mithilfe der Bildung und Erziehung, die wir ihm zuteilwerden lassen würden, ein ganz anderer Mensch.

Ein paar Wochen später komme ich todmüde von einem harten Unterrichtstag nach Hause, den Kopf voller Stimmen und voller Lärm, nur von dem Wunsch beseelt, meine Siesta zu halten und dabei zu träumen, ich würde Schüler mit der Motorsäge zerteilen. Ich sehe, dass Amalia außer sich ist. «Was ist passiert?» Die Leiterin hatte angerufen und ihr mitgeteilt, eine Gruppe von Eltern hätte eine Petition eingereicht und die sofortige Entfernung unseres Sohnes aus dem Kindergarten gefordert. Ich war beunruhigt, zu sehen, dass Amalia sich zu ungewohnter Zeit ein Glas Wein eingoss. Erbittert verkündete sie, wir würden unseren Sohn nicht länger in «diesen Saustall» schicken. Sie nahm einen kräftigen Schluck von ihrem Wein, wie um den Zorn zu bändigen, der an ihr nagte. Ich wandte ein, ein Kindergartenwechsel würde bedeuten, Nikita auf die Warteliste eines anderen zu setzen. Und ihn jeden Tag in die Obhut ihrer Eltern oder meiner Mutter zu geben, würde nur zu neuen Komplikationen führen. «Lass mich nachdenken», sagte sie und ging energischen Schritts, mit klappernden Absätzen und dem Glas Wein in der Hand, ins Schlafzimmer.

Am nächsten Tag wurden wir, früher als sonst, im Kindergarten vorstellig. Diesmal flog keine Münze in die Luft. Ich packte mir den Jungen unter den Arm und trug ihn die Treppe hinunter, gefolgt von Amalia, die so nervös war, dass sie mich bat, das Gespräch mit der Leiterin zu übernehmen. Der teilte ich höflich, aber bestimmt mit, was ich mit meiner Frau zu Hause vereinbart hatte: dass der Kindergarten verpflichtet sei, pädagogische Maßnahmen zu ergreifen, die dazu angetan seien, das Fehlverhalten unseres Sohnes zu korrigieren sowie die anderen Kinder zu schützen, falls dies notwendig sei. Auf keinen Fall wären wir bereit, unseren Sohn aus dem Kindergarten zu nehmen, und sollte es so weit kommen, würden wir nicht zögern, einen Anwalt einzuschalten, um das zu verhindern.

Eine Mutter, zu der wir ein gutes Verhältnis hatten, verriet uns später, dass die Betreuerinnen Nikita vom Rest der Gruppe fernhielten. Offenbar versuchten sie dadurch nicht nur, Arme und Beine der Kinder vor den Zähnen unseres Sohnes zu schützen, sondern auch immer noch nörgelnde Eltern zufriedenzustellen.

Amalia und mich interessierte das im Grunde nicht.

«So kann er lernen, nicht mehr gewalttätig zu sein», sagte sie.

«Meinetwegen können sie ihn auch an die Heizung ketten», sagte ich.

6

Zu seinem vierten Geburtstag schenkten ihm die Schwiegereltern einen flachen Blechkasten mit Alpino-Buntstiften. Als Kinder hatten Amalia und ich Stifte derselben Marke gehabt, allerdings in einer Pappschachtel, die leicht kaputtging. Wir waren beide der Meinung, dass die Stifte ein schönes Geschenk gewesen waren; nicht das beste unseres Lebens, aber doch eines, an das wir uns immer noch gern erinnerten, und deshalb freuten wir uns, dass unser Sohn die gleichen Malstifte bekam wie die, die uns als Kinder so viel Freude bereitet hatten.

Kaum hatte Nikita das Geschenkpapier heruntergerissen, waren Amalia und ich wieder wie Kinder, hätten uns am liebsten die Buntstifte gegriffen und sie in einer Ecke des Papiers ausprobiert; aber, klar, das Geschenk war nicht für uns, und wir mahnten uns gegenseitig, die Finger von dem zu lassen, was uns nicht gehörte.

Mein Schwiegervater bekam offenbar eine didaktische Anwandlung. Er setzte sich zu Nikita an den Tisch, benannte die verschiedenen Farben und ließ seinen Enkel die Namen wiederholen. Ab und zu warf er uns einen Blick zu, als wollte er sagen: «Seht ihr, so muss man den Jungen erziehen.» Dann änderten sie das Spiel. Er sagte zum Beispiel: «Gib mir den gelben Buntstift.» Und der Junge gab ihn ihm. Das ging mehrmals so, Nikita reagierte immer richtig, bis zu einem gewissen Moment, ab dem er nicht mehr auf die Farben achtete und die Buntstifte willkürlich wählte; sicheres Zeichen, dass er sich zu langweilen begann. Er verlor die Konzentration und sein Großvater genauso schnell die Geduld. Er nannte ihn sogar einen Tölpel und vergaß dabei zweifellos, dass wir auch noch im Wohnzimmer waren. Amalia schalt ihren Vater mit harten Worten, woraufhin der Alte sich beleidigt in sein Zimmer zurückzog und auch nicht mehr herauskam, als meine Schwiegermutter ihm mitteilte, dass wir im Aufbruch begriffen seien.

Ein paar Tage später stellte Amalia zu Hause fest, dass der Junge seine sämtlichen Buntstifte auf gröbste Weise angeknabbert hatte. Zu seiner Verteidigung und auch, weil er mir leidtat, erzählte ich Amalia, dass ich als Kind ebenfalls meine Buntstifte angeknabbert hatte, am liebsten sogar den Radiergummi, allerdings nicht ganz so schlimm wie unser Sohn. Und der Grund dafür war, erklärte ich ihr, dass mich die bunten Farben an saftige Früchte erinnerten, an Gummibonbons und ähnliche Süßigkeiten und dass der Holzgeruch der Bleistifte für mich unwiderstehlich war.

Die perfekte Amalia, Verkörperung der reinen Vernunft, hatte natürlich nie ihre Bleistifte zerbrochen oder angeknabbert und schon gar nicht mit Süßigkeiten verwechselt.

Der Umstand, dass ich als Kind das Gleiche getan hatte wie unser Sohn, beruhigte sie und brachte sie wohl zu der Überzeugung, dass wir Männer schon in frühem Alter dazu neigen, Torheiten zu begehen und uns von unserer angeborenen Raubtiernatur zu zerstörerischem Tun hinreißen zu lassen; was nichts anderes hieß, als dass wir dumm geboren werden und ewig dumm bleiben. Es sollte kein Lob sein, als sie feststellte: «Ganz offensichtlich ist Nicolás nach dir geraten.»

Was die Schlaumeierin nicht wusste, war, dass ich mich als Kind gehütet hatte, meine Buntstifte abzukauen, weil das Folgen gehabt hätte. Meine Eltern hätten mir das niemals durchgehen lassen. Mama hätte mir eine ganze Reihe von Ohrfeigen verpasst; Papa hätte es mit einer gut sein lassen, die aber schmerzhafter gewesen wäre als alle von Mama zusammen.

7

Ein Jahr nach der Heirat setzte in unserem Schlafzimmer die Eiszeit ein, die, sagt Humpel, früher oder später alle Ehepaare erreicht. «In meinem Fall ein bisschen früh, findest du nicht?» Er lachte.

Die ersten Anzeichen bemerkte ich im Bett; aber das Erkalten körperlicher Leidenschaft hat bei meiner Frau möglicherweise schon früher angefangen, und ich habe es erst bemerkt, als Amalia, sobald die Schwangerschaft bestätigt war, nicht mehr die Beine für mich breit machte. Einige Zeit nach Nikitas Geburt zwar wohl wieder, aber mit immer größeren Abständen und einer Lustlosigkeit, als würde sie einer Verordnung nachkommen. Ich habe mich noch nie an einer Leiche vergangen; aber ich brauche bloß an Amalia zu denken, wie sie auf dem Rücken liegt und die Beine so weit wie eben nötig spreizt, um eine Vorstellung von einem nekrophilen Erlebnis zu bekommen. «Bist du fertig?» Typisch für sie, dass sie diese Frage stellte, kaum dass meine Stöße schwächer wurden.

Als die Schwangerschaft bestätigt war, verkündete Amalia mir in einem Ton, mit dem man eine richterliche Verfügung verliest, dass wir momentan keinen Sex mehr haben würden. Sie nannte mir dafür einen Grund, der mir auf den ersten Blick plausibel erschien. Sie fürchtete, eine beim Verkehr übertragene Infektion könne dem Fötus und auch ihr selbst Schaden zufügen. Angetan von dem Gedanken, ein guter Vater und Ehemann zu sein, verstand ich ihre Gründe nicht nur, sondern befürwortete sie in der naiven Hoffnung, dass wir nach der Geburt unseres Kindes zum sinnlichen Spiel ebenso zurückfinden würden wie zum großzügigen Geben und Nehmen gegenseitiger Lust. Ich dachte, wenn ich meiner Frau Respekt entgegenbrächte, würde mir dies ihre Zuneigung sichern. Falsch gedacht.

Was in jenen Tagen tatsächlich endete, war das Vorspielen von physischer Anziehung, das Amalia meisterhaft in Szene zu setzen verstand. Heute habe ich diesbezüglich kaum noch Zweifel, und von allem, was in unserer sechzehnjährigen Ehe zwischen uns war, kann ich ihr dies am wenigsten verzeihen. Berechnend und pragmatisch, wie sie war, wählte sie mich aus, um ein doppeltes Ziel zu erreichen: das Spermatozoon, das ihr die Mutterschaft sicherte, und den Gimpel, der die Frucht ihres Leibes aufziehen half. Das hat sie nicht viel gekostet, eine Fellatio in einem Lissabonner Hotel und wenig mehr.

In manchen Nächten habe ich sie um Sex angefleht. Mir war das nicht klar, aber damit machte ich mich in ihren Augen noch verachtenswerter, ließ mich wegen des Drangs nach körperlicher Befriedigung zu einem würde- und charakterlosen Hampelmann machen, der bereit war, ein paar lustvolle Sekunden mit stunden- und sogar tagelanger Unterwerfung zu bezahlen.

Ob es mich schmerzt, all diese Erinnerungen wachzurufen? Scheiße, und ob es das tut! Aber ich muss mich von dem ganzen Schmutz befreien, der sich in mir angesammelt hat. Ich will damit nicht begraben werden, sondern will mit mir im Reinen sein und mich sauber fühlen, wenn der Moment gekommen ist.

Eines Nachts, als ich mein Verlangen nicht zügeln konnte, wären wir fast aneinandergeraten. Der Streit eskalierte nur deshalb nicht, weil ich mich glücklicher- oder vernünftigerweise zurückhielt; erschrocken darüber, mit welcher Macht mich das Verlangen überkam, Amalia zu schlagen. Ein anderer hätte das an meiner Stelle vielleicht getan; aber ich kann das nicht. Ich kann niemandem körperlichen Schaden zufügen. Ich will nicht wie Papa werden, der Mamas Muschi als sein Eigentum betrachtete und nie zugelassen hätte, dass sie sich zierte oder gar verweigerte, um wer weiß welche Zugeständnisse zu erlangen.

Den Entschluss zu getrennten Betten fassten wir gemeinsam. Heute erkenne ich, wie blöd ich war. Wie naiv. Wie fügsam. Ich hielt es für vernünftig, ihre Nachtruhe nicht mit meinem Schnarchen zu stören. Sie war schwanger. Bald würde man es ihr ansehen. Das ist eine ernste Sache. Für ihr Wohlergehen und das unseres noch nicht geborenen Kindes musste alles nur denkbar Mögliche getan werden. Davon war ich so überzeugt, dass ich mich Amalias Argumenten nicht nur dankbar anschloss, sondern mich sogar zu mehr verpflichtete, als sie von mir verlangte. Hätte ich gewusst ...

8

Amalia gab unserem etwas mehr als einen Monat alten Sohn auf dem Wohnzimmersofa die Brust. Ich bereitete in der Küche das Abendessen zu. Meine Fertigkeiten im Umgang mit Töpfen und Pfannen tendierten damals gegen null, was mich nicht davon befreite, beinahe täglich die Aufgaben eines Kochs zu übernehmen. Und die Einkäufe zu tätigen. Und den Abwasch zu machen, solange wir keine Spülmaschine hatten. Die Hausarbeit musste geteilt werden, das war eine ihrer großen Forderungen; schier besessen war Amalia davon, worüber mich vor der Hochzeit aufzuklären sie allerdings vergessen hatte. Ich war aber nicht der typische Slapsticktrottel, der Salz und Zucker verwechselt. Ich bemühte mich, ich lernte und machte Fortschritte und hätte möglicherweise sogar Gefallen an der Hausarbeit gefunden, wenn das Fehlen von körperlicher Liebe mir nicht das deutliche, das brennende Gefühl gegeben hätte, Opfer einer Täuschung geworden zu sein.

In meiner Erinnerung sehe ich mich eine Aubergine in Scheiben schneiden, wofür ich ein langes Messer benutze, das zwar umständlich zu handhaben ist, aber mein Lieblingsmesser war, weil es eine sehr scharfe Schneide hatte und zu einem Satz Küchengerätschaften gehörte, die Mama uns geschenkt hatte. Ich wollte die Scheiben panieren und in der Pfanne braten als Ersatz für Fleisch und Fisch, die Amalia zunehmend problematisch fand, seit sie verschiedene Berichte über die industrielle Verfertigung von Lebensmitteln gelesen hatte; ein Thema, über das sie ab und zu auch in ihrer Radiosendung doziert.

Sie wollte irgendwas von mir und rief mich. Als ich ins Wohnzimmer trat, sah ich sie von hinten auf dem Sofa sitzen, das Gesicht des Kindes an eine ihrer Brüste gedrückt. Ihr langes lockiges Haar ergoss sich über den oberen Teil ihres Rückens. Der entblößte Oberkörper ließ den zarten Bogen ihrer Schultern, die schlanken Unterarme und eine Zerbrechlichkeit erkennen, die mich stets mit großer Zärtlichkeit erfüllte. Als ich sie so ins Stillen vertieft, ganz selbstvergessen und fürsorglich den Säugling im Arm halten sah, da überkam mich ein gewaltsames, unwiderstehliches Verlangen. In diesem Moment hätte ich wer weiß was unternommen, um die Stelle des Kindes einzunehmen und genüsslich an diesen Brüsten zu saugen. Das Würmergewimmel von erotischen Fantasien in meinem Kopf hätte mich fast um die Kontrolle meines Tuns gebracht. Wie wunderschön war doch dieser Eiszapfen in Form einer Frau! Zwei oder drei Schritte hinter ihr stehend, spürte ich mit einem Mal den Griff des Messers in meiner Hand. Ein jäher Gedanke umnebelte sekundenlang mein Hirn; lang genug, um mich erschütternd wirklichkeitsnah von hinten auf meine Frau und meinen Sohn stürzen und sie bestialisch abstechen zu sehen.

Amalia konnte gerade noch einen überraschten Schrei ausstoßen, kaum mehr als ein Röcheln, bevor ich ihr die Klinge in den Hals stieß. Das arme Engelchen merkte gar nichts.

Amalias Stimme riss mich aus dieser blutigen Fantasie. Ohne sich umzudrehen, bat sie mich mit ruhiger Stimme, einen Joghurt aus dem Kühlschrank herauszustellen, damit er, wenn sie ihn später äße, nicht mehr so kalt wäre. Heute frage ich mich, ob all diese schrecklichen, von Männlichkeitswahn, oder wie man das nennen will, bestimmten Beziehungstaten, von denen die Medien immer wieder berichten, aufgrund einer plötzlichen Geistestrübung begangen oder kaltblütig geplant werden, oder ob es noch eine andere Möglichkeit gibt, die mir nicht einfällt, was auch nicht schlimm ist.

In der Küche lief es mir kalt den Rücken hinunter, als ich feststellte, dass meine Hand immer noch das Messer umklammert hielt.

9

Meine Schwiegereltern luden uns zum Mittagessen in die Casa Domingo ein, ein Traditionsrestaurant, ganz in ihrer Nähe. Wir aßen dieses und tranken jenes; für das, was ich heute aufschreiben will, sind kulinarische Details überflüssig. Meine Schwiegermutter verhehlte nicht, dass sie uns ins Restaurant eingeladen hatten, um sich zu Hause die Arbeit zu sparen. Mein Schwiegervater ließ die gewohnte Philippika gegen Felipe González und seine Minister los, und Amalia, die hinter dem Rücken ihres Vaters treue Parteigängerin der Sozialisten war, gab ihm wie üblich weder recht, noch widersprach sie ihm.

Der Fanatismus des Alten, der aus einer Zeit stammte, in der noch Recht und Ordnung herrschten und Spanien vereint war,

war mir, wenigstens etwa drei Minuten lang, ganz sympathisch. So lange fand ich sein extrem rechtes Geschwätz etwa so unterhaltsam, wie ich das Grimassieren von Schimpansen unterhaltsam finde. Nachdem mein Vorrat an Toleranz aufgebraucht war, bewirkte das verstaubte Gerede des Alten bei mir eine schwere, dem Schlaf nahe Müdigkeit, ohne die ich ihm wahrscheinlich irgendetwas (meine Serviette oder meinen russischen Salat) an den Kopf geworfen hätte. Also ließ ich, ließen wir ihn nach Belieben weiterfaseln, damit er so schnell wie möglich seine Plattheiten, Phobien und düsteren Prophezeiungen loswerden konnte und uns danach in Ruhe essen ließ.

Unterwegs hatten wir Nikita bei Mama abgeliefert; nicht um uns ein paar Stunden lang sein Geschrei zu ersparen, sondern weil damals in Lokalen noch das Rauchen erlaubt war und Amalia und ich unseren Sohn nicht mit unserem und fremdem Tabaksqualm belasten wollten. Aus demselben Grund rauchten wir auch in der Wohnung nicht beziehungsweise nur am offenen Fenster, wenn es nicht zu kalt war, oder auf dem Treppenabsatz vor der Tür, denn die Nachbarin gegenüber war an die neunzig, bekam nichts mehr mit und verließ auch ihre Wohnung so gut wie nie.

Ich erinnere mich an eine kurze Szene im Verlauf dieses Abendessens mit meinen Schwiegereltern. Wir vier saßen an einem Tisch hinten im Restaurant, Amalia mir gegenüber. Mir wäre es lieber gewesen, sie hätte links oder rechts neben mir gesessen, denn wenn sie mir seitlich ans Bein trat, damit ich den Mund hielt, war das weniger schmerzhaft, als wenn sie mein Schienbein traf.

Irgendwann, als mein Schwiegervater drauflosschwadronierte, dass es mit oder ohne Eingreifen des Militärs einen Regierungswechsel und danach einen anderen Regierungsstil geben müsse, schaute ich Amalia in die Augen, und sie schaute mir in die Augen; ich lächelte, und sie lächelte auch, ohne dass ich heute sagen könnte, wer den Anfang machte oder ob die Gleichzeitigkeit Werk des Zufalls war. Eine stille, von Abneigung gespeiste Herausforderung stand in meinem Blick und meinem Lächeln, und ich war mir sicher, dass sie das erkannte, wenn sie mich nicht schon eine Weile unbemerkt beobachtet hatte und ohnehin meine Gedanken lesen konnte, als stünden sie in einem offenen Buch geschrieben. Ich bezweifle nicht, dass sie genau verstand, was ich ihr wortlos übermittelte. Ihr Gesichtsausdruck in diesem Moment zeigte Hochmut und provokante Gleichgültigkeit. Ich glaube, wenn ich einen Spiegel zur Hand gehabt hätte, hätte ich in meinen Gesichtszügen genau dasselbe gesehen.

Sie weiß es, dachte ich. Sie ist schlau, sie hat es erraten und gibt mir zu verstehen, dass mein Tun und meine Geheimnisse ihr vollkommen schnuppe sind. Vor zwei Tagen war ich zum ersten Mal in La Chopera in einem Bordell gewesen. Nicht allein. Ich hätte mich nie getraut, wenn der noch beidfüßige Humpel – diesbezüglicher Experte und Kenner der Örtlichkeit – mich nicht begleitet und den Führer gespielt hätte. Unterwegs klärte er mich darüber auf, wie man mit den Prostituierten umzugehen habe. Eine – ich weiß gar nicht, wo sie herkam – trat mir recht aggressiv in den Weg. Humpel bedeutete mir mit Gesten, diese sei nichts für mich. Ich hörte auf ihn. Kurz darauf unterhielt ich mich mit einer anderen, die weder hässlicher noch hübscher war, und diesmal deutete mein Freund Zustimmung an.

Humpel ist davon überzeugt, dass die Prostitution Ehen rettet. Mir hat sie möglicherweise fünfzehn Jahre lang geholfen, die meine zu ertragen. Ich verfüge über keine Daten, die diese Hypothese belegen könnten. Dennoch bin ich mir sicher, dass es befreiend auf mich wirkte, in meinen sexuellen Nöten nicht mehr von Amalia abhängig zu sein.

10

Erster Tag im neuen Schuljahr; für mich nach all den Jahren das letzte, was aber nur Humpel (der es mir im Grunde vielleicht nicht glaubt) und ich wissen.

Der Gedanke, nicht bis zur Pensionierung Gefangener meines Berufes zu sein, hat mich vor Depressionen bewahrt. Im Klassenzimmer war ich ungewöhnlich aufgeräumt. Es war, als hätte ein anderer mit einem gegensätzlichen Temperament mich aus meinem Körper verdrängt und sich diesen angezogen, wie man einen Arbeitsoverall überzieht, und mich während des Unterrichts ersetzt, dabei meine Leistung verbessert und meine Erklärungen so leicht und lebendig gemacht, wie ich es von mir nicht kenne. Im Klassenzimmer auf und ab gehend, stellte ich mir unwillkürlich die Frage: Was ist mit mir los? Woher kommen diese Begeisterungsschübe, diese Zungenfertigkeit, diese Selbstsicherheit? Mir ist es sogar gelungen, die Schüler ein paar Mal zum Lachen zu bringen. Nicht nur sie, ich selbst hatte auch keine Ahnung, dass ich diese humoristische Ader besaß.

Das Einzige, was mich am Lehrerberuf noch interessiert, ist das Gehalt. Nach der Anfangszeit als neuer Lehrer voller Illusion und Lust, die Dinge gut zu machen, fing ich bald an, die Schüler nicht mehr ernst zu nehmen und zu verachten. Ich nehme sie immer noch nicht ernst (damit will ich sagen, dass es mir egal ist, ob sie lernen oder nicht); aber heute, wenigstens heute, habe ich sie nicht verachtet. Ich verspürte sogar Lust, mich zu ihnen zu setzen, obwohl ich eigentlich darauf bedacht bin, Abstand zu wahren, besonders im Hinblick auf die Mädchen, die in diesem Alter und mit ihren *hot pants*, die derzeit Mode sind, mit ihren sprießenden Brüsten und dem ganzen Parfüm pure Erotik um sich verbreiten.

Heute ist es ein bisschen anders gewesen als bei anderen Schuljahresanfängen. Ich habe die Schüler angesehen und die gleiche Sympathie, um nicht zu sagen Zärtlichkeit, in meinen Blicken gespürt, wie wenn ich auf dem Weg zur Schule morgens die Mauersegler in der Luft beobachte. Ich liebe Mauersegler. Sie fliegen unermüdlich, frei und fleißig. Manchmal sehe ich durchs Fenster ein paar, die unter den Kästen der Klimaanlagen des gegenüberliegenden Gebäudes ihre Nester haben. Bald werden sie ihren alljährlichen Wanderflug nach Süden aufnehmen. Wenn nichts schiefgeht und mein Leben wie geplant verläuft, werde ich im nächsten Frühjahr, wenn sie zurückkehren, noch hier sein. Mal sehen.

11

Ich werde sterben, ohne einen Mord begangen zu haben. Ob ein Selbstmord diese Erfahrung ersetzt, kann ich nicht sagen. Ich träume, dass ein Mitglied des Höchsten Gerichts, das Gesicht von einer Kapuze verdeckt, mir ein Sturmgewehr in die Hände drückt und dann einen richterlichen Beschluss verliest, der mich dazu verurteilt, innerhalb von zwei Stunden eine Person meiner Wahl zu erschießen, egal welche. Ich erhebe Einwände, mache moralische Skrupel geltend, versuche mich mit allen Mitteln dagegen zu wehren, doch alles vergebens. Entweder füge ich mich dem Urteil, oder ich werde einer bestialischen Folter unterworfen und danach lebendigen Leibes verbrannt. Angesichts meiner Weigerung schleifen mich zwei Schergen zu einem stinkenden Kerker. Bevor sie die Tür zuschließen können, sage ich ihnen, ich hätte mein Opfer schon ausgewählt. Sie wollen wissen, um wen es sich handelt, und warnen mich: «Versuch bloß nicht, Zeit zu schinden. Wir kennen die Tricks.»

Ich antworte, ich würde auf die Direktorin der Schule schießen, in der ich arbeite. Sie nehmen meine Wahl gleichgültig zur Kenntnis und bringen mich in einem Auto mit geschwärzten Scheiben unverzüglich zur Schule. Als ich auf dem für Lehrer reservierten Parkplatz aussteige, stelle ich fest, dass ich bester Laune bin und sogar anfange, Witze zu erzählen. Die Schergen werfen sich verwunderte Blicke zu, erliegen aber bald dem Charme meiner Witze und wälzen sich vor Lachen am Boden.

Als die Direktorin mich heute Morgen begrüßte, hat sie die Geringschätzung, die sie für mich empfindet, hinter ihrem ausdruckslosen Gesicht versteckt, und ich habe ihren Gruß mit einer Miene eisiger Höflichkeit erwidert, hinter der sich meine Abneigung gegen sie verbarg. Meine Hand als Pistole in der Hosentasche hat ihr ein halbes Dutzend Kugeln in den Bauch verpasst.

Meine Strategie im Umgang mit der Gebieterin besteht seit Jahren darin, mich so selten wie möglich in ihren Aktionsradius zu begeben. Ich weiß, sie ist nur eine Funktionärin mit begrenzter Macht, jedoch gerissen und zäh, wenn es darum geht, ihren Untergebenen das Leben schwer zu machen. Ich gehorche und schweige, und wenn ich ihr wütend widersprechen muss, was mir oft genug passiert, dann tue ich das, wenn sie mich nicht hört. Andere, mutig bis zur Kühnheit, haben rebelliert und ihr ins Gesicht gesagt, was sie von ihr halten; ihre Arbeitsbedingungen haben sich danach verschlechtert. Die Direktorin ist eine gehässige und nachtragende Person. Ihr vor allem habe ich meinen miesen Stundenplan zu verdanken, der sich im neuen Schuljahr kaum verändert hat. Und was sich verändert hat, hat sich zum Schlechteren verändert. Ich bin wieder einmal Opfer des Dekrets von 2013 geworden, mit dem die Regierung von Mariano Rajoy dem Unterrichtsfach Geschichte der Philosophie für den zweiten Abiturjahrgang einen optionalen Status zuerkannte. Das hat zur Folge, dass ich jetzt zusätzlich etwas unterrichten muss, das sich Einführung ins Unternehmens- und Betriebswesen nennt. Ich bin nicht der einzige Betroffene. Eine Kollegin, beispielsweise, soll drei angeblich verwandte Fächer unterrichten. Sie beging die Dreistigkeit, die Unverschämtheit, das Verbrechen, die Direktorin um Vorbereitungskurse zu bitten. «Bereiten Sie sich zu Hause vor», lautete die Antwort. Seitdem Feindschaft.

Meine Situation ist also die, dass ich lustlos ein Fach unterrichte, in dem ich kein Experte bin (Experte? Ha, ich habe null Ahnung) und dessen didaktische Ausrichtung ich ablehne. Alles fürs Gehalt.

12

Nach dem Unterricht nehme ich meine Aktentasche und mache mich auf den Weg nach draußen, da höre ich, wie im Flur jemand hinter mir her ruft: der Vater einer Schülerin; eine von denen, die eher aus Furchtsamkeit als aus Intelligenz gute Noten schreiben. Der Mann spricht mich in einem unfreundlichen Ton an. Nicht nur seine Stimme, auch sein Gesichtsausdruck sagt mir, dass er eine Beschwerde oder Klage vorbringen will. Ich frage mich, wie das möglich ist. Heute ist der dritte Unterrichtstag. Seit Montag, als das Schuljahr begann, ist es meines Wissens zu keiner konfliktiven Situation in meiner Klasse gekommen. Bis zu Prüfungen und Noten ist es noch lange hin. Woher also diese Aufregung? Womit habe ich diesen Zorn verdient? Ist es unter meinen Schülern zu einem schweren Fall von Schikane gekommen, und ich habe nichts davon gemerkt?

Der Typ, jünger als ich, hält ein Schulbuch mit einem Finger zwischen den Seiten hoch. Wenn er nur wüsste, wie hungrig und wie müde ich bin ... Er zeigt mir eine Seite, auf der ich ohne meine Lesebrille nur eine Abbildung von Karl Marx erkenne. Ich errate, dass es sich um die Lektion über die Philosophie des 19. Jahrhunderts handelt, ein bisschen Kleinkram mit gerade mal einer Seite über die Historische Dialektik.

Mit schneidender Stimme und schon ein wenig hysterisch herrscht er mich an, dass er ein vaterlandsbewusster Spanier ist, ein Staatsbürger, der die Werte der Nation hochhält und nicht zulässt, dass seinem Mädchen Ideologien eingetrichtert werden, die mit dem Glauben seiner Familie unvereinbar sind. Der Typ kann sich ausdrücken. Er verlangt von mir, dass ich ihm mitteile, wann der Marxismus in der Klasse durchgenommen wird, denn an dem Tag werde seine Tochter zu Hause bleiben. Er fügt hinzu, dass davon niemand etwas erfahren muss, und falls die Mutter der Kleinen zu mir käme und etwas anderes sagte, als er mir gerade gesagt habe, solle ich nicht auf sie hören, denn er ist der Hauptverantwortliche für die Erziehung seiner Tochter, die ihm das Liebste auf der Welt ist und für die er notfalls sterben würde.

Er wird doch nicht anfangen zu weinen?

Ich fühle mich viel zu erschöpft, um mich mit einem Trottel herumzustreiten. Also nehme ich all meinen Zynismus zusammen, lege ihm meine Hand auf den Arm und antworte entschlossen: «Seien Sie unbesorgt. Ich werde die Seite überspringen. Mir geht sie auch gegen den Strich. Aber sagen Sie das keinem weiter.»

Natürlich werde ich die Seite nicht überspringen. Oder vielleicht doch. Je nachdem. Mir ist das alles so was von egal ...

Für die Zeit, die ich noch da bin, bräuchte ich mein Gehalt gar nicht. Nikita kostet mich nicht mehr so viel wie früher, und mit meinen Ersparnissen käme ich leicht bis zum nächsten Sommer aus. Warum, zum Teufel, mache ich also eine Arbeit, die mir nicht behagt? Warum muss ich mich Situationen wie der heutigen aussetzen?

Wenn ich die unwesentlichsten Sachen nicht begreife, wie soll ich dann die wesentlichen begreifen?

Ich habe darauf keine Antwort.

Überhaupt keine.

13

An Tagen wie diesem fühlt man sich so geläutert, dass man Lust hätte, eine Seele zu besitzen; eine innere Dimension, durch die das reine Wasser der Güte fließen kann, oder anders gesagt, einen unsichtbaren kleinen Tempel zwischen zwei Organen, in dem man Ereignisse wie meinen fabelhaften moralischen Sieg von heute feiern könnte. Gestern war ich nämlich, anstatt meinen Unterricht vorzubereiten (habe wieder einmal auf Erfahrung, alte Notizen und Gruppenarbeiten zurückgegriffen), bis spätnachts in den sozialen Netzwerken unterwegs. So erfuhr ich, dass die Städtische Bibliothek von Cebolla, einem Dorf in der Provinz Toledo, von dessen Existenz ich gar nichts wusste, vom Hochwasser überschwemmt worden ist. Offenbar wurden achtzig Prozent der dort verwahrten Bücher vom Wasser und Matsch vernichtet. Gutherzige Menschen haben eine Hilfskampagne zum Spenden von Büchern für besagte Bibliothek ins Leben gerufen. Von einem jähen Solidaritätsfuror ergriffen, ging ich gegen ein Uhr nachts in die Küche, suchte mir einen Karton und packte ihn mit Büchern voll, mit den wertvollsten, die ich in den Regalen finden konnte, und habe sie heute Nachmittag per Post nach Cebolla geschickt. Draußen hat mir *Pepa* sofort den Handrücken abgeleckt; vom Geruch der Großherzigkeit verführt, nehme ich an. Ich fühlte mich als besserer Mensch als auf der Plaza von Valdemorillo, wo ich die beiden Bände von Hirschberger zurückgelassen habe. Auf dem Nachhauseweg verspürte ich einen leichten Kitzel auf der Kopfhaut, der sicher vom Darüberstreichen meines Heiligenscheins herrührte. Schade, dass ich keinen Spiegel dabeihatte, um ihn mir ansehen zu können. Zu Hause war er schon wieder verschwunden. War vermutlich ein Heiligenschein von schlechter Qualität mit einer Batterie, die vorzeitig ihren Geist aufgegeben hat.

14

Heute Morgen haben wir im Lehrerzimmer Marta Gutiérrez gedacht. Nur ein paar Minuten nichtssagenden Geschwätzes bei Morgenkaffee und Brötchen in Erwartung der Glocke, die uns wieder in die Klassenzimmer scheuchte. Als ich kam, standen ein paar ältere Kollegen zusammen und sprachen über die verstorbene Kollegin. Reihum wurden Anekdoten erzählt und Worte von ihr zitiert, alles sehr positiv und von Herzen kommend, in etwas wehmütigem Ton, der mir aufgesetzt erschien. Einfach nur, um meinen bescheidenen Beitrag zu leisten, brachte ich die seltsame Art zur Sprache, wie Marta ihren Kaffee umzurühren pflegte. Keiner der Umstehenden interessierte sich dafür. Keiner gab zu erkennen, dass ihm das überhaupt aufgefallen war.

Ich stelle mir vor, wie dieselbe Gruppe von Lehrern in einem Jahr brötchenkauend von mir sprechen wird: «Er war ein netter Kerl, ein bisschen speziell allerdings.» «Ja, er hatte seine Marotten; aber wer hat die nicht?»

Ich erinnere mich an den Vormittag, an dem ich Marta Gutiérrez zum letzten Mal gesehen habe. Ich langweilte meine Schüler wie üblich, als die Tür aufgerissen wurde. Der Ausdruck im Gesicht des Mädchens ließ keinen Zweifel zu. Bevor sie etwas sagen konnte, erriet ich, dass etwas Schlimmes passiert sein musste. So schnell ich konnte, folgte ich ihr ins Klassenzimmer nebenan. Marta lag auf dem Boden, nicht ein Schüler war bei ihr, alle saßen still und schweigsam auf ihren Stühlen, als trauten sie sich nicht in die Nähe ihrer Lehrerin, die einfach umgefallen war. Marta Gutiérrez war bei Bewusstsein, ein Fuß ohne Schuh, die Brille einen Meter neben ihr. Ich knie neben ihr und weiß nicht, was ich tun soll, spüre aber, dass die ungläubigen Augen all dieser jungen Menschen darauf warten, dass ich etwas unternehme. Marta flüsterte, als wollte sie, dass nur ich sie höre, dass sie ihre Beine nicht bewegen könne. Ich schickte zwei Schüler nach unten zur Anmeldung, damit man den Notarzt rief. Ich ziehe meinen Pullover aus und lege ihn Marta als Kopfkissen unter den Nacken. Ich rieche ihr Parfüm und sehe die Kette mit einem goldenen Kreuz um ihren fleischigen Hals. Ich bat die Schüler, bitte hinaus auf den Flur zu gehen, und einen von ihnen, die Fenster zu öffnen. Ich dachte, ein wenig frische Luft würde Marta Gutiérrez guttun. Als wir allein waren, stammelte sie: «Ruf meine Mutter an.» Ein paar Kollegen kamen ins Klassenzimmer und auch der damalige Direktor, der sehr viel menschlicher war als die heutige Despotin. Vermutlich hatte sich der Vorfall schon herumgesprochen. Ich bewegte mich nicht von der Seite meiner Kollegin und hörte nicht auf, mit ihr zu sprechen, in der Hoffnung, dass sie bis zum Eintreffen der Sanitäter bei Bewusstsein blieb.

Marta Gutiérrez starb in der Nacht im Krankenhaus.

Sie war ein guter Mensch. Sie hat mir viel geholfen, vor allem in meinen Anfängen. Sie hatte ihre Marotten; aber wer hat die nicht?

15

Ich unternehme oft lange Spaziergänge mit *Pepa*. Die Hündin braucht Bewegung und ich auch. Aus einer Laune heraus bin ich heute mit ihr ans Ufer des Manzanares gegangen, auf der Höhe des Matadero-Kulturzentrums, in der Hoffnung, dort den letzten Mauersegler des Jahres zu Gesicht zu bekommen. In meinem Viertel sehe ich sie schon seit Tagen nicht mehr. Ich habe gedacht, in der Nähe des Flusses gäbe es vielleicht noch welche. Die Mauersegler kommen erst im nächsten Frühjahr zurück. Sie haben mich mit der ganzen Meute Mensch allein gelassen, die für mich so anstrengend ist und mich um den Verstand bringt. Ich habe gelesen, dass Mauersegler bis jenseits der Sahara fliegen, bis nach Uganda und so, und dass sie die meiste Zeit ihres Lebens in der Luft verbringen. Genau das, was ich mir auch wünschen würde: nie am Boden sein, nie einen anderen berühren. Hätte ich wählen können, als Mensch oder als Mauersegler geboren zu werden, hätte ich mich den Umständen nach für Zweites entschieden. Ganz im Ernst. Dann würde ich jetzt am afrikanischen Himmel nach Insekten jagen, anstatt in dieser Stadt Autoabgase einzuatmen und mir jeden Tag am Gymnasium die Nerven zu ruinieren. Was für ein wunderbarer Existenzialismus: aus einem Ei schlüpfen, auf der Suche nach Nahrung durch die Luft fliegen, die Welt von oben betrachten, sich nicht mit existenziellen Fragen quälen, mit niemandem sprechen, keine Steuern und keine Stromrechnung bezahlen müssen, sich nicht für die Krone der Schöpfung halten, keine anmaßenden Begriffe wie Ewigkeit, Gerechtigkeit und Ehre erfinden, und sterben, wenn es so weit ist, ohne Medikamente und Totengeläut. All das habe ich *Pepa* erzählt, als wir gemütlich im Gras lagen, was zwar nicht dasselbe ist wie fliegen, aber auch sehr angenehm, besonders an warmen Tagen wie heute. Und *Pepa* – ich habe es in ihren Augen und an der heraushängenden Zunge gesehen – hat jedem meiner Worte zugestimmt. So ist es eben. Weitere Gedanken muss man daran nicht verschwenden.

16

Die große Neuigkeit des Tages steht nicht in der Zeitung. Humpels Wunde hat endlich eine Kruste. Sie abzureißen traut er sich nicht aus Angst, es könnte wieder zu einer Entzündung kommen. Er wartet ungeduldig darauf, dass sie sich von allein ablöst. Zwei Wochen lang hat er sich mit Antibiotika vollgestopft. Erleichtert und glücklich hat er mir zwischen zwei Mülltonnen, die mit mehreren anderen auf dem Bürgersteig standen, seinen Oberschenkel gezeigt. Die Wunde sieht wirklich viel besser aus. Sie ist kleiner geworden, braucht kein Pflaster mehr und hat nicht mehr diesen rötlichen Rand, den sie aufwies, als er sie mir nach seinem Urlaub gezeigt hat und vor Angst beinahe gestorben wäre. Ich habe ihn beglückwünscht und ihm eine lange Zukunft voller Wohlstand und Vergnügen prophezeit. Er hat sich mit einem «Riesenblödmann» revanchiert und mich danach zu einem Taxi und ein paar Schinkenbrötchen im Mercado de la Reina auf der Gran Vía eingeladen, wo wir – ich mit meinen vierundfünfzig Jährchen und Humpel einem mehr – als Großväter der jungen Leute durchgingen, die sich dort auf den Füßen standen.

Lärm und Gedränge. Humpel zieht einen Zeitungsausschnitt von *El País* aus der Jackentasche. Da wir uns die ganze Woche nicht gesehen haben, trägt er ihn mit sich herum, um ihn mir zu zeigen, seit der Bericht vergangenen Dienstag erschienen ist. Mit einem boshaften Glitzern in den Augen lässt er mich wissen, dass es sich dabei um eine wenige Tage vor ihrer Abdankung von der Gesundheitsministerin geförderte Initiative handelt. Die Zeitung berichtete darüber anlässlich des Welttages der Selbstmordprävention, der gestern gefeiert wurde. Ich wusste gar nicht, dass es so einen Tag gibt. Und jetzt, da ich es weiß, lässt es mich kalt.

«Das sollte dich aber interessieren. Ein Heer von Helfern wird ausgebildet, um Pläne von Typen wie dir zunichtezumachen, die sich auf ehrbare Weise umbringen wollen.»

Was soll ich machen?, denke ich. Gebe ich ihm eins aufs Maul, drehe ich mich um und lasse ihn stehen, oder nehme ich ihn in die Arme und küsse ihn auf den Mund?

Tatsächlich hat die Kurzzeitministerin – wegen Unregelmäßigkeiten bei der Erlangung eines Masters nur drei Monate im Amt – ein Programm zur Prävention eines, wie sie es nennt, «Problems des öffentlichen Gesundheitswesens» auf den Weg gebracht. Ich nehme an, ihre Amtsnachfolgerin wird die Idee weiterverfolgen. Humpel liest mir genüsslich die Zahlen der in Spanien verübten Selbstmorde vor. Ich weiß keine Prozentzahlen mehr; nur noch, dass wir unter dem globalen Durchschnitt liegen. «Auch da hinken wir hinterher», sage ich. Und frage mich, wie man mich von meinem Vorhaben abbringen will. Mich mit öffentlichen Geldern locken? Mich in die Psychiatrie einweisen? Mir jeden Morgen einen Liedermacher ins Haus schicken, der mir *Gracias a la vida* vorsingt? Humpel hört mir nicht zu. Humpel interessiert sich nur für seinen Zeitungsausschnitt, und ich bestelle mir noch ein Bier.

17

In den ersten Jahren stresste mich das Unterrichten dermaßen, dass mir die Haare ausgingen. Der Gedanke an Kahlköpfigkeit machte mich mehr als beklommen. An Unterrichtstagen verließ ich das Haus voller Angst. Manchmal bekam ich nicht einmal das Frühstück hinunter. Ich hatte Angst, nicht gut genug vorbereitet zu sein; Angst, vor der Klasse blockiert zu sein; Angst vor dem Verhalten der Schüler und den Beschwerden ihrer Eltern und denen des Direktors; und Angst, große Angst, vor den vielen Haaren im Abfluss der Dusche.

Zugleich hasste ich mich, weil ich mir einen so stressigen Beruf ausgesucht hatte, träumte von einem Leben, in dem immer Samstag war. An den Sonntagen wurde ich, je weiter der Tag fortschritt, von einem wachsenden Unbehagen heimgesucht. Nachts, schlaflos im Bett, wünschte ich mir, einen Unfall zu haben, krank zu werden oder irgendeinen Vorwand zu finden, um mich krankschreiben zu lassen. Ich litt unter Schlafmangel, und es gab eine Zeit, da trank ich täglich eine Flasche Wein, manchmal mehr, und schluckte Amphetamine in den Pausen. Allein an Samstagen fühlte ich mich sicher; aber auch nur vorübergehend, wie wenn ein Sturm vorbeigezogen ist und wir am Horizont schon wieder schwarze Wolken sehen.

Einmal, nach einer Besprechung, schüttete ich Marta Gutiérrez mein Herz aus, der einzigen Person im Lehrerkollegium, zu der ich Vertrauen gefasst hatte. Marta erzählte ich Dinge, die Amalia zu erzählen ich mich nie getraut hätte, nicht einmal in den Zeiten, als wir uns gut verstanden. Marta gab mir vernünftige Ratschläge, lieh mir didaktisches Material, räumte mir bürokratische Ärgernisse aus dem Weg, hob meine Stimmung. Ich gestand ihr, dass ich versucht war, das Unterrichten aufzugeben. Sie sagte: «Alle, die wir in diesem Beruf arbeiten, sind einmal verzweifelt gewesen.» Sie schlug vor, mir frischen Wind durch den Kopf wehen zu lassen und mich aus den Unannehmlichkeiten der täglichen Routine zu lösen, indem ich mich der kleinen Gruppe von Lehrern anschlösse, die in einigen Wochen am jährlichen Schüleraustausch mit einer Schule in Bremen teilnehmen würden. Sie schilderte das Projekt in den schönsten Farben: Ausflüge, geführte Besichtigungen, Barbecue zu Hause bei einem tollen deutschen Lehrer, kein Unterricht, kein Korrigieren, die Schüler würden bei Familien untergebracht, sodass wir sie stundenlang täglich gar nicht zu Gesicht bekämen. Mit einem Wort, heimliche Ferien. Ich nahm ihren Vorschlag an, nachdem ich ihn mit Amalia besprochen hatte.

Es war für mich ein so schönes Erlebnis, mit zufriedenen Schülern und dankbaren Eltern, dass ich mich im nächsten Jahr, nachdem Amalia wieder zugestimmt hatte, diesmal nicht sehr begeistert, sofort wieder für den Austausch anmeldete und sogar ein paar organisatorische Aufgaben übernahm. Unter verschiedenen Aktivitäten war eine Schifffahrt auf der Weser vorgesehen. Die Schule in Bremen kam für die Kosten der Exkursion auf, so wie wir bei ähnlichen Veranstaltungen, wenn sie uns besuchten, und stellte zu unserer Begleitung zwei Lehrer ab, eine Frau und einen Mann mit annehmbaren Kenntnissen der spanischen Sprache, die uns auch als Dolmetscher und Reiseführer dienten. Das Schiff ging flussabwärts auf Kurs, doch lange bevor wir das Meer erreichten, drehte es auf Höhe einer Werft um hundertachtzig Grad in stillem Wasser und fuhr wieder zurück. Auf dieser Fahrt, dem Ausgangspunkt entgegen, geschah etwas Merkwürdiges, an das ich mich jedes Mal erinnere, wenn ich an Marta Gutiérrez denke, meine Beschützerin, die ich ganz unbewusst, bekräftigt wohl durch den Altersunterschied, als eine Art Mutterersatz betrachtete.

Das herzliche Verhältnis, das uns miteinander verband, enthielt in ihrem Fall anscheinend eine Zutat, die mir vor der Fahrt nach Bremen nicht aufgefallen war und die hinterher zum Glück nicht weiter gedieh. Ich sehe in dieser Episode einen weiteren Beweis dafür, wie wenig und wie schlecht wir einander kennen, obwohl wir viele Stunden täglich miteinander zusammen sind und angeblich keine Geheimnisse voreinander haben. Man könnte meinen, es bliebe immer ein unzugänglicher Bereich, eine Art Dunkelkammer in unserem Innern, in der die unaussprechliche Wahrheit eines jeden eingeschlossen ist.

Mit den Häusern von Bremen bereits in Sichtweite, waren Marta Gutiérrez und ich, während wir uns darüber unterhielten, wie gut wir den Austausch bisher bewältigt hatten und wie wohl wir uns in dieser Stadt fühlten, die so fern und anders war als unsere, auf dem Oberdeck des Schiffes einen Moment lang allein. Da ergriff Marta ganz unerwartet meine Hand, führte sie unter ihren offenen Mantel und drückte sie grob an ihre Brust. Ich verstand diese Geste nicht. Zuerst dachte ich, sie fühle sich nicht wohl, ihr sei schlecht geworden, ein Herzinfarkt vielleicht, und sie klammere sich an meine Hand, um nicht hinzufallen oder um mir eine schmerzende Stelle zu zeigen, die ihr das Sprechen unmöglich machte. Ich wunderte mich mehr über die angstvolle Intensität ihres Blicks als über die kindische Anwandlung, mit der sie mich zwang, ihre Brust zu berühren. Bevor ich etwas sagen konnte, schob Marta meine Hand beiseite und rannte nach unten, wo sie sich zu den Schülern, einem unserer Kollegen und den beiden deutschen Lehrern gesellte.

Ich starrte entgeistert auf meine Handfläche, als erwartete ich, dort ein paar Blutstropfen zu sehen oder einen Fleck, ich weiß nicht, eine Spur von Marta Gutiérrez' Körper oder Kleidung. Wieder einmal hatte ich das Gefühl, Zeuge eines Vorfalls gewesen zu sein, den ich schlicht nicht verstand. So wie ich Marta kannte, hielt ich einen ungebremsten erotischen Schub für wenig wahrscheinlich; aber komplett ausschließen kann ich ihn auch nicht.

Niemals, solange wir an unserer Schule Kollegen waren, bis zu ihrem unerwarteten Tod, haben wir die Szene auf dem Schiff zur Sprache gebracht. Sie hat sich nicht erklärt, und ich habe sie nicht darum gebeten. Im folgenden Jahr nahm Marta zum letzten Mal am Schüleraustausch mit der Schule in Bremen teil. Ein Jahr später als sie hörte auch ich damit auf; vor allem, weil es mir ohne ihre Gesellschaft nicht mehr gefiel, aber auch, weil ich den Kniff mit dem Unterrichten allmählich herausbekam, was nicht hieß, dass ich ein besserer Lehrer wurde oder sich meine Unsicherheiten und Ängste verflüchtigten; ich legte mir einfach einen undurchdringlichen Panzer von Zynismus zu, der mir half, meine geistige Gesundheit zu erhalten und mich einzurichten und ab und zu sogar Lust auf das zu haben, was ich nie im Leben aushalten zu können geglaubt hatte.

18

Gott, welche Gefahr, und wie nah ist man daran, sich um Kopf und Kragen zu bringen bei all den kurzen Höschen und Röckchen, die alles sehen lassen, zum Hinsehen auf teuflisch verführerische Oberschenkel unter den Tischen und manchmal sogar auf ein Stückchen vom Slip einer Schülerin in der ersten Reihe förmlich zwingen.

Und wie übermächtig wird die Versuchung bei diesen gertenschlanken Körpern und ansetzenden Brüsten, die unter dünnen Stoffen hervorlugen, all den blühenden Lippen, wallenden Haaren und zart geschwungenen Hälsen; kurz, diesen jungen

Gesichtern, bei denen sich die Natur richtig ins Zeug gelegt zu haben scheint, um ihnen ein anmutiges Aussehen mitzugeben.

Wie oft stand ich damals, als Amalia mich nicht mehr an sich heranließ, kurz vor einem Fehltritt, der mich ins Unglück gestürzt hätte! Zwar konnte ich meine Triebe beherrschen, mehr als einmal jedoch nur mit Mühe und Not, muss ich gestehen. Tag für Tag drohte mir in dieser Zeit ein unvermittelter Kontrollverlust wie der von Marta Gutiérrez auf dem Schiff in Bremen.

Eines Morgens war ich mit einer sechzehnjährigen Schülerin ein paar Minuten allein im Klassenzimmer. Sie war ein entzückendes frühreifes Mädchen, das die Waffen der Sinnlichkeit geschickt zu handhaben verstand. Während des Unterrichts warf sie mir Blicke zu, die mich mehr um Fassung ringen ließen, als es einem gestandenen Mann, für den ich mich halte, zusteht. Diese Schülerin, die außerdem noch göttlich roch, hatte eine Frage bezüglich irgendeines Unterrichtsfachs, und unter ihrer aufgeknöpften Bluse war der Rand ihres Büstenhalters zu sehen. Eine aufreizende Bewegung von ihr, und ich weiß nicht, ob ich widerstanden hätte.

Man ist ja kein Eisblock, wie es auch der dicke schwerfällige Typ nicht war, der Ethik, Religion und ich glaube auch Musik unterrichtete. Ich habe ihn nicht näher kennengelernt, da er ziemlich verschlossen war und die Schule verließ (oder entlassen wurde), als ich gerade anfing. Es hieß, er hätte, unbesehen ihres Geschlechts, seine Schülerinnen und Schüler gern betatscht. Einen Missbrauch oder vielleicht zwei kann man unter den Teppich kehren; aber dieser Lehrer war offenbar völlig haltlos. Heutzutage würde man ihn ins Gefängnis stecken oder sogar im Fernsehen zeigen. Damals jedoch, Anfang der Neunziger, wurden solche gruseligen Angelegenheiten, solange es keine Bluttaten waren, in aller Stille geregelt, wenn nicht gleich ganz totgeschwiegen. Der Typ wurde krankgeschrieben. Als er wieder zur Arbeit erschien, war sein Gesicht von Blutergüssen entstellt. Es hieß, er habe eine seiner Gesundheit abträgliche Begegnung mit dem Vater eines Schülers gehabt.

Eine Tracht Prügel war für Humpel eine unzureichende Bestrafung. Als Vater des Opfers wäre er sofort zur Kastration des Schuldigen ohne Narkose geschritten. Und das, obwohl seiner Überzeugung nach Männer hauptsächlich auf die Welt kamen, um so oft wie möglich zu ejakulieren; allerdings nicht unter Anwendung von Gewalt und auf Kosten wehrloser Abhängiger. «Wofür, zum Teufel, haben wir die Prostitution? Da gehst du hin», sagt er, «bezahlst den verlangten Preis, erleichterst dich und adios.» Das nennt er ein Mann mit Prinzipien sein.

19

Die vierte Nachricht lautete: «In diesem Viertel wohnt ein Macho, der oft in einer Bar in La Chopera gesehen wird.»

Ich konnte die ganze Nacht kein Auge zutun. Jemand verfolgte mich. Ich nahm an, auf der Suche nach kompromittierenden Fakten, mit denen ich zu erpressen war. Wie? Indem er damit zu Amalia ging oder mich öffentlich an den Pranger stellte. Ich sah schon Fotos von meinem lasterhaften Leben mit Name und Adresse in den sozialen Netzwerken oder an die Hauswände in meinem Wohnviertel geklebt oder an die Eingangstür der Schule.

Zum Schluss war ich so beunruhigt, dass ich schon glaubte, krank zu werden. Ich überlegte, ob ich Amalia einfach die Wahrheit sagen sollte, das heißt, dass ich, wie jeder andere Mann auch, ficken muss, manchmal sogar dringend; dass ich das meinetwegen gerne nur mit ihr täte, aber da sie mir ihren

Körper verweigerte, mir keine andere Wahl blieb, als zur Befriedigung meiner Bedürfnisse auf bezahlten Sex zurückzugreifen. Das kurze und schmutzige Vergnügen gegen Geld mit einer fremden Frau unter zweifelhaften hygienischen Bedingungen war mehr als alles andere demütigend für mich.

Natürlich benutzte ich Präservative. Was dachte sie denn?

Während ich mir dieses Gespräch vorstellte, war mir sonnenklar, dass ich niemals den Mut aufbringen würde, Amalia eine derartige Entschuldigung vorzutragen. Zunächst einmal würde eine solche Argumentation Amalia zum Ersatz für eine Prostituierte machen. Ich glaube, dass meine Ehe ein solches Vorgehen keine halbe Minute überlebt hätte.

Wie schon so oft, wenn ich einen Ansprechpartner brauchte, beschloss ich, Humpel mein Herz auszuschütten. Ich verschwieg ihm nicht, dass dies bereits die vierte Nachricht war, die mir in den Briefkasten gelegt wurde. «Keine Sorge», sagte er, als wäre das gar kein Problem, «wir gehen einfach in ein anderes Viertel.» Ich antwortete, ein Wechsel würde nichts bringen. Wer immer mir nachspionierte, würde mir auch dahin folgen. Er fragte, ob ich irgendeinen Verdacht hätte, wer der Zettelschreiber sein könnte. Ich antwortete mit einem Achselzucken. «Und die waren alle an dich gerichtet? Keiner an deine Frau?» Ich sagte, Amalia hätte vielleicht ähnliche Nachrichten bekommen, ohne dass ich davon wusste. «Kommt es dir nicht komisch vor, dass, wenn du den Briefkasten öffnest, die Nachrichten für dich sind, und wenn Amalia ihn aufmacht, sind sie für sie? Gestatte, dass ich dir die Augen öffne. Deine Frau schreibt diese Zettel.»

20

Beim Abendessen sehe ich oft fern. Das ist so eine Gewohnheit, die ich mir leiste, seit ich allein lebe. Amalia hatte das verboten, weil sie Nikita vor schlechten Vorbildern schützen wollte.

Einsamkeit ist bekanntermaßen eine Kupplerin, die auf lange Sicht allerdings mehr nimmt als gibt. Ich schalte gern den Fernseher ein, weil ich mich dann nicht mehr so allein fühle. Am liebsten sind mir die Sprecherinnen, vor allem die Sprecherinnen, die direkt in die Kamera schauen, da ich mir dann einbilden kann, sie sprächen direkt zu mir.

Tatsächlich ist es ja so, dass sie exklusiv zu mir sprechen. Sie wissen es nur nicht. Niemand weiß es. Aber ich weiß es, und das reicht mir.

Pepa döst die meiste Zeit in ihrer Lieblingsecke. *Pepa* ist eine Schlafmaschine. Als sie klein war, bellte sie manchmal, wenn sie draußen auf dem Flur Schritte hörte. Heute zeigt sie kaum noch eine Regung. Apathie, Friedfertigkeit. Fressen, scheißen, schlafen, das ist ihr Leben. Unterscheidet sich übrigens gar nicht so sehr von meinem, nur dass ich weniger schlafe, nicht draußen im Freien scheiße und regelmäßig arbeiten muss.

Amalia hat ihr nie gestattet, aufs Sofa zu springen; ich wohl, auf das, was ich jetzt habe. Offensichtlich hat *Pepa* Amalias Veto so verinnerlicht, dass sie Gewissensbisse hat, sich neben mich zu legen. Ich sage zu ihr: «Ganz ruhig, die Despotin ist nicht mehr da.» Ich fordere *Pepa* auf, sich zu mir aufs Sofa zu setzen. Ich verliere die Geduld und befehle es ihr, doch nichts. Sie will nicht oder versteht mich nicht, starrt mich nur abwartend an, mit einem so verständnislosen Ausdruck in den Augen, als wären es menschliche. Mir bleibt nichts anderes übrig, als sie hinaufzuheben; gehe ich aber nur einen Moment in die Küche oder aufs Klo, springt sie wieder hinunter und verkriecht sich in ihre Lieblingsecke.

Als ich gestern durch die Sender zappte, geriet ich auf dem Sechsten Kanal an eine Reportage über Altenheime in Castilla y León, in denen Alte schlecht behandelt und mangelhaft ernährt werden. Gezeigt wurde in Plastik verpacktes, schlecht gewordenes Fleisch. Der Reporter versuchte, am Eingang des Heims einen alten Mann zu interviewen. Der Arme konnte gerade noch «unverschämt sind die hier» sagen, da wurde er schon von Pflegerinnen in weißen Kitteln umringt und nach drinnen gebracht.

Die Bilder gingen mir die ganze Nacht nicht mehr aus dem Kopf. Wie für Raúl, ist es auch für mich ein quälender Gedanke, dass Mama die letzten Tage ihres Lebens nicht in Würde verbringen könnte. Wie viel Zeit bleibt ihr noch: ein Jahr, wie mir, zwei, fünf? Egal. Wenn ihr Geist auch abgestellt ist, bleibt doch ihr Körper. Sauberkeit, gute Ernährung, freundliche Behandlung: Das ist das Mindeste, was wir verlangen können. Dafür bezahlen wir auch nicht wenig.

Heute war ich eigentlich nicht mit einem Besuch an der Reihe, doch nach dem von letzter Nacht wäre das unentschuldbar gewesen. Ich fand, Mama sah ganz gut aus. Als wir allein im Zimmer waren, habe ich an ihrem Kopf gerochen, an den Achseln, am Dekolleté und an ihren intimen Stellen. Ich hoffe, dass es keine versteckten Kameras gibt. Mama riecht zwar nicht nach frischen Rosen; aber man kann nicht sagen, dass sie unsauber ist. Ich habe ihr den Puls gefühlt, sie gekämmt und ihr mit einer Pinzette ein paar Härchen vom Kinn gezupft. Mit meiner Hilfe hat sie auch eine der beiden Pralinen gegessen, die ich ihr mitgebracht habe. Die andere hätte ich ihr in die Nachttischschublade legen wollen, doch dann fiel mir ein, dass Mama sie gar nicht allein essen kann, sie nicht einmal aus dem Cellophanpapier bekommt. Ich wollte nicht wieder gehen, ohne mich nach ihrem Gewicht und dem Essverhalten der letzten Tage erkundigt zu haben. Von der Pflegerin habe ich erfahren, dass Raúl am Vormittag da war und ähnliche Fragen gestellt hat. Nicht nur Raúl, auch Angehörige anderer Bewohner. Die Sendung auf Kanal Sechs vergangene Nacht hat offenbar allgemeine Besorgnis ausgelöst. «Dies ist ein seriöses Haus», hat die Pflegerin zu mir gesagt. Ich habe mich für mein mangelndes Vertrauen bei ihr entschuldigt. Keine Ursache, hat sie lächelnd geantwortet, an unserer Stelle hätte sie genauso gehandelt.

21

Als ich in meiner Klasse zum ersten Mal das Paradoxon von Achilles und der Schildkröte behandelte, führte das unter den Schülern zu einer lebhaften Debatte. Jeder wollte Geist und Verstandesschärfe beweisen, und ich hatte alle Hände voll zu tun, sie dazu zu bringen, sich nacheinander zu Wort zu melden. Später erfuhr ich, dass einige von ihnen die Diskussion zu Hause weitergeführt und ganze Familien sich beim Abendessen mit diesem Thema auseinandergesetzt hatten. Dieser pädagogische Erfolg half mir, Vertrauen in meine Lehrtätigkeit zu fassen. Natürlich machte ich mir Notizen, und seitdem verdanke ich Zenon von Elea mindestens eine unterhaltsame Unterrichtsstunde pro Jahr, zumal in den ersten Jahren, als die Schüler noch mit Eifer dabei waren.

Unglücklicherweise ist es jetzt nicht mehr so. Das Interesse, das Paradoxon des schnellen Achilles und der langsamen Schildkröte aufzulösen, nahm mit jeder Unterrichtsstunde ab. Früher füllte mir der geniale Philosoph eine ganze Schulstunde.

Alle fühlten sich wohl, der Lehrer eingeschlossen. Ab einem bestimmten Moment aber, als das Internet populär wird und das Handy seinen Siegeszug antritt, interessiert die Schüler nicht mehr, ob Achilles die Schildkröte einholen kann oder nicht. Heute Morgen war es ganz extrem. Das Paradoxon des armen Zenon hat nicht einmal für zehn Minuten Aufmerksamkeit gereicht. Kein Eifern mehr, der logischen Falle rational beizukommen, kein bisschen Neugier, keine dialektischen Scharmützel, nicht mal ein Scherz. Ich hatte das Gefühl, mit neunundzwanzig Nikitaklonen im Klassenzimmer zu sein.

Danach habe ich es mit Demokrits Syllogismus versucht, nur dass ich, um das Interesse der Schüler zu wecken, den Namen des Philosophen durch eine den jungen Menschen bekannte Person ersetzt habe. Das hörte sich dann mehr oder weniger so an: Der Sänger David Bisbal behauptet, alle Einwohner von Almería (anstatt von Abdera) sind Lügner; David Bisbal stammt aus Almería, also ist David Bisbal ein Lügner; in dem Fall stimmt es dann nicht, dass alle Einwohner Almerías Lügner sind, was heißt, dass David Bisbal kein Lügner ist, also stimmt es, dass alle Einwohner Almerías Lügner sind, also lügt David Bisbal, also ... Ich glaube, nach der zweiten Prämisse sind mir die Schüler nicht mehr gefolgt, oder David Bisbal ist längst aus der Mode und interessiert keinen mehr. Am Nachmittag habe ich zu Hause auf den Anruf eines wütenden Vaters oder einer aufgebrachten Mutter gewartet, die mich mit deutlichem Almería-Akzent fragen, woher ich das habe, dass ihre Leute alle Lügner sind.

Vor Kurzem habe ich in der Zeitung einen Bericht über das langsame Absinken des Intelligenzquotienten in der Generation der Jüngeren gelesen. Sie können sich nicht mehr konzentrieren, sie brauchen alle fünf Minuten einen neuen Anreiz. Das Problem betrifft nicht nur Spanien. Warum sich etwas merken, wenn man alles bei Google nachsehen kann? Wozu die Grundlagen dessen kennen, was man mit ein paar Klicks bekommen oder durchführen kann? Warum uns den Kopf zerbrechen, wenn wir Apparaturen mit künstlicher Intelligenz besitzen? Meine Prognose ist düster, sehr düster. Diese jungen Leute jubeln am Ende noch irgendeinem Tyrannen zu. Das passiert, wenn die Masse das kritische Denken aufgibt und einer höheren Instanz die Entscheidungsfindung überlässt. Zum Glück muss ich mir das nicht mehr ansehen.

22

Wir haben ihm das Spielzeug auf den Teppich gelegt. Ich bin mit Amalia übereingekommen, dass wir uns nicht einmischen, komme, was da wolle. In etwa einem Monat würden wir den dritten Geburtstag des Jungen feiern. Wir hatten schon keinen Zweifel mehr, dass irgendetwas an seiner intellektuellen Entwicklung nicht stimmte. Da wir nicht bereit waren, ihn uns von einem Psychologen komplett verhunzen zu lassen, wollten wir uns auf eigene Faust Klarheit und Bestätigung verschaffen. Aus diesem Grund hatten wir uns das Experiment ausgedacht.

Das Spielzeug bestand aus einem großen hölzernen Würfel mit unterschiedlichen Öffnungen an den Seiten, in die man gleich geformte Holzklötze einfügen musste. Ich weiß nicht mehr, wie viele, zwölf oder dreizehn, mit ökologischer Farbe bemalt. In jede Öffnung passte nur ein bestimmter Klotz. Die Formen waren einfach: ein Herz, ein Zylinder, ein fünfzackiger Stern, so was in der Art. Es war ein für jüngere Kinder als Nikita gedachtes pädagogisches Spielzeug. Amalia hatte es in einem auf didaktisches Spielzeug spezialisierten Geschäft gekauft. Wir legten es auf den Teppich und ließen Nikita ins Wohnzimmer.

Wie wir es erwartet hatten, stürzte sich der Junge sofort auf die Neuheit.

Ich hatte mit Amalia abgesprochen, dass wir Nikita den Sinn des Spielzeugs nicht erklären würden. Während er begeistert Klötze in Öffnungen steckte, taten wir, als läsen wir Zeitung, ohne uns einzumischen. Üblicherweise war es so, dass, wenn Nikita etwas falsch machte, wir ihn sogleich belehrten und manchmal, wenn uns der Geduldsfaden riss, mit ihm schimpften. Einmal kam er weinend aus der Küche. Ich fragte Amalia, ob sie ihn geschlagen habe. «Wie kannst du nur so etwas denken!» Sie gab sich verärgert, damit ich nicht weiter nachfragte; aber ich hätte gewettet, dass sie dem Jungen eine Ohrfeige gegeben hatte. «In diesen vier Wänden schlägt niemand jemand.» Dieser Satz hätte auch von mir kommen können. Niemals würden wir uns, und auch Nikita nicht, Gewalt antun. Ich hielt mich vom ersten Tag an unbedingt an diese Regel. Bei Amalia hatte ich das Gefühl, dass ihr, wenn ich nicht zugegen war, schon mal die Hand ausrutschte.

Von Anfang an versuchte Nikita, die Klötze in den Holzwürfel hineinzustecken. Also begriff der Junge den Sinn des Spiels. Mit dem scheibenförmigen Klotz gelang ihm sogar ein schneller Erfolg, was Amalia dazu bewog, mich mit dem Ellenbogen am Arm anzustoßen, damit ich, nehme ich an, ihre Befriedigung teilte oder wie um zu sagen: «Siehst du, dass unser Sohn nicht so zurückgeblieben ist, wie du immer behauptest?» Meine Ungläubigkeit konnte ihr nicht einmal den Versuch eines Lächelns entlocken. Gleich darauf bestätigten sich meine ungünstigen Prognosen jedoch, als Nikita versuchte, auch andere Klötze mit Gewalt in das für die Scheibe vorgesehene Loch hineinzudrücken. Wenn er es mit einem nicht schaffte, griff er gleich zum nächsten, anstatt nach der passenden Öffnung zu suchen, und drückte die Klötze immer gewaltsamer gegen die Würfelwand.

Entgegen Amalias Ansicht neige ich zu der Annahme, dass er mit den gewaltsamen Versuchen nicht seine Frustration bekämpfte, sondern das Spielzeug bestrafen wollte, weil es sich nicht seinen Wünschen fügte.

Das dauernde Misslingen machte ihn so wütend, dass er den Holzwürfel schließlich voller Zorn gegen den Fenstervorhang warf. Ich war versucht, zu ihm zu gehen und ihm zu helfen, doch eingedenk meines Versprechens, mich nicht einzumischen, hielt ich mich zurück. Ich schaute Amalia an, die neben mir auf dem Sofa saß und ihr Gesicht jetzt hinter der Zeitung verbarg.

23

Nicht für alle ihre Tränen tat Amalia mir leid. Einige, die ich sie Tage vor unserer Trennung vergießen sah, und einige andere, die sie nach unserer Scheidung aus verschiedenen Gründen in meiner Gegenwart vergoss, die aber nicht direkt mit mir zu tun hatten, habe ich mit großem Vergnügen zur Kenntnis genommen. Einem boshaften Vergnügen? Möglich. Tränen machen Frauengesichter schöner. Ich übertreibe: einige Frauengesichter. Damit soll nicht gesagt sein, dass ich Frauen gerne weinen sehe, sondern nur, dass es Menschen gibt, die stilvoll Tränen zu vergießen wissen. Es ist einfach eine Aussage ästhetischer Natur. Der Gedanke kam mir vielleicht, weil ich irgendwo davon gehört oder gelesen hatte, ich weiß nicht mehr wo, und Humpel davon erzählte, woraufhin der mir einen freundlichen Klaps auf den Rücken gab. «Mannomann», rief er, «endlich sagst du mal was Vernünftiges. Ich fing schon an, mir Sorgen zu machen.»

Amalia und ich waren bereits einige Zeit geschieden, als ich auf der Straße ihrer Mutter begegnete. Gelegentliche Begegnungen mit der Betschwester sind so unwahrscheinlich nicht, da sie – verwitwet jetzt – in der Nähe des tierärztlichen Zentrums wohnt, zu dem ich mit *Pepa* unterwegs war. Nach so vielen Jahren familiärer Beziehung grüßt mich die Alte nicht mehr. Ich stellte mich ihr in den Weg und fragte sie, nicht verbittert, aber doch entschlossen, ob sie etwas gegen mich hatte. Den Banalitäten, die sie von sich gab, und wie sie die Beleidigte spielte, weil ich ihr den Weg versperrt hatte, der Art, wie sie demonstrativ an mir vorbeischaute, entnahm ich, dass sie und ihr schuppenflechtiger Fascho von Mann, soll er meinetwegen in Frieden ruhen, meine Scheidung von Amalia als einen Kampf begriffen, den ihre Tochter gewonnen hatte. Angesichts der richterlichen Anordnungen hatten sie gar nicht so unrecht. Am liebsten hätte ich der alten Heuchlerin gratuliert und zu ihr gesagt: «Dein Enkel ist nicht getauft, deine Tochter ist Atheistin, schläft mit Frauen und wählt seit ewigen Zeiten die Sozialisten.» Ich biss mir auf die Zunge. Was hatte ich davon, dieses siebzig und noch was Jahre alte Kind zu erschrecken, das in seiner Verkalktheit überzeugt war, sich oben in der ewigen Seligkeit einen lichtdurchfluteten Platz mit idyllischem Ausblick verdient zu haben?

Ein Sieg also, eh? An einem Sonntag, so gegen elf Uhr vormittags, klingelte die große Siegerin, deren Glück darin bestand, mich nicht mehr sehen zu müssen (es gibt Bemerkungen, die man nicht vergisst), an der Haustür. Über die Gegensprechanlage teilte sie mir mit, dass wir sprechen müssten. «Es ist dringend», fügte sie in einem Ton hinzu, der mich um ihre geistige Gesundheit fürchten ließ. Zweifellos gab es ein Problem, das sie zu mir getrieben hatte. Ich ärgerte mich, dass ihr nicht der Gedanke gekommen war, ich könnte vielleicht nicht allein sein; aber klar, ich war allein. Tatsächlich war ich immer allein, auch, als ich mit ihr zusammen war, vor allem als ich mit ihr zusammen war.

Ehrlich, hätte ich von ihrem Kommen gewusst, hätte ich einen Escort-Service angefordert und die Dame dafür bezahlt, dass sie für die Dauer von Amalias Besuch meine Geliebte spielte.

«Hallo, darf ich dir Julia (oder Irina oder Nicoleta) vorstellen? Du kannst in ihrer Gegenwart offen reden. Wir haben keine Geheimnisse voreinander.»

Amalia rauschte in meine Wohnung, ohne dass ich Zeit hatte, sie hereinzubitten, ohne Begrüßungsküsschen, ohne Umarmung. Der Gegensatz zwischen ihrer fehlenden Herzlichkeit und dem Überschwang, mit dem *Pepa* sie begrüßte und sie abzulecken versuchte, konnte größer nicht sein. Von Freude übermannt, sprang sie an ihr hoch und reckte den Kopf in dem Versuch, ihr Kinn, ihre Lippen, alles, was sich oberhalb des Halses befand, abzuschlecken. Amalia war anzusehen, wie widerwärtig sie das fand. Die Hände wie bei einem Überfall erhoben, machte sie deutlich, dass sie das Tier nicht berühren und auch von dem Tier nicht berührt werden wollte. Ich genoss die Szene und ließ ein paar Sekunden mehr als nötig verstreichen, bis ich *Pepa* von ihr abzulassen befahl.

Dann sprach sie und gestikulierte, erzählte überstürzt, jammerte herrlich unter Tränen. Ob sie ihre Darbietung von Schmerz vor Tamara oder Lupita oder Yeni weniger dramatisch gestaltet hätte? Ich muss gestehen, dass die Kombination von schmerzlichem Ausdruck und zerlaufender Wimperntusche auf Amalias Gesicht ihr einen unwiderstehlichen Reiz verlieh, und hätte ich nicht gewusst, wie giftig er war, hätte ich mich hoffnungslos in sie verlieben können.

Ein Großteil meiner Aufmerksamkeit wurde von ihrem kurz geschnittenen Haar in Anspruch genommen. Früher gefiel sie mir besser mit ihrer schulterlangen Mähne, die, auch noch gefärbt, ihr sogar mit vierzig Jahren einen Hauch von Jugendlichkeit verlieh. Jetzt sah sie genau so aus, wie das, was sie war: eine gut aussehende Dame, deren erste Alterserscheinungen mit Schminke übertüncht waren, Cellulitis und andere Defekte mit maßgeschneiderter Kleidung verhüllt, und mit einer annehmbaren Figur, die mit Pilates, gesunder Ernährung, Gemüse und so Sachen erhalten wurde.

Wenn sie im Radio spricht, stammelt sie nicht. Da klingt ihre Stimme getragen und dunkel und dennoch angenehm weiblich. An jenem Sonntag in meiner Wohnung sprudelten ihre von Schluchzen unterbrochenen Worte wie ein Sturzbach hervor; gleich einer Marktfrau, die beim Anpreisen ihrer Ware nicht verhindern kann, dass sich ihre Stimme überschlägt. Und sie verlor die Geduld.

«Hörst du mir zu? Dein Sohn hat mich geschlagen.»

Von ihren Augenwinkeln aus liefen deutliche Falten. Ich konnte mich nicht erinnern, sie bemerkt zu haben, als wir noch zusammen wohnten und unsere Zeit und Energie darauf verwandten, uns das Leben schwer zu machen.

24

Das intime Leben mit einer intelligenten Frau habe ich als unablässige Strapaze empfunden. Mit einer Frau zudem, die erfolgreich war, eine eigene Radiosendung hatte, hohes gesellschaftliches Ansehen genoss und ein höheres Gehalt bekam als ich. Gelegentlich, wenn ich mich mal wieder richtig schlecht fühlen will, schalte ich das Radio ein und suche ihre Stimme. Während ich ihr zuhöre, lasse ich meinen Blick über die hässlichen Tapeten meiner Wohnung gleiten, über das vulgäre Mobiliar und die geschmacklosen Bilder, und dann überkommt mich eine unbändige Lust, mich aus dem Fenster zu stürzen.

Ich kann meine Minderwertigkeit akzeptieren, aber ich hasse es, immer wieder darauf hingewiesen zu werden.

Jeder Vergleich meines Intellekts mit Amalias fällt ungünstig für mich aus. In logischem Denken und Lesen war ich Amalia voraus. Ersteres ist außerhalb analytischer Spezialisierung nicht von großem Nutzen, wenn man sich mit den Widrigkeiten des praktischen Lebens auseinandersetzen muss oder sich in Ehestreitigkeiten verzettelt.

Ein Vorwurf Amalias (ich sei langweilig, pedantisch, humorlos, wenig sozial), ein paar Tränen im richtigen Moment oder ihre Schnelligkeit beim Sprechen waren auf dem dialektischen Schlachtfeld unendlich viel wirkungsvoller als meine Langsamkeit im Entwickeln und in der vernünftigen Darlegung von Einwänden.

Meine Neigung zur Abstraktion führte dazu, dass ich mich, kaum dass ich eine Diskussion angefangen hatte, in einem Gewirr von Abschweifungen, Einschüben und Berichtigungen verlor, die Amalia mit einem einfachen kurzen Satz davonfegte, wie eine Windbö trockenes Laub von der Erde. Sie las nicht ein Drittel von dem, was ich lese. Hauptsächlich las sie Romane, Reportagen und bunte Illustrierte, fast immer im Bett, bis sie todmüde mit offenem Buch oder Heft einschlief. Trotzdem habe ich den Eindruck, dass sie mehr Gewinn aus ihren Lektüren zog als ich aus meinen, sich besser an sie erinnerte und sie bei passender Gelegenheit viel eleganter ins Gespräch brachte.

In Sachen Kultur hatte sie eine Menge blinder Flecke. Aber wer hat die nicht? Sie jedoch war äußerst geschickt darin, sie mit einem bezaubernden Lächeln zu überdecken, mit einem raschen Themenwechsel oder einem Zucken ihrer geschminkten Lippen. Mich hingegen erfüllte mein Unwissen mit Scham, und ich bin sicher, dass mich das bei gesellschaftlichen Anlässen Punkte kostete.

Amalia kannte sich auch wunderbar mit Gesetzen aus. Sie wusste sie zu eigenem Vorteil optimal zu nutzen, weil sie die verstecktesten Klauseln kannte, die wir anderen übersahen, weil wir uns auch nicht die Mühe machten, danach zu suchen oder sie gründlich durchzulesen. Sie kümmerte sich um den häuslichen Papierkram, um Rechnungen, Mietzahlungen und die ganzen bürokratischen Unbilden, die mir unerträglicher sind als Zahnweh. Meine diesbezügliche große Schuld, mich nicht kundig gemacht zu haben, erkenne ich an.

Trafen wir uns mit Freunden in einem Restaurant zum Essen, stichelte Amalia gerne gegen mich. Vielleicht tat sie das nicht, um mich lächerlich zu machen, sondern eher aus einem tiefen Bedürfnis heraus, bei den anderen nicht den mindesten Verdacht von Unterwürfigkeit vor dem Ehemann aufkommen zu lassen. Das Grinsen, das sie unseren Begleitern auf meine Kosten entlockte, schmerzte mich jedoch zutiefst, und wenn ich ihr hinterher sagte, dass mich ihre Worte verletzt hatten, wehrte sie ab und entgegnete, ich übertreibe und sei so empfindlich, und damit machte sie noch den allerletzten Rest meines Selbstbewusstseins nieder.

Nach unserer Scheidung kappte ich die Beziehung zum Kreis unserer gemeinsamen Freunde. Ich rief sie einfach nicht mehr an, und sie riefen auch mich nicht an.

Humpel bezweifelt, dass eine Frau, die mich geheiratet hat, eine kluge Frau sein kann.

25

Ich betrachtete ihre Zerstreutheit und Vergesslichkeit als Misslichkeiten des Alters. Die Beschwerden alter Leute, sagte ich mir, sie werden unbeweglich, vergesslich, sehen nicht mehr gut, hören noch schlechter und kommen bei der technologischen Entwicklung nicht mehr mit. Ich glaube, Raúl dachte das Gleiche wie ich, sonst hätte er einen Notfallplan für Mama vorgeschlagen, diese Person, die er für sein exklusives Eigentum hält, aber leider mit mir teilen muss.

Manchmal erinnerte sich Mama nicht mehr an das, was wir ihr kurz zuvor gesagt hatten. Auch konnte es passieren, dass sie innerhalb kurzer Zeit dieselbe Frage stellte, die wir schon beantwortet hatten, oder dass sie nicht mehr wusste, wo sie dieses oder jenes hingestellt oder abgelegt hatte. Andererseits hatte sie keine Schwierigkeiten, sich Szenen oder Begebenheiten aus ihrer Jugend in Erinnerung zu rufen, was meinen Verdacht entschärfte, sie könne einen Hirnschaden erlitten haben.

Diese anfänglich leichten Symptome hinderten Amalia nicht, das ganze Ausmaß des Problems zu erkennen. In unseren endlos anmutenden Ehekrieg verstrickt empfand ich jede Kritik an Mama als persönlichen Angriff, den sie nur führte, weil sie wusste, dass dies meine offene Flanke war, die ihr immer einen Sieg garantierte. Blind vor Wut überzog ich ihre Eltern mit beißender Häme, nur um den Gegenschlag zu führen.

Wenn ich jetzt in Ruhe darüber nachdenke, muss ich die Möglichkeit einräumen, dass keiner von uns ganz unrecht hatte. Ich will damit sagen, dass ich es nicht für unwahrscheinlich halte, dass Amalia sich mit ihrer Belustigung über Vorfälle, die auf den mentalen Verfall meiner Mutter hindeuteten, mich um den Verstand zu bringen suchte. Aber nach einer gewissen Zeit stellte sich auch heraus, dass ihre Mutmaßungen, die reiner Intuition oder, wie ich vermute, Boshaftigkeit, keinesfalls jedoch soliden medizinischen Kenntnissen entsprangen, ins Schwarze trafen.

Wir besuchten Mama und meine Schwiegereltern weiterhin regelmäßig, hauptsächlich, damit sie ein paar Stunden mit

Nikita zusammen sein konnten. Unseren Sohn musste man zu diesen Besuchen nicht drängen, denn sowohl seine Großmutter väterlicherseits als auch die Großeltern mütterlicherseits erwiesen sich stets als großzügig. Er verließ sie nie ohne ein Geschenk oder Geld in der Tasche. Wenn sie es nicht schnell genug herausrückten, forderte er es selbst mit kindlicher Ungeniertheit, was meinen Schwiegervater derart belustigte, dass er die Kohle oft absichtlich vergaß, damit sein Enkel zu ihm kam und sie reklamierte.

Manchmal gingen wir alle drei zusammen zu Mama. In ihrer Anwesenheit ließen wir uns unsere Differenzen nicht anmerken. Mama wird sogar sterben, ohne erfahren zu haben, dass ich geschieden bin. Andere Male besuchte ich sie allein mit Nikita; seltener tat es Amalia ohne mich, da das Verhältnis zwischen Schwiegermutter und Schwiegertochter alles andere als herzlich und einnehmend war. Nach einem dieser Besuche erzählte sie mir, eine Nachbarin habe sie angehalten und ihr von einem Vorfall berichtet, der offenbar Tagesgespräch im ganzen Haus war. Tags zuvor hatte Mama ihre Notdurft im Hauseingang verrichtet. «Na und?», rief ich herausfordernd. «Es ist das zweite Mal in kurzer Zeit.» «Na und? Gibt es dafür auch Beweise?» Mich störte Amalias zufriedener Gesichtsausdruck, als sie mir von dem angeblichen Gespräch mit der Nachbarin berichtete. Ich sage angeblich, denn wer garantiert mir, dass diese Begegnung wirklich stattgefunden hat? Auch in diesem Fall wollte ich nicht mehr sehen, als eine Provokation vonseiten Amalias kurz vor unserer Trennung. Ich fragte sie, ob sie dies widerwärtige Thema zur Sprache gebracht hatte, um einen neuen Streit mit mir anzufangen, woraufhin sie ganz ruhig, in einem Ton, den ich noch abscheulicher fand, antwortete, über kurz oder lang würden mein Bruder und ich unsere Augen nicht mehr verschließen können.

Sobald ich konnte, besuchte ich Mama. Nikita ließ ich zu Hause. Mama und ich schauten uns lange die Fotos im Familienalbum an. Ich bemerkte nichts Ungewöhnliches an ihr. Sie erkannte alle möglichen Leute, erinnerte sich an alles und erzählte Anekdoten. Sie wirkte beschwingt und unbekümmert, war gesprächig und gut frisiert, und so beschloss ich, sie nicht mit peinlichen Fragen über die Sache mit dem Hauseingang zu belästigen.

26

Sie hat eine klangvolle Stimme, reiner akustischer Flaum. Es quält mich, sie zu hören. Vielleicht höre ich ihr deswegen zu. Ich stelle mir oft ihren Sender ein, haue mich neben *Pepa* aufs Sofa und gefalle mir darin, alles an ihr zu hassen: ihre herrlich ironische Professionalität; die Art, wie sie die Tagesereignisse verliest; diese Interviews, in denen sie nie verhehlen kann, ob sie die Interviewten mag oder nicht mag oder ob sie ihr gleichgültig sind; oder das Vorlesen redaktioneller Texte von solch stilistischer Vollkommenheit und Vortrefflichkeit, dass ich nicht glauben kann, dass sie auf ihrem eigenen Mist gewachsen sind.

Niemand, der mich so sehen würde, wie ich mit geschlossenen Augen hingelümmelt auf dem Sofa oder dem Teppich liege, würde denken, dass ich gerade einen grausamen Kampf ausfechte. Gegen wen? Lange Zeit habe ich das selbst nicht gewusst. Heute habe ich keinen Zweifel mehr, dass mein Todfeind die Bewunderung ist, die mich innerlich auffrisst. Es ist besonders schmerzhaft, die Verdienste einer Person anzuerkennen, die man verabscheut. Darum höre ich mir manchmal Amalias Radiosendung an, weil ich hoffe, dass sie einmal einen

Fehler begeht, sich verspricht, zu stammeln beginnt, einem Pleonasmus auf den Leim geht oder die Zeitenfolge durcheinanderbringt, an falscher Stelle lacht oder es ihr nicht gelingt, eine Telefonverbindung herzustellen, ihr Gesprächspartner sie blamiert ... Die kleinste Unvollkommenheit bei ihr erfüllt mich mit diebischer Freude.

Heute Nachmittag habe ich sie eine Abgeordnete von Podemos zu aktuellen politischen Fragen interviewen gehört. Komplizenhaftes Kichern und Duzen vermittelten den Eindruck eines Schwatzes unter Freundinnen. Bei den Fragen ging es um den Katalonienkonflikt, um Arbeitslosigkeit, die Staatsfinanzen im Allgemeinen, und natürlich die Gleichstellung der Geschlechter; ein Modethema, das, als wir noch zusammen waren, nur laues Interesse bei ihr weckte. Bei den Themen brauchte die linke Abgeordnete nur das Wahlprogramm ihrer Partei herunterzubeten und hatte nebenher noch jede Menge Zeit, dem politischen Gegner einzuheizen. Amalia begleitete die Erklärungen der Abgeordneten mit einsilbigen Zustimmungsbekundungen. Sie hat nicht ein einziges Mal gekontert oder nachgefragt. Am Ende hat sie sich bei der Dame dafür bedankt, dass sie ein paar Minuten ihres «engen Zeitplans» für sie erübrigt hat.

Einige Tage zuvor hatte Amalia einen Politiker des Partido Popular interviewt, der anscheinend gerade ein Buch veröffentlicht hatte. Der Umgang war da von einer Feindseligkeit, die auch durch falsche Höflichkeit nicht abgemildert werden konnte. Nicht wenige der Fragen zielten allein darauf ab, den Gast in Bedrängnis zu bringen, auf jeden Fall aber zu verhindern, dass er sich in vorteilhaftem Licht darstellen konnte. Amalia gab keine Ruhe: «Ja, aber ...» «Finden Sie nicht, dass die Rechte sich widerspricht, wenn ...?» «Und warum hören Sie nicht auf ...?» Amalia unterbrach ihren Gesprächspartner ohne jede Hemmung, vor allem, wenn er brillant formulierte, und scheute auch vor Fang- oder Suggestivfragen nicht zurück. Zweimal kam sie auf Vorfälle zu sprechen, die die Partei ihres Gastes mit illegaler Tätigkeit und Korruption in Verbindung brachten. Dann verabschiedete sie ihn mit einer unpersönlichen Dankesfloskel und gestattete sich nach der Werbung noch eine ironische Bemerkung über den Titel des Buches. Wären am nächsten Tag Wahlen gewesen, hätte ich aus Trotz jenen armen Vertreter eines Gedankenguts gewählt, das für Amalias Erziehung prägend gewesen sein dürfte.

Ach, Amalia, Amalia.

Überspanntes Kind aus dem Salamanca-Viertel, das sich die Klitoris beim Anblick der Pecos auf einer Plattenhülle stimulierte, wie sie selbst mir erzählte, als wir uns gerade erst kennengelernt hatten.

Vorbildliche Schülerin im Colegio de Loreto, in der Príncipe de Vergara, die weder einer Fliege etwas zuleide tun konnte noch jemals einen Streich ausgeheckt hatte.

Das gute Kind, das nicht eine heilige Messe verpasste; das Heiligenbildchen und Medaillons sammelte. Das mit einem Kruzifix über dem Kopfende des Bettes schlief und im Wohnzimmer mit Vorliebe blumengeschmückte Altärchen baute.

Das 1975 im Alter von elf Jahren, Hand in Hand mit der Schwester, beide in schwarzen Mänteln, mit der ganzen Familie in der Säulenhalle des Königspalasts defilierte; an dem Tag, als mein kommunistischer Vater zu Hause mit Champagner anstieß und meine Mutter zu ihm sagte: «Nicht so laut, Gregorio, man kann dich ja hören.»

27

Seit fast einem Jahr wohnten wir nicht mehr unter einem Dach. Wir sahen uns, so wie es die Richterin bestimmt hatte. Und mit der Zeit nahm ich in Gegenwart meines Sohnes eine gewisse Entfremdung wahr. Es war, als hätte der Entzug meiner Obhut ihn mir ein Stück weit genommen. Ich musste auf meine Worte achten, damit er sich nicht verletzt fühlte oder ärgerlich wurde und meine Gesellschaft mied. Ich sah ihn nur, wenn man ihn mir auslieh, so wie man in eine Bibliothek geht, ein Buch ausleiht und es nach einiger Zeit zurückgeben muss.

Wenn er mich wirklich liebte, dachte ich, würde ihn doch nichts hindern, ab und zu mal auszubüxen, um mit mir zusammen sein zu können. Ich werfe ihm das nicht vor. Ob uns das mehr oder weniger gefällt, Tatsache ist, dass ich für ihn immer noch eine Autorität darstelle, wenn auch nur eine halbe. Mein Ziel war, dass Nikita mich mehr als Kollegen sah denn als zweiten Chef; um das zu erreichen, bestand meine Strategie darin, die unsympathische Aufgabe, ihm Regeln aufzuerlegen und ihn auszuschimpfen, wenn er gegen sie verstieß, ganz und gar Amalia zu überlassen. Seine rauchende Mutter hatte ihm das Rauchen verboten; ich, der ich das Rauchen aufgegeben hatte, kaufte ihm ab und zu eine Schachtel Zigaretten, wobei ich mir des pädagogischen Unsinns, den ich beging, wohl bewusst war.

Wir gingen weiterhin wie eine Familie miteinander um. Es gab jedoch Momente, in denen ich feststellte, dass der Junge mir immer fremder wurde, und der Gedanke, dass es ihm mit mir genauso gehen könnte, erfüllte mich mit Trauer und Sorge. Manchmal kam es zu langen Momenten des Schweigens zwischen uns. Manchmal sagte ich etwas zu ihm, und er starrte unverwandt auf sein Handy, was mich unter anderen Umständen um den Verstand gebracht hätte. Eines verregneten Nachmittags, als er mir noch lustloser als gewöhnlich vorkam, überredete ich ihn zu einem gemeinsamen Kinobesuch. Mitten im Film merkte ich, dass er eingeschlafen war.

Nach einem Jahr meines ehelosen Lebens in La Guindalera war der Junge so in die Höhe geschossen, dass er fast so groß war wie ich und ich mich daran gewöhnen musste, nicht mehr nach unten zu sehen, wenn ich mit ihm sprach. Mit sechzehn Jahren hatte Nikita das Gesicht voller Pickel; auf seiner Oberlippe zeichnete sich ein Schatten von Flaum ab, der mich an Raulitos erste Härchen im selben Alter erinnerte; seine Stimme war dunkler geworden und seine Bewegungen gemessener, nicht mehr so hektisch und weniger geschmeidig. Er ließ sich zwar widerwillig umarmen, einen Wangenkuss aber verweigerte er entschieden. *Pepa* brachte er etwas mehr Zuneigung entgegen.

Mein Sohn tat mir leid. Das tut er mir immer noch. Ich sehe ihn an und denke: Was hatte dieser Junge für ein Pech im Leben. Von Amalia wurde er zu mir geschickt, von mir zu Amalia; wie ein Tennisball, der von den Spielern von einem Feld zum anderen geschlagen wird. Wäre er in einer anderen Familie geboren, zu einer anderen Zeit, in einem anderen Land..., vielleicht hätte er dann eine positivere Entwicklung genommen. So etwas kann man natürlich nicht wissen. Manchmal überkommt mich eine merkwürdige Vorstellung, wenn er sich von mir verabschiedet und ich ihn gehen sehe. Ich sehe dann seinen Rücken, seinen Hinterkopf, seinen schlaksigen Gang und stelle mir plötzlich vor, ich sei mein Vater und Nikita der junge Heranwachsende, der ich einmal war, und dann schäme ich mich noch mehr für ihn und frage mich, ob das, was ich für meinen Sohn empfinde, dasselbe ist, was mein Vater für mich empfunden hat.

Ich erinnere mich an ein Wochenende, an dem ich Nikita zu einem Besuch bei seiner Großmutter mitgenommen habe.

An den Tagen war ich für ihn zuständig, und das beunruhigte mich immer ein bisschen, da der Junge jetzt in einem Alter war, in dem ich, was interessante Unterhaltung anging, mit seinen Freunden nicht mehr konkurrieren konnte. In der ersten Zeit machte ich mir Sorgen, er könne sich bei mir langweilen. Damals war ich noch zuversichtlich, seine Zuneigung zu gewinnen; heute kümmert mich das nicht mehr so. Wenn er mich sehen will, er weiß ja, wo ich wohne; damals jedoch – ich hatte die Scheidung noch nicht ganz überwunden – war die Situation eine andere. Mein wichtigster Vorsatz war, dafür zu sorgen, dass die Auflösung der Familie für ihn so wenig traumatisch wie möglich würde. Ich war besessen von dem Wunsch, ihm nicht als schrecklicher Vater und gescheitertes männliches Vorbild in Erinnerung zu bleiben.

Es war Samstag. Nikita kam zur verabredeten Zeit in meine Wohnung. Mit seiner Zustimmung hatte ich zwei Karten für das Spiel um 20 Uhr im Vicente-Calderón-Stadion gekauft. Ich habe mit Fußball nicht viel am Hut, dachte aber, wenn ich Nikita auch zu einem Fan von Atlético machen könnte, was in meinem Fall nur vorgetäuscht war, würde uns das jenseits des Einflusses seiner Mutter miteinander verbinden. Nebenbei würde der Junge vielleicht Lust bekommen, mehr Zeit mit mir zu verbringen. Eventuell könnten wir der Mannschaft sogar zu anderen Spielen hinterherfahren. Ich erzählte ihm, sein verstorbener Großvater Gregorio hätte das rot-weiße Trikot innig geliebt, was zwar stark übertrieben, aber doch nicht ganz unkorrekt war. Ich vermute, das Wort *Liebe* erschreckte Nikita. Vergeblich suchte ich in seinem Gesicht nach einem Ausdruck der Begeisterung; aber wenigstens konnte ich ihm die Zustimmung abringen, mit mir zum Spiel gegen Numancia zu gehen. Ich vertraute darauf, dass das Spektakel eine überzeugendere Wirkung auf ihn haben würde als meine Worte.

Mama erwartete uns um zwei in ihrer Wohnung. Nikitas Stimmung hob sich, weil er wusste, dass seine Großmutter wieder eines seiner Lieblingsgerichte zubereitet hatte und sich beim Abschied mit einem großzügigen Geldgeschenk für seinen Besuch bedanken würde. In der Hinsicht gab es keine Probleme. Unterwegs bat Nikita mich, sich am nächsten Vormittag mit seinen Freunden treffen und den Tag mit ihnen verbringen zu dürfen, bevor er sich selbst gewissermaßen zur vereinbarten Zeit an seine Mutter zurückgab. Als sein verständnisvoller Kollege gab ich natürlich sofort meine Zustimmung, war aber ehrlich gesagt auch froh, dass ich, wenn er mich so früh verließ, den ganzen Tag nutzen könnte, mich auf den Unterricht am Montag vorzubereiten.

Die Sache war die, dass Amalia in hysterischem Tonfall auf die geistige Gesundheit unseres Sohnes angespielt und mich dringend gebeten hatte, mit ihm über den Vorfall zu sprechen, der Tage zuvor bei ihr in der Wohnung stattgefunden hatte, ihm «von Mann zu Mann» die Meinung zu sagen und ihn «mit guten Worten» davon zu überzeugen, dass man mit Gewalt nichts erreicht, worüber man durchaus geteilter Meinung sein kann. Vielleicht sollte ich meine Ex-Frau fragen, ob sie sich wirklich imstande fühlte, allein das Sorgerecht für unseren glorreichen Sohn auszuüben. Doch wozu? War Amalia nicht die Hauptleidtragende ihres gerichtlichen Sieges? Mir war es tausend Mal lieber, mich um eine gehorsame liebe Hündin zu kümmern, als um einen zunehmend problematischen Jungen.

Schön dumm von mir das Versprechen, eine Unterhaltung herbeizuführen, die jeden Moment eine unheilvolle Richtung nehmen und mir das Wochenende ruinieren konnte. Stattdessen hätte ich bei Amalia auf eine Familienzusammenkunft außerhalb der mir für das Zusammensein mit meinem Sohn festgelegten Zeiten drängen müssen. Warum soll ich die wenige

Zeit, die ich mit ihm verbringe, darauf verwenden, die Meinungsverschiedenheiten auszubügeln, die er mit seiner Mutter hat? Ich war versucht, die Sache so schnell wie möglich hinter mich zu bringen. Je eher ich sie vom Hals hatte, desto besser. Dann fürchtete ich, Nikita könne aggressiv werden und einfach abhauen. Ich ließ die Stunden des Samstags in der Hoffnung verstreichen, einen geeigneten Moment für das Kunststück zu finden, meinen Sohn zu rügen, ohne ihn mir zu verprellen. Am Ende war ich so zornig, dass ich es um ein Haar mit Bestechung versucht hätte: «Hör zu, du kleines Monster. Ich gebe dir zwanzig Euro für jeden Monat, in dem du deine Mutter nicht schlägst.»

Kurz bevor wir aus dem Haus gingen, musste ich an Mama denken. Die Arme hatte es nicht verdient, dass wir mit mürrischen Mienen zu ihr kamen. Außerdem wollte ich nicht das Risiko eingehen, dass Nikita aus Ärger über mich die Lust verlor, mit mir zum Spiel gegen Numancia zu gehen. Gut, dass ich den Mund gehalten habe, denn Atlético gewann drei zu null und ich konnte sehen, dass der Junge einen Riesenspaß hatte. Gegen elf Uhr nachts waren wir wieder zu Hause. Das war keine Zeit, Unstimmigkeiten in der Familie aufs Tapet zu bringen, und so beschloss ich, das Gespräch «von Mann zu Mann» auf den nächsten Vormittag zu verschieben, bevor er sich mit seinen Freunden davonmachte.

28

Er warf mir vor, mich nicht genügend für ihn einzusetzen. Ich war es gar nicht gewohnt, meinen Sohn derart aufgebracht zu sehen. Die plötzliche Wildheit seiner Gesten, seine wütend aufgerissenen Augen; ausgerechnet er, der immer schläfrig in die Welt blinzelte, als bekäme er nicht genug Schlaf oder leide an chronischer Langeweile; und diese zusammengebissenen Zähne und nervös zuckenden Hände entsprachen so gar nicht dem doch eher behäbigen Verhalten, das wir von ihm kannten. Hatte er sich in einem Jahr so verändert? Ich sah Nikita mir gegenüber verschlafen am Tisch sitzen und frühstücken, bis ich dämlicherweise besagtes Thema ansprach und er aus dem Stand explodierte.

Die wilde Wut in seinem Gesicht erinnerte mich an Papa, und ich gestehe, dass mich ein Anflug von Stolz überkam. Es war, als wären Großvater und Enkel mit einem Mal durch eine Brücke von Vitalität verbunden, die einen trägen Fluss überspannt, der so langsam fließt, dass er zu stehen scheint, der gar nicht wirklich fließt, sondern sich gerade mal ein wenig hierhin, mal ein bisschen dorthin bewegt, weil er nicht weiß, welche Richtung er nehmen soll. Bei diesem Bild mit drei Männern waren die beiden die Ufer, und ich war der Fluss.

Zu meiner Entlastung führte ich den Beschluss der Richterin an. Nikita wütend: «Diese blöde Sau.» «Ist das das Vokabular, das du bei deiner Mutter benutzt?» Keine Antwort. Seiner Meinung nach helfen sich die Frauen gegenseitig, um die Männer zur Sau zu machen, und ich hätte das wissen müssen. «Den Anwalt kann man sich aussuchen, den Richter nicht», sagte ich und fügte hinzu: «Ob es uns gefällt oder nicht, es geht darum, die Interessen des Minderjährigen zu schützen.» Nun, ihn hatte niemand gefragt. Finsteren Blicks beharrte er darauf, dass ich ihn mit seiner Mutter allein gelassen hätte, die er wieder mit Schimpfworten überzog. Er könne sie nicht ausstehen, er hasse sie. «Sag nicht so was.» Wütend gab er zurück: «Ich sag, was mir passt, verdammt.» Er könne sie nicht länger ertragen, bei nächster Gelegenheit würde er abhauen. Was wusste er mit seinen sechzehn Jahren von abhauen? Er warf mir vor, ihn nicht zu lieben. Ihn schon als Kind nicht geliebt zu haben. Zur Unterstützung seiner These zitierte er Amalia, die offenbar dieselbe Überzeugung vertrat, wenn sie sie unserem Sohn nicht überhaupt erst in den Kopf gesetzt hatte. Sichtlich verbittert fügte er hinzu, ich würde *Pepa* ihm vorziehen. Um *Pepa* kümmerte ich mich immer, um ihn nur wenig. «Aber gestern habe ich dich zum Fußball mitgenommen. Natürlich würde ich lieber mehr Zeit mit dir verbringen; vergiss nicht, dass wir festgelegte Tage haben, die wir zusammen sein können.»

Anstatt ihn zurechtzuweisen, wie man es von mir erwartete, hörte ich nicht auf, Entschuldigungen vorzubringen, und im Grunde war er es, der mir Vorhaltungen machte. In mir loderte ein brennender Zorn auf Amalia, die mir meinen Sohn abspenstig machte und uns beiden das Wochenende ruinierte. Um die Situation zu entspannen, fragte ich Nikita freundlich, ob er noch Kaffee wolle. Er reagierte nicht. Und das durchs Fenster hereinfallende Morgenlicht ließ die Pickel auf seiner Stirn und seinen Wangen bedauernswert hervortreten.

Er schaute mich offen an und sagte, er habe seine Mutter nicht geschlagen. «Aber sie hat gesagt ...» «Lüge.» Er habe sich nur gewehrt und sie zur Seite gestoßen. Offensichtlich hatte Amalia sich zwischen den Jungen und die Wohnungstür gestellt. Davon wusste ich nichts. «Sie bestraft mich mit Ausgehverbot. Sie schickt mich früh ins Bett, und ich höre sie in den Morgenstunden nach Hause kommen.»

Dann fragte er mich mit herausfordernder Miene, ob ich wisse, dass Amalia mich betrüge. Ich erinnerte ihn daran, dass diese Möglichkeit nicht bestand, weil wir geschieden waren. Mein Argument hielt ihn offenbar davon ab, weiter zu insistieren. Stattdessen beschuldigte er seine Mutter, zu petzen. Wie sonst hätte ich von dem Streit erfahren können?

«Ich bin euch im Weg.»

Ich war schon versucht, zu kontern; hielt mich jedoch zurück, weil ich zu der Überzeugung kam, wir würden einen Punkt ohne Wiederkehr erreichen, wenn ich unser Streitgespräch nicht abbräche. Also begnügte ich mich damit, ihm in lehrerhaftem Ton mitzuteilen, dass weder seine Mutter noch ich Gewalt guthießen, und befahl ihm, bat ihn, das auch für sich zu beherzigen.

Er gab keine Antwort. Wir frühstückten schweigend zu Ende, ich gab ihm zwanzig Euro, er griff sich seine Sachen und machte sich, ohne sich zu verabschieden, auf den Weg zu seinen Freunden.

29

Ohne mir Zeit zu geben, meine letzten Sachen abzuholen, ließ Amalia die Schlösser auswechseln. Da ich verpflichtet war, meine Schlüssel abzugeben, ließ ich insgeheim eine Kopie des Haus- sowie des Wohnungsschlüssels anfertigen. Amalia kam meinen Absichten zuvor. Getrieben wurde sie dazu mit Sicherheit von ihren vielfältigen Ängsten vor allen möglichen Situationen, die sie dazu brachten und vermutlich immer noch bringen, extreme Vorsichtsmaßnahmen zu ergreifen. Man braucht sich ja nur ihre Radiosendung anzuhören! Mit Vorliebe interviewt sie vergewaltigte und misshandelte Frauen, Obdachlose und Frauen, gelegentlich auch Männer, die alles verloren haben oder Opfer brutaler Polizeigewalt geworden sind. Eine ihrer beständigen Fragen war: «Wie hätte das verhindert werden können?»

Als ich sie im Sender und den Jungen in der Schule wusste, ging ich zu ihrer Wohnung, um ein paar von meinen Sachen abzuholen, die da noch lagerten. Und bei der Gelegenheit ein bisschen herumzuschnüffeln, muss ich zugeben. Ich stand vor der Tür und nahm absurderweise an, der Schlosser hätte mir einen schadhaften Nachschlüssel gemacht.

Mein Name stand nicht mehr auf dem Briefkasten und auch nicht mehr an der Klingel.

Das Gefühl, ausgeschlossen zu sein von dem, was bis vor Kurzem noch meine Wohnung gewesen war, schmerzte mich.

Selbst in den Tagen, als Amalia mit aller Macht auf ein gerichtliches Ende unserer Ehe hinarbeitete, bekundete ich ihr bei jeder Gelegenheit meine Bereitschaft, künftig ein freundschaftliches Verhältnis zu ihr zu wahren; aus reiner Vernunft, vor allem aber, um des seelischen Gleichgewichts des Jungen willen. Sie, ängstlich und übervorsichtig, traute mir nicht. Sie intensivierte sogar ihre Feindseligkeit gegen mich, da sie meinen Vorschlag für ein kalkuliertes Manöver hielt, das darauf abzielte, ihr größtmöglichen Schaden zuzufügen.

Die Tür, durch die ich so viele Jahre lang ein und aus gegangen war, war jetzt eine unüberwindbare Mauer. Auflodernder Zorn wütete in meinem Innern. Er verursachte mir einen solchen Adrenalinstoß, dass ich kurz davorstand, die Tür einzutreten. Ich ging dann auf die Straße zurück und überlegte, wie ich wieder zur Ruhe kommen konnte.

Humpel hatte mich aufgenommen, bis ich eine neue Wohnung gefunden hätte. Vor mir lag eine finanzielle Durststrecke. Nach Abzug der Miete und der Alimente für meinen Sohn blieb von meinem Lehrergehalt nicht viel übrig.

Eine Zeit lang hätte ich auch bei Mama unterkommen können, obwohl ihr Verstand die ersten Löcher zu zeigen begann. Ich wollte aber nicht, dass sie von meiner Scheidung erfuhr, und auch nicht, dass Raúl irgendwann zu Besuch käme und mich mit Bademantel und Pantoffeln aus dem Badezimmer kommen sähe.

Ich überlegte, in eine Wohngemeinschaft zu ziehen.

Oder mich in einem der Außenbezirke der Stadt niederzulassen.

Als mir klar wurde, dass der Schlüssel nicht in das Schloss passte, fühlte ich mich wie ein Sterbender, dem man die künstliche Beatmung abgestellt hat. Am nächsten Tag schlich ich mich, als Mama im Schaukelstuhl ein Schläfchen hielt, in ihr Zimmer und füllte eine gute Handvoll ihrer Tabletten jeder Größe und Farbe in eine von *Pepas* Hundekottüten. Sobald sich eine Gelegenheit bot, ging ich wieder zu Amalias Wohnung. Sie würde schon merken, was sie davon hatte. Ich setzte mich auf die Fußmatte und stellte mir vor, wie sie meinen Leichnam fände. Schade, dass ich ihr Gesicht nicht würde sehen und vielleicht ihren Schrei nicht würde hören können. Ich schüttete den Inhalt des Beutels in meine Handfläche. Da kam mir der Gedanke, dass Nikita möglicherweise früher nach Hause kam als seine Mutter. Mir missfiel die Vorstellung, dass der Junge mich für den Rest seiner Tage als mit dem verzerrten Gesicht eines Selbstmörders vor der Tür liegend in Erinnerung behalten und auch die ganzen Fragen der Polizei beantworten sollte. Ich dachte auch an die Schwierigkeiten, in die ich Mama bringen würde, wenn sie ihre Tabletten nicht mehr hätte. Meine Entschlossenheit schwand, mein Mut verließ mich, und ich stand auf. Draußen leuchtete ein blauer Himmel. Oben zwischen den Hochhäusern erkannte ich die flinken Silhouetten der Mauersegler. Würde ich mir zur Freude einer Neurotikerin das Leben nehmen? Komm schon!

30

In den Tagen, in denen ich bei Humpel wohnte, erzählte ich ihm, dass ich das Auswechseln der Schlösser auf Amalias Ängste schob. Daran könne es nicht den geringsten Zweifel geben, antwortete er. Und dann legte er mir eine Theorie dar, die etwa folgendermaßen lautete:

«Angst ist das logische Grundempfinden der Frau. Eine Frau ist, wie sie ist, denkt, wie sie denkt, und verhält sich, wie sie sich verhält, weil sie Angst hat. Eine instinktive, genetisch bedingte Angst besonders vor dem Mann, den sie vor allem als Aggressor sieht, den sie um jeden Preis beherrschen und wenn möglich kastrieren muss. Und wenn sie das endlich erreicht hat, verachtet sie ihn, denn ohne Angst ist die Frau ja nichts. Du wirst schon sehen, wie deine Ex sich bald den nächsten Typen angelt. Sie umgarnt ihn mit ihrem Parfüm, flüstert ihm Schmeicheleien ins Ohr und verspricht ihm die schönsten Orgasmen als Gegenleistung für seine Leibwächterdienste.»

Nach Beendigung seines Vortrags fragte er mich, was meine Meinung dazu sei.

Ich antwortete ihm, ich sei zu traurig, um eine Meinung zu haben.

OKTOBER

1

Gestern wurden dreißig Grad Hitze und Unruhen in Katalonien vorausgesagt, und beides ist eingetroffen. Ich höre mir zwar die Bemerkungen im Lehrerzimmer an, bin aber entschlossen, mich abseitszuhalten. Ich stelle fest, dass es zwei Hauptmeinungen gibt und die Kollegen mit ihren Urteilen der einen oder anderen unterschiedlich nahe kommen. Da gibt es zum einen diejenigen, denen das Katalonienproblem allmählich auf die Nerven (mehr noch: auf den Sack; noch mehr: auf die Eier) geht, die jede Lösung in Kauf nehmen würden, sogar den Zerfall des Königreichs, wenn nur jeder, da, wo er hingehört, Ruhe geben würde. Auf der anderen Seite jene, die, nachdem sie demokratische Skrupel angeführt und zu verstehen gegeben haben, dass sie für Gelassenheit und Toleranz eintreten, auch mit einer sogenannten drastischen Lösung klarkommen würden, wobei jeder seine eigene Vorstellung von Drastik hat: von der sofortigen Anwendung des Artikels 155 der Verfassung über die Unterdrückung *sine die* der katalanischen Autonomiebewegung bis zur Intervention des Militärs nach bewährtem Muster.

Ich sehe die Münder, die Augen der Diskutanten und frage mich: Was habe ich in dieser Runde von Primaten verloren? Was habe ich überhaupt auf dieser Welt verloren? Was geht mich dieser ganze politische Kleinscheiß an? Ich halte den Mund, es sei denn, irgendein Blödmann geht mich direkt an; in dem Fall würde ich am ehesten Zuflucht zu Phrasen und Ausflüchten nehmen. Einige berufen sich auf eine anscheinend magische Sache namens Dialog. Die Begründung ist vage und sogar scheinheilig, ein verzweifeltes Singen, eine Form, Zeit zu gewinnen, in der Erwartung, dass sich die Gemüter beruhigen und das Feuer der Zwietracht von allein erlischt. Zur Fraktion derer, die eine harte Hand fordern, gehört auch die Direktorin. Die Gebieterin verkündet, dass dem Gesetz um jeden Preis Genüge getan und danach verhandelt werden muss. In dieser Reihenfolge und nicht umgekehrt. Wer hat sie gebeten, sich in die Debatte einzumischen? Niemand widerspricht ihr. Es macht keinen Unterschied, ob diese Dame über das Wetter spricht, über den Weinanbau oder die Fischpreise. Alle nicken, denn ihre Worte kommen vom hierarchischen Gipfel. Der Austausch von Ansichten endet nach dem Urteilsspruch der Direktorin. Kurz darauf ertönt die Klingel, und auf dem Weg zu meinem Klassenzimmer höre ich hinter mir zwei Kollegen das Katalonienthema wieder aufnehmen. Der eine sagt: «Ein Toter genügt, damit wieder so etwas wie 36 passiert.»

2

Wenn ich an gestern denke, wie die übrigen Spanier im Fernsehen auf Katalonien schauen (Zusammenstöße, Fahnen, Gumminüppel), als würden sie durch die Wände einen Ehestreit in der Nachbarwohnung hören und ärgerlich den Kopf schütteln und sich brummelnd über den Radau beschweren, aber nicht auf die Straße gehen, um für die Einheit ihres Landes einzutreten, erinnere ich mich an Papa. An seine politische Enttäuschung, wie er aus der Partei austritt, zwei Jahre, nachdem sie legalisiert worden ist. «Dafür habe ich mein Leben riskiert?», rief er empört. «Um jetzt unter derselben Fahne und mit derselben Hymne die Monarchie wiederherzustellen? Was für eine Scheißverfassung ist das denn?»

Im Grunde träumte Papa von einem Spanien ähnlich wie dem von Franco, nur mit einem kommunistischen Anführer anstelle eines ultrakatholischen Caudillos. Naiv, wie er war, glaubte er, das Volk würde massenhaft für die PCE stimmen, sobald es freie Wahlen gäbe. Er erlebte sein blaues Wunder.

Er war überzeugt, dass die Spanier einen angeborenen Herdentrieb haben. «Ein Haufen Schafe; geboren, um zu gehorchen und sich mit allem abzufinden. Sie haben nicht denken gelernt. Haben weniger Verstand als ein Stiefel.» Mit solchen Sprüchen würzte Papa die Abendessen meiner Jugend. Mama sagte dann: «Gregorio, ist gut jetzt.» Daraufhin verfiel er in grummelndes Schweigen, hob den Blick nicht mehr von seinem Suppenteller, in den Mama vielleicht heimlich hineingespuckt hatte, und legte nach einer Weile wieder los.

«Ich kenne kein Volk mit weniger revolutionärem Geist. Alles muss hier von außen herangetragen werden.»

Als ich elf oder zwölf Jahre alt war, schenkte er mir eine Ausgabe des *Kommunistischen Manifests*. Ich besitze es noch; es trägt eine unwahrscheinliche Widmung, die lautet: «Von deinem Vater und Genossen», und darunter sein Autogramm, als wäre er der Autor des Büchleins. Nach ein paar Tagen fragte er mich, wie ich es fände. Ich sagte ihm, gut. Er versuchte, eine Unterhaltung mit mir über das Thema anzufangen. Wir kamen nicht weit. Mama mischte sich ein: «Der Junge ist doch noch ein Kind.» In Wirklichkeit hatte ich das Buch auch nicht gelesen. Ich hatte damit angefangen, aus Angst, Papa zu enttäuschen. Da ich aber kein Wort verstand, habe ich es nach der fünften oder sechsten Seite gelassen. Damals interessierte ich mich nur für Comics.

Heute tut es mir leid, dass Raulito und ich so eine Enttäuschung für Papa gewesen sind. Meinem Bruder hat er das *Kommunistische Manifest* nicht geschenkt, denn als der zum Lesen und Verstehen alt genug war, hatte Papa sich schon aus der Partei verabschiedet. Ich vergleiche seine Enttäuschung mit der, die mich manchmal bei Nikita überkommt. Du versuchst, deinem Sohn Werte beizubringen, Überzeugungen, und dann stellst du fest, dass ihn das alles gar nicht interessiert, dass er für ganz andere Dinge ist, und daher alles, an was du geglaubt hast, mit dir untergehen wird oder sogar noch vorher. Im Grunde treibt uns der Egoismus dazu, uns in unserer Nachkommenschaft zu verewigen. Wir wären imstande, unseren Kindern ihre Persönlichkeit zu nehmen und sie wie ausgestopfte Tiere mit dem Stroh unserer eigenen zu füllen.

Was würde Papa sagen, wenn er wüsste, dass sein Enkel ein tätowiertes Hakenkreuz auf dem Rücken trägt?

Du glaubst es nicht; aber vielleicht würde es ihn sogar amüsieren. So sind Großväter. Sie erlauben ihren Enkeln, was sie ihren Kindern verboten haben. Auf diese Weise machen sich die alten Säcke beliebt.

3

Alles war bereit, um zum Picknick in die Casa de Campo aufzubrechen, aber Papa war nicht da. Mama war früh aufgestanden und hatte die Kartoffeltortilla und panierte Hähnchenteile zubereitet. Als wir aufstanden, roch die ganze Wohnung nach gebratenem Fett. Papa hatte gesagt, er müsse bei einem Freund noch ein paar Papiere abholen und wäre spätestens um elf wieder zurück, dann könnten wir mit unserem Seat 124 losfahren und wie schon so oft und wie so viele andere Familien damals einen schönen Tag im Schatten der Bäume verbringen.

An vieles erinnere ich mich nicht mehr. In meiner Erinnerung war es ein heißer Tag, der Himmel war blau, und Mama regte sich fürchterlich auf, weil Papa um zwölf und dann um eins immer noch nicht da war. Wegen einer Kleinigkeit schrie sie Raulito an, der sofort zu weinen begann und dabei quiekte wie ein Schweinchen im Schlachthof. Das mit dem Schweinchen habe ich meinen Vater einmal sagen hören und brachte es immer wieder vor, um meinen Bruder damit zu ärgern. Wenig später schimpfte meine Mutter auch mit mir, zum Ausgleich, glaube ich, damit Raulito nicht dachte, er würde von ihr weniger geliebt. Später rief sie uns beide zu sich, gab uns jedem einen Kuss und entschuldigte sich, und ließ uns zu einer Tageszeit fernsehen, zu der es uns normalerweise verboten war.

Papa kam weder an diesem Tag noch an den nächsten Tagen. Raulito und ich merkten, dass Mamas Ärger sich in Kummer verwandelt hatte, da ihre Augen rot vom vielen Weinen waren und sie kaum noch sprach. Ich war grausam genug, Raulito zu erzählen, dass Papa nie mehr zurückkommen würde, da er mit einer schwarzen Frau durchgebrannt sei. Als ich ihm das sagte, war ich gar nicht sicher, ob das gelogen war, ausgenommen das mit der Farbe. Ich selbst glaubte, was ich sagte, und wollte einfach nur im Gesicht meines Bruders sehen, wie er auf eine solche Nachricht reagierte. Raulito rannte zu Mama und drückte sich schluchzend an ihre Brust, was ihm aber nichts half, da Mama viel zu traurig war, um mich zu bestrafen.

Irgendwann wurde mir klar, dass Mama wusste, wo Papa war, es uns aber nicht sagen konnte. Eine ganze Zeit verging, und dann öffnete sich eines Tages die Tür, und Papa kam herein, ernst und schmutzig, und ein unangenehmer Geruch hing in der Luft. Die nächste Zeit unterhielten sich die beiden im Flüsterton. Mama machte Papa einen Kamillentee, und er blieb – die Vorhänge im Schlafzimmer zugezogen – lange im Bett liegen und ging nicht zur Arbeit. Wir hatten Anweisung, keinen Lärm zu machen, da er anscheinend starke Kopfschmerzen hatte. Irgendwann war das, was er hatte, vorbei, und er lebte wieder sein normales Leben. Dann gingen wir am Wochenende manchmal, wenn gutes Wetter war, zum Picknicken in die Casa de Campo, und Raulito und ich vergaßen, dass Papa einmal über eine Woche nicht zu Hause gewesen war. Wir wussten nicht warum, und wir fragten auch nicht danach, weil wir vielleicht Angst hatten, dass er wirklich mit einer schwarzen oder andersfarbigen Frau durchgebrannt war.

4

Es war halb eins nachts, als ich in meiner Bibliothek nach dem Buch suchte, das Papa mir vor vielen Jahren geschenkt hatte. Ich fand es in einem Pappkarton voller Broschüren und alter Zeitschriften und sah als Erstes nach der Widmung, da ich fürchtete, sie könnte verschwunden sein. Tatsächlich war die Tinte verblasst, und einen Moment lang hatte ich das schmerzliche Gefühl, auf eine letzte Spur von Papa gestoßen zu sein. Ich glaube, *Pepa* hat meine Trübsal gerochen, denn plötzlich kam sie an und rieb sich an meinen Beinen, als wollte sie mich trösten.

Morgens im Tageslicht sind mir einige Details aufgefallen, die ich als Jugendlicher übersehen haben dürfte. Vielleicht auch nicht; aber ich war damals zu jung, um sie zu verstehen. Ich habe gesehen, dass es sich um eine mexikanische Ausgabe von 1967 handelt, in der Übersetzung von Wenceslao Roces. Ich habe sie nie gelesen. Später, während meiner Studienzeit, erwarb ich die Version eines zeitgenössischen Übersetzers, der dem Pamphlet von Marx und Engels den ursprünglichen Titel zurückgab: *Manifest der Kommunistischen Partei*.

Ich habe nie wirklich einem Glauben angehangen, weder einem religiösen noch einem politischen. Ich vermute, dass es sich im Grunde um ein und dasselbe handelt.

Ich erwarte auch kein ewiges Leben. Ich verstehe nicht, wie der Mensch nach Jahrhunderten voller Schrecken noch an die Möglichkeit eines sozialen Paradieses auf Erden glauben kann.

Ich bin weder Katholik noch Marxist; ich bin nur ein Körper, dessen Tage gezählt sind, wie ein jeder von uns. Ich glaube an einige Dinge, die ich mag und die alltäglich und sichtbar sind. Ich glaube an Dinge wie Wasser und Licht. Ich glaube an die Freundschaft meines einzigen Freundes und an die Mauersegler, die trotz Lärm und verschmutzter Luft jedes Jahr in die Stadt zurückkommen; obwohl ich fürchte, dass es von Mal zu Mal weniger werden.

Es sind Dinge – wie schwarze Schokolade, die ich auch gerne mag – ohne politischen oder religiösen Gehalt; auf jeden Fall Dinge, die anderen keinen Schaden zufügen.

Außerdem glaube ich an die Wirksamkeit der Chirurgie, an eine bestimmte Art von Musik, an die Rechtschaffenheit einiger Menschen und an Kinder.

Apropos Kinder: Da ist mir heute Nachmittag etwas passiert. Wie öfter schon bin ich mit *Pepa* in den Eva-Duarte-Park gegangen, der einer meiner Lieblingsplätze im Viertel ist. Auch *Pepa* fühlt sich da wohl. Sie balgt mit anderen Hunden herum, die sie kennt und mit denen sie sich gut versteht. Sie beschnüffeln sich ihre Genitalien; eine Gewohnheit, die ich bewundere.

Ich setze mich auf eine der Bänke, während der kalten Jahreszeit möglichst in der Sonne, und wenn es heiß ist, im Schatten. Ich lese die Zeitung oder in einem Buch, bereite meinen Unterricht vor, korrigiere Klassenarbeiten, schaue den Mauerseglern zu oder was sonst über meinem Kopf herumfliegt (manchmal mache ich auch Gymnastik, da es Bänke mit Pedalen gibt), derweil *Pepa* nach Lust und Laune die Umgebung beschnüffelt. Wenn sie es müde ist, herumzurennen, kommt sie und legt sich in meiner Nähe auf die Erde. Im Park gibt es einen umzäunten Platz mit Sandboden, auf dem Hunde sich, ohne angeleint zu sein, tummeln können; doch ist er von so begrenzter Größe, dass richtiges Rennen, das den Namen verdient, nicht möglich ist.

Wenn man den Eingang an der Francisco Silvela benutzt, gibt es da ein Denkmal, das der Namensgeberin des Parks gewidmet ist. Am Fuß des Sockels mit Evitas Büste habe ich, als ich hinausging, *Das Kommunistische Manifest* abgelegt, das Papa mir vor über vierzig Jahren geschenkt hat. Ich bin weiterhin fest entschlossen, mich nach und nach meiner Habseligkeiten zu entledigen. Ich befand mich mit *Pepa* schon auf dem Bürgersteig, als ich hinter mir Kinderstimmen höre: «Señor, Señor!» Und als ich mich umdrehe, kommen zwei Mädchen, sieben, acht, vielleicht neun Jahre alt, auf mich zugerannt. Die Dünnere von beiden, mit asiatischen Gesichtszügen, wedelt mit dem *Manifest* in der Luft, sie und ihre Freundin wohl überzeugt, dass ich es vergessen habe. Als ich mich bei ihnen bedanke, bin ich kurz versucht, sie zu fragen, ob sie es nicht behalten wollen; doch dann halte ich mich zurück, aber nicht, weil ich der Meinung bin, dass Marx und Engels für die beiden Kinder unpassend ist, sondern weil ich den Verdacht habe, dass sie in ihrem Alter nicht allein, sondern in Begleitung ihrer Eltern sind, die irgendwo in der Nähe sitzen und sie nicht aus den Augen lassen, und ich will um nichts auf der Welt für einen perversen Philosophen gehalten werden, den man mit dem Handy fotografiert, bei der Polizei anzeigt oder in den sozialen Netzen bloßstellt.

Wieder allein, habe ich das Blatt mit Papas Widmung herausgerissen und das Buch an der Bushaltestelle in einen Papierkorb geworfen.

Dann mache ich mich, mit *Pepa* an meiner Seite, auf den Weg nach Hause. Ich frage mich, was es für einen Sinn hat, dieses Blatt mit den kaum noch lesbaren Worten in verblichener Tinte aufzubewahren. «Von deinem Vater und Genossen.» Ich knülle das Papier zu einer Kugel zusammen und werfe es in den nächsten Papierkorb.

Armer Papa, denke ich, jetzt bist du endgültig tot.

5

Wahrscheinlich waren wir eine atheistische Familie. Wir sind nie zur Messe gegangen und hatten auch keine religiösen Symbole im Haus. Trotzdem wurden Raulito und ich kurz nach der Geburt getauft, gingen später in einem lächerlichen Matrosenanzug mit anderen Kindern in unserer Pfarrei zur ersten Kommunion. Ich habe noch Fotos davon. Das kann mein Bruder nicht von sich sagen, da ich – wie Kinder so sind – seine mit der Schere zerschnibbelt habe.

Uns in die Kirche zu schicken, war eine Vorsichtsmaßnahme unserer Eltern. Für uns war es ein herrliches Spiel. Vielleicht, denke ich heute, war das Herrliche daran, dass wir uns normal fühlen konnten, und das Normale war während der Franco-Diktatur, zur Kirche zu gehen und im Matrosenanzug, in weißen Schuhen und mit einer Kerze in der Hand die Erstkommunion zu empfangen. Nach der Feier bewahrte Mama die Sachen in einer Kleidertruhe auf, zog sie drei Jahre später, nachdem sie ein paar Änderungen vorgenommen hatte, Raulito an, der schon mit sieben Jahren recht mollig war, und danach, erinnere ich mich vage, verkaufte oder verschenkte sie sie an irgendwelche Nachbarn.

Aus Vorsichtsgründen hielten Mama und Papa sich in unserer Anwesenheit damit zurück, abfällig über Priester und Religion zu sprechen, und sie machten auch nie Bemerkungen über die Gebete, die wir lernten. Damit vermieden sie, dass mein Bruder und ich uns in der Schule verplapperten. Weder Papa noch Mama führten jemals gotteslästerliche Reden; aber nicht, weil Vulgärsprache ihnen fremd war, sondern weil der Begriff selbst gar keine Bedeutung für sie hatte. Ich vermeide es ebenfalls, über Gott zu fluchen. Meine Flüche sind etwa die gleichen, die Papa immer ausgestoßen hat. Wenn ich fluche, wenn ich schimpfe, bin ich ganz Papa. Manchmal fluche und schimpfe ich auch, wenn niemand mich hört, und der einzige Grund dafür ist, dass Papa sich für einen Moment in mir eingenistet hat.

Es könnte inkongruent wirken, dass wir ein paar Tage vor Weihnachten anfingen, auf der Kommode im Flur die Krippe aufzubauen. Tatsächlich aber war der Stall von Bethlehem mit seinen schön geschnitzten Figuren, dem Moos und dem Bächlein aus Silberpapier für meine Eltern frei von allem religiösen Inhalt. Falls daran Zweifel bestehen: Papa pflegte über der Stalltür einen roten Blechstern mit goldenem Hammer und Sichel anzubringen. Im Wohnzimmer bauten wir einen Weihnachtsbaum mit Kugeln und Lametta auf, und in der Silvesternacht saßen wir natürlich alle vor dem Fernseher und aßen jeder unsere zwölf Weintrauben. Die Trauben auf einem Tellerchen vor uns, zeigte Papa, der schon leicht beschwipst war, auf den Bildschirm und sagte: «Gleich zeigen sie das Haus, in dem ich gefoltert worden bin.» Mama befahl ihm, den Mund zu halten. Aber es stellte sich dann heraus, dass das Glockengeläut zum Jahresende in diesem Jahr nicht von der Puerta del Sol gesendet wurde, sondern von einem Gebäude in Barcelona aus, mit einer Uhr an der Fassade. Und Papa sagte, sichtlich enttäuscht: «Ah, verdammt. Sie haben wohl gewechselt. Da bin ich nicht gefoltert worden.» Mama schlug mit dem Tellerchen auf die Tischplatte, dass ein paar Weintrauben herunterflogen. «Gregorio, jetzt reicht's! Wenn du so weitermachst, gehe ich ins Bett.»

6

Raulito und mir hat Papa jahrelang verschwiegen, dass er in den unterirdischen Kerkern des Geheimdienstes gefangen gehalten worden war. Nach dem Vorfall an Silvester weiß ich jetzt, dass Mama ihm das Versprechen abgenommen hat, uns, solange wir klein sind, kein Wort davon zu sagen. Was mich angeht, so lag es allein an ihr, dass sich in meiner Erinnerung etwas aus Papas Leben festgesetzt hat, das eigentlich nicht bekannt werden sollte. Und alles nur, weil sie auf die Spitze trieb, was sich leicht hätte verheimlichen lassen. Eine Situation, die von einem Kind meines Alters – gar nicht zu reden von Raulito, der damals sechs war – leicht hätte unbemerkt bleiben können, besonders, wenn man bedenkt, dass bei dem festlichen Anlass, der uns vor dem Fernseher zusammengeführt hatte, meine und meines Bruders ganze Aufmerksamkeit nur darauf gerichtet war, uns so bald wie möglich über die zwölf Weintrauben herzumachen.

Mama hörte nicht auf mit ihren Androhungen, bis Papa der Geduldsfaden riss, er mit verächtlicher Miene auf die Teller zeigte und sich weigerte, auch nur eine «der verdammten Weintrauben» zu essen. Mama ließ die vom Tellerchen geflogenen Trauben einfach auf dem Tisch liegen. Noch bevor der letzte Glockenschlag verklungen war, gab sie mir eine Ohrfeige, weil ich eine Traube von Raulito stibitzt hatte. Um Viertel nach zwölf oder zwanzig nach zwölf lagen wir alle im Bett. Und das Mensch-ärgere-Dich-nicht-Spiel mit den schon aufgebauten Figuren blieb ohne Spieler auf dem Wohnzimmertisch stehen. Durch die Wand hörten wir Papa und Mama laut schimpfen, dann hörte man ein Klatschen, und danach hörten wir nichts mehr. Am nächsten Morgen hatte Mama eine geschwollene Lippe, und ich hatte keinen Zweifel mehr, dass es in Papas Leben ein Geheimnis gab, über das nicht gesprochen werden durfte.

Ab dem folgenden Jahr wurde das Glockengeläut zu Silvester wieder auf dem Ersten Kanal von der Puerta del Sol aus übertragen. Ich könnte mir vorstellen, dass, während wir vier die schwarz-weißen Bilder im Fernseher sahen, Papa sich auf die Zunge beißen musste, um sich seinen Satz über die Folter zu verkneifen; oder Mama hatte ihn schon vor den Weintrauben an sein Versprechen erinnert.

Eines Nachmittags, im Jahr 1977, als wir ohne Mama und Raulito unterwegs waren, schüttete mir Papa sein Herz aus. Er war außer sich, sein Blick war finster, und seine Unterlippe bebte vor Zorn. Er war so empört, verbittert und verärgert, dass er kaum atmen konnte, nachdem er erfahren hatte, dass der Innenminister die Silbermedaille für Polizeiliche Verdienste an Antonio González Pacheco, alias Billy the Kid, vergeben hatte, den Polizeiinspektor, der ihn elf Tage lang in dem Geheimdienstgebäude gefoltert hatte, das man jedes Jahr zum weihnachtlichen Glockengeläut im Fernsehen sah. Ich war vierzehn Jahre alt, und er sagte zu mir: «Es wird Zeit, dass ich dir das erzähle, aber du brauchst es nicht Mama zu sagen, denn dies ist eine Sache unter Männern.» Ob ich das verstehe. Ein bisschen eingeschüchtert sagte ich: Ja.

Papa glaubte nicht, dass Francos Geheimpolizei ein Auge auf ihn hatte. Er korrigierte sich sofort. In einer Diktatur ist jeder Bürger prinzipiell verdächtig. Was er mir sagen wollte, war, dass er nicht auf der Liste der Meistgesuchten stand. An dem Morgen, als wir zum Picknick in die Casa de Campo fahren wollten, hatte er das Pech, sich bei einem Genossen aufzuhalten, als die Polizei diesen verhaftete. Dabei standen die Freunde schon im Begriff, sich voneinander zu verabschieden. Wären die Bullen eine Minute später aufgetaucht, hätten sie ihn nicht erwischt, sagte er. Sie nahmen ihn auch gleich mit, «wie ein Paar zusammenhängende Kirschen»; vielleicht konnte man ihm ein paar Informationen entlocken, obwohl sie gar nicht wussten, wer er war. Das merkte er beim ersten Verhör. Papa hatte seine Ausweispapiere nicht dabei. Er nannte seinen Namen, und einer lief raus, um die Richtigkeit zu überprüfen. In der Zwischenzeit verprügelten sie ihn schon mal.

Billy the Kid führte das Verhör. Er war stolz auf seinen Spitznamen und flüsterte ihn Papa sogar ein paar Mal ins Ohr, als wollte er seinem Gefangenen Angst einjagen. Ich fragte ihn, ob er den Mann schon vorher gekannt hatte. Er antwortete, die bösen Männer kennt jeder, denn über die wird viel geredet, und der war der Schlimmste von allen. Er fand es entwürdigend, dass in einer Demokratie ein Folterer einen Orden verliehen bekommt.

Papa erzählte mir von einigen Grausamkeiten, die man ihm angetan hatte. Alles konnte er mir, wie er sagte, nicht erzählen ... im Moment noch nicht. Einige sparte er sich auf für dann, wenn ich älter wäre, denn die waren sehr unappetitlich. Er hatte nicht die Absicht, mich zu erschrecken; es gibt nur Dinge, die ein Vater seinen Söhnen früher oder später mitteilen muss. Er erzählte, dass man ihm tagelang Essen und Trinken vorenthalten hatte. Sie ließen ihn auch nicht schlafen und seine Notdurft verrichten. Während er sich über die körperlichen Folgen dieser Quälereien verbreitete, ließ ich meinen Blick über Autos, Leute und Hauswände schweifen; nicht, weil mich nicht interessierte, was Papa mir erzählte, sondern weil ich nicht wusste, in welchen Winkel meines Denkens ich seine Worte verstauen und was ich von ihnen halten sollte. Im Grunde wollte ich nur, dass er aufhörte, mich mit seinen Schauergeschichten vollzuquatschen.

Immer wieder holten sie ihn ins Verhörzimmer hinauf, prügelten ihn windelweich und warfen ihn wieder in die Zelle zurück, und bei all diesem Rauf und Runter und den Abreibungen, die sie ihm verpassten, verlor er jedes Zeitgefühl. Besagter Billy the Kid ließ ihn vor ein geöffnetes Fenster stellen und drohte ihm mit einem «kleinen Stups, ganz ohne Absicht». Stundenlang musste er nackt stehen, und dann schlugen sie ihn noch mit einem Telefonbuch auf den Kopf, bumm, bumm, bumm, was ihm furchtbare Kopfschmerzen verursachte, die noch anhielten, als er schon wieder in Freiheit war. Ah, und er hat noch eine ganze Weile Blut gepinkelt. Mit einem Arschtritt haben sie ihn dann hinausbefördert, nachdem sie ihm das bisschen Information abgepresst hatten, das aus einem zweit- oder drittrangigen Aktivisten herauszuholen war. Billy the Kid entließ ihn mit mehr oder weniger den Worten: «Ich will dich hier nicht noch einmal sehen, du Scheißkommunist. Ich schwöre dir, das nächste Mal kommst du hier nicht mehr lebend raus.»

Wir waren schon bald wieder zu Hause, da schaute Papa mir aus der Höhe seiner majestätischen Gestalt tief in die Augen und fragte mich mit rauer Stimme, was ich von dem gelernt hätte, was er mir gerade erzählt hatte. Die Frage kam so unerwartet, dass ich nicht wusste, was ich antworten sollte. Ich befürchtete schon eine Ohrfeige; doch zum Glück hatte Papa sich wieder beruhigt und nahm mir meine laue Reaktion nicht übel. Vielleicht glaubte er auch, ich sei starr vor Angst nach dem Gehörten. Kurz vor der Haustür legte er mir liebevoll die Hand auf die Schulter und nahm mir das Versprechen ab, in die Kommunistische Partei einzutreten, wenn ich groß war, und mir ihr Programm als Richtschnur zu nehmen, was ich ihm sofort versicherte, tun zu wollen, sogar mit Überzeugung versicherte, denn tatsächlich war es mein Ideal als Vierzehnjähriger, so groß und stark und vollkommen zu sein wie er.

7

Heute war nicht der Tag, mich mit Humpel zu treffen. Bei meinem Morgenspaziergang mit *Pepa* habe ich mir eine Ausgabe von *El Mundo* gekauft. Ich habe mich auf eine Bank gesetzt und zu lesen begonnen. Sonntags gegen neun sind nur wenige Leute im Park. Und wenn außerdem noch, wie heute, die Sonne scheint, ist es herrlich hier.

Als ich die zwei Seiten sah, die diesem Zougam gewidmet sind, habe ich mir gleich einen Vorwand ausgedacht, um mich nicht mit Humpel verabreden zu müssen. Ich weiß, dass er neben anderen Zeitungen regelmäßig *El Mundo* liest. Irgendwann wird er auf die Reportage über den einzigen verurteilten Täter der Anschläge vom 11. März stoßen. Ich stelle mir sein Gesicht vor, wenn er das großformatige Foto eines der Terroristen sieht, die ihn umzubringen versuchten. Ich bin sicher, dass der Phantomschmerz in seinem Fuß ihm den ganzen Tag versaut. Es wäre definitiv eine schlechte Idee, sich in den Wirkungskreis seiner Wutanfälle zu begeben.

Ich habe gelesen, Jamal Zougam sei seit vierzehn Jahren im Gefängnis, die ganze Zeit in Einzelhaft. Wie es scheint, beharrt er immer noch auf seiner Unschuld; doch der Autor der Reportage erinnert daran, dass ihm bei der Gerichtsverhandlung nachgewiesen wurde, die Bomben deponiert (im Text wurde nicht erwähnt, wie viele und in welchen Zügen) und die Telefonkarten verteilt zu haben, mit deren Hilfe die Bomben gezündet wurden. Heute wird er verdächtigt, einem Netz dschihadistischer Gefangener anzugehören, die per Brief miteinander kommunizieren und in den Gefängnissen Gefolgsleute rekrutieren.

Humpel hat mir einmal erzählt, dass er eine Zeit lang nachts von Zougam geträumt hat. Ein Gericht verurteilte ihn zum Tode, und Humpel war der Henker. Aber der Gefangene war nicht totzukriegen. Humpel schoss ein ganzes Gewehrmagazin auf ihn leer, doch der andere stand, von Kugeln durchlöchert, grinsend auf und zupfte sich die Geschosse aus dem Leib, wie man sich Härchen auszupft. Er köpfte ihn mit einer Guillotine, und der Hingerichtete hob seinen Kopf vom Boden und setzte ihn sich wieder auf. Humpel hängte ihn an den Galgen, Zougam baumelte in der Luft und pfiff eine Melodie oder gab Wettervorhersagen zum Besten.

Ich war gerade nach Hause gekommen, da klingelt das Telefon. Humpel. Ob ich Lust habe, mit ihm zu einer Veranstaltung der Vox in Vistalegre zu gehen. Von der Reportage in *El Mundo* sagt er nichts. Umso besser. Spontan habe ich gedacht, Ansprachen der extremen Rechten mit Hochs aufs Vaterland, voller Anspielungen auf die Einheit Spaniens und gewürzt mit der hysterischen Rhetorik gegen Schwarze und Immigranten, könnten ganz unterhaltsam sein. Zu faul. Will mich nicht blamieren. Keine Lust auf kollektives Wüten. Also habe ich Humpel mit der kurz zuvor im Park ersonnenen Ausrede abgewimmelt.

Für Papa muss ich wohl eine Enttäuschung gewesen sein. Ganz sicher weiß ich das aber nicht. Jedenfalls bin ich nie in die Partei eingetreten. Er selbst hat mich ja davon abgehalten. Aber mir jetzt extrem rechte Überzeugungen reinzuziehen, finde ich auch nicht verlockend.

Ich bin schon seit Jahren Aktivist in der PDLS, der Partei

Derer, die am Liebsten für Sich sind, in der ich kein Amt und keine Funktion habe. Es gibt nur ein Mitglied, mich, und ich bin nicht mal der Chef.

Das Programm meiner Partei steht unter einem einzigen Motto: Lasst mich in Ruhe.

8

Die nächste anonyme Nachricht verwirrte mich wegen ihres geistlosen Inhalts. Boshaftigkeit fehlte natürlich nicht. Ich transkribiere: «Dunkelblauer Pullover, braune Hose und schwarze Schuhe passen nicht zusammen. Du ziehst dich an wie ein alter Mann.» Das war in den vergangenen Tagen tatsächlich meine Kleidung gewesen.

Ungefähr ein Monat war seit der letzten Nachricht vergangen. Ich ließ sie wieder im Briefkasten liegen, um zu sehen, wie Amalia sich verhielt. Die Idee kam von Humpel. Ich machte mir zur Bedingung, dass der Anonymus meine unrühmlicheren Gewohnheiten nicht zur Sprache brachte; sonst würde ich die Nachrichten für mich behalten oder zerreißen.

Was meine Art, mich zu kleiden, anging, erklärte Amalia ganz freiheraus, dass es mir an Stil mangelt. Sie hat nie, auch in unseren guten Zeiten nicht, mit ihrer Meinung hinter dem Berg gehalten; auf den Wecker ging sie mir damit nur, wenn wir zusammen irgendwo hingingen, vor allem, wenn die Möglichkeit bestand, Leute ihres Berufs zu treffen, weil sie dann fürchtete, sich wegen meines Aussehens lächerlich zu machen. Jenseits solcher Gelegenheiten war ihre Überwachung eher lax. Von immer selteneren Ausnahmen abgesehen, wuchs sich ihr Desinteresse zu vollendeter Gleichgültigkeit aus, als unser ehelich-alltäglicher Kleinkrieg begann. An der Kleidung selbst konnte sie nichts auszusetzen haben, da wir die immer zusammen kauften. Vergebens suche ich meine Erinnerung auch nach einem Fall ab, in dem ihre Meinung sich nicht durchgesetzt hätte. Die Wahl, die mir blieb, war die Zusammenstellung der Kleidungsstücke; und ja, ich gebe es zu, manchmal war ich morgens so in Eile, dass ich zum Erstbesten griff, was mir im Kleiderschrank unter die Finger kam. Schließlich ging ich zur Arbeit in die Schule und nicht zu einem offiziellen Empfang oder auf eine mondäne Party.

Amalia dagegen war immer herausgeputzt, selbst wenn sie nur eine Kleinigkeit unten auf der Straße zu erledigen hatte.

Im Prinzip hätte sie die Nachricht schreiben können. Meine Ex-Frau war da wechselhaft. In einem Moment warf sie mir Fehler und Nachlässigkeit vor, im nächsten war ich ihr vollkommen gleichgültig. Es kam eine Zeit, da war mir die zweite Option lieber.

Humpels Hypothese besagte, wenn Amalia die Nachrichten schrieb, würde sie unter allen Umständen dafür sorgen, dass ich es war, der sie erhielt. Um sie auf die Probe zu stellen, ließ ich die, in der meine Kleidung bemäkelt wurde, mit der Post des Tages im Briefkasten liegen, ging in unsere Wohnung hinauf und wartete. Und tatsächlich, als Amalia mit den Briefen in der Hand, die ich eine halbe Stunde vorher im Briefkasten gesehen hatte, hereinkam, machte sie keinerlei Bemerkung über den Zettel mit der Nachricht.

Sie ist es also!, dachte ich. Und sie weiß, dass ich zu den Nutten gehe. Wie hat sie davon erfahren?

Bei dem plötzlich aufkeimenden Verdacht, sie könnte sich mit meinem Freund, meinem einzigen Freund, verbündet haben, lief es mir kalt über den Rücken.

Etwa zwanzig Minuten, nachdem sie nach Hause gekommen war, sagte sie mir in der Küche im natürlichsten Tonfall der

Welt: «Ach übrigens, Schatz, diesen Zettel habe ich im Briefkasten gefunden. Ich hoffe, du hörst künftig auf meinen Rat, wenn es darum geht, was du anziehst.»

Dann drehte sie sich um und schnitt weiter Zwiebeln.

9

Ich frage Humpel, wie es ihm am Sonntag auf der Vox-Versammlung ergangen ist. Zugegeben, ich habe die Frage mit einem etwas stichelnden Unterton gestellt, da ich überzeugt war, damit nur seinem eigenen Lästern und Spotten über besagte Partei zuvorzukommen. Humpel erzählt, dass so viele Menschen zum Palacio de Vistalegre gekommen waren, dass an die dreitausend hätten draußen bleiben müssen, weil drinnen kein Platz mehr war. Die Ernsthaftigkeit seiner Antwort lässt mein Grinsen gefrieren und mich wachsam sein. «Das sind keine Faschisten», behauptet er, etwas bestreitend, das ich gar nicht gesagt habe. «Was sind sie dann?» Er nennt ihre Funktionäre schräg, hysterisch und idealistisch, sie übertreiben es mit ihrem machomäßigen Auftreten nur ein wenig, und dann folgt das letztendliche Lob, auf das die Reihe von Adjektiven schon hingewiesen hat: «rechtschaffene Leute».

Ihr rechtsextremes Wahlprogramm interessiert ihn nicht; nur ihre feste Entschlossenheit, den katalanischen Separatismus zu zerschlagen. Er versucht, sich mit einem Beispiel zu rechtfertigen, das mehr oder weniger so lautet: «Wenn ich ein Problem mit dem Herzen habe, ziehe ich einen Kardiologen zurate, auch wenn der eine andere politische Meinung vertritt als ich. Soll er sie hegen und pflegen, wie es ihm beliebt. Ich erwarte nur, dass er ein kompetenter Kardiologe ist und mich heilt. Was würdest du tun, wenn du es am Herzen hättest? Einen Gynäkologen aufsuchen, nur weil der derselben Ideologie anhängt wie du?» Und ohne eine Antwort von mir abzuwarten oder einen Gedanken daran zu verschwenden, dass die Leute in der Bar ihn vielleicht hören können, ergänzt er mit ungefähr folgenden Worten: «Ich glaube, dass es vielen von denen, die da waren, am unteren Rücken vorbeigeht, was in der Partei über Einwanderung, über das Projekt der Wasserversorgung und das Gesetzespaket gedacht wird, das sie abschaffen wollen, wenn sie an der Macht sind. Wir haben nur einen dringenden Wunsch. Das ist alles. Es ist der Wunsch, unser Vaterland nicht von den Separatisten kaputtmachen zu lassen. Würde mich gar nicht wundern, wenn Vox bei den nächsten Wahlen recht gut abschnitte.»

Als wir uns draußen verabschieden, krault Humpel *Pepas* Kopf und sagt, dass er auch die Abneigung teilt, die die von Vox dem Islam gegenüber haben. Und dann fragt er mich, ob ich am Sonntag die Reportage über «den Schweinehund, der versucht hat, mich umzubringen» gelesen habe. Ich weiß, dass ich mich hinterher schlecht fühle, wenn ich ihn belüge, und deswegen sage ich ihm nach kurzem Zögern die Wahrheit. Ich habe den Artikel gelesen und dabei an ihn gedacht. «Glaubst du, ich lass mir von so was den Tag versauen?» Er stellt mir die Frage mit herausforderndem Ton und Gesichtsausdruck. Ich sehe keinen Grund, unaufrichtig zu sein, und antworte mit Ja. «Hast recht. Ich habe seitdem kein Auge mehr zugetan.» Offenbar hat er zwei Tage lang Schmerzen im Bein gehabt. Er schiebt sie auf die Reportage. Morgens beim Aufstehen waren sie so stark, dass er sich kaum die Prothese anziehen kann.

«Ach, übrigens», sagt er, schon ein paar Meter entfernt, «was glaubst du, wen ich am Sonntag in Vistalegre gesehen habe?» Wie soll ich das wissen? Er wartet ein paar Sekunden, um es vielleicht spannender zu machen, dann nennt er Nikita, den er in der Menge entdeckt hat, wie er eine spanische Fahne schwenkt. «Glückwunsch. Man sieht, dass du ihn zu erziehen gewusst hast.» Meine ironische Antwort: «Ich nehme an, dass er wie du Herzprobleme hatte.» Humpel lacht über den Witz und zeigt anerkennend mit dem Daumen nach oben.

10

Ich weiß nicht, ich weiß nicht. Gestern Nacht konnte ich nicht einschlafen und musste die ganze Zeit an Humpel denken. Ich sehe, wie er sich ans Leben klammert. Seine Schübe von Politfieber zeigen mir, dass er die Aufführungen des großen Welttheaters immer noch aufmerksam verfolgt und nicht die geringste Absicht hat, damit aufzuhören. Ich glaube nicht, dass er es ernst meint, wenn er versichert, dass man uns im nächsten Jahr zusammen auf den Friedhof bringt. «Was mich angeht», fügt er hinzu, «aber erst, nachdem ich eine letzte satte Nummer geschoben habe.» Dies bestätigt mir, dass er nur halb gar daherredet und nicht an die Ernsthaftigkeit meines Entschlusses glaubt. Meinetwegen muss er sich nicht mit mir zusammen umbringen, ehrlich. Er würde mir einen viel größeren Gefallen tun, wenn er *Pepa*, mit der er sich wunderbar versteht, adoptieren würde, wenn die traurige Stunde gekommen ist.

Das gute Einvernehmen zwischen den beiden entstand in den Tagen nach der Entlassung meines Freundes aus dem Krankenhaus, als er in eine depressive Phase geriet. Das Verhältnis gegenseitiger Zuneigung verfestigte sich einige Jahre später, als meine Scheidung lief und er so großzügig war, mich bei sich wohnen zu lassen. Ich fürchtete, die Hündin könnte ein Hinderungsgrund dafür sein, dass Humpel mir ein Zimmer abtrat für die Zeit, die ich brauchte, um eine bezahlbare Wohnung zu finden. Ich zog sogar die Möglichkeit in Betracht, *Pepa* in einer

Hundepension unterzubringen. Es war ja nicht das Gleiche für meinen Freund, das Tier für ein paar Stunden zu hüten oder es Tag und Nacht bei sich in der Wohnung zu haben. Humpel wurde sauer, als ich ihn über mein Vorhaben informierte. Er fand es unmenschlich und außerdem teuer. Er nehme *Pepa* bei sich auf, behauptete er, und aufgrund der Umstände zufällig auch den menschlichen Schmarotzer, der zu ihr gehöre.

Ebenso dankbar bin ich ihm dafür, dass er mir die Wohnung in La Guindalera besorgt hat, einem Viertel, über das manche die Nase rümpfen, weil sie es für den «hässlichen Hinterhof des Bezirks Salamanca» halten. Humpel hat die Vermietung hinter dem Rücken des Maklerbüros abgewickelt und allein die Verhandlungen geführt. Durch die Gutgläubigkeit der Eigentümerin kam eine für mich äußerst vorteilhafte Vereinbarung zustande. Kurz nachdem sie Witwe geworden war, zog die gute Dame in die Hauptstadt der Provinz, aus der sie stammt. Nachbarn hatten ihr geraten, Profit aus der Wohnung zu schlagen, anstatt sie leer stehen zu lassen und das hohe Risiko einzugehen, dass sie einer Bande von Hausbesetzern in die Hände fiele. Daraufhin wandte sie sich an das Maklerbüro, das man ihr empfohlen hatte, und Humpel war es, der sie beriet.

Nachdem er sie mit dem Argument stark gefallener Preise davon abgebracht hatte, die Wohnung zu verkaufen, erzählte Humpel ihr, er kenne einen seriösen Herrn, einen Gymnasiallehrer, der sie zur Miete nehmen würde. Die Dame hatte keine Ahnung, wie viel sie verlangen sollte. Mein Freund bot sich an, sie ohne Provision zu beraten. Er schüttelte eine Kalkulation aus dem Ärmel, warf mit ein paar Zahlen um sich und schlug der Dame schließlich den höchsten Preis vor, den man seiner Meinung nach angesichts verschiedener Faktoren, wie die derzeitige Situation auf dem Immobilienmarkt, die kaum vorhandene Nachfrage (gelogen) sowie die Lage und der Zustand der

Wohnung verlangen konnte. Er wickelte die Dame mit seinem Fachvokabular ein, und indem er so tat, als würde er nur ihre Interessen vertreten, brachte er sie dazu, mir monatlich einen lächerlichen Betrag in Rechnung zu stellen. Hinzu kommt, dass die Vermieterin, seit ich vor genau einem Jahrzehnt in ihre Fünfundachtzig-Quadratmeter-Wohnung mit Tiefgaragenplatz eingezogen bin, vergessen hat, die Miete zu erhöhen. Einmal habe ich mit ihr telefoniert, und sie sagte mir lachend, sie sei froh, sich nicht mehr um ihre alte Wohnung kümmern zu müssen; und ich nehme an, dass sie auch über die Zahlungen froh ist, die regelmäßig auf ihrem Konto eingehen.

So wie der Verlust des Fußes und die Amputation eines Stückes Bein, ließen auch die Infektionen, die Schmerzen, die Wunde, die sich nicht schloss, und was weiß ich für Leiden sonst noch, Humpel während der langen Krankschreibung um seinen Arbeitsplatz fürchten. Natürlich würde der Verlust eines Fußes ihn in Zukunft nicht hindern, ganz normal seine Arbeit zu tun. Sein Chef hatte ihn mehrere Male angerufen und sich nach seinem Gesundheitszustand erkundigt sowie ihm im Namen der Eigentümer des Maklerbüros versichert, dass man auf ihn zähle, sobald er wieder gesund sei. Humpels Befürchtungen hatten einen anderen Grund. Er hatte sich nicht getraut, seinem Chef zu gestehen, dass er sich in psychiatrischer Behandlung befand. Eines Tages sagte er mir: «Er wird doch denken, dass ich mich nicht in der geistigen Verfassung befinde, meinen Aufgaben nachzukommen. Du weißt schon, man muss mit den Kunden sprechen, dynamisch und überzeugend sein, ein gutes Bild abgeben ...»

Ich besuchte ihn ab und zu; vielleicht nicht so oft, wie man es von einem alten Freund erwarten könnte, aber ich weiß nicht, irgendwie hatte ich den Eindruck, meine Anwesenheit wäre ihm unangenehm. Ich saß an seinem Bett, und wir sprachen kaum, beziehungsweise ich sprach, und Humpel verharrte in apathischem Schweigen. Oft genug kam es vor, dass ich ihm Fragen stellte (über den Grad seiner Behinderung, ob er eine Entschädigung bekommen oder ob ihm die Prothese bezahlt würde) und er keine Antwort gab, sondern nur auf seine Pantoffeln starrte. Weder wenn ich ihn begrüßte noch wenn ich mich von ihm verabschiedete, sah man Anzeichen von Leben in seinem Gesicht. Wenn er sich am Ende auch durchrang, das eine oder andere Wort zu artikulieren, so tat er dies mit einer erloschenen Stimme, die man nicht für die seine halten konnte. Um ihm Zuneigung zu demonstrieren, habe ich ihm einmal eine Schachtel Pralinen mitgebracht. Tage später stand die Schachtel ungeöffnet noch immer da, wo ich sie hingestellt hatte. Am Ende eines jeden Besuchs füllte sich mein Kopf mit düsteren Gedanken: Der wird nicht mehr, der Hirnschaden ist unheilbar, sein Leben ist ruiniert... Und ich ging nach Hause, niedergeschlagen von der grausamen Gewissheit, dass ich nichts tun konnte, um ihn von seinem Leiden zu erlösen.

Eines Tages war ich mit *Pepa* spazieren und befand mich ganz in der Nähe von Humpels Wohnung, als mir die Idee zu einem unangemeldeten Besuch kam. Da ich schon mal hier bin, dachte ich, schau ich mal nach, was der Verrückte so treibt. Anfangs beachtete mein Freund die Hündin gar nicht. Er hatte den Fernseher in beachtlicher Lautstärke laufen und schaute sich irgendeine Müllsendung an, die, ehrlich gesagt, nicht seinem kulturellen Niveau entsprach. Als ich eintrat, stellte er den Apparat weder aus noch leiser. Es war wegen seiner Stimmungsschwankungen schon nicht leicht, sich mit ihm zu unterhalten, und jetzt, mit dem Geschrei im Fernseher, war es so gut wie unmöglich. Ich bereute meinen Besuch schon und wartete auf eine passende Gelegenheit, mich wieder zu verdrücken. Da kam es zu einer verwirrenden Szene. *Pepa*, die mit ihrem Hundeinstinkt Humpels Niedergeschlagenheit offenbar erkannt hatte, setzte sich vor ihm hin, schaute ihn, ich weiß nicht, mitleidig oder zärtlich an und ließ ein Winseln hören. Humpel schien wie aus dem Schlaf hochzufahren. Es war eine Art Schock oder plötzlicher Schrecken, und *Pepa* legte die Ohren an. Humpel starrte ihr mit dem Blick eines Wahnsinnigen in die Augen, und einen Moment lang fürchtete ich, er würde sie schlagen oder von sich stoßen. Stattdessen nahm mein Freund *Pepa* in die Arme, woraufhin sie ihm dankbar das Gesicht ableckte. An dem Tag bat Humpel mich, die Hündin so oft zu ihm zu bringen wie möglich. Das ging sogar so weit, dass ich einen Napf für Wasser und einen für Fressen kaufen musste, da er oft genug darauf bestand, dass *Pepa* über Nacht bei ihm blieb.

11

Amalia verglich meine Bibliothek mit einer Plage. Ihr schien es, dass sich meine Bücher wie ein Pilz in der ganzen Wohnung ausbreiteten und am Ende Boden, Decken und Wände bedeckt haben würden. Sie pflegte ihre Bücher, bis auf wenige Ausnahmen, nicht aufzubewahren. Wenn sie sie gelesen hatte, verschenkte sie sie gern an Arbeitskollegen, an ihre Gäste im Sender, an Freunde, oder sie ließ sie einfach im Sender liegen, damit jeder sie mitnehmen konnte. Viel las sie auch gar nicht. Wenn man an der Oberfläche ihrer Allgemeinbildung kratzte, trat unter dem tadellos geschminkten Gesicht schon bald der Holzkopf zutage. Der Mangel an Kenntnis in so vielen Dingen hinderte sie nicht, in ihrer Radiosendung als kultivierte Frau aufzutreten. Immer sehr gut vorbereitet ist sie ja, das muss man zugeben. Doch wenn man ihren Einlassungen eine Weile zuhört, stellt man fest, dass sie über die anmutige Darbietung und die schöne Stimme hinaus nur Fragen und Texte abliest, aber so tut, als würde sie sie spontan formulieren; nur anderer Leute Intimität in die Öffentlichkeit zerrt und modische Slogans und Zeitungsphrasen wiedergibt. Nie werden die Zuhörer sie über ein Thema sprechen hören, das Studien und gründliche Recherche erfordert.

Irgendwann war ich ihr Genörgel so leid, dass ich einen Großteil meiner Bücher in Bananen- und Apfelsinenkisten packte. Die gestapelten Kästen waren unendlich viel hässlicher als die überquellenden Regale. Mein Zimmer sah aus wie der Lagerraum eines Obstladens. Amalia bestimmte, dass das Wohnzimmer frei von Büchern bleiben sollte. «Frei von Kultur», entgegnete ich. Unsere (seltenen) Besucher sollten sich nicht in einem, wie sie es nannte, Amtsstubenambiente aufhalten müssen. Das Wort Amtsstubenambiente sprach sie mit lustvoller Verachtung aus.

Humpel mochte sie noch weniger als meine Bücher, war jedoch in seiner Gegenwart zurückhaltend genug, ihm nicht die Zähne in den Hals zu schlagen. Sie hegten eine gegenseitige Abneigung und verstanden sich deswegen vielleicht, denn weil sie sich beide verstellten, wussten sie sich einig in der gleichen heuchlerischen Strategie. Wenn wir über meinen Freund sprachen, merkte ich, dass sie Widerwillen empfand und es vermied, seinen Namen auszusprechen, als würde es sie ekeln, etwas so Unappetitliches über ihre Lippen zu lassen. Von dem Spitznamen, den ich meinem Freund Jahre später aufgrund seiner Verstümmelung gegeben habe, hat Amalia nie etwas erfahren. Weder Amalia noch sonst jemand, und schon gar nicht der Genannte selbst. Humpel war mein einziger Beitrag zu unserem Freundeskreis. Zu Amalias Entlastung muss ich zugeben, dass er manchmal allzu direkt war. Oft benutzte er in ihrer Gegenwart unfeine Ausdrücke im Wissen um die

Unvereinbarkeit ihrer beider Interessen und Charaktere, und vielleicht sogar in der geheimen Absicht, sie aus der Fassung zu bringen. Er machte sich über Amalias Naivität in politischen Dingen lustig, verwickelte sie in Widersprüche und machte sie am Ende nicht ohne Boshaftigkeit auf ihre Fehlschlüsse aufmerksam. Sie nannte ihn einen ungehobelten Klotz und nahm es mir übel, dass ich sie nicht verteidigte. Einmal aßen wir drei in einem Restaurant, und Humpel fragte uns unvermittelt: «Ihr beiden, wie oft fickt ihr eigentlich in der Woche? Ich frage das für eine Statistik, die ich anfertige.» Und dann brach er in Gelächter aus, sodass die Umsitzenden zu uns herüberschauten. In solchen Fällen blieb Amalia kaltblütig und gelassen und gab damit zu verstehen, dass Humpels Flegeleien ihr nicht mehr ausmachten als das schlechte Benehmen eines ungezogenen Kindes. Hinter einer undurchdringlichen Mauer äußerer Ruhe umging sie die Situation mit natürlicher Eleganz, während sie innerlich kochte und mich unbemerkt kniff oder unter dem Tisch mit dem Fuß anstieß, damit ich so bald wie möglich die Rechnung verlangte. Zu Humpels Ehrenrettung muss ich sagen, dass er außergewöhnlich großzügig war, wenn es um Gefälligkeiten oder Geschenke ging. Nachdem ich mich von Amalia getrennt hatte, vergaß sie meinen Freund, so wie ich ihre Freunde vergaß.

Die dritte Sache, die mit mir zu tun hatte und mir etwas bedeutete und die Amalia hasste, war *Pepa*. Sie ging nie allein mit ihr nach draußen. Ab und zu begleitete sie mich oder Nikita, wenn wir mit der Hündin eine Runde durchs Viertel drehten, war dabei aber mehr Aufpasserin als genießende Spaziergängerin. Wenn *Pepa* sich kratzte, hatte sie mit Sicherheit Flöhe; wenn rund um ihren Fressnapf Essensreste am Boden lagen, würden wir bald Ameisen in der Wohnung haben; wenn es klingelte und *Pepa* bellte, würden die Nachbarn uns anzeigen. Dauernd mahnte sie mich, *Pepas* Hundehaufen von der Straße aufzusammeln; jemand könnte mich als ihren Ehemann erkennen und in den sozialen Netzwerken ein Foto posten, das ihre Karriere als Radiosprecherin beendete. Alles war Ärger, Schmutz und Widerwärtigkeit. So leid es mir für Amalia tat; aber wir konnten *Pepa* nicht wie meine Bücher einfach in eine Bücherkiste packen oder sie wochenlang von uns fernhalten wie Humpel. *Pepa* lebte bei uns, war das Haustier unseres Sohnes, auch wenn er sich kaum um sie kümmerte; kurz, sie gehörte zur Familie. Tatsächlich war sie das liebevollste und auch das ruhigste und verständigste Familienmitglied, und daher das, welches mir am liebsten war.

12

Ich sah den klappbaren Wäscheständer voller Unterwäsche zum Trocknen in der Morgensonne. Dass die ganze Sammlung an Slips und BHs Amalia gehörte, war etwas, das ich nicht mit Sicherheit behaupten konnte; aber der Wäscheständer war natürlich der, den wir schon benutzten, als wir noch verheiratet waren. Also hatte Amalia die Angewohnheit beibehalten, die nasse Wäsche vor neugierigen Blicken geschützt auf der Dachterrasse aufzuhängen. Es kam nur selten vor, dass ein Nachbar sich da oben sehen ließ. Die Armleuchter können sich nicht vorstellen, wie schnell die Wäsche bei gutem Wetter auf dem Dach trocknet. Da wir im obersten Stock wohnten, waren es nur wenige Schritte zur Dachterrasse, und wir nutzten sie, wann immer wir konnten. Hinauf führten ein paar steile Stufen, die die Alte von gegenüber niemals hätte bewältigen können.

Amalia sagte, wenn wir die Wäsche im Innenhof aufhängten, würde sie die üblen Gerüche aus den Küchenfenstern aufnehmen. Gerüche von dampfendem Fett, gekochtem Gemüse; das und noch viel mehr drang bis zu uns herauf. Außerdem schien da unten nie die Sonne und kein Lüftchen wehte, weshalb es seine Zeit dauerte, bis die Wäsche trocken war. Richtig trocken schien sie nie zu werden. Nach Stunden im Schatten haftete der Wäsche eine unangenehme Feuchtigkeit an. Alle Nachbarn konnten sehen, welche Unterwäsche wir trugen, unter welchen Decken wir schliefen und mit welchen Handtüchern wir uns abtrockneten. Die erzwungene Zurschaustellung von Dingen, die niemand etwas angehen, bereitete Amalia tiefstes Missfallen.

Der Anblick der an den Stäben aufgehängten Slips und BHs war mir unangenehm. Mir war, als sähen sie mich frech an und machten sich über mich lustig und als hätten sie sich darauf geeinigt, Amalia zu erzählen, dass ich morgens auf der Dachterrasse war.

«Seid ihr sicher?»

«Er kommt heimlich, wenn du aus dem Haus gegangen bist. Er ist pervers.»

«Das war er schon vor der Scheidung.»

«Es wird immer schlimmer.»

Ich riss die Wäschestücke nach Farben vom Ständer und warf sie nach unten auf die Straße: zuerst die weißen, dann die roten, die schwarzen ... Ein BH, ein Slip, nächster BH ... Zuletzt warf ich mich selbst hinunter. Ich sprang entschlossen ein paar Zentimeter in die Luft und erlebte die Schwerkraft in einer ganz neuen Intensität. Jeder, der mich von der mit Unterwäsche bedeckten Straße oder von einem der gegenüberliegenden Fenster sähe, würde denken: Der Herr versucht, durch die Luft von einem Dach zum anderen zu laufen.

Während der ersten Momente des Falls empfand ich Vergnügen. Leicht, kalt, flüchtig; aber Vergnügen.

Und plötzlich stieß mir ein Wirrwarr schrillen Gezwitschers wie ein Schwall von tönenden Nadeln in die Ohren. Tausende von Mauerseglern bildeten um mich herum eine kompakte Wolke, die mich vollständig einhüllte. An Stirn und Wangen spürte ich frenetischen Flügelschlag, an Kleidung und Haut das Picken von Schnäbeln. Ich war schätzungsweise zwei oder drei Stockwerke steil nach unten gesaust, als mein Fall sich verlangsamte und ich schließlich in der Luft hängen blieb. Zahllose Vögel zerrten mich wieder nach oben. Auf den Bürgersteigen zeigten Leute überrascht mit dem Finger auf mich und schauten zu mir hinauf. Mit einem ungeheuren Kraftaufwand ihrer kleinen flatternden Körper gelang es der Wolke von Mauerseglern, mich zurück aufs Dach zu hieven, wo ich wunderbar sanft abgesetzt wurde. Ich war über und über voll mit Vogelkot. Weißliche Schmiere bedeckte meine Kleidung, meine Arme, meinen Kopf. Die Mauersegler flatterten um mich herum und betäubten mich mit ihrem schrillen Gezwitscher. Ich kümmerte mich nicht darum und stürzte mich ein zweites Mal in die Tiefe. Wieder brachten sie mich auf die Dachterrasse zurück, wo sich jetzt eine Gruppe von Leuten versammelt hatte. Nachbarn? Meine Augenlider waren von einer schmierigen Paste verklebt, und ich konnte niemand erkennen.

Jemand sagte: «Komm nur, dann kannst du was erleben.» Und das war zweifellos Papas Stimme. Resigniert, weiterleben zu müssen, wandte ich mich der Tür zu, die ins Hausinnere führte, und da hatten die Leute schon ein Spalier gebildet, durch das ich hindurchmusste. Aus der Nähe erkannte ich sie. Es waren Papa und Mama, mein Bruder, meine Schwägerin, Amalia und ihre Schwester, Nikita mit seinen Cousins, meine Schwiegereltern... Waren Papa und mein Schwiegervater nicht schon tot? Auch Humpel war da, *tu quoque?*, mehrere Lehrerkollegen, darunter die offenbar wiederauferstandene Marta

Gutiérrez und weiter hinten die finster blickende Direktorin. Ich lief zwischen ihnen hindurch und hielt den Kopf gesenkt, um mich vor ihrer Wut zu schützen und auch, um ihnen nicht in die Augen sehen zu müssen. Jeder versetzte mir ein paar Schläge, wenn ich vorbeikam; der eine mit einem Stock, der Nächste mit einem Knüppel, andere mit der blanken Faust, mit einer Peitsche, einer Eisenstange ... Doch am meisten verwirrte mich, dass mich am Ende des Spießrutenlaufs ein Mathematiklehrer erwartete, den ich als Kind hatte. Und er hielt ein Messer in der Hand, dessen lange und breite Klinge in der Morgensonne glänzte. Als ich den Bauch hinhielt, um mich zu opfern, erwachte ich. Nur selten erinnere ich am nächsten Tag, was ich in der Nacht geträumt habe. Den Albtraum von der Dachterrasse schiebe ich auf die Kapsel Melatonin, die ich nach dem Abendessen genommen habe.

13

Vom Ufer des Stausees aus sah ich sie auf ein Waldstück zurennen. Nikita, ein paar Meter voraus, stieß einen Gummiball vor sich her, dem *Pepa*, jung und kraftvoll, hinterherhetzte. Hinter ihnen ging Amalia mit über die Schultern wehendem Haar und diesem wiegenden Schritt, den ich so an ihr mochte. Das Beste an Amalia war und ist ihr Körper; wie lange noch, wird man sehen. Ihr Charakter konnte mit der Hülle nie mithalten. Das ist meine Meinung. Wenn andere sie nicht teilen, ihre Sache. Ich sehe auch die Gefahr, die sie läuft, eine unerträgliche Person zu werden, wenn ihre körperliche Attraktivität vom Alter hinweggerafft wird. Doch lassen wir das; das ist, als müsste ich Essig trinken. Was ich mir heute Abend in Erinnerung rufen will, ist etwas anderes.

Es war Sonntag, später Nachmittag. Ich saß auf einem Stein und korrigierte Klassenarbeiten und passte dabei auf unsere Sachen auf. Damit ich in Ruhe arbeiten konnte, und weil wir angefangen hatten zu streiten, überredete Amalia Nikita zu einem Spaziergang in der Umgebung. Zwei Stunden später, die Sonne stand schon tief, tauchten sie da wieder auf, wo sie zuvor verschwunden waren. Nikita kam mir sichtlich aufgeregt entgegengerannt und stieß merkwürdige schrille Laute aus, die ich erst verstand, als er bei mir war.

Amalia war ruhiger und bestätigte mir die Nachricht. *Pepa* war davongelaufen. «Eine Panikattacke, nehme ich an, vielleicht ist sie von einem Skorpion gestochen worden.» Sie hatten sofort mit der Suche begonnen, aber nichts. Was Amalia dann sagte, machte mich stutzig: «Es ist schon spät, und wir müssen nach Hause zurück. Wir sollten uns damit abfinden, dass wir sie verloren haben.» Was mich eigentlich misstrauisch machte, war nicht, was sie sagte, sondern ihr Gesichtsausdruck dabei. In ihrer Miene war nicht auch nur ein Fünkchen Beunruhigung oder Bedauern zu erkennen.

Ich glaube, Amalia, die das Gegenteil von dumm ist, und die in meinem Gesicht lesen konnte wie ich in ihrem, hatte gemerkt, dass sie sich allzu schnell mit dem unwiederbringlichen Verlust unseres Haustiers abgefunden hatte. Sie setzte meinem Entschluss, uns sofort auf die Suche nach *Pepa* zu machen, nicht den geringsten Widerstand entgegen; meiner Ansicht nach, um nicht weiteren Argwohn zu erregen. Ich nahm Nikita als Begleitung mit. Wer, wenn nicht er, konnte mir den Weg zeigen? Der Junge kam nur widerwillig mit. Amalia sollte unterdessen unsere Sachen zusammenpacken und ins Auto einräumen, sodass bei unserer Rückkehr alles zur Abfahrt bereit wäre. Wir sollten uns auf keinen Fall zu weit entfernen. Wir sollten daran denken, sagte sie, dass es bald dunkel würde und der nächste

Tag ein Schultag sei. Eine Viertelstunde Suche erschiene ihr ausreichend. Um nicht noch mehr Zeit zu verlieren, erklärte ich mich einverstanden, war jedoch keinesfalls gewillt, mich an mein Versprechen zu halten. Mit anderen Worten, ich war entschlossen, die ganze Nacht zu suchen und sämtliche Wäldchen in der Nähe des Stausees zu durchkämmen, bis ich *Pepa* gefunden hätte.

Allein mit Nikita, bat ich ihn, mir genau zu zeigen, wohin er mit seiner Mutter gegangen war. Er machte es mir von Anfang an schwer. Er erinnere sich nicht mehr. «Seid ihr hier entlanggegangen?» «Ja.» Sekunden später zeigte ich ihm eine andere Richtung, und er antwortete wieder mit Ja. Mitten im Irgendwo bedrängte ich ihn mit Fragen nach *Pepas* mutmaßlicher Panikattacke. Nicht immer, aber manchmal ist das Gute daran, einen beschränkten Sohn zu haben, dass er nicht lügen kann.

«Mama hat mir gesagt ...»

«Ich weiß, was Mama gesagt hat. Jetzt will ich, dass du mir sagst, was du gesehen hast.»

Es stellte sich heraus, dass er bei der Flucht der Hündin nicht dabei gewesen war. Seine Mutter hatte ihm befohlen, still auf dem Weg stehen zu bleiben. Dann war sie im Unterholz verschwunden und nach einer Weile ohne *Pepa* zurückgekommen. Durch weiteres Fragen konnte ich Nikita eine Information entlocken, die mir hochinteressant erschien. Von dort aus, wo er auf seine Mutter gewartet hatte, konnte man die Häuser eines Dorfes sehen. «Colmenarejo?» Er zuckte die Achseln. Keine Ahnung. Macht nichts. In Anbetracht der Wege und Wäldchen hier konnte das kein anderes Dorf als Colmenarejo sein, und so machten wir uns im letzten Licht des Tages auf den Weg dahin. Alle zwei oder drei Minuten stieß ich laute Pfiffe in alle Himmelsrichtungen aus. Ich wartete einen Moment, dann ging ich weiter, gefolgt von meinem lustlosen, wehleidigen Sohn.

«Wenn du mich nicht begleiten willst, geh zu deiner Mutter zurück.»

«Allein finde ich den Weg aber nicht.»

Pepa trug einen ordnungsgemäßen Mikrochip. Die Möglichkeit bestand, dass die Guardia civil sie uns zurückbrachte; aber auch, dass irgendein Ausgeschlafener das hübsche folgsame Hündchen fand und bei sich behielt. Ich pfiff noch einmal. Nichts. Die mit Amalia vereinbarte Viertelstunde war längst vorbei. Und Nikita brachte mich mit seinem Gejammer um den Verstand. Weiter vorn sah man jetzt die Lichter eines Dorfes, das kein anderes als Colmenarejo sein konnte. Kurz davor, mich geschlagen zu geben, kletterte ich auf eine Natursteinmauer am Wegesrand. Mit schwindender Hoffnung stieß ich wieder einen dieser weittragenden Pfiffe aus, die mein Vater mir beigebracht hat und die meinem Sohn beizubringen mir nie gelungen ist. Diesmal antwortete mir ein fernes Bellen, das ich zuerst nicht als *Pepas* identifizieren konnte. Möglicherweise war der Wachhund einer Finca auf uns aufmerksam geworden. Ich pfiff noch einmal, und diesmal klang das antwortende Gebell eindeutig klagend. Ich pfeifend und Nikita laut rufend, schafften wir es, dass die Hündin nach mehreren Minuten, in denen sie kein Lebenszeichen von sich gab, zu uns fand. Sofort sah ich den Grund für ihre Stille. Sie trug den Gummiball im Maul.

Auf dem Heimweg zeigte sich Amalia sehr zufrieden, dass wir unser Maskottchen wiedergefunden hatten. Sie mäkelte nicht einmal, weil Nikita und ich fast eine Stunde für die Suche gebraucht hatten. Vom Beifahrersitz aus streckte sie die Hand nach hinten, um *Pepa*, die wie gewöhnlich hechelnd bei Nikita auf der Rückbank saß, den Kopf zu kraulen. Amalia machte so ein Aufheben um das Tier, dass ich einen Moment lang glaubte, eine fremde Frau säße im Auto.

Nach dem Abendessen ging ich mit *Pepa* Gassi. Unter einer

Straßenlaterne ging ich neben ihr in die Hocke. «Sie wollte dich aussetzen, stimmt's?» Die Antwort konnte ich tief in ihren Augen lesen.

«In Zukunft», versprach ich ihr, «werde ich besser auf dich aufpassen.»

14

Die Alte prophezeite mir die Hölle. Wünschte sie mir vielmehr an den Hals. Sie kam auf mich zugestürzt, und es fehlte bloß noch, dass sie mit der Handtasche nach mir schlug. Sie war überzeugt, dass der liebe Gott mich mit der ganzen Kraft seiner «unermesslichen Macht» bestrafen würde; zuerst, weil ich ihre Tochter unglücklich gemacht hatte, und zweitens, weil ich mich an dem heiligen Sakrament der Ehe vergangen hatte. Sie behauptete, ich hätte eine Familie zerstört. Die Strafe für eine derartige Todsünde würde furchtbar sein. Und mit cholerisch aufgerissenen Augen wiederholte sie, nach meinem Erdenleben erwarteten mich die schrecklichsten Qualen, die man sich vorstellen könne.

Sie sprach überstürzt und drückte sich altmodisch, aber nicht unkorrekt aus. Ihr Vokabular ist umfassend, erworben und vervollkommnet in zahllosen Stunden unter der Kanzel. Viele unserer heutigen Moderatoren und Politiker würden sich glücklich schätzen, so flüssig sprechen zu können wie die frömmlerische Alte.

Ich schloss daraus, dass Amalia ihre Eltern von dem eingeleiteten Verfahren unserer Scheidung informiert hatte. Meinerseits zog ich es vor, Mama auf dem letzten Stück ihres Lebensweges bei klarem Verstand unnötigen Kummer zu ersparen. Ich glaube immer noch, dass das richtig war.

Im Verlauf der genannten Szene hielt sich mein Schwiegervater im Hintergrund, während seine Frau mich ausschalt. Der schuppenflechtige Alte schwieg verbissen und gönnte mir nicht einmal einen Blick, sah mich wahrscheinlich schon vor einem Erschießungskommando, das mich zweckdienlich durchlöchert vors Angesicht des Allmächtigen schicken würde.

Es war etwas in der Aufregung meiner Schwiegermutter, das mir gefiel. Deswegen sah ich auch davon ab, ihren lautstarken Wortschwall zu unterbrechen. Ihre geistige Beschränktheit amüsierte mich. Ich habe sehr viel weniger unterhaltsame Theaterstücke und Kinofilme gesehen. Ich war fasziniert von dieser Mischung aus Fanatismus und Einfalt, die offenbar wie eine Droge auf sie wirkte. Man brauchte nur ihre geweiteten Pupillen zu sehen und wie grimmig sie die Zähne zusammenbiss, wenn sie mich anschaute.

Ich habe keine Übung darin, alte Frauen mit Faustschlägen zu traktieren. An dem Tag aber fehlte nicht viel und ich hätte meiner Schwiegermutter die dritten Zähne aus- und die Nase platt geschlagen und wäre mit ihrem frommen Blut besudelt zufrieden nach Hause gegangen.

Später am Abend rief Amalia mich an, entschuldigte sich und dankte mir, dass ich ihrer Mutter gegenüber die Ruhe bewahrt hatte.

«Du weißt ja, wie sie ist», sagte sie, als wollte sie sie damit von aller Schuld freisprechen.

15

Mein Ex-Schwiegervater war schon beerdigt, als ich von seinem Tod erfuhr. Nikita hatte vergessen, mich zu benachrichtigen. Es ist nicht wichtig; aber warum musste der Junge als Bote herhalten? Oder beabsichtigte seine Mutter, die begrenzte Zeit, die der Junge und ich zusammen sein konnten, mit der Todesnachricht zu verdüstern?

Ich wusste, dass der Alte vom Krebs zerfressen war und seine Tage gezählt waren. Nikita vertraute mir ab und zu Einzelheiten an. «Opa Isidro hat überhaupt keine Haare mehr.» In seiner naiven Sprache berichtete er von dem üblen Geruch, den der Kranke absonderte, und von weiteren körperlichen Erscheinungen, bei deren Erwähnung allein sich mir schon der Magen umdrehte.

Einmal fragte ich Nikita, warum er mir diese Einzelheiten der Krankheit seines Großvaters mitteile; er wisse doch, dass ich seit der Scheidung keinerlei Kontakt zu ihm und seiner Frau halte.

«Mama sagt mir, was ich dir erzählen soll.»

Der Alte wurde ins Krankenhaus eingeliefert, intubiert, gab den Löffel ab, wurde begraben, und ich bekam von alldem nichts mit. Das hat mir, ehrlich gesagt, nichts ausgemacht, und Nikita allem Anschein nach auch nicht. «Ich kann mir denken», sagte ich zu ihm, «dass du traurig bist. Sollen wir in den kommenden Tagen in den Retiro gehen und Boot fahren?» Seine Antwort kam ihm so spontan wie schnell über die Lippen: «Ach geh, Papa, red doch keinen Unsinn.»

Wie auch immer; da ich von nichts wusste, war ich bei der Trauerfeier nicht dabei, ging nicht zur Beerdigung, drückte kein Beileid aus. Einige Zeit später rief Amalia an und wollte wissen, ob ich aus Verärgerung gehandelt hatte. Ausgerechnet sie, die auf einer gerichtlichen Scheidung bestanden hatte, erwartete von mir, dass ich unseren zerrissenen Familienbanden treu blieb. Diese Anmaßung stieß mir so übel auf, dass ich keine Lust mehr hatte, ihr zu verraten, dass unser großartiger gedankenloser Sohn vergessen hatte, mich vom Tod seines Großvaters zu unterrichten. Zur Rechtfertigung meiner Abwesenheit auf der Beerdigung schob ich private Gründe vor, die keinen Aufschub geduldet hatten. Verletzt und enttäuscht versuchte sie es auf die gefühlvolle Art, genau wie in alten Zeiten, als wir uns unentwegt stritten. Obwohl sie einsah, sagte sie, dass sie nach der Scheidung kein Recht mehr hatte, mir persönliche Vorhaltungen zu machen, könne sie sich vorstellen, dass es noch eine Spur von Freundschaft oder vielleicht Zuneigung zwischen uns gebe. Und selbst wenn dem nicht so wäre (an dieser Stelle ließ sie ihre schönste Radiosprecherstimme hören), wäre ein Kondolenzbrief doch wohl das Mindeste gewesen, was man hätte erwarten können, wenn auch nur als eine Geste guter Erziehung.

«Mein Beileid kann ich dir jetzt aussprechen. Ich glaube, das ist keine Sache, die verfällt.»

«Mir musst du kein Beileid aussprechen, sondern meiner Mutter, die dir nichts getan hat.»

Ich antwortete ihr, mein Sammelalbum mit Vorwürfen sei voll und es gebe keinen Platz mehr für einen einzigen weiteren. Sie nannte mich einen Zyniker und fügte mit kaum unterdrücktem Zorn hinzu, dass sie sich möglicherweise in Zukunft auch nicht mehr für meine Mutter interessieren könnte. «Darauf kommt es auch nicht mehr an», sagte ich, doch das hörte sie nicht mehr. Sie hatte aufgelegt.

16

Letzte Nacht träumte ich, ich sei wieder zur Dachterrasse hinaufgestiegen. Ich frage mich, was mit meinem Gehirn los ist. Langweilt es sich und will mit absurden Geschichten unterhalten werden? Kommt das vom Melatonin? Diesmal hingen nur Schlüpfer auf dem Wäscheständer, jeder mit einer Wäscheklammer befestigt. Slips verschiedener Formen und Farben, ich weiß nicht, ob nur von Amalia oder auch von einer ihrer Liebhaberinnen. In Träumen gibt es ja keine Informationsstände. Man kann nicht fragen.

Was mir noch auffiel, war, dass man keine Mauersegler am Himmel sah. Vielleicht hatten sie mitgekriegt, dass ich diesmal nicht gekommen war, um mich in die Tiefe zu stürzen. Anstatt meinem Leben ein abruptes Ende zu bereiten, gehe ich zum Wäscheständer und wähle willkürlich einen der Slips. Es ist ein roter Slip mit Spitzenbesatz, und ich bin sicher, auch von bester Qualität. Ich nehme ihn vorsichtig ab, um das feine Gewebe nicht mit meinen Fingernägeln zu beschädigen. Als ich ihn mir anziehe, stelle ich fest, dass er trocken ist. Ich hätte ihn mir auch feucht angezogen, wozu bin ich sonst heraufgekommen? Er zwickt ein bisschen, aber nicht viel, denn Amalia, die zwar kleiner und nicht so kompakt ist wie ich, hat breite Hüften.

Mit derselben Klammer, die den Slip gehalten hatte, hängte ich meine Unterhose auf. Als ich sie auszog, fühlte ich im Stoff die Wärme meiner Weichteile. Natürlich ist es nicht die beste Unterhose, die ich besitze. Es ist ein altes, ganz gewöhnliches Teil aus Baumwolle, an einem Rand ausgefranst und nicht ganz sauber. Der Kontrast zur feinen Unterwäsche auf dem Ständer kann größer nicht sein.

Ich weiß gar nicht, wie ich in Amalias Wohnung gekommen bin, ich habe ja keinen Schlüssel. Ich verstecke mich sofort hinter einem Vorhang. Alles ist noch so wie in der Zeit, als wir zusammen wohnten: dieselben Möbel, dieselbe Deckenlampe, dieselbe Wanddekoration. Amalia kommt ins Wohnzimmer und fleht ihre Geliebte an, ihr zu glauben, dass sie eine Männerunterhose weder gewaschen noch auf dem Dach zum Trocknen aufgehängt hat. Und die andere, Olga hieß sie, ist vor Eifersucht fuchsteufelswild und will Amalia verlassen, weil sie untreu ist, widerwärtig und eine Hure; das alles, versteht sich, unter lautem Geschrei, das mit Sicherheit die ganze Nachbarschaft auf die Beine bringt.

Dann bin ich plötzlich in der Schule, wo ich mit der Klasse Kant und den kategorischen Imperativ durchnehme, und natürlich bemerke ich das Kichern und Flüstern der Schüler. Ich weiß nicht wie, aber irgendwie haben die durchtriebenen Bälger spitzgekriegt, dass ich unter der Hose ein weibliches Wäschestück trage, und es würde mich nicht wundern, wenn sie sogar wüssten, in welcher Farbe; denn die Kids von heute mit ihren Handys und so, wie sie alle vernetzt sind, erzählen ja alles gleich weiter, und kaum hat jemand was herausgefunden, wissen es auch schon die anderen.

Ich unterbreche den Unterricht, baue mich mitten im Klassenzimmer auf und befehle den Schülern, sich sofort auszuziehen und die Unterwäsche zu tauschen. «Die Jungen», sage ich in einem drohenden Ton, den sie von mir nicht gewohnt sind, «ziehen sich die Slips der Mädchen an; die Mädchen die Unterhosen der Jungen.» Ansätze von Protest brülle ich nieder. Und um ihnen zu zeigen, dass ich bereit bin, meinen Willen unter allen Umständen durchzusetzen, ziehe ich eine Pistole Kaliber 22 aus meiner Aktentasche und schieße, ohne nachzudenken, eine Fensterscheibe in Stücke. Schweigsam, eingeschüchtert, beginnen die Schüler sich auszuziehen. Einige bedecken ihre Schamteile mit den Händen, andere mit einem Buch oder Heft. Ich sehe kleine Penisse und Schambeine mit wenigen Härchen. Nur hin und wieder von einem verhaltenen Stöhnen unterbrochen, findet der Austausch der Unterwäsche in aller Stille statt, zuerst langsam und schüchtern, dann hastig nach einem zweiten Schuss aus der Pistole.

Gleich darauf geht die Klassenzimmertür auf, und die Direktorin tritt ein. In ihrem üblichen mürrischen Ton befiehlt sie mir, die Pistole wegzustecken, und gratuliert mir dann zu meiner Fähigkeit, Disziplin durchzusetzen. Danach wendet sie sich an die Schüler, von denen die meisten es noch nicht geschafft haben, sich wieder etwas über die Beine zu ziehen, lässt ihre Hose fallen und zeigt ihnen, wohl um sie mit ihrem Beispiel zu beruhigen, dass sie eine Unterhose ihres Mannes trägt.

17

Am Nachmittag spazierte ich, wie so oft, mit *Pepa* durch die Calle Cartagena. Ich gehe langsam, bin in Gedanken und Erinnerungen versunken, die mir Material für mein tägliches Stück Schreiben liefern könnten. Die Hündin, die hinter mir geht und sich meinem Schritt angepasst hat, bemerke ich gar nicht. Es ist, als hielte ich eine schwebende Leine in der Hand. Wo ich auf die Martínez Izquierdo treffe, bleibe ich vor dem Eckhaus mit der abgeflachten Ecke ohne Tür und Fenster stehen. Der Bürgersteig ist schmal. Für die Fußgänger ist es besonders eng, da nah beieinander noch ein Verkehrsschild und eine Ampel mit Papierkorb darauf stehen. Der vom Urin vieler Hunde bespritzte Bordstein weckt *Pepas* Neugier, sodass sie anfängt, genießerisch die Sekrete ihrer Artgenossen zu beschnüffeln. Vor der abgeflachten Hausecke weiß ich nicht recht, ob ich nach links oder nach rechts gehen soll. Da ich kein bestimmtes Ziel habe, ist es im Grunde egal, ob ich die eine oder die andere Straße nehme. Nachdem *Pepa* mit einem Urinspritzer ihr Territorium markiert hat, setzt sie sich hin und wartet auf meine Entscheidung. Ich sehe sie an, sie sieht mich an. Es ist nicht so, dass ich mich nicht entscheiden kann; es ist nur vollkommen gleichgültig, wozu ich mich entschließe. Ob ich nach links oder nach rechts gehe, was soll's, denke ich, wenn weder da noch dort jemand auf dich wartet? Am Ende beschließe ich, das Dilemma zu umgehen. Ich mache eine Kehrtwendung und gehe mit *Pepa* dahin zurück, wo ich hergekommen bin.

18

Heute haben sich alle Kongressparteien, sowohl die Linke als auch die Rechte und das Zentrum, darauf geeinigt, Philosophie in den letzten drei Schuljahren an Gymnasien als Pflichtfach einzuführen. Das kommt mir gerade recht. Sogar die Volkspartei unterstützt eine Initiative, die im Widerspruch zu der Reform steht, die sie 2013 selbst auf den Weg gebracht hat. Gelesen habe ich das heute Vormittag auf einer Zeitungsseite, die jemand im Lehrerzimmer ans Schwarze Brett geheftet hat. Ein paar Kommentare waren zu hören; aber ich habe gewartet, bis alle gegangen sind und ich den Artikel lesen konnte, ohne dass mich jemand mit der Frage belästigte, was ich davon hielte. Wie sollte ich gegen etwas sein, das meinem Unterrichtsfach größere Relevanz verleiht! Die gegenwärtige Regierung ist schwach, ich glaube nicht, dass sie sich lange hält, und ich fürchte, dass die Initiative im Sande verläuft.

Die Bildung in Spanien vergleiche ich gern mit einem Rugbyball. Wer ihn fängt, rennt los und versucht, von den Gegnern verfolgt, ihn auf seinem Feld abzulegen. In meinem Kopf hat sich das Bild festgesetzt, wie die einen und die anderen versuchen, sich mit Gewalt den Ball zu entreißen. Ich frage mich, welche Vorstellung von Pädagogik und welche Ahnung vom Schulalltag unsere Politiker haben. Wenn es nach mir ginge, würde ich ein Parlament einberufen, das sich nur um Bildung kümmert, mit demokratisch gewählten Pädagogen, die ihrerseits eine von der Staatsregierung getrennte Regierung bilden.

Seit ich am Gymnasium unterrichte, habe ich verschiedene Bildungsgesetze über mich ergehen lassen, die angeblich die Unterrichtsqualität verbessern sollten. Alles Lüge. Sämtliche Änderungen waren immer nur ein Geben und Nehmen, hauptsächlich ein Nehmen von dem, was der vorherige Gesetzgeber durchgesetzt hatte. Zumeist bestanden die Reformen aus einem Bündel von Verwaltungsvorschriften und Lehrplanänderungen, mit dem den Lehrkräften die Hände gebunden und die Schüler zum Auswendiglernen gezwungen wurden und das durch ein Übermaß an Bürokratie und endemische Mittelknappheit von vornherein zum Scheitern verurteilt war.

Am Ende des Artikels waren rührende Erklärungen einiger Intellektueller zu lesen, die den Nichtgesetzesvorschlag, die Philosophie wieder als volles Lehrfach an Gymnasien einzusetzen, befürworteten. Ein Experte sprach von der Zweckmäßigkeit, unsere Jugend so zu unterrichten, dass sie «imstande ist, über die großen Herausforderungen nachzudenken, vor denen die Menschheit steht». Eine Professorin rühmte die Geschichte der Philosophie als «unabdingbares Rüstzeug für den Aufbau einer reflexiven Gesellschaft». Während ich diese Sätze niederschreibe, muss ich an die Gesichter meiner Schüler denken. An ihre verdutzten Blicke, wenn ich ihnen diese Aussagen eintrichtere, als hätte ich sie mir selbst ausgedacht. Eine Kollegin, die ins Lehrerzimmer kam, hat mich gefragt, worüber ich lache.

19

Auf den Korridoren und im Lehrerzimmer wurde heute Morgen über den Tod einer Schülerin gesprochen, die ich nicht kannte. Alle wollten Einzelheiten erfahren. Einige Kollegen sahen bekümmert aus. Ich nehme an, dass sie die Verstorbene in ihren Klassen hatten. Die Direktorin hat im Lehrerzimmer gesagt: «Was soll man machen, so etwas passiert, als Lehrprofis müssen wir uns damit abfinden.» Hat sie gedacht, eine taktlose Ansprache ohne jedes Feingefühl würde unsere Stimmung heben? Hinter ihrem Rücken hat ihr jemand «Gefühlskälte, weil sie keine Kinder hat» attestiert. Ich habe erfahren, dass die Schülerin, dreizehn Jahre alt, eine Zeit lang in einer Klinik war und am Ende ihrer schweren Krankheit erlegen ist. Am Montag soll in der Pfarrkirche Nuestra Señora del Pilar die Trauerfeier stattfinden. Ich werde da nicht hingehen.

Auf der Welt sterben täglich Menschen jeden Alters. Objektiv gesehen, hat die Direktorin recht. Diese Dinge passieren, ohne dass die Naturgesetze davon berührt werden; was den Menschen, das müssen Sie schon entschuldigen, aber nicht hindert, den Tod einer Minderjährigen als besonders grausam zu empfinden. Ich zähle heute Abend nach, wie viele meiner Schüler gestorben sind, seit ich unterrichte. Ich erinnere mich an drei Fälle, die mir nahegegangen sind, einige mehr als andere, und das aus unterschiedlichen Gründen.

Die Erste war ein Mädchen, das an Mukoviszidose litt. Sie hieß Rocío. Ich war damals noch ein Berufsanfänger, energiegeladen und fest entschlossen, ein guter Lehrer zu werden. Vom ersten Augenblick an wollte ich diesem armen Mädchen helfen, über dessen Krankheit mich niemand informiert hatte. Um herauszufinden, was genau sie hatte, bat ich ihre Mutter zu einem Gespräch, bei dem sie mir alle nötigen Erklärungen zu dem Gesundheitsproblem ihrer Tochter gab. Mit tränenfeuchten Augen bat sie mich bei der Gelegenheit, Rocío ganz nach hinten in die Klasse zu setzen, wo sie die Klassenkameraden am wenigsten störe, wenn sie einen ihrer Hustenanfälle bekäme. Sie gestand mir ihre Angst vor Beschwerden von Eltern und Lehrern, die es aus dem genannten Grund in früheren Jahren schon gegeben hatte. Wenn ich mit ansehen musste, wie das Mädchen litt, wäre ich am liebsten schreiend nach draußen gelaufen. Es hörte sich an, als hätten sich in ihrem schmächtigen Körper die Organe losgerissen und würden durcheinandergeschüttelt. Ich unterbrach den Unterricht aus Mitleid und Rücksicht, doch Minuten verstrichen und der Husten, ein tiefer, zäher Husten, hörte nicht auf, und die Schüler begannen unruhig zu werden, rutschten auf ihren Stühlen hin und her, machten Witze und benahmen sich daneben. Rocío wand sich und hielt sich ein Taschentuch vor den Mund, um möglichen Auswurf zu vermeiden. Manchmal bat sie mit letztem Atem um Entschuldigung. Ich sagte ihr, sie solle ganz unbesorgt sein und in Ruhe husten, wir würden das verstehen. Ich weiß aber, dass andere Lehrer bedeutend weniger geduldig waren als ich. Ich weiß von einem, der das Mädchen bat, den Klassenraum zu verlassen, sobald sie zu husten anfing. Ich hatte Rocío nur wenige Monate in meiner Klasse. Während meiner ersten Weihnachtsferien als Lehrer wurde sie wegen einer krankheitsbedingten Infektion in die Notaufnahme des Krankenhauses eingeliefert. Als im Januar das neue Schuljahr begann, erinnere ich mich an ihren leeren Platz am ersten Morgen. Niemand hatte mich informiert. Es gab Erklärungen; aber eine Schülerin stand auf und berichtete mir inmitten lastender Stille, was alle im Klassenzimmer außer mir schon wussten.

Den nächsten Trauerfall gab es mehrere Jahre später. Ich hatte zu der Zeit mehr Fächer zu unterrichten, und wichtiger, als vorbildlichen Unterricht zu erteilen, war für mich da schon, am Ende eines Schultages nicht allzu zermürbt nach Hause zu kommen. Im Unterschied zum ersten Todesfall erfüllte mich dieser zweite mit großer Zufriedenheit; ich feierte ihn für mich sogar mit einem Gläschen Wein. Zufrieden stimmte mich nicht der

Tod des Schülers, der Dani hieß, sondern schlicht und einfach das unerwartete Geschenk des Zufalls, das mich von einem Unhold befreite, der mir mit seiner Aufsässigkeit, seiner Frechheit und seinem Hass auf mich und das, was ich unterrichtete, jede Unterrichtsstunde zur Hölle machte. Ihm verdanke ich einen schlimmen Spitznamen, den ich noch eine ganze Zeit nach seinem opportunen Ableben mit mir herumtrug. Ich verabscheute ihn mindestens so sehr wie er mich. Der Junge weckte in mir einen körperlichen Widerwillen, der schon an Ekel grenzte. Es war klar, dass meine Hand nicht zögern würde, ihm ein Durchgefallen ins Zeugnis zu schreiben, was er natürlich verdient hätte, meine Befriedigung darüber aber trotzdem durchscheinen ließe. In den Fernsehnachrichten sah ich das zerstörte Auto, in dem außer diesem Dani auch der junge Fahrer und ein Mädchen gestorben waren. Am ersten Unterrichtstag nach dem tödlichen Unfall betrat ich das Klassenzimmer mit Schaudern, weil ich dachte, die Schulkameraden des Toten würden mir anklagende Blicke zuwerfen. Sie wissen, dass meine Trauermiene reines Theater ist; die Maske, hinter der ich meinen triumphierenden Groll verberge. Bangen Herzens schritt ich zwischen den Tischen auf und ab mit dem scheußlichen Gefühl, einen Mord begangen zu haben und das Geständnis dieser Tat wie ein Brandzeichen auf meiner Stirn zu tragen.

Der dritte Tote war ein Junge im zweiten Jahr am Gymnasium, der Luis Alberto hieß und aus Venezuela stammte. Er war die Liebenswürdigkeit in Person. Man konnte gar nicht genug Gutes über ihn sagen: wohlerzogen, fleißig, sympathisch …, unglücklicherweise aber, wie so oft, fehlte ihm die erforderliche Bodenständigkeit, um in einer konkurrierenden, schurkischen Welt wie der unseren bestehen zu können. Einige Wochen, bevor er sein Leben verlor, war er siebzehn Jahre alt geworden. Und wo andere Schüler keine Vorstellung von ihrer beruflichen

Zukunft hatten, war dieser fest entschlossen, Medizin zu studieren. Es sollte nicht sein. Seine Tutorin berichtete uns, bei Luis Alberto zu Hause käme es häufig zu familiären Konflikten und der Junge befinde sich in psychiatrischer Behandlung. Mir erzählten zwei Schüler – Junge und Mädchen – aus Luis Albertos Klasse im Vertrauen eine andere Geschichte. Ihr Klassenkamerad hatte kürzlich eine unglückliche Liebe erlebt. Sie erzählten mir auch, er sei in den sozialen Netzwerken und natürlich ebenso in der Schule gemobbt worden. Von wem? Ich merkte, dass meine beiden Informanten keine Schuldigen benennen wollten, und musste mich mit einer Ausflucht zufriedengeben. Auf dem Parkplatz richtete das Mädchen es so ein, dass sie mir zufällig über den Weg lief, und verriet mir, dass Luis Albertos amouröse Beziehung homosexueller Art gewesen sei.

«Wie es aussah, war er schwul.»

«Wie es aussah?»

«Also gut, er war schwul.»

Jedenfalls hat sich der Junge, aus welchem Grund auch immer, an einem frühen Samstagmorgen weit von seinem Zuhause und der Schule vom Paseo de la Chopera in Alcobendas aus in den Menina-Tunnel gestürzt. Aufgrund einer bei der Leiche gefundenen handgeschriebenen Notiz konnte die Polizei einen Unfall ebenso wie einen Mord ausschließen. In einer auflagenstarken Zeitung wurde darüber spekuliert, ob der Junge schulischem Mobbing ausgesetzt gewesen sei, und der Name unserer Schule wurde erwähnt. Der Journalist machte sich nicht die Mühe, klarzustellen, woher er seine Informationen hatte.

20

Ich kam zur gewohnten Zeit von der Schule nach Hause. Im Briefkasten fand ich zwei Umschläge, eine Nachricht von einer Bank und eine Rechnung. Beide auf meinen Namen. Als ich die Umschläge herausnahm, fiel eine anonyme Nachricht zu Boden. Ich weiß nicht, ob ich den Text wörtlich wiedergeben kann, aber ungefähr lautete er: «Deine Frau betrügt dich (oder setzt dir Hörner auf), und du errätst nie, mit wem.» Ich wollte sie schon der Sammlung hinzufügen, doch dann änderte ich meine Meinung, bevor ich in den Fahrstuhl stieg. Wie würde Amalia auf diesen vielleicht denunziatorischen Hinweis reagieren, in den sie mit hineingezogen wurde? Diese Notiz war nicht wie die vorherige, die sie mir einfach so aushändigen konnte, weil es dabei ja nur um meine Kleidung ging. Ich dachte nicht lange darüber nach. Ich legte die Umschläge, so wie ich sie vorgefunden hatte, in den Briefkasten zurück, die anonyme Nachricht dazwischen. Dann ging ich in die Wohnung hinauf, nahm *Pepa* an die Leine, machte mit ihr einen langen Spaziergang, und als ich zurückkam, war der Briefkasten leer. Die beiden Briefe lagen auf dem Küchentisch. Ich tat so, als interessierten sie mich nicht. Erst eine ganze Weile später öffnete ich sie in Amalias Gegenwart. Von der anonymen Nachricht keine Spur. Als sie kurz die Küche verließ, schaute ich schnell in den Mülleimer; da war aber auch nichts. Die Tatsache, dass Amalia mir die Nachricht weder ausgehändigt noch überhaupt erwähnt hatte, bestätigte mir die Richtigkeit des Inhalts.

21

Mein erster Entschluss war, jemand anderes zu werden. Jemand, der Staunen hervorruft, vielleicht Angst verbreitet. Ich war entschlossen, selbst für mich ein Fremder zu werden. Um Möglichkeiten auszutesten, packte ich nachts ein halbes Dutzend Bücher in den Kühlschrank. Amalia entdeckte sie morgens, verlor aber kein Wort darüber. Das brachte mich zu dem Schluss, dass ich ihr vollkommen gleichgültig bin, was den Hass noch steigerte, den ich mittlerweile auf sie hatte.

Ein unerfreuliches Gefühl von Verrat, gebrochenem Pakt. Warum soll ich noch arbeiten?, fragte ich mich. Warum nicht meine Ersparnisse nehmen und mich ein paar Jahre nach Neuseeland verdrücken? Keinem Menschen was davon sagen und Amalia einfach hier sitzen lassen.

«Selber schuld. Warum hast du geheiratet?», fragte Humpel, der zu der Zeit schon seinen Spitznamen hatte.

Im Corte Inglés, auf der Goya, habe ich einen Hut aufprobiert. Ich entdeckte ihn im Vorbeigehen und habe ihn gekauft, obwohl er teuer war oder gerade weil er teuer war, außerdem antiquiert und lächerlich, und weil ich, als ich in den Spiegel schaute, damit aussah wie ein Esel auf der Bühne. Ich trug ihn auf dem Nachhauseweg. Ich hatte den Eindruck, dass die Leute grinsten, wenn sie mich sahen. Als ich mich selbst in einem Schaufenster sah, kam ich mir vor wie ein Zirkusclown. Amalia lobte ihn. Im Ernst, im Scherz? Keine Ahnung. Aber ihr Lob reichte mir, um ihn nie wieder aufzusetzen.

«Was soll ich machen?», fragte ich Humpel.
«Bring sie um.»
«Bist du verrückt?»
«Was fragst du dann?»

22

Ich hatte nie das Gefühl, einen Besitzanspruch auf meine Frau zu haben. Auch habe ich nie das Gefühl gehabt, dass Nikita mir gehört, nicht einmal, als er ein hilfloser Säugling war. Meine Frau, mein Sohn, meine Mutter sind Menschen, die einfach da waren, mit denen ich oft zusammen war, denen ich Zuneigung oder Hass entgegenbrachte, je nach Stimmung, ohne genau zu wissen, was sie dachten, was sie fühlten, was für ein menschlicher Ballast sich in ihnen zusammenbraute. Ich werde am 31. Juli 2019 in der Überzeugung sterben, dass es unmöglich ist, einen Menschen bis zum Grunde seines Wesens zu kennen.

Papa neigte zu Eifersucht. Er hatte wohl Angst, dass man ihm das Seine nehmen könnte. Ich glaube, er sagte «meine Frau, meine Kinder», wie man meine Hose oder meine Armbanduhr sagt. Wir gehörten ihm so, wie die Schafherde dem Hirten gehört, der sie führt, sie grasen und trinken lässt. Und das, obwohl Mama ihre eigenen Einkünfte hatte. Die Eifersucht war der Schäferhund, mit dem Papa die Familienherde beisammenhielt.

Ich war aber neugierig. Ich musste es wissen. Ich war sicher, dass ich keine Ruhe finden würde, solange ich dem Kerl, der mit Amalia schlief, nicht ins Gesicht geschaut hatte. Nachts im Bett spielte ich Möglichkeiten durch. Suchte den Verdächtigen in unserem Freundeskreis. Verdächtigte jeden. Ich quälte mich ausgiebig mit der Vorstellung von diesem oder jenem nackt auf Amalia. Vom Fußende des Bettes, das wie ein Hotelbett aussah, konnte ich den Hinterkopf des Liebhabers sehen, seinen Rücken, seinen im Rhythmus der Kopulation sich hebenden und senkenden Hintern; aber es gelang mir verdammt noch mal nie, sein Gesicht zu sehen. Mich beschämte der Gedanke, dass mein Leben sich in einen Tangotext verwandelt hatte, der in einem

Satz zusammengefasst lautete: «Meine Frau betrügt mich mit meinem besten Freund.» Als Nächstes kam mir der Gedanke, dass ich den Rest meines Mannesstolzes zusammennehmen und verschiedene Formen der Rache ausprobieren könnte. Mit einer Pistole, die Papa mir vom Friedhof mitgebracht hatte, zielte ich auf Amalias Brüste; Papa zeigte mir, wie man schießt; ich schoss, und statt einer Kugel kam ein Wasserstrahl aus dem Pistolenlauf, und sie sagte spöttisch: «So tust du mir nicht weh.» Danach versuchte ich, ihr ein Fleischermesser in den Bauch zu stoßen, das ebenfalls Papa mir besorgt hatte. Im entscheidenden Moment jedoch bog sich die Klinge, die aus Gummi war. Papa verlor die Geduld. «Ich ohrfeige dich nur nicht, weil ich ein Gerippe bin.» Dann stieg er wieder in sein Grab und brummelte: «Er war schon ein Nichtsnutz, als ich noch lebte, und er ist es immer noch. Was für ein Kreuz!» Nacht für Nacht kamen mir solche Szenen in den Kopf, während ich darauf wartete, dass die Schlaftabletten ihre Wirkung taten.

Jeden Tag beeilte ich mich, um vor Amalia zu Hause zu sein, um mögliche Nachrichten abzufangen, die eventuell im Briefkasten lagen. Mein Herz begann unterwegs zu rasen, und wenn ich unseren Hauseingang erreichte, war mir, als würde es mir zum Hals herauskommen. So drängend war mein Wunsch, Einzelheiten über die Treulosigkeit meiner Ehefrau zu erfahren. Was für ein Widerspruch: Jetzt war ich enttäuscht, wenn ich keine dieser Nachrichten vorfand, die mich bis vor Kurzem nur geärgert hatten.

Da kam mir der Gedanke, selbst eine zu schreiben, um zu sehen, wie Amalia sich dazu verhielt. In Großbuchstaben und auf eine Weise, die selbst ein erfahrener Grafologe mir nicht hätte zuordnen können, schrieb ich: DU GEHÖRNTER ESEL, WÄRST DU SCHLAUER, HÄTTEST DU LÄNGST HERAUSGEFUNDEN, MIT WEM DEINE FRAU DICH BETRÜGT.

ABER KEINE SORGE, WIR SAGEN ES DIR BALD. Die Nachricht unterschied sich nicht von den anderen handgeschriebenen. Nachdem ich sie in den Briefkasten gelegt hatte, muss ich mir eingestehen, dass mich die Anrede gehörnter Esel weder überzeugte noch zufriedenstellte. Ich fand sie übertrieben und außerdem vulgär. Also schrieb ich einen neuen Zettel mit dem gleichen Text, nur ohne die beleidigende Anrede, und tauschte ihn gegen den aus, den ich zuvor in den Briefkasten gelegt hatte. Dann machte ich einen Spaziergang mit *Pepa*. Als ich zurückkam, war der Briefkasten leer. Weder Amalias Worte noch ihr Gesichtsausdruck ließen auf etwas Ungewöhnliches schließen. Die anonyme Nachricht wurde nicht erwähnt. Sie musste sie versteckt oder zerrissen haben. Selten habe ich einen Menschen so intensiv gehasst.

23

Wir saßen in unserer Ecke in der Bar, *Pepa* döste unter dem Tisch, und ich erzählte Humpel von meiner Gemeinheit mit der anonymen Nachricht. Er nannte mich einen durchtriebenen Gauner und schlug mir zustimmend auf die Schulter. «Gut gemacht», sagte er. «Spiel mit deiner Frau, mach dir einen Spaß auf ihre Kosten.» Humpel macht gern solche krassen Vorschläge, die man als brutal bezeichnen könnte; die ich aber genau deswegen so schätze, weil ich sie ja nicht beherzigen muss, sondern weil sie mir erlauben, meine Angelegenheiten aus einer Perspektive zu betrachten, die frei von jedem sentimentalen Dunst ist.

Ich wollte mich aussprechen, was mich stets zwingt, einen inneren Widerstand zu überwinden, und erzählte Humpel, dass Amalia sich nach langer Zeit letzte Nacht wieder sexuell willig gezeigt hatte. Und das kurz nachdem – was für ein Zufall – die anonyme Nachricht eingetroffen war.

«Kein Zweifel!» Humpel sprang auf. «Sie ist schuldig.»

Ich bat ihn, es mir zu erklären, anstatt Urteile zu fällen. Er akzeptierte meine Bitte unter der Bedingung, dass ich die nächste Runde Bier bezahlte. Mein Freund liebt es, Verhaltensweisen auseinanderzunehmen, sich über ihre Gründe und Konsequenzen auszulassen und im alltäglichsten Tun eine gestörte Haltung auszumachen.

Er verhehlte auch nicht, dass es ihm Spaß machte, mir eins auszuwischen. Mit diesem Ziel, nehme ich an, fragte er mich, was sich an mir verändert hätte, dass meine Frau, einfach so, wieder etwas für mich empfinde, das man als «körperliche Zuneigung für meine unmögliche Person» bezeichnen könne. «Benutzt du ein neues Parfüm? Hast du in der Lotterie gewonnen?» Er wusste so gut wie ich, dass weder das eine noch das andere zutraf. Und nachdem er mich Trottel, Tölpel, Clown genannt und noch ein paar weitere Kosenamen dieser Art hinzugefügt hatte, stellte er die naheliegende Vermutung an, dass kein erotischer Impuls meine Frau dazu bewegte, «mir ihre Muschi zu Vergnügungszwecken zur Verfügung zu stellen», sondern irgendein schändliches Interesse sowie – natürlich – uralte weibliche Verschlagenheit.

Mit anderen Worten, der Gedanke lag nahe, dass meine Nachricht Amalia in einen Zustand höchster Wachsamkeit versetzt hatte. Humpel vertrat die Hypothese, das «treulose Weib» habe mir Sand in die Augen gestreut, wobei als Sand in diesem Fall eine kurze Phase sexueller Aktivität zu betrachten sei. «Wie ein blindes Huhn kannst du mit deinen aufgewühlten Hormonen und mit hartem Schwanz dein Glück kaum fassen, weil du denkst, deine Frau liebt und bewundert dich und schmachtet danach, es dir zu besorgen. Komm wieder runter, Mann.»

Andererseits – so immer noch Humpel – bekämpfte Amalia (Mutterinstinkt, familiärer Zusammenhalt in Gefahr) ihr Schuldgefühl oder versuchte es zumindest zu beschwichtigen, indem sie «eine kalkulierte Episode fleischlicher Korrespondenz mit ihrem Simpel von Ehemann» zuließ. Das hieß, sie gab mir, was mir aus ehelicher Tradition vermeintlich zustand, und konnte sich danach, von aller Schuld befreit, reinen Gewissens ihrem Liebhaber hingeben.

«Tun wir mal so, als lägest du mit deinen gedanklichen Ausflüssen nicht ganz falsch. Was schlägst du vor, was ich tun soll?», fragte ich ihn.

«Erst einmal ficken, was das Zeug hält. Nutze die Zeit, die es nichts kostet. Alles Weitere liegt in Gottes Hand.»

24

In den zwei Tagen nach der Briefkastennachricht (danach war die Hütte für mich wieder zu) hatte Amalia nichts dagegen, dass ich sie ohne erotische Vorspiele von hinten nahm. So ist mir der Geschlechtsverkehr am liebsten.

Zu Beginn unserer Ehe gab es eine Zeit, da erschien ihr diese Position animalisch und außerdem demütigend; nicht nur für sie demütigend, sondern für das ganze weibliche Geschlecht jederzeit und überall, weil sie der Meinung war, sie sei ein Ausdruck männlicher Dominanz.

Es half nichts, dass ich ihr sagte, ich wolle nicht dominieren, sondern einfach nur so lustvoll wie möglich kommen. Später, als sie schwanger werden wollte, las sie in einer Zeitschrift, dass besagte Position dazu angetan war, das Sperma sehr tief in die Scheide einzubringen, woraufhin sie ihre Meinung änderte. Und in der Tat haben wir auf diese Weise Nikita gezeugt, was der Junge nicht weiß und auch nicht wissen muss, es sei denn, er liest eines Tages, wenn ich schon im Grab liege, diese Zeilen, oder seine Mutter sagt es ihm, was ich aber bezweifle.

Das Entern von hinten hat auch Vorteile, die Amalia schließlich einsah. Die Frau hat das Gewicht des Mannes nicht auf sich liegen und auch nicht seinen Atem im Gesicht; sie läuft nicht Gefahr, dass der Kopulationspartner ihr Make-up ruiniert, ihr normales Atmen behindert, dass sein Bart sie pikst, sein Schweiß auf sie tropft und er sie, wie vorhin schon erwähnt, erdrückt. Ebenso verringert sich die Chance, dass im Kontakt mit Kissen, Matratzen, Teppichen oder Teppichböden ihr Haar durcheinandergerät. All dies hatten wir vertraulich besprochen sowie auch gemeinsam die für das Eindringen einzig erlaubte Körperöffnung festgelegt; und wie ich schon sagte, mit Ausnahme der ersten Zeit unserer Ehe, als die Wechselbeziehung der Kräfte noch nicht ganz klar war, hat sich Amalia der Ausübung des Geschlechtsakts in besagter Position nie widersetzt.

Sie selbst hat sie sofort eingenommen, als wir in den Tagen nach der anonymen Nachricht unsere beiden Koitus vollzogen. Koitus von makelloser gymnastischer Qualität, ungestört von verzögernden amourösen Tändeleien. Und außer den bereits erwähnten Vorteilen gab es noch weitere, schwerwiegendere: für Amalia, dass ich schneller kam, wenn ich sie wie ein Hund besprang; für mich waren ihre Hände, Fingernägel, Füße und Zähne daran gehindert, sich auf irgendeine Art defensiv zu betätigen, sowie ihre Augen jeder Möglichkeit beraubt, mich kritisch zu mustern oder zu kontrollieren, sodass ich mich nach Lust und Laune der erregenden Fantasie hingeben konnte, das besiegte, unterworfene, mir ausgelieferte Weib ganz nach Belieben zu besitzen. Kann man mehr verlangen?

25

Elf Uhr nachts ist schon vorbei. In der Wohnung ist es still. Nikita, dreizehn Jahre, haben wir uns unter dem Vorwand vom Hals geschafft, es sei Zeit zum Schlafengehen. Der Junge schläft oder ist jedenfalls in seinem Zimmer und hat das Licht ausgemacht, raucht vielleicht heimlich am offenen Fenster in dem Glauben, dass seine Mutter und ich nichts davon merken.

Pepa, noch ein Welpe, haben wir im Wohnzimmer gelassen und für alle Fälle am Tischbein angeleint. Sie hat die Angewohnheit, uns überallhin zu folgen und an der Tür zu kratzen, wenn diese verschlossen ist und sie ins Zimmer will. Amalia missfällt die Vorstellung, dass sich das Tier ins Zimmer schleicht und uns beim Vögeln beobachtet. Sie sagt, *Pepa* habe einen so menschlich forschenden Blick und könnte das Vögeln mit einem Streit zwischen uns verwechseln und vielleicht bellen oder sogar einen von uns beschützen wollen und den anderen beißen. Dabei war *Pepa* damals schon die Sanftmut in Person (oder in Hund). Ehrlich, ich glaube, Amalia übertreibt; aber dies ist nicht der Augenblick, ihr zu widersprechen. Ich habe schon einen Ständer, und je schneller wir in Aktion treten, umso besser.

Amalia neigt nicht zu akustischen Übertreibungen beim Geschlechtsakt, und so haben unsere Koitus immer etwas von Stummfilmszenen an sich. Wir kopulieren, ohne ein Wort zu wechseln und ohne lustvolles Stöhnen. Meiner Meinung nach ist unser Akt ein wenig heimlich und mechanisch; andererseits wäre das Letzte, das ich in der kurzen Zeit, die er dauert, vermissen würde, ein Gespräch mit Amalia. Das stille Ringen bringt ab und zu ein klatschendes Geräusch hervor, wie wenn der Metzger mit dem flachen Beil ein Stück Fleisch abklopft.

Über dieses ganze Geschehen könnte ich jede Menge Witze reißen. Aber natürlich halte ich den Mund. Amalias Empfindlichkeit zu reizen, könnte den heraufziehenden Orgasmus gefährden. Außerdem hänge ich schon seit frühester Zeit der Überzeugung an, dass keine geistliche Handlung, kein poetisches Erschauern und keine erotische Atmosphäre die verheerende Wirkung eines Witzes überlebt. Man muss sich ja nur den Unfug vom Metzger und seinem Beil ansehen, um zu erkennen, wie diese Passage unverzüglich ihren Zauber verliert. Zum Glück schreibe ich ohne jede literarische Verantwortung.

Jetzt hat Amalia schon die zweite Nacht hintereinander der körperlichen Vereinigung zugestimmt, die sie in den letzten Jahren unserer Ehe vermieden hatte. Getrieben wird sie, wie ich vermute und mein Freund Humpel mir bestätigt, dabei von einem Schuldgefühl. Ich bin mir aber nicht sicher. Ich kann ja die Möglichkeit nicht ausschließen, dass ihre durch Gewissensbisse bedingte Erregung echt ist. Natürlich werde ich sie das nicht fragen. Es interessiert mich auch nicht. Ich sehe nur zu, dass ich lustvoll komme, so wie sie sicher zusieht, dass sie bekommt, was sie will, was immer das ist. So wie gestern, als sie mit verführerischer Unterwäsche und Schmollmund so tut, als würde sie mir die Initiative überlassen und könne vor lauter Verlangen nicht widerstehen. Ohne zu zögern, ist sie sogar meinem Vorschlag nachgekommen, ihre Stöckelschuhe anzulassen. «Was du für Einfälle hast», sagt sie erbötig, mit honigsüßer Stimme, und lächelt, als wollte sie sagen: «Du bist ein richtiges Kind.» Und ich zeige ihr das gleiche Lächeln, welches nicht das bedeutet, was sie glaubt oder zu glauben vorgibt, und schon gar nicht die Dankbarkeit des zufriedengestellten Fetischisten ausdrückt, sondern nur die triumphale Befriedigung, meine Frau sich wie eine Nutte aufführen zu sehen.

Rhythmisch von hinten penetrierend, kommt es meiner Selbstachtung zugute, Amalia nicht ins Gesicht sehen zu müssen. Ich glaube, dass es meine Erektion zunichtemachen würde, nach so vielen Jahren ehelichen Zusammenlebens, so viel Streit und so viel in täglichen Dosen ausgeteilten Hasses ihr Mienenspiel sehen zu müssen, in dem sich ihr ganzes Wesen, ihre Stimmungen und ihre Gefühle widerspiegeln. Was interessiert mich das alles in diesem Moment? Ich will nur den weiblichen Körper besitzen; die lebendige Puppe, die herrliche Figur, obwohl sie die Jugend hinter sich hat; das begehrenswerte Objekt des nach vaginaler Feuchtigkeit riechenden warmen Körpers, mit Stöckelschuhen im Bett.

Es war das letzte Mal, dass wir miteinander schliefen; aber in jenem Moment wusste ich das noch nicht.

Penis, erzähl, was hast du gefühlt?

«Eine anfängliche Trockenheit in jenem von mir schon unzählige, jedoch immer seltenere Male besuchten Eingang brachte mich auf den Gedanken, nicht besonders wohlgefällig aufgenommen zu werden. Ich musste sogar beträchtlichen Druck ausüben, wie bei einer schwer zu öffnenden Tür, genau wie in der Nacht davor. Ich weiß nicht, ob es sich um eine menopausische Trockenheit handelte oder ob sie der mangelnden sinnlichen Disposition ihrer Besitzerin zuzuschreiben war. Die Willkommensfeuchtigkeit früherer Zeiten fehlte zwar; aber ich kann nicht leugnen, dass ich, nachdem der anfängliche Widerstand der wenig bis gar nicht schlüpfrigen Lippen überwunden war, in das unwiderstehliche weibliche Feuchtgebiet eindringen und mich nichts mehr hindern konnte, die Stöße auszuführen, die bei solcher Gelegenheit von mir erwartet werden. Ich ging ohne Schwierigkeiten so tief hinein, wie es meine Länge erlaubte. Mein Gefühl sagte mir sogleich, dass ich mich in altbekannter Umgebung befand. Und im Saft dieses dunklen Unterschlupfes habe ich mich lustvoll ausgelebt, mich an seinen warmen, weichen Wänden gerieben und auf dem Höhepunkt herrlich abgespritzt. Danach blieb mir nichts anderes übrig, als mich zurückzuziehen, und so trat ich unverzüglich den Rückweg ins Freie an.»

26

Ich bin nicht rausgegangen, um mit Humpel meinen Geburtstag zu feiern, obwohl ich es ihm versprochen hatte, und ich habe *Pepa* um ihren Hauptspaziergang des Tages gebracht, weil ich vermeiden wollte, dass ich nicht zu Hause bin, wenn Nikita kommt, um mir zu gratulieren. Allein, ohne mütterlichen Rat, ist der Junge unfähig, ein Geschenk auszusuchen. Ich verlange auch gar keines von ihm. Irgendeine Kleinigkeit würde mir schon genügen; ich weiß nicht, eine Tafel Schokolade oder so, für die ich ihn hinterher großzügig entschädigen würde, so wie ich das über die monatlichen Zahlungen hinaus ganz oft tue.

Vor unserer Scheidung hatten seine Mutter und ich uns angewöhnt, dem Jungen unsere jeweiligen Geburtstage in Erinnerung zu rufen. Ansonsten hätte er sie vergessen, so wie heute meinen. Normalerweise war es so, dass Amalia meine Geburtstags-, Weihnachts- und Vatertagsgeschenke an seiner Stelle kaufte, und entsprechend kaufte ich ihre und gab sie Nikita, es sei denn, Amalia kaufte sich selbst etwas und gab es unter der Hand an mich weiter, damit Sohnemann es ihr an ihrem Ehrentag als Überraschung präsentierte. Unser Sohn überreichte uns die Geschenkpäckchen mit einem wirklich sehenswerten Mangel an Begeisterung und tat auch gar nicht so, als hätte er nur die leiseste Ahnung von ihrem Inhalt, woraufhin wir ihn unter Dankbarkeitsbezeugungen umarmten, die der angesehensten Bühnen Spaniens würdig gewesen wären.

Ich brauche kein Geschenk von Nikita; aber, verdammt, es

hätte mich gefreut, wenigstens eine Umarmung von ihm zu bekommen am letzten Geburtstag meines Lebens. Ist ein kurzer Besuch zu viel verlangt, ein «Hallo, Papa, alles klar?»? So beschäftigt er auch sein mag, er hätte mich auf dem Handy anrufen können, dessen monatliche Gebühren ich übrigens zahle. Allein in der Wohnung, jetzt schon nachts, stelle ich fest, dass ich nicht an Nikita denken kann, ohne einen starken Widerwillen zu empfinden. Nichts Ungewöhnliches. Diese Art von Zorn habe ich schon unzählige Male empfunden. Danach sehe ich meinen Sohn an, er tut mir leid, und ich verzeihe ihm.

Ich habe mich aber so schlecht gefühlt, dass ich ihn nach dem Abendessen angerufen habe. «Was machst du? Wo bist du?» Es stellt sich heraus, dass er sich, große Sache, letzte Woche ein neues Computerspiel hochgeladen hat. Er hat mir in seinem rudimentären Englisch einen englischen Namen genannt und mich gefragt, ob ich es kenne. «Hab davon gehört.» Selbstverständlich habe ich nicht davon gehört; aber es erschien mir unnötig, ihn daran zu erinnern, dass seine Leidenschaft nicht jedermanns Leidenschaft sein muss. Er hat mir erzählt, dass er per Internet mit Gegnern aus anderen Ländern spielen kann. Das Spiel besteht darin, dass man mit Maschinenpistolen, Handgranaten, und ich glaube, verstanden zu haben, mit einer Machete, die Mitglieder einer religiösen Sekte töten muss, bis man am Ende den großen Anführer in seinem Refugium erledigt.

Im Geiste sehe ich Nikita stundenlang vor dem Computer sitzen, Pizza, Chips und Sandwiches essen, dazu überzuckerte Limonade trinken, sich die Augen ruinieren, fett werden, sich Diabetes einfangen …, und wahrscheinlich auch noch Drogen nehmen.

Das ist mein Sohn. Ein fünfundzwanzigjähriger Nichtsnutz, der glaubt, auf die Welt gekommen zu sein, um die superwichtige Mission zu erfüllen, zappelnde Figuren auf dem Computerbildschirm platt zu machen.

Ich frage ihn, ob er weiß, was heute für ein Tag ist.

«Freitag, oder?»

Ich habe ihm für die Information gedankt, ihm eine gute Nacht gewünscht und aufgelegt.

27

Ich gestehe, dass ich erst viel zu spät etwas gemerkt habe. Was soll man machen. So bin ich eben. Alte gedankliche Anhänglichkeiten, auch Vorurteile genannt, hindern mich, bestimmte Dinge zu verstehen; wenn ich überhaupt im Leben irgendetwas von Grund auf verstanden habe. Manchmal denke ich, dass Humpel recht hat. «Dein Problem», äußerte er einmal in der Bar, als er noch nicht versehrt war, «ist, dass du zu viel gelesen hast, um die einfachsten Dinge zu verstehen, von den komplizierten gar nicht zu reden.» Dabei fällt mir ein, dass Nikita mich einmal mit größter Selbstverständlichkeit vor seinen Großeltern und vor Amalia einen Dummkopf genannt hat, als er mir – offenbar vergebens – ein Videospiel erklären wollte, das meine Schwiegereltern ihm gerade aus einem Einkaufszentrum mitgebracht hatten.

Ich scheide in der Überzeugung aus dem Leben, dass jeder außer mir hier Bescheid weiß. Aber nun, meine Erinnerungen gehören mir, und da lasse ich mir nicht reinpfuschen.

An jene vergangene Nacht erinnere ich mich wie folgt:

Am späten Nachmittag kamen *Pepa* und ich bis auf die Haut durchnässt von einem Spaziergang heim. Ein Wolkenbruch hatte uns weit von zu Hause erwischt. Der Regen prasselte derart heftig aufs Straßenpflaster, dass sich über dem Boden ein schwebender Nebelschleier bildete. Wir rannten los und brachten uns unter einer Markise in Sicherheit. Doch die Zeit verging, es begann schon dunkel zu werden, und mich erwartete am nächsten Tag eine weitere Runde gymnasialer Unterrichtstortur. Damals war es noch nicht erlaubt, Hunde mit in die U-Bahn zu nehmen, und ich bezweifle, dass ein Taxifahrer *Pepa* in seinem Auto akzeptiert hätte. Der Regenguss dauerte an. Ich hegte die Hoffnung, den Sex, den Amalia mir neuerdings gewährte, um eine dritte Nacht verlängern zu können; deshalb empfahl es sich, nicht allzu spät nach Hause zu kommen. Was tun? Ich fragte *Pepa*, ob es ihr was ausmache, ein bisschen nass zu werden. Ein bisschen? Wie schuftig ich sein konnte! *Pepa*, mit treuen Augen und hängender Zunge, sagte nicht Nein; also machten wir uns, ohne jede Möglichkeit, uns vor dem nach wie vor prasselnden Regen zu schützen, auf den langen Heimweg.

Als wir zu Hause ankamen, waren wir so tropfnass, als wären wir in einen Fluss gefallen. Ans Treppengeländer gebunden, ließ ich *Pepa* auf dem Treppenabsatz, um ein Handtuch zu holen. In der Diele zog ich mir als Erstes die Schuhe aus. Ich stand schon im Begriff, mich ganz auszuziehen, als ich aus dem Wohnzimmer Stimmen und Frauengelächter hörte. Eine unbekannte Stimme war dabei. Ich nahm an, dass Amalia Besuch hatte, was zwar nicht oft vorkam, aber auch nicht auszuschließen war.

Weder sie noch ich empfingen gerne Leute in unserer Wohnung. Der Grund? Nun, Ordnung und Sauberkeit waren nicht gerade unsere starken Seiten, ganz zu schweigen von unserem Sohn, dessen Zimmer trotz unserer wiederholten, und vom eigenen schlechten Beispiel konterkarierten Mahnungen einem ständigen Schlachtfeld glich.

Ich hörte auf, mich auszuziehen. Amalia musste mich gehört haben, ahnte aber nicht, wie ich aussah, und rief fröhlich: «Wir sind hier!» Ich hatte den Verdacht, dass die überflüssige Bemerkung eine in Heiterkeit verpackte Warnung enthielt: «Komm bloß nicht in Unterwäsche, barfuß oder gar nackt ins Wohnzimmer.» Ich zog die quatschnassen Schuhe wieder an, ließ den Pullover aber auf dem Boden liegen; und so, jeder Eleganz beraubt, betrat ich im Unterhemd das Wohnzimmer, um … «Darf ich dir Olga vorstellen?» Olga also; eine hochgewachsene schlanke Frau mit kurzem Haar und hübschem Gesicht. Im Unterschied zu Amalia, die ungerührt sitzen blieb, war Olga so höflich, mir entgegenzugehen und mir die Hand zu geben. Ich schaute ihr in die Augen, um unsere Körpergröße zu vergleichen. Sie war größer als ich, nicht viel, aber größer. Und als Amalia sowieso. Ihr Repertoire höflicher Gesten beinhaltete vermutlich nicht die, eine Wange an die eines durchnässten Mannes zu legen. Auf den ersten Blick schätzte ich ihr Alter näher an die dreißig als an die vierzig. Sie roch wunderbar.

Angesichts der wie Dokumente aussehenden Papiere, die auf dem Tisch ausgebreitet waren, schloss ich, dass die Frau gekommen war, um mit Amalia irgendeine berufliche Sache zu erledigen. Die Idee von der gemeinsamen Arbeit zu ungewöhnlicher Zeit und Örtlichkeit schien mir nicht unvereinbar mit dem Umstand, dass die Damen Champagner tranken. Amalia lud zwar, genau wie ich, nur zögernd Leute zu uns ein, weil wir eben keine Zeit zu putzen und aufzuräumen fanden; aber wenn sie sich auf eines verstand, dann war es, Besucher zu bewirten. Ich nahm es ihr nicht übel, dass sie ihrer Begleiterin Champagner, meinen Champagner, den ich im Kühlschrank für besondere Gelegenheiten aufbewahrte, angeboten hatte. Sie selbst hatte ihn mir zum Geburtstag geschenkt. Ich fand mich sofort mit der Lage ab. Ich meine, wenn dich jemand unverhofft besucht, bietest du ihm ja nicht Leitungswasser an. Wie ich Amalia kenne, hat sie sich ziemlich sicher vorgenommen, mir morgen eine neue Flasche derselben Marke zu kaufen. Verlangen würde ich das natürlich nie. Das Versprechen einer dritten Nacht mit Sex erfüllte mich mit Toleranz und Großzügigkeit und was immer sonst noch nötig war.

«Regnet es?»

Geistreich, diese blöde Frage, oder blöd, so eine geistreiche Frage, mit der Amalia mir ein meteorologisches Gespräch aufdrängte, während diese Olga – herrliche Hüften, schlanke Figur – wieder ihren Platz einnahm. Die darin enthaltene Botschaft war mir klar: Hier wird nichts Ernstes oder Vertrauliches besprochen; also sag zwei harmlose Sachen und verschwinde wieder. Ich antwortete mit den von mir erwarteten Banalitäten, hielt mir auf der Zunge liegende Bemerkungen zurück und sagte dann, ich müsse mich und die Hündin abtrocknen. Amalia verschanzte sich hinter einem Lächeln, das weltgewandte Leute in solchen Situationen aufzusetzen pflegen, hielt die Miene einen Moment und dehnte ihre Stimme, bis sie den sonoren Radiosound erlangte: «Wir bleiben dann hier.» Ich interpretierte ihre Worte als eine Form, mir zu verstehen zu geben, dass ich nicht zurückzukommen brauche. Das war für mich in Ordnung. «Soll ich die Tür schließen?», fragte ich. «Ja, bitte, und hab ein Auge darauf, dass Nicolás zu Abend isst.» Ich war davon überzeugt, dass die beiden Frauen zusammensaßen, um eine dringende Arbeit zu erledigen, für eine Sendung vielleicht den Ablauf festzulegen oder so, und das Letzte, was ich wollte, war, ihnen zur Last zu fallen. Meine erotischen Hoffnungen ließen es mir auch ratsam erscheinen, mich fügsam zu zeigen.

Nikita und ich aßen zusammen in der Küche. Der Junge wusste auch nicht, wer die Frau war. Er wusste es nicht, und es interessierte ihn auch nicht. Nach dem Abendessen ging er zu Bett, jedenfalls sagte er das. Minuten später, ich machte gerade den Abwasch, nahm ich den Geruch von Zigarettenrauch wahr, der zum offenen Küchenfenster zog. Ich beschloss, meinem

Sohn das heimliche Vergnügen zu lassen. In seinem Alter hatte ich selbst heimlich geraucht; doch wenn ich so vergleiche, glaube ich, habe ich es besser zu verbergen gewusst.

Auf Amalias Wunsch, die *Pepa* nicht im Wohnzimmer haben wollte, trug ich deren Schlafkissen zu mir ins Zimmer. Es war wenige Minuten nach zehn, als ich mich zurückzog, um einen kurzen Blick auf meinen Stundenplan des nächsten Tages zu werfen und zu lesen. Dann war es elf, eine kritische Zeit, aus Sicht meiner sexuellen Erwartungen betrachtet, denn mir schien, dass meine Chancen, einen Koitus zu vollziehen, ab da geringer wurden.

Durch die Wand drangen die Gesprächsgeräusche der beiden Frauen zu mir, ein von Lachen unterbrochenes Gemurmel, das ich der euphorisierenden Wirkung des Champagners, meines Champagners, zuschrieb. Ich hatte mir noch keinen Pyjama angezogen, da ich dachte, Amalia würde jeden Moment hereinkommen und mir den Abgang dieser Olga verkünden. Doch dann wurde es zwölf und, ehrlich gesagt, wenn ich den Tag jetzt nicht für beendet erklärte, würde ich am kommenden Vormittag vor Übermüdung wie ein Zombie durch die Schulflure torkeln.

Am Morgen entriss mich der schrille, verhasste, tyrannische Wecker dem warmen Uterus-Ersatz namens Bett. Ich ging im Schlafanzug in die Küche und stellte die Kaffeemaschine an. Das ist mein erstes Ritual vor dem allmorgendlichen Besuch im Bad und danach folgt das Anziehen, derweil die Tasse sich mit köstlich duftendem Kaffee füllt. Hätte ich gewusst, dass die Frau in der Küche war, hätte ich die Reihenfolge meines Tuns umgekehrt. Ich weiß nicht, was sie von mir denken mochte: abends nass bis auf die Knochen und jetzt schlaftrunken und unrasiert. Sie, barfuß und in ähnlich verwahrlostem Zustand, durchsuchte die Schubladen. Sie hatte sehr schöne schlanke Füße mit rot lackierten Zehennägeln. Sie trug Amalias Bademantel und darunter, nehme ich an, nichts. Sie fragte mich, ob ihr zeigen könne, wo die Teebeutel lägen. Ihr Name fiel mir im Moment nicht ein. Ich dachte, dass sie auf dem Wohnzimmersofa geschlafen hatte. Und ich dachte auch, dass sie eine wirklich schöne Frau war und dass es, wenn ich sie nicht auf der Stelle vögelte, nicht daran lag, dass ich keine Lust hatte.

28

Sie sagte auch, wenn ich ihre Beziehung zu Olga akzeptiert hätte, wäre unsere Ehe vielleicht zu retten gewesen.

Die Scheidung war beschlossene Sache, als Amalia mir diesen Vorwurf machte. Sie tat das in einem so ruhigen Tonfall, wie man einen Film kommentiert, wenn man aus dem Kino kommt. Ich gab darauf keine Antwort. Ich wusste, dass wir uns in Zukunft wenig sehen würden; nur in unseren Sohn betreffenden Angelegenheiten. Ich hatte mir vorgenommen, sie so schnell wie möglich aus meinen Gedanken zu verbannen, und mir war, als machte ich schon gute Fortschritte.

«Aber klar; wer sagt mir, dass du unsere Ehe überhaupt retten wolltest?»

Ich würdigte sie keines Blickes. Für mich waren die Zeiten von Provokation und Zank, bissiger Bemerkungen und hitziger Wortgefechte vorüber. Ich drehte mich um und ging mit den Händen in den Hosentaschen, suchte den blauen Morgenhimmel nach Mauerseglern ab.

Ihre vampirische Liebe, wie Humpel es nannte, kümmerte mich nicht mehr. «Sie hat dir auch keine Hörner aufgesetzt», meinte mein Freund, der lesbische Liebe als «eine Massagetechnik mit additionaler Möglichkeit des Zusammenlebens» definiert. Ich solle mir Pornografie ansehen, wenn ich es nicht glaube. «Sie streicheln sich, sie lecken sich, sie reiben sich. Das ist doch kein Sex», spottete er. «Höchstens langsame Gymnastik.»

In jenen Tagen, als ich erfuhr, was ich früher oder später selbst herausgefunden hätte, fand ich auch die Nachricht wieder, die ich Tage zuvor selbst geschrieben hatte. Also hatte Amalia sie nicht zerrissen oder weggeworfen. Da sie jetzt nichts mehr zu verbergen hatte, legte sie sie wieder in den Briefkasten zurück. Zu welchem Zweck? Ich bezweifle, dass Amalia ahnte, dass ich den Zettel geschrieben hatte.

Zu Hause zeigte ich ihn ihr und stellte mich dumm.

Sie hob nur die Schultern und stellte sich dumm.

Ich hätte sie grün und blau schlagen können.

Sie hätte mir zweifellos am liebsten mit einem Dosenöffner die Augen ausgestochen.

29

Der Hass, den ich im Lauf meines Lebens empfunden habe, war vielleicht nicht von bester Qualität. Ich habe ziemlich viel gehasst, aber nur phasenweise, oft mit Überwindung; aber auch – das soll nicht verschwiegen werden – voller Lust. Unsere derzeitigen Regierenden haben ein sogenanntes Hass-Delikt erfunden. Ich nehme an, dass sie dabei an Terrorismus und derartige Dinge gedacht haben; aber wo ist die Grenze zwischen öffentlichem und privatem Hass? Fehlt bloß noch, dass der Gesetzgeber mir verbieten will, meine Schuldirektorin zu hassen. Dann würde ich mich am nächsten Tag mit einem Protestplakat am Wagenrad im Cibeles-Brunnen anketten. Heute wollen die Regierenden unsere Gefühle in beschränkender Absicht so regulieren, wie die Straßenverkehrsordnung den Verkehr reguliert. Ist schon ekelhaft, die heutige Zeit.

Von Ausnahmen abgesehen, war mein Hass immer ein schwelender, mit dem Feuer innen drin. Ich bezweifle, dass die von mir Gehassten gewusst haben, wie sehr und warum ich sie hasste. Manchmal überkam mich jäher Hass in einem Augenblick besten Einvernehmens mit ihnen, sogar während eines Wangenkusses oder einer Umarmung. Ich lächelte sie an, doch drinnen schoss flüssiges Eisen durch meine Adern. Ich frage mich, ob es bei mir nicht eher Abneigung war als Hass. Auf jeden Fall war es ein unterschwelliger, überlegter, verdeckter Hass. Ein Hass als Selbstschutz, gemäß Sigmund Freuds These, dass Hass im instinktiven Schutz des Ichs begründet liegt. Mir liegt es nicht, herumzuschreien, Teller an die Wand zu werfen oder mit dem Messer zuzustechen.

Wenn ich ehrlich bin, glaube ich, dass ich in meinem Leben mehr hätte hassen sollen, oder jedenfalls feuriger. Es stimmt nicht, dass Hass den Hassenden herabsetzt, ihn moralisch erledigt oder sein Wohlergehen und seinen Schlaf beeinträchtigt. Man muss zwischen verschiedenem Hass unterscheiden. Bestimmt gibt es den einen oder anderen, der einen innerlich zerfrisst; aber es gibt auch den, der, wenn er diskret und klug gehandhabt wird, lustvoll sein kann. Genau den habe ich stets mit stiller Beharrlichkeit zum eigenen Wohl kultiviert.

Vor dem freiwilligen Ende meines Lebens möchte ich behaupten, dass sich mir zahllose Möglichkeiten zu hassen boten, die ich jedoch nicht genutzt habe, wobei das Problem für mich nicht so sehr die Quantität als die Qualität war. Mit starken Gefühlen habe ich mich immer schwergetan. Leidenschaften, sowohl die eigenen als auch die der anderen, ermüden mich schnell. Einige meiner Kollegen im Gymnasium halten mich für introvertiert. Sie verstehen nicht, dass ich mich in ihrer Gegenwart langweile, und das geht natürlich leicht auf Kosten der Lebendigkeit, sodass man sich unwillkürlich Gesten und Worte spart.

Des Weiteren ist es so, dass ich niemand hassen kann, den ich nicht kenne. Humpel hasst jede Menge Politiker, Sportler, Schauspieler und Berühmtheiten beiderlei Geschlechts, die er nur aus den Medien kennt. Er lässt kein gutes Haar an ihnen und wünscht ihnen alle nur denkbaren Unannehmlichkeiten an den Hals. Ich kann das nicht. Um so zu hassen, wie es sich gehört, brauche ich ein Gegenüber. Bemerkungen meines Freundes wie die, dass er den derzeitigen Regierungschef nicht ausstehen kann, obwohl er ihn nie persönlich getroffen hat und von dem er sagt, dass der Typ, «wenn man ihn näher kennt, vielleicht ganz in Ordnung ist», sind mir unverständlich. Ich verstehe auch den abstrakten Hass nicht, von dem Francisco Umbral gesprochen hat, den grundlosen Hass nur des Hasses wegen. Mein Hass hat stets ein erkennbares Motiv. Er kann von einem Blick herrühren, von einem Geruch oder einem Wort, und entwickelt sich dann, bis er mich ganz ausfüllt. Es gibt Spanier, die hassen Spanien. Ein derartiger Hass (oder eine Liebe) wäre mir zu groß und würde an allen Seiten wie ein riesiges Betttuch an mir herunterhängen.

30

Papa habe ich vor allem nach seinem Tod gehasst. Vorher habe ich mich nicht getraut, nicht einmal heimlich, da ich den Verdacht hatte, dass er meine Gedanken lesen konnte. Ich war viel zu sehr damit beschäftigt, mich in gesundem Abstand von ihm zu halten, so sehr fürchtete ich ihn; aber ich fürchtete ihn nicht so, wie man einen Tyrannen fürchtet, von dem man alle möglichen Grausamkeiten erwartet, sondern nur wegen des Unvollkommenheits- und Minderwertigkeitsgefühls, das ich in seiner Nähe hatte. Dieses sengende Gefühl verstärkte sich noch, wenn er sich mir gegenüber wohlwollend zeigte. Dann kam mir der bedrückende Gedanke, dass er mich als Schwindler entlarven könnte, der unverdient ein Lächeln, ein Schulterklopfen oder ein paar freundliche Worte eingeheimst hat. Die Furcht vor meinem Vater war mit Bewunderung und vielleicht sogar Zuneigung durchsetzt. Bevor er nicht begraben war, habe ich nicht gemerkt, wie verderblich er für mich gewesen war. Was ich mir immer noch vorwerfe, ist nicht, dass ich Angst vor ihm hatte, sondern dass ich ihn mir nicht zum Vorbild genommen und mich darin geübt habe, anderen Angst einzujagen. Mehr als alles hasse ich Papa, weil ich nicht er bin. Natürlich hätte ich niemals seinen Platz einnehmen und einen so großen Schatten werfen können wie er. Ich weiß nicht, ob ich mich klar ausdrücke; ich meine nicht, so sein wie er, sondern ganz er sein, mit seiner Cordjacke, seinem nikotingelben Schnurrbart, seinem Widerwillen gegen Gefühlsregungen und diesem Geruch, den ich unangenehm fand und heute bitter vermisse. Als Erstgeborener kann ich verstehen, dass ich dazu bestimmt war, die Lücke zu schließen, die sein Tod zu Hause hinterließ. Das ist mir nicht gelungen. Raulito zum Glück genauso wenig, denn das hätte mich echt fertiggemacht. Weder mein Bruder noch ich besaßen die psychische Größe, um in die Persönlichkeit unseres Vaters zu schlüpfen. In seiner Gegenwart war es uns beiden unmöglich, auch nur einen Ansatz von Selbstbewusstsein zu zeigen. Mein Hass auf Papa ist ein posthumer Hass, mit dem ich mich der Illusion hingebe, mich jetzt, da mich sein Blick oder sein bedrohliches Schweigen nicht mehr in die Knie zwingt, zu seiner Größe aufschwingen zu können. Aber warum soll ich mir etwas vormachen; im Grunde ist mein

Hass auf Papa ein reiner und edler Hass unter Männern verschiedenen Alters und verschiedener Daseinsweisen; eine negative Ehrenbezeugung des kleinmütigen Sohnes für einen Mann, der sich selbst hasste. Manchmal, wenn ich über solche Beziehungsdinge nachdenke, glaube ich, dass Papa stolz wäre auf diesen Hass, der mich davor bewahrt, ihn in leidvoller Erinnerung zu behalten, und mit etwas großzügiger Einstellung als Zeichen psychischer Stärke gedeutet werden könnte. Von all meinem Hassen ist dieses auf meinen verstorbenen Vater gerichtete, ganz ohne Zweifel das für mich befriedigendste. Ich zelebriere es sogar mit einem Gläschen Cognac, während ich heute Abend hier sitze und schreibe. Es ist das Übliche; ein Familienmitglied stirbt, und wir sind traurig, es gehen gelassen zu haben, ohne ihm zu sagen, wie sehr wir es gehasst oder geliebt haben oder beides abwechselnd. Tut mir leid, Papa, dass ich nicht die Schneid hatte, mich vor dir aufzubauen, dir meine Hand auf die Schulter zu legen, dir in die Augen zu sehen und mit fester Stimme zu sagen, dass du ein komischer Typ gewesen bist, halb Gott, halb Schwein.

31

Der älteste Hass meines Lebens ist der auf meinen Bruder. Er ist auch der unerbittlichste, wenn wir uns an die Definition von Carlos Castilla del Pino halten, der in einer Studie, die ich vor Jahren gelesen habe, den Hass gleichsetzt mit dem Wunsch, das Objekt, das ihn hervorruft, zu vernichten.

Hassen wir einen Menschen, weil er hassenswert ist, oder ist er hassenswert, weil wir ihn hassen? Was meinen Bruder angeht, besteht dieses Dilemma für mich nicht. In dem Fall dürfte es sich um eine Wirkung handeln, die ihre eigene Ursache hervorruft. Mit anderen Worten: Die Wirkung wäre die Ursache der Ursache, so wie die Ursache die Wirkung der Wirkung wäre. Und wie ich mich jetzt in diesen verbalen Windungen eines Freizeitphilosophen ergehe, habe ich plötzlich das Gefühl, im Klassenzimmer zu stehen und zu meinen Schülern zu sprechen.

In Castilla del Pinos Studie wird eine Behauptung aufgestellt, die ich nicht teile, obwohl es auch sein kann, dass ich sie falsch erinnere. Darin heißt es, dass man niemanden hasst, den man als minderwertig betrachtet, weil man ihn nicht als Gefahr für das eigene Selbstverständnis wahrnimmt. Na gut, aber ich habe nicht eine Sekunde meines Lebens aufgehört, meinen Bruder als minderwertig zu betrachten, und trotzdem hasse ich ihn so, dass ich mich über jedes Unglück freue, das ihn trifft. Als Kind habe ich meinem Bruder bei zahllosen Gelegenheiten den Tod gewünscht. Ich wollte, dass er für immer aus meinem Leben verschwindet. Es hätte mir auch gereicht, wenn sie ihn in ein Internat gesteckt oder zur Adoption freigegeben hätten; dennoch halte ich den Tod, möglichst schmerzvoll, wenn es geht, für die bessere Lösung.

Ich weiß noch, dass ich als Kind nachts im Bett gebetet habe, Raulito möge an Leukämie sterben, woran dem Vernehmen nach ein Kind in unserem Viertel gestorben war. Es wäre mir eine heimliche Freude gewesen, bei der Beerdigung meines kleinen Bruders am Rand des Grabes zu stehen und eine Schaufel voll Erde mit Steinen auf seinen Sarg zu werfen.

«Du wirst bald sterben», oder so etwas Ähnliches sagte ich öfter zu Raulito. «Vielleicht liegst du nächste Woche schon in einem Sarg. Und der Sarg ist so schmal, dass du dich darin nicht rühren kannst, und egal, ob du nach Mama oder Papa rufst, niemand kann dich hören.»

Ich hörte mit meinen Gemeinheiten nicht eher auf, bis Raulito weinte.

Es stimmt zwar, dass sich meine feindseligen Gefühle für ihn besänftigt haben; aber das ist meiner Meinung dem glücklichen Umstand geschuldet, dass wir uns wenig sehen. Ein stillschweigendes Übereinkommen lässt uns einander aus dem Weg gehen.

Der Hass, den ich meinem Bruder entgegenbringe, ist natürlichen Ursprungs. Ich hasse ihn, weil er geboren wurde, weil er mir mit seiner Gegenwart, seinen Bedürfnissen und seinem Wimmern Mamas und Papas Aufmerksamkeit streitig gemacht hat. Es hat keinen Konflikt zwischen uns gegeben, nach dem wir uns nicht mehr riechen konnten. Ich habe Raúl einfach nicht verzeihen können, dass er mir die Schmach angetan hat, mein Bruder zu sein. Ich könnte mir sogar vorstellen, dass ich Sympathie für ihn aufbrächte, wenn er, anstatt aus demselben Bauch zu kommen wie ich, ein Nachbar oder Arbeitskollege wäre.

Dass er dick war, eine Brille trug und als Kind eine Fistelstimme hatte, verstärkte meinen instinktiven Hass nur noch, den ich ihm ja schon entgegenbrachte, seit ich ihn zum ersten Mal als Säugling gesehen hatte. Mama ließ mich ihn im Arm halten, und sofort kam mir der Gedanke, ihn fallen zu lassen. Nein, sein Aussehen war nicht der Hauptgrund für meinen Hass. Ich bin sicher, dass ich ihn, nur weil wir Brüder waren, auch gehasst hätte, wenn er schlank und hübsch gewesen wäre.

Mehr als einmal träumte ich, ich würde in seine Wiege klettern und ihn erwürgen. Jahre später nahm ich, als niemand zu Hause war, das Familienalbum aus einer Schrankschublade und zerschnitt sämtliche Fotos, auf denen Raulito zu sehen war. Mama und Papa haben meinen Streich erst Monate später bemerkt. Für sie war gleich klar, dass ich es war. Papa hat mir mit seinem schrecklichen Blick, der schmerzlicher war als die drei Ohrfeigen von Mama, ein Geständnis abgerungen. Ich wurde ohne Abendessen ins Bett geschickt. Ich glaube, sie haben beide nicht den Sinn meiner Aktion verstanden und sich auch nicht klargemacht, wie unvernünftig ihre Bestrafung war. In der Nacht habe ich daran gedacht, mit einem Sägemesser, das wir in der Küche hatten, Raulito die Kehle durchzuschneiden. Oft lockte mich auch der Gedanke, mir rein aus Trotz selbst das Leben zu nehmen. Auf diese Weise wollte ich meinen Eltern die Gemeinheit heimzahlen, mir ein Brüderchen aufgehalst zu haben. Und es war mir egal, ob mein Tod sie traurig machte oder nicht; auf jeden Fall würde er ihnen Probleme bereiten.

Im Lauf der Jahre nahm mein Hass auf Raulito mildere Formen von Feindseligkeit an. Ich stellte fest, dass er mich ebenfalls hasste, und seitdem hasse ich meinen Bruder hauptsächlich für den Hass, den er mir entgegenbringt. Gewöhnlich äußert sich sein Hass in Anschuldigungen, die die Vergangenheit betreffen, und in Vorwürfen jeder Art. Sein Gesichtsausdruck zeigt mir dabei jedoch, dass ihm das noch nicht reicht. Ich erkenne in seinem Mienenspiel den drastischen Wunsch, das Leben möge mich mit Missgeschicken, Problemen und Unheil überhäufen.

Das hat ihn – vielleicht auf Rat seiner Frau und seiner Töchter – jedoch nicht daran gehindert, in den letzten Jahren den einen oder anderen Versuch der Annäherung zu unternehmen. Es waren alles Gesten einer lauen Herzlichkeit, die sofort meine Wachsamkeit weckten und meinen Hass festigten, da ich nicht glauben konnte, dass er in ehrlicher Absicht handelte.

Ich weiß, dass ich ihn ziemlich oder reichlich verletzt habe. Einmal hat er von mir Rechenschaft für die bösen Streiche verlangt, die ich ihm als Kind gespielt habe. Ich habe mich bei ihm entschuldigt, mich mit kindlicher Unreife herausgeredet und ihn möglicherweise auch als nachtragend bezeichnet.

Ich für mich bin der Meinung, dass Raúl nicht besonders klug gewesen ist. Hätte er sich ausgiebig und auf für mich zufriedenstellende Weise hassen lassen, als wir klein waren, wäre ich es früher oder später leid geworden, ihn zu hassen, und wir wären später, wer weiß, für den Rest unseres Lebens ganz gut miteinander ausgekommen. Manchmal kommt mir auch der Gedanke, dass es ihm vielleicht gefallen hat, von mir gehasst zu werden.

NOVEMBER

1

Der Hass, den ich mein Leben lang für Mama empfunden habe, war stets momentan, aufbrausend, unregelmäßig. Es war ein Hass, der wenig oder überhaupt keinen Spaß gemacht hat. Ein Hass, vergleichbar mit zu großen oder zu kleinen Schuhen, in denen man zu Fuß nie weit gekommen wäre.

In Bezug auf Mama erlebte ich einen Höhepunkt an Hass während der Kindheit; doch im Lauf der Jahre wurde er milder, bis er seinen Stachel verlor und im Erwachsenenleben immer seltener auftrat. Eigentlich ist das Wort Hass übertrieben. Ich sollte sagen Kinderzorn, Wutanfälle, vorübergehende Zornesausbrüche oder etwas in der Art. Was nicht heißt, dass meine Mutter, wenn sie wollte, und das ganz mühelos, nicht eine abscheuliche Vertreterin der Spezies Mensch sein konnte.

Gegenwärtig ist Mama nicht mehr sie selbst. Ich würde sagen, sie ist gar nichts mehr; ein alt gewordenes, rein körperliches Überbleibsel, in dem man unmöglich die kluge und schöne Frau von früher erkennen kann. Heute weckt Mama bei mir nur noch tiefes Mitleid. Und so wie ich als Kind brennend vor Hass den Tod meines Bruders herbeisehnte, so lässt mich heute das Mitgefühl Mamas Tod herbeiwünschen; einen sanften, schmerzlosen Tod ohne Siechtum, versteht sich.

Als Kind fand ich die Zärtlichkeitsbezeugungen, die sie Raulito zuteilwerden ließ, unerträglich. Ich sah sie ihn in den Armen wiegen, ihm die Brust geben, ihn in widerwärtiger Liebe abküssen, ihm etwas vorsingen, alle möglichen Späße machen, damit er lachte, derweil ich, von Eifersucht zerfressen, mir am liebsten den Kopf an einem Möbelstück eingerannt hätte.

Bis zu Beginn meiner Jugendjahre beobachtete ich Mama genau, ob sie meinen Bruder und mich gleichmäßig mit ihrer Aufmerksamkeit und Zuneigung bedachte. Und wenn ich sah, dass Raulito bei der Zuteilung bevorzugt wurde, hasste ich meine Mutter aus tiefster Seele. Ich tat es hinterrücks, da ich fürchtete, wenn sie meinen heimlichen Groll bemerkte, würde sie mich gar nicht mehr leiden können und meinen Bruder für immer vorziehen.

Mama rutschte auch leicht die Hand aus. Sie langte gerne hin; aber Grausamkeit war ihr fremd. Da sie nicht wehtaten, wartete ich manchmal auf ihre Ohrfeigen, die für mich der Beweis waren, dass Mama meinetwegen litt oder sich ärgerte, ich ihr also nicht gleichgültig war. Ihr Wüten hatte Schönheit. Oft war es mit Klagen und sogar Tränen verbunden, als ob sie die Angegriffene wäre. Mit der Zeit erkannte ich, dass Mama – nicht immer, aber auffällig oft – Raulito und mich in Papas Gegenwart ohrfeigte, als wollte sie ihm zu verstehen geben, dass sie uns nicht so verwöhnte, wie er immer sagte. Papa war überzeugt, dass Zärtlichkeit für Jungen schädlich ist. Oft genug nahm uns Mama, nachdem sie uns eine Abreibung verpasst hatte, in den Arm oder strich uns übers Haar, ohne dass Papa es bemerkte.

Wenn ich sie hasste, wünschte ich ihr, dass sie bestraft würde. Dabei war Papa, ohne es zu wissen, meine ausführende Hand. Ich glaube, deswegen fiel es mir immer schwerer, Mama zu hassen; weil ich den Eindruck hatte, dass sie früher oder später ohnehin ihre verdiente Strafe bekam, was für mich bedeutete, dass sie sich schlecht benommen und Papa, der sie manchmal zum Weinen brachte und vor dem sie genauso viel Angst hatte wie wir, in meinem Namen Recht gesprochen hatte. Damit war die Rechnung beglichen und der Hass verwässert.

Dabei war meine Mutter weiß Gott keine Heilige. Ihren Mangel an körperlicher Kraft kompensierte sie durch eine raffinierte Vorliebe für versteckte Rache. Alles deutet darauf hin, dass sie im Geiste äußerst rege war, aber niemand daran teilhaben ließ. Ich weiß, dass sie Zerstreuungen hinter dem Rücken der Familie durchaus zugetan war. Ich will darüber nicht urteilen. Oder vielleicht doch; aber ich traue mir nicht die Gewissenlosigkeit zu, sie zu verurteilen, denn so hart das Urteil auch ausfiele, es könnte nie so hart sein, wie das Leben mit ihr umgegangen ist.

Kurz nachdem sie Witwe geworden war, nahmen mein Bruder und ich mit offenen Mündern zur Kenntnis, dass sie für Papa nie etwas empfunden hatte, was man Liebe hätte nennen können, nicht einmal am Anfang ihrer Ehe; dass sie ihn ohne Begeisterung geheiratet und es ihr sehr leidgetan und sie sehr wütend gemacht hatte, dass es in ihrer Jugend noch kein Scheidungsgesetz gab.

2

Ich merke, dass ich gehemmt bin, diese Zeilen zu schreiben. Wirst du sie eines Tages lesen, mein Sohn, wenn ich nicht mehr bin? Wirst du helle genug gewesen sein und die Geduld aufgebracht haben, bis an diese Stelle zu gelangen? Wirst du überhaupt etwas davon verstanden haben?

Ich kann nicht anders, als mich an dich als das Lebewesen zu erinnern, das mich am öftesten um den Verstand gebracht hat.

Ich habe Titanenkämpfe mit mir selbst ausgeführt, um dich nicht zu hassen. In den kritischen Momenten habe ich mich an alle nur denkbaren Ausreden geklammert: deine geistige Beschränktheit; die leicht nachprüfbare Tatsache, dass deine Mutter und ich bei deiner Erziehung den falschen Weg gegangen sind; das schlechte Beispiel, das wir dir gegeben haben ...

Tatsache ist jedoch, dass man schon aus Eis und Stein hätte sein müssen, um dich nicht zu hassen. Warum? Ganz einfach, weil du eines der hassenswertesten Geschöpfe bist, die je die Luft dieses Planeten geatmet haben. Ja, mein Sohn, diese Zeilen, die ich täglich schreibe, sollen meine ganz persönliche Wahrheit enthalten, auch wenn es eine traurige, schmerzhafte, abstoßende Wahrheit ist. Und die dich angehende Wahrheit ist, dass die Erinnerung sich schon auf den Rücken werfen und mit den Beinen in der Luft strampeln müsste, um einen Tag zu finden, einen einzigen Tag, an dem du mir keinen Grund gegeben hättest, dich zu hassen. Ich hätte dich schon seit Langem fallen lassen können, habe es aber nicht getan. Von Anfang habe ich die Vaterschaft ertragen, wie man einen Buckel erträgt.

Es würde mich nicht wundern, wenn dir gar nicht aufgefallen ist, dass ich dich hasste. Du verstehst ja auch nichts von Ironie. Einmal habe ich dich in die Arme genommen und gesagt, dass ich dich liebe, und du hast es geglaubt. Vergessen wir die Handvoll Vorkommnisse, bei denen du den Galgen verdient hättest; auch ohne die hast du mir unzählige kleine Stromstöße von Hass versetzt. Ich sehe sie als funkensprühendes Kabel, mit verschiedenen Zutaten durchsetzt: Resignation, Erziehungsverantwortung, zärtliches Mitgefühl. Tatsächlich ist es sehr ermüdend, mein Sohn, dich zu hassen, wenngleich es noch ermüdender ist, dich zu lieben, und ich habe beides versucht und habe das Gefühl, in beidem versagt zu haben.

Einmal kam mir der Gedanke, ich wäre nicht dein leiblicher Vater; deine Mutter hätte dich infolge einer Nacht mit einem anderen Mann empfangen, ich weiß nicht, mit irgendeinem Kerl, der ihr zufällig über den Weg gelaufen ist. Doch dieser Gedanke, der mich über manch leidvolle Erfahrung hinweggetröstet hätte, hielt sich nur so lange, bis mir einfiel, dass wir beide dieselbe Blutgruppe, dieselbe Nasenform und dieselbe Haar- und Augenfarbe haben.

Je mehr ich dich hasste, desto mehr tatest du mir leid. Je mehr du mir leidtatest, desto hassenswerter kamst du mir vor. Und ganz oft, wenn ich auf dem Gipfel meiner Verzweiflung dachte, den größten Gefallen, den ich deiner Mutter, mir, der ganzen Welt und dir selbst tun könnte, wäre, dich ins Koma zu prügeln, stahl sich plötzlich ein Lächeln auf meine Lippen, dessen Sinn mir nach wie vor unverständlich ist.

Wie einmal ein Dichter gesagt hat, den du nicht kennst und auch nie kennenlernen wirst, habe ich dich voller Liebe gehasst und voller Hass geliebt, doch im Grunde bist du mir gleichgültig gewesen; alles zusammen, wie Funken aus einer abgeschossenen Flinte, ein paar dahin, ein paar dorthin, in einem völligen emotionalen Durcheinander.

3

Bevor ich meine künftigen Schwiegereltern kennenlernte, warnte Amalia mich, sie seien etwas eigenartig. Wer ist das nicht?, dachte ich. Und außerdem war ich damals so verliebt und meine Libido so außer Kontrolle, dass mir alles egal war und ich jede Art von Tribut, Zoll, Preis, Gebühr bezahlt hätte, nur um an der Seite dieser Frau sein zu können, die nicht nur schön, elegant und bezaubernd war, herrliche Lippen, Augen,

Brüste und Beine hatte, sondern im Bett auch ein anschmiegsames und zärtlich-wildes Kätzchen war. Mir blieb nicht verborgen, dass meine Mutter, mit der Amalia von Anfang an nicht klarkam, keine Bereicherung des Lebens für sie war, und so hielt ich, was ihre Angehörigen anging, den Mund.

Der Umstand, dass Amalia, nachdem unsere Beziehung dauerhaft zu werden versprach, so lange zögerte, mich ihren Eltern vorzustellen, hätte mich hellhörig machen müssen. Wie jemand, der eine bittere Medizin teelöffelweise verabreicht, bereitete sie mich mit Andeutungen hier und da auf das vor, was mich erwartete. Erfolglos. In gewissen Dingen bin ich wirklich ein Tölpel. Andererseits, was interessierte mich ihre Familie! Mich interessierte Amalia. Und sie beharrte so inständig darauf, dass ihre Eltern anständige Menschen seien, dass jeder Keim eines Verdachts in mir erstickt wurde und ich, als ich sie dann kennenlernte, bestens auf sie eingestimmt war.

Wenn wir sie besuchten, bat Amalia mich anfangs, Verständnis für ihre Eltern zu haben, sie einfach schwatzen zu lassen, wie man Kinder schwatzen lässt, mir nichts von dem anzuziehen, was sie sagten, denn schließlich würden wir unser Leben unabhängig von den Meinungen und Wünschen ihrer Eltern gestalten. «Sie sind ein bisschen von gestern», entschuldigte sie sie. Ihre Schwester Margarita führte sie öfter als Beispiel einer verfehlten Strategie an. Die Ältere hatte sich in der Pubertät für Widerspruch und Ungehorsam entschieden, zog aus, als sie gerade achtzehn geworden war, und hatte lange Zeit nicht mehr mit ihren Eltern geredet.

«Ich nehme an, sie haben sie enterbt.»

«Puhh, glaub das bloß nicht. Im Grunde sind meine Eltern herzensgute Leute. Viel Blabla, aber alles ohne Folgen.»

Als ich meine Schwiegereltern fünf Minuten kannte, hasste ich sie bereits. Nach einer Stunde hätte ich ihnen am liebsten den Hals umgedreht. Mir ist immer noch rätselhaft, wie ich mich in all den Jahren so zusammenreißen konnte.

Er war vorhersehbarer, kannte nur ein Thema, war daher erträglicher als die Alte. Ich will damit sagen, dass er bei mir einen weniger tiefen Negativeindruck hinterließ. Bei ihm reichte es, politische Themen zu vermeiden. Ich gewöhnte mir an, Interesse an seinen traditionalistischen Torheiten zu heucheln, die er dauernd von sich gab. Ich nickte nur, gab ihm recht, widersprach nie, und so konnte ich ihn leicht auf Abstand halten und meinen Abscheu verbergen, den sowohl seine Meinungen in mir weckten als auch er selbst, der wegen seiner Schuppenflechte überall eine Schneespur abgestorbener Hautpartikel hinterließ.

Der Alte rechtfertigte die Franco-Diktatur. Er vermisste sie. Er erging sich gern in Parolen dieses Regimes, das für ihn vor allem eine Zeit von Wohlstand und Ordnung bedeutete. Für mich war das alles kein Problem, da nicht die geringste Möglichkeit bestand, dass ich mich von seiner überholten Ideologie anstecken lassen könnte. Leicht hätte ich sein dummes Geschwätz tolerieren können, wenn er sonst ein prima Kerl gewesen wäre. Ein zwar irregeleiteter, aber großzügiger und umgänglicher Mann. Der er nicht war. «Ihr wählt den Partido Popular, eh?», sagte er inquisitorisch, zudringlich, als die Wahl anstand. Ich fand die Gespräche mit ihm reichlich anstrengend, doch zum Glück sahen wir uns nicht oft.

Die Alte war biestiger. Sie hatte die hässliche Angewohnheit, in anderer Leute Privatleben herumzustochern. Sie hatte Freude daran, andere Meinungen zu vergiften. Bei Amalia und mir mäkelte sie an unserer Kleidung herum, unserem Mobiliar, unserem Haarschnitt, unseren Urlaubszielen und einmal sogar an der Nummer des Lotterieloses, das wir gekauft hatten.

«Letzte Zahl Fünf. Die wurde doch letzte Woche schon gezogen. Zwei Mal hintereinander kommt die nie.»

Wie gesagt: am liebsten mit dem Knüppel den Staub rausklopfen.

Meine Schwiegermutter sprach immerzu im Namen Gottes, und wenn es um Vergeben und Bestrafen ging, nahm sie seine Stelle ein. Sie war kleinlich, geschwätzig, kontrollsüchtig und herrisch; mit einem Wort, unerträglich. Einer der unangenehmsten Menschen, die ich je gekannt habe. Eine Weltmeisterin der Arroganz. Eine Herunterputzerin. Eine Kastriererin. Eine Ordnungs- und Sauberkeitsfanatikerin. Schon ihre durchdringende Stimme, das schrille Falsett der bigotten Frömmlerin entfachte in mir einen brennenden Zorn. Ich habe sie nicht ein einziges Mal etwas Bewegendes, etwas Zartfühlendes, etwas Lustiges sagen hören. Ihr malvenfarben getöntes Haar, ihr Rosenkranz, ihre skelettartige Figur, ihre hysterische Angst vor Zugluft, ihre unablässige Frömmelei, ihr Gebiss, ihre von violetten Venen durchzogenen Handrücken, ihr alter Geruch nach Kölnischwasser, ihre kalten Wangen, wenn ich mich zu der ekligen Höflichkeit hinunterbeugte, sie anlässlich eines Besuchs auf die Wange zu küssen, all das und mehr – was ich aber nicht aufzähle, damit keinem schlecht wird – fügte sich zu dem Bild eines Menschen, der einen irrationalen Hass in mir auslöste; einen Hass, von dem ich mich körperlich beschmutzt fühlte, sodass ich mich manchmal, wenn ich bei ihr und dem alten Faschisten – vor allem aber bei ihr – gewesen war, zu Hause sofort unter die Dusche stellte.

4

Amalia. Irgendwann hatte der Name für mich die allerhöchste Bedeutung. Jede seiner Silben war für mich der Inbegriff des Wesens einer faszinierenden Frau. Immer wenn ich ihren Namen aussprach, durchfuhr mich ein wohlgefälliger Schauer. Gesellte sich noch die Anwesenheit der Genannten hinzu, war mein Entzücken vollkommen. Amalia war für mich das Synonym für Schönheit, Zärtlichkeit, Intelligenz und Kameradschaft. Und der Umstand, dass sie meine Zuneigung erwiderte und bereit war, mit mir zusammenzuleben und alles mit mir zu teilen, schien mir das größte Geschenk zu sein, das mir das Leben machen konnte.

Natürlich weiß ich, dass eine Liebesbeziehung, so harmonisch sie auch sein mag, von einem Moment auf den anderen scheitern kann, oft als Folge eines allmählichen Verfalls, der vielleicht ganz unauffällig vonstattenging, bis der Augenblick des Ereignisses, der Szene oder des fatalen Satzes kommt, der zum Zusammenbruch führt.

Tag für Tag hoben Amalia und ich ein imaginäres Uhrengewicht auf der Liebesseite so hoch es ging. Was ich nicht vorhergesehen hatte und sie vermutlich auch nicht, war, dass dieser Zapfen, wenn wir ihn losließen oder er unseren Händen entglitt, mit hoher Geschwindigkeit dem entgegengesetzten Ende zustrebte, sodass das, was gegenseitige Anziehung gewesen war, abrupt in schmerzhafte Ablehnung umschlug. In kurzer Zeit gelangten wir von Wohlwollen zu Verachtung, von Küssen und Lachen zu entfesseltem Hass. Sogar jetzt, während ich mit Schmerzen diese Zeilen schreibe, dreht sich mir der Magen um, sobald ich Amalias Namen erwähne.

Aber ich habe aus Erfahrung gelernt, und wie, und seitdem habe ich nie mehr einen Menschen idealisiert. Manchmal überkommt mich, wie jeden Sohn seiner Mutter, ein sexuelles Verlangen. Dann bezahle ich, was verlangt wird, um dieses Feuer zu löschen, das mich in seiner Gewalt hat, und danach kann ich in Frieden gehen. Nach Amalia habe ich mir geschworen, nie mehr auch nur ein Gramm Energie, Illusion und wahres Gefühl in eine Liebesbeziehung zu investieren. Und Gott – wenn es ihn denn gibt – ist mein Zeuge, dass ich meinen Schwur in jeder Hinsicht eingehalten habe.

Amalia war nicht vollkommen. Ich habe sie vollkommen gemacht, sowohl körperlich als auch intellektuell, um den Genuss des Zusammenseins mit ihr noch zu erhöhen; vielleicht, um mir besser einreden zu können, dass ich ein außergewöhnliches Wesen liebte. Und als ihre Nähe mir mit einem Mal unerträglich wurde, trat die nackte Wahrheit ihrer Mängel zutage, ihrer kulturellen Defizite, ihr schlechter Charakter, ihre Rachsucht und alles, was ich jahrelang nicht hatte sehen wollen, weil ich nur damit beschäftigt war, die Erinnerung an eine ordinäre Fellatio in einem Lissabonner Hotel hochzustilisieren.

5

Sie erniedrigten mich, und ich merkte es nicht einmal. Die eine aus Feigheit, weil sie sich nicht traute, mir klar zu sagen: «Dies ist die Situation, sieh zu, wie du damit klarkommst.» Die andere aus ich weiß nicht welchem Grund, interessiert mich auch nicht; ich nehme an, aus Egoismus, mit dem sie einem Rivalen das Objekt ihrer Begierde streitig machte. Damit ihr Plan gelang, genügte es aus Sicht der beiden, dass ich mich mit den Tatsachen abfand. Was ich am Ende tun würde, falls ich überhaupt etwas tun würde, interessierte die beiden nicht im Geringsten. Außerdem betrachteten sie ihr Wissen, dass ich nicht zu heftigen Reaktionen neigte, als Vorteil. Wenn es hoch kam, würde ich als sichtbares Zeichen meiner Hilflosigkeit zu schreien beginnen, doch das würde sie nicht beeindrucken.

Es machte mich stutzig, dass ich aus der Schule kam und Olga allein in der Wohnung vorfand. Stutzig ist vielleicht nicht das richtige Wort. Lassen wir es bei «es irritierte mich». Sie wieder wie am frühen Morgen barfuß zu sehen, bestärkte mich in der Überzeugung, dass diese Frau nicht zu Besuch bei uns war. Ich gebe allerdings zu, dass es mir gefiel, wenn sie bei meinem Eintreffen ihre Wangen, mhh, mhh, an meine rieb, mir die Hände auf die Schultern legte und den Bauch mit einer fast übertriebenen körperlichen Vertrautheit vorstreckte, die ich nicht verdient zu haben glaubte. Ich kannte die Frau ja kaum, die ich tags zuvor zum ersten Mal gesehen hatte. Genau wie heute Morgen in der Küche erinnerte ich mich nicht an ihren Namen.

In ihren Bewegungen und Gesten lag eine natürliche Sinnlichkeit, die sie sehr verführerisch machte, obwohl das nicht in ihrer Absicht zu liegen schien; oder sie war eine Meisterin in der Kunst der fingierten Sorglosigkeit. Ihr Lächeln zeigte perfekte Zähne in einem großen Mund mit vollen, aber nicht zu aufgeworfenen Lippen, die, wenn sie sich in die Breite zogen, das ganze Gesicht mit einer Welle von Anmut und Sympathie überfluteten. Es war ein Lächeln, das gleichzeitig Freude und Schmerz ausdrücken konnte, wie wenn man bei einem unvermuteten Stechen mit zusammengebissenen Zähnen Luft einsaugt. Ich gebe zu, dass mir für eine bessere Erklärung die Worte fehlen. Aber ich könnte den einfacheren Weg über die Vulgärsprache nehmen. Das Weib war eine Granate.

Als angenehm empfand ich auch, dass sie sich für *Pepa* interessierte. Sie stand neben mir, als ich, in der Hocke, dem Tier Geschirr und Leine anlegte und dabei aus den Augenwinkeln die herrlichen weiblichen Fußrücken betrachtete, während Olga verschiedene Fragen zur Hundepflege stellte. Ich beantwortete sie ihr gerne und erging mich möglicherweise zu sehr in Einzelheiten. Irgendwann kraulte sie der Hündin den Kopf; eine Geste, die bei Amalia undenkbar gewesen wäre. *Pepa*, sanft und liebevoll, wie sie ist, leckte daraufhin dankbar die Finger der Frau, was diese sich ohne das geringste Anzeichen von Widerwillen gefallen ließ.

Ich ließ diese Olga allein und barfuß in unserer Wohnung zurück. Draußen stellte ich Vermutungen an. Wenn sie mit Amalia zusammen an einem Radioprogramm arbeitete und beide Kolleginnen waren, warum waren sie dann nicht morgens beide zum Sender gegangen? Mir kam der Gedanke, dass die Frau vielleicht aus einer anderen Stadt gekommen war und Amalia ihr großzügig angeboten hatte, ein paar Tage bei uns zu wohnen. Was mich nur wunderte, war, dass Amalia mir nichts davon gesagt hatte. Vielleicht lag es daran, dass es derzeit im Sender ein Finanzierungsproblem gab und eine drastische Personalanpassung, vielleicht sogar die Schließung befürchtet wurde und Amalia noch nicht dazu gekommen war, eine für sie eher unbedeutende Sache mit mir zu besprechen. Andererseits hatten wir uns seit gestern Abend nicht mehr gesehen, sodass sie auch gar keine Gelegenheit gehabt hatte, mir zu erzählen, wer zum Teufel diese barfüßige Frau war und was sie in unserer Wohnung zu suchen hatte.

Wachsendes Unbehagen veranlasste mich, den üblichen Rundgang mit *Pepa* abzukürzen. Zurück in der Wohnung, fragte ich Olga freundlich und wie nebenbei, wo sie zu Hause sei. Sie antwortete mir lächelnd, das ginge mich nichts an, zog einen Schmollmund und nannte mich vorwitzig. Ich wollte mich nicht geschlagen geben und weiterbohren, doch da machte ich eine Entdeckung, die mich erstarren ließ. Diese Olga hatte tatsächlich angefangen, Andenken, die Amalia und ich in einer Vitrine im Wohnzimmer sammelten, umzustellen; darunter ein *Souvenir* aus Blech, das Papa und Mama mir bei unserem Parisbesuch gekauft hatten, als ich in den Fluss gesprungen war. Für Raulito hatten sie dasselbe gekauft. Es handelt sich dabei um eine kleine Replik des Eiffelturms. Ich glaube nicht, dass er mehr als ein paar der alten Francs gekostet hat. Aber ich behalte ihn, weil er für mich einen unschätzbaren Erinnerungswert besitzt. Allein die Tatsache, dass diese Frau ihn in die Hand genommen hatte, ärgerte mich. Trotzdem hielt ich mich zurück und dachte, bevor der Tag endete, würde der kleine Eiffelturm wieder an seinem angestammten Platz stehen. Das fehlte noch.

«Was tust du da?»

«Aufräumen. Siehst du doch.»

Mehr sprachen wir nicht. Ich ließ die Sache auf sich beruhen, da ich annahm, dass Amalia mir später alles erklären würde. Ich ließ die nebenberufliche Putzfrau auf dem Stuhl zurück, auf den sie gestiegen war, und ging in die Küche, um *Pepa* zu füttern und das Essen für Nikita zuzubereiten, der bald aus der Schule kommen würde. Damit war ich beschäftigt, als die Frau plötzlich auf der Türschwelle stand und in einem nicht gerade autoritären, aber doch bestimmten und entschlossenen Ton zu mir sagte, ich solle nie mehr mit Amalia schlafen. Den genauen Wortlaut weiß ich nicht mehr; aber das war der Sinn, vorgebracht ohne jede mildernde Vorrede.

«Du willst mir die sexuelle Beziehung zu meiner Frau verbieten?»

«Sie braucht sie nicht; und soweit ich weiß, mag sie sie auch nicht.»

Ich schwöre, dass es gelogen ist, wenn Amalia mir hinterher vorwarf, ich hätte Olga angeschrien. Ich habe mich sehr ruhig geäußert, meine Worte genau abgewogen, viele waren es auch nicht, da ich dieser Olga nur mitteilte, sie habe drei Minuten, um ihre Sachen zu packen und aus meiner Wohnung zu verschwinden.

Bei ihrem strengen Mund und dem arrogant vorgestreckten Kinn hatte ich das Gefühl, jetzt endlich das wahre Gesicht dieser Frau zu sehen.

«Gut, ich gehe», sagte sie, herablassend lächelnd. «Aber dadurch wird sich nichts ändern.»

Als sie hinausging, ließ sie die Wohnungstür hinter sich weit offen. Sie war noch nicht auf der Straße, da hatte ich meinen Eiffelturm wieder an seinen gewohnten Platz gestellt.

6

Wir ließen Nikita in seinem Zimmer und gingen auf die Dachterrasse, um uns ohne Zeugen auszusprechen. Das war der einzige Punkt, über den Amalia und ich uns an diesem Abend einig waren. Die Sonne war untergegangen, aber es war immer noch heiß. Ich weiß nicht, ob Amalia der plötzliche Wunsch nach Heldentum überkam oder ob die Verzweiflung ihr nur das Gehirn vernebelte. An ihrer Stelle, mit ihren dünnen Ärmchen, wäre ich vorsichtiger gewesen. Wie leicht wäre es mir gefallen, sie vom Dach zu werfen und hinterher ihren Selbstmord zu beweinen! Ich musste mehrmals daran denken, weil Amalia nicht aufhörte, mir die Rolle des Aggressors zuzuschieben, während sie für sich und ihre Freundin die Rolle des Opfers eines menschenfressenden Machos beanspruchte.

Amalia redete wie ein Wasserfall. Sie redete und redete mit dem offenkundigen Ziel, mich nicht zu Wort kommen zu lassen. Von dem verbalen Hagelschauer erschöpft, hörte ich oft gar nicht mehr hin und dachte stattdessen an meine eigenen Dinge oder vertiefte mich in die Betrachtung der umliegenden Gebäude. Mir fielen die von Nietzsche vorgebrachten Einwände gegen die Sklaven-Moral ein, deren Grund die Verzagtheit der Schwachen war. Ich erinnerte mich auch an die Überzeugung, die Humpel einmal geäußert hatte: «Ihre körperliche Unterlegenheit verleitet die Frau dazu, den Mann mit einer Unzahl von

Bestimmungen in seiner Bewegungsfreiheit einzuschränken. Auf diese Weise, indem sie ihn schwächt, kann sie sich zu gleicher Höhe mit ihm aufschwingen.»

Abzustreiten, dass ich ihre Geliebte angeschrien hätte, half mir nichts. Das Wort Geliebte hatte ich absichtlich benutzt, um Amalia zu verstehen zu geben, dass sie sich vor mir nicht mehr verstellen musste. Was das Anschreien betraf, glaubte sie mir nicht. Sie glaubte ihrer Partnerin, wie sie ihre Freundin zu nennen beliebte. Sie beschimpfte mich weiter als ordinär, unsozial, stillos, und immer wieder verfiel sie in ihre alte Leier über das Anschreien der armen Olga, als wäre das der Hauptgrund für unseren Disput.

Verbittert sagte ich, und jetzt schrie ich tatsächlich, ich hätte «diese Tante» nicht angeschrien. Es machte mir riesigen Spaß, mit Blick auf die Dächer und Dachterrassen des Viertels, in herabsinkender Nacht, die Rolle des leidenschaftlichen Mannes zu spielen, der sich nicht mehr beherrschen kann.

«Siehst du?», hielt Amalia mir entgegen. «Jetzt schreist du mich auch an. Es ist schwer, mit einem Mann wie dir zusammenzuleben.»

7

Ich fragte Amalia auf der Dachterrasse, warum sie mich überhaupt geheiratet hatte. Hatte sie die Gefühlsbindung an mich jahrelang gespielt? Sah sie in mir nur den Samenspender und Co-Financier bei der Kindererziehung? Sie senkte den Blick. Für mich lag in dieser Geste ein Schuldgefühl, nicht wegen ihrer lesbischen Beziehung (die sollte sie ruhig ausleben), sondern weil sie mich in ein Familienprojekt einbezogen und dann im Stich gelassen hatte, sodass jetzt jede Menge Verdruss und kostspielige Verantwortlichkeit auf mich wartete sowie ein Sohn, auf den man sich wie auf Zahnschmerzen freute.

Amalia hatte darauf gedrängt, dass wir heirateten. Und hinter ihr hatte meine Schwiegermutter gedrängt, da sie fürchtete, ihre mutmaßlich vernünftige Tochter könne, genau wie die verhasste, ein Leben in Todsünde führen, wobei die alte Frömmlerin in einer bei ihr selten anzutreffenden verschwenderischen Selbstlosigkeit sich – was blieb ihr auch übrig – damit abfand, dass wir nur standesamtlich heirateten. Und ich muss gestehen, dass ich, entgegen Mamas Rat, dem Verfahren zustimmte. Machte mich das Versprechen auf unzählige Nächte erfüllter Fleischeslust blind? Möglich.

Bei unserem Streit auf der Dachterrasse zögerte ich nicht, mich als Opfer einer Täuschung darzustellen, zu der sich erschwerend noch die Verdrängung ehelichen Verkehrs in meinen eigenen vier Wänden gesellte. Der Beweis dafür war, dass diese Olga von mir verlangt hatte, nicht mehr mit meiner Frau zu schlafen. «Das ist wirklich ungeheuerlich», sagte ich, «außerdem schäbig und beschämend, meinst du nicht?» Ich sah Amalia an, wie sehr sie jedes meiner Worte schmerzte. Mit Tränen in den Augen fragte sie mich, ob ich es darauf abgesehen hätte, sie zu vernichten. Vernichten schien mir ein übertriebener Ausdruck zu sein. Dabei dachte ich an Dynamitladungen, Abrissbirnen, Atombomben und nicht an Worte, gegenteilige Meinungen oder Kritik. Amalia sagte, sie sei von meiner Rachsucht überrascht. Ich sah sie an und dachte, wie hübsch sie war mit ihren tränenfeuchten Augen und einer Unschuldsmiene, die mir zu sagen schien: «Was kann ich dafür, dass ich mich verliebt habe? Hast du dich etwa noch nie mit Masern angesteckt oder dir eine Erkältung eingefangen?» Ich war zwischen Mitleid und Abscheu hin- und hergerissen. Das Mitleid bremste meinen Hass; der Hass machte mein Mitleid zunichte. Derweil setzte Amalia in der Rolle der schönen Tragödin ihre tragische Darbietung fort.

Als ich sie so sprechen, nervös die Lippen bewegen und die Brauen zusammenziehen sah, stellte ich mir wieder vor, wie ich sie auf meine Arme nahm und vom Dach warf. Fast im selben Moment rannte ich, von Reue getrieben, die Treppen hinunter. Auf den Fahrstuhl zu warten, hatte ich keine Zeit. Ich rannte so schnell ich konnte, nahm drei, vier Stufen auf einmal und war auf der Straße, noch bevor Amalia auf dem Bürgersteig aufprallte. Ich streckte die Arme aus, und es gelang mir, ihren Fall *in extremis* zu stoppen.

Amalia hatte inzwischen angefangen, über die Liebe zu dozieren, ohne theoretischen Anspruch indes, sondern rein in Beziehung zu sich selbst und unter reichlichem Aushub von persönlichen Anekdoten, dazu gedacht, ihrem Verhalten eine moralische Basis zu geben. Einen Moment lang dachte ich, sie spräche in einer von ihr erfundenen Sprache zu mir, als wäre sie mehr daran interessiert, sich selbst reden zu hören, als mit mir zu kommunizieren. Dann erinnerte ich mich an einen Satz aus einem Brief von Hannah Arendt, den ich mir in ein schwarz eingebundenes Moleskine-Heft geschrieben habe, das noch irgendwo bei meinen Büchern zu finden sein muss. Ich zitiere aus dem Gedächtnis: «Schon als Kind habe ich immer gewusst, dass ich nur durch die Liebe leben kann.» Das war auch wohl mehr oder weniger der Gedanke, den Amalia mir auf eine, sagen wir, schlichtere Weise nahezubringen suchte. Ich antwortete ihr mit der dummen Bemerkung, dass alle Welt geliebt werden will, kleine Spannungspause, um ihr dann mitzuteilen, dass das mit ihr und Olga meiner Meinung nach nichts anderes als geschmeichelte Eitelkeit war. Sie korrigierte mich: Ihr sei es egal, ob sie geliebt werde oder nicht; sie sei es, die lieben wolle, ganz gleich, ob diese Liebe erwidert würde oder nicht, und die daher

Verlangen nach einem anderen Menschen empfinden und ihn bewundern wolle. Und genau das passiere ihr, auch wenn es mich kränken sollte, mit Olga, und nicht mit mir.

Voller Häme fragte ich sie, ob ihre Eltern schon wüssten, dass sie lesbisch war. In Amalias Augen blitzte ein Funke von Beunruhigung und vielleicht sogar Schrecken auf. Ich hätte schwören können, dass ihr Herz wie wild hämmerte. Mit boshaftem Vergnügen beobachtete ich die sichtbare Angst in ihrem Gesicht.

«Und unser Sohn? Weiß Nikita, dass du mit dieser Frau ins Bett gehst, die du uns ins Haus gebracht hast?»

Auf einmal blieb Amalia stumm. Mir war das egal. Wir hatten Zeit, und ich wartete in Ruhe ihre Antwort ab. Die lautete in meiner Erinnerung: «Du kannst mir wehtun, zugegeben; aber du kannst mich nicht erpressen. Meinen Eltern und unserem Sohn würdest du damit großes Leid zufügen. Wenn dich das glücklich macht, nur zu.»

Ich hätte an dieser Stelle schweigen sollen, doch das von einem kleinen Sieg gekrönte dialektische Scharmützel hatte mir Appetit auf einen vollkommenen Triumph gemacht. Ich hatte mir das nicht gut überlegt, war berauscht von mir selbst, wollte verletzen und gab die unglückliche Antwort: «Du hast mich überzeugt. Ich werde mir auch eine Geliebte zulegen.»

Amalias Augen wurden trüb vor Verachtung.

«Weißt du was?», sagte sie mit kalter Ruhe. «Du warst dein ganzes Leben lang nur erbärmlich.»

Sie drehte sich um und ging entschlossenen Schritts zur Tür, die ins Hausinnere führte. Ich blieb noch lange auf der Dachterrasse, betrachtete den Abendhimmel mit Mauerseglern, ein paar Kräne und die eingerüstete Hauswand gegenüber. Ich nahm an, dass Amalia und ich in Kürze die Scheidung einreichen würden. Je schneller, desto besser, dachte ich. Doch dann währte unsere gescheiterte Ehe noch zwei weitere Jahre, in denen wir uns ausgiebig und ausdauernd das Leben schwer machten.

8

Ich setze meine Kampagne der in der Stadt abgelegten Bücher fort. In den Regalen zeigen sich schon erste Lücken. Je mehr meine Bibliothek schwindet, umso weniger schmerzt es mich, mich von meinen Büchern zu trennen, sogar von jenen, die einmal eine besondere Bedeutung für mich hatten. Bücher, die einen tiefen Eindruck auf mich gemacht haben, aus denen ich gelernt habe, die mir Vergnügen bereitet und meine Seele aufgewühlt haben. Wertvolle Exemplare waren darunter, die mir beträchtliche Kosten verursacht haben; Geschenke von Mama und Papa, von Amalia, als sie mich noch liebte; auch Erstausgaben, Werke auf Französisch und von Autoren signierte Exemplare von der Buchmesse, die ich auf der Jagd nach Autogrammen immer gerne besucht habe.

Wozu habe ich so viel gelesen? Wovor haben die Bücher mich gerettet? Ich weiß natürlich, dass sie mich vor nichts gerettet haben; aber mit irgendetwas musste ich ja die Zeit totschlagen, die Welt verstehen lernen, mir ein paar Kenntnisse aneignen und mit ein wenig Glück meinen Lebenshorizont erweitern.

Heute Nachmittag, als der Regen für eine Weile aufhörte, habe ich mit *Pepa* einen langen Spaziergang zur Cuesta de Moyano unternommen. Unterwegs habe ich Bücher zurückgelassen. Ich platziere sie nicht immer so, dass man sie gleich sehen kann. Manchmal verstecke ich sie unter Parkbänken oder stelle sie in eine Mauerlücke. Dabei achte ich natürlich stets darauf, dass sie nicht nass oder schmutzig werden.

Als ich in der Cuesta de Moyano ankam und den ganzen Retiro-Park durchquert hatte, war ich bis auf ein Exemplar von Camus' «Der Fremde» alle Bücher losgeworden. Es war eine preiswerte Ausgabe, die ich schon drei oder vier Mal gelesen hatte. Sie war gerade so groß, dass sie in meine Manteltasche passte.

Mit *Pepa* an meiner Seite, die sich meinem Flaniertempo so angepasst hat, dass ich sie gar nicht wahrnehme, habe ich mir in aller Ruhe die mit alten Büchern vollgestellten Stände angesehen, und obwohl es zahllose ansprechende Titel gab, ist es mir leichtgefallen, der Versuchung zu widerstehen, einen davon zu kaufen. Für die Zeit, die mir noch bleibt, lohnt es sich nicht, mir weitere Bücher in die Bibliothek zu stellen. Bis vor Kurzem war es undenkbar, dass ich ans Ende der Cuesta kam, ganz gleich, ob ich sie hinauf- oder hinunterging, ohne dass ich mindestens ein Buch gekauft hatte. Mehr als einmal hatte ich am Ende Lesestoff für lange, lange Zeit dabei.

Zurück zum Thema. Während ich die Büchertische durchstöberte, steckte ich mein Büchlein von Camus heimlich in einen Stapel von Romanen für drei Euro das Stück, wobei man zwei für fünf Euro erwerben konnte. Ich bin langsam die Cuesta nach unten gegangen, bin an jedem Stand stehen geblieben, *Pepa* an meiner Seite, wenige Besucher, und am letzten Stand bin ich umgekehrt und habe Camus' Roman zu dem Preis gekauft, der auf dem Schild stand. Der Buchhändler hat mich gefragt, ob ich eine Tüte möchte. Ich habe ihm gesagt, das sei nicht nötig, das Buch passe in meine Manteltasche.

Von der Cuesta de Moyano aus habe ich über den Paseo del Prado den Heimweg angetreten. Minuten später erblickte ich das Schild einer Bar, La Tapería, die ich noch nicht kannte, und da merkte ich, dass ich beinahe am Verdursten war, und bin hineingegangen. Eine Kellnerin mit dem Akzent irgendeines südamerikanischen Landes hat mir die Bestellung gebracht. An einem der Nebentische hat ein Typ von fünfunddreißig oder vierzig Jahren, mit Brille und angegrautem Haar, plötzlich angefangen, in sein Handy zu brüllen und dabei ärgerlich den Kopf zu schütteln. «Du blöde Schlampe.» Diesen Satz sagte er mehrere Male. «Das Kind kannst du dir sonst wohin stecken.» Aggressiv, wütend, die Stirn in die Hand gestützt. Voller Zorn quetschte er die Worte hervor. «Du willst mich umbringen? Komm runter, wenn du dich traust, blöde Schlampe.»

Die Kellnerin hat ihn mit Namen angesprochen, ihm die Hand auf die Schulter gelegt und ihn gebeten, nicht so zu schreien. «Tut mir leid», sagte der Typ im Fortgehen. Ich dachte: Wie gut ich dich verstehe, Kumpel! Und ich war stark versucht, ihm nach draußen zu folgen, ihm mein Leben zu erzählen, mir seine Geschichte anzuhören, mich mit ihm zu betrinken, mit ihm zusammen Tränen zu vergießen und zu lachen, die ganze Nacht hindurch, und ihm am Ende das Buch von Camus zu schenken, das ich, mehr aus Faulheit und Müdigkeit als aus sonst einem Grund, zwischen den Seiten der Speisekarte versteckt in der Bar liegen lassen habe.

9

Im Stapel anonymer Nachrichten suche ich die nächste, die ich im Briefkasten entdeckt habe. Es war eher ein kurzer Brief als eine Nachricht. Ich schreibe sie ab: «Untersteh dich, die Hand gegen deine Frau zu heben. Mehr als hundert Augen beobachten dich, auch wenn du sie nicht siehst. Verbale Gewalt lassen wir auch nicht zu. Über hundert Ohren hören dich. Du kannst sicher sein, dass die Folgen deiner tätlichen oder verbalen Aggression für dich schmerzlicher sein werden als der

Schmerz, den du zufügst. Sieh dich also vor! Und lass dir die Haare schneiden. Dein Nacken sieht aus wie der eines Esels.»

Zu Hause habe ich den Zettel auf den Küchentisch gelegt. «Hast du das geschrieben?» Amalia leugnete es rundweg ab. Was sie mir zu sagen hätte, würde sie mir schon ins Gesicht sagen. «Aber du hast die Nachricht gelesen, bevor du nach oben gegangen bist.» Das gab sie schulterzuckend zu. «Und warum hast du mir den Zettel nicht mit raufgebracht?» Mit einem Anflug von Ärger in der Stimme sagte sie, sie kümmere sich nur um ihre eigene Post. Ich ließ es dabei bewenden. Schließlich musste ich damit rechnen, von hundert Augen und Ohren beobachtet und belauscht zu werden.

10

Schon im Hauseingang, als ich die Nachricht las, die zu dem klaren Zweck verfasst worden war, mir zu drohen und mich zu beleidigen, fasste ich mir an den Hinterkopf und stellte tatsächlich fest, dass er sich wollig anfühlte. Ich musste unwillkürlich an Papa denken. In der Verbitterung seiner letzten Jahre neigte er dazu, seine Hygiene zu vernachlässigen. Seine Vorlesungen in der Universität hielt er schmutzig und schlampig gekleidet. Ich begriff, dass ich gar nicht viel dazutun musste, um auf demselben Weg zu landen, wenn ich mich der Nachlässigkeit und Mutlosigkeit ergab.

Seit meinem Streit mit Amalia auf der Dachterrasse hatte ich keinen Menschen auf der Welt mehr, dem ich gefallen musste, und keine Frau, die auf mein Aussehen achtete, meinen Nacken ausrasierte, mir die Flecken aus der Kleidung wusch, mich auf die Haare hinwies, die mir aus den Ohren und Nasenlöchern wuchsen, die mit mir schimpfte, weil ich schlecht roch, die mich anhielt, meine Unterwäsche zu wechseln, die Nägel zu schneiden oder mich zu duschen.

Prinzipiell stört mich ein bisschen Schmutz nicht, dem ich innerhalb tolerierbarer Grenzen sogar eine gewisse Schutzfunktion zuerkenne. Trotzdem beschloss ich, Papas Beispiel mangelnder Hygiene nicht zu folgen, damit es am Gymnasium nicht zu Gerede und spöttischen Bemerkungen kommt; vor allem aber, damit Amalia sich nicht in dem Triumphgefühl sonnen kann, dass ich ohne sie verloren bin.

Nachdem ich die Notiz gelesen hatte, kam mir der flüchtige Gedanke, Nikita von Freund zu Freund und nicht von Vater zu Sohn zu bitten, mir den Nacken auszurasieren. Vorher würde ich ihm erklären, dass es mir unmöglich ist, eine Körperstelle anständig sauber zu halten, die ich nicht selber sehen kann. Und ich würde ihm erklären, dass ich nicht mehr auf die Hilfe seiner Mutter zählen konnte. In meiner Naivität glaubte ich, der Junge könnte mit seinen dreizehn Jahren rudimentäre Kenntnisse des Friseurhandwerks erlernen. Als ich sein Zimmer betrat, sah ich ihn mit einer Spielzeugpistole auf sein Spiegelbild im Schrankspiegel schießen und erkannte, dass es zwecklos wäre, ihn um den Gefallen zu bitten. Ein Friseur aus dem Viertel säuberte mir für ein paar Euro nicht nur den Nacken, sondern auch den Hals. Ich gehe jetzt regelmäßig zu ihm, obwohl sein Geschäft etwas weit entfernt ist, seit ich in La Guindalera wohne. Ab und zu lasse ich mich auch von ihm rasieren, weil ich es mag, wie der gute Mann mir Wangen und Kinn einseift und mein Gesicht betatscht, derweil er mir, meistens über Fußball, die Ohren vollquatscht.

11

Als ich aus der Schule nach Hause kam, ließ Mama gerade eine Schimpfkanonade über Raulito ergehen. Ihr Geschrei war schon im Treppenhaus zu hören. Mein Bruder weinte auf seine schrille durchdringende Art, wie ein Schwein im Schlachthof nannte Papa das. Ich konnte nicht einmal meine Schultasche abstellen oder mir die Schuhe ausziehen, da stürzte sich Mama schon auf mich. Die Hand auf Ohrfeigenhöhe, fragte sie mich, ob ich das Heft ebenfalls gelesen hätte. Ich wusste nicht, wovon sie sprach. «Das weißt du genau.» Ehrlich, ich hörte zum ersten Mal davon. Meine Worte und mein überraschtes Gesicht schienen Mama davon zu überzeugen, dass ich nicht log, und so sagte sie nur in drohendem Ton: «Wehe, wenn doch.» Dann fuhr sie fort, meinen Bruder abzukanzeln.

Beim Abendessen, Papa nicht da, riss sie mit wütenden Händen das Heft, das ich zum ersten Mal sah, in Stücke, warf sie alle zusammen in die Küchenspüle und zündete sie an. Die Flammen schlugen hoch, und es endete dort etwas, dessen Sinn sich meinem Verständnis entzog. Ich verstand nichts, absolut gar nichts, weder Mamas Tränen noch ihre gemurmelten Worte noch, warum sie Raulito plötzlich an den Haaren riss; aber die Neugier hatte bereits von mir Besitz ergriffen und juckte am ganzen Körper, dass es kaum noch auszuhalten war. Und als mein Bruder und ich schlafen gingen, stand ich, nachdem das Licht gelöscht war, gleich an seinem Bett, drückte ihm mit beiden Händen den Hals zu und sagte: «Jetzt sagst du mir sofort, was für ein Heft das war und was darin gestanden hat.» Da er den Mund aufmachte, als wollte er um Hilfe rufen, drückte ich noch fester zu, bis ich merkte, dass er kaum noch Luft bekam, sodass ihm nichts anderes übrig blieb, als mit röchelnder Stimme einiges von dem preiszugeben, das er gelesen hatte. So erfuhr ich, dass Mama ein Tagebuch schrieb. Der in Schubladen schnüffelnde Raulito hatte es entdeckt, und Mama hatte ihn erwischt, als er darin las. Er schwor ihr, dass es das erste und einzige Mal war. «Du bist einfach bloß blöd», sagte ich zu ihm. Dann machte ich ihm noch Vorwürfe, dass er mir die Existenz dieses Hefts verschwiegen hatte.

Im dunklen Zimmer konnte ich so tun, als ob mich das alles unbeeindruckt ließ, was Mama nicht mehr aushalten konnte, und dass sie eines Tages eine Flasche Natriumcarbonat austrinken würde. Raulito erschrocken: «Papa hat uns nicht lieb, und Mama will sich umbringen.» Dann schlug er vor, die Flasche Natriumcarbonat, die im Unterschrank der Küchenspüle bei den Reinigungsmitteln stand, in den Müll zu werfen. Ich sagte: «Wie blöd bist du eigentlich? Wenn wir die Flasche wegwerfen, kauft Mama unten im Laden eine neue.»

Dann legte ich mich wieder ins Bett. Ich konnte lange nicht einschlafen. Wir waren ja noch halbe Kinder, und mein blöder Bruder hatte mich mit seiner Angst angesteckt.

12

Wir trugen Papa zu Grabe. Es kamen Verwandte zu Besuch, die wir lange nicht gesehen hatten und danach nie wieder gesehen haben. Sie sprachen uns mit betrübter Miene und in Trauerkleidung ihr Beileid aus; einige wortreicher als andere, aber alle schwülstig, und verschwanden dann wieder dorthin, woher sie gekommen waren. Als wir drei allein waren, zeigte Mama auf das Ehebett im Schlafzimmer und sagte zu Raulito und mir: «Das da sind Papas Sachen. Nehmt davon, was euch gefällt. Der Rest kommt morgen auf den Müll.»

Etwas schüchtern, weil wir verbotenes Territorium betraten, machten Raulito und ich uns daran, das eine oder andere Andenken an Papa an uns zu nehmen. Es war, als fürchteten wir, er könne – frisch auferstanden – unversehens ins Zimmer treten und uns dabei erwischen, wie wir seine geheiligten Sachen durchstöberten.

Um die Wahrheit zu sagen, fand ich keine einzige väterliche Reliquie, die mir nützlich oder wertvoll erschienen wäre. Da ich aber sah, wie Raulito auf dem Bett einen ganzen Berg von Dingen anhäufte, die er da und dort entdeckte, wollte ich nicht zurückstehen und tat es ihm gleich. Stets die Schätze meines Bruders im Blick, raffte ich ein paar Krawatten zusammen, die ich niemals tragen würde, sowie ein Feuerzeug (das ich von Raulitos Haufen nahm, weil ich nicht einsah, dass er es bekommen sollte, bloß weil er es zuerst gesehen hatte), eine Armbanduhr, einen Füller und ähnliche Dinge. Ich weiß nicht, wie es meinem Bruder ging; aber ich hatte das unbehagliche Gefühl, ein Dieb im eigenen Haus zu sein. Mama war in der Küche und interessierte sich kein bisschen für das, was wir taten.

Raulito rief mich, um mich auf den Inhalt einer der Kommodenschubladen hinzuweisen. Seinem Gesichtsausdruck konnte ich schon entnehmen, dass das, was er mir zeigen wollte, nicht zu Freudensprüngen Anlass geben würde. Drinnen lagen Papas weiße Unterhosen. Weiß, als er sie zum ersten Mal anzog. Die in der Schublade hatten schon lange keine Waschmaschine mehr von innen gesehen, und es machte mich traurig und widerte mich an, dass dieser Dreck (und die löchrigen Socken in einer anderen Schublade und die unordentlich in den Kleiderschrank gestopften Hemden) unsere Erinnerung an Papa beschmutzte.

Mir war die Lust am Aussortieren oder Plündern oder was immer wir da taten, gründlich vergangen. Ich verspürte einen unüberwindlichen Widerwillen, die Dinge zu berühren, die ich auf einem Stuhl angehäuft hatte, und so nahm ich den Füllfederhalter und eine Krawatte, gab Raulito das Feuerzeug zurück, das teuer aussah, und ließ den Rest, wo er war. Am liebsten hätte ich Mama gleich gefragt, warum Papa seine Sachen, vor allem die Unterwäsche, in einem so erbärmlichen Zustand aufbewahrte; doch dann beschloss ich, meine Nase nicht in Dinge zu stecken, die zu einer Antwort führen mussten, die ich im Grunde schon kannte.

13

Humpel, mit dem ich heute Abend in der Bar über diese Dinge gesprochen habe, meinte, «Schmutzigkeit ist das letzte stolze Aufbegehren eines gescheiterten Mannes. Eine Art Vergeltung. Ihr liebt mich nicht? Ihr akzeptiert mich nicht? Dann ertragt meinen Schmutz, meinen Viertagebart, meinen Körpergeruch.» Humpel ist fest davon überzeugt, dass weiblicher Instinkt die Frauen genau das Gegenteil tun lässt. Als Beispiel erzählt er mir, dass sie von einer Arbeitskollegin aus dem Maklerbüro wussten, dass sie sich von ihrem Mann getrennt hatte, noch bevor sie es ihnen erzählte, weil sie nämlich von einem Tag auf den anderen mit grellrot geschminkten Lippen ins Büro kam, mit tiefem Ausschnitt, von einem atemberaubenden Parfümduft umweht und mit dem Rocksaum über den Knien, als wollte sie allen zeigen, dass sie wieder zu haben war. Ganz im Gegensatz dazu ein Kollege, der sich etwas später scheiden ließ. Der arme Teufel kam ins Büro und sah aus, na ja, nicht gerade wie ein Penner; aber doch, schon.

Und dabei hat Papa, als Raulito und ich klein waren, uns die Disziplin der Körperpflege eingebläut, mit der er bei sich selbst ausgesprochen streng war. Es war, als würden wir, wenn wir eines Tages richtige Männer sein wollten, also welche wie er, der sich uns unverhohlen als Vorbild darstellte, ob es uns gefiel oder nicht, vor allem wenn nicht, Regeln oder Rituale einhalten müssen, deren Rechtfertigung wir nicht zu kennen brauchten. Dazu gehörte das gemeinsame Baden.

Papa bestand darauf, dass die männlichen Familienmitglieder gemeinsam badeten, vor allem in den Ferien, wenn er mehr Zeit hatte, mit uns zusammen zu sein. Wir gingen zum Strand hinunter, und sobald wir drei unsere Badehosen anhatten, ließ er den üblichen Satz vom Stapel: «Los geht's, ihr Frischlinge, stürmen wir das Meer.» Der Satz schien für ihn eine liturgische Bedeutung zu haben. Ich hatte den Eindruck, dass er damit die Ferien einläutete. Alles Vorherige (das frühe Aufstehen, die Autofahrt zur Küste, unser nicht immer triumphaler Einzug in die Ferienwohnung, weil wir müde waren oder es unterwegs Streit gegeben hatte) schien für Papa bloß notwendiges Vorspiel gewesen zu sein. Die eigentlichen Ferien begannen erst, wenn er sich mit seinen Söhnen in die Fluten stürzte.

Als Kinder des Landesinneren hatten Raulito und ich schon immer Lust, uns so schnell wie möglich kopfüber in die erstbeste Welle zu stürzen; aber vielleicht hätte es geholfen, unseren Charakter zu festigen, wenn wir bei unserer Ankunft an der Küste, mit dem ganzen Funkenregen von Erwartungen, der für uns damit verbunden war, nach Lust und Laune hätten ins Wasser gehen können, ohne das Gefühl zu haben, einen Befehl auszuführen. Nach dem zweiten Tag lockerte sich die Disziplin zwar ein wenig, wir standen jedoch immer noch unter Papas Befehl, und ihm konnte jederzeit einfallen, dass wir zu dritt ins Wasser marschieren mussten, als nähmen wir an einem Militärmanöver teil.

Mama war von den disziplinären Anwandlungen des Familienoberhaupts ausgenommen. Sie lag stundenlang in der Sonne oder pflegte unter dem Sonnenschirm still eine ihrer Migränen. Irgendwann ging sie in die Ferienwohnung hinauf und kümmerte sich um das Essen. Papa legte plötzlich die Zeitung zur Seite und verordnete uns dreien wieder einen Sprung ins Wasser oder eine Wanderung bis zu dem Punkt dahinten oder den Bau einer Sandburg. Manchmal tauschten wir das Meer gegen den Swimmingpool der Ferienanlage, doch das Ritual war das gleiche.

Zurück in der Wohnung, fand Papa es lustig, wenn wir drei zusammen duschten, immer mit kaltem Wasser, unter dem wir zitterten, uns zusammenkrümmten und halb vor Vergnügen, halb vor Entsetzen schrien, während er sich kraftvoll, behaart mit seinem imposanten Männlichkeitsattribut produzierte, das ihm in meiner Erinnerung voller Seifenschaum zwischen den Beinen baumelte.

Einmal standen wir alle drei zusammen in der engen Duschkabine, da zeigte er auf sein Glied und sagte, da wären wir herausgekommen. Und dann mussten wir auf seinen Befehl hin, zuerst ich und dann Raulito, es zum Zeichen der Dankbarkeit küssen.

14

Hätte Papa zehn oder fünfzehn Jahre länger gelebt, hätte ich ihm schon ein paar Fragen zu stellen gehabt. Dann hätte er mich nicht mehr mit seiner körperlichen und intellektuellen Überlegenheit beeindrucken können. Unser Gespräch wäre nicht von dem Umstand geprägt gewesen, dass er für meinen Unterhalt aufkam, weshalb es auch keinen Grund für mich gäbe, ihn nicht zur Rechenschaft zu ziehen oder ihm nicht zu widersprechen.

Ich glaube, zum ersten Mal in meinem Leben hätte ich auf

hierarchisch gleicher Höhe mit ihm sprechen können, meine Augen auf derselben Höhe wie seine. Mit etwas Glück hätte ich ihm, ohne dass er es merkte, die mathematischen Gesetze seiner Persönlichkeit entlocken können. Dann wäre ich mit einem Mal der Starke und er der Schwache gewesen, ich wäre er, und er wäre ich oder irgendein anderer; nur nicht mehr der Mann, den er uns sein Leben lang vorgespielt hatte.

Heute zweifle ich sogar daran, dass Papa die Charakterstärke besaß, die ich ihm als Kind zuschrieb. Wir hatten ihn schon seit einigen Monaten begraben, als Mama Raúl und mir ein Geheimnis aus Papas Leben enthüllte, das mich im ersten Moment fassungslos machte; aber nicht wegen seiner Ungeheuerlichkeit, die für mich gar keine ist, sondern wegen des Missverhältnisses zwischen seiner Auswirkung auf Papa und seiner unleugbaren Trivialität.

Einen Moment lang war ich sogar gerührt, dass es auf dieser Welt etwas gab, worunter Papa gelitten oder das ihn mit Scham erfüllt hatte, eine Art Familienmakel. Nachdem sich die anfängliche Überraschung gelegt hatte, war ich enttäuscht, dass er die Sache nicht freiheraus angegangen hatte, schon gar nicht mit Ironie, mit der ihn die Natur grausam unterversorgt hatte, und auch, dass er sich nicht getraut hatte, mit seinen Söhnen darüber zu sprechen.

Er sprach selten von seinem Vater, von dem er nur eine Fotografie besaß. Heute kann ich nicht ausschließen, dass er noch weitere versteckt hielt. Wir haben sie nie gesehen. Von Großvater Stanislaus wussten wir nur, dass er im Bürgerkrieg gefallen war, bevor er seinen dreißigsten Geburtstag feiern konnte. Unter welchen Umständen? In der Schlacht von Brunete, in der Nähe von Quijorna, Sommer 37. Das war die knappe Erklärung, mit der Papa uns über das Ende seines Erzeugers abspeiste. Meinen Bruder und mich interessierte die Sache nicht besonders, außerdem hielt Papa uns von weiteren Nachforschungen ab, indem er uns zu verstehen gab, dass er selbst auch nicht mehr über den Tod seines Vaters wusste, da er zum Zeitpunkt des Geschehens ein Kind von vier Jahren war, und seine Mutter, Großmutter Rosario, die kurz nach meiner Geburt gestorben war, nicht gern über die schmerzlichen Vorfälle der Vergangenheit sprach.

Großenteils von meinem Vater beeinflusst, aber ein bisschen auch aus Treue zu dem etwas verschwommenen Mann auf dem Schwarz-Weiß-Foto, war ich als Schüler aufseiten jener, die für die Zweite Republik gekämpft hatten.

Wenn ich Spiel- oder Dokumentarfilme sah, Bücher las und auch im Geschichtsunterricht war ich immer für die Republikaner. Die Republikaner waren die Guten und hatten keinerlei Schuld; die Truppen der Nationalisten waren die Bösen und Franco der Schlimmste von allen, der Mörder meines Großvaters Stanislaus, der für mich wie ein Held im Kampf für eine gerechte Sache gestorben war.

In meiner frühen Jugend malte ich republikanische Fahnen in die Schulhefte und an die Ränder der Lehrbücher. *No pasarán*, schrieb ich manchmal darunter.

Ich wurde erwachsen, Papa starb, und eines Tages erzählte Mama meinem Bruder und mir wie nebenbei, dass Großvater Stanislaus in Wirklichkeit Falangist gewesen war und als Freiwilliger aufseiten Francos gekämpft hatte.

Vielleicht war Papa aus dem Grund Kommunist geworden, um eine vererbte Schuld zu tilgen. Seine unverbesserliche Überzeugung, der er später abschwor, ohne sie gegen eine neue auszuwechseln, war nichts anderes als ein Akt der Buße. Vielleicht dachte er, mit den Prügeln, die er in den Folterkellern des Geheimdienstes bezogen hatte, hätte er dafür bezahlt, einen faschistischen Vater gehabt zu haben.

Diese und andere Fragen hätte ich gern in Ruhe und bei einem Glas Wein mit Papa erörtert, wenn er noch ein bisschen länger gelebt hätte.

Bei diesem Spiel von Ablehnung und erworbener Schuld, wenn Papa Kommunist geworden war, weil sein Vater Faschist gewesen war, was würde ich dann sein? Ein Gottloser? Ein weichgespülter Liberaler? Ein gutmütiger Sozialdemokrat, weil das heute der Trend ist, das Bequemste, der Strom, in dem wir alle mitschwimmen? Und welches Schicksal erwartet dann Nikita, meinen Nachfolger? Die Rückkehr zum Ausgangspunkt? Die Wiedergeburt von Großvater Stanislaus?

Mich lassen die möglichen Antworten auf diese Fragen, die nur nutzloser Zeitvertreib sind, unberührt. Der Spanische Bürgerkrieg vor achtzig Jahren und die Errichtung der Demokratie vor vierzig Jahren erscheinen mir wie ein Flöckchen Wellenschaum im Fluss der Jahrhunderte. Wenn ich irgendeinen Trottel das Thema aufs Tapet bringen höre, schaue ich einfach weg. Die Gegenwart langweilt mich genauso. Das Morgen ist meine Zeit. Ich mache Schluss mit dem ganzen Gequassel und gehe ins Bett, meinem wahren und einzigen Vaterland. Ein Hoch auf das Kopfkissen! Es lebe die Matratze!

15

Mama und Raulito, der viel zu sanftmütig war, um zu widersprechen, übernahmen das Ausräumen von Papas Büro in der Universität. Ich weigerte mich strikt und mit der Autorität, die mir seit ein paar Tagen das Nichtvorhandensein eines in der Familienhierarchie über mir stehenden Mannes verlieh. Ich zog lieber mit meinen Freunden los, als mich um die Hinterlassenschaft des Verstorbenen zu kümmern, einschließlich seiner Bücher, die weder mit meinem Studium zu tun hatten noch nach meinem Geschmack waren.

Also machten sich die beiden allein auf den Weg zur Uni, mein Bruder zähneknirschend, Mama lustlos; aber es half nichts, das Büro musste ausgeräumt werden. Einige Sachen spendeten sie, andere warfen sie weg. Als Entschädigung für die geleistete Hilfe bekam Raulito Papas Schreibmaschine, eine klapprige Olivetti Lettera 32, die besser als Museumsstück denn als Schreibgerät zu gebrauchen war.

Ich machte ihnen klar, dass ich nichts von Papas Plunder haben wollte; trotzdem übergab Mama mir einen Pappkarton, den sie bei den Büchern im Büro gefunden hatte. Er enthielt eine beträchtliche Anzahl handbeschriebener und mit Schreibmaschine getippter Blätter. Sie vertraute sie mir mit der Bitte an, nachzusehen, ob etwas von Wert dabei war. Ich ging davon aus, dass es sich um akademische Studien handelte. Aus Trägheit und auch, weil mir die Zeit dazu fehlte, schob ich die Arbeit, die ich als langweilig ansah, mehrere Wochen vor mir her.

Dann stellte ich fest, dass der Inhalt des Kartons nicht aus akademischen Abhandlungen bestand, sondern aus literarischen Versuchen. Vergebens suchte ich auf einer der Seiten nach einem Datum. Wegen des vergilbten Papiers und der blassen Tinte auf den unteren Blättern nahm ich an, dass sie schon alt waren. Ich informierte Mama über den Fund.

«Und wie ist es?»

«Schlecht.»

In dem Karton befanden sich unvollendete Theaterstücke. Ich erinnere mich nicht mehr an die Titel; aber eines war etwa siebzig Seiten lang; das nächste, nicht mehr als ein Entwurf, höchstens fünfzehn. Die Dialoge waren in beiden Stücken unbeholfen, großspurig, überladen. Ich las sie aus reinem Ergötzen an der literarischen Belanglosigkeit eines Mannes, der den

Familienpflichten die Schuld an seinen gescheiterten Träumen gab. Einige seiner Tiraden lasen sich wie Ansprachen. Bei den Personen handelte es sich in einem Fall um asturische Bergarbeiter während der Revolution von 1934; in einem anderen, ohne dass eine Handlung erkennbar wurde, um eine Gruppe von Kämpfern am Vorabend einer Schlacht, darunter ein gewisser Stanislaus.

Des Weiteren entdeckte ich die ersten Kapitel eines Romans, wie es schien, und an die dreißig Erzählungen unterschiedlicher Länge, geschrieben in einer trockenen, sachlichen Prosa ohne jeden ästhetischen Anspruch, ohne Witz oder Ironie, die den steifen Stil und das vollkommene Fehlen jeglicher Anmut hätten aufwiegen können. Die Texte ließen jeden erzählerischen Aufhänger vermissen, und mit Ausnahme der kürzesten konnte ich keinen zu Ende lesen.

Der Großteil des Inhalts bestand jedoch aus Gedichten, viele einzelne, und andere, die unter dem Titel *Gesänge für Bibi* zusammengefasst waren. Diese Person verdiente in der handgeschriebenen Widmung die Bezeichnung «Strahlender Stern meiner Nächte».

Ich fragte Mama, ob Papa ihr in zärtlichen Stunden einen Kosenamen gegeben habe. Warum ich das frage.

«Reine Neugier.»

Ich habe nie den geringsten Versuch unternommen, herauszufinden, an wen diese gewaltige Menge gedichteten Kitsches gerichtet war. Papa blamieren wollte ich auch nicht, da er sich ja nicht mehr wehren konnte. Ich warf den Karton mit allen Papieren auf den Müll. Mama hat mich nie wieder danach gefragt.

16

Ich kann mich noch an einen seiner üblichen Sprüche erinnern: «Das Individuum muss deindividualisiert werden.» Mit dieser und ähnlichen Aussagen traktierte er Raulito und mich, als wir noch keine zehn Jahre alt waren. Papa hasste es, wenn jemand sich hervorzutun suchte. Er mäkelte gern am Erfolg von Menschen herum, die ohne Gruppen oder Organisationen etwas zu werden versuchen.

Exaltiertes Verhalten, extravagante Kleidung, zu dick aufgetragene Schminke, so etwas fand seine tiefe Verachtung, die sich oft in beleidigender Weise äußerte. Die übelsten Beschimpfungen hob er sich für Rockbands und -sänger auf.

Ich habe viel darüber nachgedacht und bin zu dem Schluss gekommen, dass Papas Kommunismus eine Reaktion des Widerstands dagegen war, den Menschen als autonomes Wesen zu begreifen. Ein Mensch ohne die anderen ist nichts, pflegte er zu sagen. Ein Mensch existiert als Teil des gesellschaftlichen Ganzen, in dem er lebt, und es ist dieses Ganze, das ihm seine wahre Bedeutung, überhaupt seinen Daseinsgrund verleiht. Ich habe Humpel den gleichen Gedanken aus einer anderen Perspektive äußern hören: «Ein Kommunist denkt sich die Gesellschaft wie eine Familie, in der es Pflicht ist, dass alle sich lieben. Und wenn nicht, kannst du was erleben.»

In gewissen Abständen verspürte Papa den Drang, theorielastige Vorträge zu halten. Besonders gefürchtet, weil lang und langatmig, waren die Ansprachen im Auto, wenn wir ans Meer in die Ferien oder wieder zurück nach Hause fuhren. Nicht einmal, wenn Mama Migräne hatte und sich vor Kopfschmerzen auf dem Beifahrersitz wand, war er zu bremsen.

Bei unseren Wochenendausflügen zur Casa de Campo oder

in die Berge waren wir kaum am Ziel angekommen, da richtete Papa den Blick zu Boden auf der Suche nach seinen geliebten Ameisen. Ich sehe ihn, als hätte ich ihn direkt vor mir, wie er den Weg verlässt und im Gebüsch herumkriecht. Dann hörte man plötzlich seine Begeisterungsausbrüche, und er winkte meinen Bruder und mich heftig zu sich. «Seht ihr?», sagte er, auf die Reihe der fleißigen Tierchen deutend. «Keine Ameise ist mehr als die andere, und alle arbeiten auf dasselbe Ziel hin, das darin besteht, für das Wohlergehen des Ameisenhaufens zu sorgen.» Eine ähnliche Erklärung gab er über die Bienen ab. In beiden Fällen war die Vorrangstellung der Königin hervorzuheben, die die Verkörperung des Führers war, der sein Leben ganz einer einzigen Aufgabe gewidmet hat und sein Loch oder den Korb niemals verlässt. Genauso eine Struktur wollte Papa für die Menschen. Er glaubte, dass alles geteilt werden müsse und Privateigentum sich nur auf das Nötigste beschränken solle. «Und wer damit nicht einverstanden ist, der soll gehen. Niemand zwingt eine Ameise, bei den anderen zu bleiben. Sie kann gehen, wann sie will. Aber sie wird schon sehen, wie lange sie allein am Leben bleibt.»

«Man darf das Ich nicht überfüttern», lautete eine andere seiner Maximen. Einen eigenen Bereich zu pflegen, der für andere nicht zugänglich ist, hielt Papa für einen unproduktiven Luxus; Qualitäten zu nutzen, die nicht dem Wohl der Gruppe dienen, für einen unsolidarischen Akt, schlimmer noch, für einen Verrat an der Spezies. «Fändet ihr es richtig, dass eine Ameise faul in der Sonne liegt, derweil ihre Genossen sich zu Tode schuften?»

Konsequent in seinen Überzeugungen, nahm er jede Gelegenheit wahr, meinem Bruder und mir noch die kleinste aufkeimende Einzigartigkeit auszutreiben. Für unsere Charakterbildung hatte das die negativen Folgen, die ich gar nicht alle aufzählen mag. Mama verbot er, sich die Lippen zu schminken und die Nägel zu lackieren. Aus Eifersucht, erzählte sie uns, insgeheim erfreut; ich glaube eher, aus einem Drang nach Herrschaft heraus.

Er war der große Führer.

Der Oberkommandierende unseres Zuhauses.

Und dann kam heraus, dass er insgeheim kindische Gedichte für eine gewisse Bibi verfasste, dem strahlenden Stern seiner Nächte.

17

Am Sonntag waren wir in die Natur gefahren, an einen Ort, den wir schon von früheren Ausflügen kannten. Er befand sich in der Nähe einer flachen Stelle des Río Lozoya, die ideal zum Baden war. Es herrschte eine teuflische Hitze, und schon in jenem Sommer unablässig zirpender Grillen und regelmäßiger Warnungen im Fernsehen vor Waldbränden gab es Gerüchte über den Gesundheitszustand des Diktators. Papa hatte versprochen, uns zu Churros mit heißer Schokolade einzuladen, wenn die von ihm so ersehnte Meldung bekannt gemacht würde. In dieser Hoffnung stellte er das Transistorradio an und befahl uns, den Mund zu halten, als die Nachrichten kamen. Wie man weiß, ließ die Meldung bis November auf sich warten. Und da lud Papa uns eines Nachmittags zu Churros mit heißer Schokolade in die Konditorei San Ginés ein, nicht ohne dass Mama ihn an sein Versprechen des Sommers hatte erinnern müssen.

Wir stellten die Stühle, den Klapptisch und den Grill ein Stück von der Landstraße entfernt im Schutz einiger Felsen auf. Wir waren zwar nicht die einzigen Ausflügler, hatten aber ein Plätzchen für uns, an dem wir vor fremden Blicken geschützt waren. Nach der bewundernden Betrachtung eines Ameisenhaufens ging Papa mit meinem Bruder und mir ins Wasser, und sogar Mama setzte sich ein Weilchen ans Ufer und kühlte sich die Füße. Zu jener Zeit waren wir vielleicht keine glückliche, aber doch eine vereinte Familie, und diese Wochenendpicknicks waren unser bescheidenes Gegenstück zum süßen Nichtstun der Reichen.

Nach dem Bad im Fluss machten Raulito und ich uns zusammen mit anderen Jungen unseres Alters, die auch mit ihren Familien da waren, auf die Suche nach Eidechsen, Heuschrecken und anderem harmlosen Getier. Papa und Mama gingen zum Lagerplatz zurück, wo unsere Sachen lagen, und zündeten unter Beachtung der notwendigen Sicherheitsvorkehrungen – da waren beide streng – ein Feuer an. Wenn sie uns riefen, sollten wir unverzüglich kommen.

Nachdem wir ungefähr zwanzig Minuten lang Jäger und Entdecker gespielt hatten, versuchte ich, nicht weit vom Ufer entfernt, ein paar im trockenen Lehm steckende Steine zu lockern, und als ich die Hand hervorzog, sah ich mit Staunen, doch ohne Schmerzen zu spüren, dass sie stark blutete. Ich weiß nicht, ob ich mich an einem scharfen Gegenstand geschnitten oder ob mich ein Tier gebissen hatte. Ich wusch mir die Hand sofort im Fluss, doch das half nicht viel. Es tropfte so viel Blut vom Finger herunter, dass ich erschrak. Die Angst in Raulitos Augen bestätigte mir den Ernst der Lage. Ich rannte los zu Mama und Papa und ließ Raulito bei den anderen Jungen zurück.

Da wurde ich Zeuge einer Szene, die sich meinem Verständnis vollkommen entzog und über deren Bedeutung ich mir heute, da ich gewisse menschliche Verhaltensweisen besser verstehe, immer noch nicht ganz im Klaren bin. Um schneller zu meinen Eltern zu kommen, nahm ich eine Abkürzung durchs Gebüsch, und als ich einen ersten Blick auf den Platz werfen konnte, wo das Holz schon kokelte, sah ich Papa mit nacktem Oberkörper auf der Erde knien, und Mama stand neben ihm und schlug ihn mit einem Gürtel.

Ich wunderte mich – und vergaß für einen Moment sogar meine blutende Hand –, dass die Schwache den Starken schlug und dieser sich nicht im Geringsten widersetzte. Mama schlug langsam und nicht besonders feste, soweit ich das in meinem Versteck erkennen konnte, und dabei sprachen sie leise miteinander. Mein Instinkt riet mir, mich in das, was Mama und Papa da taten, nicht einzumischen. Aber ich verlor zu viel Blut, als dass ich da noch lange hätte herumstehen können. Also lief ich zum Weg zurück, und als ich mich unserem Lagerplatz näherte, weinte ich laut, um meine Ankunft anzukündigen. Voller Sorge kamen sie mir entgegengelaufen, Papa immer noch mit bloßem Oberkörper. Als Mama das Blut sah, lief sie sofort zum Auto, um den Erste-Hilfe-Kasten zu holen.

18

Für den heutigen Sonntag hatten wir zwei Eintrittskarten für das Teatro Español, wo es eine Vorstellung mit dem Titel *Fiesta, Fiesta, Fiesta* gab. Ein Lehrerkollege, der wegen eines Vorfalls in der Familie nicht hingehen konnte, hatte sie mir vergangene Woche zu einem reduzierten Preis angeboten. Während der Pause habe ich Humpel im Büro angerufen und ihn gefragt, ob er Lust hätte, mit mir ins Theater zu gehen, und da er zustimmte, habe ich die Karten gekauft.

Am Nachmittag ging ich in Alfonsos Bar, und als ich Humpels Gesicht sah, ahnte ich gleich, dass unser Plan gefährdet sein würde, und so war es auch. Drei Monate nach der ersten Wunde hat er jetzt eine zweite bekommen, diesmal an einer Seite des

Oberkörpers. Er hat es mir nicht sofort gesagt. Zuerst sprach er über Einsamkeit, die Gefühlskälte der Leute, mit denen er täglich umgeht, und von seinen immer häufigeren Versuchen, Schluss zu machen.

«Du siehst, ich habe einen schwarzen Tag. Entschuldige.»

Auf der Toilette der Bar hat er mir die offene Wunde gezeigt. Er musste sie mir zeigen. Für Humpel war es wichtig, dass ich sie mir ansah. Und während er sich das Hemd zuknöpft, giftet er, dass, wenn ich ihm rate, damit zum Arzt zu gehen, er die längste Zeit mein Freund gewesen ist. Es ist schon Pech genug, wenn man eine tröstende Mutter braucht und nur mich zur Hand hat. Er sagt, die Wunde ist in nur zwei Tagen entstanden und schmerzt nicht. Mir ist unbegreiflich, wie so ein Loch nicht schmerzen kann, das aussieht wie die Eintrittswunde einer Kugel. «Das ist eine Geschlechtskrankheit oder Krebs.» Ich habe den Eindruck, dass er das in der Hoffnung behauptet, dass ich anderer Meinung bin und ihn davon überzeuge, dass sein Problem diesen oder jenen Namen trägt, harmlos ist und allein mit Worten geheilt werden kann.

Angesichts der körperlichen Beeinträchtigung meines Freundes und seiner Niedergeschlagenheit haben wir uns entschieden, nicht ins Theater zu gehen. Ich habe auch keinen Grund gefunden, mich dagegen auszusprechen, dass *Pepa* über Nacht bei ihm bleibt. Die Nähe der Hündin hat eine wohltuende Wirkung auf ihn, während ich wegen ihrer Abwesenheit und der Enttäuschung über das verpasste Theaterstück moralisch am Boden bin. Und wenn ich allein ins Theater gehe? Es war noch Zeit, doch irgendwie hatte ich das Gefühl, ich weiß nicht, einfach so neben Humpels leerem Platz zu sitzen und mich zu amüsieren? Danach kam mir der Gedanke, dass ich meinem Freund einen schlechten Dienst erweise, wenn ich am Ende genauso deprimiert bin wie er, und dass es sogar besser für uns beide sein könnte, wenn ich mich ein Weilchen ablenkte und bei unserem nächsten Zusammensein ruhig und guter Dinge wäre, anstatt dann ebenfalls loszujammern.

Nachdem alle Zweifel ausgeräumt waren, habe ich mir ein Taxi genommen und bin noch pünktlich zum Español gekommen. In dem Stück ging es um Lehrer und Schüler eines Gymnasiums und auch um schulfremde Personen, die ihre Meinungen, Erfahrungen und Gefühle zu aktuellen Ereignissen äußerten. Den Unbilden der Welt meine Aufmerksamkeit schenkend, habe ich meine eigenen über eine Stunde lang aus den Augen verloren. Humpel muss nicht wissen, dass ich im Theater war.

19

Nach dem Unterricht bin ich zu Humpel gegangen, um *Pepa* abzuholen. Sie kommt mir apathisch vor. Sie ist mir nicht einmal entgegengelaufen, um mich zu begrüßen. Hängende Ohren, schlaffer Schwanz: schlechtes Zeichen. Sie war das lebende Abbild von Humpel, der noch genauso deprimiert ist wie gestern und nur negative Schwingungen verbreitet.

Kurz darauf, auf der Straße, bekam ich die Bestätigung, dass etwas mit ihr nicht stimmte. Noch bevor der erste Baum in Sicht kam, hat sie mitten auf dem Bürgersteig einen Schwall flüssiger Exkremente von sich gegeben, die unmöglich mit den Plastikbeuteln aufzuwischen waren, die ich immer bei mir habe. Eine Dame ist stehen geblieben und hat mich vorwurfsvoll angesehen. Ich habe so getan, als wollte ich den Unrat entfernen, doch sobald ich mich unbeobachtet fühlte, habe ich meinen Weg fortgesetzt. An der straffen Hundeleine habe ich gemerkt, dass *Pepa* nicht imstande war, sich meinen Schritten anzupassen. Die letzte Viertelstunde habe ich sie getragen.

Seit wir wieder zu Hause sind und sie sich in ihre Ecke gelegt hat, zittert sie die ganze Zeit. Sie leidet still, ohne lästig zu sein, nicht wie der Jammerlappen Humpel. Ich lege *Pepa* die Hand auf den Rücken und spüre ein konstantes Zittern. Sie frisst nicht, sie trinkt nicht, sie weicht meinem Blick aus. Wenn es nicht besser wird, werde ich morgen mit ihr in die Tierklinik gehen müssen, was mich Zeit kosten und mir eine gesalzene Rechnung eintragen wird.

Um ehrlich zu sein, war ich sicher, dass Humpel am Abend anrufen würde, um sich nach *Pepas* Befinden zu erkundigen. Jetzt ist es eine halbe Stunde vor Mitternacht, und er hat sich noch nicht gemeldet. Ich habe sie ihm gestern gesund und voller Leben überlassen; und als ich sie wieder abgeholt habe, war sie völlig heruntergekommen. Was zum Teufel hat er ihr zu fressen gegeben? Vielleicht eine dieser Schweinereien mit Zucker, obwohl ich ihn vor den damit einhergehenden Gefahren mehr als einmal gewarnt habe.

Dann würde ich ihm eins aufs Maul geben; obwohl, vielleicht ist es ihm nicht einmal aufgefallen. Er ist so mit sich selbst beschäftigt ...

20

Ich entfremdete mich von meinen Jugendfreunden, wie sie sich untereinander entfremdeten, ohne dass es zu irgendeinem Streit gekommen wäre. Eheschließungen, Umzüge, Beruf, Kinder schickten jeden auf eine andere Reise; heute dieser, morgen ein anderer, hörten wir auf, uns anzurufen, und verloren uns am Ende aus den Augen. Hin und wieder begegne ich einem aus Zufall, und wir reden ein paar Worte. Waren die gemeinsamen Erinnerungen ausgetauscht, merkten wir, dass wir uns nicht mehr viel zu sagen hatten. Der einzige Freund aus alten Zeiten, mit dem ich noch Umgang habe, ist Humpel.

Ich weiß noch genau, wann ich ihn zum ersten Mal gesehen habe. Eines Tages kam er in Begleitung von ich weiß nicht mehr wem in den Billardsaal des Círculo de Bellas Artes, wo sich unsere Gruppe häufig traf. Ab und zu stellte einer von uns den anderen einen Cousin vor, einen Kommilitonen oder einen Freund, der gerade in der Stadt weilte; Leute, die wir in den meisten Fällen nie wieder sahen. Mit Humpel – noch ohne Spitznamen – war das anders. Er kam öfter in den Billardsaal und bald auch, wenn wir uns anderswo trafen. Und ehe wir es uns versahen, gehörte er zur Bande dazu.

Ich weiß noch, dass Humpel zu Beginn jede Partie verlor. Ich dachte: Wie schlecht spielt der denn! Der sollte sich lieber was anderes aussuchen. Doch dann, nach dem dritten oder vierten Tag, gewann er immer, besiegte uns mit leichter Hand und erwies sich als ein Meister am Queue. Daraus schloss ich, dass er anfangs absichtlich verlor, sei es aus guter Erziehung, aus Höflichkeit oder um sich nicht gleich unbeliebt zu machen. Jetzt, da ich ihn besser kenne, halte ich ihn solcher List durchaus für fähig. Als wir eines Tages über die alten Zeiten sprachen, erwähnte ich meinen Verdacht. Da lachte er.

21

Eines Nachts, während der Fiestas de San Isidro, hätte uns Humpel auf dem Festgelände beinahe in ernste Schwierigkeiten gebracht.

Er gehörte schon seit mehreren Monaten zur Gruppe. Geistreich und großzügig, wie er war, hatten wir ihn vorbehaltlos akzeptiert. Er besaß eine Eigenart ... Gut, er besaß viele; aber speziell eine machte ihn für mich, ich weiß nicht, ob auch für die anderen, besonders anziehend. Und das war Humpels Leidenschaft für ungewöhnliche Bücher. Manchmal versorgte er uns nach solcher Lektüre, ohne eine Spur von Besserwisserei, mit einem Füllhorn unterhaltsamer Details zu Themen wie mittelalterliche Ketzerei, tropische Insekten oder die Kindheit eines Jazzmusikers in einem Vorort von Boston oder Chicago, von dem wir im Leben noch nichts gehört hatten.

Ohne ihm etwas davon zu sagen, kaufte und las ich ab und zu Bücher über Botanik, okkulte Wissenschaften und andere mir unbekannte Dinge, die er mir mit seinen Bemerkungen und Erklärungen so überaus schmackhaft gemacht hatte. Humpel studierte damals auf elterlichen Druck Ingenieurswissenschaften mit Schwerpunkt auf Straßen-, Kanal- und Brückenbau; ein Beruf, den er später nicht ausübte und auch nie auszuüben beabsichtigt hatte. Er hatte (und hat immer noch) einen Zwillingsbruder, der dasselbe studiert hat wie er, den ich aber nie kennengelernt habe.

Ich komme jetzt ohne weitere Abschweifungen zu dem Vorfall, von dem ich heute Abend berichten will.

Am späten Nachmittag brachte uns die U-Bahn in die Nähe der Festwiese. Unsere ganze Gruppe war zusammen, die üblichen fünf und Humpel, an dessen Begleitung wir schon gewöhnt waren. Zum Beweis seiner Freigiebigkeit spendierte er jedem eine Prise Koks vom Feinsten, mit der wir uns in Stimmung brachten, bevor wir uns auf den Weg machten.

Lachend und quasselnd erreichten wir das Festgelände und fingen gleich an Gin zu trinken, von dem wir ein paar Flaschen in einer Plastiktüte aus dem Supermarkt mitgebracht hatten, zusammen mit Limonade und Cola zum Mischen. In den verschiedenen Fahrgeschäften wurde der verinnerlichte Alkohol in unseren Bäuchen durchgeschüttelt, als wären wir wandelnde Cocktailshaker. Wir saßen im Gras und hatten eine Gruppe Mädchen zum Trinken und Rauchen eingeladen und alberten mit ihnen herum, ohne dass es zu Vertraulichkeiten kam. Wir hatten eine gute Zeit, bis sie gehen mussten oder genug von uns hatten, was wohl das Wahrscheinlichste ist.

Gegen zehn beging ich den Fehler, ein Brötchen mit fettigen Calamares zu essen und es mit einem großen Bier hinunterzuspülen. Es lag mir wie ein Stein im Magen. Ich weiß nicht, ob ich dem Brötchen die Schuld geben soll oder dem halben Liter viel zu kalten Biers oder beidem zusammen. Jedenfalls entfernte ich mich von der Gruppe und steckte mir einen Finger in den Hals. Am Fuße eines Baums erbrach ich meinen gesamten Mageninhalt und fühlte mich hinterher etwas besser, allerdings war mir mehr nach Bett als nach Feiern zumute.

Fast eine ganze Stunde hielten wir es bei den Autoscootern aus. Mir war immer noch übel, und ich zog mich an den Rand der Bahn zurück, wo ich die frische Nachtluft atmen konnte. Dadumm, dadumm, dadumm, hallte die in voller Lautstärke aufgedrehte Musik in meinem Kopf, dazu das Sirenengeheul, wenn eine Kollisionsrunde zu Ende ging. Manchmal stieg mir ein Fettgeruch in die Nase, der mir die Calamares unangenehm in Erinnerung brachte. Meine Freunde kreischten wie Kinder, wenn sie sich gegenseitig und andere mit ihren Autos anrempelten, vorzugsweise Mädchen, die zu zweit in den engen Wagen klemmten. Jungen und Mädchen lachten bei jedem Zusammenstoß, und alle paar Sekunden sprühten elektrische Funken oben am Mast in der Dunkelheit des Gitternetzes. Ein paar Minuten unterhielt ich mich mit einer früheren Kommilitonin, die ich zufällig getroffen hatte. Ich bot ihr eine Zigarette an. Sie erzählte mir, dass sie vor einigen Tagen einen Schwangerschaftstest gemacht hatte, der positiv ausgefallen war, und dass sie nicht wisse, wie sie es ihren Eltern sagen solle. Dann kam eine Freundin von ihr dazu, deren Wimperntusche verlaufen war, als ob sie geweint hätte. Arm in Arm und im Laufschritt verschwanden die beiden in der Menge.

Gerade wollten wir den Autoscooter verlassen, da geriet Humpel mit einem Typen aneinander. Ich konnte nicht erkennen, aus welchem Grund; aber bekanntlich ist ja oft gar kein Grund nötig, damit zwei Kerle aneinandergeraten, besonders wenn sie betrunken sind. Ein Blick, eine Bewegung, ein spontanes Anzeichen von Aversion genügt, und sie lassen ihren Aggressionen freien Lauf. Wir stürzten sofort hinzu, um die beiden auseinanderzubringen. Der Typ fluchte und schimpfte mit einem *Sudaka*-Akzent, wie wir damals in beleidigender Absicht sagten. Er war in Begleitung mehrerer anderer Jungs, jünger als wir, glaube ich, die unser beschwichtigendes Eingreifen nicht verstanden oder nicht verstehen wollten und sofort mit Fäusten auf uns losgingen. Ein Pummeliger, der wie ein Indio aussah, spuckte mich an; ich stieß ihn zurück, und er fiel hin. Wie konnte man sich die Gelegenheit entgehen lassen, ihm einen Fußtritt zu versetzen, um den er ja gleichsam bettelte!

Unser Freund Nacho ging mit ausgebreiteten Armen dazwischen, um das Gerangel zu beenden. Während ich mich noch umsah, wem ich den nächsten Schlag verpassen konnte, der mich für die schlechten Calamares entschädigte, sah ich, wie der arme Nacho, ein gutmütiger Riese, plötzlich zusammenklappte. Eine tückische Hand hatte ihn von hinten getroffen. Als er sich zu seinem Angreifer umdrehte, konnten wir alle den Blutfleck auf seinem weißen Hemd sehen. Nacho hielt sich kaum so lange auf den Beinen, wie die Latinobande brauchte, um schnellstens abzuhauen, als sie begriff, was sie angerichtet hatte, mit möglichen polizeilichen Folgen. Humpel drückte ein Taschentuch auf die blutende Wunde unseres Freundes, der schluchzend am Boden hockte und sein umgehendes Ende erwartete. Und als die Sanitäter ihn in den Krankenwagen schoben, dachten wir dasselbe.

Ein paar Zeitungen von damals berichteten von der Messerattacke während der San-Isidro-Festlichkeiten. Nacho, zu dem ich derzeit keinen Kontakt habe, von dem ich aber weiß, dass er einen hohen Posten in einer Unternehmensberatung innehat, behielt von dem Vorfall eine bleibende Erinnerung in Form einer Narbe; und Humpel, der ursächlich in den Streit verwickelt war, ein blaues Auge, mit dem er so lange angab, bis es wieder verschwunden war.

22

Humpel wieder aufgeräumter Stimmung. Er hat mich in der Bar mit einem Lächeln begrüßt, das sein halbes Gesicht in Schieflage brachte, hat mir eine Portion frittierter Sardellen spendiert und gefragt, wie es *Pepa* geht. Ich habe ihm gesagt, dass sie gesundheitlich immer noch etwas angeschlagen ist und ich sie deswegen möglichst zu Hause lasse, damit sie keinen Rückfall erleidet. In Wirklichkeit ist sie ganz gesund; aber ich halte es im Moment für vernünftiger, sie nicht noch eine weitere Nacht bei meinem Freund zu lassen.

Humpels *noli me tangere*, wie er seine Wunde jetzt im Spaß nennt, ist verätzt worden und man hat ihm die gleichen Antibiotika verschrieben wie beim letzten Mal. Ich frage ihn nach der Diagnose. Er zuckt mit den Schultern. Wäre es nicht angebracht gewesen, eine kleine Gewebeprobe zu entnehmen und zu untersuchen? Er will nichts mehr von der ganzen Sache wissen, hat die Nase voll von ängstlichem Warten, von Spritzen, Einschnitten und weißen Kitteln. Er will nur, dass das Loch schnell verheilt, egal mit welchen Maßnahmen, und seine Ruhe haben.

Er musste mir aber grinsend erzählen, wie er im Behandlungszimmer lag und Qualm aus seinem Körper aufsteigen sah. Der Arzt hatte über die Wunde geblasen wie ein Steinzeitmensch, der Feuer zu machen versucht.

Humpel ist der Meinung, dass er mit einer sichtbaren Narbe dekoriert sein wird. Das führte ihn zur Erwähnung der Narbe, die unser alter Freund Nacho auf der Schulter haben dürfte. Daraufhin habe ich Humpel erzählt, dass ich mich gestern Abend an die Schlägerei mit den Latinos vor dreißig Jahren während der San-Isidro-Festlichkeiten erinnert habe. Und ich verrate ihm, dass ich nie ganz verstanden habe, wie der Streit angefangen hat, der unseren Freund und jeden anderen von uns auf den Friedhof hätte bringen können. Wie ich schon vermutet habe: eine Lappalie unter reizbaren Männern. Humpel war mit hoher Geschwindigkeit gegen das Auto des *Sudaka* geprallt, der dadurch möglicherweise – in Anwesenheit seiner Freunde und vielleicht auch in der Nähe eines Mädchens, dem er schöne Augen machte – seine männliche Reputation beschädigt sah. Der Beleidigte wartete auf eine Gelegenheit, Humpel zu stellen. Finstere Blicke, grobe Worte, Beleidigungen. Dann flogen die Fäuste, und die Schulter unseres Freundes bekam den unerwarteten Besuch eines Messers. Das ist alles.

Den Mund voller Sardellen, teilt Humpel mit, dass Nacho vermutlich jedes Mal an uns denkt, wenn er sich die Schulter kratzt.

Ich frage ihn, ob er weiß, was aus Nacho geworden ist.

«Keine Ahnung. Ich weiß nur, dass er in einer Unternehmensberatung gearbeitet hat, verheiratet war und geschieden ist. Das Übliche eben.»

23

Heute Morgen habe ich im Unterricht Humpels Behauptungen über die Gewalt wiederholt, die er gestern in der Bar aufgestellt hat. Natürlich habe ich sie als Fragen verbrämt oder von mir erfundenen Intellektuellen zugeschrieben. Ich will ja nicht, dass die Schüler hinterher zu Hause erzählen, der Lehrer habe dies und jenes gesagt.

Der komische Lehrer. Vor Jahren habe ich auf dem Schulflur einmal hinter meinem Rücken ein zartes, junges Stimmchen gehört, das mich so genannt hat.

Breiter Konsens herrschte in der Klasse über den natürlichen Ursprung der Gewalt. «Wie schon Brown gesagt hat», der Name kam mir ganz spontan über die Lippen, «ist Gewalt keine Erfindung des Menschen.» In Zustimmung zu dieser Behauptung nannten die Schüler Haie, Leoparden und eine lange Reihe weiterer Raubtiere. Einigen Mädchen sind auch gleich Spinnen und Gottesanbeterinnen eingefallen, bei denen die Weibchen stärker als die Männchen sind. Es herrschte auch allgemeines Einverständnis darüber, dass ein wildes Tier, und mag es noch so blutrünstig sein, keine Verbrechen begeht; wohl hingegen der Mensch, weil er sich an Gesetze halten muss.

Immer gibt es auch den Kasper (in 99,9 Prozent der Fälle männlich), der solche Diskussionen mit Witzen sabotiert; aber das heutige Thema interessierte die Mitschüler, die dem Möchtegern-Comedian auf eine Weise das Maul zu halten befahlen, die mir mit Sicherheit eine formelle Klage seiner Eltern eingetragen hätte.

Welchen Sinn hat Gewalt?

So lautet der Titel einer wichtigen Abhandlung des italienischen Philosophen Pantani, aus der imaginären Monologischen

Schule von Florenz. Den Namen dieses mir aus dem Ärmel geschüttelten Genies habe ich natürlich von dem berühmten Radrennfahrer der Neunzigerjahre entliehen, der meinen Schülern aber nichts sagte: *sic transit gloria mundi*. Dieser Teil unserer Diskussionsrunde hat die meisten Wortmeldungen hervorgerufen. Tatsächlich kam ich gar nicht nach, jedem das Wort zu erteilen.

Ich habe zwei gegensätzliche Thesen an die Tafel geschrieben, und die Schüler sollten die benennen, die ihrer Vorstellung von einer besseren Welt am nächsten kam. An erster Stelle stand die Theorie des deutschen Anthropologen Uwe Seeler, dessen Namen ich von Fußballsammelbildern in Erinnerung hatte, die Raulito und ich als Kinder gesammelt hatten. Nach Seelers Theorie überwindet die menschliche Spezies im Lauf der Jahrhunderte ihren tierischen Ursprung. Anders gesagt, der Mensch wird zum Menschen – die Redundanz nehmen wir in Kauf –, indem er mithilfe der Bildung, der Kunst, der Moral etc. seine Instinkte zügelt und sein Überleben als vom Verstand geleitetes Wesen und nicht durch brutale Gewalt sichert, wodurch (solange es nicht zu Rückschritten kommt) immer zivilisiertere Gesellschaften entstehen.

Diesem etwas sehr optimistischen Gedanken steht der eines gewissen Tschitschikow entgegen, der Nietzsches Lehrer und Ideengeber war und «mit dem wir uns in einer Extrastunde befassen werden». Dieser russische Denker des 19. Jahrhunderts behauptete, Moral, Gesetze, Gerichte, gleiches Recht für alle ... seien von den Schwachen erfunden worden, um die Starken auf Distanz zu halten, deren Gewalt sie fürchten.

Eine Schülerin, die sich gerne schnell aufregt, hat erwidert, das sei «Chauvinismus, Faschismus und mit Demokratie unvereinbar».

Die ganze Klasse, einschließlich des Witzbolds, hat per Handzeichen für Uwe Seeler gestimmt.

Ich bin versucht, dies alles Humpel zu erzählen, der sich gestern, während er sich frittierte Sardellen zwischen die Kiemen schob, für Tschitschikows These starkgemacht hat.

24

Ich habe eine weitere Nachricht bekommen: «*I'm a loser and I lost someone who's near to me.* Erkennst du das? Dich erwartet jahrelange Einsamkeit, du Verlierer. Genieße es, singe, lass dich's nicht verdrießen. Zur Not bleibt dir immer noch die Masturbation.»

Während ich die Treppe hinaufging, hielt ich mir das Papier an die Nase, in der Hoffnung, auf Geruchsspuren zu stoßen, die mir einen Hinweis auf den Verfasser oder die Verfasserin der anonymen Nachrichten gäben. Nichts. Ich überlegte, ob ich einen Spezialisten damit beauftragen sollte, eine Kamera im Hauseingang zu installieren. Und wer aus meiner Umgebung konnte Englisch oder hatte wenigstens so viel Kenntnis von der Sprache, dass er diesen Satz der Beatles verstehen und für mich transkribieren konnte?

Zu Hause wurde mir klar, dass solche Überlegungen nur Zeitverschwendung waren und ich meinen Seelenfrieden besser finden würde, wenn ich mir nicht so viele Gedanken machte. Am besten wäre es wohl, die Zettel einfach zu ignorieren.

Tatsächlich aber quälten sie mich, und ich wollte unbedingt herausfinden, wer sie in meinen Briefkasten steckte. Jeden Tag wünschte ich dem Anonymus schlimmstes Unheil und größtes Leid an den Hals.

25

Ich hatte eine Reportage über Prostituiertenwohnungen auf dem Paseo de las Delicias und Umgebung gelesen. Da Amalia mir verwehrt war, hatte ich keine weibliche Körperöffnung zur Verfügung, in die ich mich gratis und ehelich ergießen konnte. Irgendwo hatte ich einmal gehört, dass regelmäßige Hodenentleerung vor Prostatakrebs schütze. Mir ist allerdings nicht bekannt, ob diese Information eine wissenschaftliche Basis hat oder nur Legende ist. Von mir kann ich sagen, dass ich zu unfreiwilligen Ejakulationen während der Nachtruhe neige, wenn ich längere Zeit keinen Sex praktiziere. Und mich beunruhigt der Gedanke, dass diese Inkontinenz zu weiteren, schlimmeren führen könnte. Außerdem ist mir das Ejakulat im Schlafanzug unangenehm, besonders wenn es nach kurzer Zeit erkaltet. Uns Einsamen und Verlassenen bleibt dann noch das Masturbieren. Die boshafte alte anonyme Nachricht hatte mir das ja schon angekündigt. Man muss auch unterscheiden zwischen einer einsam verrichteten, billigen und therapeutischen Masturbation und einer, bei der man sich irgendeines Körpers als erotisches Hilfsmittel bedient. Im Grunde aber ist alles Onanismus, jedenfalls aus einer bestimmten männlichen Perspektive, der einzigen, zu der ich etwas sagen kann und die für mich von Interesse ist.

Ich bin ein unglücklicher Rationalist. Ein Rationalist – was soll ich machen – mit Bedürfnissen.

Doch zum Thema. Die Zeitungsreportage stellte die Ausübung des bezahlten Sexualakts in einer dafür hergerichteten Wohnung in einem unvorteilhaften Licht dar. Der Journalist beschreibt mit großer Detailfreude die mangelnde Hygiene in den genannten Bumseinrichtungen und die von ich weiß nicht welchen Mafias betriebene Ausbeutung der hauptsächlich lateinamerikanischen und rumänischen, aber auch aus anderen Ländern stammenden Frauen. Der von einem Mann gezeichnete Text besaß einen erfreulichen Informationsgehalt. Ich meine damit, er war so detailliert in der Beschreibung der Funktionsweise des Geschäfts, der Preise, der Einrichtung und des offenbar massiven Andrangs von Kunden, dass es unwillkürlich eine machtvolle einladende Wirkung auf mich hatte.

Mir war sofort klar, dass sich mir damit eine wie gerufen kommende Gelegenheit bot, meine Biografie als zwar verdrossener, aber vielleicht nicht gänzlich verblödeter Mann mit einem Pufferlebnis ohne Humpels Bevormundung zu vervollständigen. Der hatte sich nämlich, wenn er mich hin und wieder in ein von ihm ausgesuchtes Bordell mitnahm und mir mit Mahnungen, Ratschlägen und taktischen Instruktionen, wie von einem Fußballtrainer an seine Spieler, in den Ohren lag, zu einer Art Regent meiner erotischen Ausschweifungen entwickelt.

Ich notierte mir ein paar Hausnummern, die in der Reportage erwähnt wurden, duschte und parfümierte mich, bat *Pepa*, mir Glück zu wünschen, und machte mich auf den Weg. In dunkler Nacht? Von wegen! Um elf Uhr morgens am Sonntag, wie ein anständiger Bürger, der zur Kirche geht. Aus der Reportage wusste ich, dass sich die käuflichen Muschis bereits ab neun dem Publikumsverkehr öffnen.

26

An der U-Bahn-Station Delicias stieg ich mit dem Gefühl aus, meinem Freund Humpel Hörner aufzusetzen. Meine Sonnenbrille dämpfte das morgendliche Licht, das bei einem fast vollständig bewölkten Himmel ohnehin schon reichlich blass war. Als ergänzende Vorsichtsmaßnahme, aus Feig- oder Verzagtheit?, ging ich auf der Straßenseite mit den geraden Hausnummern, da ich voll beunruhigender Ahnungen war: der Schüler, der mich zufällig eines der verruchten Häuser betreten sieht; der Lehrerkollege (die Direktorin!), der sogleich den beschämenden Grund erkennen würde, aus dem ich mich mit Sonnenbrille in einem Viertel herumtrieb, das von meinem weit entfernt war.

Dass ich ohne Humpels Aufsicht zu Prostituierten ging, gab mir ein Gefühl von Erwachsensein. Ich glaube, das war mir noch wichtiger, als eine Nummer zu schieben.

Gegenüber der gesuchten Hausnummer 127 blieb ich stehen. Von der anderen Straßenseite aus sah ich die Tür mit dem schwarzen Eisengitter offen stehen, nicht bewacht von dem mit einem Baseballschläger bewaffneten Gorilla, von dem in der Reportage die Rede war. Die Tür war ein großer Mund, bereit, die lasterhafte Kundschaft einzusaugen. Innerhalb weniger Minuten sah ich mehrere Männer eintreten, einer davon in Anzug und Krawatte: die resolute Zielstrebigkeit, die sicheren Bewegungen derer, die mit der Örtlichkeit und dem, was dort geschieht, vertraut sind. Nach einer Weile kamen sie wieder heraus, diesmal langsam, entspannt und noch am Leben, was meine Zuversicht stärkte, dass mein Vorhaben durchaus erfolgversprechend sein könnte.

Nachdem ich mir in einer nahe gelegenen Bar mit einem Whisky Mut angetrunken hatte, ging ich hinein. Ein aggressiver Kloreinigergeruch schlug mir entgegen. Stimmen von anscheinend streitenden Frauen. Wo? Gleich darauf erkannte ich es: auf dem Flur des ersten Stocks. Dort stieß ich auf ein Getümmel leicht bekleideter Frauen. Sie verstellen mir den Weg, schrille Stimmen in einem Wirrwarr von Sprachen, die Ruppigste,

Kräftigste, Breiteste und am stärksten Geschminkte der vier entblößt ihre voluminösen Titten und schreit mich in einer Sprache an, die ich nicht identifizieren und noch weniger verstehen kann. Sie ergreift meinen Arm wie ein Ameisenlöwe seine Beute, entschlossen, mich in ihre Höhle zu zerren. Ich muss mich beinahe gewaltsam befreien. Hinter mir höre ich einen Schwall von Verwünschungen, verständlich mit einem Mal, wenngleich in schlechter Aussprache. Ich springe die Treppe hinauf, auf der Suche nach einer Frau, die die Prostitution mit besseren Manieren betreibt, wenn schon nicht gefühlvoll, dann wenigstens still.

Im dritten Stock lehnt eine jüngere Prostituierte als die unten am Türrahmen und kämmt sich das Haar. Sie sieht mich kommen und lächelt mich an, ohne sich von der Stelle zu bewegen und die Spange aus dem Mund zu nehmen, die zwischen ihren nicht ganz makellosen Zähnen klemmt. Dann hebt sie den Arm, steckt sie sich ins Haar und zeigt mir dabei ihre rasierte Achselhöhle. Sie trägt ein enges Höschen, das ihre schönen schlanken Beine gut zur Geltung kommen lässt. «Machst du es mit der Kleinen aus Paraguay?» Sie spricht gedehnt, mit süßer Stimme. «Für fünfundzwanzig Euro mache ich dir alles.» Sie spielt die Schüchterne, Unterwürfige, kommt aber gleich zur Sache. Mit einer wegwerfenden Geste tut sie ihre Geringschätzung für die von unten kund, deren Geschrei man immer noch hört. Sie lädt mich ein, ihre Brust zu berühren, die sie neben dem Rand ihres Hemdchens hervorschauen lässt; eine mädchenhaft kleine Brust, und für meinen Geschmack auch ein bisschen kalt. «Komm mit, mein Süßer.» Sie geht in die Wohnung, und ich gehe hinterher.

27

Die Paraguayerin sagte mir, ihr Name sei Iris. Ich hatte sie nicht danach gefragt. Ich hatte es auch nicht darauf abgesehen, Einzelheiten aus ihrem Leben zu erfahren. Doch als wir in Aktion traten, hörte die Kleine gar nicht mehr auf, zu erzählen. Humpel, der sich für einen Experten in diesen wie in vielen anderen Dingen hält, behauptet, die Nutten plappern nur deswegen so viel, weil sie damit durch die Zwischenwand ihren Kolleginnen signalisieren, dass sie nicht angegriffen worden und noch am Leben sind, und damit zugleich in das Denken ihrer Kunden eingreifen, deren Gehirn kontrollieren, und an ihren Reaktionen sowie ihrer Gesprächsbereitschaft feststellen können, ob irgendeine Gefahr von ihnen droht.

Ich unterhalte mich nicht gern beim Ficken.

Ficken ist Musik; also Ruhe, bitte.

Zwei Wochen später besuchte ich die redselige Prostituierte noch einmal. Ich hatte gewisse Zweifel, nicht so sehr wegen ihr, die ja recht sympathisch war, als wegen der kreischenden Nutten im Flur des ersten Stocks, die ich passieren musste. Beim zweiten Mal erkannten sie vermutlich die feste Entschlossenheit in meinem Blick oder meinem Gang und ließen mich durch. Die Tür im dritten Stock war verschlossen. Ich musste klingeln. Mir öffnete eine unbekannte Frau im Morgenmantel, mit ungekämmtem Haar und Ringen unter den Augen, als hätte sie mehrere Nächte nicht geschlafen. Ob Iris da sei. Der Name sagte ihr nichts. Sie wandte sich ins Innere und rief: «Niña!» Da erschien die Paraguayerin, barfuß und mit einer Zigarette in der Hand.

Während sie sich auszog, nannte Iris sich diesmal Arami, und ich glaube, sie hat sich nicht an mich erinnert, was auch nicht nötig war. Ich erinnere mich jetzt an beide Namen, weil sie mir so ungewöhnlich vorkamen.

Um mich möglicherweise friedlich zu stimmen, indem sie an mein Mitgefühl appellierte, erzählte sie mir, dass sie in Paraguay ein zweijähriges Söhnchen hatte, das sie mehr als alles auf der Welt liebte, und dass das Leben dort für sie sehr schwer gewesen sei, sie einem gewalttätigen Mann davongelaufen war und nun in Spanien ihr Glück versuchen wollte. Es ging ihr nicht schlecht; vorher hatte sie in einer Bar in Vallecas bedient, zehn Stunden und mehr am Tag für ein mieses Gehalt, und der Wirt war ein Schwein, das ihr immer auf die Pelle rückte und sie sogar schlug, weil sie eine anständige Frau ist und Respekt verlangt; deswegen musste sie sich eine andere Arbeit suchen, und eine Landsmännin sagte ihr, mit Sexarbeit könne man mehr verdienen und sogar genug sparen, um bald nach Paraguay zurückzufahren und da einen kleinen Blumenladen aufzumachen oder eine Nähstube, das würde sie dann sehen, wenn sie wieder bei ihrem süßen Kindchen wäre, an das sie immerzu denken müsse und dessentwegen sie täte, was sie täte, überzeugt, dass der liebe Gott es ihr verzieh.

Das alles erzählte sie mir, während ich sie penetrierte. Auf ihrem von Muttermalen übersäten Rücken traten deutlich die einzelnen Wirbel hervor. Bei dem ganzen Gerede hatte ich Mühe, zu kommen, und dachte schon, es würde nichts mehr.

Ich besuchte noch ein drittes Mal die 127 auf dem Paseo de las Delicias, aber das Mädchen aus Paraguay war nicht da. Ich fragte nach ihr. Vielleicht war ich zu ungeduldig oder fand nicht den richtigen Ton. Ich wurde böse angestarrt. Ob ich von der Polizei bin oder von der Zeitung. Und sie drohten mir damit, ein paar Ecuadorianer zu rufen.

28

Ich habe schon lange nicht mehr Tina aus dem Schrank geholt. In ihren starren, von keinem Zorn getrübten Augen erkenne ich, dass sie mir mein monatelanges Vergessen verzeiht. Welche atmende und sprechende Frau hätte mir an ihrer Stelle keine Szene gemacht?

Sie ist herrlich wie immer, mit ihren feinen, heiteren Gesichtszügen, in ihrer nur von leichter Reizwäsche bedeckten prallen Jugendlichkeit. Wir haben ohne Hast einen wortlosen Koitus in meiner bevorzugten Stellung auf dem Teppich vollzogen, und *Pepa* hat mit schläfrig billigendem Blick zugeschaut. Offenbar hat die Erinnerung an die Paraguayerin in den letzten Nächten ein drängendes Bedürfnis nach Lustbefriedigung bei mir ausgelöst.

Ich schreibe diese Zeilen in einem Zustand nahezu geistiger Glückseligkeit. Lange habe ich mich nicht mehr so wohl gefühlt. Jetzt, da die körperlichen Bedürfnisse befriedigt sind, gerate ich ins Nachdenken.

Auf der einen Seite sehe ich den überflüssigen Mann, von dessen Gehalt die befreite Frau, die ihren Alltag nach Lust und Laune gestalten kann, nicht mehr abhängig ist; auf der anderen sehe ich die Frau, die unersetzlich ist, nicht als Lustobjekt, sondern als Objekt für die Lust, was nicht dasselbe ist, Mädels. Und schon fällt, dem Gesetz der Schwerkraft folgend, alles in sich zusammen: Gesellschaft, Gespräche, endloses Fordern, endlose Diskussionen, Machismo, Feminismus, das Verbiegen der Persönlichkeit des anderen und die unterschiedlichen Lebensziele.

Endlich Frieden auf Erden?

Sie haben ja jetzt ihren Zugang zum Arbeitsmarkt; ihre Freiheit, Entscheidungen zu treffen, und ihre wirtschaftliche

Unabhängigkeit. Einige mehr als andere, natürlich, genau wie bei uns, ihren unterdrückerischen ewigen Rivalen, nur auf der Welt, um ihnen nicht zuzuhören und sie nicht zu verstehen. Sehr gut, alles wunderbar. Sie haben es verdient. Es lebe die Demokratie! Wir dafür haben jetzt unsere *love dolls*. Ich könnte mir vorstellen, dass, wenn sie früher erfunden worden wären, die Menschheitsgeschichte weniger blutig verlaufen wäre. Ich frage mich, ob es dann den Trojanischen Krieg gegeben hätte; ob es über Jahrhunderte hin ungewollte Schwangerschaften, Vergewaltigungen, Ehebrüche und Verbrechen aus Leidenschaft gegeben hätte. Ich bezweifle, dass die Syphilis Franz Schubert ins Grab gebracht hätte, von dem ich *Die Unvollendete* höre, während ich diese Zeilen schreibe; oder dass Millionen über das Antlitz der Erde verteilter Othellos ebenso viele Desdemonas umgebracht hätten. Wir könnten die Aufzählung endlos fortsetzen. Meinem Gefühl nach würde eine Spezies wie die unsere, wenn ihr Sexualtrieb allzeit befriedigt würde, ganz von selbst zu Gelassenheit und sogar zu Sanftmut finden. Dann wären wir endlich Brüder.

29

Tina wurde in Japan gefertigt. Ich weiß nicht genau, wie viel Humpel seinerzeit für sie bezahlt hat, glaube mich aber zu erinnern, dass es an die tausend Euro waren. Sie trägt eine herrliche schwarze Mähne; aber man kann ihr auch leicht eine andere Perücke aufsetzen. Mir gefällt sie so, wie sie ist, mit ihrem südländischen Aussehen, der sanften Miene und einer Schönheit, die ich bei einer richtigen Frau noch nie gesehen habe. Tina ist schöner als Amalia zu ihrer besten Zeit, vor der Cellulitis und ihrem versauernden Wesen. Nein, es gibt überhaupt keinen

Vergleich; und dabei war Amalia, zugegeben, gar nicht schlecht. Bei Tina ist alles zart, harmonisch, weich, und dabei so echt aussehend, dass ich sie bloß in eine bestimmte Positur bringen muss, um sofort eine Erektion zu bekommen.

Wie man es auch dreht und wendet, Tina bietet mir nur Vorteile im Vergleich zu einer lebendigen Frau. Vor allem möchte ich klarstellen, dass ich sie nicht als Gegenstand betrachte. Der Kühlschrank, der Fernseher, das Mobiliar und die Dekorationsgegenstände in der Wohnung leisten mir keine Gesellschaft und kommunizieren nicht mit mir; Tina wohl, genau wie *Pepa*, die auch einen eigenen Namen und einen Körper hat. Tina altert nicht, urteilt nicht, macht mir nicht das Leben mit Vorwürfen schwer, unterliegt keinen plötzlichen Stimmungsschwankungen, hat keine Regel, täuscht keine Orgasmen vor und verlangt keinen materiellen oder sonst wie gearteten Ausgleich für die Befriedigungen, die sie mir verschafft. Tina überträgt keine Geschlechtskrankheiten und muss nicht für mich auf Barrikaden steigen. Bei ihr muss ich nicht der gute, verständnisvolle oder großzügige Mann sein, damit sie mir am Ende eines Arbeitstages für ein Weilchen ihre Geschlechtsöffnung zur Verfügung stellt. Tina als Spielzeug zu bezeichnen, empfinde ich als beleidigend; zu behaupten, ein Wesen wie Tina könne keine menschliche Wärme geben, einfach nur dumm. Wer in diesem verfluchten Leben hat mir menschliche Wärme gegeben? Meine Eltern, mein Sohn, Amalia, Raúl ... ? Humpel hat mir einmal hochgradig entrüstet berichtet, er hätte ich weiß nicht wo die Ausführungen einer britischen Psychologin gelesen, denen zufolge Sexpuppen ihre «Benutzer» entmenschlichen. Benutzer? Solche Ejakulationen, wie ich sie mit Tina gehabt habe, könnte mir diese Schlaumeierin nicht mal besorgen, wenn sie mich mit Gold dafür bezahlte. Tina ist menschlicher als viele Menschen. Ich habe Prostituierte gekannt, die roboterhafter und kälter waren als sie. Tina ist mein weibliches Ideal. Keine Frau hat mir so rückhaltlos gegeben, was Tina mir gibt. Tina ist meiner Zuneigung würdiger als alle Frauen, die ich gekannt ... und erduldet habe, zusammen. Tina widerspricht mir nie. Ärgert sich nicht über meine Macht. Erpresst mich nicht mit Tränen. Tina akzeptiert mich, wie ich bin. Und wenn es mir nicht so gut geht, tröstet und besänftigt sie mich, sorgt dafür, dass es mir wieder besser geht. Die Zuneigung, die ich ihr entgegenbringe, ist möglicherweise Liebe, auf jeden Fall aber eine Art von Liebe.

Humpel hat sie zuerst gehabt und ihr auch den Namen gegeben. «Tina», sagte er mir eines Tages, «will nicht wissen, warum mir ein Fuß fehlt, so wie die anderen.» Er hat lange gebraucht, bis er mir verraten hat, dass er sich eine Sexpuppe gekauft hat; ich vermute, dass er fürchtete, ich könne sie mir ausleihen wollen oder ihn auslachen oder für verrückt erklären. Aber wenn *Pepa* ab und zu bei ihm übernachten darf, warum sollte Tina dann nicht bei mir übernachten? Ich habe ihm Geheimniskrämerei vorgeworfen, die unter guten Freunden unangebracht ist. Er scheint sich meine Worte zu Herzen genommen zu haben. Denn wenige Tage später erklärte er mir, er wolle sich eine neue Puppe kaufen. Im Katalog hatte er das neueste Modell einer Mulattin entdeckt, mit Stimmfunktion und Bewegungssensoren, mit vorprogrammierten Antworten (auf Englisch) für verschiedene Situationen, und war trotz des Preises entschlossen, die Partnerin zu wechseln. Er bot mir Tina für vierhundertfünfzig Euro an. «Jetzt, wo du sie überhast, was? Steck sie dir in den Arsch.» So spreche ich zu ihm, und er spricht so zu mir, weil wir Vertrauen zueinander haben. Humpel glaubte sich auf dem Basar und ging auf dreihundert Euro runter, ein paar Sekunden später auf zweihundert. Ich sagte ihm, er solle zur Hölle gehen, er sei ein miserabler Mädchenhändler. Schließlich schenkte er sie mir.

Tinas Umzug von Humpel zu mir war ein richtiges Abenteuer, vor allem auf dem letzten Stück, zwischen der Garage und meiner Wohnung. Ein Abenteuer, muss ich zugeben, mit komödiantischen Einlagen. Der Morgen graute bereits, als ich Tina mit größter Vorsicht aus dem Kofferraum holte und dann warten musste, bis ein Nachbar aus der Garage fuhr, bevor ich mir den in ein Betttuch gehüllten Körper über die Schulter warf wie ein Mörder die Leiche seines Opfers. Es konnte mir gar nicht vorsichtig genug zugehen. Zum Glück hielt, wer immer mir die anonymen Botschaften in den Briefkasten warf, in jener Nacht keine Wache.

30

Ich schulde Tina zahllose Momente der Lust. Ab und zu machte es mir Spaß, mich aufs Sofa zu setzen, mir im Fernsehen einen Film anzuschauen und Tina, deren Finger ich bewegen kann, wie ich will, meinen Penis halten zu lassen. Eines Tages kam Nikita unangemeldet zu Besuch, wahrscheinlich in der Hoffnung, ich würde ihm aus einer finanziellen Klemme helfen. Als er sein Kommen in der Gegensprechanlage ankündigte, verstaute ich Tina in aller Hast im Kleiderschrank, und da ist sie die ganzen letzten Monate gewesen. Vielleicht war ich ihrer stillen Sanftmütigkeit überdrüssig oder war mit meinen Gedanken einfach mehr bei Dingen, die meinen letzten Lebensabschnitt betrafen, was das Wahrscheinlichste ist.

Tina besteht hauptsächlich aus Latex, Vinyl und Silikon. Ihre Lippen, ihre Augen und ihre Brüste sind zwar nicht ganz so realistisch wie die von Humpels Mulattin, aber doch ganz beachtlich. Ich kann ihren Kopf drehen, ihren Mund öffnen und mit ihren Zehen spielen, die von einer weichen, zarten Beschaffenheit sind. Da Tinas Lippen beweglich sind, kann ich sie meinem Mund anpassen, sodass es für mich keinen Unterschied macht, ob ich sie küsse oder eine echte Frau.

Nur weil sie nicht aus Fleisch und Blut ist, ist Tina für mich nicht weniger echt und nicht weniger menschlich. Das heißt, ihre Menschlichkeit kommt nicht aus der Fabrik, man muss sie ihr hinzufügen. Ich füge ihr Menschlichkeit hinzu, und dadurch wird sie zu einer Person mit angenehmen Eigenschaften. Ich will nicht leugnen, dass ich meine Fantasien auf Tina projiziere; aber habe ich das nicht auch bei den Frauen getan, an die ich mich früher gebunden habe? Idealisieren wir sie nicht (wie sie auch uns, wenn Liebe im Spiel ist und nicht Geschäft), bis nach und nach und manchmal urplötzlich die enttäuschende Wahrheit zutage tritt?

Im Prospekt steht, dass Tina ein Metallgerüst besitzt, das dem menschlichen Skelett nachgebildet ist. Sie trägt Naturhaar und hochwertige Kleidung. Das alles, einschließlich Schminkutensilien und Accessoires, kann man austauschen oder erneuern und, wie Humpel es immer getan hat, im Internet bestellen. So weit gehe ich nicht, da mir Tina ganz zufrieden zu sein scheint mit den paar zusätzlichen Kleidungsstücken und der Ausstattung für Körperpflege, die Humpel ihr gekauft hat, bevor er sie mir schenkte. Tina war ganz schön eingebildet und recht verschwenderisch, als sie mit Humpel zusammen war; bei mir ist sie mit schlichteren Gewohnheiten zufrieden.

Am Anfang habe ich sie gern mit derselben Marke parfümiert, die auch Amalia während unserer Ehe benutzte. Zum einen, weil ich mich mit der Wahl kosmetischer Produkte immer schwertue und daher lieber auf Nummer sicher ging; zum anderen aber auch, das gebe ich zu, gefiel es mir, meine sexuelle Beziehung zur Puppe mit dieser etwas boshaften Zutat zu würzen. Der identische Duft machte aus Amalia eine Ex-

Frau. Als der Flakon leer war, habe ich die Marke gewechselt und die gewählt, die ich immer noch benutze, die etwas teurer und vielleicht auch von höherer Qualität ist.

DEZEMBER

1

Höchstens ein Monat ist seit Papas Tod vergangen, und man findet kaum noch Spuren von ihm im Haus, als hätte er hier nie mit uns gewohnt. Wie leicht es ist, die Spuren, die ein Mensch im Leben hinterlassen hat, auszulöschen. Mama hat sich praktisch seiner sämtlichen Habseligkeiten entledigt. Raulito hat ein paar für seinen persönlichen Gebrauch zurückgelegt oder um für sich ein kleines Nostalgielagerfeuer damit zu unterhalten. Soll er. Was mich angeht, ist unsere Wohnung nur der Ort, an dem ich esse und schlafe und wo meine Wäsche gewaschen wird. Den größten Teil des Tages verbringe ich in der Fakultät oder mit Freunden. Manchmal bleibe ich bei dem einen oder anderen auch über Nacht. Bei Mama melde ich mich dafür nicht ab. Das verlangt sie auch gar nicht.

Papas Tod war für uns alle eine Befreiung. Natürlich haben wir das nicht ausgesprochen. Andere Dinge haben wir auch nicht ausgesprochen. Zwischen uns haben wir eigentlich gar nichts ausgesprochen. Wir wohnten zusammen, weil wir es nicht anders kannten, aber wir blieben auf Distanz. Das war vielleicht das Beste, was wir tun konnten, um nicht vollends die gegenseitige Achtung zu verlieren.

Für meinen Bruder war Papas Tod die Gelegenheit, schnell

erwachsen zu werden. Damals ist er siebzehn. Verlangt ein eigenes Zimmer. «Da musst du dich schon im Wohnzimmer einrichten.» Mama und ich sagten ihm das im Spaß, weil wir uns nicht vorstellen konnten, wie sein Wunsch in Erfüllung gehen sollte. Aber er richtete sich dort ein, obwohl das ein Durchgangszimmer war; er fand sich lieber mit unserem Kommen und Gehen ab, als weiterhin ein kleines Zimmer mit mir zu teilen.

An einem jener Tage sagte er sehr ernst zu uns:
«Nennt mich ab jetzt nicht mehr Raulito.»
«In Ordnung, Raulito.»
Er warf mir einen hasserfüllten Blick zu. Ich antwortete ihm mit einem ebensolchen, und Mama erklärte mit schwindender Autorität, dass sie keinen Zwist im Hause wolle.

Mit Beginn meines vierten Semesters zog ich in eine Wohnung zu Kommilitonen.

2

Raulito, Raúl, der Benjamin der Familie, ein moppeliger Brillenträger, fängt in Abwesenheit eines väterlichen Chefs an, Beschützerinstinkte für Mama zu entwickeln, ohne dass ihn jemand darum gebeten hat. Er machte sich Sorgen um sie, fürchtete, dass ihr ein Unglück zustoßen oder dass man sie betrügen könnte oder sie in Schwierigkeiten geriet. Mit anderen Worten, er überwachte sie. Als ich eines Morgens durchs Wohnzimmer ging, zischelte er mir zu und winkte mich geheimnisvoll, geheimnistuerisch zu sich, dahin, wo er sein Klappbett aufgestellt hatte. «Was ist los?» Und damit er sich keine Hoffnung machte, mich in ein längeres Gespräch verwickeln zu können, gab ich ihm zu verstehen, dass ich es eilig hatte.

Mit Flüsterstimme fragte er, ob ich gemerkt habe, dass Mama in letzter Zeit angefangen hat, sich zu schminken, und zwar nicht nur das Gesicht (Mama hat ein Gesicht?), sondern auch die Fußnägel (Mama hat Füße?), was sie früher nie getan hat. Mir war davon nichts aufgefallen; wahrscheinlich, weil ich nur selten zu Hause bin, oder schlicht, weil mich solche Sachen einfach nicht interessieren. Was wir also tun sollen. Raulito, Pardon, Raúl vermutet, dass Mama mit einem Mann ausgeht oder auf der Suche nach einem ist, der dann früher oder später hier bei uns auftaucht, ein unangenehmer Typ vielleicht, ein Alkoholiker und Schläger, und «wir haben hier doch ein gutes Leben, warum sollen wir da einen Fremden ins Haus lassen?».

Was mich hauptsächlich beunruhigte, nachdem ich mir die Argumente meines Bruders angehört hatte, war der Gedanke, dass Papa mit anderem Gesicht und anderem Namen, aber mit seiner alten Autorität wiederauferstehen könnte; dass er von unserm Leben wieder Besitz ergreifen und meine Freiheit beschränken könnte, die ich vom Augenblick seines Todes an genossen hatte. Bei Raulito, Raúl, lag der Fall anders. Mein Bruder – jünger, empfindlicher und eher zu Hilflosigkeit neigend – glühte vor Eifersucht, weil er glaubte, ein Mann käme ins Haus und würde ihm die Mama wegnehmen.

Um jeden Zweifel auszuräumen, beschlossen wir, Mama von ferne zu folgen, wenn sie ausging. Mein Bruder hatte festgestellt, dass sie oft gegen sieben Uhr abends das Haus verließ. Er behauptete, ihr zu jeder Stelle in der Stadt mit geschlossenen Augen folgen zu können, indem er sich nur nach dem Duft ihres Parfüms richtete. Zweimal hatte er sie im Wohnzimmer abgefangen und wie nebenbei gefragt, wohin sie ginge. Beide Male hatte Mama geantwortet, zum Einkaufen; aber dann war sie spätabends ohne Einkaufstüten oder Tragetaschen heimgekommen und hatte nicht zu Abend gegessen. «Sehr verdächtig, findest du nicht?» Ich schaute meinen Bruder erstaunt an, überrascht von seinem detektivischen Talent und seiner Fähigkeit, Dinge zu sehen, zu verstehen und zu erahnen, die an mir völlig unbemerkt vorübergingen, und ein wenig schmerzte und bekümmerte mich die Erkenntnis, dass es meinem Leben trotz Alkohol, Mädchen, Musik und dem Kokettieren mit Drogen an Anreizen fehlte, an Abenteuern fehlte. Ich glaubte, meiner Jugend maximalen Genuss abzuringen (es war die Zeit der berühmten Movida); doch als ich meinen Bruder hörte, war ich plötzlich überzeugt, meine besten Jahre mit Nichtigkeiten zu vergeuden.

Auf der unserem Haus gegenüberliegenden Straßenseite hinter einem Stand der Blindenlotterie versteckt, warteten wir eines Abends zu der Zeit auf Mama, zu der sie meinem Bruder zufolge mit unbekanntem Ziel auszugehen pflegte. Und tatsächlich, ein paar Minuten nach sieben kam sie aus dem Haus.

Für ihr Alter – sie wurde bald fünfzig – sah sie mehr als annehmbar aus mit ihren immer noch anziehenden Kurven unter einem Kleid, das ich noch nie gesehen hatte. Ihr Haar war frisch frisiert und gefärbt, und die unvermeidlichen Alterserscheinungen hatte sie mit kosmetischer Hilfe ganz gut kaschiert. Sie hatte sich mehr herausgeputzt, als sie das während ihrer Ehejahre getan hatte. «Sieh an, sieh an. Seit wann habe ich eine blonde Mutter?» Raulito, Raúl, zischte mich hinter dem Lotteriestand an, ich solle den Mund halten. Soweit ich weiß, war es das erste Mal, dass mein Bruder mir einen Befehl erteilte.

Des Weiteren fiel mir auf, als Mama aus dem Haus kam, dass sie auch die Wimpern getuscht und Lidschatten aufgelegt hatte. Das Rot ihrer Lippen wirkte auf zwanzig Metern Entfernung, als hielte sie eine Blume am Stängel zwischen den Zähnen. Ich sah sie jetzt als Frau, nicht als Mutter; als eine nicht unattraktive Frau, die sich schön und vielleicht sogar begehrenswert fand, die mit einem leichten Hüftschwung vornehm, elegant und selbstsicher auf dem Bürgersteig dahinschritt. Und als wäre das noch nicht Hinweis genug, dass sich etwas in ihrem Leben änderte oder geändert hatte, sah ich Mamas hohe Schuhabsätze und konnte nun keinen Zweifel mehr haben, dass sie nach kurzer Witwenschaft ihre sinnlichen Reize entdeckt hatte. Also hatte Raulito, Raúl, recht behalten, und auch bei mir waren sämtliche Alarmlampen angegangen, als wir ihr folgten.

«Dann mal los, Raulito. Sehen wir uns den Eindringling aus der Nähe an.»

«Raúl, wenn es dir nichts ausmacht.»

«Es fällt mir schwer, mich daran zu gewöhnen.»

Nach einer Weile bog Mama in die Blasco de Garay ab. Sie ging langsam, aber doch entschlossen wie jemand, der eine Verabredung hat, und nicht wie eine Müßiggängerin, die den Blick nach links und rechts schweifen lässt. An der Ecke zur Rodríguez San Pedro blieb sie stehen und unterhielt sich mit einer Frau, die ein Baguette unter dem Arm trug. «Kennst du die?» Raulito, Raúl, schüttelte den Kopf. Mir kam es unwahrscheinlich vor, dass Mama über zehn Minuten mit der Unbekannten plauderte, wenn sie mit irgendwem verabredet war. Mein Bruder wollte von seinem Verdacht nicht lassen und war anderer Meinung. Wir hielten uns hinter einem geparkten Lieferwagen verborgen. Ich sagte ihm, dass mir unser Tun recht schmutzig vorkam. Raulito, Raúl, beharrte darauf, dass wir nicht zulassen konnten, dass Mama etwas zustieß.

«Du übertreibst.»

«Wenn das deine Meinung ist, warum gehst du dann nicht wieder nach Hause?»

Schließlich verabschiedete sich Mama von der Frau, setzte ihren Weg in Ruhe fort, bog in die Calle Gaztambide ein, und da erkannten wir, dass ihr Ziel El Corte Inglés in der Calle Princesa war. Und was jetzt? Es erschien uns riskant, in den verschiedenen Stockwerken nach ihr zu suchen. Besonders auf den Rolltreppen konnte man sich kaum verstecken, und so entschieden wir uns für den Fahrstuhl. Bald entdeckten wir Mama an einem Tisch in der Cafeteria, wo sie mit zwei anderen ungefähr gleichaltrigen Frauen zusammensaß.

Wir konnten sie sehen, ohne hineingehen zu müssen, und da sie nicht zu uns herüberschaute, waren wir sicher, dass sie von unserer Anwesenheit nichts merken würde. Nach höchstens einer Minute oder eineinhalb Minuten gaben wir unseren Lauerposten auf. Draußen hatte ich das Gefühl, dass wir uns wie zwei Trottel aufgeführt hatten, und beschuldigte meinen Bruder mit nicht sehr höflichen Worten, dass er mir mit seinen Befürchtungen und Verdächtigungen und seinem Möchtegerndetektivspiel nur meine Zeit gestohlen hatte.

Später, zu Hause, machte Mama uns die Hölle heiß. Was für Söhne sie auf die Welt gebracht hätte; wer uns erlaubt hätte, ihr nachzuspionieren; wären wir nicht zu alt dafür, würde sie uns ein paar saftige Ohrfeigen verpassen. Während sie schimpfte, konnte ich meine Augen nicht von ihren hübsch geschminkten Lippen lassen. Mit nicht geringerer Faszination und auch Erstaunen betrachtete ich ihre getuschten Wimpern und Lidschatten. Ich wusste nicht, was ich entgegnen sollte, und zeigte hin und wieder anklagend auf meinen Bruder. Raulito, Raúl, gestand Mama, dass er sich Sorgen um sie gemacht hatte; und damit und mit dem Versprechen, sie nie wieder zu verfolgen, konnte er sie beruhigen.

Auf diese Weise entdeckte ich, dass Mama einen Körper hatte, den einer attraktiven Frau zudem, und dass mein Bruder nicht so blöd war, wie ich bislang geglaubt hatte.

3

Auf den Rat einer Bekannten hin schrieb Mama sich bei einer Heiratsvermittlung ein, die ihren Sitz, ihr Büro oder was immer an der Plaza de Santo Domingo hatte. Das brauchten wir nicht erst herauszufinden. Sie erzählte es uns selbst. Das Erste, was sie sagte, als wir drei auf ihren Wunsch in der Küche zusammensaßen, war: «Einen Mann in meinem Leben ertragen zu haben, hat mir gereicht. Jetzt suche ich nur einen Begleiter. Wenn ihr das versteht, gut. Wenn nicht, ist es mir egal.»

Sie wollte, dass unter uns Klarheit herrschte; und nebenbei, nehme ich an, dass wir sie in Ruhe ließen. Mein Bruder und ich beschlossen hinterher, uns in Mamas Versuche, sich weniger allein zu fühlen, nicht einzumischen. Sie hatte ja recht etc., und außerdem hatte sie uns versichert, dass sie keine Fremden ins Haus bringen würde.

Von da an ging sie vorübergehende Beziehungen zu verschiedenen Männern ein. Oder zu Herren, wie sie sie lieber nannte. Reife Herren mit einer gewissen Kultur, einer guten Stellung und von untadeliger Sauberkeit (dieser Punkt war für Mama von größter Bedeutung), die Mehrzahl von ihnen Witwer und Geschiedene. Sie ließ sich auf Feste einladen, in Restaurants, zu Aufführungen, Kunstausstellungen und einmal sogar zum Stierkampf. Im Gegenzug bot sie Konversation, ein bisschen Dekolleté und ihre parfümduftende Gegenwart. Sie und ihre jeweiligen Begleiter besuchten Freizeiteinrichtungen, gingen spazieren, nicht selten Händchen haltend, und wenn der Herr auch Spaß verstand, hatten sie durchaus ihre Momente mit Lachen und Vergnügen. Was sie nicht hatten, war Sex.

«Die geringste Andeutung und ich verabschiede mich.»

Mama wollte gern gefallen. Wie wohl jeder, könnte ich einwenden; ja, gewiss, aber ich glaube, sie hatte zudem noch das dringende, ja, das angstvolle Bedürfnis, nicht so sehr die im Gefängnis ihrer unglücklichen Ehe verlorene Zeit nachzuholen, als die verbleibenden Reste ihrer noch frischen Erscheinung bis zur Neige auszukosten. Vielleicht ist das das große Kapital, das größte Geschenk, das Papas Tod ihr gebracht hat: die reale Möglichkeit, Stolz vor dem eigenen Bild zu empfinden.

Es bereitete ihr großes Vergnügen, in ihrer Umgebung Bewunderung hervorzurufen und geachtet zu werden. Dass man ihr die Taxitüren öffnete, ihr in Lokalen den Vortritt ließ und ihr Blumen schenkte. Sie konnte auch richtig boshaft sein, wenn sie meinen Bruder und mich mit Anekdoten über ihre Verehrer zum Lachen brachte, wie jene über den Börsenmakler, dem in einem piekfeinen Restaurant das Gebiss herausgefallen war. Manchmal ging sie, wenn schon ein gewisses Vertrauen zwischen ihnen hergestellt war, mit ihrer Begleitung zum Tanzen, und eines Nachts verpasste sie einem kleinen Kerl mit Anzug und Krawatte mitten im Walzer vor allen Leuten eine schallende Ohrfeige, weil er seine Hand an eine Stelle gelegt hatte, die man, so Mama, nicht ohne Zustimmung der Dame berührt. Mein Bruder und ich lachten uns tot über die Geschichten, die sie uns erzählte.

4

Ich war todmüde und hatte einen Kater, der sich anfühlte wie Sand im Mund, als wir im Restaurant ankamen. Nach einer durchfeierten Nacht war ich im Morgengrauen nach Hause gekommen und hatte keinen anderen Wunsch, als bis an mein Lebensende zu schlafen. Mama jedoch zeigte seit einigen Tagen ein beharrliches und merkwürdiges Interesse, mit ihren beiden

Söhnen ein Mittagessen in einem in der Nähe der Plaza de Chamberí gelegenen Restaurant einzunehmen, in dem wir mit ihr noch nie gewesen waren.

Unter der Woche hatte sie meinen Bruder und mich immer wieder daran erinnert, dass sie einen Tisch reserviert hatte. «Mama, du wiederholst dich.» Raúl sagte ihr das, ich sagte ihr das. Sie erinnerte uns so beharrlich an das Mittagessen am Sonntag, dass wir sie fragten, ob es etwas zu feiern gäbe. Sie antwortete, nein, sie wolle nur eine Sache mit uns klären, die sehr wichtig für sie sei, und das könne nur in einer passenden Umgebung stattfinden, auf keinen Fall jedoch zu Hause. Am Sonntag um eins holte Mama mich ohne große Rücksichtnahme aus dem Bett. Sie und Raúl waren bereits ausgehfertig. Sie ließen mich nicht einmal duschen.

Als wir das Restaurant betraten, war ich überrascht, dass Mama der Dame am Empfang nicht einmal ihren Namen zu nennen brauchte. Diese erkannte sie sofort, gab ihr die Hand und behandelte sie mit lächelnder Vertrautheit, woraus ich schloss, dass Mama das Restaurant nicht zum ersten Mal besuchte. Die Empfangsdame wies einen Angestellten an, sich um unsere Mäntel zu kümmern. Danach führte sie uns an einen Tisch weiter hinten im Lokal, der durch eine Reihe Zimmerpflanzen abgetrennt war und damit den Vorteil hatte, von der Hektik des Lokals ein wenig abgeschieden zu sein. Es gab insgesamt drei Tische dort: den unseren an der Wand; einen anderen, an dem ein Herr, von dem wir nur den Rücken sahen, seine Suppe löffelte; und einen dritten, an dem zwei Mädchen Garnelen pellten, als wir hereinkamen, und den Lärm ringsum gar nicht wahrzunehmen schienen. Zwischen unserem Sitzplatz und der Tür entfaltete sich ein lebhaftes Getümmel von hin und her eilenden Kellnern und Gästen, denen nichts anderes übrig blieb, als mit lauter Stimme zu sprechen, wenn sie sich unterhalten wollten. Ich hatte überhaupt keinen Hunger. Durst ja, großen Durst, und ein unendliches Bedürfnis, mich unter dem Tisch schlafen zu legen.

In wenigen Worten hatte Mama durch Vermittlung der Heiratsagentur einen Mann namens Héctor Martínez kennengelernt, der, wie sie uns sagte, etwas mehr als Sympathie in ihr geweckt hatte. Ein Witwer, einundsiebzig Jahre alt, der nicht wie die anderen Herren war, mit denen sie davor kurze Beziehungen gehabt hatte, der vielmehr besondere Qualitäten besaß und ein ausgesprochen angenehmer Mensch war. Raúl, der in dem Moment viel wacher war als ich, konnte nicht an sich halten: «Sag nicht, dass du verliebt bist.» Mein Bruder starrte mich mit bangen Eulenaugen an, als erwarte er, dass ich das Verhör übernähme; doch mir fiel nichts anderes ein, als Mama zu fragen, warum zum Teufel wir das nicht zu Hause hätten besprechen können.

Ich glaube, Mama hatte sich gewissenhaft auf alle denkbaren Fragen, Vorwürfe und Vorhaltungen, die ihre Söhne ihr machen könnten, vorbereitet, sodass sie, als Raúl die Hypothese eines eventuellen Verrats an Papa (oder der Erinnerung an Papa, ich erinnere mich nicht mehr genau) formulierte, ganz ruhig blieb. Sie sagte, sie sei nicht sicher, ob sie sich verliebt habe, könne es aber auch nicht ausschließen. Irgendwann werde sie das letzte Wort in dieser Angelegenheit sprechen müssen, aber nur, wenn Raúl und ich grundsätzlich einverstanden wären, andernfalls werde sie, wenn auch nur ungern, die Beziehung zu dem Mann beenden, mit dem sie seit etwa einem Monat ausging.

Raúl, den Mund voll gespickten iberischen Schinkens (verfressen, wie er war), schien hysterisch werden zu wollen; ich war nur müde, unendlich müde, todmüde, und ergriff in einem Anfall von Hellsichtigkeit und um schnell zu einem Ende zu kommen, das Wort und sagte Mama, dass ich ihr viel Glück wünsche, das sei meine Haltung dazu, und mehr gäbe es nicht zu sagen. Zum Dank kniff sie mir zärtlich in die Wange. Wir richteten zur gleichen Zeit unsere Blicke auf Raúl, der immer noch kauend eine resignierende Grimasse schnitt.

«Darf ich euch dann den Mann vorstellen, über den wir gerade gesprochen haben?»

Wir nickten.

«Seid ihr sicher? Kommt mir hinterher nicht mit komischen Geschichten.»

Wir nickten wieder, diesmal etwas nachdrücklicher.

Da sprach Mama plötzlich mit so lauter Stimme, dass ich unwillkürlich zusammenfuhr, und sagte in Richtung Nebentisch:

«Héctor, du kannst dich jetzt umdrehen.»

Auf Mamas Wunsch oder, besser gesagt, Befehl drehte der dort sitzende Herr sich um, stellte dann zuerst seinen Teller und das Besteck, und danach das Glas und die Flasche Mineralwasser auf unseren Tisch und setzte sich sichtlich befangen zu uns.

5

Wir fanden das Foto in einer Schublade der Kommode unter einem Wust von BHs, Strümpfen, Socken und dergleichen. Raúl hatte kein Interesse an diesem fünfundzwanzig oder dreißig Jahre alten Bild. Anfangs war ich auch dafür, es mit dem gesamten Schubladeninhalt auf den Müll zu werfen; doch im letzten Moment hielt ich es zurück, weil ich neugierig war, ob Mama den Mann wiedererkennen würde, der viel größer war als sie, Anzug und Krawatte trug und seinen Arm um sie gelegt hatte.

Auf dem Foto sahen beide wie glücklich lächelnde und vielleicht sogar verliebte Urlauber vor einem ländlichen Hintergrund mit Reihen von Olivenbäumen aus. Ich erinnere mich, dass Mama und Héctor gern Reisen und Ausflüge unternahmen und er, wohlsituiert und grenzenlos großzügig, für die Kosten aufkam. Ich schaute mir die Rückseite des Fotos an, ob vielleicht eine Ortsangabe oder ein Datum vermerkt war, aber da stand nichts.

Es kam der Tag, an dem Mama ins Altenheim gebracht wurde. Die Papiere waren in Ordnung und alles so weit geregelt, dass man uns zu einer bestimmten Uhrzeit erwartete. Raúl und ich waren übereingekommen, Mama nichts zu sagen. Wir taten, als würden wir mit ihr spazieren gehen; vorher hatte meine Schwägerin ihr unter einem Vorwand ein Beruhigungsmittel gegeben. Wir ließen Mama in der Obhut des Pflegepersonals und der Direktorin zurück, die kam und sie mit professionellem Überschwang begrüßte. Zufrieden, dass unsere Mutter sich so gefügig zeigte, verabschiedeten mein Bruder und ich uns bald darauf. Kaum hatten wir das Altenheim verlassen, brach Raúl in Tränen aus. Ich könnte wetten, dass er von den gleichen Gewissensbissen geplagt wurde wie ich.

Ich besuchte Mama am Tag nach ihrer Einlieferung. Ich musste sie in den Arm nehmen, sie küssen und mich vergewissern, dass sie gut versorgt war. Als ich ankam, sah ich das Auto meines Bruders auf dem Parkplatz. Um die Zeit totzuschlagen, ging ich in eine nahe gelegene Cafeteria, aß eine Kleinigkeit, las Zeitung und kehrte nach etwa einer Stunde wieder ins Altenheim zurück.

Über Mamas Lächeln, als sie mich sah, freute ich mich ebenso wie darüber, dass sie mich mit meinem Namen ansprach, denn dadurch gewann ich den Eindruck, dass wir sie noch nicht ganz verloren hatten, sondern uns noch mit ihr unterhalten konnten, mit Ausnahme von Dingen und Ereignissen aus der jüngeren Vergangenheit, die ihr prekäres Gedächtnis nicht behalten konnte. Wohl hingegen erinnerte sie sich an Lieder aus ihrer Kindheit und lange zurückliegende Erlebnisse. Meine Zuversicht hielt nur so lange an, bis ich ihr das Foto zeigte, auf dem sie mit Héctor Martínez zu sehen war. Sie hielt es mit leicht zitternden Händen, und ich fragte sie, ob sie die beiden Personen auf dem Bild erkenne. Héctor verwechselte sie mit Papa, und von ihrem eigenen Bild sagte sie sichtlich verärgert, das müsse wohl «das Liebchen von diesem Schuft» sein. Wenig später sah ich sie hektisch einen Wecker betasten, der auf ihrem Nachttisch stand, und ich brauchte eine Weile, bis ich begriff, dass sie damit Papa anrufen wollte, von dem sie wohl vergessen hatte, dass er vor über dreißig Jahren gestorben war.

6

Vor Jahren habe ich mehrere Bücher über Alzheimer gelesen; nicht so viele wie Raúl, der mir bei jeder Gelegenheit Titel empfiehlt und mich wissen lässt, was er dadurch alles gelernt hat. Glücklicherweise sehen wir uns nicht oft.

Mein Bruder macht sich gerne Sorgen, weil er glaubt, dass er die Veranlagung zu dieser Krankheit geerbt hat. Vergisst er einmal einen Namen, ein Datum, ein Wort, leuchtet sofort ein rotes Warnlämpchen in seinem Hirn auf. Das mit dem roten Lämpchen habe ich zwei oder drei Mal von meiner Schwägerin gehört. Ich hatte nicht den Eindruck, dass sie scherzte. Solche wie sie scherzen nie. Raúl fürchtet auch, an einem Herzschlag zu sterben, wie Papa. Aus einem Übermaß an Vorsicht, das er in Abrede stellt, geht er häufig zum Arzt, um sich untersuchen zu lassen.

Ich muss gestehen, als ich Papa in unserem Wohnzimmer liegen sah, beunruhigte mich ebenfalls der Verdacht, dass ich eines Tages auf ähnliche Weise sterben könnte, bevor ich alt wäre. Heute bin ich frei von dieser Angst. Auf mich lauernde mögliche Krankheiten kümmern mich nicht mehr, seit ich das exakte Datum meines Ablebens festgelegt habe. Mein Gedächtnis macht nicht mehr mit? Gut, dann eben nicht. Ich bekomme offene Wunden, so wie Humpel? Was interessiert das mich, dessen Tage gezählt sind, viele sind es ja auch nicht mehr, sodass ich wohl nicht lange werde leiden müssen. Sollte mein Körper in Kürze von bösartigen Tumoren befallen werden, verlege ich den Abschied eben vor. In dieser Hinsicht mache ich mir keine Sorgen.

Es gab eine Zeit, da schmerzte mich der Gedanke, immer mehr aus Mamas Gedächtnis gelöscht zu werden. Ich weiß, dass es ein eitles Unterfangen ist, im Gedächtnis und in den Erinnerungen anderer lebendig bleiben zu wollen. Die wir im Leben nichts Verdienstvolles getan haben, verschwinden, wenn die Geister jener wenigen erlöschen, die sich noch an sie erinnern können. Nach unserem Tod sind wir nur noch ein Name auf einem Grabstein, der keinem mehr etwas bedeutet, der ebenfalls verschwinden wird, um Platz für die nächsten Toten zu machen. Natürlich bleiben ein paar Namen in den Geschichtsbüchern erhalten, die uns die Illusion geben, etwas Menschliches könne überdauern. Alles Quatsch. Ich bezweifle, dass jemand auch nur ein Fitzelchen länger lebt, weil er studiert hat, eine Straße seinen Namen tragen oder im Park ein Denkmal von ihm stehen wird.

Ich muss an das einzige Foto denken, das es von Großvater Stanislaus gibt. Es berührt mich nicht, sagt mir gar nichts. Ich bin weit davon entfernt, ein Gefühl, ob positiv oder negativ, für diesen Mann zu entwickeln, dessen Stimme ich nie gehört habe und ohne den ich nicht geboren wäre. Seine Taten, seine Überzeugungen, der zufällig selbe Name lassen mich völlig kalt.

Das Bild meines Vaters, der starb, als ich zwanzig war, wird immer verschwommener und mit mir endgültig verschwinden.

Es gibt nichts Überheblicheres, als sich in der brüchigen Erinnerung der Menschen für unsterblich zu halten.

Ruhm und Ehre dem Vergessen, das immer siegreich bleibt!

7

Nach so vielen Jahren denke ich immer noch voller Mitleid an Héctor, oder Herrn Héctor, wie mein Bruder mit leicht verächtlichem Unterton zu sagen pflegte. Ich denke, er war ein guter Mensch, freundlich und sanft, dazu von ausgezeichneter Erziehung und einer mehr als soliden Bildung; ein von Einsamkeit geplagter Witwer, der den Verlust seiner Frau durch das Zusammensein mit unserer Mutter auszugleichen suchte. Ich glaube nicht, dass er böse Absichten hegte, wie Raúl sie ihm unterstellte. Anfangs gefiel mir der Alte zwar auch nicht, aber ich entwickelte nie so einen Groll wie mein Bruder, der nur auf eine Gelegenheit zu warten schien, um ihm an die Gurgel zu gehen. Kurzum, er hatte uns aus der ersten Reihe von Mamas Zuneigung verdrängt, und uns mangelte es an Empathie, an moralischer Größe und allem, was hätte helfen können, ihm das zu verzeihen. Armer Héctor.

An dem Tag, als wir ihn kennenlernten, verließ er mit Mama Händchen haltend das Restaurant. Auf eine solche Szene waren Raúl und ich nicht vorbereitet. Beim Anblick ihrer zusammengelegten Hände empfand ich jähe Scham. Mein Bruder, der das eher als ich beobachtet hatte und mich verstohlen darauf hinwies, entwickelte vom ersten Augenblick an eine rasende Antipathie gegen den alten Herrn, den Mama so unverhofft in unser Leben gebracht hatte.

Wir hatten uns noch nicht richtig an seine Gegenwart gewöhnt, als wir erfuhren, dass die beiden Turteltauben während Mamas Urlaub nach Jerusalem reisen wollten. Anstatt uns zu freuen, dass sie mit ihrem bescheidenen Einkommen und der kleinen Witwenrente dank Héctor Martínez' Freigebigkeit eine Urlaubsreise unternehmen konnte, die ihre finanziellen Möglichkeiten weit überschritt, wurden wir schier hysterisch vor Sorge, und Raúl, obwohl er Héctor, Herrn Héctor, im Restaurant Schinken und Garnelen essen gesehen hatte und auch wusste, dass er als Kind in Sankt Hieronymus getauft worden war, äußerte den an Paranoia grenzenden Verdacht, er könne Jude sein; kein ultraorthodoxer, nicht einmal ein orthodoxer, sondern ein heimlicher, ein Konvertit. Das schien seine Abneigung gegen diesen Mann noch zu verstärken, während mir Héctors Abstammung und Religion gleichgültig war und nicht den Schlaf raubte; was mich tatsächlich schmerzte oder unangenehm berührte oder vor Eifersucht rasend machte, war, dass der Alte es schaffte, Mama glücklich zu machen.

Mein Bruder fürchtete, Héctor könne Mama für immer in Israel behalten oder ein Palästinenserkommando uns zu Vollwaisen machen. Er erwog auch andere Möglichkeiten: eine Flugzeugentführung, eine Bombe am Hoteleingang und noch weitere Katastrophen, die er mir in seiner fieberhaften Fantasie mit den schaurigsten Farben ausmalte.

«Du siehst zu viele Filme», sagte ich.

Auf Drängen von Raúl (der nicht mehr Raulito genannt werden durfte) und mit Mamas lächelnder Zustimmung bat ich in meiner Eigenschaft als ältester Sohn Héctor um ein Treffen mit mir und meinem Bruder, damit wir uns vor der Jerusalemreise etwas besser kennenlernen konnten. Mama erklärte ihrem Freund, dass Raúl und ich ihre Beziehung zu einem Mann, der nicht unser Vater war, geistig noch nicht ganz verarbeitet hätten, und ermunterte ihn, uns im Verlauf eines Gesprächs unter Männern zu zeigen, dass es keinen Grund für irgendeine Art von Misstrauen gab. Héctor, der ein geduldiger und rechtschaffener Mann war, willigte ein.

8

Ich versuchte, die Ursache für den mutmaßlichen Antisemitismus meines Bruders herauszufinden. Dem Diktat seines grenzenlosen Unwissens folgend, hatte der Bengel gedankliche Verbindungen geknüpft: Jerusalem, Israel, Juden, Mörder unseres Herrn Jesus Christus, krumme Nasen, gewissenlose Wucherer, Brunnenvergifter und weitere Gemeinplätze und Lügenmärchen, die ihm von anderer Seite als von unserer Familie aufgetischt worden sein müssen.

Er hatte Angst, das war alles. Angst, dass Mama in Jerusalem bleiben könnte. Ich ließ ihn erst einmal faseln. Seine Torheiten fand ich ganz unterhaltsam. Danach machte ich mich über ihn lustig. Ich sagte «Mamasöhnchen» und andere Nettigkeiten zu ihm. Aber da er damals schon so groß war wie ich, wahrscheinlich auch stärker und natürlich dicker, plusterte er sich auf, und wir waren kurz davor, in der Küche mit Fäusten aufeinander loszugehen. Mama ging dazwischen.

Auf dem Weg ins Lokal bat Raúl mich, das mit den Juden im Gespräch mit Herrn Héctor nicht zu erwähnen. Offenbar schämte er sich dessen, was er zu Hause gesagt hatte. Kaum hatten wir Platz genommen, verriet ich ihn.

«Mein Bruder hält dich für einen Juden und glaubt, dass du Mama nach Jerusalem entführen willst.»

Héctor musste lachen und sah dabei aus wie ein gütiger Großvater mit sympathisch zuckenden Schultern. Raúl war knallrot geworden, presste die Zähne aufeinander und träumte bestimmt davon, sie mir da hineinzuschlagen, wo es besonders wehtut.

Héctor, der unserem Verständnis nach die Rechnung begleichen würde, was er auch tat, erklärte Absichten, ging auf biografische Einzelheiten ein und beantwortete Fragen, die zum Teil so unverschämt waren, dass ich nicht weiß, wie er sie akzeptieren konnte. Ich glaube, er hegte die müßige Hoffnung, uns mit seiner Eloquenz eines gesetzten Herrn besänftigen zu können. Er begriff nicht, dass er uns nur als Bühne diente, auf der mein Bruder und ich unsere Rivalität ausfochten. Nach einer Stunde verlangte er die Rechnung und verabschiedete sich von uns mit kummervollem Blick, überzeugt, wie wir ein paar Tage später erfuhren, dass Raúl und ich gegen sein Verhältnis mit Mama unser Veto einlegen würden.

9

Bis zu seinem Ruhestand hatte Héctor Martínez als Zahnarzt mit eigener Praxis im Salamanca-Viertel gearbeitet. Er hatte Geld, das merkte man, und einen Sohn in Kanada, der dort mit einer Einheimischen verheiratet war. Von seinem Sohn sprach er nicht viel, nur wenn man ihn direkt danach fragte, und dann war er stets kurz angebunden. Mama verriet uns, dass Vater und Sohn wegen eines schlimmen Streits zwischen den beiden nicht mehr miteinander sprachen.

Mir kam Héctor vor wie ein Mann, in dem kaum noch Leben war, gutmütig und langweilig. Er war sehr belesen und viel gereist; doch der Tod seiner Frau und der schwer zu behebende Zwist mit seinem Sohn hatten ihn innerlich mürbe gemacht und ausgehöhlt.

Gewöhnlich trug er Anzug und Krawatte, nicht nur an Feiertagen, und er hatte ein grau meliertes Schnurrbärtchen, das uns bei der ersten Begegnung gleich argwöhnisch werden ließ. Wir waren überzeugt, dass er konservative Ideen vertrat. Bei der Durchforstung seiner Vergangenheit war ich, derweil ich Fischkroketten mit scharfen Bratkartoffeln mampfte, zu denen er uns eingeladen hatte, einmal unverschämt genug, ihn zu fragen, ob er früher Franquist gewesen sei. Ich war mir dessen sicher und glaubte, die Frage werde seinem Verstellen ein Ende bereiten. Glaubte er wirklich, uns täuschen zu können? Ich stellte mir vor, wie Papas Geist erschien und mir einen zustimmenden Klaps auf die Schulter gab. In den Gesichtszügen meines Bruders las ich staunende Bewunderung.

Héctor antwortete mit unbewegter Miene, seine Beziehung zum Franco-Regime sei von dem doppelten Umstand bedingt gewesen, dass er der Sohn eines verfolgten Republikaners gewesen sei und der Bruder eines während des Bürgerkriegs im Alter von neunundzwanzig Jahren von Mitgliedern der Falange erschossenen Gewerkschaftsaktivisten. Sein Vater, fügte er hinzu, sei zum Tode verurteilt gewesen, dann aber durch den sogenannten Straferlass durch Arbeit begnadigt worden und sei als einfacher Arbeiter am Bau im Tal der Toten beteiligt gewesen. Der Ernst seiner Worte und etwas wie eine ruhige, sehr alte Trauer, die mit einem Mal in seinen Augen aufschien, beschämten mich so, dass ich ihm gewissermaßen zum Ausgleich für mein ungebührliches Verhalten stotternd erzählte, mein Vater sei einmal in der Geheimdienstzentrale gefoltert worden. Danach beschäftigte ich mich bis zum Ende des Treffens nur noch mit meinen Kroketten und Kartoffeln und überließ meinem Bruder mit seiner Paranoia die weiteren Fragen.

Was noch? Ja, ich erinnere mich, dass Héctor ein leidenschaftlicher Theatergänger war und musikalische Aufführungen liebte, sogar ein Abonnement im Teatro de la Zarzuela hatte. Von Mama wussten wir, dass er an die dreitausend Langspielplatten besaß, hauptsächlich klassische Musik, aber auch Flamenco und Jazz, eigentlich von allem etwas. Er spielte ein wenig Klavier und ab und zu komponierte er kleine Stücke; aber ich hatte nie Gelegenheit, mir von seinen Fähigkeiten an den Tasten wirklich ein Bild zu machen.

Er erklärte meinem Bruder und mir in der Kneipe auch seine Absichten in Bezug auf unsere Mutter. Er hatte nichts anderes im Sinn, als sie zum Ausgleich für ihr Zusammensein mit ihm glücklich zu machen. Er wollte nur mit ihr ausgehen, sie in Restaurants ausführen und zu Konzerten einladen, und ihr, so sie wollte, ein bisschen Zuneigung entgegenbringen. Er sagte, wir könnten uns glücklich schätzen, so eine Mutter zu haben.

Ich halte es für unwahrscheinlich, dass ihm am Ende unseres Treffens nicht klar war, dass wir ihn trotz Fischkroketten, scharfer Bratkartoffeln und bester Absichten immer noch nicht mochten.

10

Mama brachte aus Jerusalem für jeden von uns eine Schachtel Datteln, einen glänzenden siebenarmigen Leuchter aus Blech und Keramikuntersetzer mit, auf denen in lateinischer Schrift das Wort *Shalom* zu lesen war. Raúl und ich bedankten uns frostig für die Geschenke. Er verstaute seine in einer Schublade, ich steckte meine in eine andere, und mit Ausnahme der Datteln vergaßen wir sie dort.

Elf Tage ließ Mama uns allein, den Kühlschrank vollgestopft mit Lebensmitteln, eine übertriebene Menge von vorgekochten Gerichten im Gefrierfach, jedes in einem eigenen Behälter, auf den mit Filzschreiber der Name vermerkt war. Für uns war die Abwesenheit der mütterlichen Autorität eine willkommene Gelegenheit, uns unentwegt zu streiten, wobei der Grund weniger in unseren Meinungsverschiedenheiten zu suchen war als in dem stillschweigenden Einverständnis, Mama zu zeigen, welche negativen Auswirkungen es hatte, wenn sie uns allein ließ.

Ich konnte gar nicht anders, als Raúl ein paar Backpfeifen zu verpassen, als er mir damit drohte, Mama zu verraten, dass ich nachts nicht nach Hause kam; in meinem damaligen Alter hatte mir keiner zu sagen, wann ich kommen und gehen durfte. Es war einfach der böse Wille, der Wunsch zu nerven, die schleimige Art des geborenen Denunzianten, die mir die Hand ausrutschen ließ. Raúls Vorrat an Duldsamkeit und Sanftmut hatte sich erschöpft, und so wehrte er sich dagegen. Er erwischte mich unvorbereitet. Mama erzählte ich, die Kratzer in meinem Gesicht kämen von einem Strauch auf dem Campus, in den ich hineingestolpert wäre.

Weder Raúl noch ich zeigten großes Interesse an Mamas Bericht von der Jerusalemreise. Doch Mama konnte nicht aufhören, uns, ohne dass wir danach gefragt hätten, von Orten zu berichten, an denen sie mit Héctor Martínez gewesen war; von dem Hotel, in dem sie gewohnt hatten, von einer Exkursion zum Toten Meer und einer anderen nach Akko sowie diversen touristischen Unternehmungen, die mir damals – ob auch meinem Bruder, weiß ich nicht – bürgerlich-bieder und rückschrittlich vorkamen und vollkommen indiskutabel waren. Immer wieder hob Mama die Großzügigkeit ihres Begleiters hervor. Sie erreichte damit nur, dass Raúl und ich Grimassen schnitten und die Augen verdrehten.

Am Ende ging Mama in die Luft. Mich wundert, dass das nicht schon früher passierte. Als ich mir einmal eine subtile Gemeinheit mit ihr erlaubte, verlor sie die Fassung. Entgegen ihrem Versprechen hatte sie nämlich Héctor erlaubt, sie in unserer Wohnung abzuholen, um von dort aus zu einer Vorstellung im Teatro de la Zarzuela zu gehen. Es gefiel mir nicht, dass dieser Mann, so heilig er sein mochte, in unser Territorium eindringen würde, und aus Protest dagegen band ich mir die Krawatte um, die ich von Papa hatte. Mama schluckte ihren Zorn hinunter und wartete bis zum nächsten Morgen, als wir allein waren, um uns gehörig die Köpfe zu waschen. Auch Raúl wurde in die Küche gerufen, in der gewöhnlich die mütterlichen Verweise erteilt wurden. Ihm wurde das gleiche widerliche und kindische Verhalten gegenüber Héctor vorgeworfen. Sie sagte, sie hätte die Nase voll von unseren unsäglichen Manieren, vor allem aber von unserer Blindheit, nicht zu erkennen, dass die einzige realistische Möglichkeit, uns ein Universitätsstudium zu finanzieren, in hohem Maße von der Großzügigkeit jenes Herrn abhing, der ausgesprochen gut zu ihr sei und es gewiss gerne auch zu uns sein würde, wenn wir ihn nur ließen, obwohl wir das gar nicht verdienten. Und warum das alles? Weil wir arrogante, unerzogene und besitzergreifende Schnösel waren, dazu dumm wie Bohnenstroh, und was sonst noch alles sie uns lautstark um die Ohren schlug und ich nicht mehr erinnere. Wunderschön anzusehen in ihrem Zorn, erklärte sie, nicht das Eigentum ihrer Söhne zu sein und ihre Entscheidungen nicht von uns absegnen lassen zu müssen, der einzige Mann, der ihr etwas befehlen könne, läge seit Jahren im Grab.

Mama hörte nicht eher auf, uns zu schelten, bis wir ihr versprachen, ihre Beziehung zu Héctor künftig nicht mehr zu boykottieren. Aber es reichte ihr noch nicht, uns dazu gebracht zu haben, unsere Bosheit und Schuld einzugestehen, sondern sie verlangte auch noch, dass wir uns bei dem Mann entschuldigten, der ihr Leben wieder lebenswert machte, und ließ durchblicken, dass sie uns kein Mittagessen machen würde, wenn wir ihn nicht auf der Stelle anriefen. Das kam uns dann doch übertrieben vor. Außerdem wäre es beschämend für uns, und dies teilten wir unserer Mutter auch mit, die sich dann nach und nach erweichen ließ. Am Ende nahm sie des lieben Familienfriedens willen unser Versprechen an, Héctor den Respekt zu bezeugen, den wir ihm ihrer Meinung nach niemals hätten verweigern dürfen.

11

Ich bräuchte hundert Finger, um abzuzählen, wie oft ich versucht war, meinen Sohn zu ohrfeigen. Ich habe ihn kein einziges Mal geschlagen. Kann sein, dass ich ihn in einer Stresssituation einmal hart angefasst oder ein wenig geschubst habe; aber eine richtige Ohrfeige habe ich ihm nie gegeben.

Auch gegen meine Frau habe ich nie die Hand erhoben. Weder ihr Vater noch meiner könnten dasselbe von sich und ihren Frauen sagen. Der tote Faschist und der tote Kommunist hatten ähnliche Vorstellungen von hierarchischen, patriarchalischen und totalitären Familienstrukturen. Zur Vervollständigung dieses Puzzlespiels der Opfer fehlte Amalia nur noch das ersehnte Teil des misshandelnden Ehemanns. Deswegen blieb ihr in ihrem verbalen Feuerwerk von Vorwürfen nichts anderes übrig, als mir seelische Grausamkeit vorzuwerfen, und ich bin überzeugt, dass die Richterin – mehr auf feministische Solidarität als auf Beweise ansprechend – die Geschichte schluckte.

Es hätte mir enormes Vergnügen bereitet, vielen Schülern im Verlauf meiner Lehrtätigkeit wegen schlechten Benehmens eine reinzuhauen. Aber auch, wenn körperliche Züchtigung erlaubt gewesen wäre, hätte ich sie nie angewandt. Ich begnügte mich damit, manchmal zu träumen, dass ich den Schlimmsten von ihnen die Haut vom Leibe peitschte.

Als Kind in der Schule gehörte ich nie zu den Schlägern. Ich war höchstens in die eine oder andere Handgreiflichkeit verwickelt, und dann auch eher als Angegriffener denn als Angreifer. Wenn mir ein Mitschüler auf die Nerven ging, hielt ich ihn mir vom Hals, indem ich ihn zum Ziel meines Spottes machte oder mit irgendeinem anderen dialektischen Trick versuchte, ihm und den Zeugen seine intellektuelle Unterlegenheit vor Augen zu führen. Ätzende Worte waren meine Stärke; darum zogen die Klassenkameraden, die intelligent genug waren, und die anderen sicher aus Nachahmung, es vor, sich gut mit mir zu stellen.

Die einzige Ausnahme, an die ich mich erinnere, war der Fußtritt, den ich einem zu Boden gegangenen Latino bei der Schlägerei versetzte, bei der unser Freund Nacho mit einem Messer verletzt wurde.

Trotz meines Widerwillens gegen Gewalt hat mein Bruder meinetwegen unsäglich gelitten, weil mir bei ihm mehr als einmal die Hand ausgerutscht ist. Warum? Ich will die Wahrheit sagen: Ich weiß es nicht. Wahrscheinlich, weil er zu Hause immerzu um mich war und kleiner war als ich oder weil ich das klatschende Geräusch von meiner Hand auf seinen schlaffen Wangen so gerne hörte oder weil er mir Mamas Zuneigung streitig machte. Wegen alldem und vielleicht wegen nichts. Als wir erwachsen wurden, vertraute ich darauf, dass er die Niederträchtigkeiten, mit denen ich ihn gequält habe, vergessen würde. Der Schweinehund erinnert sich an jede einzelne.

Ich habe daran gedacht, einen Zettel mit einer Nachricht für Raúl in eine Tasche meiner Selbstmörderkleidung zu stecken. Ich könnte ihn darin mit knappen Worten um Verzeihung bitten; aber wie ich ihn kenne, würde er mir das auch übel nehmen. Er hätte sicher den Verdacht, dass ich im letzten Moment nur mein Gewissen erleichtern oder ihn noch ein letztes Mal auf den Arm nehmen wollte. Ich sehe ihn direkt vor mir, wie er rasend vor Zorn den Zettel zerreißt, als würde er mich selbst zerreißen.

12

Kling, kling, das Klirren von Löffeln auf Porzellan. Wir saßen beim Abendessen. Raulito, sieben Jahre damals, wollte nicht mehr in die Schule gehen. Mit ängstlicher Stimme und gesenktem Kopf berichtete er, dass er dauernd gehänselt wurde und ein Junge aus seiner Klasse sich einen Spaß daraus machte, ihn immer mal wieder zu verhauen.

«Und die Lehrerin unternimmt nichts dagegen?»
«Sie weiß nichts davon.»
«Sag es ihr. Wozu hast du einen Mund?»
«Ich trau mich nicht.»

Heutzutage nennt man das Mobbing. Damals gab es dafür noch keinen Namen, und vielleicht lag es daran, dass man noch nicht so ein Bewusstsein wie heute für das Problem hatte. Raulito war der Dicke der Klasse, und außerdem war er brav und gefügig: der ideale Boxsack für die anderen. Etwas an ihm weckte bei seinen Geschlechtsgenossen den aggressiven Instinkt. Genauso bei mir.

Anstatt Verständnis zu zeigen, nannte Papa ihn beim Abendessen einen Feigling. Was für ein Mann er sei, wenn er sich nicht zu wehren wisse. Mama fand besänftigende, versöhnliche Worte, und Papa befahl ihr, den Mund zu halten, es reiche mit dem

Verhätscheltwerden, verdammt, kein Wunder, dass die Kinder sind, wie sie sind, schlapp und zimperlich. Mama schwieg, und Papa mit seiner dröhnenden Stimme fuhr Raulito an, er wolle von Problemen in der Schule nichts mehr hören, er solle einen Stock nehmen und sich wehren. Und als Raulito einwandte, wenn er einen Stock nähme, würde die Lehrerin ihn bestrafen, entgegnete Papa, da könne er ganz unbesorgt sein, er wisse die Lehrerin schon in die Senkel zu stellen, und jeden anderen auch, wenn nötig.

Nach dem Abendessen nahm Papa mich mit ins Badezimmer und schloss die Tür ab. Er legte mir eine seiner gewaltigen Pranken auf die Schulter – große Ehre – und flüsterte mit seinem vergilbten Schnauzbart an meinem Ohr, ob ich dem Burschen, der sich mit Raulito anlegte, nicht ein bisschen Angst einjagen könne. «Du findest heraus, wer das ist, und haust ihm so ein paar runter, dass er ausreichend eingeschüchtert ist.»

Am nächsten Tag stellte ich fest, dass es ein Problem gab, von dem Papa nichts wissen konnte. Und zwar hatte der Junge, dem ich Angst einjagen sollte, einen Bruder in der Klasse über mir. Dieser ältere Bruder war zudem ein großer kräftiger Bursche, sodass ich nach einigem Nachdenken zwei befreundete Mitschüler bat, mich zu begleiten, um zu dritt den Eindruck einer Bande zu erwecken. Und dem Kleinen drohte ich nur mit Worten, nachdem ich ihn in eine Ecke des Schulhofs gezerrt hatte, wo ich ihn an seinem Pullover packte, den Namen meines Schützlings nannte und ihm Konsequenzen androhte, falls er ihn noch einmal schlug. Ob er das verstanden hatte. Er bejahte, und ich ließ ihn laufen.

Jahre später, als Raúl mir wieder einmal mit seinen ewigen Vorwürfen darüber kam, wie mies ich ihn als Kind behandelt hatte, fragte ich ihn, ob er noch wisse, wie ich mich in der Schule für ihn eingesetzt hatte, sodass er von seinen Klassenkameraden eine ganze Zeit in Ruhe gelassen worden war; aber er erinnerte sich nicht. Der Kerl erinnert sich nur an das, woran er sich erinnern will.

13

Heute Abend, müde, leichtes Kopfweh, habe ich keine Lust, Erinnerungen zu entstauben. Ich nehme mir mal wieder die anonymen Nachrichten vor. Auf der nächsten im Stapel heißt es: «Du hast angeblich kein Interesse mehr an deinem Unterricht, bereitest ihn nicht vor und langweilst die Schüler. Wahrscheinlich nehmen dir dein verpfuschtes Dasein und dein Mangel an Lebensfreude jede Begeisterung und Motivation; aber was können die Schüler dafür? Wenn du nicht imstande bist, ordentlich deine Arbeit zu machen, überlasse sie einem, der es kann. Du bist zu nichts mehr nütze.»

Diese Nachricht schmerzte mich.

Amalia konnte sie unmöglich geschrieben haben. Sie war zu der Zeit mit ihrer Freundin Olga im Ausland unterwegs. Sie hatte es mir nicht verhehlt: «Ich fahre mit Olga nach London, zum Shopping, und um uns besser kennenzulernen.» Deutliche Worte.

Mir kam auch der Gedanke, dass Amalia die zeitlosen Zeilen geschrieben haben könnte, bevor sie abreiste, und dann jemand aus ihrem Freundeskreis gebeten hatte, den Zettel nach ihrer Abreise in unseren Briefkasten zu stecken. Sie hätte dieser Person auch den Haustürschlüssel geben können. Ich weiß nicht, zu verdreht alles. Und außerdem, wozu das Ganze?

Jedenfalls spionierte mir jemand nach. Ich dachte an einen Detektiv, der mir überallhin folgte, an Orwell und den Großen Bruder, an eine Verschwörung von Bösewichten, die mich ins

Unglück stürzen wollten; doch am Ende stand immer dieselbe Frage: Wozu?

Welchen Gewinn oder welches Vergnügen konnte jemand erwarten, der so viel Zeit und Energie aufbrachte, um eine Null wie mich zu beobachten?

Litt ich bereits an Verfolgungswahn?

14

Ich dachte sofort an die Vorteile, die es mir brachte, dass Raúl sein Bett im Wohnzimmer aufgestellt hatte und mir das bislang mit ihm geteilte Zimmer zur alleinigen Nutzung überließ. Jetzt konnte ich Freunde zu mir nach Hause einladen. Das konnte ich vorher zwar auch; aber mit meinem Bruder dabei, der im Licht seiner Schreibtischlampe Hausaufgaben machte und uns zwang, leise zu sprechen, war das ein recht begrenztes Vergnügen. Außerdem musste der Dicke früh schlafen, hauptsächlich um mich zu ärgern, aber mit seinen siebzehn oder fast achtzehn Jahren war er auch zum Streber geworden, der darauf bestand, täglich seine acht Stunden Schlaf zu bekommen.

Nun fand ich Gefallen daran, mit meiner Clique ganze Nachmittage, manchmal bis spätnachts, in meinem Zimmer zu verbringen. Wir hockten am Boden oder saßen auf dem Bett, weil es nur einen Stuhl im Zimmer gab, hörten Platten oder sprachen über Bücher, schauten Filme aus dem Video-Club, spielten Karten und kifften bei abgeschlossener Tür. Mein Zimmer war meine Burg. Dort regierte ich. Niemand sagte mir, was ich zu tun oder wann ich das Licht zu löschen hatte.

Ab und zu nahm ich auch eine Freundin mit in mein Zimmer. Heute diese, morgen eine andere. Die Achtziger waren die Jahre der sexuellen Befreiung und des Lebens auf ex, wie es im Slang der Zeit hieß, und danach kam Aids; ein düsteres Gespenst, das zwar auch an meine Tür hätte klopfen können, es glücklicherweise aber nicht tat.

Gelegentlich schlief eine Kommilitonin bei mir, oder auch mal ein Mädchen, das ich erst Stunden zuvor in einer Bar in Malasaña kennengelernt und vielleicht nicht einmal nach ihrem Namen gefragt hatte. An einem frühen Samstagmorgen stieg eine Frau zwischen dreißig und vierzig in mein Bett. Ich hatte sie noch nie zuvor gesehen und sah sie auch hinterher nicht wieder. Sie sprach mich im Erdgeschoss der Vía Láctea an, meiner damaligen Lieblingsbar. Sie kam gleich zur Sache und zahlte sogar das Taxi. Sie setzte sich auf mich und vögelte, als wäre sie in Eile oder auf der Flucht. Die Welt schien voller verzweifelter Menschen zu sein; Menschen, die nach Lust gierten, denen die Hände zitterten. Nach dem Koitus begleitete ich sie in Unterhosen zur Tür, wo sie sich mit Tränen in den Augen verabschiedete und mir mit ungewöhnlicher Intensität dankte.

Einmal stellte Mama wortlos ein Päckchen Präservative auf meinen Schreibtisch, woraus ich schloss, dass sie gegen meinen Lebensstil nichts einzuwenden hatte. «Das Einzige, worum ich dich bitte», sagte sie mir Tage später, «ist, dass du das Semester schaffst.»

15

In einer jener Nächte passierte etwas Spaßiges, an das ich nur mit einem gewissen Mitleid mit meinem Bruder denken kann. Ich würde es gar nicht erwähnen; aber jetzt steht mir schon drei Abende hintereinander diese Szene vor Augen, und ich fürchte, wenn ich sie nicht schriftlich fixiere, wird sie mich bis ans Ende meiner Tage verfolgen.

In wenigen Worten, Piluca verbrachte die Nacht bei mir. Piluca war eine Kommilitonin, nicht besonders hübsch, aber gesund und munter und eine der hemmungslosesten Frauen, die ich gekannt habe. Während der Zeit ihres Studiums war sie schon mit einem Jungen liiert, der Jahre später ihr Ehemann und mutmaßlicher Vater ihrer Kinder wurde. Piluca lud dich zu ihrem Körper ein, wie andere dich zu einer Tasse Kaffee einladen; natürlich nur, wenn sie dich mochte und du nicht vergaßt, ihr ihren Teil an Genuss zu verschaffen. Sie bedurfte gewisser Entlastungen erotischer Natur, die der Langweiler von Freund ihr nicht geben konnte, und ab und zu verabredeten sie und ich uns heimlich zu einer körperlichen Ausgelassenheit. Einer von uns brauchte nur die Frage zu stellen, «Na, hast du Lust?», und schon fanden wir ohne großes Drumherum zu einer spontanen und lustvollen genitalen Begegnung zusammen.

Eines Nachts unter der Woche, draußen war es eisig kalt, kam Piluca mit zu mir nach Hause. Niemand hörte uns hereinkommen, jedenfalls ließ sich niemand sehen. Ich verschaffte meiner Freundin den ersehnten Orgasmus, indem ich ihren Anweisungen folgte und deswegen meine eigenen Interessen momentan zurückstellen musste. Danach verschaffte sie mir meinen mit einem Maß an körperlichem Entgegenkommen, das nur mit Tinas vergleichbar war, jedoch mit ungleich größerem Einsatz; meinen Dank dafür. Zu so später Stunde und bei der Kälte draußen empfahl es sich, bis zum anderen Morgen die Matratze zu teilen. Wir löschten das Licht und schliefen nackt, wegen des schmalen Betts eng aneinandergekuschelt. So lagen wir erhitzt und befriedigt still im Dunkeln, als langsam die Tür aufging, die ich nicht mehr abschloss, weil Raúl und Mama wussten, dass ich nicht gestört werden wollte, und sich auch daran hielten. Im vom Flur hereinfallenden Licht wurde der Umriss eines moppeligen Jungen sichtbar, der sich mit vorsichtigen Schritten meinem Bett näherte. Dort flüsterte er meinen Namen, wie um sich zu vergewissern, dass ich nicht schlief, und sagte dann, nicht ahnend, dass er von vier Ohren gehört wurde: «Ich glaube, Herr Héctor ist in der Wohnung und schläft mit Mama. Im Türspalt ist kein Licht zu sehen. Was sollen wir tun?» Raúl schien irgendeine Art von Repressalie gegen den Eindringling ergreifen zu wollen, denn als ich nicht antwortete, setzte er drängend hinzu: «Wir müssen doch etwas tun.»

Er glaubte, ich wäre allein, dabei waren wir zu dritt unter der Decke: Piluca, ich und die peinliche Lage, in die der Blödmann mich gebracht hatte. Er wartete immer noch auf meine Antwort, doch die wurde ihm von einer Frauenstimme gegeben, die nicht ohne Schärfe sagte: «Warum lässt du deine Mutter nicht in Ruhe ficken?»

Aus dem Dunkel kamen stammelnde Worte: «Oh, bist du mit jemand hier?»

Dann machte sich die pummelige Silhouette auf Zehenspitzen davon. Tagelang sprach mein Bruder nicht mehr mit mir; ich weiß nicht, ob er verärgert oder beschämt war oder beides zusammen.

16

Nach dem Studium verlor ich mit Ausnahme meiner besten Freunde sämtliche Kommilitonen meiner Fakultät aus den Augen. Befreit von der Verpflichtung, uns in Hörsälen zu treffen, setzte ein allgemeines Auseinanderstreben ein, und die Zeit begann, gründlich zu tun, was sie am besten kann: uns altern zu lassen.

Hin und wieder erkannte ich in einem Restaurant, einem Laden, vor einem Kino oder auf der Straße, und manchmal ohne ganz sicher zu sein, einen früheren Kommilitonen in dem glatzköpfigen Herrn, der einen gemütlichen Bauch vor sich herschob, oder in der aufgedonnerten Dame, deren jugendliche Schlankheit für immer dahin war, eine ehemalige Banknachbarin. Weil ich es gelesen habe oder weil man es mir erzählt hat, weiß ich, dass die berufliche Laufbahn mehr als einen von uns ins Ausland geführt hat und der eine oder andere sogar an derselben Uni unterrichtet, an der wir unser Examen gemacht haben. Und mir ist bekannt, dass wenigstens zwei von uns tot und begraben sind.

Unter den wenigen Studierenden meines Jahrgangs, von denen ich hin und wieder etwas höre, ist Piluca, Journalistin mit beachtlicher Pressepräsenz und Autorin mäßig erfolgreicher Romane.

Zwanzig Jahre mag es her sein, Minute mehr, Minute weniger, da hörte ich, dass sie, eskortiert von einem namhaften Schriftsteller, in der Buchhandlung Alberti ein eigenes Buch vorstellen würde. Neugierig geworden und wohl auch von Nostalgie getrieben, ging ich zu der Buchpräsentation, ohne Amalia ein Wort davon zu sagen. Neben dem berühmten Schriftsteller wirkte Piluca etwas eingeschüchtert und über alle Maßen dankbar; dankbar für die Anwesenheit von etwa vierzig Leuten, dankbar der Buchhändlerin, dankbar der anwesenden Verlegerin, dankbar dem begleitenden Schriftsteller, ohne den, wollte mir scheinen, die Besucherzahl um einiges geringer ausgefallen wäre.

Nach der Präsentation kaufte ich ein Exemplar ihres Buches, und als die Reihe an mich kam, bat ich sie um eine Widmung. Piluca erkannte mich sofort; tatsächlich, erzählte sie mir mit lächelnder Offenheit, hatte sie mich schon während der Buchvorstellung bemerkt. Sie erhob sich, umarmte mich mit einem leichten Streifen beider Wangen und lobte mein Aussehen. Sie verströmte einen kosmetischen Duft, der mich enttäuschte, weil er ganz anders war als ihr warmer Geruch aus der Studentenzeit. Vielleicht war es das, was ich unbewusst in der Buchhandlung gesucht hatte: ein kleines körperliches Indiz unserer verlorenen Jugend.

Piluca unterrichtete mich mit wenigen Worten von ihrer persönlichen Situation; von der laufenden Scheidung, von zwei Töchtern, die sie durch «ein Tal der Tränen» trieben, und sie war auch so freundlich, mich zu fragen, wie es mir ging. Wir sprachen höchstens zwei Minuten miteinander. «Weißt du noch?», sagte sie, ohne genau zu erläutern, was sie meinte. Während sie ihre Widmung schrieb, betrachtete ich ihren von Adern durchzogenen Handrücken. Ach, das Alter. Hinter mir in der Schlange warteten noch andere auf ein Autogramm der Autorin. Ich verabschiedete mich von Piluca und wünschte ihr von ganzem Herzen viel Erfolg. Sie wünschte mir im Gegenzug eine anregende Lektüre ihres Buches und ebenfalls viel Glück.

In den nächsten Tagen las ich ihren Roman. Mein anfängliches Interesse erlosch nach gut zehn Seiten. Das lag vermutlich daran, dass mir die Lektüre dieser Art von Büchern kein wirkliches Vergnügen bereitet. Bücher, die ans Intime gehen, die harte, heftige Geschichten erzählen wollen, am Ende aber künstlich sind, kitschig. Bücher, die keinen Eindruck bei mir hinterlassen, weil sie in ihrer prätentiösen Psychologisierung oberflächlich sind und zu viel Gewicht auf sentimentale Seelenlagen legen.

Ich wunderte mich, wie wenig literarischen Profit sie, die in jungen Jahren so feurig gewesen war, aus verschiedenen erotischen Begegnungen zu schlagen vermochte, die sie in einer kalten, rein informativen Prosa beschrieb. Heute hat sie sich der feministischen Mehrheitsmeinung angeschlossen und veröffentlicht fürchterliche Artikel, in denen sie die Mutterschaft und deren Folgen infrage stellt und sogar als eine Strafe der Natur attackiert, deren Vollzieher oder Vollstrecker der Mann ist, zumindest eine bestimmte Sorte von Mann.

Heute Nachmittag habe ich mit Humpel über sie gesprochen. Mein Freund, der sie aus ihren Zeitungsartikeln kennt, kann sie nicht ausstehen. «Das Problem dieser Dame sowie vieler anderer ihrer Sorte ist», sagt er, «dass sie nicht schreiben kann, hässlich ist, nicht einen einzigen eigenen Gedanken hat und das weiß. Deswegen gesellt sie sich der Meute zu, die den Mond anheult, weil sie hofft, dass ihre Mittelmäßigkeit in der Menge nicht auffällt.»

Ich habe Humpel nicht gesagt, welche Bedeutung Piluca nach so vielen Jahren in meinem privaten mythologischen Orbit immer noch hat; wie viel Sympathie ich ihr noch entgegenbringe, wie unendlich viel Gutes ich ihr wünsche. Darüber hinaus habe ich nicht den Eindruck, dass sie schlechter schreibt als andere zeitgenössische Autoren, die gefeiert werden und Preise gewinnen.

17

So wie ich versuchte, Mama einen erfreulichen Nachmittag zu bereiten, habe ich auch noch einmal feststellen wollen, ob ihr schwindender Geist zu irgendeiner Erinnerung fähig ist. Es war, als ob man einen Stein in einen tiefen Brunnen wirft und während des Fallens immer noch hofft, der Aufprall möge das Vorhandensein von Wasser anzeigen. Was Mama angeht, fürchte ich, dass der Brunnen unwiderruflich trocken ist.

Ich kann den Text des Liedes nicht singen, weil ich ihn nie gelernt habe. Ich bin mir nicht einmal sicher, ob die bruchstückhafte Melodie, die ich im Garten des Altenheims gepfiffen habe, wirklich der Originalmusik entspricht. Mama hat sie ein leichtes Lächeln ins Gesicht gezaubert. Ehrlicherweise muss ich sagen, dass sie schon gelächelt hat, bevor ich zu pfeifen begann, und ihr Lächeln, das nichts bedeutet, nichts ausdrückt, auch Minuten nach meinem Pfeifen noch auf ihren Lippen lag. Möglicherweise hat es ihr einfach nur gefallen und Freude bereitet, dass gepfiffen wurde. Nach mehreren Versuchen – auf keinen einzigen davon hat sie reagiert – habe ich das Experiment eingestellt und es als misslungen abgehakt.

Vor über dreißig Jahren und geistig noch voll bei Kräften, hat Mama das Lied nicht selten bei der Hausarbeit gesungen oder wenn sie sich vor dem Spiegel ihres Schminktisches zum Ausgehen hergerichtet hat. Manchmal hat sie es auch nur geträllert, wie eine Coupletsängerin aus alten Zeiten. Ich weiß, dass es von einem verliebten Mann handelte, der einer Frau Komplimente machte; aber ich kann mich an keine Textzeile mehr erinnern. Irgendwann wunderte ich mich, dass dieses mir unbekannte und im damaligen Radio nie gespielte Lied andauernd von Mama zu hören war, die wirklich nicht musikalisch war und es auch zuvor nie gesungen hatte. Also fragte ich sie, was für ein Lied das sei, das ihr nicht mehr von den Lippen kam. Zuerst gab sie mir ausweichende Antworten. Da ich aber sicher war, dass sie mir etwas verschwieg, hakte ich nach. Und schließlich gestand sie mir, dass Héctor das Lied für sie komponiert hatte. Sie bat mich noch, meinem Bruder nichts davon zu erzählen.

Arme Mama. Eine letzte Erinnerung hat sie wenigstens noch; die des Klangs von glücklichen Tagen …

18

Bei Humpel will die Wunde nicht vernarben, die ihm vor einem Monat verätzt worden ist. Der Arzt hat ihm gesagt, dass solche Dinge Zeit brauchen. Humpel hat sich im Spätsommer schon ein Flugticket gekauft, weil er den Jahreswechsel in Mexiko verbringen wollte; doch nun hat er Zweifel, ob sein Gesundheitszustand es erlaubt, dass er die Reise antritt. Anscheinend hat er im Reisebüro auch die Hotelunterbringung in verschiedenen Städten und eine Exkursion nach Yucatán schon gebucht.

Schmerzen hat er keine, wie er mir berichtet. Aber? Manchmal hebt er zu Hause oder auf der Bürotoilette vor dem Spiegel eine Ecke des Pflasters an, und der Anblick der *noli me tangere*, wie er sie manchmal nennt, weckt böseste Ahnungen in ihm.

Wenn Humpel sich Sorgen macht, ist er der beste Gesprächspartner, den man sich denken kann. Er ist der typische Fall von Mann, der unter Furcht zu Höchstform aufläuft. Wenn ihn etwas beunruhigt oder in Angst versetzt, gewinnen unsere Gespräche an Gedankentiefe und Vertraulichkeit. Wenn ich sehe, dass er ernst und niedergeschlagen ist, bin ich bereit, ihm Gedanken anzuvertrauen, die ich, wenn er sich zynisch und ironisch gibt, für mich behalten würde.

Irgendwie sind wir, ohne dass bisher verhandelte Themen obsolet geworden wären, auf meinen geplanten Abgang zu sprechen gekommen, den mein Freund heute endlich (wurde auch Zeit) als termingerecht abzuwickelndes Unternehmen betrachtet.

«Du wirkst entschlossen.»
«Überrascht dich das?»
Auch für ihn ist es nicht undenkbar, sich das Leben zu neh-

men, wenn er immer neue Wunden zu gewärtigen hat. Er führt noch andere Gründe an: der völlige Mangel von Lust an der Arbeit; die Einsamkeit, mit der er fertigwerden muss, wenn ich nicht mehr da bin; die derzeitige spanische Politik, über die er kotzen könnte; Lebensmüdigkeit und Abscheu vor dem eigenen Körper, seit die Jugend vorbei ist ... Die angewiderte Miene, mit der er dies Letzte gesagt hat und dabei aus dem Fenster schaut wie jemand, dem die ganze Welt egal ist, ebenso das Schlechte wie das Gute, das Edle wie das Erbärmliche, das auf ihr existiert, hat mich auf den Gedanken gebracht, dass es vielleicht doch keine so an den Haaren herbeigezogene Idee ist, dass man uns beide am selben Tag auf den Friedhof bringt.

Als Nächstes kam unser Gespräch darauf, auf welche Art und Weise ich meinem Leben ein Ende setzen will. «Hast du die Frage schon geklärt? Brauchst du logistische Hilfe?» Ich habe ihm die Wahrheit gesagt, dass ich bisher noch nichts geplant habe. Sicher weiß ich nur, dass ich es schnell und schmerzlos hinter mich bringen will.

Humpel, Opfer eines Missverständnisses, hat sich bereit erklärt, mir eine Waffe zu beschaffen. Er behauptet, mir problemlos eine einfach zu bedienende zu einem günstigen Preis besorgen zu können. An Kontakten mangelt es ihm nicht. Da ich dies für ein wenig geeignetes Thema hielt, in einer proppenvollen Bar diskutiert zu werden, schlug ich ihm vor, einen Spaziergang durchs Viertel zu unternehmen. Während wir mit *Pepa* an der Leine durch die Straßen wanderten, erklärte ich meinem Freund, warum es für mich nicht infrage kam, mir das Gehirn wegzublasen. Der Grund ist eine längst vergangene Geschichte aus der Zeit meines Militärdienstes im Infanterieregiment Tetuan 14, in Castellón de la Plana, Mitte der Achtzigerjahre. Als ich eines Nachts Wache hatte, erzählte ich ihm, passierte dort ein tragischer Unfall, der mich immer noch sehr mitnimmt, wenn ich daran denke. Ich will nicht, dass jemand meinetwegen auch so etwas erleben muss.

Mein Tod soll still und sauber sein, außer Haus, aller Wahrscheinlichkeit nach nachts auf einer Parkbank. Auf keinen Fall will ich entstellt sein. Was sollen meine Angehörigen und meine Schüler denken, wenn sie ekelhafte Bilder meiner Leiche in irgendeinem sensationslüsternen Fernsehsender oder in den sozialen Netzwerken sehen? Ich will nicht, dass die Medien mit meiner Blutlache ihr Publikum beeindrucken, ihre Quoten erhöhen, Werbung akquirieren, Geschäfte machen ...

19

Humpel erzählte ich von dem Vorfall nur das Notwendigste. Da er sich solche Sorgen um seine Wunde machte, wollte ich ihn nicht noch mit den blutigen Details einer Kasernengeschichte belasten, mit der er gar nichts zu tun hat. Solche Dinge sind meiner Meinung völlig uninteressant. Ich habe das in der Vergangenheit selbst auch erlebt. Sobald ein Bekannter Anstalten machte, mir von seinen Erlebnissen beim Militär zu erzählen, wäre ich am liebsten davongelaufen.

Jedenfalls war in meiner Kompanie ein Junge von den Kanaren, der sich umbrachte; niemand wusste warum, nicht einmal seine Stubenkameraden. Ob man ihm eine Erlaubnis verweigert hatte; ob seine Freundin ihm geschrieben hatte, sie habe jetzt einen anderen. Zweifelhafte Gerüchte, fragwürdiges Gerede. Der von den Kanaren war schon Opa, wie es im Kasernenslang hieß, als er sich umbrachte, und ich ein Grünschnabel, der kurz zuvor aus dem Ausbildungszentrum Nr. 8 für Rekruten, in Rabasa, gekommen war.

Die einzig gute Erinnerung an dieses weggeworfene Jahr

meiner Jugend ist die an den milden Winter, den wir da hatten. Und es war an einem Samstag im Winter, kurz vor Tagesanbruch, als dem Kanaren, einem introvertierten Jungen, der in wenigen Monaten entlassen werden sollte, die Sicherung durchbrannte. Ich kannte ihn kaum. Einmal bat er mich während einer Pause der Ausbildung, die vormittags in einer ländlichen Gegend namens Montaña Negra stattfand, um eine Zigarette, und ich gab sie ihm; ein anderes Mal bat ich ihn um eine, und er gab sie mir.

In der Nacht seines Selbstmords hatte ich, genau wie er, Wache; aber zu einer anderen Zeit. Mir wurde die in der Mitte der Wachzeit zugeteilt, die mit Abstand schlimmste von allen. Bei der um Mitternacht, auch beschissen, und der letzten vor Tagesanbruch konnten wir uns auf zwei nebeneinandergestellten Bänken, die bis an den Zellenblock reichten, wenigstens eine ordentliche Mütze Schlaf gönnen. Die Tageswachen (von denen an Wochenenden, die eine regelrechte Bestrafung waren, will ich gar nicht reden) waren mir lieber als die Ausbildung draußen, weil ich im Wachhäuschen lesen konnte. Im Sonnenlicht fiel auch die Glut der Zigarette weniger auf. Nachts musste man vorsichtiger sein.

Die Wache in jener Nacht von Freitag auf Samstag hielt ich im einzigen Wachhäuschen der Kaserne, das sich nicht an der Außenmauer befand, sondern zur Pulverkammer ausgerichtet war. Der Himmel war voller Sterne, ich rauchte ein paar Zigaretten und wurde abgelöst. Ich war gerade wieder in der Wachabteilung, hundemüde, da hallte ein Knall durch die stille Nacht; ein einzelnes, durch die Entfernung gedämpftes Geräusch, das im ersten Moment keinen aufregte, da niemand es als Schuss identifizierte. Doch nach einer Weile war der Wachhabende vom Dienst wohl stutzig geworden, weil das auf die Autobahn gehende Wachhäuschen nicht auf den regelmäßigen telefonischen Rundruf reagierte.

Zum Glück wurde ich nicht mit losgeschickt, die Leiche des Kanaren abzuholen. Einen von denen, die sie aus dem Wachhäuschen geholt hatten, hörte ich sagen, das ganze Gesicht sei zerfetzt gewesen. Die Knarre habe ich gesehen, mit der der Kanare sich erschossen hat. Es wurde schon hell, als der Feldwebel – «He, du und du» – mich und einen anderen Rekruten zusammen mit einem Gefreiten mit Wischlappen und zwei Eimern Wasser zum Wachhäuschen schickte, um die Wände zu säubern. Meine Begleiter – der eine, weil er dienstälter war, der andere wegen seiner Schulterstücke – verdrückten sich gleich, und ich durfte, wieder mal, allein in das enge Backsteinkabuff hinaufklettern und ohne Handschuhe oder sonstigen Schutz die undankbare Arbeit erledigen.

Wenn ich nach so vielen Jahren das Bild wieder vor mir sehe, dreht sich mir immer noch der Magen um. Bis zum letzten Tag meines Militärdienstes war ich sauer auf den Scheißkanaren. Er hätte sich das Hirn doch anderswo wegpusten können; ich weiß nicht, in Montaña Negra oder unterm Wachhäuschen auf der Erde, unter den Bäumen.

20

Aus Neugier, vielleicht auch aus krankhafter Neugier, habe ich beim Telefon der Hoffnung angerufen. Humpel hat mir gestern die Nummer gegeben. Er sagt, er hätte nur einmal, nach der Entlassung aus dem Krankenhaus, Gebrauch davon gemacht. Mit nur einem Fuß nach Hause zu kommen, in Zukunft eine Prothese tragen zu müssen, die eingeschränkte Beweglichkeit, die Schmerzen oder auch die Angst, seine Arbeit zu verlieren, empfand er als maßlose Demütigung. Eines Abends hielt er das Alleinsein einfach nicht mehr aus. Ich glaube, ich kann mir vorstellen, was er meint, bin mir aber nicht sicher. In seinem Innern entfesselte sich plötzlich ein Sturm von negativen Gefühlen, verstärkt noch durch das Bewusstsein, jetzt weniger wert zu sein als vor dem Unglück, in Wirklichkeit nichts wert zu sein. Ein behinderter Mann in einer mitleidlosen Gesellschaft. Behindert für immer. Im Morgengrauen bekam er einen Anfall und schlug mit seinen Krücken gegen die Möbel und Wände seiner Wohnung. Ein Nachbar drohte, die Polizei zu rufen. Humpel meint, ihm sei vielleicht das Gleiche zugestoßen wie dem Jungen von den Kanaren in meiner Kaserne; nur dass er nicht zum Gewehr, sondern zum Telefon der Hoffnung gegriffen hatte. Als er im Krankenhaus lag, hatte eine Schwester sie ihm «für alle Fälle» auf einen Zettel geschrieben.

Die Stimme am anderen Ende der Leitung hatte mein Freund als angenehm empfunden, auch ihren Ernst und den zugleich herzlichen Tonfall sowie die Bereitschaft seiner Gesprächspartnerin, ihm zuzuhören. Die Frau hatte nie versucht, Humpel Ratschläge oder gar Lektionen zu erteilen, und nach einem längeren Gespräch bat sie ihn, sie am nächsten Tag zu einer bestimmten Zeit noch einmal anzurufen, damit sie eine konkrete Hilfsaktion für ihn in Angriff nehmen konnten. Sie fragte ihn, ob er Schlaftabletten zur Hand habe. Hatte er. Die Frau forderte ihn auf, bitte gleich eine zu nehmen. Mein Freund gehorchte, schlief schnell ein und rief am nächsten Tag das Telefon der Hoffnung nicht mehr an; zum einen, sagt er, weil er sich damals bereits in psychiatrischer Behandlung befand; zum anderen, weil er das Gefühl hatte, das emotionale Tief schon hinter sich zu haben.

Ich habe heute Nachmittag mit wenig Überzeugung angerufen. Die Technik, Verzweiflung vorzugaukeln, beherrsche ich nicht. Ich war sicher, dass die Person, die abnahm, mich für einen Spaßvogel halten würde, für einen, der sich einen Spaß daraus macht, so zu tun, als wäre er am Ende. Bei mir war es aber eher eine Probe; eine aufrichtige Inszenierung, die allerdings verfrüht und daher ungerechtfertigt war.

    Das Telefon hat lange geklingelt, ohne dass sich jemand bequemt hat, abzunehmen. Zehn Minuten später habe ich es noch einmal versucht. Nichts. Ich habe mit *Pepa* einen Spaziergang durchs Viertel gemacht und bei meiner Rückkehr noch einmal das Telefon der Hoffnung angerufen. «Ich bin entschlossen, mir im kommenden Jahr das Leben zu nehmen.» Der Typ am anderen Ende der Leitung hat sich ein paar Mal geräuspert, als versuchte er zu husten, doch etwas, das in seinem Hals feststeckte, hinderte ihn daran. «Wie meinen Sie?» So sprechen eingefleischte Raucher. Seine raue Stimme kratzte an meinen Trommelfellen. Es hörte sich an, als würde mein Gesprächspartner beim Sprechen Kaffeebohnen zerkauen, was zur Folge hatte, dass ich, kaum dass unser Telefonat begonnen hatte, mir nicht anders zu helfen wusste, als aufzulegen. Das ist nichts für mich, habe ich gedacht.

21

Ich finde es ermüdend, dass die Sache mit dem Selbstmord immer wieder Gesprächsthema zwischen uns wird. Obwohl Humpel weiß, wie unangenehm mir das ist, kommt er hartnäckig darauf zurück. Nicht dass ich misstrauisch bin; aber manchmal argwöhne ich doch, dass mein Freund mit subtiler Schlauheit zu karikieren versucht, was er Freitod nennt, indem er ihn vor meinen Augen parodiert. Man merkt es kaum; heute ein bisschen, morgen ein weiteres bisschen, mit dem verschleierten Vorsatz, mich von meinem Entschluss abzubringen. Ich habe ihm schon einmal gesagt (und ich bereue es), dass ich mein Ende nicht als komische Nummer sehe.

Wenn wieder mal ein Fall bekannt wird, weiß ich schon, dass Humpel nachmittags in Alfonsos Bar auftaucht, gut bestückt mit weiterem Informationsmaterial, Zeitungsausschnitten und was sonst noch dazugehört. Wenn wir dann in unserer Ecke am Tisch sitzen, holt er bald dieses oder jenes Stück Zeitung hervor und beginnt genüsslich Stellen vorzulesen, die nicht selten unterstrichen sind, was beweist, dass er sich schon vor dem Betreten der Bar ausgiebig mit der Sache beschäftigt hat. Sich damit beschäftigen heißt sich daran ergötzen. Da hilft es nichts, wenn ich ihm erkläre, dass ich über die Meldung schon auf dem Laufenden bin.

Seine begeisterten Kommentare ärgern mich genauso wie seine Unbescheidenheit, sich zum Experten in dieser Angelegenheit zu proklamieren. Ihm widersprechen? Vergebliche Liebesmüh. Ihn daran erinnern, dass wir vor Kurzem erst über das Thema gesprochen haben? Nutzloses Unterfangen. Beim geringsten Einwand oder Vorwurf meinerseits verteidigt er sich mit der Behauptung, er wolle nicht nur mit mir als künftigem Selbstmörder über das Thema reden, sondern vielmehr in meiner Eigenschaft als Philosophielehrer. Er breitet Argumente, Daten, Fakten, Zitate aus, als Zeichen, dass er wissenschaftlich vorbereitet zum Gespräch erscheint, und gerne zitiert er zwischendrein – wie ein Raucher, der genüsslich den Rauch ausstößt – den berühmten Satz von Albert Camus: «Es gibt nur ein wirklich ernstes philosophisches Problem: den Selbstmord.»

Schon als ich diese von hinten und vorne strittige Behauptung zum ersten Mal las, habe ich sie für einen belanglosen Einfall gehalten. Für mich ist das Leben mehr als nur ein philosophischer Begriff oder eine fundamentale Frage oder dergleichen. Leben kann für mich und eine Menge anderer Leute alles Mögliche sein, aber keine philosophische Fragestellung.

Das fehlte noch: sich umbringen, weil die Prämissen eines Syllogismus sich nicht miteinander vertragen!

Ich könnte schwören, dass das Leben angefangen hat, mir Spaß zu machen, seit ich weiß, dass ich den Hebel in der Hand habe, um es zu beenden. Allein aus dem Grund gibt es für mich keine inhaltsleeren Momente mehr. Alles, was ich jetzt tue, ist vom belebenden Hauch eines Abschieds umweht. Mit einem Mal hat alles einen Sinn (jawohl, Humpel; jawohl, Camus), da alles auf einen exakten Bezugspunkt ausgerichtet ist. Ja, jetzt erst halte ich das Leben (die sieben Monate, die mir davon bleiben) für wirklich lebenswert. Die Gewissheit des Selbstmords hat es mir wieder schmackhaft gemacht, was vielleicht daran liegt, dass ich mich, nachdem ich den süßen Geschmack des heiteren Akzeptierens gekostet habe, befreit fühle von dem, was man tragisches Lebensgefühl nennt. Nichts bindet mich mehr. Mich binden keine Ideen und keine Dinge. Ich weiß nicht, ob die Welt schöner wäre; auf jeden Fall aber wäre sie friedlicher, wenn alle Menschen von Kindheit an die genaue Stunde ihres letzten Schnaufers kennen würden.

Es gibt keinen größeren ethischen Betrug als das Leugnen des Todes. Ich fühle mich in meiner Überzeugung bestärkt, dass die Hoffnung auf Unsterblichkeit der Grund für die schlimmsten menschlichen Tragödien ist. Welch ein Horror, für eine Idee zu leben, selbst wenn dieser Horror manchmal Trost spenden kann. Mitmenschen zu opfern, damit eine Ideologie gedeihen und man sich in ihr verewigen kann; was für eine ekelhafte Vorstellung! Ein gutes Buch, ein liebevolles Ablecken durch *Pepa*, das Betrachten der Mauersegler im Abendlicht, mehr brauche ich nicht. Und dann endet alles so, wie der Tag endet, und das war's, mehr gibt es dazu nicht zu sagen.

22

Heute haben für mich die letzten Weihnachtsferien begonnen. Ich bin den ganzen Tag vor etwas davongelaufen und habe bis zum Schluss nicht gewusst, wovor.

Am Vormittag habe ich eine neue Sammlung von Objekten zusammengestellt, die ich in der Stadt verteilen will, und dabei den Fernseher mit ziemlicher Lautstärke laufen lassen. Ich habe nicht genau hingehört, aber stundenlang hatte ich die Kinderstimmen im Ohr, die die Nummern der Gewinnlose der Lotterie vorsingen.

«Der Dicke» endete auf sieben. Später, in den Drei-Uhr-Nachrichten, habe ich Bilder von einigen der Gewinner gesehen, die ihr Glück vor der Kamera zelebrierten. Ihnen wird ein Mikrofon hingehalten. Es gibt nicht einen, der einen korrekten Satz über die Lippen bringt. Sie sagen nichts Interessantes, Originelles, das zum Nachdenken anregen könnte. Alles an ihnen ist einförmig-schlicht und äffisch. Vor der Lotteriezentrale hüpften sie jubelnd herum, schüttelten Cavaflaschen, bevor sie sie entkorkten, und einige setzen sie sich gleich an die Lippen, als wollten sie vorführen, dass das zufällig gewonnene Geld sie davon befreit, sich gesittet und manierlich zu benehmen. Vielleicht glauben sie, dass gute Manieren nur was für Pechvögel und arme Schlucker sind.

Ich bin in einem erbärmlichen Land geboren und aufgewachsen.

Einem Land, das dem Wort Gewalt antut.

Wenigstens hat es nicht geregnet. Ich bin mit *Pepa* ziellos durch die Straßen gelaufen, in der Hand den Koffer eines Reisenden, der nicht reist, und aus dem ich mal hier, mal da einen Teller, eine Tasse oder ein Glas holte und abstellte. Auf diese

Weise habe ich mich von einem Teil meines Geschirrs getrennt, das so zahlreich ja nicht war. Und mit jedem zurückgelassenen Gegenstand wächst in mir das Gefühl, dass sich der Augenblick nähert, an dem ich über der Erde schweben werde.

Unterwegs habe ich mehrere Unbekannte in ein Gespräch verwickelt. Eine Maronenverkäuferin, die ihren Stand an der Ecke Manuel Becerra und Ramón de la Cruz hat, habe ich mit einer obergescheiten Betrachtung der diesjährigen Weihnachtsbeleuchtung beglückt, während mir die gute Frau mit angeschwärzten Halbfingerhandschuhen wortlos eine Tüte mit Esskastanien füllte. Kurz danach habe ich mehreren Fußgängern die Zeit gestohlen, indem ich sie bat, mir den Weg zu einem Gebäude zu zeigen, das nur in meiner Fantasie existierte. Warum ich so etwas tue?

Vielleicht könnte Humpel, dieser unverbesserliche Klugscheißer, es mir erklären; aber er ist mit den Vorbereitungen für seine Mexikoreise beschäftigt, und wir haben uns heute noch nicht gesehen.

Und als ich so gegen acht wieder zu Hause war und als Erstes das Radio angestellt habe, wurde mir mit einem Mal klar, dass ich den ganzen Tag vor der Stille davongelaufen bin. Kaum haben die Ferien begonnen, vermisse ich schon schmerzlich den Trubel der Schule. Mir fehlen die Plattitüden der Kollegen im Lehrerzimmer und das unerträgliche Geschrei der Schüler; wer hätte das gedacht. So wie ich mich darauf gefreut habe, sie nicht mehr sehen zu müssen!

Endlich verstehe ich, warum ich bis zum letzten Tag des Schuljahres unterrichten werde, obwohl mich nichts daran hindert, einfach zu Hause zu bleiben und auf ein Gehalt zu verzichten, das ich gar nicht brauche, da ich mit meinen Ersparnissen auf der Bank problemlos die Monate überstehen könnte, die mir noch bleiben.

Von einer erdrückenden Stille umgeben, lese ich noch einmal die gestern Abend geschriebenen Zeilen durch. Und da fällt mir auf, dass ich meine Meinung geändert habe; dass ich heute das Gegenteil denke.

23

Ich lese die nächste Nachricht auf dem Stapel. Sie ist von exquisiter Brutalität, beleidigend bis zum Gehtnichtmehr, und sie ließ mich, als ich sie fand, unwillkürlich lächeln. Ihre Absicht ist so offensichtlich und die Schreibe so plump, dass es mir gar nicht schwerfiel, den Inhalt des Textes nicht auf mich zu beziehen; so als würde man Hurensohn gerufen, und sowohl der Rufer als auch der Beleidigte sowie eventuelle Zeugen wissen, dass alles andere damit gemeint ist, als den Beruf einer Mutter herauszustellen.

Ich habe den Zettel aufbewahrt, damit die Sammlung vollständig bleibt. Da steht: «Deine Frau haut mit ihrer Liebsten in den Urlaub ab, und derweil sich's die beiden gut gehen lassen, sich befummeln und wie läufige Katzen auf dem Teppich eines Hotelzimmers wälzen, passt du auf den Sohn, den Köter und die Wohnung auf, putzt, kochst, kaufst ein und arbeitest nebenbei noch. Du bist ein Hampelmann erster Güte und verdienst es nicht anders.»

24

Wir hatten es schon vor langer Zeit abgesprochen, doch da mir jedes Zutrauen zu ihm fehlt, habe ich ihn noch mehrmals telefonisch daran erinnert. «Vergiss nicht, dass wir an Heiligabend die Oma besuchen.» Es freute mich, dass er bei keiner unserer Unterhaltungen ablehnend war oder sich herauszureden versuchte; aber heute Morgen habe ich das Schlimmste befürchtet, als ich sah, dass es zehn, fünfzehn, zwanzig Minuten nach der vereinbarten Zeit war und er nicht kam.

Er ist ja kein Kind mehr. Mit seinen fünfundzwanzig Jahren sollte ich mehr Vertrauen in ihn setzen und damit die nur bescheidene intellektuelle Würdigung ausgleichen können, die ich ihm entgegenzubringen vermag.

Zwar spät; aber nun ist er da, mit seinem aufgedunsenen Gesicht und der ewig blassen Haut, als wäre er krank, schliefe zu wenig oder litte an Vitaminmangel. Er liest keine Bücher, lernt keinen Beruf, treibt keinen Sport. In meiner Jugend wurden solche Burschen in der Kaserne auf Trab gebracht. Da es in Spanien aber keine Wehrpflicht mehr gibt und oft genug auch, wie bei uns, ein vorbildlicher Vater fehlt, wie sollen sie da Pünktlichkeit, Disziplin, Ordnung, Gehorsam, Selbstüberwindung, Charakterstärke ... Männlichkeit lernen! Sie sind chronisch müde, langsam, stopfen sich mit Zucker und Kohlenhydraten voll. Arbeit mit Heranwachsenden. Ich weiß, wovon ich spreche.

«Alles klar, Alter?»

Mein Sohn.

Er ist fünfundzwanzig Minuten zu spät, für die er sich nicht rechtfertigt; aber wenigstens ist er da. Nachdem er mir einen angedeuteten Fausthieb auf die Brust versetzt hat, als wäre ich einer seiner Kumpane, umarmt er mich, wie ein dicker Junge einen umarmt. Ich stelle fest, dass er mich in einem Zweikampf problemlos besiegen würde. Er riecht sauber. Daraus schließe ich, dass er vor Kurzem geduscht hat, und erfreue mich kurz an dem Gedanken, dass das der Grund für sein Zuspätkommen ist.

Voller Stolz zeigt er mir seinen rechten Arm, der vom Handgelenk bis fast an die Schulter mit verschiedenen Motiven tätowiert ist, keines davon zum Glück ein politisches Symbol. Ich beglückwünsche ihn. Was soll ich sonst tun? Und ich lüge: «Sieht cool aus, der Arm.» In Wirklichkeit sieht der Arm schrecklich aus. Als wäre eine rostig blaue Substanz hineingebrannt worden. Mit aufgesetztem Ernst frage ich ihn nach dem Hakenkreuz auf seinem Rücken. Im Rausch seiner Begeisterung dreht er sich um und zieht sein Hemd über den Kopf, zeigt mir das vor einem Monat mit anderen Motiven überdeckte und umgebene Hakenkreuz. Und tatsächlich, unter dem Gewirr der ganzen floralen Ornamentik ist es nicht mehr zu erkennen. Auf Höhe der Nieren entdecke ich ein paar rote Punkte, doch da ich von ausgedrückten Pickeln ausgehe, sage ich nichts dazu. Er erzählt, dass seine Mutter ihm die Neugestaltung des Rückens bezahlt und ihm noch hundert Euro als Prämie gegeben hat. Mit den Worten: «Vielleicht gibt dein Vater dir ebenfalls eine», wollte sie mich wohl in die Pflicht nehmen. Ich beschränke mich darauf, das Vorgehen seiner Mutter gutzuheißen, und was das Geld angeht, «darüber sprechen wir später».

Das trostlose Bild vor Augen, das uns im Altenheim erwartete, habe ich Nikita unterwegs versprochen, dass wir nicht lange bleiben. Zu sehen, wie er seine Großmutter umarmt, hat mich außerordentlich gerührt. Das hatte ich nicht erwartet. Ich hatte geglaubt, er käme nur widerwillig mit, der Form halber, und um an meine Großzügigkeit zu appellieren, indem er den braven Sohn spielte. Als Nikita, der viel größer war als sie unter ihrer bis zum Kinn hochgezogenen Bettdecke, sich über sie beugte, erinnerte er mich an einen riesigen Tintenfisch, der mit seinen Fangarmen eine Beute umschlingt. Mama hat ihn natürlich nicht erkannt. Weder ihn noch mich. Heute war sie apathischer, als ich sie je erlebt habe, konnte nicht aufstehen, und es war unmöglich, auf irgendeine Weise mit ihr zu kommunizieren. Sie sabbert unentwegt und wird jetzt durch eine Sonde ernährt.

Es war bewegend, zu sehen, wie Nikita auf dem Bettrand saß und freundliche, ja sogar liebevolle Worte an sie richtete, ihr ein paar Dinge aus seinem Leben erzählte, obwohl Mama nichts davon verstehen kann. Ich hatte erwartet, dass der Junge sich ekeln und vorsichtigen Abstand zum Bett halten würde.

Kurz darauf hat Nikita mir mit einer Geste zu verstehen gegeben, dass es jetzt genug sei mit dem Besuch. Er hat seiner Großmutter einen Kuss auf die Stirn gegeben, ich habe danach das Gleiche getan, und an der Tür haben wir uns unbeschwert gebend, uns fröhlich winkend verabschiedet. Mama hat in der ganzen Zeit nur an die Decke gestarrt.

Auf dem Weg zum Parkplatz macht Nikita, heute Vormittag der gutherzigste und mitfühlendste Mensch der Welt, mich darauf aufmerksam, dass wir der Großmutter kein Geschenk mitgebracht haben. Um sein schlechtes Gewissen zu beruhigen, habe ich ihm gesagt, dass sie davon ohnehin nichts mitgekriegt hätte. Im Auto hat er mir dann freiheraus seine Meinung gesagt.

«Wenn du mich fragst, erlebt sie das Frühjahr nicht mehr.»

«Wie kommst du darauf?»

«Ich kann mich auf meine Nase verlassen. Großmutter riecht nach Tod.»

Als ich an der nächsten roten Ampel halten muss, werfe ich ihm einen langen Seitenblick zu.

Vielleicht hat der Simpel recht, denke ich.

Er trägt in jedem Ohrläppchen eine Locherweiterung aus schwarzem Plastik. Wenn er sie herausnimmt, wird man in jedem eine Öffnung sehen können, durch die man leicht einen Finger stecken kann. Ich tue so, als würde mich das nicht interessieren, als wäre das die selbstverständlichste Sache der Welt.

25

Gegen eins fuhren wir vom Altenheim direkt in meine Wohnung. So hatten wir es am Vortag telefonisch vereinbart, da konnte ich Tina noch in aller Ruhe im Schrank verstecken. Zum voraussichtlich letzten Mal in diesem Jahr wollten Nikita und ich zusammen zu Mittag essen. Ich hätte ihn gern in ein Restaurant eingeladen; aber da er zurzeit in einer Bar in der Küche arbeitet (und wo immer er sonst gebraucht wird), wollte er mir unbedingt zeigen, dass er mit Töpfen und Pfannen umzugehen weiß, und hat mich dazu verschiedene Zutaten einkaufen lassen. Ich muss gestehen, dass sein Bedürfnis, Zustimmung von mir zu erfahren, mich gerührt hat. Ich war entschlossen, ihn zu loben, egal, was er auf den Tisch brachte. Jeden Fraß, den er mir hinstellen würde, würde ich, ohne zu zögern, als Delikatesse bezeichnen.

Es liegt mir fern, mich über meinen Sohn zu mokieren. Er hat sich bemüht, das ist das Einzige, was zählt; und das Zusammensein mit ihm, nachdem wir uns so lange nicht gesehen haben, hat mir gutgetan. Dass er es mit dem Essig etwas übertrieben hat, hat mich nicht gehindert, meine Portion Salat bis zum letzten Blatt aufzuessen. Die Makkaroni in eingemachter Tomatensoße, die Muscheln aus der Dose, der geriebene Käse und das gehackte Basilikum waren zwar fade, aber essbar. Das panierte Schnitzel mit gebratener Paprika – zweifellos der schwierigste Teil des Menüs – ist ihm am besten gelungen. Ich sagte es ihm, und das schien ihm eine große Befriedigung zu sein. Ich lobte es mehrmals und konnte dabei nie den Blick von dem tätowierten Eichenblatt auf seiner Stirn abwenden. Einmal hätte ich ihn am liebsten in die Arme genommen, weil er mir so leidtat; aber auch aus Dankbarkeit dafür, dass er mir ein paar Stunden seines Lebens gewidmet hatte.

Er erzählte mir von seiner Arbeit, von der mangelnden Hygiene in der Bar, wo man gelegentlich das Knacken der vom Küchenpersonal zertretenen Kakerlaken hören konnte. Der Wunsch, mich zum Lachen zu bringen, stand ihm so deutlich im Gesicht geschrieben, dass ich es nicht übers Herz brachte, ihm zu sagen, wie unappetitlich ich seine Geschichten fand. Ich konnte weder Kakerlaken noch andere Widerwärtigkeiten, die er erzählte, witzig finden. Aber um seine Hoffnung, mir eine Freude machen zu können, nicht zu enttäuschen, hörte ich tapfer lächelnd zu.

Ich fragte ihn, wie viel er verdiente. Nur wenig, wie ich schon vermutet hatte. Aber wenigstens, sagte ich ihm, «hast du Arbeit und ein Einkommen». Seine Arbeitszeit ist auch nicht zum Korken-knallen-Lassen. Er weiß, dass der Barbesitzer ihn ausbeutet; aber das ist ihm egal, da er als Hausbesetzer ja keine Miete, keinen Strom und kein Wasser bezahlen muss (er duscht in der Wohnung befreundeter Studenten), und er spart sogar, weil er mit seinen Mitbewohnern eine eigene Bar aufmachen will. Als er mir sagte, dass jeder seine Einnahmen in eine gemeinsame Kasse legt, habe ich ihn gefragt, ob seine Freunde vertrauenswürdig sind.

«Na klar.»

Dann fragte ich ihn nach seinen Zukunftsplänen. «Arbeiten und es mir gut gehen lassen.» Nach seiner Mutter. Ob er sie oft sieht. Komisch, ich stelle ja die gleichen Fragen wie sie. Warum Amalia und ich uns nie sehen und direkt miteinander sprechen, anstatt ihn als Botenjungen zu benutzen. Ich bat um Entschuldigung. Vor Kurzem habe er sie wegen des Tattoos auf dem Rücken gesehen, aber sonst eher selten. Und seine andere Großmutter? «Die sehe ich nie. Ich weiß nicht mal, ob sie noch lebt.»

Bevor er ging, hat er noch ein Weilchen mit *Pepa* gespielt, die er bis dahin kaum beachtet hatte, und sich mit ihr im Flur auf dem Boden herumgerollt. Wie als Kind hat er so getan, als kämpfte er mit ihr, hat sie an den Füßen und am Schwanz gezogen, sie an die Brust gedrückt und ihren Kopf geschüttelt. *Pepa* hat freudig mitgespielt, hat sich begeistert mit wildem Lecken und spielerischem Beißen gewehrt.

Das war der Moment, auf den ich gewartet hatte, um Nikita zu fragen, ob er mir im Sommer, um den 1. August herum, den Gefallen tun könne, eine Weile auf *Pepa* aufzupassen, da ich dann nicht da sein würde. Ich konnte ihm ansehen, dass der Gedanke das Gegenteil von Begeisterung bei ihm auslöste. Er meinte, das könne er noch nicht sagen, da er dann möglicherweise auch in Urlaub fährt. Das hängt davon ab, wann der Barbesitzer die Rollläden runterlässt. Außerdem müsste er das mit seinen Mitbewohnern absprechen. «Ich kann denen nicht einfach so ein so großes Viech ins Haus bringen. Und wenn uns die Bullen bis dahin nicht rausgeworfen haben.»

Kurz darauf hat er mir, bei schon offener Wohnungstür, zum Abschied eine Umarmung verpasst, anders kann man es nicht nennen, und mir dazu ein paar Mal auf den Rücken geklopft. Dann ist er die Treppe hinabgesprungen, zwei und drei Stufen auf einmal nehmend, darin hat er sich nicht geändert. Ich blieb mit dem Zweifel zurück, ob seine überschwängliche Herzlichkeit wahrer Zuneigung entsprang oder den vier Fünfzigeuroscheinen geschuldet war, die ich ihm zugesteckt hatte, bevor er ging.

Oder vielleicht tue ich ihm ja auch leid, so wie er mir leidtut, oder noch mehr.

26

Wäre ich etwas hellhöriger, hätte mich eine Bemerkung der kolumbianischen Pflegerin in Mamas Wohnung warnen können. Tatsächlich habe ich ihren Worten nicht mehr Bedeutung beigemessen, als wenn sie mir Einzelheiten des heutigen Wetterberichts mitgeteilt oder von Verkehrsproblemen in der Stadt berichtet hätte. Ich dachte, es wäre das übliche nichtssagende Geschwätz, das wir Menschen bei einem Plausch von uns geben. Dieser falsche Eindruck hat mich wochenlang im Unwissen über eine hässliche Sache gelassen, bis mich mein Bruder mit einem darüber hinaus noch unangenehmen Unterton zwischen Spott und Vorwurf, weil er mich in einer beschämenden Situation gefangen wusste, am Telefon darüber aufklärte, was vorging.

Die Kolumbianerin lobte Nikita dafür, dass er so liebevoll, wie sie sagte, mit seiner Großmutter umging und sie so oft besuchte. Oft? Ja. Schon mehrmals hatte sie, als sie die Wohnung betrat, gesehen, dass der Junge meiner Frau Mutter Gesellschaft leistete, und «jedes Mal hat er gesagt, er will nicht stören» und war aufgestanden und gegangen, «dabei hätte er das wegen Ihrer bescheidenen Dienerin gar nicht tun müssen».

Auf den ersten Blick konnte es einen schon wundern, dass ein Junge, der bisher nicht durch Empathie aufgefallen war, sich von heute auf morgen zu seiner Großmutter hingezogen fühlt, zumal man ihn kurz vorher gleichsam an den Haaren in ihre Wohnung hatte schleifen müssen und er da seine Abneigung gegen den Besuch und sein Am-liebsten-gleich-wieder-abhauen-Wollen deutlich zum Ausdruck gebracht hatte. Als Kind war das anders. Da konnte er noch jedes Mal auf eine kleine Geldspende hoffen, die Mama ihm irgendwann aus Vergessen, aus

Gedächtnisverlust oder was immer nicht mehr zukommen ließ, jedenfalls nicht regelmäßig.

Jetzt hatten die Umstände sich geändert. Man könnte meinen, Nikita hätte ein plötzliches Bedürfnis nach Zuneigung entwickelt oder gar danach, sie anderen zu erweisen, wenn man daran dachte, dass seine Eltern sich gerade hatten scheiden lassen und der kleine Engel eine schlimme Zeit durchmachte. Vielleicht brachte ihm die Gesellschaft seiner Großmutter so etwas wie emotionale Stärkung. Wie konnte ich das wissen, da wir ja nicht mehr zusammen wohnten und er mir, vermutlich von seiner Mutter indoktriniert, nicht mehr alles erzählte in der kurzen Zeit, die das richterliche Urteil mir mit ihm gewährte. Natürlich war mir aufgefallen, dass er, der seine Großmutter noch vor einigen Monaten nur mit Zähneknirschen besucht hatte, jetzt plötzlich alle paar Tage zu ihr ging. Das war nicht normal. Aber was war schon normal bei einem fünfzehnjährigen Jungen, der gerade den Zusammenbruch seiner Familie miterlebt hat?

Und dann kommt der Anruf von Raúl. Mein Bruder erwischt mich in meiner neuen Wohnung in La Guindalera, in die ich gerade eingezogen bin und wo ich jetzt zwischen unausgepackten Umzugskisten sitze und einen quälenden Stapel Klassenarbeiten korrigiere. In seiner Stimme klingt boshafte Freude. Jedes Unglück und jedes Scheitern von mir bestätigt ihn in seiner Gewissheit, dass sein ganzes Leben, im Gegensatz zu meinem, aus einer ununterbrochenen Abfolge richtiger Entscheidungen besteht. In honigsüßem Ton teilt er mir seine Besorgnis mit. Er beschuldigt mich nicht direkt, aber jedes seiner Worte kann als Anklage aufgefasst werden. Angeklagt wessen? Das ist leicht zu erraten: der Vernachlässigung väterlicher Verantwortung, miserabler Erziehung, der Unfähigkeit, eine perfekte Familie wie seine zu haben; kurzum, nicht ihn und seine Frau dafür als Vorbild genommen zu haben, wie man seine Kinder erzieht, sie mit Liebe umhegt, anständige Menschen aus ihnen macht und das alles. Je länger ich ihm zuhöre, umso stärker wird mein Wunsch, ihm zwei Stunden am Stück ins Gesicht zu kotzen.

Von ihm erfahre ich auch den Grund, warum mein Sohn in letzter Zeit seine Großmutter so oft besucht und umsorgt. Am Telefon bemüht mein Bruder verschiedene Euphemismen, die alle auf ein Wort zulaufen, das der durchtriebene Schuft zwar nicht ausspricht, mich aber zwangsläufig denken lässt: Diebstahl. Also, Nikita besuchte mehrmals in der Woche seine Großmutter, um ihr Geld aus der Brieftasche zu nehmen, außerdem wer weiß welche und wie viele Stücke aus der Schmuckschatulle und wohl auch andere Dinge, die er in den Schubladen fand und tauschen oder verkaufen konnte. Sobald die Missetat ans Licht gekommen war, verhörte ich ihn mit scheinbarer Strenge, doch ohne den geringsten Wunsch, ihn zu bestrafen. Da ich nur die von der Richterin gewährten Tage mit ihm verbringen durfte, wollte ich auf keinen Fall das Risiko eingehen, dass er mich nicht mehr sehen wollte, und seiner Mutter gönnte ich die Schadenfreude schon gar nicht. Selten war ich so stark versucht, meinem Sohn die Fäuste ins Gesicht zu setzen. Ich beherrschte mich, wie ich mich immer beherrscht habe; nur dass zu den bisherigen Gründen jetzt der hinzukam, dass ich eine Anzeige vermeiden wollte.

Nikitas gestammelte Erklärungen ließen keinen Zweifel. Der Junge war überzeugt, dass seine Großmutter vollkommen gaga war. Seiner Logik nach war er kein Dieb, da die vormalige Besitzerin seiner Beute nichts von dem Diebstahl wusste, was sich im Nachhinein als falsch herausstellte, und wegen ihrer Demenz auch nichts damit anfangen konnte. Für Nikita war es, als wäre die Großmutter schon tot oder ein pflanzliches Wesen, und alles, was er bei seinen Besuchen entwendet hatte, hätte in der Wohnung herumgelegen und nur darauf gewartet, dass es einer mitnimmt. Er war zu dumm, um zu erkennen, dass seine Großmutter durchaus noch lichte Momente hatte. Dass sie vieles nicht mehr verstand oder sich nicht erinnerte, hieß ja nicht, dass sie den Verstand komplett verloren hatte. Dennoch muss man zugeben, dass mein Sohn nicht ganz im Unrecht war.

In Mamas Gehirn hatte gleichsam ein Licht, ein Lichtlein, ein Fünkchen aufgeleuchtet, als sie Nikita ihre Handtasche durchwühlen sah. Als sie wieder allein war, stellte sie sofort fest, dass ein paar Geldscheine fehlten. Von Anfang an brachte sie ihren geliebten Enkel, der so fürsorglich zu ihr war, damit in Verbindung und nicht die kolumbianische Pflegerin, die sie ungerechterweise früher verdächtigt hatte, Geld und andere Habseligkeiten zu entwenden. Aber so wie ihr Verstand aufklarte, umwölkte er sich auch wieder, und sie hielt Nikita für den Sohn von Raúl, dem sie mehr traurig als verärgert ihre Entdeckung mitteilte. Mein Bruder sah einen Teil seines Erbes in Gefahr und rief mich gleich an. Wir vereinbarten einen Geldbetrag, den ich im Namen meines Sohnes erstatten sollte. Desgleichen versprach ich, nach dem Verbleib der Gegenstände zu forschen, die dieser mutmaßlich gestohlen hatte.

27

Jahrelang habe ich in ein Moleskine mit schwarzen Deckeln, das Amalia mir geschenkt hat, als wir uns noch nicht hassten, Zitate aus Büchern übertragen, nicht nur philosophische. Ich wählte sie aus und schrieb sie ab, wenn sie mir, wenn nicht überzeugend, so doch wenigstens interessant erschienen. Da ich mich nicht für imstande hielt, eigene zusammenhängende philosophische Gedanken zu entwickeln, suchte ich mir einzelne Ideen aus den Werken großer Autoren, als würde ich mir einen intellektuellen Anzug aus Stoffresten zusammenschneidern. Vor Jahren waren mir diese Zitate im Unterricht mal nützlich und auch, um mich in allen möglichen Diskussionen dahinter zu verschanzen oder mit ihnen vorzupreschen oder um mich, wo immer sich eine Möglichkeit bot, als kultivierter Mensch darzustellen. Eines Tages vergaß ich dann, sie nachzulesen, neue hinzuzufügen, und ich verlor das Büchlein aus den Augen.

Heute Morgen ist es überraschenderweise in dem Stoß der Bücher aufgetaucht, die ich auf den Straßen von Vallecas verteilen wollte. Das ist zwar ziemlich weit von meiner Wohnung entfernt, aber es ist nicht sehr kalt (elf Grad) und es regnet nicht. Nachdem ich eine Weile darin geblättert habe, bin ich zu dem Entschluss gekommen, mich noch nicht davon zu trennen. Außerdem nehme ich an, dass diese eng beschriebenen und wegen meiner schlechten, winzigen Handschrift nicht leicht zu entziffernden Seiten keinen Menschen interessieren werden, weshalb es wohl vernünftiger ist, das Büchlein bei Gelegenheit in den Müll zu werfen.

Bevor ich den Tag für heute beschließe und ins Bett gehe, schlage ich es an der erstbesten Stelle auf und lese auf Seite 12: «Und die Begierde, Gutes zu tun, die sich dem verdankt, dass wir nach der Leitung der Vernunft leben, nenne ich Moralität.»

Ich freue mich über meinen Versuch, eine objektive Ethik zu begründen, die gültig ist für alle gleichermaßen, zu jeder Zeit und überall. Eine Ethik, die sich nicht mit den Krumen zufriedengibt, die vom Tisch der Kirchenvorschriften fallen. Aber Spinoza, der zu Lebzeiten als Gotteslästerer geschmäht und der Synagoge verwiesen wurde, begreift den Menschen als ein von Gott getrenntes Wesen, und das stört mich. Aber natürlich wäre ich dumm, wollte ich von einem Europäer des 17. Jahrhunderts, mochte er noch so rationalistisch sein und die Gottesidee kritisieren, eine Atheismusbescheinigung fordern.

Gott ist der Hauptgrund dafür, dass der Mensch nie den Zustand der Reife erlangt hat.

Der Mensch ist, ob es ihm gefällt oder nicht, ein chemisches Produkt, und er ist allein. Ich bin allein, und es gibt Sterne, Nebel und Planeten. Nichts von dem kann mich daran hindern, mich bis ans baldige Ende meiner Tage wie ein moralisches Wesen zu verhalten, und wenn es nur aus Gründen der Eleganz geschähe. Oder aus Hochachtung vor der poetischen Oberfläche der Welt. Oder aus Stolz von einem, der, die Summe seiner Taten zusammengerechnet, weder Bestrafung erwartet noch Belohnung erhofft.

Folge: Ich werde mich bis zum Schluss an meiner Lehrtätigkeit abarbeiten; ich werde mein Wahlrecht wahrnehmen, wenn wir Bürger zu den Urnen gerufen werden, obwohl es mir grundsätzlich egal ist, wer gewinnt; ich werde weiterhin den Gruß meiner Nachbarn erwidern; ich werde, sooft es geht, Mama umarmen, meinen einzigen Freund, den ich habe, meinen Hund und vielleicht auch meinen Sohn; zu der freiwillig von mir gewählten Zeit werde ich laut- und klaglos verschwinden.

28

Obwohl ich dieses Stück der Calle de Alcalá, schon in der Kurve zur Gran Vía, bereits Hunderte von Malen im Auto und zu Fuß passiert habe, ist mir bis zu Raúls Hochzeit noch nie aufgefallen, dass es dort eine Kirche gibt. Ihre Front, eingeklemmt zwischen weltlichen Häuserfronten, wird anscheinend leicht übersehen.

Mama und ich baten den Taxifahrer, uns ein Stück weiter vorn abzusetzen, da wir nicht die geringste Absicht hatten, uns vor der Kirchentür unter die Verwandtschaft der Braut zu mischen. Das war ein Haufen für den Anlass herausgeputzter Aragonesen (von denen sich einige, wie wir später erfuhren, darüber beklagt hatten, dass die Hochzeit nicht in Saragossa stattfand); vonseiten des Bräutigams waren nur Mama in einem violetten Kleid mit passender Handtasche und ich da.

«Was hätte Papa wohl dazu gesagt?» Als Mama und ich in einer Stimmung, als gingen wir zu einer Beerdigung, das Haus verließen, konnte ich die Frage einfach nicht länger zurückhalten. Mit resignierter Miene gestand mir Mama, dass sie die ganze Nacht kein Auge zugetan hatte, weil ihr derselbe Gedanke gekommen war. Sie konnte ihr Unbehagen nur schlecht verhehlen, obwohl für einen Sohn, sagte sie, «tut eine Mutter alles». Anscheinend bereitete ich ihr einige Sorgen, da ich mich, seit wir die Nachricht von dem glücklichen Ereignis bekommen hatten, nur noch sarkastisch darüber geäußert hatte. War mir gar nicht aufgefallen. Einen Moment lang fürchtete Mama sogar, dass mir die Feier vollkommen schnuppe sein könnte – was sie auch war – und sie allein in die Sankt-Josephs-Kirche und hinterher zum Bankett gehen müsste. Um sie zu beruhigen, sagte ich ihr in diesen oder ähnlichen Worten: «Keine Sorge. Mich lässt dieses ganze Theater zwar kalt; aber wir gehen zusammen dahin. Bloß soll der alte Heuchler nicht glauben, dass ich mir dafür einen Schlips umbinde.»

Von einem von María Elenas Verwandten hörten wir, dass Raúl uns suchte. Wir hatten schon in einer Bank unter lauter Leuten, die wir nicht kannten, nicht nah und nicht weit vom Altar, einen Platz gefunden. Da kam er mit aufgeregter Miene und in einem grauen Anzug, der seine Rollmopsigkeit noch betonte, durch den Mittelgang, schaute nach links und nach rechts, und als er uns erblickte, machte er Zeichen, uns zu den Brauteltern in die erste Reihe zu setzen. Wir sagten ihm: Ja, sofort, blieben aus Respekt vor Papa, der allem religiösen Getue feindselig gegenübergestanden hatte, aber sitzen.

Mama hatte nichts dagegen, dass der Jüngere ihrer Söhne schon so früh heiratete. «Jeder sucht sich sein Schicksal selbst.» Grandioser philosophischer Schnack, der es wert wäre, in meinem Moleskine-Büchlein aufzutauchen, wenn ich ihn nicht für einen grandiosen Betrug halten würde. Das Schicksal meines Bruders ist mir, ehrlich gesagt, vollkommen egal; aber eines war offensichtlich: Seit er mit diesem Mädchen ging, das genauso dick war wie er, hatte er die Heiligkeit gepachtet. Wie's beliebt. Was wir nicht tolerieren konnten, war, dass er uns immerzu Predigten hielt und uns mit seinem penetranten Enthusiasmus besprengte, als wäre ihm die Mission anvertraut worden, uns aus unserem Irrglauben zu erlösen und zu guten Katholiken zu machen. Und das alles kam, wie wir glaubten, von ihr, der ersten und einzigen Freundin, die er hatte, Ehefrau auf immer, bis dass der Tod sie scheidet, von der Existenz Gottes so überzeugt wie von seiner Notwendigkeit und davon, dass es keine Moral gibt, die nicht auf dem Dienst am Herrn beruht.

Zweiundzwanzig Jahre alt war der verliebte Dummkopf, als er sich vor dem Priester verneigte, drei Jahre jünger als sie. Gehe hier lang, und er geht hier lang. Gehe dort lang, und er geht dort lang.

Zum Empfang der Kommunion stand er auf, die Hände devot über der vom Bauch gewölbten Weste gefaltet. Würde er auch die Augen schließen, um die mystische Verzückung noch tiefer zu vertiefen? Wir konnten es nicht wissen, da er uns den Rücken zukehrte. Er nahm die Hostie in den Mund, und ich dachte: Jetzt tritt Papa hinter einem der Pfeiler hervor und versetzt dir eine seiner Backpfeifen, die dir den Unterkiefer ausrenken. Aber Papa kam nicht, und Raúl, ein Heiliger jetzt und lebenslanger Ehemann, kehrte gesenkten Hauptes zu seiner Bank vor den Stufen und zur weiß gekleideten Braut zurück.

Ich flüsterte Mama zu: «Das kommt davon, dass wir getauft worden sind.»

Sie beugte sich zu mir herüber.

«Und davon, dass wir jedes Jahr auf der Flurkommode die Krippe aufgebaut haben.»

Wir schauten uns an, zunächst ernst, forschend, dann lächelnd, und um ein Haar wären wir mitten in der Messe in lautes Gelächter ausgebrochen.

29

Vor der Hochzeit hatte ich das Mädchen nur einmal gesehen, das ein paar Monate später meine Schwägerin werden sollte. Alles deutet darauf hin, dass dies für immer sein wird, denn die beiden, «Staub sei ihr Los, doch Staub, der Liebe leidet», trennt Gott nicht einmal mit einer Axt.

Eines Tages sagte Mama zu mir in dem selbstverständlichen Ton, mit dem man eine alltägliche Begebenheit mitteilt: «Raúl heiratet.» Ich glaubte, sie scherze; aber da man gegen Neugier nicht gefeit ist, fragte ich, wen. «Die Kleine, die er uns Anfang des Jahres vorgestellt hat.» Ich musste erst in meinem Gedächtnis kramen. Nicht einmal der Name fiel mir ein. «Die Dicke?» Mama nickte und warf mir unter Lächeln einen tadelnden Blick zu.

Weder sie noch ich hatten jemals davon gehört, dass mein Bruder irgendwann einmal mit einem Mädchen ausgegangen war. Mama gestand mir mit gesenkter Stimme, dass ihr vor einiger Zeit der Verdacht gekommen war, Raulito könne «vom anderen Ufer» sein; was sie aber zu akzeptieren bereit war, denn ein Sohn ist ein Sohn, komme, was wolle, und ich riet ihr, wenn sie mit ihm spräche, solle sie ihn Raúl nennen, sonst werde er gleich wütend.

Mamas Verdacht bezüglich meines Bruders hielt ich für falsch. Ich nehme an, dass ihr Mutterinstinkt sie dazu verleitete, ihren Jüngsten mit Tugenden auszustatten, die er nicht besaß, und ihm lieber eine bestimmte sexuelle Neigung zuzuerkennen, als die Augen zu öffnen und zu sehen, was wir alle sahen. Denn ein Junge mit diesem Aussehen und diesem Körper, mit hängenden Schultern und Piepsstimme, dazu einer Unsicherheit und Schüchternheit, die jedem anderen auch die Jugend verdorben hätten, hatte nicht die besten Karten, um irgendwen zu verführen. Ich hätte gewettet, dass Raúl, bis er in der Sankt-Josephs-Kirche heiratete, nur die manuelle Sexualität kannte. Mein Bruder heiratete, um endlich vögeln zu können, da kann mir keiner was erzählen, und sie, um gevögelt zu werden. Es war ein Pakt unter zwei pragmatischen Menschen, die sich vollkommen darüber im Klaren waren, dass ihre mangelnde Attraktivität es ihnen schwer, um nicht zu sagen, unmöglich machen würde, einen Partner zu finden.

Ich vermute, dass die Natur sich aus Ermüdung oder Lustlosigkeit manchmal nicht genug anstrengt und Individuen von minderer Qualität hervorbringt, indem sie einfach mangelhafte Teile zusammenfügt, die bei der Herstellung anderer übrig geblieben sind. So muss das auch bei Raúl und María Elena gewesen sein. Die Natur verweigerte ihnen zwar jeden Hauch physischer Anmut; doch in ihrer sprichwörtlichen Großzügigkeit oder aus schlechtem Gewissen hat sie ihnen ein Gehirn gegeben, ihr ein größeres als ihm, sowie zwei Töchter, die das am wenigsten Hässliche von beiden mitbekommen haben.

Ich glaube, dass der praktizierte Katholizismus meiner Schwägerin, den mein Bruder ohne Vorbehalt übernommen hat, ein utilitaristischer ist. Die zwei haben ein Unternehmen namens Familie gegründet, das aus vier Personen besteht und nach klar definierten Regeln funktioniert, von denen eine die praktizierte Religiosität ist. Sie sind ordnungsliebende Leute, makellos konservativ, planvoll, jedem Risiko abgeneigt, extrem sparsam und völlig fantasielos. Aber es geht ihnen gut dabei, und darum tun sie das Richtige. In dieser Hinsicht kann man ihnen keine Vorwürfe machen. Sie haben im gesellschaftlichen Mutterboden der bürgerlichen Mittelschicht tiefe Wurzeln geschlagen, riechen nach Kölnischwasser, haben ihren Töchtern eine fromme Erziehung und Privatschulen angedeihen lassen, fahren ein Auto, das nicht mehr gebaut wird, und ich stelle mir vor, dass sie ihrem Herrgott für das tägliche Brot danken und mein Bruder und meine Schwägerin einmal die Woche an einem festen Tag in immer der gleichen Stellung, mit Präservativen aus dem Sonderangebot, auf sauberen Laken vögeln.

Ich habe mit María Elena noch nie einen Konflikt gehabt, und ich kenne sie bald dreißig Jahre. Ich kann mich aber auch nicht erinnern, je ein halbwegs substanzielles Gespräch mit ihr geführt zu haben. Ich würde sagen, unser Umgang war bisher korrekt und kannte auch pünktlich wiederkehrende Herzlichkeit. Ich bin überzeugt, dass sie die richtige Frau für meinen Bruder und darüber hinaus auch ein guter Mensch ist. Mama glaubte das auch, obwohl sie ihr stets eine hartnäckige Antipathie entgegenbrachte. Ich habe nie gesehen, dass mein Bruder und meine Schwägerin sich gestritten haben. Sie weiß ihn zu handhaben, ohne in die kastrierenden Schikanen autoritärer Frauen zu verfallen, und man sieht, dass die beiden sich wunderbar verstehen, was zum Teil daran liegt, dass er beim geringsten Aufscheinen von Uneinigkeit sofort ihre Ansichten übernimmt sowie auch umgekehrt, als hielten sie sich an einen Kodex des Zusammenlebens, der mit winzigen akustischen oder mimischen Signalen wirkt und einer gewaltigen Dosis von Selbstaufgabe bedarf, die ich, absoluter Laie auf dem Gebiet, gar nicht nachvollziehen kann.

30

Gestern vergaß ich aufzuschreiben, als Schlussbemerkung sozusagen, dass Raúl und María Elena glücklich sind. Sie sind es vermutlich in dem Sinne, dass sie sich glücklich schätzen, ohne sich Gedanken um das Warum zu machen. Ein Zustand harmonischer Korpulenz bei allem, was sie tun, bei allen ihren Urteilen, Ideen und Überzeugungen. Bertrand Russell (Seite 22 im schwarzen Moleskine-Büchlein) dürfte an Leute wie sie gedacht haben, wenn er behauptet: «Eine gewisse Fähigkeit, Langeweile zu ertragen, ist daher unerlässlich zu einem glücklichen Leben ...»

Langeweile ist, so wie ich das sehe, ein untrennbarer Teil der Existenz meiner Schwägerin und meines Bruders sowie auch ihres Ehelebens. Doch Vorsicht, vielleicht bin ich einer Sinnestäuschung aufgesessen, und die beiden haben einen Mordsspaß dabei, sich und andere zu langweilen. Es läuft jedenfalls immer auf Glück hinaus. Ein so langsam vor sich hin köchelndes Glück, dass nicht einmal sie es bemerken. Sie sind glücklich, so wie sie dick sind. Sie genießen das Leben, weil ihnen, seit sie sich kennen, nie etwas Aufregendes passiert ist, und das ist für sie eine großartige Erfahrung. Was für Schweine die Suhle ist, in der sie sich wälzen können, ist für die beiden das Knausern. Sagt einer von ihnen plötzlich mal etwas Gescheites, dann aus reinem Zufall. Und zeigen sie einmal eine Spur von Anmut, Eleganz, Poesie oder Humor, dann ganz unwillentlich und unbewusst.

Ihr Glück schmerzt mich, denn es beleuchtet in meinem Innern ein Loch, in dem dieses Glück, das ich nie kennenlernen durfte, sein sollte, aber nicht ist.

Und was hat es mir gebracht, unglücklich zu sein? Nichts.

«Persönlich glaube ich nicht, dass im Unglücklichsein irgendeine höhere Vernunft sich kundgibt.» Dieser Gedanke stammt auch von Bertrand Russell, aus seinem Buch *Eroberung des Glücks*. Die Seitenzahl habe ich nicht notiert.

31

Ich bin mit *Pepa* zur Calle Serrano gegangen, um dort die Teilnehmer am Madrider Silvesterlauf zu sehen. Den Profilauf. Das Massenspektakel des Volkslaufs interessiert mich nicht. Im Radio habe ich gehört, dass ein Junge aus Uganda gewonnen hat. Schlanke Körper, leichte Beine, Jugend und die allgemeine Überzeugung, dass das Leben in eine Richtung läuft und an einem Ziel mit der Möglichkeit von Sieg und Pokalen endet.

Da ich nichts Besseres zu tun hatte und niemand irgendwo auf mich wartet, bin ich am Straßenrand stehen geblieben, bis alle Läufer vorbei waren. Einige haben seltsame Atemgeräusche von sich gegeben. Die Letzten hatten meine größte Sympathie. Das sind meine Leute, habe ich mir gesagt, die Verlierer.

Danach sind wir in aller Ruhe zur Wohnung zurückgegangen, und ich habe die Linsen gegessen, die vom Mittagessen übrig geblieben waren, einen bescheiden schmeckenden Joghurt und eine Ecke mit Eigelb angerichteter Nougatschokolade. Mein einsames Silvesterbankett. Ich habe Nikita eine Nachricht geschickt und ihm zum neuen Jahr alles Gute gewünscht. Der Schlaffi hat über eine Stunde gebraucht, um mir zu antworten. Ich fing schon an, mir schlimme Gedanken zu machen und mich in Ärger hineinzusteigern. Schließlich kam die Antwort: ein aus sechs Wörtern bestehender Satz mit fünf Schreibfehlern und einigen Nanopartikeln Zuneigung, das ist ja das Wichtigste, und alles abgerundet mit einer Reihe kindischer Emojis.

Humpel hat mir auch geschrieben; kumpelig-spaßige Zeilen aus Mexiko, von wo aus mir dieser Arsch «ein frohes neues Selbstmordjahr» wünscht und mir mit von Begeisterung diktierten Worten berichtet, dass sein *noli me tangere* abgeheilt ist.

Raúl hat weder geschrieben noch angerufen. Ich habe Raúl weder geschrieben noch angerufen. Null zu null.

Amalia ist für mich gestorben.

Mama habe ich heute Morgen besucht und ihr einen Kuss gegeben.

Nach dem Abendessen war ich kurz versucht, in einem Lokal in der Innenstadt meine zwölf Weintrauben zu essen und mich in menschlichem Umgang zu suhlen, mich an feiernden, betrunkenen, fremden Körpern zu reiben, doch wozu? Zu Hause, wo Tina in provokanter Pose auf dem Sofa sitzt und *Pepa*, von den Böllern draußen erschreckt, mit mir ein Fernsehprogramm von geistig Behinderten für geistig Behinderte anschaut, ist es immer noch am besten.

Natürlich habe ich meine Weintrauben auf dem Obstteller liegen; aber ehrlich gesagt ist mir nicht mehr nach Traditionen zumute. Was ich mir im Fernsehen noch anschaue, sind die Glockenschläge, mit denen das Jahr 2018 verabschiedet wird. Das Glockengeläut und die auf der Plaza Puerta del Sol sich drängende und lärmende Menschenmenge treibt mir den Schweiß auf die Stirn. Beim Anblick der Real Casa de Correos wollte ich das Gefühl einer Wiederbegegnung mit Papa erleben. «Jetzt zeigen sie das Haus, in dem ich gefoltert worden bin.» Und ich denke, dass der Mann, der ihn folterte, immer noch lebt und sich heute auch die Übertragung des Glockengeläuts ansieht, zu Hause bequem im Sessel sitzt mit seiner Gebrechlichkeit und seinen Pantoffeln und zu sich sagt: «Da habe ich gefoltert.» Oder vielleicht: «Wie herrlich ich da drinnen gefoltert habe. Sogar in der Demokratie habe ich dafür noch Orden bekommen.»

Ich stelle mir vor, wie ich reagieren würde, wenn ich ihn auf der Straße erkennen sollte. «Entschuldigen Sie, dass ich Sie anspreche. Haben Sie nicht meinen Vater gefoltert?» Er wäre ein Greis, dem ich leicht eine runterhauen könnte; obwohl ... Obacht! Es würde mich nicht wundern, wenn er immer noch die Gewohnheit hat, mit einer Pistole in der Manteltasche herumzulaufen.

Außerdem hat gerade mein letztes Lebensjahr angefangen. «O dunkle Nacht. Nichts erwarte ich noch.» Diesen Vers von Vicente Aleixandre, einen der wenigen von ihm, die ich auswendig kenne, kann ich mir nicht zu eigen machen. Zu beängstigend, zu intensiv. Ich gebe heiteren Sinns zu Protokoll, dass es für mich kein Glockengeläut zu Silvester mehr geben wird. Endlich wird Papa nicht mehr gefoltert.

Ich gehe zu Bett und werde Geschlechtsverkehr mit Tina haben, vorher aber noch einen frommen Wunsch fürs neue Jahr aussprechen. Millionen von Menschen auf diesem Planeten werden in diesem Augenblick versprechen, dass sie mit dem Rauchen aufhören, gesünder leben, abnehmen und so viel Plastikmüll wie möglich vermeiden wollen.

Mein Vorsatz für 2019 ist, dass ich mir in der Nacht vom 31. Juli auf den 1. August das Leben nehme; ich weiß nur noch nicht wo und wie. Wenn es so weit ist, werde ich schon die richtige Entscheidung treffen.

Was der Ugander jetzt wohl macht, der den Silvesterlauf gewonnen hat?

JANUAR

1

Auch jetzt. Und heute Morgen. Und gestern. Und eigentlich jeden Tag stelle ich irgendwann fest, dass *Pepa* mich unverwandt anschaut. Vor Jahren einmal habe ich in einer Zeitschrift für Haustiere gelesen, dass ein solcher Blick bei Hunden durchaus ein Ausdruck von Liebe sein kann.

Ich schreibe aus dem Moleskine ab: «Wer nie einen Hund gehabt hat, weiß nicht, was Lieben und Geliebtwerden heißt.» Der Satz stammt von Arthur Schopenhauer. Der Satz ist Quatsch, aber er ist schön.

In der einsamen Wohnung sehe ich in *Pepas* Augen oft einen beunruhigenden Glanz. Ich glaube in ihnen etwas anderes als Liebe zu erkennen, wenn sie mich so anschaut; ich weiß nicht, eine Mischung aus Mitleid, Kälte und Anklage. Als wisse sie nicht recht, ob sie ihren Vorwurf aufrechterhalten oder mir nach so vielen Jahren geteilter Einsamkeit vergeben soll. Oft denke ich, sie verhält sich nur aus Berechnung still, weil sie weiß, dass sie von mir abhängig ist, weil ich sie füttere und ihr ein weiches Lager biete, sodass sie nicht draußen schlafen muss; dass sie mir im Grunde ihres hündischen Bewusstseins jedoch nie vergeben wird und ihre liebevolle Anhänglichkeit nur ein Trick ist, um mich bei Laune und ihre Überlebenschancen hochzuhalten.

Mir wird wohl nichts anderes übrig bleiben (nicht heute, ich bin zu müde), als die Erinnerung an eine der größten Niederträchtigkeiten meines Lebens aufzuschreiben. Der einzige mildernde Umstand, den ich finde, ist meine damalige emotionale Ausnahmesituation. Ich war gerade geschieden, was man aber nur zum Teil als Unglück bezeichnen kann. Die Scheidung war für mich eine Befreiung, geschmälert allerdings durch ein akutes Gefühl von Versagen; schlimmer noch, durch die Gewissheit, Zeit, Illusion und Kraft an ein gescheitertes Unternehmen verschwendet zu haben.

Durch den Bruch mit Amalia war ich angeschlagen. Meinen Sohn durfte ich nur alle zwei Wochen sehen. Die Richterin behandelte mich wie ein gefährliches Tier, genauso wie die Anwältin meiner Ex-Frau mich immer dargestellt hatte. Ich musste von heute auf morgen aus der Wohnung ausziehen, durfte nur meine Bücher, meine Kleider, *Pepa* und noch ein paar Kleinigkeiten mitnehmen und musste mich, nachdem ich für ein paar Wochen bei Humpel untergekommen war, in meiner jetzigen Behausung einquartieren, die ich mittlerweile nur noch als Vorzimmer zum Friedhof betrachten kann. Damals besaß ich nicht einmal die Grundausstattung dessen, was eine anständige Wohnung ausmacht. Bis ich mein Bett bekam – weder das teuerste noch das billigste, das sie im Geschäft hatten –, musste ich mehrere Nächte auf einem Stapel meiner Kleider auf dem Boden schlafen. Das Einzige, was ich in ausreichender Menge besaß, waren Bücher, die in Plastiktüten und Pappkartons verstaut überall herumstanden. Ich war allein, ich war traurig, ich war verzweifelt und nahe daran, allem ein Ende zu bereiten. Und inmitten der Trümmer meines Lebens war *Pepa* genauso desorientiert und heimatlos wie ich, da Amalia und Nikita nichts von ihr wissen wollten.

2

Ja, *Pepa*. Du hast gestört. Du hast uns gestört. Und ach, du hast mich gestört.

Noch vor Tagesanbruch bin ich mit dir zur Garage hinuntergegangen. Fügsam wie immer hast du dich auf der auf dem Rücksitz ausgebreiteten Decke zusammengerollt. Du siehst ganz fröhlich aus, leckst dir die Schnauze. Was glaubst du, wohin es geht, wohin ich dich bringe?

Es war ein Sonntag. Draußen war es kalt, und es gab kaum Verkehr. Schon auf den ersten verwaisten Straßen habe ich das Radio angestellt. Ich brauchte Musik und Stimmen, die mich vom Ansturm meiner Gedanken ablenkten, aber auch vom unablässigen Hecheln der Hündin, die immer nervös ist, wenn sie im Auto mitfährt. Ich hatte keine Ahnung, wohin ich fuhr. Ich wusste nur, dass ich aus der Stadt hinaus und auf dem Land eine verlassene Gegend mit Bäumen suchen wollte.

Beim ersten Tageslicht verließ ich die Autobahn auf der Höhe von Torrelodones. Wegen unserer Familienausflüge in der Vergangenheit war mir die Gegend nicht ganz unbekannt. Ich fuhr quer durch den Ort und dann auf der M-618 weiter nach Colmenar Viejo. Kein einziges Auto war um diese Zeit unterwegs. Wir ließen das letzte Haus hinter uns. Vor uns erstreckte sich von Raureif geweißtes Land. Am zunehmend blauen Himmel war keine Wolke zu sehen. In den Senken hingen hier und da noch Nebelschleier. Ein Gefühl von Einsamkeit und Reinheit. Genau das, was ich suchte. Ich fuhr langsamer. Und *Pepa*, die auf der Rückbank vielleicht eingeschlafen war, hatte aufgehört zu hecheln.

Hinter einer Kurve entdeckte ich in der Mauer, die sich auf der linken Straßenseite hinzog, eine Lücke. Ein Stück der

Mauer war eingefallen, und nicht weit davon begann ein Weg, an dem ich anhielt. Weit und breit war keine Menschenseele zu sehen, und zu dieser frühen Stunde und bei der strengen Kälte hörte man auch keine Vögel, Zikaden oder Grillen, wie in der warmen Jahreszeit. Ein Auto fuhr vorbei. Danach wieder Stille. *Pepa* sprang nur zögerlich nach draußen. Bei der Außentemperatur hätte sie es wahrscheinlich vorgezogen, auf dem warmen Rücksitz liegen zu bleiben. Ich nahm sie an die Leine. Wir durchquerten die Mauerlücke, schritten vorsichtig über die umherliegenden Steine. Uns beiden dampfte der Atem. Wie Wilderer schlichen wir durch ein Gelände mit Steineichen und voller Gestrüpp. Mit *Pepa* an meiner Seite ging ich bergan, bis ich die Straße aus den Augen verlor. In einem Dickicht, wo ich mich vor Blicken sicher fühlte, band ich *Pepa* mit mehreren Knoten an einem Strauch fest.

Ich konnte, ich wollte, ich traute mich nicht, ihr in die Augen zu sehen.

Und dann bin ich ohne dich den Hang hinuntermarschiert. Erst nachdem ich ein gutes Stück gegangen war, habe ich mich nach dir umgedreht, nur um mich zu vergewissern, dass du noch da warst, wo ich dich angebunden hatte; nicht um zu sehen, was du machtest. Du hast auf deinen Hinterbeinen gesessen und vielleicht darauf gewartet, dass ich dich rufe, oder hast mit deiner hündischen Intelligenz herauszufinden versucht, was für ein neues Spiel das war, das gar kein Spiel war.

Ich war schon wieder kurz vor Torrelodones, als mir der Mikrochip einfiel, der es der Guardia civil ermöglichen würde, den Besitzer des ausgesetzten Hundes ausfindig zu machen, der vielleicht schon verdurstet oder an Entkräftung gestorben war, was mir eine Strafe oder sogar ein Gerichtsverfahren einbringen konnte. Was anderes wäre es, wenn ich dich laufen gelassen hätte, dann hätte man behaupten können, du wärst ausgerissen, wie Amalia das am Stausee von Valmayor gemacht hat, als du noch ein übermütiges Hündchen warst, weißt du noch? Also bin ich am ersten Kreisverkehr des Ortes umgekehrt und mit Höchstgeschwindigkeit zur Mauerlücke zurückgefahren. Du hast mich mit freudigem Schwanzwedeln empfangen. Und als ich dich losgebunden habe, hast du mir mit überschwänglichem Dank das Gesicht abgeleckt. Du hast gezittert, ich weiß nicht, ob vor Kälte oder aus einem anderen Grund. Es war schon dunkel geworden, als wir wieder in meiner tristen Geschiedenenwohnung waren und ich zum ersten Mal deinen anklagenden Blick bemerkt habe, den gleichen, mit dem du mich jetzt von deiner Ecke aus ansiehst.

Es waren schlimme Zeiten, *Pepa*. Glaube mir.

3

Auch dieser Satz ist von Arthur Schopenhauer: «Der Mensch hat aus der Erde eine Hölle für Tiere gemacht.» Das steht zwar nicht in meinem Moleskine-Heft, braucht es aber auch nicht. Es ist einer dieser Sätze, die man in Erinnerung behält. Seit dem Tod des Philosophen im Jahr 1860 hat sich die Biodiversität auf der Erde bis heute ständig verschlechtert. Arten sterben aus. Die Pole schmelzen. Die Meere sind ein Abladeplatz für Plastikmüll geworden. Motorsägen dröhnen in den Regenwäldern bzw. in dem, was davon übrig ist. Was noch? Extreme Wetterphänomene häufen sich, sind vermutlich schon das Vorspiel zur großen Vergeltung, die die Natur für uns vorbereitet hat.

Am Tag nach meinem Versuch, *Pepa* loszuwerden, bin ich ins Klassenzimmer geeilt und habe ohne jede Vorrede oder Erklärung, sogar ohne die Schüler zu begrüßen, den Satz von Schopenhauer an die Tafel geschrieben. Sofort trat Stille ein. Eigentlich hätte ich in der Stunde den Ursprung der Rationalität behandeln müssen; doch im letzten Moment, als ich die Stufen zum Schulgebäude hinauflief, überlegte ich es mir anders. Mir war der Gedanke gekommen, dass die Beziehung der Menschen zu den Tieren für die Schüler interessanter sein könnte. Ich täuschte mich nicht.

Als Anreiz erfand ich die Geschichte eines Menschen, der von der Guardia civil festgenommen worden war, weil er seinen Hund in einem Wald in der Provinz Ávila ausgesetzt hatte. In einer bewaldeten Gegend hatte er ihn an einen Baum festgebunden, damit er ihm nicht nach Hause folgen konnte. Die Anspielung auf Ávila diente nur dazu, die Geschichte wahrhaftig klingen zu lassen. Der Reporter hatte geschrieben, Wanderer hätten die Szene beobachtet und den Hundebesitzer angezeigt.

Ich bat um Meinungen. Sofort hoben sich Hände. Mehrere Schüler verurteilten das Aussetzen des Tieres mit harten Worten. Alle waren sich einig. Auch der übliche Ulk blieb aus. Eine Schülerin fasste die Meinungen in dem Satz zusammen, der Hundebesitzer sei ein Schuft. Ich war ungeheuer erleichtert, dass meine Schüler das Verhalten eines Mannes verurteilten, der dasselbe getan hatte wie ich. Und ich konnte nicht umhin, die Leichtigkeit zu bewundern, mit der ich mich ihrer Aufrichtigkeit und ihres Gerechtigkeitssinns hatte bedienen können, um mich damit zu geißeln.

Dann bat ich sie, sich an die Stelle eines Richters zu versetzen und dem Beschuldigten eine seiner Tat angemessene Strafe aufzuerlegen. Einige der vorgeschlagenen Strafen waren von einem solchen Kaliber, so streng und manchmal sogar sadistisch, dass ich um die Zukunft unserer Demokratie fürchtete, wenn die Generation meiner Schüler die Zügel der Gesellschaft in die Hand nehmen würde. Ich stand am Fenster und genoss es, mich als Adressat jeder einzelnen dieser Strafen zu fühlen, von denen die meisten mit dem Strafgesetzbuch eines Rechtsstaates absolut nicht vereinbar waren.

Die Diskussion entglitt mir, als das heikle Thema des Stierkampfes zur Sprache kam, das ich für diese Unterrichtsstunde nicht vorgesehen hatte. Bei den vielen Stimmmeldungen war es einfach aufgekommen. Sofort teilte sich die Klasse in zwei unversöhnliche Fronten, von denen die der Gegner von Stierkämpfen zwar größer, die der nur aus Jungen bestehenden Befürworter aber lauter und aggressiver war. Alle sprachen durcheinander, einige wutentbrannt. Es kam zu gegenseitigen Beschuldigungen und beleidigenden Worten, sodass ich die Diskussion abbrechen musste und sie die Bücher bei der Lektion aufschlagen ließ, die durchzunehmen wir in der vorherigen Stunde angefangen hatten.

Ein paar Tage später rief mich die Direktorin in ihr Büro. Ich brauchte bloß ihr Gesicht zu sehen, da wusste ich, dass sie mir nicht gratulieren würde. «Setzen Sie sich», sagte sie zur Begrüßung, ohne mich dabei eines Blickes zu würdigen. Die Eltern eines Schülers hatten sich darüber beschwert, dass in meinem Unterricht der Stierkampf kritisiert worden war. Sie nannte keine Namen, weder den des Schülers noch den der Eltern; aber sie gab mir zu verstehen, dass es sich um einflussreiche Leute handelte. Wollte sie damit andeuten, dass meine Stellung in Gefahr war?

«Ich bin seit Kindesbeinen Aficionado. Mein Vater hat mir jahrelang ein Abonnement in Las Ventas bezahlt.»

Ich log, um mich der Dame zu erwehren, die sich nicht die geringste Mühe gab, mit ihrer Verachtung für mich hinter dem Berg zu halten.

Doch meine Worte blieben ohne Wirkung.

«Sie sind hier, um Philosophie zu unterrichten, und nicht,

um mit den Schülern über Stiere zu diskutieren. Verschwinden Sie, und dass mir das nicht noch einmal vorkommt.»

Ich nahm die Demütigung hin und verließ ihr Büro. Mehr konnte ich nicht für dich tun, *Pepa*. Ich hoffe, du verstehst das.

4

Jetzt habe ich den Tod im Haus. Er ist weiß. Humpel hat ihn mir in einem kleinen Plastiktütchen aus Mexiko mitgebracht. Um ihn mir auszuhändigen, hat er mich heute Nachmittag zu sich in die Wohnung bestellt. Er ist Mittwoch in aller Frühe gelandet, hat aber bis heute gewartet, weil er zuerst den Jetlag überwinden wollte. Er wird schon wissen, wie viel davon durchzechten Nächten jenseits des Ozeans geschuldet ist.

«Eine Einladung zum Sterben», hat er – noch immer mit Rändern unter den Augen – verschmitzt lächelnd zu mir gesagt. Er hat sich geweigert, Geld für die Ware zu nehmen. Dafür hat er mir in aller Ausführlichkeit von seinem Urlaub erzählt. Am Ende sind wir übereingekommen, dass ich ihm ein Abendessen schulde. Er ist übereingekommen; ich habe nur automatisch eine zustimmende Handbewegung gemacht, weil ich noch damit beschäftigt war, den Schrecken zu verdauen.

Außerdem hat Humpel mir noch ein Päckchen Totenköpfe aus Zucker als Geschenk mitgebracht, was ihm die unbezahlbare Gelegenheit verschaffte, mir einen Vortrag über die besondere Beziehung der Mexikaner zu ihren Toten zu halten. Er ist schier berauscht aus Mexiko zurückgekommen und wünscht sich nichts mehr, sagt er, als zu sterben. Zum Beweis, dass er es ernst meint, hat er mir ein ähnliches Tütchen wie meines gezeigt, mit dem gleichen Inhalt.

Ich war beeindruckt, obwohl ich mir meiner moralischen

Stärke eigentlich sicher bin, und habe meinem Freund schweigend zugehört und dabei ein paar Mal zum Tisch hinübergespäht, auf dem die zwei Portionen weißen Pulvers lagen. Die Nähe des tödlichen Materials gab mir das Gefühl von einem Knoten – oder des Schreckens? – in der Brust. Dabei hatte ich gedacht, sterben sei eine rein philosophische Operation, das einfache Verfahren des Übergangs vom Sein zum Nichtsein. In Mexiko ist das ein alltäglicher Akt, nicht so abstrakt, als würdest du dich, so wie du dich deiner Kleider entledigst, deines Fleisches entledigen und dann als Gerippe dastehen.

Humpel, der viel für Dekor und Friedhofsstimmung übrighat und eigener Aussage nach Experte in diesen Dingen ist, hat in Mexiko mehrere Friedhöfe besucht, die man dort *panteones* nennt. Sein Handy ist voll mit Fotos davon. Auf einigen sieht man die Gräber berühmter Menschen (Mario «Cantinflas» Moreno und solche Leute). An mich denkend, hat er mehrere Aufnahmen vom Grab des Dichters Luis Cernuda gemacht. Begeistert zeigt er mir Bilder von einem Friedhof in Yucatán mit bunt bemalten Gräbern in Grün, Türkis, Rot ... und von einem anderen, ich weiß nicht wo, auf dem zwei Frauen vor einem mit Plüschtieren und bunten Bällen übersäten Kindergrab auf Saiteninstrumenten spielen.

«Wunderbare Leute, die Mexikaner. Sie leugnen den Tod. Du stirbst, bleibst aber lebendig und bist in deinem Grab weiterhin ansprechbar. Und deine Mutter kommt und singt dir was vor.»

«Vielleicht werden dort deshalb so viele Morde begangen.»

«Das habe ich auch gedacht. Wenn der, der stirbt, weiterlebt, kann ich ihn ja ruhig umbringen.»

Kaliumzyanid ist aller Wahrscheinlichkeit nach der Name meines Todes. Als ich ihn zum ersten Mal gesehen habe, bin ich nervös geworden; doch jetzt, da ich gegen Mitternacht diese Zeilen schreibe, überkommt mich eine wohlige Ruhe.

Humpel, der mir offenbar nicht über den Weg traut, hat mich mehrfach gewarnt, das Tütchen vorzeitig zu öffnen und schon gar nicht meine Nase hineinzustecken, da das Pulver anscheinend giftige Dämpfe freisetzt. Er hat mir auch erzählt, dass er gar keine Schwierigkeiten hatte, die Substanz zu erwerben, und dass er, wenn er gewollt hätte, eine noch größere Menge hätte kaufen können. Ein Telefonanruf hatte genügt. Den Preis hatte er schon akzeptabel gefunden, bevor das unvermeidliche Feilschen begann. Für den Fall, dass am Zoll sein Koffer durchsucht würde, wickelte er die beiden Plastiktütchen in Stanniolpapier ein und steckte sie in eine zweite Plastiktüte, die er in einer Flasche Shampoo verbarg. Er passierte die Flughafenkontrolle ohne Probleme.

5

Des schlaflosen Wälzens im Bett überdrüssig, stand ich um vier Uhr morgens auf und suchte einen neuen Platz für das Beutelchen Zyanid. Ich bekam kein Auge zu. Ich ärgerte mich über alle Maßen, dass ich Humpels tödliches Geschenk angenommen hatte. «Eine schöne Überraschung habe ich dir da bereitet, was?» Die selbstzufriedene Miene, mit der er das sagte, missfiel mir mehr, als er ahnen konnte. Warum soll ich mich damit abfinden, dass ein anderer die Art meines Sterbens bestimmt? Habe ich den Selbstmord nicht seit Monaten als einen Akt höchster Freiheit betrachtet? Und hatte ich bei dem Gedanken, Herr und Gebieter meines letzten Augenblicks zu sein, nicht meinen hochmütigen Blick in den Spiegel genossen?

«Ich habe dir nichts gesagt, weil ich nicht sicher war, ob der Plan funktionieren würde; aber als ich losflog, hatte ich schon die nötigen Informationen und zwei Telefonnummern.»

Dass mein Freund, dem ich ja keine böse Absicht unterstellen kann, sich in meine Angelegenheiten einmischt, war nicht das Einzige, das mir in der Nacht den Schlaf geraubt hat. Ich machte mir auch Sorgen, dass ich kein gutes Versteck gewählt hatte. Als ich nach Hause kam, war mein erster Gedanke, das Tütchen so aufzubewahren, dass *Pepa* nicht drankam. Daher habe ich es ins oberste Bücherregal gelegt, ohne daran zu denken, dass ich die dort aufgestellten Bücher früher oder später in der Stadt verteilen würde und das Zyanid dann für jedermann sichtbar wäre. Dann würde ich das Tütchen wieder in die Hand nehmen müssen, und dieser Gedanke gefiel mir gar nicht. Es könnte auch zu Boden fallen und *Pepa* würde denken, ich hätte ihr ein Leckerli hingeworfen, und sich darüber hermachen.

Ich lag im Bett und hatte das Gefühl, ein hochgiftiges Tier schliche in der Dunkelheit umher. Um vier hielt ich das quälende Wachliegen nicht mehr aus und machte Licht. Als Erstes suchte ich einen neuen Platz für das Tütchen. Aber auch mit der neuen Wahl war ich nicht zufrieden. Erst nach längerem Abwägen und Suchen fand ich eine annehmbare Lösung. Ich habe das Tütchen mit Klebeband auf die Rückseite von Papas Foto, das in der Diele hängt, festgeklebt. Mochte Papa im Leben ein mürrischer Mann gewesen sein, auf diesem Schwarz-Weiß-Foto, das ich mir vor Jahren habe einrahmen lassen, lächelt er den Betrachter freundlich an. Gestern Nacht schien mir dieses Lächeln zu sagen: Das hast du gut gemacht, mein Junge. Ich werde auf das Zyanid aufpassen. Kannst beruhigt sein.

Den ganzen Tag haben mich unheimliche Gedanken in Unruhe versetzt. In meiner Fantasie klingelt es plötzlich an der Tür. Seltsam. Ich erwartete gar keinen Besuch. Ich öffne. Mein Sohn. Ich erkenne ihn nicht sogleich, da er eine Art Soutane oder Kaftan trägt und das ganze Gesicht mit Eichenblatttattoos übersät ist, ähnlich dem Original auf der Stirn. Er sieht damit aus wie ein von einer schrecklichen Krankheit mit Pockennarben verunstalteter Mann. Ich gehe in die Küche und hole ein Getränk, um das er mich gebeten hat. In der Zeit stiehlt er mir das Zyanidtütchen, weil er denkt, dass es Kokain enthält. Ich weiß nicht, wie er das Versteck gefunden hat. Mit einem Mal hat er es sehr eilig und verabschiedet sich, ohne einen Schluck getrunken zu haben. Er sagt mir, das Abgeordnetenhaus stehe im Begriff, ihn zum Ministerpräsidenten von Spanien zu ernennen, und er müsse jetzt los. Eine Stunde später schnupfen er und seine Mitbewohner das Zyanid und sterben. In der Nacht klingelt es wieder, und vor der Tür steht ein Polizist. Er kann sich vor Lachen nicht halten und sagt, er habe eine schlechte Nachricht für mich.

Während ich mit *Pepa* durch den Park Quinta de la Fuente del Berro spaziere, kommt mir wenige Meter vor dem Bécquer-Denkmal ein Verdacht. Was, wenn Humpel einem Schwindel aufgesessen ist? Wenn die beiden Tütchen, die er aus Mexiko mitgebracht hat, Salz, Zucker oder sonst eine harmlose Substanz enthalten? Um Gewissheit zu erlangen, fällt mir kein anderer Ausweg ein, als die Ware zu probieren. «Bécquer, was hältst du von der Idee?» Der Dichter auf seinem Sockel gibt keine Antwort. Ich stelle mir Humpels und mein dummes Gesicht vor, wenn wir in der letzten Nacht des kommenden Monats Juli das mutmaßliche Zyanid einnehmen und feststellen, dass die erwartete Wirkung nicht eintritt. Ich erkenne in Bécquers Miene und denen der drei Steinfiguren zu seinen Füßen die Andeutung oder wenigstens einen Hauch von Zustimmung, als ich ihnen zuflüstere, dass mir nichts anderes übrig bleibt, als eine Prise des weißen Pulvers einem lebenden Wesen zu verabreichen. Wer könnte mir als Versuchskaninchen dienen? Der erste Kandidat, der mir einfällt, ist Humpel selbst, gefolgt von

Amalia, meiner Schwiegermutter, meinem Sohn, der Schuldirektorin ..., sogar Mama.

Nachdem ich lange die Pros und Kontras eines jeden der infrage kommenden unfreiwilligen Mitarbeiter erwogen habe, komme ich zu dem Schluss, das Zyanid an *Pepa* auszuprobieren. Es ist bequem, da ich dafür nicht das Haus verlassen muss und weil sie mich schwerlich bei der Polizei anzeigen kann. Ich stelle mir vor, dass ich ein Stück von dem Busenkäse abschneide, den ich im Kühlschrank habe, es mit einem Messer einritze und mit meiner von einem Latexhandschuh geschützten Hand eine Prise Zyanid in den Spalt drücke. Ich verabreiche es *Pepa*, wenn sie ihre Wurmtabletten einnimmt, die ihr die Tierärztin hin und wieder verschreibt. Zuerst täusche ich sie mit anderen Käsestückchen, die sie gierig hinunterschlingt. Ich werfe sie in die Luft, *Pepa* schnappt sie sich und schluckt sie ungekaut hinunter. Wenn ich glaube, dass sie Vertrauen gefasst hat, werfe ich ihr das mit Zyanid versetzte Käsestückchen zu; sie schnappt es aus der Luft, doch ihre Zunge oder ihr Geruchssinn oder Instinkt lässt ihr irgendeine Warnung zukommen, und sie spuckt es wieder aus. Das passiert mehrere Male. Am Ende verliere ich die Geduld. In meiner Fantasie zwinge ich *Pepa* umstandslos die Zähne auseinander und verabreiche ihr das Gift. Schnell verliert sie das Gleichgewicht, fällt um und ist tot, ihre Augen sind offen. Das Tütchen mit dem restlichen Zyanid verstecke ich wieder hinter Papas Fotografie. Ich bin versucht, Humpel anzurufen und ihm zu sagen, dass er einen guten Kauf getätigt hat.

6

Am späten Vormittag ist Nikita gekommen, um sein Geschenk abzuholen. Verschlafen, ohne Anmut und Lebenskraft schlurft er in die Wohnung, und ich foppe ihn.

«Was, heute ist Dreikönigstag? Habe ich total vergessen.»

Er hört gar nicht hin und vergisst auch, mich zu umarmen. Im Vergleich zu den Proportionen des Körpers schien mir sein Kopf heute zu klein zu sein; aber vielleicht bin ich auch Opfer einer optischen Täuschung geworden. Bei anderer Gelegenheit passiert mir das Gegenteil; dann habe ich den Eindruck, der arme Junge trägt einen viel zu großen Kopf auf seinen schmalen Schultern, die ihn kaum tragen können.

Als Geschenk übergibt mir Nikita eine Tüte mit verschiedenen Drogerieartikeln. Er wartet meine Reaktion nicht ab und hört meinen Dank nicht, sondern geht schnurstracks ins Wohnzimmer, wo die Heiligen Drei Könige hoffentlich nicht vergessen haben, eine Überraschung für ihn dazulassen. Im Zimmer schaut er sich sofort suchend um, ignoriert *Pepa*, die ihn vergebens zum Streicheln bewegen will. Nikita erwartet wohl kaum einen aufgetürmten Berg von Päckchen und Paketen, die in buntes Geschenkpapier eingeschlagen und mit hübschen Bändchen verschnürt sind, dazu ein prahlerisches Kärtchen mit Ergüssen mütterlicher Liebe, wie ich mir vorstelle, dass seine Mutter das alles für ihn aufgebaut hat. Aber er weiß ja, dass ich kein Händchen für das Zelebrieren von Geschenken habe. Ich weiß auch gar nicht, was ihm gefällt, was er sich wünscht, was er braucht und welche Kleidergröße er hat. Nicht nur, dass ich es nicht weiß, es interessiert mich auch nicht. Lieber gehe ich auf Nummer sicher und schenke ihm Geld, damit er sich hinterher kaufen kann, wonach ihm gerade ist.

Und dann bittet er mich naiv-unverblümt, ihn nicht zu fragen, was die Heiligen Drei Könige ihm bei seiner Mutter gebracht haben. Kann es einen Zweifel geben, dass er von ihr angehalten worden ist, Schweigen zu wahren? Keine fünf Minuten später erzählt er mir selbst, was er alles von Amalia bekommen hat. Viele nützliche und teure Geschenke. Wo sie sind? Bevor er zu mir gekommen ist, erzählt er, hat er sie in seiner Wohnung abgeladen. Ich vermute, dass die extreme Großzügigkeit seiner Mutter darauf abzielt, mich schlecht aussehen zu lassen; mich als phlegmatischen Vater darzustellen, der dem gemeinsamen Sohn nicht halb so viel Zuneigung entgegenbringt wie sie. Ob der Junge das weiß und mich damit zu erpressen versucht? Wenn das zutrifft, muss ich anerkennen, dass es ihm gelungen ist. Ich hatte vorgehabt, ihm zweihundert Euro zu geben; doch als ich erfahre, was seine Mutter ihm geschenkt hat, ändere ich meine Meinung und gebe ihm vierhundert. Dazu noch die hundert, die ich ihm an diesem Geschenktag immer im Namen seiner Großmutter übergebe und die auch für seinen Geburtstag gedacht sind. Nikita steckt die Scheine ein und versetzt mir dann einen freundschaftlichen Fausthieb auf den Oberarm; auch eine Art, seinen Dank auszudrücken.

Ich frage ihn, obwohl ich die Antwort schon kenne, ob er mit mir in einem Restaurant zu Mittag essen will. Wie vermutet, hat er andere Pläne. Welche? Zuerst einmal geht er «zur Alten, die Dreikönigskohle abholen», danach muss er zur Arbeit. Die Alte ist natürlich Amalias Mutter. Ich bin zum Scherzen aufgelegt. «Vielleicht schenkt sie dir einen Rosenkranz.» «Alles, was nicht bare Kohle ist, schmeiße ich auf den Müll.» Bei diesen Worten bleibe ich vor dem gerahmten Foto von Papa stehen und erzähle Nikita von ihm, vom Großvater, den er nie kennengelernt hat. Ich sehe, dass er ungeduldig wartet, endlich gehen zu können. Dennoch kann ich ihn ein paar Minuten hinhalten, nur einen

Meter vom versteckten Tütchen entfernt. Er umarmt mich, die Tür steht schon offen, und seine Umarmung, untadelig und steif, ist mir den ganzen Tag lang bitter aufgestoßen, als hätte ich mich über mich selbst geärgert. Du solltest, habe ich mir gesagt, deinem Sohn mit einem bisschen mehr Respekt begegnen.

7

Es gibt Momente, ich weiß nicht, Momente wie diesen in später Nacht, da könnte ich schwören, die Angst vor dem Tod verloren zu haben. Aber Obacht, nicht die Angst vor irgendeiner Art von Tod, sondern vor der mithilfe des unfehlbaren weißen Pulvers, das für mich etwas Hygienisches hat und mich zugleich auf einen raschen, ruhigen, schmerzlosen Tod hoffen lässt. Beinahe möchte ich einen perfekten Tod schreiben. Dennoch sind mir in dieser Sache beunruhigende Zweifel gekommen, nachdem ich heute Nachmittag mit Humpel gesprochen habe, der mir von der schrecklichen Agonie berichtet hat, die der Einnahme von Kaliumzyanid folgen kann, wenn man nicht die nötigen Vorkehrungen trifft. Das heißt, die Sache ist nicht ganz so einfach, wie ich sie mir vorgestellt habe. Zu Hause habe ich meine prekären Kenntnisse zu diesem Thema im Internet erweitert und sofort festgestellt, dass Humpel recht hat.

Dabei habe ich mir Bilder vom Selbstmord Slobodan Praljaks angesehen, über den mein Freund und ich auch gesprochen haben. Dieser ehemalige kroatische General weigerte sich im November 2017, die zwanzigjährige Freiheitsstrafe zu akzeptieren, die der Internationale Strafgerichtshof für das ehemalige Jugoslawien, in Den Haag, gegen ihn verhängt hatte. Als das Urteil verkündet war, stand der große, kräftige, furchterregend aussehende Mann mit der zerfurchten Stirn, dem weißen Haar und Bart auf, ergriff das Wort, um seine Unschuld zu beteuern; dann zog er ein Fläschchen mit verdünntem Zyanid hervor, das ihm ein Komplize heimlich zugesteckt haben dürfte, und leerte es zum Entsetzen aller Anwesenden in einem Schluck. Die Fernsehbilder gingen um die Welt. Was ich nicht wusste, bevor ich es im Internet las, war, dass dieser Herr, dem Kriegsverbrechen gegen die muslimische Zivilbevölkerung vorgeworfen wurden und der unter anderem auch die Zerstörung der Brücke von Mostar befehligt haben soll, dass dieser Mann nicht auf der Stelle tot war. Den Berichten zufolge war sein Todeskampf extrem schmerzhaft und dauerte etwa zwanzig Minuten. Man hatte noch Zeit, ihn in ein Notfallkrankenhaus zu bringen, wo er schließlich an Herzversagen starb.

Zwanzig Minuten Leiden (Atemschwierigkeiten, Krämpfe, man glaubt, innerlich zu verbrennen) sind viele Minuten, zu viele Minuten. Wenn man Experten glauben darf, kann ein durch Zyanid verursachter Todeskampf manchmal bis zu eine Stunde dauern. Humpel kam heute Nachmittag meiner Hoffnung mit der Versicherung zu Hilfe, dass mit dem Inhalt unserer jeweiligen Tütchen der Tod auf der Stelle eintrete. Diese Dosis, behauptet er, töte einen Elefanten in wenigen Sekunden.

Ich muss immer noch an Slobodan Praljaks Gesichtsausdruck denken, wie er mit energischer Geste und wahnsinnigem Blick das tödliche Gift schluckt. Wäre ich zu einer ähnlichen Geste fähig, wenn auf einer abgelegenen Parkbank oder in einer einsamen Gasse meine Stunde kommt? Jedenfalls nicht zu Hause. Ich will nicht, dass Polizisten in meinen Schubladen wühlen und dass ich noch auf dem Fußboden liege, während mein Leichengeruch durchs Haus zieht.

Zwanzig Minuten Todeskampf halte ich für eine unerträgliche Grausamkeit.

8

Der Besuch bei Mama hat mich heute sehr bewegt. Sie ist so hinfällig, dass man sie eigentlich nicht mehr als lebendig bezeichnen kann. Seit ziemlich langer Zeit wird sie schon künstlich ernährt und verlässt ihr Bett nicht mehr. Sich mit ihr unterhalten? Manchmal blinzelt sie, bewegt die Augen, als wollte sie andeuten, dass sie zuhört, sogar versteht, was man gesagt hat; aber man wartet vergebens auf eine Reaktion in ihrem Gesicht oder ein Wort aus ihrem Mund. Sie bekommt, wie ich erfahren habe, ein Medikament, das sie in einem schläfrigen Zustand hält.

Es fällt schwer zu glauben, es schmerzt zu glauben, dass diese vom Alter zerstörten Gesichtszüge einmal Schönheit zeigten und dass es in diesem ausgeschalteten Gehirn einmal Erinnerungen, Emotionen, Verstandesschärfe gab.

Heute hat Mama einen Geruch an sich gehabt, der mich an der professionellen Fürsorge zweifeln lässt, der sich die Werbebroschüren des Altenheims rühmen. Raúl an meiner Stelle hätte sofort eine Erklärung gefordert. Hätte vielleicht sogar Ärger gemacht. Es wäre nicht das erste Mal. Ich nicht. Ich bin aus einem anderen Holz, und außerdem werden meine Affekte durch die Erschöpfung gebremst, die mein derzeitiges Leben bestimmt. Ich fürchte, dass Kritik, Forderungen und Reklamationen der Angehörigen hinterher die Alten bezahlen müssen, wenn sie mit dem Personal allein sind.

Nicht weniger Sorgen haben mir Mamas Atmungsschwierigkeiten gemacht. Sie waren heute Nachmittag ungewöhnlich heftig. Als ich mit ihr allein war, habe ich mein Ohr auf ihre Brust gelegt und sie abgehört. Ganz schwach und langsam konnte man drinnen ihr Herz schlagen hören. Hin und wieder hat Mama eine Art Röcheln ausgestoßen, das bei mir sämtliche

Alarmlampen hat angehen lassen. Ich habe es gewagt, eine der Pflegerinnen auf diese Kleinigkeit aufmerksam zu machen, hatte aber nicht den Eindruck, dass das neu für die mürrische Dame war. Und auf meine Frage, ob Mamas Keuchen agonal sei, hat sie mich angesehen wie jemand, der eine Schnecke im Salat entdeckt hat. In Mamas Alter kann das Ende jederzeit eintreten, das uns früher oder später alle erwartet. Im ersten Moment empfand ich die Worte der Pflegerin als beleidigend, gefühllos und natürlich typisch. Ich hätte ihr antworten können; doch wozu? Später ist mir klar geworden, dass das Personal des Altenheims nicht eingestellt und nicht dafür bezahlt wird, dass es irgendwen mit barmherzigen Lügen tröstet. Diese Leute haben schon genug damit zu tun, den Besuchern die Tränen abzuwischen.

Ich musste an Nikita denken. «Großmutter riecht nach Tod.» Er sagte auch, dass Mama den Frühling nicht erlebt. Ich betrachte es als große Grausamkeit, dass es in Spanien kein Euthanasiegesetz gibt. Hier wird man gezwungen, den Schmerz bis zum letzten Krümel zu verzehren. Du willst sterben? Gut, aber zuerst musst du leiden.

Wie durch einen Schleier aus Mitleid sah ich Mamas halb geöffnete Lippen, sah mich selbst mit liebevoller Behutsamkeit einen Löffel Zyanid in ihren zahnlosen Mund träufeln, obwohl sie gar nicht mehr in der Lage ist zu schlucken. «Mama, so ein schmerzliches Ende hast du nicht verdient. Meine Sohnesliebe zwingt mich, deinem Leiden ein Ende zu bereiten.» Daraufhin hat die Heimleitung mich bei der Polizei angezeigt; ich wurde in Handschellen aufs nächste Kommissariat gebracht, wo der für diese Gelegenheit verjüngte Billy the Kid mich auf die gleiche Art und Weise folterte wie Papa früher; dieselbe Richterin, die zu Amalias Gunsten entschieden hatte, verurteilte mich zu mehreren Jahren Gefängnis; hinten im Gerichtssaal saß mein Bruder und bekam einen Wutanfall, schrie mich mit schriller

Stimme an, das werde er mir heimzahlen, sobald ich wieder in Freiheit wäre, und gerade als ich in eine dunkle Zelle geworfen wurde, deren Wände feucht und schimmelig und deren Boden natürlich mit Fäkalien bedeckt war, erlosch meine fantasierte Geschichte, als hätte es in meinem Kopf einen Kurzschluss gegeben.

Als ich vom Altenheim nach Hause kam, war meine Stimmung am Boden.

9

Jemand folgte mir überallhin oder besorgte sich Informationen über mein Privatleben bei Leuten aus meiner Nähe. Jemand, der mich kannte oder einen Privatdetektiv engagiert hatte, war zu meinem unsichtbaren Schatten geworden. Wer es auch war, er ging mir auf den Sack mit seinen Zetteln im Briefkasten.

Humpel riet mir wieder, eine versteckte Kamera im Hauseingang zu installieren. «Mir geht doch jede technische Kenntnis ab», sagte ich ihm, «und ich habe keine Lust, Zeit oder Geld in diese Sache zu investieren.» Außerdem bezweifle ich, dass die Nachbarn mit so einem Vorschlag einverstanden wären. Schon um ihn zu begründen, hätte ich eine etwas beschämende Erklärung abgeben müssen. Und die Maßnahme wäre zwecklos, wenn der Verdächtige im Haus wohnte und von der Kamera wusste. Eine andere Möglichkeit wäre, meinem Freund zufolge, die anonymen Nachrichten ungelesen in den Müll zu werfen. «Warum quälst du dich damit? Ignoriere sie einfach, und wer immer sich auf deine Kosten amüsieren will, wird des Spiels bald müde sein.» Aus meiner Verärgerung schloss er, dass ich einen weiteren Zettel gefunden hatte. Neugierig, wie er war, bestand er darauf, dass ich ihn ihm zeigte. Es ist der, den ich hier vor mir liegen habe: «Du steckst noch mitten in der Scheidung und hast dich schon an eine andere rangemacht. Kannst den nächsten Fehler wohl nicht abwarten, was? Glaubst du wirklich, dass es eine Frau mit dir aushalten kann? Neues Versagen in Sicht. Na, das wird ein Spaß!»

An eine andere rangemacht? Humpel schaute mich überrascht lächelnd an.

Ich brachte die emotionalen Erschütterungen vor, die der Scheidungsprozess in mir auslöste; die Angst vor dem Alleinsein; mein Bedürfnis nach zärtlichem Sex; nach angenehmer Gesellschaft und Gesprächen; und wer weiß, mit einem netten Menschen vielleicht eine Lebensperspektive entwickeln. Dann verriet ich ihm ihren Namen: Diana Martín, die Mutter einer meiner Schülerinnen.

10

Man muss zugeben, dass sie mit ihren siebenunddreißig Jahren – und sie sah jünger aus – nicht hübsch war, sondern schön. Sie war schlank und wusste ihren Gesprächspartnern spontan ein herrliches Lächeln mit weißen Zähnen und geschwungenen Lippen zu schenken, das im Zusammenspiel mit ihren übrigen anmutigen Gesichtszügen ein trauriges Glück oder eine glückliche Traurigkeit auszudrücken schien und ihren Reizen einen Hauch von Umgänglichkeit hinzufügte.

Sie lächelte so häufig, dass ich mich schon fragte, ob sie nachts nicht mit Muskelkater im Gesicht zu Bett ging.

Manchmal hatte ich den Eindruck, dass Diana Martín sich ihrer Schönheit schämte und sie, da sie sie nicht verbergen konnte, damit zu dämpfen suchte, dass sie sich schlicht und einfach kleidete und kosmetische Produkte, auffälligen Schmuck sowie jede Bewegung und Haltung weitgehend mied, die dazu angetan waren, die prachtvolle Arbeit zu betonen, welche die Natur an ihr vollbracht hatte.

Plausibel erschien mir auch diese andere Hypothese. Diana Martín verweigerte sich ihrem Auftreten als schöne Frau nicht, weil das schöne Äußere ihr peinlich war, sondern aus Furcht, sich die Feindschaft ihrer Geschlechtsgenossinnen zuzuziehen. Neben ihr verlor die physische Attraktivität der anderen an Glanz. Und da sie, die das ganz genau wusste, denn sie war ja nicht dumm, nicht allein nach ihrem Aussehen beurteilt werden wollte, verhielt sie sich möglichst unauffällig. Ich habe keine Beweise, deshalb lasse ich diese Überlegungen im ärmlichen Nebel meiner Vermutungen zurück.

Wie ich später mitbekam, pflegte Diana Martín ihre äußere Erscheinung dennoch bis ins letzte Detail, und zwar stets mit dem Gedanken (ich lache mich tot), als ganz gewöhnliche Frau durchzugehen. Auf Elternabenden (unter mehrheitlicher Anwesenheit von Müttern) verhielt sie sich immer sehr zurückhaltend, und wenn sich die Aufmerksamkeit, wo immer Leute zusammen waren, auf sie richtete, zog sie sich in den Hintergrund zurück und verschanzte sich hinter ihrem distanzierten Lächeln.

Ihre Tochter, die ihr Ein und Alles war, gehörte zum beschränkten Kreis hervorragender Schüler in der Klasse. Sie hatte (bis die Hormone mit ihr durchgingen) einen Intelligenzquotienten und eine Leistungsbereitschaft, die es verdient gehabt hätten, im Schaufenster eines Juweliergeschäfts ausgestellt zu werden. Doch im Unterschied zu ihrer Mutter tendierte das Mädchen zu Geschwätzigkeit und Unverschämtheit. Verpfuscht von den Genen des Vaters, den ich nie kennengelernt habe, hatte sie ein breites, gewöhnliches Gesicht, das ich aber nicht als hässlich bezeichnen möchte; ausgenommen vielleicht das vorübergehende Schandmal der Pickel.

Die Mutter war ein Prachtstück. Das konstatiere ich mit der nüchternen Objektivität eines Menschen, der die ästhetischen Eigenschaften eines Kunstwerks beurteilt. Und das hat seinen Grund, denn ihre offensichtliche Schönheit schüchterte mich ein. Ich habe einmal gelesen, dass manche Männer so auf Frauen von hoher Intelligenz und Schönheit reagieren. Wir überlassen ihnen die Initiative in der Beziehung, und sie interpretieren das möglicherweise als Geringschätzung. Eventuell ziehen wir uns sogar von ihnen zurück; doch nicht aus Angst, wie angebliche Experten in Sachen Sexualverhalten behaupten, sondern schlicht und einfach, um schnellstmöglich das Feld zu räumen. Da wir überzeugt sind, es mit zahlreichen Rivalen zu tun zu bekommen, wissen wir von vornherein, dass wir eine unglaublich kräftezehrende Menge an Ausdauer, Aufmerksamkeit und Wachsamkeit aufbringen müssen, wenn wir sie nicht verlieren wollen, oder, was dasselbe ist, damit sie nicht mit anderen abziehen, die uns in persönlichen und allen möglichen anderen Eigenschaften überlegen sind. So ein Verhalten hat nichts mit Eifersucht zu tun; ich würde es eher einen Sinn für Zeitersparnis nennen. Um uns Kopfzerbrechen zu ersparen, suchen wir lieber nach Frauen, die uns nicht unnötig weit überragen; Frauen, die nicht schlecht aussehen, gesund und rechtschaffen sind und nicht gleich erotisches Verlangen wecken, wo immer sie auftauchen. Meine einzige Ausnahme war Amalia, die ich als den fatalsten Missgriff meines Lebens betrachte.

Die üblichen Besserwisser und vor allem Besserwisserinnen werden, wenn sie dies lesen, einwenden, dass ich nur Gemeinplätze über sie verbreite. Das ist selbstverständlich richtig; heißt aber nicht, dass sie nicht einen großen Teil Wahrheit enthalten. Da Diana Martín, wann immer ihre Gegenwart meinen Augen schmeichelte, was nur im Zusammenhang mit schulischen Angelegenheiten ihrer Tochter geschah, meinen Möglichkeiten und Verdiensten nach für mich unerreichbar war, begnügte ich mich damit, sie heimlich zu bewundern, ohne die geringste Gefälligkeit von ihr zu erhoffen, ganz so, wie jemand mit stiller Faszination eine Landschaft, einen Zugvogel oder eine chinesische Vase bewundert. Ich muss mir nichts erklären.

11

Einmal nahm ich an einer Informationsveranstaltung für die Eltern unserer Schüler teil, obwohl ich kein Klassenlehrer war und im Grunde da nichts verloren hatte. Anweisung der Direktorin. Wie gewöhnlich setzte ich mich an den Rand des Klassenzimmers, wo ich möglichst nicht aufzufallen und meine Langeweile verbergen zu können hoffte, bis jemand eine Frage an mich richten würde, was bei solchen Veranstaltungen bislang noch nie passiert ist. Ich lockere dann immer das Armband meiner Uhr, damit sie unter dem Ärmel bis an die Handwurzel gleiten kann, was hilfreich ist, wenn ich hin und wieder nach der Zeit schauen will, ohne dass man mir anmerkt, wie viel lieber ich verschwinden als dort sitzen würde. Diese und ähnliche Tricks hat mir Marta Gutiérrez beigebracht, als ich meine Stelle an der Schule gerade angetreten hatte.

Keine der Fragen, die bei der Veranstaltung behandelt wurden, betrafen meine Klasse; aber man weiß ja, dass die Direktorin uns gern die Freistunden unter dem Vorwand verdirbt, dass der Lehrkörper jederzeit verfügbar sein muss. Mir wurde das Treffen mit den Eltern durch eine unerwartete Attraktion verschönt. Ganz in meiner Nähe, etwa zwei Meter entfernt, konnte ich mich ganz der Betrachtung von Diana Martíns Füßen hingeben, die unter dem Tisch hervorschauten. Ich bin kein Fetischist; aber ich bin auch nicht so unsensibel, dass ich mich nicht an Schönheit erfreuen kann. Und diese zarten weiblichen Füßchen waren es wert, bewundert zu werden. Nicht unwesentlich ist auch, dass Diana Martín Jeans trug, deren Beine kurz unter den wohlepilierten Waden endeten. Sie trug minimalistische Sandalen, wie ich das als Nichtfachmann beschreiben würde, bestehend aus einer Sohle mit eher hohem als niedrigem Absatz und zwei schwarzen Riemchen, die sie in Höhe der Knöchel und über dem Ansatz der Zehen hielten. Vom hinteren Riemchen führte eine Art Saum um die Ferse und bildete damit den Abschluss der Sandale. Von dort, wo ich saß und sie voll Wonne betrachtete, sah es aus, als wäre sie barfuß, auf elegante Weise barfuß, auf verstörende Weise barfuß, während sie den Wortmeldungen lauschte, ohne dass sich ein Muskel in ihrem anmutigen Antlitz bewegte. Heiliger Himmel, welch eine Schönheit! Oder einfacher gesagt: Was für eine Frau!

Von Anfang an kümmerte ich mich nicht um das, was während der Veranstaltung zur Sprache kam. Das mache ich immer so, diesmal nur mit einem viel besseren Grund. Ich stellte mir vor, wie ich diese schlanken Zehen mit den dunkelrot lackierten Nägeln berührte, was sage ich, berührte, streichelte, küsste, hingebungsvoll leckte. Der zweite Zeh war der längste von allen; nur wenige Millimeter überragte er den großen Zeh, der von groß nur den Namen hatte. Die Fußrücken waren glatt, leicht gewölbt, ohne verunzierende Schründe oder hervortretende Adern. Die Knöchel, als hätte sie ein begnadeter Künstler aus feinstem Material modelliert, reines Porzellan. Unter einem von ihnen war ein kleines, launiges, schwarzes Tattoo zu sehen, das eine Libelle darstellte.

Irgendwann merkte Diana Martín, dass ich auf ihre Füße starrte. Mit der ihr eigenen Zurückhaltung wartete sie, bis ich merkte, dass sie mich ebenfalls ansah, und dann, als unsere Blicke sich kreuzten, schenkte sie mir ein bezauberndes Lächeln.

12

Die Leiterin des Altenheims hat mich angerufen und freundlich gebeten, ich möge meinen Bruder von Mamas Hinscheiden unterrichten. Sie hat ihn auf dem Festnetz unter der Nummer angerufen, die er ihr seinerzeit gegeben hat, und niemand hat sich gemeldet. Sie versichert, es mehrere Male versucht zu haben. Heute ist Samstag. Ich nehme an, habe ich ihr gesagt, dass Raúl und meine Schwägerin übers Wochenende weggefahren sind. So haben sie es früher oft gemacht, als ihre Töchter noch klein waren. Ich habe meine Antwort sofort bereut. Was weiß ich denn, wie diese Leute heutzutage ihre freie Zeit verbringen? Interessiert mich das etwa?

Die Leiterin sagt, dass ihre Pflichten es nicht erlauben, zu viel Zeit für Telefonate aufzuwenden. Dasselbe gilt für die Angestellten des Altenheims. Die Tatsache, dass eine Person in ihrer Stellung solche Erklärungen abgibt, vermittelt mir eine Vorstellung davon, welchen Druck mein Bruder auf das Heimpersonal ausgeübt haben muss. Wahrscheinlich hat diese Dame, deren Professionalität für mich außer Frage steht, bevor sie morgens mit mir gesprochen hat, gedacht, dass ich vom selben Kaliber bin wie Raúl.

Dann hat sie mir etwas erzählt, das sich anhört wie eine von meinem Bruder gesponnene Intrige. Mehrere Male hatte Raúl hinter meinem Rücken darum gebeten, wenn der Tod unserer Mutter eintrete, zuerst benachrichtigt zu werden. Wozu das denn? Ich bin fast sicher, dass meine überraschte Reaktion meiner Gesprächsteilnehmerin gefallen hat, denn ab da, als sie sicher war, dass ich mit Raúls Machenschaften nichts zu tun hatte, war sie mir gegenüber nicht mehr so reserviert. Nach der Versicherung, dass es ihr nicht erlaubt ist, sich in die Familienangelegenheiten der Heiminsassen einzumischen, hat sie mir erzählt, dass mein Bruder «eine sehr enge Beziehung zu seiner Mutter unterhielt, sie sehr häufig besuchte und den Wunsch geäußert hatte, deren Leichnam vor allen anderen Angehörigen zu sehen».

«Schon von Geburt an», glaubte ich, sie wissen lassen zu sollen, «hat mein Bruder sich als Eigentümer unserer Mutter betrachtet. Er war nie ein Freund davon, sie mit mir zu teilen.»

«Verstehe.»

Während unseres drei- oder vierminütigen Gesprächs hatte ich zu keiner Zeit den Eindruck, dass die Stimme der Heimleiterin bedrückt oder mitleidig klang; eher warm, offenherzig und liebenswürdig. Sie hat mir einige Umstände von Mamas Tod erklärt und, ich glaube, aufrichtig gemeinte Beileidsworte gefunden. Dass Mama gelitten haben könnte, schließt sie aus. Bevor sie auflegte, hat sie Raúl und mich für möglichst bald ins Altenheim bestellt, damit wir dort die rechtlichen Formalitäten erledigen. Und dann hat sie, wohl im Hinblick auf meinen Bruder, in vertraulichem Ton hinzugefügt: «In einer Einrichtung wie der unseren erlebt man so viele Dinge, dass uns nichts mehr überraschen kann.»

13

Nach dem Telefonat mit der Heimleiterin habe ich lange am Fenster gestanden und den blauen Himmel, die Dächer und alles betrachtet. Bis auf eine kränklich wirkende Taube, die auf einem Fenstersims hockte, habe ich nirgendwo einen Vogel gesehen. Ich musste an den Anfang von Camus' *Der Fremde* denken: «Heute ist Mama gestorben. Vielleicht auch gestern, ich weiß es nicht.» Ich brauchte unbedingt Sätze, Sinnsprüche,

Zitate, die mir das neue Dunkel des Daseins als Vollwaise erhellten.

Ich würde schwören, dass der Tod eines Vaters, jedenfalls in heutiger Zeit (in der Vergangenheit vielleicht nicht, als die Familie noch von einem patriarchalischen Ernährer abhing), leichter zu ertragen ist als der einer Mutter. Ich spreche für mich. Ich bin kein Fachmann für menschliche Verhaltensweisen, obwohl ich einiges gesehen habe und einiges weiß. Der Tod des Vaters trifft einen von außen; es ist, als ob man plötzlich Verantwortung übernehmen, Entscheidungen treffen muss, für die man vorher nicht zuständig war, kurzum, den Toten ersetzen muss. Eine Mutter ist unersetzbar. Der Tod der Mutter schmerzt mehr von innen und macht dich hilflos, nackt, wie neugeboren, auch wenn du – wie ich – über fünfzig bist. Bei diesen Gedanken war ich versucht, in meiner Bibliothek nach Camus' kleinem Roman zu sehen, als mir einfiel, dass ich ihn vor zwei Monaten zuerst in der Cuesta de Moyano und dann, für kleines Geld zurückgekauft, in einer Bar zurückgelassen hatte.

Amalia hatte sicher recht, wenn sie behauptete, ich würde mich der Realität entziehen, um sie durch Bücher zu betrachten. Mamas Tod hat mich nicht gleichgültig gelassen; aber ich gebe zu, dass ich Worte brauche, die ihn mir erklären und ihn in meinen alltäglichen Lebenszusammenhang integrieren. Ich kann auch nicht leugnen, dass ich erleichtert war, als die Heimleiterin mich von Mamas Tod unterrichtete. Irgendwann in der Nacht von Freitag auf Samstag hat Mama einfach aufgehört zu atmen. Für sie war es das Ende eines langen Leidensweges. «Sie ist erloschen wie die Flamme einer Kerze», sagte die Leiterin des Altenheims. Das ist zwar nur ein konventioneller Satz; doch allein aufgrund der Tatsache, dass man selbst der Empfänger ist, erscheint er einem neu, richtig und sogar mit einem kleinen Glanz von Poesie. Der Umstand, dass Mama ohne zu leiden und in einem fortgeschrittenen Alter gestorben ist, hilft mir, ihren Verlust zu verinnerlichen. Es war erst gestern, doch es fühlt sich an, als wäre sie schon zwanzig Jahre tot.

Die Ellenbogen aufs Fensterbrett gestützt, habe ich versucht, eine Träne zu vergießen, während ich in den Himmel ohne Vögel starrte, doch es ist mir nicht gelungen. Im Geiste hörte ich Papas Stimme: «Du rührst dich erst von hier weg, wenn du aufgehört hast, über deine Mutter zu weinen.» Weinen hätte mich ein wenig getröstet. Es heißt, es sei ein wirksames Mittel, um Leid, Schmerz, Angst und andere Giftstoffe aus dem Körper zu spülen. Tut mir leid, Mama. Wahrscheinlich bin ich ausgetrocknet.

Um halb ein Uhr mittags bin ich zum Altenheim gefahren und habe die Leiterin gebeten, mich eine Weile mit Mama allein zu lassen. Man sah, dass sie gewaschen und hergerichtet worden war. Sie roch nach Kölnischwasser, hatte Mund und Augen geschlossen, und die gediegene Gelassenheit ihres Gesichtsausdrucks tat mir gut. Feige beugte ich mich über sie und dankte ihr; und ich sage feige, weil es Dinge gibt, die man einem zu Lebzeiten sagt oder besser gar nicht sagt. Ich küsste sie auf ihre kalten Hände, auf die Lippen und die Stirn, streichelte ihr die Wange und ging.

Auf dem Parkplatz des Altenheims rief ich vom Auto aus meinen Bruder auf dem Handy an. Am anderen Ende hörte man Stimmen wie in einem Lokal voller Leute. Er saß mit seiner Frau beim Mittagessen in einem Restaurant in der Altstadt von Segovia. Raúl begann sofort hemmungslos zu weinen. Der, dachte ich, würde in Camus' Roman keine gute Figur machen. Ich stelle mir vor, wie die Gäste an den Nachbartischen aufschauen und sich fragen: «Warum heult dieser Herr plötzlich los wie ein Schlosshund?» Als er sich einigermaßen gefasst hatte, wollte er wissen, ob ich bei ihr war.

«Von wo, glaubst du, rufe ich dich an? Mama sieht gut aus. Ein Jammer, dass du sie nicht sehen kannst.»

Ich weiß nicht, warum ich immer so grausam zu meinem Bruder bin.

14

Als ich in die Aufbahrungshalle kam, waren Raúl, María Elena und meine Nichten schon da; alle trugen Trauer, und die Jüngste, die Arme, eine Perücke. Sie wirkten ernst und wortkarg, aber nicht mürrisch und auch nicht besonders traurig. Die Begrüßung war förmlich, beim weiblichen Teil mit Wangenberührung. Ich habe Julia gefragt, wie es ihr geht, und sie hat gesagt, gut, dass sie zurzeit keine Chemotherapie bekommt, bis neue Ergebnisse vorliegen. Ihre Mutter, vorauseilende Beschützerin, hat die Information mit knappen, allesamt mit Hoffnung versilberten Daten ergänzt.

Cristina, still und in sich gekehrt wie immer, habe ich die gleiche Frage gestellt, damit sie sich nicht benachteiligt fühlt. In der Schule habe ich Geschichten von Schülern mit schweren psychischen Schäden gehört, verursacht von den eigenen Eltern, die ihre ganze Aufmerksamkeit auf das behinderte oder kranke Geschwisterchen richten und das anfangs gesunde Kind vernachlässigen, weil sie glauben, dass es allein zurechtkommen kann. Ein älterer Kollege, der jetzt schon pensioniert ist, hat mir gesagt, zu seiner Zeit hätte es das nicht gegeben; da hätten Ehepaare mehr Kinder gehabt und alle gleichermaßen vernachlässigt. Ich glaube, ich war der Einzige, der den mutmaßlichen Witz der Geschichte nicht begriff (und immer noch nicht begreift).

Raúl habe ich die Hand gegeben, als wäre es zum Abschied.

Ich habe ihm in die Augen geschaut, er hat mir in die Augen geschaut. Mama war das letzte Band, das uns noch zusammengehalten hat. «Was geht, Bruder?», hat er gesagt. Einen Moment lang hatte ich das Gefühl, in der Schlussszene eines Films mitzuspielen. Ich antworte ihm, dass wir jetzt Vollwaisen sind, was ja wohl offensichtlich ist. Raúl wird von seinen Gefühlen übermannt und wirft sich mir in die Arme. Spontan habe ich gedacht, er fällt mich an. Der Tod und seine wohltuende Wirkung. Der Tod als Auslöser unerwarteter Gefühlsausbrüche.

Ich gehe davon aus, dass heute eines der letzten Male ist, dass Raúl und ich uns sehen. Ein paar Formalitäten wegen Mamas Beerdigung und des Erbes, das sie uns hinterlässt, zwingen uns, in den nächsten Tagen noch einmal zusammenzukommen. Danach für immer Lebewohl. Schon lange habe ich mich an seiner Seite nicht mehr so wohl gefühlt.

Plötzlich kommt Nikita herein, den ich gestern per Telefon vom Tod seiner Großmutter unterrichtet habe.

«Wenn ich es schaffe, komme ich zur Beerdigung; versprechen kann ich aber nichts.»

Ich bitte ihn, seine Mutter zu informieren.

«Okay.»

Als ich ihn hereinkommen sah, hätte es mich beinahe umgehauen. Er trägt ein kurzärmeliges T-Shirt mit einem riesigen Totenkopf auf der Brust («Ey, Papa, das ist das einzige Schwarze, das ich finden konnte»). Es ist so unpassend für den Winter wie für den Ort, an dem wir uns befinden. Mit seinen Tattoos und den Händen in den Hosentaschen wäre es mir lieber, er wäre gar nicht gekommen. Er hat ein gesundheitliches Problem, ich weiß nicht welcher Art. Ungekämmt, unrasiert und mit Rändern unter den Augen begrüßt er im Vorbeigehen Onkel, Tante und Cousinen, mich begrüßt er nicht, und rennt zur Toilette. Von draußen hören wir, wie er sich übergibt. «Hab irgendwas gegessen, was mir nicht bekommen ist», sagt er grinsend, als er wieder herauskommt und sich den Mund mit dem Handrücken abwischt.

Dann geht er entschlossen auf den Sarg zu, als hätte er ihn gerade erst entdeckt. Ich halte mich zurück. Er ist ja erwachsen. Er wird wissen, was er tut. Ein paar Augenblicke lang betrachtet er das Gesicht der Verstorbenen ohne jedes Anzeichen von Gefühl. Er kratzt sich am Kopf. Ich gäbe ein hübsches Sümmchen dafür aus, wenn ich in diesem Moment seine Gedanken lesen könnte. Er dreht sich um und fragt Julia unvermittelt, ob ihre Haare schon nachwachsen. Fehlt bloß noch, denke ich, dass er ihr die Perücke abnimmt, um nachzusehen.

Mich tröstet der Gedanke, dass die Verwandten ihn gut genug kennen, um ihm von vornherein alles nachzusehen, was er tut oder sagt. Dem Mädchen sieht man an, dass es sich unbehaglich fühlt, dennoch antwortet es mit einem höflichen Lächeln. Meine Schwägerin mischt sich ein und fragt Nikita nach seinem Leben und seiner Arbeit. Damit lenkt sie ihn vom Thema ab. Der Junge antwortet offen heraus, macht Scherze. Er behauptet, dass er und ein paar Freunde im kommenden Jahr eine Bar aufmachen.

Am Abend, als ich gerade zu einem letzten Spaziergang mit *Pepa* aufbrechen will, klingelt das Telefon. María Elena hört sich nervös an. Sie fragt, ob ich etwas dagegen habe, wenn Raúl die Urne mit Mamas Asche aufbewahrt. Aus Gefühlsgründen wäre ihm das sehr wichtig. Die Einäscherung soll, wie man uns auf dem Friedhof gesagt hat, morgen stattfinden. Was will mein Bruder mit Mamas Asche anfangen?

«Will er sie irgendwo verstreuen?»
«Nein. Er will sie im Haus behalten.»
«Und dich stört das nicht?»
«Mir ist es egal, solange man nichts davon sieht.»

Ich sage ihr, dass er sie meinetwegen behalten kann, und sie, ich weiß nicht, ob erleichtert oder dankbar oder beides zusammen, dankt mir, als hätte ich ihr den größten Gefallen ihres Lebens getan.

15

Diana Martíns Tochter hat Noten bekommen, die nicht schlecht sind, aber unter ihrem üblichen Durchschnitt liegen. Für mich nichts, was drastische Maßnahmen erfordern würde; für ihre Mutter ein Drama. Das Mädchen zeigte in den vergangenen Wochen keine Verbesserung ihrer schulischen Leistung und auch nicht im Verhalten, sie vernachlässigte ihre Aufgaben, und dann kam eines Vormittags die Mutter voller Besorgnis in die Schule, um mit den Lehrern zu sprechen, auch mit mir.

Sie hatte den Eindruck, ihre sechzehnjährige Tochter sei in eine Spirale geraten, die in die Katastrophe führte. Dass eine Schülerin durch die Windungen einer Spirale ins Unglück stürzte, schien mir ein bemerkenswert treffender Ausdruck zu sein. Aber klar, wie sollte mir etwas, das aus diesem hübschen Mund kam, nicht treffend erscheinen! Die Erwähnung der Spirale brachte mir die röhrenförmigen Rutschen in Erinnerung, die es im Wasserpark Aquópolis von San Fernando de Henares gab, die Nikita glücklich machten, als er noch klein war. Für einen Augenblick sah ich Diana Martíns Tochter mit ihrem breiten, pickelübersäten Gesicht in vollem Tempo durch eine dieser Rutschen sausen und beim Aufprall aufs Wasser eine beeindruckende Wasserfontäne aufspritzen lassen.

Ich tat mein Möglichstes, um Diana Martín zu beruhigen, die mir am Tisch gegenübersaß und mich mit vor Sorgen, vielleicht auch Angst, weit aufgerissenen Augen ansah. In gesetztem Ton sagte ich ihr dieses und jenes. Natürlich gab ich der hormonellen Unbeständigkeit der Pubertät die Schuld am veränderten Verhalten ihrer Tochter. Ich sprach ein nicht ganz aufrichtiges Lob aus und erging mich in einer Unzahl Euphemismen. Das vorlaute Mundwerk der Schülerin erklärte ich mit deren Lust am Debattieren, ihre schlechten Manieren in der letzten Zeit legte ich als Charakterstärke aus, und am Ende hatte ich ein ganz positives Bild der Kleinen zustande gebracht. Ich hatte mir vorgenommen, Diana Martíns herrliche Lippen zum Lächeln zu bringen, und es gelang mir. Dann breitete sich die lächelnde Miene wie Wasser, in das ein Steinchen geworfen wird, nach oben über das ganze Gesicht aus und ließ es schöner aussehen als je zuvor.

Und damit, dachte ich, endete wie so viele andere Elterngespräche auch das mit der Mutter einer Schülerin, welche die Wonnen des Ungehorsams, des Tabaks und ihrer Anziehungskraft auf Jungs entdeckt hatte. Einer betörenderen Mutter als jede andere, das ja. Wir waren schon aufgestanden und wollten uns verabschieden, als Diana Martín mich um ein Stück Papier und einen Kugelschreiber bittet. Ich sah ihre Hand mit rot lackierten Fingernägeln eine Nummer aufschreiben. Dann überreichte sie mir das Eckchen Papier mit einem bezaubernd tiefen Blick in die Augen und sagte: «Meine Telefonnummer, falls es Schwierigkeiten mit Sabrina gibt.» Und nach einem kurzen Moment des Schweigens, in dem sie mir fest in die Augen schaute, fügte sie mit der süßesten Stimme, die man sich vorstellen kann, hinzu: «Und falls du nichts dagegen hast, dass wir uns kennenlernen.»

Zum ersten Mal hatte sie mich geduzt.

16

Und während Amalia in der Küche damit drohte, mich vor Gericht zu bringen, wobei sie mir ein wütendes Fäustchen zeigte, das mich nicht mehr geschmerzt hätte als der Flügelschlag eines Schmetterlings, und mir versprach, mein Leben zu ruinieren, dafür habe sie sich schon der Dienste einer für Gnadengesuche ganz und gar unzugänglichen Anwältin versichert (oder für die Mitleidsschiene, an das genaue Wort erinnere ich mich nicht, aber es ging mehr oder weniger in diese Richtung), betastete ich oder streichelte vielmehr das Stückchen Papier in meiner Hosentasche, auf dem Diana Martín mir am Abend des Vortages ihre Telefonnummer notiert hatte.

Es brachte Amalia um den Verstand, dass ich ihr recht gab und sogar meine Hilfe anbot, damit sie mich noch tiefer ins Elend stürzen konnte. Sie nannte mich arrogant. Sie wollte Kampf; erwartete, dass ich sie beschimpfte, sie schlug, ihr einen Grund gab, den Hass auf mich zu rechtfertigen, der in ihr brodelte. Sie verallgemeinerte: «Ihr Typen seid ...», «Ihr Männer haltet euch für ...». Sie dachte, ich würde mir in der Hosentasche die Eier kraulen und mich über ihre Worte lustig machen; dass mein Lächeln reine Provokation und Verachtung war und meine Gelassenheit Hochmut. Blind vor Wut merkte sie nicht, dass es etwas ganz anderes war.

Es war Glück.

Wenige Stunden vor der unerfreulichen Küchenszene hatte ich Diana Martín angerufen, die sich sofort meldete, so als hätte sie auf meinen Anruf gewartet. Wir verabredeten uns umgehend für den späten Nachmittag des nächsten Tages im Café Comercial. Sie hatte die Zeit und den Ort vorgeschlagen. Ich wäre auch nachts auf den Friedhof oder tief in eine Schlucht gegangen, um sie zu sehen. Ich kann mich nicht erinnern, dass mein Herz nach der Pubertät jemals so heftig gepocht hat.

Diana Martín ging es offenbar genauso. Am Telefon verriet sie mir, dass sie «aufgeregt wie ein junges Mädchen» sei. Ich dachte, hinter dieser vertrauensvollen Äußerung verberge sich die Bitte um ein paar beruhigende Worte, die ihr Vertrauen zu erwecken vermochten, und ich antwortete, nur um witzig zu erscheinen, mit einer Albernheit: «Ich fresse niemanden.» Eine Sekunde später hätte ich mir am liebsten die Zunge abgebissen. Sie belohnte mich mit einem spontanen Lachen, und gleich darauf gestand sie mir, dass sie sich gegenüber einem gelehrten Mann (gelehrt!, sie nannte mich gelehrt!, mich!) unsicher fühle, und bat schon um Entschuldigung für den Fall, dass ich im Verlauf unseres Treffens von ihr enttäuscht sein könnte. Ich sagte nichts; aber mich beunruhigten ähnliche Befürchtungen. Ich fand es wunderbar, dass eine so schöne Frau bereit war, sich zu einem Stelldichein mit einem faden Lehrer zu treffen, der im Leben nichts vorzuweisen hatte. Ich ging in der Überzeugung hin, dass Diana Martín nichts an mir – was man so nichts nennt – finden würde, das ihres Interesses würdig war.

Als ich das Café Comercial betrat, saß Diana Martín in der Bankreihe vor den Spiegeln. So konnte ich mein Gesicht sehen, als ich zu ihr ging, und das unpassende (viel zu breite und trottelige) Grinsen korrigieren. Sie fand zu der schönen Geste, zur Begrüßung aufzustehen. Sie gab mir gefühllos und ohne mich anzusehen die Hand; ein kalter Gruß, so schien es jedenfalls, den ich ihrer Unsicherheit zuschrieb. Sie erklärte auch sogleich mit schüchterner Offenheit und mit dem ihr eigenen schmerzlichen Lächeln, das mich so gefangen nahm, dass sie einen Moment lang befürchtet hatte, ich könne nicht kommen. Um mich sympathisch zu machen, bat ich den Kellner um das Gleiche, das sie bestellt hatte, eine Tasse Tee; ein Getränk, das ich verabscheue und mit viel zu viel Zucker versüßte, um es hinunterzubringen. Diana Martín übergab mir als Geschenk einen Roman von Enrique Vila-Matas. «Wahrscheinlich hast du ihn schon gelesen.» Ich gestand ihr beschämt, dass ich kein Geschenk für sie hatte. «Entschuldige meine Ungeschicklichkeit. Ich habe einfach nicht daran gedacht, dir etwas mitzubringen.» Fast hätte ich hinzugefügt, dass wir Männer nun mal so sind; aber dann riet mir mein Instinkt doch davon ab, mich auf thematisch dünnes Eis zu begeben, von dem man später nur schwer wieder herunterkommt. Mit schlichter Eleganz antwortete sie, es mache ihr mehr Spaß zu geben, als zu nehmen.

Wunderbare Frau.

Wir saßen einander gegenüber, unterhielten uns über verschiedene Themen und nippten an dem ungenießbaren braunen Gesöff, das Tee genannt wird. Ohne Einzelheiten zu nennen, sagte ich ihr, ich stünde im Begriff, mich scheiden zu lassen, und ließ sie auch über meine schlimmen Tage und noch schlimmeren Nächte nicht im Unklaren, die ich deswegen durchlebte. Ich tat das, weil ich vermeiden wollte, dass Diana Martín mich als Mann sah, der hinter dem Rücken seiner Frau Orgasmen suchte. Meine Anwesenheit im Café Comercial war alles andere als das Abenteuer eines Schürzenjägers. Ich war bereit, zu respektieren und mich beliebt zu machen. Später würde man dann sehen, wohin Respekt und Beliebtheit mich brachten. Sie sprach, als wäre es ein Elterngespräch in der Schule, über all die Sorgen, die sie mit ihrer Tochter hatte, was mir anfangs ganz normal vorkam, da ich der Meinung war, dass wir uns noch bei den Präliminarien dessen befanden, was, wenn wir harmonierten, einmal eine engere Verbindung werden konnte.

Doch dann, nach etwa einer halben Stunde, als sich zwischen uns noch immer kein Klima wirklicher Vertrautheit gebildet hatte, stand Diana Martín plötzlich auf, gab mir die Hand und sagte in entschuldigendem Ton, es sei ihr spät geworden und sie müsse gehen. Sie bestand darauf, die Rechnung zu bezahlen. «Habe ich etwas Falsches gesagt?» «Nein, ach was, überhaupt nicht.» Und wie zum Beweis, dass dem nicht so war, bat sie mich, und ich würde sogar sagen, sie flehte mich an, sie in den nächsten Tagen einmal anzurufen.

Ich blieb allein zurück, verblüfft, gefoppt, mit mir hadernd, weil ich mir Diana Martíns überstürzten Aufbruch nicht erklären konnte. Ich bestellte einen Whisky mit Eis. «Du bist zu blöd, Alter. Wieder passiert etwas direkt vor deiner Nase, und du verstehst es nicht.» Und derweil ich mit leiser Stimme die schlimmsten Adjektive für mich fand, da ich überzeugt war, dass unser Treffen deswegen ein Fehlschlag gewesen war, weil ich etwas gesagt oder getan hatte (aber was, zum Teufel, was?), fiel mir der rote Fleck am Rand der Tasse auf, aus der sie getrunken hatte. Ich rieb den kleinen Rest roter Paste behutsam mit der Kuppe des Zeigefingers ab, und nachdem ich mich vergewissert hatte, dass niemand mich beobachtete, strich ich mir damit über die Lippen.

17

Raúl, glücklich. Raúl, gerührt, den Tränen nahe. Zur Abendessenszeit hat er mich angerufen, um mir mit zitternder Stimme und sprühender Freundlichkeit seinen Dank zu bezeugen. Für das Erbe, das zwar nicht bescheiden, aber auch nicht zum Korken-knallen-Lassen ist? Nein. Seit heute hat er seine Mama, das in eine Urne eingeschlossene wertvolle Eigentum, ganz für sich. Bewegt teilt er mir mit, dass ich generös gewesen bin. «Und du ein Feigling», konnte ich nicht anders, als ihm zu entgegnen. «Schickst deine Frau, damit sie mich um etwas bittet, um das zu bitten du nicht den Mut gehabt hast.» Und um ein Haar hätte ich hinzugefügt: Ich befreie dich brüderlich von der Pflicht, im Sommer an meinem Begräbnis teilzunehmen. Erfreue dich, solange dein Leben dauert, an der mütterlichen Asche. Nimm sie in den Arm, schlafe mit ihr oder wirf sie aus dem Fenster. Es ist mir ganz egal.

Mehr als das Verhalten meines Bruders hat mich dieser Tage gewundert, dass Amalia mich nicht angerufen oder einen Beileidsbrief geschrieben hat. Sicher, ich war auch nicht auf der Beerdigung ihres Vaters und habe weder ihr noch der alten Scheinheiligen mein Beileid ausgesprochen. Vielleicht brachte Mamas Tod ja die von ihr ersehnte Gelegenheit zur Revanche. Während ich im Unterricht diesen Gedanken nachhing, kam mir mit einem Mal ein Verdacht.

Nach der Schule habe ich sofort Nikita angerufen.

«Hör mal, hast du deiner Mutter gesagt, dass die Großmutter gestorben ist?»

«Hab ich vergessen. Wir haben so einen Haufen Arbeit in der Bar! Aber keine Sorge, ich ruf sie gleich an.»

Ich habe ihm gesagt, das sei nicht nötig, ich würde mich darum kümmern. Selbstverständlich habe ich sie nicht angerufen und gedenke es auch nicht zu tun. Früher oder später wird Amalia es schon erfahren. Und wenn nicht: auch egal.

18

Mit wachsender Mutlosigkeit habe ich Diana Martíns Nummer gewählt; aber sie ist nie ans Telefon gegangen, was mich in der Überzeugung bestärkt, dass sie mich nicht sehen will. Irgendein Wort musste mir über die Lippen gekommen sein, das die kaum begonnene Beziehung zum Scheitern gebracht hatte. Ein Jammer. Ich muss von ihr wissen, was es war, und deshalb rufe ich sie seit einer Woche an; nicht öfter als zwei, maximal drei Mal am Tag, damit sie mich nicht für einen Trottel oder, schlimmer noch, für einen Stalker hält. Mehrmals war ich versucht, Sabrina auf dem Schulflur anzusprechen und mich unter irgendeinem Vorwand nach ihrer Mutter zu erkundigen. Doch kaum hatte ich mich dazu entschlossen, riet mir eine innere Stimme in letzter Sekunde, das Mädchen nicht in die Sache hineinzuziehen.

Mittlerweile habe ich Enrique Vila-Matas' *Exploradores del Abismo* gelesen, weil ich dachte, dass Diana Martín mir damit vielleicht eine verborgene Botschaft zukommen lassen wollte. Das Buch war in Ordnung, nicht zu lang, und enthielt interessante Erzählungen. Der Gedanke, dass jeder Mensch am Rande seines eigenen Abgrunds lebt, eines Abgrunds wie ein Maßanzug, schien mir tiefschürfend zu sein. Für mein Moleskine habe ich einen Gedanken herausgesucht. Da ich kein Register der abgeschriebenen Sätze führe, habe ich eine Weile gebraucht, bis ich den aus Vila-Matas' Buch gefunden habe; aber hier ist er: «Ich weigere mich zu sterben, und die Vögel sollen weitersingen, und möge es diesen Tierchen nichts ausmachen, dass ich gegangen bin.»

Ich denke heute, es lässt mich kalt, dass die Welt mich überlebt. Ich habe nicht die Absicht, das letzte Gewissen dieses Planeten zu werden. Früher oder später wird alles, was atmet, die natürliche Zerstreuung seiner Atome erleben. Es ist, als bestiege man ein Karussell, und jede Umdrehung ist ein Lebensjahr. Du machst so viele Umdrehungen, wie dir zugedacht sind. Bei mir sind es fünfundfünfzig. Ich könnte noch ein bisschen länger machen; aber ich bin müde. Schlimmer noch: Ich habe genug. Wenn deine Zeit gekommen ist, das Karussell zu verlassen, steigst du hinunter, und ein anderer, später Geborener, besetzt den frei gewordenen Platz. Wenn du deinen Spaß gehabt hast, herzlichen Glückwunsch; wenn nicht, hast du's vergeigt. Der Schriftsteller beweist, dass er am Leben hängt, wenn man davon ausgeht, dass er durch seine fiktiven Figuren eigene Vertraulichkeiten zum Ausdruck bringt, was durchaus nicht unwidersprochen und auf keinen Fall beweisbar ist. Er ist wie ein verwöhntes Kind, das am liebsten möchte, dass das Karussell – mit ihm darauf – sich unablässig weiterdreht.

Früher habe ich, von der unserer Spezies eigenen blinden Angst getrieben, dasselbe gewollt; aber jetzt nicht mehr. Ich glaube nicht einmal, dass der mir per Geburt zugewiesene Abgrund tief ist, so wenig, wie ich es bin. Er ist ganz nahe, deutlich zu sehen, klar wie frisches Wasser, und im vorherbestimmten Augenblick werde ich mich ruhig hineinfallen lassen. Danach bricht ein neuer Tag an, mit Mauerseglern, Ambulanzen, Wolken und Geräuschen. Normalität tritt ein; bald werde ich vergessen sein, und das ist alles. Wozu auch mehr? Wozu all die Philosophie, die Religion, das Bangen und der ganze Wirbel, durch den sich ja doch nichts ändert?

19

Ich wollte schon aufgeben, da hat Diana Martín, halleluja, einen meiner Anrufe angenommen. Nach sechs aufeinanderfolgenden Tagen, an denen ich das Gespräch mit ihr suchte. Ich entschuldigte mich bei ihr; etwas überstürzt, muss ich gestehen. Sie verstand nicht, warum. Ihre Stimme klang heiter und fröhlich, was mich mit Wehmut erfüllte, da mir diese Fröhlichkeit einem Energiezentrum zu entspringen schien, zu dem ich niemals Zugang bekommen würde. Ich dachte, Diana Martín würde mich so schnell wie möglich abwimmeln und höflich und formvollendet zum Teufel schicken wollen.

«Ich glaube, ich habe im Comercial etwas gesagt, das dich verstimmt hat. Egal, was es war, ich entschuldige mich dafür.»

Sie schob ihren unvermittelten Aufbruch auf dringende Erledigungen und Familienangelegenheiten, die sie auch in den vergangenen Tagen in Anspruch genommen hätten. Sie erklärte nicht, um welche Erledigungen und Angelegenheiten es sich handelte, und ich hielt es für eine unverzeihliche Rücksichtslosigkeit, sie über ihr Privatleben zu befragen. Sie sagte nur, sie hätte mich vielleicht benachrichtigen sollen. Jetzt war sie es, die um Verzeihung bat. Zum Beweis, dass sie nicht verstimmt war, ganz im Gegenteil, schlug sie mir mit bezaubernder Spontaneität ein Treffen am nächsten Tag vor, zur selben Zeit und am selben Ort wie beim vorigen Mal. Allerdings ließ sie mich wissen, dass sie leider nur über eine halbe Stunde verfüge, doch dass ihr ein paar Minuten immer noch besser erschienen als gar nichts, da sie darauf brannte, mich wiederzusehen.

Darauf brannte, mich wiederzusehen.

Diana Martín, eine unvergleichliche Schönheit von vorn, von hinten und bei ausgeschaltetem Licht, brannte darauf, mich wiederzusehen.

«Ich dich auch. Du glaubst gar nicht, wie sehr.»

Um ihr ein Kompliment zu machen, sagte ich noch, das Buch von Vila-Matas hätte ich gelesen und es hätte mir sehr gefallen. Ob sie es mir, fragte ich sie, aus einem besonderen Grund geschenkt habe.

«Ich habe es zufällig in einer Buchhandlung gesehen, und da es neu erschienen war, dachte ich, du hättest es vielleicht noch nicht.»

«Da hast du voll ins Schwarze getroffen.»

Und so gewöhnten wir uns an, uns regelmäßig einmal die Woche zu treffen, stets in Bars oder Cafés, abends und nie länger als dreißig oder vierzig Minuten. Hin und wieder sah ich

Diana Martín nur schlecht verhohlen auf die Uhr schauen. Dann erhob sie sich unvermittelt, bestand darauf, die Rechnung zu bezahlen, gab mir die Hand und eilte mit ihrem Lächeln und ihrem wundervollen Körper aus dem Lokal; ließ mich mit dem Honig auf den Lippen, wie es im Lied heißt.

Diese wöchentlichen Treffen mit Diana Martín, eine Art Stammtisch zu zweit, waren das reine Vergnügen für mich. Ich erwartete sie voller Vorfreude und kann nicht verhehlen, dass sie mir die Zeit der Scheidung durchzustehen erleichterten und mir halfen, in einer Phase hässlichen Ehestreits die Ruhe zu bewahren. Ich durchlebte damals schlimme Momente reiner Verzweiflung und dachte ernsthaft darüber nach, Amalia ins Jenseits zu befördern und mich danach umzubringen. Doch dann erschien inmitten meiner schwärzesten Gedanken das Bild von Diana Martín zu meiner Rettung, und in der Hoffnung auf eine Zukunft an ihrer Seite und auf den Genuss ihres herrlichen Körpers fand ich zu innerer Ruhe zurück. Mit an Gleichgültigkeit grenzender Kälte ließ ich in jenen Tagen Amalias immer aggressivere, immer hysterischere Bosheiten an mir abgleiten, mit denen sie mich zu verletzen suchte. Sie verbiss sich darin, meinen Gleichmut als provokante Strategie zu interpretieren. Eines Tages sagte sie mir mit diesen oder ähnlichen Worten:

«Dir ist das alles scheißegal, oder? Hast du eine andere? Ist es das? Meinetwegen kannst du die dir sonst wohin schieben, ich lasse mich von meinem Plan nicht abbringen.»

20

Von ihrem Mann sprach sie nie. Ich fand nicht einmal heraus, ob sie einen hatte. «Sabrinas Vater», sagte sie manchmal, wie beiläufig, ohne seinen Namen zu erwähnen oder zu erklären, ob der Erzeuger dieses patzigen Mädchens ihr Ehemann gewesen oder immer noch war. Nicht dass es mich interessiert hätte. Ich wollte nur den Familienstand dieser Frau erfahren, mit der ich ins Bett zu gehen träumte und mit der ich, falls es keinen Hinderungsgrund gab, gern eine dauerhafte Beziehung eingegangen wäre. Eines Nachmittags konnte ich meine Neugier nicht mehr zügeln und fragte sie, ob sie verheiratet sei. Da umwölkte sich ihre Stirn, und sie antwortete, «darüber» möchte sie nicht sprechen. Mir war, als würde mir eine Tür vor der Nase zugeschlagen; doch um den Fortgang unserer Verabredungen nicht zu gefährden, beschloss ich, das Thema in Zukunft zu meiden.

Dann fand ich eine weitere anonyme Nachricht in meinem Briefkasten. «Sehr hübsch, deine kleine Freundin.» Das war alles. Ich blieb gelassen und fügte den Zettel meiner Sammlung hinzu. Ob Amalia ihn gelesen oder gar selbst geschrieben hatte, war mir völlig egal.

Die Wochen vergingen, wir trafen uns weiter, und mein Mund war unfähig, die Worte auszusprechen, mit denen ich Diana Martín, ohne sie zu beleidigen, mein unbändiges sexuelles Verlangen hätte mitteilen können, das mich in ihrem Beisein ergriff. Allerdings bezweifle ich sehr, dass mein Gesichtsausdruck, meine Stimme und mein ganzes Gehabe mich nicht verrieten. Amüsierte sie sich auf meine Kosten? Reichte ihr eine wöchentliche Unterhaltung mit einem der Lehrer ihrer Tochter? Eines warmen Sommerabends erschien sie zur Verabredung mit einer weißen Bluse aus dünnem Stoff, die so weit aufgeknöpft war, dass man den Ansatz ihrer prachtvollen Brüste sehen konnte. Es war mir unmöglich, nicht immer wieder meinen Blick auf sie zu lenken. Ich stand kurz davor, meine Hand in ihren Ausschnitt zu stecken und meinem Leiden eine kleine Erleichterung zu verschaffen, die mit Sicherheit zum Ende unserer noch nicht gefestigten Beziehung geführt hätte.

«Ich würde zu gern deine Brüste streicheln.»

«Bald», antwortete sie lächelnd. «Aber glaube mir, sie sind nichts Besonderes.»

Ein paar Minuten später verabschiedete sich Diana Martín in gewohnter Hast.

21

Morgens, mittags und abends, stündlich berichten die Medien von dem zweijährigen Jungen, der vor acht Tagen in der Nähe des Dorfes Totalán, Málaga, in einen Brunnen gefallen ist.

Man sieht schon auf einen Kilometer, dass es nicht so sehr darum geht, Informationen zu übermitteln, als Sensationen zu erzeugen, indem man einen Bericht weitertreibt, der längst keinen Erkenntnisgewinn mehr bringt. Bereits gemeldete Details werden unermüdlich wiederholt und kommentiert. Kaum erreicht eine Neuigkeit die Redaktionen, stürzen sich alle wie verrückt darauf, polieren sie auf, walken sie durch und quetschen sie aus, bis der letzte Tropfen Tragik herausgepresst ist.

Den Reportern vor Ort merkt man eine nur schlecht verhohlene Freude an. Aus ihren Gesten und Worten scheint mir ein morbides Mitgefühl zu sprechen. Julen, sagen sie, als würden sie den Jungen persönlich kennen, als wäre er der Sohn oder Neffe dessen, der ins Mikrofon spricht. Und genauso offenkundig ist eine gewaltige kollektive Neugier darüber, ob das arme Kind, das in einundsiebzig Metern Tiefe in einem etwas mehr als zwanzig Zentimeter breiten Loch eingeklemmt ist, über eine Woche nach seinem Sturz noch am Leben sein kann.

Heute hat man uns erzählt, dass Spezialisten in der vergangenen Nacht den Bau eines parallel zum Brunnen verlaufenden Stollens beendet haben. Sie haben mehrere Tage und Nächte gebraucht, um sich durch härtestes Felsgestein zu bohren. Verdammt, da ist mir selbst auch ein Superlativ herausgerutscht! Einige Fernsehsender haben sich bemüßigt gefühlt, Unterrichtsstunden in Mineralogie zu erteilen. Amalia hatte in ihrer Radiosendung gestern einen Doktor zu Gast, der einen Vortrag über die Überlebenschancen des Jungen gehalten hat. Es geht darum, das Interesse des Publikums an dem Fall wachzuhalten.

Humpel betrachtet die Rettungsarbeiten als Zeitverschwendung, es sei denn, es gehe darum, einen Leichnam zu bergen. Für ihn ist die Sache klar. Tag und Nacht zu graben, ist völlig unnötig, da seiner Überzeugung nach der Junge den Sturz gar nicht überleben konnte. «Wir wohnen», sagt er, «einem Medienspektakel der übelsten Art bei.» Und schließt mit der Bemerkung: «Dieses Land beschämt mich jeden Tag mehr.»

Humpel hat heute einen Tag des Zorns und der Verbitterung. Manchmal hat er Tage des Zorns, manchmal der Verbitterung. Wenn ihn wirklich etwas tief drinnen bedrückt, etwas sehr Ernstes, dann treffen in ihm, wie er (meine Philosophiereien parodierend) sagt, «die zwei stürmischen Meere des Seins» aufeinander. In einem solchen Fall wird seine Miene hart, seine Stimmung verbittert, alles erscheint ihm schlecht, und es gibt keinen Weg, ihn zum Lächeln zu bringen oder ihm einen seiner Scherze zu entlocken. Also habe ich ihn ohne Umschweife gefragt, wo denn diesmal sein *noli me tangere* ausgebrochen ist. Er ist schier zu Stein erstarrt. «Woher weißt du davon?»

Und gleich an Ort und Stelle, in einer Kneipe in Embajadores, wo wir seit einiger Zeit hingehen, um Kutteln mit Pommes frites zu essen, hat er vorsichtig sein Hosenbein hochgezogen. Und da fiel mein Blick an einer Seite seiner behaarten Wade in der Nähe seines einzigen Fußes auf einen kreisförmigen roten Fleck, nicht größer als ein Centstück.

«Und wegen dieser Kleinigkeit machst du dir Sorgen?»

Ich musste mich bei ihm entschuldigen. Wie er sich aufgeführt hat!

Seine Wunden, erklärt er, beginnen mit einem roten Fleck auf der Haut, der schnell größer wird. In wenigen Stunden bildet sich in der Mitte des Flecks ein winziger Krater; der Krater beginnt zu eitern und wird ebenfalls größer, verursacht komischerweise aber kein Jucken, und erst nach fünf oder sechs Wochen bildet sich eine Kruste. Die Kruste fällt von selbst ab – «wenn du sie abknibbelst, geht das Ganze von vorn los» – und hinterlässt keine Spuren.

Humpel glaubt, er hätte sich irgendeinen Krebs zugezogen. Er schläft nicht, er isst nicht, er findet keine Ruhe, sucht im Internet nach ähnlichen Fällen, und was er findet, lässt ihm die Haare zu Berge stehen. Im Büro hat man ihm eine angesehene Hautärztin empfohlen, die in Pozuelo de Alarcón eine Privatpraxis hat und ziemlich teuer sein soll. Der Preis ist ihm egal. Er will sie sofort aufsuchen und bezahlen, was sie verlangt. Bisher hat ihm keiner der konsultierten Ärzte eine Diagnose geben können. Sie verschreiben ihm Antibiotika und schicken ihn nach Hause, das ist alles.

Ich habe Verständnis gezeigt, seine Beunruhigung geteilt, ihm meine Hilfe angeboten, wenn er sie braucht, und er hat sich langsam wieder beruhigt und mir gedankt. Vergangene Nacht, sagt er, habe er lange das Tütchen Zyanid in der Hand gehalten.

Da wir nun bei Vertraulichkeiten waren, habe ich ihm erzählt, dass ich die letzten Nächte nur an Diana Martín gedacht habe.

«Die schöne Mutter deiner Schülerin?»

«Ich kriege sie schon seit Tagen nicht mehr aus dem Kopf.»

«Sei froh, dass es so gekommen ist. Es hätte dir schlimm ergehen können.»

22

Meine wöchentlichen Treffen mit Diana Martín, die gewöhnlich am Tag vorher verabredet wurden, waren offenbar nicht so geheim, wie ich dachte. Man braucht sich bloß den Ausgang anzusehen, den sie genommen haben. Ich habe mich oft gefragt, ob unsere Telefone abgehört wurden. Bei Diana Martín konnte ich mir vorstellen, dass jemand (ihr Ehemann, falls sie einen hatte; ihr derzeitiger Lebenspartner; vielleicht der Mann, den sie als Sabrinas Vater bezeichnete) Himmel und Hölle in Bewegung setzte, um eine in jedem Sinne ungewöhnliche Frau – angefangen bei ihrem attraktiven Körper, der mit seinen siebenunddreißig Jahren noch groß in Form war – an seiner Seite zu halten. Aber warum einen Niemand wie mich beobachten?

Nach dem abrupten Ende unserer Beziehung nahm ich an, dass bald eine neue anonyme Nachricht auftauchen würde. Tatsächlich bekam ich sie drei Tage nach dem Vorfall in der Taberna del Alabardero. Ich schreibe *Vorfall*, weil mir ein exakteres Wort nicht einfällt und weil mir, wie schon öfter, etwas zugestoßen ist, für das ich keine Erklärung finde.

Die Nachricht war in einem schadenfreudigen Ton gehalten. Und um die Freude noch zu steigern, war neben dem Text die Zeichnung eines breit grinsenden Clownsgesichts mit Knubbelnase zu sehen.

«Glaubst du wirklich, ein blöder Schullehrer und armer Teufel wie du hätte eine Chance gehabt, sich so eine Klassefrau zu angeln? Hast du gar nicht gemerkt, dass sie ein paar Nummern zu groß für dich war? Zieh dich warm an, Blödmann, denn kalte, einsame Jahre erwarten dich. Genau genommen so viele wie fehlen, bis du den Löffel abgibst.»

Ich war wütend auf mich selbst und hasste mich für das, was

mir als unverzeihliche Schwäche erschien. In den letzten Zügen einer katastrophalen Ehe schwor ich mir, keine Gefühlsbeziehung zu irgendeiner Frau mehr einzugehen. «Eine Frau ist nur zum Vögeln gut», wie Humpel in seinem gewohnt spöttischen Ton zu sagen pflegte. Ich war noch nicht einmal von Amalia losgekommen, da war ich schon wie ein von dummen Instinkten getriebenes Hündchen dem ersten hübschen Gesichtchen hinterhergehechelt, das mir über den Weg gelaufen war.

Nie wieder, hörst du, sagte ich mir. Nie wieder. Die Liebe kann mich mal.

23

Wir würden uns die Rechnung teilen. Das war ihr Vorschlag, und ich akzeptierte ihn. Ich mochte es, durch ihre Augen gesehen zu werden, die ihrem lächelnden Gesicht einen anbetungswürdigen kristallgrünen Glanz verliehen. Ich hütete mich, etwas zu sagen, das unser erstes gemeinsames Mittagessen gefährden konnte; unser erstes Treffen daher, das voraussichtlich länger als eine Stunde dauern würde. Obwohl ich sie gerne eingeladen hätte, würden wir die Rechnung teilen, wie sie vorgeschlagen hatte, und alles würde so geschehen, wie sie es wollte.

Diana Martín hatte es auch übernommen, im Casa Ciriaco telefonisch einen Tisch für uns zu bestellen. Später erzählte sie mir, dass es an dem Tag dort keinen freien Tisch mehr gegeben habe; darum war sie auf ein anderes Restaurant in derselben Gegend ausgewichen. Es handelte sich um die Taberna del Alabardero, ein angesehenes Lokal, sagte sie, in dem Politiker, Schriftsteller und Leute von Film und Theater verkehrten und in dem sie schon einmal gewesen war. Was ich davon hielte? «Perfekt.» Was sonst hätte ich sagen können! Um in ihrer Nähe zu sein, wäre ich mit ihr ins übelste Dreckloch des Planeten zum Essen gegangen.

Nachdem wir bestellt hatten, stießen wir mit unseren Rotweingläsern an, und sie war strahlend und schön mit herrlich weißen Zähnen und ihr Gesicht umrahmenden wunderschönen Locken. Sie streckte die Hand aus und tastete nach meiner, streichelte meinen Handrücken, ließ ihre warme, weiche Hand einige Augenblicke lang darauf liegen und schaute mir in die Augen. Ich sah sie forschend an und dachte bei mir: Es ist so weit. Es hat zwar seine Zeit und eine übertriebene Zahl von Tassen Tee gebraucht; aber jetzt deutet doch alles auf eine baldige Vereinigung von Körpern hin. Ich hatte mir für alle Fälle ein Päckchen Präservative in die Innentasche meiner Jacke gesteckt. «Man kann ja nie wissen», flüsterte mir die Stimme der Hoffnung ins Ohr.

Als Vorspeise teilten wir uns einen Teller Guijuelo-Schinken. Sie dort, ich hier, sah sie kauen; sie schaute mir in die Augen, als versuchte sie, darin meine Gedanken zu erraten, und mit langen schlanken Fingern nahm sie grazil vom Schinken und von den Kroketten, die wir dazu bestellt hatten.

Dann kamen die Männer herein. Diana Martín saß mit dem Rücken zu ihnen und bemerkte sie erst, als sie neben ihr standen. Es waren zwei große kräftige Kerle mit Anzug und Krawatte. Dem mit der Sonnenbrille lugte eine dicke Armbanduhr unter der Hemdmanschette hervor. Sie sprachen kein Wort. Als Diana sie sah, stand sie auf, ergriff mit starrem Gesicht ihre Handtasche und verließ das Lokal, ohne sich von mir zu verabschieden oder einen Blick zurückzuwerfen. Einer der Typen ging vor ihr her, der andere kippte in aller Ruhe mein Glas Wein über den restlichen Schinken. Er beachtete mich gar nicht, als wäre ich unsichtbar. Danach verließ er hinter Diana Martín und seinem Kumpan gemächlich das Lokal.

Ich habe sie nie wiedergesehen. Aus Furcht, sie in Schwierigkeiten zu bringen, habe ich sie auch nicht angerufen. Aus demselben Grund habe ich davon abgesehen, ihre Tochter nach ihr zu fragen. Sabrina hat in jenem Jahr ihr Abitur mit annehmbaren Noten bestanden. Ich weiß nicht, was aus dem Mädchen, heute eine Frau, geworden ist. Über ihre Mutter habe ich einmal mit meinem Kollegen Chema Pérez Rubio, alias Einstein, gesprochen, Monate nach dem Vorfall, der Episode, der Szene oder was immer es war in der Taberna del Alabardero.

24

Zu der Zeit, in der ich die schöne Diana Martín zu vergessen suchte, war Einstein, der denen zufolge, die ihn besser kennen als ich, ein hervorragender Mathematiker war, noch krankgeschrieben. Mehrere Kollegen hatten ihn im Krankenhaus besucht. Von ihnen erfuhren wir in der Schule, welcher Art seine Verletzung war: Bruch des Unterkiefers. Anfangs, im Lehrerzimmer, war von einem Unfall die Rede; später von einer Schlägerei, was bei dem sanften Wesen des Verletzten nur schwer zu glauben war; zuletzt von einem Angriff. Einstein, ein leutseliger Pykniker mit dicker Brille, war von einem Unbekannten verprügelt worden. Nach längerer Abwesenheit war er wieder genesen und kam zur Arbeit zurück. Die Angelegenheit hätte mich nicht weiter neugierig gemacht, wenn nicht eines Vormittags ein Kollege während der Pause Einsteins Verletzung mit Sabrinas Mutter in Verbindung gebracht hätte.

Noch etwas ungläubig, richtete ich es so ein, dass ich ihm nach dem Unterricht auf dem Schulparkplatz begegnete. Ich fragte ihn, ob er Zeit habe, sich mit mir über eine Angelegenheit zu unterhalten, die mich sehr beschäftigte. Ich wollte ihn nicht beunruhigen und erklärte ihm daher, wenn es ihm lästig wäre oder das, was ich ihm zu sagen hätte, böse Erinnerungen in ihm wachriefe, würde ich das Gespräch sofort beenden. Einstein war die sprichwörtliche gute Seele und stimmte zu, mich in eine nahe gelegene Bar zu begleiten, wo ich ihm ohne jeden Vorbehalt die ganze Wahrheit erzählte: meine Faszination für Diana Martín; meine wöchentlichen Treffen mit ihr; das Auftauchen der beiden Anzuggorillas in der Taberna del Alabardero; das Verschütten des Weins auf dem Schinken. Einstein hörte anfangs mit besorgter Miene, dann mit zunehmend traurig gefurchter Stirn meiner Geschichte zu.

«Sprich nicht von denen, um Himmels willen, da bekomme ich gleich einen Herzinfarkt.»

Ich stellte fest, dass unsere beiden Geschichten in Bezug auf Diana Martín zahlreiche Ähnlichkeiten aufwiesen. Ich stellte klar: «Es gab keinen Sex zwischen uns.» Und er bestätigte mir das mit betrübter Miene auch für sich. Sporadische Treffen an den gleichen Tagen (bei ihm seltener), Blicke und Lächeln und was sonst noch alles ... Und eines Tages trat ihnen vor dem Hotel Vincci, in dessen Bar sie gesessen und sich unterhalten hatten, ein Schlägertyp in den Weg und verpasste Einstein wortlos ein paar Fausthiebe, bevor der sich davor schützen konnte. Er blieb bewusstlos auf dem Bürgersteig der Calle Cedaceros liegen. Irgendein Passant musste dann wohl einen SAMUR-Krankenwagen gerufen haben.

Ich erzählte ihm, dass es in meinem Fall zwei Kraftprotze im Anzug gewesen waren, die Diana Martín abgeholt, mich aber aus unerfindlichem Grund nicht verprügelt hätten.

«Dich hat mit Sicherheit gerettet, dass du drinnen im Lokal und nicht draußen gewesen bist.»

25

Überraschung: Raúl hat mich besucht. Halbe Überraschung, da meine Schwägerin den Besuch eine Stunde vorher telefonisch angekündigt hatte, weil sie dachte, da Freitag war, wollte ich übers Wochenende vielleicht irgendwohin fahren, und es war dringend, dass mein Bruder mit mir sprach. Hätte mir das, frage ich mich, nicht auch Raúl selbst sagen können?

Und was zum Teufel wusste sie schon über meine Wochenendgewohnheiten? Meine derzeitigen Reisen, hätte ich ihr antworten können, führen in das Innere meines Selbst; Ortsveränderungen von langer Dauer, die man aber vornehmen kann, ohne das Haus zu verlassen.

Ich war versucht, meine Schwägerin zu fragen, ob Raúl sich auf ihren Befehl hin mit mir treffen wollte. Ich kann mir nicht helfen; sobald das Bild meines Bruders an meinem Ereignishorizont auftaucht, steigt das Aggressionsniveau in meinem Blut. Zum Glück habe ich mir noch auf die Zunge beißen können. Es geht darum, dass es um meine Nichte Julia schlecht steht. Die Familie – mit Ausnahme der ältesten Tochter, die verheiratet ist (was ich erst jetzt erfahre) und bei einer Versicherungsgesellschaft arbeitet (dasselbe) – hat beschlossen, nach Saragossa umzuziehen, in die Nähe der Großeltern mütterlicherseits und des Onkologen, der das Mädchen früher schon behandelt hat und der für alle das letzte Fünkchen Hoffnung zu sein scheint. Alles andere, hat meine Schwägerin mit zittriger Stimme gesagt, werde Raúl mir erzählen.

Der Besuch meines Bruders zwingt mich, ein wenig Ordnung zu schaffen und das Wohnzimmer aufzuräumen. Nicht dass die Wohnung unsauber ist; aber wenn man allein lebt, ohne den Druck einer autoritären, wachsamen Ehefrau im Nacken, kann es passieren, dass die Sauberkeit in der Wohnung nicht unbedingt zu den ersten Sorgen eines Mannes gehört. Als wirklich dringend empfand ich, Tina im Wandschrank zu verstecken. Alles Übrige, Wohnung lüften, wischen, staubsaugen und das benutzte Geschirr, alte Zeitungen, Obst- und Nussschalen wegräumen, hat zwanzig oder fünfundzwanzig Minuten gedauert.

Raúl kommt ungefähr eine Viertelstunde vor der angegebenen Zeit. Ich war gerade mit dem Klarschiffmachen fertig geworden. Als Entschuldigung für sein verfrühtes Kommen gibt er an, dass er, da er sich in diesem Viertel nicht auskennt, sich zu verfahren und keinen Parkplatz zu finden befürchtete. Er betritt meine Wohnung zum ersten Mal, und er tut es völlig teilnahmslos. Er sagt nichts, betrachtet weder Möbel noch Wände, übersieht *Pepa* und setzt sich, wo ich hinzeige, lehnt Getränke ab, die ich ihm anbiete, und fragt nicht, wie es mir geht, fängt gleich an, zu erzählen, warum er gekommen ist.

Er hat Ränder unter den Augen und ist schmaler geworden, steht aber immer noch gut im Futter. Er spricht klar und ohne Umschweife, vermeidet jeden Anflug von Gefühligkeit, und ich bemerke in mir die Gefahr der ungewollten Bewunderung heraufziehen, die, wenn ich sie nicht unverzüglich zurückdränge, unweigerlich zu neuer Hassaufwallung führt. Raúl erklärt, seine Firma habe ihm den Umzug nach Saragossa bewilligt, wo er zwar eine nicht so hochrangige Stellung wie hier bekommt, was ihm unter den gegebenen Umständen aber egal ist. María Elena ihrerseits ist für zwei Jahre freigestellt worden, will aber in Saragossa versuchen, in ihrem Job weiterzuarbeiten, «soweit die Pflege der Kleinen das zulässt». Sie nennen sie trotz ihrer vierundzwanzig Jahre immer noch die Kleine.

Ich bitte meinen Bruder um Einzelheiten über Julias Zustand. Aus Raúls Mund kommen Wörter wie schwarze Wolken: Tumor, Krebs, Chemotherapie. Ich traue mich nicht, ihn nach

Heilungschancen zu fragen. Mich zwickt zwar die Neugier; zugleich aber denke ich, wenn das Gespräch auf tragisches Terrain gerät, fängt Raúl wieder an zu weinen wie ein kleines Kind. Im Moment hält er sich noch zurück, und ich bin ihm dankbar dafür. In meiner Brust spüre ich Wellen des Mitleids hochschlagen. *Pepa* betrachtet uns schläfrig. Sie schließt die Augen, öffnet sie wieder, gähnt. Ab und zu ändert sie ihre Stellung, steht aber nicht auf. Die menschlichen Sorgen dürften ihr ziemlich schnuppe sein. Glückliches Tier.

Nach einer guten Viertelstunde ist Raúl der Meinung, dass er mir alles gesagt hat, was er mir zu sagen hatte. Sobald er weg ist, denke ich, werde ich die Wohnung durchlüften, damit der Geruch von irreparablem Unglück verschwindet. Vor dem Foto von Papa, hinter dem sich verbirgt, was sich dahinter verbirgt, bleibt Raúl stehen und sagt: «Ich hätte gern mehr Zuneigung für dich empfunden, aber das konnte ich nie, und du weißt es.» Ich gebe ihm keine Antwort. Möglicherweise hat der Mistkerl ein Gerät in seinem Anzug und nimmt auf, was ich sage. Wir stehen dicht voreinander und starren uns wortlos an. Das Mitleid, das bis vor einigen Minuten noch in meiner Brust wallte, hat sich verflüchtigt. Raúl hat aufgehört zu sprechen, und ich sage nichts. Ich denke: Du nimmst Mama also eine Zeit lang mit nach Saragossa. Oder für immer?

Mein Blick ruht auf seinem weißen Haar, als er mich unvermittelt fragt, ob er mich in den Arm nehmen darf. «Selbstverständlich.»

Und dann umarmen wir uns in einer Art stiller Innigkeit. Doch was eine brüderliche Abschiedsgeste hätte werden können, macht er zunichte, indem er erklärt, dass María Elena ihm befohlen hat, meine Wohnung nicht zu verlassen, ohne mich in den Arm genommen zu haben. Er sagt es, als wollte er mir deutlich machen, dass er nur einen Auftrag oder Befehl ausführt und ich mir nicht einbilden soll, ich könnte seines Mitgefühls würdig sein.

Durch den Türspion sehe ich Raúl den Fahrstuhl betreten. Während er auf dem Treppenabsatz gewartet hat, hat er ein paar Mal ablehnend den Kopf geschüttelt. Was ablehnend? Mich? Die Macht des Schicksals? Das Scheppern alter Kabel im Fahrstuhlschacht? Alles deutet darauf hin, dass mein Bruder und ich uns nie mehr wiedersehen. Eigentlich aber, wenn ich so darüber nachdenke, haben wir uns schon jahrelang zum letzten Mal gesehen, wenn wir uns gesehen haben.

26

Am Montag soll bei Humpel eine Biopsie vorgenommen werden. Er gruselt sich davor. Dieser Mann, der ganz unbekümmert über den Krieg in Syrien spricht, wie übrigens über alle Kriege, die es derzeit auf der Welt gibt; der genussvoll durch den – seiner Meinung nach unaufhaltbaren – Klimawandel zerstörte Landschaften beschreibt; der sich in lässigem Ton über Menschheitskatastrophen unterhält, als gehörten sie zum gesellschaftlichen *small talk*, dieser Mann, stellt sich heraus, hat Angst vor Spritzen.

Die instinktive Angst vor Nadeln hat er aus seiner Kindheit. Ich erlaube mir in seiner Gegenwart die Vermutung, dass man ihm wegen der Amputation und Transplantationen sicher Dutzende von Spritzen verabreicht hat. «Und was willst du mir damit sagen?» Er verabscheut sie heute mehr, als er das als Kind getan hat. Ärzte und Pfleger sind für ihn kaum besser als Folterknechte. Davon nimmt er auch die Hautärztin aus Pozuelo nicht aus, die er als hartherzige Dame mit bohrendem Blick über ihrer auf der Nasenspitze ruhenden Brille beschreibt, die mit Freundlichkeit und Gesprächsbereitschaft nur sparsam umgeht. Zur Entlastung der Frau Doktor erinnere ich Humpel daran, dass sie ihn an wartenden Patienten vorbei zu einer ersten Untersuchung in ihrer Praxis vorgezogen hat. Seine Reaktion kommt sofort. Ob ich mir vorgenommen habe, ihm dauernd zu widersprechen. Missmutig erklärt er mir, dass die Hautärztin nur seine Wade mit einer Lupe untersucht hat, ohne sich irgendwelche Notizen zu machen und eine Diagnose zu stellen. «Sie mag ja sehr kompetent sein; aber in meinem Fall hat sie nicht den Schimmer einer Idee.» Sie hat ihm nur gesagt, dass eine Gewebeprobe entnommen und ins Labor geschickt werden muss.

«Das heißt, andere machen die Arbeit, und sie kassiert. So ein Arzt wäre ich auch gerne.»

Schon draußen durchs Fenster habe ich Humpel an unserem Stammplatz in der Bar sitzen und ein Gesicht machen sehen, wie ein Verurteilter vor dem Erschießungskommando. Und sofort war mir klar, dass er, kaum dass ich mich zu ihm gesetzt hatte, mir seine Wunde zeigen würde. Er tut das ganz offen. Es ist ihm egal, ob jemand zuschaut. Von einer Art melodramatischem Impuls getrieben, zieht er sein Hosenbein hoch und erwartet furchtsam, ungeduldig, mein Urteil. Er wäre entzückt, wenn ich das Offensichtliche leugnen und so etwas sagen würde wie, ein Onkel von mir hätte ein *noli me tangere* nach dem anderen gehabt, bis er an genau so einem Tag wie heute einen Teller Suppe gegessen und dazu ein Schnäpschen getrunken habe und danach für immer geheilt gewesen sei.

Ich stelle fest, dass sich seine Vorhersagen Punkt für Punkt bewahrheitet haben. Aus dem kleinen roten Fleck der vergangenen Tage ist ein hässliches Geschwür geworden. Humpel hebt vorsichtig eine Ecke des Verbandes hoch, und da sehe ich das, was er den Krater nennt, der jetzt mit einer mit etwas Blut vermischten Desinfektionssalbe bedeckt ist, die er selbst aufgetragen hat. Was ich sehe, ist dermaßen ekelerregend, dass ich es nicht fertigbringe, meinen Freund zu bemitleiden; und obwohl ich alles tun möchte, um ihm Mut zuzusprechen, kommt mir kein tröstendes Wort über die Lippen.

«Und du sagst, es juckt nicht?»

Ich stelle die Frage, damit er nicht denkt, sein Problem ließe mich völlig kalt. Dabei denke ich: Hoffentlich ist die Wunde kein Anzeichen von ausgebrochener Pest, und ich bin der Erste, der sich ansteckt. Er antwortet mit erloschener Stimme, dass sie nachts im Bett manchmal ein bisschen juckt.

Ich habe mir überlegt, ob ich ihm den Fall meiner Nichte vortragen soll. Dann habe ich mich wieder einmal gefragt, warum ich diesem Mann meine Vertraulichkeiten mitteile und er mir seine. Sind wir etwa gegenseitige Beichtväter? Ich habe in Alfonsos Bar keine passende Gelegenheit gefunden, um meine Überlegung in die Tat umzusetzen. Es wäre auch ungeschickt von mir gewesen, meinen Freund mit den Einzelheiten der Krankheit eines Mädchens zu belasten, das er gar nicht kennt. Vielleicht hätte er es mir sogar übel genommen, weil er glauben könnte, ich wolle damit andeuten, dass es in meiner Familie schon genug Dramen gebe und ich mich nicht auch noch mit seinen Kratern beschäftigen müsse.

Wie ich mir schon gedacht habe, hat eine Bemerkung zu den Tagesereignissen gereicht, um die Unterhaltung auf das Thema zu lenken, das hier in aller Munde ist. Vergangene Nacht hat man nach dreizehn Tagen mühsamen Grabens und Bohrens das Kind geborgen, das in der Nähe von Totalán in einen Brunnen gefallen war. Ein Beamter der Guardia civil hat es um ein Uhr fünfundzwanzig morgens tot nach oben gebracht. Nicht um ein Uhr vierundzwanzig und nicht um ein Uhr sechsundzwanzig. Das Publikum soll den Geschmack von Echtheit kosten. In den

Nachrichtensendungen wird jedes Detail des Vorfalls ausgewalzt: Das Kind fiel mit den Füßen voran und mit hochgereckten Armen, zahlreiche Quetschungen, Quarzitschichten, über dreihundert Personen an der Rettungsaktion beteiligt ...; und man übergeht die Gerichte, ersetzt sie sogar, mit Zuweisungen von Schuld und Verantwortung, die ans Obszöne grenzen.

Humpel: «Dreizehn Tage eines morbiden Spektakels von enormer antikultureller Kraft, das uns als Persönlichkeiten disqualifiziert.» Er ist überzeugt, dass sich in zwei Tagen kein Mensch mehr an das Kind erinnert, dessen Schicksal den Medien Seiten und Zeiten füllte und den Leuten Gelegenheit gab, sich in aufgesetztem Mitleid zwei Wochen lang prächtig zu unterhalten. Schon bald werden die Lieferanten von Sensationsnachrichten – so vieler, dass man sich schon daran gewöhnt hat – wieder anfangen, unsere Köpfe mit schaurigen Verbrechen, Verkehrsunfällen oder Naturkatastrophen zu füllen. Humpel spricht von Informationen als einer süchtig machenden Droge. Er glaubt, im Grunde interessiert uns nicht die Nachricht, sondern nur das angenehme Gefühl, das sie uns bereitet. Gut, dass das Unglück den anderen und nicht uns getroffen hat! Ist ihre flüchtige Aktualität vorbei, stirbt die Nachricht, sagt er, und wir schalten den Fernseher ein oder schlagen die Zeitung auf und suchen nach neuen Sensationen. «Warte nur ab, wie schnell man uns wieder häppchenweise Ehedramen, Eifersuchtsmorde und dergleichen serviert und uns mit unserer absoluten Zustimmung Tag für Tag desensibilisiert.»

Es war schon dunkel, als ich Humpel zu seiner Wohnung begleitete. So wie er in der Bar ununterbrochen geredet hat, war er auf der Straße schweigsam und wie in Gedanken versunken. Ich fühlte mich unwohl, so schweigend neben ihm herzugehen, und erzählte ihm, um über etwas anderes als die Krankheit meiner Nichte zu sprechen, dass ich gestern an einen alten Kollegen mit dem Spitznamen Einstein denken musste, dem vor Jahren ein Typ, der in irgendeiner Beziehung zu Diana Martín stand, den Kiefer gebrochen hatte.

«Du und dieser andere, ihr wart wirklich naiv. Die Frau wusste genau, wie sie ihrer Tochter zu besseren Noten verhelfen konnte.»

«Ich glaube eher, dass sie ein dunkles Geheimnis hütete, das uns verborgen geblieben ist.»

«Du siehst zu viele Filme. Das einzig Dunkle war euer vernebelter Verstand.»

Als wir uns vor der Haustür verabschiedeten, hat er mich gefragt, ob es mir was ausmache, *Pepa* über Nacht bei ihm zu lassen. Sie saß zwischen uns auf dem Gehweg, und ich habe kurz zu ihr hinuntergeschaut. Mir war, als hätte ich in ihren Augen etwas Flehendes aufblitzen sehen, als wollte sie sagen: «Du wirst mich doch nicht mit diesem Faschisten allein lassen ...»

Ich muss zugeben, dass ich mich nicht getraut habe, dem Wunsch meines Freundes zu widersprechen. Ich habe ihm wortlos die Leine übergeben. Dann bin ich nach Hause gegangen und habe versucht, mit meinem Zorn fertigzuwerden, habe mir die schlimmsten Schimpfworte an den Kopf geworfen, die ein Mann für sich selbst finden kann.

27

Am nächsten Vormittag habe ich auf dem Weg zu Humpel an verschiedenen Stellen im Park eine Obstschale aus Porzellan mit goldenen und blauen Ornamenten, einen Toaster, den mir, genau wie die Obstschale, Mama vor Jahren geschenkt hat, sowie ein Dutzend Bücher, hauptsächlich Romane, abgelegt. Je mehr ich von meinen Besitztümern abgebe, desto stärker wächst in mir das Gefühl von Leichtigkeit, von schwerelosem Aufstieg in die Lüfte hin zur ersehnten Verwandlung in einen Mauersegler.

Allerdings sieht man an diesen grauen Wintertagen keinen einzigen von ihnen über die Dächer segeln. Das ist normal. Die Mauersegler, die nicht rechtzeitig in die afrikanische Hitze geflogen sind, überwintern als Menschen verkleidet auf der Erde.

Gestern Nacht ist es spät geworden. Nachdem ich mein tägliches Stück persönlicher Schreibe erledigt hatte, habe ich mir bis in den frühen Morgen die Augen am Bildschirm meines Computers verdorben. Folge: Ich kam heute nicht aus den Federn. Da ich also viel zu spät war und Humpel sowohl gestern Abend als auch heute Morgen vergessen hat, *Pepa* auszuführen (warum, wird er erklären können, wenn er sie so liebt, wie er immer sagt), hat sie bei meiner Ankunft gezittert und gewinselt und sich gekrümmt, weil sie so dringend musste. Das war Vorwand genug, um nicht länger als zwei Minuten in der Wohnung meines Freundes zu bleiben, der mir schon wieder mit der Leier seiner Wunde kommen wollte.

Kaum sind wir draußen, rennt *Pepa* zum nächsten Baum, um sich zu erleichtern. Ich beschließe, denselben Weg zurückzugehen, den ich gekommen bin, und mich als Ersatz oder Vorschuss für den mittäglichen Spaziergang ein Weilchen im Park niederzulassen. Ich sitze auf einer Bank, und da ich kein Buch und keine Zeitung habe, vertreibe ich mir die Zeit damit, auf dem Display meines Handys einen Blick in die Nachrichten und sozialen Netzwerke zu werfen. Ab und zu beobachte ich *Pepa* bei ihrem Tun. Sie schnüffelt herum, markiert ihr Terrain, stolziert lässig herum, ein Ohr ist aufgerichtet, das andere hängt herunter. Es macht mich glücklich, sie mit selbstbewusst aufgerichtetem Schwanz glücklich zu sehen. Der Himmel ist bewölkt und klart wieder auf, ich genieße die Stille im Park, der am Sonntagmorgen nur wenig besucht ist. Ein paar Leute sind zwar zu sehen, doch sie sind weit entfernt. Ich würde nicht sagen, dass es kalt ist. Vierzehn oder fünfzehn Grad schätze ich.

Es freut mich, *Pepa* mit der gleichen Vitalität und Kraftverschwendung wie in ihrer Jugend absurde Rennen veranstalten zu sehen. Ich entdecke auch bald den Grund für ihren Übermut. Ein dicker schwarzer Hund mit gutmütigem Gesicht hat sie, nach gegenseitigem Beschnüffeln der Genitalien, dazu gebracht, mit ihm zu spielen. Jetzt jagen die beiden wer weiß welcher eingebildeten Beute hinterher. Sie streifen sich, sie schubsen sich, sie verfolgen sich. Sie haben sich gefunden.

Ja, ich weiß, ich weiß. Laut städtischer Verordnung ist man verpflichtet, Hunde auf öffentlichen Flächen sowie privaten, die von der Allgemeinheit genutzt werden, an der Leine zu führen. Doch mir scheint es unnötig grausam, *Pepa* zu dieser sonntäglichen Zeit ohne Kinder, ohne Spaziergänger und Polizisten das freie Herumtollen mit ihrem neuen Freund zu verbieten.

Ein potthässlicher, alter, dickbäuchiger Freund, der allem Anschein nach aber einen guten Charakter hat. Ich wundere mich, ihn so allein herumlaufen zu sehen; doch nein. Da kommt sein Frauchen mit Wollmütze und doppelt um den Hals geschlungenem Schal. Zu viel Zeug, denke ich, bei diesem Wetter.

«*Toni!*»

Überrascht, dass der Hund meinen Namen trägt, schaue ich mir die Dame näher an, erkenne sie aber nicht gleich, was zum Teil an der Entfernung von etwa zwanzig Schritten liegt, die uns trennen, zum anderen Teil daran, dass der Gegenstand, den sie in Händen hält, meine ganze Aufmerksamkeit auf sich zieht: die Obstschale aus Porzellan, die jetzt nicht mehr mir gehört.

Nur wenige Meter von meiner Bank entfernt ruft sie den Hund noch einmal bei seinem Namen, diesmal jedoch mit Blick auf mich und in deutlich fragendem Ton, als sei sie nicht sicher, dass ich der bin, für den sie mich hält.

Daraufhin sehe ich mir ihr Gesicht – nichts Berauschendes, um ehrlich zu sein – genauer an, und mein Herz tut einen Sprung.

«Águeda?»

28

Wir blieben auf Distanz. Keiner von uns machte Anstalten, dem anderen die Hand zu geben. Aus Schüchternheit? Ich glaube eher, dass sowohl Águeda als auch mich die unerwartete Situation im ersten Moment verlegen machte. Man musste bloß ihr linkisches, schales Lächeln sehen, das mit Sicherheit das genaue Abbild meines eigenen war. Sie blieb in einem Abstand von ungefähr zwei Metern vor mir stehen und wusste nicht, was sie tun oder sagen sollte, vermutlich in der Erwartung, dass ich etwas tat oder sagte. Mit der Obstschale in Händen, die sie in Höhe ihres Bauches hielt, als beschütze oder wiege sie einen Säugling, sah Águeda wie eine komische Figur in einem Kindertheater aus. Ich, auf meiner Bank, rührte mich nicht. Ich dachte: Wenn du aufstehst, kommt sie vielleicht heran und drückt dir ihre Wangen ins Gesicht. Innerlich bereute ich meine Idee, zu dieser Zeit in den Park gegangen zu sein.

Águedas Erinnerung nach hatten wir uns siebenundzwanzig Jahre nicht gesehen. Später, auf dem Heimweg, rechnete ich nach und stellte fest, dass sie recht hatte. Vielleicht hätte es mir nichts ausgemacht, ihr in einem anderen Moment und unter anderen Umständen zu begegnen; aber nicht so, gänzlich unerwartet, todmüde, ohne richtiges Frühstück, in gedrückter Stimmung und völlig unvorbereitet.

Sieben oder acht Minuten Konversation reichten gerade für den Austausch grundlegender biografischer Daten. Wie ist es dir ergangen, wo wohnst du, was machst du? Die Art von Fragen, die, je nachdem, wie man sie stellt, leicht in ein Verhör ausarten können. Ich antwortete so lustlos wie karg mit Worten und hoffte, dass mein Unbehagen unbemerkt blieb. Nach der erstmöglichen ausweichenden Antwort stellte ich ihr die gleichen Fragen mit dem einzigen Ziel, sie sprechen zu lassen, damit ich es nicht tun musste. Ihr Unbehagen war gewiss nicht geringer als meines. Der Beweis dafür war, wie schnell wir die persönlichen Fragen einstellten und uns mit einer Klimaexperten würdigen Beredsamkeit dem unerschöpflichen Thema des Wetters zuwandten.

Mit der gebotenen Diskretion betrachtete ich Águedas Physiognomie und ihre durch die dicke Kleidung aufgeplusterte Figur. Ihr taillenloser Körper ähnelte einer mit Stoff umhüllten Säule, die unten in alten Stiefeln steckte.

29

Ich muss immer noch an Águeda denken. Sie geht mir nicht aus dem Kopf. Schön war sie nie. Gutherzig, gefühlvoll, ja; das genaue Gegenteil von Amalia. Aus dem Charakter der einen und der fleischlichen Hülle der anderen hätte man eine erstklassige Frau machen können. So gewissenhaft die Natur zu Werke ging, Águeda mit einem freundlichen Wesen auszustatten, so nachlässig war sie bei der Gestaltung ihres Äußeren. Die Dinge sind, wie sie sind. Und selbstverständlich trägt sie selbst keine Schuld, abgesehen von ihrer Kleidung. Vergangenen Sonntag konnte ich feststellen, dass aus der ihr angeborenen Unfähigkeit zur Eleganz im Lauf der Jahre unverhohlene Schlampigkeit geworden ist. Man widerstand nur schwer dem Impuls, ihr ein Almosen zu geben.

Mir kam der Verdacht, dass sie sich im rächenden Bewusstsein ihres fehlenden Charmes absichtlich hässlich machte. Der verschlissene Wollschal; die Mütze, die das ganze Haar verdeckte, falls es welches gab, und den Kopf wie einen Ball aussehen ließ; die Disharmonie der Farben ihrer Kleidung; der eine oder andere Fleck und das, was ich hier unerwähnt lasse, weil ich mich nicht mit ihr anlegen will, ließen einen Gesamteindruck entstehen, an dem es rein gar nichts gab, das man mit Freude betrachtet hätte.

Während wir uns unterhielten, tollten *Toni* und *Pepa* weiter um uns herum. Águeda erzählte, das sei ihr dritter Hund in siebenundzwanzig Jahren, und sie habe sie alle *Toni* genannt. Ich glaubte einen bissigen Unterton aus der Bemerkung herauszuhören. Ich revanchierte mich mit der Frage, was für ein komischer Brauch das sei, mit einer Obstschale im Arm im Park spazieren zu gehen. Ihre Offenheit fand ich sympathisch. Sie sagte, sie habe sie an einer Hecke gefunden, und fügte hinzu: «Die Leute sind schlampig, legen ihre Sachen einfach irgendwo ab. Da war auch ein Toaster, aber ich habe einen viel besseren zu Hause. Wenn es dich interessiert, verrate ich dir, wo er steht.»

30

Wir kamen mit dem Flugzeug aus Lissabon, verliebt wie zwei Teenager. Die Stewardess schenkte uns Getränke ein, und als wir anstießen, flüsterte Amalia plötzlich mit ihrer verführerischsten Stimme und mit einer Hand an der Innenseite meines Oberschenkels, ich solle jeden Kontakt abbrechen «mit dieser hässlichen Kleinen, die dir überallhin nachläuft».

Amalia schaute mir tief in die Augen und küsste mich auf den Mund, bevor ich etwas sagen konnte. Sie bezeichnete Águeda, deren Namen auszusprechen sie sich weigerte, als eine «Behinderung unserer Liebe» und nahm mir das Versprechen ab, sie innerhalb von vierundzwanzig Stunden für immer aus meinem Leben zu verbannen. Ich antwortete, keine Sorge, dass Águeda mir nichts bedeute, und sobald wir zu Hause wären, würde ich, bevor ich meine Schuhe ausgezogen hätte, sie anrufen und ihr mitteilen, dass wir uns nie wiedersehen würden. Amalia revanchierte sich für meine Worte damit, dass sie mich wieder küsste und ihre Hand an der Innenseite meines Oberschenkels in die richtige Richtung wandern ließ.

Da ich mein Versprechen gegeben hatte, hielt ich die Sache für erledigt, doch als wir im Flughafen auf unser Gepäck warteten, fing Amalia wieder davon an. Lieber sei es ihr, sagte sie, wenn ich «diese Kleine» persönlich vom Ende unserer Freundschaft unterrichten würde, wozu sie ein kurzes Treffen mit ihr vorschlug.

Amalia war der Meinung, dass der Kleinen, wenn ich es ihr ins Gesicht sagen würde, wirklich jedes Fünkchen Hoffnung genommen wäre. Wenn sie meine Stimme höre und mich gestikulieren sähe, müsse sie zwangsläufig erkennen, dass meine Entscheidung unwiderruflich und der Bruch damit endgültig war. Also rief ich, als wir zu Hause waren, in Amalias Anwesenheit Águeda an und vereinbarte für den nächsten Tag ein Treffen mit ihr. Als der Zeitpunkt gekommen war, äußerte Amalia den Wunsch, mich mit ihrem Auto hinzufahren, und bat mich unterwegs mehrfach, mich mit der Kleinen nicht lange aufzuhalten. Sie würde in der Nähe auf mich warten, was sie auch tat.

Das Treffen fand auf der Plaza Santa Bárbara statt, ganz in der Nähe des Hauses, wo Águeda mit ihrer Mutter wohnte.

Sie nähert sich lächelnd, stellt sich auf die Zehenspitzen, um mir einen Kuss zu geben, dem ich ausweiche. Mit offensichtlicher Beherrschung wünscht sie mir viel Glück. Ihre Unterlippe zittert. Für mich ein Zeichen kommender Tränen. Auf einem öffentlichen Platz einer tränenreichen Szene beizuwohnen, ist das Letzte, was ich möchte. Águeda überreicht mir ein in Geschenkpapier eingepacktes Buch. Ich nehme an, dass sie mir ein Geschenk für die schöne Zeit machen will, die wir miteinander verbracht haben. Ich weiß, dass ich ihr ein Leid zufüge, aber ich muss mich entscheiden. Es geht nicht anders. Und ich habe mich entschieden. Ich denke, dass Águeda die Trennung verkraften wird. Ich habe genügend Erfahrung in diesen Dingen. Ich kenne mich damit aus. Mir ist in der Vergangenheit auch schon gesagt worden, es sei vorbei, vielen Dank für die schönen Momente, falls es welche gab, und tschüss. In solchen Fällen tat ich mir ein paar Tage lang leid, bis ich jemand Neues fand, bezaubernd natürlich, faszinierend und alles, und das Leben wieder weiterging. Ich nahm an, Águeda würde es nicht anders ergehen. Es ist doch unmöglich, dass es in einer Stadt mit so vielen Einwohnern wie der unseren nicht eine Handvoll zu ihr passender Männer geben soll. Es geht nur darum, einen davon zu treffen.

Ich verabschiede mich ohne Kuss und Umarmung. Sie bleibt allein unter einem Baum zurück. Das Buch lasse ich, bevor ich zu Amalia zurückgehe, auf einer Haustreppe liegen. Ich weiß nicht, was für ein Buch das war. Ich habe das Geschenkpapier nicht aufgemacht. Dann vergehen siebenundzwanzig Jahre.

31

Als Kind habe ich mit meinen Schulkameraden laut die Verben konjugiert. Die ganze Klasse sagte sie im Chor auf, wie einen Psalm, die verschiedenen Modi und Zeiten unter den wachsamen Augen des Lehrers. Zu Hause habe ich sie Mama aufgesagt. Ich erinnere mich noch an die drei regelmäßigen Verben, die wir auswendig lernen mussten: *lieben, leben, fürchten*. Über die Bedeutung der letzten zwei habe ich wenig Zweifel. Über das erste könnte ich lange und ausführlich sprechen. Ich habe das Thema oft genug mit meinen Schülern durchgenommen und dabei stets versucht, nicht in allzu viele Sackgassen zu geraten. Die höchste Erfüllung der Liebe habe ich nie kennengelernt. Aus meinem Moleskine zitiere ich eine Aussage, die Platon zugeschrieben wird: «Die Liebe besteht aus dem Gefühl, dass das geheiligte Wesen aufgeht im geliebten Wesen.» Ich kann mich ehrlich nicht erinnern, je im Leben so etwas empfunden zu haben. Wohl glaube ich, dass gelegentlich auch ich bei dem Spiel, Gutes mit Gutem zu vergelten, mitgemacht habe; ich könnte mir sogar vorstellen, dass meine Worte und Taten in fremden Augen als Gesten eines wohlwollenden Mannes interpretiert zu werden verdienten. Für einige Mitmenschen habe ich Sympathie empfunden, Faszination für den einen oder anderen Körper, habe sie sogar idealisiert und – oft bis zu obsessiven, manchmal sogar entwürdigenden Extremen – die Sinnenfreuden der Liebe genossen. Natürlich kenne ich die mitfühlende Zärtlichkeit. Ich habe eine Schwäche für Großherzigkeit, und ich mag die Umarmung. Aber ich muss gestehen, dass ich an meine Freundschaften nie große Gefühle verschwendet habe; auch nicht an die zu Humpel, der mein ältester Freund ist, den ich aber trotzdem oft genug versucht bin, zum Teufel zu jagen, weil er mir so auf die Nerven geht. Ich habe meinen Sohn als kleines hilfloses Kind im Arm gehalten. Habe ich ihn geliebt? Ich bin nicht sicher. Wenn Liebe sich im sprachlichen Zuckerguss der Fernsehserien ausdrücken muss («Ich liebe dich, mein Schatz, keiner versteht mich so wie du, mein Ein und Alles»), dann habe ich nie in die Kategorie derer gehört, die so fühlen und sprechen. Vielleicht hindert mich ein noch nicht diagnostizierter Hirnschaden daran, positive Gefühle in Worte zu fassen, oder ich bin ein Opfer der erzieherischen Fahrlässigkeit meiner Eltern. Ich habe meine Eltern nie das Wort *Liebe* aussprechen hören; weder haben sie es untereinander noch bei Raulito und mir je verwendet. Liebe wurde nicht in Worte gefasst; sie wurde vorausgesetzt oder äußerte sich in Gesten und Taten. Ab und zu machten sie uns Geschenke, Mama verbrachte ganze Nachmittage damit, Anisplätzchen zu backen, Papa nahm uns mit ins Kino, irgendwann hörten sie auf, uns zu schlagen, und all dies, nehme ich an, bedeutete Liebe. Ich habe den Verdacht, dass ich nicht lieben kann; dass ich zwar anfange, es aber gleich wieder aufgebe, weil es mir zu mühsam ist, weil ich mich ablenken lasse oder es mir langweilig wird. Was für ein Jammer! Man hat mich gelehrt, Verben zu konjugieren, aber aktiv zu lieben, habe ich nicht gelernt, und ich fürchte, jetzt ist es zu spät dafür.

FEBRUAR

1

Letzten Sonntag habe ich den Entschluss gefasst, ein paar Tage lang keinen Fuß mehr in den Park zu setzen. Das war für *Pepa* und mich eine ziemliche Beeinträchtigung, da wir eine Regenphase hatten und es immer noch früh dunkel wird. Es gibt zwar Alternativen für Spaziergänge auf Sand- oder Grasböden; aber für Ausflüge von höchstens einer halben Stunde liegen sie zu weit entfernt. Fünf Tage hat die arme *Pepa* auf Asphalt oder Zementplatten laufen müssen, ohne herumrennen zu können, wie sie es braucht. Heute Nachmittag habe ich gesagt, Schluss damit.

Ich habe nicht vergessen, wie Águeda letzten Sonntag, als wir uns voneinander verabschiedeten, gesagt hat: «Vielleicht sehen wir uns hier ja mal wieder.» Ihre Worte, die sicher freundlich gemeint waren, klangen wie eine Drohung. Diese Frau wiederzusehen, ist das Letzte, was ich mir wünsche.

Águeda sagte auch, dass sie mit ihrem *Toni* meistens im Park Quinta de la Fuente del Berro spazieren geht, weil der nahe bei ihrer Wohnung liegt. Ich habe sie nicht gefragt, wo sie wohnt, so wie sie auch mich nicht gefragt hat; obwohl, gewisse Anzeichen, für die Frauen einen sicheren Instinkt haben, hätten ihr verraten können, dass ich im Viertel La Guindalera wohne. Als sie hinzufügte, der Park Eva Duarte läge abseits ihrer üblichen Route, dachte ich bei mir: Das ist auch ganz gut so.

Ab und zu gehe ich oder, besser gesagt, bin ich mit *Pepa* bis zum Fuente del Berro gegangen, wenn nicht Regen, Kälte oder einbrechende Dunkelheit es unratsam scheinen ließen. Der Park ist nämlich sehr viel größer als unserer und fraglos schöner. Aber so, wie die Dinge seit vergangenem Sonntag stehen, und in Anbetracht der Lebenszeit, die ich mir noch gebe, glaube ich nicht, dass ich da noch einmal hingehe.

Der Grund dafür ist die unangenehme Vorstellung, dieser Frau noch einmal zu begegnen. Verabscheue ich sie? Überhaupt nicht. Ich würde sogar sagen, dass ich ihre Art zu reden und ihre Sanftmütigkeit mit einem gewissen Wohlbehagen aufnehme. Jedenfalls löst ihre verwahrloste Gestalt bei mir keine negativen Schwingungen aus. Und wer wäre nicht schon mal auf der Straße, im Supermarkt oder vor dem Krankenhaus einer alten Freundin begegnet? Ist doch auch ganz sympathisch, sich gemeinsam an alte Zeiten zu erinnern und Sätze zu sagen, wie: «Wie die Jahre vergehen!» «Was hatten wir für eine gute Zeit!» «Wie jung wir waren!» Ich weiß nicht, ob Águeda imstande wäre, mir ins Gesicht zu sagen, dass ich sie für eine andere sitzen gelassen hätte. In dem Fall würde ich mit angemessener Kälte antworten: «Sie war eben besser als du, vor allem im Bett.» Was sollte sie daraufhin sagen?

Ich will noch einmal klarstellen, dass ich keinerlei Feindseligkeit gegen Águeda hege. Ich will nur nicht mit ihr befreundet und zusammen sein. Das ist allerdings eher ein zukünftiges Problem, wenn sie noch einmal mit unabsehbaren Folgen in mein Leben eintreten sollte; Folgen nicht sexueller Art, das auf keinen Fall, denn diese Frau würde ich nicht einmal mit Gummihandschuhen anfassen.

Ich bin sicher, dass Águeda nicht mehr in der Calle Hortaleza wohnt, sondern irgendwo nicht weit oder allzu weit von meinem Viertel entfernt, sodass sie den Park Eva Duarte gut zu Fuß erreichen kann. Also Vorsicht, Vorsicht!

Heute Nachmittag jedoch habe ich es nach dem Unterricht gewagt, wieder mit *Pepa* in den Park zu gehen, natürlich unter angemessenen Vorkehrungen. Die erste: nicht durch den Haupteingang. Mit diesem guten Vorsatz bin ich an der Häuserreihe der Florestán Aguilar bis zur Doctor Gómez Ulla entlanggegangen, habe den Sportplatz umrundet und kurz vor der Tankstelle durch einen nur wenig benutzten Eingang mit *Pepa* den Park betreten.

Wachsamen Auges erreiche ich das Plätzchen in der Mitte und will schon den Brunnen umrunden, was sehe ich da auf der anderen Seite? Himmel, Maria! Den dicken schwarzen Köter, der genauso heißt wie ich. Und sein Frauchen? Keine Ahnung, interessiert mich auch nicht, ich will es überhaupt nicht wissen. Hals über Kopf kehre ich um und zerre mit allen Kräften an der Leine, denn *Pepa* hat bereits ihren Spielkameraden gewittert und weigert sich, mir zu folgen, wedelt stattdessen freudig mit dem Schwanz, wie um auf sich aufmerksam zu machen. Fehlte bloß noch, dass sie mich mit ihrem Gebell verraten hätte.

2

Als sie die Tür ihrer Wohnung in der Calle Hortaleza öffnete, machte Águeda mir Zeichen, mich still zu verhalten. Ihre kranke und schwache Mutter, die ich nie zu Gesicht bekam, verbrachte ihre Tage vor dem Fernseher dösend, ohne je nach draußen zu gehen. Águeda führte mich direkt in ihr Zimmer, wo sie mich mehr oder weniger versteckte, während sie nachschaute, ob es ihrer Mutter gut ging oder ob sie etwas brauchte.

Das Zimmer, mit einem Eisengitterbett, einem alten Kleiderschrank und einem Tisch neben dem Fenster als einzigem Mobiliar, sah aus wie das einer billigen Absteige; kalt, sowohl wegen des Fehlens jeder persönlichen Prägung als auch einer Heizung. An einer Wand hing das verblichene Poster einer Berglandschaft und über dem Kopfende des Bettes eine gerahmte Postkarte mit dem Heiligen Herzen hinter Glas. Von der Decke hing ein fünfarmiger Leuchter mit unechten Kerzen. In einer Lücke zwischen Kleiderschrank und Wand stand eine alte Nähmaschine mit kleinen Schubladen und breitem Tretpedal, wie Mama eine hatte, als ich klein war. Das Zimmer war einmal Elternschlafzimmer gewesen. Nach dem Tod ihres Vaters vor einigen Jahren hatte Águeda es übernommen und alles so gelassen, wie es war. Im Zimmer roch es, ich weiß nicht, nach Medizin, abgestandener Suppe, welkem Obst. Ich konnte mir, ehrlich gesagt, für ein erotisches Abenteuer keine weniger anregende Umgebung vorstellen; doch damals war mir jedes Plätzchen recht.

Águeda kam und kam nicht zurück. Ich war schon ausgezogen und zitterte vor Kälte. Ich öffnete die Tür einen Spalt. Am Ende des Flurs waren Stimmen aus dem Fernseher zu hören. Leicht verärgert zog ich mir die Sachen wieder an, die ich gerade ausgezogen hatte. Wir waren in Águedas Wohnung hinaufgegangen, um zu vögeln. So im Klartext. Wir hatten uns nach einem Besuch im Teatro La Latina darauf geeinigt, wo wir uns eine Komödie angesehen hatten. Es war nicht leicht, sie dazu zu bewegen, und das nicht, weil sie eine keusche oder schamhafte Frau war; tatsächlich war sie von Anfang an bereit, es mir zu besorgen. Das Problem war, dass sie die von mir erwünschte Vorgehensweise ablehnte, die keine andere war als die von der Natur seit Anbeginn der Zeit für das Kopulieren von Säugern vorgesehene.

Águeda musste sich entscheiden: Entweder vollzog sie mit mir den Beischlaf, oder ich würde über die Gangbarkeit unserer Beziehung nachdenken müssen. Das Problem war schon ein paar Wochen alt und duldete keinen Aufschub mehr. Nach zwei misslungenen Beischlafversuchen ging Águeda nur mäßig begeistert auf einen weiteren Versuch bei sich zu Hause ein, obwohl ich ihr, wie schon bei den Malen zuvor, versprach, sanft, gefühlvoll, geduldig und verständnisvoll zu sein und ein Präservativ zu benutzen, was immer sie wollte.

Unterwegs in der U-Bahn erlosch in unseren Gesichtern der letzte Rest von Lachen, das uns im Theater so leichtgefallen war. Hand in Hand auf der Calle Hortaleza war jeder von uns so in seinem Schweigen gefangen, dass man hätte glauben können, sie sei auf dem Weg zur Richtstätte und ich sei ihr Henker.

Jeder Versuch der Penetration verursachte Águeda solche Schmerzen, dass der Geschlechtsakt für sie zur Qual wurde. «Und wenn wir ganz langsam machen?» Auch das half nicht. Nach Diagnose der Gynäkologin wurden die Schmerzen durch eine angeborene, nur durch einen chirurgischen Eingriff zu behebende Anomalie verursacht. Águeda weigerte sich zwar nicht, sich operieren zu lassen, aber sie schob den Gang zum Krankenhaus immer wieder hinaus; einmal aus Angst vor dem Skalpell, hauptsächlich jedoch, weil sie der Gedanke grauste, dass ihre Mutter allein blieb, falls die Sache schiefging.

«Es tut mir leid, dass ich so bin. Ich weiß, dass ich dich verlieren werde.»

Wir lagen nackt im Bett, und die Gewissheit des bevorstehenden Schmerzes hielt Águeda in einem Zustand extremer Anspannung und Angst. Beim ersten Mal hatte sie so laut aufgeschrien, dass ich, da sie mich nicht gewarnt hatte, im ersten Moment glaubte (und das ist nicht spaßig gemeint), ich würde mich an ihr vergehen und sie sich verzweifelt zur Wehr setzen.

Unter solchen Bedingungen war jeder Genuss für sie ausgeschlossen. Wir probierten diese Stellung, wir probierten jene Stellung. Nichts zu machen. Und am Ende bat Águeda mich tränenüberströmt um Verzeihung. Meine Frustration verbergend, nahm ich sie in die Arme, versuchte sie mit guten Worten, Streicheln und Massagen zu trösten, und als sie sich wieder gefangen hatte, befriedigte sie mich mit der Hand.

3

Über zwanzig Minuten ließ Águeda mich in ihrem Zimmer warten. Vertraute sie darauf, dass mir in der Zeit die Lust verging? Sie entschuldigte die Verspätung damit, dass sie der Mutter, die jetzt in ihrem Sessel vor dem Fernseher eingeschlafen war, Abendessen hatte machen müssen. Als die Zimmertür geschlossen war, zog Águeda sich an einem Ende des Bettes aus, und ich mich, zum zweiten Mal, am anderen. Nicht ein Hauch von Sinnlichkeit lag in unseren Bewegungen.

Ich war schneller ausgezogen als sie. Sofort spürte ich die Kälte am ganzen Leib und verkroch mich unter die Bettdecke. Von dort unterzog ich Águeda einer visuellen Begutachtung. Mit ihren einunddreißig Jahren (drei mehr als ich) hatte sie ein gesundes Aussehen, etwas mollig, ein immer noch vorzeigbares Äußeres. Ihre Unterwäsche war schauderhaft. Antiquiert, geschmacklos, einstmals weiß, jetzt, nach zahllosem Waschen stumpf geworden und an einigen Stellen ausgefranst. Águedas Schamhaar war ein schwarzes Gestrüpp. Sie hatte einen fleischigen Hintern und ebensolche Oberschenkel, üppige Hüften und große bleiche Brüste mit Knospen, die gerösteten Haselnüssen glichen.

Ich mochte diese robuste Figur, die offenbar noch nie einen

Sonnenstrahl abbekommen hatte. Damals hatte ich, heute nicht mehr so, eine Vorliebe für gut genährte Frauenkörper mit ausufernden Formen wie auf Rubensgemälden, bei denen man etwas zum Anfassen und zum Anschmiegen hat und beim Berühren von so viel weicher Wärme Gefühle haben kann, wie sie eigentlich nur Säuglingen vorbehalten sind.

Águeda hatte eine gebärfreudige Figur, und ich bin überzeugt, dass sie eine große Schar gesunder Nachkommen zur Welt gebracht hätte, hätte sie in den alten Zeiten gelebt, als Frauen kaum über wirksame Mittel zur Verhütung verfügten, und hätte sie nicht unter dieser Vaginalverengung gelitten oder was immer es war, das ihren geschlechtlichen Zugang verstellte. Zudem war Águeda außergewöhnlich liebevoll und wurde niemals ärgerlich. Ich war zu unreif und zu hitzig, um diese Tugenden, die für eine dauerhafte Liebesbeziehung so viel wertvoller waren als ein hübsches Gesicht, wertschätzen zu können.

Mit ihrem warmen Atem und ihrer ganzen warmen Umfänglichkeit legte sie sich neben mich. Die Bettfedern quietschten. Beide bis zum Hals zugedeckt, brachten wir Lippen und Zungen zueinander, verstrickten unsere Beine und untersuchten uns ausgiebig. Als sie meine Erektion spürte, legte sich Águeda auf den Rücken, steif wie ein Brett in Erwartung dessen, vermute ich, was früher passiert war. Trotz ihrer Angst ließ sie zu, dass ich in sie eindrang. Dass sie Schmerzen hatte, merkte ich an der Art und Weise, wie sie ihre Fingernägel in meinen Rücken grub. Um es bestätigt zu bekommen, schaute ich ihr ins Gesicht, und tatsächlich kniff sie die Augen zusammen und biss die Zähne aufeinander, um das Unerträgliche ertragen zu können und den Schrei zu unterdrücken, der ihren Mund ausfüllte. Ich bewegte mich besonders vorsichtig, um meine Stöße so sanft wie möglich zu halten; doch leider war der gute Wille vergebens. Águeda warf sich abrupt auf die Seite und zwang mich so, aus ihr herauszugehen. Die Kälte traf das Zentrum meiner Erregung wie ein Peitschenhieb. Unbeholfen, tränenreich, versuchte sie mich zu masturbieren. Ich stieß sie von mir. Als ich mich anzog, fiel mein Blick auf ein paar Blutspritzer auf dem Bettlaken, und das verdoppelte meinen Zorn derart, dass ich mich nicht dazu bringen konnte, sie zu fragen, wie sie sich fühlte. Ich ging, ohne mich zu verabschieden; und wenn wir uns auch kurze Zeit später am Telefon wieder versöhnten, so hatte unsere Beziehung doch einen nicht wiedergutzumachenden Schaden erlitten. Außerdem wollte es der Zufall, dass ich in dieser Zeit eine Frau namens Amalia kennenlernte.

4

Ich vermutete sie in Saragossa, und tatsächlich war es wohl so, dass Raúl wegen seiner Arbeit schon dort wohnte. Das erklärte auch, warum nicht er, sondern meine Schwägerin mich aufsuchte; nach vorherigem Telefonat versteht sich, denn meine Wohnung ist ja kein dem Publikumsverkehr geöffnetes Büro, in das jeder Erstbeste nach Lust und Laune hereinschneien kann.

María Elena hat während unseres Telefonats an meine Vernunft und an mein gutes Herz appelliert. Und ich hatte geglaubt, für sie und ihren Mann sei ich eine unerwünschte Person! Die Schmeichelei hat in mir den Verdacht geweckt, dass die beiden etwas von mir wollen, und ich habe mich nicht geirrt. Die Angelegenheit ist zu ernst, um sich hier darüber zu amüsieren. María Elena hat mich wissen lassen, dass sie mich um einen Gefallen bitten möchte, dessen Nutznießerin meine Nichte Julia sein wird. Sie hat betont, dass es sich um einen sehr großen Gefallen handelt. Er erfordert einige Erklärungen, die man nicht in adäquater Form am Telefon besprechen kann. Dann hat sie noch gesagt, ich solle mich zu nichts verpflichtet fühlen, wenn ich Nein sage, würde sie es verstehen.

«Na gut, dann komm um neun, und wir besprechen das.»

Ob es nicht früher ginge. Ich glaube, ein rührseliges Beben ihrer Stimme wahrzunehmen. Es wäre unschön gewesen, ihre Bitte abzuschlagen. Unschön und grausam. Durch ihr früheres Eintreffen war ich gezwungen, auf meine Zusammenkunft mit Humpel zu verzichten, was mich freute, denn so muss ich nicht von ihm persönlich das «brutale Ergebnis der Biopsie» (so seine Worte am Telefon) erfahren, das ihm heute mitgeteilt worden ist.

María Elena ist pünktlich. Das Wohnzimmer, in dem ich sie Platz zu nehmen bitte, ist meinem Gefühl nach weder schmutzig noch sauber. Wenn sie kritisieren will, soll sie kritisieren. Aus Höflichkeit nimmt sie ein Glas Mineralwasser von mir an, von dem sie am Ende nicht einen Schluck getrunken hat. In ihren umränderten Augen erkenne ich Sorge, Spuren von Tränen, schlaflose Nächte. Ihre Lider sind geschwollen, ihr Blick ist tränenverhangen. Ihr Haar ist etwas in Unordnung, ihre Kleidung ebenfalls. Mir fällt das auf, weil sie zwar nie ein Ausbund an Eleganz war, doch immer Wert auf ein gepflegtes Äußeres gelegt hat.

«Steht es so schlecht um Julita?»

«Keine Behandlung hat angeschlagen, und wir haben wirklich einige versucht.»

Sie kommt umstandslos auf die Angelegenheit zu sprechen, deretwegen sie zu mir gekommen ist, und wiederholt, was sie mir schon am Telefon gesagt hat, dass, wenn ich mit ihrem Vorschlag nicht einverstanden bin, sie das vollkommen versteht. Sie selbst weiß nicht, ob sie an meiner Stelle darauf eingehen würde. Das Letzte, was sie will, ist, mir zu schaden; aber als Mutter eines schwer kranken Kindes muss sie Hilfe suchen, wie und wo immer es geht.

Dann zieht sie aus ihrer Handtasche einen Prospekt in englischer Sprache hervor. Sie hat ihn von einem Onkologen aus dem Krankenhaus Puerta de Hierro Majadahonda bekommen, einem Doktor Soundso. Ich habe den Namen nicht behalten. Es geht in dem Prospekt um eine neue, sogenannte Protonentherapie, die bei nicht oder nur schwer zu operierenden Tumoren angewandt wird. Anscheinend ist diese Methode weltweit schon in zweihunderttausend Fällen erfolgreich angewendet worden. Zum Beweis deutet María Elena auf die Stelle im Text, in der das behauptet wird. Ich höre ihr zwar aufmerksam zu; weiß aber ehrlich gesagt nicht, was sie mir mit all diesen Erklärungen sagen will. Jedes Wort meiner Schwägerin schlägt wie ein Hagelkorn in mein Gehirn: Protonentherapie, neue Art der Bestrahlung, hochenergetische Teilchenbeschleuniger, ultrapräzise Tumorbestrahlung, geringe Toxizität, fünfundzwanzigminütige Sitzungen mit Bestrahlungen von weniger als einer Minute. Ich bemühe mich, alle Daten zu behalten. Vor einer halben Stunde, bevor ich mit dem Schreiben angefangen habe, habe ich mich im Internet informiert und halbwegs verstanden, worum es geht. María Elena erzählt, dass die Universitätsklinik von Navarra an der Zufahrtsstraße zum Flughafen ein Protonentherapie-Zentrum baut; aber Julia kann nicht mehr warten. Der Onkologe hat ihnen geraten, sich so schnell wie möglich um medizinische Hilfe im Ausland zu bemühen, in einem Zentrum für Protonentherapie in der Stadt Essen, in Deutschland. Das scheint mir eine gute Idee zu sein, und ich sage es ihr. Trotzdem weiß ich immer noch nicht, was ich dabei für eine Rolle spielen soll.

«Und in welcher Form kann ich euch dabei helfen?»

Als hätte sie genau auf diese Frage gewartet, um die Schleusen ihres Kummers zu öffnen, schlägt meine Schwägerin die Hände vors Gesicht und bricht, *mater dolorosa*, in Tränen aus. Sie weint leise mit einem leicht schleimigen Geräusch, übertreibt es aber nicht. Ich schaue ihr gerührt zu. Sollte ich tatsächlich so ein gutes Herz haben, wie sie es mir am Telefon angedichtet hat? Ich gebe ihr einen liebevoll solidarischen Klaps auf die Schulter, und María Elena fragt schluchzend, ob ich ein Kleenex habe. Ich suche und finde keines, am Ende habe ich ihr die Küchenrolle gereicht.

Nachdem sie sich wieder gefangen hat, erklärt sie mir den Gefallen, um den sie mich bitten will. Er besteht darin, dass ich ihnen meinen Teil des mütterlichen Erbes überlasse. Einen Betrag, sagt sie, der noch nicht ausgezahlt worden ist und ihrer Meinung nach deswegen kein so großes Gefühl von Verlust aufkommen lassen wird. Nun werde ich allmählich nervös, halte es sogar für nicht unwahrscheinlich, dass ihr Weinen vorhin nur eine theatralische Aufführung war. Ich richte einen finsteren Blick auf sie, damit sie nicht auf die Idee kommt, mich für einen Idioten zu halten. Sie haben nachgerechnet, sagt sie, und sind zu dem Ergebnis gekommen, dass mit dem, was Mama hinterlässt, sowohl Julias Behandlung in Deutschland bezahlt werden kann als auch die Aufenthaltskosten für Tochter und Mutter dort. Sie fügt hinzu, die Idee stamme von ihr.

Es gibt auch noch einen auszuzahlenden Überschuss aus den Mitteln, mit denen die Kosten für Mamas Altenheim gedeckt werden. Und selbstverständlich, fuhr María Elena fort, als wollte sie ihre Aufrichtigkeit unter Beweis stellen, würden sie zuerst Raúls Anteil am Erbe ausgeben und erst, wenn das nicht reiche, auf meinen Anteil zurückgreifen. Das hieß, mit etwas Glück bräuchten sie mein Erbteil gar nicht anzurühren und würden es mir zurückzahlen. Aber das ist alles noch ungewiss, da man nicht weiß, wie lange Mutter und Tochter in Deutschland bleiben müssen. Wenn sie jedoch einen zusätzlichen Geldbetrag zur Verfügung hätten, würden sie die Reise riskieren. Einen Bankkredit würden sie nur ungern aufnehmen, da sie ihre Arbeitsstelle aufgegeben hat und Raúl in der Zweigstelle in Saragossa weniger verdient als zuvor. Sie werden es aber in Betracht ziehen, wenn alle anderen Mittel versagen. Ich erlaube mir, sie zu unterbrechen, als sie wieder mit ihrer Leier anfängt, ich solle mich nicht verpflichtet fühlen.

«Das sagst du jetzt schon zum dritten Mal.»

Sie schaut mich abwartend an. Wir sprechen von einem Betrag um die dreißigtausend Euro. Kein Scherz. Ich antworte, dass mich das ziemlich unvorbereitet trifft. Ich weiß schon, dass sie dringend eine Lösung brauchen; aber ich benötige noch etwas Zeit, um darüber nachzudenken. Sie sagt sofort, dass sie das versteht.

«Was verstehst du?»

«Du hast einen Sohn und hohe Kosten, nehme ich an. Irgendwann, wenn es uns möglich ist, zahlen wir dir das Geld zurück.»

Am liebsten würde ich ihr ins Gesicht sagen, dass mein Zögern nichts mit Nikita und den Rechnungen zu tun hat, die ich wie jeder andere Mensch bekomme, sondern mit meinem Verdacht, dass sie und mein Bruder mich aufs Kreuz legen wollen.

Dann kommt mir eine Idee.

«Ich muss mit dem Hund raus», sage ich ihr. «Kannst du mich in einer Stunde anrufen? Dann bin ich wieder zurück und gebe dir meine Antwort.»

Als ich mit *Pepa* durch die Straßen gehe, überlege ich, was ich von jetzt bis zum 31. Juli mit knapp dreißigtausend Euro anfangen könnte. An Ideen mangelt es mir nicht: Australien kennenlernen, bevor ich sterbe; mein kleines Vermögen in den Casinos von Las Vegas verheizen; den ersten Bettler, dem ich begegne, mit einer Monsterspende plätten; mich auf einer Südseeinsel niederlassen und das Zyanid bei Sonnenuntergang unter einer Palme schlucken ... Wenn ich Nikita die ganze Summe und dazu meine Ersparnisse überlasse, wird er sie auf schnellstem Weg für Dinge ausgeben, an die ich gar nicht denken mag, oder er zahlt sie in die Gemeinschaftskasse ein, mit der er und seine Freunde eine Bar eröffnen wollen, und ich könnte mir gut vorstellen, dass die sich erst mal tausend Drogen kaufen und sich auf Kosten des Einfaltspinsels den Urlaub ihres Lebens gönnen.

Kaum bin ich wieder zu Hause, klingelt das Telefon.

«Ihr könnt meinen Teil des Erbes nehmen. Ich wünsche Julia viel Glück.»

Und bevor María Elena mir danken kann, lege ich auf.

5

Der Instinkt, den man sein Leben lang durch Reflexion und Lektüre zu domestizieren sucht, hat mir heute Nachmittag einen bösen Streich gespielt. Zum Glück hat Humpel nach den ersten Schrecksekunden gleich den wahren Grund meines Irrtums erkannt. Nie hätte er von mir, sagt er, den er für einen bedachtsamen und vorsichtigen Mann hält, eine solche hysterische Reaktion erwartet. Dabei hatte ich mich nur erschreckt. Im Gesicht meines Freundes las ich Enttäuschung. Aus gutem Grund. Ich habe ihm eine Tasse zerbrochen, seine Kleidung versaut, und von der Küche schweigen wir lieber.

Mein Freund sprach von dem möglichen Lymphom, das man in der Hautklinik bei ihm festgestellt hatte. Im Prinzip handelt es sich um einen Laborbericht auf Grundlage einer kleinen Gewebeprobe; doch er ist davon überzeugt, dass weitere Proben nur bestätigen werden, was er – ich weiß nicht, ob im Scherz oder im Ernst – die Todesstrafe nennt.

Da sehe ich, dass er ein weißes Pulver in seinen Kaffee schüttet, den er sich in seiner automatischen Espressomaschine gemacht hat, auf die er kindisch stolz ist. Gestern der Besuch meiner Schwägerin mit Enthüllungen über den Gesundheitszustand meiner Nichte; heute Humpels Anruf, der mich zu sich bittet, um mich über die hohe Wahrscheinlichkeit zu informieren, dass er Krebs hat: zu viele heftige Eindrücke, die mir das Gefühl geben, mich im Zentrum eines Hurrikans zu befinden. Tragödien, wohin ich schaue; und ich bin die Ruhe selbst und in bester körperlicher Verfassung. Schwer gesund sozusagen. Ich habe keine Schmerzen, habe guten Appetit, schlafe halbwegs normal, aber schlafe, und das ohne Albträume, und habe dank Tina ein befriedigendes Sexualleben. Mein Wohlergehen, das ich unfreiwillig anderen Menschen vorführe, die gerade eine schlimme Zeit durchmachen, beschämt mich und ruft Schuldgefühle hervor. Manchmal denke ich, ich sollte aus Solidarität wenigstens eine Erkältung haben.

In Humpels Küche dringt ein Schwall unheilvoller Gedanken auf mich ein. Es gibt keinen Gesichtsausdruck, keine Geste, kein Wort von ihm, die mir nicht auf blanke Verzweiflung deuten. «Ich bin zugleich tot und lebendig, so wie Schrödingers Katze.» Das ist seine Art von schwarzem Humor, den ich überhaupt nicht lustig finde. Er schlägt einen düsteren Ton an, als er mir mitteilt, dass er auf keinen Fall leiden will. Er will nicht eine Sekunde Schmerz erdulden. Dann sehe ich, wie er verdächtig schnell das weiße Pulver in seinen Kaffee schüttet. Mir bleibt schier das Herz stehen. So ein Schweinehund! Die Polizei wird mich in die Mangel nehmen. Ich brauche nur den Bruchteil einer Sekunde von der Verblüffung zum Zorn, und ohne an die Folgen zu denken, schlage ich Humpel die Tasse aus der Hand, als er sie gerade an die Lippen setzt. Die heiße schwarze Flüssigkeit ergießt sich über sein Hemd, meinen Arm, den Tisch, die Wand, vor allem über die Wand ... Die Tasse fliegt durch die Luft, prallt gegen die Tapete und schlägt klirrend auf die Küchenfliesen. Vor Entsetzen fängt *Pepa* so laut an zu bellen, dass es in der ganzen Nachbarschaft zu hören sein muss. Humpel steht da und starrt auf das Chaos, starrt auf mich, ungläubig, bestürzt. Auch ich bin fassungslos, bis ich das Tütchen erkenne, das auf dem Tisch liegt.

«Wie kann ich denn wissen, dass du Zucker aus der Bar mit nach Hause nimmst?»

Unglaublich. Und das bei seinem Gehalt ...

6

In meinem Moleskine-Heft lese ich: «Eigentlich kann ich nicht behaupten, dass ich einen Körper besitze, doch ist das geheimnisvolle Band, das mich an meinen Körper bindet, die Grundlage aller meiner Möglichkeiten. Je mehr ich mein Körper bin, desto größer ist der mir zur Verfügung stehende Grad an Wirklichkeit. Dinge existieren nur, wenn sie mit meinem Körper in Kontakt treten und von ihm wahrgenommen werden», Gabriel Marcel (1953). Und danach von mir in Großbuchstaben hinzugefügt, die Tinte schon etwas verblichen, das Wort: LÜGE.

Ich bin überzeugt, dass das intellektuelle Tun der meisten Menschen die Vergänglichkeit ihres Wesens einfach ignoriert. Nichts anderes tue ich jeden Tag in meinem Unterricht. Zwecks Beschönigung und um die wohltuende Gewohnheit einer monatlichen Gehaltszahlung beizubehalten, verheimliche ich den Schülern, was ich wirklich denke: dass wir nur durch Zufall auf die Welt kommen; dass wir nur aufgrund einer Reihe chemisch-physikalischer Gesetze leben und früher oder später sterben, wir alle, du und du und du, und dies weder von Religion, Philosophie, politischer Überzeugung noch von Theater, Kunst oder Lust verhindert werden kann. Es gibt keine tieferen

Geheimnisse, Kinder, nur Unwissenheit und Angst. Ihr habt keinen Körper, ihr seid ein Körper; der Körper, der euch gegeben worden ist, das ist alles. Lacht, lacht, solange euer Körper jung ist und ihr denkt, dass seine Zukunft endlos ist. Ich müsste jedes Mal vor Scham erröten, wenn ich im Klassenzimmer von Metaphysik, Seele, Transzendenz, ontologischem Mysterium, höherem Wesen und all diesem Schwindel rede. Ich habe eine vierundzwanzigjährige Nichte mit einem Hirntumor (mittlerweile vielleicht schon mehr als einem, das weiß ich nicht genau), und ich habe einen Freund, der bei den Attentaten vom 11. März einen Fuß verloren hat und dem jemand, der durch ein Mikroskop geschaut hat, eine hohe Wahrscheinlichkeit von Lymphdrüsenkrebs attestiert. Die Mutter meiner Nichte betet ohne Unterlass, aber sie ist nicht blöd und vertraut ihre Tochter daher der modernen Medizin und Technik an. Mein Freund betet nicht. Er fragt sich: «Warum musste mir das passieren?», als wollte er eine rationale Verbindung herstellen zwischen dem, was er ist, und dem, was er hat; als gäbe es einen Verantwortlichen, bei dem er Beschwerde einlegen kann. Liebe Schüler: Ich freue mich, euch hier und heute mitteilen zu dürfen, dass das Jenseits nicht existiert, wir aber so tun müssen, als ob es das täte und jeder von uns sich dort einmal häuslich niederlassen könnte. Ich würde meinen Arbeitsplatz verlieren, wenn ich etwas anderes behauptete. Das Paradies? Das müsst ihr euch schon selber malen. Der Gedanke eines von der körperlichen Hülle losgelösten Ich ist etwas für die Literatur. Haltet mal eine Minute lang den Kopf unter Wasser, oder zwei, solange ihr es aushaltet, dann ahnt ihr, welche Farbe eure Hoffnungen, Pläne, Utopien annehmen werden. Du da, Junge, wach auf und hör mir zu; und du da, Mädchen, das du dir hinter dem Rücken deiner Eltern die Lippen schminkst, genauso. Wenn du irgendwann abtrittst – gleich, beim achtlosen Überqueren der Straße oder nächsten Monat oder in siebzig Jahren –, wird alles zu Ende sein für dich, unabhängig davon, dass jemand, der dich gekannt hat, dich bei einem Gespräch erwähnt oder dein verblichenes Foto betrachtet. Es gibt keine unsterbliche Seele. Es gibt keinen Himmel und keine Hölle. Es gibt weder Gott noch Gottes Wort. Es gibt nichts von Menschen Erlebtes oder Benanntes, das nicht von Menschen ersonnen worden ist. Alles ist Kultur und neuronale Chemie, und alles ist endlich: Länder, Sprachen, Lehrmeinungen, die Menschen selbst und alles Menschenwerk. So, wie ich hier vor euch stehe, bin ich, was Máximo Manso, die Figur von Galdós, von sich selbst behauptet, wenn er sich als «traurigen Denker von anderen zuvor gedachter Dinge» bezeichnet. Tag für Tag wiederkäue ich vor gelangweilten Schülern fremde Theorien. Auf dem Silbertablett serviere ich ihnen meine ausgekotzten Lügen, die nicht einmal meine sind, und sie schlucken sie ganz ungerührt. Der Mensch ist von Natur aus ein Schwindler.

7

Gegen sieben Uhr abends bin ich mit *Pepa* in Richtung Castellana aufgebrochen, da es nicht regnete und wir Zeit für einen Spaziergang hatten, denn nach dem Vorfall mit dem Zucker war es mir lieber, mich heute nicht mit meinem Freund zu treffen.

An diesen milden Tagen sinkt die Temperatur abrupt, sobald es dunkel wird. Ich weiß nicht, wie viel Grad wir haben. Wohl kaum mehr als ein oder zwei über null. *Pepa* und ich gingen nebeneinander her und stießen Atemwolken aus. Im Gegensatz zu Regen oder Wind hindert mich die Kälte jedoch nicht an langen Spaziergängen. Gegen Kälte können wir uns schützen; *Pepa* mit ihrem Fell und ich mit einem Wintermantel. Es gibt

Leute, die ziehen ihren Hunden warme Westen an. Ich glaube, dass *Pepa*, obwohl von Natur aus gutmütig, mir in die Hand beißen würde, wenn ich sie mit dem Kleiden in Menschensachen zu beleidigen versuchte. Ich habe mir eine Strecke ausgesucht, die ich in letzter Zeit selten gegangen bin. Es steht einem ja bis zum Hals, jeden Tag dieselben Wege zu gehen, dieselben Gesichter zu sehen und an denselben Haustüren, Läden und Fassaden vorbeizulaufen. Außerdem gehe ich mit *Pepa* lieber auf breiten Bürgersteigen. Sowohl die Francisco Silvela als auch die María de Molina sind von Bäumen gesäumt, jeder mit seinem Flecken Erde am Boden. Diese kleinen Erdquadrate scheinen dafür gedacht zu sein, dass Hunde ihre Hinterlassenschaft dort zurücklassen können, die ich – wie andere Hundebesitzer es machen, weiß ich nicht – mit einem Plastiktütchen aufsammle, denn irgendwie habe ich das Gefühl, auf Schritt und Tritt beobachtet zu werden. Gemächlich zwar, doch stetigen Schritts erreichen *Pepa* und ich die Plaza Gregorio Marañón, die sich vor allem durch die Automassen auszeichnet, die dort regelmäßig für einen Verkehrskollaps sorgen. Unsere Idee war, nach links abzubiegen, langsam zur Plaza de Cibeles hinunterzugehen und von dort über die Alcalá den Heimweg anzutreten. Es ist viel Verkehr in der Gegend und viel Lärm, und die Luft riecht nach den Abgasen, die von morgens bis abends aus den Auspuffrohren gepustet werden. *Pepa* und mich umgibt ein typischer Großstadtabend unserer heutigen Zeit. Es gab mal eine Zeit, da hat mir die Luftverschmutzung Sorgen bereitet, doch das ist jetzt vorbei. Die vorhergesagte Klimakatastrophe wird mich erst treffen, wenn ich gemütlich in meinem Grab liege. Am Rande der Plaza gewahre ich neben der Statue des Marqués del Duero zu Pferd ein Gewimmel von blinkenden Lichtern, Krankenwagen und Polizisten in Warnwesten. Immer weitere Autos kommen hinzu, der Stau wird größer, und das Hupkonzert nimmt orchestrale Ausmaße an. Ein Polizist regelt den Verkehr mit schrillender Trillerpfeife, ein Stück weiter winkt ein anderer mit einem Leuchtstab. In dem Menschenauflauf kann ich den Körper des Unfallopfers nicht sehen, nur sein auf der Straße liegendes Motorrad. Ich hätte mit anderen Neugierigen noch ein wenig zugeschaut, wenn man den Motorradfahrer sehen könnte; doch den hält man unter einer Art gelbem Campingzelt verborgen. Und nur, um nichts Ungewöhnliches zu sehen und mir von links und rechts die dummen Bemerkungen anderer Gaffer anzuhören, da gehe ich lieber meiner Wege. Nach wenigen Schritten merke ich, dass *Pepa* mir nicht so recht folgen will. Ich muss immer wieder an der Leine ziehen. Was ist los? Ich drehe mich um, sehe aber nichts Ungewöhnliches. *Pepa* schaut mich erwartungsvoll an. Ist sie müde? Tut ihr was weh? «Mach mir nicht schlapp, meine Liebe. Wir haben noch ein gutes Stück Weg vor uns.» Wir gehen weiter, etwas langsamer nun, doch sogleich merke ich denselben Widerstand an der Leine. Ich bin entschlossen, mich durchzusetzen, und zerre stärker an der Leine, lege einen Schritt zu; doch jetzt bremst *Pepa* mit offener Bockigkeit. Also drehe ich mich noch einmal um und stelle fest, dass auch *Pepa* jetzt nach hinten schaut und freudig mit dem Schwanz wedelt. Ich sehe auf dem Weg nichts, was ihre Aufmerksamkeit verdiente, und schon gar nichts, was solche Aufregung bewirken könnte. Ob ihr der Verkehrsunfall mit den blinkenden Lichtern und dem trillerpfeifenden Polizisten so gefallen hat, dass sie zum Platz zurückgehen will? Doch dann kommt mir ein Verdacht. Da ich nicht über den Gehör- und Geruchssinn eines Hundes verfüge, muss ich mich eines menschlichen Tricks bedienen, wenn ich sichergehen will. Anstatt der geplanten Strecke die Castellana hinunter biege ich an der ersten Straßenecke links ab und komme an die Gabelung von López de Hoyos und einer schmalen Straße mit Bäumen, die um diese Jahreszeit ohne Blätter sind. Es ist keine Zeit zu verlieren. Wo die beiden Straßen sich treffen, gibt es ein Gartengrundstück mit niedrigen Palmen, die um eine hohe Palme herumstehen. Eine Art Wäldchen und ein treffliches Versteck. Ich krieche mit Pepa schnell hinein. Wir brauchten nicht einmal eine Minute zu warten, bis wir auf demselben Weg, den wir gekommen waren, meinen dicken schwarzen Namensvetter und das bewusste Frauchen, das ihn an der Leine führte, herankommen sehen. Im Schutz der Palmen halte ich Pepa sofort die Schnauze zu und ihr meinen Schal vor die Augen, bevor die dumme Töle in Versuchung geraten kann, mich zu verraten.

8

Heute Nachmittag war der Todgeweihte in Alfonsos Bar wieder guter Dinge. Ich traue ihm nicht. Er liebt das Leben. Er liebt es leidenschaftlich, sosehr er auch das Gegenteil nach außen zu kehren versucht. Mir kann er nichts vormachen. Der bringt sich nicht um, selbst wenn er dafür bezahlt würde. Er schimpft über den Taxifahrerstreik, der ihn gar nicht betrifft, weil er immer mit der U-Bahn oder dem eigenen Auto ins Büro fährt; er wettert gegen die Bürgermeisterin, die er 2015 selbst gewählt hat; und besonders heftig wütet er gegen die Sozialisten, die er ja überhaupt nicht ausstehen kann. Er beschuldigt sie, mit den Separatisten zu paktieren, mit der extremen Linken und jedem, der hilft, sie an der Regierung zu halten. Früher hat Humpel ihnen bei jeder Wahl seine Stimme gegeben. Wenn ich ihn ärgern will, erinnere ich ihn manchmal daran. Er entschuldigt sich damit, dass sie ihn eingeseift haben, damit er sich diesen Mühlstein namens Progressivismus um den Hals hängt. Und dann zündet er eine seiner typischen dialektischen Bomben:

«Viele Spanier fressen Scheiße, weil man ihnen gesagt hat, dass es progressivistische Scheiße ist.» Ich glaube, dass ein Mann, der sich auf eine solche Weise äußert, sicher davon ausgeht, dass sein Lebensende noch in weiter Ferne liegt. Ich betrete mit *Pepa* die Bar. Humpel, schlechtes Zeichen, grinst, als er uns hereinkommen sieht. Er fragt, wo ich die ganze Zeit gewesen bin, und noch bevor ich antworten kann, feixt er schon wieder und erlaubt sich einen Scherz auf meine Kosten, der mir übel aufstößt. «Nur zu deiner Information», sagt er spöttisch, «ich tu mir jetzt Zucker in den Kaffee. Halte also deine Affekte zurück.» Er rundet seinen Witz mit lautem Lachen ab, in das ich nicht einstimmen mag. So, wie ich seine Küche zugerichtet habe, fühle ich mich nicht berechtigt, ärgerlich auf ihn zu sein. Ich biete ihm an, eine neue Tapete zu bezahlen. Er sagt, ich könne ihn mal, und fordert mich dann auf, gern einmal bei ihm hereinzuschauen und den Fleck an der Wand zu signieren, damit man den für ein Kunstwerk hält. Eigentlich ist es ja gemein, anderen einen Glücksmoment zu zerstören; aber manchmal geht es nicht anders. Daher habe ich, meinen Zorn maskierend, eine mitleidige Miene aufgesetzt und ihn gefragt, wann denn die erste Chemotherapie bei ihm ansteht. Er schaut mich mit einem dünnen Lächeln an, als wollte er fragen, ob mein Hirn nicht mehr hergibt. Fürs Erste bleibt die Tür zu «solcherart Behandlung» noch geschlossen. Die Dermatologin aus Pozuelo, die er vor wenigen Tagen noch als ignorant bezeichnete und die für ihn jetzt eine kluge, verständige Frau ist, hat zum Ergebnis der Biopsie nämlich eine abweichende Meinung. Sie lehnt sie zwar nicht vollständig ab und will eine neue Analyse abwarten; ist aber der Meinung, dass die wesentlichen Aussagen des Berichts nicht zum Krankheitsbild des Patienten passen. Sie hat ihm gesagt, natürlich würden Ärzte am liebsten solche Tumore behandeln, die nach einigen Wochen von selbst verschwinden und obendrein keine Spuren hinterlassen, und hat ihm geraten, sich baldmöglichst einen Termin für eine Computertomografie geben zu lassen. Was ich an ihm bewundere, ist seine Großzügigkeit. Heute Nachmittag hat er mir zum Abschied zwei angstlösende Tabletten gegeben. Damit ich mich wieder entspanne, hat er gesagt. Ich habe sie vor einer Weile eingenommen und bin jetzt mit mir in Frieden. Mehr als Frieden noch fühle ich Müdigkeit, sanfte Stille in meinem Kopf und erschlaffte Muskeln. Und dies hier habe ich ganz lustlos geschrieben, allein aus der Gewohnheit heraus, täglich ein paar Zeilen persönlicher Chronik für niemand aufzuschreiben.

9

Amalia und ich hatten im Wohnzimmer einen Barschrank aus Nussbaum und poliertem Metall, ein ziemlich teures Designerstück, zu dem ich meinen finanziellen Beitrag geleistet habe, sosehr sie auch später, im Verlauf unseres Ehegezänks, das Gegenteil behauptete. Ist mir aber egal. Als ich ihn zum ersten Mal sah, habe ich für ihn geschwärmt, und das nicht ohne Grund, denn man ist ja schon seit einiger Zeit erwachsen und weiß, zu welch unerfreulichen Situationen ungebremste Ehrlichkeit führen kann. Außerdem war meine Schwiegermutter zugegen, die darüber wachte, dass ich eine vorteilhafte Meinung äußerte; die einzige, die Mutter und Tochter auch zugelassen hätten. Gemocht habe ich dies ungefüge Möbel mit Füßen nie, dessen Hauptzweck mir darin zu bestehen schien, vor Besuchern damit anzugeben, was wiederum nicht ganz einfach war, da uns nur selten Leute besuchten. Amalia und ihre Mutter hatten den Schrank bei einem Einkaufsbummel erstanden. Der Umstand, dass ich nicht dabei gewesen war, führte bei Amalia zu der

Überzeugung, dass das Stück allein ihr gehörte, was sie mich bei einer unserer Zankereien rasend vor Zorn wissen ließ. Sie war rettungslos hysterisch und übersah, dass mich der verdammte Barschrank genauso interessierte wie sie, nämlich gar nicht. Ebenso wenig interessierten mich die Gläser, Untersetzer und sonstigen Bargerätschaften, die sich in dem Möbel befanden; allein die Whiskykollektion und einige wertvolle Flaschen, die Freunde uns geschenkt oder wir auf einer unserer Reisen gekauft hatten, waren von Interesse. Ich bin sicher, dass Amalia mir nur aus dem Automatismus, mir zu widersprechen und mich zu kränken, den Schrank abtrotzen wollte. Eine Einigung kam erst zustande, als ich ihr den kompletten Weinvorrat überließ. Den Rest, mit Ausnahme der Flasche Anis del Mono, die für meinen Schwiegervater reserviert war, packte ich vorsichtig in Kartons und nahm ihn mit. Es mochten zehn Flaschen gewesen sein, von denen bis heute unbemerkt nur eine Flasche mit schottischem Whisky überdauert hat. Den Inhalt aller übrigen Flaschen habe ich mir – in Gesellschaft mit *Pepa*, die sich von meiner Mutlosigkeit hatte anstecken lassen – in einigen einsamen Nächten durch die Kehle rinnen lassen. Ich weiß nicht mehr, warum ich die Flasche Chivas Regal 25 unangetastet ließ. Ich nehme an, dass ich sie da hingestellt hatte, wo ich sie heute Nachmittag zufällig gefunden habe, unter dem Abwaschbecken, verborgen hinter einem alten Putzeimer voller Wischzeug, das ich seit Jahren nicht mehr benutzt habe. Ich glaube, dass ich mit meinem von Sorgen und Alkohol umnebelten Hirn dort Flasche um Flasche herausgeholt und den vom Eimer verdeckten teuren Whisky übersehen habe. Mein erster Impuls war, die zugestaubte Flasche abzuwischen und dann zu öffnen und mir einen Schluck auf Eis zu genehmigen, obwohl ich eigentlich eher Cognactrinker bin. Abgehalten hat mich davon eine Angstvorstellung. Der Whiskygeschmack und -geruch bringen mich mit bösen Erinnerungen um die Nachtruhe; im Geiste höre ich mit einem Mal ein Klopfen an der Tür, spähe durch das Schlüsselloch und sehe Papa sturzbetrunken darauf warten, dass ich ihm öffne. Solche Sachen. Im Gegenlicht schimmerte der Flascheninhalt in einer herrlichen Bernsteinfarbe. Ich muss gestehen, dass die Versuchung groß war; aber ich will und muss meinem Vorsatz folgen, vor dem 31. Juli den größten Teil meiner Habe, die mich ans Leben fesselt, loszuwerden. Mit dieser Idee sind *Pepa* und ich heute Abend auf die Gran Vía gegangen, und dort habe ich einen unter einem Baugerüst auf Pappkartons liegenden Obdachlosen gefragt, ob er die Flasche Whisky haben will, er hat Ja gesagt, und ich habe sie ihm geschenkt.

10

Weder Raulito noch ich verstanden, warum Mama uns so drängte, das Badezimmer zu verlassen. Genauso, wie sie immer darauf beharrte, dass wir uns drei Minuten lang die Zähne putzten, bevor wir zu Bett gingen; die obere Reihe von oben nach unten, die untere Reihe von unten nach oben, stets von den Zahnhälsen nach außen und nicht zur Seite, wie man das in einer Fernsehwerbung sah, denn damit würde nur der Zahnschmelz abgerieben. Sie nannte sich selbst als Beispiel und hatte mit ihren dreißig und noch etwas Jahren tatsächlich allen Grund, stolz auf ihr Gebiss zu sein. Mit zur Decke gerichtetem Gesicht, wie jemand, der zu den in ewiger Herrlichkeit wesenden Seelen aufschaut, dankte sie ihrer verstorbenen Mutter, sie von klein auf zur Zahnpflege angehalten zu haben.

Sie kam mit noch umgebundener Schürze und nassen Händen ins Bad gestürzt und schickte uns in aller Hast in unsere Zimmer. Fehlte bloß noch, dass sie uns vorwärts stieß. Mein auf Einhaltung der Vorschriften bedachter Bruder beschwerte sich unterwegs mit seiner kindlichen Piepsstimme, dass er noch nicht mit Zähneputzen fertig sei. Er hielt die Zahnbürste in seiner kleinen Faust und beschuldigte Mama, uns zum Bruch der Regeln zu zwingen. Sie nötigte uns, die Schlafanzüge anzuziehen, uns ins Bett zu legen und das Licht auszumachen, obwohl es noch gar nicht die gewohnte Zeit zum Zubettgehen war. Alles musste in großer Eile und ohne Murren geschehen. Und wir, wie gesagt, verstanden nichts, außer, dass wir keine Fragen stellen und keinen Lärm machen durften. Diese Szene wiederholte sich mit geringen Variationen das eine oder andere Mal während unserer Kindheit. Nach dem Abendessen schaute Mama oft aus dem Küchenfenster und beobachtete Papa, wenn er nach Hause kam. An seiner Art, zu gehen, konnte sie feststellen, ob er betrunken war oder nicht. Das hörte ich sie einmal sagen, als sie schon Witwe war. Papa trank zwar nicht jeden Tag; aber wenn er es tat, war es ratsam, dass Raulito und ich schon im Bett lagen und das Licht aus war, wenn er in die Wohnung kam. Ich weiß nicht, ob Mama uns beschützen oder Papa bestrafen wollte, indem sie ihn seine Kinder nicht sehen ließ. In einer solchen Nacht war Papa gerade nach Hause gekommen, da begann er schon im Flur herumzuschreien. Plötzlich riss er die Tür zu unserem Zimmer auf, weil er wohl sehen wollte, ob wir schliefen. Mama, hinter ihm, flüsterte: «Siehst du?» Raulito in seinem Bett und ich in meinem trauten uns nicht, auch nur Piep zu sagen. Nachdem er die Tür zugeschlagen hatte, hörten wir Papa knurrend davongehen. Im dunklen Zimmer hing nun ein Geruch von abgestandenem Kneipendunst und Tabakqualm, und damit ich ihn nicht riechen musste, steckte ich den Kopf unter die Bettdecke.

11

Für uns war es ein gewohnter Anblick, ihn ab und zu mit schiefem Maul nach Hause kommen zu sehen. Mama nannte das so: mit schiefem Maul. Der Ausdruck bezeichnete einen ganzen Fächer von Stadien der Trunkenheit, vom leicht Beschwipsten bis zum Vollrausch, bei dem er sich nicht mehr auf den Beinen halten konnte, sowie sämtliche Zwischenstadien alkoholischer Umnachtung. «Ich trinke, um euch ertragen zu können», sagte er einmal unter der Küchentür, als wir beim Abendessen saßen. Raúl und ich waren da schon dem Kindesalter entwachsen, und Mama musste uns nicht mehr vor dem Ungeheuer verstecken. Wann immer Papa abends nach Hause kam, sah er müde aus. Nicht selten war er übellaunig, weil er nur mit Schwierigkeiten den Schlüssel ins Schloss bekommen hatte. Wenn wir ihn hereinkommen hörten, rührte sich keiner von uns mehr vom Fleck. Es kam uns gar nicht in den Sinn, ihm entgegenzulaufen und ihn in die Arme zu schließen. Ich hielt mich wegen seines Geruchs zurück; aber auch, weil die Möglichkeit bestand, dass er wieder einmal übellaunig war und seinen Frust am ersten Familienmitglied auslassen würde, das ihm über den Weg lief. Er ließ sich nicht mögen und konnte zugleich zornig werden, weil wir ihn nicht mochten oder nicht zu genau der Stunde, Minute oder Sekunde mochten, in der er gemocht werden wollte. Als Junge, als meine Augen mit seinen auf gleicher Höhe waren, hätte ich gern den Mut besessen, zu ihm zu gehen und ihm zu sagen: «Ich muss dich jetzt in den Arm nehmen, und ich werde dich in den Arm nehmen, auch wenn du mir hinterher eine scheuerst.» Mit einer Gleichgültigkeit, die ihn geschmerzt haben muss, sahen wir ihn mit trübem Blick und schweren Augenlidern, mehr als einmal auch mit nasser Hose, ins Haus kommen. Wie immer er aussah, was immer er sagte, wir taten, als wäre er gar nicht da, wenn er mit sabbernder Sentimentalität oder voller Hass auf die Familie und Verachtung für sie im Türrahmen lehnte. Er muss sich in unserer Gegenwart sehr einsam gefühlt haben. Ich sehe ihn noch vor mir, wie er, gerade nach Hause gekommen, den Kopf in die Küche steckt und Raulito und mich zum Beispiel fragt: «Wo ist eure Mutter?» «Im Bett. Sie hat Kopfschmerzen.» Er schlurfte dann durch den Flur davon, schimpfte unglücklich und knurrend gegen die Wände, und manchmal löste sich aus seinem Gebrummel ein verständlicher Satz: «Die Frau hat ihren Kopf nur, damit er ihr wehtun kann.» Er hatte eine merkwürdige Beziehung zum Alkohol. Merkwürdig? Sagen wir, dass sie sich meinem Verständnis entzog, da es sich um die unbeständige Beziehung eines Mannes handelte, der mit seiner Sucht umgehen konnte. Es gab Zeiten, da kam er früh nach Hause, war schweigsam, nüchtern und sogar guter Dinge, hatte Bücher und Stöße von fotokopierten Blättern dabei. Nachdem er Stille befohlen und uns Musik, laute Unterhaltung und jede Art von Lärm verboten hatte, ging er in sein Zimmer, um dort die Arbeit zu Ende zu bringen, mit der er tagsüber in der Fakultät nicht fertig geworden war. Ich erinnere mich aber auch, dass er ein paar Mal für ein oder zwei oder drei Nächte gar nicht nach Hause kam. Wenn er dann kam, erklärte er nicht, wo er gewesen war, oder gab an, so viel Arbeit zu haben, dass er im Büro übernachten musste. In ihrer Unterwürfigkeit, die ich heute für unecht halte, klagte Mama darüber, dass er ihr nicht Bescheid gesagt hatte. Dann hätte sie Raulito oder mich geschickt, um ihm ein Abendessen, ein Kissen oder eine Decke zu bringen. «Ich hatte ja nicht vor, zu bleiben. Ich schreibe und lese bis zum Umfallen, und ehe ich mich's versehe, ist es drei Uhr früh.» Ich frage mich, ob er in solchen Nächten seine *Gesänge für Bibi* komponiert hat, nachdem er mit dieser sogenannten Person vermutlich intim gewesen ist. Ein Bekannter hat ihm eine Schwarz-Weiß-Fotografie, ich weiß nicht, geschenkt oder geliehen, auf der er als schwächliches Nachkriegskind mit ein paar Freunden zu sehen ist. Papa schätzte, dass er auf dem Bild etwa in meinem damaligen Alter gewesen sein muss, fünfzehn. Trotz meines offensichtlichen Desinteresses erzählte er mir noch ein paar Dinge über den Ort, an dem das Foto aufgenommen worden war, und die fröhlichen Jungen, die darauf zu sehen waren. Papa glaubte, er und ich wären uns wie aus dem Gesicht geschnitten. Das löste eine zärtliche Begeisterung in ihm aus, die ich nicht teilen konnte und mochte. Ich warf einen unbeteiligten Blick auf das Foto. Ich musste es mir ansehen, da er es mir direkt vor die Nase hielt. Ich nahm an, er wollte meine Meinung dazu hören. Es war einigermaßen grausam von mir, ihn zu fragen: «Wer von denen bist du?» Und ja, der Junge, der er gewesen war und der ich jetzt war, hatten eine gewisse Ähnlichkeit, vor allem in Bezug auf Haar und Kinn. Ich war aber kräftiger als er damals, und ich bin sicher, dass ich ihn bei einem Kampf hätte zu Boden werfen können. Es machte ihn zweifellos stolz, dass er mir als Junge ähnlich gesehen hatte. Ich glaube, dass er mich in dem Moment als etwas Eigenes oder Nahes empfand, ich weiß nicht, als Spiegel, in dem er sich gern betrachtete. Mit dem vorgeschobenen Foto hatte er mir eine Tür geöffnet, durch die ich hätte eintreten können, um ihm näherzukommen; aber ich bin nicht eingetreten. Das ist mir heute klar, nachdem die Zeit vergangen ist und ich selbst Vater bin. Damals sagte ich gedankenlos zu ihm, ich müsse jetzt los, meine Freunde warteten auf mich.

12

In vielen Nächten haben Raulito und ich, jeder in seinem Bett, uns bestens verstanden und unterhalten. Das konnte auch gar nicht anders sein, selbst wenn wir oft übel miteinander umgingen, denn bis zu Papas Tod teilten wir uns ein Zimmer und waren dadurch zu einem engen Zusammenleben gezwungen. Er erzählte mir seine Sachen, ich erzählte ihm meine, wobei ich meine donjuanesken Eroberungen gern ein bisschen übertrieb. Da er noch nie eine nackte Frau gesehen hatte und sich in amourösen und sexuellen Dingen überhaupt nicht auskannte, konnte ich ihn leicht beschwindeln, und ich liebte es, mich von ihm bewundern zu lassen. Im Dunkeln erzählte ich ihm hanebüchene Geschichten wie die, dass Frauen eine Vertiefung zwischen zwei Rückenwirbeln haben, nicht immer zwischen denselben, und wenn du die Stelle fändest und mit dem Finger darauf drücktest, wurden sie absolut willenlos. Sie wurden von Leidenschaft überwältigt, und du konntest mit ihnen machen, was du wolltest, und hinterher waren sie dir noch dankbar. Raulito glaubte alles, und ich würde mich nicht wundern, wenn María Elena sich manchmal gefragt hätte, warum ihr zukünftiger Ehemann in intimer Zweisamkeit so ausdauernd ihr Rückgrat befummelte. Bei einem solchen nächtlichen Schwatz, wir waren beide schon über die Pubertät hinaus, berichtete mein Bruder mir von einer Entdeckung, die er gemacht hatte. Zuerst glaubte ich ihm nicht, nannte ihn sogar einen Lügner und Intriganten und hielt ihm vor, unserer Mutter nachzuspionieren. Er jedoch beharrte darauf, einem Mama betreffenden Geheimnis auf die Spur gekommen zu sein, sodass ich schließlich neugierig wurde und einwilligte, aufzustehen und mit ihm in die Küche zu gehen, um mir dort den Beweis anzusehen. Es war schon nach Mitternacht, und in der Wohnung war alles still. Damit unsere Eltern nichts merkten, schlichen wir uns im Dunkeln in die Küche und machten dort erst Licht, nachdem wir die Küchentür geschlossen hatten. In einem Kabuff, das wir als Abstellkammer benutzten, zeigte mir Raulito in einer Waschschüssel zwei unter einem Lappen versteckte Flaschen Brandy Soberano, eine fast leer, die andere noch voll. Nur um Raulito Kontra zu geben, erinnerte ich ihn daran, dass Mama ab und zu mit Weißwein kochte. «Vielleicht gießt sie auch Brandy in die Soßen.» «Und warum versteckt sie dann die Flaschen?» «Damit Papa sie nicht findet.» Wir waren wie zwei Detektivanwärter, nur dass Raulito, wenn man seine fortgeschrittenen Ermittlungen in Betracht zog, mir ein ganzes Stück voraus war. Er sagte: «Dann werden wir wohl bald allein vom Essen betrunken. Heute Morgen war die Flasche noch voller. Und vor ein paar Tagen lagen da noch drei.» Dass mein Bruder so sprachfertig war, hatte mich wütend gemacht, und auch seine Ironie, die ich nicht gewohnt war. Vielleicht hatte ich deshalb das Gefühl, dem Dickerchen die Flügel stutzen zu müssen, bevor er gänzlich abhob. Als wir wieder im Bett lagen, drohte ich ihm, Mama am nächsten Morgen rundheraus zu fragen, ob sie Brandy trank, wenn wir es nicht sahen, und ihm die Tracht Prügel seines Lebens zu verpassen, falls sich herausstellen sollte, dass die ganze Geschichte erfunden war. Er antwortete, wenn er das erfährt, erzählt er mir gar nichts mehr, und früher oder später müsste ich mich trotzdem mit der Wahrheit abfinden. Und die Wahrheit war, dass Mama tatsächlich heimlich und regelmäßig zum Alkohol griff. Zu Hause trank sie meistens nachts, ohne dass jemand es merkte, und draußen und bei der Arbeit, könnte ich mir vorstellen, trank sie auch; aber nie so viel, dass sie torkelte. Wegen irgendeiner Besonderheit in ihrem Stoffwechsel schien der Alkoholgenuss sie nicht zu beeinträchtigen, oder, ich weiß nicht, vielleicht kannte sie auch einen Trick, sich nichts anmerken zu lassen. Was sie allerdings nicht ahnen konnte, war, dass ihr jüngster Sohn sie überwachte. Im Grunde war es mir egal, dass Mama gerne einen hob. Sie bestrafte sich selbst, weil sie davon Migräne bekam. Papa trank auch. Und ich mit meinen Freunden genauso. Mit sechzehn Jahren Alkohol zu trinken, schien mir ein unverzichtbares Mittel, um in die Welt der Erwachsenen einzutreten. Der Einzige in unserer Familie, der damals keinen Alkohol trank, war der Simpel Raulito. Zu der Zeit, als er mir Mamas Geheimnis verriet, verspottete ich ihn gerne damit, dass er noch eine ganze Weile bräuchte, bis ein Mann aus ihm würde, falls das überhaupt jemals der Fall sein sollte. Ich deutete sogar an (und das nicht zum ersten Mal), dass er gute Chancen hätte, schwul zu werden. Ich ritt so lange darauf herum, bis er zu weinen anfing.

13

Ein Gedanke ließ mich nicht schlafen: Der Arsch wollte mich doch wohl nicht mit Mama auseinanderbringen? Blöd ist er ja nicht. Einfältig gerne; aber ich weiß auch, dass er ganz schön boshaft sein kann. Ich lag im Dunkeln in meinem Bett und bekam das Bild der beiden Flaschen Soberano in der Waschschüssel nicht aus dem Kopf; stellte mir vor, dass Mama aus der Flasche trank wie eine Säuferin, die von der regelmäßigen Zufuhr von Alkohol abhängig ist. Allmählich stieg der Verdacht in mir auf, Raulito könnte mich mit Vorbedacht in die Abstellkammer gelockt haben. Wer sagte mir, dass er nicht selbst die Flaschen in die Waschschüssel gelegt hatte? Je mehr ich darüber nachdachte, desto wahrscheinlicher schien mir meine Vermutung zu werden. Ich sehe zwei Schnapsflaschen, eine fast leer, und komme ohne weitere Beweise zu dem Schluss, dass Mama Alkoholikerin ist. Die Folge ist, ich hasse sie, gehe ihr jedenfalls aus dem Weg, will nichts mehr mit ihr zu tun haben, und ohne die Folgen meines Verhaltens abzusehen, überlasse ich sie dem Dicken ganz für sich. Waren das die Spekulation und die Hoffnung meines Bruders? Um die Zweifel auszuräumen, dachte ich, das Beste sei, eigene Nachforschungen anzustellen. Als ich am nächsten Tag aus der Schule kam, lagen die Flaschen in der Abstellkammer noch genauso da, wie ich sie in der Nacht gesehen hatte, die eine ungeöffnet, die andere mit ihrem Schluck Brandy darin. In der Wohnung war sonst niemand. Papa und Mama waren bei der Arbeit, Raulito in der Schule. Also konnte ich in aller Ruhe umhergehen, in Ecken und Schubladen nachsehen, in, auf und unter die Schränke gucken, ohne einen einzigen Nachweis oder Beleg für Mamas angebliche Trunksucht zu finden. Wahrscheinlich kam es ihr seltsam vor, dass ich sie abends, nachdem ich den ganzen Nachmittag mit meinen Freunden unterwegs gewesen war, in die Arme nahm und ihr einen schallenden Kuss auf jede Wange drückte; ausgerechnet ich, dem sie immer einen kalten und abweisenden Charakter bescheinigte. Das hatte sie mir schon mehrmals vorgeworfen, und am meisten, um nicht zu sagen als Einziges, hatte mich daran immer geärgert, dass sie mir Raulito als Beispiel eines gefühlvollen Sohnes hinstellte. Ich kann nicht leugnen, dass es mir gefiel, wie sie meine zärtliche Geste einsaugte und darunter litt, nicht mehr davon zu bekommen. Genussvoll schloss ich daraus, dass Mama einen Unterschied machte zwischen meiner außergewöhnlichen und daher wie Gold so wertvollen Zärtlichkeit und der billigen, leicht zu erlangenden aus Blech, die sie von Raulito jederzeit bekam. Mein mutmaßlicher Anfall von Innigkeit war nur ein Vorwand, meine Nase in die Nähe ihres Atems zu bringen. Als das erreicht war, hatte ich nicht den leisesten Geruch von Brandy oder ähnlichen Getränken wahrgenommen. Nun war mir die Lust am Privatdetektivspielen vergangen, und ich verriet ihr, dass Raulito mir in der vergangenen Nacht die Schnapsflaschen in der Abstellkammer gezeigt hatte. Und ich sagte ihr auch, dass mein Bruder erzählte, sie würde heimlich trinken. Als ich an diesem Punkt der Geschichte angekommen war, gab es keinen Muskel in Mamas Gesicht, der nicht vor Zorn erstarrt war. Ich hatte den Eindruck, sie hätte zu blinzeln vergessen. Dann rief sie meinen Bruder, er solle sofort in die Küche kommen. Und als der aus seinem Zimmer zurückrief, er mache gerade Hausaufgaben, befahl Mama mit schneidender Stimme: «Du kommst auf der Stelle!» Raulito kam in die Küche und fragte, ob irgendwas Schlimmes passiert sei. Mama baute sich vor ihm auf. «Nimm deine Brille ab.» Sie befahl ihm das in merkwürdig ruhigem Ton, als wäre ihr Zorn mit einem Mal verraucht. Aber kaum hatte Raulito getan, was sie ihm befohlen hatte, patsch, da gab Mama ihm eine Ohrfeige, die ihm das Gesicht zur Seite drehte.

14

Ein Kommilitone an der Uni, der mit mir schon in derselben Schulklasse gewesen war, war mit einem Mädchen aus einem Semester über uns befreundet. Sie teilten sich eine Wohnung in der Calle Ponzano, und manchmal begleitete ich die beiden nach der Vorlesung bis zur Glorieta de Cuatro Caminos, wo ich mich von ihnen verabschiedete und mit der U-Bahn weiterfuhr. Das tat ich auch an einem Nachmittag im Spätherbst des Jahres 1980, zu Beginn meiner Universitätslaufbahn. Ich ging mit meinem Studienkollegen und dessen Freundin über die San Francisco de Sales, und als mein Blick zufällig auf den gegenüberliegenden Bürgersteig fiel, erkannte ich dort in einer Frau mit Mantel und Kopftuch Mama. Sie ging raschen Schritts in die uns entgegengesetzte Richtung, hielt den Kopf gesenkt und den Blick auf den Boden vor ihren Füßen gerichtet, als wollte sie sich vergewissern, wo sie hintrat. Einen Moment war ich mir nicht sicher, ob es wirklich Mama war, überrascht vor allem, sie so fern von zu Hause zu sehen, in einer Gegend, in der ich sie nie vermutet hätte. Ich war versucht, ihr zuzurufen oder wenigstens zu winken. Über die breite und zu dieser Zeit stark befahrene Straße hätte ich zum gegenüberliegenden Gehweg laut schreien müssen, um Mama auf mich aufmerksam zu machen. Ich stand schon im Begriff, es zu tun, wurde jedoch davon abgehalten, als ich einen dicklichen Jungen gewahrte, der ihr folgte und sich etwa achtzig oder hundert Meter hinter ihr an den Hauswänden entlangdrückte. Ich erkannte sogleich meinen Bruder, offenbar in selbst auferlegter detektivischer Mission unterwegs. Meine anfängliche Überraschung verwandelte sich augenblicklich in ungläubigen Zorn. Ich hielt es für überflüssig, meinem Freund und seinem Mädchen mitzuteilen, dass meine halbe Familie auf der anderen Straßenseite ging, meine Mutter vorneweg und raschen Schritts wer weiß wohin; mein Bruder sie beschattend wie ein Geheimagent. Ich ging weiter, als wäre nichts, und unterhielt mich mit den beiden, bis wir zur U-Bahn-Station Cuatro Caminos kamen. Als hinter uns die Sirene eines Krankenwagens losjaulte, wandte ich mich um. Ich sah nur noch meinen Bruder.

15

Das Abendessen zu Hause verlief wie üblich; jeder in seine Gedanken vertieft, Papa abwesend. Wir kauten und schluckten in einer Stille um uns herum, die nur unterbrochen wurde durch das Klappern von Löffeln auf Porzellan und kurzen Sätzen der Art: «Reichst du mir mal das Salz?», «Ist das Brot von heute oder von gestern?». Als Papa appetitlos, müde und mit schiefem Maul nach Hause kam, war Raulito in unserem Zimmer, las, paukte für die Schule oder onanierte vor einem Pornomagazin, dessen Versteck mir nicht unbekannt war, und Mama und ich saßen im Wohnzimmer auf dem Sofa und schauten uns einen Fernsehfilm an. Ich erinnere mich, dass Mama immer eine Steppdecke auf das Sofa legte, damit es keine Flecken bekam und nicht abnutzte. Papa machte eine Bemerkung über den Hauptdarsteller; da wir aber nicht reagierten, wandte er sich mit einem Knurren ab und ging schlafen. Nach dem Film blieb Mama bei ausgeschaltetem Fernseher noch im Wohnzimmer sitzen. Irgendwo anders als in der Abstellkammer hatte sie sicher eine Flasche versteckt. Ich sagte ihr Gute Nacht und ging in mein Zimmer. Als das Licht aus war, sagte ich zu meinem Bruder im Nebenbett, dass ich ihn gesehen hätte, wie er Mama auf der Straße gefolgt war. Er stritt es sofort ab. Ich nannte ihm unbestreitbare Einzelheiten. Er beharrte auf seiner Version.

«Du bist auf der Francisco de Sales hinter ihr hergegangen. Du glaubst gar nicht, wie knapp ich davorstand, rüberzugehen und dir eine zu knallen.» Nach der Sache vor einigen Monaten mit den Schnapsflaschen hatte das Dickerchen offenbar dazugelernt. Seine Entdeckungen und Geheimnisse mit mir zu teilen war jetzt das Letzte, was er wollte. Er sehe keinen Grund, mich über sein Privatleben auf dem Laufenden zu halten, fuhr er mich an. Ich drohte ihm, Mama zu erzählen, dass ich am Nachmittag gesehen hätte, wie er ihr folgte. Und natürlich bezweifelte ich, dass das zum ersten Mal passiert war. «Stell dir vor, Papa erfährt davon. Hast du dein Testament gemacht?» Jetzt hatte ich ihn eingeschüchtert. Mit piepsiger Stimme sagte er, Mama gehe jeden Donnerstagnachmittag ins Hotel Mindanao, jedenfalls während der letzten drei Wochen. «Und was tut sie da?» Einmal war Raulito bei dem Versuch, das Hotel zu betreten, von einem Portier in Uniform mit Mütze zurückgewiesen worden. Er hatte schließlich nicht mehr herausgefunden, als dass Mama jedes Mal eineinhalb bis zwei Stunden im Hotel blieb, und wenn sie herauskam, wartete ein Taxi auf sie, und der Portier hielt ihr die Tür auf. Auf dem Hinweg fuhr sie mit der U-Bahn, daher konnte er ihr folgen; auf dem Rückweg mit dem Taxi, da verlor er sie aus den Augen. Bisher hatte er niemanden in ihrer Begleitung gesehen. Seine erste Vermutung war, dass Mama im Hotel Büroarbeiten erledigte, da sie gut mit Zahlen umgehen konnte, und sich so ein Zubrot verdiente. «Sehr wahrscheinlich», bestätigte ich wenig überzeugt. Ich versprach meinem Bruder, ihn nicht zu verpetzen. Er wollte, dass ich schwöre. «Glaubst du mir nicht?» «Nein.» Ich schwor. Am nächsten Donnerstag war ich mit Mama allein in der Küche, als sie das Abendessen zubereitete, und wies sie auf einen Lippenstiftrest an ihrem Mundwinkel hin. Sie wischte ihn sich schnell mit dem Handrücken ab. Lippenstift war ihr von Papa ausdrücklich verboten worden. Sie schaute mir daraufhin lange ins Gesicht, als erforsche sie jede Einzelheit darin und als versuche sie, tief in meinen Augen etwas zu erkennen. Ich hielt ihrem Blick unerschütterlich stand. Sie sagte nichts. Ich sagte nichts.

16

Die Hautärztin aus Pozuelo hatte recht. Die Computertomografie hat es bestätigt. Es kann also ausgeschlossen werden, dass Humpel Krebs hat. Gut gelaunt sagte mein Freund, alle seine Organe seien gesund und da, wo sie hingehörten. Man sieht ihm an, dass er in letzter Zeit gut geschlafen hat. Er hat seinen täglich praktizierten Hedonismus wieder aufgenommen, interessiert sich für Tagespolitik, stänkert gegen die Regierung, deren Präsident, den er nicht ausstehen kann, gestern Neuwahlen angesetzt hat, wie Humpel das schon seit Wochen prophezeit. Man hat nur ein paar vernarbte Stellen an seinen Lungenwänden festgestellt, vermutliche Überbleibsel seiner Rauchervergangenheit. Er habe nicht einmal Gallensteine, prahlte er gestern.

«Und was ist mit den Geschwüren?» «Keine Ahnung, aber Lymphdrüsenkrebs ist es nicht.» Ich fragte ihn, ob er, wie ich mir vorstellen könnte, erleichtert sei. Erleichtert ist untertrieben: euphorisch. Und um die gute Nachricht zu feiern, hat er heute, Samstag, einen Tisch in Las Cuevas de Luis Candelas bestellt, wo wir uns die Bäuche mit gebratenem Spanferkel vollgeschlagen haben. Wir kennen das Restaurant von zwei oder drei über längere Zeit verteilten früheren Besuchen. Also waren uns die für Touristen überraschenden Räume mit dem offenen Mauerwerk und der volkstümlichen Malerei an den Wänden so wenig neu wie die nach Art von Straßenräubern des 19. Jahrhunderts gekleideten Kellner. Ich hätte ja ein mäßigeres Mittagessen bevorzugt; aber Humpel war heute so unerträglich fröhlich und stimmungsmäßig so außer Rand und Band, dass er mich mit seiner Freigebigkeit fast erschlagen hätte. Ich kann mir nicht helfen, aber sein überbordendes Temperament ist mir unangenehm. Das heißt, wenn er deprimiert ist, was häufig passiert, erwartet er von mir, dass ich ihn an die Hand nehme und wir uns zusammen ins dunkle Reich der Mutlosigkeit begeben; aber wenn er lustig wird, soll ich über jeden seiner Witze lachen. Jedenfalls, und da kann er sagen, was er will, schien mir der Wein zu teuer. Humpel war anderer Meinung und hat mich der Knauserei bezichtigt. Da wäre ich beinahe aufgestanden und hätte ihn allein weiterfeiern lassen. Nach der Hälfte des Spanferkels und dem zweiten Glas Rotwein konnte ich der Versuchung nicht widerstehen und stellte seine Absicht, sich das Leben zu nehmen, infrage. «Du lebst doch viel zu gerne», habe ich in deutlich vorwurfsvollem Ton zu ihm gesagt. Zynisch, spaßig und mit vollem Mund sprechend, ging er zuerst in Verteidigungsstellung. «Sei unbesorgt, die bringen uns beide am selben Tag auf den Friedhof. Bis dahin sind es aber noch einige Monate, und in der Zeit muss man essen. Findest du nicht?» Danach hat er, die Finger vor Fett triefend, unbekümmert über den Selbstmord schwadroniert und mir einen mit Zitaten von berühmten Autoren durchsetzten Vortrag gehalten. Cioran ist der Name, den Humpel heute am häufigsten in seinen hauptsächlich mit Schlingen und Schlucken beschäftigten Mund genommen hat. «Der Gedanke an den Selbstmord hilft zu leben.» So weit das. «Du hast nicht alle Tassen im Schrank», habe ich ihm geantwortet. Der Gedanke, dass er und nur er allein Stunde, Ort und Art seines Todes bestimmen kann, macht Humpel das Leben erträglich. Der Klugscheißer gesteht mir, dass er vor ein paar Tagen kurz davor war, seine Portion Zyanid zu schlucken. Nach dem Ergebnis der Tomografie verwarf er den Entschluss. Er hatte mir nichts davon erzählt, weil er mich nicht unter Druck setzen wollte. Wie zartfühlend! Ich weiß gar nicht, wie ich mir das Lachen verkneifen konnte. Jetzt, sagt er, hat er sich eine Frist gesetzt, in der er Lust und Laster voll ausleben will. Und in der deutlichen Absicht, mich zu provozieren, bezweifelt er jetzt meine Entscheidung, mein Leben am vorgesehenen Tag zu beenden. «Am 1. August 2019 werde ich tot sein.» Das muss ich wohl so nachdrücklich beteuert haben, dass Humpel die Lust zum Scherzen auf einmal vergangen ist. Zur Abrundung des Festmahls haben wir einen Kräuterschnaps bestellt. Ich habe mich bei ihm für die Einladung bedankt, woraufhin er entgegnete, ich sei zwar ein nerviger Typ, aber sonst ganz in Ordnung. Nachdem Humpel seinen Schnaps hinuntergekippt hat: «Du glaubst nicht, wen ich letztens bei mir auf der Straße mit einem schwarzen Hund spazieren gehen sah.» Ich stelle mich dumm. Er wartet zwei oder drei Sekunden, wie um die Spannung zu erhöhen; und als er den unvermeidlichen Namen ausspricht, gebe ich mich unbeeindruckt. «Ich habe mich zurückgehalten», sagte er, «und ihr nicht erzählt, dass du auch in der Gegend wohnst.» Sie hätte kränklich ausgesehen, fügt er hinzu. Er ist der Meinung, sie könnte mehr für ihr Aussehen tun. «Du errätst nie, wie ihr Hund heißt.» Ich sage ihm, dass ich es nicht weiß und es mich auch nicht interessiert. Die Versuchung, es mir zu verraten, ist zu groß. Er verrät es mir und sagt: «Águeda hat mir gestanden, dass sie allen ihren Hunden diesen Namen gegeben hat. Wenn du mich fragst, hat sie dich nicht eine Sekunde in ihrem Leben vergessen können.»

17

Ich habe nie erfahren, und ich vermute, trotz leidenschaftlichen Spionierens auch Raulito nicht, was Mama an manchen, an vielen, vielleicht an allen Donnerstagen im Hotel Mindanao gemacht hat. Aushilfsarbeit im Büro jedenfalls nicht. Ich habe sie nie gefragt, weder damals noch in späteren Jahren, als die Witwenschaft es ihr erlaubt hätte, sich ohne Vorbehalte auszusprechen; und auch nicht, als ihre Alzheimerkrankheit begann, sie nicht mehr Herrin ihrer Worte war und ich ihr leicht die Zunge hätte lösen können. Ich glaube nicht, dass ihr Privatleben ein Geheimnis enthielt, das den ebenso hartnäckigen wie kindischen Nachforschungen meines Bruders würdig gewesen wäre. Ich glaube eher, dass Mama heimlich nur ein wenig Zerstreuung suchte, um sich über den Kummer eines unglücklichen Ehelebens hinwegzutrösten. Ein bisschen Gesellschaft und Aufmerksamkeit, ein bisschen Sex, hier und da ein kleines Geschenk ... Nichts Weltbewegendes. Wozu lebt man in einer dicht bevölkerten Stadt, wenn nicht, um sich hin und wieder an andere Körper zu schmiegen und sich der Illusion hinzugeben, so die Einsamkeit besiegen zu können? Ich stellte ihr das Mädchen vor, an das ich mich seit einigen Wochen schmiegte. Ich brachte sie mit nach Hause, damit sie sie kennenlernte. Bei der Vorstellung konnte weder Mama ahnen, dass sie ihre künftige Schwiegertochter begrüßte, noch Amalia, dass sie der Frau die Hand gab, die bald ihre Schwiegermutter sein würde. Sie lächelten sich an und tauschten Höflichkeitsfloskeln aus, taten, als würden sie sich auf Anhieb gut verstehen, ließen sich dabei aber keine Sekunde aus den Augen. Amalia schenkte Mama eine Schachtel Gebäck – Yemas de Santa Teresa – und einen Blumenstrauß; Mama hatte den Kaffeetisch mit der Tischdecke und dem Geschirr für besondere Gelegenheiten gedeckt, und ich, ein kompletter Ignorant in Sachen Aufmerksamkeiten und Etikette, beobachtete die beiden Frauen bewundernd, ohne zu merken, dass schon wenige Sekunden nach dem gegenseitigen Kennenlernen unter Lächeln, höflichen Gesten und freundlichen Worten ihr persönlicher Kleinkrieg begonnen hatte.

Als Amalia kurz im Bad verschwand, fragte Mama mich flüsternd nach Águeda. Ich antwortete mit den Lippen an ihrem Ohr: «Wir haben uns getrennt.» Sie konnte einen leichten, kaum wahrnehmbaren Ausdruck der Enttäuschung nicht verbergen. Ein paar Monate später verkündete ich ihr, dass ich heiraten würde. Einfach so. Ich kam nach Hause und sagte: «Mama, ich heirate.» Sie fragte mich, ob ich Amalia heiraten würde. «Wen sonst?» Da hoben sich ihre Augenbrauen so hoch, wie die Gesichtsmuskeln es eben zulassen. Begeisterung drückt sich jedenfalls anders aus. Dabei hatte sie meinem Mädchen oft genug geschmeichelt: wie gut sie sich kleidet, was für einen guten Geschmack sie hat, so ein angenehmes Wesen. Nie vergesse ich das Gespräch, das ich Tage vor der Hochzeit mit ihr führte. «Ich nehme an», sagte sie, «dass es schon zu spät ist, um dich vom größten Irrtum deines Lebens abzubringen.» Ihre weibliche Intuition prophezeite mir ein schwieriges Eheleben. Sie war der Meinung, Amalia sei nicht die richtige Frau für mich und ich nicht der richtige Mann für sie. Sie leugnete nicht, dass die von mir zur Frau Erwählte schön und intelligent war, Stil und viele andere Tugenden hatte, alle, die meine verblendeten Augen an ihr sehen wollten. «Blöd nur, dass sie auch Ehrgeiz und Charakter hat.» Das vorige Mädchen – damit meinte sie Águeda – hätte sie für die bessere Partie gehalten. «Sie war zwar nicht hübsch, aber herzensgut.» Mehr sagte sie nicht; nur, dass sie sich «in diesen Dingen» auskenne. Warum hatte sie dann Papa geheiratet? Das seien andere Zeiten gewesen, rechtfertigte sie sich. Ich erinnere mich nicht an ihre genauen Worte. Harte Zeiten, schlimme Zeiten, in denen spanischen Frauen ihre persönliche Entwicklung enorm schwer gemacht wurde. Ab einem bestimmten Augenblick, als sie schon zwei Kinder hatte, habe sie einen Selbstzerstörungstrieb entwickelt, ja, hier, den Wunsch, sich Schaden zuzufügen und sich zu verunstalten. Sie hasste ihr Bild, das sie im Spiegel sah, sie vernachlässigte ihr Aussehen, wenn Besuch kam, betrachtete sich selbst als menschlichen Abfall. Papa merkte von alldem nichts. Diesem Mann hatte sie nie auch nur das Geringste bedeutet. Minderwertig, ungebildet, eine blöde Gans, die ihm nicht einmal im Bett das geben konnte, worauf er ein Anrecht zu haben glaubte. Zwei Mal hatte Mama versucht, sich das Leben zu nehmen; einmal mit Tabletten und das andere Mal mit einem Küchenmesser, und beide Male war es danebengegangen. Zum Beweis zeigte sie mir die Innenseiten ihrer Handgelenke, wo man, wenn man genau hinschaute, etwas erkennen konnte, das wie zwei bindfadendünne Narben aussah, etwas bleicher als die umgebende Haut. Sie hatte es noch nie jemandem erzählt. Auch meinem Bruder nicht. Jahrelang, sagte sie, habe sie sich wie in einem Gefängnis ohne Türen und Fenster gefühlt. Schlimmer noch: ohne Licht und Luft. Bis sie, wie eine Arbeitskollegin ihr geraten hatte, sich einen kleinen privaten Freiraum schuf, in dem sie heimlich ein paar Freuden und Freiheiten genießen konnte. Und dank dieser Strategie stand sie jetzt hier bei mir, lebte noch und hatte zu sich gefunden. «Respektiere deine Frau, wenn sie das Gleiche tut. Und früher oder später tun sie das alle.»

18

Opa Isidro brauchte nach jeder Mahlzeit sein Gläschen Anis del Mono. Seine gottesfürchtige Frau servierte es ihm jedes Mal mit an Unterwürfigkeit grenzendem Eifer. Ihr Ehemann musste gar nichts sagen. Sobald der Alte seinen letzten Bissen hinuntergeschluckt hatte, schob sie ihm Glas und Flasche über den Tisch. Ich weiß nicht, wer mehr Freude daran hatte; ob meine Schwiegermutter, wenn sie ihren vollgefressen im Stuhl hängenden Mann bediente, oder der von seiner ihm ergebenen Frau, welche der Herr die Güte gehabt hatte, ihm an die Seite zu stellen, bediente Herr. Auch Amalia hielt in unserem Barschrank eine Flasche von besagtem Anis bereit für den seltenen Fall, dass ihr Vater uns besuchte. Mehr voll als leer verblieb sie dort, als ich das eheliche Schlachtfeld für immer räumen musste. Die Vorlieben und Gewohnheiten des Alten kümmerten mich nicht. Er selbst kümmerte mich auch nicht. Was mich nicht gleichgültig ließ, war seine unselige Angewohnheit, Nikita aufzufordern, einen Schluck aus seinem Gläschen zu nehmen, und stolz zu verkünden, er helfe dem Jungen dabei, «ein richtiger Spanier» zu werden. Manchmal zeigte sich Nikita Opas Laune gegenüber widerspenstig. Dann lockte ihn der Alte mit einem Geldstück. Und alles nur, weil er den Moment genoss, wenn der arme Junge, sobald er das Brennen des Getränks im Mund spürte, auf anscheinend lustige Weise das Gesicht verzog, was mir gar nicht lustig erschien. Ärgerlicher war für mich, dass Amalia, um ihren Vater nicht zu verstimmen, sich dessen Willen fügte, obwohl sie sein Verhalten im Grunde genauso ablehnte wie ich. Aus genanntem Grund hatten wir eines Tages, als wir von den Schwiegereltern kamen, einen heftigen Streit. Eigentlich wollte ich nur mein Missfallen darüber ausdrücken, dass der Alte immer darauf beharrte, den Jungen aus seinem Glas trinken zu lassen, und ihn schon in frühestem Alter dazu brachte, alkoholische Getränke als lustiges und männliches Spiel zu betrachten. Kaum hatte ich das gesagt, beschuldigte Amalia mich, zu übertreiben und bei ihren Eltern «schlechte Schwingungen» zu verbreiten. Ich versuchte, so lange wie möglich gelassen zu bleiben und mit Argumenten didaktischer Art zu kontern, die weder sie noch jeder andere mit einem Minimum an Hirn hätte widerlegen können. Amalia fühlte sich in die Enge getrieben, und da sie zu keiner passenden Widerrede fand und wegen meiner Selbstsicherheit und meines etwas abgehobenen Vokabulars («philosophistisch» nannte sie es verächtlich) in ihrem Stolz gekränkt war, fing sie an, meine Mutter zu diffamieren. Zwei Tage lang haben wir nicht miteinander gesprochen. An einem dieser Sonntage war meine Geduld erschöpft, ich nahm meinen Mut zusammen und bat Isidro, dem Kind keinen Alkohol zu geben. Er antwortete mir, es handle sich doch nur um ein winziges Schlückchen. Ich sagte ihm, auch eine winzige Menge erschiene mir nicht richtig, und erinnerte ihn auf respektvollste Weise daran, dass Nikita erst sechs Jahre alt war. Der Alte verzog das Gesicht und war offensichtlich verärgert, vermied es jedoch, sich mit mir auf eine Diskussion einzulassen. Etwas später, er glaubte wohl, ich sähe es nicht, lockte er den Jungen mit einer Münze zu sich und drängte ihn zu einem Schlückchen aus seinem Glas. Es erübrigt sich zu sagen, dass er bei allen nachfolgenden Besuchen mit dem Spiel fortfuhr, oft sogar in Anwesenheit von Amalia, die ihren kleinen Sohn sich lieber ans Schnapstrinken gewöhnen ließ, als sich mit ihrem aufbrausenden Vater anzulegen. An einem anderen Sonntag ging ich auf den Balkon, als ich meine Schwiegermutter im Begriff sah, die verdammte Flasche aus dem Schrank zu holen, und der Alte den Jungen schon zu sich winkte. Ich ging meinen Ärger an der frischen Luft abkühlen. Von dem, was derweil drinnen geschah, bekam ich nur die Folgen mit. Wahrscheinlich hatte der Alte nicht aufgepasst oder nicht erkannt, dass der Junge an dem Schlückchen Anis nach dem Familienessen schon Geschmack gefunden hatte. Jedenfalls war Nikita auf Opas Späßchen eingegangen und hatte das Glas in einem Schluck hinuntergekippt. Kurz darauf wurde dem Kind schwindelig und dann übel. Als ich ins Wohnzimmer zurückkam, lag eine Pfütze von Erbrochenem auf dem Teppich unter dem Tisch, wo Nikita, als ihm schlecht wurde, Zuflucht gesucht hatte. Ich war überrascht, als ich in der stinkenden Pampe ganze Makkaroni entdeckte, die bewiesen, dass der Junge sie unzerkaut hinuntergeschlungen hatte. Meine Schwiegermutter war außer sich über den Zustand, in dem sich ihr Teppich befand. Amalia bemühte sich in aller Hast, die Freveltat zu beseitigen, bevor ich sie bemerkte. Opa Isidro hatte eine beleidigte Miene aufgesetzt, auf jeden Fall aber eine enttäuschte über den kleinen Waschlappen, den er sich da als Enkel eingehandelt hatte. Und ich, ehrlich gesagt, habe selten im Leben eine so große Lust verspürt, meinen Sohn an mich zu drücken.

19

Mein Schwiegervater war ein häuslicher Mann mit strikten Gewohnheiten, Besitzer einer großen Sammlung von Bleisoldaten aus verschiedenen Epochen und Nationen. Er hatte sie in einer verschließbaren Vitrine ausgestellt, für Nikita unzugänglich, da er schon einmal einen zerbrochen hatte. Außer seinem Anis del Mono, den er als Digestif zu nehmen pflegte, sah ich Isidro eigentlich nie Alkohol anrühren; höchstens mal mit Mineralwasser verdünnten Wein bei Familienfesten. Betrunken kann ich ihn mir nicht einmal vorstellen. Völlig hemmungslos hingegen war er mit dem Tabak. Es gab Zeiten, da rauchte er zwei Päckchen Zigaretten am Tag, zusätzlich zu der unvermeidlichen Zigarre nach der Siesta. Seine Stimme wurde mit den Jahren immer rauer. Soweit ich weiß, rauchte er sogar noch weiter, als man ihm den Lungenkrebs diagnostiziert hatte, der ihn ins Grab brachte. Was noch? Ich bin mit dem Alten nie warm geworden und hatte keinerlei Sympathie für ihn. Das Leben ist so: Es bringt dich zu Menschen, oft genug sogar auf Tuchfühlung, die du nicht attraktiv findest, die keine Neugier in dir wecken und die man nur schlecht wieder loswird. Ich kann mich nicht erinnern, dass mein Schwiegervater und ich auch nur einmal ein tiefgründiges Gespräch geführt hätten. Wenn ich die Minuten zusammenzählen sollte, die wir beiden allein miteinander verbracht haben, käme, glaube ich, keine Stunde zusammen. Wir sahen uns nur unter Leuten. Kann sein, dass die anderen Familienmitglieder uns mal einen Moment allein ließen; dann standen er und ich wie eine Statue neben der anderen Statue im Wohnzimmer, in der Diele oder auf dem Balkon, ohne dass wir uns etwas zu sagen gehabt hätten. Und nicht nur ich interessierte mich weder für seine ideologische Welt noch für sein triviales

Dasein eines technischen Zeichners; jeder konnte sehen, dass er sich ebenso wenig für mich interessierte: weder für meinen Beruf noch für meine Vorlieben, für meine Familie, für nichts und für wieder nichts. Fast sechzehn Jahre lang, von dem Moment, als Amalia ihn mir vorgestellt hat, bis zu unserer letzten Begegnung, habe ich ihn bei sporadischen Treffen gesiezt, genau wie meine Schwiegermutter. Sie haben mich geduzt. Meinem Schwiegervater steckte wie ein Stachel im Fleisch, dass er keine männlichen Nachkommen hatte. Ich hörte es einmal von meiner Schwiegermutter an der Wiege meines Sohnes. «Isidro wäre auch so gerne Vater eines kleinen Jungen geworden. Doch der liebe Gott wollte uns nur Mädchen geben.» In Nikitas ersten Jahren nutzte Opa Isidro jede Gelegenheit, sich als Vater seines Enkels aufzuspielen. Er hatte zwar keinen blassen Schimmer von Kindererziehung; aber das hinderte ihn nicht, Amalia und mir unablässig diesbezüglich Ratschläge zu erteilen. Er beharrte darauf, dass wir körperliche Stärke und Charakterfestigkeit bei dem Jungen förderten. «Er soll rennen und springen und ruhig ein bisschen böse sein und Streiche aushecken.» Er zitierte gern Santiago Ramón y Cajal, dessen Kindheits- und Jugendgeschichte er anscheinend bis ins Detail kannte. Er sagte dann Sachen, die sich mehr oder weniger so anhörten: «Der große Gelehrte aus Aragón war als Kind aufsässig und streitsüchtig und ein sehr schlechter Schüler. Er baute sogar Spielzeugkanonen und schoss Steine mit der Ziehschleuder, und seht, was aus ihm geworden ist, weltberühmter Wissenschaftler und Nobelpreisträger.» Wir schwiegen dazu, weil wir überzeugt waren, dass Nikita selbst ihm früher oder später die Augen öffnen würde, was er dann ja auch tat.

20

Ich musste nicht wenige und nagende Zweifel überwinden, bis ich Amalia anrief. Wir hatten vereinbart, oder sie hatte mir befohlen, dass ich sie nicht im Sender störte, es sei denn, es handelte sich um etwas wirklich Dringendes. Als ich schließlich zu der Überzeugung gelangte, dass dies der Fall war, rief ich sie an – es war schon nach elf Uhr nachts – und berichtete ihr, dass unser dreizehnjähriger Sohn noch nicht nach Hause gekommen war. Es war ein normaler Wochentag, und Nikita, der genau wie ich am anderen Morgen in die Schule musste, hätte längst im Bett liegen müssen. Wie gierige Wespen umsummten mich die Fragen, die man sich in so einem Fall unweigerlich stellt. War der Junge bei einem Freund und hatte die Zeit vergessen? Hatte er einen Unfall gehabt? War ihm sonst etwas zugestoßen? Auf keine der Fragen gab es eine Antwort; sie steigerten nur meine Ungewissheit und Sorge. Dann kam mir der Gedanke, dass Nikita absichtlich nicht nach Hause gekommen war. In meinem Geist leuchtete die Hypothese auf, der Junge weigere sich rundheraus, Olgas Eindringen in unser Leben zu akzeptieren. Anstatt sich wie sein feiger Vater mit einer beschämenden Situation abzufinden, hatte er so viel Anstand, sich aus dem Staub zu machen. Amalia am Telefon: Worauf ich noch warte, ich solle ihn suchen. Suchen, wo denn? «Egal wo. Auf der Straße, im Park, irgendwo.» Und dann sagte sie noch, als spreche sie mit einem blutrünstigen Tyrannen, dass ich ihn nicht schlagen sollte, wenn ich ihn fände. Warum sagte sie mir so etwas, obwohl ich gegen Nikita noch nie die Hand erhoben habe? Sie gab an, auf Sendung gehen zu müssen, und legte auf. Bis in die frühen Morgenstunden suchte ich meinen Sohn, zuerst in den halb leeren Straßen unseres Viertels, dann aufs Geratewohl in anderen

Gegenden. Ich fuhr und achtete mehr auf die Gehwege als auf den Straßenverkehr, der glücklicherweise gering war. Im Autoradio hörte ich bis zum Ende Amalias Sendung. Ich war überrascht und zugleich verärgert über ihre Ruhe und ihre Scherze, obwohl sie doch wusste, dass Nikita verschwunden war. Vergebens wartete ich, dass sie ihre privilegierte Stellung als Radiosprecherin nutzte, um Hinweise auf den Verbleib eines Jungen mit diesen und jenen Merkmalen zu erbitten. Ich bin sicher, dass ihre Stimme in Krankenhäusern und Streifenwagen zu hören war. Einen Moment lang kam mir der Verdacht, dass Nikita seiner Mutter am Telefon mitgeteilt hatte, wo er sich befand, und sie, nachtragend und rachsüchtig (Olga noch dazwischen), mich mit boshaftem Vergnügen die Nacht durchwachen und in meiner Not in der ganzen Stadt umherfahren ließ. Mit flatternden Nerven begab ich mich an die Orte, von denen ich glaubte, dass Nikita dort verkehrte. Die Stadt kam mir viel größer vor als am Tag. Was sage ich, groß? Monströs, gigantisch, außerdem grausam in ihrer Gleichgültigkeit für meinen Gemütszustand. Jedes Mal, wenn ich eine Gruppe von Leuten vor einer Bar oder Diskothek zusammenstehen sah, verlangsamte ich meine ohnehin schon langsame Fahrt. Mehrere Male stieg ich aus. War ich aus dem Auto, ging ich schnellen Schritts los, durch den Park in unserem Viertel, der um diese Zeit dunkel und verlassen dalag, durch Anlagen und über Plätze, auf denen ich manchmal Obdachlose in Schlafsäcken oder unter dünnen Decken auf Zeitungen oder Kartons liegen sah. An Nikitas Schule warf ich einen Blick durch die Gitterstäbe der Umzäunung. In zwei Krankenhäusern fragte ich in der Notaufnahme, und in beiden konnte ich nichts über meinen Sohn in Erfahrung bringen. Um halb vier Uhr morgens kehrte ich hellwach und völlig erschöpft in meine Wohnung zurück. Amalia war noch auf und erwartete mich. Und neben ihr Olga, im Schlafanzug. «Was macht diese

Tante hier? Wenn du zulässt, dass sie hier bleibt, gehe ich in ein Hotel und spreche morgen mit deinen Eltern.» Wir hatten abgemacht, ungebetene Gäste, Liebhaber, Schätzchen und Ähnliche, in der Wohnung, nein. Und in einem Punkt waren wir uns beide jetzt einig: Dies war keine Zeit, um Streit anzufangen. Ich gestehe, dass ich mir auf die Zunge beißen musste, um keine sarkastische Bemerkung über den Pyjama zu machen, der Amalia gehörte und der Langen oben und unten und an den Ärmeln zu kurz war und in dem sie lächerlich aussah. «Sie ist keine Tante, und wir verschwinden auch gleich.» Amalia wollte wissen, was meine Suche nach Nikita ergeben hatte, als hätte sie sich plötzlich daran erinnert, dass der Junge nicht zu Hause war. Von einer verängstigten Mutter hätte ich einen weniger gelassenen Ton erwartet, und ich antwortete ihr, dass ich nicht bereit sei, Familienangelegenheiten in der Öffentlichkeit zu besprechen. Damit erstarb die Konversation. Kurz darauf verließen die beiden Frauen Händchen haltend die Wohnung. Bevor sie die Tür hinter sich schloss, gab Amalia zu bedenken, ob es nicht angebracht sei, zur Polizei zu gehen. «Oder ins Leichenschauhaus», rief ich ihr nach, glaube aber, dass sie es nicht mehr hörte.

21

Am nächsten Tag erfuhren wir durch einen Anruf der Polizei, wo wir Nikita abholen konnten. Und da es sich um einen Minderjährigen handelte, waren Ermittlungen aufgenommen worden. Der leutselige Ton, mit dem der Beamte meine anfängliche Panik zu besänftigen suchte, wirkte beruhigend auf mich. Er gestattete sich sogar einen Scherz, der nicht wirklich witzig war, aber gut gemeint, und der zu meiner Erleichterung beitrug. Meinem Sohn ging es den Umständen entsprechend gut. Wie es schien, war er einer von vielen Fällen, wie sie täglich in der Stadt passieren. Was die Ermittlungen anging, sagte der Polizist, sollten wir uns keine Sorgen machen. Es ging darum, herauszufinden, in welchem Geschäft das Verbot umgangen worden war, Alkohol an Minderjährige zu verkaufen. Nachmittags konnten Amalia und ich Nikita in der San-Carlos-Klinik abholen. Der Junge war in der Nacht mit einer Alkoholvergiftung eingeliefert worden. Uns wurde erklärt, er sei gegen halb neun Uhr abends mit einem gewaltigen Rausch im Krankenwagen gebracht worden, aber noch bei Bewusstsein gewesen, sodass nur die für solche Fälle vorgeschriebene Behandlung notwendig gewesen sei. Er bekam Vitamine und Glukose und wurde hydriert. Bei seinem Anblick ließ sich seine Mutter vom Mitgefühl überwältigen und umarmte und küsste ihn, als wollte sie ihm zu einem Preis gratulieren. Ich versuchte, die heutzutage immer mehr außer Gebrauch kommende und übel beleumdete Sache namens väterliche Autorität durchzusetzen. «Wir müssen sprechen.» «Nicht jetzt, Papa.» Er roch ziemlich stark, und das nicht sehr gut. Ich sah mich wieder einmal in die Rolle des Filmschurken gedrängt und fand mich damit ab. Auf dem Nachhauseweg im Auto mussten Amalia und ich ihn beruhigen. Er wollte unbedingt wissen, ob die Polizei ihn in ein Erziehungsheim stecken würde. Seine nächste große Sorge war, dass wir ihm verbieten könnten, mit der Playstation zu spielen. «Zuerst müssen wir reden.» Seine Mutter mischte sich ein: «Das hast du bereits gesagt.» Und mit flehendem Zittern in der Stimme wiederholte Nikita vom Rücksitz her, bitte nicht heute. Er erzählte uns dann, nicht am Stück, sondern wir mussten es ihm Stück für Stück aus der Nase ziehen, dass er mit ein paar Freunden in der Garage des Vaters von einem gewesen war. Unter dem ganzen Gerümpel, das sich dort befand, hatten sie ein paar Flaschen Selbstgebrannten gefunden; doch davor hatte die lustige Bande bereits zwei Flaschen Wodka geleert, die der Bruder von einem von ihnen in einem chinesischen Basar gekauft hatte. Der Ladenbesitzer hatte weder jetzt noch bei früheren Gelegenheiten von dem mit dem Kauf Beauftragten einen Ausweis sehen wollen, was entweder daran lag, dass ihm wichtiger war, ein paar Euro zu verdienen, oder dass er die Gesetze nicht kannte oder dass in seinen asiatischen Augen der Junge älter aussah, als er war. Es begann ein Pfänderspiel, bei dem der Verlierer einer Runde einen Schluck Wodka mit Limonade trinken musste. Zu der Gruppe gehörten auch zwei Mädchen aus seiner Klasse. Die weibliche Gegenwart weckte in den Jungen das dumme Bedürfnis, sich gegenseitig an Tollkühnheit zu übertreffen. Als beide Wodkaflaschen geleert waren und alle schon gut einen sitzen hatten, wurden die Wetten gewagter. Und ohne dass er weitererzählte, konnte ich erraten, dass seine Einfalt und geistige Beschränktheit ihn zum sicheren Deppen der Bande machten. Sie forderten ihn heraus, er nahm jede Wette an, und irgendwann kippte er zu viel des guten Grogs und ging zu Boden. Er wusste nicht mehr, wie und wann er in den Krankenwagen gekommen war. Er erinnerte sich nur vage, dass sie ihn zu mehreren eilends auf die Straße trugen; zweifellos, um den Garagenbesitzer nicht mit dem Gesetz in Konflikt zu bringen. Danach erinnerte er sich an nichts mehr, nicht einmal daran, dass die Sanitäter sich um ihn kümmerten. Damals steckte man mir einen weiteren Zettel in den Briefkasten. «Dein Sohn wird ein drogensüchtiger Krimineller, und schuld daran bist du, weil du ihn nicht erzogen hast und weil du ihm ein schlechtes Vorbild bist.»

22

«Und was möchten die Herrschaften trinken?» Amalia wählt einen ausgesuchten Wein (einen hochwertigen, sagt sie, oder einen von den teuren, wie ich es nenne) und stellt – die Weinkennerin gebend – eine Frage, die weniger darauf abzielt, eine Antwort zu bekommen, als die Kellnerin davon abzubringen, an einen Betrugsversuch auch nur zu denken. Als Nächstes bittet sie, den Wein in einem großen Stielglas serviert zu bekommen. Zur Verdeutlichung zeichnet sie mit beiden Händen die bauchigen Rundungen des Glases in die Luft. Bei der Bewegung rutscht ihr das glänzende Damenührchen mit dem Perlenarmband ein kleines Stück den Arm hinunter. Sollten sie ein wie von ihr gewünschtes Glas nicht haben, sagt sie, werde sie ein anderes Getränk bestellen. Immer noch lächelnd – mit der Armbanduhr um die Wette schimmernde Zähne, volle, rot geschminkte Lippen – droht sie, Mineralwasser zu trinken. Die Kellnerin hat sich ein wenig versteift, beeilt sich aber zu versichern, dass das Restaurant selbstverständlich über große Weingläser verfügt. Wein bedeutet für Amalia Bejahung des Lebens. Außerdem schließt er Freuden ein, die Vornehmheit verleihen. Niemals würde sie zulassen, dass ein guter Wein in einem kleinen Glas verkostet wird, und schon gar nicht, welch ein Horror, in einem Wasserglas. «Nicht mal, wenn ich Maurer wäre»; ein Satz, der nach Klassendünkel riecht und den sie nie im Radio von sich geben würde, wo sie als die Linksprogressive aus dem Bilderbuch auftritt. Ich widerspreche ihr nicht. Es ist noch die Zeit, als ich sie voller Faszination ansehe und ihr zuhöre. Manchmal trete ich unbemerkt von hinten an sie heran und atme heimlich den Parfümduft ihres Haares ein; ziehe ihn so tief ein, dass mir ohne Weiteres die Spitze einer Strähne in die Nase gerät. Mit dem ersten Schluck lässt Amalia sich gewöhnlich Zeit. Wein soll, wie sie sagt, eine Weile außerhalb der Flasche atmen. Genussvoll betrachtet sie ihn im Gegenlicht, während die mutmaßlich bösen Geister aus dem Glas entweichen. Sie liebt die Verwandlung vom feurigen Schwarz ins dunkle Rot. Weißwein und Rosé weist sie jedoch nicht zurück. In bescheidenem Maße trinkt sie sie hin und wieder, doch ohne all die Zeremonien und immer in Begleitung von jenen, die das Getränk aussuchen durften. Wein ist für sie vor allem Rotwein. Sie hält den Wein unter ihr bezauberndes Näschen und die Augen geschlossen, um die aromatischen Nuancen besser auskosten zu können. Ich sitze ihr am Tisch still gegenüber und fürchte stets, bei dem zu stören, was mir wie ein liturgischer Akt erscheint. Der Geruchssinn verrät Amalia, ob der Wein nach ihrem Geschmack sein wird oder nicht. Mir hat es immer gefallen, wie sie mit ihren schlanken Fingern mit den lackierten Nägeln das Weinglas gehoben hat. Selbst später, in Zeiten der Verzweiflung oder des Zorns, als sie im Handumdrehen allein eine ganze Flasche leerte, behandelte sie ihr Lieblingsgetränk noch mit einem gewissen Respekt. Abscheulich findet sie Schankwein, Krätzer oder Lambrusco, zeigt manchmal allerdings Entgegenkommen für den sogenannten Tischwein. Einmal hörte ich sie ironisch bedauern, nicht ins Richteramt eingetreten zu sein, um jene für Jahre ins Gefängnis zu schicken, die Korea und Sangria erfunden hatten. Mehr als einmal habe ich sie billigen Rotwein in die Küchenspüle entleeren sehen, den ihr Arbeitskollegen aus dem Sender zum Geburtstag oder zu anderer Gelegenheit geschenkt hatten, weil sie nicht wussten, dass Amalia, wie ihre Mutter zu sagen pflegte, eine feine Zunge hatte. Sie sagte, das Essen begleitet den Wein, nicht umgekehrt. Manchmal leckte sie sich wie ein naschhaftes Mädchen einen Tropfen Wein von den Lippen. Ach, Zeiten, in denen ich alles großartig fand, was sie tat! Wenn sie leicht beschwipst war, konnte man einen Hauch von Sinnlichkeit an ihr entdecken. Wenn sie eine bestimmte Menge getrunken hatte, wurde sie euphorisch, und die Zügel der Scham lockerten sich. Wenn sie mit Schwierigkeiten, sich aufrecht zu halten, nach Hause kam, lachte sie grundlos auf und gab mit schleppender Stimme Obszönitäten von sich, ließ sich ausziehen und hatte nichts dagegen, sich von oben bis unten betatschen zu lassen. Wenn sie in schläfriger Bereitwilligkeit vollkommen passiv auf dem Sofa, dem Bett oder dem Teppich lag, schob ich ihre Beine auseinander, drehte sie um, brachte sie in die gewünschte Position; kurz, ich bemächtigte mich ihres Körpers, wie ich es derzeit mit Tina tue, bis meine Lust vollkommen befriedigt war. Es ist lange her, dass dies alles ein Ende hatte; doch manchmal kommt mit schmerzlicher Wehmut die Erinnerung zurück, wie eben, als ich mir Amalias Sendung anhörte und an ihrer Art zu lachen, ihrem Wortwitz und daran, wie sie manche Silben dehnte, merken konnte, dass sie beim Abendessen mit gutem Wein nicht gespart hat. In bauchigem Stielglas, so viel ist sicher.

23

Gegen Mitternacht lag ich im Bett und bereitete mich auf den Unterricht am anderen Morgen vor. Es war die Zeit, als ich die Lehrtätigkeit noch ernst nahm. Ich war voller Energie, voller Hoffnung, erfüllt von dem Wunsch, über mich hinauszuwachsen. Schulische Misserfolge meiner Schüler nahm ich als eigene wahr. Es war auch die Zeit meiner Probleme mit der Wirbelsäule, die mich oft zwangen, mir bei der Arbeit Kissen in den Rücken zu stopfen. Durch die Wand hörte ich Amalia in die Wohnung kommen, das Klappern ihrer Stöckelschuhe, den Schlüsselbund, der auf die Flurkommode geknallt wurde. Ich nahm an, dass sie von einer ihrer lesbischen Ausschweifungen heimkam, die mir, ehrlich gesagt, vollkommen gleichgültig waren. Sie verbrachte die Nacht oft außer Haus, vielleicht bei ihrer Freundin. Ich weiß es nicht. Es ist mir auch egal. Wir wohnten nur noch aus praktischen Gründen zusammen. Ich meine damit, dass uns jetzt, kurz vor der Trennung, nur noch Sachfragen zur Regelung des Familienalltags ein Pseudozusammenleben bescherten. Es kam häufig vor, dass wir uns den ganzen Tag nicht sahen. Oft hörte ich sie kommen oder gehen, oder sie hörte mich, und keiner von uns stand auf, um den anderen zu begrüßen. Wir kommunizierten nur noch mittels kurzer Notizen, die wir auf den Küchentisch legten. «Wir haben keinen Reis mehr.» «Nicolás hat am Freitag um 11.30 Uhr einen Termin beim Zahnarzt. Ich kann ihn nicht bringen.» Amalia argwöhnte, dass ich mich eines Tages aus dem Staub machen und sie mit den weiterhin eintreffenden Rechnungen allein lassen könnte. Solange wir unter einem Dach wohnten, teilten wir uns die Kosten, angefangen bei der Wohnungshypothek. Sie wusste so gut wie ich, dass im Falle meines Auszugs Mietkosten auf mich zukommen würden, die zusammen mit weiteren vorhersehbaren Ausgaben ein so großes Loch in mein Lehrergehalt reißen würden, dass sie und Nikita nur wenig finanzielle Unterstützung von mir erwarten konnten, selbst wenn ich meinen Pflichtanteil nicht zu drücken versuchte. Mich indes beunruhigte der Gedanke, für immer aus meiner Wohnung ausziehen zu müssen, oder aus dem, was ich für meine Wohnung hielt, ohne zu wissen wohin. Amalia zerbrach sich den Kopf darüber, wie ihre Eltern mit dem Schock fertigwerden sollten, wenn sie von der Todsünde erfuhren, mit der ihre Tochter gegen das Sakrament der Ehe verstoßen hatte, obwohl wir gar nicht kirchlich geheiratet hatten. Ehebruch, und das auch noch mit einer Frau, o Schreck, was für eine Entehrung, was für eine Schande! Ich stelle mir vor, wie die alte Heuchlerin in Ohnmacht fällt und der alte Fascho seinen Kummer in Litern von Anis del Mono ertränkt. Mit Mama hätte ich es einfacher gehabt, auch wenn sie nicht langsam ihren Verstand verloren hätte. Mama war nämlich weit davon entfernt, den rückständigen Überzeugungen meiner Schwiegereltern anzuhängen. Ich neige eher zu der Annahme, dass sie mich beglückwünscht hätte, wäre ich mit der Nachricht von unserer Scheidung zu ihr gekommen. In schützender Absicht hielten wir vor Nikita das Bild einer intakten Familie aufrecht. Der Junge hatte keine Ahnung von den unüberwindbaren Meinungsverschiedenheiten, die seine Erzeuger auseinandergebracht hatten. Amalia, damals schon eine angesehene Radiomoderatorin, wollte wegen des Gemunkels der Leute nicht, dass ihre Liebe zu Olga an die Öffentlichkeit drang; dabei war die Homosexualität in Spanien schon weithin akzeptiert. Tatsächlich war in den Jahren, über die ich gerade schreibe, die gleichgeschlechtliche Ehe bereits legalisiert. Halb im Spaß und halb im Ernst, und manchmal völlig im Ernst, kam Amalia auf ihren Plan zu sprechen, sich als vorbereitendes Verfahren von mir scheiden zu lassen, um sich in zweiter Ehe mit Olga zu verheiraten. «Ohne dass deine Eltern davon erfahren, ja?» «Das geht dich nichts an.» Ich meinerseits hatte keine Lust, zum Gerede meiner Kollegen, meiner Schüler und deren Eltern zu werden. Humpel war der Einzige, der vom Scheitern meiner Ehe wusste. Mit irgendwem musste ich mich ja aussprechen. Und er riet mir, mein Privatleben unter Verschluss zu halten. Aus verschiedenen Gründen hielten Amalia und ich uns an die stille Übereinkunft, nach außen hin heile Familie zu spielen. Das ging fast drei Jahre so, bis eine furchtbare Anwältin und eine Richterin mit Verständnis für die Klage einer Geschlechtsgenossin mein Schicksal entschieden. Auf einmal hörte ich sie stöhnen. Zuerst konnte ich das Geräusch gar nicht identifizieren. Es klang wie ein gedämpftes Miauen. Verärgert dachte ich, Amalia würde eine Melodie trällern. Es wurde immer lauter. Ich dachte: Die Nachteule respektiert nicht, dass ich arbeite, und wird Nikita aufwecken. Dann merkte ich, dass es Klagelaute waren, legte die Hefte und meinen aufkommenden Ärger beiseite und ging im Schlafanzug in die Küche, wo ich Amalia in einem jämmerlichen Zustand vorfand.

24

Das Erste, was ich sah, als ich in jener Nacht die Küche betrat, war die blutbefleckte Bluse. Es waren nicht mehr als fünf oder sechs kleine Tröpfchen, doch auf dem weißen Blusenstoff verteilt waren sie recht auffällig, und ich erschrak. Endlich sehe ich sie leiden, wie ich es mir in Träumen und Gedanken so oft gewünscht hatte, da komme ich, und sie tut mir leid. Die Hände vors Gesicht geschlagen, stöhnte Amalia mit zunehmend versagender Stimme. Als sie mich hereinkommen hörte, nahm sie die Hände herunter. Da sah ich, dass sie eine aufgeplatzte Lippe und ein entstelltes Gesicht mit einem blauen Auge und einer geschwollenen Wange hatte und ganz so aussah, als wäre sie von einem Auto überfahren worden. «Was ist dir passiert?» «Siehst du das etwa nicht?» Sie war verprügelt worden. Von wem? Von zwei Halbstarken, «die sich einen Spaß daraus machen, Leute zu schikanieren». In rachsüchtigem Ton murmelte sie, sie werde in ihrer Sendung der Gewalt gegen Frauen einen eigenen Beitrag widmen. Olga und sie kamen aus einem Lokal in Lavapiés, wo sie nichts anderes verbrochen hatten, als ein Gläschen zu trinken, als ihnen zwei Typen in den Weg traten, die offenbar auf sie gewartet hatten und anfingen, sie zu beschimpfen und zu schlagen. Kein Mensch kam ihnen zu Hilfe. Aus einem Fenster in der Umgebung hörte man irgendwann die Stimme einer Frau: «Wir filmen euch mit der Kamera.» Da, erst da ließen die beiden Typen von ihnen ab und verschwanden in der Nacht. Und am Ende ihres Berichts fragte Amalia mit kaltem, berechtigtem Zorn: «Warum sind die Männer so? Kannst du mir das erklären? Ich verstehe das nämlich nicht.» Ich sah mich schon am anderen Morgen todmüde zum Unterricht kommen, als ich ihr anbot, sie in die Notaufnahme zu fahren. Das wollte sie nicht. Da müsse sie mit bei Verkehrsunfällen und Schlägereien Verletzten, mit Betrunkenen, Drogensüchtigen und anderem Gesocks in einer Schlange stehen; da könne es Gott weiß wie spät werden, bis sie an die Reihe käme; vielleicht sei jemand von der Presse da, der sie erkennen und kompromittierende Fotos veröffentlichen könnte ... Da ich sie nicht überzeugen konnte, holte ich unseren alten Verbandskasten aus dem Bad, dessen Inhalt noch immer verwendbar war. Wie ein braves Kind ließ Amalia sich die Lippe säubern und desinfizieren. Als sie das Brennen des pharmazeutischen Alkohols auf der Wunde spürte, zuckte sie zwar zusammen, gab aber keinen Laut von sich. Ihre Frisur war ruiniert, und sie hatte schwarze Flecken wie von Asche oder feuchter Erde auf der Schulter und dem Rücken ihrer Bluse. Ich riet ihr, die geschwollenen Stellen mit Eis zu kühlen. Damit war sie einverstanden. Ich nahm ein paar Eiswürfel aus dem Gefrierfach, und um mir keine Vorwürfe anhören zu müssen, wickelte ich sie demonstrativ vorsichtig in ein sauberes Tuch. Und dabei fragte ich mich ununterbrochen: Woher hast du dieses Mitgefühl und die liebevolle Behandlung für dieses zänkische Weib, das dir immer nur das Leben schwer macht? Ohne böse oder überhaupt eine Absicht, rein aus Neugier, fragte ich sie, ob Olga auch was abbekommen hatte. «Lass mich bloß mit dieser unsäglichen Person in Ruhe!» Sie sagte das in jäh aufwallendem Zorn. Ich erfuhr, dass die andere auch ordentlich was abbekommen hatte, wenngleich Amalia überzeugt war, ihr Gesicht sei schlimmer getroffen. Später, im Taxi, hatte Olga einen ihrer Ohrringe vermisst, der bestimmt bei dem Überfall verloren gegangen war. Sie wollte unbedingt nach Lavapiés zurück und ihn suchen, stieg «vollkommen hysterisch» aus dem Taxi und hielt ein anderes an, das in die Gegenrichtung fuhr. Ihre übel zugerichtete Freundin ließ sie allein zurück. Diese verwerfliche Zurschaustellung von Egoismus kränkte Amalia zutiefst; mehr noch, sagte sie, als alle Schläge, die sie abbekommen hatte, und jetzt wollte sie nur noch schlafen und alles und alle vergessen, und man solle sie «die nächsten hundert Jahre» bloß in Ruhe lassen. Bevor sie zu Bett ging, hatte sie noch die Freundlichkeit, mir für meine Dienste als Haussanitäter zu danken. Und als sie vor dem Badezimmerspiegel stand, hatte sie sich wieder einigermaßen beruhigt. «Aber das Auge ist ja ganz weg!» Und schon gab es wieder Jammern und Tränen. Was sie nur ihren Kollegen im Sender sagen solle oder Nicolás oder ihren Eltern. Und was, wenn jemand sie auf der Straße erkannte, am besten wäre es, zwei oder drei Wochen lang das Haus nicht zu verlassen. Gut, dass sie nicht fürs Fernsehen arbeite, und eine unmenschliche Stadt sei dies, voller faschistischer Machos. Auf dem Weg ins Schlafzimmer sagte sie noch, mich dabei mit ihrem einen Auge fixierend: «Ihr Männer, warum seid ihr so?»

25

Der Morgen graute schon, als ich mit dem angenehmen Gefühl zu Bett ging, mich wie ein von allem Ärger befreiter Mann verhalten zu haben. Amalia und ich mochten unsere Differenzen haben, und die hatten wir täglich. Täglich? Jede Minute. Doch jetzt kann ich sagen, ich habe ihr bewiesen, dass mir ihr Schmerz nicht gleichgültig war. Kurz bevor ich das Licht löschte, bemerkte ich einen Blutstropfen auf der Brust meines Pyjamas. Ich hätte mir einen sauberen anziehen können, doch ich entschied mich, mit dem roten Fleck einzuschlafen, den ich als eine Art Orden betrachtete. Selten war ich näher daran, so etwas wie Heiligkeit zu empfinden; eine Heiligkeit, die ich als Höhepunkt des Einverständnisses mit mir selbst verstand. Ich hatte Amalia geholfen, und sie hatte mir dafür gedankt. Derselbe Mund, aus dem ich in der letzten Zeit nur Vorwürfe, Beschimpfungen und Gemecker ohne Ende gehört hatte, hatte Worte des Dankes gesprochen. Vielleicht war es nur eine Höflichkeitsfloskel gewesen; etwas, das man sagt, weil es unschön oder sogar hässlich gewesen wäre, es nicht zu sagen. Worauf es ankam, war jedoch, dass mir diese Geste gutgetan und mich für unzählige vergangene Misshelligkeiten entschädigt hatte. Mein Wohlbefinden hielt jedoch nicht lange an. Als ich schon im Bett lag und das Licht gelöscht hatte, machte ein unerwarteter Gedanke alles zunichte. Ich stellte mir vor, Amalia würde mit ihrem verquollenen Gesicht, dem Pflaster auf der Lippe und einem blauen Auge aus dem Haus gehen und mit ihren Schwellungen und Blutergüssen, einem Gesicht jedenfalls wie von einem Francis-Bacon-Gemälde, durch die Straßen unseres Viertels spazieren. Was würden die Nachbarn denken, wenn sie sie so sähen? Was würden Leute sagen, die uns kannten? In meinen beunruhigenden Fantasien stellte ich mich Amalia in den Weg und versuchte sie am Verlassen der Wohnung zu hindern; flehte sie an, nicht auf die Straße zu gehen, ohne sich vorher ein Schild umzuhängen, auf dem stand: «Das war nicht mein Mann.» Heute lache ich darüber, doch damals fand ich das gar nicht lustig. Mit nur einem bisschen Bosheit, und von Bosheit verstand diese Frau eine Menge, hätte Amalia mich in der Hand gehabt wie eine gefangene Fliege. Es wäre die Gelegenheit für sie gewesen, mich wegen Misshandlung bei der Polizei anzuzeigen. Wie einfach hätte sie erreichen können, dass ich zur Einhaltung einer Mindestdistanz zu ihr verurteilt worden wäre! So leicht hätte sie sich für alle meine Gemeinheiten und Streitereien mit ihr rächen können. Denn, seien wir ehrlich, wie beweise ich einem Richter heutzutage, da Mann zu sein so viel wie schuldig sein bedeutet, dass es nicht meine Hand war, die Hand eines gefühllosen Machos, die das hübsche Gesicht meiner armen Gattin in die Auslage einer Fleischerei verwandelt hat? Und wie stehe ich hinterher in der Schule da? «Seht, seht, da kommt der Lehrer, der seine Frau verhaut.» Wenn ich nicht aufpasse, werde ich sogar im Fernsehen mit Namen und Adresse bloßgestellt, und man sieht, wie ich wie ein Verbrecher in ein Polizeiauto geschoben werde. Ich habe die ganze Nacht nicht geschlafen.

26

Es folgten ein paar Tage häuslichen Friedens, in denen ich dachte: Wer weiß, vielleicht vertragen wir uns am Ende ja wieder. In diesen Tagen ehelichen Waffenstillstands kam Olga einmal in die Wohnung, um das Bad zu benutzen. Nur fünf Minuten. Ich hatte mit Amalia vereinbart, dass sie ihre Freundin, Partnerin, Geliebte oder wie sie sie nennen wollte, nicht in unsere Wohnung ließ; dafür hatte ich ihr versprochen, weder unserem Sohn noch ihren Eltern die wahre Natur ihrer Beziehung zu dieser Frau anzuzeigen (sie benutzte lieber das Wort *verraten*). Und zwar hatten Amalia und Olga sich vor unserer Haustür verabredet, um zusammen ins Teatro Maravillas zu gehen, und da Olga ein dringendes natürliches Bedürfnis überkam, fragte sie durch die Gegensprechanlage, ob sie kurz unser Bad benutzen dürfe. Auf diese Weise konnte ich feststellen, welche Schäden sie im Gesicht erlitten hatte. Jedenfalls waren die beiden jetzt ausgehfertig oben, draußen war es schon dunkel, beide mit Sonnenbrillen, Zwillinge in ihren mehr schlecht als recht überschminkten Blutergüssen und blauen Flecken. Ob ich im Flur ein Foto von ihnen machen könne. Beide amüsierten sich auf Kosten ihres zerschlagenen Aussehens und wollten ein lustiges Bild davon haben. Ich dachte: Wenn es euch glücklich macht, die Fresse poliert zu bekommen, hättet ihr mir nur Bescheid sagen müssen. Durch den Türspion sah ich sie auf den Fahrstuhl warten, und als ich sie dort so fröhlich schwatzen hörte, kam mir der Verdacht, dass ich bald wieder eine von ebenso ahnungsloser wie tückischer Hand geschriebene Schuldzuweisung in meinem Briefkasten finden könnte. Den Zettel fand ich einige Tage später. Sein Inhalt entsprach jedoch nicht dem, was ich erwartet hatte. «Du solltest wissen, dass sie verprügelt wurden, weil sie sich in einem öffentlichen Lokal abgeküsst haben, wo es nicht jedem gefällt, sich solche Szenen mit ansehen zu müssen. Wenn du das nicht glaubst, frage deine Frau, falls sie das noch ist.» Und natürlich fragte ich Amalia, ob es stimmte, dass sie aus dem im anonymen Schreiben genannten Grund angegriffen worden waren. Augenblicklich war es mit dem empfindlichen Ehefrieden vorbei. Amalia glaubte, ich hätte mir die Nachricht ausgedacht und würde ihr hinterherspionieren. Und obwohl ich ihr versicherte, dass dem nicht so war, und den Beleidigten spielte, weil sie mir nicht glaubte, glaubte sie mir nicht.

27

Es musste passieren, und es ist passiert, sosehr ich mich auch bemüht habe, ihr aus dem Weg zu gehen. Über zwei Wochen bin ich nicht mehr mit *Pepa* im Park gewesen. Die gewohnten

Routen unserer Spaziergänge habe ich vermieden wie einer, der gewarnt wurde, dass sein Name auf der schwarzen Liste einer kriminellen Bande steht. Alle Vorsichtsmaßnahmen haben nichts genützt. Wenn mich das Leben eines gelehrt hat, dann, dass, wenn eine Frau es sich in ihre Eierstöcke gesetzt hat, etwas zu erreichen, es sehr und mehr als wahrscheinlich ist, dass sie mit Ausdauer, List, Berechnung und Geduld an ihr Ziel kommt. Besonders, wenn sie dazu noch die unschätzbare Unterstützung eines Komplizen hat, wie ich es in diesem Fall vermute. Früher oder später werde ich es herausfinden. Sie weiß zwar, dass ich in diesem Viertel wohne, hat aber noch nicht herausgefunden, in welcher Straße und welcher Hausnummer. Doch in dieser Hinsicht mache ich mir keine Illusionen. Es ist nur eine Frage von Tagen, vielleicht Stunden, bis sie es herausfindet, und dann gibt es für mich kein Entkommen mehr.

Am späten Nachmittag bin ich zum Markt auf der Plaza de San Cayetano gegangen. Seit einiger Zeit habe ich mir angewöhnt, mittwochs frische Lebensmittel einzukaufen. An diesem Tag fülle ich den Obstkorb auf, kaufe Fisch, etwas Fleisch und Gemüse, frische Naturprodukte mithin, die ich dem fertig verpackten Essen aus dem Supermarkt vorziehe.

Es war nicht viel los. Ich frage den Fischhändler meines Vertrauens, was er mir zum Abendessen empfehlen kann. «Nimm dir *diese* Corvina mit.» Er schuppt sie mir ab, wickelt sie in das Papier des Fischgeschäfts ein, steckt sie in eine Plastiktüte, gibt noch eine Handvoll Muscheln dazu, falls ich den Fisch im Sud braten will, kassiert (die Muscheln nicht), und ich gehe meiner Wege. Am Obststand an der Ecke sehe ich sie stehen, lächelnd, dick eingemummt. Sie tut nicht einmal überrascht. Águeda ohne Hund. Sie scheint mir weniger nachlässig gekleidet als frühere Male. Trotzdem ist die Arme der Inbegriff von Geschmacklosigkeit und unvorteilhaftem Aussehen; hat nichts, was auch nur entfernt die Bezeichnung gefällig verdiente. Um der Wahrheit willen muss ich sagen, dass sie wenigstens einen sauberen Eindruck machte. Mir drang ein starker Duft von Kölnischwasser in die Nase. Ich bin kurz angebunden, weil ich vermeiden will, dass sie mich in ein längeres Gespräch verwickelt. Aufdringlich und geschwätzig, wie sie ist, erzählt sie mir, dass sie zum ersten Mal den Markt von La Guindalera besucht. Er sei ihr empfohlen worden, von wem, sagt sie nicht, und nach dem, was sie bisher gesehen hat, scheint sich der Weg gelohnt zu haben. Als wäre sie in Venedig, New York oder Tokio und nicht in einer bescheidenen, wenngleich gut sortierten Markthalle in meinem Viertel. Ich hüte mich, zu fragen, wo sie wohnt. Sie ist so taktvoll, nicht zu fragen, wo ich wohne. Ich danke ihr bei mir, dass sie weniger aufdringlich und neugierig ist, als ich befürchtet habe. Auf ihre Bitte hin, zeige ich ihr, ohne mich auf Einzelheiten einzulassen, die Stände, an denen sie meiner Meinung nach am besten bedient wird und die hochwertigsten Produkte findet. Mir fällt auf, dass sie von einem Thema aufs nächste kommt, damit unser Gespräch nicht abbricht. Irgendwann, nach einigen Minuten, sind ihre dialektischen Tricks jedoch erschöpft, ihr Geplapper verlangsamt sich, abgebremst mit Sicherheit von meinem Unwillen, mich an ihrem *small talk* zu beteiligen. Sie kann nicht verhindern, dass ein Moment Stille eintritt, in dem ich einen deutlichen Blick auf meine Uhr werfe und ihr sage, dass ich in Eile bin. Auf dem Heimweg, mit meiner Tüte voll Lebensmittel beladen, frage ich mich, ob die Begegnung zufällig war. Nach Hause habe ich einen großen Umweg gemacht. Man weiß ja nie. Ab und zu habe ich mich umgeschaut.

28

Ich hatte mir vorgenommen, mir meinen Verdacht nicht anmerken zu lassen und erst nach und nach, wie zufällig, auf die Angelegenheit zu sprechen zu kommen. Doch Humpel, der schon da war, das Sudoku der in der Bar ausliegenden Zeitung löste und an einem Bier süffelte, hat meine Strategie zunichtegemacht, noch bevor ich Guten Tag sagen konnte. «Ah, der Philosoph hat heute schlechte Laune», hat er mich gleich empfangen.

Ich finde es überhaupt und absolut nicht witzig, wenn er mich Philosoph nennt; und noch weniger, dass er meine Gedanken liest. Ich entgegne: «Und woher weiß der Rattenlochverkäufer, wie meine Stimmung ist?» «Manchmal kommst du mit einer Miene wie Platon und andere menschenfreundliche Denker hier herein. Heute hast du ein mürrisches Schopenhauergesicht aufgesetzt.» Wie klug und belesen Humpel ist! Eine Eminenz. Am liebsten möchte man die Stadtväter bitten, die Straße, in der er wohnt, nach ihm zu benennen. Was sage ich, Straße? Den ganzen Bezirk, die ganze verdammte Stadt. Hinter der Bar fragt Alfonso mich mit Zeichen, ob ich auch ein Bier möchte. Wie ein petzendes Kind zeige ich auf Humpel und rufe rüber, dass «der da (ich musste mir auf die Zunge beißen, weil ich um ein Haar seinen Spitznamen genannt hätte) das Sudoku löst». «Ja, ich weiß.» «Du solltest ihm die Zeitung in Rechnung stellen.» «Und den Kugelschreiber, der gehört mir nämlich auch.» Alfonso stellt mein Bier und dazu eine Portion Chips auf den Tresen. Humpel hat er zum Bier Oliven serviert, und als ich kam, lagen auf dem Tellerchen nur noch die Kerne. Ich nehme meine Bestellung mit an den Tisch. Humpel streckt die Hand nach den Chips aus. Ich verteidige sie mit einem Klaps auf seinen Handrücken. «Die gehören Schopenhauer.» Er wirft mir einen hochmütigen Blick zu, als würde er mir das Leben schenken, und fragt, welche Laus mir über die Leber gelaufen ist. Sage ich es oder sage ich es ihm nicht? Ich sehe nur zwei Möglichkeiten: Entweder treffe ich den Nagel auf den Kopf und er gesteht, oder ich setze unsere jahrelange Freundschaft aufs Spiel. Nach kurzem Zögern beschließe ich, das Risiko einzugehen, und führe mit ihm einen Dialog, den ich nicht mehr wörtlich wiedergeben kann, der aber mehr oder weniger folgendermaßen ablief: «Gestern habe ich Águeda getroffen. Oder, besser gesagt, sie hat mich getroffen. Sie hat mich gesucht.» «Woher weißt du das?» Ich habe von zu Hause meine Kriegslist mitgebracht und spiele jetzt kaltblütig meine Karte aus. «Du hast ihr verraten, dass ich mittwochnachmittags in die Markthalle gehe. Da konnte sie mich leicht finden.» «Sie kann schon ziemlich zudringlich werden.» Mein Verdacht hatte sich also bestätigt. «Ziemlich?» «Ich bin ihr ab und zu auf der Straße begegnet. Sie stellt eine Menge Fragen, und etwas musste ich ihr doch sagen. Falls du es nicht weißt, sie hat großes Interesse an deiner Person.» «Danke, dass du mich rechtzeitig warnst.» «Sie war doch sicher nett zu dir. Ich glaube, sie ist kein schlechter Mensch. Oder was meinst du?» «Ich meine, dass du ein Blödmann bist.» «Und abgesehen davon?» «Abgesehen davon gibt es nichts. Du bist ein Blödmann von oben bis unten, von der ersten bis zur letzten Körperzelle.» Danach haben wir bei ein paar Bierchen noch über dieses und jenes geredet, und dann ist jeder zum Abendessen nach Hause gegangen.

MÄRZ

1

Mir kommen Gedanken an die Zeit, bevor ich meine Stelle in der Schule antrat. Ich war etwas über zwanzig Jahre alt, war gesund, hatte viel Zeit und wenig Geld. Mein Studium hatte ich mit mittelmäßigen Noten abgeschlossen; ich wollte promovieren, tat es aber nicht; ich reiste so viel, wie meine bescheidenen Finanzen es zuließen, was nicht viel war, aber etwas war es doch. Ich liebäugelte mit gewissen Substanzen, las im Akkord, jobbte, bis ich ein paar Peseten zusammen- oder von der jeweiligen Arbeit genug hatte, manchmal auch vom Chef, und sonntags ging ich, wenn keine anderen Pläne mich abhielten, zum Essen zu Mama.

Zu der Zeit ernährte ich mich nur sonntags anständig und montags auch noch, denn dann verzehrte ich in meiner Wohngemeinschaft die übrig gebliebenen Reste, die Mama mir am Vortag in Behälter eingepackt oder in Stanniolpapier eingewickelt hatte.

Sonntags blieb ich nach dem Mittagessen noch bis zum Kaffeetrinken, sah mir die ganze Tagesschau an, wobei ich oft genug auf dem Sofa eindöste. Dann verabschiedete ich mich von Mama, die kurz in ihr Schlafzimmer verschwand und mit ein oder zwei Tausenderscheinen wiederkam. «Hier, nimm, für deine Ausgaben», sagte sie und zwinkerte mir schelmisch zu, als wären wir beide auf irgendeine Art verschworen. Und da sie wusste, dass ihre beiden Söhne sich nicht ausstehen konnten, beugte sie sich manchmal zu mir, obwohl niemand in der Nähe war, der uns hätte hören können, und wisperte: «Kein Wort davon zu deinem Bruder.» Ich kannte sie und war mir sicher, dass sie zu ihm dasselbe sagte. Mama bezahlte mir das Zimmer, was recht billig war, da wir zu viert in der WG wohnten und die Mieten damals nicht halb so hoch waren wie heute. Außerdem wusch sie für mich. Ich brachte ihr in zwei Sporttaschen meine schmutzige Wäsche, und sie übergab mir sauber, duftend, gebügelt und gefaltet die vom vorherigen Sonntag. Wenn ich ein Kleidungsstück dringend brauchte, konnte ich auch unter der Woche zu ihr gehen, doch das geschah nur selten. Amalia behauptete immer, dass Mama schuld an meiner Unreife sei. Sie war überzeugt, dass Mutter nicht nur meine Entwicklung behinderte, sondern mit dem schlechten Beispiel, das sie mir gab, indem sie mich über die Maßen beschützte und behütete, jede Verantwortung von mir fernhielt und mir das Gefühl gab, nur auf der Welt zu sein, um bedient zu werden, mich auch für ein Leben zu zweit ungeeignet machte, es sei denn, klar, dass ich eine Frau fand, die willfährig, verständnisvoll und Mutterersatz war; eine Rolle, die Amalia auf keinen Fall spielen würde. Einmal hielt ich ihr entgegen: «Ich weiß nicht, ob es mir als Sohn deiner Eltern besser ergangen wäre.» Diese Worte hatten einen gewaltigen Krach zur Folge. Mama und ich aßen allein zu Mittag. Das war für mich einer der angenehmsten Momente der Woche. Mama war eine ausgezeichnete Köchin (nicht nur, weil sie meine Mutter war) und legte ihren ganzen (übermäßigen, sagte Amalia, die harte und missgünstige Amalia) Ehrgeiz darein, mich zufriedenzustellen. Damals war mir das noch nicht klar; aber heute bin ich sicher, dass dies wöchentliche

Zusammensein mit mir (und mit meinem Bruder, nehme ich an, der sie an anderen Tagen besuchte) sehr wichtig für sie war, da sie dann wieder ihre Söhne um sich hatte und sich folglich ein paar Stunden lang wieder als Mutter fühlen konnte. Es war ja schon einige Jahre her, dass die Küken das häusliche Nest verlassen hatten. Ich habe mein Moleskine auf der Suche nach diesem Satz durchgeblättert: «Die Jugend ist im Wesentlichen unschön.» (Gregorio Marañón, *Ensayos liberales*) Jetzt stelle ich fest, dass er perfekt auf den Jungen zutrifft, der ich war. Ich war zu blind, um Mamas Einsamkeit zu sehen, oder mein Blick war von einem Egoismus getrübt, der zu dem Alter vielleicht dazugehört. Gewöhnlich brachte Mama den ganzen Sonntagvormittag von früh an damit zu, für mich zu kochen: Brathuhn oder Brasse, Paella mit Meeresfrüchten, dicke Bohnen mit Muscheln; Gerichte jedenfalls, die Geschick und Vorbereitung brauchten und die sie mir auf einem perfekt gedeckten Wohnzimmertisch servierte, manchmal sogar mit Blumen oder Kerzen. Und ich bräuchte einen ordentlichen Vorrat an lobenden Worten, um jedem Nachtisch gerecht zu werden, mit dem sie mich danach überraschte. Die Ideen dazu fand sie in Kochbüchern, die sie oft mit eigenen Anmerkungen versah. Bei einem dieser sonntäglichen Mittagessen erzählte sie mir, dass Raulito ihr vor ein paar Tagen eine Freundin vorgestellt hatte. Unter uns sagten wir gewohnheitsgemäß immer noch Raulito; in seiner Gegenwart natürlich nicht, da wir ja wussten, wie aufbrausend er sein konnte. Weder Mama noch ich hatten gehört, dass er jemals eine Freundin, eine sogenannte Freundin oder dauernde Bekannte gehabt hätte, bevor er María Elena kennenlernte. Und Mama mit ihrem unfehlbaren Auge für das wahre Wesen eines jeden sagte mit absoluter, granitener Sicherheit: «Dieses Mädchen ist definitiv die Richtige für deinen Bruder.» «Woher weißt du das? Du hast sie doch gerade erst kennengelernt.» Bei einem

Mal sehen und hören hatte Mama bereits ein präzises Röntgenbild von ihr erstellt. Für sie war María Elena ein gewöhnlicher Mensch ohne besondere Tugenden oder erkennbare Fehler, rechtschaffen, besonnen, arbeitsam, ein wenig frömmlerisch, ohne jeden Sinn für Humor und nicht zu bremsen in ihrem Streben nach einem Leben an der Seite eines rechtschaffenen, besonnenen, arbeitsamen, usw. Mannes. Sie war überzeugt, dass Raulito, selbst wenn er Meere und Kontinente überquerte, auf der ganzen Erde keine passendere Frau für sich finden könnte. «Frag mich nicht, wer Hand und wer Handschuh ist, aber das sind die beiden füreinander.» Sie prophezeite ihnen eine stabile Beziehung, eine baldige Hochzeit und zwei Kinder; sie traf auch noch andere Vorhersagen für die beiden, und wenn ich jetzt zurückschaue, stelle ich fest, dass sie in allem recht hatte. Ein paar Jahre vergingen. Mein Bruder verheiratet und ich Gymnasiallehrer, ging immer noch einmal die Woche zu Mama, um mich mit ihren kulinarischen Köstlichkeiten vollzustopfen und ihr nebenbei meine schmutzige Wäsche dazulassen. Eines Tages besuchte ich sie in Begleitung.

2

Águeda gab ihrem Wunsch Ausdruck, Mama kennenzulernen. Es war Abend, und wir gingen Arm in Arm über die Calle Callado, blieben bei einem Straßenmusiker stehen, der ein schrill überspanntes Saxofon spielte, da brachte sie ihre Lippen so nah an mein Ohr, dass ich schon dachte, sie wolle mir einen Kuss geben, und fragte mich, ob ich sie nicht einmal mitnehmen wolle, wenn ich meine Mutter besuche. Ich muss wohl ein Gesicht gemacht haben, dass sie sich zu einer Erklärung genötigt sah. Der Umstand, dass ihre und meine Mutter Witwen waren, würde uns beide auf eine besondere Art verbinden. Welche Art sie genau meinte, erklärte sie nicht. Ich neige zu der Annahme, dass sie das große Bedürfnis, die Hoffnung, ich weiß nicht, den Wunsch hatte, unsere Bindung, egal ob gefühlsmäßiger oder sonstiger Art, zu festigen, Hauptsache, es stärkte unsere Beziehung. Ich bin Dutzende Male bei ihr zu Hause in der Calle Hortaleza gewesen, wo ich aber nie mit ihrer Mutter gesprochen habe. Ich will damit sagen, dass ich sie nie in der Küche oder sonst wo angetroffen habe. Krank, schwerhörig, an ihren Sessel gebunden, bekam sie von meiner Anwesenheit in der Wohnung nicht einmal etwas mit. Águeda wollte es so, und ich auch. Wir konnten tun, was wir wollten; keiner unserer Versuche führte jedoch zum ersehnten Ziel. Ich muss gestehen, dass es mich bei dem Gedanken schauderte, mit Águeda bei Mama aufzutauchen. Das geringste Problem war, dass sie sie genau – und natürlich gnadenlos – unter die Lupe nehmen würde, bevor sie ein Urteil fällte, das meines Erachtens nur negativ ausfallen konnte. Viel schlimmer war für mich die nicht zu leugnende Tatsache, dass Águeda durch den Besuch den Status einer festen Freundin bekam. Dass Águeda darauf spekulierte, schien mir ein klarer Fall zu sein, und noch klarer war mir, dass sie genau wusste, dass mir daran lag, die Tür zu einem dauerhaften Zusammensein für sie geschlossen zu halten. Daher versuchte sie also, die Karte meiner Mutter auszuspielen, von der sie möglicherweise Hilfe erwarten konnte, wenn sie deren Sympathie gewann. Ja, Águeda war eine Freundin, eine sehr gute Freundin sogar. Mit ihr konnte ich reden und Vertraulichkeiten austauschen, wir machten uns kleine Geschenke und schäkerten miteinander. Eine Freundin, deren Ratschläge und Ansichten ich schätzte, mit der ich Buchhandlungen, Aufführungen und Ausstellungen besuchte, mit der ich lachen konnte und eine gute Zeit hatte; deren großer Nachteil allerdings war, dass man mit ihr nicht anständig vögeln konnte. Hinzu kam noch, dass meine Freunde über mich lachten, und das nicht nur hinter meinem Rücken, weil ich mit einem unattraktiven Mädchen ging. Ich merke, dass ich einen Euphemismus benutze. Sie nannten sie schlicht und einfach hässlich. Jedenfalls schafften sie es, dass ich ihr gegenüber negative Gefühle entwickelte und mich sogar etwas schämte, wenn uns auf der Straße ein Bekannter begegnete. Águeda reichte es nicht, eine gute Zeit mit mir zu haben. Sie wollte mehr, obwohl sie das nicht ausdrücklich sagte. Sie fasste über unseren vergnügten Alltag hinaus eine gemeinsame Zukunft ins Auge. So oft erklärte sie, wie gern sie meine Mutter kennenlernen würde, dass ich ihrem Beharren schließlich nachgab. Beim sonntäglichen Mittagessen übermittelte ich Mama den Wunsch meiner Freundin, stellte aber klar, dass es sich bei ihr nicht um eine feste Freundin im herkömmlichen Sinne handelte. Mama war begeistert von dem Gedanken, sie kennenzulernen, und drängte mich, sie am kommenden Sonntag mitzubringen. Sie bekundete lebhaftes Interesse für Águedas Vorlieben und Geschmäcker, weil sie etwas kochen wollte, das sie mögen würde, und ob sie guten Appetit habe, Wein trinke, für Süßes zu haben sei, ob … Ich begann mir, ehrlich gesagt, Sorgen zu machen.

3

Mama wollte unbedingt Águeda kennenlernen und Águeda genauso unbedingt und mit der gleichen Erwartung von Mama empfangen werden. Die Wissenschaft der Psychologie kann vielleicht das für mich rätselhafte Phänomen erklären, dass zwei Menschen sich zu mögen beginnen, noch bevor sie sich kennen. Ich kann in der Hinsicht nur Vermutungen anstellen. Vielleicht spielten Andeutungen eine Rolle, weiblicher Instinkt, irgendeine begünstigende Eingebung aufgrund von etwas, das ich gesagt habe. Keine Ahnung. Águeda hatte sich zum Mittagessen mehr herausgeputzt, als man das von ihr gewohnt war. Zum ersten Mal sah ich sie mit geschminkten Lippen, was ihr Aussehen veränderte, das mir anfangs, ich weiß nicht warum, gar nicht gefiel; unterwegs in der U-Bahn dann, im Vergleich mit anderen Frauen, sprach es mich schon mehr an, und als ich sah, welchen eindeutig wohlwollenden Empfang Mama ihr bereitete, mochte ich es sogar. Mehrere Tage lang quälte sich Águeda mit der Frage, was sie anziehen und was sie Mama als Geschenk mitbringen sollte. Sie bat mich um Rat. Bezüglich Ersterem sagte ich ihr, wir gingen nicht zu einem Empfang bei Hofe, sondern nur zum Essen zu meiner Mutter; mit anderen Worten: kein Grund, sich besonders herauszuputzen. Ich fügte hinzu, sie müsse sich nicht verkleiden, um zu scheinen, was sie nicht war. Sie befolgte meinen Rat und kam wie ein ganz normaler Mensch gekleidet, oder jedenfalls nicht wie jemand, der sich aufdonnert und Aufsehen zu erregen glaubt und dabei nur mitleiderregend ist. Was den Kauf eines Geschenks anging, musste ich gestehen, dass ich ihr keine Hilfe sein konnte. Mir war noch nie in den Kopf gekommen, Mama irgendetwas anderes als meine schmutzige Wäsche mitzubringen. Nach langem Überlegen entschied sich Águeda für selbst gehäkelte Topflappen. Sie erzählte mir, sie habe bis in die frühen Morgenstunden an den Topflappen gearbeitet. Zum Zeichen, dass sie ihr gefielen, nahm Mama sie gleich mit in die Küche, nachdem sie sie ausgepackt hatte. «Sie sind herrlich», sagte sie mehrmals. Zu meiner Überraschung erfuhr ich, dass beide im Laufe des Vormittags Kopfschmerzen bekommen hatten. Sie waren beide in der Küche beschäftigt, Águeda als freiwillige Helferin, deren Dienste Mama hocherfreut annahm, und ich belauschte die zwei hinter der angelehnten Tür. Águeda hatte ihre Migräne mir gegenüber nie erwähnt. In der U-Bahn hatten wir uns scheinbar ganz normal unterhalten, ohne dass sie mir etwas von ihren Schmerzen verriet. Ich hatte keine Ahnung, dass sie häufiger davon geplagt wurde, und glaubte daher einen leichten vorwurfsvollen Anklang herauszuhören. Ich fragte mich unwillkürlich, wie oft ich mir sonntags Mamas köstliche Speisen einverleibt, sie mit meinen Sorgen, meinem Ärger und meinen Problemen vollgequatscht hatte, ohne zu merken, dass sie mir in diesen Momenten vielleicht mit höllischen Kopfschmerzen gegenübersaß. Mir war nie der Gedanke gekommen, sie danach zu fragen. Dem Gespräch der beiden Frauen in der Küche entnahm ich, dass sie Meisterinnen in der Kunst waren, ihre Qualen vor anderen zu verbergen, solange diese die Grenzen des Unerträglichen nicht überschritten. Vom Flur aus hörte ich sie in der Küche hantieren und sich über die verschiedenen Methoden austauschen, mit denen jede von ihnen die Migräne bekämpfte oder zu lindern versuchte. Ich kam aus dem Staunen nicht heraus, als ich alltägliche Einzelheiten aus dem Leben der beiden mit anhörte, die mir vollkommen unbekannt waren. Beide betonten den Fluch der Wochenenden. «Gerade wenn du denkst, du könntest dich entspannen, zack, Migräne bis zum Gehtnichtmehr.» Zu viel Schlaf, schlecht. Zu wenig Schlaf, schlechter. Mama nannte ihre schlimmsten Feinde: Alkohol (ich musste an die Nacht denken, als mein Bruder mir die Schnapsflaschen in der Abstellkammer zeigte), verspannter Rücken, das Frühstück auslassen oder unregelmäßig essen. Águeda bestätigte einiges davon auch als ihre Feinde und fügte weitere hinzu: die Periode (Mama: «Die Wechseljahre waren für mich eine Befreiung»), mit feuchtem Haar nach draußen gehen, zu spät essen, Schokolade ... «Schokolade?» «Ja, kommt für mich aber nicht infrage. Und Alkohol auch nicht.» Und sie benannten die leider nicht immer sehr wirksamen Mittel, zu denen jede von ihnen griff, um die Schmerzen zu lindern, und zwar nicht nur Medikamente, von denen Águeda eine Menge und Mama, wie ich ihren Worten entnehmen konnte, schon alle ausprobiert hatte. Mama empfahl Águeda ein Tässchen Kaffee mit einem Spritzer Zitronensaft, sobald sich die ersten Anzeichen bemerkbar machten. Águeda sagte, den Rat werde sie in Zukunft auf jeden Fall befolgen, und bedankte sich dafür. Auch während des Essens verstanden sich die beiden unverändert gut. Niemand, der ihnen zuhörte, wäre auf den Gedanken gekommen, dass sie sich gerade erst kennengelernt hatten. Beim Abschied: «Und nicht vergessen. Ein Tässchen Kaffee mit Zitrone.» Ein paar Tage später sagte mir Mama am Telefon: «Dies Mädchen ist ein wahrer Schatz. Sei gescheit. Lass sie dir nicht wegnehmen.» Und ich solle sie ruhig öfter mitbringen. Zwei oder drei Mal brachte ich sie noch mit, doch dann, als ich mich an ihre geschminkten Lippen endlich gewöhnt hatte, tauchte diese Schönheit, diese herrliche, duftende Gestalt namens Amalia auf.

4

Humpel und ich hatten uns schon lange nicht mehr an den Kroketten in der Casa Manolo gütlich getan. Als wir ankamen, war die ohnehin nicht sehr geräumige Bar rappelvoll, und wir mussten eine Weile draußen warten, bis die Bande – jede Menge Damen frisch vom Friseur – nach draußen kam und zum Teatro de la Zarzuela hinüberging, das auf der anderen Seite der schmalen Calle de Jovellanos lag. Nachdem das Lokal geräumt war, konnten wir uns an einen Tisch am Fenster setzen und uns ohne Stimmenlärm ringsum unterhalten. Wir teilten uns ein Tellerchen Oliven und eine reichliche Portion Kroketten, die wir mit

Rotwein hinunterspülten. Zum Abschluss ein Eckchen Tortilla, und als ich nach Hause kam, hatte ich mein Abendessen bereits gehabt. Humpel hat seine gesamte dialektische Artillerie gegen meine Ansicht mobilisiert, dass es möglich ist, sich einen brutalen Schmerz, einen, der sich ins Gehirn bohrt, bis man umzufallen glaubt, nicht anmerken zu lassen. Ein Kopfweh, das mit einer Aspirin beseitigt werden kann, okay; aber keine aggressive Migräne, die jede Bewegung, das leiseste Geräusch, den winzigsten Lichtstrahl, der das Auge trifft, zur Qual macht. «Was verstehst du überhaupt unter Migräne, Junge?» Noch so eine Sache, sagt er, ist ja, dass du deine Mutter nur als Bedienung siehst, als Köchin, als Waschfrau, die dir auch noch Zuwendung schenkt; eine ewige Stillerin, wenn nicht mit Milch, mit dem, was sie dir kocht; eine tapfere Frau, die jeden Schmerz und jede Klage unterdrückt, damit ihrem kleinen Toni der sonntägliche Besuch nicht verdorben wird. «Hast du deiner Mutter irgendwann einmal ein Dankeswort gesagt?» «Was geht dich das an?» «Mich? Gar nichts. Du hast das Thema aufgebracht.» Dann will er noch wissen, woher nach so langer Zeit diese Erinnerungen kommen, das Stochern in Vergangenem und das ganze Getue von mir. Wenn ich ich bin und nicht er, wie ich manchmal behaupte, wer ist es dann, der sich feige ans Leben klammert? Ich antworte ihm, das sei für mich eine Art des Abschiednehmens. Wir haben bereits März, viel Zeit bleibt mir nicht mehr. Das ist alles. Was ist so seltsam daran, dass man auf dem letzten Stück seines Lebensweges alte Zeiten Revue passieren lässt, so wie man in einem Fotoalbum blättert, und seine Eindrücke mit einem Freund austauscht, den man für seinen besten hält oder gehalten hat? Ich sage ihm nichts davon, dass ich abends vor dem Zubettgehen regelmäßig ein paar literarisch anspruchslose Zeilen zu Papier bringe. Ich fürchte, dass er dann neugierig wird. Humpel würde nicht aufhören, mich zu löchern, bis ich seinen ruchlosen Augen mein tiefstes Inneres entblößte. Er vermutet, dass meine Mutter und die kleine Águeda ihre körperlichen Qualen, soweit es ihnen eben möglich war, aus Liebe zu mir verheimlichten. Er meint, das sei das zutreffende Wort: *Liebe*. Wie ich das nicht hätte merken können. Mit einer schon an Anmaßung grenzenden Bestimmtheit behauptet er, dass ein Mensch aus Liebe am Leben Selbstmord begehen kann. Daran sei nichts Paradoxes. Und er sagt nichts Gutes von mir, das ich nicht selbst schon weiß. Es tut ihm leid; aber er hätte mich für intelligenter gehalten. Mit dem Mund voller Béchamel fängt er an, sich aufzuregen: «Glaubst du, ich lebe nicht gern? Natürlich liebe ich das Leben; nur ohne offene Wunden, ohne Depressionen und mit zwei Füßen, verdammt.» Er sagt, er wird immer auf der Seite des Lebens stehen; selbst in dem Augenblick, wenn er das Zyanid schluckt, und da vielleicht sogar mehr denn je. Er hat sogar ein Zitat von Max Frisch parat: «Der Selbstmord sollte ein wohlüberlegter Akt sein.» Oder ein wohlüberlegter Akt der Liebe für das Leben, hat er, wie um die Worte des Schweizer Schriftstellers zu vervollständigen, hinzugefügt. Gerade weil man gerne lebt, sollte man freiwillig aus dem Leben scheiden, es dabei jedoch an Wohlerzogenheit und Eleganz nicht fehlen lassen, wenn es durch Mutlosigkeit, Alter und Wehwehchen unschön zu werden beginnt; wenn man feststellt, dass man es nicht mehr verdient, man es lange genug genossen hat. Humpel verachtet Selbstmörder, die sich in einem Erregungszustand umbringen. Hysterische, stümperhafte Selbstmörder nennt er sie, ohne jeden Sinn für Theatralik. Auf jeden Fall wird er sich auf die von Frisch geforderte Weise das Leben nehmen, bei klarem Verstand und in der Überzeugung, eine unbedingt rationale Tat zu begehen, woraus man schließen kann, dass er vorher seine Angelegenheiten (Testament, sonstige Papiere, Beerdigung ...) in Ordnung gebracht haben wird. Ich schaue jetzt zu *Pepa*, die neben dem Tisch, an dem ich dies alles schreibe, auf dem Parkettboden liegt und mich unverwandt anschaut. «Was starrst du mich an? Willst du dich auch mit mir anlegen?» Als sie meine Stimme hört, hebt *Pepa* den Kopf und stellt die Ohren auf, als warte sie auf Anweisungen. Wer sagt mir, dass sie in diesem Moment nicht schreckliche Schmerzen und die Stille nur mit letzter Anstrengung ertragen hat; mit der Hilflosigkeit, zu der alle Lebewesen ohne Sprache verdammt sind? «Wedel mit dem Schwanz», befehle ich ihr, «wenn du irgendwelche Schmerzen hast.» Tatsächlich hebt *Pepa* die Schwanzspitze und tippt damit zwei oder drei Mal auf die Bodenbretter. Ich habe nicht die geringste Idee, was sie mir damit sagen will.

5

Ein Plan ist das wirklich nicht. Aber man kann sich nicht immerzu verstecken. Ich finde es unzumutbar, jedes Mal erst aus dem Fenster zu spähen, bevor ich mich zu einem Spaziergang entschließe. Ich gehe auf dem Bürgersteig und schaue mich andauernd um; das heißt, ich bewege mich in meinem Viertel, als würde ich verfolgt. Jetzt reicht's, habe ich mir heute Nachmittag gesagt. Es ist nicht nur vorbei, dass du dieser Frau aus dem Weg gehst, die dir nichts getan hat und die wahrscheinlich nicht einmal ein schlechter Mensch ist, sondern jetzt stellst du dich ihr. Und das habe ich getan. Sie will mich für Vergangenes zur Rechenschaft ziehen? Soll sie doch. Und wenn sie sich auf die Hinterbeine stellt, soll sie sehen, wo sie bleibt.

Am Nachmittag habe ich *Pepa* das Halsband angelegt, und wir sind in aller Ruhe zum Park spaziert und haben die Vorsichtsmaßnahmen der vergangenen Wochen einfach außer Acht gelassen. Ich habe mich an der Stelle des Plätzchens mit den wenigsten Bäumen hingesetzt, wo jeder mich sehen kann. Auf dem Weg dahin wollte mich der Mut verlassen, doch ich habe an meinem Vorsatz festgehalten. *Pepa* schnüffelte nach Herzenslust umher, und ich vertrieb mir die Zeit mit einzelnen Passagen aus Jacques Monods *Zufall und Notwendigkeit*, in der Erstausgabe von 1971 und der Übersetzung von Ferrer Lerín. Ab und zu schaute ich vom Buch auf, ob der schwarze Hund und sein Frauchen sich sehen ließen. In meinem Moleskine-Büchlein finde ich verschiedene Stellen, die ich aus Monods Essay abgeschrieben habe. An einer heißt es: «Heute weiß man, dass der chemische Apparat von der Bakterie bis zum Menschen im Wesentlichen der gleiche ist – in seiner Struktur wie in seiner Funktionsweise.» Ich glaube, mich zu erinnern, dass mich dieser Satz seinerzeit so erfreut hat, weil ich in ihm die überhebliche Krone der Schöpfung mit einer Mikrobe verglichen fand.

Derzeit dürfte das Buch, nicht weit vom Kinderspielplatz entfernt, noch im Park liegen, falls es kein zufällig Vorbeikommender mitgenommen oder in einen Papierkorb geworfen hat. Vom Herumrennen ermüdet, kommt *Pepa* zu mir gelaufen und streckt sich auf dem sandigen Boden aus. Ich schaue sie an. Sie zeigt weder Jubel noch Begeisterung. Aus ihrem ruhigen Verhalten schließe ich, dass der dicke schwarze Hund nicht in der Nähe ist. Gleich darauf setzt sich ein alter Mann mit Stock und Schiebermütze, den ich schon öfter im Park gesehen habe, an meine Seite. Aufgrund gewisser Mundgeräusche, die sich wie ein ungehaltenes Grummeln anhören, kommt mir der Verdacht, dass ich die Unverschämtheit besessen habe, meinen Hintern auf seiner Bank zu platzieren, zu der der gute Mann vielleicht ein Verhältnis wie ein Eigentümer zu seinem Eigentum unterhält. Unvermittelt richtet er das Wort an mich, und dass er mich dadurch vom Lesen abhält, kümmert ihn nicht. Dass die Führer der katalanischen Unabhängigkeitsbestrebung dieser Tage vor dem Obersten Gerichtshof angeklagt sind, nagt an ihm, und er muss sich bei jemandem abreagieren. Zweifellos soll ich dieser Jemand sein. Er bittet mich gleich um Entschuldigung dafür, dass er mich so überfällt. Er weiß, dass er das nicht tun sollte, da ich ja lese; aber die Angelegenheit bringt ihn, wie er sagt, um den Verstand. Genau wie Humpel ist er der Meinung, dass das Katalonienproblem in zwei Tagen gelöst werden könnte, wenn man nur hart genug durchgreifen würde. Ich wende mich ihm zu und schaue ihn an. Ich schätze ihn zwischen achtzig und fünfundachtzig Jahre alt und glaube in seinen Gesichtszügen und seinen wässrigen Augen den Abglanz eines im Gesicht eines alten Mannes gefangenen Kindes zu erkennen. Wie jemand, der seine Hand in eine Höhle steckt, ohne zu wissen, was für ein Tier darin wohnt, taste ich bei ihm nach einer nationalistisch-katholischen Ader. «Glauben Sie, die harte Hand eines neuen Generalissimus könnte die Lösung sein?» Er lacht. «Na, hören Sie. So einen haben wir doch lange genug ertragen.» Ich bitte ihn, mir zu erklären, was er dann unter hartem Durchgreifen versteht. «Man sollte einfach die bestehenden Gesetze anwenden und diese ganze Separatistenbande, die unser Land auseinanderreißen will, ins Gefängnis stecken.» Ob er Enkelkinder hat? Ich frage ihn einfach. «Ach, woher! Meine Töchter haben damit nichts im Sinn. Die Älteste ist schon über vierzig. Also ... nein! Mein Name stirbt aus.» «Wie ist Ihr Name?» «Hernández.» «Mann, da kann doch von Aussterben keine Rede sein. Es gibt Tausende von Hernández in Spanien.» «Aber der Hernández, den ich von meinen Vorfahren habe, der endet bei meinen Töchtern. Denen ist das egal.» Laufe ich einmal nicht vor Águeda davon, sondern suche die Begegnung mit ihr, lässt sie sich nicht sehen. Auf dem Heimweg, es ist schon dunkel, denke ich an den alten Mann, der sich um die Zukunft seines Landes sorgt. In seinem Alter, ohne Nachkommen, mit einem Fuß im Grab, was interessiert ihn da, ob Spanien zerfällt oder nicht zerfällt? Ich glaube, vielen Spaniern sollte man klarmachen, dass mit dem Tod alles endet.

6

Águeda kam eines Nachmittags von der Arbeit nach Hause. Schon im Hausflur hörte sie Stimmen aus dem Fernseher, was absolut verwunderlich war, da ihre Mutter so gut wie nichts mehr hörte. Águeda fand sie tot in ihrem Sessel sitzend, den Kopf auf die Brust gesunken. Sie hat mir gesagt, die große Wahrscheinlichkeit, dass ihre Mutter einen schnellen Tod hatte, ohne leiden zu müssen, hätte ihr geholfen, den Verlust zu verkraften. Das war in dem Jahr, als Nikita geboren wurde. Darüber, dass Mama im Januar gestorben ist, ist Águeda auf dem Laufenden. Humpel und sie begegnen sich wohl ab und zu auf der Straße. Ich habe da nicht weiter nachfragen wollen. Águeda hat, wie sie sagt, «eine wunderbare Erinnerung» an Mama. Wunderbar? Ich glaube, dass man nur wenige Aussagen treffen kann, bei denen das Adjektiv *wunderbar* nicht übertrieben ist; aber kann ja sein, dass Águeda es wirklich so meint. Als sie das Wort ausgesprochen hat, schienen mir ihre Augen tatsächlich ein wenig feucht zu werden. Ich habe erfahren, dass Águeda nach dem Ende unserer Beziehung Mama noch ein paar Mal besucht hat und sich die beiden sogar an einem Nachmittag um zwei in einem Café getroffen haben, um über ihre Sachen zu reden. Mama hat mir davon nie etwas erzählt. In Beantwortung meiner Frage hat Águeda mir in kurzen Worten ihre Berufslaufbahn bis heute geschildert. Mitte der Neunziger hatte sie eine gute Stelle als Bürohilfe in einer Anwaltskanzlei gefunden. Die Arbeit gefiel ihr, das Betriebsklima nicht. Die Kanzlei ging nach der Wirtschaftskrise von 2008 den Bach runter; aber aufgrund von Missstimmungen zwischen den Partnern lief es auch vorher schon schlecht. Danach hielt sie sich mit Arbeitslosengeld und Gelegenheitsjobs über Wasser. Sie hat alles Mögliche gemacht, ohne irgendwo länger zu bleiben. Von der Aufzählung ihrer Jobs habe ich nur behalten, dass sie in einer Kunstgalerie angestellt war und als Rezeptionistin in einem Hotel in Fuenlabrada gearbeitet hat. Zurzeit gibt sie gelegentlich Englischunterricht, wenn sie Lust dazu hat. Nicht immer nimmt sie Geld dafür. Wie das? Es tut ihr in der Seele weh, wenn sie die Finanzlage einiger Familien sieht. Sie arbeitet eigentlich nur, damit sie einen Grund hat, morgens aufzustehen und den Tag herumzubringen; nicht für Geld, denn da sie lebt, wie sie lebt, allein und ohne familiäre Verpflichtungen und nennenswerte Kosten, kann sie mit ihren Ersparnissen bis ins hohe Alter auskommen, ohne sich beschränken zu müssen. «Reich bin ich nicht; aber mit dem, was ich habe, komme ich schon durch.» Und sie erklärt mir, dass sie ihre Wohnung in der Calle Hortaleza vor knapp zwei Jahren zu einem sehr guten Preis an eine Familie reicher venezolanischer Einwanderer verkauft hat. Ihre Tante Carmen hatte sie dazu ermuntert und ihr vorgeschlagen, zu ihr zu ziehen und später ihre Wohnung zu erben. Diese Tante Carmen, Schwester von Águedas Vater, war eine kinderlose Witwe in den Achtzigern, die im Viertel La Elipa wohnte, wo Águeda jetzt zu Hause ist. In welcher Straße, hat sie mir nicht gesagt, und ich habe auch nicht danach gefragt. Als die Tante nach einiger Zeit starb, hat die Nichte alles geerbt, und das scheint nicht wenig zu sein. «Wenn ich Lust dazu habe, nehme ich eine Arbeit an; hauptsächlich aber, um mich nicht zu langweilen.» Nicht eine Klage, nicht ein Vorwurf, nicht ein ärgerliches Wort während der halben Stunde, die wir miteinander gesprochen haben. Als wir uns verabschieden, hat sie mir gestanden, dass sie kurz zuvor beinahe gegangen wäre, da sie überzeugt gewesen sei, dass ich an diesem Mittwoch nicht zum Markt gehen würde. Durch Zufall war ich nicht über die Plaza de San Cayetano, sondern über die Calle Eraso gekommen. Und nach dem Einkauf wäre ich beinahe denselben Weg zurückgegangen; doch dann fiel mir ein, dass ich noch zum Geldautomaten wollte. Auf dem Weg zur Ecke Azcona bin ich dann auf der Plaza gelandet, wo Águeda in ihrem zerschlissenen Mantel, mit ihrem dicken Hund und unter einem schwarzen Herrenschirm im Regen wartete.

7

Ich war überrascht, über wie viele Dinge aus meiner Vergangenheit Águeda auf dem Laufenden war. Von Humpel vermutlich. «Ist bald elf Jahre her, dass meine Ex und ich geschieden worden sind.» «Ja, ich weiß.» So in der Art. Und da ich das Gespräch, das ohnehin schon über eine halbe Stunde dauerte, nicht unnötig in die Länge ziehen wollte, versuchte ich auch nicht herauszufinden, woher Águeda diese genaue Kenntnis einiger Ereignisse in meinem Leben hatte. Stattdessen fragte ich nach ihrer Mutter, ihrer Arbeit, wo sie wohnte und solche Sachen. «Ich hab mich operieren lassen.» Mir war klar, dass ich wie ein Heuchler dastehen würde, wenn ich sie fragte, woran sie operiert worden sei; und sie nicht zu fragen, würde einem Eingeständnis gleichkommen, dass ich mich noch an die Sache mit ihrer Vaginalverengung erinnerte. Die Vorsicht riet mir, den Mund zu halten. Águeda schien nicht zu merken, in welche Verlegenheit sie mich mit ihrer Enthüllung gebracht hatte, und fügte wie beiläufig hinzu: «Obwohl, so wie die Dinge stehen, hätte ich mir die OP auch sparen können.»

Ich interpretierte das so, dass sie ihre sexuelle Aktivität komplett eingestellt hatte. Aber ich war mir nicht sicher. Wie sollte ich das auch sein? Ich besitze nicht die Gabe, anderer Leute Gedanken zu lesen. Höchstwahrscheinlich ist das eine sehr dumme Schlussfolgerung gewesen. Andererseits: Was ging mich das Ganze an? Es regnete, die Einkaufstüten waren schwer, die Unterhaltung bewegte sich in eine für meinen Geschmack zu intime Richtung, also gab ich vor, etwas in Eile zu sein, und jeden Anschein von Unfreundlichkeit vermeidend, verabschiedete ich mich. Humpel hat mir heute Nachmittag in Alfonsos Bar bestätigt, dass Aguedita, wie er sie manchmal nennt, bis heute ledig geblieben ist, was ich mir auf ihr wenig anziehendes Äußeres zu schieben erlaubt habe. Humpel ist da anderer Meinung. Zuerst einmal ist er der Meinung, dass Águeda nicht wirklich hässlich ist. Er behauptet, wenn sie etwas mehr auf ihr Aussehen achten und ein wenig abnehmen würde, könne sie einen ganz anderen Eindruck hinterlassen. «Aber es stimmt schon», sagt er, «sie läuft wie eine Vogelscheuche durchs Leben.» Seiner Meinung nach hat Águeda aus freien Stücken ungebunden bleiben wollen, und das, sagt er, und wer bin ich, ihm da zu widersprechen, wirkt sich auch auf ihr Sexualleben aus. Die Hunde, die sie bisher gehabt hat, waren ihr offenbar Gesellschaft genug.

8

Mein erstes sexuelles Erlebnis, vom Onanieren abgesehen, war alles andere als glorreich. Es hatte etwas Schäbiges, das mich veranlasst hat, es geheim zu halten. Humpel hat einmal versucht, mehr über die Episode herauszufinden, mehr aus Neugier und spaßhafter Kumpelhaftigkeit als aus wirklichem Verdacht; aber ich habe ihn mit ein paar Pubertätsgeschichten abgelenkt. Ich weiß nicht, ob er sie mir geglaubt hat, ist mir aber auch egal.

Falls er eines Tages noch einmal darauf zu sprechen kommt, wird er mich wohl beim Lügen erwischen, denn ich weiß nicht mehr genau, was ich ihm vor so ewig langer Zeit erzählt habe, und mit Sicherheit wird sich meine nächste Flunkerei von der vorherigen unterscheiden. Amalia erzählte mir eines Nachts, als wir im Bett unsere postkoitalen Zigaretten rauchten, wie ihr erstes Mal gewesen war. Lachend erinnerte sie sich an die Lüge, die sie ihren Eltern aufgetischt hatte, um an einem Samstag außer Haus schlafen zu dürfen. Als sie ihre triviale Geschichte beendet hatte, sollte ich ihr meine erzählen. Ich erfand natürlich eine Teenagergeschichte ohne spektakuläre Details, im Grunde eine wie ihre eigene, ohne andere wahrhafte Daten als das Alter, sechzehn Jahre, was für damalige Zeiten ziemlich früh war, verglichen zumindest mit Nikitas Generation. Amalia war achtzehn, als sie ihre Jungfräulichkeit verlor. Sie nannte es tatsächlich *Jungfräulichkeit verlieren*. Mit zerzaustem Haar und vor Befriedigung rotem Gesicht lachte sie: «Ich spreche schon genau wie meine Mutter.» Obwohl volljährig, musste sie vor zehn Uhr abends zu Hause sein und ihren Eltern Rechenschaft darüber ablegen, wo sie gewesen war und mit wem. Ich weiß noch, dass sie während der Schwangerschaft immer darauf beharrte, dass wir unserem Kind, egal ob Junge oder Mädchen, die Freiheiten gewähren müssten, die ihr versagt geblieben waren. In meiner Schule hatte ich einen Klassenkameraden namens Soto, der zwar ein schlechter Schüler, aber in allen Lebensdingen anscheinend sehr erfahren war und sogar einen angedeuteten kriminellen Hintergrund hatte, was ihm unsere Bewunderung sicherte. Er war nicht besonders kräftig, war kein Schlägertyp und spielte sich nicht auf, wusste sich aber auf seine Weise Respekt zu verschaffen. Wer das infrage zu stellen versuchte, dem zeigte er gern sein Springmesser und bewies seine Geschicklichkeit damit, indem er es zielgenau auf Baumstämme warf, seine Orange oder seinen Frühstücksapfel damit schälte oder sich schlicht die Fingernägel damit reinigte. Ich hatte gehört, dass er eine ein Jahr jüngere Schwester hatte, die berühmte Soto-Schwester, die es für Geld mit jedem trieb. Andere Gerüchte besagten, dass man sie auch in Naturalien bezahlen konnte, vor allem mit Joints und Zigaretten. Ein Klassenkamerad gab mir den letzten Anstoß, meine Schüchternheit zu überwinden. «Mit der kannst du alles machen.» Soto bestimmte den Tarif, die Art der Zahlung und übernahm die Vermittlung. Ich fragte ihn, ob das auch wirklich stimmte, was man sich erzählte. In seiner wortkargen Art antwortete er nur, zweihundert Peseten. «Und wann?» «Wann es dir passt.» Ich musste im Voraus berappen, und dafür ging ein Gutteil meines Wochentaschengeldes drauf. Und wie so viele andere Jungen in der Schule und in unserem Viertel schob ich mit seiner Schwester die erste Nummer meines Lebens.

9

Keine Schwäche zeigen, so lautete das Motto. Wir sollten uns nie ausnutzen lassen, sagte Papa zu Raulito und mir. Und er versuchte uns die Verachtung von Schmerz, Tränen und Zärtlichkeit anzutrainieren. Man durfte kein Mitgefühl zeigen. Man musste kämpfen, immer nach vorne schauen. Seine Ansprachen endeten oft damit, dass er das Leben mit einem Schlachtfeld verglich.

Er ging mit seinen Söhnen gern ins Meer, besonders wenn es hohe Wellen gab, und genoss es, wenn Mama ängstlich am Ufer saß und dachte, wir seien in großer Gefahr. Das Schlimmste war für ihn nicht die Niederlage, sondern die Feigheit. Und manchmal forderte er uns zu einer Mutprobe heraus: «Eine Pesete für den, der eine Spinne auf der Handfläche zu mir bringt.» Papa konnte aus der Haut fahren, wenn Raulito zu ihm kam und ihm sagte, ich hätte ihm dies und jenes angetan. Ich weiß, dass ihm das Piepsstimmchen meines Bruders hochgradig unangenehm war. «Wehr dich, verdammt, du bist doch keine Schwuchtel.» Ich erkannte, dass mir das Familienoberhaupt freie Hand ließ, grausam zu sein. Dass er das sogar von mir erwartete; und dass ich mir in allen Lebenslagen Vorteile verschaffte oder mich durchsetzte, indem ich Schwächeren meinen Willen aufzwang.

Und später sahst du dann, dass seine Thesen sich in der Schule zu hundert Prozent bestätigten. Dort bestimmte eine hierarchische Ordnung das Funktionieren der Gruppe. Es stand zwar nirgends geschrieben, war aber deutlich erkennbar; wenn nicht, half dir früher oder später ein Fausthieb, es zu verstehen. Diese nicht nur auf körperliche Gewalt gründende Ordnung, sondern auch auf Ansehen beruhende, auf der Bereitschaft, Vergeltung zu üben, auf bösartiger Intelligenz, Waghalsigkeit oder Zugehörigkeit zu einer Bande, hielt den Klassenverband zusammen. Es war keine statische Hierarchie. Manchmal ging man als Sieger und manchmal als Verlierer aus einer Prügelei hervor, und dann gewann oder verlor man seine Position. Und wehe, du standest auf einer der unteren, wo dir der Wille anderer aufgezwungen wurde, wo du einen lächerlichen Spitznamen bekamst, eine Ohrfeige hier und da, dir dein Pausenbrot geklaut wurde, diese Dinge, die sich gar nicht so sehr von denen der Erwachsenenwelt unterscheiden, wo die Machtspiele genauso verbissen geführt werden. Ich werde aus dem Leben scheiden, ohne menschliche Größe kennengelernt zu haben. Dass es diese gibt, will ich nicht leugnen; ich sage nur, dass sie an den Orten, an denen ich verkehrte, nicht zu finden war. Vielleicht findet man sie in fernen Ländern, auf einsamen Inseln oder auf dem Dachboden, auf dem sich, entsetzt von der Welt, ein guter Mensch versteckt hält. Vom sozialen Umfeld bestimmt, manchmal aber auch aus freiem Willen, aus Lust, Schaden anzurichten, habe ich das Spiel mitgespielt, das alle oder viele oder die meisten spielen, und mich genauso beschmutzt wie jeder andere. Mir ist es erst wie Schuppen von den Augen gefallen, als ich feststellen musste, dass mein Sohn zu denen gehörte, die unten auf der Rangordnung stehen. Und dann, viel zu spät, fühlte ich mich in meinem väterlichen Stolz gekränkt und empörte mich über Ungerechtigkeiten, die sich in nichts von denen unterschieden, die ich als Jugendlicher gegen andere begangen hatte. Noch tiefer als Nikita, vielleicht auf der untersten Stufe rangierte die unglückliche Kreatur, die unter den Jungen meiner Schule als Sotos Schwester bekannt war. Was mag aus ihr geworden sein? Nichts Gutes, so viel ist sicher.

10

Zu meiner Schulzeit gab es ein paar Straßen von der Schule entfernt ein von Unkraut überwuchertes Trümmergrundstück, auf dem heute ein hässlicher Wohnblock steht. Jahre zuvor war dort ein Wohnhaus abgerissen worden. Auf dem Grundstück stapelten sich Teile eines Krans, die darauf warteten, zusammengeschraubt zu werden, sowie verschiedene Baumaterialien, alles unter freiem Himmel, dem allmählichen Verfall preisgegeben. Katzen hatten das Grundstück erobert. Die Zeit verging, und aus Gründen, die ich nicht kenne, zog sich die Bebauung immer weiter hinaus.

Das Gelände war zwar umzäunt, aber für uns war es ein Leichtes, zwischen der Bretterwand und einem alten Gebäude, das später auch abgerissen wurde, hineinzukommen. An einem heißen Sommertag, kurz vor dem Dunkelwerden, war dieses verlassene Grundstück der Schauplatz meines ersten sexuellen

Erlebnisses. Ich kam eine gute Viertelstunde früher als zu der von Soto festgelegten Zeit. Ein Klassenkamerad mit dem Spitznamen «der Russe» war auch schon da. Als ich ihn sah, fand ich einen Teil meiner Ruhe wieder, die mir seit dem Vortag abhandengekommen war. Mit meinen sechzehn Jahren war ich in Sachen Sexualität völlig unerfahren und konnte die ganze Nacht kein Auge zutun, weil ich mir vorzustellen versuchte, was mich erwartete. Der Russe, mit dem ich mich gut verstand, lud mich zu einer Zigarette ein, und wir unterhielten uns. Zwischen Zug und Zug erfuhr ich, dass er Soto weniger bezahlt hatte als ich. «Ich bin ja auch schon zum dritten Mal hier.» Auf seinen Rat hin kaufte ich in einem nahe gelegenen Süßwarengeschäft zwei Schokoriegel, da ihm zufolge Sotos Schwester ganz verrückt danach war und sich besser handhaben ließ, wenn sie Schokolade essen konnte. Vielleicht hätten, meiner Unerfahrenheit zum Trotz und unbesehen der Ausrede meiner Erregung und Verwirrung, in diesem Moment bei mir die Warnlampen angehen sollen. Gingen sie aber nicht. Weil ich, von Hormonen aufgeputscht, gekommen war, wozu ich gekommen war, und außerdem schon die zweihundert Peseten bezahlt hatte, sah ich keinen Grund, oder wollte keinen sehen, warum ich misstrauisch werden sollte. Der Russe und ich mussten lange warten, bis Soto mit seiner Schwester auftauchte. Wir hatten schon den Verdacht, dass er uns sitzen lassen würde. Doch dann tauchten sie am Ende der Straße in Begleitung eines uns unbekannten Typen auf, groß, mit pickeligem Gesicht und etwas älter als wir. Die beiden Jungs gingen wortlos nebeneinander her. Drei oder vier Schritte dahinter folgte ihnen ein dickes Mädchen mit pausbäckigem Gesicht, den Blick in ein verträumtes Nichts gerichtet. Als ich ihr Gesicht sah, war mir klar, dass Sotos Schwester geistig schwer zurückgeblieben war. Sie war vierzehn Jahre alt, ihre Augen standen weiter auseinander, als man es für normal hält, und waren auch nicht ganz auf gleicher Höhe. Ihre Stirn war stark gewölbt und ihr grundloses Lächeln unveränderlich und übertrieben. Der plumpe Körper war auch nicht anziehender. Ich flüsterte dem Russen zu: «Die ist doch geistig behindert.» Und mein Klassenkamerad gab ebenso flüsternd zurück: «Für das, was wir vorhaben, ist das doch egal.» Ohne uns weiter aufzuhalten, betraten wir vier das Grundstück. Soto schrie seine Schwester an, sie solle sich beeilen und durch die Lücke kriechen. Er behandelte sie schlimmer als eine Fußmatte, schimpfte sie aus und stieß sie vor sich her, und trotzdem behielt das Mädchen sein Lächeln mit weit auseinanderstehenden Zähnen und feuchtem rosa Zahnfleisch bei. «Mach schon, blöde Kuh», trieb er sie an, gab ihr dauernd irgendwelche Befehle, die sie sofort befolgen musste. Nur um was zu sagen, fragte ich ihn, wie sie hieß. Soto stand nicht der Sinn nach Konversation. «Blöde Kuh. Hast du doch gehört.» Die anderen lachten, und da ich nicht zurückstehen wollte, lachte ich auch. An der Innenseite des Bretterzauns lehnten ein paar nicht besonders sauber aussehende Kartons. Soto und der pickelige Lange legten sie hinter einem Schutthaufen und den rostigen Einzelteilen des Krans zu einer Art Bett zusammen. Dann befahl Soto seiner Schwester in harschem Ton, sich auf einen großen Stein zu setzen, kniete sich vor sie und zog ihr die Schuhe aus, danach zog er ihr von der Taille abwärts alles aus, ohne dass das Mädchen Widerstand leistete oder ihr einfältiges Grinsen einstellte. «Los jetzt, leg dich da hin!» Und noch bevor sie sich umdrehen konnte, gab er ihr einen klatschenden Klaps auf den fleischigen Hintern. Als sie sich gehorsam auf die Kartons legte, verloren wir das Mädchen aus dem Blick. Soto, wortkarg wie immer, sagte: «Fünf Minuten. Allerhöchstens.» Dann entschied er, dass der Lange mit den Pickeln als Erster seine Schwester vögeln durfte. Der Russe und ich entschieden nach Kopf oder Zahl.

11

Der Russe tauchte hinter dem Schutthaufen auf und knöpfte sich die Hose zu. Es begann schon dunkel zu werden. Soto sagte: «Du bist dran.» Ich dachte, ich komme zu spät zum Abendessen und Mama wird ärgerlich sein. Sotos Schwester lag auf dem Rücken auf den Kartons. Ein dichtes Gestrüpp von Haaren verdunkelte ihre Scham. Während ich meine Hose auszog, gab das Mädchen Laute von sich, aus denen ich das Wort Schokolade herauszuhören glaubte. Um mich zu vergewissern, fragte ich: «Willst du Schokolade?» Als Antwort wiederholte sie wie lachend, was sich für mich immer noch nicht wie ein Wort anhörte. Zwischen ihren Beinen kniend, betrachtete ich ihre Vulva im schwindenden Licht des Abends. Es war das erste Mal, dass ich eine sah, die nicht auf einer Fotografie war. Ich empfand eine Mischung aus Widerwillen, zoologischer Neugier und Faszination, und nachdem ich Sotos Schwester die beiden Schokoriegel gegeben hatte, streckte ich vorsichtig einen Finger aus, um ihr Geschlecht zu berühren, so wie man ein seltsames Tierchen zu untersuchen versucht, bei dem man eine Abwehrreaktion nicht ausschließen kann. Mir drang ein durchdringender Geruch in die Nase, der vielleicht der Grund dafür war, dass ich keine richtige Erektion bekam. Ich musste mit der Hand nachhelfen. Sie lag da, als hätte sie mit allem nichts zu tun, und mampfte mit braun verschmierten Lippen Schokolade, und nach einigen Schwierigkeiten, wahrscheinlich wegen meiner Unsicherheit und Unruhe und dem Bewusstsein, dass das nicht richtig war, was wir mit der armen Zurückgebliebenen machten, drang ich in sie ein. Es kam nicht zur Ejakulation, da ich nicht auf einen Orgasmus aus war, sondern nur auf irgendeine Weise die Erfahrung eines Koitus machen wollte.

Hastig zog ich mich an. Und als ich das Gelände verließ, hörte ich hinter mir Sotos befehlende Stimme: «Aufstehn, blöde Kuh. Wir sind hier fertig.» Ich kam etwas zu spät zum Abendessen, aber nicht so viel, dass Mama geschimpft hätte. Als ich meine Wange an ihre hielt, merkte ich, dass sie die Nase rümpfte. Minuten später, als wir in Papas Abwesenheit unsere Suppe löffelten, schaute sie mich an und sagte: «Sag mal, wann hast du eigentlich zum letzten Mal geduscht?»

12

Ich brauchte nicht lange, um an La Guindalera und an dem bequemen Junggesellenleben Gefallen zu finden, das mir Zeit zum Lesen ließ, zu Freizeitgestaltung, zu Treffen und Gesprächen mit meinem Freund Humpel, zu Spaziergängen mit *Pepa* ... Natürlich war ich traurig und einsam, mit einem Gefühl von Niederlage, musste Alimente zahlen, was rein finanziell aber nicht viel mehr war als das, was ich zum gemeinsamen Haushalt mit meiner Ex und meinem Sohn hatte beitragen müssen. Jede Art von Sentimentalität beiseitegelassen und das Ganze aus rein praktischer Sicht betrachtet, kann ich sagen, dass die Scheidung kein schlechtes Geschäft für mich war; eine Befreiung trifft es besser. Und wer hätte das gedacht, ich begann mich sogar mit der Küche anzufreunden. Ich kaufte ein Bügeleisen, mit dem ich zwei Hemden verbrannte; danach lernte ich mit dem Apparat umzugehen, und seitdem ist mir auf dem Bügelbrett kein einziges Malheur mehr passiert. Es gefiel mir, von keinem mehr abhängig zu sein, und mir vorzustellen, dass Papa, wenn ich an seiner Fotografie vorbeiging, mich mit Wohlwollen betrachtete. Während der Schulferien unternahm ich die eine oder andere Reise. Ich war in Rom. Einfach so. Ich sah im Fernsehen eine

Aufnahme von der Stadt und dachte: Am Samstag fährst du hin. Das habe ich dann auch getan. In Tanger habe ich in der Hitze gebraten, ich habe Oslo kennengelernt und die Insel El Hierro besucht, bloß weil sie so weit entfernt ist. Ich reiste allein und habe mich gewiss auch gelangweilt; doch zugleich war ich glücklich wie nie, dass ich meinen Launen nachgeben und tun konnte, was mir in den Sinn kam, ohne dass mir dauernd jemand die Meinung sagte. Im ersten Jahr nach der Scheidung schrieb ich mich für einen Deutschkurs ein. Die Lust, eine so schwere Sprache zu lernen, verging mir zwar bald; aber ein bisschen habe ich doch gelernt. Auch einen Aufsatz über die hermeneutische Theorie bei Gadamer brachte ich nicht zu Ende, ich schaffte etwa zwanzig Seiten. Warum mich an mühseligem Nachdenken und Verstehen abarbeiten, sagte ich mir, wenn ich ein ganz entspanntes Leben haben kann? Ich warf die Arbeit hin, als ich eines Tages aus dem Fenster schaute, den blauen Himmel sah und sogleich entschied, mit *Pepa* an die frische Luft zu gehen. Sollen andere sich mit philosophischer Feinarbeit plagen, die man sich nur in Ländern ausdenken kann, in denen es früh dunkel wird und immer nur regnet, windet und niedrige Temperaturen die Regel sind. Vor allem und über allem aber war mein persönlicher Friede der Tatsache geschuldet, dass die Entgleisungen des glorreichen Nikita gewöhnlich nur als gedämpftes Echo zu mir drangen; das heißt in kleinen Dosen oder als Problemchen, die oft schon gelöst oder halb gelöst waren, wenn sie mir zur Kenntnis gelangten. Ganz abgesehen davon, dass weder dem Jungen noch mir danach war, in der kurzen Zeit, die wir für uns hatten, «problematische Dinge» zu besprechen. Außerdem hatten die meisten der genannten Probleme mit den Reibereien zu tun, die Nikita mit seiner Mutter hatte und die mich nicht die Bohne interessierten. Ich sah meinen Sohn in den von der Richterin verordneten Zeitabständen und in Ausnahmefällen, auf Bitten seiner Mutter, wenn er etwas von mir brauchte oder eine Riesendummheit gemacht hatte. Ich fand es amüsant, dass Amalia, hauptverantwortlich dafür, dass mir nur erlaubt war, meinen Sohn an jedem zweiten Wochenende zu sehen, der Meinung zu sein schien, dass ich mich mehr um ihn kümmern sollte. «Er braucht ein männliches Vorbild», sagte sie einmal. Ein bisschen spät! Außerdem, dachte ich, sucht er sich seine Vorbilder schon da draußen. Der Junge war gewachsen, er überragte seine Mutter um eine Handbreit, und sie wurde seiner nicht mehr Herr. Manchmal rief Amalia mich an; nicht so sehr, um mich um Hilfe und um mein Einschreiten zu bitten, als um mich dazu zu bringen, selbst zu erkennen, dass ich einschreiten musste. Dass sie ihres Sohnes nicht mehr Herr wurde, hieß nichts anderes, als dass er sie beherrschte. Und dass der Junge nach unserer Scheidung mehr als einmal die Hand gegen seine Mutter erhob, daran besteht nicht der geringste Zweifel. Für Amalia im Grunde nichts Neues. Ihr Vater, eisenhart in seiner Haltung, verprügelte beide Töchter nach Strich und Faden; ihre Mutter, die Betschwester, ebenso. Und auch Olga, wie ich sehr gut weiß, hielt sich nicht zurück, wenn es darum ging, ihrem Schätzchen eins drüberzugeben. Der Einzige ihrer intimen Vertrauten, der Amalia niemals mit physischer Gewalt begegnete, war ich. Sie hat das offenbar nie zu schätzen gewusst, so wie sie mir auch nie einen vorderen Platz auf der Rangliste ihrer Gefühlsbekundungen zugestanden hat. Ein Jahr nach der Scheidung kam es zu einem Vorfall (diesmal wirklich besorgniserregenden Ausmaßes), der mein Einschreiten unumgänglich machte. Das Telefon schreckte mich zu ungewohnter Stunde auf, kurz vor Mitternacht, und ich lag schon im Bett. Amalia, die professionelle Radiosprecherin, klang so aufgewühlt und, man kann es ruhig sagen, so hysterisch, dass ich ihre Stimme zuerst gar nicht erkannte. Sie sprach hastig und überstürzt. Erst nachdem sie sich ein wenig beruhigt hatte, verstand ich, dass der Direktor von Nikitas Schule ihr eine Nachricht auf die *mailbox* gesprochen hatte. Eine Schülerin aus Nikitas Klasse, zarte sechzehn Jahre alt, war schwanger geworden, und alles deutete darauf hin, dass Amalia und ich auf bestem Wege waren, Großeltern zu werden. «Was ist das Problem?», fragte ich demonstrativ gelassen. «Das Problem ist der Vater des Mädchens, ein Polizeibeamter. Anscheinend fordert er auf aggressive Weise finanzielle Wiedergutmachung.» Ich wies sie, nicht ohne eine gewisse Grausamkeit, darauf hin, dass sie das Sorgerecht für unseren Sohn hatte. «So etwas hätte ich nicht von dir erwartet. Nicolás ist auch dein Sohn, und er braucht dich jetzt.»

13

Als ich nach La Guindalera zog, dachte ich: Immer mit der Ruhe, das ist nur vorübergehend. Früher oder später ziehe ich in eine Gegend, die meinem Stil und meinen Interessen entspricht. Mich störte, dass mein Weg zur Schule jetzt weiter war als früher, doch auch nicht viel. Aber klar, die zwanzig Minuten, die man jeden Tag für den Hin- und Rückweg zur Arbeit mehr braucht, summieren sich nach einem Jahr zu einem beträchtlichen Zeitverlust.

Dieser und andere Nachteile hielten mich nicht davon ab, mich schon bald an das neue Viertel zu gewöhnen. Ich schloss Alfonsos Bar in mein Herz und den Markt auf der Plaza de San Cayetano (wo ich heute Nachmittag übrigens eine leichte Enttäuschung verspürt habe, als ich dort Águeda nicht traf); der Park Eva Duarte liegt gleich nebenan und Humpels Wohnung nur ein Stück weiter, aber auch nah, und ich war überrascht, als ich feststellte, dass meine Nachbarn sympathischer und diskreter waren als die vorigen. Der erbauliche Gedanke von einem Bruch im Leben und einem neuen Anfang verflog schlagartig, als ich eines Tages von der Arbeit kam. Wie lange wohnte ich jetzt hier? Zwei, drei Wochen? Länger nicht. Ich sah, dass Post gekommen war, öffnete den Briefkasten und hätte laut schreiend davonlaufen können, als ich die anonyme Nachricht erblickte. Wie schnell mich diese Person lokalisiert hatte, die mir diese Zettel schrieb! Und ich frage mich immer noch, wie sie ins Haus gekommen war, ob sie alle Klingelknöpfe der Gegensprechanlage gedrückt und sich als Postbote oder Paketauslieferer ausgegeben hatte, ob sie gewartet hatte, bis ein Bewohner hineingegangen oder herausgekommen war, oder, um die Zügel der Paranoia gänzlich schießen zu lassen, ob sie sich auf irgendeine Art einen Hausschlüssel besorgt hatte. Ich zitiere: «Du hast doch nicht geglaubt, dass du uns abhängen kannst, Klugscheißer? Die Augen, die dich vorher gesehen haben, sehen dich jetzt und werden dich auch in Zukunft sehen, ganz gleich, wo du wohnst oder wohin du gehst.»

14

Der Schuldirektor, ein besonnener und versöhnlicher Mann, stellte uns Beteiligten sein Büro zur Verfügung. Amalia hatte ein Telefongespräch mit dem Polizisten geführt, und dieser war allem Anschein nach sofort ausfällig geworden. Erschrocken und verunsichert, sah Amalia sich außerstande, diesem Typen, den sie einen «ordinären Macho» nannte, gegenüberzutreten. Sie bat mich, an ihrer Stelle zur Schuldirektion zu gehen, wo Nikita und das Mädchen einander gegenübergestellt werden sollten. Amalia selbst war auf die Idee gekommen, nachdem unser Sohn ihr Einzelheiten über das Sexualverhalten des schwangeren Mädchens berichtet hatte. Kurz vor dem Treffen hatte ich mich unter der Woche mit Nikita zusammengesetzt und ihn in ernstem Ton aufgefordert, mir die Wahrheit und nichts als die Wahrheit zu sagen. Und die Wahrheit war, Nikita zufolge, dass man nicht wissen konnte, wer die Tochter des Polizisten geschwängert hatte, und das aus dem einfachen Grund, weil sie sexuelle Beziehungen zu vielen Jungs gehabt hatte. Zu den infrage Kommenden zählten auch ein paar Jungen aus seiner Klasse. Nach einer kurzen Pause bat ich ihn, die Namen zu wiederholen. Er nannte sie. «Die wollen mir das anhängen.» «Und warum gerade dir?» «Weil sie mich für einen Dummkopf halten.» Ich antwortete, wahrscheinlich hätten die anderen Kondome benutzt und er nicht. Das stritt er, schon mit Tränen in den Augen, ab. «Und woher weißt du das?», fragte ich. Und er erzählte mir unter Schluchzen, dass sie nach einer Schulfeier in der Mädchentoilette Gruppensex gehabt hatten und keiner der Jungen ein Kondom benutzt hätte. Und gleich darauf beschuldigte er mich, mit Bitterkeit in der Stimme, ihn ebenfalls für einen Dummkopf zu halten. Vorsorglich verglich ich seine Version noch mit der, die er seiner Mutter vorgetragen und die diese an mich weitergegeben hatte, und stellte fest, dass auch sie nicht voneinander abwichen. In der Gewissheit, dass mein Sohn nicht log, ging ich zu dem Treffen in der Schule. Humpel, den ich über die Angelegenheit ins Bild gesetzt hatte, bot sich an, mich als mein angeblicher Anwalt zu begleiten, was seiner Meinung nach dazu beitragen könnte, den Herrn Polizisten von der rechtlichen Seite her einzuschüchtern. Ich lehnte den Vorschlag ab; denn wenn der Polizist, der vielleicht nicht so beschränkt war, wie Humpel vermutete, den Schwindel bemerkte, könnte sich unsere Lage auf gefährliche Weise verschlechtern. Außerdem schien es mir nicht recht, vor Nikita zu lügen, nachdem ich von ihm verlangt hatte, mir die Wahrheit zu sagen, und ihn ermahnt hatte, das auch im Büro des Direktors zu tun. Wir kamen mit über zehnminütiger Verspätung als Letzte zu dem Treffen, weil Nikita, als wir beide schon im Begriff standen, uns auf den Weg zu machen, eine Panikattacke bekommen hatte. Sie war so schlimm, dass seine Mutter und ich ihm mit harten Konsequenzen drohen mussten, falls er nicht unverzüglich aus dem Badezimmer käme, in das er sich eingeschlossen hatte. Schlotternd vor Angst kam er heraus. Auf dem Weg zur Schule sagte er im Auto immer wieder, dass man den anderen genauso gut die Schuld an der Schwangerschaft geben könne wie ihm, auch sogar Jungen, die nicht auf seiner Schule waren, denn dieses Mädchen sei rolliger als eine Katze. Ihm zuzuhören, brach mir das Herz; nicht so sehr wegen dem, was und in welch bemitleidenswertem Ton er es sagte, das zwar auch, sondern vor allem wegen der offenkundigen Tatsache, dass ich mit ihm den gleichen Fehler begangen hatte, wie Papa mit mir, nämlich nie mit ihm über Sexualität und über die Erfahrungen gesprochen hatte, die ich gemacht hatte, als ich in seinem Alter war. Mit einem Wort, ich hatte ihn allein, unvorbereitet und ohne Ratschläge, genauso wie es mir ergangen war, den schlüpfrigen Weg der Pubertät gehen lassen. Als wir das Büro des Direktors betraten, saßen der Polizist und die mögliche Mutter meines ersten Enkels bereits am Tisch. Es war mir eine leichte ästhetische Enttäuschung, festzustellen, dass er keine Uniform trug. Ich hatte das Gefühl, sein ziviles Auftreten mache die Szene zunichte, die Humpel und ich uns vorgestellt hatten. Mein Freund hatte ihn sogar mit Pistole am Gürtel gesehen, gut sichtbar, damit ich Angst bekam. Das Mädchen machte mir einen gefälligen Eindruck. Sie war hübsch und schlank, von gesundem Aussehen, mit schön geformten Lippen, auf denen ab und zu die Andeutung eines Lächelns erschien. Sie hatte kleine, lebhafte Augen, mehrere rote Punkte auf der Stirn waren vielleicht die Folge von am Morgen noch vorm Badezimmerspiegel ausgedrückten Pickeln; glattes Haar, durchblutete Wangen, eine lange gerade Nase und an einem Nasenflügel ein silbernes *piercing*. Der Direktor bat mich und Nikita, den beiden gegenüber Platz zu nehmen, während er als unparteiischer Schiedsrichter in einem Sessel am Kopfende saß. In moderat herzlichem Ton wünschte ich dem Polizisten und seiner Tochter einen guten Tag. Sie reagierten nicht darauf. Der Polizist, gestutzter schwarzer Bart, kantiges Profil, würdigte mich keines Blickes. Als ich schon saß, bemerkte ich, dass Nikita und das Mädchen sich flüchtig anlächelten. Auf dem Tisch standen mehrere Fläschchen mit Saft und Mineralwasser, Gläser sowie ein metallenes Tablett voller Kekse. Ich kenne meinen Sohn gut genug und war nicht verwundert, als er sich gleich einen nahm, bevor noch ein Wort gesprochen worden war. Das Mädchen wollte dasselbe tun, doch ihr Vater hielt ihre Hand in der Luft zurück. «Vanesa, wir sind nicht zum Nachmittagskaffee hier.» Kurz darauf wandte ich mich an den Direktor und fragte mit scheinheiliger Höflichkeit, und auch, weil ich die Geduld des Gesetzeshüters auf die Probe stellen wollte, ob ich mir einen Keks nehmen dürfe. Selbstverständlich, dafür ständen sie ja da, und wir sollten uns doch bitte auch an Getränken nehmen, was wir möchten. Nikita ließ sich das nicht zwei Mal sagen. Er füllte ein Glas mit Orangensaft, trank es gleich aus, und ein paar Minuten später hatte er, Keks auf Keks, das halbe Tablett leer gegessen. Ich aß zwei oder drei.

15

Nach einer ausgesprochen herzlichen Begrüßung seitens des Schuldirektors verlor der Polizist sogleich die Contenance. Mit finsterem Blick brachte er eine Reihe von Beschuldigungen vor, wobei er Nikita immer wieder strafende Blicke zuwarf. Mein Sohn zeigte mehr Interesse für das Kekstablett als für das Gesprochene, und manchmal warf er dem Mädchen einen Blick zu, und das Mädchen warf ihm einen Blick zu, als wollten sie sich mit den Augen verständigen. Ich saß mit unbewegter Miene und in einer provokativ lässigen Haltung da, die Amalia bei unseren früheren Ehescharmützeln um den Verstand zu bringen pflegte. Der Polizist redete nicht schlecht, zumindest solange er die Sätze formulierte, die er sich mit einiger Sicherheit in schlaflosen Nächten überlegt und auswendig gelernt hatte; doch je länger er redete, desto mehr geriet der verbale Fluss ins Stocken, er wiederholte sich, zeigte irgendwann unverkennbare sprachliche Defizite, begann zu stammeln, als fehlten ihm mit einem Mal die Worte, was leicht zu vermeiden gewesen wäre, wenn er auch andere zu Wort hätte kommen lassen. Er suchte seinen Ausweg im Fluchen. Ich hatte bis dahin still dagesessen und wandte mich nun an den Direktor, fragte ihn, ob er das Vokabular und die Ausdrucksweise für angebracht hielt. Der gute Mann zog resigniert die Augenbrauen hoch. Zweifellos verwirrt darüber, unerwartet zum Gegenstand von Randbemerkungen geworden zu sein, unterbrach der Polizist seinen stolpernden Redefluss. Als er merkte, mit welch schlechten Karten er und seine Vanesa in der hier verhandelten Angelegenheit hatten spielen müssen, kam er ein wenig zur Besinnung, und ein paar Minuten später, besonders als er den Bitten seiner Tochter nachgab und ihr erlaubte, sich ein Getränk zu nehmen, begann er mir leidzutun. Ich rieche Verzweiflung von Weitem, auch wenn sie sich als Imponiergehabe tarnt. Der arme Teufel hatte zwar seine Sorgen geäußert und seinen Ärger herausgelassen, aber was er wirklich wollte, wusste er nicht. Seine Tochter wie in alten Zeiten unter die Haube bringen, um Gerede unter Verwandten, Bekannten und den Kollegen im Polizeidienst zu vermeiden? Und wenn ja, mit wem? Mit dem Keksverputzer, der da vor ihm saß, einem der minderbemitteltsten Jungen der ganzen Schule? Was anderes waren die Kosten für die Aufzucht des zu erwartenden Balgs. In dieser Hinsicht schien mir der Polizist gewisse und gewiss auch berechtigte Hoffnungen zu hegen, obwohl er das nicht ausdrücklich gesagt hatte. Ich erklärte mich bereit, die auf mich zukommenden Kosten zu tragen, «die notwendig sind, damit das Wohlergehen meines Enkels gesichert ist». Natürlich hielt ich es für angebracht und auch notwendig, die Vaterschaft des Kindes absolut zweifelsfrei festzustellen. «Oder der Kinder», fügte ich grausam hinzu, «falls es Zwillinge werden.» Als hätte er einen solchen Einwurf erwartet, legte der Polizist sogleich ein ärztliches Attest auf den Tisch. Ich wies ihn darauf hin, und der Schuldirektor war mit mir einer Meinung, dass das Papier nur die Schwangerschaft seiner Tochter bestätigte, nicht jedoch die Identität des Befruchters preisgab. Ich gebe zu, dass ich das Wort *Befruchter* in kränkender Absicht benutzte, als Anspielung auf die tierische Abkunft unserer Spezies. Der Polizist rutschte unruhig auf seinem Stuhl herum. Er schwitzte und wischte sich mit dem Hemdsärmel über die Stirn, bedauernd, so kam es mir vor, seine Pistole zu Hause gelassen zu haben. Vielleicht fühlte er sich in die Enge getrieben, denn jetzt wurde er wieder aggressiv. Was glaubte ich, wer seine Tochter war. Eine läufige Hündin, die es mit jedem trieb, oder was? Ich schaute ihm fest in die Augen und antwortete mit gnadenloser Akkuratesse: «Meinen Informationen nach ist der zweite Teil Ihres letzten Satzes zutreffend.» «Dafür verlange ich jetzt aber Beweise.» Daraufhin gab ich Nikita das vorher vereinbarte Zeichen, damit er seine Version des Geschehens erzählte. Mein Sohn sprach vom Schulfest, von den Schultoiletten, dem Gruppensex ohne Kondome, nannte mit bezaubernder Naivität und rührend unanständig jede Menge Einzelheiten, Namen,

Daten und genaue Umstände, die das Mädchen auf der anderen Seite des Tisches unentwegt bestritt. Doch als Nikita am Ende, immer gleichmütig, Zeugen benannte und vorschlug, den X zu fragen oder den Y, da brach Vanesa in Tränen aus, schlug die Hände vors Gesicht – vermutlich weniger aus Reue oder Scham als aus Angst vor ihrem Vater – und gab alles zu. Des Polizisten Stimme klang plötzlich ganz anders. «So hast du mir das aber nicht erzählt.» Ich schwöre, dass ich in dem Augenblick am liebsten aufgestanden wäre und ihn in den Arm genommen hätte. Völlig am Boden erhob er sich traurig von seinem Stuhl, bat uns um Entschuldigung für die Umstände, die sie uns gemacht hatten, und dann in fast flehendem Ton, dass das Gesprochene bitte in diesen vier Wänden bleibe. Unter gemurmelten Abschiedsworten verließ er schließlich das Büro, gefolgt von seiner Tochter. Nikita und ich sprachen noch ein paar Minuten mit dem Direktor, der meinen Sohn bei der Gelegenheit halbherzig für seine schlechten Noten tadelte. Am Ende – Nikita hatte das Büro bereits verlassen – flüsterte er mir zu, dass er nicht glaube, dass das Mädchen ihr Kind bekäme. «Heutzutage gibt es Mittel», sagte er. Einige Monate nach der Besprechung im Büro des Direktors erfuhr ich von Nikita, dass das Mädchen ganz normal zum Unterricht kam und nicht das geringste Zeichen von dickem Bauch zu sehen war.

16

Im Auto scherzten wir über die Keksmenge, die er im Büro des Direktors vertilgt hatte. «Kriegst du bei deiner Mutter nicht genug zu essen?» «Doch, aber die waren superlecker.» Das Treffen war für uns sehr vorteilhaft verlaufen, und so hatten wir beide ein Gefühl von Triumph und Erleichterung. Ich fragte ihn, ob er sich nicht schäme, dass der Direktor ihm seine schwachen Noten vorgehalten hatte. Er antwortete ganz offen. Die Schule lag ihm nicht. Er wollte mit dem Gymnasium aufhören und einen Beruf erlernen, welchen, wusste er noch nicht. Sicher hätte ich von ihm erwartet, dass er Bücher möge. Da dem aber nicht so war, würde ich ihn vielleicht weniger lieben. Ich antwortete ihm, ob er Bücher lese oder nicht, ich würde ihn so oder so lieben. Auf dem Weg zur Wohnung seiner Mutter zogen wir lustvoll über den Polizisten her. Nikita wollte es nicht in den Kopf, dass der Typ mein Mitleid erregte. Seiner Meinung nach war dieser ungehobelte Kerl ein Scheißtyp und außerdem ein beschissener Vater. Zum Glück sei ich anders. Der Polizist und seine Tochter waren jetzt hinter einem Cousin her, der für die Kosten des Kindes aufkommen sollte. «Die denken, weil ich schlechte Noten habe, könnten sie mich verarschen. Da haben sie sich aber geschnitten!» Ich versuchte, nicht wie Vater zu Sohn, sondern wie von Mann zu Mann mit ihm zu sprechen, und sagte, meiner Meinung nach sei Vanesa doch ein ziemlich attraktives Mädchen. Nikita widersprach nicht und wollte meiner Behauptung auch nicht zustimmen, als seien ihm die körperlichen Vorzüge seiner Mitschülerin gar nicht aufgefallen. Als ich sie jedoch weiter lobte, antwortete er, in seiner Klasse gäbe es hübschere Mädchen, die ihm besser gefielen. Ich erzählte ihm, in meiner Jugendzeit hätten es Jungen seines Alters schwerer gehabt als heute, einen wegzustecken. An meiner Schule gab es keine gemischten Klassen; tatsächlich kamen erst an der Uni auch Mädchen in die Hörsäle. Sie waren wie Wesen aus einer anderen Welt. Niemand hatte uns beigebracht, wie man sie anspricht, wie man mit ihnen zusammenkommt, gar nicht zu reden davon, wie man mit ihnen flirtet. Entweder hattest du das mit der Muttermilch in dir aufgenommen oder musstest selbst herausfinden, wie du das anstelltest, wobei man es oft reichlich ungeschickt anderen nachzumachen suchte, die den Eindruck erweckten, sich damit besser auszukennen. Es hätte mir geholfen, wenn ich eine Schwester gehabt hätte, die mir die Augen öffnete. Da dem aber nicht so war, musste ich es von Mal zu Mal lernen. Und sie waren ja auch immer in der Defensive. Das Ergebnis war, dass wir Jungen damals viel später die Sexualität kennenlernten als ihr heute; wenn auch nicht so spät wie in Großvater Gregorios Zeiten. Ganz unverhofft, als hätte er mir gar nicht zugehört oder interessiere sich nicht besonders für das, was ich ihm erzählte, unterbrach Nikita mich. «Papa, weißt du noch, wann du zum ersten Mal ein Mädchen flachgelegt hast?» Ich muss wohl zögerlich gewirkt haben. Vielleicht dachte er, ich wollte darauf nicht antworten. «Na komm, erzähl schon! Wie war das? Ich hab dir auch alles von mir erzählt.» «Nun, ich war in deinem Alter; aber glaube mir, mein Fall war eine Ausnahme. Wie gesagt; normalerweise hatte man erst mit achtzehn oder noch später zum ersten Mal Sex.» Als wir vor einer roten Ampel warten mussten, schaute ich ihn an und studierte seinen Gesichtsausdruck. Zum Glück konnte er nicht Gedanken lesen. Und bevor ich anfing, mir eine nette Geschichte auszudenken, wusste ich, dass ich nicht den Mut haben würde, ihm die Wahrheit zu erzählen.

17

Nichts Besonderes; es ist ungewöhnlich warm für diese Jahreszeit (über zwanzig Grad), und ich habe mit Humpel einen Ausflug gemacht. Schon am frühen Morgen klingelt das Telefon. Ach du Schreck; aber nein: Es ist Humpel. «Hast du vor, dir heute das Leben zu nehmen, oder fährst du mit mir zum Mittagessen nach Aranjuez?» «Und *Pepa*?» «Die nehmen wir mit.»

In fotografierenden Gruppen waren Horden von Touristen unterwegs. Wir haben die Hauptattraktionen des Ortes gemieden, als wären es Infektionsherde. Keine Paläste und keine Museen. Und die berühmten Gärten? Auf einem Schild war der Eintritt mit Hunden verboten. Zum Teufel mit den Gärten. Humpel, der sich gern mit dem Titel *Pepas* Pate schmückt, presste verärgert die Zähne aufeinander. Wir waren so wütend, dass wir, wäre das Auto ein wenig näher geparkt gewesen, nach Ocaña weitergefahren wären, wo man, wie wir von früheren Besuchen wussten, die Unannehmlichkeiten des Daseins bei einer ordentlichen Portion Rührei mit Speck und *migas manchegas* vergessen kann. Bis zur Mittagszeit bummelten wir gemütlich durch die Altstadt von Aranjuez. Die Empfehlung eines Ortsansässigen führte uns in ein Restaurant mit Terrasse und herrlichem Blick auf den grünlich und ruhig dahinfließenden Tajo. Wir durften *Pepa* mit hineinnehmen, und sie hat sich brav unter den Tisch gelegt und auf die Stückchen gewartet, die wir ihr ab und zu von unserem Essen hingeworfen haben. Humpel und ich haben beide das Gleiche bestellt: grünen Spargel mit Kroketten und als Hauptgericht Fasan nach Jägerart. Nur beim Nachtisch bestellten wir unterschiedlich. Mein Freund wählte die armen Ritter nach spanischer Art; ich, nach einigem Zögern, Sahnepudding. Alles auf den Punkt. Von ein paar gastronomischen Bemerkungen abgesehen, war die gestrige Demonstration praktisch unser einziges Thema beim Essen. Eigentlich hatten wir es schon auf der Fahrt nach Aranjuez im Auto besprochen, doch wie es aussieht, nimmt das Thema im Denken meines Freundes viel Platz ein. Die katalanische Unabhängigkeitsbewegung füllte den Paseo del Prado mit Fans, Fahnen und Spruchbändern. Ich hatte den ganzen Vormittag und einen Teil des Nachmittags mit dem Korrigieren von Klassenarbeiten zugebracht, hatte kein Radio gehört und nichts von alldem mitbekommen.

Humpel erzählte mir, was los gewesen war. Einige behaupteten, es hätten weniger als zwanzigtausend Personen teilgenommen, bei anderen waren es über hunderttausend, je nach Ideologie. Die Unabhängigkeitsbefürworter waren mit Eisenbahn und Bussen aus Katalonien gekommen; von der Polizei beschützt protestierten sie gegen das Verfahren, das ihren Politikern vor dem Obersten Gericht gemacht wurde; riefen Parolen gegen einen unterdrückerischen Staat, der sie aber direkt vor dem Parlamentsgebäude demonstrieren lässt und ihnen mobile sanitäre Anlagen zur Verfügung stellt; sie aßen Brote und tranken Bier und fuhren mit fröhlichen Gesichtern dahin zurück, woher sie gekommen waren. Humpel hatte sich provokativ einen beim Chinesen gekauften Anstecker der spanischen Nationalflagge ans Revers geheftet und sich auf der Plaza de Cibeles unter die Unabhängigkeitsmenge gemischt. Niemand hatte ihn deswegen angemacht. Einer, der mehr Schneid hatte als er, sagt er, entrollte mitten im Protestmarsch eine spanische Fahne. Er wurde ausgepfiffen, in einer einheimischen Sprache ausgelacht, und aus einigen Mündern vernahm man das Wort *feixista*, weil er in seinem Land die Fahne seines Landes schwenkte. Es blieb eine Begleiterscheinung. Opfer gab es nicht zu beklagen, nicht einmal ein blaues Auge. Humpel, der gehofft hatte, Zeuge eines historischen Ereignisses zu werden, kam der ganze Aufmarsch wie ein Bauernpicknick vor. Bis vor Kurzem war er sich über Spaniens Einheit noch nicht sicher, jetzt glaubt er, dass unser von ordinären Schreihälsen und uneinigen Provinzlern bewohntes Land mehr Zusammenhalt hat, als man glaubt. «Wir leben im Gleichgewicht einer perfekten teuflischen Farce.» Als er das sagt, lugt ihm die Spitze eines schwankenden Spargelstängels aus dem Mundwinkel hervor. Kurz vor der Rückfahrt hat er mir einen kleinen roten Fleck gezeigt, der gestern auf dem Knie seines versehrten Beins erschienen ist. Er hat aber noch nicht zu nässen begonnen. Er fragt sich grinsend, ob ihn vielleicht ein katalanischer Separatist damit angesteckt hat. Sorgen macht er sich nicht, sagt er, da er ja weiß, dass es kein Krebs ist.

18

Ich habe mir Gedanken darüber gemacht, seit wir gestern Abend aus Aranjuez zurückgekommen sind. Ich würde niemals an einer Demonstration für einen nationalen Traum teilnehmen. Nicht mal nur für einen Traum, da könnten mir die Organisatoren des Marsches dessen Gemeinsamkeitscharakter noch so sehr ans Herz legen. Mit Freuden und voller Überzeugung würde ich mich jedoch einer Menge anschließen, und habe das auch schon getan, die mit praktischen Forderungen durch die Straßen zöge; Forderungen, wie soll ich sagen, die ihre Bedeutung nicht erst jenseits meiner Gefühle und Erfahrungen erlangen; die nicht von einem findigen Hohen Rat entworfen worden sind, um mich zum Jünger einer zukünftigen Religion zu machen. Ich spreche im Gegenteil von konkreten Maßnahmen, die zu einer Verbesserung des täglichen Lebens führen, und das natürlich schnell: angemessene Gehälter, die Abschaffung eines Gesetzes, das zu Leid und Unrecht führt, die Absetzung eines korrupten Politikers, niedrigere Preise für Grundnahrungsmittel ... Auf der ideologischen Ebene unterstütze ich vorbehaltlos alles, was Menschen zusammenführt und, indem es sie von Grausamkeit, Diskriminierung und dem Dünkel, sich moralisch überlegen zu fühlen, abbringt, ihr Zusammenleben fördert. Ich misstraue prinzipiell allem, was die Heiterkeit untergräbt. Und ich fühle mich überhaupt nicht verpflichtet, glücklich zu sein. Der Gedanke an Utopie löst allergische Reaktionen bei mir aus. Das Gleiche gilt für gelobte Länder, irdische

Paradiese und die übliche Palette hinterhältiger und gern von berühmten Intellektuellen verkündeter Hinterhältigkeiten. Auf Leben und Tod vermeide ich, mir Hoffnungen anzuziehen, die meine bescheidene Größe übersteigen. Vaterländische Symbole bringen mein Blut nicht in Wallung; obwohl, solange sie gegen niemand hochgehalten werden, respektiere ich sie, so, wie ich nicht an Gott glaube, deswegen aber nicht blasphemisch werde. Ich weiß, dass der Spiegel mich nur unzureichend wiedergibt, dass ich mehr als nur meine Gesichtszüge bin; kurzum, dass ich die anderen brauche, um genau zu wissen, wer ich bin. Doch wenn ich mich durchschaut habe, was dann?

19

Heute Nachmittag habe ich mich auf eine Parkbank gesetzt und mir ein Buch angeschaut. Manchmal gönne ich mir das Vergnügen, mit geschlossenen Augen ein Buch aus dem Regal zu nehmen und es auf dieselbe Weise in einen Tragebeutel zu stecken. Auf der Straße versuche ich dann, durch Abtasten des Buches herauszufinden, um welches es sich handelt. Ich rate meistens falsch; aber das nimmt mir nicht den Spaß an diesem Spiel. Wenn ich an mein Ziel gelangt bin, lese ich hier und da eine Passage, bevor ich das Buch dann irgendwo unterwegs zurücklasse. So löse ich nach und nach meine Bibliothek auf. Aber immer noch steht eine große Zahl von Titeln in den Regalen. Sie warten geduldig, bis sie an die Reihe kommen, einen neuen Besitzer zu finden. Dasselbe Schicksal erwartet auch meine übrigen Habseligkeiten. Ich halte mich dabei an die Verse von Antonio Machado, die ich einmal auswendig konnte und die von dem Schiff ohne Wiederkehr handeln: Man besteigt es leichten Gepäcks, fast nackt, wie die Söhne der See.

Im Moment lebe ich noch, bin sogar gesund, gerade jetzt, da es egal wäre, wenn ich krank würde. *Pepa* lag heftig hechelnd neben mir und erholte sich von ihrem verrückten Herumjagen, derweil ich in dem Buch blätterte, das zu dieser Zeit vielleicht schon in einer anderen Wohnung in anderen Händen ist, und mit vor der Bank installierten Pedalen Standrad fuhr. Plötzlich, wie elektrisiert, hebt *Pepa* den Kopf, richtet die Ohren auf, kommt auf die Beine, wedelt mit dem Schwanz und beginnt leise zu winseln, woraus ich schließe, dass sie die Nähe ihres schwarzen Freundes wahrgenommen hat. Es dauert noch einen Moment, bis ich die Silhouette meines dicken, plumpen Namensvetters erkenne; und da kommt er angetrottet, hinter ihm sein Frauchen. Anscheinend kommen sie immer durch den Manuel-Becerra-Eingang in den Park. Sie trägt ... einen weißen Handschuh? Aus der Nähe sehe ich es besser: Ihre Hand ist verbunden. Ich frage, sie erzählt. Vergangenen Freitag hatte die Polizei in ihrem Viertel eine Straße abgesperrt. Águeda gesellte sich zu einer Gruppe von Bewohnern, die die Vertreibung einer Familie mit zwei kleinen Kindern verhindern wollten. Es war schon der zweite Versuch, sie aus ihrer Wohnung zu vertreiben; das Mal davor hatte der Widerstand der Leute das verhindert. Aktivisten der Plattform für Opfer von Hypotheken und Zinsen kamen hinzu. Einige schrien die Polizisten an: «Bullenschweine, Söldner!» Geschützt von ihren Kollegen trugen einige der Polizisten die bescheidene Habe nach unten. Die Mutter, mit einem Mädchen im Arm, sprach auf dem Gehweg mit zwei Journalisten, und hinter ihr schwenkte, mit Tränen in den Augen, eine ältere Frau, vielleicht die Großmutter, wütend eine Kindermatratze. Der Fall war nur einer von vielen und stand auch in der Zeitung. Die Leute werden per Gerichtsbeschluss auf die Straße gesetzt, nachdem die Vermietungsgesellschaft die Wohnung an einen Investor verkauft hat, der – wir leben im Kapitalismus – höhere Einnahmen aus seinem Eigentum herausholen will. Águeda beteuert, dass in dieser Stadt eine enorme Ungerechtigkeit herrscht, die von den Regierenden geduldet wird. Bei diesen Worten lässt sie den Blick über die umliegenden Gebäude wandern, als wollte sie in den Fenstern nach den Schuldigen suchen. Sollte ich mich einmal bemüßigt fühlen, an künftigen Protestaktionen gegen solche Räumungen teilzunehmen, würde sie mich rechtzeitig über das Wann und Wo informieren. Keine schlechte Idee, um meine Telefonnummer oder Adresse herauszufinden. «Und was», frage ich sie, «hat das alles mit deiner verbundenen Hand zu tun?» Na ja, die Polizei hatte ihre Gummiknüppel zum Einsatz gebracht, und bei dem Gedränge und Geschiebe war sie gestürzt und hatte sich an einem Metallstück den Handrücken aufgeschlitzt. Die Wunde hatte im Krankenhaus mit sechs Stichen genäht werden müssen. Sie macht Anstalten, den Verband abzunehmen, damit ich sehen kann, was darunter ist. «Nein, nein, ich glaube dir», habe ich gesagt.

20

Da wir uns schon gestern im Park unterhalten hatten, dachte ich, die Quote der zufälligen Begegnungen sei für diese Woche erfüllt und Águeda würde mir heute eine Atempause gönnen; aber nein, da stand sie wieder am Ausgang des Marktes mit ihrem ewig gleichen Mantel, der verbundenen Hand und dem dicken Hund und wartete auf mich mit einer an Belästigung grenzenden Offensichtlichkeit. Der Hund hechelte die ganze Zeit. Ob er Asthma hatte? Wenn ich den Mantel ansehe, bin ich versucht, sein Frauchen zu fragen, ob sie sich ihn von einem Bettler ausgeliehen hat. Oder ob es der Mantel von Columbo aus der bekannten Fernsehserie ist, die Mama und ich uns vor Jahren immer angesehen haben, und sie ihn für teures Geld auf einer internationalen Auktion ersteigert hat. Etwas boshaft habe ich zu Águeda gesagt, dass man sie in letzter Zeit aber häufig in La Guindalera sieht. Sie hat sich sofort entschuldigt. Ich antworte, dass wir in einer freien Stadt leben, in der die Leute nach Belieben kommen und gehen können. Sie beharrt in nachdrücklicher Bescheidenheit darauf, sich zu entschuldigen. Sie gibt zu, dass sie Gefallen daran gefunden hat, auf der Straße ein paar Worte mit mir zu wechseln. Wenn mir das unangenehm ist, soll ich es sie nur wissen lassen, und sie wird mich nicht mehr belästigen. «Wenn du mich aber als Freundin akzeptieren kannst, wäre das sehr schön für mich.» Ich habe nichts dagegen, sie ab und zu freundschaftlich zu treffen. Ich weiß nicht, ob sie gemerkt hat, wie ich die zeitliche Präzisierung betont habe, und vertraue darauf, dass sie unter ab und zu nicht jeden Tag versteht. Danach unterhalten wir uns ganz entspannt, vielleicht in einem etwas förmlichen Ton (vor allem ich, darauf bedacht, Distanz zu wahren), über das angenehme Wetter in diesen Tagen, über aktuelle Neuigkeiten (die Frau hat es mit der Politik) sowie über ein paar unwesentliche persönliche Dinge. Die Tüte mit den Einkäufen habe ich zwischen meinen Füßen auf die Erde gestellt. Mir ist bewusst, wie gemein es ist, Águeda nicht in irgendeine der umliegenden Bars einzuladen; doch wenn ich es täte, fürchte ich, würden sich auf gefährliche Weise ihre Gefühlstentakel nach mir strecken. Außerdem habe ich Zeitdruck; das heißt, ich habe es eilig, in meine Stille und das langweilige Tun eines alleinstehenden Mannes zurückzukehren, und ich will vermeiden, dass meine frisch gekauften Sardinen zu warm werden. Unterdessen hat sich der dicke Hund, mit dem ich den Namen teile, an mich herangemacht. Er beschnüffelt mich und hinterlässt schaumigen Sabber an meinem Hosenbein, bietet mir also unaufgefordert Anerkennung und Zuneigung an. Vielleicht fragt er mich auch auf Hundeart nach *Pepa*; vielleicht will er sich in nostalgischer Verliebtheit trösten, indem er nach einer Geruchsspur seiner Angebeteten schnüffelt, die sich an meiner Kleidung findet. Er scheint ein netter Junge zu sein. Zur Belohnung seiner sanften Freundlichkeit kraule ich ihm Kopf und Nacken und schiebe ihn dabei etwas von mir weg, gebe ihm ein paar Klapse auf den Rücken, die er mir dankt, indem er meine Hand mit seiner heißen Zunge befeuchtet. Mein Geruchssinn schlägt Alarm. Ich halte meine Hand an die Nase. Es stinkt. «Wie lange hast du den Hund nicht mehr gebadet?» Ihr Gesichtsausdruck verrät mir, dass sie von meiner Frage überrascht worden ist. In einem Ton wie jemand, der die Möglichkeit einräumt, eine Zuwiderhandlung begangen zu haben, antwortet Águeda, dass sie *Toni* nicht zu baden pflegt. Jedes Mal, wenn ich den Namen des Hundes höre, überkommt mich der Ärger. Wie soll ich dabei nicht auf den Gedanken kommen, dass ich es bin, den sie an der Leine führt! Sie hat gelesen, wo, hat sie vergessen, dass die Haut der Hunde von einer natürlichen Fettschicht geschützt wird und dass es nicht ratsam ist, sie mit normalen Hygienemitteln zu behandeln, die diese besagte Schicht beschädigen können. Den Dreck beschädigen können, habe ich bei mir gedacht. Würde mich nicht wundern, wenn mein Namensvetter mit der hängenden Zunge und der schwierigen Atmung an Hundeseborrhö litte. Águeda sagt, sie geht bei Regen mit *Toni* spazieren, damit er vom Wasser des Himmels gewaschen wird. Sie will von mir wissen, ob ich *Pepa* regelmäßig bade. «Selbstverständlich.» Dabei erinnere ich mich daran, dass Amalia mich oft mit ärgerlichem Blick aufgefordert hat, *Pepa* so oft wie möglich zu waschen, was der Gesundheit des Tieres ja bekanntlich eher abträglich ist. Außer im Winter bade ich *Pepa* gewöhnlich alle zwei, drei Wochen einmal nur mit

Wasser, hauptsächlich um sie zu erfrischen. Ich muss sie dazu nicht zwingen. *Pepa* freut sich wie verrückt auf die Badewanne, und ich erfreue mich, nachdem ich sie abgetrocknet habe, an ihrem seidigen und sauber riechenden Fell. Alle zwei Monate wasche ich sie mit einem Spezialshampoo für Hunde, das frei von Parabenen, Färbemitteln und künstlichen Duftstoffen und damit gut gegen Juckreiz ist. Das lege ich auch Águeda dringend nahe. Es kostet weniger als zehn Euro. Die Tierärztin hat es mir empfohlen, und es hat bis heute gute Resultate gezeigt und so weiter. Águeda zieht einen Kugelschreiber aus der Innentasche ihres Mantels, notiert sich den Namen des Shampoos in die Handfläche der nicht verbundenen Hand, verspricht, es zu benutzen, und dankt mir für den Rat. Dann verabschieden wir uns. Sobald ich allein bin, rieche ich noch einmal an meiner Hand. Ich wünschte, ich wäre schon zu Hause und könnte sie mir waschen.

21

Tina, nur mit Stöckelschuhen und Netzstrümpfen bekleidet, und *Pepa* neben ihr auf dem Sofa, schauen mich unverwandt an, als verlangten sie eine Erklärung von mir. Ich sollte ein Foto von ihnen machen. Denn so, wie die eine neben der anderen sitzt, geben sie ein ebenso herziges wie komisches Bild ab. «Ich liebe euch», flüstere ich ihnen zu. Die beiden bleiben ganz ungerührt.

Vor ein paar Tagen habe ich mich des Fernsehers entledigt. Er war zwar nicht mehr neu, funktionierte aber noch hervorragend. Wenn ihn bis jetzt, kurz vor Mitternacht, noch niemand mitgenommen hat, steht er immer noch auf einer Bank an der Wand neben dem Eingang des Centro Cultural Buenavista. Vor das Gerät habe ich die Fernbedienung gelegt. Adios Fernsehnachrichten, adios Fernsehfilme, adios Ratesendungen. Ich bin kein großer Fernsehgucker, weil mir dadurch Lesezeit verloren geht; aber ich erkenne an, dass man sich weniger allein dabei fühlt. In den Gesichtern, die Tina und Pepa, *Pepa* und Tina machen, erkenne ich, dass sie Angst haben, genauso zu enden wie der Fernseher. *Pepa* sage ich, dass sie eigentlich Nikita gehört, auch wenn der das offenbar vergessen hat. Sie soll ganz beruhigt sein. Sie kennt mich gut genug, um sicher sein zu können, dass ich unfähig bin, sie irgendwo auszusetzen. Einmal habe ich es versucht und es sofort bereut. Bevor mein letztes Stündlein schlägt, werde ich ein neues Zuhause für sie gefunden haben. Ich will auch nicht ausschließen, dass ich meinen Sohn überreden kann. Was Tina betrifft, kann ich im Moment noch nicht sagen, was aus ihr wird. «Aber sei unbesorgt, du schöne, verführerische Puppe. Es gibt immer jemand, der sich um dich kümmert. Im Müllcontainer landest du jedenfalls nicht, das kann ich dir versichern.»

22

Wenn ich jetzt so darüber nachdenke, war der Fernseher nicht das erste Gerät, das in meiner Einzelmenschenwohnung Einzug hielt. Amalia prophezeite, ohne sie würde ich wie ein armer Schlucker durchs Leben gehen. Prophezeite sie es oder wünschte sie es? Ich trage gewöhnlich keine Krawatte, es sei denn zu einem wichtigen Anlass; doch zum ersten Gerichtstermin erschien ich in Anzug, Hemd und Krawatte und mit schwarzen Schuhen, die wie polierter Onyx glänzten. Amalia enthielt sich jeder Bemerkung. Wahrscheinlich war sie von ihrer Anwältin instruiert worden, sich mir nicht zu nähern und nicht das Wort an mich zu richten; aber ich bin sicher, dass ihr kein Detail meiner Aufmachung entging und dass es ihr nicht gefiel, mich gut gekleidet zu sehen. Das erste Gerät, das ich mir als Ersatz für die alten, die ich in der Wohnung vorfand, kaufte, war eine Spülmaschine. Ich habe meine Prioritäten. Die erste: mir den verhassten Geschirrabwasch zu ersparen. Ein paar Tage später folgten Staubsauger und Kühlschrank. Sie rissen ein brutales Loch in meine Ersparnisse; doch in Anwesenheit der Verkäufer lernte ich, meine Unentschlossenheit zu überwinden. Es folgten die Waschmaschine, der Fernseher und nach und nach alle weiteren Elektrogeräte, keines davon ein Luxusartikel, alle unentbehrlich. Die Benutzung derer, die komplizierter zu bedienen waren, lernte ich durch geduldiges Studium der Gebrauchsanleitungen, oder ich fragte Humpel, der als alter Hagestolz eine weitgreifende Erfahrung in diesen Dingen hat. Zu dieser Zeit fand ich auch eine der wenigen anonymen Nachrichten im Briefkasten, die mich weder verspotten noch mir Vorwürfe machen. Sie lautete: «Du kaufst dir also Elektrogeräte. Alles deutet darauf hin, dass du gewillt bist, ein geordnetes Leben zu führen. Es ist nie zu spät, vernünftig zu werden.» Offen gestanden sehe ich mich jetzt, da ich entschlossen bin, meine Habseligkeiten in der Stadt zu verteilen, nicht allein die großen Elektrogeräte auf die Straße tragen. Ich habe nicht einmal eine Sackkarre. Außerdem könnte jemand, der mich sieht, auf den Gedanken kommen, dass ich illegal Altmaterial entsorge, und mich anzeigen. Also werden einige Dinge in der Wohnung zurückbleiben, wenn ich nicht mehr bin. Vielleicht kann Nikita etwas damit anfangen.

23

Erst wollte ich die sechs Bände am Eingang des Gymnasiums ablegen, das der Stierkampfarena gegenüberliegt. Vielleicht hätten die Schüler Interesse daran oder ein Berufskollege, obwohl heutzutage jeder weiß, dass das enzyklopädische Wissen ins Internet abgewandert ist. Mir ist es egal, ob die Bücher auf dem Flohmarkt oder bei eBay landen. In meiner Schule würde ich sie aber ums Verrecken nicht lassen. Da könnte plötzlich die Direktorin auftauchen und sie mitnehmen; da werfe ich sie lieber auf den Müll.

Die *Enciclopedia Internacional Focus*, aus dem Argos Verlag, war ein Geburtstagsgeschenk meiner Eltern. Ein Vertreter, der von Haustür zu Haustür ging, hat meine Mutter dazu überredet. Papa, überzeugt, dass sie sich von einem ambulanten Betrüger hatte einwickeln lassen, war gegen den Kauf und fluchte, als es schon zu spät war und die dicken Bände sich auf dem Küchentisch stapelten. Nachdem er darin herumgeblättert hatte, zeigte er sich einverstanden. Später lieh er sich sogar manchmal einen Band von mir aus. Ich kann sagen, mit den sechs Bänden der Enzyklopädie begann meine Bibliothek. Ich würde sogar sagen, damit begann meine frühe Lust am Lernen und Lesen. Jahrelang habe ich jetzt keinen Blick mehr hineingeworfen. Trotzdem haben sie nie ihre Bedeutung als Gravitationszentrum verloren, um das sich alle meine Bücher scharten, bis am Ende eine beträchtliche Menge zusammengekommen war. Von Anfang an mit Plastikeinbänden geschützt, habe ich die sechs Bände meiner *Enciclopedia Internacional Focus* in einem guten Zustand gehalten, wenngleich die Blätter aus Glanzpapier mit der Zeit ein wenig vergilbt sind. Der Geruch, der mir aus ihren Seiten entgegenschlägt, weckt heute Morgen zahllose bildliche Erinnerungen in mir. Ich muss acht oder neun Jahre alt gewesen sein, als ich dieses herrliche Geschenk bekam; eines der besten, die ich in meinem ganzen Leben bekommen habe. Die meisten Illustrationen waren in Schwarz-Weiß, aber es gab auch welche in Farbe. Diese gewichtigen Bücher, echte Reliquien meiner Kindheit, die für mich einen hohen Gefühlswert besitzen, haben mich bei allen meinen Umzügen begleitet. Dass ich mich jetzt von ihnen und von dem kleinen Eiffelturm aus Blech getrennt habe, bestätigt mir, dass es bei meinem Vorhaben, diese Welt zu verlassen, kein Zurück mehr gibt. Heute Vormittag habe ich symbolisch das Kind getötet, das ich war, oder was von ihm in mir noch übrig war; ich weiß nicht, ob viel oder wenig. Vorigen Sommer habe ich mir ein Jahr Zeit gegeben, herauszufinden, warum ich den Wunsch habe, meinem Leben ein Ende zu setzen. Ich fürchte, dass es keine mathematisch gültige Antwort darauf gibt, und das braucht es auch gar nicht. Mein Freund Humpel hingegen behauptet, jede Menge Gründe zu haben. Seit dem Tag, an dem er seinen Fuß verlor, hat es nicht einen einzigen Moment gegeben, an dem er sich wegen der Amputation nicht gedemütigt gefühlt hat. Ab und zu verursacht ihm die Prothese Beschwerden. Wenn er am wenigsten damit rechnet, kommen die Schmerzen wieder. Nachts hat er Albträume, er bekommt offene Wunden, hat lange Phasen von Erschöpfung. Er kommt nur mithilfe von Antidepressiva über die Runden. Ich für meinen Teil glaube, das Leben ausreichend genossen zu haben. Was mich bis zum Alter noch erwarten würde, wäre nur eine überflüssige Zugabe. Ich hätte einen immer schwerer werdenden Sack voll Überdruss, Verfall und Mühsal mit mir herumzutragen. Ich will kein nach Urin stinkender alter Mann werden. Ich will nicht atemlos stehen bleiben müssen, wenn ich ein halbes Dutzend Stufen hinaufgestiegen bin. Ich will nicht, dass mir jemand die Fußnägel schneiden muss, weil ich mit den eigenen Händen nicht mehr heranreiche. Ich will nicht, dass mein bisschen Hoffnung von Medikamenten genährt wird. Ich will nicht gebeugt und vergesslich durch die Welt schlurfen und nichts mehr verstehen von dem, was um mich herum vorgeht. Man muss wissen, wann man seinen Platz zu räumen hat.

24

Die sechs Bände der *Enciclopedia Internacional Focus* wiegen zusammen 11,2 Kilogramm. Ich habe sie gestern, bevor ich aus dem Haus ging, auf der Badezimmerwaage gewogen. Dann habe ich sie auf zwei Tragebeutel verteilt und bin damit die Straße runtergegangen. *Pepa* habe ich lieber in der Wohnung gelassen. Unterwegs habe ich eine Krähe und die unvermeidlichen Tauben gesehen, aber nicht einen einzigen Mauersegler. Die vermisse ich. Ich glaube kaum, dass sie vor April zurückkommen. Eine entfernte Möglichkeit besteht auch noch, von meinem Vorhaben, das Zyanid zu schlucken, abzurücken. Aber bis ich den ersten Mauersegler dieses Jahres sehen werde, wird es für eine Meinungsänderung zu spät sein. Die Krähe pickte Abfälle vom Bürgersteig. Als sie mich herankommen sah, flog sie auf eine nahe Kiefer, an deren Stamm sich eine ringförmige Falle für Schmetterlingslarven befand. Wie leicht, dachte ich, könnte die Natur die Städte zurückerobern, wenn es keine Menschen mehr auf der Welt gäbe! Als ich mich dem Gymnasium Avenida de los Toreros näherte, hatte ich plötzlich eine Eingebung und ging weiter zur Straßenbrücke Las Ventas, obwohl meine Bücherbeutel ein ziemliches Gewicht hatten. Von der Brücke aus sah ich, dass wegen des dichten Verkehrs in beide Richtungen der M-30 die Autos gezwungen waren, langsam zu fahren, wodurch sich die Möglichkeit bot, die Abgabe meiner Bücher etwas spielerischer zu gestalten. Die Las-Ventas-Brücke taugt dazu jedoch nicht, da an ihren beiden Seiten Bretter angebracht sind, die wie Markisen die Sicht auf die Straße darunter verdecken. Ob sie gegen Selbstmordversuche angebracht wurden? Ich weiß es nicht. Jedenfalls blieb mir nichts anderes übrig, als bis zur nächsten Brücke zu gehen, der Puente Calero auf der Avenida Donostiarra, die wie geschaffen dafür ist, mein Vorhaben in die Tat umzusetzen. Vor ein paar Wochen habe ich das auf derselben Brücke schon einmal gemacht, mit einem Taschenbuch, dem letzten von acht, die ich in der Gegend verteilt habe. Ich sah einen Lieferwagen mit offener Ladefläche herankommen; er fuhr so schnell unter der Brücke durch und ich kalkulierte den Wurf so schlecht, dass das Taschenbuch auf den Asphalt prallte und von den nachfolgenden Autos in weniger als einer Minute zerfetzt wurde.

Ein Umstand begünstigte meinen Plan. Direkt vor der Brücke erhebt sich über jede Fahrbahn ein Verkehrsschild, groß wie eine Wand, sodass die Autofahrer nicht sehen können, ob oben einer am Brückengeländer steht. Ein anderer Umstand jedoch war hinderlich. Ich meine den kurzen Abstand zwischen Verkehrsschild und Brücke, durch den man die Bücher auf die Ladefläche eines Lastwagens werfen muss; was ziemlich schwierig ist, wenn der Lkw mit hoher Geschwindigkeit fährt. Nach einem Versuch mit Spucke kam ich zu dem Schluss, dass ein Buch zwei bis drei Sekunden braucht, bevor es auf der Fahrbahn aufschlägt. Bei so kurzer Zeit kann man sich keinen Fehler leisten. Werfe ich das Buch zu früh, prallt es gegen die Windschutzscheibe oder auf das Dach des Fahrerhauses; werfe ich zu spät, ist der Lastwagen schon unter der Brücke durch, und das Buch fällt auf die Straße. Das Spiel kann also nur erfolgreich sein, wenn die Autos langsam fahren, was auf der Ringstraße nur selten der Fall ist. Gestern war es zum Glück der Fall. Das

Geländer der Calero-Brücke ist hoch und blau angestrichen. Ich sehe darin ein Hindernis, das von den Verantwortlichen in der Stadtverwaltung ersonnen wurde, um es den Leuten schwer zu machen, sich auf die Straße zu stürzen. Der obere Abschluss des Geländers reicht mir bis zum Mund. Aber der Abstand zwischen den Geländerstreben ist so breit, dass man die Bände der *Enciclopedia Internacional Focus* schmalseitig ohne Schwierigkeiten hindurchschieben kann. Den ersten von ihnen warf ich auf die leere Ladefläche eines Lieferwagens. Das war leicht, denn wegen des enormen Verkehrs kam der Pick-up ganz kurz direkt unter der Stelle zum Stehen, an der ich mit meinen Bücherbeuteln wartete. Das dicke Buch klatschte flach auf die Ladefläche, und ich kann mir immer noch nicht erklären, warum der Fahrer nicht ausstieg und nachsah, was passiert war. Vielleicht war er schwerhörig oder hatte das Radio voll aufgedreht. Danach suchte ich mir richtige Lastwagen. So wurde ich nach und nach alle sechs Bände meiner Enzyklopädie los. Den Eiffelturm bewahrte ich bis zum Schluss auf. Plötzlich hatte ich nämlich das Gefühl, ihn hinunterzuwerfen käme einem Frevel gleich. Mich überkamen nagende Zweifel, weil mir das Souvenir immer am Herzen gelegen hatte, doch dann sah ich zwischen den blauen Eisenstreben einen kleinen Lkw herankommen und sagte mir: Los, du Schisser, bring zu Ende, was du angefangen hast. Als er näher kam, sah ich, dass er zwei stählerne Kabeltrommeln geladen hatte, und mein Riecher sagte mir, dass es ganz einfach sein würde, den kleinen blechernen Eiffelturm genau zwischen die beiden Trommeln zu werfen. In übertriebenem Selbstvertrauen, vielleicht, weil es so einfach gewesen war, mit den sechs Bänden der Enzyklopädie dieselbe Anzahl Ladeflächen zu treffen, war ich bei meinem Wurf nicht vorsichtig genug, sodass der kleine Eiffelturm gegen eine der Kabeltrommeln prallte, durch die Luft geschleudert wurde und nach ein paar Hüpfern auf dem Asphalt auf der linken Fahrbahn liegen blieb. Die ersten Autos fuhren darüber hinweg, ohne ihn zu berühren. Doch dann kam ein Lieferwagen, der ihn in die Straßenmitte schleuderte. Mehrere Fahrzeuge ließen ihn von da nach dort hopsen. Ich war versucht, nach unten zu laufen, um ihn zu retten, wohl wissend, dass ich damit meine körperliche Unversehrtheit aufs Spiel setzte. Im selben Moment wurde er von einem Lkw platt gefahren, und ich ging in dem bitteren Gefühl nach Hause, dass etwas sehr Wertvolles in mir für immer verloren gegangen war.

25

Mit seiner niedergedrückten Stimmung erzeugt Humpel eine brütende Stille in unserer Ecke der Bar. Sein Bier auf dem Tisch – warm geworden, stelle ich mir vor – ist ohne Schaum. Alfonso, der verständnisvolle Alfonso, der Humpel schon seit vielen Jahren kennt, nimmt es an sich und stellt ihm ein neues hin, das der nicht bestellt hat. Wenn mein Freund früher in solches Schweigen verfiel, fragte ich mich: Warum verabredet er sich mit mir in der Bar, wenn man dann kein Wort aus ihm herauskriegt? Ich muss gestehen, dass ich mich in solchen Situationen belästigt fühlte, bis ich begriffen habe, dass die Verabredung genau dafür gedacht war; dass er dort saß und ich hier saß und wir kein Wort miteinander sprachen. Oder dass nur ich allein sprach; das verschaffte ihm nämlich ein «rückwirkendes Wohlbefinden», wie er mir einmal erklärte. Ohne wirklich zu wissen, ob er mir zuhörte, schickte ich mich an, ihm zu verraten, dass ich vor einiger Zeit begonnen hatte, meine Bibliothek über die ganze Stadt zu verteilen. Zum Einstieg ins Thema erzählte ich ihm, dass ich bei meinem Spaziergang vorgestern auf der Calero-Brücke stehen geblieben war. Weiter bin ich nicht gekommen. Kaum hört er den Namen der Brücke, werden Humpels Gesichtszüge lebendig. Er wird richtig schroff, sodass ich zuerst denke, ich hätte ihn beleidigt; aber nein. Er unterbricht mich rücksichtslos und spricht von der Golden Gate. Er hat kürzlich in der Zeitung gelesen, dass alle drei Wochen jemand Selbstmord begeht, indem er sich von der berühmten roten Brücke in San Francisco stürzt. Mitgerissen von diesem Thema, nennt er eine Zahl von knapp zweitausend Selbstmördern seit Eröffnung der Brücke im Jahr 1937. Man musste ein Stahlnetz installieren, damit die Leute nicht mehr in die Tiefe springen können. Das Thema begeistert ihn, er wird regelrecht leidenschaftlich und redselig. Selbstmord ist Humpels Lieblingsthema, und er hält sich nicht nur für einen Fachmann darin, sondern für den alleinig Zuständigen. Ich würde mich nicht wundern, wenn die simple Tatsache, dass er heute Nachmittag in der Bar darüber sprechen konnte, ihn mit Glückshormonen überflutet hat. Er nimmt jetzt den ersten Schluck von seinem Bier. Gleich darauf hat er das Glas geleert und ruft Alfonso zu, dass er die nächste Runde bringen soll. Voller Begeisterung spricht Humpel vom schönen Tod, vom romantischen Tod, und faselt, schwärmt?, vom «schaurigen Aufklatschen» der Körper, wenn sie nach knapp vier Sekunden freien Falls mit einer Geschwindigkeit von hundertzwanzig Kilometern in der Stunde auf die Wasseroberfläche prallen wie auf Beton. Und in vorwurfsvollem Ton teilt er mit, dass einige den Sturz sogar überleben. Als er jetzt schweigt, bin ich es, der angefressen ist, weil ich meine Geschichte von der auf Lastwagen runtergeworfenen Enzyklopädie nicht loswerden konnte. Die Epik des freiwilligen Todes berührt mich nicht im Geringsten. Seit das gerahmte Foto meines Vaters das Tütchen mit dem tödlichen Pulver beschützt, habe ich kaum noch einen Gedanken daran verschwendet. Dass er stattfinden wird, hängt nur noch von einer einzigen Äußerlichkeit ab: Mit der Ankunft des ersten Mauerseglers wird mein Entschluss unwiderruflich sein. Humpel versichert, wenn er in San Francisco leben würde, würde er schon aus rein ästhetischen Gründen von der Golden Gate springen und damit er in die Nachrichten käme. Er beklagt, dass es in unserer Stadt kein ähnliches Bauwerk gibt. «Hier ist alles klein, gewöhnlich und plump», sagt er. Ich habe ihm nicht widersprochen, damit er nicht wieder in Schweigen verfällt.

26

Überraschung im Briefkasten. Ein Umschlag, und darin eine Postkarte, die meine Nichte mir aus Deutschland geschrieben hat. Es ist die erste Nachricht seit María Elenas Besuch vor über einem Monat, die ich von ihr bekomme. Sie schreibt:

Essen, 19. März 2019

Lieber Onkel Toni,
Mama hat mir schon erzählt, dass du so großzügig gewesen bist, uns finanziell zu unterstützen, und ich möchte dir dafür danken. Sie schimpft mit mir, weil ich dir nicht früher geschrieben habe; aber jede Menge Untersuchungen vor der Protonentherapie haben mir keine Zeit dafür gelassen. Man hat mir gesagt, dass sie nicht schmerzhaft ist. Das beruhigt mich sehr, denn ein bisschen Angst hatte ich schon. Von der Stadt habe ich noch nicht viel gesehen. Macht aber nichts. Wir sind hier ja nicht auf Urlaub. Ich habe festgestellt, dass mein Englisch ausreichend ist, um mich mit den Menschen hier zu verständigen. Das der armen Mama lässt viel zu wünschen übrig. Was die Krankheit angeht, hatte ich schon alle

Hoffnung verloren, doch seit ich in dieser modernen Klinik bin, wo superfreundliche Leute professionelle Arbeit machen, gibt mir ein Lichtlein im Dunkel meines Herzens wieder Mut. Danke, Onkel, dass du mithilfst, dieses Licht am Brennen zu halten. Ich schicke dir einen dicken Kuss,

Julia

27

Vor den Mittwochen von Águedas Wiedererscheinen habe ich mich nicht groß um mein Äußeres gekümmert, wenn ich zum Markt ging. Nicht dass ich wie ein Penner aus dem Haus gegangen bin, wie Amalia immer gern gesagt hat. Sagen wir, ich habe nur darauf geachtet, dass meine Kleidung nicht ausgefranst und fleckig war. Um Zeit zu sparen, habe ich mir oft nur einen Mantel über die Sachen geworfen, in denen ich zu Hause herumgelaufen bin, und damit war es gut. Natürlich kam es mir nicht in den Sinn, mir für die gute oder knappe halbe Stunde, die ich für meine Einkäufe brauche, die Zähne zu putzen oder mich mit einem Duft zu besprühen. Mittlerweile achte ich auf mein Aussehen, um nicht würdelos zu erscheinen und auch aus einem gewissen Stolz heraus; nicht weil Águeda mir auch nur einen Hauch von Erotik vermittelt. Wenn ich die Wahl hätte, würde ich es lieber mit einem Laternenpfahl treiben. Okay, das war ein brutaler Satz, und die gute Frau verdient es, dass ich sie respektiere; aber trotzdem, ganze Berge von Respekt könnten nicht ihre schreckliche Unansehnlichkeit überdecken. Wie die Dinge nun mal liegen. In ihrer Gegenwart werde ich höflich sein; doch in meinen privaten Aufzeichnungen ist nur Platz für gnadenlose Wahrhaftigkeit. Heute Nachmittag hat sie mir berichtet, dass sie am Sonntag *Toni* mit dem Shampoo gebadet hat, das ich ihr empfohlen habe. Wie er das genossen hat! Sie sagt, er habe immerzu nach dem Schaum geschnappt. Seine Begeisterung war so groß, dass Águeda ihn am Ende mit Gewalt aus der Wanne holen musste. Nach dem Abtrocknen war sein Fell so weich, dass man ihn am liebsten immerzu gestreichelt hätte. «Du glaubst nicht, wie schwarz das Wasser war.» «Kann es sein, dass dein Hund nicht farbecht ist?» Und plötzlich Drama. *Toni*, etwas älter als *Pepa*, leidet an einer mittleren Herzinsuffizienz, weswegen er schon seit einiger Zeit entsprechende Medikamente bekommt. Letzte Nacht bekam der Arme Husten und hat sich erbrochen. Als vorbeugende Maßnahme hat Águeda heute Morgen einen kurzen Spaziergang mit ihm unternommen und ihn am Nachmittag zu Hause gelassen. Er darf sich nicht überanstrengen. Sie schaut mir in die Augen, wie um ihrer Ernsthaftigkeit Gewicht zu geben, und fügt hinzu: «Ich glaube nicht, dass *Toni* noch lange lebt.» Unsere Unterhaltung ist weit davon entfernt, den Kessel meiner Gefühle zum Kochen zu bringen. Águeda scheint mein lauwarmes Interesse gespürt zu haben und wechselt das Thema. Sie schiebt den Ärmel ihres Mantels hoch, der, wenn es nicht der von Columbo ist, diesem jedenfalls wie ein Ei dem anderen gleicht; sie zieht das Pflaster ab und hebt den Rand des Verbandes an. Mir bleibt nichts anderes übrig, als einen Blick auf die frische Naht zu werfen. Ich weiß nicht, was ich sagen soll. Um nicht ganz stumm zu bleiben, frage ich sie, ob es schmerzt. «Nicht mehr.» Ich verabschiede mich von ihr unter dem Vorwand, noch was für die Schule tun zu müssen. Águeda antwortet mit einer verständnisvollen Miene. Die Unterhaltung war so kurz, dass diese Frau sich meiner Meinung nach überlegen sollte, ob sich der Fußmarsch von La Elipa bis in mein Viertel und zurück lohnt, nur um ein paar bedeutungslose Worte zu wechseln. Oder hegt sie möglicherweise die Hoffnung, dass ich mir mehr Zeit für sie nehmen könnte? Ihr zu Ehren muss ich sagen, dass sie es mit Haltung nimmt. Sie beharrt nicht, gibt sich nicht bedrückt und versucht nicht irgendwelche Tricks, um unsere Begegnung um jeden Preis zu verlängern. Dasselbe Lächeln, das ihren Gesichtsausdruck versüßte, als sie mich sah, erscheint auch zum Abschied wieder auf ihren Lippen. Schlicht und natürlich dankt sie mir dafür, dass ich mich bereit erklärt habe, mit ihr zu sprechen. So etwas hat noch nie jemand zu mir gesagt.

28

Ich habe einen Entschluss gefasst, und Humpel, den ich dazu um seine Meinung gebeten habe, hat ihm zugestimmt. Entscheidungen treffen hebt meine Stimmung. Kurz vor Ende meines Lebens ist es mir vielleicht egal, wohin sie führen und welche Folgen sie haben. Allein die Tatsache, das Steuer des Schiffs in der Hand zu haben, befriedigt mich schon. Ich habe beschlossen, Águeda morgen einen unangekündigten Besuch abzustatten. Ihre Adresse habe ich. Ich wusste nur, in welchem Viertel sie wohnte, aber nicht unter welcher Hausnummer in welcher Straße. Die Information hat Humpel mir gegeben. Und da sie jetzt mit ihrem Hund keine anstrengenden Spaziergänge mehr machen will, treffe ich sie sehr wahrscheinlich zu Hause an. Bei der Gelegenheit werde ich unterwegs auch ein paar Bücher loswerden können. «Ich könnte schwören, dass Águeda und du prima miteinander auskommt, vor allem wenn ich nicht dabei bin.» Ein Grinsen kriecht in seine Mundwinkel. Eines Tages werde ich herausfinden, was der Arsch ihr alles von mir erzählt hat. Mein zuweilen apathischer, zuweilen niedergeschlagener, aber nicht mehr wie am vergangenen Montag so depressiver Freund glaubt, dass Águeda sich über meinen Besuch freuen wird. Ihr dicker Hund auch, stelle ich mir vor, denn ich will *Pepa* mitnehmen, damit sie mit ihm spielen und ihn trösten kann. Die Idee ist mir heute Morgen im Lehrerzimmer gekommen, als ich einen Kollegen eine persönliche Anekdote erzählen hörte. Mein einziger Wunsch ist, die Dinge zwischen Águeda und mir ein für alle Mal zu klären. Kein Verstellen, keine Geheimnistuerei, kein Auflauern mehr. Letzte Nacht habe ich schlecht geschlafen. Die ganze Zeit musste ich über meine letzte Unterhaltung mit Águeda nachdenken. Aus welchem Grund sollte ich zu irgendjemand unhöflich sein? Vor allen Dingen zu ihr, die mir nie etwas getan hat. Sehr sanft, takt- und gefühlvoll (hoffentlich schaffe ich das) muss ich ihr klarmachen, dass ich nichts gegen einen herzlichen Umgang mit ihr habe, auch wenn es mir lieber wäre, dass wir uns etwas seltener träfen; aber wegen all der unerfreulichen Dinge, die mir zugestoßen sind, bin ich nicht mehr bereit, dass noch einmal eine Frau ihren Fuß in meine Wohnung setzt. Irgendwie kriege ich das schon hin.

29

Die drei Bände von Goethes gesammelten Werken, in der Ausgabe von Aguilar, 1963, übersetzt von Rafael Cansinos Assens, die ich in jungen Jahren auf dem Rastro gekauft und zum Teil gelesen habe; drei Bände im Taschenbuchformat von Montaignes *Essais* (Cátedra, 1985 den ersten und 1987 die folgenden zwei), mit Unterstreichungen und zahlreichen Randnotizen, sowie ein Exemplar der Luther-Bibel (Desclée De Brouwer, 1975) waren die heutigen Entnahmen aus meiner zunehmend schrumpfenden Bibliothek.

Mich von den Büchern zu trennen, die ich geliebt habe (die

Bibel vor allem aus literarischen Gründen), hätte bis vor Kurzem noch einen unerträglichen Schmerz für mich bedeutet, so als würde mir ohne Betäubung jede einzelne Rippe herausgerissen. Jetzt hingegen empfinde ich jedes Mal eine Art Stolz, wenn ich irgendwo am Wegesrand ein Buch deponiere. Danach kehre ich nach Hause zurück und freue mich sowohl über meine Entschlusskraft als auch darüber, dass ich nicht zu den Menschen gehöre, die sich an ihr Eigentum klammern, so wertvoll es auch sein mag. Seit ich angefangen habe, meine Habseligkeiten zu verteilen, habe ich nicht einen Hauch von Reue verspürt. Der kleine Eiffelturm hatte mich zwar ein wenig geschmerzt, doch das ging schnell vorbei. Und natürlich gedenke ich auch weiterhin, alles aus meiner Wohnung auszuräumen, nicht nur die Bücher, was anderen Menschen – ich muss gar nicht wissen, wem – irgendwie von Nutzen sein kann. Auf dem Weg zu Águeda habe ich die Bücher an verschiedenen Stellen zurückgelassen. Das letzte, Band zwei von Goethes gesammelten Werken, über zweitausend Seiten, hatte ich für die Brücke über die M-30 reserviert. Doch als ich dort ankam, habe ich es gelassen. Zuerst einmal, weil eine als Sicherheitsvorkehrung gedachte Brustwehr den Zugang zum Geländer erschwert; und darüber hinaus fuhren die Autos zu diesem Zeitpunkt viel zu schnell, um das dicke Buch zielgenau auf einen Lastwagen werfen zu können. Schon im La-Elipa-Viertel, in der Nähe der Calle San Donato, wo Águeda wohnt, kam ich an einem kleinen Kinderspielplatz vorbei. Darauf gähnt ein großer grüner Drache, auf dem die Kinder herumturnten; einige saßen auf dem Schwanz, andere balancierten über seinen Rücken. Aus einer Laune heraus habe ich den Band Goethe in das Maul des Drachen gelegt, das eine Art rot bemaltes Bord bildet. Ich bin nicht sicher, aber ich glaube, dass mich zwei Frauen komisch angeschaut haben. Vielleicht befindet sich das Buch jetzt schon bei einer von ihnen zu Hause; es sei denn, sie hätten es in einen Papierkorb entsorgt, weil sie es für kindergefährdenden Abfall hielten. Von da bis zu Águedas Haustür ist es nur einen Steinwurf weit, wie man so sagt. Ich habe sie auf Anhieb gefunden, ohne jemand fragen zu müssen.

30

Nichts von dem, was während der knappen halben Stunde, die ich in Águedas Wohnung verbrachte, geschah, hatte auch nur entfernte Ähnlichkeit mit dem, was ich mir vorgestellt hatte. Nicht, dass ich dieses erwartete und jenes vorfand, und auch nicht, dass meine begrenzte Fantasie unfähig gewesen wäre, mir etwas jenseits des Vorhersehbaren vorzustellen. Nein. Es ist nur so, dass mir jetzt, über vierundzwanzig Stunden später, absolut nichts einfällt, was mich während meines kurzen Aufenthalts in der Wohnung nicht verblüfft und mir zugleich ein tiefes Unbehagen verursacht hätte. Heute frage ich mich, welchen Sinn es hatte, Águeda zu besuchen. Ich bin überzeugt, dass der Besuch Folgen für mich haben wird, ob schwere, weiß ich nicht, auf jeden Fall aber negative. Und ich kann der guten Frau nicht einmal vorwerfen, dass sie sich in mein Leben gedrängt hat, da ich selbst ihr die Tür sperrangelweit aufgemacht habe. In Zukunft werde ich mich mit hoffentlich nur sporadischen Treffen begnügen, das ist alles. Das Gesicht, das sie machte, als sie mich sah, drückte alles Mögliche, nur nicht Überraschung aus. Ich frage mich, ob sie wusste, dass ich früher oder später an ihrer Wohnungstür klingeln würde. Oder hatte Humpel sie über mein Vorhaben in Kenntnis gesetzt? Sie hatte keine Zeit gehabt, sich herzurichten, und empfing mich barfuß, mit aufgekrempelten Ärmeln, nassen Händen und einer Schürze, die man auf links drehen oder an den Säumen hätte auftrennen müssen, um eine Stelle ohne Flecken zu finden. Ich freute mich aber, feststellen zu können, dass sie immer noch hübsche kleine Füße hat, die nicht gelitten haben während all der Jahre, die sie ihre unansehnliche Trägerin herumgetragen haben. Ich weiß noch, dass ich sie in alten Zeiten gepriesen und geküsst, und ein paar Mal auch, mit Águedas Zustimmung, für erotische Spielchen benutzt habe. Der dicke Hund neben ihr bereitete *Pepa* und mir einen Empfang, der eines bösen Rivalen würdig gewesen wäre. War das nicht der kränkliche Hund, der husten und kotzen musste, der Ärmste, und den man nicht überanstrengen durfte, um sein Herz zu schonen? Was war das für eine Art, uns anzubellen und die Zähne zu fletschen! Uns den Weg versperrend, zeigte er uns grimmig knurrend seine ungastlichen Zähne, als würde er uns nicht kennen. Ich hätte was dafür gegeben, ihm meinen Schuh ins Maul zu treten. Nachdem Águeda ein Weilchen halbherzig mit ihm gescholten hatte, hörte der Dicke auf zu bellen, und erst dann, als er sich beruhigt hatte, trat sie zwei Schritte zurück, zum Zeichen, dass wir eintreten konnten. In der Wohnung roch es nach verbrauchter Luft, nach Badezimmerdampf und gekochtem Blumenkohl. Als Erstes fiel mein Blick auf mehrere Reihen Kartons, die an der Flurwand aufgestapelt waren und mir das Gefühl gaben, im Lager eines Lumpensammlers gelandet zu sein. Einer der Kartons war offen und zeigte ein Durcheinander von Damenschuhen. Und dann, plötzlich, vor mir ein nacktes Mädchen von höchstens drei oder vier Jahren, das mich verdattert anschaute. Ihrem nassen Haar nach war sie gerade gebadet worden. Ihre Unterlippe bebte schon in einem Anflug von Weinen, als sie erschrocken davonrannte und nach ihrer Mutter rief. Eine junge Frau kam, ebenfalls barfuß, aus dem, was sich später als Bad erwies, nahm das Mädchen in die Arme und sagte ihr, ich sein ein guter Mensch, obwohl sie mich gar nicht kannte. Água bestätigte es sofort: «Er tut dir nichts. Er ist ein lieber Mann.» Und zu mir gewandt: «Stimmt doch, oder?» Ich spielte meine Rolle in diesem Kindertheater, so gut ich konnte. Aber ich vergaß, zu fragen, ob ich mir die Schuhe ausziehen musste.

31

Nachdem ich mich vergewissert hatte, dass es heute trotz reichlicher Wolken nicht regnen wird, habe ich gestern Abend beschlossen, den März mit einem Sonntagsausflug in die Berge zu verabschieden. Wie üblich, bin ich zuerst mit *Pepa* Gassi gegangen. Unterwegs habe ich Brot und die Zeitung gekauft. So weit nichts Ungewöhnliches. Meine Idee war, nicht nur reine Bergluft zu atmen und *Pepa* nach Lust und Laune herumrennen zu lassen, sondern auch, ein bisschen das Auto zu bewegen, das schon lange genug (seit dem Ausflug nach Anranjuez) sich ins Fäustchen lachend in der Garage gestanden hat. Kurz vor halb elf ist alles bereit. Ich lege *Pepa* das Halsband an, packe verschiedene Bücher ein, die nicht zurückkommen werden, zwei belegte Brote, eine Banane und was zu trinken, und als ich die Wohnung verlasse, finde ich auf der Fußmatte vor der Tür einen in Geschenkpapier verpackten Gegenstand, der bei meiner Rückkehr aus der Bäckerei noch nicht da lag. Sosehr ich mir auch das Gehirn zermartere, vermag ich dieses Papier nicht in meiner Erinnerung einzuordnen. Trotzdem hatte ich vom ersten Moment an das Gefühl, dass ich es nicht zum ersten Mal sehe. Es ist rosa mit symmetrisch verteilten weißen Punkten. Die verblichene Farbe, abgestoßene Kanten und ein paar vergilbte Stellen lassen den Eindruck entstehen, dass es alt ist. In der letzten Stunde hat also jemand ein Päckchen, das er mir persönlich hätte übergeben können, lieber vor meine Tür gelegt. Bisher hat man mir anonyme Nachrichten in den Briefkasten gesteckt. Jetzt macht man mir heimlich Geschenke? Ich wiege das Päckchen in der Hand, drehe es um, ob vielleicht eine Mitteilung angeheftet ist. Nichts. Der Argwohn flüstert mir zu, dass es Sprengstoff enthalten könne; doch wer bin ich, dass ich zum Ziel von Terroristen werde? Die ETA existiert nicht mehr. Ist es vielleicht ein Scherz meiner Schüler? Eine Schachtel voller Exkremente oder so was in der Art? Anstatt es zu öffnen, wähle ich Humpels Nummer. Mir ist egal, ob er um diese Zeit schon aufgestanden ist. Tatsächlich klingt seine Stimme, als käme sie aus dem Hals eines Mannes, der vor wenigen Sekunden noch wie ein Stein geschlafen hat. Ich frage ihn, ob er Águeda verraten hat, wo ich wohne. Er wird wütend. «Ich habe dir mein Wort gegeben, dass ich das nicht tue. Für wen hältst du mich?» Von meinem Fund auf der Fußmatte sage ich ihm nichts. Nachdem ich das Handy wieder eingesteckt habe, mache ich das Geschenkpapier ab. Ich traue dem Braten immer noch nicht. Für alle Fälle lege ich das Päckchen auf dem Treppenabsatz ab und trete ein paar Schritte zurück. Hoffen wir, dass der Nachbar gegenüber mich nicht durch den Türspion beobachtet. Mit dem Besenstiel drücke ich nun das Päckchen auf den Boden, und mit der Schirmspitze kratze ich das Geschenkpapier ab, bis, kein Zweifel, ein Buch zum Vorschein kommt. Damit sind meine Vorsichtsmaßnahmen beendet. Bei dem Buch handelt es sich um *Das Evangelium nach Jesus Christus* von José Saramago. Ich verstehe immer noch nichts. Das Buch ist in einem guten Zustand. Als ich es aufschlage, entdecke ich eine handgeschriebene Widmung in blauer Tinte und mit einem Datum von vor siebenundzwanzig Jahren:

*Für Toni,
meinen Schatz, meine Liebe, meinen Philosophen,
Küsschen, Küsschen,
Águeda*

APRIL

1

In Águedas Wohnung stand eine solche Menge an Kartons, Tüten und Gerümpel herum, dass wir uns in die Küche setzen mussten. In einer Ecke, neben einem Eimer mit Wischmopp, hatte der dicke Hund einen Napf mit Wasser und einen mit Trockenfutter stehen. Vor Sorge, dass *Pepa* in Versuchung geraten und ihm sein Fressen schnorren könnte, schlang er es hastig hinunter.

Auf Águedas Anweisung nahm ich am Tisch Platz, der für drei Personen gedeckt war und an dessen einem Ende meine alte Obstschale aus Porzellan stand, mit einem einzelnen Pfirsich darin. Großzügiger als ihr Maskottchen, fragte Águeda, ob ich mit ihnen essen wolle, und ich antwortete, nein, danke, ich würde nur kurz bleiben. Sie bot mir etwas zu trinken an, was ich ebenfalls dankend ablehnte. Vom Flur her war das Summen eines Haartrockners zu hören. Águeda machte mit dem weiter, was durch meine Ankunft unterbrochen worden war. Sie hatte auf ihrem Gasherd eine Pfanne mit Öl erhitzt und stand im Begriff, Auberginenscheiben darin zu braten, die bereits in Mehl gewälzt waren. Mit der Gabel tauchte sie sie in ein geschlagenes Ei und legte sie dann in die Pfanne. Ich sah, dass sie keinen Verband mehr trug. Es war angenehmer, trotz der schmutzigen Fußsohlen ihre Füße zu betrachten als die fürchterliche Narbe auf dem Handrücken. Auf einem zweiten Brenner köchelte eine Suppe vor sich hin. Ich war versucht, Águeda vorzuschlagen, das Gas herunterzudrehen, den Suppentopf abzudecken und das Fenster zu öffnen, damit der Dampf und der Geruch entweichen konnten; aber wer bin ich, Ratschläge zu erteilen, zu denen man mich nicht aufgefordert hat. Ich kam immer mehr zu der Überzeugung, dass der Besuch bei Águeda ein Fehler war. Wäre es nicht besser gewesen, eine unserer Begegnungen da draußen abzuwarten und dann in aller Ruhe, ohne Zeugen, auf die Angelegenheit zu sprechen zu kommen, die ich ihr vortragen wollte? Ich war noch keine fünf Minuten da und dachte schon darüber nach, wie ich mich wieder verdrücken konnte. Ich entschuldigte mich, weil ich einfach unangemeldet aufgetaucht war. Mit ein paar Handbewegungen wischte Águeda meine Worte beiseite, als wollte sie mir zu verstehen geben, dass so viel Förmlichkeit nicht nötig sei. Ich erzählte ihr, dass, wie sie sich schon gedacht haben würde, unser gemeinsamer Freund Humpel, den ich bei seinem richtigen Namen nannte, mir ihre Adresse gegeben hatte. Mehr konnte ich gar nicht sagen, da Águeda mich sofort unterbrach und mir mit freundlichsten Worten für meinen Besuch dankte, ganz gleich, ob angemeldet oder nicht, denn ihre Wohnung, sagte sie, stehe jedem jederzeit offen, und selbstverständlich auch mir. Dann erzählte sie mit gesenkter Stimme, dass Belén und die kleine Lorena seit vier Tagen bei ihr wohnten und sich nicht auf die Straße trauten aus Angst, von dem Mann entdeckt zu werden, vor dem sie davongelaufen waren. Ich fragte sie, ob sie den kenne. «Das Missvergnügen hatte ich noch nicht.» Als der prügelnde Ehemann auf der Arbeit war, hatte Belén einen Fluchtplan in die Tat umgesetzt, den sie zusammen mit einigen Nachbarn heimlich geschmiedet hatte. Ein paar mitleidige Seelen hatten ihre Habseligkeiten, die in Kartons und Plastiktüten unterzubringen waren, aus dem Haus geschafft, und Águeda, eine Seele von Mensch, brachte Mutter und Tochter heimlich in ihrer Wohnung unter. Beiden saß noch die Angst in den Knochen, als sie ihr Refugium erreichten, in dem sie in Sicherheit waren und bleiben konnten, bis eine Lösung für sie gefunden wäre. An Hilfe würde es nicht fehlen. «Und diese Belén, warum erstattet sie keine Anzeige?» «Weil sie noch am Leben bleiben will.» Águeda war ins Schwatzen geraten und lud mich zum zweiten Mal ein, mit ihnen zu Abend zu essen, und ich lehnte das Angebot zum zweiten Mal dankend ab. Zu diesem Zeitpunkt, «Mensch, bleib doch noch», «Ich kann wirklich nicht», kam Belén mit ihrer Tochter in die Küche. «Meine Damen und Herren, darf ich vorstellen: das sauberste Kind der Welt.» Águeda applaudierte, und ich, da ich nicht der garstige Spielverderber sein wollte, tat es ihr nach. Mutter und Tochter waren immer noch barfuß, was in dieser Wohnung üblich zu sein schien. Die Kleine war im Schlafanzug und ihr Haar getrocknet. Da sie sich offensichtlich zum Abendessen niederlassen wollten, erhob ich mich von meinem Stuhl, um einer von ihnen meinen Platz am Tisch zu überlassen. Águeda sagte: «Ich habe Toni schon erzählt, warum ihr hier seid.» Die Frau fand meinen Namen witzig. An ihre Tochter gewandt, sagte sie in fröhlichem Ton: «Hast du gehört? Der Herr heißt genau so wie der Hund von Aguedita.» Und Águeda, die sich das Lachen kaum verkneifen konnte, erklärte, das sei reiner Zufall. «Toni und ich waren gute Freunde, und wir haben uns nach langer Zeit wiedergetroffen.» Ich verlängerte meinen Besuch noch um ein paar Minuten, da ich durch eine Laune der kleinen Lorena, die angefangen hatte, *Pepa* zu streicheln, in der Küche festgehalten wurde. Als Águeda die Suppe auftrug, sagte ich, nachdem ich mich bei dem Kind beliebt gemacht und allen einen guten Appetit gewünscht hatte, nun müsse ich wirklich gehen. Ich war eine knappe halbe Stunde in der Wohnung gewesen, ohne mit einem einzigen Wort auf die Sache zu sprechen zu kommen, derentwegen ich da gewesen war. Auf dem Rückweg sah ich sechs der sieben am Nachmittag meiner Bibliothek entnommenen Bücher noch am selben Platz, an dem ich sie abgelegt hatte; nur der zweite Band von Goethes gesammelten Werken im Maul des Drachen fehlte. Die meisten Bücher ließ ich, wo sie waren; einige jedoch schienen mir besser an anderen Stellen aufgehoben, wo die Leute sie leichter finden konnten.

2

Papa schlug Mama öfter. Nicht dauernd und auch nicht wirklich zornig und, von wenigen Ausnahmen abgesehen, auch nicht im Beisein seiner Kinder. Oft beschuldigte er sie, ihn zu zwingen, etwas zu tun, das er eigentlich gar nicht wollte. Er sprach dann mit ihr wie zu einem ungehorsamen Kind, nicht wie zu einer erwachsenen Frau, und ich sah in Mama weniger eine Mutter als eine dasselbe Schicksal wie ich und Raulito erleidende Schwester. Doch auf die eine oder andere Art wusste sie ihm die empfangenen Schläge und Kränkungen heimzuzahlen, ohne dass er es merkte.

Aus meiner Sicht als regelmäßiger Empfänger von Backpfeifen war das, was man heute als häusliche Gewalt bezeichnet, nicht per se verwerflich. Auch scheint mir das Wort *Gewalt* für das, was damit bezeichnet wird, ein viel zu technischer und etwas zu vollmundiger Ausdruck zu sein. Papa schlug Mama. Papa und Mama schlugen mich, die Zweite mehr als Ersterer. Papa, Mama und ich schlugen Raulito, der es verdiente, weil er als Letzter geboren war. Bei uns waren das herkömmliche Ohrfeigen, wie es sie in jedem Haus gab, die zwar schmerzten und erniedrigend waren, aber nicht zu Blutergüssen führten und weder Angst noch Schrecken verbreiteten. Brutale Schläge, wie sie von ihrem viehischen Ehemann die Frau bekommt, die sich mit ihrer Tochter bei Águeda versteckt hat, habe ich nie erlebt. Weder mein Bruder noch ich haben Vaters Gürtel oder Stock zu spüren bekommen, und auch Mamas Pantoffel nicht. Die Lehrer an meinem Gymnasium haben ihren Schülern auch hin und wieder den Staub aus den Kleidern geklopft, und das mit dem Einverständnis der Eltern. Für uns Kinder gehörte die Ohrfeige in der Klasse zu den damals üblichen Unterrichtsmethoden. Sie war zu unserem Besten. So wurde es uns gesagt, und so haben wir es geglaubt; und wenn man uns gelehrt hätte, uns für jede zu bedanken, die wir bekamen, hätten wir das aus voller Überzeugung getan; hätten, wenn nötig, sogar die Hand unserer wohltätigen Ohrfeiger geküsst. Verglichen mit anderen Familien neige ich zu der Annahme, dass bei uns eher wenig geohrfeigt wurde. Manchmal vergingen Wochen, ohne dass man das klatschende Geräusch auf einer Wange hörte. Von Lehrerkollegen und Nachbarkindern kenne ich Geschichten, bei denen es mir heute noch kalt den Rücken hinunterläuft. Ich hätte gern gewusst, warum Papa Mama schlug. Wäre er nicht so früh gestorben, hätte ich ihn gefragt, sobald ich ihm auf gleicher Höhe hätte in die Augen schauen können und finanziell nicht mehr von ihm abhängig gewesen wäre. So muss ich mich mit Vermutungen begnügen. Den Gehorsam der Ehefrau zu erlangen, scheint mir kein hinreichendes Motiv zu sein, denn den hätte er auch mit friedlichen Mitteln bekommen können. Auf der intellektuellen Ebene respektierte Mama ihn vorbehaltlos, und es war offensichtlich, dass sie, sobald das strittige Thema den Bereich häuslicher Belange verließ, jeden dialektischen Schlagabtausch zu vermeiden suchte, da sie dabei nur verlieren konnte.

Papa herrschte unumschränkt über jede Meinung, verwaltete die familiären Ersparnisse und traf die wichtigen Entscheidungen. Wenn die Angetraute ihm aber nicht einen Fingerhut seiner Autorität streitig machte; warum, Herrgott, ihr dann das Fell versohlen? Um sein Selbstwertgefühl zu festigen, sein Mütchen zu kühlen, sich zu beweisen, dass er der Herr des Hauses war? Ich bezweifle es. Eher könnte ich mir vorstellen, dass die sporadische Gewalt gegen Mama zu seinem Lustgefühl beitrug. Ich bin gegen Amalia nie handgreiflich geworden. Trotzdem gestehe ich, dass ich mir, im Schlafen oder im Wachen, manchmal vorgestellt habe, ihr eine runterzuhauen. Nicht aus Zorn; nicht, um mich für irgendetwas zu revanchieren; auch nicht, weil ich Freude an der Ausübung von Gewalt gehabt hätte oder sie für etwas bestrafen wollte, das ich an mir selbst abscheulich fand, sondern schlicht und einfach aus der Lust heraus, meine Hand in ihr schönes Gesicht klatschen zu hören. Und was bei mir nur ein Gedankenspiel war, das nie in die Tat umgesetzt wurde, war für Papa, glaube ich, notwendige Zutat für einen Genuss, auf den er nicht verzichten mochte. Aufgrund des imaginären Schlags flog Amalias Kopf zur Seite, ihre Locken wirbelten einen Moment lang wie im Takt der Gewalt durch die Luft, Tränen verliehen ihren Augen einen schimmernden Glanz und ließen ihr Gesicht in trauriger Wildheit aufleuchten und es zugleich herausfordernd angespannt erscheinen. Ein wunderbarer Anblick. Es ist ein Jammer, dass Gewalt Schmerzen bereitet.

3

Ich entschied mich für die Philosophie, weil ich in ihr den direkten Weg zu dem sah, was ich werden wollte: ein freier Mensch, der seine Gedanken in Texte verwandelt. Wenn das Leben den

Sinn hat, den man ihm gibt, solange höhere Kräfte es nicht verhindern, dann sollte mein Leben das eines Citoyens sein, der sich ganz dem schriftlichen Denken widmet. Ich war jung, ich war gesund, und mich trieb das Bedürfnis, nach Erklärungen zu suchen. Natürlich habe ich das niemandem erzählt. Zu Hause habe ich einfach gesagt, ich wolle Philosophie studieren, weil mir das gefiel. Papa schoss vor der anwesenden Familie einen sarkastischen Pfeil auf mich ab. Er fragte mich, ob ich ein Armutsgelübde abgelegt hätte. Mama war über meine Wahl auch nicht glücklich. Als ich mit ihr allein war, sagte sie, sie hätte sich etwas Besseres für mich gewünscht. Etwas Besseres? «Du weißt schon, was ich meine; ein Studium mit besseren finanziellen Aussichten.» Trotzdem ließen meine Eltern mich gewähren. Für mich hieß das, dass ihnen meine universitäre Laufbahn nicht so wichtig war wie mein Wunsch, ein freier Mensch zu sein. Und wie frei! Seit Beginn des ersten Semesters verbrachte ich die meiste Zeit außer Haus, wohin ich nur noch kam, um zu essen, zu schlafen, zu duschen und wenige Dinge mehr. Eines Nachts, wir hatten das Licht schon gelöscht, erzählte mir Raulito von Bett zu Bett, Papa hätte Mama im Schlafzimmer geschlagen. «Dann hast du es also nicht gesehen.» «Aber ich hab es gehört.» Er wollte unbedingt, dass wir etwas unternehmen. Wir waren ja keine Kinder mehr. Wir könnten Papa zur Rede stellen, vor allem ich, da ich schon zur Uni ging und mich auszudrücken wusste. Ich antwortete ihm, ich sei todmüde, er solle mich morgen daran erinnern, was er auch wirklich tat; aber ich tat nichts, da mich im Grunde nichts von dem interessierte, was zu Hause passierte, wenn ich nicht direkt betroffen war. Unzufrieden mit meiner Passivität, unternahm Raulito offenbar auf eigene Faust irgendwas zu Mamas Verteidigung. Wahrscheinlich kam ihm hier eine Anschuldigung, da ein Vorwurf über die Lippen, und den schlagenden Preis dafür bezahlten seine Wangen. Ich weiß nicht, ob er meinen Namen nannte oder ob Papa im kühnen Tun meines Bruders eine Verschwörung der Söhne gegen ihn witterte; jedenfalls kam er mir, sobald ich die Wohnung betrat, energischen Schritts entgegen, schob den immer noch schluchzenden Raulito aus dem Zimmer und sagte mit hartem Gesicht und wildem Blick, wir müssten sprechen. Ich solle bloß nicht den Klugscheißer spielen, er hätte mich auf dem Kieker, ich sei die Raffiniertheit in Person und hätte mit Sicherheit den gutmütigen Raulito angestiftet, zu sagen, was in Wirklichkeit meine eigenen Gedanken seien, und wenn ich eine Beschwerde gegen ihn als Vater oder als Ehemann meiner Mutter vorzubringen hätte, dann sollte ich es ihm ins Gesicht sagen, «wie ein richtiger Mann, verdammte Scheiße». Ich musste überlegen. Wenn ich rebelliere, ihm die Meinung sage, die Hand erhebe und mich zur Wehr setze oder aus dem Haus laufe, zerplatzt mein Traum von Freiheit, weil ich finanziell von diesem Wüterich abhängig bin. Springe ich aber durch den Reifen, ist es um meine Freiheit nicht besser bestellt. Die Natur hält andere Möglichkeiten bereit: sich tarnen, sich tot stellen, giftig sein ... Ich versuchte, so ruhig wie möglich zu sein, und sagte: «Hör mal, Papa, ich weiß gar nicht, wovon du redest. Das alles hört sich für mich reichlich abstrakt an.» Ich glaube, das Wort *abstrakt* brachte ihm für einen Moment die Gehirnströme durcheinander. Ich habe nicht den geringsten Zweifel, dass es Eindruck auf ihn machte; ich weiß nur nicht welchen. Ein unmerkliches Verziehen der Gesichtsmuskeln verriet ihn. Und ich weiß, wenn er meine intellektuellen Fähigkeiten nicht unterschätzt hätte, so wie er die von allen andern unterschätzte, hätte ihn dieses Wörtchen gehobener Sprache nicht überrascht. Ich glaube, dass er es als intellektuelle Pedanterie betrachtete, lächerlich genug, um seinen Ärger auf mich verfliegen zu lassen. Vielleicht war er der Meinung, ein kleiner Student wolle ihn zu einem gehobenen Dialog herausfordern. Der altgediente Professor war pikiert. Und er, der gerade noch handfeste Männlichkeit gefordert hatte, begann so abgehoben und abseitig daherzureden, dass ich dachte, er wolle mich parodieren. Gerade noch hatte er Raulito eine Klatsche gegeben, da gab er mir einen Klaps auf den Rücken; etwas zu feste, um als liebevoll durchzugehen. «Du bringst es noch zu was», sagte er mit schulmeisterlicher Verbitterung. Leute wie ich bringen es seiner Meinung nach immer zu was; aber ich solle mich keinen Illusionen hingeben. Spanien ist kein Land für Philosophen. Dafür ist es zu heiß. Spanien ist ein Land für Strände, Kneipen und Volksfeste. Philosophie definierte er als Tätigkeit für vergrämte Einsiedler, Bewohner dunkler Länder. Eine Art, am verlöschenden Herdfeuer die Zeit totzuschlagen, wenn es draußen so kalt ist, dass einem alles abfriert, es stürmt und es schon um vier oder fünf Uhr nachmittags dunkel wird. Ich solle mir nichts vormachen, die spanische Sprache sei zwar für vieles brauchbar, aber nicht für tiefschürfende Gedanken. «Unsere Sprache eignet sich gut für Zoten und Metaphern, für Fluchen und Gesang. Sie ist expressiv, aber unpräzise.» Er ließ seiner Geringschätzung noch eine ganze Weile freien Lauf. Ich schwieg eisern und erlag nicht der geringsten Versuchung, ihm zu widersprechen. Noch nie hatte ich ihn so dumm, so kindisch, so einfallslos erlebt. Ich glaube, am Ende ahnte er, dass hinter meinem Schweigen alles Mögliche, nur keine Bewunderung lag. Mit einem Rest von Hellsicht erkannte er vermutlich, dass er keinen würdevollen Abgang finden würde, wenn er einem Studenten an einem Tisch voller abstruser Bücher eine Ohrfeige gab. Außerdem hatte er von seinen Gedanken und Überzeugungen mehr preisgegeben, als vermutlich sinnvoll war, wenn er seine intellektuelle Autorität erhalten wollte. Er schaute mich lächelnd an, und zweifellos, damit ich sein Lächeln nicht als Kapitulation auffasste, gab er mir einen Klaps auf den Rücken, diesmal freundschaftlicher als beim vorigen Mal. «Na gut, Aristoteles, na gut», waren seine letzten hörbaren Worte, die er sprach, bevor er brummelnd aus dem Zimmer ging. Sowohl Mama als auch Raulito waren neugierig, zu erfahren, was Papa und ich uns zu sagen gehabt hatten. In beider Blicken konnte ich ein bewunderndes Staunen erkennen, als ich ihnen erzählte, dass Papa mir kein Haar gekrümmt hatte.

4

Das Rätsel gelöst, das nie eines war. Águeda, gestern, am Ausgang des Marktes: «Ich habe gemerkt, dass du im Leben etwas suchtest und dass ich dir das, was immer es war, das du suchtest, nicht geben konnte.» Diese Frau hat unsere Trennung nie überwinden können. Sie erinnert sich an jede Kleinigkeit, jede Geste, jedes Wort, das wir im Augenblick des Abschieds gesprochen haben. Als würde sie jetzt, nach siebenundzwanzig Jahren, immer noch unter einem Baum auf der Plaza Santa Barbara stehen. Meine alte Beziehung zu ihr hat für mich keinerlei biografische Bedeutung. Als junger Mann hatte ich solche Beziehungen in Hülle und Fülle; aber klar, das kann ich ihr nicht sagen, ohne sie zu verletzen. Sie hat offenbar Illusionen, Hoffnungen und viel Gefühl in etwas investiert, das für mich nur ein Abenteuer war, dem der Zusatz Liebes- viel zu groß war. Gestern sagte sie mir lächelnd und – dem Anschein nach jedenfalls – frei von Bitterkeit, dass sie damals sicher gewesen sei, dass ich sie verlassen würde. «Und trotzdem», fügt sie hinzu, «wäre ich zu allem fähig gewesen, um dich zu halten.» Da gebe es nichts zu lachen. Ich? Ich lache gar nicht ... Ob ich eine Ahnung davon hätte, welchen Preis zu zahlen sie bereit gewesen wäre. Ich antworte ganz offen, dass ich keine Ahnung habe, aber dass ich niemanden, der mit mir zusammen sein wollte, je zur Kasse gebeten hätte, das hört sich ja an, als wollte man sich freiwillig versklaven. Jetzt ist sie es, die lacht. «Nur wenige haben eine Vorstellung davon, zu welchen Extremen eine verliebte Frau fähig ist.» Sie erzählte mir munter, dass sie sich oft den Spaß gemacht hatte, unserer Szene auf der Plaza Santa Barbara ein anderes Ende zu geben. Zum Beispiel, dass ich plötzlich zu ihr sage, alles sei nur Spaß gewesen, ich hätte nur ihre Reaktion testen wollen. Oder ich gehe davon, kehre an der Straßenecke jedoch um, weil ich meine Entscheidung bereue, und gebe ihr den Begrüßungskuss, den ich ihr kurz vorher verweigert habe, und dann kommen ein paar Geiger und spielen für uns auf. Manchmal werde ich an derselben Straßenecke von einem Motorrad angefahren, oder ein Räuber sticht mir sein Messer in den Bauch, weil ich ihm nicht schnell genug meine Brieftasche herausrücke; in allen Fällen ruft sie sofort den Krankenwagen und trägt so dazu bei, mein Leben zu retten. Sie sagt mir auch, dass es ein Detail in unserer Trennungsszene gegeben habe, das sie anfangs nicht einordnen konnte. Welches? Dass ich ihr Geschenk angenommen hatte. Sie dachte: «Gut, dann hat er etwas von mir, wo immer er ist.» Danach war sie mir aus sicherer Entfernung gefolgt, und es hatte sie nicht überrascht, dass eine Frau in einem Auto auf mich wartete. «Die du dann geheiratet hast, nehme ich an. Sie schien mir sehr schön zu sein.» Auf dem Rückweg nach Hause erkannte sie ihr Geschenk, das in einem Hauseingang lag, nahm es mit und verwahrte es bis letzten Sonntag, ohne es ausgepackt zu haben. Sie sagt, sie hätte mal geträumt, dass der Zufall uns am Ende unseres Lebens in einem Altenheim wieder zusammenführt. Und wie am Ende eines Films übergab sie mir im Speiseraum des Heims das Buch von Saramago; ich dankte ihr dafür und hätte sogar eine kleine Träne verdrückt. «Du träumst viel, was?» «Ziemlich.» Ich fragte sie, wie sie es angestellt hatte, meine Adresse herauszufinden. Stark war meine Versuchung, unseren gemeinsamen Freund Humpel ins Visier meines Verdachts zu rücken. Ich musste mir auf die Zunge beißen. Wer weiß schon, was die beiden hinter meinem Rücken besprechen und verhandeln! Águeda antwortete, in Zeiten des Internets sei es ganz einfach, herauszufinden, wo die Leute wohnen. Auf der Website meines Gymnasiums gibt es sogar ein Foto von mir. Ein ziemlich altes übrigens; mal sehen, ob ich es auswechsle. Es war auch gar nicht schwer gewesen, ins Haus zu kommen. Sie brauchte bloß zu warten, bis einer der Bewohner herauskam. «Warum hast du nicht bei mir geklingelt?» «Ich dachte, du schläfst vielleicht.»

5

Seit zwei Tagen gehen mir Águedas Worte nicht mehr aus dem Kopf. Oh, oh, oh. Es ist also das Einfachste der Welt, herauszufinden, wo jemand wohnt, seine Spur im Internet zu verfolgen, in sein Haus einzudringen und einen Gegenstand vor seiner Wohnungstür abzulegen? Und im Briefkasten? Zu Hause habe ich sofort den Stoß anonymer Nachrichten nach einer durchsucht, die nicht mit dem Computer oder per Hand in Großbuchstaben geschrieben war. Es gibt genügend; zum Beispiel diese: «Du wirkst ziemlich vereinsamt, seit du in La Guindalera wohnst. Wird schon seinen Grund haben. Irgendwas läuft bei dir schief. Denk nach.» Oder diese andere: «Die ganze Woche trägst du schon dieselben Schuhe, du Schwein.» Ich vergleiche die Worte auf den Zetteln mit denen der Widmung, die Águeda mir vor siebenundzwanzig Jahren in Saramagos Buch geschrieben hat. Um ganz sicherzugehen, nehme ich sogar meine alte Lupe aus Briefmarkensammlerzeiten zu Hilfe. Doch sosehr ich auch spähe und starre, ich finde keine Ähnlichkeit, weder in der Größe noch in der Gestalt der Buchstaben. Die i-Punkte unterscheiden sich ein wenig in ihrer Platzierung; nur die der Nachrichten befinden sich in einer geraden Reihe über dem i. Águedas Kalligrafie wirkt etwas antiquierter. Ihre «r» sind wie die von Mama, in Schulheften vergangener Zeiten ausprobiert. Keiner meiner Schüler schreibt noch so. Schaut man genau hin, ja, dann kann man schon Ähnlichkeiten erkennen (die Neigung bei einigen Konsonanten); aber die Unterschiede sind doch in der Überzahl. Was bedeutet das alles? Allein die Tatsache, dass einige der Nachrichten gedruckt oder in Großbuchstaben geschrieben sind, deutet darauf hin, dass der Schreiber nicht identifiziert werden wollte. Als Dreisatz könnte der Trick auch darin bestanden haben, die eigene Handschrift unkenntlich zu machen.

6

Ich habe Papas Grab besucht. «Es ist das letzte Mal», habe ich ihm gesagt, «dass ich auf meinen eigenen Beinen hierherkomme. Beim nächsten Mal werden sie mich auf dich legen, und so bleiben wir dann, bis der Pachtvertrag für das Grab ausläuft und man uns Feuer unterm Hintern macht.» Ich hege keine besondere Neigung, das Wort an Tote zu richten, doch heute habe ich mir eine Ausnahme gestattet. Einerseits wollte ich mir anhören, wie ich mich anhöre, als wäre ich gar nicht ich; andererseits hatte der Alte es verdient, dass ich ihm erzählte, ob seine Prophezeiung in Bezug auf mich wahr geworden war. Sagen wir, dass er im Resultat recht hatte, aber nicht in seinen Begründungen. Meine frühe Trägheit und Gottlosigkeit im

Verein mit dem Umstand, dass ich in einem warmen und feierfreudigen Land voller Bars und Kneipen lebte, nahmen mir die Möglichkeit, eine Wegmarke in der Geschichte der Philosophie zu hinterlassen. Weder bin ich der Wegbereiter einer Denkrichtung, noch habe ich je eine Abhandlung oder auch nur einen Schriftsatz verfasst. Vor Jahren habe ich einmal eine Handvoll kleinerer Artikel in verschiedenen Fachzeitschriften veröffentlicht, alle ohne Honorar. Ich hatte die Absicht, sie in einem Buch zusammenzufassen; aber ich bin nie dazu gekommen, sie alle noch einmal durchzulesen, da mir schnell klar wurde, dass sie nicht viel taugten; dass sie ein Mischmasch von hier und da zusammengeklaubten Ideen waren, voller Ungenauigkeiten und nachlässig niedergeschrieben. Immer wenn ein langfristiges Projekt in meinen Gedanken Gestalt annahm und ich zu schreiben begann, verlor ich die Lust daran, sobald die erste Schwierigkeit auftauchte. Im Unterschied zu Papa jedoch bin ich darüber nicht frustriert. Das Wissen um meine Beschränktheit hat mich nicht unglücklich gemacht. Und nie habe ich anderen die Schuld an meinem mangelnden Talent und Ehrgeiz gegeben. Ich glaube nicht an absolute Wahrheiten, die in einen theoretischen Vortrag gepresst verkündet werden. Ich verabscheue auch das philosophische Kauderwelsch, das Ding an sich, «vom Unsinn des Sinns oder vom Sinn des Unsinns», und überhaupt die ganze technifizierte Sprache, die ich so weit wie möglich von meinen Schülern fernzuhalten suche. Zu behaupten, der Mensch sei ein «dem Tod geweihtes Geschöpf», ist eine Banalität, die jede Großmutter schon als Kind gewusst hat; dass nämlich, wer geboren wird, sterben muss, und das auch weiß. «Ich bin ich und mein Umstand», ist ein guter Satz, um unsere Gäste daran zu erinnern, dass sie langsam ihre Mäntel nehmen und sich verziehen könnten. Und was ist von Descartes' Unsinn, *Cogito, ergo sum*, zu halten? Ich pinkle und kacke, also bin ich. Ich fahre Auto, also bin ich. Ich tue, was man als Lebender so tut, also bin ich. Binsenweisheiten + verworrene Sprache = Philosophie. Alles Übrige ist Widerlegung oder Kommentar der Postulate anderer. Die Philosophie hat ihre löbliche Mission schon lange erfüllt; nämlich, uns vom religiösen Aberglauben zu befreien, während die Menschheit damit beschäftigt war, die Elektrizität zu entdecken. Ich halte es mit Jean Piaget. Ich bezweifle, dass die Philosophie irgendeine Art von Kenntnis oder Wissen hervorbringen kann. Nichts von dem, was außerhalb des Wirkungsbereichs und der Strenge der Wissenschaft formuliert wird, kann auf etwas anderes hoffen, als zu Literatur zu werden. Manchmal, das will ich gerne zugeben, zu guter Literatur. Und obwohl ich das vor meinen Schülern nie eingestehen würde, betrachte ich mich vor allem als Lehrer für philosophische Literatur oder von Philosophen geschriebener Literatur. Ja, ich glaube, dass man über die einen oder anderen Feinheiten des Lebens nachdenken, sie ordnen und klassifizieren kann, und dass einige Ausformungen von Begriffen, Syllogismen, Definitionen und Maximen auch Schönheit enthalten. Ich hatte nie den Ehrgeiz, sie aus eigener Kraft zu erschaffen. Es hat mir stets gereicht, das in mir aufzunehmen, was geistreichere Artgenossen als ich ersonnen haben. Ich habe es zu verstehen versucht, und etwas davon habe ich verstanden, obgleich ich mir auch da nicht sicher bin. Ich finde es albern, den eigenen Namen für kommende Generationen in Stein meißeln zu wollen, als wäre das eine Möglichkeit, über das aktive Leben hinaus noch zu wirken. Nichts bleibt, auch die Erinnerung nicht. Ich erinnere mich gut an meinen Vater; aber die Erinnerung an ihn wird mit mir untergehen, wenn sie nicht schon vorher erlischt. Es gibt noch ein Foto von meinem Großvater Stanislaus, dem gefallenen Frontkämpfer für Ideale, die seinem Sohn die Schamesröte ins Gesicht getrieben haben. Mein Urgroßvater, mein Ururgroßvater, wer waren sie, wie haben sie ausgesehen, wie haben sie geheißen? Ich habe viel gelesen, vielleicht zu viel; zum Teil, weil ich in den Büchern oft die erwähnte Schönheit vorgefunden habe, die mich in einer Art beschwingter Abhängigkeit hält. Ich kam ohne Fragen auf die Welt, ich werde die Welt ohne Antworten verlassen. Bei meiner Beerdigung werden nur ein paar Leute zugegen sein, wohl weniger noch als bei der von Papa vor über dreißig Jahren. Ich bin nichts gewesen und nichts geworden, genauso wie er es in seiner gehässigen Prophezeiung vorhergesagt hat. Es war angenehm heute Morgen auf dem Friedhof. Wenige Leute, gutes Wetter, Stille. Ein leichter Wind strich mit ländlichen Gerüchen über die Gräber. «Wir sehen uns Anfang August», habe ich Papa zum Abschied gesagt. Und mit dem Vertrauen und der Sympathie, die unter Familienmitgliedern nicht fehlen sollten, habe ich ihn gefragt, ob ich ihm irgendetwas mitbringen soll.

7

Was ich Águeda bei ihr zu Hause nicht sagte, weil ich dazu keine Gelegenheit fand, da diese Frau mit ihrer kleinen Tochter da war, oder warum auch immer, konnte ich ihr auch später sagen, wenn wir allein waren, egal wo. Meinetwegen auf der Straße. Ich brauche ja nicht mehr als fünf Minuten. Am Mittwoch, am Ausgang des Marktes, hätte ich das Thema um ein Haar zur Sprache gebracht. Ich ließ es aber sein, da ich fürchtete, dass das Gespräch eine intime Wendung nehmen und sich über Gebühr hinziehen könnte. Mann, hast du nicht gerade noch gesagt, du brauchst nur fünf Minuten, um deine Bitte vorzutragen? Ja, das stimmt ja auch. Aber nachdem ich das letzte Wort gesprochen habe, ist sie mit Sprechen an der Reihe, und dann? Wer traut sich zu, ihren Redefluss zu stoppen? Die schlechteste Option wäre, Águeda anzurufen, da sie dann meine Nummer herausfinden könnte, so wie ich auch, mit Humpels Hilfe, ihre herausfinden könnte. Die Folge ist klar: Wäre dieser Kommunikationsstrang einmal aktiviert, würde sie keine Gelegenheit auslassen, ihre telefonischen Tentakel nach mir auszustrecken. Dabei ist alles, was ich ihr zu sagen habe, in einem Satz zusammenzufassen: «Besuch mich bitte nicht.» Ich probiere für mich auch andere Varianten aus: «Bitte, komm mich nicht besuchen.» «Lass mich bitte in Ruhe.» Diese letzte ist ziemlich *heavy*, wie mein Sohn sagen würde. Aber falls danach immer noch Zweifel bestünden, könnte ich ergänzen: «*Pepa* ist mir Gesellschaft genug.» Ich weiß, ihr das zu sagen, wäre eine Grobheit. Lieber wäre mir, sie würde meine Haltung verstehen und akzeptieren, ohne dass sich die Szene von vor siebenundzwanzig Jahren auf der Plaza Santa Barbara wiederholte. Mir ist nicht verborgen geblieben, dass sie sich in den Wechseljahren befindet, und sicher hat sie schon genug Enttäuschungen erlebt und sucht vielleicht nur eine Gesprächsfreundschaft mit mir, so wie mit Humpel, nur dass sie meinen Freund nicht so beharrlich bedrängt, verfolgt?, wie mich. Er, der alles über jedes Thema zu wissen glaubt, auch über das, was er nicht weiß, und sogar Spezialist für Sachen ist, die er nicht weiß, hat dazu eine Idee. Zuerst einmal wird seine Beziehung zu Águeda dadurch bestimmt, dass niemals Gefühle ins Spiel gekommen sind. Die beiden verstehen sich gut, das ist alles. Es war und ist nichts Erotisches zwischen ihnen. «Ich bin nicht Teil ihrer persönlichen Saga. Ich habe sie nie nackt gesehen.» «Da hast du nicht viel verpasst.» «Kann ich mir vorstellen.» Humpel ist überzeugt, dass die eventuelle Zuneigung, die mögliche Sympathie, die ich derzeit in Águeda wecken könnte, auf Mitleid beruht. Ob ich nicht gemerkt habe, dass sie das, was sie tut, aus reiner Menschenfreundlichkeit tut. Er ist sich sicher, dass ich ihr leidtue. So leid wie die aus ihren Häusern Vertriebenen, die misshandelte Frau, die sie dieser Tage bei sich aufgenommen hat, die Obdachlosen, die sie einmal bei winterlicher Kälte von der Straße geholt und ihnen Zimmer und Bett zur Verfügung gestellt hat, wovon ich heute, in Alfonsos Bar, zum ersten Mal höre. Und ich frage mich, warum ich einem Menschen leidtun sollte, vor allem einer ledigen Frau, die es noch nie im Leben besorgt gekriegt hat und die nie erfahren wird, was ein Orgasmus ist, wenn es ihr niemand erzählt. «Mann, weil sie dich immer allein herumlaufen sieht, wie du mittwochs deine Porreestangen und Mandarinen einkaufst, und sich Gedanken macht, wie sie dir helfen kann, falls du deprimiert bist oder gar vorhast, dich umzubringen.» Dabei ist er in ein derartiges Gelächter ausgebrochen, dass sich jedes Gesicht in der Bar zu uns umgedreht und uns angestarrt hat. Und danach, leise: «Oder glaubst du, dass sie Gefallen an dir findet? Ach, komm!» Ich bin zur Salzsäule erstarrt.

8

Amalia tat ihre Schwester leid. Wenn ihre Gedanken auf sie kamen, sagte sie plötzlich: «Arme Margarita.» Und als dramatisches Finale fügte sie Sätze der Art hinzu: «Wer weiß, wo sie sich in diesem Augenblick herumtreibt.» «Wie gern würde ich ihr helfen!» Aber Amalia war in ihren Einschätzungen schwankend. Wenn sie ihre Schwester wieder einmal gesehen oder mit ihr telefoniert hatte, war sie oft wütend und kritisierte sie erbarmungslos. «Sie ist ein hoffnungsloser Fall. Man müsste sie einsperren. Sie glaubt, ich verdiene mein Geld im Schlaf.» Bei meinen Schwiegereltern wurde Margarita so gut wie nie erwähnt, jedenfalls nicht in unserer Gegenwart; kam jedoch beim Essen oder beim Nachtisch die Rede auf sie, dann oft in bissigem Ton. Ich hielt den Mund. Mir war sie völlig egal, diese angeblich undankbare Tochter, die nie anrief, nicht einmal zu Weihnachten!; die nicht das geringste Interesse daran zeigte, wie es ihren Eltern ging; die sich wer weiß wo herumtrieb und wer weiß welche Freveltaten beging, gotteslästerliche Reden führte und den Namen der Familie in den Schmutz zog. Um den Frieden zu wahren, wie sie zu sagen pflegte, stimmte Amalia den Schmähungen ihrer Eltern gewöhnlich zu und widersprach nicht, war sogar opportunistisch genug, gelegentlich eine negative Bemerkung gegen ihre Schwester einfließen zu lassen. Margarita war ein aufgeschlossenes, lebhaftes Mädchen gewesen. Und ausgesprochen hübsch, nebenbei gesagt. Es spricht für ihre Intelligenz und ihren guten Geschmack, dass sie die repressive Atmosphäre in ihrem Elternhaus nicht ertrug. Sie hatte anscheinend Talent zum Zeichnen, spielte Gitarre, konnte fotografieren und bekam in der Schule herausragende Noten; kurzum, sie hatte die besten Karten, um ihr Glück zu machen. Aber es sollte nicht sein. Als sie achtzehn wurde, beschloss sie, ohne eigene Einkünfte und wohl nur im Vertrauen auf ihren guten Stern und ihren starken Charakter, ein neues Leben anzufangen. Sie hatte ein Studium begonnen, das sie abbrechen musste, weil sie es nicht finanzieren konnte, und vielleicht auch (obwohl ich nicht sicher sagen kann, ob dies Ursache oder Wirkung war), weil das Schicksal es wollte, dass sie in diesen Abgrund stürzte, der damals vielen jungen Menschen zum Verhängnis wurde: Heroin. Na ja, Heroin und Alkohol und alles andere, was so angeboten wurde. Amalia war vierzehn, als ihre Schwester aus dem Haus ging. Sie war sicher, dass sie, wäre sie die Ältere gewesen, ebenfalls gegangen wäre. Margaritas schlechtes Beispiel hielt Amalia später davon ab, dieselbe Strategie zu wählen. Sie gab vor, sich dem Willen der Eltern unterzuordnen. Durch diesen Trick konnte sie sich mit dem Titel Lieblingstochter schmücken, was andererseits nicht schwer war, da es ja keine Rivalin gab. Ihren engstirnigen Erzeugern fehlte jede Fantasie, sich vorzustellen, dass ihre vorbildliche Tochter die Jungfräulichkeit schon lange vor der Ehe verloren hatte, heimlich trank und auf Partys ging, nur standesamtlich heiratete, eine unverbesserliche Lesbe war und kein Priester jemals den Kopf des kleinen Nikita mit Weihwasser benetzte. «Wenn mein Vater dich fragt, was du gewählt hast, sage ihm PP.» In Wirklichkeit haben wir bei allen Wahlen beide unsere Stimmen der Linken gegeben. Verstellen konnten wir uns gut. Ohne es studiert zu haben, beherrschten wir es bis zur Perfektion. Es gab Nächte, da habe ich mich, wenn wir nach Hause kamen, geschämt, in den Spiegel zu sehen. Das Verstellen, die Heuchelei, das Anbiedern, das wir auch untereinander betrieben, ersparte uns Krach oder ließ ihn nur gelegentlich aufkommen und bescherte uns insgesamt ein geruhsames Dasein, um den Preis allerdings, dass wir nichts Wertvolles, nichts Großartiges zustande brachten, weil wir ja nichts riskierten, weil kein Gramm Wahrheit in uns war und wir aus jeder Pore Feigheit schwitzten. Ich erinnere mich an zahllose Eheszenen, in denen Amalia und ich mit zynischem Lächeln und schamlos verlogenen Worten so taten, als würden wir immer noch etwas füreinander empfinden. Wenn ich heute nur daran denke, wird mir schlecht.

9

Amalia war im achten Monat schwanger, und wir kamen gerade aus einer Vorstellung im Teatro Español. Eine verwahrlost aussehende Frau mit lückenhaften Zähnen machte sich an die herausströmenden Besucher heran und bat um «eine kleine

Gabe». Einige änderten ihre Richtung, um eine Berührung mit ihr zu vermeiden. Ehe wir es uns versahen, stand sie mit ausgestreckter Hand vor uns und hinderte uns am Weitergehen. Amalia flüsterte mir zu, ich solle weitergehen und in der Mitte des Platzes auf sie warten. Aus ihrem drängenden Ton schloss ich, dass dies nicht der Moment war, um Erklärungen zu fordern.

Ich hatte mich ein paar Schritte entfernt, da drehte ich mich um und sah, dass Amalia der Bedürftigen etwas in die Hand drückte, das sie ihrer Handtasche entnommen hatte. Es dauerte ein Weilchen, bis sie wieder zu mir stieß. Ein Blick in ihre feuchten Augen reichte mir, um zu erraten, mit wem sie gesprochen hatte. Ich legte meinen Arm um ihre Schultern, und so gingen wir schweigend bis zur Puerta del Sol. Dort wartete ich, bis sie sich wieder gefangen hatte, und fragte, ob die Frau vor dem Theater ihre Schwester war. Amalia nickte traurig. Sie erzählte, dass sie inmitten der Leute angefangen habe, sie zu beschimpfen, und das nicht gerade leise, und auch über mich hässliche Dinge gesagt hatte, obwohl sie mich gar nicht kannte. Sie war verärgert, weil Amalia schwanger war und ihr nichts davon gesagt hatte. «Ich weiß doch nicht einmal, wo sie wohnt.» Amalia hatte ihrer Schwester etwas Geld gegeben, doch das hatte sie nicht beschwichtigen können; weit entfernt davon, Dankbarkeit zu zeigen, hatte sie sich in ihren Anschuldigungen und Beschimpfungen noch gesteigert, bis ein Herr sich schützend vor Amalia stellte, weil er glaubte, dass sie von einer Verrückten angegriffen wurde. Etwa ein Jahr war seitdem vergangen. Eines Tages tauchte Margarita unverhofft in unserer Wohnung auf. Nikita schlief im Kinderzimmer in seiner Wiege, und Amalia hatte Dienst in ihrem damaligen Sender. Gerade hatte das Kind zu schreien aufgehört und ich wollte mich zu einem Schläfchen aufs Sofa legen, da klingelte es. Durch die Gegensprechanlage hörte ich eine konfuse Frauenstimme. Sie sagte nicht, wer sie war. Das war auch nicht nötig. Ich erriet es augenblicklich. Ob Amalia zu Hause sei. Ich sagte ihr die Wahrheit. Sie glaubte mir nicht. In aggressiv-spöttischem Ton fragte sie mich, ob ich der Haushofmeister sei und Anweisung habe, zu lügen. Sie feierte ihren Witz mit dem heiseren Lachen einer eingefleischten Raucherin. Ich hätte meinem Herzen gerne Luft gemacht, doch wenn ich diesem Früchtchen gesagt hätte, was mir auf der Zunge lag, wäre mir ein Streit mit Amalia sicher gewesen. Margarita war für mich immer noch ein fernes Wesen; gerade mal ein Name, der hin und wieder bei einem Gespräch erwähnt wurde. Bevor sie an unserer Haustür klingelte, hatten wir noch nie ein Wort miteinander gewechselt. Etwas säuerlich erwiderte ich: «Hast du etwas gegen Haushofmeister?» Ab da wurde sie zahmer, sogar freundlich. Sie fragte, ob sie heraufkommen und duschen könne. «Na gut, komm rauf.» Sie war Haut und Knochen und roch, wie sie roch. Sie zeigte keinerlei Interesse für das Kind, was mich freute, da mir nichts daran lag, dass sie dem Kleinen mit ihrem Schmutz und Geruch nahe kam und ihn aufweckte. «Schon verrückt das alles, was, Kumpel?» Nach dem Duschen in ein Handtuch gehüllt, die dünnen Beinchen mit Schuppenflechte bedeckt, bat sie mich, ein paar saubere Sachen von Amalia anziehen zu dürfen, die sie zurückbringen würde, wenn wir ihre gewaschen hätten. Ich gestattete es ihr, da ich mit Amalia ohnehin Ärger bekommen würde, ob ich Margarita erlaubte, ihre Sachen anzuziehen, oder nicht. Ich führte sie in unser Schlafzimmer. Sie sah das gemachte Bett mit der glatten weißen Tagesdecke, den an die Kopfkissen gelehnten Zierkissen, und fragte mit heiserem Lachen: «Hier bumst ihr also?» Sie selbst hatte mich auf die Idee gebracht, wie ich mich in ihrer Gegenwart zu verhalten hatte: wie ein hochnäsiger, unerschütterlicher Haushofmeister. Und ich glaube, ich spielte meine Rolle ganz gut. Ich machte beide Schranktüren weit auf. Mir fehlten bloß noch weiße Handschuhe, um die Szene kinotauglich zu machen. Beim Anblick von Amalias reich bestücktem Kleiderschrank rief Margarita neidisch: «Du meine Scheiße, die Privilegien der Bourgeoisie!» Sie blieb eine gute halbe Stunde im Haus. Ich bot ihr einen Haartrockner an. Sie wies ihn mit der Bemerkung zurück, über Bequemlichkeiten sei sie hinaus, ihre Haare würden draußen in der Wärme trocknen. Dem intensiven Duft nach zu urteilen, hatte sie sich großzügig bei Amalias Parfüm bedient. Jetzt, da sie angezogen war, bat sie um etwas zu essen. Nichts Warmes. Sie sei in Eile. Sie öffnete den Kühlschrank und nahm ein paar Schlucke aus der Milchtüte. Dann steckte sie einen Finger in ein Marmeladenglas und leckte ihn ab; das machte sie mehrere Male. In eine Plastiktüte, die ich ihr gab, steckte sie ein bisschen Obst, gekochten Schinken und zwei oder drei Scheiben Toastbrot. Einen Zweitausendpesetenschein, den sie mir mit Leidensmiene abluchste, vermochte ich ihr nicht abzuschlagen. «Du machst dich gut, Haushofmeister.» Damit ging sie. Ihre stinkenden Klamotten blieben auf dem Badezimmerboden zurück. Amalia steckte sie abends in einen großen Abfallbeutel und bat mich, ihn gleich nach unten zu tragen und in die Mülltonne zu werfen.

10

Gestern, Dienstag, war ich in der Markthalle und habe die nicht so dringenden Einkäufe auf heute verschoben. Manchmal bin ich ganz schön beladen, oder das Gemüse schaut oben aus der Tüte, oder der Fisch verbreitet seinen Geruch, und dann missfällt mir das Bild, das ich abgebe, wenn ich mich auf der Straße mit Águeda unterhalte. Als ich heute zur gewohnten Stunde den Markt verließ, stand sie nicht am Ausgang und erwartete mich. Ich muss sagen, im ersten Moment war ich wütend. Natürlich nicht auf sie, denn sie kann zum Treffen mit mir kommen oder nicht, ganz wie sie will. Nein, auf mich selbst, wegen der verlorenen Zeit, an zwei Tagen hintereinander zum Markt zu gehen, und wegen der vergeblichen Mühe, die ich mir gemacht habe, mir minutiös die Worte zurechtzulegen, die ich ihr seit Tagen schon sagen will. Enttäuscht wende ich mich zum Gehen, da höre ich sie hinter mir meinen Namen rufen. Aufgeregt keuchend kommt Águeda in ihrem grauenhaften Mantel, der immer um Asyl in einem Altkleidercontainer zu bitten scheint. Zuerst schiebe ich ihre Erregung auf die Hast, mit der sie angelaufen kam; aber nein, sie hat den Weg von zu Hause hierher zwar schnellen Schritts zurückgelegt, ohne Hund, aber sie war von einer großen Unruhe getrieben. Sie fragt, ob sie mir fünf Minuten meiner Zeit stehlen kann, wirklich nur fünf, schwört sie, und lädt mich auf die Terrasse der Bar Conache ein, hier gleich nebenan. Bei einem Tee für sie (Alkohol trinkt sie nicht) und einem *cortado* für mich erzählte sie mir, dass sie gestern am frühen Nachmittag zufällig ein Telefonat von Belén mitgehört hat. Sie wollte in dem Sessel, der früher ihrer Mutter gehörte, gerade ein Schläfchen halten. Der Sessel steht an einem der Wohnzimmerfenster, da Águeda gern bei Tageslicht liest. Das Mittagessen war noch nicht verdaut, da überkam sie beim Lesen die Müdigkeit, und als ihr schon die Augen zugefallen waren, hörte sie, wie leise die Tür aufging. Hinter sich, am anderen Ende des Wohnzimmers, hörte sie gleich darauf Belén die Tasten des Telefons drücken. In ihrer Nervosität hatte die Frau Águedas Anwesenheit nicht bemerkt, da diese ganz hinter der Rückenlehne ihres Sessels verschwand. Águeda beschloss, sich nicht von der Stelle zu rühren, hauptsächlich, sagt sie, um zu vermeiden, dass «die arme Frau» sich ertappt fühlte, weil sie ungefragt das Telefon benutzte. So wie Belén in den Hörer flüsterte, bestätigte sich für Águeda, dass dies ein heimliches Telefonat war. In ihrem Sessel versunken, nahm sie sich vor, sich schlafend zu stellen, falls sie entdeckt würde. Und so, ganz still und in steter Furcht, beim Atmen Geräusche zu machen, hörte sie in einem Ton kläglicher Unterwürfigkeit gesprochene Worte. Sie erinnert sich zwar nicht an jeden Satz, aber an einige recht genau: «Wenn du mir verzeihst und versprichst, mich nicht zu schlagen ...» «Die Kleine, ja, gut. Ein bisschen traurig, wegen der ganzen Sache.» «Bei einer gutherzigen Frau.» «Zuerst muss ich wissen, ob du mir verzeihst.» «Ja, was du willst.» «Ich danke dir, und Lorenita bestimmt auch. Sie will dich gerne sehen.» Ich frage sie, ob Mutter und Tochter jetzt bei ihr in der Wohnung sind. Sie antwortet, dass sie am Morgen, als sie vom Spaziergang mit *Toni* nach Hause kam, nicht mehr da waren. Sie hatten sich über die Abmachung hinweggesetzt, sich nicht draußen sehen zu lassen, bis die mit ihrem Fall befassten Leute einen Ausweg aus ihrer Lage gefunden hätten. Trotzdem hatte Águeda ihnen, wie an den Tagen zuvor, Essen hingestellt, weil sie dachte, sie hätten das Eingesperrtsein nicht mehr ausgehalten und würden nur einen kleinen Rundgang durchs Viertel machen. Ich habe ihr gesagt, dass sie sich die Mühe hätte sparen können, wenn diese Belén ihr eine Notiz hinterlassen hätte. «Ich kann es ihr nicht übel nehmen. Die Arme ist so verängstigt ...» Dann teilt sie mir mit, dass die Kartons mit den Kleidern und anderen Sachen von Belén und der Kleinen noch in ihrer Wohnung stehen. Daher auch ihre Angst, dass jeden Moment der brutale Ehemann kommt, um die beiden abzuholen und mit ihr abzurechnen. Zusammenfassung: Aus den fünf Minuten, die Águeda veranschlagt hatte, um mir ihre Geschichte zu erzählen, ist eine Dreiviertelstunde geworden, in der ich keine Zeit gefunden habe, ihr zu sagen, was mir schon so lange auf der Zunge liegt.

11

Zuerst einmal haben wir diskutiert, ob wir eine Liste von Überzeugungen oder eine Liste von Gewissheiten erstellen sollen. Humpel argumentiert, dass Überzeugungen subjektiv und oft wechselhaft sind. Das schien mir kein schlechtes Argument zu sein, und so haben wir uns darauf geeinigt, Gewissheiten aufzulisten, sofern wir sie teilen oder sie auf Studien oder Erfahrungen beruhen oder sie von großer Wahrscheinlichkeit sind. Nicht zählen solche, die für den einen gelten, für den anderen aber nicht. Nachdem wir das geklärt hatten, haben wir Alfonso um ein Blatt Papier und einen Kugelschreiber gebeten. Nachfolgend die Abschrift des Ergebnisses: – Tortilla española immer mit Zwiebeln. – Der Kapitalismus ist schlimm. Der Kommunismus ist schlimmer. Der Kapitalismus erlaubt dir, das Leben eines Kapitalisten zu führen und dich zugleich von ihm zu distanzieren, während der Kommunismus prinzipiell jede Form von Dissidenz von vornherein ausschließt. – Anfang des 22. Jahrhunderts wird Spanien in seinen derzeitigen Grenzen nicht mehr bestehen. «Das riecht aber eher nach Überzeugung oder Prophezeiung als nach Gewissheit.» «Es ist Gewissheit», hat Humpel entschieden. Und so haben wir den Satz in der Liste gelassen. – Eine Sache mag noch so gerecht sein, sie wird verraten, sobald ein Fanatiker sie vertritt. – Die Menschheit ist heutzutage eine Plage. Logischerweise wird die Natur auf der Suche nach dem ökologischen Gleichgewicht früher oder später reagieren und besagte Spezies mithilfe eines tödlichen Virus oder Bakteriums dezimieren. – *Die Göttliche Komödie* ist eine zum Gähnen langweilige Schwarte. – Wir sind zwar Linke, aber nicht stets und immerzu. – China wird über die Welt herrschen und für lange Zeit vergessen lassen, was individuelle Freiheit bedeutet. – Die Tage des Stierkampfes in seiner heutigen Form sind gezählt. – Ficken ist wichtig. – Raymond Aron hat recht, wenn er behauptet, «Revolution und Demokratie sind sich widersprechende Begriffe». – Das Leben ist eine temporäre Eigenart der Materie. (Diesen Satz haben wir Alfonso zur Beurteilung vorgelegt, und als Antwort hat er uns dahin geschickt, wo der Pfeffer wächst.) – Es gibt keinen Gott.

12

Wir hatten ein stressiges Sonntagsessen bei meinen Schwiegereltern. Möglich, dass Amalia nicht den richtigen Moment und auch nicht den passenden Ton getroffen hat, um das heikle Thema ihrer Schwester anzusprechen. Bevor wir aufbrachen, hatte ich sie zu Hause dazu ermutigt und argumentiert, dass ein Versuch nicht schaden könne. Vielleicht hätte ich ihr vorschlagen sollen, erst nach dem Mittagessen über Margarita zu sprechen, wenn die Mägen gefüllt, wir alle angenehm satt und schläfrig wären, Opa Isidro es sich in seinem Sessel bequem gemacht hätte und sein übliches Gläschen Anis in Angriff nähme. Aus mir unbekannten Gründen, vielleicht weil sie nervös war und der Junge, der nicht zu zappeln aufhörte, sie durcheinanderbrachte oder weil die vorbereiteten Worte in ihrem Mund überkochten, fragte Amalia, kaum dass wir die Vorspeise in Angriff genommen hatten, die Eltern ohne jede Einleitung, ob sie ihrer ältesten Tochter nicht verzeihen oder ihr wenigstens helfen könnten (wie genau, erklärte sie nicht), aus dem Abgrund herauszukommen, den Margarita aus eigener Kraft nie würde verlassen können, und so weiter. Das alles und noch mehr brachte Amalia überstürzt und stolpernd vor, derweil ihre Eltern ungerührt weiteraßen und die Blicke nicht von ihren Tellern hoben. Der Alte reagierte als Erster. Mit zornigen Augen unterbrach er Amalia: «Sie hat bekommen, was sie verdient.» Und die Frömmlerin unterstrich das Urteil ihres Mannes mit der zuckersüßen Kaltherzigkeit: «Sie ist kein Kind mehr. Sie sollte wissen, was sie tut.» Mehrere Sekunden lang schwebte angespannte Stille über den Köpfen. Sogar Nikita, der schon den ganzen Vormittag unruhig gewesen war, hörte auf, auf seinem Stuhl herumzurutschen. Ich dachte: Wie kann ich Amalia nur dazu bringen, den Mund zu halten? Unter dem Tisch streifte ich ihren Fuß, doch sie verstand den Hinweis nicht oder wollte ihn nicht verstehen und ließ, oje, die Bombe platzen: «Wir haben erfahren, dass Margarita in Valencia im Gefängnis sitzt.» Was für Menschen! Mein Gott! Sie fragten weder, warum ihre Tochter verurteilt worden war, noch für wie lange. Nicht eine Bemerkung, keine Regung in den Gesichtern, nichts, als würde die Nachricht sie – beide hinter ihrer rachsüchtigen Hartherzigkeit verschanzt – nichts angehen. Und jetzt, ja, nach einem leichten Fußtritt unter dem Tisch traf Amalia die kluge Entscheidung, das Thema ihrer Schwester nicht weiterzuverfolgen. Sie fand einen schlauen Ausweg: «So, jetzt wisst ihr es», sagte sie, als hätte sie nur die Absicht gehabt, ihre Eltern zu informieren. Sie saß mir gegenüber und warf mir einen Blick zu, der mich anflehte, jetzt das Wort zu übernehmen. Ich lobte das Essen; sofort begann sich die Miene meiner Schwiegermutter auf eine Weise zu verändern, die mir bestätigte, dass ich das richtige Thema gewählt hatte. Ich gab vor, mich für die Zutaten des Russischen Salats zu interessieren, und nahm dafür das Risiko in Kauf, eine langatmige kulinarische Tirade über mich ergehen zu lassen, was dann auch geschah. Von Amalias zustimmender Gestik ermutigt, begann ich dann, Gemeinplätze über das spanische Schulwesen abzusondern, über unmotivierte und faule Schüler, über Dinge mithin, die keinen der Anwesenden wirklich betrafen und daher, wie mir schien, mit wohlwollender Teilnahmslosigkeit angehört wurden. Die genannten Dinge enthoben sie sowohl der Unbehaglichkeit des Schweigens als auch des heiklen Themas, das, wenn es weiterverfolgt worden wäre, leicht in hässlichen Streit hätte ausarten können. Und jedes Mal, wenn mein Schwiegervater bei dem, was ich sagte, mit einer seiner unumstößlichen Thesen gegen die heutige Jugend, ihre Disziplinlosigkeit und ihr schlechtes Benehmen herausplatzte, hatte ich nicht die geringsten Bedenken, ihm recht zu geben. Wir gingen früh.

13

Als ich gestern mein Abendessen zu mir nahm, rief Humpel an. Ob ich am Sonntag was vorhabe. Er dachte, da ich Ferien habe, hätte ich vielleicht Lust, zu verreisen. Ich antwortete ihm, nichts lieber, ans Meer, ins Ausland, mit dem Auto durch Spanien, aber *Pepa* hält mich hier fest. Und da er jetzt weiß, dass ich die Stadt nicht verlasse, fragt er, ob ich nicht morgen Mittag um zwölf zu Águeda kommen könne. Zu der Zeit soll nämlich der Typ, der seine Frau misshandelt, dort auftauchen, um deren und der Tochter Sachen abzuholen, die immer noch bei Águeda sind. Und aus offensichtlichen Gründen wäre es doch ratsam, der Kanaille zu zeigen, dass unsere Freundin nicht allein wohnt und nicht unbeschützt ist. «Und du glaubst, wir beide könnten dem Typen Angst einjagen?» Er erklärt mir, es gehe darum, eine Wand von Männern zwischen Águeda und dem Kerl aufzubauen und das vielleicht zu einer Protestkundgebung gegen Letzteren auszuweiten. Und falls nur wenige zusammenkämen, sollten wir auf jeden Fall versuchen, wie Anwälte oder Finanzbeamte auszusehen, was manchmal mehr Respekt einflößt als

Fäuste. Deswegen werde er in Anzug und Krawatte kommen und bäte mich, das auch zu tun. «Vielleicht finde ich auf dem Flohmarkt einen, der mir eine Robe verkauft.» Er versichert mir, der Witz sei klasse, aber da die Zeit drängt, werde er später darüber lachen. Wie oft habe ich ihn sich über einen Witz aus eigener Herstellung totlachen gesehen, der um Kilometer weniger witzig war!

Er, ich und ein paar Nachbarn, fuhr er fort, würden die Kartons und Tüten nach unten tragen, sodass der Typ, der seine Frau verprügelt, sie nur noch in seine Karre einladen muss und dann schnellstmöglich wieder verschwinden kann. Wir würden ihm dabei ein Pfeifkonzert liefern, das ihm ein für alle Mal die Lust nähme, sich noch einmal dort sehen zu lassen. Aus Sicherheitsgründen sollte er Águeda nicht zu Gesicht bekommen. Hinterher könnten wir in ein Restaurant gehen und unseren Erfolg feiern. Da ich keine Möglichkeit sah, seinen Vorschlag abzulehnen, sagte ich ihm – hauptsächlich um ihn loszuwerden –, dass er auf mich zählen könne. Ich verbrachte eine furchtbare Nacht, wälzte mich ruhelos grübelnd im Bett und empfand einen so rasenden Hass gegen mich selbst, dass an Schlaf nicht zu denken war. Ich fühlte mich in meiner Selbstachtung beschädigt und beschloss während meines unruhigen Wachseins, nicht wie ein Hochzeitsgast gekleidet bei Águeda zu erscheinen.

14

Minuten vor Mittag treffe ich vor Águedas Haustür auf eine verschworene Handvoll von Nachbarn, mittendrin Humpel, wie ein, ich weiß nicht, Anwalt, Notar oder Staatssekretär herausgeputzt. Auf der Treppe drängelten sich die Leute, brachten

Tüten, Kartons und das ganze Zeug durch den Vorgarten hinaus und stellten es an den Bordsteinrand. In ihrer Wohnung empfängt mich Águeda mit der ersten Umarmung seit ihrem Wiedereintritt in mein Leben, und während ich meinen Teil zu der herzlichen Szene dazugebe, um nicht als Sauertopf dazustehen, frage ich mich: Was denkt diese Frau sich, mich mit ihren aufgekrempelten Ärmeln und der schmutzstarrenden Schürze an sich zu drücken, und das auch noch in Anwesenheit von Zeugen? Später habe ich gesehen, dass sie das auch mit anderen Neuankömmlingen tut, und habe mich wieder beruhigt. Dick, heiser und unhöflich bellt der schwarze Hund mich und *Pepa* in der offensichtlichen Absicht an, uns den Eintritt zu verwehren. Sein Frauchen befiehlt ihm unter Nennung meines Namens, still zu sein, was sich anhört, als würde sie mir den Mund verbieten. Der unsympathische Köter lässt von seiner Feindseligkeit ab und kommt plötzlich schwanzwedelnd an, um *Pepas* After und meine Hosenbeine zu beschnüffeln. Nur noch wenige Kartons standen an der Flurwand aufgereiht. Ich trage einen mit Strümpfen und Kinderkleidung nach unten, und das ist alles, was ich getan habe, außer die Gruppe von Nachbarn vor der Haustür zu vergrößern, die allem Anschein nach entschlossen sind, irgendeine Art von Einschüchterungsaktion gegen Beléns Peiniger durchzuführen. Dann geschieht etwas, das wohl keiner der Anwesenden erwartet hat, selbst wenn die Natur ihn mit einem Übermaß an Fantasie ausgestattet hätte. Direkt vor dem abgestellten Hausrat halten nämlich ein Leichenwagen und ein Motorrad. Da die Straße eine Einbahnstraße und sehr schmal ist (eigentlich nur wegen der an beiden Bordsteinen geparkten Autos), habe ich den Eindruck, der Motorradfahrer steige nur ab, um, da ihm der Weg versperrt ist, um Durchlass zu bitten. Dem schwarzen Auto entsteigen zwei Männer mittleren Alters, kräftig, passend zur Autofarbe gekleidet, doch ohne die Galgenvogelgesichter, die ich vom brutalen Ehemann und Kumpan erwartet hätte. Gleich darauf stellt sich heraus, dass der Motorradfahrer zu ihnen gehört. Ich frage Humpel leise, wer von den Typen der Frauenquäler ist. Mein Freund, der auch keine Ahnung hat, gibt die Frage an einen Herrn weiter, der neben ihm steht, die Antwort aber auch nicht kennt. So wird die Frage von einem zum anderen weitergereicht, und ich muss feststellen, dass niemand imstande ist, Beléns Ehemann zu identifizieren. Unterdessen packen oder, besser gesagt, werfen der Motorradfahrer, der seinen Helm nicht abgenommen hat, und die beiden anderen Kartons, Tüten und den Rest in das Auto, das eigentlich für den Transport von Särgen eingerichtet ist. Keiner der drei Männer würdigt uns, die wir nur wenige Meter entfernt stehen und ihnen schweigend zuschauen, auch nur eines Blickes. Sie reden auch nicht miteinander. Offenbar gehen sie davon aus, dass nicht mehr zu verladen ist als das, was am Bordstein steht; jedenfalls fragen sie uns nicht danach. Und erst als die zwei wieder in den Leichenwagen steigen und der Motorradfahrer seine Maschine anlässt, ertönt ein einzelner zaghafter Pfiff, der von den anderen auf dem Gehweg Versammelten nicht aufgenommen wird. Als Humpel und ich später die Episode kommentieren, sind wir uns einig, dass das Erscheinen des Leichenwagens uns alle ein bisschen aus der Fassung gebracht hat. Ich mache mich pfeifend auf den Heimweg, ohne mich von Águeda zu verabschieden. Ich sehe die anderen in Prozession nach oben ziehen, um dem versprochenen Imbiss in Águedas Wohnung zuzusprechen. Mein Abschied würde daher kein privater sein und sich möglicherweise über die Maßen hinziehen. Ich wollte aber rechtzeitig zu Hause sein, *Pepa* zu fressen geben, duschen und dann ohne Hast meine Verabredung mit Humpel im Restaurant wahrnehmen. Ich bin beinahe pünktlich, und wie groß ist meine Überraschung, mein Erstaunen, meine Verblüffung, als ich vom Eingang aus an einem Tisch hinten im Lokal meinen Freund mit Águeda sitzen sehe! An der Unterhaltung nehme ich kaum teil, weil ich ein bisschen eifersüchtig darauf bin, wie gut die zwei sich verstehen. Doch dann teile ich ihnen unvermittelt mit, dass ich die Absicht habe, die Osterferien mit *Pepa* außerhalb der Stadt zu verbringen, wo genau, weiß ich noch nicht. Ich füge hinzu, dass ich mit dem Auto fahren und in Hotels oder Pensionen übernachten will, in denen Hunde zugelassen sind. Sie schauen mich überrascht an, wohl weil ich mich so unerwartet geäußert habe. Humpel: «Davon hast du mir ja gar nichts gesagt.» «Ich hab es bis vor Kurzem selbst nicht gewusst.» Und während die beiden sich weiter über den Brutalo ereifern und über Beléns und Lorenitas Sachen konferieren, überlege ich, ob ich mich sieben Tage lang in meiner Wohnung verstecken oder tatsächlich verreisen soll. Nach dem Essen zanken sich Águeda und Humpel darum, wer die Rechnung begleichen darf. Ich lasse sie in ihrem freundlichen Disput allein und gehe in aller Ruhe zur Toilette. Ich weiß nicht, wer am Ende bezahlt hat, interessiert mich auch nicht. Für mich war immer klar, dass ich eingeladen war.

15

Kaum war ich von dem Restaurant wieder zu Hause, habe ich die Nummer des Hotels Miranda & Suizo gewählt. Meine Wahl fiel darauf, nachdem ich im Internet gelesen hatte, dass sie gegen Zahlung eines Aufschlags Haustiere akzeptieren. Nachdem mir das am Telefon bestätigt wurde, habe ich für zwei Nächte das einzige noch freie Zimmer gebucht, wie man mir sagte. Da sitze ich nun auf der Hotelterrasse unter einer Markise, die vor nichts schützt, da keine Sonne scheint und es nicht regnet, schreibe diese Zeilen, betrachte den bewölkten Himmel, die dahinschlendernden Passanten auf der Calle Floridablanca und eine Reihe von Kastanienbäumen, die ihre neuen Blätter zeigen. Auf dem Tisch die Zeitung von heute, die ich schon durchgeblättert habe, und ein Gläschen Cognac, das ich mir bestellt habe, um meinem süßen Nichtstun einen bürgerlichen Anstrich zu geben. Am Nebentisch sitzt ein Typ und schreibt mit einem Kugelschreiber in ein Heft. Er ist jünger als ich und späht ab und zu aus dem Augenwinkel zu mir herüber. Ich schaue manchmal wie zufällig zu ihm hin und tue dabei so, als läge der Gegenstand meiner Beobachtung weiter hinter ihm. Er schweigt. Ich schweige. Ich beschäftige mich mit meinen Dingen, er beschäftigt sich mit seinen. So macht es Spaß, den Planeten zu teilen. Nach San Lorenzo de El Escorial bin ich nur gefahren, um in aller Ruhe allein sein zu können, mich ganz meinen Gedanken hinzugeben und mich an der stillen Langeweile zu erfreuen. Das Vorhaben erwies sich als leicht gefährdet, als ich mit *Pepa* das Hotelzimmer betrat und durch die Zwischenwand deutlich ein geräuschvoller Ehestreit zu hören war. Eine Männerstimme kämpfte gegen eine Frauenstimme. Ich habe versucht, zu verstehen, was sie sagten, doch vergebens. Ich habe auch nicht herausfinden können, in welcher Sprache sie sich anschrien. Natürlich war sie es, die man am meisten hörte. Ich muss plötzlich daran denken, dass diese Eheszene eines der endlosen Scharmützel zwischen Männern und Frauen ist; ein Krieg mit ungewissem Ausgang, der so lange dauert, wie der Mensch überdauert. Aus Geschlechtsgenossensolidarität habe ich entschieden, dass der Mann im Recht ist. Ich habe nicht den geringsten Zweifel, dass es so ist, so wie ich auch nicht zögern würde, mich auf ihre Seite zu schlagen, wenn ich eine Frau wäre. Sein Schweigen kommt mir bekannt vor. Es ist das Schweigen eines Mannes, der den Mund hält, um nicht alles noch schlimmer zu machen, um seine Erregung in Zaum zu halten, um den Streit nicht ausufern zu lassen, um keine dialektischen Schwachstellen zu hinterlassen, die ihm bei künftigen Auseinandersetzungen Schwierigkeiten und Nachteile bringen könnten, um ein baldiges Ende dieses unwürdigen Spektakels herbeizuführen, das vielleicht sogar in benachbarten Zimmern zu hören ist, um zu vermeiden, dass er wegen des Streits sexuelle Einschränkungen in Kauf nehmen muss, und weil ihr Redefluss ihn auch gar nicht zu Wort kommen lässt und er auch schon gar nicht mehr weiß, wie und warum der Zank überhaupt begonnen hat. Gäbe es ein Fensterchen in der Wand, würde ich es öffnen und dem Mann meinen hochgereckten Daumen zeigen, zum Zeichen, dass ich ihm den Sieg über seine Amalia wünsche, egal, wie sie nun wirklich heißt, und dass er ungeachtet der Position, die er in diesem Streit einnimmt, mit meiner Unterstützung rechnen kann. *Pepa* flüstere ich zu: «Diese Leute zwingen uns einen vergnüglichen Nachmittag auf.» Die zwei Nächte in einem altehrwürdigen Hotel mit Fenstern, die auf die Sierra hinausgehen, und dem ganzen Zauber knarrender Bretterböden kann mir keiner mehr nehmen. Am Mittwoch werde ich entscheiden, ob ich meine Reise fortsetze oder wieder nach Hause fahre. Dort sitzt jetzt die arme Tina mit ihrer Reizwäsche und dem unbewegten Blick und ist ganz allein. Ich frage mich, ob der Typ, der am Nebentisch sitzt und schreibt und seinen Schmalzkringel in eine Tasse Schokolade tunkt, sich in einer ähnlichen Situation befindet wie ich. Im Geiste spreche ich ihn an: Entschuldigen Sie, wenn ich störe. Aber haben Sie auch beschlossen, Ihre Teilnahme an der Tragikomödie namens Leben zu beenden, und halten, wie ich, einen einsamen Dialog in Alltagsprosa? Darf man erfahren, was Sie so eifrig in dieses Heft schreiben? Warum sehen Sie mir nicht in die Augen und stellen mir dieselben Fragen, die ich Ihnen stelle? Haben Sie auch daran gedacht, die tödliche Substanz einzupacken, oder haben Sie sie zu Hause gelassen, um sie zur festgelegten Zeit zu nehmen? Sie brauchen mir nicht zu antworten. Tatsächlich interessiert mich gar nicht, was Sie mir sagen könnten. Wenn Sie in diesem Hotel wohnen, möchte ich Sie nur bitten, die Freundlichkeit zu haben, sich nicht aus dem Fenster zu stürzen. Das gäbe eine Riesenschweinerei auf dem Boden, und Sie sehen ja auch, dass Kinder hier vorbeikommen.

16

Mehrere Blumensträuße liegen vor dem Kreuz und dem in weißen Stein gehauenen Namen. Offensichtlich kann der hier begrabene Herr von karger Statur und in Mitleid wenig bewandert, fast vierundvierzig Jahre nach seinem Tod immer noch Zustimmung mobilisieren. Einer der Sträuße von weißen und roten mit Cellophan umhüllten Nelken wird von einem Band in den Farben der Nationalflagge zusammengehalten. Wenn Humpel wüsste, wo ich bin, würde er Aufklärung fordern. Gestern Abend hat die Neugier ihn dazu getrieben, mir eine Handynachricht zu schicken. Überwacht er meine Bewegungen? Ich habe ihm geantwortet, ich beabsichtige, die ganze Woche in Cáceres zu verbringen; die Stadt liegt weit genug von der unseren entfernt, um nicht den ungeheuerlichen Wunsch in ihm aufkommen zu lassen, mich besuchen zu wollen. Ich muss gestehen, dass ich in diesen hohen Mauern und unter dem Mosaik der Kuppel mehr Faschismus erwartet hätte; doch alles, was ich sehe (jetzt lade ich das Maschinengewehr meiner Adjektive) ist prunkende, massige, versteinerte, überholte, von Ausflüglern – manche unentwegt plappernd – überlaufene Religion. Da ein einen Kinderwagen vor sich hin schiebender junger Vater, dort ein Mädchen in die ganze Freude junger Beine entblößenden

Shorts, weiter hinten eine Gruppe gemächlich zockelnder Rentner. Mehr als ein Besucher ignoriert das Fotografierverbot. Ich lebe in einem Land, das diesen gewaltigen Tempel einem General widmet, der einen Krieg gegen das eigene Volk gewonnen hat. Die derzeit regierenden Sozialisten wollen die Überreste des uniformierten Toten ausheben und an anderer, nicht öffentlich zugänglicher Stelle neu begraben. Tatsächlich hat die Regierung bereits die Zustimmung des Kongresses zu ihrem Anfang des Jahres verkündeten Dekret bekommen, doch die einstweilige Verfügung ich weiß nicht welcher gerichtlichen Institution sowie der Widerstand der Familie des Toten hat die Umbettung bislang verhindert. Beim Durchschreiten der langen Wandelhalle, die in gerader Linie zum Kreuzschiff führt, habe ich unbemerkt die ersten Papierschnipsel verstreut. Ich hole eine Handvoll aus meiner Jackentasche und lasse sie einen nach dem andern vor meinen Füßen zu Boden fallen. Sie sind so winzig, dass sie nicht mehr ausbeulen als ein kleiner Fingernagel. Ihren Sinn erkennt man erst aus der Nähe, und das auch nur, wenn sie mit der kolorierten Seite nach oben liegen. Hinter mir bildet sich eine Spur wie die der Brotkrümel aus dem Märchen von Hänsel und Gretel, das Mama mir und Raulito vorgelesen hat, als wir klein waren. Im Kreuzschiff umrunde ich den Hauptaltar auf der Suche nach Francos Grab. Da ein paar Besucher davorstehen, weiche ich in die Kapelle des Heiligen Sakraments aus, wo ich ein Dutzend Papierchen im Gang und unter den Bänken verstreue. Ich erblicke, wo?, am Eingang der gegenüberliegenden Kapelle einen Sicherheitsbediensteten in Uniform mit Schlagstock. Die Bewachung scheint mir diskret und sogar gering zu sein, es sei denn, es gibt verborgene Kameras und Wärter in Zivil unter den Touristen. Nach kurzer Zeit sehe ich niemanden mehr am Grab des Diktators. Also gehe ich gemächlich hin und bücke mich dort, als wollte ich die Blumen richten. Mit der freien Hand greife ich in die Jackentasche und verstreue mindestens zwanzig oder dreißig Papierschnipsel auf der Grabsteinplatte. Dann trete ich einen Schritt zurück. Falls mich jemand beobachtet, wird er mich für einen Franco-Nostalgiker halten, der versucht ist, in patriotischer Verzückung Haltung anzunehmen und die Hand zum römischen Gruß zu erheben. Ich sehe aber, dass meine langsamen Bewegungen keine Aufmerksamkeit erregt haben. Niemand nähert sich mir. Und da ich jetzt vor Blicken sicher bin, halte ich mir die Hände wie einen Schalltrichter an den Mund, wie um mir die Wangen zu kratzen, und spucke auf den Grabstein. Die Idee, auf diese Weise Papa zu ehren, ist mir heute Morgen gekommen, als ich mit *Pepa* durch die Innenstadt spaziert und am Schaufenster eines Schreibwarengeschäfts vorbeigekommen bin. Ich habe in dem Laden für wenig Geld alles gekauft, was ich brauchte: drei dicke Filzschreiber und eine Kinderschere. Im Hotelzimmer male ich zwei DIN-A4-Blätter mit quer verlaufenden Linien voll, immer abwechselnd in Rot, Gelb und Violett. Dann schneide ich beide Blätter mit der Bastelschere in schmale vertikale Streifen, und jeden davon in kleine Rechtecke, die jeweils alle drei Farben enthalten. So habe ich schätzungsweise an die tausend winzige Fahnen der Zweiten Spanischen Republik beisammen. Ich habe sie in eine Tasche meiner Jacke gesteckt, *Pepa* einen Kuss auf die Stirn gedrückt und ihr versprochen, nicht länger als unbedingt nötig fortzubleiben, und bin dann mit dem Auto ins Tal der Gefallenen gefahren, wo ich noch nie gewesen bin. Nikita vielleicht schon; ich müsste ihn mal fragen.

17

Es tut mir leid für *Pepa*, die, vom Schaukeln des Autos gestresst, mehrere Stunden hechelnd auf der Rückbank gesessen hat; aber es half nichts, die Reise in die Extremadura musste sein. Wolken, Wolken, Wolken. Auf der Höhe von Navalmoral de la Mata hat es zu regnen begonnen und für den Rest des Weges nicht mehr aufgehört. Humpel, der aufdringliche Schnüffler, hat mir gestern vorm Abendessen wieder geschrieben. Wie es in Cáceres ist, und ich soll ihm Handyfotos von *Pepa* in der Altstadt schicken. Von meiner Flunkerei eingeholt, habe ich im Internet verzweifelt eine Unterkunft gesucht. Kurzfristig, in den Osterferien! «Wir sind ausgebucht.» Also das nächste Hotel, die nächste Nummer, die nächste Stimme ... und dieselbe Antwort. Wie soll ich meinem Freund überzeugend darlegen, dass ich in Cáceres bin, ihm aber keine Fotos aus Cáceres schicken kann? Der hinterhältige Kerl hat vielleicht den Verdacht, dass ich meine Wohnung gar nicht verlassen habe, und will mich nun bei der Lüge ertappen. Manchmal kann ich nicht anders, als in ihm eine zweite Amalia zu sehen, die jede meiner Bewegungen kontrolliert und Rechenschaft fordert, genau wie die erste. Gestern Abend kam mir als einzige Lösung in den Sinn, ihn mit der Wahrheit zu beschwindeln, und da ich für mich und *Pepa* in Cáceres keine Unterkunft fand, suchte ich eine in einem kleinen Ort in der Nähe, von dem aus ich mit dem Auto in die Provinzhauptstadt fahren, die verdammten Fotos schießen und sie Humpel schicken konnte. Ich versuchte es in Trujillo. «Wir sind ausgebucht.» In Arroyo de la Luz. Hunde unerwünscht. Ich studierte weiter die Straßenkarte, suchte nach Unterkünften, telefonierte. Schließlich fand ich in Mérida ein Hostel mit dem Namen Las Abadías, in dem ich jetzt, es ist dunkle Nacht, diese

Seite beschreibe. Das Zimmer ist zwar nicht luxuriös, aber Sauberkeit und Service scheinen ganz in Ordnung zu sein. So kurz nach der langen beschwerlichen Reise von San Lorenzo de El Escorial nach Cáceres zu fahren, schien mir wenig vernünftig. Wir hätten die mehr als siebzig Kilometer entfernte Stadt erst am späten Nachmittag erreicht, natürlich bei Regen, *Pepa* ängstlich zusammengekauert, und dann noch den Rückweg vor uns gehabt. Die Lösung? Ein Spaziergang durch die Altstadt von Mérida, und Humpel mittels Fotografien zu verstehen geben, dass ich der Stadt einen Besuch abgestattet habe, ohne ihm zu verraten, dass ich dort wohne. Unter einem Schirm, den man mir an der Rezeption geliehen hat, suche ich willkürlich Sehenswürdigkeiten von Mérida auf. *Pepa*, nass und geduldig, lässt sich unter dem Trajansbogen fotografieren, am Anfang der alten Römerbrücke, vor der Mauer der Alcazaba und an weiteren wiedererkennbaren Plätzen. Nach einem leichten Abendessen in einer Bar an der Plaza de España kehre ich ins Hostel zurück, nachdem ich mir unterwegs eine Flasche Cognac gekauft habe, da mir eine Vorahnung sagt, dass die Nacht lang und gedankenschwer und voller Gespenster sein wird. Als Erstes trockne ich *Pepa* ab, die schlapp, appetitlos und niedergeschlagen ist. Ich habe sie eine ganze Weile im Arm gehalten und das warme Gewicht ihres Kopfes auf meiner Schulter gespürt, dann habe ich mir mein Handy geschnappt und Humpel vollgeflunkert. Durch die Wand bohrt sich das Schnarchen eines Fremden in mein Ohr.

18

Wie Jean Améry, den Humpel als seinen Leib-und-Magen-Autor bezeichnet, mag mein Freund das Wort *Selbstmord* nicht, obwohl er es ab und zu benutzt. Ich glaube, weniger das Wort an sich erregt sein Missfallen als der Umstand, dass er sich oder man ihn damit in Verbindung bringt. Er sagt, wenn er es liest oder hört, tritt ihm sofort das Bild eines Menschen vor Augen, der sich selbst schlimm verletzt und sich auf dem Weg, sich das Leben zu nehmen, noch größtmöglichen Schaden zuzufügen sucht. Er bevorzugt den Begriff *Freitod*, in dem er friedlichere und weniger blutige Anklänge wahrnimmt, so wie auch «einen Hauch von metaphysischer Eleganz», was wer weiß was bedeuten mag. Er suggeriert ihm einen Abschied nach allen Regeln des Anstands, die für ihn Maxime sind und an die ich mich seiner Meinung nach ebenfalls halten sollte. Das heißt, ich verlasse die Welt der Lebenden nach freiem Willen durch die Tür des Todes, ohne ekelhafte Flecken auf dem Boden zu hinterlassen. Humpel kann einen stundenlang mit Überlegungen zu diesem Thema strapazieren. Heute, bei Hundewetter in Cáceres, ist mein WhatsApp voller Nachrichten von ihm. Kaum hat er ein Foto von *Pepa* im Regen auf der Plaza Mayor erhalten, schreibt er mir quasi als Empfangsbestätigung: «Joh. 10,30: Ich und der Vater sind eins. Das heißt, wenn Jesus von Nazareth Gott ist, gab es Einverständnis bei der Kreuzigung. In der Osterwoche wird also eines Selbstmörders gedacht.» Und was soll das? Ich erspare es mir, ihn zu fragen. Ich glaube, mit dem Foto, das meine Anwesenheit in Cáceres beglaubigt, habe ich meine Pflicht ihm gegenüber erfüllt. Eine Stunde später bekomme ich eine weitere Nachricht, als ich gerade im Restaurant sitze und einen Bohneneintopf mit Gemüse vor mir habe, dem in Kürze eine Portion extremadurischer Schweinenacken mit Pommes folgen soll. Ich lese: «Ich habe mir noch einmal die Durkheim-Klassifizierung durchgelesen. Zwischen dem altruistischen, dem anonymen, dem egoistischen oder dem fatalistischen Selbstmord, für welchen würdest du dich entscheiden? Wenn das für dich geklärt ist, kannst du mir einen empfehlen? Es eilt.» Ich teile ihm mit, dass ich jetzt nicht kann, da ich in einem Restaurant gerade Ernährungsarbeit verrichte. «In Begleitung?» «Möglicherweise.» Ich soll nicht versäumen, den extremadurischen Schweinenacken zu probieren. Ich: «Zu spät. Habe mir schon was anderes bestellt, das gleich gebracht wird.» Ich winke den Kellner heran und frage ihn, ob ich mir als zweiten Gang etwas anderes bestellen kann. Er sagt, er muss in der Küche nachfragen. Er geht und kommt zurück. Kein Problem. Daraufhin entscheide ich mich für eine Portion Lungenfrikassee, ohne genau zu wissen, was das ist; einfach nur, um nicht das Gefühl zu haben, nach Befehl zu bestellen. Humpel hört nicht auf, mir zu schreiben, obwohl er genau weiß, wo ich bin; vielleicht aber auch gerade deshalb, weil es ihm Spaß macht, mir den Spaß am Mittagessen zu verderben. Ich kenne meinen Freund gut genug, um seine Kommunikationsinkontinenz der aufhebenden Wirkung eines Psychopharmakons zuzuschreiben. Ich möge ihm ein Foto meines Essens schicken und, wenn es nicht zu viel verlangt ist, auch eines von meiner Begleitung. Das reicht jetzt. Entschlossen, mich der Verfolgung zu entziehen, stelle ich mein Handy leise, dann schalte ich es ganz aus. Ich würde ja gerne noch ein wenig durch Cáceres bummeln; aber es regnet, die Geschäfte sind geschlossen, ich habe nasse Füße, und *Pepa*, die Arme, sieht aus, als wäre sie in einen Fluss gefallen. Fehlt bloß noch, dass sie mir krank wird. Um vier Uhr nachmittags sind wir wieder zurück im Hostel in Mérida; planlos, freudlos, ohne Lust zu irgendwas. Ich schalte den Fernseher ein, um mich nicht mehr atmen hören zu müssen. An der Wand zusammengekauert, bedenkt *Pepa* mich mit einem matten und bestimmt auch anklagenden Blick. Mir stößt das Lungenfrikassee auf. In meinem Hals bildet sich ein ekelhafter Klumpen. Ich versuche, ihn mit einem Schluck Cognac, der von der vergangenen Nacht übrig geblieben ist, die Speiseröhre hinunterzuspülen. Da sich die gewünschte Wirkung nicht einstellt, denke ich ernsthaft daran, mir einen Finger in den Mund zu stecken. Morgen früh fahre ich wieder nach Hause, wo ich überhaupt hätte bleiben sollen. Draußen ist es dunkel, ich bin im Pyjama, und als ich mein Handy wieder einschalte, sehe ich die ganze Latte von Humpels provokativen, frechen, witzigen und kranken Nachrichten. In der letzten, um 19.23 Uhr abgeschickten, teilt er mir mit, dass er im Lauf des Nachmittags mehrmals versucht hat, mich anzurufen und sich Sorgen zu machen beginnt, weil mir vielleicht etwas zugestoßen ist. Ich möge ihm bitte Klarheit verschaffen, «falls noch am Leben». Mit wütendem Finger tippe ich zurück, dass ich Urlaub habe und niemand zu sprechen wünsche. Kurz darauf antwortet er: «Entschuldige meinen Irrtum. Ich dachte, wir wären Freunde.»

19

Nachdem ich die Schlüsselkarte zurückgegeben und die Rechnung bezahlt habe, sage ich mir, dass es noch früh ist, zehn vor sieben am Morgen, und ich unterwegs frühstücken werde. Aber es regnet so heftig, dass ich nach einem Tankstopp kurz hinter Mérida, ohne anzuhalten, nach Hause fahre.

Die Regentropfen schlugen auf die Windschutzscheibe auf wie Humpels Nachrichten gestern in meinen Gedanken. Ich habe schlecht geschlafen, falls überhaupt, und das nicht nur wegen des Schnarchers im Nebenzimmer. Mein Freund spricht viel, zu viel, über den Freitod. Er erinnert mich an Cioran, der dazu dauernd volltönende Parolen von sich gab, und am Ende an Altersschwäche wohlversorgt in einem Krankenhaus starb. Die Umwandlung des Suizids in ein ich weiß nicht, ob zwanghaftes, jedenfalls wiederkehrendes Thema, scheint mir eine Finte zu sein, um ihn auf Distanz zu halten. Denn wenn über ihn nur meditiert, diskutiert und dialogisiert, er, kurzum, trivialisiert wird, wie kann er dann bedrohlich sein, Konsequenzen nach sich ziehen und uns Albträume bescheren, wenn es doch so aussieht, als wäre er unser ständiger Begleiter? Ich habe gelernt, dass es eine Sache ist, an Selbstmord zu denken, und eine ganz andere, immerzu und still von ihm beherrscht zu werden. Ähnliches hat Cioran in einer seiner Schriften gesagt, in welcher, habe ich vergessen. Humpel kennt bestimmt das genaue Zitat. In dieser Sache verzichte ich lieber auf eine intellektuelle Position. Ich setze auf die Mauersegler. Wenn sie über ihre Zugvogelroute hierher zurückgekehrt sind, sollen sie für mich sprechen. «Mach weiter oder mach Schluss», werden sie allein durch ihre Sturzflüge über meinem Kopf mir sagen. Auf diesem Gebiet gibt es keine für mich gültige Theorie. Und keine Meinung. Und keine Begründung. Das entscheidet sich mit einem Ja oder Nein in letzter Minute. Ich fahre, spreche mit mir selbst, es regnet. Vor mir prasselt der Regen auf die Windschutzscheibe, hinter mir das Hecheln des Hundes. In meinem Schädel brodeln die von Humpels Nachrichten gestern aufgewirbelten Gedanken. In diesem Augenblick ist unsere Freundschaft vielleicht schon zerbrochen. Juckt mich das, schmerzt mich das? Aber ja, und wie! Da ich unmöglich die Stille ertragen kann, die ich jetzt am liebsten um mich hätte, schalte ich das Radio ein und versuche, mich mit Musik abzulenken; die Augen fest auf die wenig befahrene Landstraße gerichtet, der Himmel grau von unheilvollen Wolken. Ich hasse Regen; aber einmal habe ich ihn geliebt. Da muss ich sechs oder sieben gewesen sein und war mit Raulito und Papa unterwegs. Wo? Die Erinnerung weigert sich, mir klare Bilder zu liefern. Ich weiß, dass wir auf dem Rückweg sind und Mama uns erwartet, und dann werden wir – in meiner Erinnerung auf freiem Feld – von einem Regenguss überrascht.

Der Regen rauscht mit solcher Macht herunter, dass sich auf der Erdoberfläche ein Sprühnebel bildet. Wir sind alle nass bis auf die Haut und glücklich, Papa besonders, er springt und tanzt genauso herum wie seine Jungs. Und dann, klack, klack, klack, prallen um uns herum dicke Hagelkörner auf die Erde. Raulito stößt einen Schmerzensschrei aus. Papa sagt uns, wir sollen uns fest an ihn drücken. Mit der maßlosen Kraft seiner Arme drückt er meinen Bruder und mich an seinen Bauch und beugt seinen Oberkörper schützend über uns. Möglicherweise bin ich nicht schnell genug oder gehorche nicht so, wie er es wünscht, und er gibt mir eine Ohrfeige, nicht feste und nicht schmerzhaft. Am Ende bedeckt er uns mit seiner Körpergröße und erträgt unter schrecklichem Fluchen den Steinschlag des Hagels. Und das war das Schlechte an Papa, dass er sogar in seinen besten Momenten, wenn er Seelengröße zeigte und für die Seinen Opfer brachte, keinen Funken Zärtlichkeit zuließ. Es ist noch keine zehn, als ich wieder in der Wohnung bin. Als Erstes will ich mir unter der stillen Teilhabe Tinas einen Orgasmus besorgen, werde jedoch von ihren starren Augen davon abgehalten. Sie scheinen mir zu sagen: «Du bist von deinem Vater geschlagen worden, stimmt's? Wie kannst du da einen Orgasmus genießen?» Ich sehe ein, dass sie recht hat. Verschieben wir es lieber auf die Nacht. Erst einmal sollte ich die schmutzige Wäsche aus dem Koffer holen und in die Waschmaschine stecken. Humpel werde ich irgendwann anrufen.

20

Was ich erst später erfahren habe, war, dass Margarita und Amalia sich als Kinder bis aufs Blut bekriegt haben; allerdings auf, sagen wir, subtilere Weise, als Raulito und ich das getan haben.

Ich will damit sagen, dass ihr Schlachtfeld eher eines der Worte als der Taten war. Von wenigen Ausnahmen abgesehen: Einmal hat Amalia ihre Schwester gebissen, und Isidro hat mit dieser geschimpft, weil sie sich nicht gewehrt hat. All das hat Amalia mir eines Nachts in einer sentimentalen Anwandlung erzählt, die, zum Teil jedenfalls, von dem vielen Wein ausgelöst wurde, den sie intus hatte. Von der Gefängnispsychologin überredet, hörte ihre Schwester irgendwann auf, die Hilfe, die Amalia ihr anbot, von sich zu weisen. Vermutlich hatte der Tod einer Zellengenossin Margarita so in Schrecken versetzt, dass sie ihren dickköpfigen Widerstand aufgab. Sie müsste jetzt nur noch ihre Reststrafe absitzen, die auf dreieinhalb Jahre herabgesetzt worden war; die unangenehme Hepatitis-C-Behandlung über sich ergehen lassen sowie die Rekonstruktion ihres Gebisses, deren Kosten wir übernahmen, und sich wieder dem Arbeitsmarkt zur Verfügung stellen, nachdem unter der Obhut von «Projekt Mensch» ihre Drogensucht geheilt worden wäre. Das hatten andere geschafft, nach dem einen oder anderen Rückfall sogar, warum also sollte sie es nicht schaffen? Ich hatte nie Gelegenheit, und habe auch keine gesucht, sie nach ihrer Kindheit und Jugend zu Hause zu fragen. Ich weiß also nicht, wie sie zu alldem stand, was Amalia mir dazu erzählt hat, deren Version in Kurzfassung mehr oder weniger die folgende ist. Margarita ist vier Jahre alt, als ihre Mutter mit einem neugeborenen Mädchen aus der Entbindungsstation von O'Donnel kommt. Was anfangs wie ein rosiges Püppchen aussah, das mitleiderregend wimmert und sich ohne Kabel und Batterien von ganz allein bewegt, erweist sich bald als gnadenlose Konkurrentin, wenn es darum geht, die Aufmerksamkeit der Eltern auf sich zu ziehen. So weit nichts Neues in der Menschheitsgeschichte. Während einer bis zur Pubertät sich hinziehenden Zeit war Amalias fragile Gesundheit die konstante Sorge ihrer Eltern, was in die Praxis übersetzt bedeutete: Unaufmerksamkeit für Margarita, die sich von klein auf unwichtig und wenig geliebt fühlte und gezwungen war, sich mit den Liebeskrumen zu begnügen, die die Schwester ihr übrig ließ. «Kind», sagte ihre Mutter, «du bist stark und gesund und kommst gut allein zurecht; doch Amalia ... Die Ärmste!» Ihr Vater hielt solche psychologischen Betrachtungen für Weiberkram, für Zeichen von Schwäche und Verwöhnung. «Du musst dich auch um deine Schwester kümmern», sagte er einmal vorwurfsvoll zu seiner älteren Tochter und lud ihr damit eine Verantwortung auf, unter der die geringe Selbstachtung des Mädchens vollends zerbrach. In jener Nacht der vom Wein getrübten Erinnerungen war Amalia fest davon überzeugt, dass Margaritas Einfühlungsvermögen durch die Zurücksetzung, die sie erfahren hatte, unheilbar geschädigt worden war. Zu diesem emotionalen Riss kamen später noch die für die Pubertät typischen Streitigkeiten mit den Eltern hinzu, verschlimmert für sie noch dadurch, dass die häusliche Atmosphäre extrem repressiv war und Margarita noch strikter Gehorsam in einem Alter abverlangt wurde, in dem es normal ist, dass junge Menschen sich von elterlichen Zwängen zu befreien suchen. «Ich glaube, Margarita hat sich selbst Schaden zugefügt, um mich und meine Eltern zu bestrafen. Als wollte sie sagen: Hier seht ihr die Folgen von dem, was ihr mir angetan habt.» Diese mutmaßliche Strafe oder Rache konnte aber niemals befriedigt werden; und zwar aus dem einfachen Grund, weil dadurch nichts in Ordnung gebracht und schon gar nicht die Vergangenheit rückgängig gemacht wurde und weil, so Amalias feste Vermutung, Margarita sich selbst hasste.

21

Diese Frau, die ich an einem Sonntagmittag im Sommer des Jahres 2005 in meinem Wagen zum Flughafen fahre, ist Software-Entwicklerin. Sie verlässt ihr Land, um auf Dauer in Zürich zu leben, wo ihr Lebensgefährte (ein rundlicher roter Schweizer, elf Jahre älter als sie, mit dem sie sich auf Englisch unterhält und den sie später heiraten wird) ihr eine Stelle in seiner Firma verschafft hat. Diese Frau ist meine Schwägerin Margarita, die aus Gründen, die Amalia mir nicht erklären konnte oder wollte, darauf bestanden hat, dass ich sie zum Flughafen fahre. «Kann sie sich kein Taxi nehmen, oder was?» «Ruf sie an und sag ihr, dass du nicht willst.» Ich hole sie pünktlich an der Stelle ab, die Amalia mir genannt hat. Gestern Abend hat meine Schwägerin uns zu einem Abschiedsessen in ein vornehmes Restaurant eingeladen. Da hat mir niemand gesagt, dass ich heute den Chauffeur spielen soll. Margarita ist für mich immer noch eine Fremde, mit der mich nur das schwache Band einer erworbenen Verwandtschaft verbindet. Sie ist schön, distinguiert und elegant gekleidet. Vor zehn Jahren war diese attraktive Dame, die nicht raucht und keinen Tropfen Alkohol trinkt, ein rappeldürres übel riechendes menschliches Wrack, das zeitweise im Gefängnis saß. Wir begrüßen uns mit einem leichten Streifen der Wangen. Ihr Parfüm empfinde ich als angenehm. Ich könnte wetten, dass ich für sie ein Niemand bin. Ihr Koffer wiegt Zentner. «Transportierst du eine Ladung Steine?» «Mir ist schon klar, dass ich Übergewicht bezahlen muss.» Sie wird ab jetzt im Ausland wohnen und hat sich nicht von ihren Eltern verabschiedet, mit denen sie seit über zwanzig Jahren kein Wort mehr spricht. Sie verzeiht ihnen nicht, sie verzeihen ihr nicht. Sie wissen von ihren Plänen nur das, was ihre jüngere Tochter ihnen erzählt. Amalia hat mir verboten, die Eltern vor ihrer Schwester zu erwähnen und diese vor ihren Eltern. Vor dem Eingang zum Terminal 2 finde ich zwischen zwei Taxis eine Parklücke, wo ich Margarita aussteigen lassen kann. Es ist noch reichlich Zeit, sie muss sich nicht beeilen. Ich entschuldige mich dafür, dass ich ihr den Koffer nicht zum Ticketschalter tragen kann, da ich ja keinen Parkplatz habe. Sie sagt, dass das auch nicht nötig ist. Und tatsächlich ist der schwere Koffer mit Rollen versehen, sodass er leicht bewegt werden kann. Ich wünsche ihr alles Gute in der neuen Heimat. Auf halbhohen Absätzen und im beigen Kostüm geht sie ein paar Schritte in Richtung Eingang. Sie neigt zur Üppigkeit, hat aber immer noch ein hübsches Profil von Taille und Hüften. Da dreht sie sich zu mir um und sagt lächelnd: «Mach meine Schwester glücklich, Haushofmeister.» Ich lasse den Wagen an und mache mich auf den Heimweg. Sonntags ist um diese Zeit wenig Verkehr. Es hängt immer noch ein Hauch von Parfüm im Auto. Ich höre mir im Radio tagespolitisches Geplänkel an, als mein Blick auf einen weißen Umschlag fällt, der an der Rückenlehne des Beifahrersitzes lehnt. Irgendeine vertrauliche Botschaft? Mit einer Hand am Lenkrad, fische ich mit der anderen ein rotes Papier aus dem Umschlag. Ich falte es auseinander, und es stellt sich als ein Zweitausendpesetenschein heraus. Soll ich ihn als Souvenir behalten oder morgen zur Bank gehen und ihn gegen Euros tauschen? Bis ich zu Hause bin, muss ich an Margaritas schmutzigen Finger denken, den sie ins Marmeladenglas steckt.

22

Ich hatte einen schlechten Tag, das ist alles. Einen von einer nicht gerade kurzen Reihe. Irgendein Vorfall in der Schule, die kürzliche Scheidung, eine überhöhte Rechnung, Angst, krank zu werden, was weiß ich. Eine Häufung alltäglicher Ärgernisse, die mich unter anderen Umständen nur mäßig und in Maßen aufregen würden, hat mich in ein schwarzes Loch gestürzt. Ich sage das nicht aus Selbstmitleid. Ich schwöre, dass ich mir nicht leidtue. Eher ist das Gegenteil der Fall. Ich habe oft den Wunsch, mich aus den Augen zu verlieren; eine Neigung, nichts mehr von mir wissen zu wollen. Doch dann sehe ich mich in einem Spiegel oder in einer Schaufensterscheibe, und da bin ich dann wieder mit meinem unvermeidlichen Gesicht, sehe mich an, wie man eine lästige Person ansieht, die mir aus irgendeinem unerfindlichen Grund überallhin folgt. Jedenfalls bin ich spätnachts noch mit *Pepa* in den Park gegangen, damit sie ihre letzte Notdurft verrichten und ein paar Minuten an der frischen Luft sein konnte, nachdem sie stundenlang ohne Auslauf in der Wohnung ausgeharrt hatte. Was anderes hatte ich nicht vor. Ich nehme an, dass ich mich allein glaubte. Ich schaute mich um. Es musste so um elf Uhr nachts sein, eine Stunde vor Schließung des Parks. Ich sah niemand. Es war dunkel, und hinter einem Baum verborgen ließ ich die ganze Wut, die mich erfüllte, mit einem lauten, mit der ganzen Kraft meiner Lungen ausgestoßenen Schrei nach draußen. Einige Sekunden lang entrang sich meiner Kehle die geräuschvollste und wildeste akustische Artikulation, die jemals aus meinem Mund gekommen ist; ein unmenschlicher Schrei, den man noch jenseits der Bäume und Sträucher und Umzäunung bis zu dem einen oder anderen Fenster hin hören musste. Danach schlug ich mir den Kragen hoch und ging mit *Pepa* in aller Ruhe nach Hause, fühlte mich mehrere Minuten lang wie von einem Gewicht befreit. Am nächsten Tag fand ich eine Nachricht im Briefkasten: «Nachts im Park herumzuschreien ist nicht in Ordnung. Aber wir verstehen, dass du dir Luft machen musst. Armer Teufel.» Elf Uhr nachts, Dunkelheit ... Da kommen Fragen auf.

23

Feststellungen des Tages. Eine, dass Humpel nicht sauer auf mich ist, wie ich nach seiner letzten Nachricht, die ich während des Urlaubs von ihm erhielt, und seinem darauf folgenden Schweigen angenommen hatte. Er dachte, ich würde mich über seine unbeantwortet gelassenen Anrufe und Nachrichten ärgern, zumal ich in Begleitung war. Er war aber so taktvoll, mich nicht zu fragen, wer mich begleitete; sein boshaftes Grinsen sollte mir jedoch bedeuten, dass er es ahnt. Es wäre unschön gewesen, ihm diese Illusion mit dem Geständnis zu rauben, dass ich allein gewesen war und kein anderes Atmen neben mir vernommen hatte als das der Hündin. Und er war klug genug, zu warten, dass ich mich bei ihm melde. Ich habe ihn für sein Verständnis gelobt, und so haben wir die Angelegenheit als gute Freunde beigelegt. Die zweite Feststellung ist die, dass Aguedita und Humpelchen vertrauter miteinander sind, als ich vermutet hatte, und es war nicht wenig, was ich vermutet hatte. Die Sache mit Belén und dem Mädchen hat sie einander noch näher gebracht, und als ich heute in Alfonsos Bar kam, war Águeda auch dort, und der dicke Hund hatte es sich auf dem Platz bequem gemacht, wo *Pepa* gewöhnlich liegt. Der Grund für ihre Anwesenheit an unserem Stammplatz in der Bar und der Nutznießung meines gewohnten Sitzplatzes war der, dass sie Humpel versprochen hatte, ihm eine Wundsalbe vorbeizubringen. In ihrer Komödie haben die beiden mir die Rolle des Gutgläubigen zugeteilt. *Pepa* hat sich schicksalsergeben einen anderen Platz gesucht. Der Dicke hat sie gar nicht beachtet. Und um die Stimmigkeit der Wundsalbengeschichte zu unterstreichen, hat Humpel mir auf dem Bizeps seines Oberarms ein ekelhaftes neu entstandenes *noli me tangere* gezeigt. Águedas Anwesenheit in der Bar habe ich als Einladung aufgefasst, nur das Nötigste zu reden. Von meinem Freund anfangs mit Fragen gelöchert, woran auch sie sich sporadisch beteiligte, habe ich über meine Reise in die Extremadura ein paar Belanglosigkeiten erzählt und meine Worte so gewählt, dass sie weder zu kompromittierenden Enthüllungen noch zu weiteren Fragen führten. Dabei geholfen haben mir lakonische, einsilbige Antworten und meine diskret flehenden und vorwurfsvollen Blicke tief in Humpels Augen, mit denen ich ihn zu einem Themenwechsel zu bewegen hoffte. Ich bin ihm so dankbar, wie er es sich gar nicht vorstellen kann, dass ihm mein Widerwille, in Águedas Anwesenheit Vertraulichkeiten auszubreiten, nicht unbemerkt geblieben ist. Und froh bin ich, dass er sein Verhör nicht in für mich unannehmbare Extreme getrieben hat. Unsere Freundschaft definitiv gefestigt hat aber, dass er die Freundlichkeit besaß, mit pikanten Andeutungen so lange zu warten, bis Águeda auf der Toilette war. Nächste Feststellung: Meine Urlaubserlebnisse interessieren die beiden einen feuchten Dreck. Leidenschaftlich und wortreich werden sie, wenn es um die Wahlen am kommenden Sonntag geht. Die Rechte und die Linke, Republik und Monarchie, abgedroschene Anspielungen auf Franco und den Bürgerkrieg, auf Korruption und Nationalismus, die Banken und die Zwangsräumungen, Zentralisten und Vaterlandsverräter ... Gott, wie ermüdend das war! Nicht eine Frage, die jemand außerhalb unserer Grenzen interessiert hätte; alles hausgemacht, lokal, in utero. Ihr gegensätzliches Wahlverhalten verteidigen sie mit herzlich-hitziger Erregung, und es ist ein der Bühne eines Komödientheaters würdiges Schauspiel, wie sie sich gegenseitig ins Wort fallen, um den anderen zu widerlegen. Humpel ist so von der Katalonienfrage besessen, dass er dafür seine sozialistischen und republikanischen Überzeugungen in Quarantäne schickt und einen «chirurgischen Eingriff» nach Art von Joaquín Costa beschwört, den Águeda zwar nicht gelesen hat, dessen Name ihr aber bekannt vorkommt, wie sie versichert. Die Folge davon ist, dass er Vox wählen will; eine Partei, die er eigentlich verabscheut. Er gibt ihr seine Stimme, sagt er, um «das regierende Personal in den Arsch zu treten», und weil es seiner Meinung nach die beste Möglichkeit ist, die stillen Wasser der nationalen Politik aufzuwühlen. Sie ist darüber empört, aber ganz fröhlich dabei, und wirft ihm vor, seine Stimme damit der extremen Rechten zu geben, als bezeichnete das Wort *rechts* allein schon Recht oder Unrecht. Er kontert, sie hält dagegen, und beide langen zu und leeren das Tellerchen Oliven. «Menschenskind, bist du gegen einen Laternenpfahl gerannt? Seit wann bist du denn rechts?» «Bin ich gar nicht. Und darum ist mein Verhalten auch verdienstvoller als deines. Du klammerst dich bloß an deine eintönigen alten Überzeugungen.» Águeda befürwortet einen christlich grundierten Kommunismus; da ihr das Wort *Kommunismus* aber sauer aufstößt, sagt sie lieber Solidarität. Keinen theoretischen Parteikommunismus, meint sie, sondern einen, der von guten Menschen gemacht ist, die bereit sind, den Kuchen in gleich große Stücke zu teilen. Kurzum, einen «demokratischen Kommunismus»; eine Bezeichnung, die Humpel in lautes Gelächter ausbrechen lässt. Sie spricht mit frommer Miene, gütiger Geste und voller Gefühl vom einfachen Volk, von einem sozialen Netz und der Bösartigkeit, die dem Kapitalismus innewohnt. Für sie ist ganz klar, dass sie Podemos wählt. Humpel reagiert wie ein gebranntes Kind.

«Aber, Kindchen, das ist die extreme Linke. Willst du in diesem Land den roten Hunger, den Gulag, Maos Millionen Tote, Venezuelas Untergang?» «Ich will bloß ein bisschen Gerechtigkeit.» «Hohle Worte, pure Demagogie, Abstraktionen, die wenig oder nichts mit der Realität zu tun haben, eine einzige Verarschung, die nur zur Diktatur eines Tyrannen führt. Offensichtlich hast du keine Lehre aus dem 20. Jahrhundert gezogen, dem blutigsten der ... letzten hundert Jahre.» Und so vergeht (ich habe Teile des Dialogs aus der Erinnerung rekapituliert) eine ganze Zeit unter Späßen und Wahrhaftigkeiten, in der sie vollkommen darin übereinstimmen, nicht einer Meinung zu sein. Irgendwann merken sie, dass ich auch noch da bin. «Und du? Was wählst du denn?» Sie schauen mich erwartungsvoll an; gespannt, wem von beiden ich recht geben werde. «Mich interessieren nur die globale Erderwärmung, das Abschmelzen der Pole und der Ausstoß von Kohlenstoffdioxid. Kurz gesagt: Ökologie.» Nach einem Moment der Verblüffung, vielleicht sogar der Verständnislosigkeit, haben sich die beiden angesehen, als wollten sie sagen: «Wo ist dieses sprechende Ding denn hergekommen? Was macht so ein Typ in Spanien?»

24

Auf dem Weg zum Markt dachte ich: Da diese Dame gestern in der Bar war, glaube ich nicht, dass sie heute die Notwendigkeit verspürt, mir noch einmal über den Weg zu laufen. Aber da stand sie in ihrem unsäglichen Kleidungsstück von Mantel und mit dem dicken Hund, der offenbar wieder zu längeren Spaziergängen in der Lage ist. Águeda ist der Meinung, dass mir ihre

Gegenwart unangenehm ist. Sie teilt mir das ohne jeden Anflug von Bitterkeit mit, nur mit einer blassen Intensität von Leid im Blick. Ich erkenne einen Hauch von Kritik in ihren Worten; kann aber sein, dass ich mir das nur einbilde. Gibt sie mir zu verstehen, dass ich mich schlecht verstelle? Lieber ließe ich mir andere Defekte nachsagen; ausgerechnet diesen hervorzuheben, schmerzt. Ich frage sie, wie sie zu einer solchen Einschätzung kommt. Sie antwortet, mein ausweichendes Verhalten sei ihr schon früher aufgefallen. Gestern hätte sie mein langes Schweigen traurig gemacht, als sie mit Humpel, den sie nicht so nennt, in Alfonsos Bar über die politischen Wirren der heutigen Politik debattierte. Sie glaubt, dass ich mit meinem Freund vielleicht private Dinge besprechen wollte und es nicht konnte, weil sie dabei war. Vielleicht war mir die Konversation der beiden unangenehm gewesen. Wegen «meiner ruhigen Art» hatte ich ihre hitzige Diskussion vielleicht als ärgerlich empfunden. Dass ihre Kontroverse nicht ernst gemeint gewesen sei, fügt sie hinzu; dass ihrer Meinung nach (Was für eine Träumerin!) Freundschaft über ideologischen Differenzen steht. Außerdem hätte sie mir eine leichte Verärgerung angesehen, als ich die Bar betreten und festgestellt hätte, dass sie auch da war. Ich soll ihr ihre Worte bitte nicht übel nehmen; eigentlich will sie sich nur entschuldigen, falls sie etwas Falsches oder Unpassendes gesagt hat. Sie ist heute nur zur Markthalle gekommen, um mir «aus ganzem Herzen» zu sagen, dass ich unbesorgt sein kann; mich zu belästigen, ist das Letzte, was sie wünscht, und wenn ich sie nicht mehr sehen will, brauche ich es ihr nur zu sagen, dann lässt sie mich in Ruhe. «Ich bin bloß ein bisschen einsam, weißt du?» Sie gesteht, dass sie vor Bewunderung dahinschmilzt wegen der kameradschaftlichen Vertrautheit, die mich mit Humpel verbindet, wegen unserer Treffen in Alfonsos Bar, wegen der Art, wie wir miteinander scherzen und füreinander einstehen, und dass sie in ihrer Naivität geglaubt hat, nicht jeden Tag, aber vielleicht ab und zu an diesem Freundeskreis teilhaben zu können, in dem es immer so lustig zugeht und wo so viel gelacht wird; aber weil sie eine Frau ist, ist ihr der Zugang ja möglicherweise verwehrt. Wenn sie wüsste ... Während sie spricht, beobachte ich ihr Mienenspiel. Águeda hat eine lockere Zunge. Dennoch geht mir ihre Redseligkeit nicht auf den Geist, wie mir das gewöhnlich bei anderen Personen ähnlichen Temperaments passiert. Ich schiebe das darauf, dass sie sich gut auszudrücken weiß und eine schöne Stimme hat; nicht so wohlklingend wie die von Amalia, aber insgesamt doch ein Genuss für die Ohren. Koketterie ist ihr völlig fremd. Ihr Gesicht kennt keine Kosmetik. Die schmalen, unregelmäßigen Lippen passen nicht richtig aufeinander; die Haut ist zwar straff, zeigt jedoch die irreparablen Fältchen des Alters an den Augenwinkeln und am Hals. Die schlechten Zähne, die Brille, die grauen Strähnen und die stumpfe Nase ..., alles an ihr deutet auf einen kompletten Mangel an erotischer Wirkung. Je länger ich sie betrachte, desto mehr erscheint sie mir als asexuelles Wesen, nicht missgestaltet, das nicht; aber ein Wesen ohne Geheimnis, ohne Anmut, ohne irgendwas Besonderes in ihren Bewegungen oder an ihrer Figur; wie ein Verwandter, der uns so nah ist und an den wir so gewöhnt sind, dass wir nie auf die Idee kämen, ihn unter dem Aspekt von Sinnlichkeit oder Schönheit zu betrachten. Ich weiß schon, was ich meine. Und plötzlich: «Was gäbe ich nicht darum, zu erfahren, was dich an mir stört.» Ich zögere nicht mit der Antwort. Es ist nicht nur, dass ich nicht zögere; die Worte brechen wie ein Schwall aus meinem Mund hervor, ohne dass ich nachdenken kann. «Ich ertrage deinen Mantel nicht.» Águeda steht einen Moment in ungläubiger Erstarrung, und ich selbst fühle mich von einer jähen Bestürzung wie gelähmt. Wie konnte ich eine solche Ungehörigkeit begehen? Was ich gesagt habe, muss genauso beleidigend für sie gewesen sein, wie die Art und der Ton, in der und in dem ich es gesagt habe. Es überrascht mich nicht, dass sie mir den Rücken zukehrt. Damit ich nicht Zeuge ihrer Tränen werde? Ohne sich zu verabschieden, geht sie mit ihrem plumpen schwarzen Hund davon; zutiefst verletzt, stelle ich mir vor. Ehrlich gesagt, glaube ich nicht, dass wir uns noch einmal wiedersehen werden. Diese Worte von mir sind nur schwer wiedergutzumachen. Dabei fällt mir auf, dass Águeda eine ungewohnte Richtung einschlägt und auf die Tiefgarage zugeht. Ich weiß doch, dass sie weder Auto noch Führerschein besitzt; obwohl, Humpel, die alte Klatschtante, hat mir erzählt, dass Águeda bei einer Fahrschule angemeldet ist. Jetzt bin ich neugierig geworden und lasse sie nicht mehr aus den Augen, gehe sogar ein paar Schritte, um sie besser im Blick behalten zu können. Ich sehe, wie sie an einem Papierkorb neben der Rampe zur Tiefgarage stehen bleibt. Nachdem sie die Hundeleine fallen gelassen hat, zieht sie ihren Mantel aus, knüllt ihn zusammen und steckt ihn in den Papierkorb. Dann winkt sie mir lächelnd zum Abschied, und ich Blödmann antworte ihr auf gleiche Weise.

25

Je näher ich dem Eingang komme, desto aufmerksamer beobachte ich *Pepas* Körpersprache. Ich hoffe, dass ihr Schwanz, ihr Gesicht, ihre Ohren mir die Anwesenheit des dicken Hundes in Alfonsos Bar ankündigen, denn dann werde ich eine halbe Kehrtwende vollziehen und dahin zurückgehen, woher ich gekommen bin. *Pepa* gibt aber keinerlei Zeichen von sich, und so gehe ich hinein. Humpel ist in die Lektüre der vor ihm auf dem Tisch liegenden Zeitung vertieft. Er sagt, er hätte mich nicht erwartet. Ich erkläre ihm, dass ich einen Spaziergang durchs Viertel mache und nur auf ein Bier hereinschaue. Er dreht mir die Zeitung zu und zeigt auf die Überschrift des Leitartikels, den er las, als ich hereinkam: «Das Klima, abwesend.» Er stellt fest, dass ich letztens recht hatte. Die Ökologie interessiert unsere politische Führung nicht die Bohne. Aber um diese Art von Diskussion mit ihm zu führen, bin ich nicht hergekommen. Mich interessiert etwas anderes; ganz konkret will ich wissen, was er Águeda bisher über mich erzählt hat. Ich soll mich beruhigen. Der Wahrheit widersprechend antworte ich, dass ich ganz ruhig bin. Um abzulenken, macht er einen Scherz, den ich überhaupt nicht lustig finde. Dann ergeht er sich in Lobesworten über Aguedita (ihre Schlichtheit, ihre Solidarität mit den Unterprivilegierten, ihre Gutherzigkeit) und gibt mir zu verstehen, dass man von ihr nichts Böses zu erwarten hat. Heute Nachmittag habe ich keine Lust auf Ausflüchte und Umschreibungen. Ich bitte Humpel, verlange von ihm?, dass er mir geradeheraus sagt, in welchem Verhältnis er zu ihr steht. Sie sind mehr oder weniger intime Freunde. Das heißt, sie haben ein Vertrauensverhältnis, sehen sich aber nur sporadisch. Ob er sie flachgelegt hat. «Bist du verrückt?» Ich wäre für eine etwas präzisere Antwort dankbar. Nun, Aguedita ist nicht sein Typ, und die Wechseljahre haben sie schon seit geraumer Zeit außer Dienst gestellt. Und dann besitzt er die Dreistigkeit, mir zu sagen, dass ich erotische Avancen ihrerseits nicht zu befürchten habe. Wie kommt er darauf, dass ich von dieser Dame irgendetwas befürchte? Ich frage ihn, ob er ihr meine Telefonnummer gegeben hat. Er hätte sie ihr nicht verweigern können, sagt er, sie hätte ihn ganz unerwartet danach gefragt und ihn damit überrumpelt. «Hat sie dich etwa angerufen?» Noch nicht. Und was ist mit meiner Adresse? Wenn sie sie kennt, hat sie sie allein herausgefunden. Vielleicht ist sie mir einmal gefolgt oder hat sich in der Nachbarschaft erkundigt. Ob er ihr Einzelheiten aus meiner Vergangenheit, von meiner gescheiterten Ehe, meinem Sohn, meiner Arbeit erzählt hat. Ich erfahre, dass sie schon ein paar Mal versucht hat, ihm Informationen zu entlocken, und er sie immer mit Vagheiten abgespeist hat. Tina? Nicht ein Wort. Jedenfalls fragt Águeda ganz schön viel, was? Und er antwortet ganz schön viel. Humpel gibt zu, dass Aguedita ziemlich neugierig ist, leugnet aber, dass sie Hintergedanken hat. Dass sie mich interessant findet, will er nicht ausschließen. Und das Tütchen mit dem Pulver? «Bist du verrückt? Für wen hältst du mich?» Ich schaue ihn kalt, herausfordernd an. «Du kannst mich von der Liste deiner Freunde streichen, wenn du ihr davon erzählst.» Danach haben wir, bis ich mein Bier ausgetrunken hatte, über die Wahlen am Sonntag gesprochen. Eigentlich hat allein Humpel gesprochen. Ich habe nur gesagt, dass ich mich nicht um Neuigkeiten kümmere und nicht einmal die Fernsehdebatte vor einigen Tagen gesehen habe. Er sagt, da hätte ich nichts verpasst. Als ich mich von ihm verabschiede, krault er *Pepa* den Kopf und flüstert ihr zu, aber so, dass ich es höre: «Schätzchen, sorg mal dafür, dass dein Herrchen bessere Laune bekommt.»

26

Als ich heute aufgestanden bin, habe ich mir vorgenommen, zwischen Frühstück und Abendessen alles zu vermeiden, was irgendwie unvorhergesehen, heftig oder störend sein könnte. Ich nehme mir das nicht zum ersten Mal vor, und es ist schwieriger durchzuführen, als es auf den ersten Blick scheint, vor allem werktags, wenn man sich seinen Mitmenschen nicht entziehen kann. Schon am frühen Morgen, als ich in meinem gewöhnlichen Zimmer, mit seinem gewöhnlichen Mobiliar aus gewöhnlichem Material meine gewöhnliche Kleidung anzog, wünschte ich mir sehnlichst einen ganzen Tag ohne Unwägbarkeiten, egal ob günstigen oder nachteiligen; einfach einen Tag ohne Zwischenfälle, die meine gewohnte Routine störten. Das Problem ist, dass die vollkommene Erfüllung dieses Wunsches nicht von mir allein abhängt. Da sind noch die anderen, und das sind viele. Jeder dieser Mitmenschen kann sich jederzeit und überall an mich heranmachen und mir ganz arglos mit Wort oder Tat meinen Plan ruinieren. Deswegen habe ich versucht, meinen Umgang mit Leuten während des ganzen Tages so weit wie möglich zu reduzieren. Natürlich habe ich gegrüßt und mich verabschiedet und dabei auch nicht zu lächeln vergessen, habe einsilbig oder ausweichend auf Fragen geantwortet und mich, als hinge mein Leben davon ab, an den fußballerischen und kulinarischen Banalitäten sowie den meteorologischen Gemeinplätzen meiner Lehrerkollegen beteiligt, ohne jedoch bei einem dieser Gespräche initiativ zu werden. Meinen Schülern habe ich eine moderate Dosis Langeweile verabreicht, sodass ich sie während des ganzen Unterrichts in einem schläfrigen Zustand ohne Aufregungen halten konnte. Das ging selbstverständlich nur mit Frontalunterricht, bei dem der Lehrer dozierte und die Schüler Sätze von der Tafel abschrieben. Und jedes Mal, wenn sich einer danebenbenehmen zu müssen glaubte, weil er annahm, ich bemerke es nicht, habe ich ihm mit einem raschen Blick zu verstehen gegeben, dass ich durchaus zu Konsequenzen bereit war. Im Klassenzimmer herrschte daher eine Art stille Übereinkunft: «Sie machen Ihren Unterricht, Herr Lehrer, und wir tun so, als würden wir Ihrem Unterricht folgen.» Das war eine für beide Seiten optimale Strategie. Mein Mittagessen, das hauptsächlich aus Resten bestand, die vom Vortag übrig geblieben waren, war so gewöhnlich wie der nachmittägliche Spaziergang mit *Pepa* in der gewohnten Gegend.

Ich habe weder Unfälle noch Raufereien gesehen noch andere spektakuläre Szenen erlebt. Ich habe mit keinem Menschen gesprochen. Ich habe keine Einkäufe gemacht. Ich habe das Radio nicht eingeschaltet. Ich bin nicht in Alfonsos Bar gegangen. Mein stetes Bemühen, mir nichts Relevantes zustoßen zu lassen, hat dazu geführt, dass ich einen der angenehmsten und zuverlässig grauen Tage der letzten Jahre verbracht habe. Daher habe ich beim Abendessen, als mein Plan als aufgegangen gelten konnte, ein regelrechtes Triumphgefühl verspürt. Ich würde mich jetzt schwertun, ein Ereignis dieses Freitags zu benennen, das mir in Erinnerung geblieben wäre. Wollte ich mich darauf versteifen, müsste ich zwischen Lappalien wählen: das Klingeln der Pausenglocke; die Tatsache, dass es nicht geregnet hat; triviale Vorkommnisse, die bei Weitem nicht ausreichen, die glatte Linie meiner Routine durcheinanderzubringen. Um elf Uhr nachts habe ich es mir gegönnt, mich selbst zu beglückwünschen. Dann habe ich Humpels Nummer gewählt. Als er sich meldet, klingt seine Stimme leicht zittrig-besorgt. «Ich möchte nur, dass du mich einen blöden Affen nennst.» «In Ordnung. Blöder Affe. Sonst noch was?» «Danke. Das ist alles.» Ich habe ganz schnell aufgelegt, damit er mich nicht weinen hört.

27

Die Mauersegler sind zurück. Seit sie letzten Herbst zu ihren Winterquartieren in Afrika losgeflogen sind, ist kaum ein Tag vergangen, an dem ich, wenn ich draußen war, nicht meinen Blick zum Himmel erhoben habe, obwohl ich um die Nutzlosigkeit meines Tuns wusste. Oft war es eine Reflexbewegung, entstanden aus einer Erwartung, die zwar nicht mehr in der ersten Reihe meiner Gedanken stand, die ich aber in all diesen Monaten nicht eine Sekunde aufgegeben habe. Bereits in den Osterferien hatte ich einige Male so eine Vorahnung, die sich heute Nachmittag endlich bestätigt hat. Bevor ich noch, ich weiß nicht, Freude, Mutlosigkeit, Beunruhigung oder was immer man sonst in einer derartigen Situation empfinden kann, empfinden konnte, tat mein Herz einen so gewaltigen Schlag, dass ich glaubte, es hätte mir die Brust aufgerissen. Ob Papa im Augenblick seines Todes so etwas empfunden hat? Mit *Pepa* unterwegs zu Alfonsos Bar, habe ich den ersten Mauersegler der Saison gesehen. Über uns sah ich seine schwarze oder graue Silhouette, je nach Licht; seinen nervösen, scheinbar ziellosen Flug; seine Flügelspannweite, die das Doppelte der Entfernung zwischen Schwanz und Schnabel beträgt; den Kopf, dem der Hals abhandengekommen zu sein scheint, und seinen graziösen Abschluss in zwei Spitzen. Der schnelle Vogel zog seine Zickzacklinien über den bewölkten Abendhimmel und stieß dabei vielleicht sein charakteristisches Zirpen aus, das im Verkehrslärm nicht zu hören war. Und dann sehe ich ein Stück weiter vorn einen zweiten Mauersegler in der Luft und kurz vorm Eintreffen an der Bar zwei weitere. Als ich Humpel von meiner Entdeckung berichte, kündet mir sein Gesichtsausdruck eine spöttische Bemerkung an. Tatsächlich fragt er mich belustigt grinsend, ob ich sicher bin, dass die Mauersegler keine Tauben waren. Irgendetwas sieht er in mir, in meiner Miene, in meinen Augen, das ihn davon abhält, dem unwegsamen Pfad des Spotts weiter zu folgen. Mit einem Mal ernst: «Wie hast du dich entschieden?» «Das kann ich dir erst später sagen, nachdem ich zu Hause in den Spiegel geschaut habe.» «Für mich ist die Sache jedenfalls klar, mit oder ohne Mauersegler. Irgendwann kommst du hier herein und kannst dein Bier alleine trinken.» Gegen zehn komme ich mit *Pepa* nach Hause. Zu Papas Fotografie sage ich, dass die Mauersegler zurückgekommen sind, und in seinem ewigen

Lächeln erkenne ich plötzlich eine mitfühlende Zuneigung, als rührte ihn die Nachricht, die er schon kennt oder erwartet hat. Das Abendessen lasse ich, glaube ich, ausfallen. Was ich in Alfonsos Bar zu mir genommen habe, reicht mir für heute. Mit gespreizten Beinen auf dem Wohnzimmersofa lockt mich Tina. Diese Frau ist unersättlich. Im Bad brauche ich keine zehn Sekunden; gerade genug, um Licht zu machen und dem mir aufs Haar gleichenden Typen in die Augen zu schauen, der mich aus dem Spiegel ansieht. Dann gehe ich zu Papas Fotografie zurück. Jetzt scheint mir sein Lächeln zu sagen: «Du brauchst mir nichts zu erklären. Ich habe es die ganze Zeit gewusst. Junge, du musst das Schuljahr zu Ende bringen. Es wäre nicht richtig, deine Schüler im Stich zu lassen, die ja nichts dafür können, genauso wenig wie *Pepa*, die dich ebenfalls braucht.» Es würde mir helfen, wenn ich ein paar Tränen verdrücken könnte; aber die Technik des forcierten Weinens beherrsche ich leider nicht. Das von gestern Abend war was anderes.

28

Seit ich in La Guidalera wohne, muss ich zum Wählen in die Moscardó-Turnhalle gehen, die ganz in der Nähe liegt. Heute Morgen, die Wahllokale hatten gerade geöffnet, bin ich mit *Pepa* dorthin gegangen. Um diese Zeit – neun Uhr und eine Minute – waren nur wenige Leute da. Einige haben sicher gedacht, ich könne es nicht abwarten, meine Stimme abzugeben. Niemand hat gesagt, dass Hunde draußen bleiben müssen; in dem Fall hätte ich nämlich die Zahl der Stimmenthaltungen in die Höhe getrieben. Ich sehe mir die Wahlhelfer an, kein Bekannter darunter. Was für ein Beschiss, denke ich, an einem Sonntag hier stundenlang herumsitzen zu müssen, für fünfundsechzig Euro, glaube ich. Ich sehe die Plakate, die Urnen, die Stöße von Wahlzetteln, verschlafene Gesichter, und mich überkommt eine große Lustlosigkeit. In der Kabine nehme ich einen Wahlzettel von jeder Partei, bis ich einen kleinen Stoß in der Hand halte; ich mische sie wie Karten, ziehe mit geschlossenen Augen einen heraus und stecke ihn, ebenfalls ohne hinzusehen, in den dafür vorgesehenen Umschlag. Auf dem Wahlzettel für den Senat wollte ich drei willkürlich ausgesuchte Namen ankreuzen, doch da ich meine Lesebrille zu Hause vergessen hatte, habe ich überhaupt kein Kreuz gemacht. Für den Senat habe ich also einen leeren Wahlzettel abgegeben und für den Kongress weiß ich nicht. Das war mein Beitrag zur Demokratie an diesem Wahltag. Jetzt, am Abend, werden schon Ergebnisse bekannt sein. Amalia wird sie in ihrer Sendung kommentieren. Meine Wenigkeit geht jetzt zu Bett.

29

Wo immer man heute hinkam, roch es nach Prozentzahlen, Sitzverteilungen, möglichen Koalitionen. Die Stadt ist von Experten überschwemmt. Auch im Lehrerzimmer wurde spekuliert. Komische Wissenschaft, diese Politik, die jedem ohne Studium zugänglich ist; ein Paradies der Vorurteile, fruchtbarer Acker für Dogmen, auf dem oberflächliches Denken und die damit untrennbar verbundenen Überzeugungen gedeihen wie Champignons auf dem Mist. Seit dem Morgen war mir klar, dass ich Alfonsos Bar heute nicht besuchen würde. Warum nicht? Sollte ich etwa Humpels post-elektorales Geschwätz über mich ergehen lassen? Während ich zu Abend aß, habe ich eine WhatsApp-Nachricht von ihm bekommen: «Hast recht gehabt, dich nicht blicken zu lassen. Die erlauchte Aguedita war da. Sie trug ein schauerliches Rot und war sehr diskutierfreudig. Wenn ich dich wieder einmal anrufen soll, um dich einen blöden Affen zu nennen, sag Bescheid. Stehe stets zu Diensten.» Kurz nach zehn, ich wollte mich gerade hinsetzen und zu schreiben anfangen, klingelt es. Nikita in der Gegensprechanlage. «Ich bin's, Papa. Mach bitte auf. Ich muss mit dir sprechen.» Ich sehe eine Katastrophe vor mir. Mal wieder eine. Tina verstecke ich im Kleiderschrank. Unterwegs hat sie einen Schuh verloren. Ich verstaue ihn schnell in einer Schublade der Flurkommode. Es ist schon einige Wochen her, dass ich meinen Sohn gesehen habe. Die letzten Male, als ich ihn angerufen und zum Essen eingeladen habe, hat er mir gesagt, er hätte keine Zeit. Ob er jetzt straffällig geworden ist, eins über den Schädel bekommen hat, die Polizei hinter ihm her ist? Der kommt ja nicht um diese Zeit zu mir, wenn er kein gravierendes Problem hat. Er kommt herein: groß, kräftig, schlaksig. Seine Stirnfalten deuten auf Angst. Das Eichenlaubblättchen scheint zwischen ihnen unterzugehen. *Pepa* drückt ihm liebevoll und begeistert die Vorderpfoten auf den Bauch und versucht, mit der Zunge sein Gesicht zu erreichen. Nikita beachtet sie nicht. «Papa, ich hab da eine schlimme Sache. Ich hab noch keinem davon erzählt.» Seiner Mutter auch nicht, versichert er. «Der schon gar nicht.» Und fügt in vertraulichem Ton hinzu: «Das ist was, das nur Männer angeht, du verstehst schon.» Ich verstehe gar nichts. Er erklärt mir, dass da was an seinem Pimmel ist. Ich merke, wie er mit den Worten kämpft, und am Ende, nachdem er seine Verlegenheit, Unsicherheit, Schüchternheit überwunden hat, lässt er die semantischen Fisimatenten beiseite und drückt sich so aus, wie er es kann. Der Pimmel also. Ich bitte ihn, ihn mir zu zeigen. Nicht schlecht bestückt, der Junge. Ich sehe Behaarung und rötliche Flecken wie verschuppte Brandstellen. Sie ziehen sich bis zu einem Hoden hinunter und sind auch an der Eichel zu sehen. Sofort bringe ich die Flecken mit einer kleinen Kruste in Verbindung, die er am Ellenbogen hat. Ich bitte ihn, mir seine Knie zu zeigen. Da ist nichts zu sehen. Die Brust. Nichts. Den Rücken. Auf Höhe der Nieren entdecke ich an der Wirbelsäule eine Art Pustel mit mehreren blutigen Punkten. «Da hast du dich gekratzt, nicht?» «Es juckt so wahnsinnig.» Er schaut mich ängstlich an, wie in Panik geratene Patienten den behandelnden Arzt anschauen. «Ich habe bestimmt Aids und muss sterben.» Ich kann ihn beruhigen. «Das ist Schuppenflechte. Ich besorge dir einen Termin bei einem Hautarzt. Und wenn er dich fragt, sag nicht Pimmel. Sag Penis. Das klingt ein bisschen besser, weißt du?» Ich habe einen schulmeisterlichen Ton angeschlagen, weil ich glaube, dass der beruhigend auf ihn wirkt. Der Arme ist ganz außer sich. Ich beginne mit dem Schlimmsten: Schuppenflechte ist nicht heilbar; man kann ihre Auswirkungen nur mit Medikamenten lindern, Sonne und gesunde Ernährung helfen. Ansteckend ist sie nicht. Er hat sie von der mütterlichen Familie geerbt. In meiner Familie hat es, soweit ich weiß, nie einen Fall gegeben. Mein großer, kräftiger Sohn, mein Sohn, der ein ausgiebiges Vollbad vertragen könnte, bekommt feuchte Augen. Wo er denn seinen Pimmel in die Sonne halten soll. «Penis, sag Penis.» Er bedenkt Opa Isidro, den er für sein Unglück verantwortlich macht, mit einem Schwall übelster Schimpfworte. Dann kommt er plötzlich zu mir und umschlingt mich mit seinen kräftigen Armen. Es ist lange her, dass ich ihn so als hilfloses Kind erlebt habe. Er sagt, diese Flecken werfen ihn zurück, so will doch kein Mädchen mehr mit ihm vögeln.

30

Während unserer Ehe, und ich würde mich nicht wundern, wenn auch jetzt noch, grauste sich Amalia bei dem Gedanken, von Schuppenflechte befallen zu werden wie ihr Vater, der von Jugend an lange Ärmel tragen musste. Es gab eine Zeit, da träumte sie davon, zum Fernsehen zu gehen. Ich sehe sie noch nackt vor dem Spiegel stehen und sich jeden Tag von vorn, von hinten und von der Seite untersuchen, in der steten Angst, ein Hautausschlag könne ihre Karriere zerstören. Am Ende platzte der Traum; jedoch aus Gründen, die nichts mit dem ererbten Übel zu tun hatten, das der Grund für so viele albtraumhafte Nächte gewesen war. Je nach Jahreszeit zeigten sich bei ihr schorfige Flecken auf der Kopfhaut, über den Ohren, gut versteckt unterm Haar. Sie behandelte sie mit speziellen Shampoos, die teuer und nicht immer wohlriechend waren. In den Riechnerven meiner Erinnerung hält sich immer noch der Geruch eines schwarzen Shampoos, das unter Verwendung von Teer hergestellt und ungefähr das Gegenteil von einem Parfüm war. Amalia machte die Haarfärbemittel ihres Schönheitssalons für den offenbar juckenden Schorf verantwortlich, den sie als normale Schuppen bezeichnete. Im Grunde wusste sie aber, dass es sich um die von den väterlichen Genen bedingte Krankheit handelte, die glücklicherweise moderat auftrat und leicht zu kaschieren war. Ich weiß, dass Margarita reichlich Schuppenflechte hatte. Ich habe die schorfigen Stellen an ihren rappeldürren Beinen gesehen. Amalia war der Meinung, ihre Schwester sei selbst schuld daran, zum Teil wenigstens, wegen ihrer mangelnden Körperpflege. «Verwahrlost», nannte sie sie. Hinter ihrem Zorn verbarg sich meiner Ansicht nach die Angst, ihre Schwester könnte die Krankheit auf sie übertragen und sichtbar machen. Bei ihrem Vater war es viel schlimmer. Bei meinem Schwiegervater schneite es Schuppen. Sie lugten unter den Ärmeln hervor und bedeckten beide Handrücken, genau wie den Ansatz von Hals und Nacken und oft auch die Schläfen. Ich möchte mir nicht vorstellen, wie der Alte nackt ausgesehen hat. Amalia verglich ihn mit der Theke eines Fleischerladens. Die Betschwester herrschte den von Juckreiz befallenen Ehemann ständig mit heuchlerischer Stimme an: «Isidro, hör auf, dich zu kratzen.» Ich versprach Amalia, einen genetisch hochwertigen Beitrag zu leisten, damit unsere künftigen Kinder (am Ende reichte es nur für eines, das aber Arbeit für drei machte) keine Schuppenflechte erbten. Ich war mir meines Erfolges stets sicher, bis ich gestern eines Besseren belehrt wurde.

MAI

1

Mehr als das Lenkrad zu halten, scheint sie sich daran festzuklammern. Während sie unter meiner Aufsicht verschiedene Einparkmanöver durchführt, starre ich unwillkürlich auf die Narbe an ihrer Hand. Auch werde ich den Gedanken nicht los, dass sie sich, ebenso wie sie sich ans Lenkrad klammert, an mich klammern könnte. Und plötzlich stelle ich mir vor, wie sie mir die Genitalien abreißt und sie, haarig und blutig, überall im Viertel herumzeigt und dabei wie eine Verrückte schreit, dass das ihre sind und sie sie mit keinem anderen teilt. Ich weiß nicht mehr, wie oft mir Águeda an diesem Vormittag gedankt hat. Kaum im Auto, bietet sie mir an, die Benzinkosten zu übernehmen. Sie hat sogar Anstalten gemacht, ihre Geldbörse zu ziehen. Sie beharrt darauf: Ich soll mich nicht anstellen, wie viel es macht, sie will mich nicht ausnutzen. «Neuntausend Euro, plus Umsatzsteuer.» Sie lacht. Was ich für Einfälle habe, meinen Sinn für Humor findet sie bezaubernd. Ich sage ihr, dass sie mich nicht mit Höflichkeiten überschütten muss. Sie lacht sogar noch, als ihr der kränkende Sinn meiner Antwort nicht mehr verborgen bleiben kann. Ich habe sie unter Vermittlung von Humpel, diesem unverbesserlichen Kuppler, gestern zur vereinbarten Zeit vor ihrer Wohnung aufgelesen. Zuerst war ich versucht, mir die Verabredung vom Hals zu schaffen und den beiden Nervensägen zu sagen, dass ich das Brückenwochenende an der Küste verbringen wollte. Das mit der Küste war mir spontan eingefallen; es hätte auch jede andere Gegend sein können, Hauptsache, weit weg. Die Erinnerung an meinen letzten Urlaub hat mich davon abgehalten. Eine solche Erfahrung will ich nicht noch einmal machen. Zu dem Trick, mich zu Hause zu verstecken und sie glauben zu lassen, dass ich verreist bin, kann ich mich auch nicht entschließen. Dazu bedürfte es nicht einmal irgendwelcher Vorbereitungen, meine Speisekammer hält langen Vorrat bereit. Bleibt allerdings das Problem des Gassigehens mit *Pepa*. Ich könnte sie ihre Notdurft zu ungewohnten Zeiten verrichten lassen, habe aber das unbestimmte Gefühl, weder tagsüber noch nachts vor einer Begegnung mit Águeda gefeit zu sein. Nachts würde mich außerdem noch das Licht in meinen Fenstern als Schwindler entlarven. Gestern rief Humpel mich an und informierte mich über das Vorhaben unserer Freundin, sich für die Fahrstunde in meinem Auto mit einem Geschenk zu bedanken. Ich bat ihn, sie sofort anzurufen und zu sagen, sie solle mir nichts mitbringen. «Und warum sagst du ihr das nicht selbst?» «Weil ich dieses Missvergnügen dir zu verdanken habe.» Wenige Minuten später rief mein Freund mich zurück. Angelegenheit erledigt: Águeda hat meinen Bedingungen zugestimmt, allerdings eingewendet, dass es ihr peinlich war, meine Großzügigkeit auszunutzen. Bei der Begrüßung nehme ich einen Wangenkuss von ihr in Kauf. Ihre Lippen fühlen sich kalt an, und sie riecht nach billigem Parfüm. Gegen einen flüchtigen Kuss wie unter Cousin und Cousine, sage ich mir, ist ja nichts einzuwenden. Gleichzeitig stelle ich fest, dass diese Frau sich von Mal zu Mal mehr herausnimmt. Unterwegs Richtung Las Ventas quasselt sie ununterbrochen. Sie dankt mir dafür, dass ich sie so früh abgeholt habe, denn so kann sie um halb zwölf zur 1.-Mai-Kundgebung am Neptun sein. Ob ich auch hingehen will. Nein, ich muss meine Wohnung putzen. Mit dem Staubsauger durchgehen und so. Sie ist ganz glücklich, weil mein Auto und das der Fahrschule von der gleichen Marke sind, wenn auch ein anderes Modell. Mit Humpels Auto, das moderner und technisch raffinierter ist, kommt sie nicht klar. Und mit der Art des Unterrichts unseres Freundes, die weder modern noch raffiniert ist, noch weniger. Er ist, sagt Águeda, ein toller Mensch, den sie wie einen Bruder liebt, der nur leider den Nachteil hat, ungeduldig zu sein. Meine didaktische Ausbildung und meine Umsichtigkeit flößen ihr mehr Vertrauen ein, zumal jetzt, da ich ihren Mantel nicht mehr ertragen muss und sicher nicht mehr so leicht ungehalten werde. Ich stand kurz davor, ihr Lächeln als Belohnung für die geistreiche Bemerkung zu erwidern; aber meine für Fröhlichkeit zuständigen Gesichtsmuskeln sind vermutlich noch nicht ganz wach. Wenn ich an Gott den Allmächtigen glaubte, würde ich ihn bitten, einen Blitz auf die Zunge dieser Frau zu schleudern. Wie kann ein Mensch über so viel dialektischen Brennstoff verfügen! Ich glaube, bei Águeda ist der Akt des Denkens und des Sprechens eins. Jetzt fängt sie an, mir die Geschichte ihres Mantels zu erzählen, die ich nicht einmal volltrunken als erwähnenswert bezeichnen würde. Sie hat ihn vor zwanzig Jahren in einem Ausverkauf erworben et cetera. Als könnte sie meine Gedanken lesen. «Ich rede viel, stimmt's?» «Ziemlich.» Von Natur aus ist sie nicht so redselig, sagt sie, sondern aus Verlegenheit, weil es ihr unangenehm ist und sie nervös macht, wenn sie mit anderen zusammen ist und nichts gesprochen wird. Sie selbst würde gar nicht unbedingt den Mund aufmachen; aber sie hat Angst, die anderen könnten denken, sie fühle sich unbehaglich oder würde ihnen ablehnend gegenüberstehen. Ob mir das nicht auch so ginge. «Absolut nicht.»

2

Wir kommen zu der Stelle, an der Águeda an den vorhergehenden Tagen mit Humpel Fahren geübt hat und wo mein Freund, wie sie erzählt, sie ungeschickt, unfähig und unbegabt genannt hat. Außerdem, sagt sie, hat er, als er irgendwann gänzlich die Geduld verlor, zu ihr gesagt: «Die Natur hat dich nicht mit besonders viel räumlicher Intelligenz ausgestattet, oder?» «Das hat er gesagt?» «Genau das; aber ich nehme es ihm nicht übel. Er ist so ironisch!» Die größten Schwierigkeiten hat Águeda beim Rückwärtseinparken. Sie sieht nicht, sie trifft nicht, sie schätzt falsch ein. Gerade dieses Manöver wünschte sie sich mit mir zu üben, ohne Assistenz einer Kamera, wie Humpels Auto eine hat, da das Fahrschulauto auch nicht über so eine Apparatur verfügt und sie sich auf möglichst angemessene Weise auf die Fahrprüfung vorbereiten will. Wir erreichen ein etwa dreihundert Meter langes asphaltiertes Stück zwischen der Calle Roberto Domingo und der Böschung zur M-30. Ich nehme an, dass auf diesem umzäunten Gelände mit einem einzigen Zugang nur Autos parken, wenn in der nahe gelegenen Stierkampfarena Kämpfe stattfinden. Als wir ankamen, war der Platz leer. Weiter hinten sah man einen Mann, der seinem Hund Bälle warf. Es ist der ideale Ort, damit Águeda ein wenig Fahrpraxis erwirbt, ohne mir dabei mein Auto zu demolieren. Bei ihrer notorischen Unfähigkeit ist es aber angeraten, die Augen offen zu halten. Die theoretische Prüfung hat sie bestanden, bei der praktischen ist sie beim ersten und vor Kurzem zum zweiten Mal durchgefallen. Sie hatte nicht die richtigen Schuhe an, die Nerven waren ihr durchgegangen, an einer entscheidenden Stelle hatte sie einfach den Überblick verloren: die üblichen Entschuldigungen, die sich kaum von Amalias unterschieden, die ihrerseits drei Anläufe brauchte, und Humpels, der einmal wiederholen musste, weil zu einem eingestandenen Fehler noch hinzukam, dass der Fahrlehrer ihn nicht leiden konnte. Ich habe eine Menge Geld dadurch gespart, dass ich die Fahrprüfung auf Anhieb schaffte, genau wie Nikita übrigens, obwohl der Junge mehrere Anläufe für die theoretische brauchte. Wenn Águeda sich nicht verbessert, sehe ich schwarz für sie. Wir tauschten die Plätze. Sie ließ den Wagen an, er machte einen Satz nach vorn, und der Motor erstarb. Ich musste mir auf die Zunge beißen, um ihr nicht zu sagen, dass ich wenig Menschen kenne, die sich am Steuer so ungeschickt anstellen. Stattdessen versuchte ich sie zu beruhigen. Sie ist ziemlich gelehrig und mit zunehmendem Selbstvertrauen machte sie auch Fortschritte. Gar richtig euphorisch wurde sie, als ihr zweimal hintereinander das Wenden rückwärts gelang, für das ich sie vielleicht etwas zu viel gelobt hatte; aber mir war klar, dass sie aus ihrem Zustand der Verkrampfung und vielleicht sogar Panik herausgeholt werden musste. Águeda keuchte, biss sich auf die Unterlippe und plapperte natürlich. Ich passte derweil auf, dass sie mit dem Auto nicht gegen die Betonklötze auf der einen und das Geländer auf der anderen Seite fuhr. Ich war jederzeit bereit, meinen linken Fuß auf das Bremspedal zu stemmen, selbst wenn ich dafür mein Bein zwischen ihre Beine drücken müsste. Auf dem Heimweg dankte sie mir wieder und sagte, ich strahle Ruhe aus und bei mir lernt sie besser Autofahren als in der Fahrschule. Sie behauptete, ich sei ein ausgezeichneter Lehrer und es sei für sie unvorstellbar, dass meine Schüler mich nicht verehrten. Gutes Mädchen.

3

Ich hörte mir schon eine ganze Weile Amalias Radiosendung an. Jeder geißelt sich, so gut er kann. Ich geißle mich mit der Stimme, dem Lachen und den Kommentaren dieser Frau, die es auf bezaubernde Weise versteht, ihre intellektuellen Defizite zu kaschieren. Neben mir wie gewöhnlich, obwohl auch nicht immer, ein Blatt Papier, auf das ich mit Strichen die Fehler der Moderatorin zähle, seien es unvollendete Sätze, Redundanzen, Stottern, Zögern, kurzum jede Kleinigkeit, die eine flüssige, makellose Redeweise stört. Die Idee stammt allerdings von ihr selbst aus früherer Zeit, als sie mich öfter zwang, ihre Sendung im Radio zu verfolgen, und mir dadurch meine Nachtruhe stahl. Krankhaft perfektionistisch, bat Amalia mich, zu Hause alle Fehler zu notieren, die ihr unterliefen. Das würde ihr helfen, sie sich bewusst zu machen und künftig zu vermeiden. «Ich soll sie alle notieren?» «Hör mal, ich glaube nicht, dass das so viele sind.» Wenn sie nach Hause kam, manchmal spätnachts, tock, tock, kam sie auf ihren Stöckelabsätzen oft gleich zu mir, um nach ihren Fehlern in der vergangenen Sendung zu fragen: wie viele und welche. «Heute nur sechzehn, Schatz. Du machst Fortschritte.» Damit sie mich nicht aufwecken musste, kamen wir überein, dass ich das Blatt mit den Eintragungen auf den Küchentisch legte. Diese Notizen, anfänglich als Hilfestellung gedacht, entwickelten sich zu einem Grund zunehmender Zwietracht, je mehr sich unser eheliches Zusammenleben verschlechterte; aber auch, weil sie, oft blind vor Hass, sich zu dem Glauben verstieg, ich wolle sie herunterputzen, indem ich sie auf Fehler hinwies, die gar keine waren oder die ich in böswilliger Weise übertrieb. Heute zähle ich ihre Fehler, mit oder ohne Striche, einfach weil es mir Vergnügen bereitet; ein vielleicht boshaftes Vergnügen, aber jedenfalls ein Vergnügen. Außerdem habe ich festgestellt, dass ich ab einer bestimmten Zahl von Strichen besser schlafe. Dann kommen die Elf-Uhr-Nachrichten, und die Sendung wird für mehrere Minuten unterbrochen. Mir reicht's für heute. Ich schalte das Radio aus und bringe noch ein paar Eindrücke dieses Tages zu Papier, eine Erinnerung an früher, was mir so in den Sinn kommt; danach ejakuliere ich noch in Tina und gehe dann schlafen. Unvermittelt klingelt das Telefon. Amalia. Wie kann sie wissen, dass ich ihr zugehört habe, frage ich mich. Ist hier eine versteckte Kamera installiert? Sie bittet mich in einem ungewohnt freundlichen und, ich würde sogar sagen, schmeichlerischen Ton um zwanzig Minuten morgen, wann und wo es mir beliebt. Sie wiederholt, dass zwanzig Minuten ausreichen, um mit mir über die einzige Sache zu sprechen, die, wie sie sehr wohl weiß, mich zu einem Treffen mit ihr bewegen kann: unser Sohn. Ich denke, ich kann ihr ruhig erklären, dass ich zurzeit eine sehr ausgeglichene und geruhsame Phase durchlebe und sie mir nicht durch Missstimmigkeit verderben lassen will. Wenn also Streit in der Luft liegt oder ich mir Vorwürfe anhören soll, lehne ich das Treffen ab. Sie schwört, dass sie nichts dergleichen beabsichtigt, dass sie allein kommt (komisch, dass sie das sagt) und dass sie mir nur ein paar Fragen zu Nikitas Hautkrankheit und deren möglicher Heilung stellen will. Sie hat erst jetzt davon erfahren, aber der Junge weigert sich, mit Einzelheiten herauszurücken. Sie will eine so ernste Sache auch nicht am Telefon besprechen, schon gar nicht zu dieser Zeit im Sender. Sie will doch bloß helfen, aber das Kind (das Kind!) lässt sie ja nicht et cetera. Ich willige ein, weil sie sich besorgt und elend anhört. Also morgen, Punkt zwölf im Café del Círculo de Bellas Artes, wo wir uns seit der Scheidung schon öfter getroffen haben. Sie bedankt sich für mein Verständnis, und ich freue mich über ihren sanften und respektvollen Ton. Für alle Fälle vergewissere ich mich: «Zwanzig Minuten, eh?» «So lange brauchen wir gar nicht, versprochen.» Neugierig geworden, schalte ich das Radio wieder ein. Nach den Nachrichten wird Amalias Sendung fortgesetzt, jetzt mit einem neuen Thema und einem neuen Gast am Telefon. Ihre Stimme klingt wieder sorglos und verführerisch, mit diesem beschwingten Unterton, den sie zu unserer Zeit immer erst nach dem zweiten Glas Wein hinbekam. Mich lässt die Bemerkung nicht los, die sie am Telefon gemacht und gesagt hat, dass sie allein zu dem Treffen kommt. Welchen Grund gibt es, so etwas zu versprechen? Wie soll man da nicht auf den Verdacht kommen, dass irgendjemand, der mit Amalia in Verbindung steht, sich im Lokal versteckt und uns beobachtet?

4

Ich betrete das Café del Círculo de Bellas Artes, das den Namen La Pecera trägt, zur vereinbarten Zeit. Ich hasse es, warten zu müssen oder andere warten zu lassen. Ich habe einen Anzug angezogen und eine Krawatte umgebunden, für mich ein ungewohnter Aufzug, der heute einem doppelten Zweck dient: Einerseits soll er den, sagen wir, offiziellen Charakter des Treffens unterstreichen; andererseits will ich dieser Dame und wem immer in ihrer geheimen Begleitung nicht den geringsten Anlass geben, in mir den armen Kerl, den Bettelmann oder Großvater zu sehen, um Amalias altes Vokabular zu benutzen. Sie ist vor mir gekommen und kann sich eines Kommentars nicht enthalten: «Sehr elegant siehst du aus.» Ich stelle mich taub. Vertraulichkeiten, nein. Niemand hat mich im Leben so sehr verachtet wie sie. Heute kann sie sich ihre Schmeicheleien sparen. Ich enthalte mich jeder Bemerkung über ihr Aussehen, was nicht heißt, dass ich es nicht zur Kenntnis nehme. Sie ist schön wie immer. Vielleicht ein wenig zu schmal und zu stark geschminkt. Sie riecht wundervoll, benutzt einen auffällig roten Lippenstift, aber mit langem Haar gefiel sie mir besser. Sie gibt mir die Hand, ich drücke sie mechanisch, es ist die kalte Begrüßung zweier Menschen, deren Körper sich Hunderte Male vereinigt haben.

Vor ihr auf dem Tisch langweilt sich eine Tasse Milchkaffee. Ob ich etwas bestellen möchte. «Nein, ich habe noch eine Verabredung.» Ich lüge, um ihr zu verstehen zu geben, dass unser Gespräch die am Vortag vereinbarten zwanzig Minuten und keine Sekunde länger dauern wird und dass, da ich noch eine weitere Verabredung habe, mein Anzug keine Verkleidung ist, die sie verwirren soll, und schon gar nicht eine, die ich ihr zu Ehren angelegt habe. Soll heißen: Ich habe mich nicht ihretwegen herausgeputzt. Ich frage absichtlich nicht nach ihrer Gesundheit und Arbeit, nach der frömmlerischen Mutter, falls die noch lebt, oder nach ihrer Schwester, die sich einen wohlhabenden Schweizer geangelt hat. Ich werfe einen Blick in die Runde. Es sind wenige Gäste da. Zehn, zwölf, einige davon mit dem Rücken zu uns. Der einzige Alleinsitzende ist ein älterer Herr mit gestutztem weißem Bart, der Zeitung liest. Seine Physiognomie erinnert mich an den Schriftsteller Luis Mateo Díez. Ich bin sogar versucht, zu ihm zu gehen und mich zu vergewissern. Soweit ich das feststellen kann, interessiert sich niemand für uns; trotzdem bin ich überzeugt, dass Amalia nicht allein gekommen ist. Sie klagt, dass Nikita, den sie Nicolás nennt, sie nicht respektiert und manchmal erschreckend aggressiv zu ihr ist. Sie erzählt, gestern habe der Junge sie beschimpft und in seiner jugendlichen Hitzigkeit um ein Haar auch geschlagen. Amalia wusste nicht, dass unser Sohn im Alter von fünfundzwanzig Jahren Schuppenflechte bekommen hatte. Er gibt ihr und ihrer Familie dafür die Schuld. Eine Kellnerin unterbricht unser Gespräch; ich sage ihr, dass ich nichts nehme, und schaue mich dabei noch einmal im Lokal um, ohne dass mein Blick auf irgendwem haften bleibt, der mir verdächtig vorkommt. Ich glaube nicht, dass Don Luis Mateo Díez, falls er es ist ... Etwas später betritt eine Dame etwa unseres Alters das Café. Rotes Kostüm, Perlenhalskette, vornehmes Auftreten. Eine Frau, das merkt man, die es gewohnt ist, zu gefallen, die mit einer etwas aufgeblasenen Selbstsicherheit dahinschreitet, den Blick fest auf die großen Fenster an der uns gegenüberliegenden Seite gerichtet. Das ist sie. Da habe ich überhaupt keinen Zweifel. Ich verstehe nur nicht, warum sie hier ist. Um mich zu begutachten? Um, nachdem sie mich in Augenschein genommen hat, Amalia bedauern zu können wegen dieses erbärmlichen Kerls, mit dem sie verheiratet war? Ohne uns zu beachten, wählt sie einen Tisch neben der Skulptur der liegenden Frau in der Mitte des Cafés, und nachdem sie der Kellnerin ihre Bestellung aufgegeben hat, holt sie ihr Handy aus der Handtasche. Wir sitzen etwa fünf oder sechs Meter von ihr entfernt an der Wand, das heißt, dass wir sie mit einer knappen Kopfdrehung sehen können. Ich beobachte Amalias Gesicht. Keinerlei Reaktion. Sie ist immer noch bei ihrem Thema: Nicolás' tiefer Hass scheint eine Folge des Ausbruchs der Schuppenflechte zu sein. Gestern, sagt sie, sei er zu ihr gekommen; aber weniger, um sie zu informieren, als sie, rasend vor Wut, zur Rechenschaft zu ziehen. Er hat ihr etwas von einem Hautarzt erzählt, den ich kenne. Ob ich mich um die Behandlung kümmern will. Ich bejahe. Und die Kosten? Die werde ich wohl übernehmen müssen. Sie ist bereit, ihren Teil dazu beizutragen. Im Folgenden erfahre ich, dass der Junge sich geweigert hat, ihr die befallenen Stellen zu zeigen. Ob ich ihr bitte etwas Genaueres sagen kann. Ich weiß nicht recht, ob ich mich an das Vokabular des Jungen halten und den Penis Pimmel nennen oder mich etwas gepflegter ausdrücken und den Pimmel Penis nennen soll. Ich erwähne auch den Rücken und einen Ellenbogen und sage dann: «Er ist zwar nicht so stark von der Schuppenflechte befallen wie dein verstorbener Vater; aber er sollte so schnell wie möglich von einem Spezialisten behandelt werden.» Ich frage mich, ob ich in den Tiefen irgendeiner Hosentasche noch einen Krümel Zuneigung für diese Frau finden kann. Antwort: Alles, was ich für sie empfand, hat sich in Luft aufgelöst. Ob mich ihre Sorgen, ihr Leid betrüben. Sie lassen mich kalt. Ob ich mich ins Wasser stürzen und sie retten würde, weil sie am Ertrinken ist. Soll ein anderer sich nass machen. Ob ich sie vögeln würde. Selbstverständlich, überall, jederzeit. Offenbar bemerkt sie an mir Unruhe, Ablenkung und fragt mich, was los ist. Ich beuge mich zu ihr vor, weil ich nicht will, dass meine Worte von anderen Ohren als ihren vernommen werden. Instinktiv wendet sie das Gesicht ab. Hat sie gedacht, ich will sie küssen? Ich flüstere ihr zu: «Würde es dir was ausmachen, deiner Freundin zu sagen, sie soll mich nicht mit ihrem Handy aufnehmen?» «Welche Freundin? Wovon redest du?» Genau zwanzig Minuten nach meinem Eintreffen verabschiede ich mich und gebe ihr wieder die Hand. Auf ihr Bitten, das ein wenig pathetisch klingt, wenn man mich fragt, verspreche ich, sie über die Hautkrankheit unseres Sohnes und über das, was der Dermatologe dazu sagt, auf dem Laufenden zu halten. Für mich: wenn ich daran denke. Ob ich versuchen kann, dem Jungen mehr Respekt für seine Mutter beizubringen? Wer bin ich, mich in die Gefühle meines Sohnes einzumischen! Bin ich ein Seelendoktor, oder was? Draußen dichter Verkehr, Lärm, Sonne. Und auf der gegenüberliegenden Straßenseite, schon an der Gabelung mit der Gran Vía, warte ich hinter der Seitenwand einer Bushaltestelle verborgen darauf, dass Amalia herauskommt. Die Zeit vergeht. Sie kommt nicht.

Zehn, fünfzehn Minuten. Sie unterhält sich, nehme ich an, mit der anderen und zerrupft mich gnadenlos. Doch entgegen meiner Vorahnung verlässt Amalia das Café allein. Am Straßenrand hält sie ein Taxi an. Wahrscheinlich ist es so, dass wir uns selbst nach jahrelanger Trennung immer noch sehr genau kennen. Sie weiß, dass ich mich irgendwo in der Umgebung verborgen halte und sie beobachte, und ich weiß, dass die Frau mit dem roten Kostüm und der Perlenhalskette ihre Freundin war.

5

Ein sonniger Morgen mit frühen Mauerseglern und ruhigen Ecken. Zu unserer zweiten und letzten Einparkübung vor der Fahrprüfung sind wir jetzt besser vorbereitet. Águeda droht, Humpel und mich in ein Restaurant einzuladen, wenn sie besteht. Ich kann nicht anders, als die Begeisterungsfähigkeit dieser Frau zu bewundern.

Um eine imaginäre Parklücke herzustellen, die nach jedem erfolgreichen Einparkversuch Águedas kleiner wird, habe ich einen alten Koffer und einen Pappkarton von zu Hause mitgebracht. «Es macht nichts, wenn du sie überfährst», habe ich zu ihr gesagt. «Ich überfahre sie nicht.» Sie hat sie auch nicht überfahren, hat sie trotz piepsender Sensoren nur mit der Stoßstange gestreift. Sie macht zweifellos Fortschritte, was zum guten Teil an ihrer gewonnenen Selbstsicherheit liegt, seit sie sich an die Gänge, die Abmessungen und, insgesamt, an das Fahren mit meinem Auto gewöhnt hat. Wenn sie sich einmal eines kauft, sagt sie, muss es so eines oder ein ähnliches wie meines sein, das sie richtig lieb gewonnen hat. Sie berichtet mir, dass sie sich am Nachmittag mit Belén und deren Tochter Lorena verabredet hat. Sie haben der Kleinen eine Bootsfahrt auf dem Teich im

Retiro-Park versprochen. Ich habe erfahren, dass eine ziemlich lange Zeit vergangen ist, ohne dass Belén nach dem abrupten Auszug aus Águedas Wohnung ein Lebenszeichen von sich gegeben hat. Águeda war so in Sorge, dass sie kurz davorstand, Nachforschungen anzustellen. Ich frage sie, ob der Ehemann die Frau immer noch schlecht behandelt. Natürlich. Hin und wieder rutscht ihm die Hand aus; sie hat resigniert, treibt ihre Fügsamkeit bis aufs Äußerste und versucht, über die Runden zu kommen. Über die Runden kommen heißt, dass sie sogar das gewalttätige Verhalten ihres Mannes erträgt. Es scheint sogar so, als hätte sie Verständnis für ihn und rechtfertige ihn. «Man kann gar nichts machen. Für sie ist es schrecklicher, mit ihm zu brechen und mittellos und ohne Tochter auf der Straße zu landen, als seine Aggressionen zu ertragen.» Die Angst, meint Águeda, veranlasst einen zu dieser Art von Überlebensstrategie. Belén akzeptiert also Ohrfeigen und Erniedrigung als kleineres Übel, weil sie weiß, dass sie nicht das Schlimmste sind, was sie von ihrem Mann erwarten kann. Manchmal hat er sentimentale Anwandlungen, dann entschuldigt er sich, weil er es angeblich nicht schafft, seine Impulse zu bändigen; oder er gibt seiner Frau die Schuld, weil sie ihn provoziert, nichts so macht, wie es sich gehört, et cetera. Ich sage Águeda, dass bei so schönem Wetter und so einer angenehmen Temperatur wie heute am Teich im Retiro ein ganz schönes Gedränge herrschen wird. Das macht nichts, antwortet sie, sie werden in der Schlange vor dem Bootshaus so lange warten, wie es nötig ist. Sie haben den ganzen Nachmittag Zeit, sich mit dem Mädchen im Park zu belustigen. Den ganzen Nachmittag? Hört, hört. Gibt es eine bessere Gelegenheit, einen Plan durchzuführen, der mir schon seit Wochen durch den Kopf geht? Um fünf Uhr nachmittags war ich auf den Straßen von La Elipa bereits auf der Suche nach einem Parkplatz. Danach wartete ich eine Viertelstunde, vielleicht ein bisschen länger, in Águedas Hauseingang darauf, dass ein Bewohner hineinging oder herauskam. Schließlich kam eine alte Frau, und ich konnte unter einem Vorwand ins Haus schlüpfen. Ich hatte einen daheim schon geschriebenen Zettel in der Tasche, auf dem es hieß: «Es ist hässlich und ungezogen, anonyme Nachrichten wie diese in fremde Briefkästen zu stecken.» Ich habe ihn in Águedas Briefkasten gesteckt und mich vom Acker gemacht. Wenn sie sich ertappt sieht, bleibt ihr nichts anderes übrig, als sich als Schreiberin der anonymen Zettel zu bekennen. Klar, sie könnte auch zynisch sein und einfach den Mund halten, dann würde ich nie erfahren, wie das Experiment ausgegangen ist. Ich sehe zwei Möglichkeiten: Águeda ist klug genug, den Mund zu halten, weil sie weiß, dass ich ohne abschließenden Beweis weiterhin in einem Labyrinth von Vermutungen und Verdächtigungen gefangen bin; oder sie hat tatsächlich nichts mit den anonymen Nachrichten zu tun und versteht den Sinn der von mir in ihren Briefkasten gesteckten gar nicht, weshalb sie mich auch nicht damit in Zusammenhang bringen kann.

6

Keinem Menschen erzähle ich, was ich Humpel erzähle, was nicht heißt, dass ich ihm alles erzähle. Wahrscheinlich nimmt er mir gegenüber die gleiche Haltung begrenzter Offenheit ein. Ab und zu würde ich ihm am liebsten in den Hintern treten. Er würde das mit demselben Vergnügen auch bei mir tun. Das hält uns aber nicht davon ab, uns zu treffen, uns zu unterhalten, gelegentlich Vertraulichkeiten auszutauschen und gewisse mehr oder weniger gedankenlose Rituale zu pflegen, die durch Wiederholung zu Gewohnheit werden. So wie ich ihn abscheulich finde, mag ich ihn auch nicht missen. Natürlich ist mir das Zweite lieber. Wir sind beide nicht dafür gemacht, uns anderen Menschen zu öffnen. Er hat keine wirklichen Freunde im Büro, und ich habe keine in der Schule. Unsere Freundschaft basiert ebenso auf Einverständnis und Zusammenhalt wie oft auch auf Unverständnis und Zank. Heute in Alfonsos Bar war Humpel pikiert. Und wie bei einem alten Ehepaar war ich pikiert, weil er pikiert war. In der vorigen Woche habe ich ihm das von Nikita erzählt. Was ich jetzt bereue. Da er sich in alles einmischen muss, hat er mir angeboten, mit einem Hautarzt in Pozuelo zu sprechen, damit der Junge schnell einen Termin bekommt, wobei er mir zu verstehen gibt, dass sein Wort in der Praxis dort einiges Gewicht hat. Heute Nachmittag behauptet er, dass ich damit einverstanden gewesen wäre. Doch zwischen einverstanden sein und zulassen, dass er die Behandlung meines Sohnes organisiert, besteht ein beträchtlicher Unterschied. Ich will es nämlich an anderer Stelle versuchen, hauptsächlich, weil es nach Pozuelo de Alarcón ziemlich weit ist. Ich habe eine private Hautklinik ganz in meiner Nähe gefunden, die zudem noch nachmittags ab vier geöffnet ist, was mir sehr gelegen kommt. Ich habe angerufen. Eine freundliche Stimme meldete sich. Nachdem ich die Krankheit meines Sohnes beschrieben hatte, bekam ich einen Termin für die Erstuntersuchung schon früher als gedacht, was mich auf den Gedanken brachte, dass es wahrscheinlich teuer werden würde, was sich später dann auch bestätigte. Macht aber nichts. Amalia übernimmt ja die Hälfte der Kosten. Und selbst wenn dem nicht so wäre, würde ich mit Freude die Gelegenheit wahrnehmen, Nikita zu helfen und mich dadurch bei ihm ein bisschen beliebt zu machen. Nun gut, das alles erzähle ich Humpel und sehe gleich, dass er eine verdrießliche Miene aufsetzt. Er hat nämlich die Dermatologin in Pozuelo wegen derselben Sache angerufen. Was soll er der

Fachärztin jetzt sagen? Eigentlich wollte ich ihm verraten, dass ich Águeda gestern eine anonyme Nachricht in den Briefkasten gesteckt habe; doch jetzt halte ich lieber den Mund. Alles zu seiner Zeit. Und schon kommt die Genannte mit ihrem dicken Hund in die Bar. Ihr flattern die Nerven, wenn sie an die Fahrschulprüfung am kommenden Freitag denkt. Bei mir setzt eine Sekunde der Herzschlag aus. Ich habe genau auf jeden ihrer Blicke, jede Geste und jedes Wort geachtet, weil ich gespannt war, ob sie sich durch irgendeine Winzigkeit verrät. Aber nichts. Nachdem wir uns von unserem Freund verabschiedet haben, sind wir zusammen ein Stück die Straße hinuntergegangen, sie und ich allein mit unseren Hunden. Wir haben über alltägliche Dinge wie den Verkehr geredet, ohne dass Águeda die kleinste Bemerkung über den Zettel in ihrem Briefkasten gemacht hat. Ich habe ihr für die Fahrprüfung viel Glück gewünscht.

7

Jetzt, da sich der Termin für die Erstuntersuchung in der Hautklinik nähert, denke ich oft an Nikita. Vor fünfundzwanzig Jahren haben Amalia und ich uns glücklich wie Kinder vorgestellt, was einmal aus unserem Sohn werden würde. Sie mit ihrem dicken Bauch kurz vor der Geburt; ich an ihrer Seite, beide ans Kopfteil unseres Bettes gelehnt, träumten wir vergnügt mit offenen Augen.

Wir stellten uns vor, die Frucht unserer Vereinigung würde Regierungschef von Spanien oder der Entdecker eines wirksamen Mittels gegen den Krebs; er war noch gar nicht auf der Welt, da ernannte ihn Amalia schon zum Doktor *honoris causa* mehrerer hoch angesehener ausländischer Universitäten; ich sah ihn mit Frack und Schleife bei seiner Rede zum Eintritt in die Königliche Akademie. Während wir auf die Geburt warteten, schlugen wir die Zeit mit solchen Gedanken von berauschendem Optimismus tot. Am Ende stand gewöhnlich der von ihr oder mir gesprochene Satz: «Er soll selbst entscheiden, was aus ihm wird.» Wenn einer von uns sich düster über die Zukunft des Kindes äußerte, fand der andere sofort ein tröstendes Wort. «Hoffen wir, dass er von meinem Vater nicht die Schuppenflechte erbt.» «Das wird er auf keinen Fall. Meine Gene werden das zu verhindern wissen.» Manchmal war ich es, dem ein fataler Gedanke kam: «Hoffentlich wird er kein Faschist oder Pfaffenfreund.» «Bist du verrückt? Wir erziehen ihn nach den Prinzipien von Demokratie und Fortschrittlichkeit. Und wenn er schwul wird, wird er eben schwul.» «Hauptsache, kein Reaktionär.» Der Junge, dessen Geschlecht wir aufgrund der Ultraschallbilder kannten, kam, rot und schreiend, zur vorgesehenen Zeit auf die Welt. Er wog viereinhalb Kilo und trank, als wollte er seine Mutter austrocknen. Er war kerngesund. Er wuchs kräftig und gesund weiter heran und veränderte nach und nach unser Leben, nicht gerade zum Besseren, ohne dass wir es merkten. Er lernte erst sehr spät sprechen, doch das hielt der Kinderarzt bei mehreren Gelegenheiten für bedeutungslos. Ich war den ganzen Tag niedergeschlagen bei diesen Gedanken an meinen Sohn.

8

Mein Bruder und meine Schwägerin brüsteten sich bei jeder Gelegenheit mit ihren vorbildlichen Töchtern, oft auch in Gegenwart unseres Kleinen mit verrotzter Nase, schokoladenverschmiertem Mund oder Tomatensoßenflecken auf dem Hemd. Sie gaben mit deren Erfolgen, Intelligenz, Fleiß, Benehmen und so vielen Fähigkeiten an, die Nikita gar nicht kannte. Amalia brachte das schier um den Verstand. Sie konnte ihre Schwäger und Nichten nicht ausstehen, obwohl Cristina und Julia, so brav und so artig, keine Schuld an dem Dünkel ihrer Eltern hatten. Das Zusammensein mit ihnen vermieden wir so weit wie möglich, da wir uns das demütigende Gefühl ersparen wollten, wenn sie sich darüber erstaunt zeigten, welche einfachsten Dinge Nikita in einem Alter noch nicht kannte oder konnte, in dem ihre Töchter offenbar schon kleine Professorinnen waren. Wir trösteten uns mit dem Gedanken, dass Jungen sich später entwickeln als Mädchen und dass der Tag käme, an dem unser Sohn sich problemlos mit seinen Cousinen würde messen können. Wenn er noch nicht wie sie mit sechs Jahren Schach spielen kann, lernt er es eben mit zwölf oder vierzehn, was soll's, es gibt viele Umwege im Leben et cetera. Jede Hoffnung verlor ich, als Nikita in die Schule kam. Was bis dahin nur ein beunruhigender Verdacht gewesen war, wurde dort schlagartig zu schmerzlicher Realität. Es gab keinen Zweifel mehr, dass unser kräftiger gesunder Sohn die Herausforderungen des Lebens mit einem beschränkten Intelligenzquotienten würde meistern müssen. Ich erinnere mich noch genau an den Moment, als ich diese leidvolle Feststellung machte. Mit ihren didaktischen Fähigkeiten und ihrer Geduld am Ende, bat mich Amalia eines Nachmittags, dem Kind bei den Hausaufgaben zu helfen, sie könne nicht mehr, gestehe ihr Scheitern ein, gebe sich geschlagen. Damit Zahlen für Nikita keine abstrakten Gebilde mehr wären, kam ich auf die Idee, sie ihm mithilfe von Murmeln sichtbar zu machen. Die Eins, eine Murmel; die Zwei, zwei Murmeln, so in der Art. In der Folge versuchte ich, den Jungen Additionen und Subtraktionen vornehmen zu lassen, indem er je nach Aufgabe bunte Kugeln hinzufügte oder entfernte. Nikita verlor zwar häufig die Konzentration, doch insgesamt führte ihn das Spiel zu mehr oder weniger korrekten Ergebnissen, die er in sein Schulheft eintrug. Die Eintragungen musste ich immer überwachen, da ihm vollkommen egal war, wo er die Rechenergebnisse hinschrieb. In der Zeit wurde mir auch mit brutaler Deutlichkeit klar, dass mein Sohn unfähig war, den Sinn der Null zu erkennen. Ich versuchte es ihm auf alle möglichen Arten und Weisen zu erklären: mit Murmeln, mit Kaffeebohnen, mit Schokoladenstücken. Vergebens. Ich betrachtete ihn halb traurig, halb fasziniert: seine schwarzen Locken, die breite Stirn, die zarten Händchen. Und plötzlich fühlte ich meine Muskeln schlaff werden, meine Gedanken verschwimmen und eine große Leere in meinem Innern, als wären meine Knochen und Organe nur noch verbrauchte Luft. In meiner unüberwindlichen Kraftlosigkeit richtete ich meinen Blick aufs Fenster, in dem ein paar nachmittägliche Wolken auf der gegenüberliegenden Dachterrasse zu sehen waren. Und dort, zwischen den Fernsehantennen, stand mein erwachsener Sohn in seinem weißen Hemd und schwarzen Frack mit schwarzer Schleife und hielt eine mit Fehlern gespickte Rede für die Aufnahme in die Königlich Spanische Akademie. Morgen begleite ich ihn zur Hautklinik. Er steht wirklich unter keinem guten Stern, der Junge.

9

Während wir warteten, dass er aufgerufen wurde, zeigte sich Nikita nervös, weil er seine Eier und seinen Pimmel einer Dame vorzeigen sollte. «Sprich leiser, und wenn du drinnen bist, sag bitte Hoden und Penis.» Er fragt mich, was ich an seiner Stelle tun würde und ob es nicht reichte, Ellenbogen und Rücken zu zeigen und hinterher dann auch den Rest zu behandeln, ohne dass die Hautärztin davon etwas mitkriegt. Solch heilige Einfalt löst in mir eine Anwandlung von Zärtlichkeit aus, und ich bin stark versucht, Nikita in meine Arme zu schließen. Beim Verlassen der Klinik machte der Junge einen erleichterten, sogar zufriedenen Eindruck. Auf dem Weg zur Apotheke gesteht er mir, dass er tagelang Angst hatte, ihm könnten Spritzen verschrieben werden. Das hat ihm ein Mitbewohner prophezeit, der sich «in dieser Chose» anscheinend auskennt. Ich frage ihn nach den Ratschlägen, die die Hautärztin ihm doch sicher mitgegeben hat. Er lacht: «Ich soll nicht rauchen, mich bloß nicht tätowieren lassen, keinen Stress und keinen Alkohol, keine Schokolade, keinen Kaffee, nichts Scharfes und was weiß ich nicht noch alles. Was ist denn das für ein Leben?» Und er findet es witzig, dass die Hautärztin ihn mit einer Lupe untersucht hat. «Sie war wohl der Meinung, dass deiner sehr klein ist.» «Meiner ist größer als deiner, Papa. Wir haben sie mal verglichen, weißt du noch?» «Und wenn meiner in letzter Zeit gewachsen ist, he?» «Jetzt hör aber auf.» Recht hat er, und das sage ich ihm. Ich bin glücklich, dass er Scherze macht, und ich bedaure die viel zu vielen Tage, die wir nach der Scheidung nicht zusammen sein konnten. Mein Sohn. Mein furchtbarer, einfältiger Sohn, der größer und stärker ist als ich. Mein Sohn, der heute, ohne es zu wissen, der trügerischen und kostspieligen Hoffnung auf Salben, Spezialshampoos und Kortikoide aufgesessen ist. In der Straße, in der sich die Apotheke befindet, gibt es auch einen Metzger. Als wir vor dem Laden stehen, schlage ich Nikita vor, uns ein paar Steaks, ein paar Würste, was er will, zu kaufen und uns bei mir ein schnelles Abendessen zuzubereiten, bevor seine Arbeit in der Bar beginnt. Ich verspüre ein großes Bedürfnis, das Zusammensein mit ihm zu verlängern. Ebenso kann ich mir aber vorstellen, dass es ihn zu seinen Leuten zieht und dass er mit Nein antworten wird. Zum Glück irre ich mich. Wie sich herausstellt, hat Nikita ein Faible für die Gastronomie entwickelt. In der Bar macht er die Sandwiches und Tapas, und er kocht oft für seine Mitbewohner. Er will mir unbedingt zeigen, was er draufhat. «Und wie hast du das alles gelernt?» «Einfach angefangen.» Seine Bedingung ist, dass er das Fleisch panieren und braten und spätestens um neun die Biege machen darf. Einverstanden. Wir bitten den Metzger, dass er uns zwei Hühnerbrüste filetiert. Alles andere (Panade, Eier, Ketchup, Zutaten für Salat oder Nachtisch) habe ich zu Hause.

Vor der Haustür lasse ich ihn aussteigen und gebe ihm den Schlüssel, damit er sich schon um die Filets kümmern kann, während ich den Wagen in die Tiefgarage fahre. So gewinnen wir Zeit. Wie wunderbar, dass wir uns verstehen, denke ich. Und erst als ich den Zündschlüssel abziehe, bemerke ich den katastrophalen Fehler, den ich begangen habe. Tina! Tina völlig unbekleidet in Koitusstellung auf dem Wohnzimmersofa. Ich verspüre den unwiderstehlichen Drang, loszurennen, doch es ist zu spät.

10

Von Humpel erfahre ich, dass Águeda heute Nachmittag versucht hat, mich zu Hause anzurufen. Meine Handynummer, klopf, klopf, klopf, kennt sie nicht, und mein Freund hat strengstes Verbot, sie ihr mitzuteilen. Sie will mich wirklich nicht belästigen, aber heute ist ein besonderer Tag. Ein besonderer? Für Águeda, ja; sie hat die Fahrprüfung bestanden und kann es gar nicht mehr abwarten, das Ereignis mit uns zu feiern. Sie will uns in der Bar die Einzelheiten ihrer Großtat berichten und uns zu einem Snack einladen. Humpel: «Du glaubst nicht, wie dankbar sie dir ist.» Eigentlich hätte sie schon da sein müssen. Der Blumenstrauß, den Humpel auf den Tisch gestellt hat, ist vermutlich für sie, was mich in eine etwas unvorteilhafte Lage bringt. «Du wirst als der große Kavalier dastehen.» «Wenn du willst, schenke ich ihr die Blumen in unser beider Namen.» «Ich schenke ihr später lieber ein Diamantcollier oder ein Rennpferd.» Bevor Águeda kommt, berichte ich meinem Freund noch schnell, dass Nikita gestern Tina entdeckt hat. Er lässt dazu einen seiner typischen Scherze vom Stapel, deren Hauptmerkmal darin besteht, dass nur er allein sie witzig findet, und feiert ihn dann mit diesem brüllenden Gelächter, das sämtliche Blicke im Lokal auf uns zieht. Ich spreche nicht weiter, denn gerade betreten ein dicker Hund und ein breites Lächeln, hinter dem sich Águedas Gesichtszüge verbergen, die Bar. Auf ihre übersprudelnde Art teilt sie uns die neueste Nachricht mit, die wir ja schon kennen. Wir beglückwünschen sie von ganzem Herzen, und Humpel überreicht ihr feierlich, schleimig, zwanzig Peitschenhiebe wert, den Blumenstrauß. Ich bemerke, dass Águeda sich mir zuwendet, falls ich auch die Absicht habe, sie zu beschenken. Und in einer Geste, die sie ehrt, wendet sie den Blick schnell wieder ab, um mir Peinlichkeit zu ersparen. Sie erzählt und erzählt. Und in einer Kurve. Und kurz vor einer Ampel. Und die ganze Zeit hinter einem Lastwagen. Und zum Glück hat sie rechtzeitig auf die Bremse getreten. Sie übernimmt die Rechnung und erklärt, dass dies aber nicht der kulinarische Höhepunkt ist, zu dem sie uns einladen wollte. Das große Fest findet am Sonntag bei ihr in der Wohnung statt. Ich flehe mein Gehirn an: «Bitte gib mir einen Vorwand, der mich von dem Besuch befreit.» Doch das Gehirn – «Ach, es lag im Sterben» und war auch zu unbesonnen – lässt mich im Stich, als ich es am dringendsten brauche. Wir verlassen das Lokal, Águeda mit ihrem Maskottchen, ich mit meinem, Humpel mit seiner Prothese und den Blumen, die unsere Freundin in der

Bar vergessen hatte. Mein Freund bietet sich an, sie in seinem Wagen nach Hause zu bringen und sie sogar – kühnste aller Kühnheiten – fahren zu lassen. Águeda lehnt das Angebot unter dem Hinweis ab, dass sie den provisorischen Führerschein noch nicht bekommen hat, und auch wenn sie ihn hätte, sich noch zu unsicher fühlt. Außerdem soll sich der dicke Hund ein bisschen bewegen. Also verabschieden wir uns von unserem Freund und gehen ein Stück zusammen, nehmen die ganze Breite des Bürgersteigs ein, sie mit dem dicken Hund und den Blumen, ich mit der von Geburt an bewundernswert sanftmütigen *Pepa*. Den Dicken überkommt vor dem Schaufenster eines Optikergeschäfts ein dringendes Bedürfnis; er krümmt den Rücken und produziert eine farbig auf sein Fell abgestimmte Hinterlassenschaft. Sein Exkrement ist so schwarz, dass ich mich frage, ob er sich vorrangig von Tintenfischen in eigener Tinte ernährt. Seinem Frauchen muss ich mit einer meiner Plastiktüten aushelfen, da die Gute ihre zu Hause vergessen hat. Als ich das Tütchen aus der Jackentasche fische, berühren meine Fingerkuppen noch etwas anderes. Und während Águeda sich bückt, um die Kacke meines Namensvetters einzusammeln, stelle ich fest, dass es sich um drei Papierstückchen in den Farben der Flagge der Zweiten Republik handelt, von denen, die ich in den Osterferien in meinem Hotelzimmer in San Lorenzo de El Escorial bemalt habe. Ich habe gar nicht gewusst, dass sie noch da waren. Ich warte, bis Águeda den Beutel in einen Papierkorb entsorgt hat, und lege die winzigen Fähnchen dann in ihre Handfläche. «Dies ist mein Geschenk. Ich hoffe, dir gefällt es, auch wenn der materielle Wert minimal ist.» Ich glaube, in einer solchen Situation würden Millionen anderer Menschen vermuten, dass sie auf den Arm genommen werden, und so mancher würde harsch reagieren. Águeda nicht. Ich hatte sogar kurz das Gefühl, dass sie gerührt war. «Ich liebe diese kleinen

Dinge.» Unter dem Licht einer Straßenlaterne bleiben wir stehen, und sie wiederholt ihren Dank. Sie glaubt, ohne meine Hilfe, ohne die Tricks, die ich ihr gezeigt habe, und ohne mein Auto, ähnlich dem bei der Prüfung, hätte sie die Prüfung nicht bestanden. Sie hat sogar beim ersten Versuch fehlerlos eingeparkt. Unerklärlich für sie. Auch für den Fahrlehrer, der gar nicht mehr aufhören konnte, seiner Verwunderung Ausdruck zu geben, als er sie beglückwünscht hat.

11

Mit Humpel im Thyssen, in dem bis Ende des Monats eine Balthus-Retrospektive gezeigt wird. Über vierzig Gemälde aus verschiedenen Schaffensperioden des Malers. Es gibt etwas von allem, auch eine reiche Auswahl von Mädchen mit nackten Muschis in enthemmten Posen. Interessant. Ich sehe an diesen Wänden keinen Holbein oder Caravaggio, allerdings auch kein Gekleckse vom derzeit angesagten Scharlatan. Mein Freund, der die Nähe meiner Ohren ausnutzt, um mir eine Dreiviertelstunde lang gelehrte Vorträge über dieses und jenes zu halten, ist der Meinung, dass die Mentalität, mit der wir – zum Guten oder zum Schlechten – aufgewachsen sind und die sich nach seinem Dafürhalten durch Tabubrüche auszeichnet, an ihr Ende gekommen ist, zumindest als Modell für die kulturelle Hegemonie in dem Teil der Welt, den wir bewohnen. «Bilder wie diese, von nackten Mädchen im besten Vögelalter – die Kinderschützer mögen es mir nachsehen – werden schon bald in Kellern oder auf dem Scheiterhaufen landen.» Die kommenden Generationen werden den Preis für unsere Freiheit bezahlen. Humpel bezeichnet den Dienstag, 11. September 2001, an dem die Zwillingstürme in New York fielen, als das Datum, an dem der Lauf der Geschichte eine neue Richtung nahm. Er ist fest davon überzeugt, dass die Sittenwächter wieder an die Macht kommen. Das Pendel der Geschichte tut, was es immer tut: von einem Ende zum anderen schwingen, und in diesem Fall schwingt es zurück zu autoritärer Gesetzgebung, Zensur und Repression. Mein Freund spuckt giftig-gallige Urteile in die Museumssäle: Epoche des Rückschritts, Gipfel des Puritanismus, schlechte Zeiten für politische Unkorrektheit und Kreativität. Dies Letzte sagt er mir vor dem berühmten Bild des Mädchens, das sein Höschen sehen lässt. Was für ein Glück, dass er es noch sehen kann, sagt er, bevor es aus dem Verkehr gezogen wird. Und spöttisch: «Ist doch so, ich spüre schon die ersten Symptome von Päderastie zwischen den Beinen. Wenn du mich mal vor einem Kinderwagen onanieren siehst, schütte mir bitte kaltes Wasser in die Hose.» Er hält sich für überflüssig in einer Gesellschaft, wie sie sich abzuzeichnen beginnt. Ich bin abrupt stehen geblieben, so, als würde ein Bild meine Aufmerksamkeit erregen, und habe Humpel allein weitergehen gesehen, gestikulierend und vor sich hin palavernd. Im Museumscafé wollte er Einzelheiten über das Zusammentreffen meines Sohnes mit Tina erfahren. Was ich ihm gestern erzählt habe und was durch Águedas Eintreffen unterbrochen wurde, reicht ihm nicht. Ich merke, dass er seinen Spaß haben will. Zwischen kleinen Schlucken von meinem Milchkaffee gebe ich Humpel eine Zusammenfassung von dem, was sich vergangenen Donnerstag in meiner Wohnung zugetragen hat. Ich würde ihm mehr erzählen, ich würde ihm alles erzählen, sogar den gefühlvollen Teil, wenn es nicht so wäre, dass ihn meine kleine und gewiss auch triviale Geschichte eigentlich gar nicht interessiert. Er ist nur darauf aus, eine Reihe witziger Details zu hören, die ihm Grund für ausgiebiges Gelächter geben. Er stellt sich eine Slapstickszene aus dem Kino vor; aber da irrt er sich. Mein Sohn sah die Sexpuppe schon beim ersten Schritt in die Wohnung. Er gestand mir (und das wird Humpel nie erfahren), dass er sie im ersten Moment für eine echte Frau gehalten hatte. Er hat ihr sogar Guten Tag gesagt. Zwei oder drei Sekunden der Verwirrung, sonst nichts. Danach sah er klar, und ich tat ihm leid. Ich war gerührt von seinen gut gemeinten Versuchen beim Abendessen, mich moralisch aufzurichten. Und er wetterte gegen seine Mutter, die er abgrundtief hasst. Er wirft ihr vor, mich abserviert zu haben, «um mit Tussis ins Bett zu gehen». Er schämt sich, der Sohn «so einer Sau» zu sein, und glaubt – natürlich zu Recht –, dass ich mich mit der Puppe tröste. «Sie heißt Tina, und ich unterhalte mich viel mit ihr. Wenn du willst, leihe ich sie dir einmal aus.» Das fand er nicht witzig. Das Witzige daran hat er vielleicht nicht einmal verstanden. Was Ironie angeht, ist mein Sohn nicht der Beschlagenste. Im Flur haben wir uns vor dem unbewegten Blick seines Großvaters umarmt. Davon habe ich Humpel im Café des Thyssen auch nichts erzählt. Es war eine lange, wortlose Umarmung. Die intensivste Umarmung unseres Lebens. Egal wie viele Türme einstürzen; diese Umarmung kann mir keiner mehr nehmen. Ich habe Nikita versprochen, ihm bei seinem Hautproblem zu helfen, und noch einmal seine panierten Filets gelobt. Als er den Fahrstuhl betrat, hat er mir mit zwei Fingern das Victory-Zeichen gemacht. Nikita, wenn du eines Tages diese Zeilen liest, wirst du wissen, dass ich dich geliebt habe, obwohl du im Großen und Ganzen eine Katastrophe warst, wie wir es, jeder auf seine Weise, ja wohl alle sind. Ich weiß nicht, warum ich dir nie gesagt habe, dass ich dich liebe. Vielleicht aus Schüchternheit. Möglicherweise bin ich am Ende und nach so vielen gelesenen Büchern auch nur dumm. Entschuldige jedenfalls.

12

Dem Stapel anonymer Nachrichten entnehme ich eine aus der Zeit, als ich schon in La Guindalera wohnte. Ich hatte mir gerade ein anderes Auto gekauft, nachdem mir in der Werkstatt gesagt worden war, dass das alte eine kostspielige Reparatur nötig hätte. Wer immer mich beobachtete, dürfte davon nichts gewusst haben und musste glauben, ich würde über meine Verhältnisse leben. In der Nachricht bezeichnete er mich spöttisch als Herr Graf und deutete an, ich würde mich als Geldsack aufspielen. Zum Schluss bezweifelte er, dass mein Gehalt «als kleiner Lehrer» eine solche Ausgabe verkraftete. Ich habe den leisen Verdacht, dass die Person, die den Text geschrieben hat, keine Ahnung von Autos hatte, jedenfalls nicht genug, um zu erkennen, dass ich mir einen Wagen aus zweiter Hand zugelegt hatte, wenngleich sein Top-Zustand das nicht vermuten ließ. Das war auch der Grund, warum ich ausgerechnet diese Nachricht ausgewählt habe. Ich habe sie eingesteckt und mit zu Águeda genommen für den Fall, dass sich eine Gelegenheit böte, sie in ihren Briefkasten zu werfen. Sollte das aus welchen Gründen auch immer nicht möglich sein, würde ich sie wieder in den Stapel stecken und auf eine neue Gelegenheit warten. An den Rand des Zettels habe ich geschrieben: «Erkennst du deine Handschrift?» Ich halte es für unmöglich, dass Águeda nicht reagiert, falls sie tatsächlich die Verfasserin ist. Von der, die ich ihr letzten Montag in den Kasten geworfen habe, hat sie keinen Mucks gesagt.

13

Das Essen in der Tischrunde am Sonntag hat sich bis beinahe fünf Uhr nachmittags hingezogen. Selbst gemachter Nachtisch, Konversation, Kaffee und noch mehr Kaffee, am liebsten wäre ich schon eine Stunde früher gegangen. Immer wieder habe ich auf die Uhr an der Wand geschaut, doch nie eine Gelegenheit gesehen, meinen Abgang zu verkünden. Den Schwindel von einem Haufen zu korrigierender Klassenarbeiten hätte mir sicher keiner der Anwesenden abgenommen, angefangen bei Humpel, der mit vom Wein gelockerter Zunge möglicherweise wieder einen seiner unmöglichen Scherze losgelassen und mich bloßgestellt hätte. Auch die Ausrede, *Pepa* Gassi führen zu müssen, stand mir nicht zur Verfügung, da ich sie auf ausdrücklichen Wunsch Águedas und Humpels mitgebracht hatte. Diesmal hatte der kurzatmig hechelnde dicke Hund, ich weiß nicht, ob aus Lebensmüdigkeit oder nur aus Müdigkeit, davon abgesehen, uns mit seinem gewohnt unfreundlichen Knurren zu empfangen. Humpel war der Erste, der ging. Er hatte sich mit einem Arbeitskollegen um sieben Uhr zum Stierkampf in Las Ventas verabredet. Er weiß, dass er bei diesem Spektakel auf mich nicht zählen kann, und allein gehen mag er nicht; auch nicht ins Theater oder ins Kino, praktisch nirgendwo hin, wo Gedränge herrscht. Außer Humpel und mich hatte Águeda noch einen Typen mit Vollbart und dicken Brillengläsern eingeladen, einen Aktivisten der Izquierda Unida, wie er selbst verriet, kurz nachdem wir uns vorgestellt worden waren. Und für jeden, der noch Zweifel an seinen politischen Präferenzen haben konnte, trug er am Jackenaufschlag einen roten Stern mit Hammer und Sichel im Siegeskranz. Humpel konnte der Versuchung nicht widerstehen und fragte ihn betont harmlos, ob es sich dabei um einen Orden handelte. «Ach was. Den habe ich für einen Euro auf dem Flohmarkt gekauft.» Vervollständigt wurde die Gästeliste durch zwei Frauen in unserem Alter, die offenbar stark sozial engagiert und sehr links waren, wie die Gastgeberin wissen ließ, die Humpel und mich noch vor zwei Tagen gebeten hatte, im Gespräch mit den anderen Gästen politische Themen zu vermeiden. Humpel zeigte sich so versöhnlich und moderat in allem, was er sagte, wie ich es lange nicht mehr von ihm gehört habe. Er fand sich sogar mit den Argumenten des Bärtigen für die Errichtung eines föderalen Systems in Spanien sowie für die Zweckmäßigkeit eines rechtskräftigen Volksentscheids in Katalonien ab. Manchmal vertrat er, ruhig und wohlerzogen, eine andere Meinung, ohne jedoch hitzig oder laut zu werden, und alle Gespräche verliefen in friedlichen Bahnen, bis nach der zweiten Runde Kaffee das Thema Stierkampf aufkam und es mit Friedlichkeit und Verständnis schlagartig vorbei war. Schon bei den ersten Einwänden gegen die Corrida fühlte sich mein Freund in seinem Selbstwertgefühl gekränkt und sprang auf, als hätte er auf einer heißen Ofenplatte gesessen. Er gab Águeda einen schallenden Kuss auf jede Wange, wünschte uns allen mit der stolz gewölbten Brust des Toreros einen schönen Sonntag, schleuderte seine imaginäre Stierkämpfermütze auf den Tisch und schritt erhobenen Hauptes hinaus, nicht ohne uns zum Abschied noch mit einem seiner Kalauer zu beglücken: «Ich gehe mich jetzt an den Qualen sechs bulliger Gehörnter ergötzen. Mit Ihrer Erlaubnis, meine Damen und Herren, es lebe die Republik, es lebe der König.» Die ganze Zeit über erschien mir Águeda seltsam verzagt; natürlich weniger gesprächig als sonst. Einige spaßige Bemerkungen über ihre Fahrprüfung entlockten ihr nur ein mattes Lächeln. Sie hatte sich mit der Bewirtung ihrer Gäste schlicht übernommen. Allein die Zubereitung des Biskuitkuchens mit Joghurt und Orangen und der Heidelbeertorte mit Nüssen musste Stunden gedauert haben. Wir erfuhren, dass sie den ganzen Vortag damit beschäftigt gewesen war, Speisen und Getränke einzukaufen, und bis tief in die Nacht Festvorbereitungen getroffen hatte. Den ganzen Sonntagvormittag hatte sie seit den frühen Morgenstunden in der Küche gestanden. Überflüssig, zu sagen, dass wir Gäste uns darin überboten, ihr zu danken und unser Lob auszusprechen. Sie saß in wer weiß welche Grübeleien vertieft mir am Tisch gegenüber, und ich ertappte sie bei etwas, das mir nicht unvertraut war. Und nach kurzer Zeit wieder. Sie hatte den Kopf in die Hände gestützt, und weil sie sich vielleicht unbeobachtet fühlte, schloss sie für einige Sekunden die Augen, als wäre sie kurz eingenickt, derweil wir Übrigen uns lebhaft unterhielten, wobei der Bärtige und eine der Frauen das große Wort führten. Ich fühlte mich sofort an Mama erinnert, die in ähnlichen Situationen auf gleiche Weise die Augen schloss und, mit Leuten um sich herum, ganz still wurde. Später brachte ich, um mich von der Konversation zu erholen und ein wenig zu helfen, mein Geschirr und das von Humpel, der zu der Zeit schon gegangen war, in die Küche und sah beim letzten meiner Gänge Águeda am Fenster stehen, den Blick auf die Straße gerichtet. Ich trat zu ihr und sah ihre Tränen. «Du hast Kopfschmerzen, stimmt's?» Sie nickte und entschuldigte sich dafür, dass sie sich nicht so um uns kümmerte, wie sie es gern getan hätte. Um sie brauche ich mich nicht zu sorgen, sie sei das gewohnt, sobald sie allein wäre, würde sie eine Tablette nehmen und zu Bett gehen. Die gleichen oder ganz ähnliche Worte hatte ich Dutzende Male in meinem Elternhaus aus dem Mund meiner Mutter vernommen. Wieder im Wohnzimmer, unterbrach ich die Unterhaltung der dort noch Anwesenden und erklärte ihnen, was los war. Ich schlug vor, alle zusammen den Tisch abzuräumen. Die drei standen sofort auf, und zack, zack hatten wir Besteck und Geschirr abgeräumt, die Abfälle in die Mülltonne geworfen, und Águeda bedankte sich bei uns und sagte, am nächsten Tag würde sie putzen und aufräumen. «Kommt gar nicht infrage», fuhr sie eine der Frauen in autoritärer Solidarität an. Mir schien jetzt endlich der Moment gekommen, mich zu verdrücken. Ich glaube, der Bärtige, der es ziemlich gut verstand, sich vom Epizentrum der Arbeit fernzuhalten, fragte sich auch, warum er noch länger bleiben sollte, da es doch hemdsärmelige Frauen gab, die freiwillig sauber machen wollten; dabei hatte der Mann noch beim Mittagessen großspurig einem maskulinen Feminismus gehuldigt. Zuerst ich und kurz darauf auch er verdrückten wir uns wie zwei schlitzohrige Lumpen. Im Hausflur blieb ich vor den Briefkästen stehen. Was tun? Werfe ich den Zettel mit der Nachricht ein oder nicht? Wenn ich an Águedas bemitleidenswerten Zustand dachte, erschien es mir grausam, sie noch weiter zu quälen. Andererseits konnte man vernünftigerweise davon ausgehen, dass sie erst am nächsten Tag aus dem Haus gehen würde. Bis dahin wäre so viel Zeit vergangen, dass sie den Zettel kaum noch mit mir in Verbindung brächte, es sei denn, es wäre tatsächlich ihre Handschrift; dann wäre ihr weiteres Schweigen und Verstellen ebenso sinnlos wie meines. So grübelnd hörte ich, wie der Bärtige sich oben an der Wohnungstür von den Frauen verabschiedete. Seine Schritte auf der Treppe ließen jeden Zweifel schwinden; hastig stopfte ich den Zettel in den Briefkasten und machte mich, mit *Pepa* an meiner Seite, auf den Weg nach Hause.

14

Vergangene Nacht starb meine Nichte in einem Krankenhaus in Saragossa an ihrer Krankheit. Sie war ein Jahr jünger als Nikita. Ich habe es von ihrer Schwester erfahren. Ich war nicht zu Hause, als Cristina mir eine kurze Nachricht auf dem Anrufbeantworter hinterließ. Als ich von der Schule kam, habe ich sie angerufen. Bewundernswert gefasst hat sie mir erklärt, dass weder ihr Vater noch ihre Mutter zurzeit in der Lage sind, ans Telefon zu gehen, und dass sie deshalb die traurige Aufgabe übernommen hat, Verwandten und Bekannten die Nachricht zu übermitteln. Wir haben nicht lange gesprochen, drei oder vier Minuten, denn außer der einen oder anderen Frage zu Julias Ende und den Worten meines tief empfundenen Beileids habe ich nichts zu sagen gewusst. Cristina schien mir der Inbegriff von Gefasstheit und Vernunft zu sein. Sie hat mir abgeraten, mich jetzt mit meinem Bruder in Verbindung zu setzen. «Papa ist völlig am Boden. Mama geht es etwas besser.» Gut fand sie meine Idee, ihren Eltern mit einem kurzen Brief zu kondolieren. Offenbar hatte die Behandlung in der Essener Klinik nicht zu dem erhofften Ergebnis geführt; trotzdem, sagte Cristina, war ihre Schwester von dort mit neuem Lebensmut heimgekommen und hatte ausgesehen, als sei eine Besserung eingetreten. Die Beerdigung wird kommenden Freitag auf einem Friedhof in Saragossa sein. Ich habe mein Nichterscheinen damit begründet, dass ich arbeiten muss. Cristina: Ich soll mir keine Gedanken machen, sie versteht das gut, und ihre Eltern wollen ohnehin, dass die Feier im kleinen Kreis stattfindet. Nach dem Telefonat mit meiner Nichte bin ich in der Wohnung auf und ab gegangen, den Kopf voll mit Bildern der munteren, unbekümmerten Julia, als könnte die Arme auf diese Weise ein Stückchen von dem Leben zurückbekommen, das sie verloren hat. Während der Wanderungen zwischen Fluranfang und meinem Zimmer kam mir unwillkürlich mein Teil von Mamas Erbe in den Sinn, den ich ihnen zur Deckung der Kosten für Julias und ihrer Mutter Fahrt nach Deutschland und den Aufenthalt dort überlassen hatte. Ich frage mich, ob sie alles ausgegeben haben. Falls nicht, werden sie mir den Rest zurückzahlen? Das sind gewiss kleinliche Gedanken, denen man nicht entgehen kann, die von ganz allein kommen und im Geiste wie ein Bildschirm aufleuchten. Ich habe einmal geträumt, ich hätte meine Ex-Frau, meinen Sohn, meinen Vater, Humpel, die Schuldirektorin (die besonders) und noch viele weitere Personen umgebracht; aber deshalb glaube ich noch nicht, dass ich blutrünstig bin oder im Wachzustand von Mordgelüsten getrieben werde. Es ist das blöde Gehirn, das sich die Langeweile mit brutalen Horrorfilmen vertreibt, die auf das wirkliche Leben keinerlei Auswirkung haben. Heute Nachmittag war ich mir unsicher, ob ich Alfonsos Bar aufsuchen sollte oder nicht. Es schien mir nicht mit der Trauer vereinbar, dort Bierchen zu kippen und mit meinem Freund zu flachsen und Frivolitäten und Nichtigkeiten auszutauschen, während der Körper, den wir Julia nannten, in der Kältekammer eines Krankenhauses liegt und Raúl und meine Schwägerin wahrscheinlich eine Zeit unerträglichen Leids durchmachen. Ich muss gestehen, dass meine Unsicherheit nicht lange währte. Was stört es meinen Bruder und dessen Frau, von der toten Tochter gar nicht zu sprechen, und dann noch so weit weg, wie sie sind, wenn ich meinen täglichen Gewohnheiten nachgehe? Mich trieb der Wunsch nach draußen, nicht mehr mit meinen Gedanken allein zu sein. Außerdem war ich neugierig, ob Humpel in meinem Verhalten, meiner Mimik oder Gestik oder in meinen Worten ein Anzeichen von Trauer bemerken würde. Ich habe ihm nichts vom Tod meiner Nichte erzählt, und ihm ist nichts an mir aufgefallen, das ihn veranlasst hätte, zu fragen, was mit mir los ist und wie es mir geht.

15

Letzte Nacht habe ich gut geschlafen. Kein Albtraum hat meine Ruhe gestört. Ich habe deswegen den ganzen Tag Gewissensbisse gehabt. Bedeutet mir der Tod meiner Nichte so wenig, dass mir ihr Gesicht nicht ein einziges Mal im Traum erschien? Als ich zur Arbeit gehe, sage ich zu Papas Foto an der Wand: «Papa, eine deiner Enkelinnen ist gestorben.» Aber Papa verharrt in seinem statischen Lächeln, und ich gehe in der Überzeugung zur Arbeit, dass unsere Familie aus einer Bande Gefühlloser besteht.

Nachdem ich gestern aus der Bar zurückkam, habe ich kurze Nachrichten an Amalia und Nikita geschickt und ihnen Julias Tod mitgeteilt. Amalia hat als Erste geantwortet. «Schrecklich», schrieb sie. Und dass sie zutiefst betroffen sei. Kurz darauf begann ihre Radiosendung. Ich hatte nicht den Eindruck, dass eine wenige Minuten zuvor als schrecklich bezeichnete Nachricht dem Klang ihrer Stimme oder ihrer guten Laune, die sie während der ganzen Sendung verbreitete, etwas hatte anhaben können. Ihre tiefe Betroffenheit ließ sie auch nicht mehr Fehler als gewöhnlich machen. Sie ist eben ein Profi vom Scheitel bis zur Sohle. Unbekümmert von Rechtschreibfehlern antwortete Nikita in den frühen Morgenstunden: «Scheiße, dass tut mir leid.» Heute, da die Leute elektronische Geräte als Kommunikationsmittel vorziehen, glaube ich, ist es nicht mehr so; aber zu der Zeit, als mein Vater starb, drückte man sein Beileid gewöhnlich auf dem Postweg aus, geschrieben auf Papier mit schwarzem Rand. Es gab natürlich auch andere Vorgehensweisen. Mama, zum Beispiel, stellte ein Tischchen mit einem Kondolenzbuch in den Hauseingang. In unserem Briefkasten fanden sich mehrere Umschläge mit schwarzem Rand. Ich habe nichts dergleichen. Normales Briefpapier, habe ich gedacht, würde für ein paar Zeilen an meinen Bruder und meine Schwägerin reichen. Das sind so Fälle, in denen man sich eine Frau an seiner Seite wünscht; eine sensible, aufmerksame Frau, die uns unbeholfenen Männern mit ihrer Geschicklichkeit hilft, in Situationen von emotionaler Hochspannung zu bestehen, die heikelsten Verpflichtungen würdevoll zu meistern. Wir Kerle sind dafür einfach zu dämlich. Zum Selbstschutz könnte jetzt jemand behaupten, das sei ein Gemeinplatz; aber selbst wenn dem so wäre, glaube ich nicht, dass er von der Wahrheit weit entfernt ist.

Ich habe angefangen mit: «Lieber Raúl, liebe María Elena». Danach kam ich schon nicht weiter. Das Problem war nicht, was ich sagen sollte, sondern wie ich es sagen sollte. Nach langen und quälenden Minuten vor dem weißen Blatt Papier habe ich Zuversicht und ein bisschen Inspiration bei einer Flasche Cognac gesucht, die ich vor ein paar Tagen gekauft habe, und dabei hatte ich schon in Alfonsos Bar reichlich getankt. Mit einiger Mühe habe ich an die zwanzig Zeilen zustande gebracht; aber es gab, glaube ich, keine einzige, die nicht konventionell und schwülstig und in ihrer kalten Pedanterie und gestelzten Mitleidigkeit abscheulich gewesen wäre. Am liebsten hätte ich Amalia angerufen und sie angefleht, mir am Telefon ein paar Sätze zu diktieren. Oder Águeda, und damit riskiert, dass sie sich mit Haut und Haar in meinem Leben einnistet. Oder Mama in ihrem Grab; wobei ich vermute, dass es gar nicht ans Telefonnetz angeschlossen ist. Und dann habe ich, einer spontanen Eingebung folgend, die Nummer meines Bruders gewählt. Mein betrunkener Finger hatte Mühe, die richtigen Tasten zu treffen. Ich musste es mehrmals versuchen. Ich würde direkt zur Sache kommen: «Hör zu, Raúl, erwarte von mir keinen Gefühlsausbruch. Ich will dir nur sagen, dass es mir leidtut und dass ich dich brüderlich umarme. Adios.» Meine Schwägerin war dran, und ihre Gefasstheit schien eine Kopie von Cristinas zu sein, wie ich sie gestern erlebt hatte. «Sprich lieber nicht mit Raúl. Er übersteht den Tag nur mit Beruhigungsmitteln. Ich sage ihm, dass du angerufen hast.» Meine Schwägerin versteht, dass ich am Freitag nicht nach Saragossa kommen kann. Sie und ihr Mann bedanken sich von ganzem Herzen für die Beileidsbriefe, die sie erreichen; zugleich wünschen sie, dass so wenige Leute wie möglich zur Beerdigung kommen. Sie vervollständigt die Informationen über ihre verstorbene Tochter, die Cristina mir gestern gegeben hat: Julias vorübergehende Besserung nach der Rückkehr aus Deutschland, der jähe Rückfall, die palliative Versorgung, das rasche Ende. Sie hat nicht leiden müssen, sie wird eingeäschert («Das wollte die Kleine so»), die Urne wird auf María Elenas Familiengrab beigesetzt. Ich merke, dass bei meiner Schwägerin, seit sie nach Saragossa gezogen ist, der aragonesische Akzent wieder stärker geworden ist, der fern von der Heimat schwächer geworden war. Sie hat sich so warmherzig verabschiedet, als sei sie es, die mich trösten müsste.

16

Ich betrete das Klassenzimmer zur ersten Unterrichtsstunde, und was sehe ich? Julia! Da sitzt sie in der Nähe des Fensters und schaut mich weder ernst noch fröhlich an. Mein Herzschlag setzt aus. Was tust du hier? Bist du nicht tot? Und auch: Sie muss aus dem Krematorium entwischt sein und will mich jetzt fragen, ob ich sie bei mir verstecken kann, und sei es nur für ein paar Tage. Verständlich. Wer lässt sich schon gerne einäschern, in eine Urne stecken und in der Erde verscharren? «Es war kein Traum», schreibt Kafka im zweiten Absatz von *Die Verwandlung*. Gregor Samsa bildet sich nicht ein, dass er in ein Ungeziefer verwandelt ist, sondern er ist es tatsächlich, seit dem Morgen, eine mit menschlichem Bewusstsein ausgestattete monströse Kreatur. Ich träume auch nicht. Ich habe mit meiner chronischen Müdigkeit, mit trockenem Mund und dem Wunsch, der gerade begonnene Tag möge bald wieder enden, das Klassenzimmer betreten. Ich werde hier meinen täglichen Dienst verrichten, der darin besteht, eine Horde Heranwachsender einzuschläfern, indem ich ihr eine Dosis langweiliger Begriffe eintrichtere, und mein Gehalt mit einem Vortrag über Philosophie zu rechtfertigen. Heute Morgen geht es um Nietzsche und die Krise der aufgeklärten Vernunft, so wie es uns die Lehrplantüftler verordnet haben. Für mich sind die Tage längst Vergangenheit, an denen ich meinen Unterricht vorbereitete, als würde er vor einem Riesenpublikum live im Fernsehen übertragen. Schon seit Jahren werfe ich, bevor ich aus dem Haus gehe, nur noch einen kurzen Blick auf die Lektion und rette mich im Klassenzimmer mit alten Notizen, sokratischer Mäeutik und improvisierten Debatten über die Runden. Mit meiner Aktentasche und gewaltigem Herzklopfen gehe ich zwischen den Tischen hindurch zu dem, an dem Julia sitzt, die mich anlächelt, als sie mich herankommen sieht. Ich stelle mich vor sie hin und frage: «Ane, wärest du wohl so freundlich, das Fenster zu öffnen? Es ist so warm hier drinnen.» Während ich unterrichte, denke ich, dass ich für die Schüler nur einer der langweiligsten Lehrer bin, wenn nicht der langweiligste der ganzen Schule. Da sie mit meiner Anwesenheit, meiner Stimme und meinen abgedroschenen Phrasen vertraut sind, glauben sie vielleicht, dass sie mich kennen; aber sie wissen nichts von mir, so wie ich kaum etwas von jedem von ihnen kenne. Sie wissen nichts von meinen Gedanken und Gefühlen, von meinen persönlichen Umständen, von dem, was ich außerhalb des Unterrichts tue; obwohl ich denke, dass das leicht zu erraten ist. Ich bin damit beschäftigt, zu überleben. Und das ist ein Vollzeitjob. Aber wie gesagt: Sie haben keine Ahnung. Auch Ane nicht, Ane Calvo, die eine erstaunliche Ähnlichkeit mit einer Nichte von mir aufweist, deren Asche morgen früh auf einem Friedhof in Saragossa begraben wird.

17

Ich sehe mich in der Überzeugung bestätigt, die ich gestern Nacht schriftlich formuliert habe. Die Schüler wissen nicht, was sich hinter dem Äußeren des langweiligen Lehrers verbirgt, den sie sehen, wenn ich vor ihnen stehe. Sie sind auch gar nicht daran interessiert, es herauszufinden. Es kümmert sie einen Dreck, und ich verstehe das und billige es. Auf ähnlich oberflächliche Weise dürften meine Lehrerkollegen mich kennen. Ich bezweifle allerdings, dass man das auch von Águeda behaupten kann. Bei der Frau habe ich den Eindruck, dass sie Röntgenaugen hat, mit denen sie die Gedanken ihrer Mitmenschen sehen kann, und nicht selten fühle ich mich nackt, wenn sie ihren bohrenden Blick auf mich richtet. Vorsicht, Vorsicht. Gestern, Mittwoch, hat sie mich wieder am Ausgang der Markthalle abgepasst. Der Anlass war diesmal ein freudiger: Sie hat mir ein Stück Biskuitkuchen geschenkt, das am Sonntag übrig geblieben ist. Sie hatte es fein säuberlich mit Stanniolpapier umwickelt. Das erinnerte mich an Mama, die, immer wenn sie Raúl und mich zum Essen einlud, viel mehr kochte, als unsere Mägen verkraften konnten, sodass sie uns am Ende unseres Besuchs immer die eine oder andere Portion der übrig gebliebenen Mahlzeit mitgab. Ich glaube, dass sie sich so die Illusion erhielt, uns bis ins Erwachsenenalter zu stillen; und zugleich konnte sie ihren Schwiegertöchtern dabei zeigen, was gute Ernährung für uns war. Ob den Worten, mit denen ich Águeda für den Kuchen dankte, das rechte Funkeln fehlte? Bestimmt; aber man ist, wie man ist, und in meinem Alter habe ich weder Lust noch Kraft, meine Persönlichkeit zu verändern; außerdem hielt mich ein Verdacht zurück. Ich fand es plötzlich gar nicht mehr abwegig, dass Águeda sich mit Geschenken, freundlichem Lächeln und einnehmenden Gesten in mein Vertrauen einzuschleichen suchte, um mich in einem Moment nachlassender Wachsamkeit mit der anonymen Nachricht in ihrem Briefkasten zu konfrontieren. Águeda begründete ihr Geschenk damit, dass ich bei ihr zu Hause den Kuchen so gelobt hätte. Schon möglich. Die anderen Gäste ergingen sich ja auch in Lobeshymnen, da wollte ich nicht die Stimmung verderben. Wie auch immer, Águeda wollte mir jedenfalls ihre Zuneigung beweisen, indem sie mir – große Ehre – das letzte Stück Kuchen mitbrachte, wobei es nicht ganz unwahrscheinlich ist, dass die anderen vorher schon von den übrig gebliebenen Leckereien abbekommen hatten. Ich habe ihr nicht gesagt, dass ich die Heidelbeertorte mit Nüssen lieber gemocht hatte. Stattdessen fragte ich sie nach ihrer Migräne, wie lange sie angehalten habe, ob sie eine Kopfschmerztablette genommen hatte und ob diese wirksam gewesen war. Dass ich mich für ihren Gesundheitszustand interessierte, freute sie. «Es war eine ausstrahlende Migräne», sagte sie, «eine der schlimmsten, die ich je gehabt habe.» Und sie wiederholte ihre Entschuldigung, dass sie sich nicht so um uns hatte kümmern können, wie sie es gewünscht hätte. Keine einzige Anspielung auf die anonyme Nachricht. Dabei spitzte ich die Ohren, ob sie irgendeine Andeutung machte, irgendwas erwähnte, das mit dem Hauseingang oder den Briefkästen zu tun hatte, einen möglichen Racheakt des Ehemannes jener Frau, die einige Zeit bei ihr gewohnt hatte, nachbarschaftliche Missgunst vielleicht, einen Jungenstreich. Nichts. Sie dort, ich hier, versuchte ich, ihren Röntgenstrahlenblicken auszuweichen, und schaute über ihren Kopf und die Bäume auf der Plaza hinauf in den Himmel. «Sieh nur, zwei Mauersegler.» Ich zeigte mit der Hand auf die Vögel, aber sie achtete gar nicht darauf. «Irgendwas ist doch mit dir», sagte sie. «Wie kommst du darauf?» «Ich weiß nicht. Ich finde, du siehst traurig aus. Hoffentlich bin nicht ich der Grund.» Wir sprachen noch ein Weilchen über unwesentliche Dinge. Meine verstorbene Nichte erwähnte ich nicht. Dann haben wir uns verabschiedet.

18

Amalia hasste Familienfeiern bei meiner Mutter. Mehr als einmal weigerte sie sich, hinzugehen, und gab an, sich krank zu fühlen oder etwas Dringendes im Sender zu tun zu haben. Eines Tages hatte sie es satt, sich immer verstellen zu müssen, und überließ es mir, mir eine Entschuldigung für sie auszudenken, und gab mir sogar die Erlaubnis, meinen Verwandten die Wahrheit zu sagen: dass sie, verdammt noch mal, keine Lust mehr hatte, die Vortrefflichen zu ertragen. Wir hielten Nikita von diesen Gesprächen möglichst fern, da wir aus Erfahrung wussten, dass es für Raúl und María Elena leicht war, die Naivität des Jungen auszunutzen und ihm Informationen über uns zu entlocken. Die Vortrefflichen, das hieß, mein Bruder, seine Frau und seine Töchter, waren die perfekte Familie mit sauberen, wohlriechenden, wohlerzogenen, intelligenten und natürlich glücklichen Mitgliedern. Man könnte sagen, glücklich zu sein war für sie so etwas wie eine existenzielle Pflicht; die tägliche Aufgabe der Bäcker des Lebens, die glücklich ihren Teig kneten und Tag für Tag die gleichen Zutaten beifügen, die da sind: Ordnung, Regeln und Vernunft. Sie machten alles richtig, und infolgedessen gelang ihnen auch alles, solange nicht das Unglück seine Hand im Spiel hatte. Mich störte es mehr, als sie sich vorstellen konnten, dass wir ganz offensichtlich keine andere Rolle für sie spielten, als die von Zeugen ihres Talents, Fortuna Gefälligkeiten abzuringen. Bei Amalia war es noch schlimmer; die permanente Zurschaustellung des Glücks ihrer Schwäger entfachte in ihr einen dumpfen Zorn, den sie nur mit zusammengebissenen Zähnen ertrug. Hinzu kam, dass Mama sie unentwegt lobte, oft aus nichtigen Gründen. Sie gab ihnen zu verstehen, dass all ihre Entscheidungen und Taten, ihre Vorhaben und Erfolge und jeder Unsinn, der ihnen über die Lippen kam, ein sprudelnder Quell der Freude für sie war. Sie mäßigte sich nicht einmal, wenn wir dabei waren. Während sie vor der Familie meines Bruders Süßholz raspelte (dabei war ihr María Elena nicht einmal besonders sympathisch; das aber vielleicht auch nur, wenn sie es nicht hörte), bedachte sie uns mit Seitenblicken, wie um anzudeuten, dass wir uns an dieser Familie ein Beispiel nehmen sollten. Wir fühlten uns von den Vortrefflichen eine unendliche Zahl von Gründen weit entfernt. Ich glaube, uns verband wirklich nicht mehr als die zufällige Verwandtschaft. Gegenseitige Zuneigung, gemeinsame Interessen, ähnliche Vorlieben und Geschmäcker? Null. Nada. Wenn etwas uns trennte und jeden Ansatz von inniger Beziehung unmöglich machte, so war dies eine unüberbrückbare Kluft, auf deren Grund sich in einem Sumpf von Unzulänglichkeit, geistiger Beschränktheit und destruktiven Neigungen eine Kreatur namens Nicolás suhlte. Sie konnten ihn nicht ausstehen. Und sie waren überzeugt, dass sein Charakter, sein Verhalten, seine schwachen schulischen Leistungen, kurz, jeder Defekt des Jungen das direkte Ergebnis der mangelhaften Erziehung war, die Amalia und ich ihm angedeihen ließen. Und dem einen oder anderen wie unabsichtlich fallen gelassenen Wort konnten wir entnehmen, dass meine Nichten Anweisung hatten, ihrem Cousin so weit wie möglich aus dem Weg zu gehen. Mir tat es manchmal in der Seele weh, zusehen zu müssen, mit wie wenig Feingefühl sie ihn ins Abseits stellten.

Ich musste an die eine oder andere Szene bei diesen Familienzusammenkünften denken. Mama rief uns, beispielsweise, zu Tisch. «Kommt, Essen ist fertig.» Sofort befahlen María Elena oder Raúl ihren Töchtern, sich die Hände zu waschen. Die Mädchen gehorchten so prompt, dass wir das nur als eingeübt vermuten konnten. Unser hoffnungsloser Sohn rannte mit ihnen los, nur in die entgegengesetzte Richtung, in die ihn seine sprichwörtliche Gefräßigkeit trieb. Ohne darauf zu warten, bis alle Platz genommen hatten, und obwohl es ihm verboten war und er hinterher zu Hause Schelte zu erwarten hatte, langte er mit seinen ungewaschenen Fingern auf das Tellerchen mit Oliven oder die Aufschnittplatte, auf der Mama mit viel Sorgfalt die Schinkenscheiben drapiert hatte. Amalia und mir entgingen nicht die vorwurfsvollen Blicke unserer Verwandten, die jedoch kein Wort sagten. Was wir ihnen auch geraten hätten. Dagegen dirigierten sie wie Polizisten und mit geziertem Getue die Hände ihrer Töchter und lobten mit maßlos übertriebenen Worten ihre Sauberkeit, während wir schon aus Trotz davon absahen, unseren Sohn zum Händewaschen zu schicken. Morgen muss ich ihn mal anrufen, damit er mir genau erklärt, wie das mit der Gitarre war.

19

Auf dem Rückweg von Cercedilla schwärmt Humpel auf seinem Beifahrersitz von dem Buch, das er gerade liest. Auf dem Rand einer Zeitung notiert er mir die bibliografischen Daten: Ramón

Andrés, *Semper dolens. Historia del suicidio en Occidente*, Acantilado Verlag. Angesichts seiner Begeisterung verschweige ich ihm lieber weiter, dass ich keine Bücher mehr kaufe. Wenn er wüsste, dass ich mich schon von der Hälfte meiner Bibliothek getrennt habe! Er empfiehlt uns das genannte Buch aufs Lebhafteste. Águeda fragt blauäugig, wovon es handelt. Möglich, dass sie bei dem Motorengeräusch, auf der Rückbank zwischen der hechelnden *Pepa* und dem dösenden Dicken, den Titel nicht verstanden hat.

«Wovon handelt schon ein Buch über die Geschichte des Selbstmords in der westlichen Gesellschaft? Von Obst und Gemüse.» Das Thema Selbstmord stößt Águeda ab. «Brrr ...» Sie mag lieber Bücher über Politik, Biografien, Romane; alles, was lehrreich und unterhaltsam ist und sie nicht niederzieht. «Nun, für uns ist Selbstmord das Thema *par excellence*. Alle anderen sind zweitrangig, stimmt's?» Ich bestätige es, ohne die Behauptung sonderlich ernst zu nehmen oder zu kommentieren oder den Blick von der Straße zu nehmen. Der Verkehr wird dichter, je näher wir der Stadt kommen. Seit wir Cercedilla verlassen haben, stoßen mir die dicken Bohnen mit Chorizo auf, die ich auf Humpels dringliche Empfehlung im Restaurant gegessen habe. Águeda stellt die unerwartete Frage, ob sie uns ein Geständnis machen darf. Humpel imitiert das salbungsvolle Gehabe eines Priesters: «Öffne uns dein Herz, meine Tochter. Du befriedigst dich jeden Tag selbst. Ist es das?» Águeda sagt, dass ihr der Ausflug mit uns, der Spaziergang im Wald und das Essen im Restaurant ausnehmend gut gefallen haben; dass sie sich großartig fühlt mit uns und unseren Wortgefechten, dass sie unseren Humor mag und sich freut, wenn einer von uns den vergeblichen Versuch unternimmt, sie zu beleidigen, da sie die Beleidigung, kaum dass sie ausgesprochen ist, schon verziehen hat. Diese Charaktereigenschaft hat sie bisher noch keinem Menschen offenbart; nur uns, weil sie Vertrauen zu uns hat. Sie will vermeiden, dass die Menschen sie ausnutzen. Und sie sagt, wenn sie eine Liste ihrer Freuden erstellen sollte, würde an erster Stelle die Freude stehen, keine Feinde zu haben. «Nicht einmal, wenn ihr mich eine Nutte nennen würdet, wäre ich verärgert.» Diese Steilvorlage konnte Humpel sich nicht entgehen lassen. «Nutte.» Sie: «Aus deinem Mund ein Kompliment.» Mein Freund wendet sich an mich: «Halt da vorne an und wir vergewaltigen sie hinter dem Gebüsch.» «Hei, was für ein Spaß.» Humpel ist heute sarkastischer als gewöhnlich, und das will was heißen. Ich habe den Eindruck, er ist heute Morgen mit dem linken Fuß aufgestanden. Klar, was bleibt ihm anderes übrig. Er fragt unsere Freundin, ob sie sich schon für einen Eintrag in den Heiligenkalender beworben hat. Und bevor sie antworten kann, sagt er boshaft grinsend, dass die Stelle der Heiligen Águeda allerdings nicht mehr frei ist. Die hat nämlich die sehr viel verdienstvollere Águeda von Catania inne, der man die Brüste abgeschnitten hat. «Wir können nicht erkennen, dass man dir etwas abgeschnitten hat.» Dir jedenfalls einen Fuß, denke ich, halte aber den Mund. Ich fürchte, das Gebäude unserer Freundschaft würde einstürzen, wenn er der Adressat einer so unflätigen Neckerei wäre. Aber Águeda ist, wie sie ist, und gibt unserem Freund von hinten, zwischen den Hunden sitzend, einen liebevollen Klaps in den Nacken. Sie lacht mit einer so reinen und großzügigen Freude, dass mich etwas wie mitleidige Bewunderung überkommt. Auf dem Hinweg habe ich ihr angeboten, auf der A-6, auf der am Sonntagmorgen nur wenig Verkehr ist, ein Stück zu fahren. Damit sie Praxis bekommt und das Gelernte nicht gleich wieder vergisst. Humpel: «Bist du wahnsinnig? Das ist Selbstmord!» Águeda bekämpfte ihre Unsicherheit und Nervosität am Steuer mit Reden. Und sie fuhr dermaßen langsam, dass Humpel mich auf der Höhe von Las Rozas fragte, ob wir beide nicht lieber aussteigen und zu Fuß gehen und an unserem Reiseziel auf Águeda warten sollten. Am späten Nachmittag haben wir sie und den dicken Hund vor ihrer Haustür abgesetzt. Vom Gehweg aus hat Águeda uns einen kindischen Handkuss zugeworfen. Als wir sie mit ihrem breiten Hintern, dem breiten Rücken und den breiten Hüften davongehen sehen, sagt mein Freund: «Was für eine tolle, einsame Frau.»

20

Als wir von unserem Ausflug zurück waren, habe ich Nikita angerufen. Er geht ran und sagt, er hat keine Zeit. Er war mit seinen Kumpeln dabei, die Wohnung anzustreichen, die sie besetzt haben. «Ihr landet noch im Gefängnis.» «Umso besser. Da muss man nicht arbeiten.» Ich soll ihn ein andermal anrufen, und das habe ich heute getan. Der Mistkerl wollte mich wieder abwimmeln. Ich habe aber so lange gedrängt, bis er mir fünf Minuten seiner wertvollen Zeit geopfert hat. «Was macht die Haut?» «Geht so.» Er versteht nicht, warum mich eine vor vielen Jahren begangene «Dummheit» interessiert. Kinder machen solche Sachen, rechtfertigt er sich. War ich, als ich kurze Hosen trug, vielleicht ein Heiliger? «Die Gitarre, die ihr gekauft habt, war besser als die, die sie hatten. Was wollen die mehr?» Und er findet es immer noch «super», dass wir ihm keine Tracht Prügel verabreicht haben. Jetzt bin ich es, der sich rechtfertigen muss. «Wie du weißt, war am Freitag die Beerdigung deiner Cousine. Ich muss dieser Tag viel an sie denken und bin ein bisschen melancholisch, denke an alte Geschichten, die passiert sind.» Er sagt, er erinnert sich kaum noch, seitdem ist viel Regen vom Himmel gefallen, und er war ein Knirps. Acht Jahre oder so. Seine Mutter und ich hatten den schweren Fehler begangen, ihn bei der Großmutter ein paar Minuten aus den Augen zu lassen. Kurz bevor wir uns am späten Vormittag auf den Weg machten, verkündete Amalia, sie würde Geld dafür geben, wenn sie nicht am Familienessen teilnehmen müsste. Ich versuchte, sie zu überzeugen: Es war Mamas Geburtstag, sie hatte gekocht; eine einsame Witwe mit den bekannten Erwartungen. Ich beschwor sie: Bitte, und dieses und jenes, Liebling, wir würden bei erster Gelegenheit gehen, und ich würde mich ja auch nicht weigern, mit zu ihren Eltern zu gehen, was für mich auch nicht besonders unterhaltsam sei. Und ich schaffte es: Zähneknirschend und tief einatmend, als müsste die Luft bis zur Nacht reichen, gab Amalia nach. Mama hatte das Wohnzimmer für die vortrefflichen Mädchen hergerichtet, die uns eine Darbietung ihrer musikalischen Fähigkeiten gaben, die zwar nicht so vollkommen waren wie sie selbst, aber mit viel Bombast zelebriert wurde. Die Ältere, den Blick starr auf die Partitur gerichtet, die ihre Mutter ihr vor Augen hielt, trällerte ein bisschen auf der Querflöte, wobei ihr ein paar schiefe Töne dazwischengerieten, die Raúl sogleich in vorauseilender didaktischer Absicht entschuldigte: «Sie lernt noch, müsst ihr wissen.» Julia bekam seit zwei Monaten in einer Musikschule Gitarrenunterricht und war schon imstande, den Saiten ein paar Akkorde zu entlocken. Im Duett intonierten sie mit feinen Stimmchen und an spanische Ohren angepasstem Akzent *Jappi bördie tu yu*. Die Geehrte war zu Tränen gerührt und wahrscheinlich auch entschlossen, ihren Lieblingsenkelinnen (gewiss nicht zum ersten Mal) unter der Hand eine Belohnung zuzustecken. Am Ende des kurzen Konzerts wandte sich María Elena – heuchlerisch, meiner Meinung nach – an Nikita und fragte ihn, ob er nicht auch gern ein Instrument spielen würde. Der Junge schaute Amalia und mich verunsichert an. Er kam schon in der Schule nicht zurecht, und seinen Fehlleistungen noch eine weitere hinzuzufügen, fehlte ihm gerade noch. Während die Nichtchen unter den wachsamen Augen der Eltern gelobt wurden, konnte er nicht stillhalten und schnitt hinter ihnen Grimassen, verdarb ihnen den Auftritt trotz unserer Ermahnungen. Und als wir, natürlich alle, den vortrefflichen Mädchen applaudierten, die so sauber und adrett, so geschniegelt und perfekt frisiert mit ihren Zöpfchen und Schleifchen vor uns standen, da fing Nikita voller Eifersucht laut an zu schreien, weil niemand ihn beachtete. Heute Nachmittag hat er mir am Telefon erzählt, dass er mit seiner jüngeren Cousine nach dem Mittagessen allein auf der Terrasse war; sie saß auf einem niedrigen Stühlchen unter der Markise, er stand daneben, und Julia, pling, pling, spielte auf ihrer Gitarre, die man ihr gekauft hatte und die daher ihre Gitarre war, und das lackierte Holz glänzte so schön im nachmittäglichen Licht. Da hatte Nikita versucht, einen Finger in das Schallloch des Instruments zu stecken, doch das Mädchen hatte das nicht gewollt, woraufhin er ihr die Gitarre wütend aus den Händen gerissen hatte. Er hat mir erzählt, dass seine Cousine protestiert und versucht hatte, sie wieder zurückzubekommen, und drohte, ihre Eltern zu rufen.

«Gib mir meine Gitarre. Du sollst sie mir geben. Du machst sie noch kaputt.» Die nächste Szene spielte sich im Wohnzimmer unter den Augen der Erwachsenen ab. Das Mädchen kam weinend von der Terrasse angelaufen, und so heftig und so tief empfunden war ihr Schluchzen, dass sie kein Wort herauszubringen vermochte, sosehr sie sich auch bemühte, uns zu berichten, was geschehen war. Hinter ihr kam Nikita in deutlich schuldbewusster Haltung, und mir reichte schon ein Blick in sein Gesicht, um zu erraten, dass er eine Teufelei begangen hatte. Alle begaben sich auf die Terrasse, und da lag unten tatsächlich die Gitarre, zerbrochen auf dem Gehweg, umringt von Passanten, die nach oben schauten. Ich bat Raúl und María

Elena, Ruhe zu bewahren, selbstverständlich würden wir dem Mädchen schnellstmöglich eine neue Gitarre kaufen. Hätte mein Bruder gewollt, wäre die Spannung leicht aufzulösen gewesen. Aber er wollte nicht. «Das hoffen wir auch», antwortete er in beleidigtem Ton. Danach war die Unterhaltung beendet. Unfähig, die peinliche Stille zu ertragen, und wohl auch nicht einverstanden damit, dass Amalia und ich den Jungen nicht ausschimpften, oder um ihm keine Ohrfeige nach alter Manier zu verpassen, fing Mama an, Nikita Vorhaltungen zu machen, woraufhin er ihr die Zunge rausstreckte. Amalia gab mir mit Zeichen zu verstehen, dass wir jetzt besser gingen, und kurz darauf verabschiedeten wir uns, nicht ohne unserer Nichte noch einmal zu versichern, dass sie so bald wie möglich, gleich morgen, wenn nötig, eine neue Gitarre haben würde. Auf dem Heimweg sah ich im Rückspiegel schon nach wenigen Straßen, dass Nikita mit offenem Mund und der Unschuldsmiene eines Jungen, der noch nie einer Fliege was zuleide getan hat, auf der Rückbank eingeschlafen war. Ich wollte wissen, was Amalia in diesem Augenblick dachte. Ich schaute sie an. Sie schaute mich an. Diese kurze Begegnung unserer Blicke reichte aus, uns beide in lautes Gelächter ausbrechen zu lassen.

21

Zurück zu letztem Sonntag. Es war noch früh, als wir in Cercedilla ankamen. Sonne, wenige Leute auf den Straßen (gegen Mittag mehr), und über den schläfrigen Dächern das lebhafte Geläut einer Glocke. Wir entschlossen uns zu einem Spaziergang im Wald, damit die Hunde frei herumlaufen konnten. Mich freute, wie *Pepa* auf der Jagd nach imaginärer Beute zwischen den Bäumen umherrannte, was der kurzatmige Dicke vergebens nachzumachen versuchte. Er blieb alle Augenblicke stehen, um seine Markierungen zu setzen, und versuchte dadurch, aktiv zu wirken. Ich glaube, er wollte auf diese Weise nur seine Energielosigkeit vor uns verbergen. Frühe Vögel jagten durch die frische, klare Morgenluft, in der ein angenehmer Geruch von schattiger Erde, duftenden Gräsern und Pinien lag. Humpel, der die ganze Zeit über nur bissige Bemerkungen von sich gegeben hatte, verfiel plötzlich in einen düsteren Ton. Als wir in ein Kiefernwäldchen vordrangen, zeigte er uns zuerst sein *noli me tangere* am Arm, auf dem sich schon eine Kruste gebildet hatte, und erzählte dann mit Anzeichen von Besorgnis von einem weiteren in der Leistenbeuge, das manchmal entsetzlich juckte. Das war eines der wenigen ernsthaften Dinge, die er den ganzen Tag lang von sich gab. Er fragte uns, ob wir uns die Wunde ansehen und unsere Meinung dazu sagen könnten. Selbstverständlich. Er zog sich die Hose herunter, und zum Vorschein kamen die Prothese und bunte Boxer-Shorts einer teuren Marke. Ich hatte den Verdacht, uns die Wunde zeigen zu wollen, sei nur ein Vorwand, um seine Unterhose bewundern zu lassen. Er zog sie ohne den geringsten Anschein von Verlegenheit herunter, und Águeda ging in die Hocke und näherte ihr Gesicht dieser dunkel behaarten genitalen Welt, um die Wunde aus der Nähe zu betrachten. Ein Jogger, der vom Waldweg aus Zeuge der Szene geworden wäre, hätte geschworen, dass inmitten dieser herrlichen Natur eine Lutscherei im Gange war. Ich bewundere die Vertrautheit, mit der sie und mein Freund miteinander umgehen. «Krebs ist es nicht», verkündete er, jeder unheilvollen Prophezeiung von vornherein den Boden entziehend. Águeda und ich rieten ihm beide, im Ort eine Notdienstapotheke zu suchen und ein Antiseptikum und vielleicht noch eine Feuchtigkeitscreme zu kaufen, die den Juckreiz milderte. Das tat er und begab sich danach in die Toilette einer Bar, um sich dort zu behandeln.

Später, im Restaurant, schlug Águeda ihm vor, er solle zwei oder drei Wochen lang jeden Tag aufschreiben, was er aß und trank, und nichts auslassen. «Ich habe nämlich den Eindruck, dass du dich selbst vergiftest, ohne es zu merken, und dass dein Körper versucht, irgendeine schädliche Substanz auszuscheiden, und dafür überall diese Löcher macht.» Humpel versprach zwar, ihren Rat zu befolgen; aber ich weiß nicht, ob er es ernst meinte, denn er machte schon wieder seine Scherze und mokierte sich gnadenlos über die mutmaßlichen dermatologischen Kenntnisse unserer Freundin, deren Erdulden so weit reicht wie von hier bis zur australischen Küste.

22

Meinen Schülern habe ich oft erzählt, dass eines der größten Geschenke der Kultur darin besteht, dem Menschen die Kunst des guten Sterbens zu lehren. Denn Sterben muss man lernen, sage ich ihnen und wiederhole es, obwohl sie lachen. Das würdige, vornehme, elegante Sterben natürlich, das ohne Hysterie und Schrecken. Die Schüler interessiert das gar nicht. Ist auch normal. Sie sind jung. Das Ende ist für sie so weit entfernt, dass sie sich für unsterblich halten. Die Kultur, eine bestimmte Kultur, versorgt uns nicht nur mit Kurzweil und Wissen, sondern weiß uns auch Trost zu spenden, indem sie uns einlädt, Akzeptanz zu üben; natürlich nur, wenn wir uns nicht dagegen sperren. Das sage ich im Klassenzimmer mit einfachen Worten ohne jedes akademische Fachchinesisch, damit die jungen Leute es verstehen. Bis heute sind auch noch keine frommen Mütter oder Väter in Erscheinung getreten, die mir vorwerfen, dass ich ihre Kinder areligiös indoktriniere. Aus anderen Gründen haben sie sich schon beklagt. Erst in diesem Schuljahr ist mir ein Vater damit auf den Wecker gegangen, dass im Lehrbuch der Philosophie ja ein Kapitel über den Marxismus steht. Idiot. Jetzt aber ist meine Überzeugung ein wenig ins Wanken geraten. Seit einigen Tagen hat der kulturelle Panzer, der die pathetische Furchtsamkeit nicht an mich heranlässt, kleine Risse bekommen. Natürlich werde ich in meiner letzten Stunde nicht nach einem Priester rufen. Der Tod hat für mich keinen Schrecken. Ich wache nachts nicht schreiend auf. Seit ich entschlossen bin, meinem Leben ein Ende zu setzen, habe ich eine, ich würde fast sagen, physische Vertrautheit mit meinem Grab auf dem Almudena-Friedhof entwickelt. Von der Verstreuung meiner Atome erwarte ich nichts, weder Licht noch Finsternis; und schon seit einiger Zeit scheint sich auf alles, was mich umgibt, der milde Staub des Abschieds gesenkt zu haben. Was bringt also meine ehrlich erworbene Seelenruhe durcheinander? Papa starb, ich habe tief durchgeatmet. Ohne dass wir die Fenster aufreißen mussten, kam frische Luft in die Wohnung. Endlich konnten wir frei atmen. Mama blühte auf wie eine Pflanze, die kurz vor dem Vertrocknen gegossen wird. Auch ihren Tod habe ich verkraftet. Jetzt fällt mir auf, dass Mama und ich uns seitdem nur selten in meinen Gedanken getroffen haben. Die Natur, die ihr den freien Willen und die Erinnerung genommen hat, war am Ende so anständig, sie von dieser Demütigung zu befreien und sie zu sich zu nehmen. Es war nicht immer angenehm, Sohn einer Pflanze mit mütterlichem Aussehen zu sein. Der friedliche Ausdruck auf ihrem Totengesicht hat mich getröstet. Dankbar habe ich die kalten Lippen geküsst und bin gegangen. Mein Ex-Schwiegervater starb. Er ist in eine bessere Welt hinübergegangen, wie seine Betschwester von Frau es nannte. Kein Kommentar. Der Tod meiner Kollegin Marta Gutiérrez ist mir mehr ans Herz gegangen. Im Lehrerkollegium schaute sich zwei Tage lang jeder vom anderen die Trauermiene ab. Und danach: Wer dachte da noch an sie? Ihre Stelle wurde schnell mit einer neuen Lehrerin besetzt, und das Leben am Gymnasium ging weiter wie gehabt. Bei mir wird es genauso sein. Verglichen mit diesen Toden in meiner Nähe, hat mich der meiner Nichte härter und offenbar auch schmerzhafter getroffen. Noch immer steht mir ihr Bild vor Augen, obwohl ich nie eine enge Beziehung zu ihr hatte. Als Erwachsene habe ich sie kein halbes Dutzend Mal gesehen, und es fällt mir daher schwer, mich an sie mit anderen als kindlichen Gesichtszügen zu erinnern. Uns verbanden die nicht freiwillig gewählten Verwandtschaftsgrade; aber ich weiß nicht, ob sonst noch etwas. Und trotzdem begleitet mich die Nachricht von ihrem Tod wie ein böser Schatten überallhin. Es ist, wenn ich ehrlich bin, kein sehr intensives Gefühl. Ich bin nicht vor Kummer zerknirscht oder so. Es muss etwas anderes sein; eines von den Dingen, sie sich meinem Verständnis entziehen. Die lange und grausame Leidensgeschichte dieses Mädchens hat meine Abwehr, die ich mir in langen Jahren mithilfe von Büchern und eigenen Gedanken aufgebaut habe, ernsthaft geschwächt. Meine Unerschütterlichkeit ist angekratzt, droht sogar zusammenzubrechen. Und ich glaube, die anderen merken das. Als wir auf der Suche nach einer Apotheke in Cercedilla über den Marktplatz gingen, klopfte mir Humpel ohne erkennbares Motiv freundschaftlich auf den Rücken. Ich erschauerte sowohl wegen des Klapses auf den Rücken als auch wegen dem, was ich in seinen Augen lesen konnte: «Ich weiß, wie dir zumute ist; mir kannst du nichts vormachen.» Das Gutgemeinte an seiner Geste hat mich echt fertiggemacht.

23

Ich habe Águeda am Ausgang der Markthalle vorgeschlagen, auf der Terrasse des Conache ein Gläschen zu trinken. Ich habe ihr auch nicht verschwiegen, dass ich etwas mit ihr besprechen wollte. Als wir im Schatten der Markise Platz genommen hatten, erklärte sie mir, dass bei ihr eine Migräne im Anmarsch sei. Ihre Stimme hörte sich verzagt an, als sie beim Kellner einen Kaffee mit Zitrone bestellte; nach einem Rat meiner Mutter, den Águeda stets beherzigt hat, sobald sich die ersten Symptome ankündigen. Und da gerade zu diesem Zeitpunkt, das war Pech, denen in der Bar die Zitronen ausgegangen waren, bin ich schnell in die Markthalle rein und habe eine gekauft. Das war gestern. Der dicke Hund neben uns hustete. Ich sagte Águeda, dass ich die Art und Weise nicht gut finde, wie Humpel, den ich bei seinem richtigen Namen nannte, sich anderntags über sie lustig gemacht hatte. Auf dem Ausflug nach Cercedilla war unser Freund eindeutig zu weit gegangen. Eigentlich geht er immer zu weit; aber letzten Sonntag war er unverschämt. Sie entschuldigt ihn sofort. Sie sind befreundet, und er, «genau wie du, wenn dir danach ist», hat *carte blanche*, ihr jeden noch so abgeschmackten Unsinn an den Kopf zu werfen. Er kann sagen, was er will, es wird ihm nie gelingen, sie zu verärgern. Águeda nimmt für Humpel in Anspruch, dass er nur Spaß gemacht hat und sie auf keinen Fall beleidigen wollte; sie glaubt, dass unser Freund wegen der Wunde in seiner Leistenbeuge verunsichert ist und mit seinen Boshaftigkeiten nur versucht, seine Besorgnis zu überspielen. Heute Nachmittag habe ich in Alfonsos Bar mit Humpel eine verbale Rauferei gehabt. Ich habe klare Worte gesprochen. «Es widert mich an, wie schlecht du Águeda behandelst.» Auch er beschwört entschuldigend seine Freundschaft mit der Unglücklichen. Zu seiner Verteidigung sagt er: «Hast du einmal gehört, dass sie mir meine Worte übel genommen hätte?» Ich gebe nicht nach. «Wenn du mit ihr allein bist, erniedrige sie, so viel du willst, aber bitte nicht in meiner Gegenwart.» Er war pikiert. Ich kann ihn mal. Er kann mich mal; das war eine Sauerei. Ich hielt den Streit schon für beendet, da fragt er mich, worauf ich eigentlich noch warte, um mit unserer Freundin ins Bett zu gehen. Ich erwidere, dass sie nicht mein Typ ist, auf die sechzig zugeht, nicht eine Spur Erotik ausstrahlt und dass ich nicht aus Mitleid ficke. Für wen ich mich eigentlich halte. Ob ich in letzter Zeit mal in den Spiegel geschaut habe. Ob mir meine Wampe aufgefallen ist, meine Geheimratsecken und die Haare, die mir aus den Ohren wachsen, und die schiefen Zähne. Ich hatte nicht übel Lust, ihm eins auf die Nase zu geben. «Du bist mein schlimmster Freund», habe ich zu ihm gesagt. «Stimmt. Dein schlimmster und einziger.»

24

Erschöpfung und Niedergeschlagenheit (das Zweite vielleicht eher als das Erste) zwingen mich, es heute bei einem kurzen Rückblick zu belassen. Wir stehen in Castellana inmitten der Menge und sehen uns die Drei-Königs-Parade an. Wir sind noch eine harmonische Familie, in der ein viertes Mitglied nicht ausgeschlossen ist. Wir wünschen uns alle drei ein Mädchen. Das Glück hört nicht auf, sich uns gewogen zu zeigen. Ich habe eine gute Arbeit, genau wie meine Frau, die dazu noch eine Schönheit ist. Und unser fünfjähriger Sohn ist kräftig und gesund. Wir erfüllen alle Voraussetzungen für ein gutbürgerliches Leben und haben fortschrittliche Vorstellungen, die unsere Gewohnheiten (zum Teil) infrage stellen, sodass wir sie ohne schlechtes Gewissen beibehalten können. Es ist zwar kalt; aber es regnet nicht und stürmt nicht. Uns geht es inmitten der feiernden Menge großartig. Unser Atem dampft. Und damit der Junge, ganz zappelig vor Aufregung, die Umzugswagen und mit exotischen Gewändern bekleideten Gestalten darauf besser sehen kann, habe ich ihn mir auf die Schultern gesetzt. Er ist so aufgeregt, dass er mir dauernd an den Haaren reißt und mir manchmal sogar wehtut dabei. Amalia sammelt Bonbons auf, die von den Wagen geworfen werden. Sie und ich sind überzeugt, dass unser Sohn, der der kräftigste Junge im Kindergarten ist, sich später in der Schule durchzusetzen wissen wird. Wir wollen aber auf keinen Fall, dass er schlägt und geschlagen wird. Ein paar Jahre vergehen, es gibt weitere Drei-Königs-Umzüge, und eines Tages erfahren wir von der Mutter eines Mädchens aus Nikitas Klasse, was der Junge uns nicht hat sagen wollen. Seine Mitschüler lachen über ihn, machen sich auf üble Art über ihn lustig, schlagen ihn, klauen ihm Sachen oder machen sie kaputt und drohen ihm, falls er Eltern oder Lehrern was sagt. Wie kann das sein, dass unser Sohn mit seinen kräftigen Fäusten sich keinen Respekt verschafft? Die anderen sind offenbar viele. Bald stellen wir fest, dass alle gegen ihn sind und der eine oder andere von ihnen noch stärker als Nikita ist. An Intelligenz und Bösartigkeit scheinen ihn alle zu übertreffen.

25

Ich habe Amalia einige von den Techniken berichtet, die mein Vater sich ausgedacht hatte, um meine und Raulitos Muskeln und unseren Charakter zu stärken. Papa vertrat die Meinung, dass das Leben vor allem aus Kampf besteht. Klassenkampf, Überlebenskampf, Kampf um die Produktionsmittel, Kampf um dieses und um jenes, und Kampf auch im familiären und privaten Bereich. «Also, raus damit. Wer hat hier im Haus das Sagen, eure Mutter oder ich?» «Du.» «Genau.» Er hielt es für seine Pflicht, uns stark zu machen. Dabei muss ich festhalten, dass Stärke für ihn nicht nur etwas Körperliches war; sie konnte seiner Ansicht nach auch intellektueller Natur sein. Tatsächlich war der Inbegriff des mächtigen Mannes für ihn nicht der Kraftmeier, der einen vier Zentner schweren Stein heben konnte, sondern der Chef, der Anführer; jemand, dem es aufgrund seiner Begabung und Führungsqualität gelingt, sich gegen andere durchzusetzen. Als Beispiel führte er gern die Eigenschaften bestimmter Tiere an: die Stärke des Elefanten, die Wildheit des Tigers, die Schnelligkeit der Gazelle, die Geduld der Spinne, den Fleiß der Ameise, die Schlauheit des Fuchses, die Gefährlichkeit der Giftschlange ... «Wählt davon aus, was euch gefällt, damit ich nicht mit der Schande leben muss, eine Brut von Schwächlingen großgezogen zu haben.» Mit solchen Plattheiten und Aufrufen erzog er uns oder gab sich der Illusion hin, uns zu erziehen. In den Sommerferien ließ Papa seine Söhne gegeneinander kämpfen; aber so, dass Mama es nicht sah, die solche Spiele ängstigten und die sie ablehnte. Nach dem üblichen gemeinsamen Bad im Meer befahl er meinem Bruder und mir manchmal, mit ihm bis ans Ende des Strandes zu gehen, wobei er uns zu verstehen gab, dass wir eine Vorhut von Entdeckern waren. Und wenn wir uns weit genug von Mama entfernt hatten, die sich auf ihrem Handtuch sonnte, führte er uns an eine abgelegene Stelle und ließ uns miteinander ringen, während er dabeistand und den Schiedsrichter spielte. Es ging nur darum, uns gegenseitig zu Boden zu werfen. Keine Fäuste und keine Fußtritte; nichts, was sichtbare Spuren hinterließ. Wegen des Altersunterschieds und meines Körperbaus gewann ich natürlich immer. Papa wurde dann wütend auf Raulito;

nicht weil der die Kämpfe verlor, sondern weil er sich kaum zur Wehr setzte. Er schimpfte mit ihm, weil er nicht zäh genug, nicht flink genug, nicht kämpferisch genug war. Er demütigte ihn und warf ihm vor, zu dick zu sein, zu weiche Hände und keinen Mut zu haben, und prophezeite ihm eine traurige Zukunft als Waschlappen. «Einer von denen, die unter dem Pantoffel stehen.» Er quälte ihn mit beleidigenden Spottnamen: lahme Ente, Versager, Blindgänger. Oder als Gipfel der Verachtung: «Wahrscheinlich wirst du auch noch schwul.» Einmal, an einer abgelegenen Stelle, wo der Sand endete und ein Gebüsch mit wildem Oleander begann, packte mich Papa plötzlich von hinten und drückte mich an sich, sodass ich mich nicht mehr rühren konnte. Dann ermunterte er Raulito, mich zu schlagen. Mein Bruder kam mit seinen erhobenen Kinderfäusten auf mich zu. Ich versuchte, mich der ungeheuren Umklammerung meines Vaters zu entwinden. Vergebens. Wir waren alle drei in Badehose, die Sonne brannte, und weit und breit war kein Mensch zu sehen. Da stand Raulito auch schon vor mir und dachte, er könnte mich straflos boxen, weil ich mich ja nicht verteidigen konnte. Er war völlig arglos, als ich mein Bein hochriss – das war alles, was ich bewegen konnte – und ihm wütend in seinen fetten Bauch trat. Ihm blieb für ein paar Sekunden die Luft weg, und erst als er wieder zu Atem kam, konnte er dem Oleander sein weinerliches Quieken eines Schweinchens im Schlachthaus zu Gehör bringen. Papa war außer sich und beschimpfte ihn und hätte ihm fast eine Ohrfeige gegeben, weil er so ein «Weichei» war. Amalia fand Papas Erziehungsmethode natürlich primitiv, aber gänzlich ablehnen tat sie sie nicht, hatte ich den Eindruck. Sie grübelte mehrere Tage über unser Problem nach und kam dann auf die Idee, unser Sohn solle sich unter professioneller Anleitung in Kampfsport üben. Auf ihre Initiative hin brachten wir Nikita in einem *Martial Arts Center* unter. Dies schien uns der beste Weg für ihn, den Gemeinheiten seiner Mitschüler zu begegnen, bis er gelernt hätte, sich gegen sie zu behaupten.

26

Wer immer mir nachspionierte, hatte mich eines Sonntags aus dem Wahllokal kommen sehen und mir am nächsten Tag eine Nachricht in den Briefkasten geworfen. «Du kamst mit einem ziemlich wichtigtuerischen Grinsen vom Wählen zurück. Machen dir Wahlen Spaß? So wie ich dich kenne, hast du bestimmt die dümmste aller Parteien gewählt.» Auch diesmal hatte ich die Nachricht nicht mit einem Datum versehen. Ich weiß also nicht, auf welche Wahl sie anspielt. Gewiss ist nur, dass ich sie bekam, als ich schon in La Guindalera wohnte. Ich habe sie aus dem Stapel gezogen, weil mir eingefallen ist, dass heute Kommunalwahlen waren. Nach den am späten Abend verbreiteten Zahlen ist die Bürgermeisterin ihr Amt mit ziemlicher Sicherheit los. Je weiter die Stimmenauszählung ging, desto mehr klang in Amalias Radiostimme eine hintergründige Enttäuschung mit. Vor denen, die wir sie kennen, kann sie sich nicht verstellen. Und sosehr sie in ihrer Sendung auch betont hat, dass Bürgermeisterin Carmena und ihre Leute gewonnen haben, werden die Stimmen ihrer Partei und der Sozialisten nicht an die der gesammelten Rechten inklusive der Ultrarechten heranreichen, die Humpel, wie er sagt, diesmal nicht gewählt hat, weil es nicht um Spanien, sondern nur um ein Stadtparlament geht. Ich habe wieder blind gewählt. Nicht, dass mir die einen oder die anderen egal sind, denn es gibt ja immer noch die Möglichkeit, das geringere Übel zu wählen; egal ist mir nur die Zukunft der Stadt, des Landes, der Erde, des ganzen Universums. Nachdem ich mein Stimmrecht wahrgenommen hatte und mit *Pepa* auf dem Nachhauseweg war, musste ich wieder an die Eigenschaften bestimmter Tiere denken, an denen mein Bruder und ich uns nach Papas Willen ein Beispiel nehmen sollten, damit wir uns gegenüber unseren Mitmenschen behaupten konnten, von denen er jeden Einzelnen als Rivalen betrachtete. Ich glaube, geliebter und irregeleiteter Vater, im Falle deiner Auferstehung würde dir nichts anderes übrig bleiben, als deinen Überzeugungen abzuschwören. Um heute Bürgermeister, Präsident oder sonst eine Führungspersönlichkeit zu werden, brauchst du die Zustimmung jener, über die du einmal herrschen willst. Denen gegenüber musst du dich beliebt machen, du musst ihnen Honig um den Bart schmieren, ihnen in den Arsch kriechen, unablässig Lügen verbreiten und Versprechungen machen. Heute sind es die Schwachen, die bestimmen. Mit deinen viel gepriesenen Eigenschaften wie Vortrefflichkeit, Charakterfestigkeit, Willensstärke, kultivierte Sprache und umfassendes Wissen kämst du nicht weit; auch nicht, wenn du versuchen wolltest, konsequent deine Ideen durchzusetzen oder dich in Rechtschaffenheit zu üben und dich nicht von deinen Ideen abbringen zu lassen. Sie würden dir misstrauen, du wärst ihnen verdächtig, sie würden denken, dass du dich für was Besseres hältst, sie hielten dich für arrogant und elitär. Das Leben ist kein Kampf mehr, Papa, wie zu deiner Zeit. Heute kann jeder mit jedem, und alle suhlen sich in einem Sumpf aus persönlichen Interessen, laxer Moral, zwielichtigen Geschäften, Selbstverliebtheit und Mittelmäßigkeit. Heute wollen alle klein sein, populär sein. Heutzutage zählt nur noch die Eigenschaft des schleimigen Kriechens der Nacktschnecken. Sogar ich, Papa, wenn ich nicht so müde wäre, so erbärmlich und unwiderruflich müde, könnte in der Politik Karriere machen. Ich bringe dafür alle Voraussetzungen mit, da ich in nichts überragend bin und an nichts glaube.

27

Klack, klack, klack. Drei saubere Brüche auf dem Schulhof, drei gebrochene, aber nicht ganz harmlose Unterarme. Und seine Klassenkameraden schnitten ihn weiterhin, mehr noch als vorher, wenn das überhaupt geht, mit dem Unterschied, dass kein Kind es mehr wagte, sich mit ihm anzulegen oder ihm aufs Butterbrot zu spucken. Wochen später kamen die Ferien, und danach gaben wir Nikita auf eine andere Schule. Das hatte uns der Direktor bei einem Gespräch hinter verschlossenen Türen empfohlen. Er bot sogar an, uns bei den Formalitäten behilflich zu sein, was aber nicht nötig war. Amalia und ich hatten die erforderlichen Schritte bereits unternommen.

Ebenso beschlossen wir, den Jungen aus dem Karatekurs zu nehmen, den er so gern besuchte. Wie er uns selbst berichtete, hatte er in der Sportschule einige Trainings von fortgeschrittenen Schülern besucht, hatte gehört, was er gehört hatte, und verstanden, was zu verstehen er für brauchbar gehalten hatte. Mit seiner Vorgeschichte und einigem Training, das er heimlich absolvierte, sowie dem Wissen, dass seine Mutter und ich wünschten, er solle sich verteidigen lernen, ließ er seine ungute Idee reifen, bis er sie eines Tages dann in die Tat umsetzte. Nachdem er seine Aggression ausgelebt hatte, erzählte er uns zu Hause davon ganz unbedarft und ohne jedes Schuldgefühl. Er sagte, es habe nicht einmal einen Kampf gegeben. Er hatte in der Pause einen nach dem andern die aufgesucht, die ihn am meisten gequält hatten, und dann war alles ganz schnell gegangen: ein Knacken, Geheule, kindliche Entsetzensschreie auf dem Schulhof, eine davonstiebende Bande, die sich vor dem Ungeheuer in Sicherheit zu bringen suchte. Die drei betroffenen Familien reagierten ganz unterschiedlich. Wir mussten die Beleidigungen eines aus einer hysterischen Mutter und einem ausfälligen Vater bestehenden Ehepaars über uns ergehen lassen. Sie nannten Nikita sogar noch einen Kriminellen, der hinter Gitter gehörte, als sie schon wussten, dass ihr Kind, jetzt mit eingegipstem Arm, einer der Hauptpeiniger unseres Sohnes war. Sie drohten uns mit einer Anzeige, wir zuckten die Achseln, und sie zeigten uns nicht an. Weswegen auch? Eine geschiedene Mutter nahm die Sache als Angelegenheit zwischen Kindern, die über die Stränge geschlagen haben. «Vielleicht lernt er auf diese Weise, auf mich hört er ja nicht, mein Ex kümmert sich lieber um das Kleine, das er mit der Neuen hat», et cetera. Und zum Schluss ein Vater, Einwanderer aus Venezuela, von dem ich nicht verstand, ob er unsere Entschuldigung annahm oder nicht, da er während unseres Gesprächs kaum den Schnabel aufmachte. Dieser kleine Mann mit den schwarzen Augen, in denen ein metallischer Glanz glomm, schaute uns nur hasserfüllt an. Er hat uns am meisten Angst gemacht.

28

Ich kannte keine Einzelheiten, und da ich nichts Besseres zu tun hatte, habe ich Nikita angerufen, damit er sie mir erzählt. Bei der Gelegenheit konnte er mir auch gleich sagen, ob die Salbe gegen seine Schuppenflechte die gewünschte Wirkung hat. Er soll auch wissen, dass ich mich um ihn sorge. «Lass gut sein, Papa. Das ist ewig her.» «So sind wir Eltern nun mal. Wir haben Angst, dass uns die Vergangenheit verloren geht.» Zehn junge Jahre. Er korrigiert mich: zwölf. Da sie ihn für dumm und harmlos hielten, verspotteten sie ihn in und außerhalb der Schule («Nicolás, Nicolás, vorne pinkelt er und hinten kackt er was»), schossen mit den Unterteilen von Kugelschreibern mit Spucke befeuchtete Papierkügelchen auf ihn, stellten ihm ein Bein, machten ihn mit Spitznamen lächerlich und alle möglichen Schweinereien. Welche Schweinereien? Na, das Übliche: Sie schütteten ihm Limonade in den Ranzen, manchmal auch Schlimmeres; spuckten ihm ins Schreibmäppchen, in seine Bücher, in sein Brötchen. Ein paar von den Mädchen machten auch mit. «Irgendwann hatte ich die Schnauze einfach voll. Das ist alles.» Die Idee kam ihm in der Sporthalle, als er beim Karateunterricht der Älteren zuschaute und etwas über schwere Verletzungen erfuhr. Danach setzte er das, was er gehört hatte, in die Tat um, übte im Retiro mit von den Bäumen gerissenen Ästen und dem Stiel einer Harke, die er, wie ich heute erfuhr, den Parkgärtnern geklaut hatte. Er sagt, dass er keine Angst hatte, als er Rache nahm. Auf dem Schulhof suchte er seine schlimmsten Peiniger. Er erinnert sich noch genau an das Geräusch der brechenden Knochen und wie schnell alles ging und an die herunterbaumelnden Arme und die dummen Gesichter, die die drei Jungen machten, bevor sie loszuheulen begannen. Es waren drei, aber es hätten auch fünfzehn sein können; denn als die anderen sahen, was mit ihren Freunden passiert war, rannten sie schreiend davon. Nikita wurde von zwei Lehrern gepackt, und der Direktor hielt ihm in seinem Büro eine Strafpredigt; er drohte, die Polizei zu rufen, und sagte, in seiner Schule hätten Schlägertypen wie er nichts verloren, Gesindel wie er ende früher oder später hinter Gittern oder in der Gosse, er könne jetzt gehen, und zwar so weit wie möglich ihm aus den Augen. «Davon hast du uns aber nichts erzählt. Ich habe den Direktor für einen freundlichen und verständnisvollen Mann gehalten.» «Er war ein Arschloch, Papa. Als wir allein waren, hat er mir zwei Backpfeifen verpasst, von denen mir heute noch die Ohren dröhnen.»

29

Zum Abschluss des Abendessens habe ich zwei Madalenas in eine Tasse heiße Milch mit Honig getunkt, und das war für mich sicher die denkwürdigste Tat des heutigen Tages. Ich habe vergessen, wann ich zuletzt welche probiert habe. Wahrscheinlich als Kind in meinem Elternhaus. Im Gegensatz zu meinem Bruder oder meinem Sohn habe ich keine besondere Vorliebe für Gebäck oder Kuchen.

Das Besondere an den beiden Madalenas von heute war, dass Águeda sie mir geschenkt hat und dass sie sie wiederum gestern, Dienstag, von Manuela Carmena bekommen hat. Man weiß, dass die Bürgermeisterin, heute noch im Amt, sie zu Hause backt und sie dann wie eine fürsorgliche Großmutter an Gäste, Besucher und jeden, der vorbeikommt, verschenkt. Águeda, die mit einem Mitglied der Bürgerinitiative *Plataforma de Afectados por la Hipoteca* gekommen war, um sie persönlich zu begrüßen, bekam einige von ihr und hat mir heute Nachmittag, als ich aus der Markthalle kam, zwei davon geschenkt. Zwei weitere hatte sie für Humpel reserviert. Ich komme aber mit meiner Einkaufstüte nach draußen und sehe weder Águeda noch den dicken Hund. Schon will ich mich enttäuscht abwenden und nach Hause gehen, da bemerke ich eine winkende Hand auf der Terrasse des Conache. Águeda ist traurig wegen der Wahlergebnisse vom Sonntag. Sie ist sicher, dass ihre bewunderte und geliebte Manuela Carmena, die sie, seit sie im Amt ist, in Sachen Zwangsräumungen und Flüchtlingshilfe mehrmals getroffen hat, aus dem Rathaus ausziehen muss. Die Bürgermeisterin hat nicht den geringsten Zweifel, dass PP und Ciudadanos ein Bündnis mit der extremen Rechten eingehen werden, um der Linken die Herrschaft über die Kommunalverwaltung zu entreißen. «Es wird einen Investiturpakt geben», prophezeite die Bürgermeisterin Águeda und ihrem Begleiter, «auch wenn sie sich jetzt noch nicht trauen, das laut zu sagen. Vor Monaten haben sie in Andalusien paktiert und werden das heute hier tun und wo immer es ihnen passt. Vorigen Februar haben sie sich schon alle zusammen auf der Plaza Colón fotografieren lassen.» Ich habe Águeda nicht gesagt, dass mein Sohn auch da war.

30

Gestern auf der Terrasse des Conache hat Águeda gesagt, dass Parteipolitik sie nicht interessiert. Mitgliedsbeitrag hat sie noch nie bezahlt. Niemand wird sie je Wahlplakate kleben oder sich um ein Amt bewerben sehen. Bücher zu politischen Themen liest sie, um sich zu informieren und sich «Vokabular anzueignen». Mit der Theorie behauptet sie, sich zu Tode zu langweilen. Sie glaubt an Mobilisierung und Solidarität, und wenn jemand kommt und sie aus ihrer Wohnung werfen will, wird sie dem schon zeigen, was Sache ist. Für sie ist alles großartig, was konkret dazu beiträgt, den Benachteiligten zu helfen; vor allem, wenn es darum geht, die Lebensbedingungen der Armen und Bedürftigen zu verbessern, denn «um das Wohlergehen der Begüterten kümmern die sich schon selbst». Von Überfluss kann man nicht reden; aber da sie glücklicherweise so gut wie keine Ausgaben hat, auch keine kostspieligen Ambitionen, und keinen Luxus braucht, kann sie von dem, was sie geerbt und was der Verkauf der Wohnung ihrer Mutter ihr eingebracht hat, sowie von dem, was sie mit Gelegenheitsarbeiten verdient, anständig leben und hat darüber hinaus noch jede Menge Zeit für ihr geliebtes Sozialengagement. Wenn das Politik ist, dann ist sie politisiert, wie Humpel ihr gerne vorhält, der ja völlig ungehemmt mit ihr redet und sich jede Menge Freiheiten herausnimmt. «‹Du musst›, hat er mir letztens gesagt, ‹nur mal richtig gefickt werden.›» Und sie weist solche Grobheiten nicht nur nicht zurück, sondern findet sie witzig und gibt unserem Freund sogar recht. Mit wehmütiger Miene gesteht sie mir, dass sie gerne Kinder gehabt hätte. Doch es sollte nicht sein. Die Fähigkeit zu lieben, sagt sie, bliebe ihr aber, und die will sie nicht ungenutzt lassen. «Wer meine Liebe nicht will, der kann ja gehen.» Ein Gefühl von Beschämung veranlasste mich, meinen Blick über die anderen Tische schweifen zu lassen, da ich den Verdacht hatte, dass die Leute dort uns hören konnten. Die Situation drohte ins allzu Intime zu kippen. Am blauen Himmel über uns erschien mir die Jagd der Mauersegler enthemmter als gewöhnlich. Dass unser Freund sich im Ton vergriff, schob ich auf seine Stimmungsschwankungen. Águeda ist aufgefallen, dass er schon seit geraumer Zeit wiederholt von Selbstmord und Selbstmördern spricht. Er scheint es zu genießen, sich über düstere Themen auszulassen, und sie beginnt sich darüber Sorgen zu machen, da sie denkt, dass sich hinter seinem schwarzen Humor möglicherweise etwas Ernstes verbirgt. «Humpel hatte schon immer eine makabre Ader.» «Humpel?» «So nenne ich bei mir meinen Kumpel manchmal.» Ich hätte mir vor Zorn in den Arsch beißen können.

31

Tina, mein Herz, meine süße Schönheit, ich bedaure es aufrichtig, aber im Wohnzimmer konntest du nicht bleiben. Ich weiß, was ich dir schuldig bin, die Momente der Lust, deine Gesellschaft, und glaube mir, dafür bin ich dir dankbar. Aber jetzt hat sich eine Frau in mein Privatleben eingeschlichen. Sie heißt Águeda. Still, still. Es ist nicht so, wie du denkst. Lass es mich dir erklären. Sie ist weder so jung noch so schlank wie du, und wenn du sie nur einen Moment lang sähest, würdest du wissen, dass sie dich nie ersetzen kann. Wir haben ein paar gemeinsame alte Erinnerungen, die alles andere als ruhmreich sind und die ich am liebsten vergessen würde, aber seit einigen Monaten ist sie mir hartnäckig auf den Fersen. Ich habe jede Hoffnung verloren, ihrer Gegenwart und den Gesprächen mit ihr aus dem Weg gehen zu können; also mache ich gute Miene zum bösen Spiel, damit es nicht zu ernsten Unstimmigkeiten kommt. In letzter Zeit lässt sie sich auch öfter in Alfonsos Bar sehen. Es überrascht mich schon nicht mehr, sie auf meinem gewohnten Stuhl auf meiner Seite des Tisches sitzen zu sehen. Humpel, für den sie so etwas wie eine weltliche Heilige ist, mag sie. Die beiden sind ein Herz und eine Seele, und ich habe nicht den leisesten Zweifel, dass er sie hinter meinem Rücken ermuntert, an unseren Treffen in der Bar teilzunehmen. Wir zischen unser Bierchen, sie bestellt Tee. Manchmal denke ich, keine andere beherrscht wie sie die Kunst, sich kleinzumachen. Sie ist glücklich, dass ihr Herz für die Linken schlägt, und über die Gewissheit, für alle Zeit auf der richtigen Seite zu stehen. So viel politische Korrektheit nervt, das kannst du mir glauben, vor allem bei jemand, der einem nicht mehr von der Pelle rückt. Jeden Mittwoch sehe ich ihr am Ausgang der Markthalle die Hoffnung an, dass ich sie zu mir in die Wohnung einlade. Bisher habe ich mich ihrer nie ausgesprochenen Bitte entziehen können. Sie schweigt, und ich stelle mich dumm; aber ich weiß, sie ist zäh, sie ist schlau, und sie wartet geduldig auf meine ergebene Einladung. Diese Frau ist der stete Tropfen, der den Granitstein höhlt. Ich habe ihr heimlich zwei anonyme Nachrichten in den Briefkasten gesteckt. Glaubst du, sie hat nur ein Wort darüber verloren? Anstatt Humpel und mir mit endlosen

Geschichten aus ihrem Privatleben und ihren Heldentaten als Florence Nightingale der Bedürftigen auf den Geist zu gehen, könnte sie zum Zeichen ihrer Unschuld ja auch mal sagen: «Jemand steckt mir komische Nachrichten in den Briefkasten.» Dass sie nichts sagt, bestärkt nur meinen Argwohn. Einmal hat sie mir schon ein Päckchen auf die Fußmatte gelegt. Stell dir vor, sie stand hier vor der Tür, hätte dich um ein Haar sehen können. Früher oder später wird sie einen Vorwand finden, unsere Wohnung zu betreten. Was soll sie von uns denken, wenn sie dich mit gespreizten Beinen auf dem Sofa liegen sieht? Außerdem, meine wundervolle Tina, müssen wir doch einsehen, dass unsere Beziehung auch nicht mehr das ist, was sie einmal war. Ich stelle an dir einen wachsenden Unwillen fest. Hast du an Menschlichkeit verloren? Wirst du alt? Vor Kurzem, als ich mit dir meine Lust befriedigt habe, die ich so sehr brauche und die mich so beruhigt, hast du nicht einmal mehr versucht, deine fehlende Leidenschaft zu verbergen. Du langweilst dich auch mit mir, stimmt's? Und aus Rache bist du geworden, was du nie sein solltest: eine kalte Puppe, ein unbeteiligtes Spielzeug. Ich halte mein Versprechen, dich nicht auf die Straße zu setzen. Aber ab dieser Nacht wirst du im Kleiderschrank wohnen, der wird dein neues Zuhause. Ich kann nicht riskieren, dass diese Frau dich entdeckt, wie mein Sohn dich entdeckt hat. So ist es nun mal, meine Schöne. Nichts dauert ewig. Alles verkommt, alles vergeht.

JUNI

1

Im Wissen um die Gemeinheiten, die Nikita in der Schule erdulden musste, und noch vor dem dreifachen Brechen von Ellen und Speichen, widmete Amalia mehrere ihrer fast einstündigen Sendungen der schulischen Schikane (sie weigerte sich, den Anglizismus *bullying* zu verwenden) unter Mitwirkung von Experten, mit Interviews von Betroffenen und viel Information. Ich kann bezeugen, dass sie sich gründlich vorbereitete. Ich erinnere mich, wie sie zu Hause am Telefon saß und Soziologen, Lehrer, Psychopädagogen und andere anrief, um Gesprächspartner zu finden, die in ihrer Sendung Wissenswertes zum Thema beitragen konnten. In keinem ihrer Beiträge erwähnte Amalia ihren Sohn; in keinem entschlüpfte ihr ein Hinweis auf den privaten Zusammenhang. Ihrer Meinung nach verdiente ein so schwerwiegendes und von den Bildungsverantwortlichen, wie sie glaubte, vernachlässigtes Thema breite mediale Aufmerksamkeit. Mit diesem Argument rechtfertigte sie vor ihren Hörern jeden Tag das Bemühen, einige ihrer Sendungen dem zu widmen, was sie (ich zitiere aus dem Gedächtnis) «einen Skandal und einen der gravierendsten Mängel unserer Gesellschaft» nannte. Der Erfolg ihrer Initiative zog überschwängliche Kommentare in der Presse nach sich und festigte Amalias professionelles Ansehen. Damals begann sie, ersten Geschmack an einem Dasein als Star, oder dem, was sie dafür hielt, zu finden. Als Eltern eines drangsalierten Kindes fühlten wir uns natürlich als Opfer. Als wir in Nikitas Alter waren, gab es so etwas noch nicht, und erst jetzt, als wir die Gemeinheiten aus der Sicht der Betroffenen beobachteten, wurden wir uns der Folgen bewusst, die unser eigenes Verhalten gehabt haben mochte. Als Kinder waren wir – sie in ihrer Schule und ich in meiner – Teil der mitleidslosen Meute, wenngleich keiner von uns sich in seiner als Anführer hervorgetan hatte. Ich denke, dass Amalia in ihren Sendungen nicht nur mögliche Lösungen für Nikitas Problem aufzuzeigen, sondern gleichzeitig auch ihr Gewissen zu entlasten suchte. In einem unserer späteren Ehekräche warf ich ihr vor, auf Kosten von Nikitas Leid ihre Karriere als Radiomoderatorin vorantreiben zu wollen. Da war sie beleidigt und ging in die Luft. Sie hat zu mir nicht weniger verletzende Dinge gesagt. Eines Morgens lagen wir kurz vor der Sendung des ersten Einzelinterviews noch im Bett und erzählten uns von Gemeinheiten, die wir in unserer Schulzeit erlebt hatten. Amalia erinnerte sich besonders an eine, als sie vierzehn oder fünfzehn Jahre alt war und die Schule Nuestra Señora de Loreto besuchte. In ihrer Klasse war ein dickes Mädchen, neben das keine der Schülerinnen sich setzen mochte. Sie hatten sie über eine lange Zeit schlimm gehänselt, nur weil sie sie weinen sehen wollten. «Das war alles, und wenn ihr schließlich die Tränen kamen, waren wir zufrieden.» Während der Sommerferien unterwarf sich das Mädchen einer drakonischen Diät, um abzunehmen, und als die Schule wieder begann, kam sie schlank und als ganz neuer Mensch in die Klasse. Sie ging jetzt stolz erhobenen Hauptes umher und hatte bald einen Freund, der sie nach der Schule abholte. Danach wurde sie nicht nur in Ruhe gelassen, sondern einige der Mädchen, die sie gequält hatten, suchten jetzt sogar ihre Nähe. Amalia gestand mir, dass sie während ihrer Sendungen zu diesem Thema gefürchtet hatte, die ehemalige Klassenkameradin könne anrufen, wie auch andere Hörer das taten, und bei der Gelegenheit die Moderatorin bloßstellen. Ich bereute es, ihr von dem Fall eines effeminierten Jungen zu erzählen, den wir in unserer Klasse hatten. Die Gruppe machte ihm das Leben so schwer, dass ihm schließlich nichts anderes übrig blieb, als die Schule zu verlassen und sich eine andere zu suchen, wo es ihm nicht besser erging. Er selbst hat die Geschichte in seinen Memoiren erzählt, die nach ihrer Veröffentlichung ein großer Verkaufserfolg wurden. Ich war baff, als ich seine Stimme in Amalias Sendung vernahm. Hinterher habe ich erfahren, dass sie Himmel und Hölle in Bewegung gesetzt hatte, um ihn ausfindig zu machen, nachdem sie von mir gehört hatte, um wen es sich handelte. Er ist heute ein berühmter Schriftsteller, der seine Homosexualität öffentlich gemacht und sie sogar literarisch zu verwerten gewusst hat. Die Grausamkeit seiner Mitschüler hat ihm eine schlimme, eine sehr schlimme Kindheit beschert. Das kann ich bezeugen. Mehr als einmal habe ich ihn an einem Stand der Buchmesse seine Bücher signieren sehen; immer bin ich vorbeigegangen, als fürchtete ich, von ihm erkannt zu werden. Dabei habe ich ihn während unserer gemeinsamen Schulzeit nie direkt angegriffen oder ihn verspottet; muss aber zugeben, dass ich über die Witze, die andere über ihn machten, herzlich gelacht habe. Er war ein sanftmütiges, schwächliches Kind (heute ist er ein korpulenter Herr, der sich natürlich hervorragend auszudrücken versteht). Ich erinnere mich an ihn als einen intelligenten, fleißigen, sensiblen Jungen: ein Lämmchen unter Wölfen. Er bekam immer die besten Noten, was nicht wenige seiner Klassenkameraden ärgerte; vor allem aber waren es seine affektierte Art zu sprechen und diese gezierten Gesten und Gebärden, die uns so aufgesetzt erschienen, es aber nicht waren, die den Widerwillen seiner Mitschüler gegen ihn hervorriefen, zu denen manchmal noch süffisante Bemerkungen der Lehrer hinzukamen. Es waren nur zwei oder drei Schüler, die der Schwuchtel das Leben zur Hölle machten. Er hat geschrieben (und es in Amalias Sendung wiederholt), dass ihn das Schweigen der Mehrheit am meisten geschmerzt hat. Zu den Schweigenden gehörte auch ich. Ich habe aus Neugier das Buch gelesen, in dem er detailliert seine Kindheit und Jugend schildert. Es beginnt mit einem Prolog, in dem er von sich sagt, dass er ein «andersgeartetes Kind» war, was für ihn schreckliche Jahre in der Schule zur Folge hatte, in denen Bücher und die frühe Hinwendung zum Schreiben sein einziger Trost waren. In einem späteren Kapitel erwähnt er zwei Lehrer mit ihren Initialen und mehrere Klassenkameraden mit ihren Vornamen als seine Peiniger. Ich gehöre nicht dazu.

2

Was mir an Amalias Wutausbrüchen am meisten gefallen hat, war die jähe Verwandlung ihrer Gesichtszüge. Zorn verunstaltet meiner Meinung nach die Menschen. Bei ihr war das Gegenteil der Fall, wenn auch nur für einen kurzen Moment, nach dem (unter Beschimpfungen, Tränen, Hysterie) jeder Anflug von Zauber verflog. Aber dank dieser ersten Phase ihrer Ausbrüche konnte ich einen Moment lang ihr wahres Gesicht sehen, das viel schöner war als das andere, unter Schminke verborgene.

Ihre natürliche Schönheit wurde in nicht geringem Maße von der Kosmetik verdorben. Amalia besaß einen Schrank mit fünf Regalfächern voller Drogerieprodukte, während meine und Nikitas Hygieneartikel locker in je eine Schublade passten. Getrieben von einer ebenso offensichtlichen wie uneingestandenen Angst vor dem Altern war Amalia regelmäßig beim Friseur und in Schönheitssalons zu Gast. Zu Hause verbrachte sie Stunden vor dem Spiegel, um sich herzurichten. «Schatz, warte heute nicht auf mich, ich habe Maniküre.» Oder Pediküre. Oder Sport. Ich erinnere mich an solche Sätze täglich.

Wir hatten nicht das Mädchen, das wir uns so ersehnten oder zu ersehnen behaupteten und dessen Zeugung Amalia immer wieder hinausschob, weil die Zeit, die die Aufzucht eines Kindes in Anspruch nahm, ihre berufliche Karriere gefährden oder zumindest eine Zeit lang stark beeinträchtigen konnte. «Du weißt sehr gut, dass du bei dem Konkurrenzkampf in unserer Zeit deine Chance ergreifen musst, wenn sie sich bietet, oder andere ergreifen sie.» Außerhalb der eigenen vier Wände zeigte Amalia ein stets tadelloses Äußeres. Duftend, elegant, perfekt zurechtgemacht: eine Dame ohne Fehler, ohne Falten. Zu Hause jedoch, wenn außer Nikita und mir niemand sie sah, lief sie oft mit Ringen unter den Augen und zerzaustem Haar herum, ließ unbekümmert ihre Cellulitis sehen und die beginnenden Krampfadern an beiden Waden, trug ausgetretene Pantoffeln und eine dicke Schicht Creme im Gesicht. Oft genug konnten mein Sohn und ich nicht ins Bad, weil die Dame sich gerade die Haare gefärbt hatte und sich drinnen ein unerträglicher Geruch wie von Ammoniak ausbreitete, der einem das Atmen unmöglich machte. Die unaufhörlichen Retuschen ließen ihre Schönheit zu etwas Künstlichem erstarren. Wenn ich ihr aus dem Fenster nachschaute, wie sie über die Straße zur nächsten Ecke ging, war mir, als sähe ich eine Frau aus Plastik, in einem Laboratorium hergestellt, genau wie Tina, nur dass sie sprechen, sich bewegen und hundsgemein sein konnte. Erst wenn wir uns in die Haare gerieten und sie richtig gereizt wurde, loderte kurzzeitig wieder die Naturkraft ihrer Attraktivität auf; dieselbe, jetzt mit Anzeichen von Verschleiß, die mich bis zur Vertrottelung in Bann geschlagen hatte, als ich sie kennenlernte. Jäh zeigte sich dann eine wilde Entschlossenheit auf ihren Lippen. Die untere, voller, sinnlicher und zärtlicher als ihre Genossin, schien entschlossen, die verbale Kommunikation aufrechtzuerhalten, und sei es nur in Form von Widerrede; die obere jedoch, jähzornig und unnachsichtig, hinderte sie, indem sie sich über sie stülpte und ihr jede Bewegungsfähigkeit nahm. Der Akt des Sprechens war damit aufgehoben, und im Mund wurden die nicht gesprochenen Worte zuerst zusammengepresst und dann zwischen vermutlich fest aufeinandergebissenen Zähnen zerquetscht.

Ihre Augen vergaßen zu blinzeln und starrten auf mich in wilder Wut. In ihrem aggressiven Glanz glomm eine zornige Glut, die zwar winzig war, aber so sengend, so wunderschön, dass ich mich am liebsten dafür beglückwünscht hätte, diese Frau so aus dem Häuschen gebracht zu haben. Ich sehe sie vor mir, wie sie halb die Lider schließt, die Augenwinkel schmaler werden, wie wenn man mit dem Gewehr anlegt und das Ziel anvisiert. Und tatsächlich schossen Amalias scharfe Augen Blicke auf mich ab, die mich wie Geschosse trafen. Zugleich zogen sich ihre Brauen ärgerlich zusammen, zwei vertikale Falten dazwischen deuteten auf eine feine, köstliche Gereiztheit hin. Ihre Stirn glättete sich zu einem Ernst, der mit dem Stolz des Kinns und der Wangen harmonierte. Die Spannung des noch wortlosen Hasses legte sich wie eine dünne glänzende Schicht über jeden einzelnen Muskel ihres Gesichts. Und dann konnte es passieren, und passierte beinahe immer, dass ihre Lippen sich voneinander lösten und zwischen ihnen ein Schwall bitterer, vulgärer, bislang zurückgehaltener Wörter hervorbrach und im Bruchteil einer Sekunde die natürliche Anmut ihrer Physiognomie auslöschte, die mich stets bezauberte.

3

Ich sollte ausziehen, jetzt sofort, unverzüglich, und hatte noch keine neue Wohnung gefunden. Wäre Humpel nicht gewesen, der mich für eine Weile bei sich aufnahm, hätte ich in eine Pension ziehen oder, wer weiß, unter einer Brücke schlafen müssen. Mein Freund beruhigte mich, ich solle mir keine Sorgen machen, mit seinen Kontakten in der Immobilienwelt werde er mir eher früher als später eine meinen Bedürfnissen und Einkünften entsprechende Wohnung beschaffen. Ob ich ein bestimmtes Viertel bevorzuge. Im Prinzip nein. Allerdings wäre es mir lieb, wenn mir jeden Tag ein unangenehm langer Weg zur Arbeit erspart bleiben könnte. «Du verlangst nicht gerade wenig.» Nikita, fünfzehn Jahre, bedrückte Miene, half mir, Bücher in Kartons zu packen. «Papa, gehst du für immer?» «Du wirst doch jetzt nicht weinen, oder?» Amalia war so freundlich, bei der Abschiedsszene des Verhassten und des gemeinsamen Sohnes nicht anwesend zu sein. Ihre dankenswerte Abwesenheit erlaubte es mir, offen mit dem Jungen zu sprechen, ohne dass die Mutter sich ständig einmischte und mich alle naselang unterbrach, mich korrigierte und meine Autorität infrage stellte, wie sie das immer tat. Es war nicht leicht, Nikita davon zu überzeugen, dass er nicht schuld an meinem Weggang war. Natürlich war ich mit seinem Verhalten in der Schule und seinen schlechten Noten nicht einverstanden; aber das hieß doch nicht, dass ich nicht mehr sein Vater sein wollte, wie er glaubte, beeinflusst vermutlich von dem, was seine Mutter über mich erzählte. Wo ich denn wohnen würde. «Das weiß ich noch nicht; auf keinen Fall aber in einer anderen Stadt.» Doch ganz gleich, wo ich hinzöge, sagte ich zu ihm, er könne *Pepa* und mich so oft besuchen, wie er wolle, nicht nur an den gerichtlich festgelegten

Tagen, ich würde ihm meine Tür immer öffnen und mich unendlich freuen, ihn zu sehen und in die Arme zu schließen. Ich versprach ihm auch, in meiner neuen Wohnung ein Bett für ihn aufzustellen. «Mit einer Playstation?» «Selbstverständlich.» Und wir würden schon sehen, was sonst noch alles. Wir würden vieles zusammen machen und wären Freunde, nicht nur Vater und Sohn. Dies Letzte kriege ich kaum über die Lippen wegen des Knotens, den ich im Hals habe. Er fragte: «Ist Mama böse?» Ich zögerte einen Moment, weil mich eine perverse Versuchung überkam; doch als ich Nikitas unschuldige Miene sah, hielt ich mich zurück. Anstatt Salz in die Wunde zu streuen, antwortete ich ihm, nein, wie er dazu komme, so einen Quatsch zu denken. Mama und ich würden uns nicht mehr verstehen und liebten uns nicht mehr, und es sei für alle am besten, auch für ihn, wenn wir nicht mehr unter einem Dach zusammen lebten. Wir wären auch weiterhin eine Familie, nur würde jeder woanders wohnen. Damit würden wir vermeiden, böse zueinander zu sein. Natürlich hätte ich die Situation, dass wir beide allein waren, ausnützen und seine Mutter in einem schlechten Licht darstellen können. Sie tat das mit mir schon seit Monaten, um den Jungen gegen mich aufzubringen. Anfangs gelang ihr das auch; aber nur bis zu einem gewissen Punkt und solange Nikita keinen anderen Horizont vor sich sah, als eine der beiden Autoritäten loszuwerden, die auf ihm lasteten, in diesem Fall meine. Als er dann feststellte, dass ich ihm gar nicht im Weg stand und außerdem dazu neigte, ihm hin und wieder Geld zuzustecken, stieß Amalias intrigantes Gerede nur noch auf taube Ohren und richtete sich sogar gegen sie, bis der Junge nach kurzer Zeit jeden Respekt für sie verlor. Nach meinem erzwungenen Auszug versuchte ich meiner Beziehung zu Nikita einen neuen Dreh zu geben. Meine Strategie? Ganz einfach: alles daransetzen, dass zwischen mir und meinem Sohn ein konfliktfreier Raum entsteht, und dann darauf warten, eine andere Möglichkeit gibt es nicht, mit engelhafter Geduld darauf warten, dass der Junge eines Tages von selbst darauf kommt, dass sein Vater ein cooler Typ ist und nicht das abscheuliche Ungeheuer, das seine Mutter immer an die Wand malt.

4

Ich halte mich nicht für einen Hundekenner, obwohl ich einiges von der Sache verstehe, nachdem ich mich so viele Jahre um *Pepa* gekümmert habe. Ich bin auch kein Wahrsager, glaube aber auch nicht, dass man einer sein muss, um zu erkennen, dass der Dicke die längste Zeit seines Lebens hinter sich hat. Heute gab es einen Moment in Alfonsos Bar, da dachte ich, er kratzt jetzt ab. Ohne dass meine Begleiter es merkten, aus deren tagespolitischen Erörterungen ich mich ausgeklinkt hatte, stieß ich ihn unter dem Tisch mit der Fußspitze an. Er lag wie ein Sack Zement zwischen unseren Füßen. Reaktion? Keine. Dabei grenzte das, was ich mit meiner Schuhspitze machte, schon an Fußtritte. Geschlossene Augen, heraushängende Zunge wie ein nasser Schlips, rasselnde Atmung; bei einer so offensichtlichen Energielosigkeit musste man denken, dass das Tier im Sterben lag. Der Dicke stirbt langsam, weil er alles langsam tut, weil er nicht einmal mehr Kraft zum Sterben hat. *Pepa*, die mit ihren vierzehn Jahren auch nicht mehr die Jüngste ist, wirfst du eine geschälte Garnele hin oder ein Stück Käse, und sie schnappt sie sich aus der Luft. Den Dicken hat heute Nachmittag das Stück Käse am Kopf getroffen, und danach hat er, ich weiß nicht, ob aus Lustlosigkeit oder weil er nichts mehr riecht, lange umhergeschnüffelt, bis er es endlich gefunden hat. Humpel und ich sind der Meinung, dass unsere Freundin dem Tier nicht mehr so viel zumuten sollte. Águeda: Der Weg von ihrer Wohnung zur Bar ist nicht übermäßig lang, es gab Zeiten, da hat sie mit dem Hund viel längere Spaziergänge unternommen, stundenlange, mit Spielen und Rennen zwischendurch. Jetzt, sagt sie, brauchen sie eine gute halbe Stunde von ihrer Wohnung zur Bar, es sei denn, sie machen einen Umweg, so wie heute. Zählt man den Rückweg hinzu, kommt man bei gemächlichem Tempo auf eineinviertel Stunden oder eine Stunde und zwanzig Minuten, ungefähr, nicht eingerechnet hier und da einen Halt oder ein Päuschen. Ich glaube, Águeda hat noch nicht begriffen, dass sich die Gesundheit ihres Hundes rapide verschlechtert. Sie hält sich hartnäckig an die Diagnose des Tierarztes, der der Meinung ist, dass Toni (ich werde jedes Mal wütend, wenn ich den Namen höre) nur Bewegung braucht. Seine derzeitige Mattigkeit schiebt sie auf sein Alter und die mögliche Wirkung der Medikamente. Es sei viel schlimmer, sagt sie, ihn den ganzen Tag im Haus einzusperren. Als Águeda in die Bar kam, erzählte ich Humpel gerade die Geschichte, wie mein Sohn vor Jahren auf dem Schulhof drei Mitschülern die Arme gebrochen hat. Mein Freund hat gedacht, ich will ihn auf den Arm nehmen. Ein Arm, okay; zwei Arme, vielleicht; aber drei ... Das hört sich doch sehr übertrieben an, so schlimm wird es wohl kaum gewesen sein, so etwas passiert doch nur in schlechten Romanen. Águeda begrüßt uns mit einem doppelten Wange-an-Wange. Humpel und ich geben uns nicht einmal die Hand. Na, alles klar?, das reicht uns. Noch bevor Águeda sich gesetzt hat, überfällt mein Freund sie mit der Frage, ob sie glauben würde, dass ein zwölfjähriger Junge, der Karate lernt, drei Mitschülern, die ihn gepiesackt haben, je einen Arm brechen kann. Die bewundernswerte Águeda hat schnelle Reflexe und antwortet, warum sie das nicht glauben sollte. In den Schulen und Vierteln unserer Stadt passieren täglich noch viel schlimmere Dinge. «Erst vor Kurzem ...» Und dann hat sie uns eine verzwickte Geschichte erzählt, die vor ein paar Monaten in La Elipa passiert ist. Humpel konnte da nur noch den Mund halten. Abends habe ich sie an ihre Haustüren gebracht, zuerst Humpel, der noch darauf bestand, ein Taxi zu rufen. «Sei nicht blöd, ich komme doch ganz bei dir in der Nähe vorbei.» Er schaut mich an und sie, schaut sie an und mich, und das mit einer kindlichen Bosheit im Blick, als wären seine Augen zwei Stricke, mit denen er uns zusammenbinden will. «Ich möchte ja nicht stören.» Weder Águeda noch ich lachen über seinen Scherz. Es ging ja nur darum, dem Dicken den Heimweg zu ersparen, damit er keinen Herzkasper kriegt. Nachdem wir unseren Freund vor seiner Haustür abgesetzt haben und allein im Auto sind, sagt Águeda, dass sie sich die schaurige Geschichte, die vor einigen Monaten in La Elipa passiert sein soll, nur ausgedacht hat. Ich schaue sie überrascht an. Ehrlich, ich hätte nie geglaubt, dass sie lügen könnte. Sie rechtfertigt sich: «Ich habe gleich gemerkt, dass Humpel dir eins auswischen wollte.» «Du nennst ihn Humpel?» «Na, hör mal! Ihr seid nicht die Einzigen, die Spaß verstehen, eh?» Wir haben uns gegenseitig versprochen, unserem Freund den Spitznamen weiterhin zu verschweigen. Er würde ihn sehr schmerzen, so wie alles, was mit seinem verlorenen Fuß zu tun hat, und wenn es noch spöttisch gemeint ist, ganz besonders. Águeda ist hingerissen von der Vorstellung, ein Geheimnis mit mir zu teilen. Als sie den Dicken von der Rückbank hebt, fragt sie mich, ob ich morgen Nachmittag zum Markt gehe. Ich habe ihr gesagt, dass ich ein Gewohnheitsmensch bin, wenn sie also möchte, dass wir im Conache einen trinken, soll sie kommen, aber den Hund mitzubringen, sei nicht nötig.

5

Ich musste es ihr sagen, und ich habe es ihr gesagt. Schon als ich mich gestern im Auto von ihr verabschiedete, habe ich gedacht: Ich muss aufrichtig mit ihr sein, und je länger ich damit warte, umso schlimmer. Es ist Jahre her, dass ich eine Frau zum Weinen gebracht habe, und in Águedas Fall habe ich immer noch nicht verstanden, warum sie geweint hat. Ich gestehe, dass es in den alten Zeiten ein Triumph für mich war, wenn ich Amalia bei einem Ehestreit ein paar Tränen entlocken konnte. Manchmal sagte ich ihr Sachen, nur um sie zum Weinen zu bringen; Sachen, die gar nicht das waren, was ich dachte. Und die Freude, die mich überkam, wenn der feuchte Glanz in ihre Augen trat, steigerte sich zu einer kurzen, jedoch unglaublich heftigen Ekstase. Ich habe Erektionen bekommen, wenn ich mit Amalia stritt. Was Águeda angeht, weiß ich gar nicht, nach welchen Kriterien ich sie beurteilen soll. Die einzig plausible Erklärung ist für mich, dass ich ihr leidtue. Diese Frau hat ein solches Einfühlungsvermögen, dass sie, als sie meine lächerlichen Geständnisse hörte, vermutlich von Mitgefühl überwältigt wurde. Möglich auch, dass sie sich gekränkt oder zurückgewiesen fühlte. Aber sie muss doch wissen, dass dem nicht so ist. Wir sehen uns ja öfter, ich bin offen für Gespräche, unser Umgang ist unkompliziert und sogar angenehm, innerhalb gewisser Grenzen natürlich, die ich ihr heute Nachmittag auf der Terrasse des Conache in aller Deutlichkeit zu erläutern versucht habe; doch nicht so, dass uns diese Grenzen um die Ohren fliegen. Hauptstoßrichtung: Mit mir kann es keine Beziehung mehr geben, die die Bezeichnung «intensiv» verdient und daher auch eine Gefühlsverbindung einbezieht. Es ist nicht so, dass ich es nicht will. Vielmehr hat eine Anhäufung biografischer Schädigungen dazu geführt, dass ich zu engen Bindungen unfähig bin. Und die Liebe? Ist ganz wunderbar in Büchern und Filmen, auf jeden Fall, solange sie bei anderen Menschen stattfindet. Ich finde es bezaubernd, dass Leute sich lieben; aber bitte ohne Spritzer. Ich habe mir die Liebe verboten. Im wörtlichen Sinn. Liebe ist öde. Sie ist stressig und ermüdend, eine der schlechtesten menschlichen Erfindungen, die anfangs zwar angenehm kitzelt, dich am Ende aber mit demselben Geräusch zerbricht, wie ein trockener Ast es tut. Ich habe mir vorgenommen, sie um jeden Preis von mir fernzuhalten in der kurzen Zeit, die mir bis zum Wiedersehen mit meinem Vater noch bleibt. Wie ich schon sagte, gibt es Grenzen oder Wälle, hinter denen ich einen wesentlichen Teil von mir verborgen halte; von dem Großen oder Kleinen, bestimmt Kleinen, das ich bin. Ich sehne mich so wenig danach, zu lieben oder geliebt zu werden, wie mich die verstörende Möglichkeit reizt, nach New York zu reisen oder mir ein Motorrad zu kaufen. Ruhe, ich will Ruhe, nichts als meine Ruhe. Und wenn ich dafür einen Preis in Form eines zurückgezogenen, faden Lebens ohne Abenteuer und Sensationen zahlen muss, dann zahle ich diesen Preis, und damit hat es sich. Von der Schweißdrüsenstimulanz, die der Volksmund Liebe nennt und die unter anderem dazu dient, Individuen zusammenzuschweißen und ihnen danach das Leben zur Hölle zu machen, bekomme ich heute Allergien. Mehr noch, Panik. Du kriegst die Liebe, wie du ein Karzinom kriegst. Da ziehe ich, aus Gesundheitsgründen, die Ruhe des Einzelgängers, des Teilnahmslosen vor, der in der schläfrigen Friedlichkeit einer chronischen Ermüdung seine Tage übersteht. Nichts von dem, was um mich herum geschieht, interessiert mich. Nicht einmal ich selbst interessiere mich. Und während ich, in einer Art verbalem Rausch, all dies auf der Terrasse des Conache von mir gab, schaute Águeda mich bestürzt und mit versteinerter Miene an.

Sie, die Geschwätzige, blieb stumm. Meine Ehe, sagte ich, habe aus mir ein gebranntes Kind gemacht. Ich schwor, dass mir nie etwas nur entfernt Ähnliches wieder passieren könne und dass dieser Schwur aus dem einfachen Grund leicht zu halten sei, als ich mit keinem Menschen mehr eine Gefühlsbindung einzugehen gedächte. Ich könne nur ein Idiot gewesen sein, solche Hoffnungen und so viel Zeit in ein Familienprojekt zu investieren, das mich am Ende zerstörte. Das ist das richtige Wort, so melodramatisch es auch klingt: *Zerstörung.* Außerdem hat es mein ganzes Leben mit Schuldgefühlen vergiftet. An dieser Stelle rannen Águeda, die mir gegenübersaß, Tränen aus beiden Augen. Ich habe sie für meine drastischen Worte um Verzeihung gebeten. «Nein, nein, ich bin dir dankbar dafür.» Kurz darauf ist sie gegangen und hat sich mit einem kaum hörbaren Adios verabschiedet. Auf dem Tisch stand immer noch ihr Tee, den sie nicht angerührt hatte, das Beutelchen in der Tasse.

6

Águedas Tränen (sie hat sich heute übrigens nicht in Alfonsos Bar blicken lassen) haben mich an das einzige Mal in meinem ganzen Leben erinnert, an dem ich meinen Vater habe weinen sehen. Ich war noch ganz klein und kann mich an so gut wie nichts erinnern, außer an ein paar Details, die sich wie mit glühendem Eisen in mein Gedächtnis eingebrannt haben. Wie alt mag ich gewesen sein: fünf, sechs Jahre? So in etwa. Wie in unserer Familie üblich, waren wir an einem Feiertag zum Picknicken in den Park Casa de Campo gefahren. Wir saßen beim Mittagessen um unseren Campingtisch, den wir in den Sommerferien auch mit an den Strand nahmen, Mama und Papa auf ihren Klappstühlen und Raulito und ich im Gras. Was gab es zu essen?

Keine Ahnung. Vielleicht das Übliche: Tortilla mit Hähnchenteilen. Egal. Woran ich mich genau erinnere, ist dies: Wir nehmen schweigend unsere Mahlzeit ein; meine Erinnerung lässt mich nicht, wie sonst, das Transistorradio hören, wohl aber einen knallblauen Himmel sehen; plötzlich springt Mama von ihrem Stuhl auf, hastig, was ist los?, wortlos reißt sie mir aus der Hand, was immer ich mir gerade in den Mund stecken will, und das Gleiche macht sie mit Raulito; als Nächstes sehe ich sie uns auf die Beine helfen; sie schimpft nicht mit uns, sondern zeigt nur auf ein paar Kiefern, etwa fünfzig Schritte entfernt; sie befiehlt uns, dorthin zu laufen und uns nicht fortzubewegen, bis sie uns ruft, und ich gehe mit Raulito an der Hand zu den Bäumen. Das mit den fünfzig Schritten ist so dahingesagt. Mein Bruder und ich entfernen uns nur so weit, dass wir Papa sehen können, der kleiner wird und die Hände vors Gesicht schlägt; aber dass wir weit gegangen sind, glaube ich nicht, denn von den Bäumen aus konnten wir deutlich sein Schluchzen hören. Nie wieder habe ich jemand auf diese Weise weinen sehen. Tatsächlich habe ich gar nicht gleich gemerkt, dass Papa weinte. Er gab wimmernde Laute von sich, die einem die Haare zu Berge stehen ließen. Ich glaube nicht, dass das Weinen länger als eine Minute gedauert hat. Als er sich wieder beruhigt hatte, gab Mama uns Zeichen, wieder zurückzukommen. Raulito und ich gingen zurück, wie wir gekommen waren, Hand in Hand, artig, aber erschrocken. Wir setzten das Mittagessen fort, als ob nichts gewesen wäre, mit der einzigen Ausnahme, dass wir uns jetzt nicht trauten, Papa anzusehen. Ich jedenfalls traute mich anfangs nicht. Nach einer Weile habe ich dann wohl all meinen Mut zusammengenommen und ihm einen verstohlenen Blick zugeworfen. Dabei sind mir seine geröteten Augen aufgefallen. Niemand von uns sprach. Die Wahrheit ist, ich habe nie erfahren, warum Papa diesen Weinkrampf hatte. Vielleicht erinnere ich mich deswegen daran. Mama habe ich zahllose Male weinen sehen, und trotzdem fällt es mir schwer, mich an sie in einer bestimmten Situation mit Tränen zu erinnern. Wenn Papa noch lebte, würde ich ihn fragen: «Warum hast du an dem Sonntag in den Sechzigerjahren bei dem Picknick im Casa de Campo geweint?» So wie ich ihn kenne, würde es mich nicht wundern, wenn er antwortete: «Ach, das war nichts.» Oder wenn ich ihn in einem schlechten Moment erwischte: «Was geht dich das an?»

7

Humpels *noli me tangere* in der Leistenbeuge hört nicht auf zu nässen. Heute Nachmittag wollte er sie mir wieder zeigen, aber ich habe die Ehre zurückgewiesen. Meine Vorstellungskraft reicht aus, habe ich zu ihm gesagt, um eine Inaugenscheinnahme überflüssig zu machen. Offenbar hat sich der Zustand der Wunde beträchtlich verschlimmert seit dem Sonntag unseres Ausflugs nach Cercedilla. Sie verursacht einen solchen Juckreiz, dass Humpel sich vor dem Einschlafen Latexhandschuhe anzieht, weil er Angst hat, dass er sich sonst die Haut aufkratzt. Tagsüber streicht er Salbe darauf, in der Hoffnung, den Juckreiz zu lindern. «Von allen Wunden, die ich bisher gehabt habe, ist diese die widerlichste.» Er erzählt, dass sie in Richtung Innenseite des Oberschenkels wandert, was er für ein Glück hält, denn wenn sie eine andere Richtung nähme und das Gewebe um den Anus befiele, wäre die Qual kaum auszuhalten. «Eine wandernde Wunde?» Kaum zu glauben, sagt er, dass man einem gelernten Philosophielehrer solche elementaren Begriffe erklären muss. Es ist nicht das erste Mal, dass sein *noli me tangere* sich nach und nach in eine Richtung bewegt und zugleich an der ursprünglichen Stelle verschorft, sodass am Ende (wenn ich das richtig verstanden habe) ein oder eineinhalb Zentimeter zwischen der Ausbruchsstelle und der neuen Wunde liegen können. Zum zweiten Mal schon hat Humpel eine Liste aller Speisen und Getränke mitgebracht, die in den vergangenen zweieinhalb Wochen seinen Verdauungstrakt passiert haben. Die Liste ist drei beidseitig beschriebene Seiten lang. Er hat die Idee, um nicht zu sagen Illusion (wenn man sieht, wie begeistert er die Sache angeht), sie Águeda zur Begutachtung vorzulegen; doch unsere Freundin lässt sich aus Gründen, die er nicht kennt und die ich ahne, aber nicht laut werden lasse, in der Bar nicht blicken. Kurz bevor ich gekommen bin, hat Humpel, ungeduldig, mit ihr telefoniert. «Und was hat sie gesagt?» «Dass wir uns hier treffen; aber jetzt ist es bald zehn, und sie ist immer noch nicht da.» Ich habe es nicht für angebracht gehalten, Águedas Tränen vorgestern auf der Terrasse des Conache zur Sprache zu bringen. Ich bitte ihn, mir seine Liste der Speisen und Getränke zu zeigen. Milch, Obst, Fleisch, Gemüse ... Brot, Mineralwasser, Leitungswasser, Sardellen in Öl, Fertiggerichte ... Käse, Joghurt, Bier, Wein, Ölsardinen ... Im Prinzip nichts Absonderliches. Dieser Mann isst und trinkt wie ein Teutone. Er kann nicht ausschließen, dass eines der verzehrten Produkte eine allergische Reaktion in Form von Dermatitis hervorruft, was Águedas Hypothese ist. Ich frage Humpel, ob er die Nahrungsmittelliste weiterführen will. «Die kann mir gestohlen bleiben.» Ich rate ihm, sie auf alle Fälle aufzubewahren, falls Águeda doch noch kommt. «Und wenn sie gar nicht kommt? Und wenn sie nichts mehr von uns wissen will?» Da bin ich dann doch stutzig geworden. «Glaubst du?»

8

Nicht weit von meiner Haustür entfernt stand eine Bank. Eine Bank, die genau dort oder auch woanders stand. Bei dem ganzen Aufschreiben meiner Gedanken komme ich mir manchmal wie ein Schriftsteller vor. Na ja, bei dem, was ich heute Abend erzählen will (soweit mir der Cognac das erlaubt, den ich schon intus habe), ist es eigentlich egal, ob ich auf der Seite ging, auf der die Bank steht, oder auf der anderen. In letzterem Fall hätte sie mich allerdings nicht ansprechen können. Wenn ich jetzt darüber nachdenke, muss das in den Tagen davor gewesen sein, das heißt, die Frau hat mich an einer Stelle erwartet, an der ich in letzter Zeit nicht mehr vorbeigekommen bin. Wahrscheinlich war ich in Gedanken versunken. An die undisziplinierten Schüler, die unausstehliche Direktorin, die unüberwindliche Lustlosigkeit, die mir meinen Beruf zur Qual macht. Ob ich wach war oder schlief, ich träumte unablässig von schweren Erdbeben, die das Gymnasium zerstörten, oder von Epidemien, die den Unterricht für Monate ausfallen ließen. Manchmal ging ich mit Angst zur Arbeit: Angst, dass mir die Schüler das Leben schwer machten; dass ein übel gelaunter Vater mir auf den Geist ging; dass ich eine Arbeit verlieren könnte, die mich unglücklich machte. Anreize? Das Gehalt, die Ferien, das war alles. Ich gehe so dahin, achte auf nichts und niemand, und plötzlich höre ich hinter mir eine Stimme meinen Namen rufen. Ich drehe mich um und sehe auf der Bank eine Frau sitzen, die mich eher herausfordernd als freundlich anlächelte. Gleich ihre ersten Worte bestätigten mir das. Olga hatte mich nicht in friedlicher Absicht abgepasst. Sie war größer als ich, schlank, athletisch. Soviel ich wusste, hatte sie in ihrer Jugend an Schwimmwettkämpfen teilgenommen. Sie fragte, ob ich eine Minute Zeit für sie hätte. Ihre Augen waren leicht gerötet, als hätte sie eine Bindehautentzündung. Ihr lief die Nase. Ab und zu wischte sie sie wenig elegant mit dem Handrücken ab, was auch als verächtliche Geste mir gegenüber hätte interpretiert werden können. Ich fragte sie ganz harmlos, ob sie erkältet sei. «Ein bisschen», fauchte sie. Auch Amalia, die sich in ihren guten Zeiten mit Wein in Stimmung brachte, nahm Kokain, ob viel oder wenig, weiß ich nicht, seit sie mit dieser Langen ins Bett ging. Olga, hübsche Lippen, wollte wissen, ob ich ihr den Zutritt zu meiner Wohnung verwehrte, die ja auch die «ihrer Partnerin» war. Ich war ganz in der genüsslichen Betrachtung ihres gut erhaltenen Gesichts versunken, als ich so etwas sagte wie: «Du kennst die Antwort doch.» Warum das? Warum was? Als sie sah, dass die Unterhaltung nicht den von ihr gewünschten Verlauf nahm, beschimpfte sie mich mit herrlich angewiderter Miene als «chauvinistisch und rückschrittlich». Wer ich denn sei, Amalia zu verbieten, Besuch zu empfangen. Ihre Nase, längst nicht vollkommen und obwohl sie tropfte, war bezaubernd. Selbstverständlich konnte Amalia Besuch empfangen. Wie kam sie darauf, dass dem nicht so war? Tatsächlich, log ich, bekam sie oft Besuch; «aber du setzt keinen Fuß in meine Wohnung». Ich fügte hinzu, dass ich meine Meinung nicht zu ändern pflege, nur weil eine Person, die sich nicht zu benehmen weiß und der die Nase läuft, kommt und glaubt, mir die Pistole auf die Brust setzen zu können. Ich merkte, dass meine gelassene und geschwollene Redeweise Olga, schlanker Hals, kleine Brüste, genauso aus der Fassung brachte wie die Mutter meines Sohnes. Am Ende bedachte sie mich mit Amalias Lieblingsbeleidigung: Westentaschenphilosoph. Daraus schloss ich, dass meine Nochehefrau mich hinter meinem Rücken immer noch so nannte. Durch die eingeworfenen Stimulanzien, nehme ich an, wurde Olga kühn. Ich hätte sie einfach sitzen lassen können. Versucht war ich schon. Nach einem anstrengenden Unterrichtstag stand mir der Sinn am wenigsten nach weiterem Stress auf offener Straße. Ich muss jedoch gestehen, dass mich eine gewisse erotische Faszination bei der erbosten Frau zurückhielt. Während sie sich aufspielte und mich mit Schimpfworten belegte, betrachtete ich eingehend ihre äußere Erscheinung, sodass ich in der Nacht, wenn ich es im Traum mit ihr trieb, was mit Sicherheit geschehen würde, meine Fantasie mit den schönsten Realien würde anreichern können. Hochmütiger Blick, herausforderndes Kinn. Und wenn sie einfach in meine Wohnung käme, was dann? «Nichts weiter, ich würde dich wieder hinausprügeln.» Sie biss sich auf die Lippen und sagte, dann würde sie mich anzeigen. Ich antwortete, bevor sie mich anzeigen könne, müsse sie erst einmal aus dem Krankenhaus entlassen werden. Sie gab unter allerlei Beschimpfungen ihrem Hass auf «die Typen» Ausdruck, woraus ich schloss, dass sie mich als den Repräsentanten der ganzen vermaledeiten Spezies sah. Sie wollte mich richtig runterputzen: «Ich hab dir deine Frau weggeschnappt. Fick dich jetzt selbst, du blöder Hampelmann.» Ich behielt die Ruhe und entgegnete ihr, alle Anzeichen deuteten darauf hin, dass sie nicht mit der Theorie von K.H. Meyer vertraut war, den ich dann zitierte: «Der sogenannte lesbische Sex ist nicht mehr als eine Massagetechnik.» Penetranter Klugscheißer, Westentaschenphilosoph, waren noch die nettesten Ausdrücke, mit denen sie mich bedachte. Ich gab mich verwundert, dass «eine scheinbar kultivierte» Frau K.H. Meyer nicht kannte. Die dialektische Finte blieb unbemerkt. Wäre sie weniger erregt gewesen, hätte sie vielleicht geargwöhnt, dass es diesen Meyer gar nicht gab. Weitere Aussagen: Kein Wunder, dass Amalia mich als das größte Unglück ihres Lebens ansah. Sie verstand nicht, wie die Ärmste einen Typen wie mich so lange ertragen konnte. Das Zusammenleben mit mir musste ja die Hölle sein.

Ich verharrte in meiner provokanten Gelassenheit, schnalzte über ihre Ausdrucksweise missbilligend mit der Zunge und bat sie, von dem fruchtlosen Versuch, mich in Rage zu bringen, abzusehen. Meinetwegen könne sie den ganzen Tag dort sitzen und Beleidigungen ausstoßen, doch weder auf diese noch auf andere Weise würde es ihr gelingen, einen Fuß in meine Wohnung zu setzen. Und wehe, sie würde es in meiner Abwesenheit versuchen! Sie verstand nicht, sagte sie wie zu sich selbst, dass Amalia sich einem solchen Verbot nicht widersetzte. Wäre sie etwas klüger, würde sie begreifen, dass Amalia kein Interesse daran haben konnte, dass ich meine Schwiegereltern aufsuchte und sie in einen Herzinfarkt trieb, indem ich pikante Details aus dem Privatleben ihrer Tochter ausplauderte.

9

Eine Woche später kam ich von einem Spaziergang mit *Pepa* zurück, die damals noch ein süßes kleines Energiebündel war, und sah, als ich um die Ecke bog, die beiden etwa hundert Schritte vor mir das Haus betreten. Mein erster Impuls war, hinter ihnen herzurennen und sogar zu schreien. Ich wollte Amalia mit harschen Worten an das Versprechen erinnern, das sie mir gegeben hatte, und auf jeden Fall ihr Liebchen aus unserer Wohnung werfen, schubsen, wenn nötig. Dann wurde mir klar, dass ich, so schnell ich auch sein mochte, sie nie erreichen würde, bevor sie im Aufzug waren, sodass meine sicherlich unangenehme Begegnung mit der Eingedrungenen erst in der Wohnung stattfinden würde. Die Vorstellung, einen im ganzen Haus vernehmbaren Streit vom Zaun zu brechen, löste ein überwältigendes Müdigkeitsgefühl in mir aus. Darum und auch weil mich gewisse Indizien auf den Gedanken brachten, dass Amalia unter Olgas eisernem Pantoffel stand, änderte ich meinen Plan. Vielleicht war die Beziehung der beiden Frauen gar nicht so, wie ich glaubte, und bevor ich einen schweren Irrtum beging, entschied ich mich, sie mit einem simplen Trick zu überlisten. Ich rief auf dem Festnetztelefon in unserer Wohnung an und fragte nach Nikita, obwohl ich wusste, dass der Junge erst später nach Hause kommen würde. Ich sagte Amalia, ich hätte unserem Sohn versprochen, ihm bei den Hausaufgaben zu helfen. Sie möge ihn bitten, auf mich zu warten und nicht gleich mit seinen Freunden loszuziehen, falls er früher nach Hause käme als ich. Ich sagte, ich sei auf dem Weg und würde spätestens in einer Viertelstunde dort sein. Ein paar Minuten später sah ich Olga eiligen Schritts das Haus verlassen. «Oh, hast du ein neues Parfüm?» «Was geht dich das an?» Was mich das angeht? Nicht mehr, als dass man mich anlügt, mich für dumm verkaufen will oder ein mir gegebenes Versprechen nicht hält. Amalia dürfte in meinen Augen gelesen haben, dass der heimliche Besuch ihrer Freundin nicht unbemerkt geblieben war. Um ihr jeden Zweifel zu nehmen, bestätigte ich es ihr mit einer Reihe anzüglich wirkender Lächeln, die sie mit finsterer Miene beantwortete. Sie schwieg, und ich schwieg, denn Tatsache war, dass wir auf fatale Weise voneinander abhängig waren: die Hypothek, die zahllosen Rechnungen und auf beide Namen laufenden Verträge, der Sohn, ihre Eltern, meine Mutter ... Man kann sagen, dass wir nur darauf warteten, allein zu sein, um die einträchtige Maskerade abzulegen und uns offen zu unserer gegenseitigen Aversion zu bekennen. Sie wollte nicht zu Gerede in der Presse Anlass geben, wo ihr Name öfter erwähnt wurde, und ich wollte kein schadenfrohes Geraune im Lehrerzimmer. Olga, autoritär, eifersüchtig, stachelte Amalia an, mich zu verlassen. Wenig oder nichts hätte es Amalia gekostet, ihre Freundin zufriedenzustellen, wenn in dem Trennungspaket nicht auch Nikita enthalten gewesen wäre. Davon und von anderen Details erfuhr ich erst später, denn nachdem Amalia sich ihre besitzergreifende Geliebte vom Hals geschafft hatte, verlebten wir zwei eine relativ ruhige Zeit in unserer Wohnung; kein wohlwollendes Zusammenleben, aber doch eines mit sporadischen Gesprächen, denen eine vertrauliche Dichte nicht ganz unbekannt war. Jetzt verband uns die stillschweigende Übereinkunft, unserem heranwachsenden Sohn die Kulissenwelt einer intakten Familie aufzubauen, was ich heute als Fehler betrachte, der nur dazu führte, dass die Tortur namens Ehe unnötig in die Länge gezogen wurde. Natürlich war die sogenannte Zeit des Friedens mit Streitigkeiten gespickt; aber es floss kein Blut, denn bevor es so weit kam, räumten wir unsere Meinungsverschiedenheiten mit der viel gepriesenen Methode aus, dass jeder in sein Zimmer ging und wir danach eine Woche nicht mehr miteinander sprachen. So überstanden wir einen um den anderen Tag, verabscheuten uns unter dem äußeren Anschein von Respekt, bis es zu den letzten Ehegewittern kam, bei denen es tatsächlich angeraten war, sich Hals über Kopf in Sicherheit zu bringen.

10

Heute ist Águeda wieder nicht in die Bar gekommen, was mich in Anbetracht der bekannten Umstände nicht wundert. Humpel, der in Eigeninitiative und ohne sich von seinem Stuhl zu erheben, zum unerschrockenen Abenteurer, Entdecker der Meere und Eroberer von Kontinenten geworden ist, schlägt eine Hilfsexpedition nach La Elipa vor. Wann? «Jetzt, mit dem Taxi.» Ich hatte mich eben erst gesetzt, und hinter der Bar zapfte mir Alfonso gerade ein Bier. Ich wandte ein, dass es für eine Expedition zu spät sei. «Dann morgen, oder sonst Mittwoch.» Er hat den Verdacht (außer Abenteurer auch noch Detektiv), dass unsere Freundin erkrankt sein könnte, vielleicht bewusstlos in ihrer Wohnung liegt, einen Schlaganfall bekommen hat und Hilfe braucht. Wahrscheinlich hat er sie öfter angerufen, und sie ist weder gestern noch heute ans Telefon gegangen. Meine Hypothese: «Águeda hat bessere Freunde als uns gefunden.» «Andere Freunde, okay. Aber bessere, das bezweifle ich.» Humpel hat heute seinen gesprächigen Tag, ist weniger sarkastisch als sonst, was vielleicht an der Abwesenheit von weiblichem Publikum liegt. Er misstraut den Sozialisten; sie wollen ohne parlamentarische Mehrheit regieren; das sind schlechte Aussichten, die uns gewiss bald vor neue Wahlen stellen; um an die Macht zu kommen, intrigieren die Sozialisten mit diesen Parteien und sogenannten Parteien, die nur auf eine Gelegenheit warten, den Staat in seinen Grundfesten zu erschüttern; die ebenso zahme wie masochistische Rechte dieses Landes genießt es, dämonisiert zu werden; der Liberalismus schlägt in der spanischen Jugend keine Wurzeln, bringt keine Ikonen hervor, ist nicht *cool*; zusammenhanglos klagt er über seine Fußprothese, die ihm Probleme bereitet, scheuert, schmerzt; wohingegen das *noli me tangere* in der Leistenbeuge, halleluja, zu verschorfen beginnt und, solange er es nicht berührt, gar nicht mehr zu spüren ist; am gestrigen Sonntag hat er nach dem Stierkampf (sechsundzwanzigste Corrida von San Isidro mit ausgewachsenen Stieren für Baltasar Ibán und einem nach einem furchtbaren Hornstoß zerfetzten Oberschenkel von Román), weil er nichts Besseres zu tun hatte, ein neues handschriftliches Testament verfasst; im «entscheidenden Moment» wird er es deutlich sichtbar auf den Küchentisch legen, wo sein Zwillingsbruder es ohne Probleme finden kann; letzte Nacht hat er, nach Einnahme einer Schlaftablette, zum ersten Mal nach langer Zeit wieder gut geschlafen. Plötzlich scheint er sich meiner Anwesenheit bewusst zu werden. «Und du, blätterst du immer noch einsam im Album deiner Erinnerungen?» Ich erzähle ihm, dass seit ein paar Tagen Amalias Gespenst in meinem Gedächtnis herumgeistert, diesmal auch noch zusammen mit der Frau, in die sie so verknallt war. «Die sie immer geohrfeigt hat? Mann, irre Geschichte.» Er fragt, ob ich noch nie daran gedacht habe, diese abenteuerlichen Familiengeschichten aufzuschreiben. Die würden sicher, sagt er, für ein Buch reichen, Autofiktion nennt man das heutzutage, und wenn ich es noch mit Stil und Witz würzte, könnte man sogar daran denken, es an einen Verlag zu schicken. Ich antworte ihm, dass mir der Wille fehlt, so ein umfangreiches Projekt in Angriff zu nehmen. Wer Wille sagt, sagt Kraft und Durchhaltevermögen. Ich komme kreuzlahm aus der Schule, oft noch mit Heften und Klassenarbeiten beladen, die korrigiert werden müssen, und was mache ich dann? Mir zusätzlich noch jeden Tag ein paar Stunden Schreiben aufhalsen? Wo soll ich die nötige Konzentration hernehmen? Außerdem juckt es mich nicht in den Fingern, mein Privatleben und das meiner Angehörigen, angefangen bei Nikita, vor der Öffentlichkeit auszubreiten. Und damit bin ich total zufrieden. «Wenn ich jetzt so darüber nachdenke, sehe ich dich auch eher auf Berge klettern als ein Buch schreiben.» «Man merkt, dass du mich gut kennst.» Und dass ich die Privatsphäre meines Sohnes schützen will, findet er gut. Humpel an meiner Stelle täte das Gleiche. Er würde gerne wissen, wie der Junge mit Amalias lesbischen Neigungen klargekommen ist. Ich erzähle ihm, dass ich Nikita einmal, als ich von der Arbeit nach Hause kam, nach seiner Mutter gefragt habe. «Sie ist eben mit dieser Olga abgezogen.» «Diese Olga war hier in der Wohnung?» «Ja; aber Mama hat gesagt, ich soll dir nichts davon sagen.» Mit den Kopfhörern auf den Ohren oder der Playstation in Händen kriegte der Arme nichts mit. Jahre später, Amalia und ich waren schon geschieden, kam

Nikita zu mir und enthüllte mir mit ungläubigen Augen, was er gerade entdeckt hatte: dass seine Mutter es mit Frauen trieb. Und da er wohl dachte, ich würde das nicht glauben, setzte er hinzu: «Ich schwöre, Papa. Ich hab sie knutschen gesehen.» Er hätte nur Ekel empfunden, sagt er. Und große Lust gehabt, von zu Hause fortzulaufen. Und Angst, dass seine Freunde es erfahren würden. Und obwohl er nicht mehr in dem Alter war, in dem ich oder sonst jemand den harten Granit seiner Erziehung hätte bearbeiten können, hielt ich es für angebracht, ihm ein paar demokratische Worte über die Bedeutung von Liebe, Respekt und diese Dinge mit auf den Weg zu geben; doch ich hatte noch gar nicht richtig angefangen, da unterbrach er mich schon: «Jetzt nervst du aber, Papa, und scheinst auch traurig zu sein. Fehlen dir Vitamine, oder was?»

11

Ich blättere den Stapel Nachrichten durch und finde eine, wie immer ohne Datum, die ich nicht mit einem bestimmten Anlass in Verbindung bringen kann. Sie ist eine der kürzesten und lautet: «Eines Tages wirst du das alles bereuen.» Was soll ich bereuen? Auf eine Ecke des Zettels ist mit blauer Tinte ein Sternchen gemalt, dem ich auch keinen Sinn zuordnen kann. Ich muss an die Erklärung eines ETA-Kämpfers im Internet denken, der nach über zwanzig Jahren aus dem Gefängnis entlassen worden war, in dem er wegen mehrerer Morde eingesessen hatte. Er bereute nichts. So, rundheraus. Er war sich sicher, dass er getan hatte, was er tun musste, ohne jede Berücksichtigung des Leids, das er anderen zugefügt hatte. Die Taten, für die er seinerzeit verurteilt worden war, schienen ihm so gerechtfertigt, dass er nie verstehen würde, warum man ihm die Strafe aufgebrummt hatte. Als er aus dem Gefängnis kam, hatten die Leute aus seinem Dorf ihn mit Musik und großem Applaus empfangen, was für ihn ein Beweis war, nehme ich an, dass er den richtigen Weg nie verlassen hatte. Am Ende des Interviews gab er ziemlich unumwunden zu verstehen, dass er sich als Opfer eines Justizirrtums sah. Einer solchen Haltung liegt ein Determinismus zugrunde, der den freien Willen einer Schlussfolgerung unterwirft, die sich derjenige, der sie in die Praxis umsetzt, nicht einmal selbst ausgedacht hat. Wenn die Taten eines Individuums von einer Mission bestimmt werden, welche Spanne für moralische Verantwortung bleibt dann noch? Nur von der Idee, der Einzigen Wahrheit, der Höheren Sache besessene Geister können ohne Empathie auskommen, auch ohne Empathie für sich selbst. In einer Situation wie dieser würde Bereuen bedeuten, dass man die Nichtigkeit und Leere des einmal Geglaubten eingesteht; was man getan hat, war haltlos und falsch. Keine Musik bei der Rückkehr ins Dorf. Mein Freund Humpel nimmt die entgegengesetzte Haltung ein. Ich frage ihn, ob er etwas bereut. Ohne zu zögern, antwortet er: «Ich bereue alles.» Ich bitte ihn, ernst zu bleiben. Er sagt, ernster könnte er es gar nicht meinen. Nichts von seinem ganzen Leben überdauert. Wenn es nach ihm ginge, würde er an den Ausgangspunkt zurückkehren und seine ganze biografische Strecke, von der Geburt bis zum heutigen Tag, mit der Umsicht eines Schachspielers noch einmal zurücklegen und dabei jeden Schritt genau bedenken. Diese Haltung beruht auf dem Anspruch (der Hoffnung?), dass die Existenz das direkte Resultat des freien Willens ist. Ich bin das, was ich in jedem Augenblick sein will, und nicht der Knecht irgendeines Plans oder einer Ideologie. Ich könnte mir vorstellen, dass die unablässige Ausübung von Freiheit eine verheerende Wirkung auf das Individuum hat. Eine so verstandene Freiheit ist mühsam, aufreibend, ist ein Tumor; sie zwingt einen dazu, vierundzwanzig Stunden am Tag wachsam zu sein und eine gewaltige Menge Einsamkeit inmitten seiner Mitmenschen zu ertragen. Aber wie dem auch sei; um frei zu sein, muss man eine Menge lernen, und ich schätze, dass diesen Filter nicht viele passieren: weil sie nicht können, weil sie nicht wissen wie, weil sie nicht wollen. Entgegen der bösartigen Prophezeiung der anonymen Nachricht muss ich sagen, dass ich nicht alles bereue. Viele Dinge bedauere ich, einige davon sind dem Zufall zuzuschreiben; andere, womöglich die meisten, sind die Folge meiner falschen Einschätzung, meiner Irrtümer oder bestimmter Bildungsmängel und Charakterfehler. Urteil: Ich bekenne mich zu gleichen Teilen unschuldig und schuldig, ich finde mich mit meiner Biografie ab wie mit meinen Gesichtszügen. Es freut mich, dass ich mir auf dem letzten Stück meines Lebens noch ein paar moralische Prinzipien erhalten habe; gerade, als ich um mich her kaum noch etwas Wertvolles erkenne und weiß, dass ich am Rand eines Abgrunds von Gleichgültigkeit gehe. Es gibt Gebirgsmenschen, die mit ihrer Tatkraft Berge und Schluchten versetzen. Ich bin immer eher ein Flachlandmensch gewesen, mit keinen anderen Höhen vor Augen als zwei schwarzen Häufchen: Amalia und mein Bruder. Die beiden sind die Einzigen, die Reue in mir aufkommen lassen. Ich bereue zutiefst, dass ich mit Amalia zusammengelebt habe. Es schmerzt mich, dass ich es nicht geschafft habe, eine emotionale Nähe zu Raúl herzustellen. Vom Rest meines Lebens bin ich zwar nicht begeistert; aber soweit ich weiß, hat es bei mir auch keine unheilbaren Wunden hinterlassen. Vielleicht hätte ich einen anderen Beruf wählen sollen. Vielleicht wäre es klüger gewesen, diese Welt vor dem Erwachsenwerden zu verlassen. Wenn ich aus der Wohnung gehe, bleibe ich manchmal vor Papas Fotografie stehen und sage zu ihm: «Ich verzeihe dir nie, dass du mich aus der Seine gefischt hast.» Er scheint dann sein unentwegtes Lächeln kurz zu unterbrechen und mir in mahnendem Ton zu sagen, dass das Leben aus Kampf und Arbeit besteht und dass man zum Abschluss bringen muss, was man angefangen hat. Am Ende stellt sich noch heraus, dass ich nur aus Pflichterfüllung gelebt habe.

12

Ich ahnte, dass Águeda nicht auf dem Markt sein würde. Ich bin mit meiner Einkaufstüte nach draußen und habe mich trotzdem einmal umgesehen. Vielleicht ist diese Frau doch nicht so immun gegen Kränkungen, wie sie uns hat glauben lassen. Ein paar Minuten habe ich mich dem unmöglichen Versuch hingegeben, Mauersegler zu zählen. Es gab mehr als gewöhnlich. Sie fliegen dahin und dorthin, jagen kreuz und quer durch die Luft, und es gibt keine Möglichkeit, sie in eine Zahl zu fassen. Mir kam der Gedanke, dass ich gern als einer von ihnen wiedergeboren und ab August über den Straßen meines Viertels dahinsegeln würde. Überzeugt, dass Águeda nicht mehr kommt, bin ich nach Hause gegangen. Eine Stunde später, ich hatte gerade geduscht und lief noch in Unterwäsche herum, überlegte, ob ich zu Alfonsos Bar hinuntergehen oder mich in meinen gemütlichen Lesesessel sinken lassen sollte, mit einem Buch, einem Glas Cognac und *Pepas* Atemzügen neben mir, die in der Regel eine beruhigende Wirkung auf mich haben, als es plötzlich klingelt und gleich darauf in der Gegensprechanlage eine Frauenstimme sagt: «Rate mal, wer dich besuchen kommt.» Gut, dass ich Tina in den Kleiderschrank gesperrt habe. Die Zeit, die ich gebraucht hätte, sie zu verstecken, kommt mir jetzt wie gerufen, um mich anzuziehen. Ich öffne die Tür; eine Weinflasche kommt mir entgegen, gehalten von einer Hand, deren Rücken eine breite Narbe aufweist. «Ich habe mir gedacht, ich sehe mal, was Toni macht, und bringe ihm gleich ein Geschenk mit.» «Und der andere *Toni?*» «Der ist nicht so gut zu Fuß.» Ich lade sie ein, es sich auf dem Sofa bequem zu machen. Kurz vorher, im Flur: «Ist dieser Herr dein Vater?» Zum Glück habe ich letzten Sonntag geputzt. Ich sehe keinen Schmutz; ein bisschen Unordnung, aber nicht so viel, dass ich mich schämen müsste. Und Águeda ist natürlich überrascht vom Zustand meiner Bibliothek mit leeren oder halb leeren Regalen und vielen umgefallenen Büchern. Ich erkläre ihr, dass die Lücken aufgrund von kürzlich gemachten Spenden entstanden sind. Sie bewundert Menschen, die sich nicht an Besitz klammern. Das habe ich sie mehr als einmal sagen hören. Ich ermuntere sie, Bücher, die ihr gefallen, mitzunehmen, egal wie viele und welche, ausgenommen den Roman von Saramago, den sie mir geschenkt hat und der gut sichtbar im Regal steht. Im Grunde wollte ich ihr damit nur zeigen, dass ich ihr Geschenk nicht weggegeben habe. Ob sie denkt, dass ich es behalten will, weil es einen hohen (literarischen, sentimentalen?) Wert für mich hat? Um ehrlich zu sein, könnte Saramagos Buch, anstatt in meinem Bücherregal zu stehen, ebenso gut jetzt gerade von einem unbekannten Spaziergänger davongetragen werden. Águeda stöbert in den Überresten meiner Bibliothek herum. Ob ich ihr dieses Buch schenke und jenes, fragt sie. «Nimm dir, was du willst. Soll ich dir einen Beutel geben?» Sie hat nicht die Absicht, mich auszunutzen. Sie bedankt sich. Da sie mir den Rücken zukehrt und aufmerksam die Bücher betrachtet, kann ich mir in Ruhe das Etikett der Weinflasche ansehen. Ich biete ihr Essen und Trinken an. Nichts. Sie möchte nichts. Doch, ja, ein Glas Wasser. Mit Kohlensäure, ohne? Ist ihr egal. «Einfach aus der Leitung.» Wir sprechen über dieses und jenes, auch über persönliche Dinge, wissen private Untiefen jedoch zu vermeiden. Sie sitzt dort in ihrer für das Wetter draußen viel zu warmen Kleidung, ich ihr gegenüber, hin- und hergerissen zwischen Argwohn und Befremden. Águeda erzählt, dass sie die letzten Tage Migräne hatte. Ich enthalte mich der Frage, ob sie deshalb nicht in die Bar gekommen ist. Und ich stelle Berechnungen an: Von zwanzig Wörtern kommen siebzehn aus ihrem Mund und drei aus meinem. Mehr oder weniger. Schließlich kündigt sie an, mir den Grund ihres Besuchs zu verraten. Sie hat eine Bitte, die sie selbst als gewagt bezeichnet. Vor allem will sie sie erklären, damit keine Missverständnisse entstehen. Und sie hat auch jetzt schon Verständnis, wenn ich sie ablehne. Mein Instinkt flüstert mir ins Ohr, dass ich auf der Hut sein soll. Und alle Alarmlampen gehen bei mir an, als sie versichert, dass es nichts mit Erotik oder Liebe zu tun hat, auch wenn es vielleicht so aussieht. Höchste Vorsicht mit dieser Schlange, sage ich mir. Wie um zu verharmlosen, was immer sie sich ausgedacht hat, erklärt sie wortreich, dass es sich nur um eine Laune handelt, ein Spiel, eine Kinderei. Ihre Worte explodieren wie kleine Blitze über meinem Kopf. Und zum bösen Ende des Ganzen stammelt sie: «Ach, komm, vergiss es.» Was vergessen? Ich verstehe gar nichts. Ich kann nicht einmal ihren Gesichtsausdruck deuten, der aussieht wie in mystischer Verzückung oder als versuchte sie, Zahnschmerzen zu unterdrücken. Ich frage, was ich für sie tun kann, «wenn du mich nicht zu einer Straftat anstiftest ...». Da nimmt sie endlich ihren ganzen Mut zusammen und erklärt sich. Vor siebenundzwanzig Jahren hat sie zum letzten Mal fremde Lippen auf ihrem Mund gespürt. Sie gesteht, dass sie es kaum erwarten kann, dieses Gefühl noch einmal zu erleben. Und sie beharrt, dass sie der Symbolgehalt des Kusses nicht interessiert. Sie sucht nur das taktile Empfinden. Ob ich das verstehen kann. Ich müsse gar nichts tun: nur dastehen wie eine Schaufensterpuppe, und sie würde mir einen Kuss geben, «ohne Zunge und Hintergedanken». Das schwört sie. «Ich wollte Humpel darum bitten, habe mich aber nicht getraut. Der alte Spötter hätte mich bestimmt ausgelacht, und mit seinem Schnurrbart wäre das Experiment wohl auch ein bisschen verunglückt.» Scheinbar gelassen gebe ich mein Einverständnis, stelle mich hin und nehme die gewünschte Stellung ein. Zögernd und ein wenig furchtsam tritt Águeda an mich heran. Unsicher wie beim Tanzkurs legt sie mir ihre Hände auf die Schultern. Als ich sie zögern sehe, frage ich, worauf sie wartet, was das Problem ist. Sie nähert ihr Gesicht dem meinen und schließt die Augen. Ich muss dabei an Diana Martín denken, und wie erregend es wäre, wenn mich anstelle von Águeda diese verstörend sinnliche Frau um einen Kuss gebeten hätte. Ich fühle die Wärme von Águedas Lippen auf meinen und auch den Kitzel des aus ihren Nasenlöchern über meine Wangen streichenden Atems. Sie ist, ohne Leidenschaft, ohne Ungestüm, ganz auf ihre Fantasie konzentriert. Und ich bin ein Pfosten, dem nicht mehr Leben innewohnt als Tina, wenn ich sie nehme. Als Águeda sich von mir löst, zeigt sie ihre gute Erziehung und bedankt sich bei mir. Sie sagt noch einmal, dass sie nicht gewusst hätte, wen sie sonst um diesen Gefallen hätte bitten können. Sie hat Freundinnen, die ihr die Freude gemacht hätten, aber das ist nicht dasselbe. Sie hofft, dass mir der Wein schmeckt. Wir sprechen noch (vor allem spricht sie) über Hunde, über den Prozess, der den katalanischen Politikern dieser Tage gemacht wird, und welch gute Menschen unsere Mütter waren. Wir springen von Thema zu Thema, und so vergeht etwa eine Stunde. Dann beginnt sie sich zu verabschieden. Sie nimmt die Bücher, versichert mir lächelnd, dass ich eine hübsche Wohnung habe, ich begleite sie zur Tür, und sie geht.

13

Bei meiner Ankunft in der Bar studierten Águeda und Humpel die Aufstellung der Getränke und Gerichte, die unser Freund in der letzten Zeit zu sich genommen hat. Humpel wiegt skeptisch den Kopf, bezweifelt, dass sich in einem der Einträge der Grund für seine Wunden verbirgt. Unsere Freundin sagt weder Ja noch Nein. Sie lässt sich von Ahnungen und Gefühlen leiten. Ohne dass mir einer von ihnen erklärt, was sie bisher gesprochen haben, fragen sie, was meine Meinung ist. Da wir schon eine Liste haben, antworte ich, könnten wir die Einträge dazu nutzen, systematisch vorzugehen. Wir könnten Speisen und Getränke in verschiedene Gruppen einteilen und sehen, ob deren Verzehr zu einem Ergebnis führt. Humpel verdreht die Augen. «Der Rationalist schießt wieder seine logischen Raketen ab.» Águeda erscheint der Gedanke gar nicht so abwegig. Sie ist wie ich der Meinung, dass ein bloßes Kommentieren der Einträge zu nichts führt. Falls ich einen Plan habe, sagen sie, soll ich ihn erklären. Das Verfahren könnte darin bestehen, sage ich, dass selektiv getrunken und gegessen wird, dass nach den Einträgen bestimmte Gerichte zusammengestellt werden. Wenn Águeda mit ihrer Theorie der giftigen Substanz (die ihrer Meinung nach ein Konservierungsstoff, ein Färbemittel oder sonst eine Zutat sein kann) recht hat und unserem Freund in den nächsten Tagen ein weiteres *noli me tangere* entsteht, hätten wir beste Chancen, dessen Ursprung zu entdecken. Rhetorische Frage von Humpel: Warum, in drei Teufels Namen, er Zeit und Geld in die Hautärztin aus Pozuelo investiert hat, wenn er uns doch hatte, die wir auf dem besten Weg sind, gemeinsam den Nobelpreis für Medizin zu gewinnen, und wenn wir nicht aufpassen, sogar noch den für Chemie und Literatur obendrein. Dann jammert er, dass die Liste so lang ist, und er nicht weiß, womit er anfangen soll. Águeda, ganz sanfte und vernünftige Mutter, weist auf die industriell hergestellten Lebensmittel als Hauptverdächtige hin und lenkt unsere Aufmerksamkeit auf die Fertiggerichte der Liste. «Typisches Junggesellenessen», sagt sie. Und da wir alle drei allein wohnen, schlägt sie vor, dass wir künftig unsere Wohnungen teilen. Eine Woche wohnen wir bei Humpel, eine Woche bei mir, eine Woche in ihrer Wohnung, und dann wieder von vorn. Als sie sich von unseren Blicken durchbohrt fühlt, erklärt sie schnell, das habe sie nur im Spaß gesagt. Im Unterschied zu Humpel ernährt sich Águeda mit Bedacht, und ich führe meinem Körper auch nicht das Erstbeste zu. Als ich an der Reihe bin, erinnere ich die beiden daran, dass ich regelmäßig in der Markthalle von La Guindalera einkaufe, wo ich mich jeden Mittwoch mit gesunden Lebensmitteln eindecke, zu deren Herstellung in den meisten Fällen keine Maschinen benutzt werden. In der Küche habe ich allein schon deswegen ein gutes Händchen, weil meine Geschmacksnerven schlechtes Essen prinzipiell zurückweisen und weil Ernährung für mich mehr ist, als mir den Wanst vollzuschlagen. Águeda befürwortet meine gastronomische Philosophie. Humpel fühlt sich in die Enge getrieben und schickt uns dahin, wo der Pfeffer wächst, «ihr blöden Pedanten und Möchtegernbiobauern». Dann zeigt er sich nachgiebig und verkündet, dass er das Experiment mit den Pizzas und dem Eis beginnen will, danach sieht er weiter. «Ich weiß gar nicht, warum ich euch das überhaupt erzähle.» Kurz vor zehn haben wir alle drei die Bar verlassen. Draußen war es angenehm warm. Durch die Lichtverschmutzung konnten wir am nächtlichen Himmel nur ein paar glitzernde Punkte erkennen. Dieses Problem ist für die Einwohner unserer Stadt meines Wissens kein vorrangiges. Humpel humpelte anfangs nicht wegen seiner Prothese, sondern weil ihm anscheinend der einzige Fuß eingeschlafen war. Während er auf das Taxi wartet, behauptet er, er habe genau gemerkt, dass wir uns gegen ihn verschworen hätten. Wie Sabber tropft es ihm von den Lippen: «Ihr beide gebt ein nettes Pärchen ab.» Und als er im Taxi sitzt, streckt er uns wie ein Kind die Zunge heraus. Águeda mit dem Dicken, der zwar nicht gut in Form ist, aber genug Puste hat, um den Nachhauseweg zu schaffen, und ich mit *Pepa* sind zum Park hinuntergegangen, wo beide Hunde ihre Notdurft verrichtet haben. Unterwegs hat Águeda mir ein paar Vertraulichkeiten anvertraut.

14

Auf dem Weg zum Park hat sie mir gestanden, dass sie es nach unserer Trennung kategorisch abgelehnt hatte, auch nur ein einziges Gramm Hoffnung in neue Liebesversuche zu investieren. «Aus, Ende. Sollen andere sich lieben.» Ist diese Entscheidung nicht die gleiche wie meine, die sie vergangene Woche zum Weinen gebracht hat, als ich sie ihr auf der Terrasse des Conache mitgeteilt habe? Vielleicht war sie deswegen so betroffen, weil sie sich in mir wiedererkannte und meine Worte ihr wie ihre eigenen klangen. Ihre Ehrlichkeit hat mich gestern kalt erwischt. Aus Furcht, etwas Unpassendes zu sagen, habe ich mir schweigend angehört, was sie zu erzählen hatte; angenehm berührt, muss ich zugeben, dass ich in ihrer Stimme weder Unwillen noch Bitterkeit fand. Als das mit uns zu Ende war, sagte sie, habe sie sich entschlossen, mit keinem Mann mehr eine Liebesbeziehung einzugehen. Sie war voll und ganz mit der Pflege ihrer Mutter beschäftigt, die machte ihr eine Menge Arbeit. Águeda ist überzeugt, dass diese oft zermürbende Tätigkeit ihr dabei geholfen hat, ihre destruktiven Tendenzen auf

Abstand zu halten. Ihre Mutter war so krank und hilfsbedürftig, und sie tat ihr so leid, dass ihre eigenen Angelegenheiten zweitrangig für sie wurden. Später, wenn sie Waise war, hätte sie noch Zeit genug, ihr Leben in Ordnung zu bringen. Als sie eines Tages von der Arbeit kam, fand sie ihre Mutter tot. Das Gefühl von Einsamkeit und Leere, das sie daraufhin überkam, nahm solche Ausmaße an, dass sie nicht mehr essen wollte, keine Menschen mehr sehen wollte, nicht einmal mehr atmen wollte. Ihre Arbeit verrichtete sie wie ein Zombie, redete nur das Nötigste, verlor in kürzester Zeit acht Kilo an Gewicht, blieb ganze Wochenenden im Bett. Und hätte sie in einem früheren Jahrhundert gelebt, wäre sie bestimmt in ein Kloster eingetreten. «Ich sehe ja auch schon aus wie eine Nonne.» Sie schaute mich an, um zu sehen, wie ich reagiere, und da ich nicht wusste, was ich sagen sollte, setzte ich das gleiche Lächeln auf wie sie. Ihr war klar, dass sie, solange sie das Vaginalproblem hatte, nie die natürlichen Erwartungen eines Mannes befriedigen konnte. Ihre eigenen auch nicht, stelle ich mir vor, welche immer das sind. «Ich kann dir nichts vorwerfen. Du hast getan, was ich an deiner Stelle auch getan hätte.» «Ich bin dir von Herzen dankbar, dass du das so siehst.» Gut ein Jahr nach dem Tod ihrer Mutter folgte sie den Empfehlungen der Gynäkologin, überwand ihre Angst und ließ sich operieren. Sie war an einem Punkt, an dem die Einsamkeit ihr über die Maßen zusetzte, und der Körper, ob du willst oder nicht, forderte das Seine. Die Operation ging ohne Komplikationen vonstatten. «Schade», sagte sie, «dass ich das nicht früher gewusst habe.» Die Gynäkologin versicherte ihr, dass sie in Zukunft normale sexuelle Beziehungen haben könne. Sie hat es nie überprüfen können. Wenn sie wollte, konnte sie nicht; wenn sie konnte, wollte sie nicht. Es war einfach so, um es mit Águedas Worten zu sagen, dass das Drehbuch ihres Lebens keinen passenden Partner für sie vorgesehen hatte. Daher richtete sie jahrelang ihre ganzen emotiven Kapazitäten auf die Sozialarbeit und kümmerte sich um die Bedürftigen, einschließlich ihrer Tante, von der sie die Wohnung in La Elipa erbte sowie auch einen Geldbetrag, den ich für nicht unbeträchtlich halte und der, gut angelegt, Águeda ein Leben ohne finanzielle Sorgen sichern dürfte. Sie erzählte mir lächelnd, die eine oder andere Art von Flirt habe es schon gegeben. Besonders einer mit einem «gut aussehenden Herrn mit weißen Schläfen» hätte gedeihen können. Sie tändelten ein bisschen herum, ohne dass etwas Ernsteres daraus wurde. Eine gewisse Ähnlichkeit ihres Charakters, ihrer politischen Ansichten und Geschmäcker verband sie, oder wenigstens glaubte Águeda das, bevor sie von Dritten erfuhr, dass besagter Herr nicht nur gut aussehend, sondern auch ein Schwindler war, der eine Frau und schulpflichtige Kinder hatte. Die größte Verrücktheit wäre ihr um ein Haar mit einem Obdachlosen passiert, den sie von der Straße auflas, nachdem es den Nachmittag über geschneit hatte. Er war nicht der Erste und würde wohl auch nicht der Letzte sein, den sie zum Abendessen einlud und dem sie anbot, in ihrer Wohnung zu duschen und die Nacht zu verbringen. Diesen nun hätte sie, wenn er nicht so schmutzig gewesen wäre, gerne verführt, da sie schier umkam vor Verlangen. Der Typ stellte sich dumm, aber vielleicht auch nicht, jedenfalls war er nicht zu bewegen, unter die Dusche zu gehen; eine Voraussetzung, ohne die jeder Körperkontakt für sie undenkbar war. Der Obdachlose schien nur scharf auf Alkohol zu sein, und da es den nicht gab, verdrückte er sich in der Nacht unbemerkt und nahm noch ein paar Sachen seiner Gastgeberin mit. Das alles erzählte mir Águeda gut gelaunt, als wir gestern mit den Hunden in Richtung Park spazierten. Manchmal lachte sie über sich selbst: «Ich bin selbst schuld, dass ich in der Liebe kein Glück habe, weil ich so unattraktiv bin.» «Sag doch nicht so etwas!» «Warum nicht, wenn es doch stimmt?» Ich schaute sie an und tat, als sei ich wirklich anderer Meinung; doch bei mir dachte ich: Wie recht du hast!

15

Heute Nachmittag in der Bar hat Águeda uns sprachlos gemacht. Ich weiß gar nicht, worauf ihr unerwartetes Geständnis zurückzuführen war, denn eigentlich sprachen wir über den mehr als wahrscheinlichen Wechsel im Rathaus; ein Thema also, das nichts mit ihr zu tun hatte. Wir sprechen also in aller Ruhe, da platzt sie damit heraus, dass ihr soziales Engagement und ihr Einsatz für die Kapitalismusgeschädigten einen egoistischen Hintergrund haben könnte. Mir kam es spontan so vor, als wären ihr einfach ein paar Gedanken aus dem Mund gesprungen. Humpel, neugierig: «Lass hören, Mädchen, erklär mal. Immerhin bist du unsere Kandidatin für den Heiligenkalender. Du willst uns doch keinen Strich durch die Rechnung machen, oder?» Wir können uns nicht vorstellen, welchen Genuss es bereitet, wenn jemand, dem du behilflich gewesen bist, dem du aus der Klemme geholfen oder etwas zu essen gegeben hast, dir dafür seinen Dank ausspricht. Ich: «Geistigen Genuss?» «Nein, körperlichen.» Tränen der Dankbarkeit in den Augen; zustimmendes Schulterklopfen der anderen Helfer; lobende Worte mit moralischem Zuckerguss versüßt; das Gefühl, aufseiten der Guten zu stehen: Das alles hat Águeda die ganzen Jahre über gesucht, vielleicht nicht bewusst, aber doch mit einem Nachdruck, der ihr, wenn sie jetzt darüber nachdenkt, nicht sehr edelmütig vorkommt, da er eigentlich nur egozentrisch ist. Humpel: «Scheiße, das ist ja eine hochmoderne Version von linker Denke!» Er ist wie ich der Meinung, dass dem Wohltätigkeitsempfänger die Beweggründe seiner Wohltäter piepegal sind. «Bei dir kommt der Rechte zum Vorschein, der in jedem von uns wohnt.» Und ich habe hinzugefügt, dass es menschlich ist, für seine Bemühungen belohnt werden zu wollen, und dass ich jede negative Bewertung von Genuss ablehne. Wie dem auch sei, hat sie dann gesagt, sie hätte uns dieses Geständnis einfach machen müssen, da ihr die Worte auf der Zunge gebrannt hätten. Und wir könnten sicher sein, dass, was immer sie uns sagt, die Wahrheit ist und nichts als die Wahrheit. Kurz darauf brachte Alfonso eine neue Runde Bier und den üblichen Tee für unsere Freundin. Humpel: «Alfonso, tu uns den Gefallen und wirf diese Frau aus deiner Bar. Sie hat zersetzende Ideen.» Alfonso, ungerührt: «Hier wird niemand rausgeworfen, der seine Rechnung bezahlt.»

16

An einem Sonntagabend kamen Nikita und ich von einer Fahrt nach Alicante zurück. Zu der Zeit hatten weder mein Sohn noch ich ein Handy, sodass Amalia, die wohl eines besaß (ein primitives im Vergleich zu den heutigen, aber funktionierend), sich nicht mit uns in Verbindung setzen und herausfinden konnte, wo wir waren. Wir waren am Freitag nach Schulschluss losgefahren und in einer einfachen Pension untergekommen, vom Strand ein ganzes Stück entfernt. Der Junge, vierzehn Jahre alt, verstand nicht den heimlichen Sinn dieser Fahrt, was auch nicht nötig war. Es muss ihm wie eine Entführung mit dem Versprechen auf Lustbarkeiten vorgekommen sein. Als wir die Tiefgarage suchten, ließ er mich wissen, dass er das Wochenende lieber mit seinen Freunden verbracht hätte; ich hatte mich entschieden, seiner Mutter einen Schrecken einzujagen.

Ich hatte Amalia zum letzten Mal am Dienstag gesehen, kurz bevor sie sich auf den Weg zum Sender machte. Nachts kam sie nicht zurück; am nächsten Tag auch nicht. Freitagmorgen hatte sie sich immer noch nicht gemeldet. Nicht dass es mich interessierte, wo sie sich herumtrieb und mit wem; aber wir teilten eine Wohnung und zogen gemeinsam ein Kind auf, und das bringt Verpflichtungen mit sich, die ich jetzt allein wahrzunehmen hatte. Ich überlegte, ob es sinnvoll war, sie als vermisst zu melden, nicht weil ich mir Sorgen machte, sondern weil ich vorhersah, dass ich, falls ihr etwas zugestoßen wäre, der erste Verdächtige sein würde. Ich konnte aber täglich in ihrer Radiosendung verfolgen, dass Amalia noch unter den Lebenden weilte; gut gelaunt sogar, wenigstens dem Anschein nach. Vermutung, beinahe Gewissheit: Sie war mit ihrer Freundin durchgebrannt; vorübergehend oder für immer, das würde sich schon noch herausstellen. Uns eine erklärende Notiz zu hinterlassen, schien sie nicht für nötig gehalten zu haben. Dementsprechend hinterließ ich ihr auch keine, als ich am Freitagnachmittag einen Koffer und Nikita ins Auto packte und das Dorf ansteuerte, in dem ich als Kind mit der Familie die Sommerferien verbracht hatte. «Papa, wohin fahren wir?» «An einen spitzenmäßigen Ort. Wirst schon sehen.» Nikita und ich badeten im Meer, genau wie Papa das mit seinen Söhnen getan hatte, an derselben Küste, die heute vollkommen zugebaut ist, und in genau den gleichen Wellen wie damals. Hinterher aßen wir in einem Chiringuito mit fettigen Fingern frittierte Sardinen, und ich ließ ihn beim Minigolf gewinnen; am zweiten Abend schauten wir uns einen Film im Autokino an, wobei ich ihm erlaubte, im Auto eine Zigarette zu rauchen, und am Sonntagnachmittag fuhren wir in aller Ruhe wieder nach Hause. Dort trafen wir Amalia an, die mit den Nerven am Ende war und schon den Finger auf der Taste hatte, um die Polizei anzurufen. Was konnte sie mir vorwerfen? Sie war ja die Erste gewesen, die abgehauen war, ohne zu sagen, wohin. Nikita fragte seine Mutter sofort, als er sie sah. Während sie ihn herzte und abküsste, antwortete sie, sie habe viel Arbeit gehabt. Ich hätte beinahe laut aufgelacht. Der Junge fragte, warum sie nicht zu Hause angerufen habe. Amalia gestand ein, dass sie das hätte tun sollen. «Entschuldige, mein Liebling. Es wird nicht wieder vorkommen.» Ich stand fünf Schritte entfernt und genoss das scheinheilige Theater. Amalia suchte ihr schlechtes Gewissen damit zu beruhigen, dass sie Nikita in überschwänglicher Liebe an sich drückte, ihm all die kleinen Nettigkeiten sagte, die sie ihm die Woche über vorenthalten hatte, und ihn mit Küsschen und Lügen überschüttete. Im Lampenlicht fiel mir ein roter Punkt auf Amalias Wange auf. Zu dem Zeitpunkt wusste ich noch nicht, dass es sich um eine Verbrennung handelte, eine von der Glut einer Zigarette verursachte Verbrennung; einer Zigarette, die Olga ihr auf die Wange gedrückt hatte, um sie zu zeichnen, so wie Viehzüchter ihren Rindern ein Brandzeichen aufdrücken.

17

Verzweiflung. Mir fällt kein passenderes Wort ein, um ihre Stimmung in jenen Tagen zu bezeichnen. Das erklärt auch, warum die große Dame, die berühmte Radiosprecherin, die so oft vor mir damit angegeben hatte, ihre eigene Herrin zu sein und ihr Leben selbst in der Hand zu haben, auf für sie ungewöhnlich demütige Weise Aussprache bei mir suchte. Zu ihren gewaltigen persönlichen Problemen, soweit ich sie bisher kannte, kam noch meine Flucht mit Nikita an die Küste hinzu. Amalia interpretierte unseren Ausflug als Test für ein endgültiges Verlassen, und da habe sie, wie sie sagte, Angst bekommen. In ihren nächtlichen Albträumen sah sie mich Nikita entführen und in ein Land bringen, in dem Frauen nur verschleiert auf die Straße dürfen und der elementarsten Grundrechte entbehren, was es für sie unmöglich machte, den Jungen auf legalem Wege zurückzubekommen. Ich versicherte ihr, dass mir ein solcher Unfug nie in den Sinn gekommen sei und dass ich ein Abenteuer dieser Art auch nicht für geeignet hielt, die geistige Gesundheit unseres Sohnes zu bewahren. Sie dankte mir für meine Worte; doch ihre Erleichterung hielt nicht lange vor und verging gleich wieder, als ich den roten Punkt auf ihrer Wange mit der Glut einer Zigarette in Zusammenhang brachte. Während all der Jahre unserer langen und verworrenen Ehe hatte ich sie noch nie so weinen gesehen, laut schluchzend und jammernd («ich bin die unglücklichste Frau der Welt») und mit der altbekannten Drohung, sich das Leben zu nehmen. Nikita kam barfuß und im Schlafanzug aufgeschreckt aus seinem Zimmer. «Geh wieder ins Bett, Junge. Alles in Ordnung. Deine Mutter ist nur plötzlich ganz traurig geworden.» Der Junge beruhigte sich, nachdem Amalia ihn zu sich gerufen und seine Wangen mit pickenden Küsschen bedeckt hatte. Als er wieder ging, zwinkerte ich ihm zu, zum Zeichen, dass es keinen Grund zur Sorge gab. Wieder allein, bot ich an, Amalia in Ruhe zu lassen, da ich dachte, sie würde sich vielleicht lieber ohne Zeugen beruhigen wollen. Sie, traurig und sehr anziehend, wollte lieber, dass ich noch ein Weilchen bei ihr blieb. Ich war seit Monaten nicht mehr in ihrem Zimmer gewesen. Wir saßen auf dem Rand ihres Bettes, das früher auch meines gewesen war, ich schaute auf ihre unter der Kleidung verborgenen Schenkel und Brüste und wurde unwillkürlich von einem erotischen Schauer erfasst. Sie musste das gespürt haben, denn sie legte sich aufs Bett wie auf die Couch eines Psychiaters und erlaubte mir, ihr die Füße zu massieren. Dabei vertraute sie mir Einzelheiten an. Das zentrale Problem war, wie ich gleich erkannte, dass Olga sie tyrannisierte. Sie zeigte auf die Verbrennung. «Lass mal sehen», sagte ich. Unter dem Vorwand, die Wunde aus der Nähe betrachten zu wollen, füllte ich meine Nasenlöcher mit ihrer Wärme und ihrem Parfüm. Es fehlte nicht viel, und ich hätte sie geküsst. Ich hatte den Eindruck, dass die Wunde recht oberflächlich war. Daher prophezeite ich ihr, dass keine Narbe zurückbleiben würde, was in der Tat auch nicht passierte, wenngleich der rote Fleck, den sie mit reichlich Schminke überdeckte, noch lange zu sehen war. Vergangenen Mittwoch, nach der Arbeit, hatte Olga ihr verboten, nach Hause zu gehen. Ihre Familie sei sie. «Sie ist eifersüchtig. Sie glaubt, wir beide schlafen noch miteinander.» Ich fragte sie, ob ich etwas für sie tun könnte. Sie antwortete, sie würde es mir am nächsten Morgen sagen, sie müsse erst darüber schlafen. Es vergingen zwei Tage, ohne dass Amalia auf das Thema zu sprechen kam, woraus ich schloss, dass sie die Beziehungskrise mit der Langen überstanden hatte. Doch am dritten Tag kam sie, kaum war sie im Haus, nervös, aber entschlossen zu mir in die Küche und flehte mich an, ihr bitte zu helfen, die Beziehung zu Olga zu beenden, allein fühle sie sich dazu nicht imstande. Dabei machte sie deutlich, dass das nicht hieß, dass wir unser Eheleben wieder aufnehmen würden. Aber sie würde meine Hilfe als einen riesengroßen Gefallen betrachten, für den sie mir «ewig dankbar» wäre. «Olga hält dich für einen Wüterich», fügte sie hinzu. «Wenn sie dich sieht, wird sie Angst bekommen.» «Du wirst ihr Ungeheuerlichkeiten über mich erzählt haben.» Sie lächelte.

18

Auf Humpels Liste sind die ersten Streichungen zu sehen. Es handelt sich dabei um Lebensmittel, die er in den letzten Tagen mindestens zwei Mal zu sich genommen hat. Keines hat anscheinend zu neuen Wunden geführt. Die Fertiggerichte bleiben zum größten Teil unverdächtig. Ein oder zwei müssten noch ausprobiert werden, die unser Freund angeblich nur hin und wieder konsumiert. Die Prüfung der im Grunde nur wenigen Getränke ist abgeschlossen und hat zu einem unanfechtbaren Urteil geführt: Sie sind unschuldig. Heute Nachmittag stellte sich uns die Frage, ob wir das Experiment mit den Milchprodukten, den scharfen Gewürzen oder den Konserven fortsetzen sollten. Águeda war für Letztere, hatte dafür aber keinen anderen Grund als ihre weibliche Intuition, weswegen Humpel und ich uns dagegen ausgesprochen haben. Als wir uns später in unserer Ecke der Bar über dieses und jenes unterhalten, erfahre ich, dass Águeda regelmäßig Amalias Radiosendung hört. Humpel, den ich immer wieder bitte, er solle meine Privatangelegenheiten unserer Freundin gegenüber mit Diskretion behandeln, hat sie dann gleich gefragt, ob sie wüsste, dass Amalia und ich verheiratet waren. Ohne mit der Wimper zu zucken, hat Águeda ihm geantwortet, na klar. Und hinzugefügt: «Sie war eine schöne Frau und ist es immer noch. Und sehr elegant.» Ob sie sie persönlich kennt. Nein, das nicht; aber sie hat Fotos von ihr in Illustrierten gesehen, und einmal hat sie sie auf der Straße erkannt und war sehr versucht, ihr zu sagen, dass ihr ihre Sendung gefällt. Ein Stück des Nachhausewegs haben sie und ich mit den Hunden zusammen zurückgelegt. Águeda zeigte sich besorgt, dass ihre Bemerkungen über meine Ex-Frau mir unangenehm gewesen sein könnten. Warum sollten sie mir unangenehm sein? Sie glaubt, dass sie es mit ihrem Lob vielleicht übertrieben hat. Ich fand es zutreffend und stimme ihm zu. Amalia war (ich habe darauf geachtet, möglichst in der Vergangenheitsform zu sprechen) eine attraktive Frau, die sehr auf ihre äußere Erscheinung geachtet hat, und das nicht aus Koketterie, sondern weil ihr Beruf es erforderte. Águeda gesteht etwas weh- und vielleicht sogar reumütig, dass sie nie großen Wert auf ein gepflegtes Äußeres gelegt hat. Sauberkeit, sagt sie, hat ihr immer genügt. Vielleicht sei es noch nicht zu spät, ihr Aussehen zu verbessern, selbstverständlich nichts in Richtung Eitelkeit oder Luxus. Sie wäre mir dankbar, wenn ich ihr dabei helfen könnte. Ich habe ihr geantwortet, gegen eine Beratung hätte ich nichts einzuwenden; sie solle aber nicht glauben, dass ich Experte in diesen Dingen sei. Ein Detail hat sie sich aufbewahrt, bis wir uns voneinander verabschieden. Bestimmt hat es ihr schon lange auf der Zunge gelegen. Sie erzählt, sie hätte einmal in einer Zeitschrift ein Interview mit Amalia gelesen, in dem die berühmte Radiomoderatorin durchblicken ließ, dass sie bisexuell sei. Für mich gab es keinen Zweifel, dass dies Geplauder aus dem Nähkästchen nur stattgefunden haben konnte, als ihr Vater bereits unter der Erde war und die Betschwester von Mutter schon nicht mehr ganz bei Verstand. Denn andernfalls, stelle ich mir vor, wären sie sicher in Schockstarre verfallen.

19

Es war wie ein Anflug nicht von Verstimmung, nicht von Ärger, sondern, wie soll ich sagen, von Unbehagen, ja, Unbehagen, als ich Águeda in der Markthalle erblickte, wo sich aufzuhalten natürlich ihr gutes Recht ist. Das fehlte ja noch. Daran gewöhnt, dass sie mittwochs, falls sie kommt, draußen auf mich wartet, fühle ich mich beim Einkaufen sicher, da ich selbst entscheide, wann ich nach draußen gehe und sie treffe. Heute aber habe ich sie gesehen, als sie bei der Gemüsehändlerin Stangenbohnen kaufte, und danach war es unvermeidlich, dass sie mich zu den weiteren Ständen begleitete. Trotz des guten Wetters (zwanzig und noch was Grad, blauer Himmel) ist Águeda ohne den Hund, der schon wieder kränkelte, nach La Guindalera gekommen. Sie ist immer noch begeistert von der Idee, ihr Aussehen zum Besseren zu wenden, und das umso mehr, seit ich ihr versprochen habe, ihr als Berater zu Diensten zu stehen. Ich habe keine Ahnung, wie sie sich meine sogenannte Beratung vorstellt; offensichtlich ist jedenfalls, dass ihr der Gedanke große Freude macht. Als wir auf der Terrasse des Conache darüber sprachen, habe ich ihr gesagt, dass sie zuerst einmal ihre Achseln rasieren müsse. Ein paar Sekunden lang hat sie steif und still dagesessen, als wäre sie überrascht, dass ich von ihrem verborgenen Haarwuchs Kenntnis hatte. Eigentlich ist es ja unmöglich, ihre Achselhaare zu sehen, bei der ganzen Kleidung, die sie anhat, selbst an Tagen, an denen der Normalsterbliche vor Hitze eingeht; aber an jenem Sonntag, als sie uns in ihrer Wohnung zum Essen eingeladen hatte, trug sie kurze Ärmel, und da habe ich sie gesehen. Auf dem Heimweg kam ich immer mehr zu der Überzeugung, dass meine Worte brutal rücksichtslos gewesen waren. Wie hatte ich so grob sein können! Noch vor dem Abendessen habe ich sie angerufen und mich dafür entschuldigt. Sie: Was für ein Unsinn, und dass Humpel und ich sie nie, nie, nie im Leben beleidigen könnten, und wenn sie sich jetzt noch nicht die Achseln rasiert hätte, dann nur deswegen nicht, weil sie weder Rasierer noch Rasiercreme im Haus habe, aber gleich morgen früh würde sie die Sachen kaufen. Am Ende hat sie mir sogar noch gedankt.

20

Ich saß ihr gegenüber, als sie am Telefon das Treffen mit Olga arrangierte. Amalia zögerte, fürchtete, und ich musste sie drängen. «Warum rufst du sie nicht an? Ich habe nicht den ganzen Tag Zeit.» Während des Gesprächs begann Amalias Unterlippe manchmal zu zittern. Sie sprach leise, unsicher, mit ängstlich-öliger Stimme, vermied lange Sätze und gestikulierte völlig unnötigerweise, da Olga sie am anderen Ende der Leitung ja nicht sehen konnte. «Wenn du dich von ihr trennen willst, sagst du ihr dann: ‹Tschüss, mein Schatz, Küsschen›?» «Lass du mich nur machen.» Ich bin sicher, wenn sie nicht versucht hätte, es zu überspielen, hätte ich den feuchten Fleck auf ihrer Hose nicht bemerkt. Sie sprang auf, um sich umzuziehen. «Bin gleich zurück.» Ich war versucht, ihr hinterherzurufen, gemach, gemach, trotz meiner Altersweitsicht hätte ich die feuchten Folgen ihrer Angst schon erspäht, sie brauche also gar nicht zu versuchen, sie vor mir zu verbergen. Lust hätte ich schon gehabt, sie ein bisschen zu quälen; doch dann siegte, ich weiß nicht, mein Mitleid oder der Wunsch, nicht alles noch schlimmer zu machen, und ich hielt lieber den Mund. Zeit und Ort des Treffens bestimmte die andere: um sieben Uhr abends dieses Tages im Café des Hotel de las Letras, das vor ein oder zwei Jahren auf der Gran Vía Nummer 11 eröffnet worden war. Ich machte mich allein auf den Weg, Amalia den Gefallen zu tun, um den sie mich gebeten hatte. Ich kam absichtlich eine Viertelstunde zu spät; nicht so sehr, um Olga zu brüskieren, als um die Begegnung so zu inszenieren, wie ich sie mir vorgestellt hatte. Sie saß an einem der Fenster, die auf die Calle del Clavel hinausgehen. Ich betrat das Lokal nicht durch die Tür, die sich an der Ecke dieser Straße zur Caballero de Gracia befindet, sondern durchquerte die Empfangshalle des Hotels, sodass ich mich Olga von hinten nähern konnte. Auf ihrem Tisch stand eine Tasse auf dem dazugehörigen Tellerchen, daneben lag ein Kaffeelöffel und ein ungeöffnetes Zuckertütchen. Olga wurde völlig überrascht. Ohne zu grüßen oder um Erlaubnis zu bitten, setzte ich mich ihr gegenüber. Die plötzliche Angst, die sich auf ihrem Gesicht abzeichnete, erinnerte mich an Amalia ein paar Stunden zuvor, und ich muss zugeben, dass es mir gefiel. «Was willst du?» «Das wirst du gleich erfahren.» Eine Kellnerin kam und fragte, was ich bestellen möchte. Ich antwortete, nichts, danke, ich würde nicht lange bleiben. Ich sah, dass Olga den Blick mehrmals zur Seite wandte, wie um Fluchtwege aus dem Café zu suchen, das um diese Zeit wenig besucht war, oder nach einer Möglichkeit, um Hilfe zu rufen. Ich glaube, ich habe weder bei Amalia noch bei meinem Sohn noch bei meinen Schülern jemals eine so deutliche Angstreaktion hervorgerufen. Vielleicht bei Raulito, als wir klein waren. Ich dachte, wenn Olga mich besser kennen würde, hätte sie sich entspannen können; aber natürlich hatte Amalia, um weibliche Solidarität buhlend oder um Mitleid zu erregen, ihr schreckliche Dinge von mir berichtet. Andererseits war ich auch nicht in das Café gekommen, um galant zu sein oder mein Repertoire an guten Manieren vorzuführen. Ich war gekommen, wozu ich gekommen war; entschlossen, die Angelegenheit in kürzester Zeit und ohne lange zu fackeln hinter mich zu bringen. Ich kann nicht leugnen, dass die Anzeichen von Angst bei der Frau meine Selbstsicherheit stärkten und mir halfen, mein Vorhaben durchzuführen. Ich überreichte ihr zwei Plastiktüten mit Dingen, die ihr gehörten und sich in Amalias Besitz befunden hatten: mehrere mit einem Band zusammengebundene Schlüssel, ein Umschlag mit knapp fünfhundert Euro in Scheinen, ein Ehering (der noch nicht vollzogenen Ehe) und ein verschlossener Brief, den Amalia mich nicht zu lesen gebeten hatte, da er «zu intim» sei und nicht von mir handle. «Ich würde mich sehr schämen, wenn du ihn läsest.» Ohne Erklärungen zu geben oder zu fordern, legte ich einen Gegenstand nach dem anderen auf den Tisch, und Olga begriff sofort, mit welcher Absicht ich gekommen war. Sie brach ihr hochmütiges Schweigen und giftete, dass Amalia nicht den Anstand und den Mut besaß, ihr persönlich zu sagen, was sie ihr zu sagen hatte. «Wenn du auch nur in die Nähe meiner Frau kommst, kriegst du es mit mir zu tun; und glaube mir, ich bin ein schlimmer Finger, und meine Freunde sind noch schlimmer.» «Du kannst dir deine Frau sonst wohin stecken. Die will ich nicht mal mehr von hinten sehen. Sie widert mich an.» Ich erhob mich von meinem Stuhl, zog eine Zigarette hervor, die ich extra zu diesem Zweck eingesteckt hatte, denn ich rauchte schon seit Langem nicht mehr, und fragte sie nach Feuer. Das Rauchverbot in Restaurants war seit etwa einem Jahr in Kraft. «Hier ist Rauchen verboten.» «Ich will gar nicht rauchen. Ich will die Glut in deinem Gesicht ausdrücken.» Sie blieb stumm, ich blieb ebenfalls stumm und verließ in aller Ruhe das Lokal.

21

Ein Satz von C.S. Lewis in meinem Notizbuch: «Die Aufgabe des modernen Erziehers ist es nicht, Urwälder zu roden, sondern Wüsten zu bewässern.» Heute war der letzte Schultag vor den Ferien. Am Nachmittag gab es eine Feier mit musikalischen Einlagen und dergleichen, aber ich bin nicht hingegangen. Die Direktorin wird schon einen Abwesenheitsvermerk eingetragen haben. Mich wundert nicht, dass ungewöhnlich viele Schüler mich auf den Fluren und dem Schulhof angelächelt und die Streber unter ihnen mir schöne Ferien gewünscht haben. Ich habe mir ihre Sympathien dadurch erworben, dass ich großzügig gute und sehr gute Noten verteilt habe und auch die nicht habe durchfallen lassen, die es verdient hätten. Die jungen Leute werden mich zwar bald vergessen haben; aber bis dahin wollte ich doch einen positiven Eindruck bei ihnen hinterlassen. Meinen letzten Tag habe ich wie ein Wüstenbewässerer verbracht und stets nur gelächelt. Was immer in meiner Nähe geäußert wurde, ich habe es mit fröhlicher Miene gutgeheißen. So viel gelacht habe ich lange nicht mehr. Ein anderes Vorgehen, um meine Traurigkeit zu verbergen, ist mir nicht eingefallen. Es ist eine Traurigkeit, die wie ein undichter Wasserhahn tropft. Pling, pling, pling ... Eine kleinliche, bohrende Traurigkeit, die seit dem frühen Morgen mein Inneres aushöhlt. Im Lehrerzimmer erzählte jeder begeistert, wo er seine Ferien verbringen würde. Ich habe keinen gehört, der sich nicht an der Küste erholen wollte. Mich hat niemand nach meinen Plänen gefragt. Auch besser so. Da habe ich wenigstens nicht lügen müssen. Danach habe ich gedacht, dass es doch lustig gewesen wäre, ihre Gesichter zu sehen, wenn ich ihnen die Wahrheit gesagt hätte. Die Direktorin schlenderte mit gerecktem Hals und einem düster vorgesetzten Glanz in den Augen an den plaudernden Grüppchen vorbei, als wollte sie sagen: Jetzt entkommt ihr mir zwar, aber im September werdet ihr schon wieder sehen, wer hier das Sagen hat. Nachdem ich die Zeugnisse verteilt hatte, bin ich noch ein paar Minuten im Klassenzimmer geblieben. So viele Jahre, so viele Erlebnisse, so viele Wüsten. In einer Ecke der Tafel habe ich mit Kreide einen Kreis gemalt. Eine nichtssagende kleine Zeichnung, die zur letzten Tat meiner Lehrerlaufbahn werden sollte. Als ich vor der Türschwelle stand, habe ich mir gesagt: Wenn du diese Schwelle überschreitest, bist du kein Lehrer mehr. Ich habe dann so getan, als würden meine Füße mir nicht mehr gehorchen. Trotz ihres Widerstands habe ich es aber geschafft, den linken Fuß auf die andere Seite zu bringen. Der rechte stand immer noch wie festgenagelt im Klassenzimmer. Ich habe ihn nur unter Aufbietung aller Kräfte in den Flur setzen können. Dann bin ich zum Parkplatz gegangen, ohne mich von irgendjemandem zu verabschieden.

22

Wie Humpel schon ganz richtig sagt: «Wir müssen Águeda gut behandeln, denn sie ist der einzige Mensch, der eine Träne um uns vergießen wird.» Heute, Samstag, bin ich mit unserer Freundin Kleider kaufen gegangen. Ich habe es ihr versprochen und mich daran gehalten. Sie lässt keinen Zweifel daran, dass es ihr ernst damit ist, ihr Aussehen zu verbessern. Stolz zeigt sie mir eine enthaarte Achsel. Kurz darauf hat sie Amalia erwähnt. Ich habe sie gebeten, mich nicht mehr an sie zu erinnern. Águeda vergleicht sich mit ihr auf eine selbstquälerische und selbstbescheidende Weise, die mir allmählich lästig wird. «Wenn du es darauf anlegst, wie meine Ex-Frau aussehen zu wollen, wirst du dir einen anderen Imageberater suchen müssen.» Ich glaube, ihr kamen beinahe die Tränen. Nach einer Weile reumütigen Schweigens hat sie erkannt, dass man besser nicht an fremde Gefühle rührt, und bittet mit betrübter Miene um Verzeihung. Gestern Abend habe ich im Internet nach Bekleidungsgeschäften gesucht, nicht zu teuer und nicht für Jugendliche, die man zu Fuß erreichen kann. Kaufhäuser habe ich von vornherein ausgeschlossen. Ein Fachverkäufer wird mehr als einfache Lösungen anbieten können. Ich entschied mich für ein Geschäft namens Punto Roma, in der Calle de Alcalá, wegen seiner idealen Lage und der Fotos, die einen Kleidungsstil zeigten, der für Frauen in Águedas Alter genau richtig war. Und wenn ich ehrlich bin, auch deswegen, weil ich keine Lust hatte, bis in die frühen Morgenstunden weiter zu suchen. Wie sich herausgestellt hat, habe ich die richtige Wahl getroffen und bin für Águeda jetzt wohl so etwas wie ein absoluter Modekenner, auf Augenhöhe mit Giorgio Armani oder mit Karl Lagerfeld, als der noch lebte. Ich sehe keinen Grund, ihr die Illusion zu rauben. Sie kann sich nicht entscheiden, und ich bewundere die professionelle Geduld der lächelnden und erklärenden Verkäuferin. Águeda denkt, während sie spricht. Es ist nicht so, dass sie ihre Gedanken mündlich zum Ausdruck bringt; vielmehr ist Denken und Sprechen bei ihr ein und derselbe Vorgang, und ich habe sogar den Verdacht, dass Letzteres gelegentlich vor Ersterem kommt, sodass man einen unverstellten Blick auf ihre Gehirntätigkeit hat und in sie hineinschauen kann wie in einen offenen Schrank. Im Spiegel betrachtet sie ihre vollschlanke Figur in einem der vielen Kleider, die sie anprobiert. Es gefällt ihr, sie ist nicht sicher, eher gefällt es ihr nicht, aber ganz schlecht findet sie es auch nicht, doch, es gefällt ihr, nein, es gefällt ihr doch nicht, es gefällt ihr, und gleichzeitig gefällt es ihr nicht. Um sich besser entscheiden zu können, probiert sie ein anderes an, was auch eines sein kann, das sie schon einmal anprobiert hat. Wenn sie aus der Umkleidekabine kommt, wartet sie jedes Mal begierig auf mein Urteil. Die Verkäuferin schweigt, weil ich ja jetzt da bin, um eine Meinung zu äußern. Die Kleider sind qualitativ hochwertig, der Schnitt ist akzeptabel, die Farbkombinationen sind gut gewählt; aber es gibt ein unlösbares Problem. Águeda will vorzeigen und zugleich verbergen, und das ist nicht möglich. Ich rate ihr redlicherweise zu Kleidern, die ihre fehlende Taille, den dicken Hintern und die fleischigen Oberarme verbergen. Als würde sie meiner Redlichkeit nicht trauen, schaut Águeda mir tief in die Augen, wie um darin meine wirkliche Meinung zu finden. An meinem Ohr vernahm ich eine imaginäre Stimme, die mir zuflüsterte: «Sag ihr, sie soll das sofort ausziehen; sag ihr, sie ist nicht mehr in dem Alter für ein so eng geschnittenes Kleid; frag sie, ob es nicht besser wäre, ein Geschäft für Ordensgewänder aufzusuchen.» Es war Amalias Stimme. Schließlich hat Águeda mit meiner Zustimmung verschiedene Sommerkleider gekauft, die etwas über vierhundert Euro gekostet haben. Ein paar Änderungen wird sie zu Hause selbst vornehmen. Mit Nadel und Faden scheint sie gut umgehen zu können. Die Verkäuferin will sich am Ende noch beliebt machen und lobt mich: «Man sieht nicht alle Tage einen Ehemann, der seine Frau berät. Mein eigener ist zwar herzensgut, doch von Kleidern hat er keinen Schimmer.» Ich habe einen raschen Blick auf Águeda geworfen, die aber schon in eine andere Richtung schaute.

23

Sonntagsessen bei Humpel. Von allen Gängen, die er uns aufgetischt hat, ist das Risotto mit Champignons und Parmesan hervorzuheben, das eines Spitzenkochs würdig war. Das Rezept hat er im Internet gefunden, sagt er, und das übrige Mittagessen gehört zu seinem Allzeitrepertoire. Immer noch auf der Suche nach der Substanz, die möglicherweise seine Wunden verursacht, hat er zum Nachtisch zwei Habanero-Chilis gegessen, eine orangefarbene und eine rote, die den Grimassen nach, die er dabei schnitt, wie lodernde Flammen geschmeckt haben müssen. «Glaubt mir, das übertrifft die härtesten Drogen.» Er hat dann mit vielen Schlucken kalten Wassers zu löschen versucht. Águeda hat aus Neugier eine Ecke von der roten abgebissen, ein winziges Stückchen nur, und sich beinahe übergeben. Seit mehreren Tagen experimentiert unser Freund mit pikanten

Produkten, eine seiner bevorzugten Foltermethoden, wie er es nennt. Während dieser Zeit ist ihm kein neues *noli me tangere* entstanden, weshalb er jetzt gewillt ist, auf der Liste verdächtiger Lebensmittel eine weitere Streichung vorzunehmen. Águeda ist mit zwanzigminütiger Verspätung und einem Strauß Gerbera für den Gastgeber zum Mittagessen erschienen. Sie trägt eines der gestern gekauften Kleider. «Der hier sagt, du hast dir deine Achseln rasiert. Lass sehen.» Ohne zu zögern, zieht sie das Kleid ein Stück von der Schulter. Man sieht blasse Haut und eine Schnalle des Büstenhalterträgers. Humpel lobt die kahle Höhlung mit schelmischer Miene. «Du wirst immer besser.» Und boshaft lächelnd fragt er nach: «Hast du dir sonst noch was rasiert?» «Vielleicht.» «Lass sehen.» «Hundert Euro.» «Was sind das denn für Preise? Nicht mal, wenn du Madame Pompadour wärst.» Beim Essen erzählt Águeda uns, dass sie einen Mann kennengelernt hat, den sie als gut aussehend und gebildet beschreibt. Er ist, fügt sie hinzu, ein Kollege aus der Bürgerinitiative für Hypothekengeschädigte, etwas jünger als sie. Könnte sein, dass zwischen ihnen etwas mehr als Sympathie entstanden ist. Ihre Worte klingen wie eine Rechtfertigung ihrer derzeitigen Versuche, ihr Äußeres vorteilhafter zu gestalten. Wir haben nicht gezögert, sie zu beglückwünschen und ihr viel Liebe und viel Glück zu wünschen. Humpel in seiner üblichen Art: «Du hättest ihn zum Essen mitbringen können.» «Er ist gestern nach Talavera de la Reina gefahren, Verwandte besuchen.» Als sie mal kurz ins Bad verschwindet, raunt Humpel mir zu: «Ich glaube nicht, dass es diesen Mann gibt.»

24

Ich weiß nicht, was ich denken soll. Einerseits hält sich in mir ein Restverdacht, der mir das verschwommene Bild von Águeda als Autorin der anonymen Nachrichten zeigt. Es gibt ein paar in dem Stapel, in denen über meine Kleidung gelästert wird. Ich erinnere mich an eine, in der es heißt, ich würde mich wie ein Großvater anziehen. Dieser Satz könnte allerdings auch von Amalia stammen oder von einem Lehrerkollegen. Ich will damit nicht sagen, dass eine mir bekannte Person ihre wertvolle Zeit damit vertut, mir nachzuspionieren. Die Bemerkungen könnten auch von jemand stammen, der damit beauftragt wurde. Eine Nachricht bezieht sich auf eine mit Kaninchenfell gefütterte Jacke mit einem Kapuzenrand aus demselben Material, die ich mir vor sieben oder acht Jahren in Gedanken an besonders harte Wintertage gekauft habe. Da steht: «Hat man dich gezwungen, einen Eskimoparka zu kaufen? Dann fehlt bloß noch, dass du im Kajak zur Arbeit fährst.» Andererseits sind die Bemerkungen über meine Kleidung kaum mit Águedas bis vor Kurzem noch fehlendem Interesse am eigenen Aussehen in Einklang zu bringen. Heute hat sie mir das Versprechen abgenommen, mit ihr Schuhe kaufen zu gehen. Über die Zettel, die ich ihr in den Briefkasten gesteckt habe, hat sie bislang kein Wort verloren. Ich weiß nicht, was ich denken soll. Wenn ich in den Spiegel schaue, sehe ich immer öfter das Gesicht eines Paranoikers.

25

Ich saß in aller Ruhe zu Hause und las ein Buch wieder (*Wie wir sterben* von Sherwin B. Nuland), das mich vor zwanzig oder noch mehr Jahren zutiefst beunruhigt hatte und jetzt eine sedierende Wirkung auf mich ausübte, als es plötzlich klingelt. Der Ton der Stimme aus der Gegensprechanlage verriet mir den Besuch eines großen Problems oder dringenden Notfalls in der körperlichen Hülle meines Sohnes. Nikita hat keine Geduld, auf den Fahrstuhl zu warten, und kommt die Treppe heraufgerannt. Er umarmt mich. Ohrläppchenlöcher, tätowierter Arm, Viertagebart. Er umarmt mich eigentlich nicht, sondern wirft sich schwitzend, erhitzt, baumstark auf mich, als wollte er mich niederwerfen (was ihm leichtfallen würde), und mit letztem Atem berichtet er, kurz vor den Tränen, hallo!, dass sein Leben zerstört ist. Da bist du nicht der Erste und auch nicht der Letzte, denke ich mir. Vergebens versuche ich ihn zu beruhigen. Verzweifelt und wütend lässt er eine Reihe Flüche vom Stapel. Ich bitte ihn, sich zu setzen, sich eine Limonade zu nehmen, einen Happen zu essen, Kekse, eine Banane, Schinken, und spreche mit ihm in der Hoffnung, dass sich etwas von meiner Gelassenheit auf ihn überträgt. Ein Alarmzeichen ist für mich die zärtliche Intensität, mit der er sein Gesicht an *Pepas* Fell drückt. Ich frage ihn, ob er sich mit seiner Mutter gestritten hat. Er schüttelt nur wild den Kopf. «Ist das mit deiner Haut schlimmer geworden?» «Scheiß auf die Haut.» «Was ist es dann?» Es ist, als hätte er nur auf diese Frage gewartet, um in Tränen ausbrechen zu können. *Pepa* hat Mitleid mit ihm. Mit ihrer langen rosa Zunge leckt sie ihm ausgiebig eine Hand und wedelt lebhaft mit dem Schwanz. In wenigen Worten: Einer seiner Mitbewohner ist mit der Gemeinschaftskasse durchgebrannt. Geld futsch, Barprojekt futsch. Ein ansehnlicher Betrag, den auf ein Girokonto zu deponieren den gutgläubigen Sparern nicht in den Sinn gekommen ist, hat sich in Luft aufgelöst. Ich weiß nicht, was mit den anderen Hausbesetzern ist, aber Nikita, der bei seiner Mutter wohnt, hat ein Konto. Sein Anteil an der Gemeinschaftseinlage betrug etwa achttausend Euro, die er als Kellner, Küchenhilfe, Reinigungskraft und mit anderen Hilfsarbeiten in dem Lokal verdient hat, in dem er ohne Arbeitsvertrag beschäftigt ist. Ich habe es nicht für sinnvoll gehalten, ihm meine Meinung kundzutun. Wozu auch? Es hilft ja nichts. Seit er mir von dem Sparplan seiner blauäugigen Clique erzählt hat, habe ich mir vorgestellt, dass passieren könnte, was jetzt passiert ist. «Papa, wir suchen den Kerl und bringen ihn um.» Ich soll mich da nicht einmischen und ihn nicht aufzuhalten versuchen. Er und seine gerupften Freunde haben per Handzeichen abgestimmt, und herausgekommen ist der einstimmige Beschluss, den ruchlosen Schurken mit Benzin zu übergießen und anzuzünden. Um ihn von seinen kriminellen Gedanken abzubringen, frage ich ihn, ob sie nicht daran gedacht haben, den Diebstahl bei der Polizei anzuzeigen, was in solchen Fällen ja das Normale und wohl auch Zivilisierte ist. Nein, sie wollen ihn umbringen. Was für ein Bild der Junge wohl von der Polizei hat? Sie haben schon angefangen, sagt er, sich in der Gegend umzuhören. Früher oder später wird ihnen der Dreckskerl, der Hundesohn, der Feigling et cetera in die Hände fallen. Und für einen Moment glaube ich in Nikitas Gesicht einen glühenden, unheimlichen Blick zu sehen, der auch zur Miene eines Mörders passen würde. Was mir Nikita danach sagt, zeigt mir das wahre Motiv seines Besuches. Ob es eine Möglichkeit gibt, dass ich ihm aus der Klemme helfe; dass ich ihm das Geld oder einen Teil des Geldes gebe, das er sich hat klauen lassen. Er meint, ich hätte doch von der Oma was geerbt. «Hat deine Mutter dir das gesagt?» Er nickt. Ich erkläre ihm, dass ich meinen Teil von Großmutters Erbe seinem Onkel Raúl und seiner Tante María Elena gegeben habe. Dass ich mich damit an den Kosten für Julias Behandlung in einer deutschen Klinik beteiligen wollte. Und dass ich nicht weiß, ob sie alles oder nur einen Teil oder gar nichts davon ausgegeben haben. Ich schlage ihm vor, sie in Saragossa anzurufen und zu fragen. Ich betone es noch einmal, freundlich. Wenn sie ihm das Geld, oder was davon übrig ist, aushändigen, meinetwegen. «Aber dann solltest du es», sage ich ihm, «auf dein Girokonto einzahlen.»

26

Auf der Terrasse des Conache teilt Águeda mir die Diagnose ihres Tierarztes mit. «*Toni* hat nicht mehr lange zu leben.» Ich bin versucht, sie zu fragen, welchen Toni er gemeint hat. Aber ich halte besser den Mund. Der Tierarzt hat deutliche Worte gesprochen. Er will tun, was in seiner Macht steht, das Leben des Tieres zu verlängern, obwohl die Natur anderes vorhat. Aber er bittet Águeda darüber nachzudenken, ob *Toni* nicht mit einer Spritze Pentobarbital Schmerzen und Leiden erspart werden sollten. Aus Angst, sich die Lippen zu verbrennen, nimmt Águeda vorsichtig einen Schluck von ihrem Tee, der sehr heiß zu sein scheint, und improvisiert dann ein Selbstgespräch über die Vergänglichkeit der Lebewesen und wie schmerzlich es für sie sein wird, wenn sie morgens aufwacht und *Toni* nicht neben sich sieht. Und dann, als ob sie Angst hat, ich könnte mich langweilen, fragt sie, ob ich am Samstag Zeit hätte, mit ihr Schuhe kaufen zu gehen. Sie würde nämlich gern noch einmal so eine Erfahrung machen wie in den letzten Tagen im Kleidergeschäft, denn sie vertraut nicht nur meinem Geschmack, sondern ich vermittle ihr auch Ruhe. «Der Mann, mit dem du jetzt gehst», frage ich sie, «hat der nichts dagegen, dass ich mich in deine Angelegenheiten einmische?» Damit hat sie nicht gerechnet. Ihrer gütigen Einfalt steht die Verwirrung gut. Dennoch sehe ich den Anflug eines boshaften Lächelns auf ihren Lippen, der sich auch noch hält, als sie mich fragt, ob ich ebenfalls nicht glaube, dass dieser Mann existiert. Und meiner Antwort zuvorkommt: «Ihr habt einen guten Spürsinn, ihr beiden. Ich habe diesen Mann tatsächlich erfunden.» Sie sagt, sie hätte Humpel und mich belogen, weil sie auch so sein wollte wie wir. «So verlogen?» «Nein, ach was. So spaßig, spöttisch, lustig.» Und sie hört nicht auf, weiter Worte zu fabrizieren, bis sie mir das Versprechen abgenommen hat, sie dieser Tage zum Schuhgeschäft zu begleiten. «Zu welchem? Es gibt eine Menge.» Sie sagt, ich soll es auswählen.

27

Nulands Buch nimmt mich vollkommen in Beschlag. Letzte Nacht habe ich so lange gelesen, bis in den frühen Morgenstunden Müdigkeit und überreizte Augen mir gesagt haben, Schluss jetzt. Vor ein paar Tagen wollte ich nur einen Blick in das Buch werfen, bevor ich es draußen irgendwo liegen ließ, doch dann habe ich ein bisschen darin herumgeblättert und bin neugierig geworden, und bevor ich mich's versah, hatte ich es beinahe wieder ganz durchgelesen. Vielleicht lag es daran, dass ich im Gegensatz zum ersten Mal jetzt das Gefühl hatte, es handelt von mir. Professor Nuland sagt auf den ersten Seiten seiner Studie *Wie wir sterben*: «Jeder möchte wissen, was beim Sterben vor sich geht, (...) ob wir der Faszination des Todes erliegen, die aus dem Unbewussten in uns emporsteigt.» Er müsste es mittlerweile wissen, da er 2014 gestorben ist. Schade, dass die Toten nicht schreiben. Mich reizt (mehr noch: mich betört) die Möglichkeit, herauszufinden, welche Empfindungen einen in den letzten Momenten des Daseins erwarten. Gewöhnlich bringen wir den Tod mit körperlichem Verfall, mit Schmerzen und Unfällen in Verbindung. Nuland schreibt auf Seite 217 meiner Ausgabe: «Im Großen und Ganzen ist das Sterben mühsam.» Im Großen und Ganzen heißt nicht immer. Solange man mir nicht das Gegenteil beweist, mag ich das Vorhandensein von Genuss in den letzten Momenten nicht ausschließen; in kleinen Dosen sicherlich, aber gewiss ausreichend, um dem Leichnam ein sanftes Lächeln ins Gesicht zu zaubern. Nuland gibt keine Antwort auf diese Frage. Vielleicht tut er es auf den letzten Seiten, die ich noch nicht gelesen habe? Das ewige Nichts würde mir gefallen, es würde mir große Freude bereiten, in der letzten Minute meines Daseins körperliches Wohlbehagen zu erleben. Ich wäre bereit, mir dieses Wohlbehagen selbst zu verschaffen, ich weiß nur nicht wie. Vielleicht wäre es hilfreich, wenn ich im Sterben liege, ein Vanilleeis zu schlecken, mit Kopfhörern Musik zu hören, ein paar Tröpfchen Parfüm ... Ich gebe mich ja mit wenig zufrieden: einem Geschmack, einer Melodie, einem Duft. Ich bin sicher, wenn mein geplanter Tod schmerzlos ist, wird es mir auch nicht schwerfallen, ihm noch eine lustvolle Note zu geben. Klar, wenn das Zyanid mich auf der Stelle umbringt, bleibt nichts mehr zu hoffen, weder im Leiden noch in der Lust. Wenn man noch ein paar Minuten hätte, könnte man es mit Onanieren versuchen, obwohl die Zeit wahrscheinlich nicht reichen wird, zum Höhepunkt zu kommen. Und dann hält mich auch der Gedanke davon ab, dass ich, wenn mich der Tod dabei überrascht, den Sanitätern oder jedem zufällig Vorbeikommenden einen nicht gerade exquisiten Anblick biete. Womöglich würden noch Fotos gemacht. Ich glaube, die einzige verdienstvolle Tat meines Lebens wird sein, dass ich den Augenblick und die Art meines Todes selbst bestimme. Warum also nicht die Gelegenheit nutzen und mir dabei noch einen kleinen Genuss verschaffen? Ich merke, dass mir solche angelegentlichen Betrachtungen guttun. Humpel hingegen vermeidet sie in letzter Zeit. Früher hatte er es dauernd mit Tod, Selbstmord, Friedhöfen und Gräbern und gab damit an, der größte Leichenexperte von Spanien zu sein. Neuerdings vermeidet er es aus irgendeinem Grund, die Sprache darauf zu bringen. Ich habe keine Spur von Angst.

28

Zuerst Streit; dann Vorwürfe und Anschuldigungen; zum Schluss Schluchzen, das mir nach all den Jahren noch immer so vertraut ist wie damals, als wir Kinder waren. Raúl am Telefon, zu Hause in Saragossa, nehme ich an. Ich versuche mich zurückzunehmen, damit er sich beruhigt, obwohl ich während unseres angespannten Gesprächs öfter kurz davorstand, ihm richtig den Kopf zu waschen. Den «schlimmsten Albtraum seines Lebens» hat er mich genannt. «Warum», habe ich ihm geantwortet, «suchst du dann den Kontakt mit mir?» Alles sehr unangenehm und zugleich: traurig. Die Tatsachen: Nikita hat sie angerufen, wie ich es ihm empfohlen habe, und nach dem Anteil von Mamas Erbschaft gefragt, den ich ihnen in einer Geste der Großzügigkeit oder, wenn man es lieber so nennen will, des Mitgefühls überlassen habe und den María Elena mir ganz oder zum Teil, je nach den angefallenen Kosten, zurückzuzahlen versprach. Ich weiß zuverlässig von Nikita, dass er am Telefon immer höflich geblieben ist. «Ehrenwort, Papa.» Er hat seinem Onkel sogar das mit der geklauten Gemeinschaftskasse erzählt, damit der sein Interesse am Erbteil verstand. Was mein Sohn und auch ich nicht vorhersehen konnten, war, dass Raúl überhaupt keine Ahnung davon hatte, dass seine Frau mich um einen ansehnlichen Geldbetrag gebeten und ich ihr diesen gegeben hatte. Das heißt, die heldenhafte, schamlose Mutter hatte hinter dem Rücken ihres Mannes gehandelt, weil sie genau wusste, dass er meine Hilfe aus Stolz abgelehnt hätte. Daher Raúls Gereiztheit heute Morgen, obwohl doch eigentlich offensichtlich hätte sein müssen, dass es bei der schweren Erkrankung seiner Tochter alle nur gut gemeint hatten. Aber sobald er ein Problem vor sich sieht, richtet sich sein Blick auf mich, da er dann sicher ist, dass er den Schuldigen für all seine Missgeschicke gefunden hat. Es war unmöglich, ihn zur Vernunft zu bringen. Voller Hass hat er mir gesagt, dass er bis auf den letzten Cent alles zurückzahlen wird; dass er von mir nichts annimmt, das fehlte ja noch; dass ich ihm hoffentlich nie mehr unter die Augen komme. Dann hat er aufgelegt. Unser heutiges Gespräch war mit Sicherheit das letzte unseres Lebens. Eine Stunde später ruft María Elena an. Mit kleiner erbärmlicher Stimme: «Du musst bitte entschuldigen, Raúl ist über Julias Verlust immer noch nicht hinweg, er ist in psychiatrischer Behandlung», et cetera. Ich habe ihr geantwortet, dass sie sich keine Sorgen machen soll, dass ich das verstehe, und dann habe ich ihr auf ihr Bitten hin meine Bankverbindung mitgeteilt.

29

Bevor sie aufgelegt hat, habe ich meine Schwägerin wie nebenbei gefragt, ob sie ein Schuhgeschäft kennt, in dem man günstig Damenschuhe kaufen kann. Für den Grund meines Interesses hat sie sich nicht interessiert und mir das Schuhgeschäft von

Antonio Parriego in der Calle Goya empfohlen, gegenüber der Weißen, der was?, der Basilika de la Concepción, und ich habe mich bei ihr bedankt. Die Bestimmtheit, mit der ich heute Morgen meine Entscheidung vortrug, hat Águeda Vertrauen eingeflößt. «Wir gehen in einen Schuhladen in der Calle Goya. Er wird dir gefallen.» Sie wollte unbedingt wissen, was mich zur Wahl dieses Geschäfts bewogen hatte. Ich wurde das Gefühl nicht los, dass in diesem Moment Amalia in ihren Gedanken zu Besuch war. Sie war jedoch klug genug, ihren Namen nicht zu erwähnen. Braves Mädchen. Ich habe ihr gesagt, in meinem Alter sei es gar nicht verwunderlich, dass man sich einige Kenntnisse der Stadt angeeignet hat, in der man wohnt. Águeda hat bildhübsche Füße. Zartgliedrig, lang, wohlproportioniert, ohne hässliche Deformationen wie Runzeln, Adern oder Schwielen. Da niemand bei mir ist, der das lesen könnte, erlaube ich mir eine etwas kitschige Beschreibung: Águedas Füße sind wie Porzellan. Hätte sich die Natur mit der übrigen Figur dieser Frau dieselbe Mühe gemacht, wäre sie eine zweite Diana Martín. Und sie wäre nahezu vollkommen, wenn sie nicht ohne Punkt und Komma reden würde. Als sie Schuhe anprobierte, habe ich ihr in wohl etwas schroffer Offenheit gesagt, dass ihre Füße noch gewännen, wenn sie sich die Fußnägel lackierte, was dann aber den Kauf offener Schuhe erfordere. Dabei hat, in einem Meter Entfernung, Amalias Geist zustimmend genickt. «Wozu hast du so hübsche Füße, wenn du sie versteckst? Nur zum Gehen?» Und sie hat mir zugestimmt, als ich hinzugefügt habe, seine Füße vorzuzeigen habe so viel mit Eitelkeit, mit Koketterie oder Spießigkeit zu tun wie mit marinierten Hühnchen, sondern ganz allein mit Selbstwertgefühl. Dann habe ich sie auch gleich noch gebeten, nicht mehr dieses verdammte Kölnischwasser zu benutzen, mit dem sie sich seit ewigen Zeiten einsprüht. Das sei nur zum Fensterputzen zu gebrauchen. «Neben dir kann man ja kaum noch atmen.» «Du kannst mich nicht beleidigen.» Sie wollte sich ein Paar Schuhe kaufen, maximal zwei, doch am Ende hat sie, von mir angestachelt, drei Paar erstanden, alle offen, sommerlich leicht, nicht teuer, nicht billig. Zum Dank dafür, dass ich sie begleitet habe, wollte sie mich zum Mittagessen in ein Restaurant meiner Wahl einladen. Ich habe ihr gesagt, eine dringende Verabredung hindere mich, das Angebot anzunehmen. Sie hat nicht darauf bestanden.

30

Einigen Argumenten, die Sherwin B. Nuland gegen den Selbstmord ins Feld führt, muss ich widersprechen. Ich habe mich sogar angegriffen gefühlt auf den wenigen Seiten seines Buches, die sich mit dieser Form des Sterbens beschäftigen, die so alt wie die Menschheit ist. Darüber zu jammern, dass jene, die sich das Leben nehmen, der menschlichen Gesellschaft ihren eventuellen Beitrag vorenthalten, scheint mir genauso ein Unfug zu sein, wie dem Selbstmörder zu attestieren, dass er «vom Grab angezogen wird, weil er glaubt, dies sei der einzige Platz auf Erden, den es für ihn noch gibt». Das ist nichts als moralisches Naphthalin. Er sagt, dass sein Mitgefühl den unfreiwilligen Toten gehört; als ob diese Mitleidsempfindung besonders lobenswert wäre. Jeder hat eben seine Aversionen und Sympathien. Und er schreibt, was ich ihm ziemlich übel genommen habe: «Sich das Leben zu nehmen ist fast immer das Falscheste, was man tun kann.» Das Falscheste in Bezug auf wen oder was? Ist die bloße Tatsache, dass man lebt, ein Verdienst? Ein Dienst an der Gemeinschaft? Ich hatte große Lust, die Lektüre eines Buches zu beenden, das mir bis hierher ganz gut gefallen hat. Nuland leugnet, dass es einen rationalen Selbstmord gibt. Er rückt ihn in die Nähe einer «durchaus heilbaren Depression». Damit wird wieder insinuiert, dass der Freitod etwas für Idioten ist. Als Gipfel der Schlichtheit vertritt Nuland die Meinung, dass sich einer nur deshalb vor den Zug wirft oder sich an einer Laterne aufhängt, weil er sich nicht die Arbeit machen will, «die Verzweiflung zu überwinden». Ich fühle mich nicht angesprochen. Na ja, angesprochen schon; aber nicht gut getroffen. Ich bin gesund, habe keine nennenswerte Depression, wenngleich natürlich schlechte Momente; und ich bin bei klarem Verstand. Solange sich in meinem körperlichen und geistigen Befinden keine nennenswerten Defizite bemerkbar machen, könnte ich mich, glaube ich, ohne größeren Schaden sanft ins Greisenalter hinübergleiten lassen. Aber nach all diesen Jahren bin ich es müde und sogar überdrüssig, eine Rolle in einem Film zu spielen, der mich weder wach hält noch einschlafen lässt; einem Film, der meiner Meinung nach ein schlechtes Drehbuch hat und in dem noch schlechter Regie geführt wird. Das ist alles, Nuland. Warum nicht so stilvoll, ja, sogar so anständig sein, seinen Platz für andere zu räumen? Auf meinen eigenen Beinen von der Bühne abzugehen, könnte das nicht auch als ein Beitrag angesehen werden?

JULI

1

Ich habe versprochen, ihm mein Auto zu borgen, damit er und seine Hausbesetzerkumpel die Einrichtungsgegenstände abtransportieren können, die ich ihnen geschenkt habe. Mein Sohn weiß nicht, dass das Auto in einem Monat ihm gehören wird, so wie es in meinem eigenhändig verfassten Testament steht. Meinetwegen kann er es verkaufen oder einmauern. Nikita ist pünktlich am frühen Morgen zu mir gekommen und hat zwei Kumpel aus der Wohnung mitgebracht, die sie besetzt haben; große, schlaksige Kerle, von denen sich einer die Ohrränder und Ohrläppchen mit Ringen vollgeklammert hat. Im Spaß frage ich sie, warum sie nicht einen Lkw mieten und eine Umzugsfirma gründen. Sie verstehen nicht, ich erkläre, und während ich spreche und dabei gestikuliere, als stände ich vor meinen Schülern, werfen sie sich Blicke zu, als wollten sie sagen: «Bei dem Alten sind ja wohl sämtliche Schrauben locker.» Dann sagt der mit den Ringen in den Ohren, dass sie darüber nachdenken wollen. Sie sind immer noch traumatisiert davon, dass sie ihre Bar nicht eröffnen können, nachdem der am wenigsten Blöde ihrer Clique mit der Kohle abgehauen ist. Sie haben mit den Möbeln und den anderen Sachen, die ich ihnen übergeben habe, schon mehrere Fahrten von meinem Viertel zu ihrem gemacht. Es ist ein gegenseitiger Gefallen, den wir uns tun: Sie peppen mit dem Mobiliar und allem Gerät ihren Unterschlupf auf, und ich muss das ganze Zeug nicht auf die Straße runtertragen. Ich habe ihnen auch alle meine Bücher angeboten, so viele sie wollen, alles, was in den Regalen steht, aber nein. Bücher wollen sie keine. Sie haben eine Vitrine und eine Kommode hinuntergetragen, nachdem sie sie oben auseinandergenommen haben, damit sie ins Auto passen, sowie zwei Beistelltische, Küchengerätschaften, eine Stehlampe, den Wohnzimmertisch, ein bisschen Werkzeug ... Was sie nicht brauchen können, wollen sie verkaufen. Ich habe sie mehrmals gebeten, vorsichtig zu sein und Kratzer an den Fahrstuhlwänden zu vermeiden, hier gibt es Nachbarn, und ich habe keine Lust, mir Beschwerden anzuhören oder Reparaturkosten zu bezahlen. Nikita, der sich keine Gedanken darüber zu machen scheint, dass ich fast meinen gesamten Hausstand weggebe, unterbricht mich. «Papa, was ist mit dem Sofa?» «Das Sofa wird nicht angerührt.» Am Ende schwitzen und keuchen alle drei zufrieden mit halb offenen Mündern (atmen sie nicht durch die Nase?) und tun sich schwer, ihren Dank zu artikulieren. Ich habe ihnen Mineralwasser oder Leitungswasser angeboten. Sie haben abgelehnt. Und Essen, zur falschen Zeit, denn so schnell konnte man gar nicht gucken, wie sie eine Schüssel Erdbeeren verputzt haben, die ich mir mit Sahne und einem Schuss Mandellikör als Nachtisch zum Mittagessen zubereitet hatte. Im selben Fressrausch haben sich die Unersättlichen dazu ein halbes Dutzend Bananen reingestopft. Nikita ist noch eine Weile bei mir geblieben, während die anderen runtergegangen sind und im Auto auf ihn warten. Jetzt kann ich endlich meinen liebevollen Vorwurf anbringen, ohne dass jemand zuhört. «Du hast den ganzen Vormittag nicht aufgehört, dir den Rücken zu kratzen.» «Wenn ich schwitze, bringt das Jucken mich um. Mein Unterhemd ist sicher voller blutiger Flecken.» «Die Salbe hilft nicht?» «Die Salbe ist ein Schwindel. Da könnte ich mich genauso gut mit Mayonnaise einreiben.» Er fragt nach der Puppe. Ob ich sie immer noch benutze. Wenn er sie verkaufen könnte, glaubt er, würden ihm die paar Euro, die er dafür bekommt, schon weiterhelfen. «Wie viel, glaubst du?» Er hat keine Ahnung von Geschäften, der Arme. «Fünfzig?», sagt er unsicher. «Aber wie weit kommst du mit fünfzig Euro? Siehst du nicht, dass das ein hoch entwickeltes Produkt ist?» Sofort tritt ein gieriges Glitzern in seine Augen, und ich bereue, dass ich so undankbar und grausam gewesen bin, Tina als Produkt zu bezeichnen. Nikita will wissen, wie viel er bei eBay, Wallapop oder auf dem Flohmarkt für sie verlangen kann. «Ist es dir denn nicht peinlich, auf offener Straße eine Sexpuppe anzubieten?» «Mir ist überhaupt nichts peinlich. Ich bin pleite.» «Lass dir nicht einfallen, sie unter vierhundert abzugeben.» Er wollte sie sich wie einen Sack über die Schulter werfen und einfach so zum Auto tragen; eventuelles Gerede der Nachbarschaft ist ihm egal. Ich erkläre ihm, dass ich einen ehrbaren Beruf habe und mein Ansehen wahren muss und dass er mich kompromittieren könnte, würden die Leute im Viertel ihn als meinen Sohn erkennen. Nikita versteht zwar nichts von Ehrbarkeit und Ansehen, hat aber eingewilligt, am Nachmittag ohne seine Freunde zurückzukommen und Tina in einem Sack oder einer großen Mülltüte abzutransportieren. «Ist es verboten, so eine Puppe zu haben, oder was?» «Tu, was ich dir sage.» Nachmittags im Wohnzimmer müssen wir wie zwei Mörder ausgesehen haben, die eine Leiche verschwinden lassen wollen. Tina hat den Eigentümerwechsel still, ernst, sauber und parfümiert hingenommen. Ich habe es vermieden, ihr in die Augen zu schauen. Da der Sack zu kurz war, haben wir nicht den Kopf mit der herrlichen Lockenmähne herausschauen lassen, sondern ihre hübschen Füßchen, über die wir noch eine Plastiktüte gezogen haben. In einer weiteren Tüte haben wir die Reizwäsche, die Stöckelschuhe und die Accessoires untergebracht, aber nicht die beiden Flakons Parfüm, von denen einer angebrochen und der andere noch ungeöffnet war. Ich habe viel Geld dafür bezahlt, also habe ich sie behalten. «Vierhundert. Ist das wirklich nicht zu viel?» Ich befürchte, dass er sie verschleudert. Doch was immer er für sie bekommt, ich habe ihm dringend geraten, es auf ein Girokonto einzuzahlen oder damit seine Ausgaben zu begleichen. Man müsse schon recht blöd sein, um noch einmal auf so etwas wie die Gemeinschaftskasse hereinzufallen. Ich soll ihn bloß nicht daran erinnern, er und seine Kumpel sind immer noch stinksauer. Bevor er geht, drückt er mich an sich und gibt mir einen Klaps auf den Rücken. Ich gehe dabei fast zu Boden. Der Junge liebt mich. Auf seine Weise zwar, aber er liebt mich. Als er mit dem Sack über der Schulter schon in der Tür stand, habe ich ihm noch gesagt, dass er Tina ab und zu kämmen, sie nicht dem Sonnenlicht aussetzen, sie nicht fallen lassen und immer gefühlvoll behandeln soll. «Und vor allem Hygiene, unbedingt Hygiene.»

2

Liebe Tina, mein Freund Humpel, wie ich deinen ersten Besitzer heimlich nenne, hat dich durch eine Puppe ersetzt, die sprechen und die Augenlider auf- und zuklappen kann, die programmiert ist, Englisch zu sprechen mit einem Repertoire verschiedener Tonlagen: zärtlich, unterwürfig, dominant ... Ich weiß nicht genau, wie viele Funktionen es sind. Was ich weiß, ist, dass sie meinen Freund ein Vermögen gekostet hat. Er spricht nicht oft von ihr. Aber wenn, dann voller Stolz, und er lässt dabei durchblicken, dass die Puppe in ihn verliebt ist und ihn bewundert. *Dich habe ich immer so gemocht, wie du bist; schweigsam, ausdruckslos, mit deinen beweglichen Extremitäten und deiner Silikonhaut. Ein wenig distanziert, ja, aber dennoch hast du mir nie ganz das Gefühl genommen, dass du mir zugehört und mich verstanden hast. Jetzt, da du nicht mehr bei mir bist, denke ich mit tiefer Dankbarkeit an die guten Momente, die ich mit dir verbringen durfte. Diesen Monat mussten wir uns trennen, wie du weißt. Deine Verbannung in den Kleiderschrank war, dem Ruf der Vernunft folgend, ein erster Schritt in Richtung dieser Trennung. Seitdem war zwischen uns nichts mehr so wie früher, als es nichts gab, das dir deine Anwesenheit auf dem Sofa streitig machen konnte. Ich akzeptiere deinen stillen Vorwurf: Ich bin ein schwacher Mensch, der aus Angst davor, kritisiert zu werden, bereit ist, auf die Freiheit zu verzichten. Ich habe dir versprochen, dich nie zum Vergnügen oder Hohn städtischer Arbeiter oder zur Empörung morgendlicher Spaziergänger auf einer Parkbank auszusetzen. Du kannst mir glauben, dass es mir im Leben selten so schwergefallen ist, mich von einem geliebten Wesen zu trennen. Für mich warst du eine Person, die immer so viel Menschlichkeit besaß, wie ich in dich hineingelegt habe. Ich danke dir auch, dass du mir den Sex gegen Bezahlung mit seinen Gesundheitsrisiken und dem schlechten Gewissen, Teil einer Kette menschlicher Ausbeutung zu sein, erspart hast. Und ebenfalls danke ich dir, dass ich mich für diesen anderen Sex bei dir schadlos halten konnte, für den man nicht bezahlen muss, weil ein Zusammenleben der Preis dafür ist; für den aber trotzdem eine Rechnung aufgemacht wird, die sogar noch höher und mit Enttäuschungen und Konflikten belastet ist. Und gleichfalls meinen Dank dafür, dass du mich vor dieser eintönigen, bedrückenden und verzehrenden Sache bewahrt hast, die das Alleinsein des ver-*

einsamten Mannes in seinen vier Wänden ist. Und ich will dir noch etwas sagen. In der Reihenfolge meiner Wertschätzung rangiert für mich heute Gesellschaft vor Lust. Es hat mir gutgetan, bei dir nicht um Sex betteln oder mich für ein bisschen Zärtlichkeit krummlegen zu müssen. An deiner Seite konnte ich nett oder ein Kavalier sein, musste nicht meine Entscheidungen kritisieren oder mir meine Worte und mein Verhalten vorschreiben lassen, um körperliche Befriedigung zu bekommen. Nie habe ich in dir ein Spielzeug oder einen Frauenersatz gesehen. Du warst ein Körper, dem ich Leben eingehaucht habe. Ich habe dich menschlich gemacht, weil ich deine Schönheit mit Menschlichkeit angefüllt habe; ich habe dich wirklich gemacht, weil ich dich mit Wirklichkeit gefüllt habe. Ich weiß, was ich sage, und warum ich es sage. Ich kann dir nicht garantieren, dass du in die besten Hände geraten bist; aber glaube mir, große Auswahl hatte ich nicht. Hoffentlich landest du bei einem guten Mann, der dich so respektvoll behandelt, wie du es verdienst. Das wünsche ich dir von ganzem Herzen, meine liebe, meine kostbare Tina.

3

Jubel in unserer Ecke der Bar. Humpel hat eine Wunde am rechten Handballen. Endlich! Unser Freund behauptet, dass er sie gestern Abend noch nicht gehabt hat. Ob er sicher ist. Absolut sicher. Er hat sie heute Morgen erst im Büro entdeckt. Sie juckt ein bisschen; aber es ist kaum der Rede wert und daher misst er ihr anfangs keine Bedeutung bei, obwohl er sich öfter kratzen muss. Und als er während der Arbeit einmal hinschaut, entdeckt er einen dieser rötlichen Flecken, die ihm so gut bekannt sind. Das *noli me tangere* befindet sich noch in seiner Anfangsphase.

Am späten Nachmittag, als ich ihn traf, hatte es die Größe eines Reiskorns. Noch eitert es nicht. Humpel ist sehr zufrieden, Águeda und ich sind es ebenfalls, und überzeugt, das Rätsel gelöst zu haben. Alle Anzeichen deuten darauf hin, dass das Problem unseres Freundes seinen Ursprung in den Sardinenkonserven hat. Humpel ist verrückt nach ihnen, ob auf Brot oder im Salat oder zu Nudeln in Tomatensoße. Dem Speiseplan zufolge hat er vorgestern eine Dose zum Abendessen aufgemacht, gestern Abend wieder eine. Wie es aussieht, hat er jedes Mal reichlich davon gegessen, dazu noch die Anchovis in Öl, die seiner Gesundheit ebenfalls abträglich sind, wie wir jetzt alle drei glauben. Also hat Águedas Vermutung sich als richtig erwiesen. Verursacher der humpelischen Wunden sind Fischkonserven, die ich hin und wieder auch ganz gern esse, ohne schädliche Folgen davonzutragen. Wir haben beide Wert auf die Feststellung gelegt, dass Águeda recht behalten hat. Sie antwortet versöhnlich und bescheiden, dass es doch nur darauf ankommt, die Ursache entdeckt zu haben, sodass jetzt Abhilfe geschaffen werden kann. Angeregt vielleicht von der Treffsicherheit ihrer Eingebungen, schlägt sie vor, dass Humpel später, wenn die derzeitige Wunde verheilt ist, weitere Büchsen Ölsardinen isst. Wenn wir auf diese Weise alle Zweifel ausräumen könnten, sagt sie, hätten wir den endgültigen Beweis. Humpel, der gerade einen Schluck von seinem Bier nahm, hat sich beinahe verschluckt. «Du kannst mich mal!» Nachmittags hat Águeda nicht auf der Plaza de San Cayetano auf mich gewartet. Einen Moment lang habe ich gedacht, dass sie des dicken Hundes wegen langsam gehen muss und noch auf dem Weg ist. Für alle Fälle gehe ich zur Terrasse des Conache, um dort bei einer Erfrischung auf sie zu warten. Ich gehe mit meiner Einkaufstüte los und trete beinahe auf einen Mauersegler, der auf der Erde liegt. Mit der Schuhspitze drehe ich ihn vorsichtig um. Der kleine Vogel ist über und über mit Lausfliegen bedeckt, die auf dem leblosen Körper herumkrabbeln. Das Bild des toten, mit Parasiten bedeckten Vogels hat mich so mit Ekel erfüllt und mir die Laune verdorben, dass ich sofort kehrtgemacht habe und mit düsteren Gedanken im Kopf nach Hause gegangen bin. In Alfonsos Bar hat sie mir erklärt, warum sie mich heute Nachmittag nicht getroffen hat. Der Grund ist, wie ich mir schon gedacht habe, der dicke Hund. Águeda entschuldigt sich dauernd, obwohl ich ihr klarzumachen versuche, dass man nicht verpflichtet ist, zu einem nur gewohnheitsmäßigen Treffen zu erscheinen. Sie erzählt Humpel und mir, dass es *Toni* sehr schlecht geht. Er isst und trinkt nicht, kann kaum noch aufstehen, nur mit Mühe atmen und hat sicher Schmerzen. Der Tierarzt ist informiert, und morgen früh muss sie eine Entscheidung treffen. «Ihr könnt euch vorstellen, welche das ist.» Águeda teilt uns das alles zwar sehr gefasst mit, irrt sich aber, wenn sie glaubt, dass sie uns täuschen kann. Sogar ihrem Lächeln, vor allem ihrem Lächeln merkte man an, wie sehr sie bemüht war, keine düstere Note in unser fröhliches Zusammensein zu bringen. Heute war es nicht nötig, die Rechnung anteilmäßig zu zahlen, da uns der hochwohlgeborene Humpel zum Zeichen des Danks für unsere Beratung eingeladen hat. Draußen vor der Tür bittet er mich, *Pepa* heute bei ihm übernachten zu lassen. Águeda zeigt sich angenehm überrascht von unserem Brauch. Humpel erklärt ihr, dass er *Pepas* Pate ist, «mit allen Obliegenheiten und Pflichten, die so ein verantwortungsvolles Amt mit sich bringt». Er berichtet ihr, dass er zu Hause einen Napf für Wasser und einen für Fressen hat, außerdem noch eine Schachtel mit Trockenfutter für Hunde, ein Päckchen mit getrocknetem Fleisch, eine Rolle Plastiktütchen zum Einsammeln der Exkremente und eine Wolldecke zur exklusiven Nutzung durch seinen Patenhund. Nachdem wir uns vor seiner Haustür verabschiedet haben, stehen Águeda und ich noch ein

Weilchen plaudernd auf dem Bürgersteig. Ich hatte das Gefühl, dass jetzt, Humpel abwesend, der richtige Zeitpunkt gekommen war, ihr endlich Tinas Parfümflakon, den angebrochenen, zu überreichen. Ich kann mir gut vorstellen, welche Sprüche unser Freund abgelassen hätte, wenn er hier dabei gewesen wäre. Ich trug das Fläschchen in einer Tasche der Jacke bei mir, die ich schon bei meinen Markteinkäufen anhatte, obwohl bei der Hitze eigentlich jeder in Hemdsärmeln geht. Ich will schon das Geschenk aus der Tasche ziehen, da wird mir plötzlich klar, was für eine Unhöflichkeit zu begehen ich im Begriff bin. Dummer, unbeholfener Kerl; nicht zu glauben, dass ich da nicht früher dran gedacht habe! Der Flakon ist gut halb voll. Da fragt Águeda sich doch, wo der herkommt. Und ob sie mit dem Rest eines Geschenks bedacht wird, das ich für eine andere gekauft habe. Und wenn sie erst erführe, dass die andere eine Sexpuppe war! Ich konnte mich gerade noch rechtzeitig umentscheiden. Den angebrochenen Flakon behalte ich für mich, zur Erinnerung an Tina. Den anderen, noch ungeöffneten, werde ich Águeda schenken. Ich hoffe, sie weiß ihn zu schätzen.

4

Ich habe den Eindruck, das Telefon klingt bei jedem, der anruft, anders. Ich höre das erste Klingeln am Morgen eines heißen Tages und sage mir: Águeda. Ich schaue auf die Uhr. Gleich zehn, und wiederhole: Águeda. Das Telefon klingelt weiter, und ich habe nicht den geringsten Zweifel mehr: Der Dicke wird heute zum letzten Mal das Tageslicht sehen. Wieder einer, der mir zuvorkommt. Águeda hätte lieber, dass der Tierarzt zu ihr nach Hause kommt und *Toni* dort sterben lässt. Da das bei dem Betrieb in der Praxis zu dieser Zeit nicht möglich ist, fragt sie mich, ob ich sie in meinem Auto zur Klinik fahren kann. Sie könnte ein Taxi nehmen, aber nur, wenn der Fahrer bereit ist, einen Hund zu transportieren. *Toni* zu tragen, fühlt sie sich außerstande. Sie fügt hinzu, wenn es mir nicht möglich ist, sie zu fahren, soll ich mir keine Gedanken machen, sie findet schon einen Weg. Ich finde den Dicken auf der Seite in einem Zimmer auf der Erde liegen, das, sagt Águeda, sie nur selten betritt. Still und unbeweglich hat er sich ins Dunkel zurückgezogen, um dort den Tod zu erwarten. Das Akzeptieren des Endes scheint mir ein Zeichen von Größe zu sein. Es geht ans Sterben? Also wird gestorben, möglichst ohne die anderen zu belästigen. Bewundernswerte Philosophie, die einige Tiere haben. Nehmt euch ein Beispiel, ihr ängstlichen, jammernden, defätistischen oder mit Zuversicht und Hoffnung versehenen Menschen. Ich beuge mich hinunter, bis mein Gesicht ins Blickfeld des Hundes gelangt. Du stinkst, mein Lieber, sage ich in Gedanken, weil ich nicht will, dass sein Frauchen mich hört. Águeda bleibt, nachdem sie Licht gemacht hat, an der Tür stehen und hat mich allein ins Zimmer gehen lassen. Ein leuchtender Punkt glüht im Auge des Dicken; als ich mich neben ihm niederknie, erlischt der Punkt. Ich entferne mich, er glüht wieder auf. Ich positioniere mich zwischen Lampe und Auge, erneute Finsternis. Ich streiche tröstend über den heißen schwarzen Kopf des Dicken. Er zeigt keinerlei Reaktion. Er ist weder dankbar noch ablehnend. Jetzt habe ich das Gefühl, dass er keine Antipathie mehr gegen mich hegt. Ich versuche zu lesen, was seine Augen mir sagen: «Ich will nicht mehr, ich kann nicht mehr, holt mich hier heraus, seid so anständig und lasst mich in meiner letzten Stunde nicht allein, ihr braucht mir keine menschlichen Worte ins Ohr zu bellen, ihr müsst mich auch nicht streicheln, mir reicht eure Anwesenheit, und, bitte, seht von Mitleidsäußerungen ab, bis ich nicht mehr bin.» Wir machen uns auf den Weg; Águeda mit einer Decke und zwei

Spielsachen des Dicken, so wie der Tierarzt es empfohlen hat. Die ihm vertrauten Gegenstände und der Geruch der Decke sollen das Gefühl der fremden Umgebung lindern, wenn er eingeschläfert wird. Der Dicke wiegt mehr, viel mehr, als *Pepa*. Ich halte ihn mit baumelnden Beinen und schlaffem Körper in den Armen und drücke ihn zur Sicherheit fest an meine Brust. Águeda geht mir wortlos die Treppen hinunter voraus. Wenn diese Frau sich nicht der Geschwätzigkeit hingibt, ist sie wie von einer tragischen Aureole umgeben. Im Hauseingang begegnen wir einer neugierigen Nachbarin. Ob mit *Toni*, dem Armen, «etwas ist». Águeda sagt ihr, dass wir mit ihm in die Klinik fahren, dass wir keine Zeit haben, und ohne weitere Erklärungen gehen wir nach draußen. Am Auto kommt es zu einer Szene, die ich nicht bedacht habe. Ich habe, verdammt noch mal, nicht daran gedacht, und jetzt kann ich es nicht mehr verhindern. Ich zeige Águeda, in welcher Hosentasche sich der Autoschlüssel befindet. Ich spüre ihre Finger immer tiefer hineingleiten; ihre beherzten, suchenden Finger, kurz davor, das Allerheiligste zu berühren. Es ist nicht der Moment für Scherze; aber es gibt Gedanken, die kommen einem unwillkürlich. Während sie die Decke des Dicken auf dem Rücksitz ausbreitet, fragt Águeda, ob es mich stört, wenn sie sich nach hinten zu ihm setzt.

5

Nachdem ich den Motor abgestellt hatte, richtete ich den Blick durch die Windschutzscheibe hinauf zum Himmel. Mauersegler? Nicht einer. Manchmal fühle ich mich von Böen einer hässlichen, zähen Einsamkeit umweht, wenn ich da oben vor dem blauen oder grauen Hintergrund ihre Silhouetten nicht sehe.

Auf Águedas Bitte hin blieb ich beim Dicken im Auto, etwa hundert Meter vom Klinikeingang entfernt auf dem ersten freien Parkplatz, den wir gefunden haben. Sie wollte sich um die Formalitäten kümmern und fragen, welchen Eingang wir nehmen sollten, da der Tierarzt ihr gesagt hatte, kurz vor dem Einschläfern solle der Dicke möglichst keinen anderen Tieren begegnen. Águeda hatte mich gebeten, mich nach hinten zu *Toni* zu setzen, während ich auf sie warte, und ihm ab und zu ein paar freundliche Worte zu sagen, damit er sich nicht verlassen vorkomme. Also nahm ich neben dem Kopf des Sterbenden Platz und fragte ihn, sobald wir allein waren, nach seinen bevorzugten Gesprächsthemen. Fußball, Politik, Literatur? Da er mir nicht antwortete und mich nicht wissen ließ, ob er mich verstanden oder überhaupt gehört hatte, schwatzte ich einfach drauflos und erzählte ihm Dinge, die ich natürlich nicht behalten habe, die sich aber mehr oder weniger so anhörten: «Wie geht es so mit dem Sterben? Du kannst dich glücklich schätzen, Schmerz wirst du keinen spüren. Wenn du willst, erkläre ich dir, was passiert. Es ist ganz einfach und dauert nicht lange. Zuerst verpasst man dir eine Narkose, danach eine tödliche Spritze, und ohne dass du etwas merkst, wirst du der Last des Daseins enthoben. Hast du *Vom Nachteil, geboren zu sein*, von Cioran, gelesen? Wahrscheinlich nicht. Du siehst nicht aus wie ein gebildeter Hund. Ich habe *Pepa*, die dich übrigens grüßen lässt, oft Gedichte vorgelesen und ab und zu sogar was Philosophisches. Ich hatte immer den Eindruck, es würde ihr gefallen. Ich meine, wegen des Gesichts, das sie dabei gemacht hat, sehr konzentriert und respektvoll. Aber ich will dich nicht mit Vergleichen nerven, Dicker, die dich schlecht aussehen lassen, was bei deinem Mangel an Bildung und Raffinement natürlich nicht schwer wäre. Über deinen bezahlten Tod kannst du dich freuen. Ein reiner Luxus. Würdest du zur Spezies Mensch gehören, müsstest du deinen Leidenskelch bis zum letzten Tropfen leeren. Pech gehabt. Bist du ein Mensch, zwingen sie dich, wie ein Hund zu sterben; bist du ein Hund, verschaffen sie dir einen schmerzlosen Tod und tun alles, damit du entspannt bist und dich nicht einsam fühlst. Wir, zum Beispiel, mit all unserem Fortschritt und unseren Maschinen, in diesem Land haben wir noch nicht einmal ein Euthanasiegesetz. Ich beneide dich um dein Schicksal, bewundere deine Fügsamkeit. Dir bleiben nur noch ein paar Minuten Leben, wenn man deinen elenden Zustand noch als Leben bezeichnen kann, und du liegst hier in aller Ruhe herum und stirbst ohne großes Getue. Mir gefällt deine Strategie. Sie gefällt mir sogar gut; ich werde sie mir bald als Vorbild nehmen, wenn auch ich dem Ganzen hier *adiós* sage.» Ich sah Águeda ohne Decke und Spielsachen herankommen, und das Letzte, was ich dem Dicken sagte, war ungefähr: «Tu mir einen Gefallen, Namensvetter. Du kannst mir doch jetzt die Wahrheit sagen. Niemand hört uns. War es dein Frauchen, das mir die anonymen Nachrichten in den Briefkasten gesteckt hat? Du brauchst die Antwort nicht zu bellen. Ich weiß ja, dass dir die Kraft dazu fehlt. Mir reicht ein Blinzeln oder ein Wackeln mit den Ohren. Warum sagst du nichts?» Mit traurigem Blick und tonloser Stimme teilte Águeda mir mit, dass alles bereit sei und der Tierarzt *Toni* erwarte. Ich nahm den Dicken auf die Arme und trug ihn zum Sterben. Nachdem ich ihn auf dem Untersuchungstisch abgelegt hatte, wollte ich beim mitleidigen Vollzug nicht dabei sein und sagte Águeda, wenn sie nichts dagegen hätte, würde ich im Auto auf sie warten. Sie antwortete, ich brauche nicht auf sie zu warten, das Einschläfern dauere eine Zeit, und sie käme schon allein nach Hause. Von dem Dicken verabschiedete ich mich mit einem Klaps auf den Rücken.

6

In den letzten Tagen meines Lebens kann ich mir nur eine Möglichkeit vorstellen, herauszufinden, wer mir jahrelang die Zettel in den Briefkasten gesteckt hat. Diese Möglichkeit kam mir in Form einer unwahrscheinlichen Szene vor ein paar Tagen in den Sinn. Es klingelt, ich öffne die Tür, und davor steht die Person, die mir gesteht, all die anonymen Nachrichten geschrieben zu haben. «Ach, du warst das?», sage ich mehr oder weniger überrascht, je nachdem, um wen es sich handelt. Die in dieser unangenehmen Sache verborgene Wahrheit werde ich nie erfahren. Leicht könnte ich meinem Stolz gehorchen und behaupten, dass es mir egal ist, ob ich unwissend bleibe oder nicht; aber das wäre gelogen. Diese Nachrichten, diese verdammten anonymen Nachrichten haben mir von der ersten bis zur letzten Nachricht jahrelang wie ein Nesselfieber zugesetzt und mir oft sogar den Schlaf geraubt. Wie oft habe ich mir vorgestellt, dass ich eines Tages ins Haus oder aus dem Fahrstuhl komme und die Person in flagranti erwische, die eine beträchtliche Zeit ihres Lebens darauf verwandt hat, mich zu beobachten und wie ein schlechtes Gewissen zu verfolgen. Ohne ihr Zeit zu geben, sich zu bewegen oder ein Wort zu sagen, springe ich ihr wie ein hungriger Wolf an den Hals. Na ja; ich weiß schon, dass ich mich da in Vorstellungen eines Menschen ergehe, der gerne aus einem anderen Holz geschnitzt wäre, als ich es bin.

Ich blättere noch einmal den Stoß Zettel durch und lese: «Wirst du eigentlich nie krank oder hast mal einen Unfall? Machst du uns nie einmal die Freude, ins Krankenhaus eingeliefert zu werden? An Typen wie dich, die von keinerlei Nutzen für die Gesellschaft sind, muss man wohl gedacht haben, als man die Redensart erfand: *Unkraut vergeht nicht.*» Welche nachtragende Hand konnte so etwas schreiben? Wer konnte eine solche Aversion gegen mich haben? Ich denke an Amalia und sage mir ohne den leisesten Hauch eines Zweifels: Nur sie kann es gewesen sein; doch dann kann ich auch wieder nicht glauben, dass ich ihr, nachdem wir so viele Jahre getrennt leben, überhaupt noch ein Zipfelchen Aufmerksamkeit wert bin. Dann denke ich an Raúl und an meine Schwägerin und halte es auch nicht für unmöglich, dass einer von ihnen oder beide zusammen so rachsüchtig sein könnten, wenngleich sie sich, wenn wir uns begegnet sind, nie auch nur mit einer Geste, einem Wort, ich weiß nicht, durch irgendein Anzeichen verraten hätten. Und Águeda? Sollte mich die graue Maus, vielleicht aus Verbitterung, weil ich sie verlassen habe, seit jenem fernen Datum unserer Trennung heimlich verfolgt haben? Doch wozu? Welches Vergnügen oder welchen Vorteil hätte sie von einem Spaß haben können, dessen Wirkung sie nie auskosten konnte, da sie mich ja nie gesehen hat, wenn ich den Briefkasten öffnete oder die Nachricht las? Manchmal, wenn ich von einem Verfolgungswahn heimgesucht werde, denke ich, dass sie sich alle zusammen gegen mich verschworen haben und wahrscheinlich die Direktorin und Lehrerkollegen, alte Freunde, die ich aus den Augen verloren habe, böswillige Nachbarn ... Leute jedenfalls, die mich aus dem einen oder anderen Grund ins Unglück stürzen wollen, auch dazugehören. Vielleicht, wer weiß, existiert eine Stalking-Agentur, die gegen Honorar dafür sorgt, dass bestimmten Menschen das Leben schwer gemacht wird, sodass jene, die einen solchen Dienst in Auftrag geben, sich gar nicht selbst darum kümmern müssen. Hier noch ein Zettel ohne Datum, den ich wahrscheinlich bekommen habe, als ich einmal krankgeschrieben war. «Mit Hüsterchen zu Hause geblieben, weil zu schwach zum Arbeiten? Ein schuleschwänzender Lehrer, ein schamloser Faulenzer bist du.»

7

Nikita verdruckst am Telefon, anstatt einfach Nein zu sagen. Heisere Stimme, gedehnte Sätze, Räuspern. Gestern erst spät ins Bett gekommen; samstagabends ist immer voll viel los in der Bar; gegen Morgen kam es zu einer Schlägerei, und er hat einen Schlag ins Gesicht gekriegt; hat aber sechs ausgeteilt; war danach völlig fertig; mein Anruf um elf Uhr vormittags hat ihn aus dem Bett geholt. «Schläfst du etwa in einem Bett?» «Na ja, auf einer Matratze auf dem Boden.» Er scheint das Gegenteil von glücklich zu sein über meinen Vorschlag, bis er mitkriegt, dass es bei dem Mittagessen um Geld gehen soll; um das Geld seiner verstorbenen Großmutter, das sein Onkel Raúl mir vollständig zurückgegeben hat. Da waren Müdigkeit, Zweifel und Räuspern schlagartig vorbei, und wir haben uns zum Essen in einem Restaurant in der Innenstadt verabredet. Ich erkläre Nikita, dass das Lokal, in dem ich einen Tisch reserviere, gehobenen Niveaus ist und er daher ordentlich gekleidet oder wenigstens sauber gewaschen erscheinen soll. Vorwurfsvoll sagt er, dass ich schon genauso bin wie seine Mutter. Und, jetzt wütend, dass er ist, wie er ist, und wenn ich das nicht akzeptieren kann, verbringt er den Tag lieber mit seinen Freunden. Er ist unpünktlich, hat Ringe unter den Augen, ist schlotterig gekleidet, unsauber nicht, nein, aber unrasiert und mit offenen Schnürsenkeln an den ausgelatschten Turnschuhen. Letzteres ist so auffällig, dass ich Absicht dahinter vermute und es mir erspare, ihn darauf hinzuweisen. Der große kräftige Nikita umarmt mich und riecht dabei nach feuchten Wänden, ich weiß nicht, nach Suppendampf und ungelüfteter Küche. Er sitzt mir gegenüber, und ich sage ihm, dass man seine geschwollene Wange nicht übersehen kann. Er flucht und versichert mit ärgerlich zusammengekniffenen Brauen, dass er die Absicht des Besoffenen nicht gespannt hat und dem Schlag deswegen nicht ausweichen konnte. «Aber zwei Sekunden später hat der Typ, bamm, bamm, schon geblutet wie ein Schwein. Und hätte man mich nicht zurückgehalten, dann ...» Mein Sohn, der schon auf dem Schulhof Knochen gebrochen hat. Mein großer unbedachter Sohn, der sich nichts gefallen lässt. Ich sage, ich hätte geglaubt, er arbeite in der Küche, bediene, putze; aber nicht, dass er als Türsteher arbeitet. Er antwortet, dass er alles macht, genau wie seine Kumpel, sie arbeiten im Team et cetera. Die Schinkenscheiben, den Hummersalat (Spezialität des Hauses) und die Kroketten schiebt er sich mit so überzeugendem Appetit hinter die Kiemen, dass ich versucht bin, ihm zu sagen, dass die Vorspeisen für uns beide sind. Ich halte aber den Mund, und zwar deshalb, weil ich meinen Sohn mit Gewinn und Genuss essen sehe, und weil, ob man will oder nicht, die Vaterschaft eine Lebensaufgabe ist, angetrieben von dem Instinkt, *in aeternum* dafür zu sorgen, dass die Nachkommenschaft wächst und gedeiht, was mich aber nicht davon abgehalten hat, zum eigenen Wohl noch schnell eine Krokette zu retten, da es ebenso Naturgesetz ist, dass man essen muss, und das ganz besonders, wenn man an einem Restauranttisch Platz genommen hat. Ich frage ihn, was er mit Tina gemacht hat. «Wer ist das?» Er erzählt, er erklärt, er schiebt sein Essen im Mund von einem Ende ans andere, um Platz zu schaffen, damit die Worte hinauskönnen. Und dann kommt heraus, dass sie Tina als Dekoration in einer Ecke der Bar an einen Tisch gesetzt haben, daneben ein leerer Stuhl, falls ein Gast Gesellschaft braucht und sich neben einer attraktiven Frauenfigur einen Drink genehmigen will. Ob er ein Foto davon auf seinem Handy hat. Hat er nicht. Und er gesteht mir, dass die Puppe (er sagt nicht Tina) barfuß ist. Warum? Einen ihrer Schuhe hat sie verloren, oder er wurde stibitzt, genau weiß er es nicht, und da fand der Wirt es besser, dass man die Füße der Puppe sehen kann, die nach einhelliger Meinung aller in der Bar sehr hübsch sind. Mir kommt ein jäher Verdacht, und ich frage ihn, ob sie Tina da etwa nackt hingesetzt haben. «Nein, mit dem BH und dem Slip, den sie trug, als du sie mir geschenkt hast.» Und um den Hals haben sie ihr ein Schild gehängt: NICHT ANFASSEN. «Du hast ihnen hoffentlich nicht erzählt, dass du sie von deinem Vater hast.» «Ist doch egal.» Als ersten Gang haben wir Steinpilzcreme bestellt. «Was macht deine Haut?» Anscheinend ist die Schuppenflechte zum Stillstand gekommen: Sie hat nicht zugenommen und ist nicht weniger geworden. Wenn er daran denkt, streicht er die Salbe darauf, von der er schon nicht mehr viel hat, und fühlt sich erleichtert, weil sich die befallenen Stellen unter der Kleidung befinden. Aber niemals würde er ins Meer oder in einen Swimmingpool gehen und auch nirgendwo sein Hemd ausziehen, wo Leute die roten Stellen und den Schorf sehen könnten. Während wir auf den Hauptgang warten (er, Hamburger mit Pommes frites und Beilage; ich, Rinderhackbraten mit Gemüse), frage ich ihn, ob er irgendwann mal mein Auto haben möchte. «Willst du dir ein neues kaufen, oder was?» Zuerst gibt er sich gleichgültig. Dann wird seine Bestellung gebracht, und nach den ersten Bissen ändert er seine Meinung. Jetzt versichert er, das Auto käme ihm wie gerufen, um damit Sachen zu transportieren und ab und zu mit den Freunden herumzufahren. «Na klar, und zu viel trinken und die Karre dann gegen die Wand setzen.» Das Problem ist, sagt er, dass ich kein Vertrauen zu ihm habe. Was macht er denn falsch? Das soll ich ihm mal sagen. Er nimmt keine Drogen, ab und zu mal einen Joint, nicht der Rede wert, und betrinken tut er sich nicht, weil Alkohol ihn ekelt. Zum Beweis deutet er auf die Coca-Cola, die er vor sich stehen hat. Und als ob das noch nicht Beweis genug wäre, dass er alle beisammenhat, erinnert er mich daran, dass er sein Geld mit einer Maloche verdient, die zwar anstrengend und schlecht bezahlt ist, ihm aber Spaß macht. Ich bitte ihn leise, sich nicht aufzuregen. Man schaut schon zu uns rüber. Ist ihm egal («Juckt mich nicht»), sollen sie glotzen. Ob er nicht gemerkt hat, dass ich im Scherz gesprochen habe. Ich biete ihm mein Auto an. Nicht jetzt, nicht heute, aber später, vielleicht schon bald. Was will er mehr? Im Grunde gefällt es mir ja, dass er sich aufregt, mir widerspricht und Respekt verlangt. «Du bist schlecht drauf, was?» «Scheiße, Papa, du scheinst dir einen Spaß daraus zu machen, mir auf den Sack zu gehen.» Etwas später schlägt er vor, dass wir uns über das Geld der Großmutter unterhalten. Ob es stimmt, dass ich ihm, wie ich gesagt habe, alles überlassen will. «Kommt darauf an.» Jetzt werde ich ernst, ob ihm das gefällt oder nicht, denn ich habe keine Lust, sage ich ihm, dass er mit dem Erbe meiner Mutter die Laster der anderen finanziert. Wenn er es für persönliche Ausgaben verwendet, für Kleidung, Essen, was immer er braucht, dann überweise ich den gesamten Betrag auf sein Konto. «Das käme mir sehr gelegen.» «Ich will nicht, dass man dich ausnutzt.» «Cool bleiben, Papa. Ich kann schon auf mich aufpassen.» Nachdem er den letzten Essensrest von seinem Teller gekratzt hat, möchte er wissen, ob ich das Fleisch, das noch auf meinem liegt, nicht aufessen will. Kaum habe ich geantwortet, da macht er sich schon über meinen Rest Hackbraten her, der längst kalt geworden sein dürfte, und bestellt mit noch vollem Mund Karamellpudding mit Sahne und einer Kugel Eis zum Nachtisch. Ich bin versucht, ihn zu fragen, wann er zum letzten Mal gegessen hat. Ich bin schon eine ganze Weile satt; so satt, dass ich das Gefühl habe, mir platzt der Bauch. In meinem Magen ist gerade noch Platz für einen Espresso. Ich frage Nikita, ob seine Mutter oder sein Onkel oder seine Tante ihn jemals beauftragt haben, mir eine Nachricht in den Briefkasten zu stecken. Bei dem Gesicht, das er macht, wird mir schon klar, dass ich genauso gut einen Traktor nach der Uhrzeit fragen könnte. «Nachricht? Was für eine Nachricht?» Und da die Angelegenheit ihn nicht weiter interessiert, kann ich auch leicht das Thema wechseln. Als wir das Restaurant verlassen, gebe ich ihm einen Zweitschlüssel für meine Wohnung und bitte ihn, den an einem sicheren Ort aufzubewahren. Er zeigt sich verwundert. «Man kann nie wissen», sage ich. Eines Tages stürze ich vielleicht beim Verlassen der Dusche oder verliere aus irgendeinem Grund das Bewusstsein, und dann wäre es gut, wenn er Zugang zur Wohnung hätte. «Vor ein paar Jahren hast du dich noch geweigert, mir einen Schlüssel zu geben.» «Wie du schon sagst, vor ein paar Jahren. Da warst du noch ein Kind. Heute bist du ein Mann, mit allem, was dazugehört.» «Du machst dich über mich lustig, stimmt's? Wann willst du mich endlich mal ernst nehmen?» Er steckt den Schlüssel in die Tasche und stellt keine weiteren Fragen. Nach der obligatorischen Umarmung marschiert er davon; ein mit Essen vollgestopfter Kraftmeier, die Schuhbänder immer noch lose, dreht er sich, kurz bevor ich ihn aus den Augen verliere, noch einmal um, hält den Schlüssel in der erhobenen Hand, lächelt und tut dann so, als ob er ihn gegen die parkenden Autos wirft, zeigt mir den Mittelfinger, dann wieder den Schlüssel, tut so, als ob er ihn in den Mund steckt, macht einen verrückten Luftsprung und verschwindet um die Ecke.

8

Mein Bruder hat nicht angerufen, um mir mitzuteilen, dass er mir das Geld auf mein Konto überwiesen hat, und ich habe ihn nicht angerufen, um ihm den Eingang zu bestätigen. Es sieht nicht aus, als ob wir uns viel zu sagen hätten, und jetzt, da er nach dem Tod seiner Tochter wie ein Zombie durch die Gegend läuft, umso weniger. Eigentlich hatte ich mir vorgenommen, ihn in meinen Niederschriften nicht mehr zu erwähnen; aber klar, den Fluss der Erinnerungen kann man nicht regulieren, wie man einen Wasserhahn auf- und zudreht. Tatsächlich ist es auch nicht Raúl, über den ich heute Abend schreiben will. Mein Bruder hat sich aufgrund einer Feststellung in meine Gedanken geschlichen. Man könnte sagen, dass wir nie einer Meinung waren, mit Ausnahme unserer rückhaltlosen Ablehnung von Héctor Martínez, obwohl der alte Zahnarzt es erst mit seiner Großzügigkeit möglich gemacht hat, dass wir beide unser Studium abschließen konnten. Zur Entlastung dieses Mannes wollte ich schreiben, dass er meinem Bruder und mir niemals auch nur das geringste Leid zugefügt hat; aber das ist nicht die Wahrheit. Er besaß die Unverschämtheit, uns mehrere Jahre lang unsere Mutter wegzunehmen, und das konnten wir ihm nicht verzeihen. Ich habe nicht den geringsten Zweifel, dass Herr Héctor sich Mama gegenüber stets wie ein Kavalier verhalten hat. Er hat ihr die Beschwernis der Witwenschaft erleichtert, vor allem, glaube ich, die Einsamkeit, und ihr etwas gegeben, das sie dringend brauchte: Aufmerksamkeit, Zuneigung ... Er ist oft mit ihr auf Reisen gegangen, die er aus seiner Tasche bezahlt hat. Er hat dazu beigetragen, dass sie sich besser kleidete, hat ihr oft Blumensträuße geschenkt sowie den einen oder anderen Schmuck. Sie haben Konzerte und Museen besucht, in teuren Restaurants gegessen und zahllose Spritztouren unternommen. Er hat dafür gesorgt, dass es ihr gut ging, und nicht umgekehrt, wie sie es gewohnt war. Ich habe lange gebraucht, bis ich das erkannt habe, und mein Bruder vermutlich auch. Wir glaubten, dass dieser gut gekleidete und etwas förmliche Herr, von dem Mama sagte, dass er ein guter Mensch sei, es darauf angelegt hatte, die Stelle unseres Vaters einzunehmen. Uns der finanziellen Hilfe bewusst, die wir von ihm bekamen, mussten Raúl und ich uns manches Mal auf die Lippen beißen, um ihm nicht ins Gesicht zu sagen, wie sehr wir ihn verabscheuten. Hinter seinem Rücken musste Mama uns versprechen, uns nicht mit ihm zusammen unter die Augen zu kommen. Raúl ging sogar noch weiter. Sie solle sich bloß nicht einbilden, dass sie diesen Siebzigjährigen heiraten könne. Ich schloss mich seinem Veto an. Mama bat uns, Ruhe zu bewahren und Verständnis zu zeigen, wir sollten versuchen, Héctor besser kennenzulernen, und sie fand alle möglichen Erklärungen, mit denen sie hoffte, unsere Befürchtungen zu zerstreuen, die sie als unbegründet bezeichnete. Sie sagte, sie trüge Papa immerzu in ihrem Herzen, was ich ihr nicht eine Sekunde lang geglaubt habe. Insgesamt sahen wir Héctor wenig (ich so gut wie nie, da ich nicht mehr zu Hause wohnte); doch hin und wieder ließ es sich nicht vermeiden, dass unsere Wege sich kreuzten. Raúl seinerseits und ich meinerseits waren Zeuge von Szenen, die uns darin bestärkten, die Beziehung dieses Mannes zu unserer Mutter so lange zu torpedieren, bis sie sich schließlich trennten. Mein Bruder kam eines Vormittags völlig außer sich zu mir und berichtete, er habe gesehen – ich erinnere mich nicht mehr wo, ist ja auch egal –, wie die beiden sich küssten. «Sie haben sich auf den Mund geküsst, Toni, auf den Mund! Stell dir das vor!» Für Raúl war das nicht nur unhygienisch und eine Entweihung des Andenkens an Papa, sondern auch der untrügliche Beweis, dass der alte Sack es auf einen Platz in unserer Familie abgesehen hatte. «Diese Typen geben sich zuvorkommend und freundlich, und wenn sie ihr Ziel erreicht haben, reißen sie sich die Maske vom Gesicht, werden tyrannisch und nehmen sich, was ihnen nicht zusteht.» Mir war nicht klar, wie Raúl zu solchen Schlussfolgerungen kam; aber allein die Vorstellung, dass Héctor Martínez seine runzeligen Lippen auf

Mamas gedrückt hatte, brachte mein Blut zum Kochen. Eines Abends kam ich, um meine Wäsche abzuholen, die Mama regelmäßig für mich wusch, da sah ich die beiden aus einem Taxi steigen. Sie gingen ein Stück Hand in Hand, und kurz vor Erreichen des Hauseingangs umarmten sie sich im Schatten eines Baumes. Es war nicht so dunkel, dass ich nicht sehen konnte, wie der Mann Mamas Brüste knetete und sie das nicht nur zuließ, sondern den Oberkörper ein wenig zurückbog, um es ihm zu erleichtern. Ich war etwa zwanzig Meter entfernt und wollte schon einen wütenden Schrei ausstoßen; doch nach kurzem Zögern drehte ich mich um und ging davon, ohne meine saubere Wäsche abzuholen.

9

Man brauchte bloß die Augen zuzukneifen, um erkennen zu können, dass die Blütenblätter bald gelb wären. Als ich die Rose zum ersten Mal in dem langstieligen Glas auf der Kommode erblickte, war sie schon ziemlich welk. Unbedachterweise schlug ich Mama vor, sie zu gießen. «Gieß sie selbst.» Bei jedem meiner Besuche war die Blume farbloser, mit braunen Rändern und nur noch wenigen verschrumpelten Blättern, die so trocken waren, dass sie aussahen wie aus Papier und als würden sie bei der leichtesten Berührung vom Stängel fallen. Viele Monate vergingen, bis ich erfuhr, dass Mama diese Blüte, die sich nie ganz geöffnet hatte, aus Protest gegen ihre Söhne behielt. Es war eine Rose aus dem letzten Blumenstrauß, den Héctor Martínez ihr geschenkt hatte. Als Mama mir das erzählte, erinnerte ich mich kaum noch an diesen Mann, von dem sie sich auf unseren Druck hin getrennt hatte. Eines Tages, ich weiß nicht mehr, wann, warf sie die Blume in den Abfall. Raúl hatte in unseren Jugendjahren zweifellos leichteren Zugang zu Mamas intimen Dingen. Normal. Die beiden lebten weiterhin unter einem Dach, während ich mir mit Kommilitonen meines Semesters während der letzten eineinhalb Jahre des Studiums und nach dem Staatsexamen eine Wohnung teilte. Raúl, der schon immer gern kontrollierte und fragte, war auch der Hauptgrund dafür, dass der arme Herr Héctor sich vor der Haustür von Mama verabschieden musste, und nicht, Viagra schon eingeworfen, mit in die Wohnung durfte, und in der Wohnung nicht zu ihr ins Zimmer, und im Zimmer nicht zu ihr ins Bett, was ja sein eigentliches Ansinnen war. Von Raúl erfuhr ich auch, dass unsere Mutter, bevor sie Héctor Martínez mitteilte, dass sie sich trennen müssten, dafür gesorgt hatte, dass Letzterer und ihr Sohn wieder den Kontakt zueinander suchten und schließlich am Wohnort des Zahnarztes einen Versöhnungsversuch unternahmen. Wie die Geschichte ausgegangen ist, weiß ich nicht. Ich weiß nur, dass das die Zeit gewesen sein muss, als der gute Mann zu einer Reise nach Kanada aufbrechen wollte, die Koffer hatte er schon gepackt, und Mama ihm völlig überraschend mitteilte, sie könnten sich nicht mehr sehen, da ihre Söhne das von ihr verlangten. Danach hatte sie vorübergehende Beziehungen zu anderen Männern; vermittelt, nehme ich an, bin mir aber nicht sicher, durch eine Heiratsvermittlung. Sie war immer darauf bedacht, dass Raúl und ich die Männer kennenlernten. Später fand sie Gefallen an Bingo und ähnlichen Zeitvertreiben, die sie nicht immer geheim zu halten vermochte und die sie wohl auch einiges Geld kosteten. Eines Tages sagte sie bei einem Familienessen, ohne dass es einen erkennbaren Grund dafür gab: «Ich bin selten glücklich gewesen.» Vom anderen Ende des Tisches warf Raúl mir einen Blick zu, der mich bat, mich jeden Kommentars zu enthalten. Zu der Zeit zeigte Mama die ersten Symptome, die darauf hinwiesen, dass sie den

Verstand verlor. Ich tat also, als hätte ich nichts gehört, mein Bruder ebenfalls, und die Worte lösten sich in Luft auf, wie sich so viele Dinge im Leben im Nichts auflösen, als hätte es sie nie gegeben.

10

Ich habe Águeda seit dem vergangenen Donnerstag nicht mehr gesehen, als ich sie zur Tierklinik brachte. Sie sagte mir da, die nächsten Tage würden schwer für sie werden. Das wäre ihr bei den früheren Hunden auch so gegangen. Diesmal hatte sie nicht vor, sich über den Verlust des Hundes schnell mit dem Kauf eines neuen hinwegzutrösten. Was ich dazu meine. Sofort fielen mir die witzigsten Möglichkeiten ein, sich ein neues Haustier zuzulegen; doch ich hielt den Mund. Der Dicke mit einem Bein im Grab, sie tieftraurig ihm auf der Rückbank den Kopf streichelnd; das schien mir kein geeigneter Moment für Scherze zu sein. Ebenso wenig wie der, als ich heute aus der Markthalle kam. Da stand sie mit ihrem bemitleidenswerten Gesicht in der heißen Nachmittagssonne. Als Erstes sagt sie, dass sie eine Bitte an mich hat. Bei mir läuten die Alarmglocken, wie sie es sich bestimmt nicht vorstellen kann. Ein neues Lippe-an-Lippe? Ein weiterer Körperkontakt mit Aussicht auf Verschmelzung? Ich schlage vor, uns auf der Terrasse des Conache die Kehle zu befeuchten. Águeda lehnt ab. Sie hat keinen Durst. Sie fragt, ob sie mich bis zu meiner Haustür begleiten kann. Sie müsste mit mir was besprechen. «In Ordnung.» Unterwegs fängt sie davon an, dass ich *Pepa* manchmal an Humpel ausleihe. Sie findet das bezaubernd, sagt sie, und fragt sich, ob ich *Pepa* vielleicht auch mal in ihrer Wohnung übernachten lasse, sodass die Lücke, die *Toni* hinterlassen hat, für sie nicht mehr ganz so schmerzlich ist. Wenn es nur heute ginge, wäre sie schon zufrieden. Wenn es überhaupt nicht geht, «auch kein Problem». Ich suche mein Gedächtnis nach einem glaubwürdigen Vorwand ab, der es mir erspart, mich von *Pepa* zu trennen. Es ist heiß, meine Gedanken sind langsam, ich finde nicht die richtigen Worte. So gehen wir dann in meine Wohnung hinauf, und kaum ist die Tür geöffnet, kommt *Pepa* freudig herbeigelaufen, um Águeda zu begrüßen. Gerührt von diesem unmissverständlichen Liebesbeweis, bricht unsere Freundin in Tränen aus. Das hat mir gerade noch gefehlt. Auch bei mir in der Wohnung wollte Águeda weder etwas trinken noch etwas essen. Es lag auch nicht in ihrer Absicht (in meiner auch nicht), heute in Alfonsos Bar zu gehen. Es wäre mir gemein vorgekommen, sie unter den gegebenen Umständen nicht zu bitten, zum Essen zu bleiben; obwohl, ehrlich, die Dorade, die ich in der Markthalle gekauft habe, ist nicht so groß, dass sie zwei Mägen zu sättigen vermöchte. «Ich danke dir; aber nein.» Águeda saß auf dem Sofa und hielt *Pepa* im Arm, und nach etwa zwanzig Minuten ist sie aufgestanden und hat sie mit zu sich genommen. Wann bringt sie sie mir zurück? Ich weiß es nicht. Jetzt bin ich es, der mit der Einsamkeit hadert. Die Sache hat mich so in Unruhe versetzt, dass ich, anstatt mir zur gewohnten Zeit mein Abendessen zu machen, runter in die Bar gegangen bin, wo ich Humpel mit seinen dummen Sprüchen zu treffen hoffte, der aber, wie ich schon befürchtet habe, nicht gekommen ist.

11

Von wem ist der Spruch, das Leben sei ein wirres Schachspiel, ein sinnloser Kampf, ohne Regeln, jeder gegen jeden? Ich könnte das genaue Zitat in meinem Notizbuch suchen. Oder ist das vielleicht eine Idee, die mir ganz unwillkürlich selbst gekommen ist? Es wäre allerdings ungewöhnlich, dass mein Gehirn etwas hervorbringt, das mehr ist als ein Tintenspritzer der intellektuellen Leistungen Dritter. Was Denken angeht, gleiche ich den Mistkäfern, die von der Scheiße anderer leben. Ich weiß nichts, ich verstehe nichts mit diesem Gehirn von minderer Qualität, mit dem die Natur mich ausgestattet hat, und mir ist klar, dass ich mich diese Nacht wieder auf dem Feld der Vermutungen bewege. Ich versuche, die Seele meiner Mutter zu erforschen, so wie sie sich in meiner Erinnerung darstellt, wobei ich Seele als diese innere Dimension begreife, in der, wie in einer Schatulle (oder wäre der Begriff Kloake zutreffender?), jeder seine ureigene Wahrheit unter Verschluss hält. Und ich stelle fest, dass ich niemals Zugang zu dieser Dimension gefunden habe, weder zu der meiner Mutter noch vermutlich zu der irgendeines anderen Menschen, und dass ich mir nur aufgrund von Indizien und Schlussfolgerungen eine Vorstellung – ob zutreffend oder falsch, werde ich nie wissen – davon machen kann, was sich darin befand und ereignete. Mehr als einmal habe ich mir vorgestellt, die Dienste eines professionellen Folterers in Anspruch zu nehmen, der sie zwänge, in meinem Beisein eines nach dem anderen ihre Geheimnisse preiszugeben. «Reißen Sie ihr mit der Zange noch ein Stück Fleisch heraus.» «Toni, bitte! Wir sind jetzt seit fünf Stunden in diesem Verlies. Was soll sie denn noch erzählen?» «Mama, siehst du denn nicht, dass dieser Herr und ich das Verhör bis zum bitteren Ende führen werden? Du brauchst doch bloß alles zu sagen, was es zu sagen gibt. Lass uns nicht noch mehr Zeit verlieren. Jede Folterstunde kostet mich ein Vermögen.» Mama ist eines der unbegreiflichsten Wesen, die mir je begegnet sind. Die Schuld an diesem Unverständnis gebe ich, wenn nicht ganz, so doch zu einem großen Teil, mir selbst. So unendlich lange hatte ich Mama Tag für Tag um mich, so nah und so vertraut war sie mir, dass ich nie auf den Gedanken kam, dass an ihr etwas zu begreifen sein könnte. Solche Fragen habe ich nie gestellt und auch keine langen, ausführlichen Gespräche mit ihr gesucht; ich hatte nicht einmal den Eindruck, dass sie eine eigene Persönlichkeit besaß, die über meine unmittelbaren Bedürfnisse hinaus interessant gewesen wäre. Sie war für mich von Anfang bis Ende eine Vollzeitmama, ein gebender und dienender Mensch, eine immerwährende Mutterbrust. Wenn du fällst, hebt sie dich auf; ist dir kalt, zieht sie dich warm an; tust du dir weh, versorgt und tröstet sie dich. Wie soll einer unter solchen Umständen auf den Gedanken kommen, dass diese Frau das, was sie gibt, auch selbst gern bekäme? Hier höre ich auf. Es ist spät, und ich habe zu viel getrunken. Für heute habe ich mich genug gequält.

12

Ich glaube, Mama hat die Trennung von Héctor Martínez nie verwunden. Der Alte hat sie angebetet. Ich will nicht sagen, dass es Liebe war, was sie miteinander verband. Das mit Sicherheit nicht, jedenfalls nicht nur, wenigstens nicht von ihrer Seite. Ich glaube, Mama befand sich endlich in der für sie neuen und natürlich erfreulichen Situation, zu empfangen und nicht zu geben. Was er dafür empfing, ist mir egal. Mit dieser Überzeugung, besser gesagt, Vermutung untrennbar verbunden ist eine zweite. Solange sie bei Verstand war, hat Mama uns nie verziehen, dass wir sie gezwungen haben, sich von diesem herzensguten und eleganten Herrn zu trennen. Mir direkt vorgeworfen hat sie es nie. Bei Raúl weiß ich nicht. Hin und wieder ließ sie eine Andeutung fallen, machte eine Anspielung oder gab sich traurig, klagte über Lustlosigkeit und sogar Lebensüberdruss.

Und Raúl und ich wussten, weil wir öfter darüber gesprochen hatten, an was oder wen sie dachte, wenn sie uns mit diesen Klagen kam, die keinen konkreten Grund oder Anlass hatten. Mama hütete sich zwar, Héctors Namen in unserer Gegenwart auszusprechen; dennoch würde ich wetten, dass sie, sobald wir uns bei ihr sehen ließen, an ihn denken musste und uns grollte, vielleicht sogar zornig auf uns war, weil dieser Mann sie verwöhnt hatte wie nie ein Mensch zuvor. Ich frage mich, ob sie uns, wenn sie uns zum Essen eingeladen hat, in die Suppe spuckte. Zuzutrauen wäre es ihr. Deutlicher ist mir das Gefühl, dass sie sich insgeheim von uns zu lösen versuchte. Ich erinnere mich zwar nicht, dass sie mir einen Kuss oder eine Umarmung vorenthielt; aber sie übertrieb es auch nicht mit ihrer Herzlichkeit. Und je mehr ich darüber nachdenke, desto klarer wird mir, dass sie eine Meisterin darin war, ihre wahren Gefühle zu verbergen und Raúl und mich mit Gefühlskälte zu bestrafen, ohne dass wir es merkten. «Was hast du, Mama?» «Ich weiß nicht. Der Blutdruck oder vielleicht irgendwas gegessen.» Ich könnte mir vorstellen, dass sie vor einem unauflösbaren Dilemma stand. Ich habe keine Beweise, aber ich will mich auch nicht in Vagheiten ergehen; und da ich nicht vor Gericht stehe, lasse ich einfach mal meine Behauptungen vom Stapel. Mama fühlte sich einerseits in der Pflicht, uns zu lieben, da wir ihre Söhne waren, sie uns geboren und aufgezogen hatte ...; andererseits aber hasste sie uns insgeheim so lange, bis alles Bewusstsein in ihrem zunehmend versagenden Gehirn erloschen war. Nachdem ihre Beziehung zu Herrn Héctor zerbrochen war, könnte ich schwören, dass sie auch Raúls und mein Glück hintertrieb; nicht in dem Sinne, dass sie uns Unheil wünschte, das nicht. Es hätte sie aber zutiefst geschmerzt, denke ich heute, wenn sie uns gerade das hätte genießen sehen, was wir ihr selbst vorenthalten hatten: eine dauerhafte harmonische Beziehung mit unseren jeweiligen Ehefrauen. Und ich fühle mich in meinem Verdacht bestätigt, wenn ich an die Art ihres Umgangs mit den beiden Frauen denke, vor allem mit María Elena, die, da sie warmherziger und zugänglicher als Amalia war und daher über weniger Abwehrmechanismen verfügte, die meiste Verachtung auf sich zog. Ich erinnere mich an herbe Szenen, über die Amalia und ich hinterher sprachen, wenn wir allein waren. «Deine Mutter kann María Elena nicht ausstehen. Hast du gemerkt, wie sie sie beim Essen hat abblitzen lassen? Ich wäre an die Decke gegangen, wenn sie das mit mir gemacht hätte.» Ich bin sicher, dass Mama sich bei Amalia etwas zurückhielt, weil sie das Mundwerk und die Boshaftigkeit der Radiosprecherin fürchtete; was aber nicht hieß, dass sie sie mehr respektierte oder auch nur einen Hauch Sympathie für sie empfand, von Zuneigung gar nicht zu reden.

13

Liebe Pepa, vier Nächte hintereinander ohne dich sind zu viel. Manchmal denke ich mit etwas schlechtem Gewissen, dass ich mehr mit dir zusammen hätte machen sollen, damit du mehr Spaß am Leben hast, was weiß ich, Spiele erfinden, Herausforderungen für dich suchen, jedes Wochenende mit dir ins Freie fahren, öfter mit dir sprechen, auch wenn du mich nicht verstehst. Nie habe ich mich wegen deiner Abwesenheit so unbehaglich gefühlt wie in diesen letzten Tagen. Es hat nichts mit Sehnsucht oder sonst einer Gefühlsduselei zu tun. Es ist körperlich, eine Art Beklemmung, die mir langsam die Gemütsruhe raubt, auch wenn ich nicht die ganze Zeit an dich denken muss. Es ist, als ob der einfache Umstand, dich nicht bei mir zu haben, mein Leben aus der Bahn geworfen hat und die Zeit um mich herum sich verfestigt hat und mich bedrückt. Bei Humpel habe ich dich nie so lange gelassen. Ich kann damit leben, dass du eine Nacht fort bist, maximal zwei Nächte; vier sind viel zu lang. Da sitze ich nun, einsamer als eine Eins mit einer deprimierenden Flasche Cognac in meinen stillen vier Wänden, während du diese Frau tröstest, der ich heute telefonisch und so freundlich, wie es mir möglich war, aber schon kurz davor, die Geduld zu verlieren, mitgeteilt habe, dass sie dich morgen unbedingt zurückbringen muss. Ich musste mir auf die Zunge beißen, um ihr nicht vorzuwerfen, dass sie mein Entgegenkommen strapaziert. Es ist nicht deine Art, meine süße Pepa, mir Vorwürfe zu machen, obwohl ich annehme, dass es dir an Gründen dafür nicht mangeln würde. Nicht immer gelang es mir, meinen Ärger zu unterdrücken, wenn ich mit dir Gassi gehen musste, und das immer auf demselben, bekannten, langweiligen Weg, nicht selten im Regen, bei Kälte oder unerfreulichem Wind. Es brachte mich immer auf die Palme, wenn ich dringende Arbeit für die Schule oder den gemütlichen Feierabend unterbrechen musste, um deinen Bedürfnissen nachzukommen. Dann aber denke ich an die enorme Zahl von Kilometern, die unsere Spaziergänge zusammenbringen, und kann nicht anders als dir dankbar sein. Denn da ich sportliche Betätigung verabscheue und mich nicht einmal unter Drohungen bei einem Fitnessstudio einschreiben würde, wäre ohne die Pflicht, dich mehrmals täglich ausführen zu müssen, wegen Bewegungsmangel längst ein steifer, kränkelnder Fettsack aus mir geworden.

Es ist jetzt fast Mitternacht, und ich suche vergebens den Blick deiner Augen; den Blick deiner haselnussfarbenen Augen, der so beruhigend auf mich wirkt. Manchmal liegst du auf dem Boden und wendest deine Augen stundenlang nicht *von mir ab, und wenn ich deprimiert bin, scheinen sie mir zu sagen: Na komm, so schlimm ist es doch nicht. Oder wenn ich es mit meinen Notizen übertreibe: Warum hörst du nicht auf, Wörter aufs Papier zu kotzen, und gehst lieber ins Bett? Oder einfach: Armer Mensch, ist er wieder seinem Denken auf den Leim gegangen. Es gab Tage, da kam es mir plötzlich so vor, als ob dein freundliches Schweigen, während du mich anschautest, eine Einladung an mich sei, mich neben dich auf den Teppich oder direkt auf den kalten Boden zu legen, was ich auch oft getan habe, weil ich mir des Wohlbehagens sicher war, das mich dort erwartete. Ich habe dann mein Ohr an dein weiches Fell gedrückt und deinen Herzschlägen gelauscht. Gern hätte ich mein Schicksal mit dir getauscht. Ja, ich habe es bedauert, nicht als Hund auf die Welt gekommen zu sein. Nicht als irgendein Hund, natürlich, sondern als einer, der genauso ist wie du, meine schöne, meine zärtliche Pepa. Morgen will ich dich wieder hier bei mir haben.*

14

Humpel berichtet uns mit wiedergewonnener Vergnügtheit (in letzter Zeit kam er mir etwas mutlos vor), dass er seit zwei Tagen nur trockenes Brot mit Bier frühstückt. Damit folgt er einer Empfehlung von Charles Dickens, die in einer Van-Gogh-Biografie erwähnt wird, die er gerade liest. Das ungewöhnliche Frühstück soll angeblich Selbstmörder von ihrem Vorhaben abbringen. In seinem Fall, fügt er hinzu, funktioniert der Trick nur zur Hälfte. Das heißt, wenn er das Brot ins Bier eintunkt, vergisst er den Selbstmord; doch gleich darauf stellt er sich zwangsläufig die Frage: Warum frühstücke ich diesen Mist eigentlich? Und die Antwort weckt in ihm unweigerlich die

Erinnerung an das, was er vergessen wollte. Es ist schon eine Weile her, dass Humpel diese makabren Themen, für die er eine eigentümliche Vorliebe hat, so direkt anspricht. Águeda fand den angeblichen Scherz unseres Freundes witzig und hat ihn noch mit auf ihrem eigenen Mist gewachsenen Späßen ausgeschmückt. Ich dagegen hielt ihn nicht für so gelungen, dass ich darüber lachen konnte. Ich kenne Humpel gut genug, um in den steilen Falten zwischen seinen Augenbrauen lesen zu können, was er tatsächlich denkt und fühlt, auch wenn seine Grimassen davon abzulenken suchen. Was ich an diesem Mittag zwischen seinen Augen gesehen habe, deutete auf nichts Gutes hin, was vielleicht, habe ich einen Moment lang gedacht, an der Wunde in seinem Handballen lag. Die ist nämlich, wie er sagt, auf ihrem Höhepunkt; ein Loch im Fleisch, das ab und zu suppt und das er mit einem selbst angelegten Verband gegen Verschmutzung schützt. Wir drei hatten uns zum Aperitif verabredet. Ich habe Humpel vorgeschlagen, mit unseren Getränken vor die Tür zu gehen, da Águeda jeden Augenblick auftauchen kann und ich ahne, dass *Pepa* nach vier Tagen Trennung beim Wiedersehen mit mir ihrer Freude die Zügel schießen lassen wird, und da ist es besser, wenn wir draußen sind, wo die Gefahr nicht so groß ist, dass sich Gäste belästigt fühlen könnten. Ein paar Minuten später kommt Águeda. *Pepa* sieht mich und zeigt entgegen meiner Erwartung nicht das geringste Anzeichen von Begeisterung; eigentlich ignoriert sie mich sogar und läuft zu Humpel, um sich von ihm kraulen zu lassen. Sie hat mir weder die Vorderpfoten auf den Bauch gelegt noch mich vor Freude abgeleckt, wie ich angenommen hatte. Ich rufe sie, und sie kommt, ich weiß nicht, müde oder gelangweilt oder beides zusammen, angetrottet, als hätte sie nicht die geringste Vorstellung von der Zeit, die wir getrennt waren. Águeda, lächelnd, bester Laune, liebevoll, verteilt Wangenküsse bei ihrem Eintreffen. Sie riecht nach Tina, und man hat den Eindruck, dass sie mit *Pepas* Hilfe den Schmerz über den Verlust des Dicken, den keiner von uns während unserer Unterhaltung erwähnt, überwunden hat. Unsere Freundin trägt eines der Kleider und Schuhe, die sie mit mir zusammen gekauft hat, und hat ihre Finger- und Zehennägel dunkelrot lackiert. Sie erzählt uns lebhaft von Spaziergängen und Spielen und was sie *Pepa* zu Fressen gegeben hat, sowie von allerlei anderen Dingen, die sie in den letzten Tagen mit ihr unternommen hat. Humpel wünscht sich daraufhin auch so etwas und bittet mich, *Pepa* diese Nacht bei ihm zu lassen. Das Nein, das ich ihm entgegengeschleudert habe, klang wie ein Paukenschlag. Wenn er jetzt eingeschnappt ist, soll er meinetwegen. Vielleicht hat ihn die Heftigkeit meiner Antwort überrascht, jedenfalls hat er nicht noch einmal gefragt. Águeda geht in die Bar, um ein alkoholfreies Getränk zu bestellen. Ich wende mich Humpel zu und sage: «Irgendwas ist doch mit dir. Mir kannst du nichts vormachen.» Aus seiner Miene verschwindet jede Heiterkeit. Mit gesenkter Stimme und unter steilen Stirnfalten sagt er, dass er im Büro Mist gebaut hat. Er will jetzt nicht ins Detail gehen, versichert aber, dass es sich um einen hohen Betrag handelt. Noch ist er nicht aufgeflogen, aber lange kann es nicht mehr dauern. Der Chef hat noch keine Ahnung, vertraut ihm sogar in einem Maße, dass er ihn gebeten hat, sich gleich morgen um den frisch entdeckten Fehlbetrag zu kümmern, was gleichbedeutend damit ist, dass Humpel gegen sich selbst ermitteln soll. Ob ich jetzt verstehe, dass er zum Trost *Pepa* braucht. Ich hätte ihm am liebsten geraten, es mit trockenem Brot und Bier zum Abendessen zu versuchen. Stattdessen habe ich ihm gesagt, dass ich es stimmungsmäßig nicht verkrafte, *Pepa* noch eine weitere Nacht abzugeben. Da kommt Águeda mit einem Orangensaft und einem Schüsselchen *Champignons al ajillo* für alle aus der Bar, und bis zum Abschied haben wir drei Freunde uns dann in kurzweiliger Runde über alle möglichen Themen unterhalten, bei denen es nie über die Maßen persönlich wurde.

15

Da er mich nicht angerufen hat, habe ich ihn angerufen, um zu fragen, wie es im Büro gelaufen ist, und auch, um zu erfahren, ob man ihn schon entlassen hat. Ich weiß, dass er aufgrund seiner Kenntnisse in Bezug auf Vermietung und Verkauf von Wohnungen schon seit Jahren lukrative Kontakte parallel zu seinem Maklerbüro unterhält. Meine jetzige Wohnung hat er mir inoffiziell aufgrund einer Information beschaffen können, die er aus dem Büro mitgenommen hat. In der Regel handelte es sich um Nebengeschäfte, zu denen noch die eine oder andere schwarz kassierte Provision hinzukam. Bei dem von heute scheint es sich um eine Unterschlagung zu handeln, wohl nicht die erste, wie es aussieht; nur dass das Übermaß an Vertrauen ihm dieses Mal einen bösen Streich gespielt zu haben scheint. Er sagt, dass er überlegt, sich zu stellen und das Geld zurückzuzahlen, in der Hoffnung auf weniger schlimme Konsequenzen. Seine Stelle gibt er verloren. Im Moment geht es ihm nur darum, Zeit zu gewinnen; doch früher oder später, denkt er, wird nicht nur der Chef, sondern werden auch die Firmeneigentümer die Wahrheit erfahren. Ich muss zugeben, dass mich seine Sorgen und sein Gejammer irritieren, und das habe ich ihm bei unserem Telefonat auch unumwunden zu verstehen gegeben. Uns bleiben noch gut zwei Wochen in diesem Tal der Tränen. Was fürchtet er da zu verlieren? Die Arbeit? Die Ehre? Die Zeit reicht ja nicht einmal für eine gerichtliche Vorladung, und die Schließung des Büros während der Sommerferien, in denen die Untersuchung mit Sicherheit ausgesetzt wird, steht direkt vor der Tür. Wenn die Arbeit Ende August wieder aufgenommen wird, befindet sich seine Asche schon außer Gefahr in einer Urne oder verstreut auf einem Acker. Er hat mich gebeten, ihm *Pepa* für diese Nacht auszuleihen. Ich habe ihn kaltblütig belogen und gesagt, dass sie bei meinem Sohn ist, damit er sich an sie gewöhnt und sie sich an den Jungen, bevor sie jeden Tag bei ihm sein muss. Jetzt wird mir klar, dass ich in eine peinliche Situation geraten wäre, wenn *Pepa* hinter mir zu bellen begonnen hätte. *Pepa* ist zwar von Natur aus still; das heißt aber nicht, dass ein Klingeln oder Stimmen oder Schritte im Treppenhaus sie nicht reizen können, zu beweisen, dass sie nicht stumm ist. Unser Abschied war kühl. Humpel ist ein Typ, der das Leben liebt, der aber auch ein Großmaul ist, das aus reiner Langeweile zwischen zwei Bieren über Selbstmord räsoniert und mit dem Gedanken kokettiert, sich das Leben zu nehmen. Ich gehe davon aus, dass er all diese Monate mit mir nur gespielt, mir zugleich aber ein Tütchen Zyanid geschenkt (ich habe es noch nicht probiert, und wer weiß, ob es nicht zerriebenes Aspirin enthält) und mich zu einer Entscheidung gedrängt hat, die für ihn nie ernsthaft infrage kam. So kann man verstehen, dass er sich jetzt in die Hose macht bei dem Gedanken, wegen Unterschlagung entlassen zu werden. Um elf Uhr zwanzig nachts lasse ich meinen Blick schweifen. Von meiner wohlbestückten Bibliothek, die ich in vielen Jahren unter großem finanziellen Aufwand zusammengestellt habe, sind mir höchstens noch hundert Bücher geblieben. Auch meine Garderobe habe ich reduziert, habe sie mit anderem Haushaltsgerät in der Stadt verteilt. Die paar Möbel, die ich noch habe, sind halb leer, und dass ich sie noch nicht weggeworfen habe, liegt daran, dass ich hoffe, dass Nikita den auch in meinem Testament enthaltenen Vorschlag annimmt, in diese Wohnung einzuziehen, deren Miete er, wenn er will, von meinen Ersparnissen noch lange bezahlen kann. Ich bin sicher, dass ich nicht mehr ans Gymnasium zurückgehe. Ich habe so gut wie alles geregelt: Geld, Testament, Verträge betreffende Anweisungen und bürokratische Verfügungen, die ich schriftlich hinterlassen werde. Ich muss nur *Pepa* noch unterbringen, und um die wird sich Nikita wohl oder übel kümmern müssen. Und sollte ich im letzten Moment weiche Knie bekommen, wie Humpel, werde ich die unfehlbare Methode anwenden, mich vor Papas Foto zu stellen. Ich werde mich seinem ewigen Lächeln und seinem erhabenen, väterlichen, unwiderstehlichen Blick stellen, der mir zu sagen scheint: Junge, wir haben eine Verabredung. Und du weißt ja, dass ich Unpünktlichkeit hasse. Dann kann ich sicher sein, dass ich ihn nicht enttäuschen werde.

16

Ich habe den Stapel anonymer Nachrichten ins Spülbecken gelegt und angezündet. Es geht mir nicht darum, Spuren zu verwischen, denn ich habe ja genügend von ihnen auf diesen Seiten zitiert. Dennoch ist mir, als ich den kleinen Stoß Zettel zu Asche werden sah, ein Stein vom Herzen gefallen.

Es ist schon lange her, dass ich die letzte dieser Nachrichten in meinem Briefkasten fand. Ich habe gar nicht gleich begriffen, dass er dazugehörte, denn es war nur ein leeres Blatt Papier. Erst als ich es schon in die Mülltonne werfen wollte, fiel mir auf, dass es in seiner Größe und der Art, wie es gefaltet war, den meisten anderen Zetteln in meinem Stapel glich. Deswegen habe ich ihn aufbewahrt, als wäre es eine weitere dieser Nachrichten. Der Umstand, dass nichts darauf geschrieben stand, hat meine Unruhe nicht verringert. Diesem anonymen leeren

Zettel ist kein weiterer mehr gefolgt, auch wenn meine Hauptverdächtigen weiterhin in der Stadt wohnten. Der Spaß, Spuren der Vergangenheit zu verbrennen, hat mir Lust gemacht, dasselbe auch mit einem großen Teil meiner Fotografien zu tun. Nur fünfzehn oder zwanzig sind noch im Album verblieben. Es handelt sich um die, die ich Nikita nicht vorenthalten zu dürfen glaube; hauptsächlich Fotos von seinen Großeltern und von ihm selbst, als er klein war. Außerdem habe ich drei oder vier vor dem Scheiterhaufen gerettet, auf denen wir beide in ansprechenden Posen zu sehen sind: er im Karateanzug, wie er mich scheinbar zu Boden wirft; er als Säugling in meinen Armen; er neben mir im Atlético-Trikot, wie er vier Kerzen einer Geburtstagstorte ausbläst. Andere, die auch nicht schlecht, aber alle ähnlich waren, habe ich gleichfalls den Flammen übergeben sowie sämtliche, auf denen seine Mutter zu sehen war. Von den Fotos, auf denen nur ich allein zu sehen bin, habe ich eines behalten, das dem von Papa auf dem Flur ähnelt, für den Fall, dass Nikita es einrahmen lassen will. Ich sehe ganz gut aus auf dem Bild, entspannt und lächelnd. So würde ich meinem Sohn gern in Erinnerung bleiben.

17

Die Begegnung heute Nachmittag mit Águeda am Ausgang der Markthalle hat in mir ein schlechtes Gefühl hinterlassen, nicht ihretwegen, sie ist völlig unschuldig, sondern wegen unseres Freundes Humpel, dessen Verhalten in den letzten Tagen mir zu denken gibt. Gestern hat er sie angerufen und am Telefon geweint. Sie ist sofort zu ihm gegangen und hat auf Humpels Wunsch bei ihm übernachtet, da die Aussicht, allein zu bleiben, ihn schier in Panik versetzte. Ich kann mir gar nicht vorstellen, dass unser Freund, der immer so sarkastisch, so unerbittlich und so festgefahren in seinen Ansichten ist, in Tränen ausbricht; aber er scheint tatsächlich das große Heulen gekriegt zu haben. Ich habe erfahren, dass er und Águeda bis in die frühen Morgenstunden geredet haben; sie in tröstender Funktion, nehme ich an. Hauptsächlich Humpel, der viel aus seinem Leben erzählt hat, aber auch von mir; und das, muss ich gestehen, hat mich ziemlich geärgert. «Darfst du mir sagen, über was genau ihr euch unterhalten habt?» «Er hat mir nicht gesagt, dass es geheim bleiben soll.» Unser Freund, den Águeda heute Nachmittag von seinem Spitznamen befreit hat, braucht dringend Hilfe. Und in dem edelmütigen Vorhaben, dem Mann mit dem verstörten Gemüt beizustehen, will sie mich um einen Gefallen bitten; doch sie würde sich nicht gut fühlen, wenn sie mich nicht vorher von dem unterrichtete, worüber sie sich gestern Abend mit ihm unterhalten hat, und vor allem über die heikle Lage, in der sich unser Freund befindet. «Du meinst die Sache in seinem Büro?» Aber nein, darüber haben sie nicht gesprochen. Ein Ausdruck von Erstaunen tritt in Águedas Gesicht, und mir ist, als hätte ich mich von dem Gesichtsausdruck anstecken lassen. Sie weiß gar nichts von Humpels Ärger im Büro. Aber, worüber haben sie dann gesprochen? Sie sagt, dass sie Humpels Gemütsverfassung gemeint hat, dass er von Selbstmord gesprochen hat, diesmal aber nicht in spaßigem Ton; dass er sich unheilbaren Krebs wünscht, gegen das Leben im Allgemeinen gewettert hat, gegen Spanien und die Politiker des Landes, gegen seine Eltern, weil sie ihn auf diese Welt gebracht haben, und gegen seinen Zwillingsbruder, der in Valladolid lebt und ihn niemals anruft oder ihm schreibt. Was denn, fragt sie, im Büro passiert sei. «Ach, nichts Besonderes. Ich hab nur gedacht, dass es ihm bis hier oben steht, jeden Tag zur Arbeit zu gehen.» Mit dieser Ausrede und dem dummen Gesicht, das ich dabei gemacht habe, bin ich mir sicher, meinen Ausrutscher wieder glattgebügelt zu haben. Águeda erklärt, dass sie es mit der Kraft ihrer «magischen Hände» (dabei zeigt sie sie mir, als erwarte sie, dass ich in ihnen mehr als zwei normale Frauenhände sehe) geschafft hat, unseren Freund, der nur unzusammenhängend daherbrabbelte, wieder zu beruhigen. Sie erzählt, dass sie vor ungefähr fünfzehn Jahren einen Massagekurs besucht, das Massieren jedoch nie professionell betrieben hat; aber sie praktiziert es gerne, wenn sich eine Gelegenheit dazu bietet, und sie nimmt auch kein Honorar dafür. Mit Engelslächeln und unschuldigem Blick aus sanften Rehaugen – aber wer weiß, welche fragwürdigen Absichten und Hintergedanken sich dahinter verbergen – fügt sie hinzu, wenn ich eines Tages Lust bekäme, ihre Dienste in Anspruch zu nehmen, solle ich nicht zögern, sie darum zu bitten. Wie in einem Anflug von Eitelkeit, der mir gar nicht zu ihr zu passen scheint, spart sie nicht mit Eigenlob. Sie behauptet, eine unfehlbare Technik gegen Rückenschmerzen zu kennen. «Danke, aber mir tut nichts weh.» «Da verpasst du was.» Will sie mich umgarnen? Mir kommt plötzlich der Gedanke, dass sich nach der Nacht in Humpels Wohnung das Wesen dieser Frau verändert hat. Sie scheint mir, ich weiß nicht, resoluter zu sein, schon nahe an der Grenze zur Dreistigkeit. Weit davon entfernt, mich verunsichern zu lassen, nehme ich sie fest ins Visier, und als sie mir nach einem Schluck von ihrem Tee erzählt, dass sie sehr wohl Rückenschmerzen und auch Nackenschmerzen hat, weil sie nur wenig und in schlechter Haltung in einem Sessel geschlafen hat, frage ich sie, ob in Humpels Bett nicht Platz für zwei gewesen sei. «Seine Puppe belegt die andere Hälfte. Sie sind unzertrennlich.» Águeda findet sie entzückend. «Ganz ehrlich», versichert sie. Hübsches Gesicht, schlanker Körper, braune Haut, «und was die Männer am meisten mögen: absolute Unterwürfigkeit». Ich stimme ihr sofort zu und halte ihrem Blick auf herausfordernde Weise stand. Sie erzählt mir, was ich schon weiß: dass Humpels Mulattin sich bewegen und Englisch sprechen kann. Ach ja, und sie hat dasselbe Parfüm wie das, was ich ihr, Águeda, geschenkt habe. Die Frau wird gefährlich. Sie ist eine lautlose, geduldig lauernde Schlange, und ich bin ihre Beute. Der Petzer, der weinerliche Depri, erzählt ihr, dass er vorher eine andere Sexpuppe hatte, eine primitivere (primitiv, Tina? Dieser Trottel!), das heißt mit weniger Funktionen, die er mir geschenkt hat, als er sich die neue kaufte. «Die habe ich schon lange nicht mehr. Ich bin nicht mehr in dem Alter für solche Spielsachen.» Sie behält ihre unbekümmerte Miene bei. Ich könnte wetten, dass sie weiß, dass ich lüge; aber sie wird es nicht sagen. Es sagen bedeutet die Beute verscheuchen. Als sie dann anfängt, mir lang und breit zu erklären, wie verständnisvoll und mitleidig sie ist, unterbreche ich sie und frage sie nach dem Gefallen, den ich unserem Freund angeblich sofort tun muss. Da macht sie mir den Vorschlag, ihm diese Nacht *Pepa* zu überlassen. «Ich bitte dich darum.» Klar, alles, was sie mir erzählt hat, lief nur darauf hinaus, mir diese Bitte vorzutragen. Und ich habe nicht den Mut gehabt, sie ihr abzuschlagen.

18

Bevor ich *Pepa* zu Humpel brachte, habe ich ihn angerufen, weil ich seine emotionale Temperatur messen wollte; nicht dass er sich Illusionen macht und glaubt, dass er mich, genau wie Águeda gestern, als Taschentuch benutzen kann, dazu bin ich nämlich nicht bereit. Ich war erleichtert, als ich hörte, wie selbstbewusst er klang; ernster als gewöhnlich zwar, aber ohne Schluchzen und ähnlichen Trübsinn. Ich habe ihm nicht verhehlt, dass die Idee, *Pepa* über Nacht bei ihm zu lassen, von unserer Freundin kam, und genauso unverhohlen habe ich ihm erklärt, dass ich sie ihm nur für eine Nacht gebe, da ich ihrer Gesellschaft ebenso bedarf. Humpel war einverstanden und dankte mir schon im Voraus. Mit sanfter, versöhnlicher Stimme fragte er mich, kurz bevor er auflegte, ob ich irgendeinen Groll gegen ihn hege. «Wieso fragst du das?» «Ich spüre eine gewisse Anspannung in deiner Stimme.» «Du hörst dich auch nicht an wie der lachende Vagabund.» Kurz vor dem Dunkelwerden betrat ich seine Wohnung, nachdem ich mich durch die Gegensprechanlage angemeldet hatte. Ich stieg die vier Stockwerke hinter *Pepa* hinauf, die das Gebäude ja gut kennt und, viel zu euphorisch, um auf den Fahrstuhl zu warten, die Treppen hinaufrannte. Humpel kam heraus und schlang die Arme um sie. Außer sich vor Freude, leckte *Pepa* ihm das ganze Gesicht ab, das Ohr, alles. Wir begrüßten uns kühl; nicht feindselig, als wären wir verzankt, aber ohne die üblichen Späße. Er erzählte mir komische Sachen. Dass er nachmittags Stimmen in der Wand oder hinter den Wänden gehört hatte (ich wusste nicht, was er meinte, und bat ihn um Einzelheiten), dass er mehrere mysteriöse Anrufe bekommen hatte von jemand, der auflegte, wenn er sich meldete. «Vielleicht dieselbe Person, die mir anonyme Nachrichten in den Briefkasten gesteckt hat.» Da ich nicht vorhatte, länger als unbedingt nötig bei ihm zu bleiben, fragte ich ihn unumwunden, wie es mit der Sache im Büro stand, da ich es für meine Pflicht hielt, ihn danach zu fragen. Die Schlinge ziehe sich immer enger zusammen, sagte er. Doch noch konnte er Zeit schinden und falsche Spuren verfolgen, während er insgeheim Nachforschungen anstellte, die darauf abzielten, seinem Chef betrügerische Machenschaften nachzuweisen, frühere wie neuere, damit er ein gutes Blatt in die Hand bekam, mit dem er den Chef zu einer günstigen Regelung hinter dem Rücken der Firmeneigentümer zwingen konnte. Sollte der Versuch fehlschlagen, war Humpel bereit, seinen «Irrtum» einzugestehen und das veruntreute Geld im Vertrauen darauf zurückzuzahlen, dass sich der Chef, mit dem er in all den Jahren, die er schon für ihn arbeitet, durchweg gut verstanden hat, dann mehr oder weniger wohlwollend zeigt und nach Rückgabe des Geldes beide Augen zudrückt oder sich wenigstens dafür einsetzt, dass ihm der Gang vor Gericht erspart bleibt. Ich fragte ihn, ob ihm bewusst sei, dass sich der letzte Tag im Juli nähere und nur noch wenig fehle, bis die Frist ablaufe, die wir uns vor einem Jahr gesetzt hatten. «Mich an deiner Stelle würde die ganze Bürogeschichte relativ kaltlassen.» «Keiner kann aus seiner Haut.» In nicht unbedingt freundlichem Ton erzählte ich ihm, dass ich am Nachmittag mit Águeda gesprochen hatte. Ich sei überrascht gewesen, dass unsere Freundin von seinen Problemen im Maklerbüro überhaupt keine Ahnung gehabt habe, stattdessen aber sehr gut über mein Privatleben informiert gewesen sei. Sie wusste sogar über Tina Bescheid, die ich vor ihr nie mit einem Wort erwähnt hatte. Humpel wollte antworten, doch ich unterbrach ihn. Er brauche gar nichts zu sagen. Oder glaubte er, dass sie mir nicht ausführlich berichtet hatte, wie ihr Besuch gestern Nacht bei ihm verlaufen war? «Ich weiß, dass du geweint hast. Ich weiß, dass sie im Sessel geschlafen hat und du mit deiner Mulattin. Spar dir deine Erklärungen.» Ich sah ihm an, dass meine Worte ihn schmerzten, und so hielt ich den Mund. Doch auf dem Weg zur Tür sagte ich ihm noch, falls ihm an meiner Freundschaft etwas läge, solle er aufhören, vertrauliche Dinge über mich zu erzählen, und schon gar nicht Águeda. Früh am nächsten Morgen, noch bevor er ins Büro ging, habe ich *Pepa* bei ihm abgeholt, so wie wir es vereinbart hatten. Er hat mich zum Frühstück eingeladen. Ich habe Nein gesagt. Er hat darauf gedrängt, mit mir zwischen zwei und drei Uhr nachmittags in einem Restaurant zu Mittag zu essen. Auch das nicht. Humpel gibt ein bemitleidenswertes Bild ab: der unsaubere Verband an seiner Hand, seine alten Pantoffeln, der penetrante Geruch in seiner Wohnung, wie nach Medizin, und seine Angst, zur Arbeit zu gehen. Er wirkt vereinsamt, sein Gesicht ist ohne Leben, seine Stimme kraftlos, als wäre er ein anderer Mensch, der in wenigen Tagen seinen ganzen Charme, seinen Witz und alle Energie verloren hat. Nachdem wir uns auf dem Treppenabsatz verabschiedet hatten, habe ich mich spontan umgedreht und ihn wortlos in den Arm genommen; es war, als würde ich eine schlaffe, traurige Figur umarmen.

19

Zu heiß für einen langen Spaziergang mit *Pepa*; also bin ich zuerst mit ihr zu dem Baum an der Straßenecke gegangen, damit sie ihre Blase und ihren Darm entleert, und dann habe ich sie in der Wohnung gelassen, nicht ohne ihr vorher ein erfrischendes Bad zu verabreichen, über das sie sich jedes Mal wie verrückt freut. Abends gegen halb sechs bin ich dann mit meinem Moleskine-Heft unter dem Arm nach draußen und auf gut Glück durch die Straßen spaziert. Im Großen und Ganzen habe ich diese Stadt als Bühne meines Lebens immer ganz akzeptabel gefunden. Natürlich gibt es interessantere, gemütlichere und schönere Städte, und besser regierte; aber auch schlechter. Ich habe eine ganz gute Beziehung zu meiner Geburtsstadt, jedenfalls zu den für meine Biografie relevanten Vierteln. Humpel hingegen beurteilt sie streng. Mich auf schattigen Gehwegen haltend, und mit nur einem kurzen Stopp an einer Eisdiele auf der Calle Luchana (sobald ich ihr Schild sah, hat sich das Kind in mir meiner ganzen Person bemächtigt), bin ich bis nach

Malasaña gewandert, wo ich mich in jungen Jahren viel herumgetrieben habe. Es war, als stiege Ofenglut aus der Erde auf. Auf den öffentlichen Plätzen waren nur wenige Menschen zu sehen, und es herrschte viel weniger Verkehr als gewöhnlich. Später, als die Hitze ein wenig nachließ, kamen auf Terrassen und vor einigen Geschäften mehr Leute zusammen, Menschen verschiedener Größen, unterschiedlicher Alter und Farben, und ich fragte mich angesichts der unbekannten Gesichter, was mich mit dieser Masse von Zweibeinern verbindet. Was kann ich dafür, dass ich ein Zeitgenosse von all denen bin? Ich nehme an, dass ich mit den meisten Passanten hier die Nationalität teile, was für mich nicht weiter von Bedeutung ist. Man wird an irgendeinem umfriedeten Ort auf der Welt geboren und ist durch Zufall Spanier, Ire, Argentinier oder was immer, und dafür soll man dann irgendeine Art patriotischer Begeisterung empfinden, nicht ununterbrochen, stelle ich mir vor, denn übertriebener Nationalstolz dürfte ganz schön anstrengend sein; aber doch zu bestimmten Gelegenheiten, ich weiß nicht, wenn die Nationalhymne erklingt, ein Sportler des Landes eine Goldmedaille gewinnt oder ein Landsmann den Nobelpreis bekommt. Vor einem Hauseingang in der Calle San Andrés stand ein Container randvoll mit Schutt. Zwei Maurer, weiß von Staub, unterhielten sich, auf Rumänisch?, neben einer Schubkarre, in die sie ihre Zigarettenasche schnippten. Ich tat so, als wohnte ich in dem Haus, und bin in aller Ruhe hineingegangen. Es war die erste Haustür, die offen stand, seit ich unterwegs bin. Mein Moleskine-Heft passte in keinen Briefkasten. Es blieb mir nichts anderes übrig, als es in einen der Briefkastenschlitze zu klemmen, der Name H. Collado stand darunter. Mann, Frau? Herminio, Herminia? Während ich jetzt die kleinen Begebenheiten des Tages notiere, frage ich mich, was Herr oder Frau Collado wohl mit einem Heft voller philosophischer Zitate anfangen werden. Auf dem Rückweg über die Gran Vía und Alcalá habe ich mich leichter gefühlt. Verschwitzt und durstig zwar, aber mit einem Gefühl von resettetem Gehirn. Es kam mir zwar komisch vor, an der Casa del Libro vorbeizugehen, ohne drinnen einen Blick auf das Angebot zu werfen; aber es ist schon lange her, dass ich meine Bibliothek vergrößert habe, und Neuerscheinungen interessieren mich nicht mehr. Zu Hause unter der Dusche habe ich mir nicht nur den klebrigen Schweiß abgespült, sondern mir war auch, als würde der Brausestrahl Partikel von Büchern, einzelne Wahrnehmungen, Begriffe, Sätze und Maximen von mir abwaschen, die mir im Grunde nie von irgendeinem Nutzen waren, abgesehen davon, dass ich hin und wieder einen Gutgläubigen damit beeindrucken konnte. Ich bin nicht zur gewohnten Zeit zu Alfonsos Bar gegangen, weil ich zu faul war, mich anzuziehen und mich der Hitze, Águedas Geschwätz und Humpels Nöten auszusetzen. Leere. Kein Schmerz, kein Leid, nicht einmal ein Ansatz von Lebensüberdruss; obwohl, in letzter Zeit, wo ich gehe und stehe, langweile ich mich wie eine Auster. Ich glaube, ich lebe nur noch, weil ich zu faul bin, mit dem Atmen aufzuhören. Und ich zähle die Tage. Dem Anschein nach sind es nur noch wenige; doch für mich sind es viel zu viele.

20

Mehrere Tage lang habe ich die Nummer angerufen, die in der Anzeige stand, und nie ist jemand an den Apparat gegangen; doch gestern, nach meinem ausgedehnten Spaziergang, habe ich es noch einmal versucht und hatte Glück. Nachdem ich erklärt habe, wie ich zu der Telefonnummer gekommen bin, denn darum hatte sie auf ihrer Website gebeten, habe ich ihr erzählt, worum es mir geht. Mit dem Preis, den sie für Sonderwünsche angegeben hatte, erklärte ich mich einverstanden. Ab hundert Euro, stand unter ihrem Foto. Es gibt zwar welche, die für dieselbe Dienstleistung wesentlich weniger verlangen, doch für mich zählte nur das Aussehen dieser Frau um die dreißig. Etwas kühl, so schien es mir wenigstens, sagte sie, sie mache alles außer Griechisch. Aus ihrem Akzent sowie einigen grammatikalischen Fehlern, die ihr unterliefen, schloss ich, dass meine Muttersprache nicht die ihre war. Ihre Stimme hatte einen etwas mechanischen Klang (sie erinnerte mich an Humpels Puppe), als sie sagte, neue Kunden treffe sie immer erst im Baterías-Park, um sie kennenzulernen (also zu prüfen), und entscheide erst dann, ob sie sie in ihre Wohnung mitnehme. Bezahlt werde selbstverständlich vor dem Sex, bar oder mit Visa. Das alles erklärte sie auf ihre etwas defizitäre Art, aber recht zügig und leicht zu verstehen. Ich nahm ihre Bedingungen, ohne zu zögern, an, da sie zum großen Teil ihrer eigenen Sicherheit dienten. Ich sagte ihr auch, wenn sie mich sähe, würde sie erkennen, dass ich ein gebildeter und reinlicher Mann sei. Das ließ sie unkommentiert. Ich an ihrer Stelle wäre auch nicht leichtgläubig. Nach dieser kurzen Unterhaltung willigte sie ein, mich um vier Uhr am Nachmittag an der Pergola im Baterías-Park zu treffen, im Viertel de la Concepción gelegen, ganz in der Nähe der Wohnung einer Landsmännin, wie ich später sah, die ihr ein Zimmer für die Arbeit vermietet. Sie und die Wohnungsbesitzerin, ebenfalls aus der Branche, sowie eine weitere Frau, die dort Sex gegen Bezahlung anbietet, stammen aus Russland. Das ist alles, was ich weiß, und mehr wollte ich auch nicht gar nicht herausfinden. Im Park stelle ich fest, dass die Russin weniger Ähnlichkeit mit Amalia hat, als es auf dem Foto im Internet den Anschein hatte. Irgendetwas, eine Anwandlung, ich weiß nicht, eine Art der jungen Amalia mit langer Mähne, ist in den Gesichtszügen dieser

Prostituierten jedenfalls vorhanden. Was die Figur betrifft, ist die Russin größer und kräftiger, die Brüste sind voluminöser als Amalias, und ich würde wetten, mit Implantaten vergrößert. Sie kleidet sich zwar ein bisschen gewagt, um es mal so auszudrücken, doch nicht so sehr, dass man gleich erkennt, welchem Beruf sie nachgeht. Um vertrauenswürdig zu wirken, bin ich trotz der Hitze in Anzug und Krawatte erschienen. Im Schatten der Bäume und ohne Menschen in der Nähe erkläre ich ihr recht ausführlich, was ich mir wünsche. Es handelt sich darum, eine erotische Szene von vor vielen Jahren nachzustellen, die ich mit einer Frau erlebte, die aus meinem Leben lange verschwunden ist: so etwas wie eine Theateraufführung, bei der sie, die Russin, die Rolle der anderen Frau spielt. Das ist die Dienstleistung, die ich suche und für die ich bezahle, was verlangt wird. «Und was muss ich tun?» Einmal Französisch, antworte ich. Das ist alles. Auf einem Bett, nackt, und in einer bestimmten Position, die ich ihr zeigen werde. Sie sagt: «Blasen kostet hundert», das ist ihr Grundpreis, manche Kunden wollen nur sprechen oder ihr Leid klagen, von denen nimmt sie genauso viel. «Und natürlich mit Kondom.» Tut mir leid, aber das Kondom zerstört meinen ganzen Plan, da ich in der ursprünglichen Szene keines benutzt habe. So kommen wir nicht ins Geschäft. Die Russin rauscht ohne ein Abschiedswort ab. Sie dreht sich einfach um und marschiert mit zornigen Hüftschwüngen davon. Klar, ich habe sie nur Zeit gekostet. Doch nach einem Dutzend Schritten in Richtung Calle Juan Pérez Zúñiga hält sie inne, kommt wieder zurück und sagt, herrliches Gebiss, ohne Kondom macht sie es für zweihundert Euro. Für das Geld, denke ich, könnte ich es eine ganze Woche lang mit den Latinas in Delicias treiben. Ich sage, gut, einverstanden. Die Russin sagt, dass ich mich vor ihr mit Wasser und Seife waschen muss, da sie in ihrem Land zwei Kinder hat und keine Krankheiten will. Als ich ihr folgen will, hält sie mich zurück. Sie braucht eine halbe Stunde, sagt sie, um «mich hübsch zu machen». Sie nennt mir eine Hausnummer und den Namen an der Klingel, die ich drei Mal betätigen soll, ein Mal lang, zwei Mal kurz. Sonst wird nicht geöffnet. Ich soll keinen Lärm machen, wenn ich hinaufgehe, denn es gibt ein paar «nervige Nachbarn», und sie und ihre Kolleginnen wollen nicht noch mehr Probleme. Sie erinnert mich noch einmal daran, dass im Voraus bezahlt werden muss, und wirft mir vom Gehweg eine Kusshand zu.

21

Amalias Stimme im Radio. Ich bin mir sicher, dass ich sie in dieser Nacht zum letzten Mal gehört habe. Ich habe mich der Illusion hingegeben, ein imaginäres Gespräch mit ihr zu führen, indem ich auf die Fragen, die sie den Gästen ihrer Sendung gestellt hat, unabhängig vom Thema geantwortet habe. Insgesamt habe ich vielleicht eine halbe Stunde mit dem Ohr am Radio verbracht und ihr, als würde ich auf ihre Fragen antworten, von meinen gestrigen Erlebnissen mit einer Russin erzählt, unter deren kostspieliger Mitarbeit ich unser Liebesspiel im Altis Grand Hotel in Lissabon nachgestellt habe, du erinnerst dich? Die Russin hat meine Anweisungen zwar aufs Wort befolgt, dennoch war das Resultat für mich nicht ganz befriedigend. Nachdem die Frau ihre Bezahlung bekommen hatte und offenbar überzeugt war, es mit einem armen Teufel zu tun zu haben, von dem ihr keine Gefahr drohe, legte sie es nur noch darauf an, möglichst schnell mit der Arbeit fertig und mich loszuwerden. Gewiss, die Sache führte zwar zum letzten Orgasmus meines Lebens (es sei denn, ich verschaffe mir in den nächsten Tagen mit schlichter und billiger Handarbeit selbst noch einen); aber insgesamt war es für mich ein enttäuschendes Erlebnis. Was soll ich sagen, bei einer professionellen Sexarbeiterin hätte ich gern ein bisschen mehr erotische Leidenschaft gespürt, auch wenn sie nur vorgespielt wäre. Natürlich durfte ich auch nicht in ihren Mund ejakulieren. Am Ende haben sie und die Hauptmieterin mich höflich und voller Überschwang verabschiedet und ihren Wunsch bekundet, mich bald wiederzusehen. Klar, ein Trottel, der so viel für so wenig bezahlt, ist immer gern gesehen. Wenn ich für mein Geld auch etwas mehr Engagement von der Russin erwartet hätte, so bereue ich den Besuch bei ihr keinesfalls. Das Kitzeln ihrer Perücke an den Innenseiten meiner Oberschenkel war das gelungenste Gefühl von allen, die ich erwartet hatte. Ihre kniende Stellung, obwohl die dazu nötigen Erklärungen der Szene ein wenig von ihrem Reiz nahmen; die schöne Rundung ihres Rückens, die Lutschgeräusche, das alles hat meine Erwartungen auf akzeptable Weise erfüllt. Leider hat die mechanische, leidenschaftslose, zum Teil sogar grobe Mundarbeit ein echtes Wiedererleben meiner Reise in die Vergangenheit verhindert. Und ein farbiges Tattoo, das von ihrer Schulter bis zum Oberarm reichte, hat mich immer wieder von dem abgelenkt, worauf es mir wirklich ankam. Als ich Amalia, die immer noch das politische Tagesgeschehen durchhechelte, alles erzählt hatte, habe ich das Radio ausgeschaltet und bin ans Fenster getreten. Mitternacht vorbei. Keine Menschenseele auf der Straße. Aus der Ferne hört man das Brausen des Verkehrs, übertönt hin und wieder von einer Polizeisirene oder der einer Ambulanz. Die Nacht ist warm und wolkenlos, am Himmel sind aber nur zwei, drei, vier Sterne zu sehen, den Rest schluckt die Lichtverschmutzung. Hier und da sieht man erleuchtete Fenster. Nicht viele. Die meisten Leute schlafen schon. Morgen ist Montag, da müssen alle zur Arbeit. Andere sind wahrscheinlich im Urlaub. Meinen alten Radioapparat, den ich schon seit meiner Studentenzeit habe, werfe ich mit Schwung aus dem Fenster, damit er mehr oder weniger mitten auf der Straße landet. Es dauert ein paar Sekunden, bis er laut scheppernd auf dem Asphalt aufschlägt. Die Splitter fliegen nach allen Seiten. Ich warte noch ein Weilchen, ob vielleicht ein Auto kommt und ihn gänzlich über den Haufen fährt. Die Minuten vergehen, niemand kommt, und ich schließe das Fenster.

22

Einer der befriedigendsten Momente meines Lebens, an den ich mich erinnere, war der, als ich nicht mehr aufschauen musste, sondern meinem Vater gerade in die Augen sehen konnte.

Ebenso erinnere ich mich an eine Zitronenpflanzung hinter unserer Ferienwohnung an der Küste. Ich bin sieben oder acht Jahre alt und springe auf der Suche nach Eidechsen über die Mauer, die die Pflanzung umgibt. Die Mittagssonne brennt so heiß, und die Gerüche und Farben sind so intensiv, dass ich, als wären meine Sinne überstrapaziert, mich nackt ausziehe, mich zwischen die Zitronenbäume lege und mich lange Zeit nicht bewege. Und, kurz nach meiner Scheidung, an ein nächtliches Gewitter mit unablässig krachendem Donner. Ich streichle *Pepas* Kopf, die ängstlich zitternd auf meinem Schoß liegt. Sie leckt mir die Hand und schaut mich dabei dankbar an, und ich versuche sie zu beruhigen und sage zu ihr: «Du und ich, wir werden immer zusammenbleiben, komme, was wolle.» An Mamas Tränen. Sie ist so stolz und glücklich, als ich sie wie ein kleines Mädchen hochhebe und ihr erzähle, dass ich gerade das letzte Semester meines Studiums erfolgreich beendet habe. An meinen Sohn, der fünf Wochen alt ist, als ich mein Gesicht in sein Blickfeld bringe und er mir zum ersten Mal ein Lächeln schenkt. An ein Haus in Las Navas de Buitrago, in das ich mich mit achtzehn Jahren zurückziehe, um dort *Die Welt als Wille und Vorstellung* zu lesen. Das damals leer stehende Haus gehörte der kurz zuvor gestorbenen Großmutter eines Kommilitonen und enthielt noch die Habseligkeiten der Alten und vielleicht auch das Gespenst der Alten, und in der Speisekammer sind noch Lebensmittel, und ich bin allein in diesem Haus und lese morgens, nachmittags und nachts im Licht einer von der Decke baumelnden Glühbirne. An mein erstes Gehalt, als es noch Kino und Theater gab, Musik und Malerei, an ein paar Gedichte (von Quevedo, Lorca und Antonio Machado), die ich in meiner Jugend auswendig lernte und die für mich das sind, was für einen Gläubigen Gebete sind. An einen Tag in meiner Jugend, Lachen und Freunde (Jungen und Mädchen) in einem Dorf in den Bergen, da sitzen wir um eine Schüssel mit in Eiswasser liegenden Kirschen. An die unvergessliche Nacht von Lissabon. An die über den Himmel jagenden Mauersegler und das Gefühl, einer von ihnen zu sein. Mein Leben war arm an Ereignissen, was mich mit ziemlicher Sicherheit den meisten meiner Mitmenschen vergleichbar macht. Nicht alles war schlecht. Ich habe kleine Episoden des Glücks erlebt, in ausreichender Zahl, um nicht verbittert zu sein. Aber ich glaube auch, dass es jetzt reicht; dass an der Tür des Alters nicht mehr viel zu erwarten ist.

23

Böse Überraschung! Bringt mir meinen ganzen Plan durcheinander. Gut, dass ich auf die Idee gekommen bin, ihn anzurufen. Hätte ich mit dem Anruf noch gewartet, hätte ich meinen Sohn wahrscheinlich nicht mehr angetroffen.

Nikita berichtet mir, dass die Bar, in der er arbeitet, seit gestern wegen der Sommerferien geschlossen ist. Er und zwei Freunde haben sich einen Caravan geliehen, «alt, aber läuft noch», und wollen zu dritt quer durch Spanien fahren, vielleicht sogar nach Portugal rein. Das werden sie sich unterwegs überlegen. Die Salbe gegen Schuppenflechte ist zu Ende, sagt er, macht aber nichts, da sie sowieso nicht geholfen hat. Er will sich viel in die Sonne legen, wie die Hautärztin es ihm empfohlen hat. Das verdammte Problem dabei ist, dass ich nicht weiß, was in der nächsten Woche mit *Pepa* passieren soll. Ich wollte sie mit reichlich Wasser und Fressen hier in der Wohnung lassen. Teil des Plans war es, Nikita zu bitten, danach nach ihr zu sehen. An sichtbarer Stelle hätte ich einen Zettel hinterlassen, auf dem alles erklärt wurde, damit der Junge verstand, was geschehen war, und wusste, was auf ihn zukam: «Sie ist deine Hündin, Freundchen. Wir haben sie für dich angeschafft. Sieh zu, wie du mit ihr klarkommst.» Ich frage ihn, wann er zurückkommt. Er weiß nicht genau, muss das mit seinen Freunden abklären; jedenfalls nicht vor Mitte August. Warum ich das wissen will. «Na ja, weil ich auch nicht da sein werde und dich um einen Gefallen bitten wollte.» Ich frage ihn, ob er nach seiner Reise in meiner Wohnung nach dem Rechten schauen kann. Um es ihm schmackhaft zu machen, sage ich, dass ich in der Küche, im Besteckkasten, etwas Geld hinterlegen werde. Geld ist für meinen Sohn ein unfehlbarer Köder. Was er da tun soll. Sich nur umsehen. Er fragt, wo ich hinfahre. «Ziemlich weit.» Kumpelhaftes Lachen. «Eine Frau, was?» «Nein, nein.» «Ach komm, Papa, ich kenn dich doch.»

24

Ich suche nach Adjektiven, die ihre Hände beschreiben. Das erste, das mir in den Sinn kommt, ist *angenehm*. Andere sind auch zutreffend: *klein, warm, resolut*. Der dankbare Reichtum der Wörter verleitet einen dazu, sie verschwenderisch einzusetzen. Das würde nicht passieren, wenn der Staat die Benutzung der Landessprache mit Steuern belegte. Diese angenehmen Hände streichen über meinen Rücken, den sie vorher mit Öl eingerieben hat. Sie pressen ohne Zaghaftigkeit, gleiten entschlossen hinauf und hinunter. Manchmal verharren sie auf meinen Schultern und drücken kraftvoll zu. Von allem, was sie da macht, ist mir das am angenehmsten. Da ich über keine diesbezügliche Erfahrung verfüge, weiß ich nicht, ob Águeda eine fähige oder unbeholfene Masseurin ist. Ich würde sagen, sie schlägt sich ganz gut, in dem Sinne, dass ich ihr Walken und Kneten als angenehm und entspannend empfinde. Kann man mehr verlangen? Wie gewöhnlich, hat Águeda nach meinen Einkäufen am Mittwoch draußen auf dem Platz auf mich gewartet. Nachdem wir ein paar Worte gewechselt haben, zeigt sie mir das Fläschchen Öl und schüttelt es vor meinen Augen, wie man mit einem Glöckchen bimmelt. Diesmal habe ich ihr gesagt, eine Massage käme mir ganz gelegen, da ich seit einiger Zeit das Gefühl habe, mein Rücken sei verspannt. Sie antwortet mir allen Ernstes, dass sie so eine Vorahnung gehabt und deswegen das Öl gekauft hat in der Überzeugung, dass ich einem «bisschen Kneten» heute nicht abgeneigt sei. Ich habe mich mitten im Wohnzimmer auf den einzigen Stuhl gesetzt, der von den vieren, die ich hatte, noch übrig ist. Meine Arme liegen auf der Rückenlehne des Stuhls, und Águeda massiert hinter mir meine Muskeln und redet. Und redet. Und hört nicht auf zu reden. Und *Pepa* döst, von der Geschwätzigkeit unserer Besucherin unberührt, zufrieden in ihrer Lieblingsecke. Águeda lobt meinen Rücken. Sie bezeichnet ihn als männlich und versichert im Brustton der Überzeugung einer anatomischen Expertin, dass er, als wir noch zusammen waren, eine «der Sachen» gewesen sei, die ihr an mir am besten gefallen hätten. Ich wende ein, dass ich, wie sie bemerkt haben wird, gegen den der Zeit geschuldeten körperlichen Verfall nicht immun bin. Das gibt sie zu, hält aber dagegen, dass mein Rücken immer noch «in großer Form» ist. Ich gestehe, dass ich ihn gar nicht bemerken würde, wenn er nicht ab und zu seine Wehwehchen hätte. Den Kopf auf meine Arme gelegt, überkommt mich eine angenehme Schläfrigkeit. Und vielleicht wäre ich tatsächlich eingeschlafen, hätte ich nicht gemerkt, wie Águeda mir unverhofft die Lippen auf ein Schulterblatt drückt. Kein Zweifel, das war ein Kuss; ein schneller, flüchtiger Kuss, wie ein leichtes Picken. «Gehört das auch zur Massage?» «Selbstverständlich.» «Und das machst du immer?» «Hängt vom Kunden ab.» Angesichts ihrer guten Laune halte ich den Moment für gekommen, ihr zu sagen, was mir seit unserer Begegnung auf dem Marktplatz auf der Zunge brennt. Águeda irrt sich gewaltig, wenn sie denkt, dass die Massage der Grund dafür ist, dass ich sie gebeten habe, mit in meine Wohnung zu kommen. Ich erzähle ihr, dass ich in der nächsten Woche die Stadt verlassen werde und *Pepa* nicht werde mitnehmen können. Ich nenne ihr weder Ziel noch Dauer meiner Reise, und sie ist auch nicht neugierig oder will mich nicht mit Fragen belästigen. Ob sie so freundlich sein könne, frage ich, sich nächsten Dienstag um *Pepa* zu kümmern. Sie scherzt: Darüber müsse sie nachdenken. Und dann tut sie, als grüble sie ernsthaft darüber nach. Mir bleibt beinahe das Herz stehen. Verdammt, wenn diese Frau mich im Stich lässt, geht mein ganzer Plan zum Teufel, denn ich kann *Pepa* ja nicht ihrem Schicksal überlassen. So wie die Dinge jetzt stehen, ist Águeda meine letzte Chance. Mit boshafter Miene lässt sie mich wissen, *Pepa* bei sich aufzunehmen, habe seinen Preis. Viel verlange sie gar nicht. Wenn sie wüsste, was ich ihr für einen solchen Gefallen zu geben bereit wäre! «Du bist wie ein Kind», sage ich zu ihr, nachdem sie mich noch einmal auf den Rücken geküsst hat; diesmal langsamer und bedeutend länger als beim ersten Mal.

25

Heute Nachmittag habe ich mich zwei Mal mit Humpel getroffen; einmal zum Kaffee und einmal vor dem Abendessen in Alfonsos Bar, wie sonst auch. Er war jedes Mal völlig anderer Stimmung, wie jemand, der sich anders angezogen hat. Zuerst haben wir uns auf seinen am Telefon geäußerten Wunsch hin in einem Café in seiner Straße, gegenüber dem Kinderkrankenhaus, zu einem Gespräch ohne Zeugen getroffen. Ohne Zeugen heißt ohne Águeda, der er von seinem Stress im Büro immer noch nichts erzählt hat. Aus Gründen, die ich nicht kenne, hielt er es wohl für unangebracht, dass ich zu ihm in die Wohnung kam.

Kurz und gut, Humpel hat gestern freiwillig das dem Maklerbüro unterschlagene Geld zurückgezahlt und seine Kündigung eingereicht, die angenommen wurde. Auf diese Weise glaubt er, sich eine Strafverfolgung zu ersparen, wofür er aber keine andere Garantie zu haben scheint als das Wort seines Chefs. Er muss sich arg zusammenreißen, wenn er kraftvoll und lebendig wirken will; aber im Grunde merkt man ihm an, wie mutlos er ist. Das Geld ist für ihn kein großes Problem. Es handelt sich, wie er sagt, um ein Konto bei der Bank, und was er sonst noch hat, reicht für ein gutes Auskommen und noch darüber hinaus.

Er gibt sich selbstbewusst, sogar kaltblütig; doch ich bemerke in seinem Ton ein Mitschwingen von Kummer. Dann hebt er den Rand seines Verbandes an und zeigt mir die Wunde am Handballen, die schon eine dünne Kruste hat. Er erzählt, dass ihm neuerdings eine ziemlich große am Gesäß entstanden ist, obwohl er in letzter Zeit keine Fischkonserven gegessen hat. Zum Glück, sagt er, ist sie seitlich, denn sonst würde er gar nicht mehr sitzen können. Mangels eindeutiger Diagnose gebe ich nur meiner Vermutung Ausdruck, dass sein Problem vielleicht mehr als eine Ursache hat. Etwas mutlos behauptet er, dass ihm das egal ist, vollkommen egal, und hoffentlich sei es Krebs. Mit gerunzelter Stirn deutet er auf *Pepa*, die zu unseren Füßen liegt, und fragt, was ich mit ihr vorhabe. Er sagt zwar nicht wann; aber ich weiß, was er meint und welche Gedanken ihm dabei im Kopf herumgehen, und antworte ihm, dass ich sie Águeda überlassen werde, die auch schon zugestimmt habe. Ich berichte, ich erkläre. In kurzen Worten: Ich werde Nikita einen Zettel mit Anweisungen hinterlassen. Mein Sohn soll dann eine Wahl treffen. Entweder er kümmert sich um *Pepa*, da sie ihm ja schließlich gehört; oder er spricht mit unserer Freundin, wenn er aus den Sommerferien zurückkommt, und wenn sie *Pepa* behalten will, sollen sie sich untereinander einigen. Ich sehe Humpel an, dass ihm die Richtung, die unser Gespräch genommen hat, Unbehagen bereitet. Oder bilde ich mir das bloß ein? Mit einem Mal habe ich das Gefühl, dass wir uns fremd werden. Eine lange Zeit schweigen wir. Er sagt nichts, ich sage nichts. Er schaut zu einer Seite, ich schaue zur anderen. Es ist heiß. Ein Weilchen später frage ich, ob Águeda, wenn sie ihn massiert, irgendeinen Körperteil von ihm lobt. So erfahre ich, dass Águeda ihn in diesem Sommer zwar ein halbes Dutzend Mal von muskulären Verspannungen befreit, aber nie irgendein Lob ausgesprochen hat. Warum. «Ach, nur so.» Ein paar Stunden später sitzen wir wieder in Alfonsos Bar, diesmal ist auch Águeda dabei. Im Vergleich zum Mittag ist Humpel wie ausgewechselt: einfallsreich, witzig, ironisch. Er hat sich hingestellt und in Gestik und Worten Pedro Sánchez parodiert, der am Nachmittag mit seinem Versuch gescheitert ist, sich zum Ministerpräsidenten ausrufen zu lassen, was zweite allgemeine Wahlen innerhalb eines Jahres erforderlich macht. Mit seiner ungenierten Parodie hat Humpel das ganze Lokal derart zum Lachen gebracht, dass Alfonso vorgeschlagen hat, hinten in der Bar eine Bühne aufzubauen und Humpel für humoristische Darbietungen zu verpflichten.

26

Ich könnte schwören, dass ich heute zum letzten Mal meinen Fuß in Alfonsos Bar gesetzt habe. Humpel hat Águeda und mir verkündet, dass er morgen verreisen will (zurück zu seinen Wurzeln, sagt er, nach seinem heimatlichen Valladolid also), und ich bin nicht besonders angetan von dem Gedanken, die nächsten Tage allein in die Bar zu gehen. Humpel ist nicht der Erste, der den Höhepunkt seiner Existenz als Rückkehr zur Mutter inszeniert, als bestünde das Leben eines Menschen darin, eine Höhle zu verlassen und, nachdem man eine gewisse Anzahl von Jahren auf Gottes schöner Welt herumgelaufen ist, in selbige zurückzukehren. Dieser von ihm mit einer gewissen Theatralik vorgetragene Scheingrund ist meiner Meinung nach nicht unbedingt ein Ausdruck von Scharfsinn. Aber klar, da unsere Freundin das, ohne aufzumucken, geschluckt hat, muss man jetzt wohl dabei bleiben. Während er uns über seine Pläne auf dem Laufenden hält, ohne dabei in Einzelheiten zu schwelgen, bin ich mir sicher, dass Humpel aus dem Augenwinkel mitkriegt, dass ich ihn von meiner Seite des Tisches aus anstarre. Er vermeidet unter allen Umständen, dass sich unsere Blicke begegnen. Beim Sprechen schaut er Águeda an, die einfach nicht still sein kann und ihn in ihrer Einfalt fragt, wie viele Tage er denn fortbleiben will. Ziemlich viele, antwortet er ihr. Und unsere Freundin, die glaubt, dass wir mit einigen Tagen Abstand in Urlaub fahren, nimmt die Pose des von Wölfen umzingelten Rehleins ein und unterstellt uns freundlich und ernst, mit lächelnder und schmerzlicher Miene zugleich, dass wir uns insgeheim verschworen haben, sie allein zu lassen. «Warum fährst du nicht auch?» «Ich muss doch auf dem seine Hündin aufpassen.» «Kann er doch selber tun.» «Ich habe ihm schon mein Wort gegeben.» Humpel (sein AVE fährt morgen Vormittag um Viertel nach zehn) ist damit einverstanden, dass Águeda und ich zum Bahnhof kommen, um ihn zu verabschieden, und mich – endlich schaut er mich an! – bittet er, unbedingt *Pepa* mitzubringen, da er glaubt, dass es ihm Glück bringt, wenn er ihr den Kopf krault. Er besteht darauf, und Águeda, tapsig, tapsig, tausend Mal tapsig, wenngleich nicht böswillig, fragt ihn, ob er Angst vorm Zugfahren hat oder was. Im selben Moment merkt sie ihren Ausrutscher und entschuldigt sich. Unser Freund nimmt es ihr nicht übel. Er bewahrt Haltung und erklärt uns, was wir schon wissen: dass er in Zügen Reiseangst hat, dass er diese Nacht bestimmt kein Auge zumachen wird. Eine weitere halbe Stunde vergeht mit leichter und ernster Unterhaltung, in der ich eine beträchtliche Zahl von Bieren kippe und dann zur Toilette gehe, um meine Blase zu entleeren. Als ich zurückkomme: Überraschung. Humpel ist gegangen, und ich sehe Águeda bedrückt und mit feuchten Augen. Sie sagt, stammelt vielmehr, dass sie einen großen Fehler begangen hat, das habe sie nicht gewollt, und dann steht sie abrupt auf, bittet mich um Entschuldigung und geht. Ich gehe zum Tresen und frage Alfonso, ob er weiß, was vorgefallen ist. Er gibt zu, dass er nicht ganz sicher ist, sagt aber, dass es besser wäre, wenn wir weniger über Politik redeten. Der plötzliche Aufbruch meiner Freunde wegen einer Meinungsverschiedenheit? Wir haben tatsächlich eine ganze Weile über die Reden und die Abstimmung gestern im Parlament gesprochen. Águeda beklagt, dass die Linke gespalten ist und nicht die enorme historische Chance erkennt, die sich ihr bietet, eine Koalitionsregierung zu bilden; die erste in der Geschichte der spanischen Demokratie. Humpel hat ihr grinsend erwidert, sie könne ganz unbesorgt sein, es brauche nur eine gewisse Zeit von Mauscheleien in Hinterzimmern, bis die Sozialisten mit jedem gingen, der sie an die Macht bringt. Wie ich es auch drehe und wende, in nichts von dem, was wir besprochen haben, finde ich einen Grund für ernsten Zwist. Und als ich aufstand, um zur Toilette zu gehen, haben wir nicht einmal über Politik gesprochen, erst recht nicht gestritten. Ich war kaum zu Hause, da wurde ich aller Zweifel enthoben. Ich wärmte mir gerade das Abendessen auf, da klingelte das Telefon. «Das hätte ich nie von dir erwartet.» Ob ich mir darüber im Klaren bin, was er wegen seines amputierten Fußes alles erlitten hat; die Schmerzen, die ihn jahrelang gequält haben; die Operationen, die Blutungen, die Albträume, die verminderte Lebensqualität. Er, der so Ironische und oft Sarkastische, lamentiert in einer entrüstet-erregten Art, die mir lästig zu werden beginnt. Aber ich weiß immer noch nicht, welche Laus ihm über die Leber gelaufen ist, bis er mir schließlich enthüllt, dass er von Águeda erfahren hat, dass ich ihn hinterrücks Humpel nenne. «Und darüber regst du dich auf?» Anstatt zu antworten, sagt er schneidend, bissig: «Es ist unnötig, dass du morgen zum Bahnhof kommst.» Und ohne mir Gelegenheit zu einer Entschuldigung zu geben, bamm, hat er aufgelegt.

27

Auch zu Águeda hat er gestern gesagt, sie solle sich bloß nicht einfallen lassen, ihn am Bahnhof zu verabschieden; doch im Grunde hat Humpel uns erwartet, und als er uns kommen sah, mich mit *Pepa* und unsere Freundin mit einem Blumenstrauß, da sah man ihm seine Zufriedenheit an, obwohl er sich ein paar Minuten lang versteifte. Er streichelt *Pepa* den Kopf, den Rücken, die Seite, als wollte er sich mit Glück imprägnieren, und er dankt der Hündin, dass sie gekommen ist, während er zugleich Águeda und mich, die wir still neben ihm stehen, ignoriert. Schließlich gewährt er uns doch noch die edelmütige Gunst seines Blicks. «Was ist? Seid ihr gekommen, um euch beliebt zu machen?» Águeda überreicht ihm die Blumen. «Nicht nötig, ich habe schon gefrühstückt.» An diesem Morgen sind nur wenige Menschen im Bahnhof Chamartín. Wir stehen, mit *Pepa* zwischen uns, obwohl es in der Nähe jede Menge freie Sitzplätze gibt, und machen oberflächlich Konversation mit Gemeinplätzen über das Wetter, Ansichten über den Zustand des spanischen Eisenbahnnetzes und dergleichen, zu dem einzigen Zweck, glaube ich, die unbehagliche Stille zu überbrücken, ohne jedoch ernste Themen zu berühren, bis Humpel gesteht, dass er die ganze Nacht nicht geschlafen hat, weil er immerzu an die beunruhigende Herausforderung dachte, einen Zug zu besteigen. Er erzählt, dass er bis jetzt schon zwei Beruhigungstabletten geschluckt hat. Daraufhin fragte Águeda, die zahllose Gaben hat, aber nicht die, zur rechten Zeit das Richtige zu tun, ob es dann nicht besser gewesen wäre, mit dem Auto zu fahren. «Von hier bis Valladolid fährt man doch nicht lange.» Humpel runzelt die Stirn und wirft einen Blick auf die Anzeigetafel. Noch eine Viertelstunde bis zur Abfahrt seines Zuges. Er dreht sich zu Águeda um und sagt: «Ja, ja, gib mir einen Kuss und lass mich mal mit dem da allein.» Und als unsere süße Freundin so weit entfernt ist, dass sie uns nicht mehr hören kann, sagt Humpel, dass er unsicher ist, ob er mich umarmen oder mir eine knallen soll. Ich antworte ungerührt, dass mir Ersteres lieber ist. Er will von mir hören, fordert von mir?, dass ich ihm den Spitznamen, bei dem ich ihn hinter seinem Rücken nenne, offen ins Gesicht sage. Ob er sicher ist, dass er das will. Selbstverständlich. «Humpel.» «Schön, schön, mein lieber Aristoteles. Ich würde mich freuen, wenn du dich in der Dosis irrst und langsam und qualvoll abkratzt.» Er umarmt mich mit einem schallenden Klaps auf den Rücken, obwohl ich das nicht verdient habe, sagt er, krault *Pepa* den Kopf und geht; kurz bevor er den Bahnsteig betritt, beginnt er, in der Gewissheit, dass ich ihm nachschaue, auf übertriebene Weise zu humpeln, was so drollig aussieht, als würde eine kaputte Kleiderpuppe zu gehen versuchen. Auf der Bahnfahrt zurück fragt Águeda, ob es mir nicht seltsam vorkommt, dass jemand mit einer Sporttasche als einzigem Gepäck in Urlaub fährt. In einem Waggon mit wenigen Fahrgästen sitzt sie neben mir, und mir dringt ein Duft in die Nase, der in mir eine starke Sehnsucht nach Tina aufkommen lässt. «Wohin kann er ohne Koffer denn wollen?» «Wen meinst du?» «Na wen schon, Humpel.» Wir mussten beide lachen. Danach hat sie mich zum Mittagessen eingeladen, als Wiedergutmachung für ihren Fettnäpfchentritt (wieder Lachen) gestern in Alfonsos Bar. Ich habe ihr geantwortet, dass es heute bei mir nicht geht. Es wäre mir lieb, sie würde nicht darauf bestehen, nachfragen oder Erklärungen verlangen. An der Station Diego León bin ich, Wangenküsschen, ausgestiegen, und als der Zug wieder anfuhr, hat sie mir von ihrem Platz aus zum Abschied zugewinkt.

28

Von Saal zu Saal habe ich mich still von meinen alten Freunden verabschiedet: Goya, Bosch, Velázquez und dem Rest der verehrten Bande sowie auch von Fra Angelico, dem die derzeitige Ausstellung gewidmet ist. Eigentlich wollte ich allein gehen; aber da Águeda weiter darauf besteht, mich für ihre Indiskretion letztens zu entschädigen, habe ich gestern Abend am Telefon zu ihr gesagt: «Gut, komm mit, und du bezahlst die Eintrittskarten.» Damit war sie sofort einverstanden, fügte aber gleich hinzu, nachmittags ab einer bestimmten Uhrzeit sei der Eintritt gratis, worauf ich antwortete, dass ich nur am Vormittag Zeit hätte. Sie hatte mich angerufen, um nach Humpel zu fragen, von dem wir seit der Verabschiedung am Bahnhof nichts mehr gehört haben. Águeda, die gestern mehrfach versucht hat, mit ihm zu telefonieren, glaubt, dass er sein Handy ausgeschaltet hat. Ich weiß nicht, wie oft während des Besuchs im Prado und danach im Restaurant, wo wir ein kurzes Gezänk ums Bezahlen hatten, Águeda mich berührt hat. Ich möchte schwören, dass es ihr gar nicht aufgefallen ist. Mir anfangs auch nicht, weil es sich immer auf ganz natürliche Weise ergab, so wie man es gedankenlos tut, wenn man sich gut kennt. Aber klar, nach sieben, acht oder mehr Berührungen ist mir aufgefallen, dass es mit diesen kleinen Körperkontakten immer weiter ging. Ich glaube auch beziehungsweise vermute, dass ihre nervöse Geschwätzigkeit ein Versuch ist, körperlichen Kontakt zu ihren Mitmenschen herzustellen. Sie berührt sie, streichelt sie, befummelt sie sozusagen mit Worten. Jedenfalls will sie meine Aufmerksamkeit auf dieses oder jenes Detail eines Gemäldes lenken und sagt: «Schau mal», und tippt mir mit den Fingern auf den Arm oder stößt mich mit dem Ellenbogen leicht an oder zieht an meinem

Ärmel, wenn sie mir eine Frage stellt, etwas interpretiert oder sich in einem Knäuel aus Erklärungen verheddert. Wir steigen im Museum eine Treppe hinauf, und sie hält sich an meinem Arm fest. Später beim Hinuntergehen dasselbe. Vor der *Familie Karls IV.* pflückt sie mir ein angebliches Haar von der Schulter meines Hemdes. In der Cafeteria kommt es unter dem Tisch zur einen oder anderen zufälligen Berührung von Beinen und Knien, wobei ich stets der bin, der berührt wird, und sie diejenige ist, die berührt. Und später, im Restaurant, während wir noch auf Bedienung warten, ergreift sie plötzlich meine Hände, um zu fühlen, sagt sie, ob sie warm oder kalt sind. Nachdem sie mir versichert hat, noch nie so schöne Männerhände gesehen zu haben, liest sie mir aus der Hand und prophezeit mir eine Reihe beglückender Ereignisse sowie ein langes Leben. Sie sagt, sie würde etwas dafür geben, meine Gedanken lesen zu können. Es reicht ihr also nicht, mich äußerlich zu befummeln, sie will auch mein Inneres abtasten. Auch hat sie mir weitere Massagen angeboten. «Den Rücken oder was immer du willst, ich mache alles.» Bei den letzten Worten trat der Anflug eines schelmischen Lächelns auf ihre Lippen. Am späten Nachmittag war ich mit *Pepa* unterwegs und habe in den Straßen meines Viertels die letzten Bücher verteilt, die mir noch geblieben sind, darunter auch das von Saramago, das Água mir einmal geschenkt hat.

29

Ich mag die gemütlichen, eintönigen Tage, an denen nichts passiert. Sie sind mir die liebsten; und heute war so ein weder von Neuigkeiten, Überraschungen noch Ereignissen belasteter Tag. Ein Tag weniger, an dem ich mich nicht vom Telefon oder vom Rechner fortzubewegen traue; ein Tag, an dem ich nur mit einer Schneiderin und einem fremden alten Mann ein paar Worte gewechselt habe. Am Nachmittag, auf der Straße, musste ich an etwas denken, das Amalia mir vor Jahren gesagt hat: «Du weißt gar nicht, was es heißt, zu leiden.» Ich erinnere mich nicht mehr, bei welcher Gelegenheit sie mir die zu gleichen Teilen von Vorwurf und Verachtung triefenden Worte entgegengeschleudert hat. Wenn ich jetzt darüber nachdenke, hätten diese Worte auch von Mama kommen können. Heute wollte ich ein bisschen leiden. Ich wollte zum letzten Mal körperlichen Schmerz spüren und dabei absoluter Herr meines Leidens sein: Opfer, Täter und Dosierer. Das waren meine Gedanken, als ich mit *Pepa* zum Park hinunterging und mir überlegte, wie ich mein Vorhaben in die Tat umsetzen konnte. Auf Höhe der Plaza de San Cayetano kam mir die Idee, der Frau, die in der Markthalle die Änderungsschneiderei betreibt, eine Nadel abzukaufen. Sie hat mir schon öfter Ärmel und Hosenbeine verkürzt oder verlängert, und einmal habe ich ein Los der Weihnachtslotterie bei ihr gekauft. Sie kennt mich also, und wie ich schon vermutet hatte, hat sie mir nicht nur für die Nadel nichts berechnet, sondern mir noch eine weitere, etwas längere und mit größerem Öhr geschenkt, falls ich Schwierigkeiten mit dem Einfädeln hätte, weil, man weiß ja, wenn die Augen ermüden ... Sympathisch, die Dame. Im Schatten eines Baumes sitze ich auf einer Bank im Park. Hitze und blauer Himmel. Ein winziger Tropfen Blut quillt aus «meiner schönen Männerhand», wie Águeda sagen würde. Aber das Experiment funktioniert so nicht. Der Handrücken ist zu hart; als die Nadel auf den Knochen trifft, verbiegt sie sich, und der Schmerz wird so stark, dass ich beinahe aufgeschrien hätte. Das ist nicht der Schmerz, den ich gesucht habe; einen Schmerz, der mich von Angst befreit und mich mit Mutter Erde verbindet oder mich gar mit ihr versöhnt. Hoch oben entdecke ich zwei, drei Mauersegler. Kommen sie mir zu Hilfe? Bei ihrer Betrachtung merke ich, dass der Schmerz der langsam in die Haut eindringenden Nadel erträglich wird, dass ich meine Umgebung vergessen und mich ganz auf mein Schmerzempfinden konzentrieren kann, ohne dabei meinen Gedankenfluss zu unterbrechen. Kurz darauf zeige ich einem alten Mann, der auf einer Bank in der Nähe sitzt und den ich noch nie gesehen habe, die zwei Nadeln, die ich zwischen Daumen und Zeigefinger durch die Haut gestochen habe. Er lacht und sagt: «Hören Sie auf, Sie Künstler. Da ist doch ein Trick dabei.»

30

Einen guten Teil des Vormittags habe ich damit verbracht, das Auto herauszuputzen, das jetzt wieder glänzt wie neu. Ich habe es in die gewohnte Waschanlage gefahren, bin innen mit dem Staubsauger durchgegangen und habe es vollgetankt. Wenn Nikita es haben will, soll es im besten Zustand sein, oder einen möglichst guten Eindruck machen, wenn er es verkaufen will. Am Nachmittag habe ich von vier bis acht die größte Putzorgie des Jahrhunderts veranstaltet und dabei die letzten Staubfussel aus den Ecken geholt. Nicht dass die Wohnung schmutzig gewesen wäre, ein bisschen unter den wenigen Möbeln, die mir noch geblieben sind; aber es hätte wie ätzende Säure in meinem Selbstwertgefühl gebrannt, wenn ich mir hätte vorstellen müssen, dass ab Donnerstag, ich weiß nicht, Nikita mit seiner gramgebeugten (ich lach mich tot) Mutter, ein Polizist auf der Suche nach Beweisen oder irgendein Nachbar, der die offene Tür sieht und auch noch hereinkommt, mit den Fingern über Möbel und Gegenstände fahren und zu der einhelligen Meinung gelangen: «Er war eine Sau.» Ich hege die Hoffnung, dass die gestrigen Nadelstiche im Park mein letztes Leiden im Reich derer waren, die noch schnaufen. Schlimmer als der Schmerz, weit schlimmer als alles andere ist die Angst: die Angst vor der Angst, die ich heute mit der hilfreichen, doch nicht immer unfehlbaren Methode des Aktionismus zu bekämpfen versucht habe. Ich habe mich den ganzen Tag lang hineingestürzt, und das hat mir viel Grübelei erspart. Ich glaube, diese Technik des Machens, um nicht denken zu müssen, habe ich von Papa abgeschaut, der sich aus Gründen, die nur er selber kannte, aufgegeben hat, indem er sich unter einem Berg von Arbeit begrub. Um halb neun hat mich Águeda wie vereinbart in ihrer Wohnung empfangen; barfuß, aus Gewohnheit zweifellos, aber heute, vermute ich, auch ein wenig aus Koketterie, weil sie mir ihre lackierten Zehennägel vorführen will. Man brauchte bloß ihr zufriedenes Gesicht zu sehen, als ich mich lobend dazu äußerte. Sie hat zärtliche Worte und kraulende Finger für *Pepa*, für die diese sich auf ihre zungenfertige Art bedankt, und für mich zwei Willkommensküsschen, diesmal, will mir scheinen, etwas intensiver als gewohnt. Ich bin gut mit Ausreden versorgt, die ich mir im Lauf des Tages ausgedacht habe, da ich Fragen vorausgesehen habe, die dann tatsächlich beantwortet werden wollten. Kaum war ich in der Wohnung, musste ich schon die ersten drei aus dem Zylinder ziehen, die mich dann davor bewahrten, zum Abendessen bleiben zu müssen. Es waren die folgenden: Ich breche schon vor Anbruch des Tages zu einer Reise auf, ich muss früh ins Bett, und, sollte das noch nicht reichen, ich muss noch packen. *Pepa* schnuppert derweil an Böden, Wandleisten und Winkeln. Mir scheint, sie sucht nach ihrem verstorbenen Artgenossen. Ich habe sie im Auto zu Águeda gebracht. Unterwegs hat sie gehechelt und zwischendurch furchtsam gewinselt. Es tut mir leid für sie; aber ich sah keine andere

Möglichkeit, ihren ganzen Kram zu transportieren, was ja nicht wenig ist: Schlafdecke, Fress- und Trinknapf, Halsband, Hundeleine, reichlich Dosenfutter, Haarbürste, Spielzeug und all die Sachen. Ich weiß nicht, ob Águeda die Sachen des Dicken noch hat; aber ich möchte nicht, dass sie die für *Pepa* nimmt. Was noch? Von Humpel haben wir immer noch keine Nachricht. Ich nehme das zum Anlass, Águeda mitzuteilen, dass ich mein Handy auf die Reise nicht mitnehmen werde, da ich mal richtig abschalten will. Sie zieht die Stirn kraus und macht ein Schnütchen, beklagt sich schmollend, dass wir sie allein in der Stadt zurücklassen, und sie weiß noch nicht einmal für wie lange. Nächste Ausrede: Da ich aufs Geratewohl reise und nicht weiß, wohin der Wind mich weht, komme ich erst zurück, wenn ich das Alleinsein satthabe. «Und wann könnte das sein?» «Nun, keine Ahnung. Ich habe ein gutes Durchhaltevermögen.» Ein wirklich schwieriger Augenblick war für mich der Abschied von *Pepa*, obwohl ich die Szene vorausgesehen und mich gewappnet hatte, um nicht von meinen Gefühlen überwältigt zu werden. Wie Humpel letzten Samstag auf dem Bahnhof Chamartín sollte es auch mir Glück bringen, dass ich *Pepa* vor der Abreise den Kopf kraulte; doch nervös und ausgelassen, wie sie war, kam sie nicht, als ich sie rief, sodass ich schließlich zu ihr ging und sie zum letzten Mal in unserem Leben an mich drückte. Es erschien mir unmöglich, zu verbergen, wie aufgewühlt ich war, doch Águeda kam mir ungewollt mit einem neuen Wortschwall zu Hilfe. «Bringst du mir ein Andenken von irgendeinem Ort mit, an dem du warst?» «Was möchtest du denn?» «Ich weiß nicht. Nur eine kleine Überraschung. Ich bin ja nicht anspruchsvoll.» Ich saß lange im Auto und konnte mich nicht entschließen, loszufahren. Um ein Haar, wie man so sagt, wäre ich in Águedas Wohnung zurückgekehrt, hätte ihr die Wahrheit erzählt und *Pepa* wieder mitgenommen. Seitdem sind etwas mehr als zwei Stunden vergangen, und das schlechte Gewissen zehrt von meinen Schuldgefühlen, die mir keine Ruhe lassen, weil ich *Pepa* auf so hinterlistige Weise allein und auf niederträchtige Art bei Águeda gelassen habe. Zweifel. Mit einem Mal überkommen mich Zweifel. Die Wohnung ist in dieser Nacht von lastender Stille erfüllt, und ich wage es nicht, Papas Fotografie anzusehen, weil er vielleicht aufgehört hat zu lächeln.

31

Ich habe das Haus den ganzen Tag nicht verlassen, mit Ausnahme von zwei oder drei Minuten am Nachmittag, als ich den Müll hinuntergetragen habe. Ich, der ich mir selbst immer zugetegehalten habe, ein Mensch zu sein, der kraft Denkens und Lesens zu Gelassenheit gefunden hat, habe mich die ganze Nacht wie ein angsterfüllter Durchschnittsmensch im Bett gewälzt. Jetzt glaube ich (falls meine Fähigkeit zur Selbsttäuschung nicht an Vollkommenheit grenzt), meine Ruhe wiedergefunden zu haben. Ruhe? Das ist nicht das richtige Wort. Ich würde eher sagen, dass mich eine transparente Haut von Gleichgültigkeit umgibt. Das ist ein etwas seltsames Gefühl. Oder ich empfinde es nur als seltsam, weil ich so etwas nie zuvor empfunden habe. Vielleicht bin ich auch einfach nur zugleich müde und leer. Ist aber auch egal, denn nichts von dem, was ich im Moment empfinde, kann meine Entscheidung noch beeinflussen. Es ist jetzt zehn vor elf Uhr nachts. Um Punkt elf werde ich das Haus verlassen. Ich gehe noch einmal meine Aufgabenliste durch. Kühlschrank ausleeren: gemacht. Brief mit Anweisungen für Nikita: ebenfalls. Müll: ja. Wasserhähne zudrehen: ja. Mich aus den sozialen Netzwerken abmelden: ja. Handy: ausgeschaltet. Elektrische Haushaltsgeräte: auch ausgeschaltet. Diesen dicken

Stapel Blätter, den ich bisher vollgeschrieben habe, werde ich für Nikita neben dem Brief, den Kreditkarten, der Armbanduhr sowie den Autoschlüsseln und Fahrzeugpapieren deponieren. Alles andere wird er finden, wenn er die Schubladen durchwühlt. Auf dem Küchentisch liegt das Tütchen mit dem Pulver, das mich zur Begegnung mit Papa bringen wird. Das ist alles, Freunde. Es gab Gutes, und es gab Schlechtes. Meine Lebensbilanz ist erstellt und hier niedergeschrieben. Das Ergebnis ist, wie es ist, und niemand wird etwas daran ändern. Ich gehe ohne Bitterkeit.

SECHS TAGE SPÄTER

Gestern, Montag, haben wir Humpel bei drückender Hitze auf dem Friedhof Las Contiendas, in Valladolid, beerdigt. Genau wie ich für Nikita hat Humpel einen Brief mit Instruktionen für seinen Bruder José Ramón hinterlassen, der Águeda und mir die traurige Nachricht am Telefon mitgeteilt hat. Dass dieser José Ramón Humpels Zwillingsbruder ist, sieht man auf den ersten Blick. Sie haben so große Ähnlichkeit, dass ich einen Moment lang glaubte, Humpel, ohne Schnurrbart, sei zu seiner eigenen Beerdigung gekommen. Von den anderen Trauergästen kannten wir keinen. Águeda vergoss hinter ihrer Sonnenbrille ein paar Tränen, und danach sind wir sofort gegangen. Als wir uns von ihm verabschiedeten, übergab José Ramón uns im Auftrag des Verstorbenen einen Umschlag. Wir öffneten ihn im Auto. Die Nachricht liegt hier neben mir, und darin heißt es: «Ob ihr wollt oder nicht, mein Geist wird euch jeden Nachmittag zur gewohnten Zeit in Alfonsos Bar erwarten. Ihr könnt mich zwar nicht sehen und nicht hören; aber irgendwie kriege ich es schon hin, eure verlogenen Argumente auseinanderzunehmen. Liebt euch!» Und als Unterschrift: «Humpel, wie ihr Arschlöcher mich immer genannt habt». Auf dem Rückweg habe ich Águeda angeboten, sie ein Stück fahren zu lassen, da sie auf dem Hinweg geklagt hatte, sie würde das Autofahren verlernen; doch nachdem sie die kurze Nachricht unseres Freundes gelesen hatte, war ihre Stimmung am Boden, und sie hat abgelehnt. An diesem Punkt merke ich, dass mein Geist träge und meine Hand müde geworden ist. Die Gewissheit, das Wesentliche meines Lebens erzählt zu haben, lässt mich hier innehalten. Ich will nur noch sagen, dass die Dinge am Ende nicht so liefen, wie ich es geplant hatte. Als ich letzten Mittwoch nachts um elf das Haus verließ, wurde ich draußen bereits erwartet und von Hundegebell überrascht. Auf dem gegenüberliegenden Bürgersteig standen Águeda und *Pepa* unter dem Licht einer Straßenlaterne. Ich erriet sofort, dass Humpel unserer Freundin mein Vorhaben verraten hatte. Hinterher erfuhr ich, dass dieser Verrat so gegen neun Uhr abends begangen worden war. Als ich auf die Straße trat, hat Águeda mich weder gerufen noch sich von der Stelle bewegt, an der sie wohl schon eine Stunde gewartet hatte. Ich sah sie mit *Pepa* dort stehen und hatte das Gefühl, in meinem Innern würde etwas aus Glas in tausend Stücke zerspringen. *Pepa* hörte nicht auf, vor Freude zu bellen. Ich überquerte die Straße. Was sonst konnte ich tun? Das Licht der Straßenlaterne sammelte sich in den Pupillen des Tiers zu einem überströmenden Glitzern, das mir wie ein Blitz in die Augen fuhr. Águeda streckte mir eine Hand entgegen und sagte ernst und mit fester Stimme: «Gib mir das Gift.» Im ersten Moment dachte ich, ich könnte mich der Situation wieder mit einem Vorwand entziehen; doch da hatte *Pepa* mir bereits die Vorderpfoten auf den Bauch gedrückt und versuchte mit gerecktem Hals mein Gesicht zu lecken, und da mir so schnell keine Ausrede einfiel, gab ich mich geschlagen. Also wandte ich mich Águeda zu, traute mich aber nicht, ihr in die Augen zu sehen, und legte ihr das Tütchen in die Hand. Als sie daraufhin den Inhalt in einen Gully schüttete, sah ich, dass es die Hand mit der Narbe war. Sechs Tage sind seitdem vergangen, und heute Morgen habe ich mir ein Buch gekauft.

INHALT

AUGUST 9

SEPTEMBER 77

OKTOBER 145

NOVEMBER 221

DEZEMBER 285

JANUAR 353

FEBRUAR 423

MÄRZ 489

APRIL 557

MAI 625

JUNI 693

JULI 759

SECHS TAGE SPÄTER 829